少年阳明探案集

云雀 著

1 雪人迷踪

北京燕山出版社

图书在版编目（ＣＩＰ）数据

少年阳明探案集 / 云雀著.--北京：北京燕山出
版社，2021.12
ISBN 978-7-5402-6276-1

Ⅰ．①少… Ⅱ．①云… Ⅲ.①侦探小说－中国－当代
Ⅳ．①I247.5

中国版本图书馆CIP数据核字(2021)第239389号

少年阳明探案集

作　　者：云　雀
责任编辑：金贝伦
出版发行：北京燕山出版社有限公司
地　　址：北京市丰台区东铁匠营苇子坑138号
电　　话：010-65240430
印　　刷：三河市良远印务有限公司
开　　本：640mm×920mm　1/16
字　　数：690 千字
印　　张：64.5
版　　次：2021年12月第1版
印　　次：2021年12月第1次印刷
书　　号：ISBN 978-7-5402-6276-1
定　　价：138.00元（全4册）

第一案　猎杀"陈世美"

目录

第一案

猎杀『陈世美』

第一回
梦回幼年微雨双飞　破庙惊魂雪人为崇

南昌府，大雪没完没了，百姓称"天有异象"。

原本花开不败的南方地区，眼下却是大雪纷纷扬扬。

雪花翩然如蝶翼，让人眼前蒙上丝丝缕缕的薄雾。

十七岁的王阳明端坐在马车中。方才他小憩了片刻，眼下正神采奕奕。平日父亲王华经常教导他何为坐如钟、站如松，他几时听过？谁人不知他王阳明离经叛道，做出吾辈狂生才有的那"斑斑劣迹"？谁知他现在反倒正襟危坐起来。

就在倏地逝去的梦境中，他再次见到了久违的心上之人。

"可快到岳父家了？"王阳明伸手撩开车帘，直接询问书童兼车夫初一。

初一吓了一跳。平时公子都是放荡不羁的，这次放着好好的文人雅士不做，偏要亲自上阵驱马。刚刚公子终于安静地睡去，他也忙不迭神游了一番。

小书童初一长着一张"挺着急"的稳重老脸，战战兢兢地侧头看着公子："妈呀！公子您、您吓我一跳！我还以为怎么着了呢……"

王阳明全然没接初一的话茬儿，自顾自地说起了方才的美梦："我刚才又梦见妙儿了。这么多年杳无音信，也不知道她如今怎样，不知她那个善妒的继母赵氏，还有那一直虎视眈眈的妹子，有没有为难她。"

3

王阳明这话让初一也有些落寞："还真是呢。"

王阳明干脆坐到初一身旁，一把从初一手里拿过马鞭，轻抽了一左一右两匹马儿两下："对不住了二位，麻烦快点儿！"

他素来是个慈悲又好说话的，虽说行为举止比起其他文人世家的公子叛逆了些，也有不少人闲话说他不好相处，可初一知道，自己的公子宅心仁厚，最是会体谅他人了。

别说是不远万里要来相见的妙儿姑娘，就说这眼前的两匹快马，王阳明也是极心疼的。

"您也不必太担心。"初一宽慰道，又不由得往旁边小心地挪动了一下，"再怎么着，妙儿小姐也是诸大人的长女。您跟妙儿小姐自幼定亲，又是曾经朝夕相处过的，要不是因为叛乱四起，也不会断了音信。"

"话虽如此，可我比谁都清楚，妙儿当年是怎么过来的。不是我不敬岳父，在背后妄议他，当年前岳母刚一去世，他便不顾妙儿的感受，火速抬了姨娘为妻。那刻薄妇人也是极不通情达理的。他们是怎么对待妙儿的？她小小年纪忍辱负重。这些事，我可全都看在眼里！"王阳明说到此处，未婚妻妙儿那张点缀着几颗小雀斑、眼中总是凝聚着忐忑的、只有巴掌大的小脸再次于他的脑海中闪现。

初一看自家公子提及旧事气恼，忙劝慰道："您别急啊，咱们这不是来迎娶了吗？说起来，妙儿小姐今年刚好及笄。小的记得，您当初还跟妙儿小姐定了个什么约定？"

"双飞之约。'落花人独立，微雨燕双飞。'小时候看诗词，我俩都喜欢这句。当初她的继母那样待她，变着法儿修理她，让自己的亲闺女穿金戴银，让我们妙儿吃次的、穿次的。当初我俩读到这句，我便主动提出相约，待妙儿及笄了，一定要带她双宿双飞。"

马车轮子滚动在皑皑白雪上，可在王阳明看来，这车轮下的白色大地，却恍若大漠红尘。

梅花雪，梨花月，总相思。自是春来不觉去偏知。

分开这几年，王阳明并无变化，还是那个自命不凡、一心要当"圣人"的狂生，可是妙儿呢？她还好吗？

思及此处，王阳明下意识地往心口位置摸了摸，重要的信件还在，

4

很好。

他此次前来南昌府，除去迎娶妙儿之外，还有一件父亲王华嘱托他的重要事宜。此事已经由王华写成书信，书信由王阳明转交给南昌府地方按察使奎大人即可。

带着一项千钧重的任务，一份诚挚的个人情，王阳明唇边露出一抹不易察觉的笑意。

就在他回味无穷、期待与心上人再见的刹那，初一一声响亮的叫喊震动了他的耳膜："小心！停下！"

好在王阳明经祖父调教，有那么一点拳脚功夫，虽说水平有限，还是及时有效地勒住了缰绳。

这悬崖勒马，考验的还不是一个人的瞬间反应能力？

"您没事儿吧？"

王阳明及时停下马车，和初一分别从马车两端下来。

只见一老者吓得抱头蹲地，已是浑身瘫软。

王阳明知道自己险些闯祸，忙上前扶起老人，作揖赔礼。

二人询问之下才知，这老人姓丁，今儿一早，丁姓老人被自家主人派去办事，却半路遇贼人，不慎被偷了包袱。他当时着急慌乱，脑子一片空白，只能顺着原路寻找，不想一时走神，差点被王阳明的马车撞飞。

"金银丢了倒不妨事，可这印章若是没了，怎么跟我家老爷交代啊？"

闻听包袱里有印章，身为文人的王阳明当下便明白事情的严重性，问道："那么，您还记得那人在故意撞到您后，往哪个方向走了吗？当时在场的还有别人吗？人是否很多？"

那老人抬头看他："公子有办法帮助老朽找回我家主人的印章？"

说到此处，初一倒是来了兴致："我家公子能谋善断，您就瞧好吧！"

王阳明只是询问了老者大约在何地被偷，确认后，便下车观察遗留下的脚印。

此时，大雪已停。脚印或半遮半露，或已被新雪覆盖，能存留下来的不多。

但王阳明自幼善于观察，略一推断，便循着一组可疑的印迹，快马加鞭地跟去了。

二人带着那老者乘马车一路前行。许是多了个人，王阳明只觉身上寒意大去，整个人又精神了起来。

他们循着那可疑的脚印一路向前，竟然找到一所破败不堪的废弃寺院。王阳明见那足迹再无四散痕迹，便止步，偕初一和老人下车察看。

"公子神机妙算啊！"那丁姓老人感慨万千。

凑近一看，一组男子的脚印赫然入目，看那足迹大小，倒是能判断出此人个头高矮。

王阳明自信地颔首："这就是了。因您刚才说，那个偷包袱的贼人跟您撞了个对脸，而且他个头比您高出半个身子。可您又说，他方才撞您，身子却也往左边侧了半分。这组脚印嘛……"

他稍微往脚印旁走了几步，手指着那足迹："这组脚印的主人，目测为男子，身高八尺不到，但能看出有些外八字。根据我的经验，乱臣贼子大多都有内、外八字，因此类人多为离经叛道、不守规矩，凡事以自我为主的性格，于是养成了内、外八字的毛病。"

这丁姓老人听王阳明对这些贼人似乎很了解，心中只觉得奇怪，都说百无一用是书生，何况这小子不到双十年华，居然有此等慧眼。

初一见老者有些惊诧之色，笑道："您倒不必惊讶，我家公子过去经常跟着叔父等人出门查案，自有一番探案心得。"

话不多说，王阳明依旧循着脚印往里探查，却发现足迹越发浅淡，而后又混了不少说不清道不明的奇怪印迹。

王阳明见四下无人，却闻出一股血腥之气，当即便觉不妙。

他们几个大踏步往近在眼前的破屋走去，推门就见一个雪人赫然在面前。

"公子，这雪人，怎么堆屋里了？"初一一愣，心下紧张，有些失态地靠在王阳明身侧。

"老先生您看看，雪人手臂上挂着的，可是您那包袱？"王阳明冷静如常。

那丁老头眯眼一瞧，包袱近在咫尺，可眼下这般光景，谁也不敢越雷池一步。

"这、这老小儿的包袱，怎么、怎么……"丁老头也说不清，为何贼人消失，徒留雪人。

王阳明看了下周围，回头对初一道："瞧给你吓的。南昌府不比咱们绍兴府，你在这儿看好了，我过去探查，你别一惊一乍的。"

不待初一阻拦，王阳明便几步到了那雪人近前。

用古怪来形容这眼前的雪人，倒还真是恰如其分。

王阳明见这雪人好似一块包装精美的奶制糕点，从头到尾虽然古怪，竟然挑不出具体的错处来。

那白得让人看得有些眼盲的厚实雪人，竟像是给一个大活人包裹了一层解不开的白雪铠甲。

王阳明近看这雪人，先是将包袱从其手臂上取下，丢给丁姓老人："您看看，印章在否？"

丁姓老人接过那包袱，直接打开查验："没丢，都在。"

得到答复的王阳明再没理会身后两人的动静，只认真观察这雪人的面目。他看了又看，却发现雪人面部细致，五官栩栩如生，犹如真人近在眼前。

"人嵌？"王阳明脑海中迸发出箭穿磐石一般的灵光，倏地想起，史书中经常记载的那些不忍直视的死法，例如，将活人砍去四肢，熏聋耳朵，刺穿双目，丢进恭桶活活凌虐致死。

王阳明伸出手，直接抚上雪人的头顶，心中忽然明了："难怪会感觉有血腥气，难怪！"

只见一双了无生气、近似枣核的黑瞳，与王阳明的双眼来了个最后的对视。

那雪人眸底迸发出最后的神采，像是在求救，却让王阳明感觉为时已晚。

"糟了！是真人。初一，你过来帮我。"

王阳明和初一都是第一次做这事儿，虽说戴着手套，可也真是吓了个半死。

两人没怎么用力，这个"活死人"犹如鱼儿离江，死气沉沉地"搁浅"在王阳明手边。

"还有气息。"王阳明用手一试，但这家伙已是将死之人。

"这……就是这小子偷了我的包袱！"丁姓老人伸手一指，整个人颤颤巍巍的。

"这么快就被宰了？刚偷了别人的东西，还没喘口气儿就死了？"初一纳闷儿。

王阳明瞪了他一眼："这家伙恐怕为人醍醐，是作恶并非一朝一夕之辈，这种人，早不知害惨了多少人，有仇家来索命也不稀奇。"

"可是、可是公子，这是虐杀啊！你看这伤口，这儿，还有那儿！"

初一夸张的姿态令王阳明很是不齿，不过眼下出现在三人面前的雪人的真容，也着实令人浑身发毛。

那人身上大大小小的伤口格外对称，上面插着造型奇异的铆钉，像是一幅艺术画作，由人刻意精心雕琢过。

"死者"颈部残留着人为勒出的血痕，乍一看还以为是猫抓狗挠的，但细细看过，发现是丝线重重划过导致的，而且仍有新鲜的血液渗出。

王阳明再看那"死者"的其余地方，凡是受伤的部位，不是有铆钉对称插入，就是有丝线划伤。

但别说，还真有点残酷之美。

"死者"通体之上，皆是清一色的对称伤，大大小小连成了一片片、一朵朵自由随性的对称的"花"。

王阳明见铆钉刺入之处已有绿色的脓血渗出，想来是有毒，并不敢贸然动手医治。

他博览群书，对医药也颇为精通，随身常备医药箱，可惜这铆钉害人不浅，加之这伤者头顶也刺入了不少铆钉，断筋切脉般的痛楚，不受也知。

等三人将这雪人身上的异物从头到脚拔了个干净，这人也死透了。即便王阳明用手指掐其人中，用藏传秘制的甘松油涂抹在其鼻息之下，也无济于事。

"这是什么怪东西？"说话间，王阳明从怀里掏出一方绣着江南如画图的月白色手帕，将两绺银白色的丝线小心包裹起来。

这丝线他也是第一次见，肯定不是头发，是触感冰凉且坚挺如锋利的钢刃，虽说隔着手帕，王阳明仍觉得指尖一痛，猛然撒手，两指间火辣辣的，仿佛要被割裂。

"割伤死者的丝线到底是什么材质？此人出手狠辣并且快速，很大可能是个职业杀手。如若不是职业杀手，难道是个江湖高人？"他开始冥思，脑海中回旋着一幅幅灵动有形的画面，这些行云流水般的武打画面，每一张都是推动大脑运行的养分。

王阳明和初一留在原地守候，老者前去报官。

此地距离前方重地并不远，等了三四盏茶的工夫，南昌府按察使便携人到了。

王阳明心想：这样也好，本想先见岳父再见奎大人，这下倒是省去我拜访的气力了。

可谁承想，来到近前的，并非什么奎大人，而是——韦大人！

第 二 回

铆钉青丝造下迷案　拜见娘子鱼目混珠

王阳明没见过什么韦大人，但年幼时对奎大人印象深刻。他爷爷王伦王老爷子，曾将那奎大人的样貌比作张飞，王阳明也这么想。

可谁料，奎大人秒变韦大人。原来这被偷了包袱的丁老头，乃是这韦大人家的管家。弄丢印章的，竟然是这位新官上任的家伙啊！他也真是心大。

王阳明往日也是广结善缘，心道：我帮了他家，这倒是好说话些。他想着一会儿自己进言，跟这个韦大人说说这案子的蹊跷，再将父亲的信件递了就好。

可谁料……

"这个不用查了，一看就是那个江湖妖女做的。你们看，是不是？"韦大人大概看了一眼尸首，连蹲下去探查一二的姿势都没有，背过手就朝着一众随他前来的捕快大声喝令。

王阳明心中似是闪过几道不祥的闪电，仿若几大盆冷水瞬间泼了下来，他心中只道：这就是传说中的无良按察使吧？想不到，奎大人调任离职，替补而上的韦大人与奎大人竟然如此千差万别。

韦大人还不忘训斥自家管家，将那失而复得的印章看了又看。

丁管家则忙不迭地将王阳明郑重其事地介绍给自家主人。

10

王阳明刚想上前禀告那几处重大发现，就见韦大人不大友善地瞥了他一眼，那表情一看就知道，对方真是把他当成了蝼蚁之辈。

王阳明心中不服，仍旧上前强辩："敢问韦按察，您如何知晓这桩虐杀血案，是那个什么江湖妖女所为？"

韦大人听到这后生发问则微微一笑，这不笑倒好，一笑愣是把小胡子都吹起来了。他摸着印章转头看向王阳明，道："哼！你懂什么？这雪人尸首，从上个月月初到现在，已经发现了不下三具。之前那三起雪人命案中，尤以本县第一才子霍举人那起最为惨烈。加上这起，已是第四起雪人命案。本官一听管家描述的案发现场，就知道有那铆钉和龙须凤羽丝。不是那个玄机阁的妖女所为，还能有哪个？"

丁管家怕王阳明挨说，忙在旁补充："公子，您有所不知啊！我家老爷所说的玄机阁，是指江湖第一暗杀门派——玄机阁。他们以杀人为营生，所杀之人并非全是高官名流，也有不少这种小混混或者地方霸主。只要有他们所说的'看赏'，就可以受指令杀人。而造成雪人惨案的罪魁祸首，就是那个自封为'玄机神女'的江湖妖女。听说她本是玄机阁阁主宠幸的第一杀手，后玄机阁阁主神秘失踪，玄机阁内讧，她自立门户，于一年前在我南昌府飞花山庄上建立了一座道观，名为摘星观。"

王阳明倒是听说过这传说中的玄机阁，他颔首，细细琢磨起这有趣的名字："玄机神女？这名字既有道家内涵，又有佛教慧根，如此自封自号的女子，怎会出手伤人？何况，杀人总该有个缘由。"

韦大人听王阳明满口的书生意气，不觉讽刺一笑："哼！普天之下，会起名字的多了。江湖之人都知，这玄机神女最恨薄情寡义的男子，把他们都比作陈世美，一有发现，一一虐杀之。哪个男子是负心汉，哪个男子染指了谁家姑娘，这玄机神女都会自'阴曹地府'，亲自参与三堂会审，再依着摘星观的规矩，将他们逐一虐杀，听说惨不忍睹。"

王阳明闻听此言，倒觉那玄机神女是个快意恩仇的性子，却又不好表露心思，只淡然道："大人，铆钉我倒是明了，可这龙须凤羽丝……"

韦大人不耐烦地道："那妖女平日里是道姑打扮，寻常用那拂尘作为武器伤人。她有两样利器被江湖人畏惧：一是她那名为'昂宿星'的铆钉暗器，从拂尘、袖口处发射而出，伤人性命；二是她那拂尘。传说她那拂尘，

11

是用上古神兽应龙翅膀上的飞羽，连同应龙的龙须、精卫鸟的翎毛混合纺织而成，可当兵刃使用，锋利无比。这案子没什么好质疑的，回头本官往上送报即可。"

闻听那个韦大人言之凿凿地谈及那江湖妖女，王阳明倒是被勾起了好奇心，暗想：世间若真有如此除暴安良的出家之人，我倒是想亲眼见上一见，问她一句，既已跳出三界，不在这门槛之内，为何要管这红尘之事，自行清修岂不干净？

他这样想着，嘴角露出一抹微笑。

韦大人见王阳明冷不防冒出来，还这般轻狂，接二连三地提出疑问，眼下对其更是厌恶。

他决定杀杀这个"外来人口"的锐气，上前几步，仰起下巴看着王阳明："你小子，是第一个找到尸体的？"

"是。根据丁管家的叙述，我能判断出死者的身高，加之我平时积累的对犯人的一些认知，不难找出其足迹特征。"

"哼，倒是个有底气的……"

韦大人本想找些由头加以讽刺，谁料王阳明来了劲儿。

"韦按察能谋善断，定然是把百姓福祉放在第一位的，想必能听小生一言吧？"王阳明突然给对方戴了一顶高帽。

韦大人没反应过来，愣是顺着他的话点了一下头。

王阳明道："首先，如果真是那个痛恨陈世美一类男子的妖女所为，那么她为何要像绘画一般，将尸体的伤口切割得如此对称？想必这伤口定有寓意传达世人，理应先验尸，再确定凶手。一般而言，尸体上的伤口，才是凶手最想传达给众人的。其次，大人可得到过或亲眼见过那玄机神女的拂尘、铆钉？如果只是闻听，那还请大人明察。最后，玄机神女既然那么痛恨陈世美一类的男子，还特意建立'阴曹地府'，那为何不将尸体伪装成落入十八层地狱的惨状，何苦要堆个麻烦的雪人？要知道，无论是道家还是佛教，皆有地狱之说。玄机神女为道家中人，完全可以以道家的极端方式处置此人。可这雪人，僧不僧、道不道……还有，这伤口的力道……"

王阳明刚想说出本案最为关键的一点，却见韦大人那张布满皱纹沟壑、瘦骨嶙峋的方块脸在自己面前晃来晃去，韦大人不耐烦地道："你小子话还真不少啊！本官谢谢你推理出印章的下落，但本官不需要你个小屁孩儿指手画脚介入本案。"

王阳明听罢，只淡定地轻咳，从怀里掏出一封信件："此乃家父亲笔手书，还请按察使看完再说。"

王阳明抖了个机灵，并未将书信恭敬客气地亲手奉上，而是给初一使了个眼色。

聪明的初一忙从王阳明手中接过那信件，再经由他这个下人，转交给韦大人。

这一动作在韦大人这类小心眼的家伙看来，乃为蔑视。但他又见这王阳明颇有架势、临危不乱的样子，心底莫名地生出三分敬畏。

信上的字迹，他是不认识的，但这信件上的落款署名——王华，他一个按察使偏偏就得罪不起！

王华，那个被明孝宗形容为"泰山崩于前而色不变"的状元郎……

王华官位不高，但因他是金殿面试由皇上钦点的头名状元，朝野上下一干人等，自是敬他三分。

王华身为翰林学士，主管之事乃是编修史书、授课一类，俸银也不高，但好歹也算京官。韦大人想着如今这天高皇帝远的，要想调到京城，保不齐哪天还要求这王华为他说句好话。早知道眼前这小子是状元的儿子，他方才便不那么说话了！

何况王阳明早在两年前，就因"格竹悟道"而声名远播，成为京城众人口中的"少年狂徒"。

思及这些，韦大人只想在下一秒变成钻地老鼠。

韦大人哆嗦着拿着信件，看着那一行行刚劲有力的笔体，只觉当头一棒正朝自己扑面而来。他抬眼再看向这位玉树临风的王公子，又是一阵心里发虚。

韦大人知道，无论何时，只有"家世好、长得好、才学好、名字好、字迹好"等诸多主观、客观因素掺杂在一处，才能换得状元头衔。

"家父虽只是翰林学士，远在京城，可好歹叔父曾做过按察使，小生也曾跟随家父、叔父等出巡查访案件，并多次参与办案。此次修书一封，家父本意是想让小生在科举之前人尽其才。原想着奎大人还在任上，想不到……

还请韦按察成全。"王阳明拱手行礼，十分客气。

再看那韦大人，已是脸色发白。

面对这位敷衍了事的地方按察使，王阳明决定，无论多么艰难，他都要参与此案。

而后那韦大人倒是同意让王阳明介入办案，但又说什么公务缠身，要回去先处理其他要事。

王阳明便不再多言，更何况他心里仍旧装着未婚妻妙儿，便和初一一道赶往诸家。

王阳明多年不曾踏足岳父家府邸，进门才想起多年前自己和妙儿相识在余姚老家，几年的叛乱下来，两家人各自散了。如今再相聚，王阳明的心仍是不变。

他拜见了诸家岳父母，寒暄感慨了半晌。王阳明话里话外，都流露出迫切盼望与未婚妻一见的心情："不知道妹妹这几年过得如何？可瘦了、胖了？从余姚迁到南昌府，可还习惯？"

诸养和听他询问大闺女诸妙儿的近况，与那赵氏的脸上，皆闪过一丝说不清道不明的惊恐。这惊恐稍纵即逝，但王阳明看得真切。

赵氏原为小妾扶正，算不上登得大雅之堂。对于这样一个曾经变相打压过嫡女妙儿的后母，王阳明心里自然有数。

王阳明没有太多情绪上的变化，只是观察着那两人的神色。

岳父诸养和眉毛上扬，鼻孔微微扩张；岳母赵氏则是稍稍张口，眼睛比方才睁大了些许，虽然不明显，可是……

王阳明自小便喜欢识人断人，观察周遭事物，尤其后期跟随叔父巡游各地，他还写了一本名为"心学画像"的手札，虽目前尚不完善，但其内主要记录着他这些年来通过观察周遭众人的表情、动作得出的各种判断和结论。

岳父、岳母的诡异反应稍纵即逝。随后，岳母递给岳父一杯热茶，转头客气温和地对王阳明说："伯安，你跟妙儿毕竟大了，不能再像过去小孩子过家家似的一起玩闹，要让旁人看见，到底不好听。妙儿那孩子内敛怕羞，你如今生得一表人才，为娘我怕她见你之后不自在呢！"

14

伯安，乃是王阳明的字。

王阳明点点头，而后又摇摇头："还请岳母见谅。小婿原本就是跟妹妹一同开蒙'四艺'、读书写字的，后因叛乱四起，岳父又携家迁徙，这才断了音信。小婿我此次前来，不怕被人诟病耻笑，只求速速见上妹妹一面。聘礼什么的，已在后续前来的马车之上，想必三五天就到了……"

看王阳明如此猴急，这赵氏也不好再说什么，她毕竟不是妙儿的亲娘。

王阳明观察他那岳父的表情，发现他很是感激妻子递来的茶盏，原本他正寻着什么东西将脸部遮挡，妻子递过的那茶盏，刚好让他端在面前，慢悠悠喝了许久，手也故意抬得颇高，用茶盏将半边脸遮了过去。

"贤婿啊！"诸养和放下茶盏，用帕子擦拭嘴角，吐字发音忽然转慢了半拍，"你不远万里来到老朽这里，可见你的一片心。当年王、诸两家结秦晋之好，你们二人乃是天定姻缘。况且贤婿的祖父是我幼年恩师，这门婚事可是他老人家当年做主订下的。妙儿早就是你先订未娶的媳妇儿了，还能飞了不成？我知你来，特意准备了围棋和象棋，就盼着咱爷儿俩把手厮杀它几局，你看可好？"

王阳明喜欢下棋，也是个中高手，闻听此言，不好推托。

这一"杀"不要紧，王阳明不但没能介入雪人疑案，接连三日，他连妙儿的人影都没瞄着。

王阳明打听雪人一事，诸养和推托自己虽身为按察副使，但只负责行政民生，对这类重大刑事案件并不掌握实权，甚至连协作的权力也没有。

王阳明再拐弯打听妙儿，赵氏仍是以"男女大防"为理由推托。

就在第四天，王阳明觉得身体有些劳累，便起身到院子里闲逛。

谁知，他那"好心岳母"却携着一女子前来。

这事倒是古怪。

"伯安，来。"她朝着王阳明招手，将身边那含羞带怯的姑娘往前面一推，"你妙儿妹妹前两天不大痛快，现在好了许多。你俩毕竟大了，有话不如去到后庭园子里叙旧。"

王阳明不解，心想：这不是前后矛盾吗？既然嫌我俩有这男女之别，见到彼此更该光明磊落地行事才对，为何放着前厅不去，要去后庭？

他观察这个诡计多端、喜欢遏制他人的岳母，脑海里不禁回想起她当

15

年"折磨"妙儿的几大招数，内心里对此人又多加了几道防备。

"伯安哥哥。"

是了，就是这个称呼。王阳明看到眼前温柔清秀的姑娘，抬头便是一句动人心魄的"伯安哥哥"，他想到过去的妙儿就是这么叫自己的。

听到这倍感思念的称呼，王阳明顿感舒了口气，可正对着眼前的这个妙儿，他只觉心头一紧，真觉不出失而复得、失散再见的喜悦心情。

王阳明不知自己这感觉是怎么了，明明路上还梦见过她。

初一跟在王阳明身后，认真瞧着眼前的妙儿：鸭蛋脸庞、星星点点的小雀斑、个头嘛……也应该是这么个中等身量吧？

王阳明暂时把成见和怀疑放在一边，只当是久别重逢无法进入状态。身后一众丫鬟、婆子，跟着并肩而行的两人进了后庭。

庭院里并无什么美物，除去几株待开的梅花，大冬天的，唯独一个雪人立在院中。

自从看见那案中的雪人，王阳明都有点"雪人恐惧症"了。他到底是个痛快的人，也没跟妙儿客气："咱们进屋里说吧，外头太冷了。"

妙儿身边的嬷嬷似是早有准备，引了两人进屋，又是烧炭，又是续茶的。

眼见清茶热气升腾，可闻到一缕淡淡的清香，王阳明也不顾别的，直接切入主题："妹妹这几年可曾日日想我？"

他这一发问，竟把眼前的妙儿问得双颊绯红，忙用帕捂脸。

"这？"

"怎么？不曾想我？"王阳明毫无惧色，更没有寻常儿郎提及感情时的那种刻意回避、以情为耻，他对上妙儿的一双眸子，想从她那一脸懵懂的表情中看出些许端倪，"我对妹妹可是日夜思念呢！"

"哥哥一来就问这个……让我怎么说？"

王阳明微笑道："妹妹可还记得，当初你我订立的双飞之约？"

妙儿点头，用帕子遮住半边脸："自然，落花人独立，微雨燕双飞。"

"我看妹妹头上戴的，可是金镶珊瑚的珠花？"

"是呢，娘说我戴珊瑚很漂亮，偶尔也会戴红、蓝宝石的……"

王阳明点头，又继续毫无逻辑地发问："妹妹可知，最近发生的雪人虐

16

杀案？听说，被杀的那些男子，都是陈世美一类的负心汉。"

王阳明自顾自给自己续茶。

妙儿看他亲自动手，便吩咐侍立在身后的丫鬟："你怎么这么没眼力见儿？"

那丫鬟忙点头，额头上冒出层层薄汗，赶紧上前给王阳明续茶："公子请用茶。"

王阳明看得仔细，却只淡淡地道谢，慢悠悠地抿了一小口。

妙儿道："哥哥不知，我一个闺阁中的女儿家，成日里也就是绣绣花，也不知什么雪人虐杀案。但要说陈世美，我倒是听说过，那不是宋朝时，由包青天斩杀的负心汉吗？"

"也罢，妹妹只要记得你我订下的双飞之约即可。"说罢，王阳明将茶杯放下，吩咐初一，"初一，把临行前祖父交给我的东西拿来，我要亲手交给妙儿。"

初一看了一下四周，那些老嬷嬷、丫鬟不下五六个，他颇有些为难："公子，老太爷吩咐过，这东西乃是圣上钦赐宝物，恐不能被这么多闲杂人等相看。"

一听此言，妙儿一惊："真的？"

王阳明有些气恼："初一，你胆子不小！竟敢教训我了？什么叫闲杂人等？我未婚妻家里的人，也是你能教训的？"

"可是公子，这一来，是圣上钦赐的宝物；二来，是老太爷的命令……小的也是奉命行事，不敢违逆。"

王阳明气得一拍桌子，刚要发作，谁料妙儿起身道："祖父他老人家说得是。公公是状元郎，又是京城里有名的翰林学士，圣上的赏赐定是极好的。我这穷门小户的，还从未见过宫里的东西呢！王嬷嬷，带他们都下去，可别污了这皇家御赐。"

初一见众人下去，将门关好，才将一精致的捧盒拿出。

王阳明接过那盒子，礼貌地打开给未来的娘子看："喜欢吗？西洋的玩意儿。"

诸妙儿见礼一惊，她原本还以为是金银首饰，谁料竟如此稀罕。

那捧盒的内里居然是一个贝壳形状、模样奇特的西洋小梳妆镜，巴掌

17

大小，可随身携带。镜子外壳为纯银打造，整体呈现贝壳形状，上面镶嵌着西洋花卉造型的景泰蓝，是国内所未有的。

"这外头装饰的花儿，名曰郁金香，听说上头的景泰蓝工艺是大食国工匠所铸造，但这贝壳的图样造型，却是西洋工人手绘的。你再看看里头。"

妙儿喜不自胜，双手有些轻颤，心想：这京城的工艺就是非同凡响。想我诸家，在南昌也算高门大户，可这西洋镜的手艺，想都不敢想啊！

再看那壳的内里，是一面溜圆的玻璃梳妆镜。

明代的中国，玻璃制造业远远不如西洋，玻璃烧制在大明乃是极罕见珍贵的技术，尤其是玻璃镜子和玻璃插屏，谁家要是有这些，八成是达官贵人。

好一点的人家用水晶镜子，差的仍旧用铜镜，照出来的人肤色蜡黄，也模糊不清。可这西洋镜就不同了，肤色、样貌一看便知。

"天啊！哥哥，这镜子竟然是玻璃的。我常听说，洋人做的玻璃比咱们天朝要好，这一看还真是呢！"妙儿难掩激动，将那小巧漂亮的镜子如朝圣般捧在掌中。

她发现镜子上的环扣处，垂挂了一段三色络子。这络子一看就有些年头了，是旧日的物件，原有的红、黄、蓝褪了颜色，偏偏打好的花结很是不同寻常。

妙儿略带疑问地看着那络子，王阳明看在眼中。

王阳明笑道："这是祖父特意吩咐的，说把祖母年轻时送给祖父的虞美人络子，挂在这西洋镜上头，一来中西合璧，二来取个好彩头，希望把上一代的情意传承到咱们这代。"

听他说到情意传承，妙儿又是心跳加速，忙用帕子遮脸："我还纳闷儿，怎么还有个旧时的络子在上面，原来竟然是这个意思。"

王阳明见她把玩着那镜子，对络子只看了几眼便又看向那西洋镜。

王阳明将茶盏拿过，喝了一口茶，而后突然将那茶盏向地上一摔。只听咣当一声，茶盏碎了一地。

妙儿当即吓坏了，瘫软在玫瑰椅上，一动不敢动。而王阳明气得脸色大变，起身一把将那镜子从她手里夺过。

门外的仆妇、丫鬟疾步而来，正要推门而入。王阳明直截了当地开口：

"告诉她们，是你不小心摔了杯子，已经被初一收拾好了。"

妙儿有些犹豫，但还是哆嗦着道："那个……我、我没事儿。是我不小心把杯子摔了，已经被初一……收拾好了。你们、你们在门口候着，不许进来。"

门外传来老嬷嬷的声音："小姐，没事儿吧？"

"没事儿。你们、你们别进来。"妙儿胆怯地发声。

王阳明见耳畔不再有急匆匆的脚步声传来，又将那镜子展示在妙儿眼前，单手抄起那络子："你跟你父母蒙谁呢，诸婷儿？你倒是个有胆量的，顶替你同父异母的姐姐诸妙儿不说，还想让我娶你？做梦！"

"没、没有啊！伯安哥哥，我是……我是妙儿啊！"

"是吗？这个络子，你给我看好了！这是当年妙儿亲手给我做的虞美人络子，我成日戴在腰间，自然旧了。虞美人是妙儿最爱的花，你却口口声声说不认识！我方才一试，就探出你是个冒名顶替的。说！妙儿呢？我未婚妻呢？"

"我、我不知道！伯安哥哥，我真的是妙儿……我没必要骗你啊！"

"是吗？真正的妙儿，虽然性格倔强爱哭，但每每见我，都有诸多话要说。偶尔我俩调笑，她虽也羞涩，但整个人面对我的状态是自然、坦率的，并非你这种刻意装出来的娇怯姿态。她与我说话时从未有用帕捂脸之态，就算脸红也是一瞬之事。哪里像你，这么不自然、不坦诚！还有，我问你首饰一事，你倒是对答如流，一看就是长期佩戴贵重珠宝之人，可据我所知的妙儿，从来都是佩戴次其妹妹一等到两等的首饰。你诸婷儿若戴金镶珊瑚，她就只能戴银镶琥珀。你若购置新衣，她只能干瞪眼！"

"不不，我是妙儿，我、我记得双飞之约……还有，咱们小时候的事情……比如，一起钓鱼啊，一起放风筝啊，哥哥你逃学捉弄夫子，哥哥还代我写过文章……"

"是啊，婷儿小姨子，你只比我们妙儿小了一岁多，自然记得那些琐事。何况你也是鸭蛋脸，有些小雀斑，跟你姐姐妙儿同父异母，相貌自然有几分相似。"王阳明咬牙切齿，真恨不得抽面前的女子几记耳光，"方才你使唤那丫鬟，一张嘴便说她没眼力见儿，那丫鬟当即出汗紧张，可见你平时使唤仆人习以为常，并多有责罚。我们妙儿，可没你这福气。当年供她使唤的那一个嬷嬷、一个丫鬟，还不是反过来给她这个主人气受。这些，都是你那好母亲授意的！再说，那丫鬟若一直伺候妙儿，开口应叫我姑爷，而不是见外的'公子'。可见你们是近几日才串通好的，这些丫鬟、婆子，还未曾安排得当吧？让她们这些伺候你的下人，突然改口叫我姑爷，也是难了些。"

诸婷儿眼看自己被拆穿，又听了这话，不禁冷汗直流："那个……伯安哥哥……我、我不知道你说什么……我是妙儿啊……你听我解释……"

"叫姐夫！"王阳明纠正道，一把揪过婷儿的衣袖，"小姨子，你不说是吧？走，我带你去找岳父说理，我倒要问问看，岳父他心里到底把妙儿这个嫡出长女置于何地！我的未婚妻到底被你们弄哪儿去了？"

第 三 回
铁塑雪人再起风云　　飞花摘星自有玄机

　　王阳明愤怒至极,一路扯着诸婷儿往诸养和的书房走去。

　　诸婷儿哭得梨花带雨,只叫着嬷嬷、丫鬟帮自己解围。

　　谁知道这十七岁的书生好生厉害,眼刀飞过,那几个上蹿下跳的丫鬟、仆妇谁也不敢妄动。

　　诸养和在书房提笔写字,那两人还没过来时,他这边便听到了动静。写也写不下去了,他干脆将笔放下,直接出了房门。

　　他见到女儿一脸菜色,脸上的妆容全都被泪水打湿,头上的珠花发簪通通凌乱,衣袖被王阳明这小子狠狠地扯着,他心想,这厮真是一点都不怜香惜玉啊!

　　"贤婿这是何意? "诸养和揣着明白装糊涂,看眼前的架势,定然是王阳明得知眼前的人并非妙儿。

　　"岳父何必伪装? 您以次女替换长女,李代桃僵,蒙混小婿,我倒是想问问,我家娘子是见不得人还是病入膏肓? 无论如何,也该让我们夫妻见上一见。这算什么? 觉得我们王家好欺负,还是您和岳母另有图谋? "

　　诸养和心道:早知这样,当初真不该让妙儿跟这个厉害小子定亲。

　　诸养和不敢跟王阳明对视,仿佛那一双眼睛甚为灼人,稍一抬头,就能将他的眼珠子灼瞎。

21

"贤婿啊，你此言差矣。什么叫另有图谋？听你话里的意思，难不成我诸家还是攀附你王家？"

见他恶人先告状，王阳明胸中憋着一口气，事到如今，还顾忌什么长幼尊卑？

"我且问您，就算事出有因，为何隐瞒不说？您这么做，一不光明磊落，二更容易引起猜忌。若小婿不往负面的情况思考，那才怪呢！我就一句话，我娘子呢？"

经过这么一闹，诸养和也只好如实相告。他叫底下人唤来赵氏，然后打发受了惊吓的女儿回房。

两位长辈入座，王阳明坐于下首。

诸养和道："你真的想知道妙儿到底如何？"

"自然！"

"那好，老夫就不瞒你了……妙儿她，早在与你离散的第一年霜降后，就去了。"

王阳明见他神色大哀，竟然用手掩住额头，明显的内疚加惭愧。

他真的觉得愧对妙儿？

"岳父，什么叫去了？"

赵氏道："我们那年因叛乱出逃，不料妙儿病重死在了途中。"

"什么？"王阳明显然不信，"具体是哪里？即便人走了，好歹也该有墓地祭拜。"

"逃亡途中，后有追兵，前有山贼，哪儿还能礼数周全？妙儿被我们草草埋了。"赵氏有些不耐烦。

这一次，她看向自家老爷，将一杯热茶递了过去，又转向王阳明："我们婷儿，也是个贤惠可人的，虽说不认得几个字，可女红也是极好的。女孩子家，不读书也是无妨。"

王阳明还是不信，但面对两人的一唱一和，他只得耐下心来，迫使自己冷静。他想了想，摇摇头："这么大的事，好歹之前都会知会一句，这不提算怎么回事？真要是把您家次女配给我，这岂不是骗婚？"

"你这话可真难听。"赵氏拿起茶盏，一脸不屑，"自古便有两姐妹共侍一夫之说。宋代大词人苏东坡，不也先后迎娶过王氏两姐妹？到你这儿，怎么就不行了？都是我老诸家的闺女，一个爹娘生养，有何不同？论起容貌、德行，我们婷儿真乃人如其名，人生得娉娉娇媚，说话办事也比妙儿从容大方，你还挑剔什么？"

王阳明见赵氏没有半分对不住继女的愧疚，当即翻脸质问："您这叫偷梁换柱。妙儿的确不如令爱为人随和，那还不是因为您成日里弄些细碎的事情折磨她、打压她？她小小年纪就吓得如履薄冰，没过过一天安生日子。您对她倒是不打也不骂，就是成日里给她连大丫鬟都不如的日常待遇，叫她明着寒酸，暗地里被下人耻笑！这样的日子久了，谁还会淡定从容？"

"你！"王阳明的话真真戳破了她那伪装得体的谎言，赵氏当即颤颤巍巍地起身。

身旁的老嬷嬷见势，忙扶住赵氏。

诸养和听罢，也是气得双眼通红，对着王阳明伸出手指呵斥："怎么跟你岳母说话呢？"

"还有您！"王阳明毫不畏惧，扭头接住岳父投掷过来的眼神，从容不迫地反问，"当年妙儿受这继母百般折辱，您看在眼里却佯装不知，请问是何道理？当年妙儿在府上没少受气，她平日的吃穿用度都要看继母的脸色行事，这些岳父您明明一清二楚，您可有干涉？"

王阳明说到此处，只觉心口似坠千斤重担。他还记得，当初妙儿才五六岁大，赵氏逼着她裹脚，妙儿疼得龇牙咧嘴。

好在那会儿王阳明及时制止，将那害人的裹脚布用计扯了下来。

虽说大明达官贵族的千金大都会挨上这一罪，可也有个把心疼女儿，死活不同意裹脚的父母。这裹脚到底是传承女德，还是陋习，也是仁者见仁，智者见智，并非每家每户都如法炮制。

王阳明的两个堂妹，都没有裹脚，如今在女孩子群中，可谓高挑修长，犹如两枝冬日蜡梅。

王阳明压根儿不信赵氏连同岳父这"妙儿已死"的说辞，他强烈怀疑其中另有隐情。他只想着如何用言语、技巧、动作加以刺探，观察其微表情，好试出真相。

就在他意在出招、两边僵持不下之时，门口小厮突然来报："老爷，韦大人让您过去一趟，说、说后山那边发现了一个雪人，里头又藏匿着一具尸首！"

王阳明一听这话，忙转身问道："和之前发现的伤口、凶器，可是雷同？"

"正是。"

诸养和没缓过来，还愣怔地生着王阳明的气。赵氏一边帮他顺着胸口，一边问那小厮："老爷是主管行政文书的，怎么不叫旁的按察副使去？"

"说是人手不够，韦大人发誓，定要在下个月之前破案，叫您快些。"

"他倒是方便了，回头我们破了案，他写个奏本交上去论功行赏调到京城……"

诸养和气得咳嗽许久，王阳明却早已迫不及待。

王阳明心思一转，决定暂时放一放妙儿的事不予追究，按兵不动，再从心有愧疚的岳父下手，单独谈话，深挖真相。

王阳明起身，看了眼初一："走吧，我倒要看看，这雪人案到底有何高明之处。"

今儿一大早，南昌府菱角县里有名的泼皮李癞子喝酒骂街。许是醉了，他也不怕冷，拿着酒葫芦往人多的地方凑，口中一直骂咧咧，没完没了。

大家都知道这家伙吃喝嫖赌抽样样都沾，就差贩卖人口了。小孩、妇人无一例外都躲着他。

李癞子刚开始还算得上神志清明，后来便越发头晕目眩。他不知不觉，从县城走到后头的一座小山处。这小山原本开采过一些不打紧的玛瑙，后来成了荒山。孩子们时常来此钓鱼或者寻些小块玛瑙拿着玩。

李癞子走进后山许久，一个人也没有见到，忽而看到前方有一个身穿白色中衣的胖男子，他脾气一上来，借着酒劲儿，朝着那白胖子挥拳打去。

谁料，他的拳头没碰到人，酒葫芦倒是扣了一地。

"老子的酒……一文钱买的……"

李癞子又晃荡着身子，抬腿便向那胖子腰间踹去。

但谁料，他这一踹，腿骨折了。原来那个白胖子是个大雪人，可是踹个雪人都能骨折，这还真是奇闻。

又有谁能想到，一个胖墩墩的雪人里，藏着尸体不说，竟然还有那类似于青铜器的盘条。

24

当王阳明等人赶到时，那尸体已从雪中脱落。

这一次，尸体被处理过了。

尸体上的伤口仍旧对称，仍有丝线勒过脖子的红血印，铆钉仍一排排对称地插在胸口、身上各部位，像是刻意钉上去的"人为纽扣"，尸体上仍有残存的龙须凤羽丝。

可是，为何这次要把尸体肢解呢？手臂被换成了铁条，腿则被人故意卸下，用稻草和铁骨填充。

王阳明过去在京城见过一些腿残之人，他们大多用木料填充废掉的空腿，也有一些条件好的，让铁匠铸造铁拐走路。可用铁做成骨头，填进空荡荡的四肢的，他还真是第一次见。

"这个人本官认识！"韦大人道，一把拉过诸养和，"按察副使，你看看，他是不是咱们南昌府有名的散曲花旦小西天？"

王阳明听到这个名字，嘴角抽搐，还是忙问了一句："我倒真没听过这个名字，按察可否告知此人的情况？"

韦大人道："此人花名小西天，是我们本地有名的花旦。这小子长相俊美，扮上相，竟比那花魁还要美艳三分。前两天本官还看过他的戏……怎的今日……"

王阳明不解："一个花旦，怎么就被虐杀上了西天？"

说罢，王阳明刚要近前探查尸体，那韦大人却在其身侧一惊一乍："一定是那个玄机神女！这个妖女，准是又自设'阴曹地府'，三堂会审这小西天。这次，她可下了狠手，不但把人用她那昴宿星和拂尘虐得半死不活，还动用酷刑，将此人做成人彘，堆成雪人。"

"大人，此言差矣。如若真是那玄机神女所为，那么一个江湖女子，为何与一个戏台名伶有所牵扯？据小生近日打探所知，这玄机神女乃闭门修炼之人，不轻易对男子动手。据说她还一心炼丹，修为颇深。这样的她为何要屡次大开杀戒？这岂不是矛盾？"王阳明脱口说道。这几日他虽然住在岳父家，可是没有闲着，暗地里吩咐初一乔装打扮，出门走访乡野，打听出百姓口中的玄机神女，果然与韦大人口中的不尽相同。

百姓曾言，这玄机神女所做之事可谓大快人心，她专门修理一些染指女子的恶霸、淫贼，将他们五花大绑，予以宫刑，再一番折磨后，勒令他们交出所有家财，赔给受害女方，最后她并不让他们死掉，而是将这些恶霸、淫贼关在人迹罕至的地方做苦力赎罪。

王阳明注意到一个细节，那就是，玄机神女做事很有套路，她修理过无数坏人，可偏不让他们死，而是让他们生不如死。

韦大人对王阳明置之不理，朝着身后的师爷、捕快道："你们给我听好了。上头说了，下个月月底前要破案，老爷我还得写奏章交差。要是因此事耽搁了本大人调回京城的事，我绝饶不了你们！"

王阳明无奈地叹气。

又听韦大人道："跟我走，咱们现在就往飞花山庄摘星观去。"

飞花山庄，满庄飞花。

虽说寒冬腊月，但此处气候暖了几分。

此处满眼的奇珍异树，更有花谢花飞花满天之景。

尤其是那白色梅花，恍若自在的烟云，一个不经意，便朦胧了远山近水。

待众人到了那道观跟前，却闻听内里钟鸣声四起，禅意正浓。

众人立于门外，却无人敢去叫门。

韦大人推了诸养和一把。诸养和无奈地看向女婿。王阳明假装没看见，自顾自地玩着衣袖。

无奈，诸养和只得伸手过去敲门。却不想，这摘星观的大门竟自行敞开。

"玄机神女何在？本官得了逮捕文书，前来寻你同本官走一趟。"韦大人进门便喊。

王阳明见这摘星观内四下收拾得极为妥当干净，颇有大家风范，说不清心底是什么滋味，只觉这利落整洁的道观之内，有股安之若素的气息，真是个清净修行的好地方。

这里举头可以看见那白梅、绿萼交相呼应，皆是自然风景。

王阳明深吸一口气，又见旁处竟有梨花盛放，不觉错愕。这时节，按说不该有此花盛开。

众人眼前的建筑正是摘星观正殿之一，匾额上是大字"奇门宝殿"。宝

26

殿大门不知为何今日上锁，一干人等更觉其中有诈，不敢上前查看。

王阳明正奇怪，就听韦大人很煞风景地吼道："还不快出来！你这恶毒妇人！从上个月到现在，你一手炮制了数起雪人命案，杀人无数。好在苍天有眼，天网恢恢，疏而不漏，本官断案如神，如今有你那铆钉、拂尘为证，还不快束手就擒！"

韦大人这话说得真没道理。

王阳明哀叹："这无理辩三分的能力倒是挺强。"

韦大人见四下仍没动静，气得高抬右腿，便往那令人费解的白梨花树上奋力一踹。他这一踹可好，鹅毛大雪般的梨花，顷刻间纷飞，簌簌落下。

这才是人间四月芳菲尽吧！什么"落红不是无情物"，什么"大漠沙如雪"，都敌不过此情此景来得震撼。

王阳明最是憎恨这"存天理、灭人欲"的狂徒，拿所谓的道理说事儿，却不顾及人情冷暖，为了立功，连一棵树都不肯放过。

他当即呵斥："韦按察，请您自重！"

他的话音刚落，就听有衣角摩擦的沙沙声从天而降，一女子狠辣妖冶的音色落入众人耳畔："是谁在唤本座的名讳？'玄机'二字，也是尔等能叫的？"

众人再一抬眼，只见一身穿雪青色长衫、做道姑打扮的女子，如碧眼狐狸般妖娆妩媚地立于眼前大殿的房顶之上。

这声音，虽只一句，却足以令王阳明为之一震，整个人仿佛穿越回到旧时光：是她吗？为什么？

一张娇弱的、时常沮丧委屈的鸭蛋小脸儿浮现在他脑海中，刚巧与这穿顶之上的道姑重叠在一起。

那女子手持拂尘，身量高挑修长，往那穿顶上一站，目测比男子都高出许多。

还未及细打量其面容，就见这女子从殿上一跃而下，正落在众人近前。

她手中拂尘倏地一比画，众人吓得抱头就退。

"哼！这就怕了？"

此女虽出口轻狂，却底气满满。

看她的眉眼，竟然是个眉眼霸气、风流不输侠客的佳人。

27

狐狸眼、弯弓眉，眉眼搭配得虽美，但一看就是个厉害的主儿，缺少女性特有的恭顺隐忍。

她长着一张标准的华夏美人脸型——鹅蛋脸，十分规整，脸上淡施薄粉，涂了少许胭脂，脑后盘了一个看不清形状的发髻，并用藕粉色的蝴蝶结绑好。

那后脑处的蝴蝶结有些夸张，从脑后一路垂落"翅膀"，直达腰际。

这道姑打扮得好生乖张，不似寻常道姑那般着深色道袍，用宽袖遮掩身材。

那一片片凋落的白色梨花、梅花花瓣，就这么若月光般落到此女的发髻之上，又顺着其后脑绑束的蝴蝶结飘落而下，若水流淌。

她的头发一半盘起一半散着，一片接一片的白色花瓣飘落在她那披散的浓墨长发间，犹如生动灵秀的簪花小字，更显得她整个人肤白胜雪，乌发如墨。

众人都看得呆了。

王阳明却是一阵酸楚，一阵悲哀。他痛恨自己，痛恨自己这些年不知都在干吗，脑里飞快地想着对策。

只见那道姑上前两步，将那拂尘指向韦大人："好个地方按察使，无凭无据前来抓人先不说，连一棵百年古树都不放过，你就是这么做父母官的？常听传言说，韦大人立功心切，急于调回京城，由此看来，绝非谣言。眼下，你既已送上我摘星观来，本座便为民除害，不再与尔等客气。"

第 四 回
道家女重遇儒家子　两相见心中徒伤悲

韦大人一听此言，当即心中蹿起了怒火，喝令手下的师爷等亮出手中物证："铆钉、龙须凤羽丝怎么说？且杀人者武功盖世，谁不知你玄机神女乃是江湖中女子武功第一人？何况那四名死者尸体上的伤口，皆为一气呵成……"

玄机神女不等他说完，便讥讽地笑道："好一个见识浅薄的父母官，难怪把你调到地方任职。让本座告诉你，本座那日常所用的铆钉，原是本座的师父所赐之物，造型仿照昴宿星座，每一颗都标有我摘星观的记号。再说那龙须凤羽丝，不过是民间仰慕本座之人众多，夸大其神威罢了，实为西南古蜀国墓中一种不为人所知的钓鱼线。"

玄机神女说罢，抬手轻掩唇，双瞳剪水，似有些凌厉，又似有挑逗嗤笑。她缓缓地开口："杀人者，先不必说武艺高低，其心思都是缜密的，谁动手杀人不是一气呵成？想你这狗官身边，还没这类高手呢！韦按察瞧着来气，倒也不足为奇。"

就在两人唇枪舌剑的当口儿，王阳明假意惊恐地后退，实则找了一个恰当的位置，暗暗观察这玄机神女。

这女子绝色倾城，却出言嚣张，虽说一针见血，但也可见其咄咄逼人已成习惯。

"你们，都给我上！把这妖女拿下！"韦大人可没受过这般讽刺，刚听了几句就招呼捕快们出手。

只见那玄机神女不慌不忙，倏地原地弹跳，拂尘一抖，画地为圈，顷刻间落进这刚画好的圆中，整个人盘腿打坐，左手持拂尘往肩头一搭，右手做行礼状，口中念白："无量天尊！本座今日便同你们会上一会，我不出这圈子，由你们闹去。"

"初一，这边儿！"王阳明忙拉过初一，直接躲到梨树后头的假山处，在草丛中蹲下。他倒是有种半梦半醒的状态，可那初一仍旧痴痴傻傻，犹在梦中。

"公子，那上头的道姑该不会是诸大姑娘吧？他们不是说诸大姑娘死了吗，怎么会在此地成了道姑，还武功盖世？这……"

虽说初一是在王阳明大了些才跟随其左右，陪伴伺候的，但因诸妙儿跟王阳明自幼定亲，当年他们小两口耳鬓厮磨长达两年光景，初一这个后来者竟也跟着他们朝夕相处了不短的时日。在初一看来，诸妙儿是个很有个性的倔强姑娘，光凭声音，不看相貌，亦可一听便辨出。

王阳明见到初一的反应，忙将初一的嘴巴用手捂住，快速将其拉到自己身边蹲下，责令他静观其变。

随着捕快头子的一声断喝，五六名手持长刀的捕快一鼓作气，朝着玄机神女飞扑而去。

玄机神女火速出击，手中拂尘环其头、缠其臂，可谓武动乾坤。

这激烈的打斗中，她本人竟岿然不动，好似一汪静默的湖水。

谁都没看清她是如何做到的，那一颗颗如同深夜里才能看见的"星星"的铆钉，便顺着那拂尘抛出，犹如一只只欢愉的玉兔，急速掠过众人身侧。

王阳明再定睛一看，只见那些捕快每人身上均有划伤，只是地方不同。

可无论是腿部中招，或是脑门渗血，都使所有人近乎惊骇，除去伏地嗷嗷叫痛的人，无人再敢越雷池一步。

更令王阳明震惊的是，这些星星雨似的银色铆钉，又似听到了召唤，竟然有去有回。

它们于出招间乘风破浪"来无影"，在完成血腥使命后则"去有踪"。

那玄机神女又挥动手中的拂尘，原本飞射的那些璀璨"星光"，竟清一色地回去了。

那拂尘中暗含了什么机关？莫非可以吸附这些铆钉？王阳明想到了什么，脱口道："这招，难道是'燕子还巢'？"

玄机神女听到有懂行的，便又是冷笑一声："不错，拂尘上有机关，用的是战国时期天坑之中的神星碎片。本座那发出去的昂宿星，也是用这残片外加水晶制成。别怕，你们死不了。"

她说罢，起身，把手中的拂尘换了个位置，冷眼瞧着东倒西歪的众人，伸手一指王阳明躲避的位置，眼睛却死死地瞪着韦大人："想不到，你这堆人里竟还有个明白人。我这招'燕子还巢'，的确是江湖失传已久的绝技。"

王阳明见那道姑貌似不再出击，忙起身冲进受伤的人群里。他逐一探查了捕快们的伤口，见一个捕快的伤口中还残留着一颗没能及时"还巢"的铆钉，忙掏出自己早就存入荷包的那些证物对比查看。

玄机神女见他如此，倒不觉惊诧，依旧冷眼旁观，仿佛自己不是那个被千夫所指的妖女。

王阳明小心地从荷包里掏出那保存物证的白色手帕，上面绣着玉兔望月图，图案不大，但刚好能让众人看见。那帕子有些年头了，原本青莲色的底子，因岁月的洗礼，暗淡发旧。

可就是这么一望，玄机神女脸上多少有些变色，握住拂尘的那只手不由得发紧。

王阳明对比了物证，不由得抬眼望向眼前的玄机神女。

王阳明眼前的她，犹如一株修长挺立的虞美人。

碧血江上草，开比杜鹃红。影弱还如舞，花娇欲有言。

此花久站不乱，屹立不倒，天然霸气不说，还有那么一股众人皆醉我独醒的风骨。

她一身道家女的装扮，却更显其特征，一双凝亮的锐眸，无论看向何处，都让人心虚，仿佛那双眼睛能洞察出对方心灵深处最为狡诈阴暗的想法。

"你们这帮废物，本官养你们何用？这要是洪武年间，早把你们剥皮了！给我上啊！"

韦大人继续胡说八道，可已经无人响应。这女子，看起来不过十八九岁的年纪，怎么就有这么大的本事？

见韦大人气得发疯，王阳明苦笑，心道：妙儿啊妙儿，想不到女大十八变，你变得稳重老成了，十五岁的年纪，却因武功高强，一身道袍，显得比实际年龄要虚长四五岁。可眼下这情景你又是为何？为何？

一时之间，任凭韦大人如何谩骂，都无人响应。

王阳明淡然地几步走到韦大人面前，摊开手中另一份物证："按察使，小生有话说。这是小生之前在破庙里发现的物证的拓印。小生素来有用随身携带的炭笔、煤笔做记录的习惯。此次出门，想不到遇到这雪人虐杀案，小生便在凶案现场，用煤笔在白纸上做了相关拓印。小生能证明，这雪人案件的真凶，绝非眼前这位道长。"

韦大人听了这话，脸色顿时"赤橙黄绿青蓝紫"一阵转变。他可不想在此时丢了面子，吼道："没把握就闭嘴！"

王阳明却不搭理他，全然将这里当成了推理的舞台。他勇敢地向玄机神女所处的位置走去，用自己的身体将玄机神女与韦大人隔开。

"我有几个凭证，能证明这位道长并非凶手。其一，道长的铆钉有去有回，几乎不曾钉在肉身之上；其二，道长的兵器所致的伤口并非对称，而是随意为之，且留有一定的弧度，而雪人案中尸体上的残留伤痕却是棱角分明，清一色呈对称状；其三，昴宿星和凶案现场的铆钉几乎一样，但你们仔细对比可以看出，道长的昴宿星上附有镶爪，其厚度同凶案现场的铆钉基本一致，且有用过的痕迹，一看就是反复使用的，而凶手仿制的铆钉，新一些，上有埋在土里做旧的痕迹，整体比道长的昴宿星薄一些，没有镶爪。想必，道长说的本观标记，是指镶爪。"

玄机神女面无表情地道："不错。"

王阳明继续道："再有，大家看我手上的这张白纸，纸上描绘着在破庙、后山上发现的尸体上的伤痕。这两具尸体的伤口，一看便为男子所致，并非女子所为。"

王阳明这话一出，众人一惊，纷纷议论起来。

一直安静如空气的诸养和，从开始到现在，都没认出眼前的玄机神女是自己的亲生闺女，现今听了王阳明这话，才有些缓过神儿："你说什么？你怎么看出来的？"

32

王阳明方才一直让初一观察诸养和的表情，可初一悄悄报告说："诸大人没什么表情，好像没认出来。"

王阳明听他发问，又看向玄机神女，心中突然悲伤，为妙儿所受之苦不值，为她有这样的家人不值。

"我曾随叔父办案，当年见过一江湖女匪杀人，那女匪武功不错，出手也是狠辣，但所残留的伤口并非雪人一案中那般形状。一般而言，和武功同等的男子相比，女子所致伤口，无论从哪个角度来看，都要轻而浅。而男子所致伤痕，却要比女子造成的深且重。如果说有十分武力，女子每次出击顶多运气六分，力道五分；男子则运气八分，力道七分。这是男女天生体质不同所致。小生拓印的这些伤口，大家可见其深度，应是男子所为。且方才这位道长出招多次，拂尘上的丝线却从未脱落过一根，想必拿出那拂尘上的丝线对比，也能一眼分辨其尸体上所留丝线的不同之处。"

"拿去看看。"谁料，玄机神女主动发话，从袖中掏出半尺来长的丝线，亲自递给王阳明。

王阳明回首，与她的眸子相对。

二人转瞬即逝的无声对白，胜过人间无数。

王阳明用帕子托住那丝线，迎着阳光："大家看到了吧。道长刚刚打斗使用拂尘时，我就发现这丝线不简单，这丝线上有亮点，犹如鱼鳞一般。"

他又拿出从命案现场捡到的那一根作为对比："而这个赝品，并无任何波光亮点，恐怕要使用全力勒紧对方的脖子，才能造成那样的血痕。方才大家亲眼所见，道长手中的拂尘有多么强悍，所以……"

王阳明欲言又止，看向玄机神女，见她表情淡定自若、大义凛然，一看就是正义侠士。

"你这小子略微有些常识罢了。想必你平日不过是个大俗人，但如今出言倒也掷地有声，还算是个不拿世家大族出身仗势欺人之辈。"玄机神女出言不逊，话中绵里藏针。

玄机神女此言说罢，众人就听身后观外有人来报："韦大人，不好了！"

韦大人心道：怎么这么倒霉？他无奈地回身骂道："何事？别疯狗似的乱汪汪。"

"大人，房家大老爷一家，被灭门了！"来人是个捕快，他见到韦大人，慌忙开口，十分委屈。

韦大人一听这话，差点没站稳，幸而诸养和在旁扶住了他。

"你慢慢说！哪个房家？难道是……咱们南昌府的大户房家？"

捕快道："正是！昨天夜里，房家除房大老爷之外的所有人，全被杀了！房大老爷如今，整个人都像是中了邪。"

"尸体可做成雪人？"韦大人忙问。

"不曾！"

捕快这话真是令人十分无奈。韦大人直接跳着脚骂街："这档子事儿还没了呢，又来一个灭门！还让不让人活了？"

韦大人像个被讨债的，又是捶胸顿足，又是伏地撒泼，简直像是疯了。

在众人的劝说下，韦大人不得不起身离开。临走前，他不甘心地瞪了玄机神女一眼，但在证据面前他也无可奈何。

王阳明看了一眼远去的诸养和，他在临走前，仍旧没认出亲生女儿，就这么跟着离开了。

事到如今，王阳明真为妙儿不值。他看向站立在离自己不到五尺、一身道袍、身姿绰约的美人，心中轻叹：你与之前的模样、身姿大不相同，也难怪你生父认不出你！想当初他对赵氏一味纵容，对你这亡妻的嫡女并不放在心上。但你方才一开口，语音、语调虽然咄咄逼人，声音却是清晰可辨，犹如仍在童年。何况你我对视虽只有一瞬，于我而言，却是刹那永恒……

王阳明心中惆怅，可谓百感交集，他就这般在原地未动丝毫，直到韦大人一行人走远，才转身追问这玄机神女。

谁料小书童初一竟比王阳明还要着急，上前一步就道："诸大……"

他刚要吐出"姑娘"二字，王阳明连忙踩了他一脚，将其连拉带拽地藏到自己身后。王阳明一副好好书生知书达理的模样："敢问道长，'玄机'二字作何解释，从何而来？"

他此刻最想了解的就是他这妙儿妹妹跟那臭名昭著的玄机阁有无瓜葛。

玄机神女听他此言，白了他一眼，没好气地说道："我还当你这人有些见识，想不到竟也是个笨的，连《晋书·天文志》都没看过？本座这名字，原出自这里，据说北斗七星在太微北，枢为天、璇为地、玑为人、权为时、

34

衡为音、开阳为律、瑶光为星。我师父特意为我选了'璇玑'二字作为法号。谁知她当时去匆忙，取了名字便出门了，我当时年幼，误以为两个带王字旁的字'璇玑'为'玄机'，书写行文时，错记成了这两个字。待师父回来见我，本座早以'玄机'二字示人，师兄、师姐们也都习以为常了，师父便也认了。"

王阳明见她言语仍旧尖酸刻薄，说话时神情淡漠孤高，他心中多少有些酸楚，却依旧没有失去信念："请问，道长的尊师是哪位高人？可是哪个高门大派？难不成是华山派？"

他故意说一个离谱的门派，想令对方矢口否认，以至于脱口而出正确答案。

"我不知什么华山派，只知本座的师父叫绰影侠。"

"哦，久仰久仰！原来是绰影侠前辈。"王阳明会心一笑，拱手道，"既然不是华山派，难道是衡山派？嵩山派？又或是——玄机阁？"

王阳明素来诡辩，故意佯装不知各个门派的区别，又故意说出几个不着边际的门派名称，最后才落到"玄机阁"三字，想试探出到底是何门派。

谁料，玄机神女勃然大怒："公子今日话太多了些！梵湖儿！"

玄机神女一声喝令，只见一白色大猫从房上一跃而下。它先落到树上，又纵身跳到王阳明近前的石头之上，吓得原本就胆小的初一大叫起来："公子，公子，你看这猫，这猫的眼睛会变！"

王阳明再想问玄机神女，此女已消失不见，此地徒留这长着一对鸳鸯眼的漂亮宝贝，朝着王阳明磨爪龇牙。

"这猫好生奇怪！"初一扯住自家公子的衣袖往后退，"它的眼睛……它的眼睛，会变色？"

眼前的猫，左眼为蓝、右眼为绿，这本不算什么，可偏偏这家伙又快速转换着双眸的颜色，这一秒钟左眼红了，下一秒钟右眼又紫了，人还没看清一种颜色，它随之而来又有变化。

这猫刚刚睡醒，"起床气"重得很，把半日来积攒的怨愤化作暴脾气，朝着两人大声呵气，一对虎牙也龇了出来，那大爪子向外一翻，几根坚硬的指甲刺出，朝地上的石头就是几下狠磨，磨得那石块哧哧作响。

"这……这诸大姑娘，难道……难道真成了妖女？她手下的猫都……"

35

初一吓得躲到王阳明身后。

王阳明却想到了什么:"这是西域那边进贡来的白色大猫,据说是奥斯曼那边来的会游泳的猫,名为梵湖儿。这猫体形庞大,也有跟咱们这边的临清狮子猫混血的,只是……"

王阳明抬头看那梨花,又看这猫,不禁笑道:"道长好生大方,炼完的丹药,都给花儿、猫儿吃了。不知人吃了,又会生出何种变化?小生今日确实话多了,就此告退,改日再来请教!"

第 五 回
房氏族兄弟成反目　玄机女江舟救红玉

　　房家原是南昌府的世家大族，不是以商贾起家的巨富，他家祖上中过状元，一派书香世家的作为。后因房氏兄弟心生嫌隙，在房大老爷这一辈分了家。

　　这种情况在书香门第里实属罕见。

　　王阳明赶往房家探查的途中，就听见四下邻里议论纷纷。

　　"房家大老爷和二老爷本都是嫡出，后因房家老二娶妻不贤，挑唆着兄弟二人在五年前就分了家。这分家就分家吧，还打得跟热窑似的。据说这次的房大老爷被灭门一案，竟是亲弟弟所为，更有买凶杀人的嫌疑。"

　　这一路上，旁人的闲言碎语竟如出一辙。

　　王阳明心中盘算，挑动车帘，观察那些说长道短的邻里，看其表面倒不似撒谎。

　　王阳明抵达凶案现场，跨进院子，血腥之气便扑面而来。

　　案发地为房家女儿的闺房，现已被捕快封锁，更有仵作前来搬运尸体。

　　王阳明出示了韦大人给出的令牌，带初一一并进去。

　　此事也是稀奇，案发当夜，大老爷独自睡在书房，夫人跟闺女房红玉在一个屋子睡下。那值夜的两名丫鬟，一个跟随夫人、姑娘睡在室内，另一个则随一位上了年纪的嬷嬷睡在外间的屋子。

37

五位女眷，一夜之间全部被人杀害，房大老爷竟然后知后觉。

王阳明查看室内，发现了挣扎打斗的痕迹，询问仵作后，发现尸体均为刀伤致命，每个人挨了一刀或者三四刀后毙命。

夫人、老嬷嬷和一名唤作芍药的大丫鬟身上均有磕碰、摔打，重器、钝器击伤的痕迹。这四周的情形，展示的是：这三人与凶手激烈搏斗过，又不敌对手，最终惨遭屠戮。

最惨烈的还在后面。一名唤作素心的丫头被凶手劫走，下落不明。而可怜的大小姐房红玉，被人切割了头颅不说，还赤裸裸地躺在自己的美人榻上，光裸着的身子明晃晃地展现在众人眼前。

王阳明不忍直视，忽听身后传来歇斯底里的哭喊大闹声，一听便可猜出来人就是房大老爷。

王阳明过去随叔父办案，就曾遇到过几起行为恶劣的强奸杀人案，亲生父母若还在世，他们真是活不下去了，遇到此类事件后，再坚强勇敢之人，不是疯掉就是自尽。就算活着，他们也是被人诟病，成日里若行尸走肉般苟且偷生。

"我的闺女啊！一看这就是我们家挨千刀的老二，那个不争气的东西干的好事啊！"

果然，那老者不顾旁人的阻拦，疯了似的冲了进来。

仵作刚好在给房大小姐收尸，这房大老爷一个趔趄，竟然撞到了王阳明腰上。

王阳明可能是受到了惊吓，整个人重心偏移，竟栽倒在无头死尸前，差点和死尸来个亲密接触。

"公子！"初一手疾眼快，拉住了王阳明的衣袖，却刺啦一声，扯去了他一大半的袖子。

这靠近的时间若电光石火，但王阳明原就如车轮般迅速转动的大脑想到了什么，他一双鹰眼顿时放出利刃般的光芒："等一下！这手不对！"

王阳明的声音挺大，只可惜扑上来的房大老爷已经跪倒在女儿的尸体近前，拉起闺女的手用力一握，整个人哭个没完："都是因为我那不争气的兄弟，这几年非跟我抢什么传家宝。不就是个破雕像嘛！我给你就是了，何必祸害我闺女！"

仵作倒是个耳朵灵敏的，忙问："手不对？"

王阳明被初一扶起，一脸正色："是！您请看！"王阳明走到尸体近前，却不忍扯过被房老爷死死攥在怀里的女儿家的玉手。

仵作不管这一套，将死尸的另一只手用白布垫了，捧到王阳明跟前。

王阳明指了指死尸右手手腕处佩戴着的芙蓉种绿色翡翠手镯："您不觉得，这手镯戴在这房大小姐腕上，圈口太大了些吗？堂堂一个大小姐，选个日常戴的镯子，难道都选不到一个合适的吗？"

仵作点头："还真是，买镯子，自然要买圈口合适的，又不是穷人买不起。"

王阳明又指了指被房大老爷攥在心口的那一只手腕："您再看看，那边也不对！这左边的手腕上，怎么有个如此深刻于皮肤里的印痕？可尸体的皓腕之上却唯独留下一条于中元节才需佩戴的长命红绳。是不是缺了什么，被人刻意拿走了？"

仵作看房大老爷哭得死去活来，忙给捕快们使了个眼色。两个捕快便一左一右上前制住房大老爷，将其用力架起。

仵作忙将那死尸的左手用白布托住，放置于眼下观瞧："小兄弟目光真敏锐！这腕子上头的确留有人为压过的痕迹。"

王阳明一看便道："这是手镯所留，很可能还是金镯。您看，上面这个嵌入皮肤里的印记，好似一对小鹿，定然是这位姑娘与歹人搏斗时，被其强行压住双腕所致。后那歹人又见这镯子乃是金子打造的，干脆拿了下来。"

仵作便让房大老爷过来看看。

这房大老爷一味咒骂着自家兄弟，听了王阳明这话，倒是好像看到了些许曙光。他擦了把眼泪，半似癫狂、半似萎靡地过来辨认："若说这翡翠手镯，倒是我家红玉的无疑。可这双鹿造型的镯子，我是不知道啊。只是……只是伺候我家闺女的那个丫鬟，进府后改名叫的素心，她以前姓陆。"

王阳明一听便道："那就对了！'陆''鹿'同音，鹿又是长寿的象征。恐怕这双鹿手镯，是您家红玉小姐特意赏给这个丫鬟的。房大老爷，您现在不必哭得死去活来的，您家姑娘没死！这被贼人掳走的，是您家房大小姐。死了的这个无头女尸，是那丫鬟素心。"

"什么？"众人一愣。

刚好此时韦大人、诸养和两人过来，挑开门帘，听到了这一段。

韦大人小胡子一吹，一脸不服："怎么，伯安又有新发现？"自打他知道王阳明既是王华之子，又是诸养和的乘龙快婿后，便对其以字相称，说话也略微客气了些。但内心，他仍旧觉得这小子碍眼。

王阳明拱手道："两位按察使，此案确实与雪人案无关。但至于凶手是不是房大老爷的弟弟，这点小生还得继续探寻。小生能确定的，是这位贼人杀死了丫鬟素心，将素心的人头割下，又将房大小姐的翡翠手镯取下，戴在被割头的丫鬟素心的手腕之上。他却因贪财，将大小姐赏赐给素心的双鹿金手镯取走了。却不知，大小姐比这丫鬟身材高挑、体形丰腴，这手镯圈口暴露了其偷梁换柱的行为。可见，这凶手不懂珠宝玉器鉴赏，也是个没读过书的，不知'黄金有价玉无价'一说，他还当翡翠不值钱，特意用作伪装，却因自己的贪婪无知，暴露了劫走了大小姐的隐情。"

韦大人还没反应过来，那房老爷倒是真的听明白了，扑通一声跪在地上："按察使，求两位救救小女吧！若真如这位公子所言，小女、小女恐怕……"

王阳明不忍再想，在这个唯贞洁至上的大明王朝，对于女子节操的要求远远比宋代还要苛刻。

一个读书人家的姑娘，被恶贼劫走，就算不死，会遭遇什么，大家一想便知。

就算之后找了回来，她身边之人也会逼她自裁谢罪。

王阳明也有堂妹，想起幸运如她俩——未曾遭受裹脚摧残的姑娘，在大明是极少数的。

他倏地想到了什么："对了！来的路上，我闻听房大老爷和房二老爷两家乃一池之隔？似乎两家中间，只隔了一个荷花池？"

房大老爷点头："正是。"

王阳明道："那么，您弟弟家里可有什么人？"

房大老爷一提他弟弟就是叫骂："他那断子绝孙的东西！除了贪财就是好色，能有什么人？通房加上妾室，不下六七个！那点钱都干了这个，所以才跟我要什么珊瑚雕像。"

"珊瑚雕像可有丢失？"

"不曾丢失。"

王阳明又道："您仔细想想，他家里可有男丁？尤其是这三个月到半年，可有什么新来居住的年轻男丁？"

王阳明话语中肯，双眼中闪着一种审问考量的光芒。

房大老爷被他问得有些犹豫。

就在此时，只听外头有一男声高呼："大哥，兄弟来晚了！兄弟不孝，让我再见一眼大嫂跟侄女吧！"

房大老爷一听这话，气不打一处来。

他抄起一旁的半个碎花瓶，就要往来人头上砸。

仵作等人没拦住，那半个花瓶直接被掷了出去，刚好砸在来人的脚边。

只听哗啦一声，连同乱叫还有跳脚的声音一并入耳。

"你还有脸管我叫大哥？你一个功名都没有，成天就会听你那媳妇挑唆，把家风都败坏了！如今我不给你那珊瑚雕像，你就灭我全家！"

房大老爷说得笃定，王阳明观其表情，不像刻意背好的台词。

那房二老爷，是带着自家夫人一起前来。王阳明观察这房二老爷的体态、样貌，就知其已被酒色掏空了身体，那一双不会说话却带着血丝的眼瞳，着实令人联想起一幕幕不雅的声色场景。

那房二老爷的夫人倒是个不怯场的，看打扮，像是妾室扶正。

只见她扭动腰肢，一双会来事儿的杏核眼四下寻觅地乱转，直转得王阳明都觉得她累得慌。

王阳明不想跟他们废话，直接上去拍了一下房大老爷的肩膀，示意他少安毋躁，几步上前，询问房二老爷："敢问房二老爷，您家最近可有新入府居住的年轻男丁？例如书生。"

他这话一出，那房二夫人的脸瞬间变了颜色。

她比自家老爷，更善于洞察话中的玄机。

王阳明见其瞳仁蓦地放大，但转瞬之间，她一双杏核眼已然往右侧看去，似要编造假话搪塞。

她不等自家夫君开口，右手轻轻抬起，刻意碰了一下夫君，又忙抬起帕子，遮上了自己的口鼻位置，佯装鼻子酸涩，欲要哭泣："家里只有几个仆役是男的，但也不年轻了。我家幼子前几日去了他外婆家。大儿子出门游玩，已有半年不着家了。"

王阳明有些气愤："不对！你家里有个年轻男丁，还是夫人您娘家来的！是外甥，还是您本家内侄？"

王阳明这话一出，那妇人一愣，瞳仁再次收缩，下巴忽地抬起，眉宇也随之上扬，鼻孔微微张大，原本拿着红色帕子的手，悬在胸前。

王阳明见其露出慌乱，追问道："是外甥对吗？你姐妹的孩子！他来这儿有三个月了？是一周前跟你辞行的对吗？"

随后，这房二夫人嘴唇微启，眉毛则往下垂落，一双杏核眼开始眯起。

王阳明见她展示出厌恶的神色，就知道自己全部说中了，转头对韦大人道："韦按察，您看，这位夫人有隐瞒呢！您还是亲自问问吧！"

不出王阳明所料，房二老爷家最近的确有位韩姓公子入住，乃房二夫人姐姐的孩子。入住时间刚好三个月整，一周前他突然说想去杭州访友，便提前告辞。

王阳明道："两位按察，小生推断，这房二老爷家的韩公子，许是拐走红玉小姐之人。他之所以提前一周辞行，想必是提早准备与房大小姐的私奔事宜，但他本人并未出城到杭州。刚刚听房二老爷家两位所言，这韩公子乃是一位读书人，性格温良，又不习武，所以我看，他倒不是个会杀人的，可房大小姐被他拐走无疑。"

韦大人一听这话，非常糊涂："这、这怎么说？拐走房大小姐的是韩公子，可灭人全家的却不是他？那、那又是谁？"

王阳明道："有可能是这韩公子为人单纯，引狼入室了也未可知呢？有些人，交友不慎，将一番衷肠倾诉于人，反倒引来杀身之祸。这类事，我之前帮叔父办案时也曾遇到过。想必这韩公子是在三个月内同房大小姐结识并私订终身的。两人约定私奔，但不知中途这事儿被谁知晓了。那个知道此事之人，将原本约定与韩公子私奔的房大小姐劫持，又打探到房大小姐的家庭情况，想劫些钱财。这一过程中，此人将房大小姐的家人杀害了。"

房二夫人一听这话，倒是有些发疯："你、你说什么？那、那我外甥……岂不是，也被他杀了？"

王阳明颔首："恐怕是的。"

这房二夫人一听此言，脚下一滑，愣是晕倒在房二老爷怀里。

夜幕之下。

江上有艘孤零零的小船，有些悲怆地横卧在湖心之上。

船上的女子一身男装打扮，跪在船头掩面大哭。

一个手持钢刀的男子，委实忍了她半晌。最终那男子难以忍受，便用带血的大刀一指那女子："哭什么？没了这姓韩的，你跟我也是一样的。等到了苏州，我们吃好的、穿好的。"

那男子面孔狰狞，一双厚实的嘴唇像是被什么东西蜇了似的，肿得老高不说，上头还有未干的血迹，似涂了一嘴砖红色，在莹白的月光笼罩下，配上那奸佞的笑容，尤其瘆人。

女子哭了半晌，已经没了力气："你身为韩公子的朋友，为何如此对他，杀了他？你还把我的家人害了！我娘和下人们可有招惹过你？"

那男子将刀用破布擦干净，而后将破布掷于湖中，冷笑道："要不是时间匆忙，你家那珊瑚雕像我也是要定了的。可惜，你跟我回来后才吐了这实话。也罢，回头老子玩腻了你，把你卖到窑子里换些钱财，买什么没有？"

说罢，那男子突然起身，当着女子的面宽衣解带，一副淫贼模样。

女子顿时面色煞白，往后缩去，却已没有了可逃之路。

"你杀了我全家，又害死了韩公子，你不怕有报应吗？"

"不怕！你没听过'祸害活千年'吗？要不，你说出你家藏珊瑚雕像的地方，我就放了你！"

"呸！"女子已站到船边，往后就是漆黑一片的冰冷湖水，"我好后悔，没能早知道你是个人面兽心的狗贼！韩公子交友不慎，遇到你这么个东西。别以为我不知道，你若是从我嘴里探出珊瑚雕像的下落，不仅要杀我灭口，还会置我爹爹于死地！"

女子下定决心，闭紧双眸，晃晃悠悠地站在船边，眼看就要往下跳。

正在她想要轻生之际，就听身后传来沙沙响动，还没等她看清是怎么回事，船身就被噼里啪啦地击打出万点坑来。

原来方才的响声是江湖上流传的一招"雨打龙鳞"，只见船上的狂徒浑身几处要害大穴均被铆钉刺中，当即不能动弹。

"房红玉，你又何必怕他？这样的混账不杀，难道留着过年？他给咱们

43

提鞋都不配！"

玄机神女着一身丁香紫色的合身道袍从天而降，还带了两名道姑打扮的弟子。

三人均随风而下，落于船身。

"玄机神女？"房红玉曾听说过江湖第一女侠玄机神女的名号，想不到今天竟然被此人所救。

玄机神女拂尘一挥，一把亮晶晶的匕首扎在房红玉近前的地上。房红玉一愣，吓得当即跪地。

玄机神女道："这厮不是个好东西。不过按我的规矩，自然不会伤他的性命。但死罪可免，活罪难逃。红玉，你拿着这匕首，也当自己是个判官，对这厮施以宫刑可好？"

房红玉一听愣了，眼瞧着那两名弟子一左一右按住那奸贼，右首一侧的道姑将一根锥子似的冰柱扎入此恶人的后背。那奸贼尖叫一声，还未来得及反应，又被那道姑捏住嘴巴，将这冰柱用力拔出。那道姑将这冰柱握于手中，愣是将此奸贼的门牙砸掉了四颗。左首一侧的道姑则用手中的剪刀轻轻一扫，将那淫贼的外裤褪下，露出白色中裤。之前那个小道姑又用冰柱刺他的膝盖，令此人朝着房红玉的方向重重一跪。

"我……我不敢！"房红玉没想到，玄机神女竟会让自己做出这等惊天动地的事来，这对一个大家闺秀而言，实在太过于不可思议、离经叛道。

"红玉，你没做错什么，是不是？你只是想跟喜欢的男子在一起，对吧？"玄机神女口气缓和了些。

"对。"

"可是，这个人他毁了你的清誉！你可想过，即便你没被他染指，之后你脱身回去，你家里人还能相信你的清白吗？外人难道不会诟病你、排挤你吗？你母亲不在了，将来谁为你做主？"

"这……这并不是我的错，不是我想这样的……"房红玉似是突然陷入了绝境。

玄机神女又道："韩公子交友不慎，是他连累了你，你不知道会发生这些，对吗？"

玄机神女走近房红玉，将那匕首递给她："不是让你杀他，只是让你做一次判官，为自己鸣冤，为无辜的人出口恶气。想想你娘，那么贤惠的一个人，这狗贼愣是当着你的面儿亲手杀害了她。想想那两个丫鬟、一位嬷嬷，都是一心一意伺候你多年的，她们又做错了什么？"

正被两个小道姑按住的奸贼听闻此话，惊恐地张开一双电灯泡似的大眼，整个人汗毛倒立，只觉得身下一热，竟失禁了。

房红玉听了这话，想起那一幕幕可怕的画面，想起这厮竟然将韩公子杀死推入湖中，又挟持她翻墙回家，拿长刀抵住她的后背，勒令她假装敲门进屋，他竟然还当着她的面，狠狠一刀刺入奶娘的心口，又将母亲、丫鬟们残忍杀害。

素心是反抗得最厉害的，却被这贼人用手按住脑袋，硬生生往墙上撞去。他又见其肤白貌美，竟想当着她的面染指素心。素心被他脱光衣服，手腕被他死死按住不能动弹，就在这淫贼强吻其唇瓣之时，素心狠命咬住他的嘴唇，这厮暴怒，当即抽了素心一记耳光，最后干脆拿刀将素心的头颅斩断。

而母亲为救她，在心窝处被刺入一刀后，竟然还拿起花瓶，用尽最后一口气，砸向这恶贼。

可惜，天不遂人愿。

最初大家都以为房红玉是因家里管教太严，一时赌气，离家出走。房红玉的母亲一面私下派人去找，一面又唯恐惊动老爷。

房红玉的母亲还刻意瞒着她父亲，找碴儿跟他赌气打架，让他到书房去睡……听到房红玉回来叫门，还当是闺女知错回来了。

一屋子女眷愣是没有半点防备，结果……

想起这些，房红玉的手不再颤抖，她也不知道哪里来的力气，将那匕首牢牢持在手中，几步迈向那淫贼，对准其要害，大喝出从来不曾有过的呐喊。

那明晃晃的匕首一闪而过，划出的鲜血飞溅于小船之上……

第六回

药王徒心系道家女　少年忆当年携手处

湖心若镜。

可这镜子却是暗黑的。

任凭谁去看，都只能看见房红玉脸上的惊恐与震颤。

玄机神女叮嘱两位徒儿："兰生，你把房大小姐先带回摘星观，待她清醒过来，问问她是想回去，还是有其他打算。同时飞鹞传书，给房大老爷报平安。幽谷，你把这厮带回'阴曹地府'，记住，带他到'十八层地狱'，只要不死可以随意刑罚。"

原来房红玉已然昏倒在兰生怀里。兰生将那染了血的匕首从房红玉手中取出收好："师父，药王门的少门主着急见您，之前便遣了人来问咱们拿丹药的事儿呢！"

玄机神女额首："知道，为师这就去见他。"

几人各自飞身而去，徒留满是血迹的小船孤零零地在波澜不惊的湖面打转。不到半盏茶的工夫，那小船便沉入湖底。

玄机神女与幽谷回到那自设的"阴曹地府"，她乔装易容，扮成阎王模样，开始审问那贼人。

别说，这玄机神女打扮成的阎王，还是个花样美男。

待各个刑罚均使用了一遍，幽谷听着这淫贼的号叫声，心满意足地道："怎么，现在知道怕了？让你欺负女人！"

那淫贼已然被虐成失心疯，除去鸡奔碎米般磕头，再不会其他。

玄机神女算了算时辰，同幽谷交代了一下，便推窗飞身而去。

窗外不远是一片竹林。

她走了不久，便听到有人吹笛。

玄机神女轻功了得，几步飞身踏竹，于皎皎冷月下穿行，循着那笛声而去，直到看到那坐于马上之人。

只见那人跨坐于一匹黑马之上，身旁还拴着一匹枣红色的马。

"少门主今日不忙了？"玄机神女调侃。

"等你自然就不忙。你若忙，我就只好也跟着忙。"对方语气淡淡的，身形是细腰宽肩，月光下，素白的一张脸上五官俊美秀气，俨然是一名花样美男。

玄机神女几步飞身骑到那枣红马上，很熟识地对吹笛人道："我们骑马说话。"

"也好，许久不曾跟妹妹月下赛马了，不知玄机妹妹最近马术可曾退步？"

"那要试过才知！"玄机神女用拂尘将那系马的绳子一卷，马儿瞬间自由，她则轻快地喊了声"驾"，整个人如一只振翅高飞的野鹤，同枣红马一起奔驰于竹林之间。

一旁驰骋的黑马少年见她今日兴致格外好，倒有些好奇了，快马加鞭赶上："玄机妹妹今日可是有什么大好事？"

"好事倒没有，不过要谢过你药王门帮助本座搭建的'阴曹地府'。这几日，我接连审讯了不少罪大恶极的贼人。"

"想必今日这个也被你收拾个半死吧？"

"我看今日这家伙，给你门派做药仆试药可好？我瞧他身体健硕，倒是个能抗病的。"

玄机神女快马加鞭，一旁的黑马少年也不输于人。

两人迎风对话，好不畅快，说话间到了竹林的尽头，那里有另一番天然景象。

小桥流水，古道西风，只见一黑一红两匹精壮结实的大马，放缓铁蹄，踏月影西行。

"我说妹妹，你们摘星观的丹药可贵了些！你好歹给我个便宜价格，回头师父回来，我这做少门主的也好跟师父交代。"

黑马少年原来是江湖门派药王门的少门主——陈利剑。他半讨好半亲昵地跟玄机神女嗔怪着，口气中透露着些许暧昧。

"多谢贵派出手相助，帮我铸造'阴曹地府'。可这桥归桥，路归路，丹药的价格是本座的师父定下的，何况如今找那绿松、朱砂、青金、砗磲越加难了，眼下，就连末等的珊瑚、琥珀的价格，比之过去都涨了数倍……"她似是欲言又止，却不看身侧的花样美男一眼。

陈利剑叹了一口气，语气依旧带着嗔怪："那还请道长多多做些'孔雀不换散'来。门主说了，若论这孔雀石入药，还是你们观里的最适合。"

玄机神女白了他一眼，冷笑道："你若多买些，本座自然送得多；你若买少了，本座怎可随意违背师意？再说，我观里多少道姑、道士的吃穿用度，哪里不用钱？"

陈利剑颔首，一脸体谅："是是是，妹妹一个人撑起一座道观，自是比旁人辛苦。我不也是一门的少门主吗？妹妹的苦楚，我自比旁人明白。"

两人过了桥，又沿着一条澄澈若琥珀的溪水走了几条蜿蜒曲折的坡道。

眼看着小雪便要降下，二人却在前方看到了一盏如萤火虫般的白灯。

"那是谁？"敏感的陈利剑听到了略显沉重的脚步声，开口近乎质问。

"我的一个熟人。"玄机神女借助那一盏被对面之人提在手中的白灯，看到了立在对面的两人——提灯侍候的初一和玉树临风的王阳明。

不看还好，一看见王阳明，玄机神女那一双狐狸眼便不受控制地滑落在王阳明腰带上悬着的虞美人三色络子上。这定格的时间不到一秒，却被王阳明看得真切。

玄机神女利落地下马，也不顾陈利剑作何感想，径自几步踱到王阳明面前。

"还有几步便到了本座的道观，公子何苦在这里等呢？"玄机神女目光清冷，口气淡淡的。

王阳明观望她的表情，心里突然有些复杂，又想哭，又想笑，一时间

48

语塞。

初一却抢白道："诸大姑娘就算不愿与我家公子相认，好歹也把话说清楚些，这样杳无音信，让我家公子好生难受！再怎么样，两家人也是结了秦晋之好的，你怎可抛下我家公子，陷他于不仁不义？"

初一这"不仁不义"四字着实用得重了。王阳明也没想到初一这小子用了这四个字，刚要回头斥责，只听玄机神女道："也罢，跟我进观吧！"

玄机神女吹了一声口哨，只见一名小道士连同一名小道姑不知从哪里飞了过来，竟是从天而降。

玄机神女吩咐那小丫头："紫气，你跟我进观，带这两位公子去前堂的祈福殿喝茶。"

她又转头看向那年纪稍大的小道士："东来，你带少门主到老地方取孔雀不换散，依过去的量翻倍包好，再附赠一包琥珀阴阳散。"

玄机神女此言一出，她身后马上的陈利剑不干了，他顺势飞身下马，一步跃至玄机神女身侧："哎！这怎么说？就附赠一包？妹妹这么小气了？"

"妹妹？"王阳明一听这话立即蹙眉，扭头看向那少年。刚刚他就想问妙儿这个跟她骑马并行的男人是谁。

陈利剑也不是个吃素的，见有这么个俊朗的书生在这月黑风高的树林之中，于那肆虐的寒风里静候玄机神女，就知道里头有门道。他不好直接问，但现在听玄机神女说什么去观里说，他便"坐不住"了。

王阳明突然开口，却不想陈利剑也同时开口："你是她什么人？"

到底是王阳明这个读书人嘴快，见对方跟自己异口同声，忙又补充道："她是你哪门子妹妹？你竟不顾男女大防这样叫？只有订了婚的男女，才能互相称呼哥哥、妹妹，你不知道吗？"

他说的原是古时候的一种普遍的规矩，但陈利剑乃是江湖中人，何况药王门乃是亦正亦邪的门派，并不十分讲究这些规矩。听他一言，陈利剑横眉冷对："哦？那敢问这位公子又和玄机妹妹是何关系？大晚上的提灯苦等，难道不怕毁了道长的清誉？"

"好了！"玄机神女见两人之间似乎火花四溅，忙一抖拂尘，"无量天尊！尔等烦劳住嘴。本座乃出家之人，跳出三界不在门槛内。本人并无男女之别，只是一个闲云野鹤罢了。听你俩此言，本座倒成不合时宜的小女子了。紫气、东来，快招呼好这两位客人。"

她口气中带着习以为常的讥讽，既高抬了自己，又贬损了一通这两个不知轻重瞎吃醋的男子。

王阳明脸色有些难看，却还是拂动衣袖，跟着那名唤紫气的小道姑进到观内。

这祈福殿内陈设以缥色为主，伴有牙白色的装饰，看着虽冷清，但也令人舒服。

眼前清幽明净，王阳明却是心海翻滚，说不上来地难受。可理智告诫他：看他们二人的表情，倒像是那骑黑马的单相思。

不一会儿，道姑紫气端上茶来。

王阳明突然抓住机会，唇瓣狡黠地一勾，佯装事多："我不喝径山茶。"

王阳明这简单一句，却意味颇深。

初一有些没反应过来，偏头看了一眼公子。

谁料，那道姑淡淡地道："知道，是宁红工夫。"

说罢，她便走了。

初一这才明白，连忙欣喜地道："公子，诸大姑娘还是想着您的！这么多年了，还记得您喜欢宁红工夫，讨厌径山茶，可见在她心里，到底还有您。"

王阳明也难掩得意，将茶盏捧起，小心地揭开盖子，闻了闻茶香："茶汤红艳清澈，碗底叶嫩多芽，正所谓'修水有茶独无二，醉翁赞誉为第一'。"

王阳明心头一暖，整个人沦陷在妙儿备下的这杯茶里。

"公子有何指教？还请明言。"玄机神女跨步而来，换了件孔雀石颜色的道袍，发型如故，只重绑了一个丹色的蝴蝶结于脑后。

她手中依旧拂尘在握，腰身挺得笔直，整个人看起来比寻常男子都显得高挑修长。

"妹妹！"

王阳明的一句"妹妹"，搅得二人心中一阵澎湃。

玄机神女面无表情，只淡淡地道："公子可别这样叫贫道，贫道乃一介清修之人，担不起这声'妹妹'。"

王阳明起身，绕到玄机神女跟前，本有一肚子衷肠想要倾诉，可思前想后，到底还是换了说法："道长见谅！小生只不过一介俗人，槛内待得久了，竟也忘乎所以起来。小生此次前来，只想问清一件事。方才我们得到消息，听说房姑娘在您观中，而且您亲手逮到了灭门凶手，可有此事？"

"自然。"玄机神女将一封有着凝固血渍的黄色手札从袖子中摸出，直接拍在茶几之上，"这是那淫贼的所作所为，亦有他签字画押。你一看便知他干的好事。"

"道长可愿将此人交给官府处置？脏了道长的手，总是不好。"

"现在这样本座看着挺好。"玄机神女讥讽道，"给你们？来个斩立决？便宜了他！他的罪过又不足够处以凌迟，那就没有任何意义。本座已将此贼交与一江湖门派作为试药的药仆，将来自有他的'好去处'，我这也算人尽其才。"

她说这话时颇为得意，玲珑修长的身段似风摆荷叶，一头乌发款款流动，整个人如一株盛放于清风明月下的虞美人。

王阳明展开那沾了血迹的黄色手札，一目十行地看完，收好，随即抬头与玄机神女目光相接，道："多谢道长出手，请问，那房大小姐……"

"我且问你，"玄机神女转身，眼中带着些犀利，"事情已过，房大老爷为何不亲自接他的女儿？鹞子信已送到，我这边却没见半个人来接，这又是何道理？"

"这……"王阳明不是不明白，只是一时语塞。

"哼！定然是这当爹的嫌弃女儿脏了吧？觉得她一个清白女儿家，又是私奔，又是被贼人掳走，不清不楚地一夜未归，定是失了身。他觉得丢人，索性不闻不问，将孩子弃如敝屣，丢在我们观里！"

玄机神女话说得直白，不带一丝一毫的委婉，王阳明却不得不承认，此言正中靶心。

他将头微微低下，收敛了些许波涛翻滚的心绪，压抑着心口的刺痛，咬了咬下唇道："你也这么恨你父亲吗？"

王阳明此言一出，一旁的初一心底也是一沉。

玄机神女冷笑："你说呢？"

"我走之后，你这些年是怎么过的？后来发生了什么？"

51

玄机神女转向王阳明，正对向他的脸，毫不逃避地说道："你我离散后不到两月，我就在和家人逃亡的路上患了女儿痨。这病自然是好不了的，我继母怕我传染给她女儿，便打发我顺路回了乡下的老宅。谁知道，一场大火差点置我于死地。好在师父云游路过，出手相救。她直接将我带走，让我隐姓埋名，不再以过去的身份示人。"

"大火？可是人为？"

"你说呢？我当时在乡下，虽然吃不好、穿不暖，但病情意外地有所好转。想必是我那继母从中作祟，想要让我自生自灭，却不料我的病偏偏好了，她气不过，派人放火也未可知。可惜，我天生命硬，又有师父庇佑，命不该绝。"

"绰影侠？就是你跟我说的那位江湖高人？你武艺如此高强，也是这位高人指点？"

玄机神女，又或称之为诸妙儿，顺势看向王阳明，只见月光清朗如流水般洒了她一身，恨不得把这妙人通体都洗涤一遍。

"自从师父于大火中救我出来，我一心追随师父，刻苦用功，武艺不但打磨了我原有的个性，我的意志也得到了锤炼，我于道教之中探求出一条属于我的真理之路。我又练了诸多非比寻常的功夫，相貌、身材、性子皆有大幅改变，你们认不出我也在情理之中。我被师父救走后，在那老君山修行武艺，近一年才来到南昌府飞花山庄做了这摘星观观主。如今的我和过去相比已大不相同，想必你也一样，我们再也不是过去的我们了。"

听她此言，王阳明正色道："我对妹妹的心意，从未动摇，到现在，也是一如当初。"

妙儿道："多谢公子美意，只是我已出家，再不碰红尘往事。还请公子收回这份心意，另寻良配。"

"妙儿！"王阳明见她要走，干脆一把拉住她修长的玉手，只觉她双手热度依然如年幼之时，"妙儿，我很后悔，后悔当初没能护你周全，让你受了那么多年的委屈。可是现在，我有能力保护好你了，请你给我个机会。我们当年的情意难道你一点都不顾吗？你就忍心这么抛下我？你难道不记得当初你我之间定下的双飞之约了吗？还有，你答应过我，无论将来前方有多难、多苦、多艰险，你都会陪我到最后。"

他放弃文人的脸面，软声细语地求她。他的声音是那样令人垂怜，像是一株缱绻身侧的艾草，散着割舍不掉的暗香，令人难以释怀。

初一看这情形，倒不觉有何奇怪。公子从来诡谲狡猾，过去陪叔父办案，他也时常利用旁人对书生"文弱"的刻板印象，故意示弱给他人，套出案情的关键。加之王阳明文人诡辩，经常用言辞使得人无话可说，以至于对方竟乖巧听话地钻入他事先布好的圈套中，这种事情时有发生。

"妹妹……好妹妹，我在来的路上，时常梦见你年幼时一起读书写字的光景……梦见你第一次来我家，你我共赏虞美人吟诗作赋的往事。"

听他说得那样真切，诸妙儿有些动容，背对着王阳明开口："爷爷还好吗？"

王阳明听他提及自家长辈，觉得有了转机："爷爷非常惦记你。自从你我中断了联系，他时常担心你受继母欺负。我来南昌府之前，爷爷还再三叮嘱，让我一到这儿就火速娶你进门，带你离开！"

听到此处，妙儿收敛了这些年习武而来的锋芒，沉默着，若有所思。

的确，当年她跟王阳明的亲事，是王阳明的爷爷做主提出的。

她还记得当年她被继母虐待，记得那妾室扶正后人前一套背后一套的样子。

王阳明的爷爷名为王伦，是江南獬豸书院有名的老师。

妙儿清楚地记得，爷爷第一次来诸府找她，给她带来了不少绍兴的点心。

那是两盘火腿酥、两盘流沙奶黄酥，原是让她跟王阳明读书时用来消遣的吃食。

谁知，当年的妙儿总被继母明里暗里反复勒令，只能吃她妹妹不爱吃的，连府上体面的嬷嬷都不如。

她当时总以为妹妹比自己有脸面，便也认命，每日吃妹妹不爱吃的饭菜。点心一类的零食，她竟不曾吃过。每次她拿筷子一夹自己爱吃的美食，那继母赵氏便轻咳几声，用一对贼眼"凌迟"妙儿，示意她打住。

当时的妙儿拿起一块火腿酥，小兔子似的张口就咬："爷爷，这个是什么？好好吃。"

王老爷子是个极随和开朗之人，当时也没在意妙儿的异常，便又夹了一块蛋黄酥给妙儿:"这是火腿酥和蛋黄酥,你伯安哥哥也喜欢吃。"

让王老爷子想不到的是,这五六岁的小丫头,竟然比自家孙子还能吃。她吃到第二盘的时候,王老爷子坐不住了,毕竟是长辈,这么个情形怎能看不出个所以然来?

老爷子心道:这丫头竟是个亏嘴的,可见诸家待她极糟,平日她怕是吃不上、喝不上,一张嘴竟然比我孙子还能吃。

妙儿看向那一块一个蛋黄的点心,突然又放慢了吃的速度,有些后悔:"爷爷,这个点心里头有鸡蛋对吗?每一块里都有?"

王老爷子点头却不解,依旧给她续茶:"是啊!"

妙儿好奇:"可是,我听家里的管事嬷嬷说,我家的鸡蛋很贵很贵,奶黄什么的,更是五两银子一点儿。您的这些蛋黄酥,岂不是天价?"

当时王阳明在一旁坐不住了,他那时虽年幼,但已经很是聪慧,尤其是在识人断事上。

他刚要说是那些仆人骗你,王老爷子却突然按住了孙子的肩膀,和颜悦色地道:"咱们这个是别人送的贺礼,平时也是不常吃的。鸡蛋呢,各个地方所出售的自是不同,恐怕你家采买的鸡蛋是要贵些。"

原来,在妙儿身侧站着一个年长的嬷嬷,一看就是个厉害的主儿,王老爷子怕王阳明憋不住说出来,之后这嬷嬷再去赵氏那边告发妙儿,恐怕妙儿将来的日子更加煎熬。

妙儿听后,原本一张通红的小脸这才缓和下来:"哦,真好吃呢!真想每天都吃到这么贵重的点心呢!"

提起王老爷子,妙儿心中十分温暖,那个乐观、豁达、心疼她、体谅他人的老顽童,又一次出现在她脑海中。

妙儿有些哽咽,但调息片刻,又将这份恩情带来的感动压抑了下去。

原本王阳明还指望提及爷爷,妙儿会心软,谁料却换来她冷硬如磐石的声音:"转告老爷子,我很好,不劳挂记。"

王阳明还是不放手:"妹妹后来可是不曾裹脚了?我看妹妹如今身材高挑,好似虞美人花开般亭亭净植。后来习武,你可还习惯?师父对你可好?"

说罢,王阳明便像年幼时那般放得开,一双眼睛竟然看向妙儿的一对秀足。

这在古代，是极不恭敬的放肆行为。除去夫妻外，就算订了婚的未婚夫妻也不该这般姿态，这可称得上是调戏了。

妙儿回身看他，好巧不巧地瞧见他的眼睛正一眨不眨地盯着她的脚看，她倒是没恼，过去两人相处没什么性别之分，打打闹闹就过来了，现在也没什么不习惯的。

过去她被家里勒令裹脚时，疼得可是撕心裂肺。当初那难缠的布条裹得妙儿无法喘息，十指连心间，脚趾亦是如此，竟连呼吸喘气都一并坠着她心肺疼痛。

还好那时有王阳明在，他几下就像是找到了解开九连环的诀窍般，顺藤摸瓜似的将那劳什子玩意撕碎了。

"算是还好吧……如今我的脚还有些许变形呢。"王阳明这般言行虽说放肆，但妙儿并未动气，说话的态度依旧冷淡，"感谢你当年那么帮我。"

说罢，她动作像个开关合度的上了弦的人偶，刻板僵硬地用自己的另一只手，将王阳明紧握自己的手的那只手掰开。

她的力道不轻不重，却令王阳明心寒彻骨，只觉手上如利剑刮骨般疼痛。

妙儿与其对视，并未逃避："公子大恩，来日会报。但我尘缘已了，还请公子忘了我吧！"

王阳明不甘心，欲要解释，只听外间有男童的声音，是那个叫东来的道童："师父，陈少门主说东西不对，请您过去看看。"

"怎么不对？"妙儿转身道。

王阳明也是一愣，再放眼过去，只见那陈利剑已经到了门外。

"我说玄机妹妹，你这孔雀不换散我要了十包，你好歹送个珊瑚逍遥丸啊！这琥珀阴阳散实在有些寒酸，这分量也轻了些。"

王阳明见妙儿脚下生风，就觉不妙，忙道："道长留步！关于雪人案，我还有事想请教！道长与何人结怨，那人为何要仿冒道长的武器，难道是想刻意栽赃陷害？"

"不必说了！"妙儿一挥拂尘，吓得初一又往王阳明身后躲去。

转眼间，妙儿人已到了门外，与那药王门少门主并肩而立。

月色朦胧，小雪若缤纷花雨，衬得两人十足般配，看得王阳明一阵心痛。这两人并肩而立，似一对璧人，眼下再看，他觉得自己竟是个多余的。

妙儿并无半分留恋，只望了一眼王阳明道："你有什么想问的，去问紫气吧！利剑兄，我们走。"

第 七 回
对饮茶知行又合一　道家女试问儒家男

　　紫气不是个爱说话的人。方才她给王阳明领路，身披夜幕，王阳明没看清这妮子到底是何神色。临走前王阳明才发现，这丫头好生害羞，跟自己说话不到几个字，脸竟红得像是元宵节的灯笼。

　　怪不得妙儿要这小道姑回话，看来也问不出个所以然来。

　　王阳明带着初一悻悻而去。

　　他们此次前来并未骑马。二人一路无话，缭绕的湿气弥漫在空中，稍一呼吸就冻得人唇齿发抖。

　　两人一左一右，初一提着白色的灯笼，只觉竹林间有什么说不清道不明的气息浮动在两人身侧。

　　王阳明想起过去和妙儿细碎又温馨的时光。

　　他那时在有名的私塾念书，爷爷王伦则会带着妙儿前来接他。

　　"伯安，这丫头是你媳妇儿？"总有人会如此调侃。

　　每当这个时候，妙儿都会羞得直接躲到爷爷身后。

　　"正是！"王阳明则拿出小大人的架势，过去直接牵起妙儿的小手，堂而皇之，说走就走。

　　"羞死人啊！你们都看看，王伯安不怕人家笑话呢！"身后一群半大小子，常这么起哄。

57

王阳明一脸鄙夷地扫视众人："这叫知行合一。心中想的同呈现出的，本该是一致的才对。我只是听从本心做事，哪像你们，门面做得再好看，也不一定遵从本心。"

王阳明当时的话算得上深奥，孩子们不是很了。但所谓听从本心、不做门面功夫这些话，他们倒是都能一清二楚。

"伯安哥哥，带我回家吧！"妙儿摇着他的手，轻声细语。

"带我回家"四个字，在当年的王阳明心底是何等的分量。

这短短四个字，如今亦萦绕在王阳明心间。

回忆短暂，两人抄近路顺着溪流走，不知不觉来到一处古旧的桥下。

他们走过桥再上坡，就快到韦大人的府邸了。

王阳明自打跟岳父挑明了妙儿的事后，干脆没住在他那儿了，反正也找到妙儿了，看她如今武功盖世，他也放了心。他便以查案为由，去到韦大人处住下。

"公子，停。"初一突然停下来，一把按住王阳明的肩膀，把灯笼举得高高的。

两人借着光影看去，又一个诡异的雪人，朝着他们行着有些乖张的注目礼。

"又一个吗？"王阳明往前踱步。

这次的雪人，五官齐全，可是这嘴着实让人看着肝颤。它露着诡异的笑，那嘴巴从中下方的位置一直咧到了耳根子。

韦大人一行人到达现场后，仵作为雪人检验。

那仵作拨开白雪，雪人中的人四肢尚在，头也好着。

韦大人看此人是不认得的，于是令人画像后张贴辨认。

"大人！这……这雪人的身子，不见了。"仵作张嘴瞪目。

其余几个捕快也是一惊。

王阳明看到此情此景，犹如胸口被人锤了一下："这是——剥皮实草？"

白雪慢慢被拨去，露出尸体，众人皆是惊诧。原本属于死者的身体部位全部被人砍去，空荡荡的躯干被稻草填满，白雪包裹覆盖在上，将此人的

58

尸首裹得是分毫不差，严丝合缝。这手法着实狠辣，并且毫无人性！

这究竟是何用意？难不成——是效仿当朝洪武年间，惩罚贪官的酷刑？王阳明心中如此念白，但没有说出来。

王阳明再看向那死尸颈部的勒痕，仍旧是类似于妙儿的拂尘所致，但这一次并无鱼线遗留。

四肢的伤口仍旧是对称伤，伤口比例切割得精细无比，上面留着些许铆钉，死死地刺入肉身，没有被拔出。

"大人！"有一个方才跑出去张贴画像的捕快，不到两盏茶的工夫便折回来报告，"小的去贴画像，不想有人一下子便认出了这名死者。"

众人一听大喜。

捕快道："这人是个高丽人，原名不详，只知他是来咱们大明混饭吃的，绰号叫什么朴一生，是个闲散剑客。"

韦大人听罢出口谩骂："武林中人？还是个高丽人？一个武林中人死相竟然这么惨？这厮也是，死哪儿不行，非死本官家门口……晦气！晦气！"

尸体还是老样子，找不出任何线索。看着韦大人还要发火骂街，王阳明想了想，决定马上折回摘星观询问妙儿是否知晓此人的底细。

可王阳明折回观里一问，开门的东来小道士却一脸茫然："我师父出门了，不知去了哪里，也不知何时归来。公子有事儿回头再说。"

王阳明看这小道士东来相貌普通，却给人一种疏离之感，知道再这么问下去，恐怕也是毫无头绪。他一低头，无意间扫见东来持蜡的大手上有几处薄茧，再定睛瞧他那薄唇，带着些许不太明显的唇纹，稍显干涩。

王阳明是个会看人的，忙叫初一道："把咱新配的紫草膏拿出来，给这位道爷。"

东来一愣，可初一已然将那装着药膏的贝壳小盒送到了东来手中，笑着说："道爷请拿着，别客气。"

王阳明道："我瞧着道爷您嘴上发干，多少有些裂了，手上也生出些许老茧。道爷不妨涂上我这药膏试试，这里头有些咱中原没有的好东西。"

王阳明说话温和有礼，无半点失落、气恼。

东来一看对方如此关心自己，倒是心软了。他一天到晚帮着配药，深

59

知这药的价值，忙将那盒子收好入袖："您不妨往南边城郊走走。"

说完，东来便行了一礼，将门重新关上。

王阳明与初一顶着夜幕行走，于天亮前就赶到了南边城郊。

王阳明发现城郊处竟有一座优雅的茶楼耸立于此，想了想，便带着初一上去。

他想着茶楼可以登高望远，又是这附近的一个高点，就算妙儿不在这里，自己俯瞰四周，没准也能瞧见她。

王阳明与初一进了茶楼，小二见两人器宇不凡，忙出来接待。

初一道："小二，有没有看见一个道姑打扮的姑娘？"

小二道："道姑？那没有啊……"

初一悄悄塞了几块散碎银子给他："你再想想，是一位极妩媚的道姑呢。"

小二突然点头，双眼放光："哦！想起来了，是一位身穿樱草色道袍、头戴老东珠发钗的姑娘。她在二楼东门雅间。"

王阳明一听这话，不慌不忙地上了楼，心里盘算：妹妹现在是约见谁呢？一夜未睡，她不会困倦吗？

王阳明想着不如先去隔壁等她，待她与人说完话，自己再进去不迟。

谁知，东边雅间的门竟然就这么半敞着，门口有一位陌生的小道姑，身着鸦青色道袍。

王阳明一愣，他看得仔细，半敞的门里，妙儿正跟一个老妇人说着什么。那老妇人一看就是山中妇人，一身乡土打扮，身侧的凳子上还放着个藤条编织的背篓。

只见这老妇人打开一个纸包，将里面包好的新鲜杜鹃花递给妙儿："道长请看，我们山里的杜鹃，就数这种丹霞最好。"

妙儿颇有威严地拿起一朵，在鼻息处闻了闻："倒是不错。"

王阳明这么一看，妙儿坐的位置恰好能跟他站立的角度来个"倾斜对视"，他退也不是，不退也不是，打招呼不合适，不打招呼也不合适，只得木头桩子似的戳在原地，不敢再动。

"幽谷，送刘妈妈出去。"

"是！"门口身着鸦青色道袍的小道姑规矩地颔首。

60

王阳明听到内里窃窃私语，却不敢再看，想必是谈好了价格，正交钱呢！

过了一会儿，只见那老妇人喜滋滋地走出门来，幽谷送她下楼。

王阳明听到妙儿又招呼道："进来吧！"

王阳明示意初一在门口守着，然后自己进到雅间里。他一脸迷糊，无辜地看向妙儿："真巧，你也一大早喝茶呢！"

"别装了，你八成是刚从我那儿过来，不知从哪个家伙嘴里探听到我在城郊，特意过来的吧！"

妙儿喝了一口茶，示意他也喝。

王阳明倒是不客气，他总觉得妙儿心里还有自己，只是目前不好承认罢了。

他给妙儿续上一杯茶，又给自己倒了半杯，佯装好奇："你买杜鹃花作甚？"

"炼丹啊！祛风湿、治吐血，他们山里的杜鹃最适合入药。"妙儿没好气地白了他一眼，仿佛王阳明明知故问。

王阳明喝了一口茶："方才回去，又发现一个雪人尸体。"王阳明看着杯子继续道，"杀人手法还是故意栽赃于你的那几招。可我们再次验明了伤口，还是没什么头绪。对了，这次的死者是个江湖中人，还是从高丽来的，绰号朴一生。我想问问，妹妹可有什么仇家？为何这厮每次作案，都要将凶器伪装成妹妹的拂尘与昴宿星？"

"这个……"妙儿倒没反感他叫她妹妹，"说起仇家，那可就太多了，江湖上的渣滓、市井间的泼皮、山林里的悍匪、朝廷里的狗官……自打当了这摘星观观主，自封阎王去捕猎那些'陈世美'，我就没有一天安生过。江湖上、民间，说我什么的都有。兴许是这些渣滓的亲朋好友前来寻仇的吧……"

妙儿那掐指一算的神态颇为可爱。

王阳明又道："妹妹可曾闻听过这高丽剑客的事？"

"我不曾跟这个家伙打过交道，但此人的奇闻趣事听过几件。据说这朴一生，屡次挑衅我大明剑客，但不仅学艺不精，还贪杯好色；不光沉迷女色，连娈童也不放过。好色就好色吧，他居然还附庸风雅，有收藏我大明画

61

作的喜好。这类人，明明艳羡我中原文化，却还不肯承认咱们比他们那弹丸之地要强。唉！我倒是建议，伯安你从死者的家里入手，若朴一生背后还有什么江湖门派，亦可从其师兄弟、师父入手……"

当妙儿提及"伯安"二字时，王阳明面上不动声色，内心却是狂喜的。他没有质问其心中所想，只平和地颔首，用非常尊重并且崇拜的神情继续聆听。

"至于那个戏子小西天，还有之前死掉的什么霍举人……"

妙儿刚想续茶，王阳明马上伸手帮她倒。

妙儿等了他几秒，待他帮自己将茶续好，拿起杯子又道："均为酒色之徒，好赌淫乱，死不足惜。本座劝你，不查也罢，这种人家里指不定藏着多少丑恶之事呢！"

待妙儿说了一大堆，又平静地将茶喝完，王阳明冷不防转移了话题："妹妹以前是鸭蛋脸，脸蛋上还有几颗明显的雀斑，现在怎么鸭蛋脸变鹅蛋脸，小雀斑也没了呢？"

"你不知道女大十八变吗？真是越大越没常识。过去我没习武，憋在院子里，自然胖些，后来习武，人瘦了，气血也畅通了，雀斑什么的自然也就消除了。"

王阳明见她不仅没恼，还不忘解释清楚，又道："妹妹可愿陪我一同去朴一生家里走走？妹妹跟着，也好给我壮胆。"

"嘁！"妙儿见他蹬鼻子上脸，道，"你倒是如意算盘打得响。我可没空跟你胡乱溜达。告诉你，本座私自设立'阴曹地府'早不是什么秘密，为的就是专门捕猎惩罚雪人案里死的那种渣滓。我劝伯安，还是不要管这些麻烦，这些人死有余辜。"

说罢，只听门外响起人声，妙儿蹙眉刚要出手，却见一个窈窕身影从外头进来，踉跄几步直奔妙儿身侧，扑通一声跪在妙儿脚边："求观主收留！"

王阳明吓了一跳。

初一在外头道："哎哟！小的没拦住。"

此女蒙着面纱，上来就是跪求妙儿。

妙儿倒不惊讶，毫不客气地伸手挑去其面纱："红玉啊，怎么了，回去之后的日子不好过？"

王阳明听到"红玉"二字，已明白些许。

房红玉一脸沮丧："道长！自打出了您那儿，我就没一天好日子！我爹容不下我，说我坏了名节，要把我远嫁给一个老头子做填房。"

"那不挺好的吗？"妙儿出乎意料地来了这么一句。

王阳明十分不解，难道妙儿不该拍案大怒，斥责那老家伙没个当爹的样儿？

"道长！那老头子听说是个虐待妻子的，他的前两任妻子都被他活活虐待致死。我真的不能去！求道长给我条生路吧！我还不想死啊！"

妙儿不说话，房红玉便一直跪地不起。

王阳明也不知道她是如何打算的，只能像个书童似的不停给妙儿续茶，观察两人的神色。

"可以留下，但是……"妙儿又拿起杯子，"必须出家为道姑，且以后所行皆要符合我摘星观的规矩，诸如：不许婚配，苦练武艺，干脏活、累活，陪我炼丹药，还要背诵大量的道家经典……你行吗？可别答应得好好的却做不到！"

房红玉一听妙儿松口，忙发誓自己不怕，只求妙儿给个出路，说话间不住地叩首谢恩，头砰砰撞击地面，听得王阳明心惊肉跳。

妙儿又问了她几个问题，房红玉接连发誓，妙儿见她也是真没了出路，便唤幽谷将她带走，不再与她多言。

王阳明突然有些理解为何妙儿要做这"活阎王"。

妙儿看着他，觉得他有话要说，便先开了口："你们儒家常说的存天理、灭人欲，恐怕跟我们道家的无为而治、顺应自然相悖。本座如此做派，你定然是看不惯的。"

王阳明笑了，摇头否定："人性符合天理，而七情六欲是与生俱来的，只要我们把情欲放在适度的位置上即可，又何苦灭了它？朱老夫子的话我不敢认同。好比你设立这'阴曹地府'，是合乎你的本性的，也成全了这些苦命的女子，让她们出口恶气。再说刚才，你收留房红玉，总好过她一死了之。"

"有人说本座偏执，本座向来不予理睬。但有时细细想来，我一个出家人，何必管这些红尘闲事？可每次看到类似于红玉这样的女孩子，因失了贞节或者被人诬陷落入泥淖，不得已自裁谢罪时，我就在想，身为女子，难道就该背负男子的过错？错的明明是他们，为何要女子背负骂名，付出代价，乃至生不如死？"

"所以，你观里的女道士……"王阳明欲言又止，想了想道，"妹妹倒是比我强多了，心里怎么想，就怎么去做，没有违背自己的良知和所为，倒是知行合一。"

"知行合一吗？"妙儿突然顿住，手保持着握杯的姿势。她想起年幼时，王阳明跟她讲过的"怪话"，当时只觉雾里看花、水中望月，好像就有这么一句"知行合一"。

妙儿最后也没答应跟他去朴一生处查探，拿了杜鹃，便独自走了。

王阳明有些失落，但今日收获颇丰，还听到妙儿叫回了他的字，虽然少了"哥哥"的后缀，但如此唤出，也别有一番韵味。

王阳明与初一一路无话，王阳明只仔细回味着方才妙儿叫自己"伯安"时的神情和语音，心底生起一股暖意。

就在王阳明构想着如何与未婚妻和好如初的同时，诸婷儿和其母赵氏却在私下里展开了"如何搞定未来贤婿"的行动。基于上次的失败，赵氏颇为不甘，算计了好久，最后还是决定让女儿暂且放下矜持，大胆放手一搏。

婷儿吩咐几个能说会道的年长嬷嬷暗中忙活，请神似的三请五请，总算把王阳明请了过来。

婷儿和赵氏私下商议，一咬牙一跺脚，花了大把银子，连续三日包下了位于南昌府城北的一座名园——潇湘园。

诸婷儿在园子里等之盼之，终于迎来了王阳明。

婷儿一见王阳明到场，心中暗叹其玉树临风、相貌堂堂，即便是公子扶苏亦不如"她家"伯安。

"伯安哥哥，这边请。"婷儿站在一座名为"姊妹凉台"的翻建水榭上，边说边抖了抖手中嫣红色的帕子，朝着王阳明来的方向示意。她模糊地记得，以前王阳明似乎对嫣红这种颜色情有独钟。

她今日特意绾了一个百合髻，头戴鲍鱼贝壳加金丝碎磲的银镶珠花，脖颈处垂挂着紫水晶搭芙蓉石的珠串项链。

她身穿汉代女子爱着的海棠红祥云纹曲裾常服，更显她的顺从婉约。

王阳明看后心中暗自叹气：这就是典型的不见棺材不落泪吧？

他侧头向身后紧随的初一耳语道："你在庭院的小门处候着即可。"

说罢，王阳明背着双手，气宇轩昂地跨入院中。

婷儿见心上人真的要到近前了，忙不迭理了理衣衫裙摆，起身相迎。

不待她二度热情招呼，王阳明便漫步于水榭石梁之上。

今日的王阳明身着群青色直裰常服。直裰乃是明代士人常服，应用于各种日常场合，其两侧开衩无衣摆，行动时能露出里面的裤子，更为大众方便。

"不知小姨子唤我过来所为何事？"王阳明面对婷儿表情淡漠。

他与婷儿分别站在石桌两端，见婷儿听了他这句"小姨子"变了脸色，也不觉得有何不当。

王阳明示意她入座："还请小姨子别叫我什么伯安哥哥，还是跟以前一样叫我姐夫吧！"

王阳明这话说得不留余地，令婷儿如坠冰窟。她泄气地坐定，一下子没了底气，可想了想自己与母亲赵氏又是商定计划，又是花钱租下这园子，又是托人跟王阳明将好话说尽，怎么着也得再试试。

"我不甘心！我就不明白，我怎么就不能叫你一声哥哥呢？"婷儿抬起一双饱含深情的盈盈水眸，与王阳明鹰隼般的双目对视。

她头上簪着的鲍鱼贝壳珠花色彩变幻，加之那金丝碎磲恰到好处的点缀，衬得她十分华丽，反倒让王阳明更加思念一身道袍的妙儿。

"我想问问你，为什么是我？"

婷儿想都没想，忙表明心意般答道："你是晋代名臣王导家一脉相传的后人，令尊大人乃当今状元、翰林院大学士，咱们两家又是知根知底的世交，我父母也是极愿意的……"

王阳明微微蹙眉。此时，有丫鬟送了茶点过来，王阳明漫不经心地拿起茶盏，轻轻吹着滚烫升雾的茶水："你好歹转过年来也及笄了，怎么一点自己的想法、个性都没有呢？难道你这辈子就人云亦云不成？"

他这话在当时听来极其叛逆，"想法""个性"这些词鲜少有人能懂，甚至连提都很少有人提及。

"什么意思？"婷儿果真迷糊了，她那原本清秀白皙的脸上出现尴尬的神情，"难道不是父母说了算？"

王阳明一副扼腕叹息的样子，用类似长辈的口吻说道："你呀，人是挺好的一个人，非常符合我大明闺阁女子的行为标准。我看着你也是个极单纯没心机的女子，才跟你说个实话。家父虽贵为当今状元、翰林学士，可那是他老人家的功绩，与我毫不相干，我本人对科举没有丝毫兴趣，我的志向乃是成为'孔孟'那样的圣人。至于八股文章，附庸风雅，科举考核，那些都与我无关。你若想当什么一品诰命夫人，可别指望我。"

"什么？你对科举没兴趣？那、那你爹要是逼你呢？"

"他让我考，我可以躲啊！古话有云，'将在外，君命有所不受'，难不成我真要为了所谓的功名断送了我那圣人好梦？"

他这话说得极其叛逆，口气里哪儿还有半分大家公子的风范？婷儿像是第一次认识王阳明，看着他那什么都不在乎的神情，倏地发现这个男子让人难以理解。

"何况……"王阳明缓缓起身，继续背着手，一副圣人之态，绕着那亭台水榭边缘溜达，"过去常说'谋事在人，成事在天'，可我却认为'谋事在我，成事在谋'。小姨子你既有成为状元夫人之心，何不另谋佳婿？找个各方面与你脾气相投、观念一致的男子婚配，岂不更好？总好过在我这离经叛道之人处浪费时间。"

王阳明这又是一个新的思想，说的是一个从未被世人听到过的理念。别说是婷儿这样的闺阁女子，就是那些高高在上的内阁大臣，也未必明白什么才是"成事在谋，谋事在我"。

婷儿听得似懂非懂，起身走到王阳明身后，轻皱蛾眉道："可是、可是我姐姐她……她已经走了，这是个不争的事实，姐夫为何不为自己谋划婚姻一事？为何还吊在她这一棵树上不死心啊？"

听她终于叫回自己姐夫，王阳明暂且收回方才的态度，语调也缓了几拍："小姨子可知'故剑情深'这一典故是何来历？"

婷儿摇头："我不曾读书。"

王阳明叹气："唉，所谓'故剑情深'，是比喻原配夫妇不离不弃，尤指男子对女子用情专一至深。汉武帝后期，太孙刘病已因巫蛊一案受牵连流落民间，几经辗转，得以苟且偷生，成年后迎娶了一位罪臣之女许平君。两人乃是贫贱夫妻，却并没有像旁人那般百事哀怨，相反两人琴瑟和谐，相亲相爱。后刘病已回宫登基，不得不听从权臣霍光的安排。霍光要求刘病已迎娶自家女儿霍成君为后，连其他大臣也给予刘病已压力。刘病已顶住压力下了一道诏书，名曰'故剑情深'。他在诏书中云：'我在危难之时曾有一把旧剑，可惜后来流落民间，现在我非常怀念它，众位爱卿能否帮我寻回？'众位大臣最初不解，却在揣测圣意后明白，原来刘病已所说'旧剑'是指旧日情义。一个人连一把旧剑都难以忘怀，何况是对故人？"

婷儿听到此处，不禁连连落泪："太可怜了……也太心痛了。一个帝王如此情深，真的……"

说到底她只是个十四岁的姑娘家，再怎么被赵氏影响，内心尚存善念，听了王阳明"洗脑"一般的好言相劝，她更是心软，决定不再纠缠。

就在王阳明规劝婷儿初见效果之时，距离水榭不远处传来一段不和谐的招呼声。

赵氏突然出现在门外，还是那副姨娘扶正的扭捏造作之态。她穿着一身桃色的对襟长褙子，上绣"欢天喜地"的图案花样，一副姗姗来迟的模样，一扭一扭地抖着帕子，缓步上了水榭。

"贤婿啊，贤婿……"

赵氏一口一个"贤婿"，听得王阳明后脊梁骨直冒冷气，但也不好直接回绝长辈，只是笑了笑。

他倏地想起自己随身带了一件极有趣的东西，便故意将手伸入怀里，取出自己日常随手记录的《心学画像》手札，悄悄地将这册子放置于石桌之上，再拿出手帕，将"心学"二字盖住。

王阳明唇瓣上扬，脸上露出一抹不易察觉的促狭神色，他看了一眼在场的其他两人，这两人丝毫没察觉。

赵氏进到亭台里，见两人纷纷起身站立，婷儿又似刚哭过一般，桃儿似的眼睛肿得明显，她刚要为自家女儿分辩两句，就见王阳明满面春风，拱手行礼道："岳母来了，小婿这厢有礼了。"

赵氏便收住要说的话语，随即颔首入座，偏头就见桌上有本奇怪的册子，那罗汉果色的封皮上写着几个她不认识的字。

"什么画什么？"赵氏随口一念，很是露怯。她原是伺候妙儿母亲的二等丫鬟，连贴身侍女都谈不上，自然不可能识字明理，可架不住人家敢问："贤婿，这是什么书？"

"哦，让岳母见笑了，这是小婿我忙里偷闲，随手所著的谈论我朝绘画技巧的书。"

"不简单啊！"赵氏感慨，"你都能品评当世书画了？"

"贻笑大方之物，不登大雅之堂，不过是小儿郎对绘画的一些拙见罢了。"

赵氏听得"绘画"二字，当即来了精神，招呼婷儿和王阳明过来一起坐下。这一次，她决定把握时机，不让女儿再错过眼前之人，哪怕是猪鼻子插葱——装象，她也要演出一副大肚能容万事的贤惠样子，将气氛调节到最佳。

"想当年老爷迎娶我那会儿，甚是喜爱给我画像。家里头还堆着不少我的画像呢！可是现在，我也上了岁数，老爷就不怎么给我画了。要说起这画画儿来，我还真是喜欢得很。"

王阳明忍住笑意，继续实施他的计划："岳母，恕我直言，我看您气色有些欠佳，莫非是昨晚噩梦来袭，没有休息好？"

"可不是嘛！这些日子，老爷为那雪人一案忙得不可开交，我这做夫人的也帮不上忙，只能跟着干着急。"赵氏说罢，不忘拿帕子假模假式地扇了扇风，好似提及此事就冒汗一般。

"可我看您这面相，似乎与之前有异。"

"啊？不是吧？"

"正是呢！岳母您印堂发青，眼底乌云青黑，加之您眉毛有些散乱，似有不祥之兆。"

"那、那如何破解？"

王阳明见赵氏手抓帕子，指甲像是要将帕子抓破，嘴唇也抿得死紧，就知道她心虚。

"也简单，只需为您重新画像，再到神佛面前将这画好的人像开光祝祷，而后挂在家中内室烧香祈福，即可化解危机。"

"阿弥陀佛。"赵氏双手合十，"我的老天爷！好在贤婿你懂得多。可老爷最近没有时间啊！"

"如您不嫌，小婿亲自为您提笔画像可好？人像虽算不上我最擅长的，但好在各方面功力我还是能拿捏的。"

"那，这画是在这儿画，还是去我们府上？"

"岳母不必着急。岳母的相貌乃是传说中的观音菩萨相，令小婿印象深刻，回去之后，小婿大可在心中回忆，于纸上描摹出岳母的肖像。"

"那真是麻烦你了。既然你能写这品评绘画的著作，想必一出手画出来的东西也是错不了的。那你快点儿画，我就在家等着了！"

婷儿见王阳明对自己母亲的态度与先前大不相同，心中便生出些迷惑。但她也觉王阳明是个当世怪胎，不是每个人都能猜出其心中所想，也就不再探究。

王阳明见赵氏上钩，忙道："您大可放心回家等着，小婿速速回去沐浴焚香，祈福后作画，再送到庙里开光，过几日就可奉上。"

于是乎，赵氏在家焦急等待，王阳明那边不慌不忙，在四天之后派人将画送去。

诸府之内，赵氏收到了一个极标准的长条形回形纹锦盒，一看就是专门用来放画的。她忙招呼刚进家门还没歇脚的老爷，以及关在闺房里刚绣完花的婷儿过来看看。

"看看，咱们女婿的画作，单独为我作的画像，还请法师开过光。"赵氏颇为得意，细腰一扭，高声炫耀起来。

诸养和跟着韦大人忙活了一天，正想回家泡脚休息，哪有心思跟老婆逗闷子？可这媳妇拉着他不撒手，他也是无奈。

"哎？这盒子里头怎么还套着个盒子？怎么回事？"赵氏将锦盒小心地开启，却惊愕地发现这长条形状的狭长盒子里竟不是什么画作，而是装着另一个与前者形状相似却小上一号的长条形盒子。

诸养和一时间也来了兴致，以为这是当下流行的一种包装方式，忙过来查看："继续拆。"

赵氏点头，忙又拆开一层，发现还是没画作，仍旧是一个标准的又小一号的长条锦盒："我的画呢？我的肖像呢？"

理应横卧于锦盒之内的一幅长卷，怎么就没有呢？

赵氏有些着急，面子上挂不住，手上一使力气再次向里开启。

一层又一层，剥洋葱似的费时又费力。

诸养和在旁看得糊涂，不知这锦盒里到底卖的什么药。

只见这锦盒一层里还有一层，层层递进，锦盒由长变短，由宽变窄，直至最后一层，出现在眼前的竟然是坊间百姓日常盛放蛐蛐儿的罐子！

"这？这是蛐蛐罐？"赵氏不解其意，只确定这罐子为最后一道关卡，再往盒中探去，真是空无一物。她又见那蛐蛐罐上头有盖儿，忙开启来瞧。不错，内里是有一张折叠整齐的宣纸。

赵氏赶忙探入二指，将那塞在蛐蛐罐里的纸张夹了出来。

赵氏茫然地打开那张折得一丝不苟的宣纸，按照折好的格子印，一格一格地将其伸展铺开。

出现在众人眼前的，竟然是一张与赵氏的脸庞一般大小的"巴掌大"的作品。可以这么说，赵氏的脸多大，这纸张就多大。

赵氏不可思议地将双眼聚焦于这幅画作之上，这跟她想象中的可展开在长长书案之上的精美画卷完全是两个样子啊！

赵氏死死地盯住手中的画作，将视线聚焦于画上，乃至已然对眼儿都毫不知情。

婷儿在一旁小声说道："娘，您对眼儿干吗？"

诸养和也觉着实在奇怪，忙问："夫人，他画了什么？"

赵氏这才醒悟，忙将注意力从纸张大小上挪至画作本身。

只见这张脸庞大小的纸上，用笔墨勾勒出一幅奇异的人物肖像。

画上有一女子，梳着丫鬟才梳的双丫发髻，身穿橄榄绿粗布裋衣。该服饰为上衣下裤形制，上衣为交领衣，长度在臀部，裤子为直筒裤。此款装束早先本为男装，后因适用于居家劳动，在明代时发展为男女通用。这画中的女子通身无一件珠宝配饰，很是寒酸。

画中女子虽年纪轻轻，但很明显是个粗使丫鬟，提着一个水桶，立在一口深井旁卖力地打水。

赵氏发现这原本就不大的一张纸上，还有四行题字，急切地将画作托在手中递给诸养和："老爷，这上头写的是什么？"

诸养和才扫了那画作两眼，就已然明了王阳明所表之意，他见赵氏满脸不知所措，还做着"家有贤婿"的春秋大梦，心一横，开口道："你不觉得，这画上的女子很是眼熟？"

赵氏又将那画作高高举起，对着眼儿看去："我？不是吧？老爷，您这又说笑了，我早就不当什么二等丫鬟了，我是您的夫人啊！"

诸养和从赵氏手里拿过那脸庞大小的画作，指着那上面的题字念道："吃水不忘挖井人，出头直上莫忘贤。千古艰难惟正妻，伤心岂独嫡千金？"

"老爷，莫非这小子画的这打水的粗使丫头是……是当年的我？"赵氏气得脸红脖子粗，之前的春秋大梦被诸养和念的这题字击碎。

王阳明这题字到底是什么意思呢？其实王阳明这题字连带着把诸养和都讽刺了。

女婿用画作暗讽诸家待原配嫡妻、嫡女不公，王阳明这样的行为在当世是极出格的，是让人始料未及的手法。

诸养和面露愧色，单手扶住额头道："唉，你原是妙儿的生母陪嫁而来的二等丫鬟，不就是干这些的吗？当年若没有妙儿母亲的大度成全，你又怎会给我当了姨娘？这小子事儿虽做得出格了些，可说的也是事实。他是告诫你，做人不要忘本，不要忘了自己只是个扶正的姨娘。他要你感激妙儿的生母。"

诸养和如此一说，更是激发了赵氏的火气。

"怎么，你还想她了？那我当初引诱你的时候，你也没拒绝啊？说得自己跟痴情种似的，你倒是行得正啊！"赵氏气得口不择言，说话跟连珠炮似的。

婷儿在旁忙好言相劝。

谁知越来越乱，诸养和反而回忆起妙儿母亲的诸多好处："妙儿的母亲虽说个性有些强硬倔强，但好歹容得下你。可在妙儿的娘亲死后，你又是怎么对妙儿的？我当初睁一只眼闭一只眼，想着你会收敛一点，你倒好，还变本加厉起来！要不是我恩师王老爷子为妙儿主持公道，为两个孩子订立婚约，你还指不定怎么折腾呢！"

于是乎，这一对并非原配的老两口子，在王阳明画作的"引导"之下，一架吵得是天翻地覆。

王阳明也通过这事为妙儿和原岳母出了口恶气。

第 八 回
鉴字迹犹如看人性　疯癫儿痴痴怼守仁

这日一早，王阳明与初一两人前去朴一生家查找相关线索。

想起妙儿的叮嘱，王阳明只恨妙儿没能跟他一起过来。

朴一生的府邸较为衰败，一座不起眼的旧宅院建在一处原本就狭窄的小树林里，周遭看不见半个邻里，四下亦无守门之人。

王阳明跟初一两人毫不费力、大大方方地进到了第二道院落里。

王阳明看这院落单薄，说是两进两出的院子，实际上门口的影壁墙极其唬人，转进来一看，直接就瞧见了卧房。

王阳明吩咐初一："初一你盯着点儿，万一有这院子里的仆人，或者周边的街坊过来，你马上叫我，我有话问。"

王阳明伸手一推，门吱的一声开启。他走入室内，只见一片蟹壳青的纱幔垂下，衬得整间房舍如雪洞一般。

王阳明不太喜欢这颜色，他之前上的私塾统一的衣服就是这么个颜色。

他四处打量，发现家具一类的摆设很少，许是这高丽人素日里常蹲着、跪着，不习惯用我泱泱大国的家具吧？

王阳明心里苦笑，而后想起妙儿说的"附庸风雅"四字，开始悉心查找书画类的物品。

终于，他在屋子里纱帘与书架的交接缝隙处，找到了一卷用心捆绑并且悬挂在半空中的卷轴。

王阳明小心地将其取下，沿着画卷边缘将它徐徐展开铺在书案之上。只见一幅奇异的"天然"作品，走入了他的视野。

"这是哪儿的青山绿水？看样子，并非江南景致，也非我朝北部风光……难道是朴一生的老家？不对……"

王阳明自幼博闻强识，爷爷王伦教他认过很多名川大山的地形地貌及相关传说，比如"长白山天池水怪"。

"对啊，这个画的是长白山天池！"

王阳明心里念了几句"谢谢爷爷"，便仔细看这画风连同画中的景物。

此画画功一般，至于画风就是街边花两吊钱就可以买来的那种穷秀才的风格，并无特点和个人风范可言。

唯一吸引王阳明注意的，是天池左侧长白山右上角的三处题字。

王阳明心道：鉴字对我来说是看家本事了。

都说"见字如面"，其实又岂止是单见其面？

在一向善于识人断人的王阳明看来，所谓的"见字如面"不过是通过书写者的下笔神韵、力度、左右倾斜角度等，判断出此人的性格、职业、精神状态罢了。

他自幼擅长鉴定他人的字形字体，再根据"识字断人"给予对方一个公允的评价。当初他在私塾是偷看同学们的笔记和作业，后来则无论是谁的字都照看不误。

"天池左侧的字迹字体较小，下笔生硬，看来此人心胸狭窄，跋扈放浪，只顾自己，不顾旁人，已然自私自利许多年。"他认真记下对这组文字的印象，又看向一旁靠上的两组字迹，"这个，看着龙飞凤舞，实际上下笔不稳，字形飘忽，可见此人日常行为过于豪放，轻浮轻佻，是个极度爱慕名利的浮夸之人，想必这打扮上，也是过于附庸风雅，一眼便知。"再看最后一组，"这个嘛……字清一色向右倾斜，字体硕大，但下笔力度却比较轻，可见此人的性格之中有矛盾，应该是个身怀特长却恃才傲物、口无遮拦的家伙。"

王阳明见这三组字题写的均为诗词，唯独第一组靠下方的落款为"朴一生"。那诗词所带韵味极具异国风情，一看便知是效仿我大明诗词所写，却未能仿出我大明诗词的深刻内涵。

另外两组题字，前一组水平尚可，却能看出长时间研习八股的味道，想此人定是个考生，平日里定然守在书桌前神神道道地念四书五经；后一组看不出来，这人擅长的技艺颇多，是琴棋书画，是诗词歌赋，还是……

"为什么一幅画上偏偏有三个人的题字？莫非，这三人是通过这画认识的？朴一生以画会友？可这画又是从哪里买的？又或者是友人所赠？这么个武艺差、人缘差的高丽人，在大明还有朋友吗？"

突然，一个念头如鱼肠剑般直扎入王阳明的脑海："难道说，在上面题字的这三个人，均为雪人案中的死者？这次的连环案件，死者众多，牵扯各行各业，既有举人，也有戏子，更有剑客……兴许他们几人互相认识也未可知。通过画上的字迹来看，这题字的三人性格大为不同，可是有一点紧密相连，那就是自私自利、放浪形骸、不顾他人的眼光和感受。这类不受世俗道德约束、我行我素之人，若管好了自身欲望自然是好，若管不好……"

王阳明一拍脑门，速速将这画卷起，恨不能马上见到妙儿告诉她说："妹妹，你说得对啊！还是要到这些受害者家里走上一走的。"

王阳明拿画走人，与初一两人并行于林中。

朴一生家住得很偏僻，须得穿过一片树林，才能走到城内。

正值白天，可这林间的乌鸦未免太多。

初一瞪着一双猫似的眼睛，边走边抱怨："公子，您说这讨厌的高丽人，没本事就别来咱们大明啊，还住得这么偏僻……乌鸦都讨厌他。"

"死者为大，初一，你放肆了。"王阳明斥责书童，心里却暗自嘀咕：虽说没钱吧，但家里连个仆人都没有却说不过去。人已死，连个灵堂什么的都不设，可见他在大明也确实没什么朋友。说来倒是奇怪，这画中题字的另外两人怎么也不来祭拜？莫非真如我所想，那两个人也是雪人案中的受害者，根本就不可能前来祭拜了？

王阳明刚想深挖案件，只觉头上一凉，整个人愣在那里。

初一察觉到自家主子的停步，忙回头看去，只见四五簸箕的雪从树上落下，刚好对着王阳明就是当头一浇。

"公子？这是谁啊这么缺德？光天化日之下这么做太过分了！"初一大

75

喝一声，忙将王阳明拉到身后。

却见有人朝着这边投掷石块，初一发现大大小小的石块连珠炮似的向自己和王阳明投射而来，那叫一个狠辣！

石块拍打而来且力道很大，不似用手抛来，可技法又有些笨拙。

王阳明与初一同趴下，连翻滚了几下，可那石块却没个完，无止境地夹杂着雪球一并砸向他们。

诡谲恐怖的阴影像一张看不见的黑网，笼罩着飘着薄薄雾霭的天空。

乌鸦号叫四散，冷风阵阵，卷起未融的雪片。

"放肆！"

只听妙儿的声音传来，王阳明脱口道："妹妹！"

金光一闪，数不清的昴宿星从拂尘中飞出。这招"雨打龙鳞"真是万点金光。

每颗铆钉都命中如网般散落的石块、雪球，竟无一颗落下。

妙儿一转一抖，那银白色如龙须的拂尘竟然一时间抻拉变长，如同一条白蛇两头皆缠住大树粗枝，像一张撑开的吊床，又似一张自动形成的蜘蛛网。

妙儿十分轻巧地拉着那"吊床"的一头，毫不费力地一跃而上，整个人倚坐在拉长的拂尘中间。她手中一解一抛，只见其将束发用的蝴蝶结灵巧地解开，抛掷到对面的树上，将一道身影卷下，令其摔了个人仰马翻。

"好个埋伏在树上的小贼！当本座看不见你吗？你倒是会装神弄鬼，又是在树上抖雪，又是用石块、雪块做暗器伤人。"

这从树上落下的小贼也是倒霉，碰上谁不好，偏偏碰上了玄机神女。

他落到地上时是脸着地，连同挂在树上的那些未发动的雪球、简陋生锈的弓弩设备也掉落在地，摔了个粉碎。

王阳明马上捂住脸，又怕错过妹妹这好身手，悄然将手指头打开一两条缝隙，这一看倒好，发现落地之人满嘴鲜血。

"牙磕掉了才好呢，活该！"初一抢白，又走过去踢了那家伙两脚，"我家公子招你惹你了？为什么暗算我们？"

"鬼、鬼附身……你是杀死我家主人的厉鬼。"这家伙虽说倒在地上仍没翻过身来对视他们，可声音却传来，里面混着恨意，"你、你会将我们、

76

我们都做成雪人！"

王阳明听他说"主人""厉鬼"，连忙对初一道："初一，扶他起来！"

王阳明刚一发话，只见妙儿那束发飘带再次如蛇身卷来，将此人的腰肢卷起，他整个身子离地，悬在半空。

妙儿将飘带的另一头卷在树上，本人则顺着拂尘的银丝滑落："让你说你就说！不然……"

妙儿还未落地，那拂尘像是深知主人的心思，银丝自动收回拂尘之中。

那家伙疼得龇牙咧嘴，口中依旧含混不清地嚷着什么。妙儿从荷包中抽出一湿乎乎的帕子，伸手攥住他的下巴狠狠地掰开，将那帕子塞入："这是疗伤的好东西，药王门想要我都不给呢！"

"妹妹，留他个活口。"王阳明疾走几步，又见妙儿将那帕子从那人鲜血淋漓的口中扯了出来，一时间血止住了，那人再说话竟也不含糊了。

就见这小子猛然间喷出一句话，整个身子如菜青虫般拱来荡去："你个妖精，还我主子，看我今儿不宰了你，宰了你！"

王阳明见他悬在半空竟还如此嚣张，也不怕妙儿再打他，摇摇头，一脸苦笑道："你说的那厉鬼、妖精，可指的是我？"

眼前这被妙儿高高挂起的傻小子，一张扁平方脸上挂着毫无存在感的五官，长着一双狭长的凤眼，眼角下垂不说，眼皮还特别厚重，仿佛都看不到眼珠在何处，一看此人的样貌就知非我族类。

王阳明又问："你是高丽人？你的主子是朴一生？"

"老子就是朴一生的仆从。老子崔小二，杀的就是你。"

王阳明不解，怎么他就认定自己是杀人凶手呢？可再近看此人的神色，竟流露出一些痴呆的迹象。

"这是个疯子。"妙儿在一侧冷冷地道，"你何须跟他较劲？带走让官府审查便是。看他的神色，八成是个从小就拎不清的傻子。他的主子一死，他就又多了个疯病。"

王阳明道："妹妹，把他放下来吧，我问问他。"

妙儿瞪了他一眼："你想好了，别到时候他往你脸上吐口水。"

说罢，妙儿便稍微一动那丝带，也不见她有什么大幅度的动作，那拴在树上的一头倏地松开。

这小子又一次栽倒在地。

这痴傻崔小二果然如妙儿所言，都摔了两次了，还是一个趔趄起身，开口就想吐口吐沫到王阳明脸上，还要抬手打人。

幸亏王阳明躲得快，没让他碰着。

妙儿又用随身携带的绳索将其捆绑，王阳明才得以靠近，将那画卷打开："这画你可认识？别怕，我拿这东西没有霸占的意思，只是想帮你的主子逮到杀死他的真凶。你这么个忠心耿耿的家仆，也不想你的主子白白死去吧？告诉我，你的主子叫什么？"

"我主人朴一生……你个王八蛋！你个凶手！把我主子的画还给我！"这家伙被绑着，而王阳明身后又有妙儿坐镇，但他仍旧叫喊得震天动地。

"好好好，小二，你别激动。你看这画上，一共三组题字……这组有落款的是你主子所题，另外两组，可是那霍举人连同小西天所写？"王阳明面对这痴傻疯儿，只得一脸老好人的表情，简直哭笑不得。

他和初一两人，小心地将那画卷展开给那崔小二看。

"什么小西天、霍举人？这只是一个戏子和一个穷酸文人的字罢了。你这个小贼人也配动我主子的东西？放我下来，我要杀了你。"这崔小二好生厉害，明明已然被擒，还满嘴喷吐沫，嗓子都喊哑了。

突然，他靠着肩膀的力气用头撞向王阳明的心口。

"喂！你别太过分了！"初一直接踹了那崔小二一脚，"你个疯子，我家公子都说了是帮你家主子破案呢！你还有完没完？"

王阳明观瞧这崔小二的神色，又看了一眼一旁冷眼旁观、手臂交叉于胸前的妙儿，道："这厮真是疯了。前半句对答如流，后半句又如疯狗乱咬人，可见他是自幼疯病。"王阳明目不转睛地看着崔小二不太讨喜的脸，"好在他对他的主子是一片赤胆忠心，还记得这字迹出于何人。这次可要多谢妹妹出手相救。妹妹可否帮我将这疯癫痴儿带走？我也好回去问个仔细。"

"提前说好，我只送他到门口，那人，我是断然不见的。"

王阳明知妙儿所说的"那人"，是指她的生父诸养和。

审问精神病，是个技术活。

崔小二一到韦大人面前就犯了癫痫，一嘴的白沫狂吐，简直就是一只上岸濒死的"活死鱼"。

几个捕快按着他的肩膀才让他不乱扑腾。

王阳明见状,忙请韦大人叫大夫过来。

一个多时辰后,才将这崔小二安置妥当。

这厮终于没事了,但是王阳明咳嗽连连。

初一忙端了一杯热茶,一边侍候着公子坐下,一边从怀里掏出一小把存入轻纱袋子里的薄荷:"公子,快闻些薄荷百里香吧!定然是那个疯子用雪球砸您,把您肺部的旧疾给引出来了。"

王阳明肺、胃皆有年幼时落下的病根儿,每每受寒,又或者湿气上扬,都会引起诸多不适。

他伏案而坐,不停歇地咳嗽,连忙伸手接过初一递来的轻纱袋子,放到鼻息处深呼吸起来。

王阳明缓了口气刚要说什么,就听外头有人来报:"王公子,外头有个叫东来的小道士,说是受他师父之命给您送些药膳。"

王阳明当下心中一喜,刚推了下初一,喉咙又是一阵难受发堵。

初一忙不迭前去开门,只见之前见过的东来身着一身鱼肚白色道袍,双手提着一个食盒在门口规矩地候着。大白天看他一身白中带樱粉色的装扮,倒是显出几分秀气。

"师父知公子有旧疾,特意做了些道家养生菜,吩咐贫道给您送来。"

东来说了句话就将食盒递给初一,行礼后便走了。

"我就知道妹妹心里……"王阳明话还没说完又是一阵咳嗽。

初一见公子浑身哆嗦,忙将食盒放在王阳明眼前,伸手去拍他的后背:"心里有您,有您!我的公子啊,诸大姑娘要是心里没您,怎么还会惦记您被雪泼了之后会旧病复发呢?"

说罢,初一将一盘盘精致的小碟分门别类地摆放至王阳明跟前。

最后是一个扣着盖子的莲花造型小碗,内里盛放了热热的汤水。

"哇,有雪梨百合莲子汤、白梅梨花饼、白萝卜豆腐腌鹌鹑蛋、雪燕窝凉拌山药银耳菜……都是润肺的呢!"

"瞧你,比我还馋嘴。快盛碗汤来给我。"

王阳明睹物思人,想起过去自己领着妙儿踏雪寻梅。她那时太小,够不到最好看的那一枝，当时的王阳明便起身踮脚给她摘来。

　　当时二人自带了装雪的器皿，将那落在梅花花瓣上的干净白雪取了，像宝贝似的倒进大口的葫芦形器皿中，随后仪式感超强地拧上盖子，王阳明再牵着妙儿的手，与她一起寻找下一枝白梅。

　　王阳明喝了几大口汤，只觉得回味无穷。

　　"公子，韦大人让您过去，说那崔小二醒了。"

　　王阳明听到外头有人通传，只得收了心思，梳洗更衣，直奔崔小二那儿去了。

第九回
审小二发疯又癫痫　遭熊劫妙儿又出手

"你是凶手，杀死我主人的凶手。"

王阳明还没进到房中，便听到那崔小二的谩骂之声。

待他迈进门槛，只见崔小二像一只发疯的山猫，冲着韦大人的心口就是一撞。

还好一旁的捕快、师爷一起按着他，才没让这厮闹得更厉害。

崔小二这次又把对面的韦大人当成了凶手，令人忍俊不禁。

"你快帮我问问，这家伙到底是怎么回事！他刚一睁眼，看见我就说本官是凶手！"

韦大人做事一向喜欢推三阻四，眼下王阳明这么个明白人来了，他更是恨不得脚底抹油。

王阳明拿起一旁提早备下的笔墨，坐到崔小二对面："小二别怕，这位大人绝非暗害你的主人的真凶。我且问，你且答，咱们一起勾画那恶人的面目。"

像是听懂了些许话语，崔小二精神缓和了几分，虽然依旧神情呆滞，似要起身乱叫，但好歹呼吸与方才相比略微平稳。

"小二，你来说说凶手的具体特点，譬如脸形、身形。"

"他的肩很宽，体形像头熊，特别壮实，头上……头上有一个畸形的瘤子似的疤痕。"

"你是说，他是个秃子？"

"是！"

"那么，这个所谓的瘤子似的疤痕，你能具体形容吗？譬如，像是海黄的鬼脸，又或者崖柏的雀眼？"

崔小二不明所以，却直勾勾地盯着眼前的鸡翅木搁笔："好像是跟这个类似，像……像是这种东西的图案。"

"哦？近似于鸡翅木的瘤子疤痕……那么，武器呢？"

"钩子……钩子和铆钉，可以……可以自由伸缩切换，太可怕了……"说到此处，崔小二往后一缩，"钩子，钩子和铆钉，在一根松花绿的鱼竿里。那根鱼竿，动作特别快，就这么几下，就……"

他提到"鱼竿"两字，整个人倏地再次陷入绝望，不但挥舞着像是要甩出暗器的手臂，还接连在脖子上比画着"抹脖子"的手势。

他这动作循环反复，看得人头疼。

"快把他按住！"韦大人蹙眉道。

王阳明见状，却依旧微笑着提问："小二别怕，在这儿谁也伤不了你。你的意思是那凶手手持武器为松花绿色的鱼竿。所以凶手为男子，秃头，头上有鸡翅木似的瘤子疤痕。此人身材魁梧，肩宽体大，且所持武器暗藏两种可以灵活伸缩的机关——钩子和铆钉。那么，你可记得那钩子具体的样子？"

崔小二点头又摇头："不、不太记得……"

"你的主子也会武功对吧？他们打斗时，你可曾听见对话？"

"主人被杀时，我刚巧不在……等我赶到时，他……他……几乎、几乎是被钩子上的线勒死的。那钩子刺过他的胸前和肚子……有很奇怪的划痕。还有铁钉子一类的东西扎进伤口，拔不出来。"

"还有呢？"

"不知道……我当时吓坏了，犯了病，直接摔倒了……"

"你看见凶手的样子了？"

"没有……不对！他看到我犯病，从对面走了过来……他有一双蛇的眼睛。"

崔小二说至此处，又开始陷入新一轮的神游。

那疯掉的状态导致他双目空空如也，任凭韦大人伸手过去怎么在他眼前晃荡，他也没有反应。

王阳明想了想，还是快速在纸上描绘了一张犯人的半身肖像，这也是他的破案习惯——凶手画像还原。一来是心理画像，二来是实体真人画像，两者结合，恰如知行合一。

"小二，你可还记得，那个唱戏的和那个写诗的？他们二人，可去过你家？又或者你主子曾跟他们走得很近？"

王阳明摞下笔看了一眼窗外。此时，安息香的特殊味道从铜炉里飘散开来，这味道清新淡雅，十足地安神养人。

王阳明特意令人在这香炉中加了一味名曰"迷迭香"的西域香。这迷迭香据说能唤醒人的记忆，让人集中注意力。

他刻意专注于画画，给出对方时间嗅其香味，又命人端上一杯百里香混合了马鞭草的花草茶，亲手递给小二。据说这两样植物也能催发人的专注力。

"我、我想不起来……我累了……"

王阳明颔首："没关系，你把这茶喝了，再好好休息一下。我们回头再说，不急。"

小二倒是听话，如牛饮水一般将茶一股脑儿灌下。

王阳明起身将画好的纸张呈现给韦大人，却不小心将笔碰掉了。他俯身去捡，起身时还磕碰到了头。

"公子，小心啊。"初一忙过去搀扶。

那崔小二见了，却呵呵笑了起来。

韦大人道："画像虽已画出，但仍旧没有头绪，人海茫茫，到哪儿去找这家伙？"

王阳明没有接话，却听到身侧的捕快道："不好，他又犯病了！"

崔小二癫痫再次发作，口吐白沫，身体乱颤。

师爷忙请了大夫来扎针、喂药，好一番折腾才让其安稳躺下，而他却仍旧胡言乱语。

王阳明随着韦大人去到堂内议事。这韦大人思前想后，有了主意："依

83

本官所见，还是得从江湖门派入手。他不是说，那个凶手头上有瘤子吗？这么典型的痕迹，一查便知。"

"大人万万不可！"王阳明拱手道，"一来，这瘤子是不是伪装之相，咱们不得而知；二来，这么一问，容易打草惊蛇。这些江湖门派关系盘根错节，互相遮掩包庇也是常见之事。万一询问之后有人通风报信，此人故意跑到西域躲避都是极有可能的。"

"那怎么办？"

"依小生看，不如从我拿来的那幅画作入手。我已看过那上头的题字笔迹，也询问过崔小二，确定这字迹为小西天与霍举人的手笔。我们由画及人，去探查此画的来源，从人际交往排查，便不难查出三人的相交之处。"

"相交之处？"

"自然。三人是熟人，大人不觉得这点很巧？"

"巧啊，但是，那又如何？"

王阳明有些气恼，但仍旧决定耐心讲解，万一这货开窍了呢？

他清了清嗓子："定然有幕后之人，故意将这画赠予了他们仨中的一人。三人定然经常相约去同一地方，又或者在同一地方相逢。这画，便是他们交往的凭证。我们只要查出相约之所、画像出处，便可知晓隐藏在他们背后的相交点。"

王阳明话说到此，按理说无论如何都该明白了，可韦大人仍旧是半梦半醒的表情："不对，你说得太不实在。本官还是坚持从门派入手……师爷，叫诸大人过来……"

王阳明很是郁闷。

他想起这些年自己在人群里受到的那些白眼和冷漠。

起初他是不在意他人的看法和评价的，可随着时间的推移，王阳明接触的人越多，认同他的观点的人反而越少。

说完全不在意他人给予的评价，那是不可能的，十七岁的王阳明，还不能做到所谓的"坐看云起时"。

一直到现在，理解他的人根本就绝迹了。

理论体系无人应答也就算了，但谈及案件，王阳明仍旧觉得自己是大明王朝的异类。

夜深沉，人独醒，这感觉糟透了。

外堂传来初一微微的鼾声，竟意外地有些好听，不禁令王阳明想起那天在摘星观看到的大猫梵湖儿："不知道那眼睛能变换颜色的大白猫，睡觉是否也打鼾？"

王阳明翻了几个身，干脆平躺着身子往上瞧："总有些地方合不上我的推断，让我想想，得把它们串成一串，这样才行啊……"

他又开始在心中拼起一块块零散的证据拼图，希望将它们按照逻辑重新排列组合。

"什么声音？"王阳明突然一个鲤鱼打挺，他听得仔细，好像是从旁边屋里传来的叫喊。

王阳明只觉不对，忙下床穿衣："初一，快去叫按察使过来！"

等王阳明追出时，已有捕快追在前面。

王阳明不及他们跑得快，却分明看到了眼前的光景——一个头裹方巾、壮硕如熊的黑衣人将那崔小二劫走。

他那壮硕高大的身躯抱着颤颤巍巍、呼吸困难的崔小二，于房顶之上穿梭，仿佛一堵移动的高墙。

崔小二扁平的一张脸，瘦弱的小身板，在这"大墙"的夹击下，隐匿在混沌的黑夜里，消失不见。

"放手！你劫走他没有任何意义，他只是个痴呆疯子！"王阳明朝着上头大喊。

对方却不说话，低头刚好同王阳明对上眼神，瞧得王阳明有些愣怔。

"这，真的是一双蛇眼！"他想起崔小二提到此人时，流露出的心慌气短。

捕快一个个往房上爬去，笨拙的样子令人有些想笑。

那虎背熊腰的黑衣人，虽蒙着面，顶着黑头巾，但那双幽灵水晶般的蛇眼，还是令王阳明心中战栗。

捕快三三两两上到房顶，王阳明还以为要斗上几个回合，谁料那家伙竟然飞身而下，朝着他这边袭来。

王阳明反应倒也不慢，倒地就是一滚，躲开了第一次攻击。

对方却拿出了一根颜色诡异的鱼竿朝着他用力投掷，那鱼竿看似寻常，也不见什么铆钉、叉子，谁料一甩出去便是一个缥色的大钩子。

"公子！快救公子！"初一一个没拉住，王阳明便同那崔小二一般，已然到了这贼人怀里。

只见那贼人一手勒住一个，尤其是对王阳明这边，又是用钩子，又是用手臂的。

王阳明呼吸一室，只觉浑身燥热，喘息声增大，体力顿时透支。

这家伙见捕快围攻过来，迅速出击，只见鱼竿内侧飞出四五根长丝，个个都带出飞镖大小的铆钉。

一时间，周遭之人要么受伤跪地，要么不敢迎战。

"你这八爪鱼的功夫真是不错，难怪玄机阁那么器重你。可我不懂，功夫高深如你，为何要杀这些人？这岂不是坏了你行走江湖的大名？"王阳明虽被他勒住，可眼下反而有了询问的机会，他故意将此人的来历说成玄机阁，想要试探下此人如何应答。

这贼人见他如此冷静，话语间还不忘调侃，反倒冷笑道："好个诙谐的书生，小小年纪真是了不得！早就闻听你王伯安有格竹之志，不想今夜一会，还真不是浪得虚名！"

他说罢，将王阳明稍稍松开，让王阳明得以喘息，又将一铆钉扣在王阳明的衣服与他自己的衣襟之间。

"我是不是浪得虚名哪里重要，关键是前辈您的美名若是被毁，那才可惜。前辈不妨悬崖勒马，及时止损，将这痴儿放了，免得江湖中人说什么前辈连个傻子都不放过。前辈放心，我会向按察使求情，江湖中人也会一并维护前辈。到时，这些不过就是个小小罪过罢了。"

"好一个巧舌如簧的书生。你读了这么多年的四书五经，就是用来跟我这个江湖悍匪理论的？"

这虎背熊腰的黑衣人着实厉害，王阳明跟他理论，本意是令他分心，却没有作用。王阳明也难以看出，是此人用内力晃动着鱼竿伤人，还是鱼竿自带的机关自行出招。

今夜月色过于昏沉，乌云时常捣乱，王阳明虽有一双清明的眼睛，也难以辨别其出招的套路。

"废话少说，你跟这个小东西谁也走不了！"

这虎背熊腰的男子将那钓鱼线收起，只是一个踩脚的空当儿，王阳明只觉自行飞天而上，再一睁眼，整个人穿梭在一棵又一棵枯树的枝头，身边影像快如一条条稍纵即逝的流光，耳畔风声呼啸，转眼间背后已无捕快。

"糟了，这是被带出衙门了。"王阳明心下暗自叹息，又看向一旁早就昏迷不醒的崔小二。

这人将王阳明死死地钉在自己的衣襟之上，还有空隙和旁人对打，这样的身手，想必就算他两只手都没闲着，一般人也是难近他身半寸的。

"把人放下！"

王阳明听到一道清亮的声音。

妙儿人未到，铆钉先杀了过来。

只听一通叮当乱响，妙儿的一招"燕子还巢"好生了得，王阳明只觉抓着自己的那只手臂有些松动，妙儿的攻势使这人不得不唤出鱼竿回击。

王阳明再看，妙儿已到了近前二十步距离，她手持拂尘，一脸肃杀："把人放下，本座自有一番公允。"

"本座？"这黑衣"狗熊"倏地笑道，"小小道姑，不过双十年纪，竟敢口出狂言。"

"哼！一看就知你是个孤陋寡闻的，真真是个可怜虫，连我玄机神女的威名都没听过。"

妙儿说罢，两人竟同时出招，看得王阳明胆战心惊。

这"狗熊"将鱼竿一甩，银丝如宝剑出鞘直冲云霄，原本只一个钩子，飞达半空却变出无数钩子，朝着妙儿袭去。

这钩子气势浩大且不说，还如鹰爪一般锋锐尖利，叫人浑身哆嗦、汗毛倒竖。

更糟糕的是，这些所谓的钩子不过是障眼法，当它们从天而落时，却化作一缕缕灰色的烟尘，让人睁不开眼。

"糟了，是石灰粉！妙儿小心！"王阳明叫出了声，多少有些失控。

那家伙却恶狠狠地道："怎么，你叫的是她的名讳？她是你什么人？"

"浑蛋，我告诉你，你要是敢伤了我的未婚妻，我就是追到天涯海角也要宰了你！"王阳明有些丧失理智，突然拼命啃咬起这家伙的胳膊。

可无论他如何挣扎也无济于事。

从他的这个角度看，那些钩子不过是些裹着唬人外表的石灰尘埃，但对于对面的妙儿，难免被其蒙蔽。

妙儿及时蹬了一下树，脚下发力踩踏转身脱离原位，手中拂尘一卷，整个人腾身而起，连续换了几棵大树方才停止："本座没那么脆弱。"

王阳明没看清她出的是何招数，当他看清对面为何物时，已是黑影四起，若鬼魅来袭。

只见一道道黑影如敦煌飞天，从妙儿周身一一掠过。它们舞动着轻盈诡异的身姿，像仙女一般释放出令人眼花缭乱近似于飞天舞裙的裙带、衣袖。这些黑影像是一张无形的结界，将妙儿护在身下。这些黑影舞动的同时将那一个个飞来的利刃轻而易举地挡了回去。

与其说是抵挡，不如说是化解，影影绰绰间，以柔克刚。

月光清冷得犹如一张锋利的白纸。

王阳明约莫看到，此时的妙儿依旧安稳地坐于树上。

妙儿手中的拂尘鱼贯而出，一飞冲天，在相互交缠的同时，朝着各个角度飞散而出化作一缕缕暗影。

王阳明对于这些幻化出的舞者看得尤为仔细，它们有的手持琵琶半遮面，有的则跳起西域特有的龟兹舞蹈，还有的手持莲花如意，都朝着那黑衣人的面门砸去。

"好个凌厉的丫头！想不到你竟会这奇门遁甲之术。原来这奇异幻象都是你这拂尘丝线所致。"对方说罢，突然推了王阳明一下。

王阳明没反应过来，只觉后背靠近心口处挨了重重一击，他整个人摇摇欲坠，再一睁眼，妙儿已然飞身将他接住。

"伯安哥哥！"她唤了王阳明一句，声音中带着些许心疼。

王阳明一把抓住妙儿的手腕："你没事儿吧？"

妙儿听他如此说，白了他一眼，迅速从发上拔下一老山檀做成的木簪，掐住王阳明的下巴，抬手将此物往他口中就是一塞："你呀，就这么信不过我的功夫？"说罢，也不知用了什么手法，手中赫然多出一张燃烧着群青色光斑的黄色符纸，"心神丹元，令我通真！"

"妙儿，别伤着证人。"王阳明后悔这话说晚了，他口中含着木簪，声音含混不清，但见那符纸已然随着妙儿的快速低语飞出，直奔对方心口而去，可对方胸前不还挂着那崔小二吗？这么一来，那人不得把小二当人肉盾牌了？

王阳明紧闭双眸，不敢去看。

又听身边的妙儿甩出那拂尘，王阳明鼓足勇气睁眼去看。

只见对手那疯狂跳出的钓鱼线若灵活自如的八爪鱼，推动着那张符纸，速度却渐渐慢了。王阳明眼见着其在关键位置拐了个弯。

妙儿推动的拂尘丝线像是少女散开的长发，带着些许常人不能察觉的诡异莫测，如灵蛇出谷般游移到对手近前。

王阳明只听到有什么东西破裂的声音。

王阳明堵住耳朵，再抬眼，发现原本在他身边的妙儿已出现在对面。

妙儿将拂尘丝线再次拉出，恍若那日的"吊床"，托住那掉落在一侧的崔小二，另一只衣袖中又飞出些许丝线："你刚才那招'万箭穿心'用得极好，但我的'飞天狂舞'也不逊色！"

说话间，妙儿的丝线再次如盘丝洞里蜘蛛精的蛛丝般四散开来，她想用这招环住那人的面门，令其束手就擒。

但那人也是个厉害的主儿，同时射出数十道铆钉，和妙儿的丝线搅和在一处，打得是难分难解。

"我这鱼竿的丝线，用的是肥遗蛇吐出的冰凝丝，外加在云南发现的一种迷宫蛛的丝网凝结而成。不知你这丝线是何来历？"对手发话提问。

妙儿听完他的话，一如既往地冷笑道："我倒不知你那玩意儿好在何处，可要我师父来瞧，八成是看不上的。我这丝线，原是古蜀国才有。古蜀国有一种海棠色的飞燕，名曰'棠前燕'，这飞燕只在沉香木上栖息，还总是用各种名贵木头的枝子搭建鸟窝。这种飞燕分泌出大量的黏液，吐在那些名贵木料上，时间久了，凝成了一种坚挺不灭的鸭卵青肉团。取之，还是不能直接炼成我这丝线，须得插满鲜花，让药王门特有的绿努蜂采撷花蜜，用身体拉出丝线，再加以萤石、碧玺、黑曜这些灵性强大的珠宝粉末，方能炼就此线。"

"是吗？这么说来……你师父还真是我得罪不起的人呢！"

说罢，这厮真就及时收网，却又随即从其发顶的黑色方巾位置弹出一物。

林间顿时恶臭熏天，眼前四散开近乎雌黄石粉的烟尘雾气。

王阳明口含发簪，却看得仔细，只见那黑衣人真是个满脑袋鸡翅木般瘤子疤痕的光头！

妙儿不知对方投射之物有无毒素，忙带着崔小二一并撤回，用内力运气斩断自己发射而出的丝线，又发出一张符纸："喉神虎贲，气神引津。"

那符纸像是能听懂人言，原本豆绿色的一张鬼画符，瞬间化作一只巨大的纸鸢，如青铜护甲一般挡在了三人面前。

妙儿一手拎着崔小二，一手拉起王阳明道："不必纠缠，我们走。"

第十回
六合阵白鹭险迷魂　入城堡初见二当家

崔小二只是受惊昏迷，王阳明却是挨了一掌，对方内功深厚，妙儿只得为其医治。

她将王阳明带回韦大人的府邸。此时的王阳明，口中暗含着那老山檀木簪的一头，感到心肺之处有什么甘甜清辣的味儿顺着呼吸游走。再一睁眼，他就见自己盘腿坐在室内床榻之上，周身垂着那熟悉的翡翠色纱幔。

"别动！我为你运功疗伤……"妙儿话不多说。

王阳明只觉她人在自己身后，两股热流缓缓流入自己后心。

他再次陷入昏迷，但这次的昏迷暖中带甜，熟悉的肌肤相亲，让他不由得用舌头舔舐口中的木簪，那上面有类似于冰片、蛇胆、龟苓膏的香气，想必是提前浸了解毒之药在木簪上头，遇到人的唾液便即刻溶解，进入体内祛毒。

不知过了多久，王阳明逐渐醒转。

他双眼一睁，眼中倏地闪出鹰隼般的锐芒，只觉心神凝聚，连呼吸都顺畅多了。

"妹妹？"他缓慢起身坐定，侧头一看，只见妙儿托腮合眼，就坐在他身侧的玫瑰椅上。

她手边的书案之上，放着一盏玉兔望月造型的铜炉，内里升腾出些许龙舌兰的香味。

"妹妹……"他见妙儿疲惫，想到其方才运功帮自己疗伤，他还当妙儿做完这些便会弃了他一走了之，谁想，她还在这儿静静地守着他。

王阳明大为感动，伸手过去轻轻拂过妙儿额前、鬓角的几缕碎发。他的动作十分轻柔，不想还是惊扰到了她。

"醒了？"妙儿神情冷漠，声音又恢复重逢当日的漠然。

"妹妹辛苦了，为救我……"

"还有什么不舒服吗？若没有，本座还有要事，就不耽搁了。"

王阳明听她这么说，心中顿感一阵酸楚，可又想来日方长，总有机会，便微笑道："耽误妹妹的正事也非我心意。只是有几件事我心中不明，想请妹妹指点。"

"哦？快说。"妙儿语气未见丝毫松动，收回了方才舒适自在的坐姿，正襟危坐，一派老成持重的模样，明显地与王阳明拉开距离。

王阳明也马上调整策略，一副书生请教长辈的谦恭神情："敢问妹妹，你方才与那秃头贼人斗武之时，所用的第二张符纸，是幻象还是另有玄机？"

"哼，我还当什么事，原来王公子你竟然连奇门遁甲都不知道。那玩意儿并非什么符纸，而是上古神兽何罗鱼的皮。这何罗鱼一首十身，十个身子又分为一边五个展开生长。此物与粉尘、尘土等五行属土之物接触，即刻膨胀，看似薄薄一张纸，实则能膨胀至青铜、铁器那般厚实坚韧。加之那上头有我结合无根之物炼就的丹药涂料，自然起了连锁反应。原本那鱼皮上头就用了阴、阳两种剪纸刻刀工艺，上有纸鸢造型，可随时凸显其具体轮廓。"

"原来如此。那妹妹可知那秃头的来历？"

"自然是玄机阁的人。江湖之上，历来使用丝线之人不多，除去我这拂尘外，还能用鱼竿杀人的，便是那玄机阁排名前十的鱼与愚了。"

"什么？"王阳明只觉这名字又奇怪又好笑，"鱼与愚？"

"哼！你又少见多怪了。我名曰玄机，就不许旁人也有个绰号？"

"不不不，只是、只是我觉得……这名字颇具深意。想必这厮是和水有渊源，还用鱼竿作为武器……"

"不过，你也别高兴得太早。"妙儿侧头看他，一脸不屑，"我也只是道

92

听途说，这鱼前辈到底是否真是个头带瘤子疤痕的壮汉，还未可知。"

"那妹妹可愿再帮我一帮？"说罢，他突然咳嗽，手有些发颤。

妙儿见状，忙抓过他的左手："怎么，还是不舒服？"

王阳明右手掩唇，咳嗽了几下后，拍着胸口喘息道："我心里急，想快些破案。"

"你呀，还是老样子，和别人想不到一起去，还老是备受排挤，不得已单独行动，于是乎频频涉险。我可没工夫三番五次管你。"

王阳明苦笑道："妹妹若是好人做到底，再愿陪我去那玄机阁走上一走，我自是感激不尽。"

妙儿起身，一脸肃杀："你想得美，我走了。"

她不给王阳明任何说下去的机会，只点了他身上两处穴道："好好睡一觉，瞎说什么？费脑子还劳心。"

待见王阳明彻底睡下，她方唤来初一，自己则默默离开。

妙儿却想不到，还未出院子，就见对面跟跟跄跄地走来一中年男子。那男子还未走近，她便认出那是自己的生父诸养和。

"道长前来，有失远迎！失敬失敬。"诸养和跟之前一样，还是没认出眼前之人是他的亲生骨肉，只是佯装一脸镇定地赔笑应付。

妙儿冷笑，也不答话，连额首都没有，自顾自地拂袖而去。

再说那崔小二，他比王阳明醒来的时间还早。可惜，醒来之后的他更是傻得要死、疯得要命，不仅一问三不知，还抱着过来送药的初一不撒手，撒娇亲热："初一哥哥，我是初二。"

王阳明见此，便吩咐初一暂时带着崔小二。初一也是无语，只得暂时当起了崔小二的玩伴外加监督者。

不久，一只很难被人唤出名字的飞鸟，带着一封密信落在王阳明的卧榻前。

王阳明见那鸟儿竟然是一只鹞子，便招呼那鸟儿过来。那鸟儿倒也通灵性，一看王阳明朝自己招手，便跳到他的手臂之上，示意王阳明取下拴在它脚腕上的信件。

"妙儿？"

没想到王阳明刚刚取下那信，这鹞子便飞走了。

王阳明打开信件一看，果真是她，妙儿还是担心自己的。

她这威名赫赫的玄机神女，自然有办法带王阳明前去那杀手如云的玄机阁。

王阳明见那字迹确为妙儿的，便按照约定时间，前去赴约。

让他想不到的是，来人竟然还有陈利剑。

"你？"两人异口同声。

王阳明道："妹妹，他来干吗？"

妙儿道："少门主想带些东西给玄机阁二当家，对吧？"

"妹妹说得是，我此次刚好有药物捎给二当家，顺便陪妹妹。"

王阳明又听得他一口一个"妹妹"，直接放出狠话："我说你啊，就算叫妹妹，也该叫声师妹或者世妹吧？你跟妙儿相逢只是缘于两大门派之间的交情，若论你们两人之间，交情谈不上多深，拜托说话注意分寸。"

"江湖儿女，哪儿那么多规矩？你这话说得反倒矫情，外人听了，倒觉得你多想了。"陈利剑皮笑肉不笑地道，眼底却泛起幸灾乐祸。

妙儿轻启朱唇："还不快走？"说话间，便翻身上马，率先绝尘而去。

王阳明在书院里原也是学过骑射的，骑术不算差，但在这两个武艺出众的人面前，还是落于下风。

虽然妙儿有意放缓了速度，王阳明仍旧落于人后。

三人一路快马加鞭，总算到了玄机阁。

三人下马，妙儿嘱咐王阳明："我跟少门主先拿着拜帖前去会那看门将，王公子就在此处等候吧。"

王阳明观瞧四周，见附近很是有趣，真不像个杀手云集之所，左右竟都是些亲民的大小摊位，更有一些收拾得极妥当的多宝槅，槅上清一色地放着陶器。

这些陶器形制迥异，有些一看便知是东瀛、西域风格，与中原大不相同。

但奇怪的是，这些朴实无华的摊位连同一排排鳞次栉比的多宝槅，就这么置于原地，周围毫无防护，就这样毫无保留地展现着陶器之美。四下寂静无人，只有它们。摊位就这么突兀地摆设着，一个活人不见。此处不售卖，不招客，好生奇怪，倒像是这些哑巴陶器默默诉说着自己的奇幻经历，娓娓道给路过之人。

妙儿见王阳明好奇地看着，便开口解释道："你别担心。每逢冬季，玄机阁便会在无雪无风之时，将他们地库之中的宝贝陶器逐一展示出来。他们自然并不怕有人盗取、毁坏，因这多宝槅也好，陶器本身也罢，上头自有他们提前设定的种种机关。王公子只远观，不要近触即可。"

王阳明颔首，让他们放心。

妙儿指了指前头："真正的玄机阁，还要爬上那高山才能到达。那里天气变幻无常，主要靠城郭的天寿阁守护其城堡。上山的路途遥远，我怕你受不住。"

王阳明不禁张望："看到了。那城堡好似一只高雅圣洁的白鹭，一看便知结构严密、固若金汤，瞧那螺旋状的外形就知其中部、内部的壕沟遍布。"

"你且等着，待我们将拜帖递上，他们会派手下接你上去跟我们会合。"妙儿再三叮嘱。

待两人走后，王阳明独自在此地徘徊。他先是在原地逗留了片刻，而后便去那些最初他就有些好奇的多宝槅附近一探究竟。

谁料，王阳明只看了几个多宝槅，就正对上了一道熟悉且令他害怕的人影。此人迈动步子，同他撞了个脸对脸。

"云儿！你这逆子，我还当你去了何处，你就是这样给你爹争脸的？"

这声"云儿"叫得王阳明诚惶诚恐，眼前出现之人，竟然是他的生父——翰林学士王华。

王阳明幼年昵称为"云"，后来自号"阳明子"。

而若谈及王阳明的生父王华，众人皆评其为不苟言笑之人，性格、举止与其子王阳明大相径庭。

王阳明曾多次顶撞、违背父亲，此时亦是不抓紧时间准备科举，偏偏在此处打转看那些多宝槅。王阳明想，父亲定然是循着诸养和的描述，按照其中的蛛丝马迹找到自己的。

王阳明咽了一下吐沫："爹……您怎么来了？"

"我怎么来了？"王华人已经走到近前，一把拉住王阳明的手腕，"我

95

问你，你可有见到你岳父？"

"自然。"

"既然你岳父说得清楚，你未婚妻已去，要将其次女许配给你，你为何不受？事已至此，干脆娶了婷儿，你也好安心科考！"

王阳明原以为对方是什么江湖高手易容假扮的。可见着近前的父亲，一张嘴将事情说得明明白白，事件细节分毫不差，王阳明有些傻眼，但与生俱来的头脑冷静，令他多了几分猜想："爹说得对，是儿子不对，儿子迎娶婷儿便是。可您不是在翰林院编修史书吗？难不成那边放您休假了？"

"我这次原本是不想来南昌府的，可你岳父飞鸽传书，说你竟然跟他顶撞，居然还绘画打趣你岳母。你说，我这做爹的颜面何处安放？都是你爷爷惯出来的臭毛病。我特意向上级告假，停了手里的所有安排，这才慌忙出来找你。"

"那爹的消息真是灵通啊！说找见就找见……比爷爷的卦象还灵验。"王阳明嘴上调侃着父亲，他习惯了这样的"软顶撞"，每次父亲抨击讽刺，把他挖苦得体无完肤时，他嘴上也不闲着。

"行了！我要是想找你小子，易如反掌！循着韦按察给出的路径，快马加鞭即可。你给我好好准备科举是正经事，婚事我来筹备。"

王阳明手一推，直接将亲爱的"老子"推了个趔趄。

王阳明推过之后，但觉对方身材健硕，如铜墙铁壁一般厚重。

他什么也顾不得了，抄起一旁的一件陶器就朝着对方砸去："骗子！我爹分明没在修什么史书！你就是易容变装成我父亲罢了，还不快现身！"

可令王阳明意外的是，对方竟然化成了一股类似于皮影的东西，在一团雾之间，这东西随着婆娑的树影弯曲地行走。虽然这东西不走直路，但那感觉分明是跟着王阳明一道来的！

王阳明只觉奇怪，心道：怎么可能？不是易容？难道是歪门邪道？

他又抄起近前的两个红土色的罐子，朝着那模糊一团的黑影投掷而去。

只听咣当咣当两声，陶器四散破碎，但那黑影像是一只从房梁顶上直扑而下的利落的黑猫，瓷片从它那虚无的影像之身中贯穿而出，似乎还夹带着低吼，朝着王阳明扑来。

"伯安哥哥！"妙儿出手利索，出招便是一记响亮的耳光。

这一耳光打得王阳明耳膜震荡，再一缓神儿，他只见自己环抱着一个水缸大小的陶器，傻里傻气的，像个半疯的大力士，还叉开两条腿立在陈利剑跟前不到一拳的距离。

陈利剑见王阳明神情痴傻，不动声色地将他环抱着的陶器抬走，小心地放回原位，口中却阴阳怪气："好一个拼尽全力的酸秀才。这是要摔东西，还是要打人啊？"

王阳明看着妙儿。

妙儿伸手过去，毫不客气地捏住他的下巴，又用双手拍着他的脸颊："你刚刚一下马就神神道道的，又是看人家的陶器，又是乱摸那些多宝橱，怎么，中邪了吧？"

王阳明这才反应过来："难道从一下马，还没到这些陶罐近前，我就中了邪术？"

妙儿点头松手："你才知道啊！"

王阳明道："那么，我中邪术那会儿，你俩都在？"

妙儿气道："废话，我能丢下你不管吗？你当这玄机阁是那么好进的？抛去那帝姬山不说，就说山下这些陶器，原本就是玄机阁设下的六合阵法。像你这类敏感多思，又没武艺傍身的文人，最是容易中这六合阵。唉，算了，你马上跟我上去，别再多看多想便是。"

好家伙，原来还没入那玄机阁，王阳明就先中了邪术。

试想人要是真去了上头，还指不定怎么样呢！

王阳明无语，只得跟在妙儿身侧，按部就班地上山。

到山顶递了拜帖，他们一行人才得以进入。

玄机阁内的防御系统浩大而精湛。从三条同心圆护城河开始，城堡环绕高大曲折的石制城郭，城郭之间设置了几座大门和瞭望塔，城墙和瞭望塔上设有暗箭弓弩、火药小孔。

三人被一位所谓的"矮脚虎"看门将带领行走，别看这厮是个侏儒，可步伐身手灵便轻巧。他带着三人，穿过内庭百转千回的道路。

王阳明本想用心记住路线，奈何这里好似巨大的迷宫一般。

"我们二当家在顶楼备了茶点恭候三位，还请这边来。"

那看门将像是带领三人玩着攀爬游戏，他一副贼眉鼠眼的模样，看上去倒是不累。

一行人好不容易上到顶楼，城堡之内的景象看得一清二楚。

王阳明见这城堡顶楼上满是畸形的怪兽雕像，叫不出具体的名字，他回想在《山海经》里看到的那些奇珍异兽，愣是半天都对不上号。

"鸱吻吗？又像是鲛人。到底是何物？"王阳明嘀咕。

那陈利剑好笑地道："这叫浒鲸，你没看它周围净是些扇形斜坡和似浪花卷起的图样吗？这一来是为辟火；二来不至于有人攀登。"

的确，在山形墙上加以锯齿波浪形态的斜板，使外观看起来更有层次感、更美观的同时，又能防止外人攀爬。

他们又随着看门将绕了几个回廊。王阳明算得清楚，每间隔一个开间四尺不到的距离，就有一个中柱，此外，各个角落架设着和支柱同样尺寸的对角斜柱，以防地震。

可能是为了整齐划一，王阳明见墙壁上全都涂了白色石灰，窗棂也从内部用铁板固定住了。

"你可累了？要不我们歇息一下？"妙儿突然问王阳明。

王阳明愣怔片刻，道："不必，我没问题。"

待真见到了那玄机阁二当家，王阳明心头一颤。这厮相貌相当尖酸刻薄，长着猴子似的一张怪异脸庞，让他想起看过的一本天竺奇书《哈奴曼大传》，那里面记载了颇多有关天竺佛学的真谛与奥义，但最令王阳明着迷的，还是那神猴哈奴曼。

不过这二当家，可没哈奴曼那么浩然正气。

王阳明怎么看怎么觉得其不怀好意，而且嗜血无度。

此人瞥见妙儿和陈利剑倒不觉陌生，可就是不认识王阳明，但他只看了王阳明一眼，便有种惊为天人的玄妙之感："你这小子可惜了，虽已然悟道，但为时过早。"

王阳明不解，也不想知晓，生怕再像方才一般中了邪术。

妙儿上前道："二当家，好久不见，晚辈给二当家见礼！"

说罢，她和陈利剑一并拱手，各自行了礼仪。

王阳明不好不动，便随着他俩行了一个平常书生面见老师的礼节。

这二当家见王阳明不动声色，毫不介怀方才自己给予的评价，便对妙儿道："玄机小丫头越发明媚动人了，难怪嵩山派的楚燕巢放不下你这可人儿。上次他特来见礼，还跟我提起，要我做媒呢！"

王阳明一听这话，心悬了起来，却还是被当下的情景压抑住了。

他再观察妙儿和那二当家，发现两人神情各异。

二当家明显带着几分看热闹的好兴致，但眼光时不时向王阳明这边瞟来，似要在他脸上寻出些蛛丝马迹。

"前辈说笑了。贫道乃是出家之人，怎可妄言儿女私情？红尘外事，愿都远离贫道。何况，师父叮嘱的大事未成，怎可半途被这些东西所累？"

"也是，你师父百里挑一，才把你这可人儿挑选到近前侍候，定是不会放你走的。哎，我倒是看你跟你身侧的这小书生很登对，这人是？"

妙儿道："这是官府派来的查案者。前辈还请不要误会，这位公子只是想请教前辈有关雪人一案的诸多事宜。这关系到贵派一位前辈的声誉，还请您多多帮忙。"

妙儿话语极为恳切，人也是躬身行礼，二当家看得真切。

这玄机阁为见财起意的杀手团，对外界绝非一问三不知，他们对朝廷政见、内阁帮派、社会奇闻等，比外头一些"专业"人士还要明白。这雪人案，二当家虽不感兴趣，但对案情的来龙去脉也知一二。

一旁的陈利剑听妙儿话中带有恳求之意，只觉一向不愿低头的妙儿如今竟为一个书生做到这般，心中颇有怨言。方才一语未发的他，此刻颇具醋意地开口："二当家有所不知，妹妹自打帮这书生查案起，都不愿给我药王门炼丹了呢！"

玄机门二当家听罢，嘿嘿一笑："利剑，你这孩子虽一身武艺，可这小书生比你更显几分权谋之色。"

陈利剑不服，伸出双手，将一盒子递上。

伺候在二当家旁边的侍女上前接了那盒子，低眉顺眼地献给二当家。

"这是今年我药王门最新的药师玛瑙回春丹，用的是最好的药师玛瑙，再加上妹妹门下的诸多珍贵药材炼成。"

二当家开启那盒子上的机关，只见内里素珠静卧，虽只一颗，却饱满流光，像是刚从清澈见底的湖水中打捞而来的纯洁玉贝。

二当家见此，心中一喜，将那宝贝直接含在口中不语，再一出声，却好似鸟儿啼鸣，响彻林间，又如空谷猿嚎，犹在洞中回旋。

"腹语？"王阳明一愣。

二当家邪魅地看了他一眼，干脆闭合双目，托腮沉思，继续用腹语说话："小子，你有什么想问的尽管问。"

"请问前辈，贵派之前是否有一位使用鱼竿当作武器的侠客？"

"侠客？"二当家听了"侠客"二字，只觉好笑，"你是说鱼与愚？"

"晚辈也不敢确认。只是，我见那人头顶光秃，且有近似于鸡翅木的瘤子疤痕在上，并且虎背熊腰，极为壮硕。"

"那便是他了。"二当家这话回得肯定，那声音继续如洪钟一般回响在殿内，"想当初，那鱼与愚也算是我玄机阁内排名前十的高手。可他与三当家为争一个娈童小倌儿伤了和气。三当家武艺在他之上，又是我们阁主的结拜弟兄，他们索性将这鱼与愚赶出了玄机阁。"

"也就是说，此人为争一小娈童，和贵派之人伤了和气？请问前辈，您知道他争的这个小倌儿人在何处吗？"

"这就不知道了。但我能告诉你的是，鱼与愚早在三年前就已离开我玄机阁，现今投靠了花柳帮。此人平日不喜言辞，不善交际，与我门派弟兄交往不多，何况我门派弟兄执行任务几乎都是单打独斗，极少团队协作。这厮唯一的爱好就是宿在那娈童馆内，别无其他。"

第十一回
求妹妹查案闯无疆　探冠宠酒后清断袖

"花柳帮我是断不会去的……"

回去的路上，王阳明拜托妙儿陪他去花柳帮一同查看，谁料妙儿斩钉截铁，死活不去。

骑黑马的陈利剑一看王阳明碰了钉子，一脸坏笑："要不然，在下陪王公子一路可好？听说那花柳帮里的女子，个个金发碧眼，极具西域风情。我是怕公子你招架不住那些火辣蛮族的引诱，反倒流连于此，毁了你读书人的名节罢了，不过若再想见我这玄机妹子，恐也是不能了。"

王阳明双目聚力，瞪了他一眼，欲再争辩，妙儿见气氛又开始不好，便打圆场解释："我过去惩治过一个花柳帮的恶棍。当时若不是其帮主用《归去来兮剑谱》交换此人，师父又做主将其放走，我是断不会放那狗贼回去的。我劝你还是别单独去那鬼地方，此门派之人声名狼藉，比起玄机阁有过之而无不及。那地方淫乱之人颇多，交给韦狗官处理便是。"

三人进城之后，便分道扬镳，向着各自的方向前进。

妙儿骑马行了一段路，只晃了晃脑袋，也没往后看，开口道："我说王公子，你可别再跟着了。若有话讲，不如打马过来，何必鬼鬼祟祟、磨磨叽叽地在后面跟随，岂不有辱你读书人的斯文？"

"妹妹……"王阳明打马跟上，赔着一张笑脸，"我忘了回去的路了，南昌府太大，还请妹妹带我一程。"

玄机神女诸妙儿白了他一眼："小时候你可不曾如此，怎的大了，竟然会找不到路？"

王阳明见妙儿提及童年，只觉自己尚有回旋的余地。

两人一路骑马慢行，倒是看尽了南昌府的一路街景。

在南昌府一条较为僻静之街巷，建着一座书院，书院门栏上有一块题着"意存教养"的匾额。

听说，这书院原兴建于建文帝二年初，原为藩王行宫别院，布局由南到北依次为门厅、头堂、游亭、正堂四进，面积比这条街巷还要大。

王阳明侧头望去，刚巧见到那书院大门大敞，门厅前廊格外宽敞气派，木构雕刻极其精细，门两旁放置着一对石雕抱鼓石、四条石制方形檐柱。

书院与一旁的石牌坊、李家宗祠毗邻，三座巍峨的古拱门相连，相依相伴聚于街巷之上，树立起大明特有的建筑风格。

原本王阳明只看风物不看人，可谁料刚要与这书院擦肩而过，就见从内里跳出个猴子似的男童。这小子一蹦三尺高，手里还拿着一本厚书遮面挡头，像是用书当盾牌一般抵御着身后的人。

王阳明见男孩儿一身标志性的大带深衣，就知他乃是书院里的学子。不知他因何缘故，竟拿书本当作盾牌，边躲边跟身后跑出、手持戒尺的老夫子激烈地争辩着什么。

这学子十二三岁年纪，也不算小了，身后夫子手抄戒尺追其一路，男孩儿岂有不躲之理？

"要打就打手心好了，何苦追出来暴打？这下可热闹了。"妙儿冷冷地道。

两人勒住马缰，停步观看。

王阳明不敢认同这老师的作为，觉得他实在有些过分，学生不学也好，不懂事也罢，情急之下可以用戒尺打其掌心，却没有这样闹得鸡飞狗跳、追出来让路人皆知的道理。

那老夫子虽是教书先生，年纪却也不大，三十五六岁，因其蓄须，连同一身木贼色宋代圆领通裁衣，乍看之下，稍显岁数大。

"你这学生不好好背书，竟然还跟我顶撞。你可知你刚刚咒骂朱老圣人

102

乃是大大的不敬，还不速速去到朱老夫子画像前鞠躬认错？"

王阳明听对方提及朱熹，倒是不惊讶。明代理学何其昌盛，就因如此，女性地位才大大降低，远远不如唐、宋两朝。而男子大多被朱熹理学迷惑，不但将"存天理、灭人欲"等理论严苛地贯彻执行，还将此理论强压于自己的妻儿身上。

王阳明只感慨理学中有颇多不近人情之处，有些理论虽说也是不错的，但其根本学说在他看来仍有待商榷。

王阳明见眼前事态有些不妙，便翻身下马，想要去和那打人的夫子一论高下。

谁料，那抱书当盾的小子跑得极快不说，嘴巴也是不饶人的，还没等王阳明到他近前护住他，就听他快人快语："您这话不对。朱老夫子说性即理，那是不是说只有人性是符合天理的？那七情六欲，什么情感、情绪就都不符合？可如若是这样，那孝道是否也算该灭掉的情感？尊老爱幼、尊师重道、琴瑟和鸣、含饴弄孙，难道也都不是情感，都该去掉？如此自相矛盾的理论，我为何要背？"

"你小子！敢这么议论朱老夫子，看我怎么收拾你！"

就在那夫子高抬戒尺欲要打人时，王阳明已经站到这孩子面前，伸出双臂如金雕展翅般将那孩子护在身后："这位后辈说得不错，老先生何必为难于他？想春秋战国时期，各派学说如江湖武学，可谓百家争鸣、百花齐放。若非始皇帝焚书坑儒，汉武帝罢黜百家、独尊儒术，也就无法成全当下的理学。孩子还小，正是'一张白纸画满园'的时机，为何不让他自行体会判断？要我说，理学也好，道家也好，佛家也好，只要是一心向善，便都可以用作治学之用，何必拘泥一格？"

王阳明这话说得极长，那手持戒尺的先生真没想到，半路杀出个程咬金，还是个"文斗专家"。这一席话，叫他感觉好生打脸。

藏在王阳明身后的学子一看有人来护，马上又恢复了元气，他朝着老师吐了吐舌头，闭起一边的眼睛，一副促狭坏笑的样子："这位兄台说得极是。只要是引人向善的，都可以拿来做学问。夫子，我不喜欢朱熹那一套，将来我想过我自己的生活，迎娶我喜欢的姑娘为妻，与合得来的人做朋友，我为什么要压抑自己的情感和喜好？我又没犯法，又没做亏心事，有何不可？"

他这话说得叛逆露骨，听得马背上的妙儿也是扑哧一笑："瞧瞧，又一个你呢！"

妙儿这话，原是说给王阳明听的，她感慨人世间还真有跟自己的伯安哥哥想到一处的男儿，更令妙儿未曾想到的是，今儿两人还就撞上了。

这位老夫子听了王阳明一席话，开始还没反应过来，又见这后辈小儿出口讥讽自己，连马背上那道姑都有此意，当即不悦地道："你又是何人？凭什么管我书院之事？"

王阳明拱手道："学生只是个过路人，但若论凭什么，我想说，凭我是芸芸众生之一，凭这孩子是我大明国土之上孕育而生、含苞待放的新鲜花朵。这些学子的思想境界好坏，关系着我大明江山的未来走向。若夫子今儿真动手打了他，势必给这孩子的内心留下阴霾，倘若他就此消沉，破罐子破摔不肯再来读书，夫子岂不悔恨内疚？"

老先生瞪了王阳明一眼，内心也觉他说得在理。他还是头一次听到将学子比喻成含苞待放的花朵的说法。

就在两人僵持不下之际，只见那书院的学生三五成群地出来了，如一条条活泼好水的锦鲤。

他们或对王阳明与自家老师的争执窃窃私语，或手持朱熹理学，仍旧将夫子的言行贯彻到底，一脸麻木不仁，或人云亦云地围观，好似这里上演着一台不看白不看的大戏。

这些如雨后春笋般瞬间出现的读书郎君，原本最该做谦谦君子的人，眼下却沦为市井坊间最为庸俗的"老大妈"。

妙儿坐在高头大马上，本身也是长身长腿，自然看得格外清楚，学子们顶着一张张不似这个年龄该有的老成持重的面容，明明还只是些十二三岁的孩子，却在科举与大明集中制男权社会的高压洗脑下，假惺惺做出一副成人姿态。她玄机神女偏就不信这个邪，难道普天之下的读书少年人，只有她的伯安哥哥是唯一能够洞察真相，以一颗平常心辨出"典故"真伪的读书人吗？这些孩子到底是天生麻木好欺，还是已然随波逐流？又或者是自我洗脑，苟且于此？

老师见有"同盟军"前来助阵，忙缓了缓精神，对王阳明继续开口：

"可他话里话外透露着对朱老夫子的不尊敬，还拒绝背诵理学著作，实在该罚。我要他去给朱老夫子跪上一个时辰，再鞠躬赔礼，他都不肯。这样的学子还有学子的模样吗？简直是朽木纨绔，不可培育。"

王阳明听了这话，一笑："夫子莫要着急，请听我慢慢道来。晚生十五岁那年，于门庭后山的竹林中，与友人进行过一次大规模的格竹悟道，为的正是能更好地参透朱老夫子提出的理学思想。可我们两人连续几天心外格物，却并没看出这道理有何玄机可言。相反，它将我们心中的那一部分真情割断，只留下了空白苍凉的大道理。这么一来，我们的本心也就少了一部分。因此，我陷入迷惘混乱，不得已又要到心外，再格些所谓的真理回来填补空缺。我想问问您，我们的心原本是完整无缺的，却非要强制去除一部分，而后又不得已向外伸手去要回一部分理学的东西用来填补，这岂不是胡乱折腾、自欺欺人？"

那夫子被王阳明辩驳得哑口无言，一时间窘在那里，而后气得原地跺脚："好你个后辈狂生，竟然说这话讽刺朱老夫子，你、你……"

他气得张不开嘴，只能伸出戒尺一通乱比画。

围观的少年们听了王阳明这奇范理论，大多数人都流露出鄙夷的神色，还有几名学子已然手持朱熹理论，想要上前与王阳明来一场文人诡辩。

王阳明眼见那戒尺到了近前，丝毫没有惧怕，只继续道："七情六欲既然是与生俱来的，它本身便已然符合天理。所以，性和情都符合天理。性和情组成了心，于是乎，心即理！"

朱熹的"性即理"与王阳明的"心即理"，虽只一字之差，却差之千里。

妙儿从马上下来，迈步走近那夫子，冷眼看着他，掩唇轻笑。她一双既凌厉又妩媚的狐狸眼尽显风情万种，开口却是对王阳明说道："你可别跟他争论。有些人上了些年纪，便越发倚老卖老起来，爹不像爹，师父也不像师父了。你若再往下说，恐怕你身后这孩子往后更难在这鬼地方立足，不如就此打住，送这孩子回家休息两日，再来上学。至于这位独尊朱熹的夫子……哼，也该让他学学我们道家的自然之法。"妙儿话里有话。

她武艺高超，显得气势凌人，神情如傲雪凌霜，给人一种不怒自威的感觉，况且她身材修长，个头也是极具优势的。

那夫子见她手中拂尘一挥，就知道她是个习武高手，话都没说利索便离开了。王阳明也没听清这夫子临走时念叨了什么，貌似是"妖女"之类的话。

这夫子离开之后，他身后那些观战的读书郎君也都呼啦啦如鸟兽一般四散离开。书院鸡冠花色的拱形大门外，一道道黑白相交的大带深衣，在这扇原本色彩就不明丽的门前，留下了黯淡交错的身影。

王阳明身后站着的这位小儿郎在大家都四散离开后，突然抬眼凝视了王阳明几秒，随后不可思议地道："你是王阳明？当年因格竹参悟朱熹理学，七天七夜不眠不休，而后自成一派、名扬天下的那个王阳明？"

王阳明深觉他这话好笑："哪里哪里，那些都是吹捧。不过，你刚刚用的'自成一派'一词倒真是恰到好处呢！"

这孩子却一脸严肃认真，使劲盯着王阳明："我也不喜朱熹理学，我也想像你一样自在而为，为自己的本心而活，畅游于天地间。"说罢，这男孩生怕王阳明忘了自己一般，抬手指了指自己的脸颊严肃地道，"你一定要记住我哟，我叫薛侃。"

一段小插曲，原本不足为奇，却将妙儿与王阳明的童年记忆倏然唤醒。

当年的王阳明，也曾如此反驳过长辈和老师，尤其是他的父亲。

那时的他已和妙儿定下亲事。两人平日在家研习"四艺"，有专业的师父上门授课，但因王阳明将来要参加科举考试，他不得已还是要奉父命去到余姚书院念书。

王阳明会将每日所学进行加工改进，提纯至他本人满意为止，随后跟前来书院门口迎接他的妙儿谈论一天所学。

妙儿那时不过五岁，每日最为开心的就是不用去看后母的脸色，可以光明正大地由王伦老爷子牵着她的手，在书院门外等候自己的未婚夫婿回家。然后，王阳明会从私塾里昂首挺胸地阔步而出，朝着她这边走来，主动牵起她的手，带她回到那个只属于他们两人的广阔天地……

那个时候，天空不总是蔚蓝的，但妙儿并不是那么在意。她可以忽略周围人对自己的无礼与怠慢，甚至可以像生母当年那样，跟继母一整天一整天地不说话，与这个忘恩负义的女人对抗；她完全可以不计较，甚至当作没看见妹妹婷儿的各种比自己高级的穿戴与来自父亲的宠溺偏心……包括父亲给予继母的纵容。这些妙儿都可以忽略不计，因为在那个时候她能抓住的还有王阳明。

时间仿佛静止了，妙儿看着王阳明将那跟他有些相似的孩子搂在身侧，她蓦地有些想哭。她忍不住问自己，这失落的几年大好时光，原该属于他和自己的青春年华，又该由谁来弥补给她和她的伯安哥哥？现今她已然出家，就算想要还俗嫁他，也是难了。想到这些，妙儿心口一痛，如万箭穿心般难受……

两人将那孩子送回家后，便一左一右骑着马加快了行进速度。

一路之上美景颇多，王阳明仍有不甘，仍旧不忘与妙儿谈及童年趣事。妙儿一路心不在焉，虽然内心很想应答身侧之人的话，但想起师父之前的几番叮咛，仍是无法释然。

回去之后，王阳明刚一推开门便见那傻兮兮的崔小二如一只大猫似的不停黏着初一，两人站在院里啃着一根硬邦邦的关东糖，难舍难分。

王阳明如今有了头绪，不急于提审崔小二。他从旁经过，笑眯眯地打量两人，却暗中观察崔小二的表情、动作。

"怎么着，初一改吃关东糖了？"他调侃初一。

"哎哟！我说公子，这家伙一天到晚缠着我，我去个茅厕还跟着，还让不让我活了？"

初一被崔小二环抱着脖子，一手举着关东糖，一手推着崔小二的前胸，那模样很是好笑。

王阳明见那崔小二倒是享受，有人喂着他糖块解馋，他整个人如同一只攀附在大树枝头乘凉作乐的猴子。

"小二，近日我看你的病大好了，心情是不是也愉快了呢？"王阳明随口询问。

崔小二傻兮兮地嚼着糖，满嘴掉渣渣："是啊，我还改了名字，叫初二了。公子，以后就叫我初二吧。"

他边说边把大脑袋凑过去，一口咬断了初一送上来的另一根关东糖，还差点咬到初一的大拇指。

"祖宗！你给我看着点儿！"初一呵斥，伸手拍击了一下崔小二的脑门。

崔小二嘿嘿傻笑，还对着王阳明道："公子也吃块糖吧？"

看着崔小二与初一两人的互动，王阳明心里蓦然生起一个念头，便道："韦大人呢？"

"在堂屋呢！"

王阳明点头，径直朝堂屋方向去了。

到了近前才知韦大人竟已出门，王阳明有些懊恼，便转回自己屋中。谁料，他刚一迈入院子，就听见有熟悉的鸟叫声朝着自己的方向飞来，声音婉转脱俗，十分特别。

王阳明小心地将门关好，不动声色地回房，又将窗户打开。

他只听到那拍翅声由上及下，再一抬眼，刚好对上那落在书案之上的鹞子。

"你好啊！小鸟儿。"王阳明就知道，妙儿不会不管自己的。

王阳明对着小东西颔首，撒了些花生米给它："我写个回信，麻烦你带回给她。"

因韦大人不同意王阳明从人际关系上下手探查雪人一案，王阳明只得拜托妙儿让她观里的小道士扮作寻常百姓，去城里查找南昌府的那些大大小小的、或明或暗的断袖男娼妓馆。

在大明，有断袖之癖并不丢人，但在朝为官的重臣若有这癖好，不过分还好，太过了会被同僚当作把柄。所以，断袖便分"明娼"和"暗娼"。

虽然王阳明不曾接触过雪人案中的第一位死者霍举人，但对他的为人、背景已有一定的了解。至于戏子小西天，以及高丽剑客朴一生，王阳明初步判断，这三人去的是同一家暗娼断袖馆，并极有可能是在那里通过一名较为走红的男娼结交认识。

妙儿的消息很快传来，便是这封信了。她回复说，有家名为"贤者无疆"的古董店，大有挂羊头卖狗肉的嫌疑，平日不见一个客人，但老板依旧缴纳着高昂的门店税金连同伙计的日常开支，还大手笔收购新货。

王阳明便亲自去到摘星观，拜托妙儿女扮男装，陪他一路探查。

妙儿听了这话，冷笑一句："初一怎么不陪着？"

"初一那家伙被崔小二缠着，若带他去，崔小二也得去。好妹妹，你若不帮我，我这病什么时候能好？"王阳明一语双关，说是"病"，既是身上的旧疾，也是心里对妙儿的惦念。

妙儿当时背对着他，恭敬从容地给太上老君上香。听了这话，她克制住内心的悸动，脸上有些复杂的表情和清晰可见的红晕。

妙儿不知该如何应答，只能沉默不语，给了王阳明一个冷漠的后背。过了许久，她祭拜完祖师爷，才缓缓转过身："我给你点儿丹药，你自己去吧！"

"不要，我……"王阳明尚未言毕，又是一阵猛烈的咳嗽，令人提心吊胆。

妙儿叹气，一把按住他的脉搏："还是老样子，脾胃不和，肺部虚弱……你呀，要是把探案思考的时间用在休养生息上，也不至于此。"

"知我者，妹妹也。但这眼看着就要大功告成，妹妹也不想此种败类横行霸道、滥杀无辜吧？还请妹妹……"说不到一半，王阳明又是一阵咳嗽。

妙儿连忙点了他几处穴道："别说了，我陪你去便是。"

热闹的街市里，洋溢着烈火烹油的愉悦。

却没人知道，就在这偌大的南昌府街市上，有家挂羊头卖狗肉的古董店。

"贤者无疆，好气派的名字。"王阳明今日穿了一件花花公子都爱穿的藕色衣衫。

妙儿则扮成一高冷公子，一身葱绿色朱子深衣。

二人均拿着上头画着芍药、迎春等通俗题材的扇子，大摇大摆地径直往古董店里走。

内里接待的伙计见两人如此装扮，就知道又有大买家送上门来，热情接待，还介绍起了店内的画作。

王阳明装作没有耐心的样子，打量着四周，嘴里嘀咕："就这些东西哪够我们哥儿俩玩儿的？我们来这儿是为了找刺激、找乐子，不是来看这些呆板无趣的书画。"

女扮男装的妙儿佯装瞧不起王阳明一副呆头鹅的样子，自己却是一脸

109

附庸风雅的样子。她毫不客气地用手点着一幅画作道："瞧你那不懂行的德行，没看见这儿有幅拿得出手的墨宝吗？"

王阳明走近一看："哟！小伙计，这字题写得甚为奇妙，谁的啊？"

那伙计走近两人，中间隔着些距离，他观察两人的穿衣打扮，不像寻常人家的少爷，不敢造次。伙计再看他们二人身上流露出的艳俗与暧昧，便猜测两人关系不一般。

果然，王阳明看字时，顺势揽住了妙儿的肩头，将其往自己怀里拉，妙儿也没拒绝，很是配合地将脑袋靠在他肩头。

两人靠近很快又分开，虽只是一眨眼的动作，但这伙计看得清楚，他赔笑道："这字好像是个倾慕咱大明文化的高丽人所写，也不是什么好字，可据说这字就是根据咱大明的汉字所创，叫什么窗棂文字。"

王阳明自然是明知故问，他转向妙儿，不无遗憾地凑近其耳畔："我说，可惜没见着什么有趣的人，还当这地方藏龙卧虎呢！"

妙儿一副冷凝神色，瞥了一眼伙计："你这店里的字画，可都是什么怪人所作？"

"这……"伙计欲言又止，"都是客人寄卖的，既有自家的传承之作，也有自行所书。不过嘛……您要是想凑个热闹，想见那更有趣味之人，小的倒是可以为您引见。"

两人对视一笑，王阳明伸手过去，帮妙儿抚了抚鬓发，一脸热切地回答："自然是要的。"

伙计见两人乃为同道中人，也不担心他们二人告发，接了王阳明送来的"带路费"，一溜烟儿地将两人引入后院。

原来，这暗道机关竟然藏在后院书柜下方的暗阁中。

两人跟着那伙计顺着暗道走了好长一段，又转了几个弯，之后才顺着楼梯通向了一处光明之地。

首先映入二人眼帘的便是此处歌舞升平，好不热闹，与暗道中的伸手不见五指形成了鲜明对比。

但此地已然不在城中，王阳明观察这园中的花草，只觉与城内大不相同。

二人走进大厅，就见铺满鲜花的玉石舞台之上，有几个清倌小哥翩翩起舞。

这舞蹈很是撩人，乃是一种西域传来的龟兹舞蹈，这舞男女皆宜，不分高矮胖瘦，只要身姿灵活，踏中节奏便可起舞。

王阳明环住妙儿的肩膀，拉她到一处人较多的地方找了桌椅坐下，还刻意埋怨她："来都来了，你就不能踏踏实实陪我看戏？我家里娘子好生厉害，这我都陪你出来了，你就不能好好陪陪我？"

妙儿瞪了他一眼，只冷冷地道："去你的。"

她阴阳怪气像个姑娘似的抢白，在这地方反倒寻常。

王阳明一看周围，均是"同道中人"，两个穿着同款翡翠色长衫的男子，互相依偎在一处看戏，你喂我颗葡萄，我喂你颗樱桃；往后一瞧，又有一男子半躺半靠在另外一胖男子的腹部。

那胖男子肚子极大，外衣已然罩不住，他见王阳明看了自己一眼，不好意思地道："听说冠宠公子晚上也要登场，我们是来占地儿的。"

王阳明道："听说这冠宠公子色艺双绝，我们也是慕名而来。不过，不知道是不是真的。"

他哪里知道什么冠宠公子，只是顺着对方的话往下说，想试探出一条新线索。

那胖子没说话，他怀里的男子却病恹恹哼道："那是自然，老子早起就来占地方，就是为了见那娈童一眼。听说名角小西天还包过他呢，定然是色艺双绝。"

"哦？"王阳明道，"这么好？"

王阳明四处观察，见不远处有个打扮妖艳、上了年纪、不男不女的家伙扭动着腰肢，似要朝这边走来，他忙搂过妙儿的肩膀对其耳语："那个准是老鸨子……我们走。"

王阳明带着妙儿，朝着那老鸨正对的路线走去。两人均打开扇子，一摇一晃的。

"两位，这边！"男版的老鸨上来迎客。

这老鸨见两人打扮不同寻常，浑身的珠光宝气，且一路走来两人彼此举止亲昵，便知是大客。

"我是一位老朋友介绍来的。敢问妈妈，咱们这儿最妙的一位可人儿是哪位啊？听我那老友说，他可谓是绝色。"王阳明发问。

那老鸨子听罢，扬扬得意地一甩手绢道："咱们这儿不怕不识货，就怕货比货。公子你也看见了，我们这儿想要什么样的小子，就有什么样的小子。可是才艺双绝的也不多。"

"那就……"王阳明掏出一锭银子，"烦劳妈妈，介绍个头牌给我，最好是会唱小调儿的。"

老鸨见王阳明那元宝亮闪闪的在手中，忙要接过，谁料妙儿抬手一挡，恐吓道："我说妈妈，你可别介绍个滥竽充数的。我跟这位公子不同，我不要什么唱小曲儿的娘娘腔，给我找个纯爷们还差不多，若会武艺自然最好，哪怕就是舞剑也比光会唱什么小曲儿的强。"

老鸨被妙儿攥了一下手腕，当即就觉此人身怀武艺不好惹，只继续笑道："您放心，我哪能给您介绍个啥也不会的啊……"

妙儿瞪大一双狐狸眼："那可未必……"

她虽嘴上不客气，但拦下老鸨子取银子的手却缓缓松开。

老鸨子这才觉得手腕一松，不再觉得疼，忙接过那银两，生怕它飞了去："哎，我这就去安排，给两位介绍咱这儿最好的冠宠。"

这冠宠，可谓不同凡响。

论相貌，妙儿是死活看不上这种的。

可若论说话，这家伙还是挺会哄人的。

跟着冠宠的小厮进到内室，王阳明跟妙儿两人都悉心观察。

刚进去，二人便闻到一股奇怪的肉香，还混杂着些许酒气。

妙儿蹙眉，王阳明见其要发作，忙对眼前这位迎门而出的头牌冠宠道："公子饮食倒是独特，这盘子和碗可是大食国那边的工匠所做？"

冠宠原本有些不好意思，见王阳明将局面压下，便起身亲自将那藏着肉有盖儿的饭碗撤到别处，又将那盛放着烈酒的银器用盖子盖严："我天生体虚，偶尔吃些热性肉食，平日也不怎么吃。"

妙儿不客气地扫了那冠宠一眼："这是哪儿来的肉？好生难闻。"

王阳明拉她一并坐下，一脸埋怨："咱们说好来这儿找乐子的，怎么一进来就这么不客气？"又转向冠宠，"听说冠宠公子才貌双全，我今儿可算见着了，不如我们唱元杂剧里的段子可好？"

想不到王阳明这破锣嗓子还真是个不怯场的。

冠宠忍着耳朵的折磨，为王阳明伴奏了三四首著名唱段。王阳明也不客气，又点了曲名，叫冠宠自弹自唱了三四首曲子。

冠宠唱完，王阳明又说玩酒令诗词，对不上的罚酒一杯。

瞧着王阳明这么会玩，还这么放得开，妙儿心底莫名地泛起一阵醋意。她说服自己，王阳明只是办案，可看到这再真实不过的场面，她恨不得抽王阳明几个大耳刮子。

"夜月一帘幽梦。"王阳明半醉地开口。

"春风十里柔情。"冠宠回答，手持酒杯。

两人碰杯，各干了一杯。

王阳明为冠宠添酒："花开并蒂双鹿走。"

冠宠道："酒醉同心珊瑚浓。"

妙儿有些气恼，拍了下桌子："你还有完吗？"

王阳明没搭理她，只给冠宠倒酒。

冠宠见妙儿这美貌公子一直冷眼旁观，气哼哼地瞪着他俩，还以为妙儿也是实实在在的断袖，不过是为争王阳明才如此嫉妒。他伸手过去，主动拍了一下妙儿："公子比我貌美百倍，可你这般凶悍，又有谁会喜欢？不如你也来跟我喝上一杯。"

妙儿一推他的手："松开！"

那冠宠一愣，倒是醒了些酒意："你、你会武功？"

王阳明给了妙儿一个后背，一把搂住冠宠的肩膀："别搭理她，她一介武夫……诗词什么的都不懂。来，咱们再对几首就散了。"

"别，别啊……"冠宠还挺不舍，拉着王阳明的一只手，拽着就往自己怀里送。

气得妙儿伸手一拍桌案，瞬间弹起一根筷子，那筷子飞过去直戳在两人正行酒令的小桌前。

冠宠吓得连连叫道："我错了，不敢了。"

从那里出来，妙儿很是来气。

王阳明和她分骑大马，并列行走在南昌府热闹的大街上。

王阳明见妙儿心里不痛快，忙靠近她："妹妹，待会儿我们同去吃饭可好？"

"不好。"妙儿嘟着脸，"让那冠宠公子陪你可好？"

王阳明道："我那是为了办案。在我心里，他们怎么可能跟妹妹比呢？"

"我看你挺会哄人玩儿的。"

"哪儿有？"王阳明道，"你看，咱们去了这鬼地方，不是都探听出来了吗？这朴一生、小西天、霍举人三人是认识的。至于旁的那几个死的，八成是鱼与愚杀来陪衬的障眼法，目的是栽赃给你。我看这次不虚此行。"

"真是不虚此行，让你玩得酣畅淋漓。"

"妹妹别说气话。你看咱们一进门，闻见的那味道是狗肉和烧酒。这两样东西中原人过去也常吃的，可后来随着朝代更迭、农耕发展，已经不常吃了。除去两广境内，你可有见过别处吃狗肉的？"

妙儿道："你光凭气味，就断定是狗肉？"

"他收碗碟时，露出了一小截骨头，我一看便知是土狗大腿处的腿骨。这种狗也叫肉狗，是汉代时樊哙家饲养过的一种可供人食用的土狗。迄今为止，两广尤其是广西，仍有食用习惯。但你可想过，还有什么地方的人吃狗肉、喝烧酒？"

"高丽人。"妙儿这才恍悟。

"自然啊，高丽地处寒冷小岛，阴冷不说，还物资匮乏，可食蔬果近乎没有，平时为增加热量，多以狗肉、烧酒、人参等物为食。这狗肉和烧酒想必是那朴一生来时送给这冠宠的。"

"那，小西天跟霍举人呢？"

"妹妹不知，我方才提出自己先唱几首曲子，原非我多么爱唱，而是叫对方放松警惕对我敞开心扉。我唱了几首曲子后，又点了四首曲子让他自弹自唱，妹妹可听出端倪？"

"我一个道姑，又不去这风月场所，我怎么知道？"

"四首里，有三首均为小西天的代表之作。不想这冠宠都会唱，且唱得声情并茂。能看出来，他对小西天很是不舍。"

"那么，霍举人……哦，我知道了！"妙儿摇头苦笑，"你故意说要跟他对诗行酒令，其实你说的那些诗句，有几句是霍举人所作，对不对？"

"霍举人不常作诗，只求八股高中。我虽没见过其死状和现场，但我后来跟初一去过他家中探查，他夫人给了我几首他生前夹在书中的遗作。哥哥我从小过目不忘，妹妹可记得？"

妙儿轻笑着颔首："你先放水，装出一副放浪形骸的模样，叫他掉以轻心，而后引出你想要的答案。"

"要想从他人口中套话，先不要着急质疑对方，还是要先给予对方十足的安全感。"王阳明笃定地解释。

两人溜溜达达，行走在热闹的街市上。

妙儿又问："那么鱼与愚呢？"

王阳明道："至于他，我无法确认他是否来过此地。但通过玄机阁二当家的信息，再加上有关花柳帮的一些传说，连同上次我落入他手……我倒认为这厮人品不怎么样。此人绝无半分侠义心肠，完全是受雇于人。据我推测，此人应该也是个断袖。所谓断袖，是指从少年时代，就开始对男子持续表现出爱慕追随的倾向，包括思想、感情、行为。对女子，亦可以有婚配行为，但爱慕之情明显不如对男子那般专注痴狂。"

妙儿听得认真，侧头看向他，只见几道阳光照在王阳明的侧脸上，将其笼罩在其中，更添几分魅力。

王阳明继续娓娓道来："一个男子出生后首先跟奶娘、母亲建立依恋关系。男子婴孩时，会对母亲、乳母产生一种依赖的感情。随着男子不断地强健，会将父亲视为对手。例如我当年明显跟爷爷走得更近。"

妙儿点头："那倒是，你当初可没少顶撞令尊。"

"这个时候如果把握不当，便会产生一种不恰当的欲望——违背伦理，想要取父亲而代之。但是，随着男子长大，他会明白，父亲在家中的地位不可撼动。一般来说，家教不错、读书识礼的男子，会听从父母的安排，将心思花在科举或者继承家业上，迎娶一位女子为妻，建立起对父权的认同，将其视作学习的榜样。可若是家教不严，又不知礼数，过度放纵自我的男子，则会仇视父亲，将心思同母亲重叠，这里的重叠，也包括情感的投入，久而久之则会变为断袖。"

妙儿听出他话中的委婉，也不好在大街上捅破其暗藏的深意，只淡淡地道："这个鱼与愚，他的过去倒没有任何与娈童、断袖有关的丑闻爆出，会不会是因为受了什么刺激，导致其转了心性？"

"有可能。断袖并非疫病，而是自我认同罢了……弄不好这个鱼与愚真是受雇于人，才行此雪人大案，并且和这雇主是断袖关系。"他静静地坐在马上，推理着。

突然，王阳明又转了话题对妙儿道："妹妹，前头有家扬州菜馆，我们一起吧。"

"不必，你这一来二去的，可把我炼丹参禅的时间都耽搁了，我原本还要做几个机关出来的。"

王阳明见其面无表情，便知约其吃饭是没戏了，又道："那你等我一下。"

说罢，他下了马，快步进到一家点心铺内，买了不少点心，又忙付了钱从里面出来，将两大包点心递给妙儿："这是你爱吃的火腿酥和蛋黄酥，虽说不如我们绍兴的好，可这家点心铺我尝过味道，还是不错的。"

这天跟妙儿散了，他回到韦大人的府上后，没再秉烛夜读，只简单洗洗便睡下。

初一按老规矩，睡在外室，方便随时伺候。王阳明则一人睡在内室的罗汉床上。

躺下不到半盏茶的工夫，王阳明便觉浑身湿寒极大，似乎到了刺骨扎心的地步。

这般夸张的寒冷，他也是头一回经历。

王阳明想要拉动被子，却发现自己正置身于风雪山峦之上。

他四处观察，发现除去自身发出的踏雪疾走的声音外，周围十分空旷，看不见任何人生活的踪影。

王阳明突然有种恐惧的心理，头顶阴风狂卷，而他身上赫然只着一件牙白色中衣。

王阳明不解其中原委，只大声对这一片空地喊话："有人吗？来人啊！初一？初一？"

他的叫声像是自打自脸的无情耳光，于这四面寂静的空旷之所转了个回旋，又冷冰冰地转了回来。那声音吓得王阳明一个激灵，整个人倒退几步。

"那是什么？"还不等王阳明转动大脑想出对策，连续不断、急促的踏雪之声从对面而来。

这种声响不同于树上枝头的可爱黄雀，更不是笼中浅唱的太平鸟儿，而是一种听上去极磨人性子，使人浑身掉落鸡皮疙瘩无数，却又无法驱除的焦灼噪声。它声响不大，却徘徊徜徉在耳边，声声循环。

"是、是雪人？什么？"王阳明听到了自己在说话，但声音明显不如方才求救时清晰有力，现在的他，喉咙打结，四肢瘫软，浑身冰凉。

他再抬眼对上眼前的妖怪那双奇异的犹如核桃般嶙峋龟裂的眼睛，整个人简直要疯掉。

那是雪堆成的人，一个货真价实的雪人。

"他"正咆哮着，对着王阳明踏出那令人难以忍受的踏雪之声。

这声音越发使人狂躁，王阳明仍是动弹不得。那雪人真是面熟，是他第一次发现的那个？还是说……

对面的雪人仿佛集结了之前案件中所有雪人的戾气与特点，它化作了一个哀怨不饶人的恶灵，不分青红皂白地随意寻找替死鬼。

王阳明不敢再想，用脚探入铺满地面的厚雪，想要将那世间最为清明洁净的东西踢向对方的面部。

可是，他做不到，因那雪人已经掐住了他的脖子。

那雪人的手原应是积雪构成的雪团，竟然给了王阳明根根分明的五指切入身体的痛楚。

王阳明只觉浑身上下都在剧烈地震颤，好似从对方传来的冰寒都流窜在他的四肢百骸。这样的惊心动魄，并非他所能想象的，乃至于一向不信鬼神之说的他，在这一刻顿失呼吸，脚下一个踉跄，随着那雪人的扑杀坠落悬崖。

他凝视深渊已久，深渊也在回望着他……

王阳明逼迫自己挣扎、睁眼。蒙眬间，他的双眼像是黏着些许厚重的蚕茧，遮蔽住他原就疲软的眼帘。

"还好只是噩梦一场。可这感觉为何如此逼真？就像是身临其境！"

117

这一梦使王阳明整个人如经历了火鼠、冰蚕一般。

他将手摸向一侧的被角，费力地将其抓在手心，牢牢地将其锁定，抻拉、踢腿、翻身，这一系列的动作恍若仍在方才的大梦一场中。

王阳明将最后的动作定格在半靠半躺在床榻的一角上。他默默地梳理着方才那可怕的梦境，双手不停地在太阳穴两端轻轻按摩，耳朵却极不争气地再一次沦陷于那踏雪怪兽所发出的嗡嗡声响里。

"奇怪，我患了中耳炎吗？"王阳明此时性子变得急躁，被梦境搅得是怨天怨地。他这个人脾气一向还是不错的，平日里即便与人探讨或者争论，也都是对事不对人，少有冲突。他想，近日并无泡澡沐浴，耳朵也不曾进水，怎的现在竟听不清声音了？

王阳明静心冥想，调息凝神，可那踏雪怪音仍旧源源不断地回响在耳畔。这声音实在令人难以忍受，就好似真有个妖孽在他的耳朵里作祟，定然要搅得他翻来覆去无法入眠。

定了下神，王阳明决定下床点燃蜡烛，查看这屋中是否有怪异动静。

烛火摇曳，屋中骤然亮了。

王阳明先悄悄去到外室，见初一这厮还在酣睡，整个人四仰八叉地卧在床榻之上，虽是口水横流、睡姿难看，但好在没有打鼾。

王阳明见那踏雪之声并非来源于初一所处的外室，想了想，还是回到了自己的内室。

他手持一截短粗白蜡烛头四下勘验，伸手触碰多宝槅里码放得拥挤的书本典籍，发觉没有暗道机关。他又用手敲击墙面，上下触碰，发现这墙也绝非中空。连地面他也跪下来细细摸索，依旧没有什么发现。他只觉膝盖一片冰凉，那凉气像是响尾蛇窸窸窣窣地爬满全身的骨头。

这般冰心刺骨，倒是让他双眼凝亮了不少，脑子也清醒了许多。

王阳明活动了一下颈椎，又晃了晃脑袋，伸手轻轻揪住自己右耳的耳垂，小心地拽了两下，却仍旧能听到那踏雪的声响。

"到底是哪儿有问题？难不成有人给我下毒了？"他有些琢磨不透其中的原因，想来想去也只有这一条。可这下毒之人又是谁呢？既然下毒，为何只有耳朵一直响个不停？莫非是故意不让他睡觉，好打乱他查案的思绪？

王阳明哭笑不得，但他这个人一向乐观，既然逻辑和人情都无法解释，那就只待明日一早，找妙儿看看再做打算不迟。

既已有了对策，王阳明暂且不将它当回事儿。他将蜡烛头放置回桌案之上，探头将其吹灭，便又重新钻回被窝，侧卧向外。他双眼闭合，耳畔仍旧循环"播放"着那段使人厌烦的踏雪声。

沙沙、沙沙、沙沙……

这声音一声高过一声，让王阳明好生难受，像是他的耳朵里钻进了什么虫子，吵得人闹心。

王阳明想要忽视，可那踏雪声仍是不肯放过他。他突发奇想，再次撑着床斜身坐起，半边身子倾斜而下，看向自己枕着的那个瓷枕。

"会不会是枕头出的声儿？"这个大胆而令人恐惧的推测，着实让王阳明毛骨悚然。

他想起年幼时，爷爷给他与妙儿讲述的那些魑魅魍魉的怪异典故，尤其是那些女鬼还魂，附身在某些日常用品里的传奇故事，现在想来，简直不能再真切。

王阳明屏住喘息，拉紧被角，双眸却死死地盯住距离自己只有两寸多远的瓷枕。他头一回觉得自己真是个十七岁还没长大的脆弱少年。

"不可能，一定是有人故意为之，在我的枕头里下了某种东西。"他自言自语，声音却逐渐软了下来。

王阳明快速下床，来不及穿鞋，任凭脚底刺骨扎心的冰寒凉意顺着脚心到达头顶。

他管不了这些，只点了那所剩无几的短粗白蜡，鼓足勇气将那瓷枕抱起来看。

谈及王阳明手里这个瓷枕，就不得不提一句宋代的枕头工艺。

王阳明所枕的这个瓷枕，虽不是韦大人千挑万选给他预备下来的传世古董，却也是韦大人府上数一数二的精品。

王阳明所枕的这个，仿制自宋代著名的传世瓷枕——鹭鸶戏水枕。

该枕落款为"张家造"，虽为仿品，却为当世高仿，把它拿到专业的古董店售卖也能卖个不错的价钱。

王阳明将枕头放置于书案之上，自己则静坐于这瓷枕之前。他将耳朵贴近这枕头，细细听去，果然有声响。

这枕头原烧制着三只鹭鸶置身于芦苇深处的图案，鹭鸶双腿灵动，摆出各自的造型：有的做休眠状，亭亭玉立若出水芙蓉；有的双腿叉开，欲要展翅高飞；有的回首与另一只鹭鸶深情对望。寥寥数笔，却是一派生机。转动瓷枕，又见一孩童手持鱼竿静坐垂钓，其神情专注，犹若真人，可见描摹功底深厚。几条小鱼欲咬其鱼钩，却又似狡猾地开溜，其间景象意趣盎然。又见此枕两端不对称地描摹着两朵萱草，其形态丰满柔韧，舒展合度……

　　整个瓷枕上色为秘而不宣的"箸竹颜料"。此色乃宋代经典宫廷着色，向来不对民间开放使用。

　　王阳明自小就习惯枕瓷枕而眠，连同妙儿也养成了这一习惯。他刚到韦大人的府邸时，韦大人便着人细细问过初一，知晓他的喜好，遂将此枕头借与他使用。

　　可如今听来，这瓷枕里大有文章。

　　王阳明听了又听，倏地想到了什么，粲然一笑，倒是散去了些许疲累与无奈。他拿过笔架上一支最小最细的狼毫，倒置在手，忽轻忽重地若打击乐般击打在这瓷枕的或两端或中间。

　　随后他起身从抽屉里取出一支提神醒脑的迷迭香，混合了些许西洋胡椒薄荷粉，一并投放在香炉中点燃。

　　他敲击了一小会儿，再将耳朵贴近那枕头，内里竟然寂静无声，四下也安静得连针头掉落的声音都似清晰可辨。

　　王阳明又细细看过这枕头，翻来覆去地仔细端详研究，这才发现瓷枕之上的鹭鸶凸起雕琢处，竟掩藏着一处可以开合的机关。

　　这机关做得甚为狡猾，乃是这鹭鸶半开半闭的一只眼睛。王阳明将这眼睛扭动，只听咔嚓一声脆响，枕头左侧开启了一个小门似的出口，内里黑洞洞的，什么都看不清。

　　王阳明只闻见一种难以描述的腥臊恶臭，忙将挂在衣架上的大氅穿好，快步走到窗前，快速地将整扇窗户推开。

　　这时段恰逢"鬼龇牙"，窗外阴风迎面吹打，似要将他这玉面书生的整张面目车裂一般。王阳明眯起双目，屏住呼吸。他飞快地转身，又将那已然开启的瓷枕抱起，迅速走到窗户位置将瓷枕倾斜向下，对准那寒风习习的窗口，然后猛拍瓷枕上翘的一端。

兴许是刚才及时熏了提神醒脑兼具驱除蚊蝇的香料，又兴许是这里的活物被王阳明用狼毫敲击得很不耐烦，破碎的月影之下，王阳明眼见一条色彩斑斓的小蛇从瓷枕里缓缓弯扭而出。

它滑着完美的曲线，小心试探地向着原本属于它的自然世界舞动身躯，而后擦窗落下。

"你可吓死我了，我还当我得中耳炎了。"

将蛇放走后，王阳明只关了半扇窗户，果断回身，现今不能掉以轻心才对，他忙将所剩无几的蜡烛烛心用剪刀剪了几下，又将瓷枕放置回书案正中，靠那香炉近了些。

这一次，他拿来一支较长的毛笔，不停歇地探入那瓷枕内部。直到确定内里并无其他，他才大胆起身，将另外半扇窗户也关上。

合上窗，王阳明坐在灯火前，久久不能平静。

他将方才那熏香再次点燃，方觉神清气爽。但片刻不到，他又闻到了一股不对劲的混合味道，这味道他确定来自瓷枕内里，是与那小蛇一并出来的。只是那小蛇腥臭，他当时并没有察觉到这股混合气味。

可冷静下来稍一对比，王阳明这才发现，原来这小蛇竟然是被人喂了酒和药的！

酒还好说，只能使人宿醉。但这另一种近似于薄荷、百里香的气味，又是什么？它接近于药草的气息，却又带着几分坚果的味道，很有那妖娆冲天的魅惑之感。

王阳明在脑中搜索，想着爷爷教给他的那些辨别野生植被的理论知识，连同他在绘本里看到过的植被画像……

第十二回
相思鸟儿空留声讨　药王门前龙腾虎跃

经历了昨夜一番"穷折腾"，王阳明决定好好收拾一下这"闲杂人等"。

一早，王阳明便以"耳朵进水听不清楚"为由，又去到那摘星观里邀请妙儿为自己诊治。

巧的是，陈利剑又在。

王阳明刚进去时，恰巧陈利剑随妙儿进到炼丹室背后的花园采集辛夷花。

妙儿见东来领着王阳明进来，就知道他有话要说，便将手上的装辛夷花的篮子一把交到陈利剑手里，像是打发他快走似的："好了，今年南昌府奇降大雪，开春又闹起这倒春寒来，我们这儿的辛夷树还特意用滋生曼妙丹喂过，你今儿都看见了，也就篮子里这几朵黄色的尚能入眼……"

她言简意赅，说完便朝着王阳明的方向走去。

这可把打对面而来的王阳明乐坏了。

王阳明见妙儿一看到自己打前门过来，便以一副难以掩饰少女心事的样子出来迎接，早将一旁的陈利剑抛到九霄云外了，他暗自揣摩，妙儿心中此刻应已是百花齐放了吧？王阳明见她虽表面冷凝肃穆，与那冰雪并无二致，但眼下的光景，人在面对一些旧人、旧物后，由此生发而出的那些细微表情、不经意的随手动作，并不能轻易遮去对于这往事的难以忘怀。

由此可知，在妙儿心中，他王阳明永远独大。

想到这里，王阳明心底倏地一荡，像是通了电流，脚下的步伐也不由得快了几拍。

妙儿将手中的拂尘换了个位置，莹白游丝的拂尘在阳光直射下宛若灵秀少女的长发，闪动着神秘莫测的琉璃润泽。

陈利剑一看妙儿有旁人就不要自己，心中大为不悦，何况这人还是这个穷书生。

他也不管妙儿那话里蕴含的送客意味，提起那篮子便往前紧走几步，追上妙儿道："妹妹，咱们话还没说完呢，你怎的着急走啊？你这待客之道是越发不如从前了。"

谁料，不等妙儿冷语相向，王阳明便很是恭敬地行礼问候："陈兄也在啊！"

见王阳明还算客气，陈利剑怕在妙儿面前失了风度，只好一拱手："王公子有礼了。您三天两头就往道观跑，查案很清闲啊？"

王阳明也不搭理他，忙将自己昨夜耳朵不适、听到"踏雪声"一事告知妙儿。他在讲述之时刻意简单明了，省去了其中一干波折，对于他的梦境还有后来发现的机关小蛇都只字未提。

"还请这边来。"妙儿招呼王阳明往那开满辛夷花的四五棵树下走去。那里不但砌有石桌、石凳，还有那"愿逐月华流照君"的辛夷花开。

王阳明稍一抬头，就见那亭亭净植的几株"窈窕淑女"伫立在石桌后。这里的辛夷花并非外头常见的铅白色，更多的是牵牛色、丝瓜花色、山吹色。

铁衣披雪紫金关，彩笔题花鲜玉兰。石桌和暖黄栌岸，侠女立名不等贤。

这花看似娇弱，但其枝叶繁茂、花苞挺拔厚重、佻达向上，倒不似妙儿方才所云那般摇摆轻薄。

此花不但没有分毫小女儿家的柔柔弱弱，反而将妙儿一身不输男子的英姿飒爽映衬而出。

"你定然是做噩梦了，脾胃和肺部有些失衡。耳朵现在理应没事儿了吧？我号你这脉象，倒不似中耳炎，肾气是充沛的，不至于有这病症。恐是

123

你多思多虑、睡眠不足所累。"

陈利剑闻听妙儿对王阳明说话好生温和，哪似平时跟自己那般带着讥诮？他心中大为不畅。

陈利剑又听王阳明道："妹妹，现在已过午时，我随身带了些美味佳肴，我们在此简单吃些，以赏这园中辛夷花。"

妙儿秋波一转，有些惊讶："哦？你还带了吃的？"

王阳明忙招呼不远处侍立的初一，将一精致食盒提到石桌上来。

初一将内里的两只小碟、三副碗筷逐一摆在三人面前："这是我家公子特意请了老家的名厨给咱们做的，还请二位赏脸尝尝。小的先告退。"

陈利剑见两只碟上都扣着瓷盖儿，也不知这王阳明葫芦里到底卖的什么药。他正犹豫着要不要告辞，就见妙儿兴致勃勃，似要亲口试吃这些美味，他便心中一横，心想：断不能遂了这王阳明的意。他也装出放心不下妙儿的当家大哥神色。

整个过程中，这陈利剑皆挂出一副牛气冲天的"黑脸相"。

王阳明则是一副"眼看透明人"的架势，暂且不搭理这个没事找事儿的少门主。他执起筷子，面带柔和笑意："妹妹不如掀开盖子一观，瞧瞧这里面究竟是何有趣之物？"

"有趣之物？好啊！"听到"有趣"二字，妙儿有了兴致，忙起立俯身，伸出右手将那盖子揭开，"哇！居然是……"

随着妙儿一声又一声的娇嗔，陈利剑的心随之破败开裂，他就不明白，自己跟这玄机神女相识也有三年，可这文弱书生一来，这江湖第一侠女怎的就转了心智？到如今，连说话的声音都有点儿走偏了。这还是那个说话尖锐、言语轻狂，把俗人俗世皆不放在眼里、心上的玄机神女吗？

陈利剑只觉无趣，他双手交叉于胸前，眼珠子却正瞥见那一盘子美食，这一看不要紧，陈利剑当即笑翻了天，语气轻佻："我说你啊，准备的这是什么东西？竟然把东瀛那弹丸小国的寿司给我们端上台面了？真是能忽悠。"

的确，这箸竹色的碟子精致非凡，碟盘胎质细腻，犹如婴儿肌肤，其上色精湛、工艺娴熟，一看便是出自名家之手。

这一枚枚整齐卷好的寿司，与这碗碟的颜色搭配相得益彰，令人垂涎三尺，恨不能徒手抓上几枚放进嘴里。

"这你就不懂了。"王阳明伸出食指摇了摇,"这种美食起源于我国西汉末期,具体来说,是在王莽篡位、天下大乱时由百姓自发研制而成。那时,我华夏子孙称这类美食为'手卷儿'或者'手握'。宋代中后期,由于三朝鼎立,战事频发,百姓四处逃难,为便于携带出逃口粮,手卷儿便成为上上之选,因其可卷可叠,压扁了也不妨碍享用,卷成一个卷儿、切成块儿放在盒子里,可节约不少空间。后因东瀛遣使臣来我国学习,这才将手卷儿引入他国。所以说陈兄啊,读书少自是不打紧,可不自谦张口就来,那就是你的不对了。"

这最后一句话可真是利剑剐心啊!

陈利剑硬生生吞了口恶气,老半天没顺过来。

再看妙儿也不为陈利剑说句话,已经自顾自吃上了。她这个人本就随心所欲惯了,哪管你心情如何?

王阳明见陈利剑不肯动筷,随即装出一副礼让的神色:"陈兄,这可是我特意请江南大厨包的,好吃得很。"

陈利剑一脸怀疑地瞪着王阳明:"该不会是你亲自包的吧?有毒没有啊?"

王阳明道:"呵呵,妹妹刚刚随意拿了一枚,现在已然下肚了。怎的?随手一拿,陈兄也怕有毒吗?那么,小生我先拿一枚好了。不过话又说回来,这手卷儿原是妹妹幼年爱吃的美味,此次带来原也只想着给妹妹一人品尝……"

说罢,王阳明用筷子夹了一枚手卷儿,直接送入口中咀嚼。

陈利剑观察两人吃得带劲儿,神情流露出回味无穷的样子,不似有何问题,只好做快快委屈状,很是不甘地夹起一块,悬在半空看了又看,见并无端倪才慢慢咬下一口。

这一口咬下,可是了不得。

陈利剑见手卷儿内里所包裹的馅儿料,竟是那条品种名为"红宝石"的小花蛇!

那红的、黑的,还交织着紫色的馅儿料,不就是昨天他亲手放置于王阳明枕头里前去闹事儿的小蛇吗?天啊!

陈利剑顿感天塌地陷,一阵前所未有的恶心干呕,令其彻底丧失了药王门少门主一贯保持的风度教养。他一个没站稳，脸已是青菜土豆烩茄子的颜色，加之这突如其来的干呕阵阵，可真把王阳明与正在享用美食的妙儿吓了一跳。

"你这是怎么了？"妙儿蹙眉，一回头，只见这陈利剑已然跑到树下干呕不止，那声音十分恼人，简直搅得她没法下口再吃。

陈利剑抠着嗓子眼儿，不住地呕吐，刚吃下去的"蛇肉"早就被他吐了个底儿朝天。可他终究不甘心，带着强烈的被戏弄的耻辱感，竟将早饭连同昨夜的晚饭都给吐了出来。

"陈兄怎的呕吐起来了？是我这手卷儿用的馅儿料不好吃？"王阳明忙一副大人不计小人过的稳重成熟样，匆匆起身关切，冲着陈利剑弓起的后背猛烈地拍几下，拍得陈利剑整个人更是躬身到底不说，额头也成功地碰撞到了眼前的树干上。

"王阳明！"陈利剑右手用袖口掩住嘴巴，左手抵住新挂彩的额头，转身怒视，"别猫哭耗子假慈悲！你干的好事！还装？"

"装？陈兄，这谁是猫，谁是耗子啊？"

王阳明这话真真气死了陈利剑。他气哼哼地掏出帕子一抖，直擦嘴角："王阳明！我且问你，你在那手卷儿里放了什么？你让我吃也就罢了，还让玄机妹妹也跟着吃，你这人真是……"

妙儿闻听此言，将筷子一放："利剑兄，我拜托你说话说清楚些！别云山雾罩的成吗？这手卷儿里头能有什么？你倒是说啊！"

陈利剑一个箭步来至妙儿面前，随手抄起一枚精致小巧的手卷儿将其从中间位置一分为二："妹妹你看这里头，卷着的难道不是一种名为'红宝石'的小花蛇的肉吗？这蛇虽无毒，但有导致他人产生幻听、引发噩梦的效果。你刚刚吃下去这么多，万一……"

"哦，原来你知道这小蛇的名字啊？"王阳明豁然开朗，背着手往前溜达，"我说昨夜我怎的就突然患中耳炎了？好好的也没泡澡，也没沐浴，耳朵也没进一滴水，为何一躺下耳畔就发出那沙沙满地的踏雪之音来？原来竟是你这厮在搞鬼。"

"你说什么？别胡说啊！"陈利剑顿时心虚。

王阳明高抬下巴，将随手携带的血龙木扇子一摇而开："昨夜我那瓷枕

126

被人调换，有人在那偷梁换柱的高仿瓷枕内设置了精密机关，将一条红黑相间的小花蛇放入了机关内。这蛇被人喂了些奇特的植物和黄酒。我后来查了《百草词典》才知道，那近似于坚果味道的植物唤作北疆鼠尾草，若其与酒混合，不管是谁服下，都会引发宿醉或者借酒发疯等症状。昨夜那蛇在我的枕头里好生闹腾，在我耳畔聒噪，害得我做噩梦，简直生不如死。那小花蛇本是无辜，我发现后便将其顺窗户放了。没承想，你倒是个心虚的，看个手卷儿的馅儿料竟都吓得一副狼狈之色，可见我那枕头早被你偷梁换柱，随后你又将喂了药酒的小花蛇放入枕内机关……"

"你！你血口喷人！妹妹，别听他胡说。我没事儿闲的吗，放蛇干吗？"

王阳明摇了摇手中的扇子，仰头看向今日的大好阳光："全南昌府，我认识的人有限。我想来想去，也就是陈兄你这药王门高手，懂得用蛇、用药以及机关之道。若只将小蛇放入枕内也就罢了，竟然还知道用北疆那种生僻药物兑酒让蛇服下……这用药之法令小弟我着实佩服！"

妙儿听罢，很是来气，当即起身："陈利剑，是确有此事吧？我刚刚给伯安哥哥号脉，发觉他确实将近一宿未眠。你这么做，好生歹毒！"

陈利剑不甘心，忙将手里的手卷儿捧到妙儿近前："可是妹妹，他揭穿我又何必要拉你下水？你瞧这些手卷儿都是随便吃的，咱们刚刚都吃下了有小花蛇肉馅儿料的手卷儿，这下好了……"说罢，他忙从袖口里滑出一小瓶丹药倒出两颗，自己干咽下一颗，又将另一颗送至妙儿眼前，"妹妹你快将这药服下，可暂时缓解这小花蛇肉带来的幻听效果，若晚间噩梦来袭，我再送你些周公好梦丸。"

"哈哈……"妙儿掩唇讥诮地笑，"我说陈兄……你能好好看看这手卷儿里包的是什么，再闹腾行吗？"

"什么？"

"刚刚伯安哥哥一吓唬你，你竟就上当了，可见你心中有鬼！你好好看看这馅儿料里包的是什么！"

说罢，妙儿将一枚手卷儿用筷子戳开。只见那手卷儿的内里馅儿料丰富，小小一枚方正微圆的手卷儿里，竟有木耳、胡萝卜、葱白、口蘑、鱼糜、火腿等十几种。但这几样东西并不明显。这是因王阳明特意嘱咐了厨子，叫他在准备完基本馅儿料后，再单准备些桑葚和杨梅，厨子将这两种果子榨出汁水汇到馅里，再将鸡蛋摊成薄饼，用糯米饭铺就，将那已然发红发黑、看不清内里之物的馅儿料，沿着王阳明给出的蛇身纹路图案包裹。

王阳明特意嘱咐厨子，让他能包多像就包多像，直接复制出蛇的颜色和花纹最好。

那厨子是个老手儿，模仿个天然造型本就不在话下，一早上的工夫就弄完了一拼盘的"蛇纹手卷儿"。

妙儿对陈利剑极其失望，她将筷子拿在手里，很不客气地指向尴尬窘迫的陈少门主："江南一带都爱吃甜咸口味的美食。伯安哥哥只不过将一些鲜果榨成汁糅进这米饭中而已。倒是你做贼心虚，一看这手卷儿便不打自招起来，又是干呕又是抠嗓子眼儿的，好生夸张，害得我都吃不下这美味了。"

陈利剑气愤："王阳明，你害得我在玄机妹妹这儿出丑，你安的什么心啊……"

"住口！"王阳明也不甘示弱，"陈利剑，你拿蛇吓唬人的把戏都是我童年读书时玩儿剩下的。不信你问妹妹，我当年跟书院的夫子们斗智斗勇，什么把戏没玩儿过？你这才哪儿到哪儿，还想整我？我劝你快些收手，别再自讨没趣。"

陈利剑面子上挂不住，不等妙儿再向他发出警告，便一溜烟地往门外走去。

王阳明想要追上去问话，却被妙儿拉住衣袖。

妙儿道："你干吗追他？他在气头上，又是个习武的，你不要命了？"

"妹妹可有跟他提过，我俩自幼定亲之事？"

妙儿愣怔，双目倏地放出一道不可琢磨的暗淡忧愁。

王阳明见其反应，也没有生气，只微笑道："这件事不能逃避，还是我来跟他谈一谈吧，拖来拖去对你对他都不好。"

他将手轻轻放在妙儿的手背之上，蜻蜓点水般拍了两拍，妙儿只觉浑身震颤，仿佛又穿越回两人朝夕相处的童年时代。她稍一分神，王阳明已然衣袂翩飞地往前跑了几步，正朝着陈利剑的方向追去。

"陈兄请留步，我有话要说。"王阳明果真追到了陈利剑一侧，不过也把他累得气喘吁吁、腰腿发疼。

陈利剑看他如此狼狈仍是一脸坦率，也知他有话想与自己谈，见四下无人，便不耐烦地道："还有什么好说的？你我互为情敌，相互嫉妒，就是如此。"

"你倒是痛快！早这样多好。"王阳明直起身子，"我只是想告诉你，有件事你可能不知，那就是我跟玄机神女自幼便订下了婚约，后因各方叛乱，我俩不得已失散分离。但我二人从未放弃过彼此，婚约也从未解除。她现在既是你们江湖之人口中的第一女侠，也是我王阳明先订未娶的妻子。"

"那又如何？玄机妹妹现在乃绰影侠最疼爱的弟子，且已出家为道姑。若她想还俗嫁人，也得先过她师父这关，这不是你想娶就娶得到的。"

王阳明就知道他还有这话可说，也不慌："陈兄可想过何为感情根基？两个人若没有感情根基，胡乱认识就凑合到一处，想必最后也是一拍两散。这世间唯有两种感情难以割舍，一为青梅竹马，二为一见钟情。而我与妙儿两者皆有，更比普通人情深意重。"

"好个不知廉耻的酸书生！这话都敢说。"

"好个没皮没脸的江湖少门主！偷换他人的枕头，半夜放蛇都干得出！"

王阳明说罢，初一刚好也追了过来，他也是上气不接下气。妙儿不紧不慢地跟在初一身后，像是没她什么事儿一般。她虽如此刻意表现，但内心绝非一点儿不记挂王阳明之安危，只是她明白，在她的地盘，陈利剑还没这个胆量。

王阳明见妙儿出来，便很是规矩地拱手告辞。作为妙儿的未婚夫，该说的话他必须说个明白。但陈利剑方才提及的所谓"师父这关"，也真是个烫手山芋。

王阳明回去的路上还在苦思如何搞定妙儿的师父，但想了半天，仍旧一头雾水。

他凝眉苦笑：若说其师父真是个通情达理的，当初问清状况，就该让妙儿做俗家子弟修行，千不该万不该让其出家为道，眼下这状况好生麻烦。可见她师父绝非好说话之辈，想来也是个需要"死磕到底"的主儿，眼下自己与妙儿之事不能强求，只好走一步看一步了。

放下王阳明跟妙儿一事暂且不提。

王阳明接下来几天又到冠宠那里，一来二去，两人便熟了。

他对冠宠虽没有一掷千金，但行为做派极为尊重，还经常给这位风尘中人一解心宽。时间一长，冠宠便也跟他谈及些有关旧友或者往日的趣事。

提及小西天这个名伶，冠宠总是唏嘘神色。

"小西天这个人，我曾劝过他，何必为难一个娈童呢？哪怕就是靠技艺赚钱，也总比像我这般要好。他偏不听，非要较劲。再说这霍举人，就纯属身在福中不知福了，家里有娇妻美妾，还出来各种胡闹，把家底都败光了，我也是不同情的。"

冠宠提及这两人，评价却是不同。

王阳明见他略有激动，并不打断，只频频颔首："那个高丽剑客也颇有意思，听说他武艺不精，偏还总是挑衅我大明剑客，这岂不是不自量力？"

冠宠道："他那个人倒也未必像传言所云那般没本事，只是太穷酸了些，总是给我送什么狗肉、烧酒，连人参、鹿茸都给不起。"

"你方才说，小西天跟一个娈童过不去？我倒很好奇，是哪个娈童有这魅力？"

"原是在我们这儿做杂役的一个小厮罢了。只是这小子模样尚好，皮肤跟个姑娘似的嫩得能掐出水来，那眉眼生得……你知道韩子高吗？历史上有名的男皇后。"

"哦？竟有韩子高那般美貌？"

"那小东西做过我的扫洒童子，每日清晨我起来练嗓子，他就进屋给我整理床铺。谁知道有回让小西天撞见了，结果小西天疼起他来，比疼我还有过之无不及……只可惜啊，这小东西不乐意啊！"

王阳明道："不乐意？"

"是啊，他是不乐意的，当初还要死要活地忤逆妈妈。不过，早在一年前，这小子就被一个神秘客人赎了身带走了。后来也没听说他的消息了。他这一走，那三个客人也就不怎么来了。"

冠宠又说了有关这小男孩儿的诸多事情，果然涉及霍举人、小西天、高丽人朴一生三人。

"这小男孩儿可有名字？"

"哎？说起这个……"冠宠想起了什么，忙起身招呼王阳明往他的书柜前挪动，只见他拉开抽屉，从里面取出一张桃花笺，"我曾教过那孩子写东西，你别说，他学这些还真不费劲……"

冠宠把一首诗词递给王阳明。有趣的是，这桃花笺不大不小，但这字迹却是较小的，字里行间透着女孩子般的内秀与收敛。整首诗词字迹力道较轻，靠左对齐，右边空出一些可利用的地方。

王阳明从他字迹的力道、排序等行笔方法可以断定，这是个有些消极负面的男孩儿，对未来没抱有什么希望，而且危机感颇重，内心已是水深火热，却因找不见解决方法，多少有些认命之感。

"全都是跟相思有关的诗句？这些题目，都叫相思鸟？"王阳明又让冠宠取了几张桃花笺，看了好几首，发现虽然诗句题写的内容不同，但标题清一色题写着"相思鸟"三字。这些桃花笺没有任何落款，但每首诗都题写着同样的标题，这又是何道理？

王阳明素有过目不忘的本领，虽然没机会将这些东西拓写下来，但看过一遍足矣。

从冠宠处出来，王阳明直奔韦大人的府邸。有些事他已经搞清楚来由，现在最要紧的是派人兵分两路前去探查。

另一面，妙儿今日去到药王门忙了大半天，到了下午，在药王门用过午膳，才由少门主陈利剑送出。

"这次要多谢妹妹，要不是妹妹的西洋阵法宝石散，连师父他老人家都未必能研制出最为新奇厉害的降魔阵法。"

"丑话说在前头，这宝石散不可乱用，你须得看清对方的五行属性方能使出。若用不好，再被敌手看清了你的五行特质，反倒将你一军。"

两人顺着山路一路往下，快到山门处突然有风声鹤唳、草木皆兵之状，两人分别亮出武器，似乎又是一场大战。

陈利剑的武器颇为有趣，乃一黎色宝葫芦。这葫芦光滑细腻，上不雕琢任何图案，也无半颗宝石装点，看起来轻巧活泼，是个装酒的好器具。葫芦挂在陈利剑的腰间，平时若不使用，还以为就是个大号手把件儿呢！

"什么人竟敢在我药王门兴风作浪？"

"少门主真是被美色所迷，要不都说这英雄难过美人关呢！"不知从哪里传来的声音，然后就见仿若黑白无常的一僧一道晃晃悠悠地落定在几尺开外。

妙儿和陈利剑都看清了这两个无常恶鬼为何许人也。但两人的着眼点大不相同。

此言充满对陈利剑的挑衅与对妙儿的羞辱。陈利剑见这一僧一道乱糟糟乞丐似的打扮，身上满是奇形怪状的絮状布条，满身污泥。一阵小风刮来，恶臭闹得陈利剑不由得掩住口鼻，但他一双黑曜石般的瞳仁，依旧警惕地死盯住面前的来者。

妙儿却吃了一大惊，手里的拂尘不由得突然出击，连思考的空当儿都没有。

"伯安哥哥！"

只见那满身戾气、浑身上下流着柳黄色脓水的臭和尚居然勾着王阳明的后衣领，粗暴不堪地将王阳明高举过头顶，随后就是猛烈一抛。

得亏妙儿出手快，让差点儿脑袋着地的王阳明整个人扑在了放射而出的丝线上。那丝线在半空中画出一桃心似的图案，如大浪淘沙般有起有落，很快，一张"蜘蛛网"铺开。

王阳明整个人同这大网相撞之时，几颗昴宿星从妙儿处飞射而出，来了招"燕子还巢"，直冲向那和尚的脸。不料，这肮脏和尚用一个诡谲的阵法轻而易举地将这排列成"人"字的昴宿星悬停在半空，昴宿星像是一只只撞到铁门的蜜蜂似的下坠。

"西洋阵法？"陈利剑没想到，眼前的两人竟能破解昴宿星的攻势，也没想到自己还未出手，这两人已抢先一步运用了西洋阵法。

据说这西洋阵法要结合他们那边的占星术连同骑士阵方可运用。陈利剑同他师父苦心钻研数年，加之对从丝绸之路传来的各种奇书研习拜读，都不能挖掘其奥义，最后还是在妙儿摘星观丹炉的帮助下，加上华夏各种奇珍异兽的皮毛骨骼以及珍稀珠宝、药材入这丹炉炼就，才有这宝石散的出现。

"你等何人？为何一来便如此无礼？"陈利剑喝问，同时放出葫芦，只见一群绿努蜂摆出三角形状的阵势，扇动着半透明的小翅膀，带着令人浑身发颤的刺耳噪声，朝着那两人飞去。

妙儿将王阳明带到台阶上，检查其伤势，见他虽没伤到哪里，但有些头晕目眩，便又是气又是心疼："哥哥，你说句话，到底是怎么回事？"

"我在去贤者无疆的路上被他们劫持了。他们没把我怎样，只是我有些头晕，妹妹扶我起来便是。"

妙儿扶着王阳明起身，再看眼前的景象，着实令人不爽。

一向战无不胜的绿努蜂，此时遇到了颇为棘手的敌人。

妙儿见这两人只守不攻，单凭一个西洋阵法，便能将这训练多年的绿努蜂队击杀，心中不免被震慑。

"你们是——花柳帮的癫狂双煞？"妙儿脱口质问。

陈利剑则开启内力，扭动宝葫芦中的机关。

只见那葫芦上下两个圆球一分为二，从里面跳出红、蓝两面旗帜。

妙儿生怕陈利剑吃亏，毕竟他们二人的门派为世交，加之这几年陈利剑对她也算仗义，她便对王阳明道："我去看看，你在这儿待着别动。"

妙儿翻了一个跟头，旋身落定后亮出架势："这西洋阵法咱们摸不清底细，不如就用小蓬莱齐家的鬼道梦魔术跟他们过上几招。"

陈利剑点头："也只能试试了。"

妙儿提示："你负责那个白色流脓的和尚，我则对付这个臭气熏天的黑袍道士。"

对面的两人见这小道姑年纪轻轻却能随机应变，反倒有种棋逢对手的快感。

那黑袍道士瞬间发出一股恶臭难闻的瘴气，熏得人睁不开眼。妙儿却处变不惊，从拂尘、袖口间放出一股奇异粉末，挥动拂尘，在半空画出朵朵从未见过的花卉。

"白云千载空悠悠！"妙儿念出一句诗来，只见那花朵由内力描绘，真犹如万朵白云轻飘飘直上九霄。

对手的阵法也是令人耳目一新。恶臭瘴气之后，则是大片的灰蒙蒙尘埃，这尘埃形成一奇特的阵法，内里似乎还隐藏了什么东西，朦胧间着实迷人眼，委实看不清。

"小道姑好眼力！你明知我们二人是花柳帮的癫狂双煞，为何还不投降？"

"随便说的，你又何必当真？"妙儿讥讽一笑，眼神却是冷酷神色。

两人的阵法都变幻极快，王阳明定睛一看："原来妹妹的武功是如此气势磅礴，方才还是白云朵朵桃花开，现在却……"

那道士的阵法蒙着层层令人无法喘息的雾霭，妙儿的则是奇异花卉。两人僵持，却见妙儿将手中的拂尘一抖，那丝线如泉水中的泉眼，齐刷刷地甩出深不可测的妖艳"秀发"，一齐钻入阵法的各个空隙，形成一个更大、更厚重的鲜花阵势。

"这花名为丝兰，在我大明是绝无仅有的，乃郑和下西洋带回的一种奇特之花，据传有吸附瘴气、排浊净化之功效。你那招雾霭阵法，五行为土，我这阵法则为中外结合，加之五行属木，刚好克制你的！"

妙儿转身又是发力，一挥拂尘，将那扩张若金雕振翅的阵法往前一推，恰好抵住那恶臭道士的阵法，将那大张旗鼓的阵法弄了个左摇右晃。

妙儿气势逼人，连阵法的收尾都是地动山摇。

那道士只觉眼前一花，感觉四周的空气都随着那被吞噬的阵法乱颤了几下，仿佛这空气都被震慑得在呐喊。

再看陈利剑也不是个好对付的。

他左右开弓，两边旗帜左属火、右属水。他不好断定对方的五行属性，但小蓬莱的鬼道梦魇术，他这几年下来也是没少学。

传说魔界有三大家族，分别是小蓬莱齐家、方丈阎家、瀛洲灵家。当年妙儿的师父绰影侠跟陈利剑的师父均教过他俩齐家的鬼道之法，如今用它对付眼前流脓的恶心和尚正合适。

陈利剑将那红色小旗帜挥出，只见腰间的蹀躞也一并如蛇般舞动出来，飘逸地向前游走，包裹住那些绿努蜂。

火圈乍起，将那蹀躞点燃，簇拥着形成葫芦状包围圈的绿努蜂猛然向前。

那流脓和尚这次换了套路，没有亮出任何西洋阵法，却将自己一分为二，从头到脚割裂开来，内里流出一股乌鸦色的黑水，却如岩浆般灼热逼人。

妙儿怕陈利剑吃亏，朗声质问想要分对方的心："花柳帮癫狂双煞为何来药王门闹事？还将无辜之人绑来，是何贼心？"

那道士却邪魅一笑："小姑娘，这就要问你了。你若心疼他们两人，就该好好反省。我且问你，你为何伤我门派一员大将？如今他本人已去，我们帮主已然发话，要拿你是问，特令我二人前来拿人。我技不如人倒也罢了，可这陈利剑……"

他说话间，妙儿也是一愣，方才还好好的大和尚，如今他的身子里好像蹿出个什么东西，煤炭似的，黑黢黢的，看不清楚。

陈利剑再挥右手旗帜，见对方也有五行属火的阵势，忙叫绿努蜂连同蹀躞切换到五行属水的秘术中来。

那黑黢黢的一团东西，从和尚的体内跳出，来了个鲤鱼跃龙门。

一旁的王阳明看了，却冒出一句："是湘西的赶尸大法，又或者是人偶傀儡！"

这傀儡身手未免太快，只见那煤炭似的东西猴子似的伶俐迅猛，双手张开如镰刀。绿努蜂带着一股无根之水直冲过去，原本该冷凝结冰才对，谁料这两股阵势打了个平手。

那煤炭似的东西，还真若尸体般腐朽变质，但架不住它身后一分为二的和尚再次聚拢闭合身体，双掌合拢，口中念念有词。那和尚开始凭借经文，操纵那煤炭似的东西作祟。

妙儿见陈利剑的阵法一直在变，心里很是着急，刚要寻个破绽出击，却见有两股剑气，如青龙、白虎，左右贯进，劈散了陈利剑的绿努蜂不说，还将和尚放出的煤炭似的东西斩了个四分五裂。

"'九九归一'？"妙儿惊叹道。

那和尚再一抬头，却是口吐鲜血，十根手指头居然断了两根！被他放出的煤炭似的傀儡，也一并消散成烧着火苗的黑色粉末，随风而逝。

"原来他手上竟有蜂蜡做成的戒指，内里设有机关可放出丝线！"妙儿见这阵法被破，方看清那和尚的故弄玄虚。

道士见来者不善，忙搀扶住和尚。和尚却摆手，还未开口，其浑身上下那些令人作呕的脓水便汩汩流出，像是树木被雷劈中后流出便于修补自身的沉香液一般。

"沉香大法？"妙儿喝问，"原来你身上的那些脓包脓液，并非什么污浊之物，而是你平日修炼的功法所致的一种自愈分泌物。你这是吃了多少沉

135

香和丹药，才至如此啊！"

陈利剑来不及探查对方的招数套路，只收了那绿努蜂，回身道："门主！"

王阳明也回头望去，只见一太上老君似的人物，身着一丹色道袍从上而下。他道袍之上绣着双鱼造型，脚下云靴四寸来厚，长须白鬓，很是仙风道骨。

"原来是药王门的门主。百闻不如一见，都说世上练就'九九归一'的人屈指可数，而其中之一便是药王门的门主，想不到……"那和尚捂着心口位置，显然是被药王门门主伤及内里。

他口中所说的九九归一大法原也是小蓬莱齐家的一种绝技，源自佛教菩萨各路拈花指法，后齐家人将这些画有拈花指法的唐卡收集于一处，令孙辈观瞧。通过这些指法，他们获取了灵感，悟出绝技，名曰"九九归一"。

此大法无需武器，只需动动手指效仿唐卡中的菩萨拈花，便可用内力伤人。

药王门门主飘然而至，手上全无任何武器。他淡淡地环视众人，又略带无趣地看向这一僧一道，语气玩味："你方才那些话着实难听。若这话被玄机的师父听了去，想必就不是眼下这光景了。平白无故毁一出家人的清誉，你们两人该当何罪？"

"看来门主是成日闭门练功，不知这江湖市井都发生了什么……来人！"道士一听这话，犀利地开口，又唤出隐匿在林间树丛中的小喽啰。

只见两名花柳帮的小喽啰抬着个一人多长的包裹，从一旁过来，毫不客气地将这包裹平放在地上。

"这是？"药王门门主纳闷，眯着眼道。

妙儿和陈利剑自是艺高人胆大，均上前查看。

那道士一开包裹，只见一秃头壮硕的高大男子赫然出现在众人眼前，此人不是别人，正是那天与妙儿交过手的鱼与愚。

妙儿冷笑："那又如何？你们怀疑我？"

陈利剑也讥讽："江湖上谁不知道你们花柳帮恶名远扬，这厮原被玄机阁逐出，后又投靠尔等，已是名声败坏，死了就死了，如何能来问罪于我们？"

药王门门主回身瞪了陈利剑一眼："利剑！休得无礼。"

陈利剑不服，但也只得低头不语。

药王门门主道："如今玄机的师父并不在她身边，我与其师父为世交，玄机这丫头也可叫我一声师伯。你帮派若有不服，可来向我问话，何必出手伤人？"

"好啊！"和尚道，"那请您老看一眼，我倒要问问，这昴宿星的伤口、古蜀鱼线的疤痕，连同鱼与愚的尸身之上这件半新不旧、满是白雪的大氅，这些您怎么说？"

第十三回
儒家子详解"鱼搁浅"　愚昧者男身女儿心

对方振振有词，王阳明岂能坐视不理？

还不等妙儿开口，王阳明便抢白道："光凭这几样伤口算不得数。任何人都能如此操作。你花柳帮人才济济，难道还没个用蛛丝、鱼线的？我方才见这和尚便是操作傀儡的好手……"

王阳明开口便说，整个人又大胆地立在药王门门主之侧，妙儿想护住王阳明，王阳明却朝她摆手："不必，我还没说完呢！"

那和尚浑身继续流淌着沉香，直至王阳明走到其近前，那沉香的味道依然回旋在其衣摆之间。

他见王阳明年纪不大却一脸淡定，冷笑道："你小子还挺硬气啊！"

"方才你劫我到这儿的账还不能一笔勾销！我且问你，你敢叫药王门门主大人亲自验尸吗？"

陈利剑、妙儿两人忙拱手示意："请门主验尸。"

王阳明又道："玄机道长为摘星观观主，是你们怀疑的对象。而药王门门主则是中间方，又是行医问药的高手，请他老人家出面验尸再合适不过。"

癫狂双煞对望一眼，而药王门门主则表态可以，并马上命手下弟子将尸体抬向后殿。

两个时辰后。

药王门门主在一干人等的见证下，与陈利剑一起立于鱼与愚的尸体旁。

药王门门主抚了抚雪白的胡须，命陈利剑将尸体上解剖而出的物证小心地放置于洁净无垢的白水晶器皿内，并用相配的盖子盖好，深思熟虑后才道："有三件事很奇怪。一件可以确定，其余两件不太确定。"

癫狂双煞异口同声："何事？"

药王门门主道："这伤口的确为丝线、铆钉一类的东西所致，但本门主可以用性命担保，尸体上的大小伤口均为死后伤。"

王阳明道："也就是说，鱼前辈是在被人用其他伎俩杀死后，又被凶手用仿造妙儿的兵器的利器伤及全身的，这些伤并非生前打斗所致，而是在鱼前辈死后由凶手刻意在其尸体上做下的文章？"

"正是。"药王门门主笃定地颔首，倒是很钦佩王阳明的快速反应。

那脏兮兮的道士撩开海藻似的刘海儿，猛然露出一双牛眼："那么，你所说的有两件事不能确定又是何意？"

药王门门主看向尸体，有些犯愁："所谓不能确定有二。其一，鱼与愚在江湖中虽算不上顶级高手，但能近身之人也不算太多。若不是打斗导致其死亡，那就只有下毒最为便利快捷。但是，从他的尸体上未能探出任何毒素。"

"什么？"妙儿、陈利剑都是一惊，要知道，药王门门主可是用毒的高手，连他都说无法探出的毒，该是如何厉害？

和尚缓了口气，当下有些气恼："中毒而死，但又查不出毒药？这是何说辞？"

王阳明走到那盛放着证物的半透明器皿前，虽没打开盖子，但内里之物仍清晰可辨。他指了指那器皿内的证物道："门主，您是说这半朵被压扁的水仙花吧？刚刚大家都看在眼里，是您亲手从这位鱼前辈血淋淋的中衣上拔出这半朵已被血渍沾染的小黄花的……"

妙儿苦笑："水仙这东西，虽逢年过节都有人摆在家中欣赏，殊不知此花本身就有小毒。像我养猫，是断不敢在梵湖儿近前摆这东西的。我们还好，梵湖儿这成天到处蹭来蹭去的家伙最容易伤到双目。"

药王门门主摇头："水仙毒素是有的，但只是微毒罢了。若真有奇毒，寻常百姓每逢节庆都要摆这花卉，那些医馆、郎中岂不是要发大财？水仙之毒还不足以毒死一个武林高手。"

王阳明道："门主说得对。以鱼前辈的武功、阅历，定也是个会用毒的。何况人在江湖，怎会不懂防范？除非……有人用了一种神不知鬼不觉、连门主都想不到的技巧，将一种特别的毒物弄在这水仙之上。鱼前辈中毒后，那人冷眼旁观，却仍未敢出手。随后鱼前辈浑身疼痛，可这水仙仍旧握在那人之手。鱼前辈倒地打滚，将这水仙裹进衣服里……最终死亡。而那凶手见鱼前辈彻底断气，上前用老方法效仿玄机道长……他八成用的是鱼前辈的鱼竿。"

道士冷笑，见王阳明一副知其所以然的样子，嘲讽道："那你还是没有解开这下毒之谜啊？"

王阳明也是一笑，双手却向后一背："两位吃过桃子吗？"随后转向药王门门主，"敢问门主，咱这儿可有桃子？"

药王门门主点头："王公子的意思是？"

王阳明道："劳烦门主吩咐他们取个桃子，将桃核留下。"

药王门门主点头，忙吩咐下头人去做。

众人瞠目结舌，只当王阳明说着疯话。唯有妙儿打起精神，冷眼观瞧接下来的走势。

药王门门主随后将桃核交给王阳明。

王阳明则将桃核递给癫狂双煞："两位请闻一闻这味道可有趣？"

两人不解，王阳明道："凶手给鱼前辈所下之毒，正是类似于这桃核香气的山柰草———一种类似于艳山姜的妃色毒物，但只能通过呼吸进入体内起作用。真凶将这山柰草榨取汁液用透明蜡体将其封存，风干后，将其当作装饰花卉的小情趣滴在鱼前辈最爱的水仙花的花蕊处，不知道的人还以为这蜡是无意间进入的，或以为是为了突出花卉的妩媚可爱有意设计的。"

妙儿接道："鱼与愚全当是礼物，便在接花在手时闻了上去，殊不知蜡已融化，那毒气化作一缕青烟顺鼻息直达体内。"

王阳明点头："没错。凶手为一招致命，只用了一小朵水仙。他肯定说这是他在来时无意中看到的，知鱼前辈喜欢便采了给他。"

和尚不解，但也觉有些道理："你说的这个人，他为何要杀鱼与愚？还

140

有，他为何要用下毒之术？"

王阳明冷笑："您这么个见多识广的人怎么不解人心？下毒之人，多为心思细腻、悲观厌世者，他们大多博览群书，虽不一定是大夫，却头脑缜密，喜爱钻研。何况这杀人者武功绝对在鱼前辈之下，除了下毒，再没更好的方法杀鱼前辈。而且时间有限，弄不好就会被他身边之人看到。这也就是他在匆忙之下将几捧雪撒在鱼前辈的大氅之上的原因——没时间做雪人了。"

妙儿道："这么说，这个下毒之人定是鱼与愚的熟人。他将这水仙交给鱼与愚……可是，一个大男人为什么偏爱水仙花？难道是门派的信物？又或者是两人接头的暗号？那么杀人者是女的？"

王阳明笑道："鱼前辈是这个凶手花钱雇用来的。"

众人一愣："什么？"

王阳明道："雇主与被雇用的人，这关系很让人惊诧吗？鱼与愚前辈只是雪人案的凶手之一，但绝非真正的幕后主使。真凶另有其人。"

癫狂双煞均看向王阳明，那和尚邪魅地道："你小子有两把刷子。看来我们把你劫到此处还是有用的。"

道士却将信将疑："他的话能信吗？"

妙儿白了他俩一眼："哼，你若不信，要不让我来推理？又或者你自己来啊！"

王阳明又道："两位前辈莫要着急，我且说，你们且听。我记得当初我踏入南昌府接触到的第一具尸体，是在破庙里发现的小混混。后来我听韦大人说，我来南昌府之前曾有几个不太入流的负心汉、臭流氓相继被做成雪人。这些人都是这幕后真凶一人所杀，他虽武艺不精，但身手比寻常之人略强些，跟鱼前辈相较，真真是无法抗衡的，但对付那些'陈世美'，倒是有富余。所以我第一次撞见的破庙里的雪人小混混也好，或是那些小流氓也罢，皆为这一人所杀。他即是杀死鱼前辈的幕后之人。但是小西天、霍举人、高丽剑客朴一生在南昌府本地之人中，算得上出名的，所以这三人则是由在江湖上小有名气的鱼前辈所杀，为的是造声势、做铺垫，引发坊间恐慌，转移官府注意力。那幕后主谋定然是听了玄机道长惩治'陈世美'的传闻，便仿制了一套类似于拂尘的机关，而后又利用武器与玄机道长雷同的鱼与愚做挡箭牌，假意雇用其为自己杀人，掩人耳目罢了。"

141

"既然是雇用关系，为何这人最后要杀了鱼与愚？你这推理未免太过牵强。还有，他杀这么多小流氓干吗？小西天是个戏子，霍举人是个书呆子，朴一生是个不入流的高丽人……这三人又有什么交集？"陈利剑不屑一顾。

"这三人自是有交集，他们均为断袖，且都曾喜欢过一个名曰'相思鸟'的娈童。而这位鱼前辈想必也喜欢过这个叫相思鸟的。幕后真凶先让鱼与愚杀死那几个有影响力、有武艺的，同时诬栽给玄机道长。等到时机成熟，他再利用鱼与愚对自己的喜爱将鱼前辈杀死。自然，他最后一个目标是鱼前辈。"

"喜爱？"和尚不解。

道士这次开了窍："断袖啊！这你都反应不过来？"

王阳明看向药王门门主："门主，您方才验过尸体，我想当着几位的面儿，跟您要个实话——这位鱼前辈可是男子？"

这话真令人惊讶不已，别说是陈利剑等人，就是妙儿也似吃了什么滚烫的食物，话卡在嗓子眼儿，吐也不是，咽也不是。

"这个……老夫方才不好说起的就是这件事，王公子问得极直接……"药王门门主有些为难，欲言又止，吞吞吐吐间，只得委婉地道，"这江湖之中，自有颇多因服用丹药、研习武功引发的肉身变化。此人外表看似男儿面容……然老夫方才检验时，则发现另有隐情。"

"门主……"陈利剑眉毛上挑，"这、这鱼与愚……又是光头，又是瘤子疤痕，身材还如此伟岸，怎么可能不是男子？"

王阳明道："你们江湖门派，武功绝学颇多。若要练就个邪门歪招儿，保不齐会吃些奇特的丹药作为修行辅助。何况有些人天生异常，加之后天吃药、练功，身体变得异样，不是不可能。"

妙儿似了悟，重重地颔首："如果鱼与愚是女子，那朵水仙花的出现就不难解释了。那名真凶是男子，他跟鱼与愚表面为断袖，实则知其为女儿的内情。那水仙则是他送给鱼与愚的礼物。而王公子提及的娈童相思鸟，曾是鱼与愚的心头所爱。但这厮是否对那相思鸟付出了真心就不得而知了。"

事后，鱼与愚的尸体被药王门门主留了下来。药王门门主写了一封书信给花柳帮帮主，说自己要用特殊的香料和药水将这尸体保留，过上七七四十九天，尸体不再腐烂，便将其归还花柳帮。

癫狂双煞也怕尸体出现腐败影响断案，只能如此。

妙儿随王阳明从里面出来，两人乘马车往回走。

王阳明有些头疼："我也是挺无语的，查来查去，虽然已经知道真相，可我总是别扭。仔细想来，那凶手所杀之人没一个好东西。难道官府成日里就用刑罚严惩除暴安良者？"

妙儿道："说来说去，你知道谁是凶手了？"

王阳明点头，却不愿再说，闭上双眸，靠在车窗处休息。

妙儿想了想道："你还真行，能断定那鱼与愚是女子。"

"世间有哪个女子对花儿不动心呢？"

"但是这猜测未免大胆……"

"妹妹小时候不也喜欢白梅和虞美人吗？"

妙儿看向自己的脚，突然说："你知道我为何比同龄女子都要高吗？"

"后期没有裹脚？"王阳明不解。

妙儿摇头："我后期跟随师父的确不再裹脚。可你别忘了，幼年时我是被迫裹着的，就算后来打开，双脚也是变形的。我之所以身材高挑，是因为——我练过吞云纳气术。"

王阳明蹙眉，看妙儿此刻的神色似有难言之隐，这所谓的吞云纳气术八成不是什么好功夫，忙心疼地询问："可曾损耗身体？"

妙儿几分得意，几分怅然，虽事情过了许久，但提及此事，也有几分后怕似的："当年我师父看我矮小，实在担忧，便让我练了这招数。她原是想教我三招便停止，谁料我学完第二招第一式，个头便往上飞蹿，师父便停了手不再教我了。"

"那么，这个吞云纳气术一共多少招？"

"三十六招。"

"如果练到最后呢？"

妙儿道："不男不女呗！"

王阳明惊愕。

妙儿又道："这个功法男子练无妨，女子练则因人而异，切忌贪多。因这吞云纳气术有保持修长体态，使身体不易发福，且有能使容颜变美的效果，有些门派的女弟子会秘密练习，可若走火入魔，便一发不可收拾，到头

143

来像是雪崩一般，谁也压制不住。那鱼与愚八成是练了这功夫，要么是走火入魔，要么是为求强大，毁了女儿身。"

"这也太过夸张……那她头上的瘤子疤痕……"

"谁知道啊。八成是吃了些丹药，又或者在那类似钟乳洞穴、潮湿阴暗之角落练习此功，致使湿寒上身也未可知。我是不会再练的，再练岂不成了巨人？"

话及此，王阳明细细打量妙儿的双足，虽没见到隐藏在道靴之下的那双秀气美足如今是何模样，但王阳明隔着靴子也能猜到——没错，这依旧是有些变形的脚，还留有过去被戕害的印迹，这印迹并没有因其日后长年习武而消失。

"好在你离开了……"王阳明叹了一口气，"还是离开好。"

妙儿没再开口，她知道，她的伯安哥哥是最懂她的。

在和妙儿商议了一路后，他俩决定循着两条路径继续追查：第一，看看是否能够找到当年教授鱼与愚吞云纳气术的师父，从其师门内部寻得人际关系的丝缕牵绊，再从其情感分析入手，摸清案件的真相；第二，看看是否能从相思鸟这个神秘的娈童下手，从其身世、来历进行追查，同理可找到与其发生过感情纠葛，致使其写下"相思鸟"署名之人到底是何方神圣。

第一条的追踪结果并不在两人的预期内。原本以妙儿江湖第一女侠的名号，打探个江湖奇人并不太难，谁料消息放出后，收到的门派反馈却是这样七个字——"其师踪影不可考"。

妙儿心有不甘，也不好去花柳帮试探，转了个弯带着王阳明走访了就近的其他三大帮派，并重点询问了这三个帮派的知情人士。

王阳明见到这三大门派的代表人物后，便摊开本子用炭笔迅速做记录，生怕遗漏对方说出的任何一段重点，错过对方的细微表情。

香茗阁副阁主道："这个鱼与愚的师父，好像是个隐居的道爷，据说还是什么黄帝后人。可没人亲眼见过他到底如何高明、武艺如何不凡。至于说鱼与愚，我是没见过她女儿家时候的样子。可我听闻她之前相貌丑陋，似有妖后贾南风的面容，又黑又矮又胖，听说那嘴巴跟腊肠似的嘟嘟着，一笑，嘴都咧到耳朵根儿上了！还听说她那会儿一说话啊，后槽牙都往外龇。就这

144

样的人，哪个门派敢要啊，难不成当奇珍异兽养着玩儿吗？"

龙门镖局刘镖师道："这鱼与愚当年不是自卑吗？听说是为了把自己变漂亮才去修习的吞云纳气术。还听说啊，这鱼与愚做女儿身那会儿，原本有个相好的落魄穷秀才，鱼与愚为了跟他在一起，不惜和家里人闹翻，临走时把家里的大部分财产都卷走了，一心资助这穷秀才不说，都跟他私奔了，连名分都没要。后来啊，那书生考中举人，做了个芝麻官儿，又嫌这官位不够硬气，还是鱼与愚不惜散尽从娘家卷包盗窃而来的财产，为他四处疏通打点，这才又得了个还算凑合的位置。可是再往后，这不要脸的渣滓官运稍一亨通，马上就嫌鱼与愚面貌丑陋，形态举止不雅观，这个、那个全来了……最后，鱼与愚可不就落得一个被'抛妻弃子'的命吗？"

王阳明和妙儿听到"抛妻弃子"一词，异口同声道："她当年还有孩子呢？"

刘镖头道："对啊，人家当年可是姑娘家。你们不知道那个渣滓有多可恶！你说纳妾也好，在外头乱来也好，好歹留着原配别抛弃啊！自古糟糠之妻不下堂，但这厮枉做读书人，这点道理都不懂。鱼与愚那会儿都有了孩子，可惜啊，还是在身怀六甲三个月时，被他无情抛弃了。那渣滓真不是个玩意儿，听说又攀上了高官家的千金，还总是拿鱼与愚的相貌说事儿……"

宝华山庄大剑师道："当初啊，鱼与愚还不会什么武功呢，虽说会些简单的女子防身功夫，可也算不得武功。你们也知道，女子为母后，心智就和过去不同了。"

王阳明道："这个我们还真是不懂，请问前辈，有何不同？"

宝华山庄大剑师道："自然不同。好比说，过去坚强，孕期脆弱；生产前明白通透，生完了却经常忘事儿，还特别容易上当受骗。我们家那位当时就是这样的状态，持续了有三四年之久……嗯，我觉得鱼与愚当年就是如此。而且你知道，她怀孕被抛弃后，不是没有回过娘家，而是她回去后发现，她当年为帮这穷秀才发迹，不惜背叛父母，坑骗娘家的金银，导致其父母在族内再无立足之地。尤其是鱼与愚的父母，愧对于住在一处的另两房叔伯，只觉女儿为了维护一个外人，坑害娘家，如此行事实在让他们没法儿抬头做人。况且鱼与愚与那渣滓私奔不到三个月时，她娘家又遭逢大火，家中各房于火中燃烧殆尽，不少人葬身火海，其中就包括她的亲生爹娘。"

妙儿刚开始还觉鱼与愚傻气可恶，现在听到这段也觉她悲哀："这个鱼与愚被臭男人坑了也就罢了，还连累了娘家父母……我看她就是为此才特别痛恨男人吧？也正因如此，她才去练那吞云纳气术的。"

大剑师颔首："不错，这吞云纳气术虽为三十六招，但好在门槛低，即便没有武功底子的人，在吃过丹药外加凝结肝、精二元后，也能初步练就入门四招。"

王阳明用炭笔迅速做着记录，手快得连妙儿都好奇地瞥上两眼，只见其在书写的基础上又画了个草图出来，一双手好似会那"凌波微步"，双眼目光留在本子之上，嘴巴却还不停歇地继续发问："那么她的孩子又在何处？家破人亡后，她就直接投奔到教授她吞云纳气术的师父门下了吗？"

大剑师摇头："据说是没保住……小产了还是生下就死了，这个我就没听说了。但的确像你方才所言，她之后便寻了她那来无影去无踪的师父，直接投到其门下修习那吞云纳气术。据说鱼与愚当年正是冲这门功夫拜师学艺的，也闻听过这门功夫的厉害之处。可她为给娘家人报仇，干脆也不管其他了，恐怕是复仇心切，练习之时走火入魔也未可知。总之，那个当初翻脸无情、忘恩负义的穷书生，后来也被她灭门，她也算是出了口恶气。可谁承想，这家伙大仇得报后，居然莫名其妙投奔了杀手组织玄机阁，没待多久，又去了花柳帮那臭名昭著的帮派。要我说啊，这都是被仇恨蒙了心，最终一错再错，不可收拾。"

妙儿跟王阳明走访完毕，顺道去探寻那相思鸟的身世背景。既然相思鸟来自风月场所，那么散落在大明各个角落的人牙子就成了眼下最该被追查走访之人。

人牙子是古人对人贩子的称呼。在古代，人牙子分为"违法经营"和"正当经营"。如若是被官府指定抄家之人，无论是老爷、夫人、少爷、小姐、丫鬟、嬷嬷、书童、小厮，还是府中最底层的"劳苦大众"，只要是跟这家中有关的一系列人物，都会被人牙子带走。男丁还好些，有可能被发配到偏远荒凉之地开荒种田，苟且偷生。女子可就倒霉了，不但会被卖到青楼妓院沦为娼门之妇，更有可能丢入军营沦为供人泄欲的"公共军妓"。

与官府合作的人牙子多为合法经营，他们听命于官府，不过因为经常

146

四处乱窜，也会接手一些"私活儿"，例如，因走投无路而自卖自身的小老百姓，因为父母游手好闲而被卖掉的男童、女童……

当然，人牙子中也有混迹于江湖市井之间，走私人口的罪大恶极之人。这就牵扯江湖门派和个人行为了。

王阳明想了想，决定从官府的人牙子查起。

他们走访了四五个南昌府有名的官府人牙子，打听出的确有个白白净净、我见犹怜的男童曾被人买卖。最要紧的是，这个男童因相貌阴柔，又会识字断文，还会作些打油诗，在贩卖时极为抢手，也被转卖过多家。

被问话的人牙子，看着王阳明根据冠宠描述所绘出的相思鸟的画像，想了想，又定睛观瞧了几眼："这个孩子……我怎么觉得他后来被带到杨善宝府上去了？"

"杨善宝？"王阳明不知此人。

人牙子蹙眉："杨善宝乃是我们这儿一个地主老财家里的大管事，平日他家主人外出做生意，他则在家里掌事。我记得两年半之前，他家那个婆娘对这个孩子很感兴趣，似乎是要买下的，但是有没有买……当时我做不得主，也就不记得了。但当年杨善宝家的那个婆娘，把这孩子带到府上去让夫人看来着，这孩子的名字好像就是你说的什么鸟。"

王阳明一听此言，便与妙儿去往那地主老财府上一探究竟。

二人到了这地主老财的家门口，刚刚好，开门的就是这杨善宝家的婆娘。一看面相，王阳明的直觉就告诉他：这个女人定然是个好色的。只见她一双鸡贼的鸽子眼又圆又小，眼珠发黄，她一见王阳明，便像是见了开过光的琥珀，那一双鸽子眼赤裸裸地上下打量，生怕遗漏了寸缕。

根据王阳明识人断人的经验来看，长有鸽子眼的女子大多圆滑淫乱，私生活混乱。这杨善宝家的婆娘八成是自己看上那相思鸟了吧？索性近水楼台先得月，假装将那孩子带入府中让夫人看，实则是想留在身边自己占些便宜。

这婆子长有一双黄薄眉，看到王阳明后眼光倏地就刹不住了，两道寡淡且中间断断续续衔接不上的薄眉，也见到这缕"曙光"而重新汇聚到一起。

妙儿起先见了这开门婆子就老大不喜，谁知她看起人来竟越发没完没

147

了，妙儿便将拂尘一展："无量天尊！敢问这位大婶儿，能否让杨善宝管家出来一见？我们有事儿要问。"

妙儿单刀直入，毫不客气。

"大婶儿？哎呀，我说你这道姑，说话过过脑子好吗？我这么年轻貌美，岂能管我叫大婶儿？你会不会说话？再有，你一个道姑青天白日找我家老头子干吗？"

王阳明上前一步道："这位……姐姐，主要是我找您家夫君有话要问，这是我们的腰牌……"

王阳明将韦大人借给他的信物拿了出来，这才打消了这女人的疑虑。她挑了挑原就泛黄稀薄的眉毛，生怕王阳明看不清自己的脸蛋："来吧，这边请。我们家那口子不在，只好由我代替回答了。这位小哥不会有意见吧？"

这婆子刻意朝着王阳明的方向再次夸张地挑眉。

她这眉毛原也不好看，今日恐怕也没有画过。王阳明发现她说话、行动不但习惯性地挑动眉毛，手里的帕子也是不闲着，说不了五句话便要伸出腕子抖上几下。偏那帕子上沾了些许蔷薇硝和茉莉粉，这两种味道单用还好，现今偏混着，使得王阳明连打了两个喷嚏。

他不好意思地掏出随身携带的帕子，擦了擦鼻头与人中的位置，想要刻意和那婆子保持距离，便快速绕到妙儿一侧："失礼了。"

那婆子有些不乐意，她今儿也没想到天上掉下个小美男，这小美男居然还是个有洁癖的"漂亮"书生。

杨善宝家的婆子扭动腰肢，一步一晃地走在两人前头，似要展示自己上翘的美臀。

王阳明看在眼里，忙侧头避讳。

妙儿却觉真可笑，肆无忌惮地调侃："我要是到了这个岁数，还能保持着像大婶儿这么好的身材，也是万分欢喜的。就怕一阵狂风把这'江南柳'折断，那才是真可惜了呢！"

两人跟着她进了他们管事院落的议事厅内。这小院虽是分配给下人所居，可东西南北四间小房着实规整，议事厅虽小，也是窗明几净，毫无简陋之感。

两人坐在这小堂中，情绪、心境倒是放平了些。

杨善宝家的婆子给两人上了两杯普通的南昌小茶。

王阳明也不想耽搁工夫，忙熟稔地摊开本子，直接提笔发问。

听了王阳明有关相思鸟的简单描述，这婆子还不失痛快，居然仰天翻起白眼儿，嘴中似有未完的念白呼之欲出。王阳明看在眼里，只觉其对那相思鸟颇有眷恋。

"那孩子真是个不可多得的俊人儿！大概两年半之前吧，我在人牙子那儿瞧见那孩子。听名字我就觉得这孩子了不得，一个小男孩儿叫什么小鸟儿？我瞧见他本人那真是活潘安啊！说他是弥子瑕转世我都信。这孩子乃是徐州人，当初因徐州洪水泛滥，不得已逃难至此。听说他是跟他的一个什么拜把子兄弟一并逃出的。到了南昌府后，也不知怎的，他那兄弟不知是死了还是跑路了，这小鸟儿就病了。几经波折，他落到了人牙子手里。"

说罢，她很是痛心疾首地晃了晃头。王阳明看得真切，这婆子虽好色，但对小男孩儿的遭遇倒是极心疼的，这一点并非全部来源于女人的母性，怕是也有一些说不清道不明的柔情暧昧。

"我呀，心疼他，当时看他脸色也不好，就做主把他带回我们府上了。这孩子真别说，虽落难到如此地步，居然还会记账、写字，作什么打油诗。当然，他的水平也不比我们家那位高明多少，只是这年月懂得识文断字的不是少得可怜吗？我原说服了老爷，就让他留下，可谁知道老爷点头了，夫人却颇有微词。"

王阳明停笔："为何？"

"老爷、夫人总共有六个孩子，皆是夫人所出。这六个孩子一男五女。你说为什么？"

王阳明颔首："原来如此，夫人是担心小鸟儿美貌绝伦，使得小姐们学坏。"

杨善宝家的婆子说到此处，颇为遗憾，简直一副如丧考妣的夸张相："我当时就说，五位姑娘定是要出嫁的，小鸟儿这孩子原也是个听话的，又单纯又仔细，虽已沦落至此，但他本人还是蛮清高的，这种心思澄明又带倔强的少年，怎可能做出那样的不堪之事？可夫人不听，非要我把这个小祸害退回去。"

"那您就退了？"

"那我可不就退了嘛！当时订金都给人牙子了，也没好意思管人家要回……"

王阳明继续埋头记录："那后来呢？有没有人来找过他？他当时在您手里好歹也待过半天吧，他有跟您说过自己的事儿吗？"

"你刚刚问有没有人找过他，这倒是真有一个。"

"是谁？"王阳明听到此处，心中倏地警惕，一股强烈的预感如龙卷风般震动心头。

"一个同样好看得无法描述的少年……跟你年岁相仿。我就纳闷，这也太好看了……"这婆子还在回味两位少年的美颜倾城，恨不得抖出手里的帕子，来段江南小曲，好赞扬传颂这两位长有惊世骇俗的美貌的如玉少年。

"他是小鸟儿的兄弟吗？"

"这个他没提，也没说自己姓什么叫什么……嗯……"

婆子语速明显减慢，一双鸽子眼左右乱转不止，让王阳明不好判断其到底是陷入回忆还是在捏造事实。

王阳明顺了顺自己的心神，告诫自己不要被这婆子带偏，忙补充道："他当时说要赎这小鸟儿对吧？可带了银票或者钱财、珠宝？"

王阳明这句话一出，那婆子猛然惊醒，拍动了两下桌面，似眼前出现了海市蜃楼，手里的帕子也横飞而出，直扬在王阳明脸颊和眼角之上："哎呀！珠宝！对了，我怎么把他带来的珠宝给忘了！"

妙儿见这夸张效果，不禁也是扑哧一笑。

王阳明没工夫跟这婆子逗闷子，便权当她大惊小怪："珠宝？是很特别的珠宝玉器？您能具体说说吗？"

那婆子一惊一乍地将帕子塞回袖口，起身便要用染了凤仙花色蔻丹的手指为王阳明擦拭眼角。

王阳明忙也起身退步，双手作揖："不必客气！我们着急跟韦大人交差，还请姐姐快些帮忙。"

"你瞧瞧你，真是的，你身边这位道姑都没说什么，你倒好，又是起身又是作揖的，干吗跟姐姐我这么生分？姐姐我就是敬重你们这些相貌出众，又有才华的江南少年……"

王阳明摇头，口气比方才略显生硬："不敢当。还请姐姐具体描述那珠宝是何状况。"

见占不到便宜，王阳明又是这副守礼的样子，那婆子方才作罢。她又一屁股坐回原位，捧起那茶盏边吹边说道："当天晚间，恰好我从外头办事回来，刚要叩门，却被一道男声叫住。月色朦胧，我瞧见一个美貌少年，肤白胜雪，五官立体，真比那西域的娘子还要妩媚多娇。我便愣住片刻，瞧了他许久，这才下了台阶与他说话。那小子也没说他的来历、姓名，只问我府上是否有个叫小鸟儿的俊美少年，十一岁上下，江南徐州人氏，识得些字。我原想多跟他说些话，再近看他那美貌，也不算白活一世，便权当没听懂，装着什么也不知道地摇头。他一看我这般磨蹭便有些急了，当即从怀里掏出一个精致无比的锦盒，打开一瞧，竟然是一对奇特的耳坠子。"

"有何奇特？"

那婆子又一次仰起头来看向茜草色的房梁，眼皮不住打战，似回忆起什么震撼人心的场景，嘴唇也开始宛若兔子喘息一般嗫嚅道："是一对玉兔拜月造型的耳坠子，很长很大……有这么长、这么宽。"

说罢，那婆子将茶盏匆匆放回桌案之上，张开两手的虎口比画给王阳明看。

这般比画大概有多大呢？明代此种类型的玉兔拜月耳环，乃明代宫廷所出，整体耳坠子长达 8 厘米，兔子本身高 2.4 厘米。圆形金耳环下，系一个镶嵌了红宝石配玉兔的坠子，玉兔质地为青白细润的和田籽料，兔耳朵坚挺，其身直立，呈抱捣药杵捣药状。

听了杨善宝家的婆子一惊一乍的描述和精彩绝伦的"人物侧写"，王阳明将那玉兔拜月耳坠画于本上。

两人出来后，王阳明一路思索，大胆猜测，尤其是在拿到这看似常见，却工艺精湛、创意无限的玉兔耳坠图后，整个案件的脉络再清晰不过，结案的时刻近在眼前。

妙儿和其同坐一辆马车里，眼光落在王阳明的脸上："我听了那婆子的话，突然很心疼那个叫小鸟儿的。我想，他当初一定是受了很多委屈……还有，那个拿珠宝来给小鸟儿赎身的少年，也算是对小鸟儿有情有义，两人却没法儿聚在一处……真是……真是太……"

她原想说"虐心"两字，可话到嘴边，又觉不合身份。

现在的她，和眼前的王阳明，难道不算虐心吗？

"妹妹是由他们二人，联想到你我的过去、将来了？"王阳明收住探案时才有的严肃神色，精致白皙的面孔上重新挂上了微笑，"我就知道你一点儿没变。虽说我们分开了这几年，你磨去了旧有的软弱与悲戚，练就了一身本领，可这不代表你磨灭了对我以及对生命的无限期许与热爱。就像当年我保护、捍卫你，那个拿玉兔耳坠前来救赎小鸟儿的少年，也是如此心情。在大是大非、大情大爱面前，我们是一样的。"

妙儿原本听到"期许与热爱"，想当即回嘴于他的，可又听他说得如此磊落不羁，突感世事沧桑、人情冷暖，方觉有些事真的无法逃避。

王阳明见她颦蹙不语，一副惆怅神色，又忙转了话题："这对玉兔耳坠的来历我倒是有了眉目，若再找人探听清楚此耳坠究竟出自谁手，便好办许多。到时，就能结案了。"

第十四回
擒凶缉风筝放长线　诉真罪与罚致良知

自打花柳帮鱼与愚被杀，王阳明又查出些许眉目后，鱼与愚的这起案件便在市井、江湖中掀起了另一番波澜。

云山雾罩间，韦大人却是噩梦不断。

就在他夜间神游太虚幻境的时候，一把利刃冲进其房间，重重地落于其床护栏之上。

好在古人的大床犹如一间私密性极强的小型房车，四面用雕梁画栋般的艺术构造形成一道半天然半人为的精美屏障。

那利刃下方长了条泛黄的"尾巴"，随着划破夜空的一声闷响，将睡梦之中的韦大人惊醒，吓得韦大人仿佛池中飞鱼。

利刃之上夹带的那张字条凛然扬言："若一月之内未能查出真相，给我门派鱼与愚一个解释，我花柳帮帮主，便来索你这狗官的项上人头。"

那字条上的文字是用鲜红的墨水书写，不仅刺目，而且令人心中震颤。

次日，韦大人一时后怕，竟然拉着诸养和、崔小二、王阳明等，躲入官府特定的密室。

这密室有房舍、有院落，还配备逃生的索道与水井，设计得天衣无缝，食物、水源贮备得当。

他们几人先是入住七日，倒也未曾出现任何端倪。

而后再过七日，亦无半分变化。

又过了四五天的一个夜晚，王阳明已卧床睡下。近日来，他便有和衣而睡的习惯，不知怎的，他总有种不祥的预感，仿佛大难临头。

就在他半梦半醒、似要睡过去的当口儿，一阵铮铮声破空入耳。这声音刺得王阳明耳膜嗡嗡作响，他马上翻身而起："初一，起床了。"

王阳明推开门循着那声音急速奔驰，却觉此声来源于房屋之外的院落。

王阳明一个箭步迎上，撞见那韦大人正仓皇躲避一个风筝似的东西。

他抬眼看去，只见一个一身黑衣打扮、脸也用黑布蒙着的男子，正用一薄如蝉翼却锋利如裁纸刀般的螃蟹样式的风筝朝着韦大人袭来。

那螃蟹风筝看似轻薄，实则颇有韧劲。

韦大人逃窜得飞快，那风筝也不示弱，随着手持风筝线轴之人左右晃动，这"螃蟹"恍若真的动了起来，八条腿同时有力地弹开，像是冲破某种条条框框的束缚，竟然还带着逼真的蠕虫毛刺，张牙舞爪地朝着韦大人横冲直撞而去。

韦大人吓得不轻，整个人被风筝逼得一头栽倒在院落中央的井口边缘，他笨手笨脚地在原地绕了几圈，这才于混乱中避开那横行霸道的张狂之徒，他右手抓住那浮在井口的葫芦大瓢，舀起满满当当的一大捧水，对准那风筝就是一泼。

不料，那螃蟹风筝遇水则胀，刚刚还轻薄如纱的风筝，眼下更加活灵活现起来。

这一次，它不但像个皮水囊般通体膨胀，整个风筝身子还被那人手中的风筝线牵引着飞速打转，于半空转了个圈。那一根根的线轴，像是仙蚕吐的丝一般，带着白水晶般透明的光芒，整只"螃蟹"亦是百爪挠心般展示着它的威慑力。

原本还是一只看不清颜色的"螃蟹"，遇水发力后渐渐转成了朱红色。在这莹白色的月光下，朱红色的特大号"螃蟹"，舞动着它那四对獠牙般的爪钳，向韦大人袭来。

"看招！"

谁知，这位一向不作为又爱耍赖翻脸的韦大人，一出声却是女腔。此时的她，不但不躲避，还一挥袖口，于空气中画出两道太极八卦图似的弧度。

只见几颗昴宿星当空撒下。

那只方才还耀武扬威的红色"螃蟹"，此时只当自己是那锅中之物，全然萎了下来。

黑衣人见状，也是愣怔，他的反应自然不如妙儿迅速，欲要斩断风筝线轴逃走之时，妙儿的拂尘已然抵住他的心口，将他推了个人仰马翻。他整个人犹如搁浅在海湾沙滩上的鲸鱼，后背直达墙面，年画似的贴在上面。几颗昴宿星，按照其身体的轮廓，将这厮钉于身后的硬墙之上动弹不得。此人手中的线轴也在最为紧要之时，松软在地，被昴宿星击了个粉碎。

"你……"黑衣人被妙儿的拂尘重创得浑身疼痛，舌头都无法打弯说话了。

扮成韦大人的妙儿向前几步，收回拂尘，一摘面具。

女儿真容，明艳如十里水光、一林花色。

王阳明从开始到现在，一直洞若观火。

到如今，他才缓缓走来，整个人笼罩在清冷的白色月光下。

"崔小二，别装了。现在，让我们看看你的真面目。"

他的话音一落，周围的密室内走出几人。

除去韦大人、诸大人，更有数十名衙役、捕快，个个手持钢刀，似要吃人。

那崔小二看这光景，却冷笑："怎么，事到如今才有个当官儿的样子？平日里见那些渣滓作恶，也没见你韦大人作为！如今，我这做好事的落网，你倒是来了精神。"

韦大人呸了一声，走上前挥动着手臂骂道："你个崔小二，装疯卖傻，骗得我们好生辛苦。本官今日……"

说罢，韦大人不等王阳明问询，便迫不及待地将手伸了过去，只听刺啦一声，黑衣人的面罩连同人皮面具，均被韦大人扯下。与此同时，只听得韦大人尖叫一声，他的一根大拇指，也被此人生生咬掉一块肉。

"我、我的手……"韦大人惊恐地看着自己那根险些被咬断的大拇指，一时间只觉天旋地转，好似筋脉寸断，已经失去了手指一般。

一旁的众人齐齐抽刀迎上，王阳明却上前护住："且慢！你们先带韦大人治伤，待我审问过此人，再行处置。"

众人齐齐退下，又有师爷出来，将韦大人护送下去。

诸养和被吓了一跳，不敢去看上司那血淋淋的大拇指，凑过来踮脚张望这个所谓的崔小二："贤婿啊，这件事的来龙去脉，可否与我等说明？为何犯人是这个崔小二？"

王阳明苦笑，上前几步："大家请看，这个人不是什么高丽来的一直服侍在朴一生身侧的小厮，而是另有面目。"

话说至此，妙儿递过一个灯笼，王阳明接过，灯笼的光芒直照此人。

众人这才看清，此人并非五官平平，而是一位清秀儒雅不输给王阳明的英俊小生。跟王阳明相比，这小生更显单薄如玉，整个人犹如一块尚未雕琢的和田籽料，不但皮肤白嫩，而且盈水双瞳如蒙了一层水汽，比那柔弱女子的秋波更多几分楚楚动人之色。

王阳明惋惜道："可惜了你……可惜了。"说罢，他转向众人，"大家可知我之前私下走访探寻，听说了一件趣事——宁王府曾在两年前被底下人偷盗过。结合雪人一案，我发现了一个有趣的秘密。眼前的这位崔小二，并不是高丽之人，而是来自南昌府本地。他便是两年前，从宁王府盗取金银珠宝，偷跑而出的那名小太监——张跃。"

众人皆是一愣。诸养和道："宁王府盗窃案？倒是听说过。闻听当时宁王府最得意的几件珠宝都被他盗了去，其中一件玉兔拜月和田籽料耳坠子乃宫廷所出，竟然也被其一并卷走……这是两年前的事了。后经查明，盗窃之人名为张跃，是个皮肤白腻的小太监，听说有些武艺。原来是他。"

王阳明颔首，继续推理："不错，我几次查访了咱们南昌府的人牙子，才得知有关这玉兔耳坠之事，也因此追根溯源，查出盗宝之人就是大家眼前的这位崔小二。这崔小二乃当年宁王府的小太监张跃假扮。他自己动手杀人也好，雇用鱼与愚动手也罢，无非是想为他的断袖兄弟——相思鸟报仇罢了。"

王阳明转身看向被挂在墙上一动不动的张跃："我曾循着你在宁王府做太监的这条线索追查，发现你是徐州人氏。两年前，徐州发洪水，你跟一个叫小鸟儿的男子做伴逃到南昌府。当时小鸟儿病重，高热不退，你无奈自卖自身进了宁王府做太监，将小鸟儿托付给一个熟识的老乡照顾。好不容易你攒了些银子，想去找小鸟儿团聚时，却被告知小鸟儿被人贩子拐走，进了娈童待的鬼地方。但那时你并无多余银两，无法靠金银打探出小鸟儿具体所在的男娼小班。"

那张跃听罢，倒是不为之惊讶："王伯安果然了得，顺藤摸瓜，连小鸟儿那层都没有放过。不错，我后来忍辱负重，加之又有些许操控风筝线轴的手艺，后跟着一个进到宁王府的江湖道士学了些掩人耳目的幻术。之后我便用这风筝手艺，加上迷药，盗取了宁王府上些许金银珠宝，虽数目不多，但用在我们这些百姓身上，也可保一生衣食无忧。凭什么我们这些小人物要报仇雪恨就这么难，他们那些人就可以大手一挥，成日暴殄天物、无恶不作？"

王阳明道："你拿了宁王府的东西，并没有一走了之，而是又找到了那江湖道士，我猜想你定然将偷盗而来的银钱给了他不少，让其教你易容和武功。而后你又靠着这笔钱财，打探出小鸟儿的下落，发现其竟然被卖到了一家叫作'贤者无疆'的古董店内，那里暗藏着一个男娼小班，小鸟儿就在此地。可这距离你跟相思鸟分开，已有两年。"

听王阳明提及这段往事，张跃眼含热泪："小鸟儿是个很单纯的孩子，就像你王阳明一般干净清澈。如果他读书，一定也是个能求取功名的。可是……他自打被卖入那鬼地方，不多时就遇见了那三个人，那三个人成日将他各种蹂躏虐待。"

妙儿蹙眉，听张跃咬牙切齿，也觉气不过："你是说小西天、朴一生、霍举人？"

"就是他们仨……这三个人，各种欺负虐待小鸟儿。最惨烈的，还不止这些。"

王阳明无奈地摇头，心底越发抽疼起来，他是多么理解眼前这个张跃的心情。换作妙儿被继母那般虐待，哪怕只是精神层面的凌辱，他当年就气得拍案而起，为她想尽办法与那毒妇周旋。

可事到如今，王阳明又说什么好呢？只好接着说下去："可怕的是，鱼与愚发现了小鸟儿，将其赎身，小鸟儿从那个鬼地方出来，却奔向了另一个地狱对吗？鱼与愚不男不女，比起那三人，对小鸟儿更加……"

王阳明说不下去了，他想起那天在车上，近距离看妙儿的脚。妙儿毕

157

竟是跟他一起长大、形影不离的未婚妻，眼见他愣怔地看着自己的脚发呆，也没有丝毫避讳。

可妙儿不知，当时的王阳明，有多难受、多自责。

就算是底层的姑娘家，都未必要受妙儿这样的罪。

那有些微变形的双足，仍旧阴森可怖，不是什么可喜可贺的三寸金莲，而是一双饱受摧残的女子之脚。

张跃见王阳明的反应比他更加强烈，作为一个旁观的推理者反倒说不下去了，便怀着复杂的心情自嘲道："想不到你也是个心软的。知道吗？我再次见到小鸟儿时，他已被鱼与愚玩弄了数月，已经被折磨得不成人形，还患了重病。我眼见他下体溃烂，双腿须得锯掉。当日天降大雪，他被鱼与愚扔在一个破败不堪的狗洞里，进不去出不来，整个人活生生卡在那里……还差点儿被一只野狗撕扯掉脸皮。我把他救出来时，他活像个雪人，身上的雪花就像是长在他身上一般……任凭我怎么拨开那雪，又有新的雪花陆陆续续覆盖上去。"

张跃回忆着那段心酸往事，众人听着也都有着莫名的心痛。

"我找到他后，将他带到好几家有名的医馆，均被告知回天乏术。我买了最好的灵芝，给他灌下去。小鸟儿勉强醒来，用最后的力气不甘心地告诉我，是小西天、霍举人、高丽剑客朴一生害了他，最可恶的，还是那个练了吞云纳气术的鱼与愚。他还告诉我，那个鱼与愚不男不女，她其实是个女的，后来练功走火入魔，成为男子，但那鱼与愚的内心，却比虎狼还要凶残……"

王阳明哀叹连连："可怜的小鸟儿，原本是个很单纯、很要强的孩子。我打探过，他被鱼与愚赎身带走那年只有十三岁。所以你才让鱼与愚将他们三人残忍杀害后，做成雪人任人嗤笑羞辱？而你，也在杀了几个用以混淆视听的小混混、流氓无赖后，将他们做成雪人以儆效尤……"

王阳明说这番话时，内心仍在滴血，但生出另一番思量，他转念开口，声音却如当头喝问，手指直指对手的面门："你可以为你心爱之人报仇，但你为何要栽赃玄机道长？她与你无冤无仇，何至如此？"

"我管不了这么多！"张跃使出浑身力气，开口仍是沙哑的，"这世上，比陈世美还要可恶千万倍的人渣还有很多，他们都该死。可恨我大明刑罚，多数时候不能严惩这些道德败坏的人渣，只能靠朱熹理学冠冕堂皇地维系……可这又有什么用处？光是羞辱小鸟儿的那些渣滓就不计其数。我……我武力不如鱼与愚，又背负盗窃宁王府财物的罪名，杀些小混混倒没人注意，但若杀些颇有威名之人可就难了。我不能暴露，绝不能在没杀死鱼与愚之前暴露。恰好玄机道长你的法器竟然和我的风筝线轴有异曲同工之妙，加之鱼与愚那个不男不女的东西竟然也是用鱼竿和丝线伤人。玄机道长你威名震天，还专门设立'阴曹地府'，惩罚这帮渣滓。而那鱼与愚，过去是玄机阁的杀手，而今又投靠了花柳帮。这就再好不过。加之南昌府多年来首次天降大雪，岂不是天助我也？不把他们几个做成雪人供人羞辱取笑，岂不是白白浪费这天赐良机？"

妙儿见张跃看向自己，也不觉气恼烦闷，只轻笑道："索性，你一不做二不休，干脆将雪人案栽赃于我，还不惜花费钱财，联系鱼与愚做你的专职杀手，将那三人接连杀害。但我敢打赌，你和那鱼与愚之间，定然谁也没见过谁。恐怕鱼与愚连你的声音都不曾听过。江湖之上有诸多专属于各大门派的暗号标记，恐怕你也是利用了这一点与他互通消息。你在得知鱼与愚成功杀死高丽剑客朴一生的消息后，迅速易容成朴一生的小厮崔小二，并将真正的崔小二杀死，混淆视听，以证人的身份混入我们这里，这样你可以较为轻松地得知我们的探查走向。"

妙儿说罢，张跃笑道："不愧是江湖第一女侠……你跟这格竹明志的王公子，果然是一对璧人。从某个角度看，我跟玄机道长你一样，我所杀之人，难道不该杀吗？他们就算不祸害我家小鸟儿，也要祸害其他良家女子，又或者原本无辜的少年。"

张跃理直气壮，妙儿却摇头："非也，非也。本座从不杀人，只是以彼之道还施彼身罢了。但你说得也没错，你也好，鱼与愚也罢，你们所杀之人，的确都是渣滓败类。若用我们江湖中人的话说，你这也算替天行道。"

张跃苦笑，转向王阳明，似有什么不解："王公子，有一件事我想请问，你到底是从什么时候开始怀疑上我的？"

王阳明见张跃眯起双眸，像是一条吐着芯子、随音乐缓行慢摇的蟒蛇，便不再隐瞒："当初我有意无意地扫视你那双手，发现你手上有几处老茧。我想着，兴许是你有刻章的爱好，可又一想，你是个书童，伺候主人多为细碎小活儿，不该留有那几处位置的老茧。我又见过摘星观的东来小道士，也是个男孩儿，他手上的老茧，却跟你双手长茧的位置一模一样。那小东来原是玄机道长使唤的机关师，他手上有这几处老茧，原也正常，而你手中老茧的位置，却与一个机关师——一对应，这该从何谈起？"

王阳明上了几级台阶，靠近那被钉在墙壁上动弹不得的张跃，又道："还有，不知你是否记得，当初我审问你时，将一支笔掉落在书案下。这是我刻意为之，为的是看看你双腿的动作是否有假。"

张跃不解："什么？双腿的动作？"

"不错。你是个厉害的主儿，想必你从那江湖道士处，学习的不只是武艺、幻术吧？你很会隐匿表情、眼神、脸庞和手势的微妙变化，这些都不足为奇，但双腿就不好说了。我捡起那笔时，恰巧发现你双腿不住交叠更换位置，颇为不耐烦。由此证明，你当时在撒谎，你的装疯卖傻都是作秀。"

"哼，很好。那么请问我为何要刺杀这位韦大人？这个你能解释吗？"张跃冷冷地道。

王阳明笑着，将身子一转，整个人立在台阶之上，面向众人："我曾去过几次那贤者无疆，发现一件事有趣得紧，那便是——韦按察也曾去过那里。因贤者无疆都会在客人进来后，备下一份签到簿，我曾见过那签到簿，上面竟有韦大人的亲笔签名。当然，他用的是化名，想来每次去时，也要简单易容。但那人所书写的字体形态，我认出出自韦大人之手，笔锋力道并无改变。但凡去那里的，大多为熟客或者熟人引荐，陌生面孔不多，想必韦大人两三年前就已光顾那里了。"

张跃冷冷地看着王阳明，此时那韦大人不在，他只恨方才下手太轻，没能将其拇指咬断。

"不错。虽然这家伙没虐待过我的小鸟儿，但是他也曾染指过小鸟儿多次。我的小鸟儿不愿意，他们就强迫他。"

诸养和在旁听到这些，很是别扭，不禁冒出冷汗。他通过查案无意中得知上司的这类丑闻，这让他以后可是难做人了。诸养和用袖子擦了一下汗，忙转移话题："贤婿啊，有一点老夫不明白，这鱼与愚既然也是这张跃所害，还是下毒，可为什么鱼与愚如此听信此人之言，接了那有毒之花？"

"因为，比起不懂变通、一心反抗、单纯又不失倔强的小鸟儿而言，这

160

位张跃张公公更懂得如何驾驭人心。他利用鱼与愚男儿面、女儿心的特点，暗中雇用其杀人，明里却跟其若即若离，一明一暗间，搅得鱼与愚内心好生难受。张跃懂得抓住人之弱点，与他人保持恰当的分寸，就好比，他一开始装疯卖傻，还刻意用机关泼了我一身的雪，故意将我得罪，引起我的愤怒和重视。只有一点，张跃没有骗咱们。"

诸养和道："哦，是什么？"

妙儿倏地冷冷地开口，很是不屑："这个张跃，是真的有癫痫的旧疾。我给他号过脉，他确实有这个病，如此才能骗过咱们。"

诸养和道："故意暴露，接连装疯卖傻，之前又铺垫了这么久……"

张跃见王阳明分析得头头是道，只笑道："哼，你说得不假。我抓住了鱼与愚的弱点——贪财，鱼与愚还一心想行她当年做女人时的美事。做梦！都不男不女了，还想蹂躏旁人？如何回到过去？我就是要她服从于我，好好为我所用……我抓住了一个空当儿，给鱼与愚打信号，偷溜出韦狗官的府邸，将那毒药伪装成清晨水仙上挂的露珠，将花送给她当作许久不见面的礼物。我知我武功大不如她，但那个时机利用完她，便连哄带骗，说那花是她的最爱，我来看她一次不容易，是从山头特意为她采下的。她虽是男儿面孔，但内心仍保持了女子的一些习惯与喜好……哼，那个家伙……当时收了那花还挺感动。她当初如此折辱小鸟儿，眼下只让她闻了一下那山柰草的香气就殒命归西，我真的不甘心！"

"可见你假扮证人混入我们的阵营也算一时得益。"王阳明调侃，"你是个厉害的主儿，只是命运不济。若你一辈子好好待在宁王府，做个会看人脸色行事的小太监，兴许还能得到主人的重用。但太监毕竟是太监，即便做得再好，又能如何？可你当初没卖身，想必那小鸟儿也就死了，若是如此，你恐怕也是内疚一生吧……"

很多事情怎么样都不好，怎么样都是波折，明明知道问题在哪儿，却终究没有解决的方法。

南昌府接连又是几天的大雪封门。

雪人案已完结，却仍旧被世人反复咀嚼。

南昌府市井坊间仍有说书人道出这一段如奇梦般的案件。

161

西风一来催胭脂，冰霜落满函谷关。

屋檐与窗棂间，倒挂着尖锐的瓷白冰柱。在阳光和煦之时，那冰柱晶莹剔透，散发着微光，冰化为水滴答落下，一切幻化如梦。

妙儿跟王阳明在摘星观里对弈。两人隔了这几年，才又一次在同一面棋盘的两端正襟危坐，肃穆而静默地执子纵横。

"哥哥这招好险。"

"妹妹这招也是杀气腾腾啊！"

"你可别美，我这几年可算阅遍世间大小珍藏棋谱，没少私下练习，论这围棋，我倒是颇有底气。"

王阳明见妙儿专注认真，手中黑棋落子无悔，突然开口："妹妹这一局若输了，脱了这身道袍重换女儿妆，嫁我可好？"

"你想得美。"

"好妹妹，就这么定了。"王阳明仿佛强买强卖一般，带着嬉皮笑脸，死活要带妙儿回家。

妙儿也不再与其争论，两人就这么坐着不动，像是纹丝不动的两尊舍利佛塔。

紫气为他们添了四盏茶，棋局仍不见胜负。

大猫梵湖儿四仰八叉地卧在妙儿膝上，耳朵时不时四下抖动，异色宝石般的眸子半开半闭，朝着对面的王阳明时不时瞟上一瞟。

香炉里的雪松香断断续续地烧着，时而咯吱两声。

外头传来一人急匆匆而至的脚步声。还不等来人近前敲门，妙儿便头也不抬地开口："朱砂，找我何事？"

王阳明听这名字倒不觉稀奇，并没有抬头，只专注地看向棋盘，却听外头有人缓缓地道："观主，坊间刚传来消息……说原该今日问斩的小太监张跃被人劫走了。"

王阳明一听这声音，突然分心："房红玉？妹妹，这朱砂可是你当日救过的房家大小姐？"

妙儿颔首："怎的，哥哥不觉那张跃被人劫走奇怪，反而问起朱砂来？"

王阳明摇头笑道："有些事总要有一些人去做的，或屹立在庙堂，或深入于乡野，或行走于江湖，或潜伏于市井……也许我大明刑罚真的无法给予每个罪恶之人原该判定的罪与罚，但是总有一些人，他们的内心是有良知的，他们可以做到真正的重情重义，对吧？"

王阳明此言说罢，妙儿并未接话。

王阳明耳畔响起举棋之声，抬眼就见妙儿落了一子。

那黑色的棋子，虽是无声地落于棋盘之上，却仿佛奏响了明快的曲调，犹如妙儿此时脸上狡黠明快的笑意："哥哥，你输了呢！"

（第一部正文完，但该系列未完待续，敬请期待下部）

翻墙越郎骑竹马来　枭扑翅绕床弄青梅

　　王阳明小时候也是个淘气的主儿，若想让这位满脑子都是古灵精怪想法的小伙子停下来歇息片刻，怕是不成。

　　这大概是多少年前的事了呢？很久很久以前吧。

　　王阳明之父王华近期有事外出，只留他和祖父在绍兴余姚的家里，原说好让他研习程朱理学，背诵四书，他偏喜欢《菜根谭》《搜神记》，把父亲叮嘱的功课抛得一干二净，满脑子都是些关于恶作剧的鬼主意。

　　好不容易送走了父亲，王阳明迫不及待搬来一把木梯，悄无声息地翻上墙来。

　　在孩子看来，墙的对面是另一个世界，翻过高墙，就仿佛是开启了一扇波澜壮阔的通天神窗。

　　哎？这家不是没人住吗？怎么突然又有人打理了？王阳明问他自己。

　　眼下他站得高看得远，原本一墙之隔的花园美景此刻一览无余。

　　王阳明家隔壁的这栋院落原是有人居住的，不过出于各种缘由，隔壁邻居在半年前搬离了此处，这园子已然荒废了半年之久。

　　这半年来，王阳明总是翻墙而过，去那野草闲花遍地开的地方尽情享受捉虫赏鸟所带来的愉悦时光。可他见眼下这光景不对啊，本该空无一人、四下荒凉的园子，何时生机盎然起来？

王阳明感觉如在梦中,他迫使自己冷静下来,整个人架在木梯上低头俯瞰,只觉"雾露隐芙蓉,见莲不分明"。

因园子空旷无人气,半年多来,这本就荒芜丛生、雾气昭彰的花园可谓云山雾罩、高深莫测。

此刻这晨露的水汽已经散去一多半,但这一汪原本已经干涸的池塘,怎的就澄清无垢了起来?

再瞧那池塘表面,深深浅浅处层次分明地浮着几捧华盖形状的碧绿叶子,亦有荷花若干,有的酒色朱颜浅,有的美女妖且闲,却都柔条纷冉冉,尚待有缘人。

王阳明一眼便认出那几株荷花分别为"红千叶""落下映雪""唐婉""碧莲"等。尤其是那朵花瓣多层、颜色随着层次由粉到黄逐步递减的"大洒锦",它美丽、端庄、高贵地盛放着,为这炎炎夏日增添夺目风情。虽说大部分荷花尚未开放,但其已然含苞出水,若淡淡梨花面,朱唇一点娇。

对花草颇有见识的王阳明一看便知,这几株荷花虽品种齐全,但乃为人工栽培,并不是池中自行落根生长的。想必是有人近日提前到来,将不远处市场里培育得差不多要开花的"小仙女们"手动移至这池水中来。

古人都说"水至清则无鱼",可王阳明眼底这般风景,却与这古话大相径庭。

这水刚被澄清不久,荷叶像是被撑开的一把把轻薄软滑的小伞,露珠在其上横飞而跃,巧妙地跳至池中。而那一条条正在捉迷藏嬉戏的红橘色金鱼,每一条都像是正在探寻此处的王阳明一般,虎头虎脑的,充满不失孩子气的稚嫩与充沛的活力。它们游走在排列组合看似随意的碧玉华盖下,接连不断地从那荷花中滑动着鱼尾,摇曳生姿,如幻影般一掠而过。

"采莲南塘秋,莲花过人头。低头弄莲子,莲子青如水。"

王阳明刚想自己要不要像过去似的直接跳到这贸然"变身"的园子里,就见一个身穿嫣红色短袄裙的小姑娘从池塘后方的竹林中绕到了院子前头。

那小姑娘一看便比王阳明还要年幼,却怀古一般咏叹着眼前的风物,口气又甚为悲凉,也不知是何种情绪所致?王阳明正要观察揣摩,就又见一老嬷嬷气哼哼、急匆匆地从与那小姑娘一致的方向出来,手里还抄着一卷白色的长布条。

那小姑娘口中冒出一声尖叫，像是活见鬼一般。

"大姑娘，这裹脚可是夫人的意思，我们底下的也只是奉命行事。自古女儿家都是这么过来的。姑娘家若不裹脚，嫁人时就会让婆家人笑话，到时吐沫星子就能淹死你，不如现在提早裹了，也好过到时落人话柄！"

小姑娘方才还顾影自怜，好不让人心疼，现在画风一转，与那老嬷嬷玩起了猫鼠游戏。

"我不裹脚！我娘在世时从没让我裹脚！你们凭什么？"

她被这老嬷嬷逼到了墙角，已然远离了那片澄清若水晶般的池塘。可这样一来，王阳明焦虑地发现，他看不清她了，这姑娘被老嬷嬷逼到了一个没有聚焦到他的"镜头"之下的角落，他只能瞥见老嬷嬷饿虎扑食般起伏的半边身子。

"我娘在世时从不让我裹脚，你们没资格动我！我要跟我爹评理！"

"是吗？那您跟赵氏夫人说去吧！她昨儿还跟老爷提起你裹脚一事，说是天大的要紧事！女孩子家贤惠的名声最为重要，要想留个三贞九烈的好印象给未来婆家，裹脚可得抓紧了……"

王阳明听得真切，这是一个亲娘已去、后娘当道的悲情家庭，那婆子也是个看人下菜碟的"好奴才"，听她满嘴絮絮叨叨，全是站在那新夫人的立场说的教训话。听了这么一会儿，王阳明就已将这小姑娘的身世背景猜了个大概。

眼下救人要紧，总不能看着千金大小姐遭奴才凌虐吧？王阳明灵机一动，忙一手扶住墙头，一手捏住鼻子收腹吸气，朝着对面，装作女声呵斥："干什么呢？夫人叫你好几声了你装没听见啊？厨房那边正叫你看菜呢，怎么回事？"

这声儿一出可是了不得。王阳明那会儿还没到男童的变声期，说话本就有些女孩子气，加之用了些评书口技中才有的音色转换技巧，活灵活现地将一个比眼前的老嬷嬷更刁钻泼辣的厉害形象模仿得淋漓尽致。

原本手底下还在作孽的老嬷嬷一听这话，瞬间老实，好似真听到了圣旨一般："哎呀！叫我去厨房看菜啊？不是让我给大姑娘裹脚吗？"

"你快点过来干正经事，别让夫人等急了！现在就差你一人儿了，难不成人还使唤不动你啦？"王阳明口气拿捏得极准确，一听就是个泼辣货。

166

那老嬷嬷很是无语，只得将裹了一半的布条放下，临走前还咬牙切齿地教训起自家主子来："大姑娘，夫人这么做可是为你的将来考虑！你若不裹脚，没人敢娶你。你自己的事儿，自己可想清楚！"

王阳明见那老东西一路小跑着走了，忙不迭翻墙而下。

这动作他操练了有半年多，可唯独这一次"落草过重"，声音有些大了。

他也顾不得什么私闯民宅了，只一溜烟儿风风火火地往那灰暗的一隅闯去。

"你没事儿吧？"他第一句话说得很是压抑，声音低低的怕人听见，却带着大哥一样的关切呵护。

"你、你是谁？"小姑娘刚刚受了惊吓，蓦地又不知打哪儿钻出来个极好看的小哥哥，着实把她吓了个激灵。

那姑娘抬眼看去，只见眼前这男童仪表非凡，五官清秀端丽，白皙的菱形长脸上，一对前清后疏眉挂于双目之上，眉形稀疏却富有灵秀之气，一双丹凤眼正凝视着她，此眼看起来极为雅致，且眼中含笑，饱含华贵之姿。

小姑娘来不及欣赏眼前这位小哥哥的龙章凤姿，一抬脸满眼是泪，一双小胖手又擦又抹。方才她被这婆子挟持到这片尚未打理得当的竹林中，身上、脸上难免落灰沾泥，随手一擦，一脸淤泥，加之哭了许久，脸上泥一道子、泪一点子，压根儿看不清原来的模样。

"我是你邻居大哥。"王阳明饶有兴致地一拍胸脯，仿佛自己真是个能扛事的长辈了，"我就在你隔壁住着，刚刚听见你在这儿被那老奴虐待，就路见不平拔刀相助，装成你家其他人把她支走了。怎么样，我很机智勇敢吧？"

王阳明口气戏谑，很是轻松调侃，让原本委屈的小姑娘顷刻间松了一口气，原本郁结于胸的那点儿苦痛、耻辱，散开了些许。

"那、那你能帮我看看这脚上的布吗？太疼了，疼得我要死了。"她依旧是花猫似的一张鸭蛋脸，仰起头来与王阳明认真碰了下眼眸。

王阳明也正有帮她褪去那裹脚布之意，但他生怕自己直接上手会引起这姑娘更加惊恐的反应，忙看了下四周："这里的竹子许久没人打理，看着实在不好。不如我背你到池塘那里，你将脚泡进水中试试呢？"

小姑娘不解其意，见他真要蹲下身背自己过去，有些羞赧："咱们第一次认识，还是别……"

"那有什么？我们是街坊，自古远亲不如近邻，何况你我两家祖上私交甚好，何必客气？你我今日见面也是缘分，你可以叫我一声伯安哥哥。"

那姑娘听他说话一套一套的，竟还这般有理有据，让人无法反驳。明明他比她才大了一两岁的样子，可说话怎的就如此利索，还这么文雅？小姑娘突然有些崇拜，认真看向这位与其年龄相仿的稚嫩男童，甚为不解："你说，你家跟我家有交情？"

"呵呵，我这个人没别的爱好，平日只推理探查，在识人断人、分析事物方面还是很有见地的。不是我说狂话，我刚刚第一眼看见你，就知道你是谁、令尊大人是谁、你家的大致情况。"

"我不信，你看起来也是个小孩儿，怎么就这么清楚我家的事儿？况且我家刚刚搬来，你怎么可能知道？"

王阳明再次对上这女孩儿小花猫似的巴掌脸，他见女孩儿一双无辜灵动的眸子里闪动着将信将疑却又十分仰慕期待的光芒，竟扑哧一笑："你姓诸，小字妙儿，是诸养和之长女。如今，你父亲携家带口搬到我绍兴余姚，半途中你父突然接到衙门的公文，出差到别的县处理棘手公事，遂没能与你和家人同行。你亲娘于你两岁时去世，如今是你那旧日姨娘当道。姨娘姓赵，原本是你母亲身边的陪嫁丫鬟之一，她对你很是刻薄寡恩，方才还撺掇仆妇一同欺压于你。你性子倔强又爱哭，虽反抗但并无大用，好在今儿被我瞧见，这才用计将其赶走。对不对？"

"呀？"女孩突然有股想要起身行礼的冲动，可这双脚刚一用力，被缠上白布条的整个右足骨骼如碎裂般阵阵吃痛。

她整个人摇摇欲坠间，幸有王阳明及时蹲身托住。王阳明道："快上来！"

妙儿只得将对陌生哥哥的羞怯放在一旁，整个人覆在王阳明后背上："你好聪明啊！这些都是占卜的结果吗？"

王阳明背起妙儿，笑道："不是。只是我上个月无意间在父亲的书房，听爷爷跟父亲提及你的家事而已。上个月初一，我爷爷收到一封旧时学生寄来的书信，信上说他姓诸，名养和，刚刚走马上任，要搬到我们余姚这边来，想请爷爷帮衬着找间规整的院落。我爷爷便推荐了我们隔壁这家。当时爷爷跟父亲详细说了你家的一些情况，我也大致了解了，加之我方才的观察，虽未曾见到你那继母，但也能从你与那仆妇的只言片语中推理判断出——你那继母对你很是不好。"

就在说话间，王阳明背着妙儿来到池塘处，他看了一下眼前原本为乘凉所修的石凳，只怕那东西太凉，会冻着妙儿，便将自己袖中的帕子垫了，才将妙儿放到石凳上："你坐下把脚泡进池里，一会儿水会让白布条涨大，到时我再用莲蓬柄将这东西剥离开来，这样不就成了？"

妙儿这才反应过来，心底不禁对这个伯安哥哥生出无限好感与好奇，便顺势将右脚泡了："光你知道我的名字可不行，你的呢？"

"我姓王，单名一个'云'字，字伯安，号嘛……我还没想好呢！"

王阳明的爷爷当初很爱"云"这个字，希望孙子能像云一般不随波逐流，自由自在地畅游天地。

"那我就叫你伯安哥哥吧。那个……好像已经开了呢……"

果然，这白布条一进水中便炸开了花儿，白生生的布料原本缠绕得很结实，却在清澈见底的翡翠色湖水的浸泡下，像是那丝丝缕缕的粉条儿，不断向外膨胀，翻出新的花样。

王阳明顺手折断一株莲蓬，将其倒过拿在手中，将妙儿脚上剩余松散的裹脚布逐一挑开。

妙儿的一双美足这才得以重见天日。

"谢谢你帮我。"妙儿客气地道，口气还有些怯怯的。

"同病相怜何必客气。我娘去得也早，你的处境我很理解。只不过我有爷爷撑腰罢了。你家是什么时候正式搬来的？"

"昨儿才来的。之前已经遣了仆妇、家丁过来打理房舍和园林，简单拾掇了一下。我那姨娘不懂礼数，没有提过去你家拜会的事。谁知道她怎么想的，若是我娘在世，断不能做出这般不知礼数之事，好歹该让管家带些厚礼先去你家拜会祖父。"

王阳明听她说话倒也是个懂礼数的，且话里话外无不透露着良好的家教。他很是喜欢这女孩儿，只觉得没白帮一个通透人。

"我前几天跟着书院里的同窗去了趟杭州，在那里停留了三日，昨晚刚刚回来，想必你就是那会儿搬进来的。昨晚我回来后，跟爷爷那儿匆匆请过安便睡了，都不知道你家搬来这事儿呢！"

王阳明对这女孩儿说话，语气、用词皆是温柔以待，虽谈笑间颇具调侃，但并无半分轻佻之意。妙儿见其生得书卷气十足，眼底却总是怀着一种说不清的笑意，说出来的话却又这般掷地有声，觉得他早甩过其他同龄男孩儿几条大街去了。

"到我家去坐坐吧！"王阳明不等她开口便道，"我家有好吃的，还有好玩的。你若还留在这儿，回头她们又要逼你裹脚，不如你先到我家避一避。"

"啊？这……这可合规矩？"

"规矩既然是人定的，总得符合人性吧！哪有定了规矩却用不了的？来吧，我教你怎么翻墙下木梯，可好玩了。"

王阳明带着妙儿真就翻了墙，直顺着木梯台阶而下。

让王阳明称奇的是，这个小姑娘根本不畏惧爬墙登高，且运动细胞远远超过自己。王阳明稍一指导，告知其借助园中假山、石磴等爬墙要领，她便领悟模仿得飞快，且动作有条不紊，手脑协调一致，比王阳明第一次爬墙时不知强了多少倍。

翻墙的半路，王阳明不忘将刚拔下来的莲蓬叼在口中。他突然看到一只螳螂，便将那莲蓬拿回手中，像拿苍蝇拍似的直拍向那只刚刚收翅落定于白墙之上的绿色精灵。

两人顺着梯子下到王家庭院后，妙儿缓了一口气。她这才瞄见王阳明左手攥了一个翠色的东西，这物刚刚还没有呢！

"伯安哥哥，你手里拿的是什么？"

"一个翡翠手把件儿，不是什么好料子。"

"看着还挺绿呢。"

妙儿瞧见王阳明低头将那东西用帕子包了，只觉那东西好似一只晕头转向的螳螂，这螳螂正十分较劲地挥舞着两把镰刀，乱踹着大长腿，欲要拼命。

妙儿见他手底下忙活，便也没好意思再问，只抬头环视这一墙之隔的王家花园。

"走，我带你去见我祖父，他这个人可好玩儿了。"

170

好玩？妙儿头一次听有人夸自己的祖父好玩的。

她很乖巧地被王阳明牵起一只小手，跟在他身后徐徐向前走着。

不知为何，跟这个不比自己大多少的男孩儿一处待着，让她感到一种安全感。妙儿的这种安全感遗失多年，上一次感到是什么时候来着，恐怕要追溯到母亲去世前吧？

妙儿见王家园子修葺得很是惹人怜爱。

这王家院子的布局简单却极其讲究，无论从哪个角度打量观望，都能看出王氏百年大家族的书香风范。

院中东侧有一株古槐，看树龄已有百年之久。其横生而出的两道树干在空中交汇，呈现龙蛇盘绕之态，另外两枝对称着绕着细干蜿蜒伸展，上面已是古树新芽，万点翠色。

二人再往里去，迎面便见一处厅堂，堂前高悬匾额，题字"长宜子孙"。

妙儿再驻足观望脚下的小路，只见地面之上乃是用精心挑选的五色鹅卵石铺就的"八卦""太阳""九宫格"等不同造型。院内高低远近的虞美人连同假山交错生辉，组成一幕幕不对称却格外惬意的场景，与那出挑的斗口，精巧的雀替、隔扇、直棂、脊饰等对望。

空间处处沟通，布景你中有我、我中藏你。饱满的中华传统色彩融会成一幅幅多样的画卷，给人山明水秀之感。特别是那柱子上的如意云头，不施粉黛，用婉转流畅的阴雕剔刻出神秘莫测的祥云奇景。

妙儿又一个抬头侧目，只见那雀替之上升腾欲飞的螭龙，徐步前行，不多时又与那栏杆之上的梅兰竹菊纹饰擦肩而过。

"爷爷！您看谁来了！"王阳明距离那厅堂近了，像小鸟儿拍动翅膀一样活泼起来，脚下仿若哪吒踏着风火轮，手中牵引妙儿的力道也加了几分。

"哎哟！我的好孙子，这唱的又是哪一出啊？你爹一走，你可算撒了欢儿了。怎么着？今儿还带了个小妹妹？"王伦老爷子从厅堂里出来，手里还拿着一朵怒放的双色茶花。

"爷爷，您猜一猜，她是谁？"王阳明也不管爷爷在干吗，忙将花猫脸似的妙儿带到老爷子面前，"您看。"

老爷子摇了摇手中的茶花，思索道："该不会是我那学生诸养和的大闺

171

女吧？你莫非就是妙儿？"

妙儿仰起一张小鸭蛋脸，站定后向老爷子欠身一拜，再一抬头，正瞧准老爷子这身形轮廓、五官脸庞。只见这老爷子已是知天命的年纪，身穿洋葱色鱼尾直裾袍，腰间系一条黄橡色布巾腰带，面容白净，鸣凤眼配短促秀眉。老先生的上眼皮有不少天然的褶皱，但瞳仁墨黑清澈，眼光若春暖花开般和煦温情。

王阳明笑道："爷爷，您怎么一猜就中啊？"

"那是，我是谁啊？不是我说狂话，你爷爷我当年好歹也是獬豸书院的教书先生，教了那么多学生，也算是阅人无数，识人断人自然不在话下。"

老爷子一张嘴完全就是一个老年版的王阳明，听他们爷孙二人用词、口气一个样儿，妙儿也是放松了不少。

老爷子见妙儿虽是由孙子领进来的，但眼下何其狼狈，思其近况便猜出八九分来，忙探出头去唤那新来的掌事嬷嬷："辛嬷嬷，来一下，有客人。"

辛嬷嬷乃是一年前老爷子门下一位得意门生为其引荐的"三好女管家"，其夫婿在江宁县衙做刀笔吏，她又无子无公婆，便在贵人的引荐下前来王家当起了掌事嬷嬷。

辛嬷嬷很是勤快麻利，老爷子只唤了一声，她便一溜烟儿地到跟前来。

"给这位小姑娘重新梳妆洗脸，顺便把给云儿堂妹做的那套栀子黄配茉莉红的袄裙给这位姑娘换上。"

"哎。"

老爷子下令，辛嬷嬷很是客套地向妙儿请安见礼。妙儿当即吓了一跳，她又见这老嬷嬷慈眉善目，说话有分寸，跟自家那些个狗仗人势的奴才倒是大不一样。

"走吧妹妹，你大可放心跟辛嬷嬷去。"王阳明见她有些神情恍惚，便开口安抚。

妙儿颔首，便由辛嬷嬷带着往一侧的客房去收拾梳妆。

老爷子见妙儿跟着去了，便招呼王阳明进到内室。

进到内里王阳明才看见，原来老爷子正效仿宋代文人插花。他用打火石划出火苗子，用火快速燎花枝末端的花茎底口儿，随后收敛底部开口进行封存。这样一来，可将花中汁液锁住，使水分不易流失。他精心选了一个手工编织的赤小豆色篮子当插花底座，将花一枝枝插好，摆弄到令人赏心悦目为止。

过去没有打火机，人只能用危险性颇高的打火石取火，所以摆弄起这看似简单、只一步的"封存花汁"的操作过程显得格外笨拙。

老爷子也是一样，费了半天劲才拾掇出四五枝茶花来，这才刚刚将它们插在它们该待的地方。

"爷爷，我瞧这妙儿妹妹好生可怜，原就没了亲娘，她那继母是姨娘扶正，对她格外尖酸刻薄，如今又逼她裹脚，委实欺人太甚。况且这裹脚原就违背其生母的原意，我瞧着那动手给她裹脚的婆子下手真太过狠辣，毫无半分敬重主子、怜惜孤女之心。赵氏这样的刁妇如今掌家，恐是要称霸王了。"

老爷子领首，将手中最后一朵渐变颜色的"十八学士"茶花放到最为相宜的地方："不错，我既然是诸养和的老师，也算其半个父亲。这诸养和早年丧父，是其母亲含辛茹苦将其抚养成人。后其来到獬豸书院念书，我还特意栽培过他。其后科举应试，屡有所中，倒是个不错的苗子。可若说起他将这妾室扶正一事，我对此也是颇有微词。此乃读书人家之大忌，本不该让那扶不上台面的女子做正室才对。他一点儿读书人的礼仪都不顾了，可见这女子心机之深。"

王阳明见爷爷忙不过来，忙帮他把打火石收了，双手扶住那花篮："她那姨娘准是穷门小户出身，没见过好的，但凡发迹，她便无法无天起来，简直就是咸鱼下水泡发了。回头等妙儿妹妹的父亲回来，爷爷可愿以恩师的身份前去劝说一下？也好让妙儿妹妹生母的在天之灵安息。"

老爷子忙完手下的大工程，哈哈一笑，双手拍着巴掌，像一个庆祝胜利的小孩子："好的好的，劝说妙儿的父亲一事，就由我做主了。回头去他家做客时，我可要好生旁敲侧击一番。"

正说着，只听辛嬷嬷从客房处带着妙儿回来，口中好似过节一般欢喜："老爷、小少爷快瞧瞧，咱家可是来了仙女啦！"

爷孙俩同时往说话人的方向看去，只见梳洗装扮后的诸妙儿与方才那个哭花脸的泥娃娃简直判若两人！

真应了辛嬷嬷这话，只道"此女只应天上有"。

老爷子王伦素来是个"应景的憨先生",一看此人此景,不禁吟出一句词来:"翩若轻云出岫,携佳人兮步迟迟,腰肢袅娜似弱柳。"

"爷爷这词俗了,依我说,真该是那句'皎若太阳升朝霞,灼若芙蕖出渌波'。"

很明显,老爷子王伦是将身着漂亮罗裙的小丫头往那素日纤云弄巧的小家碧玉处形容。而王阳明则将心底对于美女的刻板印象一扫而空,选用了如同旭日东升这般的另类比喻。

妙儿一个正面亮相,让见她的人似乎眼中都有了光芒。

她紧走几步,重新朝着王伦老爷子施了一礼,低眉敛目间却难掩天然风华之姿。她上身穿着栀子黄交领短袄上衣,上绣喜鹊登梅图,下裳套一条茉莉红过踝褶裙,褶处围绣着一圈灯笼纹五谷丰登吉祥图案。

因妙儿年幼,辛嬷嬷为其梳了一对简单的双平髻,在妙儿头顶左右两端的对称位置,一边束起一个小圆环来,将其头发固定,盘出花样后,再在圆环起结处各插一朵小巧玲珑的海棠鲜花作为装饰。

妙儿头上虽只戴了左右各一对海棠长寿乐丹色小花,身上的这件袄裙也只是寻常之物,但稍微修饰打扮,就如同一个出挑可人的小仙女,恍若隔着云端从天而降。

"孩子,这边坐。"老爷子热情招呼这位从天而降的小仙女,并叮嘱辛嬷嬷给妙儿送茶、做点心。

三人分别落座,老爷子对妙儿的近况很是关心,也没避讳什么,便以妙儿之父诸养和的老师、长辈的口吻发问:"你父亲身体可好?我许久没与他见面,不知他近况如何。"

"家父身体一向不错,还请老先生放心。"

"你可跟着云儿叫我爷爷,不必客气。"

"是。"

老爷子又问:"闻听你生母病逝,老朽也是大为遗憾。想当初你娘在世时我也曾见过她的。说起来,你爹娘的这份姻缘还是我当年无意间促成。当初你爹考中举人,得了个小官儿当,我见他也到了该成家立业的年龄,便帮衬着打听了就近几家闺阁女子的情况,其中有一位姑娘就是你母亲……想不到现如今……唉!"

"既然爷爷提及我娘亲，我也不想隐瞒什么。我娘亲在世时，跟我父亲便有嫌隙。我父亲嫌弃我娘亲不够随和温柔，我娘亲则与我父亲在诸多观念上谈不妥。一来二去，我娘心灰意冷，笃信道教，一心研习道法，就更不与我爹亲近。长久之下，不知从何时起让我这姨娘赵氏钻了空子……"提及往事，她收起方才哭哭啼啼的委屈样子，完全镇定了下来。

老爷子见这丫头气质天然绝代，还长着一双小狐狸眼，就像是将那一对浑然天成的墨翠宝珠镶嵌在眉毛下头似的。这丫头不但人生得妍姿艳质，说话间更是眉宇带风、爽利豁达，交流起来更是十分流畅。老爷子怎么看怎么觉得这丫头是个聪明孩子，大为喜悦欣赏，突然就生出为孙子说媒，将这丫头留在孙子身边的心思。

"赵氏扶正之后，可有给你生下弟、妹？"

"有个比我小一岁的妹妹，小字婷儿。"

"那她掌家之后，可有亏待于你？"

"我不知道您老人家家里头的姑娘们是怎么过的，但我继母逼着我裹脚，硬生生让我活受罪。我娘在世时曾下令不许我裹脚，我爹也没有异议。可是现在他们不但逼着我裹脚，还逼着我做很多针线活儿，还有一些琐碎磨人的家务。我觉得很辛苦，甚至因为这个连觉都睡不好。我就想问，为什么我能做，妹妹就不能？还有，凭什么把我过去身边的仆妇、丫鬟撤走，换成赵氏自己的人？现在的丫鬟、仆妇眼看我一人忙里忙外，连伸手帮一把的眼色都没有，任凭我自己忙碌，这又是什么道理？"说到此处，妙儿眼泪哗哗直下。

王阳明看着她的泪珠落下，突然想起书院后山的那处天然泉眼。妙儿的泪，似乎没有尽头，汩汩而出，像是已把苍天大地上所有的凄凉、委屈通通吸附到了自己身上。

"这些事儿你可曾跟你爹提起？他如何说的？"老爷子又问，提及自己的学生，他不禁眯了一下眼睛。

"我爹啊……"提及生父，妙儿整个身子都撑不住似的抖如筛糠，她喘了一口气，眼含怨气，委屈地回禀，"我爹他问我，为什么不跟自己的新母亲搞好关系；为什么要跟我生母似的如此任性倔强、目中无人；还质问我，为什么作为晚辈不先低头向继母示好。可您说，她这样的人，我怎么甘心低

175

头向她示好？"

听到这里，王阳明只想拍案骂人，他想骂的不是赵氏，而是那诸养和。他桌子拍了，但骂声还是忍住了，毕竟对方是妙儿的父亲、爷爷的学生。

"我就说，姨娘扶正的不行！穷门小户目光短浅，此人一旦得势，岂不是要连本带利都捞回来？除去仗势欺人再没别的。"王阳明像个已然当家的小大人，好似很有识人断人的经验。

老爷子想了想，道："回头你爹回来我可要跟他好好说道说道。亡妻留下的闺女怎能如此对待？他这般睁一只眼闭一只眼，岂不是纵容那刁妇？"

几人你一句我一言说了约莫一盏茶的时间，恰好辛嬷嬷端着托盘进来，王阳明对爷爷道："爷爷，我想带妙儿妹妹去我那小院子里赏花，借给她一些有趣的书来看。"

"嗯，你们去吧。"老爷子挥挥手，他很想促成眼下这对璧人。

王阳明起立绕过桌子，牵着妙儿起身，又扭头叮嘱辛嬷嬷："把茶水、点心送去我书房外室的圆桌上。"

一路去到王阳明自己的小院儿，妙儿见那一群群随意生长的虞美人很是喜欢。

这是她见过的最高、最修长的花了。

虞美人的身茎直立挺拔，却不似苍竹那样给人不可亲近的刚毅疏远之感。其长圆状倒卵形的花朵下垂开放，单独生长于茎和分枝的顶端，像是初春时节采集清晨花露蜜膏，蒙着面纱的香茗姑娘。其叶片轮廓披挂着天生小针毛刺儿，如夜莺的羽毛般飞扬。

"这些虞美人生得好高啊，我娘在世时经常说它们最为大方出挑，让我将来也像它们一样生得修长高挑。"

"的确，虞美人乃是极少数修长高挑之花。与木槿的乡土之气不同，虞美人高而不壮，耸立若出尘美人。因其花苞倒挂，叶片若粗齿状羽毛浅裂，反倒与众不同、贵重非凡。若你想跟它们一般生得身材修长，就更不能裹脚了。我叔伯家里的两个堂妹，比你大些，都没有裹脚，如今两人个头都不矮了。"

听到王阳明说这话，妙儿又是一阵焦虑，小小年纪，脸上便笼上了一层雾霭。

176

"霸业将衰汉业兴，佳人玉帐醉难醒。可怜血染原头草，直至如今舞不停。"妙儿像是被某种思念牵绊引动着，在王阳明还没察觉之际，吟出这首宋人悲情的咏叹诗。

王阳明不想看她这般悲戚，毕竟这不是她的错处："妹妹何须自怨自艾？你年岁尚小，却有这等口才见识，足见得你资质非凡，乃冉冉升起的一颗星宿。以妹妹的聪明才智，再加上我的帮衬，制裁那刁妇岂不简单？就算唉声叹气也不该是妹妹，那刁妇才该受这罪过。"

两人边聊边走，随后到达王阳明自己的院落。

两人刚进书房，辛嬷嬷也随后到了，王阳明让辛嬷嬷洗半根黄瓜过来，又取了一个蛐蛐罐握在掌心，这才将闷了许久、被他用莲蓬拍得晕头转向的那只螳螂从袖口包着的帕子里取出，趁其晕乎乎之际，将它塞到这蛐蛐罐里。

"我说呢，原来翡翠是假，螳螂是真。"妙儿在旁笑道，喝了一口辛嬷嬷端上的五味子山楂陈皮果茶。

王阳明将蛐蛐罐拿在手里，透过那盖子上的窟窿眼儿眯起右眼往里瞧："这螳螂可是我手下一员大将，等到了调兵遣将的好日子，我自然会许它个封号，就封其为'兵不血刃'大将军。"

"哈哈哈……"妙儿笑道，"这个好！'兵不血刃'大将军？也是，螳螂若对付其他虫子定然大获全胜，真不费吹灰之力……"

王阳明又往内室指了指："我书房里头的书案上，还有两样未完成的好东西，你可要看看好玩吗？"

想不到，王阳明这搞恶作剧的功夫还真不是吹的。

妙儿放下茶盏径直往里走，但见紫檀书案上，既没有画卷，也没有书本，只草草放着一个天然赤玉雕琢而成的"节节高"造型笔筒，里面插着几支绘画所用毛笔，形制也不太讲究，一看便知此人不太画画，也就偶尔画上几笔对付了事。

她再看其书案右上角处，堆放着的两个仿宋代市井造型的风车，一个红蕉色，一个木贼色。两个风车的颜色都很鲜亮，无论是搁置在书案角落，还是放到书架缝隙，均可被人一眼辨出。

"哇！哥哥好棒，你的手好巧啊！"

妙儿没怎么摆弄过这些风吹即转、风动即响的宝贝风车，但她曾见过一卷名为"货郎图"的宋代绘画，在那货郎的帽子上，就画有一个风车玩具，与王阳明所做的这一个红蕉色的一模一样。

王阳明见妙儿很是喜欢，甚为得意自己的精心制作，很大方地将做好的那一个红蕉色风车拿在手中给其演示："你看，这个东西是我模仿宋代图画上面的风车制作的，由三根细棍交叉成六角形，每根木棍的顶端各粘一面长方形小旗子，中心画中轴线，轴线与手柄相连。另外那个木贼色的，我决定做成元代改制的那种八角形的。"

说罢，他吹了一下手里把玩着的红蕉色风车，见其动得不厉害，便又拉着妙儿去到院里，将胳膊一抬，只听那风车响了两声，便随风儿启动旋转，鲜艳的红蕉色煞是夺人目光，配合着好像孩童学语般叽叽喳喳、咿咿呀呀的脆声，仿佛托起了一轮新月。

二人正说着，忽听外头辛嬷嬷来报："少爷，外头来了个人，说是刚搬来的街坊，姓诸，问问她家大姑娘是不是在咱们这儿玩呢。"

妙儿一听，竟是自家人来叫自己回去，当即害怕了，抓住王阳明的手腕不肯松开。

王阳明一听这话，忙一把握住妙儿的双手，对着外头吩咐："急什么？就说诸大姑娘在我这儿读书写字，要吃了晚膳才回去，叫他们别猴急。人就在这儿，何必催促？"

妙儿听了这话，才算暂且松了一口气。王阳明见她宛若惊弓之鸟，也知长期如此下去，这丫头会身心俱疲，岂不是要早衰早死？但想来，留她在家也不是长久之计，他便道："妹妹，我有两个计策，不敢说保你十年无忧，但短期来看，若用我这良策，也能保你眼下无虞。"

说起王阳明的这两个计策，头一个就是"现场模拟，还原真实场景"。

所谓现场模拟，就好比今日的"话剧演练"。

自然，王阳明口中的"现场模拟"，绝非让妙儿跟着他唱大戏，而是他与爷爷假扮成诸府赵氏及一干凶神恶煞的仆妇、丫鬟，乃至诸养和、婷儿的样子，模仿其刻薄待人、出口刁难的口吻，再教授妙儿如何利用自身优势、特点、地位逆转现场窘境，与之合理周旋。换成今人的话讲，这也算是古人亲授的"怼人秘籍"吧。

模拟场景一：

三人在爷爷的大院儿里，爷爷扮作助纣为虐的老嬷嬷，王阳明则扮作赵氏，妙儿还是自己。

几人在院子里搬了两把官帽椅，王阳明假装气哼哼地坐在椅子之上，惺惺作态地一抖手绢儿，嘴里闲言碎语像是不要钱的飞刀："我说你啊，人家家里的姑娘到了你这岁数都裹脚，怎的就你不裹？你怎么就那么矫情啊？你若不裹，我可怎么在街坊四邻面前抬头做人？我怎么跟老爷交代？"

一见王阳明学得绘声绘色，装成老嬷嬷的爷爷掩口直乐。角色扮演这类搞笑游戏，他可不是第一次陪孙子玩。过去总是他和孙子两人自娱自乐，眼下多了个小姑娘，老爷子好不开心，更加卖力演绎："太太说得对。咱可是书香世家，对姑娘家的教育必须严格要求，不能被人拿了话柄。别回头把妙儿聘出去了，再因这没裹脚遭婆家人嗤笑。"

老爷子的话音一落，妙儿就反击道："我娘在世时没让我裹脚，你们凭什么喝令我裹脚？"

王阳明不慌不忙，双眼含着嘲讽讥笑道："就凭我是你继母。你看看大明律，哪条规定不让裹脚了？哪条规定不让继母管教继女了？"

妙儿无言以对。

此时，老爷子又换回日常所出的说话声："妙儿，如果她拿继母身份压你，你不要慌，切记'先来后到，尊卑有别，嫡庶有分'。你沿着这个思路反驳她。"

王阳明颔首："因你那继母乃是姨娘扶正，且她又是你生母从娘家带来的二等陪嫁丫鬟，原本就上不得台面儿。你大可拿她与你亲娘身份云泥之别说事。我给你举例。"

说罢，王阳明从官帽椅上起来，假装是妙儿，而爷爷换成了赵氏。

老爷子王伦一开口，依旧是那踩了鸡脖子似的怪音："怎么着？你还反了天呢？知道在咱大明律里，为人不孝是要被凌迟的吗？"

这回，扮作妙儿的王阳明理直气壮，摇晃着身子一叉腰道："俗话说'吃水不忘挖井人'。您是我的继母，我尊重您。但请您先尊重我去世的母亲。所谓'嫡妻为先'，我的生母当初留下遗言不许我裹脚，还请您以死者的遗命为重，尊重您从前服侍过的小姐。况且她曾提拔过您，允许您在我爹

179

跟前侍奉，想必您也不会忘恩负义做出违抗原主人遗命之事吧？何况也不是所有大明之女都裹脚的。天子家的公主、郡主亦有不裹者，士大夫文人家的千金不裹脚的也大有人在，难道她们也丢尽了家人的脸面不成？裹脚风气乃两宋时期兴起，著名南宋女词人李清照为书香世家出身，偏就不曾裹脚，却能写出家国天下的大格局诗词，并以弱女子之身于乱世中力保我汉人金石篆刻、文物古籍不为外族所掠，难道这样的女英雄不裹脚也有错？"

老爷子竖起大拇指，颔首赞誉："对，就这么说！"

模拟场景二：

老爷子饰演诸养和，王阳明饰演赵氏，妙儿继续本色出演。

老爷子背着手在院里来回走动，王阳明扮演的赵氏捧着一杯茶走近老爷子："老爷我跟您说啊，妙儿这孩子还真没个姑娘家的样子。您瞧，我给她派的女红她都不做，真犯懒！不但如此，她还顶撞于我。老爷啊，这孩子欺负我是姨娘扶正才敢如此，您可要为妾身做主啊！"

王阳明学得绘声绘色，有鼻子有眼儿，妙儿跟老爷子见他声情并茂地演绎，均是捧腹大笑，连忙叫停，只觉眼泪都笑了出来。

老爷子轻咳几声，收起哈哈大笑，捋了把胡子，装模作样地道："好个懒丫头，如今连长辈都敢顶撞了？教你的三从四德、三贞九烈都白学了？"

妙儿止不住笑意，边捂着肚子边用帕子掩唇道："爹，女儿冤枉。分明是继母不让女儿睡觉，逼着女儿做那多余的针织女红。老嬷嬷在旁也不帮忙，就直愣愣地看我的乐子，试问这成个什么道理？"

王阳明听罢，忙收了声音，换作本音道："妙儿，你可以这么说：'继母可以为我安排女红活计，我自是没意见的。但若超过我一个年幼女童所能承受的范围，我断不能接受。最近这活计未免太重了些，我熬夜赶工，双眼生疼，泛红肿胀，脖颈僵硬还是轻的，可这睡眠却再也难保。爹，女儿正是长身体的时候，三贞九烈、三从四德固然重要，但也请以女儿的身体为重，若超过极限，一味较真儿苦学，女儿这般体质、这样的岁数，哪担得住？现在女儿手指上还满是针头戳破的伤口，腕子拿剪刀时都会发抖，眼看您打前头过来都是双眼模糊，一阵犯晕。再这么下去，恐怕我都要先行一步，去地下找我娘亲了。'"

说罢，王阳明便装作泪眼婆娑的样子，用帕子假装擦泪，而后又开口解释："不能一味强势，在说完自己的一番道理后，也要学会示弱。你毕竟是家里的长女，还年幼丧母，这些都是你可用来挟制赵氏的利器。你说出自己的痛楚，你父亲想必也不会一直置之不理。尤其你年幼，拿身体说事儿正是最好的方法。这样一来，也能从侧面指责那赵氏欺人太甚，逼着你做繁重家务，折磨于你。"

老爷子颔首："之前你不是说，你母亲在世时有一批信得过的仆妇、丫鬟被赵氏强制遣散了吗？这样，你父亲再质问你女红、家务一事，你就说：'其中被打发的几个嬷嬷、丫鬟中，有两三个最懂女红刺绣、家务活计的。'你报出她们几人的名字，就说那几人不但能亲手教你一手好刺绣，而且除去日常女红、算账、管理底下人一类活计都不在话下，且均可在旁帮衬指导。这样一来，你父亲定会嘱咐赵氏遣人将她们叫回。"

王阳明又道："你还可以拉上你那婷儿妹子说事儿。你问问赵氏：'妹妹只比我小一岁，我这边家务繁重，她那边却清闲？难道做后母的这般偏疼于我，担心我不会做这针线将来找不到婆家，却不担心妹妹犯懒将来找不到良配？若做这活计，大家一个都不能少。若不做，大家都一样歇着好了。'"

模拟场景三：

老爷子演绎赵氏，王阳明演绎婷儿。

王阳明一登场便装成一个傻头傻脑的女孩儿的样子，他还未开口，老爷子跟妙儿便捧腹大笑起来。

"姐姐，我要你手里的这个布娃娃！还有，你身上这件衣服给我脱下来，我穿！"王阳明扭着身子，将长衫后摆提起来往两头翘着，故意奶声奶气地大着舌头叫嚣着开口。

妙儿道："你小，还不能撑起这衣服。乖，玩具是姐姐的娘亲在世时给姐姐留下的遗物，不可随便借给他人玩耍。"

老爷子此时突然假装出现，伸手一指："你这人真自私，让我孩子玩会儿怎么了？"

妙儿道："不是不让，是没道理。她自己有那么多玩具了偏要玩我的。我的玩具本就少，凭什么还让她玩？"

老爷子憋着嗓子眼儿拉长着音，这么一使劲儿，一张白净的脸庞都成了西红柿色："当我不知道呢？你那玩具是隔壁王家给的，你怎的就这么抠门，不肯给你妹妹玩会儿呢？"

妙儿又是无语，想了想，不知该如何去说。

王阳明忙上前两步亲自示范："我这东西原是开过光的吉祥圣物，看似是玩具，实则有大师的福泽暗藏其中。继母可知，这开光之物，无论珠宝或者其他，哪怕就是我手里的布娃娃，都一样不能轻易送人摆弄，只能原主人自赏。若经由他人之手玩弄一番，则会遭遇天谴。至于我身上这件衣服，看似是黄、红双色所制，其实大有来头。我母亲在世时喜爱栀子、茉莉两种花卉，常用其研磨成粉入膏涂脸使用。上绣的这图案也是我母亲娘家外婆所钟爱，实则为怀念我亡母所特别制作的衣物，不便送与他人。若妹妹喜欢，可根据自身喜好量体裁衣。自古君子不夺人所爱，母亲您教女有方，自是最重视礼仪礼节，断不会纵着妹妹乱管人要东西哈？"

老爷子颔首："不错，适当的时候给赵氏戴顶高帽，先捧她教女有方，是个识大体明大义的贞洁烈妇，然后再说出自己反驳的理由，教她无法招架。还有就是你母亲那边的娘家陪嫁，尤其是那首饰、珠宝、妆奁一类的，你可要仔细亲自收好。若她说什么由她管着，你一定要拿你娘家母族亲朋说事儿，就算是说些假话先行震慑住她也是不碍的。"

妙儿听到此处，很是揪心："可是、可是娘亲去世时我太小，娘亲的那几盒陪嫁过来的珠宝玉器、银票妆奁早就被赵氏私自拿去，现今扣在她手里有些年了，这可如何是好？"

王阳明道："妹妹不必担心。一般人都会迷信些鬼神之说。这赵氏乃二等丫鬟出身，她能姨娘扶正，想必心机不浅。但身为一名未曾读书识字的愚蠢妇人，她必然还会迷信些鬼神之说。回头我再教你另一个有趣的法子将这刁妇一举拿下。到时候你娘亲陪嫁过来的那些珠宝首饰，也就能回到你手里了。"

这一日晚间，诸养和仍未回来，赵氏仍是独自睡下。

她将婆子、丫鬟支开，点了两根白蜡，将提前藏好的春宫图搂进被窝，想继续前几日的"摸索探寻"，好生学它几大招，等老爷回来再一展南朝春色。

"什么东西？"就在赵氏只着中衣、散了头发、两条腿刚刚探入被窝之时，只觉着一又软又热还咕噜噜一张一弛的毛茸茸"长方体"，竟然扑到了自己赤裸细嫩的脚踝处，正沿着小腿一个劲儿地往上扑腾呢！

赵氏嗷嗷两嗓子，在夜里也称得上是撼天动地。她顺势坐起，腰间来了个鲤鱼打挺，一个踉跄从床上滑落在地。她的两条美腿原是穿着中裤的，眼下一看，那上面竟沾着不少赭石色的羽毛。

不等赵氏彻底掀开锦被，便眼见不可思议的一幕倏地诞生在近前。

一只人面枭，愣是从赵氏葱绿色绣芍药花开的锦缎被子里飞出。这还不算，这大鸟一个探头甩尾，溅了赵氏一嘴鸟毛。加之这鸟儿略有些大，又在这被窝子里憋了有些时候，早就是一副"老子不耐烦要吃人"的乖张模样，眼下重获新生，挣脱被要做的第一件事儿自然就是展翅高飞。

赵氏眼睁睁看着这么个奇异的怪物在自己原就不大的内室里张牙舞爪，张开的羽翼那么老长不说，拍起翅膀来可谓携风震颤。她再定睛一瞧，只见那大鸟满屋乱撞，口中发出骇人的诡异惊叫。

这一阵阵拖长不绝的鬼哭狼嚎，真可谓撕心裂肺。

赵氏整个人屁股着地，双腿愣是没了力气，怎么也站不起来。她徒劳地晃动着双腿，像是拿它们做武器对抗外敌一般，口中喊着："走开！走开！"

她却发现越是如此，那大鸟越是叫嚣着朝自己靠近。

原本就被惹怒了的大鸟，此时找准"出气筒"赵氏，给了她一个正面特写。

它扑打着追魂摄魄、无法形容的羽翼，大气磅礴如万马奔腾般从屋里最为坚实高大的不败之地——花梨木顶柜上来了个泰山压顶。

赵氏平生第一次正面接触"野生大自然"，没想到就被这人面枭给欺负了。

欺负就欺负吧，不过是只大鸟，虚张声势有啥可怕的？但架不住赵氏和它距离近，屋里又小。加之方才睡觉前，她想研习一下春宫图，愣是足足点了两根白蜡，眼下这白色的蜡烛径自烧着，像是一旁鼓劲儿叫好的吃瓜群众，它们将自身点亮，映照在这只已然将生死置之度外的大鸟身上、脸上。

顺着那金珀色的光晕往上看，赵氏那叫一个魂不附体。

与其说是被吓出来的，不如说是亏心亏出来的。

所谓"枭"这种鸟，无非就是猫头鹰的一个分支罢了。古人也是通晓生物学的，对猫头鹰这种常见鸟儿很有研究。《山海经》里早有记载——枭是一种有着近似于人面的大鸟，是猫头鹰的一种。

赵氏也明白，枭这种鸟儿说白了就是猫头鹰，没什么好怕的。只是她眼下方知，原来这枭被称作"人面大鸟"，是这么个含义！

"夫、夫、夫人……"赵氏素来牙尖嘴利，伤人于无形，想不到近观到这人面枭后，竟也结巴起来。

不错，此刻出现在赵氏面前的大鸟，并非一般常见的猫头鹰，其正脸皮竟像是一张女人之脸。

一张阴气十足，谱写张扬着"我从地狱来"的冤魂盛怒之脸。

这脸上的表情似在拷问，又似在当头棒喝，不留余地与情面地将赵氏蓄谋已久的各种龌龊心思顷刻间揭穿。

"这……这脸，这鸟的脸……怎么、怎么会是夫人？怎么会？"出现在赵氏面前的这张枭鸟之脸，真的有且只能有一个选择——妙儿的亲娘。

大鸟见这女人不知好歹地瞎咧咧，两只光裸的脚丫子还不住在地面上刮来擦去，心里以为这厮是要反抗于它，气恼之下更是势如破竹，先是亮出利爪狠狠撕扯去了赵氏几缕长发，接连又用爪子挠其面部。

赵氏拼命呼救，又用手臂反向扑打，刚要与那人面枭正面对峙时，妙儿生母的遗容再一次闯入了她的眼帘。

对上这般再清晰不过的女人哭泣怨怼的脸庞，任凭是谁不得吓得浑身麻木、大脑短路？

赵氏平时再横，对夫人到底亏心，方才还想还手，一看这大鸟雷霆般的报复，就知道是夫人在天有灵，想为自己的女儿出口恶气，特意附身于大鸟身上前来质问、还击。

她不敢还手，只得认尿，连忙稀里哗啦地跪倒在地，一头长发折了过去，挡住了脸面，原本白皙若玉的姣好面容上那叫一个鼻涕、眼泪大杂烩，简直都能和泥了。

"求求您！夫人求求您！夫人您饶了我吧！我错了！我再也不敢折腾大

小姐了！"

赵氏跪地磕头，砰砰砰连续不断。她也不顾眼下自己有多么狼狈，那鸟儿多么气焰嚣张，只絮絮叨叨说着自己如何对不住妙儿和夫人，双眼空洞洞地凝视前方，仿佛已看到自己身在炼狱之中的某个赎罪场景。

"夫人，夫人您没事儿吧？"门口响彻几名仆妇的呐喊声。只听外室的大门被什么人踹开，三名牛高马大的老嬷嬷直冲进来，朝着赵氏所在的内室就是一蹿。

可人蹿得高也架不住鸟飞得快，人家猫头鹰来这儿不是认干妈的，一见有缝可钻，忙见缝插针，拍拍翅膀无心恋战，冲着闯进来的一干人等来了招"仙人指路"。

三人见竟有一只长着女人哭泣怨怼面容的大鸟朝她们肆意飞来，皆抱头鼠窜，做鸟兽状四散开来，赶紧知趣地给"鸟儿大爷"让路。

这三个婆子躲在角落抱头颤抖了许久，赵氏房间的正门就这么一直大敞着。过了得有半盏茶的工夫，才听见里头有人似驴叫走音儿的颤音传来："来人啊！都死绝了不成？"

三个仆妇听了这前所未有的怪异腔调，还当那猫头鹰去而复返，当即相顾失色，其中一个最为壮实、模样颇有男子气的仆妇破口回嘴："你、你是人是鬼？快说！为什么、为什么到我们府上闹事儿？"

此人便是当日给妙儿强行裹脚、不惜将她逼到墙角泥地里去的那个彪悍婆子！

"你快给我滚过来！我是夫人！"赵氏从嗓子眼儿处狠命地挤出一句费力到天上的话来。就在刚刚，她有惊无险地去了趟地狱，这才捡回半条命，现在人还没从地上起来，竟又被底下人质问。

一番折腾，三个仆妇将已然不成人形的赵氏搀扶到床前，又帮她验看伤势。赵氏虽未破相，但额头和颧骨之处仍有两三道伤痕，也不知用那颜如玉香膏能否修复。

待到仆妇们将屋内收拾妥当，为赵氏擦过膏药后，赵氏依旧神经兮兮，披头散发，身着一套沾了鸟毛和布满划痕的中衣坐于床前乱颤。

"你们都不许走！"她赫然下令，声音仍旧是变形的。她拉住其中那个给妙儿裹过脚的仆妇，一双大眼直愣愣地逼视过来，连那原本保养得水葱似的素手，此刻也是抓痕累累，阴森森恐怖得紧。

"田嬷嬷……你不许走。你在内室陪我睡！你们俩在外室！"

她用不容置疑的口吻喝令，嗓子眼儿里发出的声响是她们这几个仆妇闻所未闻的。

这位田氏嬷嬷平日好生厉害，算得上余姚县内"第一奴才泼皮户"，可当她扭头看向眼下这位若残花败柳般不堪一击的脆弱女子时，好似这位赵氏夫人也被那恶鬼上身，不知为何，一股不可言明的寒意由田嬷嬷骨头缝里诡谲地流出。

一时间，诸养和府晚上闹鬼、亡妻借人面枭还魂的诡秘事件不胫而走，于坊间传播开来。

府上的下人会守口如瓶才怪！他们有的当捡了个乐子，有的则早就对赵氏有些看法，还有的虽然一直中立，但架不住看不上她教唆出来的那三个婆子，尤其是下手狠辣、嘴贱人更毒的田嬷嬷。

就这样，田嬷嬷日夜守在赵氏身侧，是吃也吃不好，睡也睡不踏实。赵氏经这么一吓，很快便发起高烧，胡言乱语不说，还经常晚上喊救命。

田嬷嬷素来得宠，哪经过这么大折腾？平时都是赵氏看谁不顺眼，她就折腾谁。这次好了，赵氏不爽，看谁都不爽，她为宠臣，头一个被赵氏欺凌。

体会到了被霸凌的苦楚与虐心滋味，田嬷嬷顶着两只熊猫眼，一大早起身外出求救。她连续几日过度失眠，严重缺觉，早上夫人问她眼下什么时辰、今日几号，她居然犯起嘀咕，好半晌答不出个数儿来，气得原本就已然神经崩溃的赵氏，拔下簪子就往田嬷嬷胳膊上猛戳起来。

田嬷嬷捂着疼痛难忍的左臂，准备私下寻个"风水高人"过来相看。谁料她刚一开门，人还没跨出半步，就见一打扮地道的风水道姑从旁经过。

"这位道长请留步！"田嬷嬷兴奋若打了鸡血，两步迈到那道姑跟前，扯住人家的袖口就不让人家走了，"道长啊，我府里如今有血光之灾，要是再没人帮着看看，估计就完蛋了！"

那道姑身穿一件紫菀色肥硕道袍，外套一件缥色贴身比甲，头发随意抄起，盘了一个回心转意发髻，斜插了一根湘妃竹嵌紫牙乌碎石珠子的

186

发簪。

此道姑长着一双象眼，眼波上下有波纹，赋情志、显慈悲，很是唬人。她虽为一瘦高女子，但在这象眼之上顶有一对男子气十足的虎眉，给整张面孔增添了几分威严与胆识。

道姑虽未持拂尘，但手中有一金色罗盘很是吸引人的目光。她闻听眼前这女子的一番说辞，又见她百般焦虑，便将罗盘放置于前胸位置，倏地那么一扫，随后那罗盘快速转动，指针慢慢朝向眼前的田嬷嬷定格不动。

"无量天尊！这位嬷嬷莫要惊慌，你的苦楚贫道知道，你家夫人的苦痛贫道也通过这罗盘看得清清楚楚，可你这桩半夜飞枭之事乃怨灵所致。解铃还须系铃人，到底应该如何，你家夫人理应心知肚明，何须跟人诉说？此鸟儿闹腾叫嚣，原也是一报还一报，命该如此。"

田嬷嬷见自己还没开口叙事，这道姑已将来龙去脉说了个大致不差，她当即如见天人，一时间心中只觉有救，百感交集。

"道姑果然是仙人转世，说得分毫不差！还求道姑开恩，前去府上叙话。老奴实在熬不住了！夫人没完没了地这么折腾老奴，老奴可怎么受得住啊？"

"这位嬷嬷何必自谦？刚刚罗盘已然在您周身定格，显示出您上辈子亏欠这位夫人，索性这辈子投胎到她身侧转世为仆妇伺候。这也是您的因果循环，您大可不必担惊受怕，世上的一切皆为缘分所致，您受罪在先，未必享福在后。无量天尊！"

一听这句"受罪在先，未必享福在后"，田嬷嬷更是吓得面如土色，当即就给这道姑跪下，抱住人家的大腿。她好一番求救磕头，又塞了些铜板给人家，费了好大的口舌，说什么"许您纹银百两"之类的鬼话，才硬是将这道姑留住。

这道姑进了诸府，先大致溜达了一圈。田嬷嬷将她引到内院厅堂，她见到一脸菜色、由两名仆妇搀扶而出的赵氏后，随即说了这样一番意味深长的话："无量天尊！贵府有那刁妇作祟，导致怨灵无法喝下孟婆汤，因而无法放下固有的执念重新投胎。"

道姑这话一出，听在那赵氏耳里，自然明了。奈何她如今夜不能寐、食不甘味，一闭眼都是那夜人面枭索命的场景，现在她累得双眼眼皮都沉重

187

难忍，就差拿两根火柴棍儿撑住了。

"可有解法？"赵氏鼓足勇气吐出这四个字来，她真怕听到后续破解之法后自己无法承担。

"还劳烦夫人将您这一大家子全都聚集在这后庭院里，由贫道用这罗盘逐一相看。"

"哦？道长有破解的法子？"赵氏犹如咸鱼下水，还未出头冒泡，便要直起身子索取那一丝生机。

"夫人莫急！依贫道阴阳双眼所窥，您这宅院阴阳双煞对比冲突格外明显，既有大富大贵之人，又有非奸即盗之贼。这两者兼而有之，实在难办。不妨将全家老小一干人等召集一处，交出各自生辰八字，让贫道架起法台做个法事，也好验出谁是贵人、谁是小人。"

也不知这道姑用了什么方法，待其在后院里建好了一座简陋的法台后，一张张符纸便有奇异的火光萦绕而出。它们顺应着道姑满口咒语的节奏有条不紊地奔向火盆中央。原本只是星星之火的它们，在一头扎进火盆的刹那，营造出昙花一现的烟雾美景。

全院的老老少少，连同妙儿、婷儿全都聚集于此。

众人看向这道姑一人所为的各种"表演"。

妙儿打心底佩服这精彩绝伦的一出好戏，也由衷赞叹道教文化的博大精深。

自然，化学手段在那个时候只被一小撮人掌握，它们最早经由道教的炼丹术而为一些道门之人所控，千百年来不足为外人道，就算是读书人也未必能摸清其中变幻莫测的门道。

只见那火盆里"龙腾虎跃"，好不热闹。在场一干仆妇、丫鬟、家丁、护院连连称奇，有些人恨不得击掌叫好。

就在众人沉溺于这一出好戏的当口儿，这道姑骤然停住不动，双手紧紧握住黄金罗盘，一个飞身起跳，竟然跳到了众人面前，一边身体若庄周梦蝶翩然起舞，一边口中若蜂吟虫鸣，也不知道哼哼唧唧些什么。

道姑围着众人跳啊转啊，一折腾就是四五圈之多。众人闻到一股从未闻过的香气，似乎不属于中原之香，又说不清到底如何形容，他们只觉身心一荡，整个魂魄似都被这罗盘吸了去。

"此女当贵！此女当贵啊！"道姑跳到妙儿跟前时停住了脚步，她瘦长如一根甘蔗似的身形将妙儿挡了个全。

赵氏抻着脖子，瞪着一双长期失眠的红眼，真希望道姑所说的"贵人"是指自己的婷儿。

"哪个？哪一个是贵女？"赵氏依旧费力地出声，声音有些发抖。

"这一个！穿栀子黄高领短袄，搭配茉莉红褶裙的这一位姑娘。此女当贵，可嫁圣人。"

道姑的罗盘正对妙儿的额发处定格。

赵氏当即不甘，可又无可奈何。

很显然，这贵女指的不是赵氏的女儿。

众人一听"可嫁圣人"，当即炸开了锅，一个个交头接耳，议论开来。

道姑一脸严肃："这位姑娘的八字我方才已然记下，其慧根通天，乃为玉皇大帝的闺女三仙女转世投胎。此女当贵，不可小视。你们要善待此女，她将来可嫁圣人。不过……"

她将尾音拖得很长，一句"不过"，又一次大大地刺激了原就杯弓蛇影的赵氏。赵氏一把扶住身侧嬷嬷的胳膊，费劲地起身问道："不过什么？"

"夫人您需要赎罪。"

那道姑这话一说，众家丁、仆妇皆低头不语。

原本还算热闹的场面顿时如冰冻九尺、寒冬腊月一般死寂。

"我？我怎么赎罪？"

道姑缓缓阔步走向赵氏，一脸肃杀："夫人可知那夜的人面枭是何来历？从哪儿来，又为何前往你那卧房惊扰？天理昭昭，报应循环，试问苍天饶过谁？夫人是个通透人，该比贫道更心知肚明吧？"

赵氏当即慌张，整个身子颓废地向后倾斜，左手扶住身侧斜后处的红酸枝木椅："还请道长借一步说话！妾身愿意配合道长进行一切法事，只要道长能帮妾身驱走冤魂，妾身……"

她原想着如何能在保全颜面的同时，尽量少花钱财，顺手把事情办了，没承想这道姑毫不客气地将她的话打断："贵女的生母已然化作恶灵，现阴魂不散，在您府上迟迟不肯离去。那夜的人面枭乃是其第一波报复，若您不按贫道所说去做，恐其化成别样厉鬼，阴魂不散，甚至会惊扰到您的亲生女儿。到时其法力过大，恐怕连太白金星都化解不了啊。"

"你说什么？这么厉害？"赵氏一口气没上来，当即又一屁股坐回原处。

一旁的仆妇见她气喘吁吁，忙用手摩挲其前胸后背，为其顺气儿。

道姑颔首，象眼微微眯起，从那肥大的袖口里探出手来，掐指一算："夫人现在可先跨过这火盆，重回内室沐浴更衣。而后设立香案祭拜供奉前夫人，将前夫人留下的一干珠宝首饰、银票以及娘家陪送还给这位贵女。再由贫道做法事为这贵女的财物开光。自然，做了这些还不算完。因夫人平日刁蛮失德、肆意妄为、作恶太多，贫道将留下几件任务请夫人完成，若您尽心尽力做好贫道所留任务，方可化解命中煞星。"

当着众人的面儿，这道姑好生口无遮拦，竟将赵氏平时的一干丑事形容得头头是道。

不过众人听在耳中，也只是偷着乐罢了。

也有些平素看不惯赵氏打压大小姐、正愁没本事制她的，如今也一并出了一口恶气。

这种情形之下，赵氏只得狼狈认栽，任由这道姑好一番折腾。

她不但当着全院下人的面儿，像个受气小媳妇似的跨过了这"耻辱"的火盆，还由这道姑当头泼下一桶冷水，美其名曰"驱魔通天水"。

随后赵氏很不情愿地沐浴更衣，将妙儿生母遗留下来的金银珠宝、娘家陪嫁一并奉还。

这人也熬得差不多了，脸面也都丢干净了，就差一脑袋扎进鼠洞一了百了了。

现在别说是老爷她不敢见，就连亲闺女来见她，她都避而不见。

赵氏想起今日之事，真觉得荒唐、可耻。那些下人如今再见她，不见往日敬畏，那一张张攀高踩低的脸上，满是嗤笑与讥讽，甚至还有那欲说还休、满是嘲讽的轻蔑。

就在赵氏浑浑噩噩听命赎罪的同时，王阳明见到了几天未得相见的妙儿——由爷爷牵起她的小手，在书院门前等待着放学的他。

一进到王家院里，王阳明便将那放书的包袱丢在石桌之上，拉着妙儿往自己的院里跑去。

190

"怎么样？管用吧？你继母起码近期不敢动你了。"王阳明一拍胸口，笃定地道。

"这招好生管用，哥哥是如何做到的？"

"其实好办。先寻个逮鸟人，让他帮我弄只猫头鹰来。我则根据你生母的画像，让匠人仿制出一张适合猫头鹰脸庞大小戴着的面具，底色染成那样的赭石色，五官什么的则模仿你母亲的长相勾勒，但整体出来的感觉，又要近似于恐怖恶灵，营造出怨鬼索命的气氛。随后，那逮鸟人将那扮好的猫头鹰喂下许少掺了黄酒的安魂药水，将鸟放到食盒里，再交到你府上一个不起眼的小丫鬟手中。这小丫鬟名曰安儿，我曾在去药房买药的时候观察过，她虽是你府上的二等丫鬟，但因年岁不大，又沉默寡言，最是个好使唤的。我观其是个封口儿的葫芦，但眼底透着精明，便给了她二钱银子，使唤她趁夜色找机会将这猫头鹰放至赵氏的被窝当中。"

"所以，我继母当晚就被那只喂了些酒水、耍起酒疯的猫头鹰给……呵呵，真好笑！"

"没错。这事儿扰得她好生心烦，接连几天无法安寝。想必连她身边那些助纣为虐的仆妇都被其带累。我索性隔了些时日，再派出另一员大将。我收买了一位懂些道术的姑子，让她乔装成无意中路过的大师，用所谓的黄金罗盘给人看相、看风水，故意让她在你家好生折腾，目的是营造骇人气氛使赵氏信服。紧接着，我又让她引起众人围观，目的是有所见证，随后让那道姑对你放出评价，说你是贵女，将来可嫁圣人，又将矛头直指当年往事，说那夜闯入寻仇的大鸟就是妙儿你的生身之母，其目的是为女儿讨回公道……这赵氏本理亏，又岂能反驳？说来说去，她不过是报应循环！"

"哥哥太棒了！这些事情我之前想都没想过……那个，你说我是贵女、嫁给圣人什么的，也是随口一说吧？"

"呵呵……"王阳明拉着妙儿坐到自己小院的石凳上，对上她那双好看到无以复加的狐狸眼道，"妹妹不想嫁给圣人吗？"

妙儿颔首："想啊，可是圣人在哪儿呢？"

王阳明伸手一指自己："我啊！远在天边，近在眼前。"

妙儿一愣，瞬间红霞盈面："你羞不羞！不怕被人听了去吗？青天白日的说这话……"

"好妹妹，我可没说大话。这世间唯有成为圣人，才是人生头等大事。怎么，妹妹不想成为圣人的夫人吗？"

　　很多年之后，当已然名震江湖、成为江湖第一女侠的诸妙儿回想起这句话时，仍是久久无法平静。她当时没有想过，成为一个圣人的妻子，原来竟是一件如此痛并快乐的事。

番外二
双风车旋转闹学堂　忙定亲小圣去京城

"自古饿死事小，失节事大……"余姚书院内，李老先生游走在一众摇头晃脑的学子之间，往来于一排排桌椅的过道之中，口中念念有词。

每到研读至朱熹理学，王阳明总觉得异常别扭。他最恨的就是诸如"将贞节和生命混为一谈，不自尽就不足以验明正身"一类的说辞。

每当此时，他真想当一回天竺传说中的哈奴曼神猴，站在讲台之上高声呼喊："同学们，大家别听他这浑蛋逻辑！我们自发创立一门属于自己的自由学说岂不更好？"

当然，他还是个非常有分寸的孩子，就好比眼下，为了广大同窗纯净而稚嫩的身心不被先生口中的理学带偏，他偷偷地从课桌底下掏出前些日子做好的两个风车，决定一展身手。

"这'贞'字，乃坚定不移之意……"

李老先生继续讲解，身影刚好越过王阳明身侧的位置，他口中念念有词，偶尔还会闭目回味，慢悠悠地继续向前。他手里捧着朱熹理学，眉头紧锁，面庞恨不能扎进这由朱熹一手打造的书墨天地，仿佛只有如此方能传授千古不变的真理。

"哇！"就在夫子徐徐向前、口中叨咕着理学精粹时，身后突然响起学子们感慨万千的吵嚷之声。

李老先生回身眯眼一扫，只见众学子清一色呈现出目瞪口呆状，像是看到了什么令人大跌眼镜的风景。

他并没有太在意，双眼滑过众人的面庞，眼神轻轻一扫加以警示。毕竟这帮孩子年龄尚小，距离真正的科举还需一定时日，眼下被某些小事惊诧到尖叫也无妨。

李老先生教书三十多年，成日里跟这帮娃娃打交道，已然驾轻就熟。他自认对他们的言行、喜好清楚得很，想都没想，便又自然地回身，悠悠开口，念着朱熹理论。

"哇！快看，那是什么？"

这一次，老先生又绕过一竖排桌椅，才转过身去，就又听见不少学生惊诧地出声，均是从左侧方向而出。

他稍一迟疑，眉毛轻挑，猛然回身。周围却依旧如方才一般，除去学子们各种诡异惊诧的表情外，什么都没有发生。

李老先生这次露出了吹胡子瞪眼的表情，环视众人两圈，又给每人一记犀利眼刀："干吗呢？都给我好好听课！"

就在他以为相安无事、慢悠悠往下一个拐角转弯时，王阳明再次抓准时机，杀了个"风车回马枪"。

只见他将左手那红蕉色风车高高举过头顶，尽情挥舞。左侧坐着的同学纷纷投以赞叹好奇的目光。随着众人哇的一声，非常巧妙地将风车转动的声音掩盖。

王阳明见状，喜出望外，又乘胜追击，将右手的木贼色风车唰的一下快速抬起。这一次他未将此物举过头顶，而是像那些江湖游侠"耍剑"一般，在自己的太阳穴一侧挥动，舞出漂亮的"剑花儿"。

右侧坐着的同学先是一阵惊愕，随后不约而同地喊出啊的一声长音。

"王伯安！你在干什么？吃饱了撑的吗？"李老先生打了个时间差，就在王阳明即将收回右手中"宝剑"的刹那，回身斥责，刚好将王阳明逮了个正着。

一句"吃饱了撑的"着实令王阳明心里憋屈。

他僵在原地，坐也不是，站也不是。

只见李老先生快步前来，走到近前，伸出两只斧子似的大手将那两个他精心制作的风车夺了过去："你呀你，我就知道是你背后捣鬼！每次为师一讲到朱老夫子的理论，你就一千个不愿意听。我就纳闷儿了，又不是让你给朱老先生当女婿，你至于这么排斥吗？不把课堂搅得鸡飞狗跳，你就不服气对吧？"

李老先生说话幽默，却也是绵里藏针。他每次会用一些令人爆笑的段子引发全场学子哄笑，再借此致使被点名之人深感羞耻，以此为戒，使其铭记在心，从此再不敢犯。

但王阳明不是一般小孩儿，虽然此时他身后连同左右都是一阵又一阵的爆笑声袭来，可他知道这不过是老师的伎俩。

"怎么？你还不服？王伯安，你知不知道咱们大明最重视的就是朱熹老夫子留下的理学知识？你知不知道科举应试要考核大量的理学典故？你知不知道……"

"知道！都知道！"王阳明这一次反倒扑哧一乐。

李老先生见他这么个小屁孩儿，于大庭广众之下被批评嘲笑，不但没觉无地自容，反倒自得其乐，气得伸手一指："呔！你个泼猴儿，还有点儿状元家孩子的样儿吗？身为我大明的读书人，不把朱老夫子的理学当回事儿，也不把科举当回事儿了？不以为耻，反以为荣，竟然还敢当着大家的面儿跟我这儿傻笑？我看你就是不见棺材不掉泪！回头什么功名都考不上，我倒要看看你怎么跟你父亲交代！"

王阳明继续乐着，只是比方才稍有收敛。在他看来，眼前挤眉弄眼的李老先生简直就是一只鲇鱼啊！瞧他一张圆溜溜的似鲇鱼冒泡的嘴，配着那左右对称的小八字胡不停扇动，说话间那嘴巴居然还是竖着的，活像一只在水中使劲儿探头、欲要换气挣扎的鲇鱼。

"先生，学生以为科举并非人生头等大事，何必如此计较此中得失？"

王阳明此言一出，全班哗然。这一刻，由同学口中叹出的那个"啊"字，可就不是经由风车旋转而引起的了。

李老先生听了这话，瞬间气得眼冒金星、脚底发颤，只觉自己是不是耳朵发堵听错了。

"你、你什么意思？照你这话说，这世间读书人的头等大事就不是科举了？那你说，若非科举，还有什么是人生头等大事？"

王阳明见李老先生气得将他素日钟爱的朱熹理学重重拍在自己的书案左角之上，就知道老先生是真的生气了。但王阳明依旧镇定，理直气壮、一脸正气地说出了自己的观点："这世间的头等大事绝非科举，而是做个圣人。"

"就凭你？"李老先生更气了，这一次的气可谓相当明显。学子们皆见老先生太阳穴青筋冒出，双手握拳，手指骨节都泛白了。

"对，就凭我。学生虽不才，也并不认可朱熹老夫子的理学一说，但这并不代表学生我不能当一个圣贤之人……"

"行了行了，你给我靠墙站着！好好反省一下自己方才的所作所为！你扪心自问，自古圣贤哪有你这样的？"

李老先生此言一出，屋内又是一浪高过一浪的哄堂大笑。

王阳明也不在意，他理了理衣襟："自古圣贤千百种样子，并无模板定式。但无论哪种学说、哪个流派，皆有圣贤可出。有一点是亘古不变的，那就是从无到有。"

说罢，王阳明头也不回，径自往后头罚站去了，往后走还不闲着，朝着后排的众人不停歇地做着鬼脸儿，博大家一笑。

距之前的事过了一月有余，似是风平浪静了。

中午吃饭，学子们在教室里津津有味地享受着家中送来的饭食。

李老先生则同往日一般，接过书童送来的食盒，将饭菜摆在书院后园小亭中的石桌之上，一边赏泉眼、荷花，一边看金鱼，口中吃着美味的凉菜，好不惬意。

王阳明观察李老先生已久，发现了他的这个习惯，岂能错过？

这一次，王阳明决定来把大的恶作剧。

他小心翼翼地将自己掩在后园的牡丹花丛中，将随身携带的蛐蛐罐从袖中滑出，接在掌心处，又把那盖子扭开，将憋屈了数月的螳螂——"兵不血刃"大将军放出放手一搏。

"去吧！'兵不血刃'大将军！"王阳明诱导螳螂跳到自己的手背之上，再轻轻一抛。

那螳螂先是没反应过来，不过在接触到夏末炎炎烈日与江南水乡的清

196

新空气后，猛然醒悟，它挥舞着自己的两把镰刀，循着一股黄瓜的香味厮杀而去。

王阳明真是个"坏小子"。

他知道李老先生有个习惯，那就是超级爱吃一道凉拌菜——银耳拌黄瓜。偶尔李老先生会在里面放些黄梅子当成咸菜吃。但唯独不变的，就是这黄瓜的量，每次都是最多的。

在大明，黄瓜虽谈不上是奢侈品，但也不是家家都能吃得起的。所以，"坏小子"王阳明隔三岔五便从自己的牙缝里省出些黄瓜给螳螂食用。不管是做熟的还是凉拌的，螳螂也都不挑剔。反正数月以来只能吃到主人投喂的这一种蔬菜，不吃白不吃。

王阳明让螳螂养成了"条件反射"，因过去这数月来几乎只喂它一种蔬菜，螳螂已形成习惯。憋闷在小罐子里久了，忽然获得自由，它便有些丈二和尚摸不着头脑，骤然起飞，却嗅到不远处就有那黄瓜香气，是自己最熟悉的味道，它按照事先养成的条件反射飞过去。

人也好，动物也好，更愿待在自己熟悉的环境里，喜欢吃自己吃惯了的美食，蓦然变换会不习惯。

王阳明不懂什么是"条件反射"，但他模糊地知道有这样一个同理可证的结论，这已经在他心底逐渐成熟扎根。他给这种规律起名为"心锚"，俗称"心中的书签"。

螳螂循着自身的"心锚"——黄瓜飞了过去。

而优哉游哉地夹着银耳、黄瓜享受美景、美食的李老先生，此时可要倒霉了。

他这个人素来最怕大个头儿、颜色艳丽的虫子，比如土鳖、蜻蜓、蜜蜂他都害怕。尤其是这碧绿莹润的螳螂，他最怕见着这种虫子朝自己挥舞镰刀、咄咄逼近的怪样子。

王阳明对于李老先生的习惯自然是知晓的。

只见那螳螂很快便落定于老先生盛放着银耳拌黄瓜的碟子中央。

碧玉色的黄瓜被这翡翠色的螳螂乐呵呵地侵占，倒是不显眼。

老先生原本就将注意力集中于亭前的荷花，哪承想眼下生变？

他一筷子夹下去，愣是将这只被喂了近半年黄瓜的螳螂夹了起来。

"啊!"老先生尖叫,还以为自己中了邪看错了。

王阳明就听到亭子里一通噼里啪啦碗筷齐跌落在地的碰撞声,那叫一个热闹。

等到王阳明再次探身,只见那螳螂竟然落在李老先生的肩头!李老先生哪敢伸手去拍啊,吓得是丢了三魂七魄,直奔亭外。

却不想,他脚底下一个不留神,整个身子愣是滑落水中。这一下子动静可闹大了,王阳明也是没想到。他稍一迟疑,想着如何是好。

只见李老先生边扑腾边喊救命。

随即不远处跑来一干学子,有六七个人。众人一看李老先生落水了,虽然着急,却不知该如何是好。

"大家不要慌乱!快些将自己的衣带解下绑束在一处,做成绳索丢给先生。我们一起将先生拉上来!"王阳明急中生智。

这"坏小子"也真够能折腾的,他乃始作俑者,眼下又见这恶作剧玩儿大发了,不可收场,忙想出这一计策,从亭子后头绕过来,假装一副火急火燎刚刚到场的样子,不但如此,还边跑边伸手擦汗,佯装成了老师鞠躬尽瘁的关切模样。

"好!大家快解带子,实在不行就把上衣或者裤子脱了!"众人齐齐响应,有些学子还投来佩服的目光。

王阳明有些心虚,仍旧强装镇定,自己也解开了衣服的带子。

众人将几根带子一头接一头连接起来,便若抛锚一般挥向李老先生。

李老先生现在狼狈不堪,无法形容,浑身湿透不说,刚刚落水时乃是侧身朝下,还喝了几口池水,呛得是满口污泥。

如今眼见王阳明出招,用鬼点子救了自己,他也是一阵惊诧。

可实在无奈,李老先生只得接住学子们丢给自己的衣带,攥住一头往上使劲儿。

"李老先生,您使劲儿往上蹬腿,这一池子水兴许没您想的那么深。"王阳明在外头观察了好一阵,他虽然觉得有些对不起老师,这玩笑开过火了,可眼下经众人好一番闹腾,他忽觉这池水并不如想象中那般深。寻常教学院落里铸造的莲花池,本也没多大。书院原该预料到有学子落水一类的事情发生才对。如此推论,眼下这莲花池的池水深度也就么回事儿吧。

198

可能是因为受了双重惊吓，李老先生根本使不出什么力道。一干半大小子共同发力，拔河似的才将李老先生拉到靠近岸边的位置。

这一次，李老先生才觉脚下踩到了些东西，用力一站。

"起来了！"他自言自语一嗓子，声音夸张，整个人如落汤鸡一般立于众学子面前。

大家爆笑出声，李老先生瞬间颜面全无。

王阳明一个伸手，将李老先生拉了出来。

李老先生此刻大脑短路，双眼发呆，刚缓过一口气，就见一排六七个学子，个个提着裤子原地不动地看向自己。

"你们这是？"

"老师，我们的衣带都用来救您了，现在只能提着裤子。"有的学生调侃道。

众人又是大笑出声。

王阳明也笑得极厉害，按着肚子前仰后合。

李老先生颔首："这主意不错，是王伯安所出？"

王阳明颔首："正是在下所出。"

"嗯……别看你平时古灵精怪，可到了关键时刻却是一副司马光临危砸缸的架势。如此变通机智，将来可当权谋之才。好啦，今天下午的课暂停不上，你们暂且散了，为师我要回去休息……"

李老先生褒奖完毕，正由两位学子左右搀扶，却觉腰酸背痛，浑身冰寒，又欲开口叮嘱些什么，忽听前方传来一道极不和谐的声音怒喝道："先生千万别被王伯安骗了！"

王阳明听到这话，却是不惊不忧，此人不是别人，正是李老先生夫人娘家的外甥——谢建鹏。此人平时为人寡言，模样一般，成绩也并不出挑，却是个蔫萝卜辣心的主儿。

王阳明平日最恨此类男子，明明年岁尚小，却装出一副老态龙钟的夫子模样，成日里想方设法给同龄人当"婆婆"，不说话还好，一说话就是挑起事端。试问他的良心在何处？

只见这名谢氏子孙一副大义凛然的样子，边说边伸手指向王阳明的脸，腆着大肚子，朝着王阳明仰起下巴，凸起眼睛，耀武扬威地疾走到李老先生近前，张口就来："姨父，您可别被这小子骗了。我刚刚跟在他后面许久，这厮趁您不注意，愣是将一训练有素的螳螂从那蛐蛐罐里放了出来。刚刚跟您抢夺黄瓜的那只螳螂，乃是这厮一手训练的。"

"什么？"原本浑身冰凉的李老先生，此刻听到了这番说辞，只觉浑身一通燥热，似有岩浆在体内流淌。

"姨父，外甥我能骗您吗？"说罢，谢建鹏转身看向王阳明，一副大明监察使舍我其谁的样子，"我问你，你刚刚为何鬼鬼祟祟地跟踪先生？为何藏匿于牡丹花丛中对准先生放出螳螂？你可有不在场证据？可有人跟着你给你做证？你若不亏心，可敢让我们搜身，看看你身上到底有无携带蛐蛐罐？你敢吗？"

哎呀，这小子连发几问，很是专业嘛！

王阳明颔首笑道："呵呵，谢建鹏，你有两把刷子啊。看来我平时竟也小瞧你了。你刚刚连珠炮似的说了一堆，那我也想反问你几个问题。第一，你中午干吗不好好吃饭，闲着没事儿鬼鬼祟祟跑来跟踪于我？第二，你有没有证人？你当时又跟谁在一起？又有谁能证明你所说的一切是真是假？第三，你刚刚说我对准李老先生放出螳螂吓唬他，我又不是训虫师，我想让它往哪儿飞它就往哪儿飞啊？它一个虫子，能听懂我说话吗？要不换你试试？简直是睁着眼睛说瞎话！"

"谁知道你是不是用了什么妖术？你这个人素来鬼主意多，脑子转得又快，刚刚先生不还说你是什么权谋之才？鬼才知道你是怎么做到的！再说了，你敢让我们搜身，看看你到底有没有携带蛐蛐罐吗？"谢建鹏被王阳明拿话揶揄，又无法解释这"心锚"的原理，只能视蛐蛐罐为唯一筹码。

"来啊！搜啊！谁怕谁啊！"王阳明张开双臂，双眼对准谢建鹏。

谢建鹏先是一愣，回身看了一眼姨父。这厮真就这么豁得出去吗？

此时的李老先生连续打了三个喷嚏，缓了缓道："王伯安，我且问你，这番闹剧到底是不是你做的？"

王阳明仰起头来："谢建鹏刚刚说得有鼻子有眼儿的，我也同意搜身，但若是没有，还请先生给我个说法！"

李老先生颔首。他转头见谢建鹏就要动手，呵斥道："放肆！人家王伯安好歹也是王导家一脉后人，你虽姓谢，却与谢安家无关，你有什么资格搜

200

他的身？让为师我来！"

说罢，李老先生只得提起精神，走过去搜王阳明的身。别说，上下一看，果真没有蛐蛐罐。

"怎么，你不服啊？谢建鹏我告诉你，你啊……"

王阳明刚要摆出王导家后人、状元家"太子爷"的派头教训一下这个原本想让他丢人现眼的家伙，却听有另外几个学子指着池塘方位跳着脚喊道："老师快看，荷叶下头的那两条金鱼，好似在顶一个蛐蛐罐！"

于是乎，王阳明被劝退了。

他这一次棋差一着。当时李先生落水事发突然，那姓谢的拿蛐蛐罐当证据追问他，王阳明却因当下没有提前准备，只得趁乱找方位将蛐蛐罐丢弃于池塘之中，藏匿于荷叶之下，不承想那罐子被金鱼当"球"玩耍，很快又借浮力漂浮而出。

这次"重大违规事件"一出来，只得由李老先生亲自向前来接王阳明放学回家的爷爷说明情况。

"您家孩子真是没法儿弄，谁都没法儿教！您啊，赶紧把他带回去得了。我这儿真是没辙啦！这孩子实在调皮捣蛋，教都不学！"

堂堂晋代王导家后人、琅琊世家大族子孙、状元家儿子，竟被贬得一文不值，换回两句"谁都没法儿教""教都不学"的恶劣品评，当真令人无语。

恰巧此时，王华居然回来了。

王华，王阳明之父，当今状元，翰林学士，目前为从六品修撰。

王华的突然休假，让这爷孙二人措手不及。

好巧不巧，这老爹回来的时候，爷爷还不在家。

闻听王阳明被退学一事，王华怒目圆睁，剑眉一挑，训诫之语还未出口，手就抬得老高，似要动手打人。

"爹，您就算打死我，我也是这句话——我立志当个圣人。至于科举什么的，就顺其自然吧！"后院圆桌的另一头，王阳明大言不惭地将这话放在桌面上。

气得王华当即拍案而起："说什么呢？你还顺其自然？还反了你呢！咱俩谁是老子，谁是儿子？你眼里还有我这个做爹的吗？"

王阳明刚刚跟妙儿去外头疯玩了一个半时辰，此刻肚子叽里咕噜，看到桌案上刚好放着一小碟上午吃剩的咸味萝卜丝脆饼，王阳明并未顾忌父亲此时的脸色，只凭本能伸手去拿。

"谁让你动了？"王华呵斥，"都什么时候了？就知道吃！"

王华说罢，王阳明立刻将手缩回，眼见着仪表堂堂的父亲，在说完这句话后双腿不经意地摆出了一个动作。

此刻的王华，在儿子那浑蛋似的态度外加张口闭口自诩为"圣人"的双面夹击下，于气愤中快速交叉两腿，随后将两腿收紧固定，形成二郎腿的"定格动作"。

要知道，王华此人十分重视儒家礼教，对自己素日的言行举止、仪容仪态甚为看重，且均严格执行老一辈大儒制定的各项儒生规矩。诸如此类跷二郎腿的动作，无论是当着长辈的面儿，还是其门生在场时，王华几乎不做。

可偏巧这时，王华在受到儿子的接连轰炸后，大腿交叠，脚尖朝向王阳明位置。

王阳明那时尚未作出《心学画像》手札，但对身边众人的日常言行举止、神态反应已然有了自己的一番体会。

他将父亲的这一言行举止，定义为一种"心锚"。他发现，人在受到某些外力作用的催化之下，语言、动作往往都是非理性的感性外露。就是这样的感性外露，虽然转瞬即逝，却异常真实可靠。

而这种形成了惯性且很难戒掉的动作、语言，往往带出颇多的"个人化色彩与痕迹"。

在此时的王阳明看来，父亲每次跟自己大发雷霆且不愿中断的期间，都会做出快速交叠双腿的动作，使之迅速固定在一处，随后形成二郎腿的趋势。这动作就是属于父亲王华的"心锚"。

"爹，我知道，您是死活看不上我，想跟儿子保持距离。可我也想求您站在儿子的立场上为儿子想一想。我小小年纪，成日里就听那些'存天理、灭人欲'的无稽之谈，听得久了，会不会丧失良善？再说，我的很多想法原就基于'人之初，性本善'，原是纯然不沾染污泥的赤子之心，若听了朱熹那老头子的理学，我原有的那份仁义岂不是要失去它原有的意义？在书院，我跟他们原就没什么话好说。去到那里他们也是把儿子当怪物看，各种中伤、编派。现今不上那学，反倒是成全了孩儿。"

王阳明这话娓娓道来，听似孩子气的抱怨，实则大有学问。

在王阳明看来，其父做出这二郎腿的动作原因有二：第一，王华老爹听到儿子被书院退学的消息一时间无法承受，于是他只想与这不争气的儿子划清界限，他突然跷起二郎腿，有阻隔两人关系之意。第二，身为父亲，王华想在家中确立自己的"地位"，二郎腿只是在虚张声势，展示父权。

王阳明先低头示弱，随后承认自己让父亲失望了，并将父亲看不上自己的残酷事实用轻松调侃的口气一语道破，之后又将孟子的学说与朱熹的学说脱口而出，两相对比，让父亲自己识别孰是孰非，最后他又说出了自己在学院备受排挤的委屈，诱导父亲同情自己的处境。

王华听了这一段，心中不免一动。若儿子只说讨厌朱熹如何如何，他身为当代的大儒，定然要大巴掌上去扇一下子。可儿子能言善辩，经他如此一说，好像还真是那么回事，这孔圣人与朱圣人说得似乎还真有那么些许矛盾。

王华认为既然儿子身陷两难，那就不排除王阳明在学习的过程中，其言行有悖于书院里的其他学子。他也知道儿子平日的行动做派跟其他学子多有不同，恐怕早就不合时宜、备受排挤了吧？

王华陷入了沉思，王阳明继续观察父亲的"心锚"，想要再合计一下有无其他空当儿可钻。

果然，王阳明看到父亲王华双手十指交叉，每一根手指一对一地在指尖处结合起来，但两只手掌并不相触，从表面上看活像一座宝塔，而且他将两手放置在石桌之上，身子微微向前倾斜。

王阳明注意过，父亲跟爷爷说话时，从没出现过此类宝塔手势，却在与自己的门生或者下属对话时，偶尔出现这类手势。

这又是王华的第二个"心锚"了——自信与优越感。

但若换成不同的事情，那父亲此时的宝塔手势则会有明显的变化。

例如眼下，王华的十根手指头尖儿纷纷朝上，保持着均衡等同的水平、方位。王阳明便可根据此手势断定，虽然父亲刚刚被自己被劝退的噩耗弄得如遭雷劈，但目前这声闷雷在他脑海中已然渐行渐远。他保持这样的"正上宝塔"手势，就证明这一切虽事发突然，但王华已经见招拆招，至于后续的一切，也尽在其掌控之中。

可若他的手呈现出倒着的宝塔形状，即交叉着的指尖朝下，并将双手放置于较低的大腿上。这样的手势八成说明该事件相当棘手，且无计可施，而且做出该手势之人，多半黔驴技穷，唯有摆出防御态势。

王阳明眼珠一转，又出口道："爹，如今儿子也大了，也想有自己自由发挥的空间和余地。所谓'致虚极，守静笃，万物并作，吾以观其复'，使心灵达到虚的极致，坚守住静的妙态，就能从万物的变化中一遍一遍地感悟出大道的存在。这说的就是儿子当下的状态啊！"

王华听罢，哭笑不得，嘴角被儿子气得有些抽搐："'不自见，故明；不自是，故彰；不自伐，故有功；不自矜，故长；夫唯不争，故天下莫能与之争'，不显示自己，不自以为是，因而更显耀突出；不夸耀自己，因而有功绩；不自以为贤能，因而受到尊重；只有那不与人相争的，世界上没有人能和他相争。要我说，你眼下真该记住这话！"

闻听儿子还知道拿老子的《道德经》说事儿，王华稍微消了气，原本宝塔形的十指交叉动作也逐渐松懈了下来。他细想起来，也觉得朱熹的一些理论的确在某些地方有失大家风范，不如前人所云那般合乎人性。

王华暂缓了一口气，心中也觉不该对儿子耍横，现今再次开口，话语间态度好了些许："你以后是何打算？总不能一辈子不参加科举，成天就做这圣人的白日梦吧？"

"爹，我认为越是艰难处，越是修心时。眼下看似艰难，实为闭门修心的大好时机。儿子想着只要是引人向善的好学问，在哪里学都是一样的。"

"所以呢？"

"所以……所以只要别再让我学朱熹那一套即可。"

"胡闹！"王华再次拍桌子瞪眼，"大明理学盛行，应届科举考的就是朱熹理学。你若不想去这余姚书院读书也就罢了，我原想着把你带去京城，挑选一家最好的书院学习，谁承想你竟敢说什么不想学朱老夫子的理学……你不学理学，考什么科举？"

王阳明在父亲唾沫星子横飞之时，顺手从小碟子里快速抄了个萝卜丝脆饼放入口中咀嚼："爹，这不还有'君子六艺'吗？我还可以把孔孟之道、佛法、道家、诸子百家学说什么的从头到尾细细研读一遍，将来……"

"你这样的酒囊饭袋没有将来！"王华见他不但胡搅蛮缠，还一门心思偷吃，气得那是脸红脖子粗。

就在王华蓦然起身，左手一把夺过王阳明咬了半块的萝卜丝饼抛回碟中，右手狠狠扯住王阳明的后脖领时，王伦老爷子及时赶到，一声大吼："你给我松手！"

老爷子原本去了诸养和家，反复叮嘱、敲定那件让他怀揣已久的"大事"，顺便过去将那赵氏敲打一番。

自从王阳明用了那人面枭外加跳大神儿的吓唬人的法子后，赵氏安静多了。

加之老爷子一直关照妙儿，赵氏可算是安分了许多。

王伦今儿从隔壁一回来，就见辛嬷嬷在门口候着，一见着自己回来便着急忙慌地出来迎接："老爷，少爷回来了，现正在里院儿教训小少爷呢！"

一听这话，王伦老爷子就跟踩了筋斗云似的，也不知自己是怎么进的院子，只一瞬人就到了儿子近前。

他上前一把按住儿子的手臂，扯着儿子的衣袖劈头盖脸一顿嚷嚷："你干吗啊？回来就给孩子脸色看？有本事平时就别去京城当差，自己留在老家教儿子啊！怎么着，你老子都把你教成状元了，就不能把孙子教成圣人啦？再说，也没你这样一年到头不管儿子、回来就会教训儿子的状元！"

眼见着爷爷回来，王阳明终于能坐在石凳之上，踏踏实实地将这块曾经塞入口中、已被咀嚼大半的萝卜丝饼细嚼慢咽地惬意吃下。

就着萝卜丝饼的咸香酥脆，王阳明津津有味地端详着眼前生动有趣的一幕——老子教训儿子，爷爷教训老子。

多么有喜感的一幕啊，有多久没有看到了？王阳明心中窃笑，弹了弹落在腿上的酥皮儿，心中只觉这一幕好生有趣。

"爹，您就会向着他！您看看这孩子，简直就是……"

王华气得捶胸顿足，可谁又能反对老爷子的话呢？

若没有老爷子帮他照顾孩子，就凭他一个中年丧妻的鳏夫，一个人拉扯着孩子算是唱的哪一出？

就是前两年王阳明的奶奶还没去世的时候，也是奶奶管家、爷爷带娃，教育孩子一直是老爷子王伦的事。

王华也知道若是没有老爷子帮忙撑着，家也倒了，孩子也没人管了。

不知道有多少人家羡慕王华能有个这么好的父亲，把儿子培养成当今状元不说，还能一手将孙辈带大，替儿子分忧。

"简直就是什么？你一回来就会打击孩子。你知不知道不能灭绝孩子的天性啊？你把孩子的理想扼杀在摇篮里，他就算考取了功名也只是个读死书、死读书的废物，成天里絮絮叨叨朱熹理学有什么用？要我说你也别穷着急，你爹我一辈子没参加过科举，不也能把你培养成状元？你就这么看不起你爹，不相信我还能培养出个圣人来吗？"

"爹，您太溺爱他了！您就是对他过于纵容了，您瞧他现在目中无人、欺师灭祖、张口轻狂……"

"没你说的这么夸张严重！听听你说的，孩子都成什么了？那还是咱王氏子孙吗？别一天到晚灭自家威风，长别家志气！"

"那您说，他这脾气顽劣，为人又各色，做事、说话又乖张，还那么抵触朱熹理学，将来应试科举又当如何？"

王伦一背手，满脸不在乎，似有备而来："哼！这事儿我心中有数，你自不必唉声叹气，把我这孙儿贬得一文不值。我这几日寻了几位本就相识的原在獬豸书院教书的江南名师，已然跟他们定好了日子。从明日起，他们就会上门单独指导咱家云儿读书写字、应试科举。至于下棋，你爹我就能教。之前你不在，我已然请了一位精通书法、绘画的老师，上门来教我宝贝孙子了。如今云儿被退学也不打紧，你爹我本就是江南獬豸书院的先生，重操旧业亦是驾轻就熟。"

王华听罢，气得浑身哆嗦，可说这话的不是旁人，正是自己的亲爹。

老爷子王伦跟王阳明是一个类型，听着说话漫不经心轻松调侃，可这话总是绵里藏针。

辛嬷嬷此时将三份茶水备上，小心地放至三人中间的石桌之上。

老爷子吩咐："布置晚饭吧。既然我儿回来了，今天就好好陪爹喝上一杯。"

王华无奈，只得颔首遵命。他说了一车的话，但在老爷子面前，等同于废话。

他气也不是，不气也不现实，只得将那送来的压手杯端过，边吹边小口慢品，想来真是不甘心，只觉一阵阵口干舌燥，不自觉地多喝了几口。

老爷子继续用漫不经心的口吻说道："对了，你不在的这一大段日子里，家里发生了几件大事，我原想着这两天将这几件大事逐一忙完，再写书信与你不迟，不承想你这次回来得倒快。刚已跟你说完了云儿退学连同今后的学习两件事情。"

"爹，还有何事？"

"隔壁诸养和数月前搬了过来，刚好赶上你调任赶赴京城。这事儿半年前你还没走那会儿，咱俩原也接到过他寄来的信，他还让我帮他安排房子，不知你是否记得？"

"自然，诸养和乃是父亲当年在犙豸书院的学生。"

王伦颔首笑道："他家生有一女，小字妙儿。之前你走后，那孩子机缘巧合来到咱家做客，我一眼相中那丫头，好个伶俐模样，偏生得'经珠不动凝两眉，铅华销尽见天真'。我瞧云儿和这丫头情投意合，索性做主，让这两个孩子定了亲事。现今，你也是有儿媳妇的人了。"

"什么？"王华一口茶愣是喷了出来，还好他没完全丧失理智，还知道避开老父亲跟儿子，将茶喷到了一旁。

王华放下茶杯，猛拍胸口："爹，您这下手也太快了吧？给云儿挑媳妇这事儿，不至于这么急吧？好歹等我回来……"

"等你回来？等你回来黄花菜都凉了！人家妙儿可是万里挑一的好姑娘，别以为自己是状元，别人家就得高攀你。难道你不相信你爹我的眼光？"

"不不！爹是为儿子好……"王华难以辩驳，却见对面而坐的王阳明一脸促狭坏笑，气得王华真想另找说辞上手一顿好打。

"我这两日已然做主，将两个孩子的生辰八字做了庚帖交换，一干事情均已按规矩落定，你就别操心了。这小两口自打半年前认识，我就着手找了一位能弹一手好古琴的师父上门传授他俩古琴技艺。别说，俩孩子一起学，进步得就快。如今再拉上妙儿那孩子跟云儿一处开蒙，研读四书五经……哎呀，那真是青梅竹马、两小无猜、天定良缘、缘定三生。你看这样多好啊！"

王华见坐于对面的王阳明听到爷爷所言，竟然来了个"一低头的温柔"，夸张的动作那叫一个羞涩腼腆，尤其是听到后半句"天定良缘"、"缘定三生"时，这小子竟然双颊绯红，羞得抬不起头来，还快速用手捂住整张脸，透过指缝观望周边动态，口中呵呵傻笑不止，王华一见儿子这般光景，心中更是来气。

"我看是'青梅猪马，两小胡猜'！学还没上好呢，居然就着急娶媳妇儿，这是何道理？"王华没好气地道，眉心拧出一个"八"字来，那一对仙鹤目将王阳明牢牢锁住。

"哎！瞧你这话说的。你扪心自问你当年不也是先成家后立业？等你见了那小姑娘，我保证不出眨眼工夫，你就跟我当初见到那丫头一样，不是吟诗就是作赋，非得把你毕生所学诗词都用来形容到这一人身上，仍觉不够用。我多说无益，待你见到儿媳妇本人方知你老爹我不打诳语。"

听着这满是调侃的话语，王华已然缴械投降。这一老一小全然没个正形，他俩压根儿没把他王华的忧思当回事儿！被退学的完全没有丝毫羞耻心，这老爷子家里有了个被退学的学生也不觉得有什么可着急后怕的。这一老一小待在一处，在王华眼中俨然就是双份的痴傻，真是没有半点儿挽救的余地了。

面对这两朵人间罕见的奇葩，王华决意不再争辩。

他这个还没把孔孟之道理清讲明的大学问家，一夜归来竟然遇到这般戏剧化的风云突变，儿子又是被退学又是刚订婚，老爷子竟然还吵着要在家里"自主教学"。索性他也不管了，任由这一老一小随便闹去。

就在王华收拾心态、准备"笑对人生"的同时，王伦老爷子接到了一份来自京城的请帖。

他不失得意地将请帖在儿子面前晃了几下，露出一副神采飞扬的笑意："哈哈，别以为独你一人在京做官认识的人多。你看看你爹我也有人请吧！"

王伦有位在京做官的旧时同窗，相约王伦带着王阳明去到京城赴一场文人雅士的宴会。

这旧友同窗，如今官位不大不小，但混得还算是不错。

此人姓刘名铁，现为翰林院正六品侍读。这刘铁过去在江南与王伦一同读书时，虽只是一般家境，但出手仗义，也帮过老爷子许多忙。老爷子如今有了这状元儿子，也想投桃报李，便提前备下一份特殊礼物随行跟去，送给刘铁作为相识一场的贺礼。

此物名为"琥珀法典"，乃是一本通体轻巧却厚重感颇强、由大琥珀拼接雕琢而成的可翻看的书卷。

所谓"法典"，绝非将《大明律》以文字篆刻收录其中，而是将琥珀打磨平坦呈现书页形式，取人间每一种琥珀，按照其名称、颜色、产地、医药价值等篆刻成文字包罗其中，再将每一种常见、不常见的货真价实的琥珀磨成各种模样，收录在这本厚书《琥珀法典》之内。

这本书乃老爷子在苏州一家古董店里用自家另外两个宝贝换来的，拿回家后一直只与孙子自行翻看。后来妙儿来了，老爷子才破例将此宝分享给未来的孙媳妇儿。若非老爷子一眼相中妙儿，哪怕嫦娥驾到，他也只字不提。

在爷爷的一手安排下，妙儿作为王阳明的未婚妻、王家未来的长房媳妇也一并跟随。为了在路上各方面能够周全，老爷子特将辛嬷嬷一并带上，好方便照顾他们的起居饮食。

不料，这一次由江南行至京城的半途中，发生了一件大事。

番外三

赴京城夜半鬼踢门　持刀怪挟令琥珀书

话说这四人上路，长途跋涉，又是水路又是陆路，这一番折腾下来，几人都有些乏力，眼看还有许久路途才能抵达京城，老爷子便吩咐辛嬷嬷为他们四人找了处清净规整的小院入住休养。

这老爷子身子素来健康，打年少起便是不吃药的，自有一套食疗健身的保养方子。

虽说这次上京突然，但凭借老爷子一直健朗的身体，总不至于如眼下这般——腰酸背痛不说，还嗜睡不止。

王阳明深觉奇怪，本想叫来大夫给爷爷看病，可爷爷连连反对，说什么"平生最讨厌吃药、看郎中，再休养两三日便迈开腿儿继续赶路"。说罢，他便蒙头酣睡，好久也不见醒来。

王阳明想了想，便吩咐辛嬷嬷像平日在家里那样烧水烹茶、备下饭食，又拉着妙儿去这一进一出的小院儿四下查看有无医药书卷。

这四方的小院儿原就属于农家私宅，书卷什么的真是难找。

王阳明翻了许久，才从落土厚重的书架上扯出两本已然掉页的医书。

"《黄帝内经》《神农本草经》……都是掉页的。这一页一页掉得就跟秋日里满地的银杏叶似的……"

王阳明心疼这两本医书，一手提着一本满是尘土的书卷，像是拉着一位满脸泥垢、披头散发的美女，这"美女"以发遮面，丑不堪言。

"哥哥，爷爷不想吃药，不想看大夫，如今我们找到这两本医书又当如何呢？就算查到相应的用药良方，我们也无法说服爷爷服用啊！"

"可以用药膳。自古药、食同源，只要摸清此间记载的药物，将其用于烹饪，想必爷爷不会拒绝。"王阳明用帕子将两本书籍简单包裹，"走，我们先把这两本书擦出来，然后想办法补一补。"

王阳明负责擦书，妙儿负责将书按照顺序一页一页重新排好，再用针线将其缝补。

可这书原就乱了页码，加之妙儿手小，又是个孩子，原本也没有多大力气，好不容易将书卷按图索骥整理出十几页，才发现自己根本无法一次性缝补如此厚的书。

王阳明又吩咐辛嬷嬷制作糨糊，劳烦她帮衬着将这凌乱的纸张按顺序一页页粘贴齐整，又让她将不算太厚的书页重新缝补到完好。

"少爷这是要看医书啊？"辛嬷嬷问道。

王阳明整理着书页，将筷子蘸了糨糊，涂抹到书页一侧："爷爷既然不想看大夫，不如我们找些专治腰酸背痛、嗜睡疲劳的药草，看看能不能把它们放到一日三餐或者茶水中代替药物服用。这样神不知鬼不觉，还能增强体力，爷爷定然不会排斥。"

辛嬷嬷见妙儿动作还挺利索，不一会儿工夫，那一小撂书页被她粘得是又平又齐又光滑，辛嬷嬷不由得夸赞："诸大小姐好个福至心灵，怪不得老爷子总夸你伶俐可爱，瞧瞧，这做得多好。"

妙儿并不在意底下人的溢美之词，而是开口问道："这次爷爷病得好生古怪，平时我看爷爷从来没有这般疲累过，难道是水土不服？"

"不知道。反正现在已然滞留于此，我瞧着不如观望几天再说。"王阳明倒是镇定，边粘贴书页边看着上头的文字记载，"哎，我知道该给爷爷准备什么药膳了！"

辛嬷嬷道："什么药膳？少爷可看到什么好东西了？"

"蜂王浆和山药！蜂王浆补中益气，吃上十天半个月也不上火，其强健内里、增强体魄的功效却堪比人参。再说这山药原就是润肺补肾气的。辛嬷嬷，你可有什么法子把这两样东西做成菜品？"

211

辛嬷嬷颔首，也觉不错："可把那山楂、陈皮弄来做成果酱在旁预备。把山药剁成白泥，把蜂王浆淋在上头，再将那提前备下的果酱一并搅拌上去，倒是一道健脾消食的凉菜。"

"不可。"妙儿突然搭话，声音脆响娇嫩，吓了辛嬷嬷一跳。

辛嬷嬷只见这位王家大宅未来的女主人抬头凝视着自己，一脸笃定："我刚看见这页写着'若胃部已有泛酸、胀痛不适者，忌服用陈皮、山楂。若脾胃气虚不通、积食残存于腹者，方可适量服用山楂、陈皮'。爷爷这几日不喜饮食，但并未说自己有气虚不通、积食、懈怠等症状。陈皮和山楂只针对气滞造成的胃部不适，或者打通妇人血脉瘀堵所用。两者皆由气运不畅所致，和爷爷眼下的病症大有不同。"

想不到，一向言语不多的妙儿，如今观察能力亦是日益增长啊！

王阳明听罢，暂停了手中的动作，也认可道："不错。辛嬷嬷还是去买些蜂王浆和山药来。我们把爷爷日常喝的茶里放些蜂王浆，就说是寻常蜂蜜。嬷嬷可将山药做成白泥，往里加些苹果丁儿、橘子瓤儿，用酸奶搅拌，最后再加少许蜂王浆即可。爷爷素来习惯自我调理身体、搭配食材，如若他问起，就说此乃京城时下的一道美味。"

众人想来想去，都觉得如此老爷子应该能顺利吃下。王阳明探头看了一眼窗外天色，见天色渐深，便叮嘱辛嬷嬷明日一早起来就办。

"妙儿，今儿也不早了，咱俩分头歇下，我去看看爷爷如何了。辛嬷嬷也先回房休息，我看这情形，爷爷八成又要睡到天明了。"

妙儿颔首。一旁伺候的辛嬷嬷将手边所剩不多的糨糊收拾利索，又将最后几针缝补完毕道："要不，您去叫叫老爷子？老这么睡着不吃东西也不是个事儿。这两天老爷子大半天都这么睡着，饭都没好好吃，我瞧着心里总不忍心。您去叫一声老爷子，问他要不要用膳。老奴先不退下，就在外面候着，若老爷子饿了，老奴马上回厨房准备。"

王阳明一想也对，便站起身来想要进去。

谁料他看了许久的书，骤然起身，只觉头晕眼花。

妙儿见此情景，道："我去看爷爷吧，哥哥你好好缓缓。"

她原就背对着内室小门而坐，起身回头原就方便，说罢，她便先一步转身叩门，见内里无人应答，仍传来阵阵呼噜声，便轻手轻脚地推门缓步而入，又随手将门关好。

就在妙儿刚进去不到半盏茶时间，这院子里便传来一阵略显鬼祟的脚步声。

王阳明与辛嬷嬷面面相觑，竖着耳朵听那声音是否源自小院儿之内。还没等他俩其中一人转身，只听身后咣当巨响，有人破门而入。

王阳明反应神速，一手已然拉住了内室房门的把手。奈何他当年只是一介单薄小童，无法与那身后的阴气森然相抵抗。

他闻到一股杀猪宰羊的屠戮气味，血淋淋地填满他周边的空间。

这羊肉膻味，令他头晕恶心，像是一块强硬烙铁正化身为脖颈一侧一把突如其来的钢刀，如刽子手一般。

"这小子反应颇为迅速，差点儿就让他逃了。好个鬼机灵，果然不同凡响，今日见到本人，我算见识了。"持刀者站立于王阳明斜后方。

王阳明听他说话非但没有粗声粗气，反而有些读书人的拿腔拿调，用词间透着几分说不清的矜持。熏天呛人的恶心气味外加这矛盾的说话语调，令王阳明陷入了一场刻不容缓的沉思。

"哪里来的强盗？夜闯民宅偷抢东西！你们可知，再往前几家驿站就是天子脚下？"辛嬷嬷话语锋利。

王阳明虽背对着她，但能听出其丝毫不畏惧。

"哼！天子脚下？我们都不知道现在是哪门子的天子在坐这天下呢，还天子？老子不管什么皇帝老儿，老子只认钱！说，你可有值钱的珠宝细软、古董金银？"

这一声叫嚣犹如北风呼啸，让原本还想与歹徒言语周旋的王阳明心中震颤、摇摇欲坠。

"两位壮士……"王阳明迫使自己镇定。没错，两位"壮士"。他闻听与辛嬷嬷回应问答之人，声音明显与那挟持者不同，不知身后还有无第三人？

王阳明咽了口吐沫，抿了抿嘴唇："两位壮士定然是绿林好汉，走投无路才出此下策，想必两位本心良善，是被逼无奈。这屋里你们也瞧得仔细，原就我和我娘两人在此，我们孤儿寡母一路独行本就不易，原就落魄无依，此次进京也只是投靠远亲，寄活于他人檐下勉强度日。两位壮士若要钱财倒是不难，但我们孤儿寡母只有些赶路钱，若两位不嫌弃，拿去打酒也是极好的。"

王阳明此刻最为担心的就是内室里妙儿和爷爷的安危。

一个知天命的熟睡老者，一个垂髫之年的小小女童。所以王阳明趁着现在外室只有他和辛嬷嬷两人，干脆就把话说死，说屋里只有他们两个喘气儿的大活人。

王阳明乞求爷爷千万不要这时醒来，也乞求妙儿千万不要一时冲动将门打开才好。

他惶惶不安，生怕辛嬷嬷一时糊涂坏了大事，万一她一开口与自己口径相悖可就糟了。

想了想，王阳明不顾脖颈处那道冰凉，只求饶道："这位好汉，我尚且年幼，亦不习武，想来也构不成威胁，麻烦您高抬贵手，让我正对着我娘亲可行？这么背对着她我有些害怕。"

"好！你小子如传闻一般很是机灵，就怕你四处捣乱、刻意藏拙。不过也不妨事，倘若你说不出宝贝藏匿的位置，我断不饶你！"

"壮士说笑了。"王阳明见此人并未问及内室一事，便随着其力道稍撒，胆怯地转身。这一次，他是真被吓着了，想不腿软也不行，面上的五官似都在轻轻颤抖，像是一首走了音的曲子。

身侧的这名抢匪钢刀稍提，手中力道加重："你小子是真害怕还是假害怕？可别惺惺作态哄我们哥儿俩。"

听到"哥儿俩"一词，王阳明稍微舒了一口气："不敢不敢。我和娘的小命都在你们哥儿俩手里，又岂敢造次？我腰上悬着的香囊里还有几个铜板外加一两多散碎银子，原是我计划买些糕饼讨好亲戚的，现今两位壮士若急用，拿去便是。"

说着话，王阳明总算将整个身子转了过来，正对上被另一个悍匪持刀挟持的辛嬷嬷。他身侧那悍匪一把扯断王阳明腰上悬着的香囊，塞入自己怀中。

还好今日所戴不是妙儿亲手给他缝制的那个香囊，要不然他更得心疼。

"有什么话对我说，别为难一个孩子！从一个娃娃那里抢劫银钱算哪门子的英雄好汉？孩子家买笔墨、零食、糕点的钱财都好意思要，想你二人也称不得绿林好汉了。"辛嬷嬷很是强势，即便此刻王阳明斜对着她使眼色，示意其暂且顺应，她亦是不惧眼下的森然光景，"我家就我们娘儿俩，我是当家人，你放过我儿，有话好说。"

王阳明观瞧得真切，又听得认真，他这才瞧见挟持着辛嬷嬷的那名悍匪胖墩墩的，活像个四喜丸子，虽蒙着面，那一双刁钻古怪的鸡贼的眼正用软硬不吃的目光打量着眼前的辛嬷嬷。

王阳明看不清身侧另一人的具体身高、相貌，但能通过声音判断对方身材理应颇为瘦长，加之其言语用词与一身气味相互矛盾，想着此人定然比眼前的这个"四喜丸子"清瘦，相貌上也理应更狡诈几分。

"别磨磨叽叽的，有什么拿什么，不管是散碎银子、古董珠宝，都给我通通拿过来。"

王阳明听见身侧之人所说的后半句话只觉别扭，好似他们已然知道有什么古董一样。他半晌没有回话，只推想两人是如何知道所谓古董珠宝的。

眼见小少爷被他们威胁一时受惊，半晌无语，辛嬷嬷表情软了些许，口气方显出告饶的样子："还请两位稍等片刻，不要惊动街坊四邻。我这就带两位去一侧的房间取那古董珠宝，可千万莫要再为难我这孩儿了，他一路劳心劳力，若再受到惊吓，我这当娘的可怎么跟他早死了的爹交代？"

王阳明听辛嬷嬷继续"卖惨"，自知其通晓明义，正在配合自己的缓兵之计。辛嬷嬷欲将两个悍匪引到别处，腾出时间，好让小少爷趁机带屋内的两人脱身报官。王阳明一时甚为动容，刚要说些话来拖延，只听身侧那持刀威胁他的悍匪又道："你这内室甚为可疑，可是藏了什么宝贝？又或者什么人？"

匪徒这话一出，王阳明浑身大颤，惊慌失措，好不容易平息下来的心，一时间再次翻滚起来。

"壮士息怒，壮士饶命！"辛嬷嬷不等王阳明反应，突然下跪，直接抱住那"四喜丸子"的小腿苦苦哀求，让隐藏于自己荷包之中的二三两白银顺势滑落在地，快速将袖口暗兜处藏着的一张十两银票双手奉上，"我家老公公昨夜赶路，突发重病，现已病入膏肓。我们一家本就贫苦，如今又雪上加霜，奈何无钱医治，只能等死。您就看在我们已然困苦到这般地步，饶了我们吧！现今所有能给的现钱，我们娘儿俩可都献出来了，恳求您给我儿留条生路，好歹让这孩子能活着去到我那京城的亲戚家里。老婆子我死就死了，我儿断然不能啊！"

好端端上京参加聚会的主仆，在遭遇到悍匪夜闯私宅后，被逼打乱了纲常顺序，为躲过一劫不得不编造谎言。

王阳明见状，不好再说什么，他此刻也是方寸大乱，毕竟没经过此类事件，再一开口仍是双唇发抖，自己都听不清自己说的是什么："屋里只剩我那苦命的爷爷，操劳了一辈子，却也潦倒了一辈子。如今他老人家得了这治不好的肺痨。恐怕两位壮士也经不得这病吧？不如去我身侧右下方位置的鞋架子里取那《琥珀法典》来。"

关于这《琥珀法典》的隐藏位置，只有王阳明与王伦两人知晓，妙儿、辛嬷嬷全都不知。

"《琥珀法典》？"

王阳明身侧那人像是听到了天籁，虽然王阳明看不到他，但也能感到那人的一双贼眼放出光彩。王阳明见其貌似得到了期盼已久的答案，只觉这里有诈。可惜他势单力薄，无法与两人对抗，此刻只能祈祷这两人拿了《琥珀法典》后走人，千万别去内室啊！

于是乎，两个悍匪将辛嬷嬷抛出来的银子、银票收了，又是一脸得意忘形之色。两人按照王阳明的指示，从其站着的右侧方鞋架之中的隔层内，取出了一本入手轻巧的用琥珀做成的书来。

让王阳明有些意外的是，这两个悍匪将书拿到后，竟然美滋滋地打开欣赏了一番，再没提其他要求。他们又看了一眼王阳明身后的内室，吓得王阳明脸色大变，禁不住向后退去，一屁股坐在地上，也不觉疼痛。

那打一进来便持刀在侧威胁王阳明的悍匪终于让王阳明见其真容，其身量、体态果不出王阳明方才所料——恍若一根略显打弯儿的"铁棍山药"。

此刻，他又持刀指向王阳明，眸底凶光乍现："小子，你早把这稀罕玩意儿拿出来，也不至于跟我们哥儿俩僵持如此之久，我们也好早些放你二人自由。哼，我也知道你家没个正经银两，就不与你纠缠了，我们先把这好东西卖了，换些金银打酒喝去！"

辛嬷嬷只怕两人再做停留，继续跪地苦苦哀求："我们娘儿俩真的什么都没有了，还求两位大爷得手后拿去打些酒喝，留我们一条性命。若是再管我们来要，我们也只有贱命一条，要杀要剐随尔等了！"

两个蒙面悍匪听到此处，倒是比方才心慈手软了下来。那"铁棍山药"在欣赏完《琥珀法典》后，只觉此书工艺精湛，他原本彪悍强硬的手段举止此刻也放缓了，将那《琥珀法典》轻轻地放入自己怀中。

王阳明见此情景，深觉两人大有来头。他庆幸自己留了一手，否则指不定怎么后悔。

待那两人走了，王阳明才将面如土色、吓得跟只猫儿似的妙儿从内室里唤了出来。

老爷子是从歹徒威胁王阳明时才醒来的，最初还以为是梦呓，后来一个睁眼起身，只见妙儿在他跟前做让其噤声的动作，又见妙儿捂着嘴巴，朝着外室比画着"砍头"的手势，就知有恶人闯进。

老爷子起身，由妙儿搀扶着打内室出来。辛嬷嬷一见老爷子，忙扑通一声下跪磕头："老爷子，我对不住您! 愣是让他们把您随身携带的宝贝给抢走了。不但如此，我迫不得已，还将您给藏匿在袖中暗兜里的银票，还有随身携带的荷包都给他们了。"

王阳明屏住呼吸，用受惊之后残存不多的力气一把搀起辛嬷嬷道："这是我的主意，跟嬷嬷您无关。嬷嬷本还想以一当二，牺牲自己引开悍匪，给钱什么的原只是为了拖住两人，暂为缓兵之计罢了。谁知这两人不知足，愣是要往内室闯，我不得已才说出这《琥珀法典》所在的位置。想来这二贼有点常识，倒也不算实打实的大老粗，他们站在原地有滋有味地翻看欣赏了半天这《琥珀法典》，方才拿走。爷爷，您的身体可还好? 要不要请大夫过来看看? "

妙儿虽无亲身经历此劫，可身处内室，侧耳旁听，只觉比亲历更加惴惴不安、如履薄冰，仿佛不动都能坠落悬崖，万劫不复。跟外室的王阳明一样，妙儿小小年纪，只得抱头蹲身，一动不动，祈祷悍匪不要进来才好。

尤其是一开始，爷爷被妙儿叫了三四声仍不见醒来，后期悍匪与王阳明交谈时，他老人家突然睁眼，反倒是吓坏了她，就怕适得其反，惊动了外头那杀人不眨眼的歹徒。

她心中担忧哥哥的安危，可那时的她没有后来那一身本领，连自保都要倚仗他人。

小两口虽只一门之隔，却好似天各一方，永远不能相见一般。

如今妙儿从门后出来，只想好好拉住王阳明的手再不松开。

老爷子王伦倒是一副处之泰然的样子，方才他也是吓了一跳，此时倒平静无波："东西是死的，人是活的，只要人没事儿就好。得亏有辛嬷嬷与你在外支撑周旋，好歹维持了局面，要不然大家都得遭殃。这次我提前设防，将大钱换作银票缝在贴身的中衣夹层内随身携带。要我说，这两个贼人还不算最坏，闻听内室有个病患愣是没有闯入，好歹留着些路费给咱们四个，虽不见其良心何在，可尚存理性。此地距离京城还有一段路途，我们速速收拾行囊，马上离开。"

路途之上，四人恐生意外，便拥挤在一辆朴素无华的马车里。他们雇用了一位老实憨厚面相的车夫，走官道一路快行。

辛嬷嬷见老爷子精神状态好了些许，便询问："老爷子，这次事发突然，沿途若有官府，咱们是否禀告？"

"我自有安排，不必担心这个，也无须着急。"老爷子闭目养神。

辛嬷嬷道："阿弥陀佛，这回可把老奴吓坏了。别看我当时铆足了精神跟他们周旋，好似一副天不怕地不怕的样子，可我这心里啊，各种担惊受怕，生怕一句话说错了，反倒激怒了对方……现在想来，依旧是满身冷汗啊！"

辛嬷嬷说罢，不禁咳嗽了几声。

王阳明听她似有不适，便安抚道："嬷嬷不舒服吗？要不我跟嬷嬷换个位置，我坐外头来，嬷嬷抱着妙儿靠一会儿吧！"

"那怎么好呢？我在这儿随时伺候着，若有需要，我也好吩咐外头。"

王阳明道："我也不小了，也能做些事了。嬷嬷经了昨夜一事，恐没休息好，我瞧您面有菜色，还是快些靠着坐垫睡上一会儿。等到了驿站，嬷嬷还要打起精神张罗住店呢！"

辛嬷嬷确实已然到了极限，见王阳明主动关心，也不好驳了主人的情面，便与其在马车里换了位置，靠在内侧抱着妙儿沉沉睡去。

到了驿站，辛嬷嬷脚丫子一落地便昏厥过去。

还没来得及给王家上下张罗，她自己就被老爷子吩咐着由客栈里的两位伙计用担架运回屋里。

找大夫来看辛嬷嬷，说是惊吓过度伤及脾胃。

辛嬷嬷当即闹了肚子，上吐下泻，好一番折腾。

她这样熬到半夜才睡去，入睡后又是各种呓语，噩梦连连。

而王伦老爷子这身子反倒好了，嗜睡什么的一概全抛，又恢复到了过去的精神头儿。

王阳明与妙儿分头照顾辛嬷嬷，这可把辛嬷嬷愧疚坏了。

辛嬷嬷眼看着小主人和未来女主人为自己端茶送水，委实觉得对不住王家上下。她想了想，便对捧着一碗热粥的王阳明道："我这两天好了些，小少爷不如放我回这附近的崇州老家养病。我去十天半个月，回头再到京城与你们相聚不迟。"

王阳明心下一愣，不解地问道："嬷嬷在崇州有亲戚？这事儿没听您说过啊。您家亲戚不是在姑苏一带吗？您之前还说，您夫君在江宁那边的县衙当衙役，怎么……"

"嘿！我说的这个崇州的亲戚，乃是我嫁出去多年不见的堂妹。好在我年幼时跟她关系亲密。虽说她从江南嫁到北方，但我们两人一直有书信往来，感情不降反升。我如今病成这样，怎可劳烦小少爷您跟老爷子操心受累？原本咱这一路就颇为惊险……"

王阳明蹙眉，将这一小碗热粥用莲花瓣瓷勺轻轻搅拌："我们是心甘情愿照顾嬷嬷的，嬷嬷何必不好意思？要算起来，嬷嬷来我家足有一年半了，我们对嬷嬷的为人行事亦十分了解。何况出门在外，难免碰上个不如意，谁能一直不碰到事儿呢？可这京城郊外你我都不熟悉，您这堂妹又是多年未见，我怕……"

"小少爷不必担心，崇州距离这家驿站本就不远，坐上马车走个七八里路就到了。何况我那堂妹家原是开酒馆的，那店面就在崇州城门口几步之遥的街面儿上，瞧见那'耿记酒庄'下车便是。"

辛嬷嬷这次心意已决，任凭王阳明如何劝告，也不动留下的心思。

王阳明将此事告知爷爷，王伦老爷子眨巴眨巴眼儿静下心来一想，道："我瞧着辛嬷嬷似有负担，要这么下去，反倒让她病情加重。我算着到京时间，如今即便快马加鞭，恐怕也要推迟两三日才能抵达刘府，不如就随她去。此次来京的目的本就是与我这同窗相会，谁知接二连三有差池这才耽搁

219

了，我唯恐再生变故。"

"那就让咱们新雇的这位冯车夫送辛嬷嬷去到她堂妹家。我也一路相随，看着辛嬷嬷到家我再回来。"

那时候男孩子都比较早熟，王阳明从年龄上讲虽只是个幼小童子，但行事做派、说话举止已然相当成熟妥帖。

他考虑事情犹如画圆，尽可能将最圆满周全的解决方法摆在桌面上。

休养了一天后，一家人很早用过早饭，冯车夫、王阳明、辛嬷嬷三人坐车上路，前往距离驿站不算太远的崇州。

想不到出门走了不到四五里，辛嬷嬷突然说头晕恶心，看似晕车了。

三个人下车换气儿，辛嬷嬷扶着马车干呕了几次，却是什么都吐不出来。

"小少爷，干脆趁着天没黑，咱们又在官道上，不如就让老奴先步行一段路途，等不那么难受了，我再雇一顶小轿子，自己回去得了。自打那夜遭劫，我一坐车就恶心头晕。"

"那可不行。为了送嬷嬷，我特意跟爷爷说好一路相随，为的就是亲眼看见您到家。"王阳明强烈否定，小脑袋晃得像花鼓一般。

"这有什么不放心？您看咱们现在走的是官道，我先不着急上轿子，免得再难受，我循着官道往前走，不远处八成就有吃饭喝酒的小店儿了，这一路上来往都是人，不可能有事的，就差这三里路而已，天黑前定然能到我堂妹家。"

王阳明见拗不过她，只好由她去了。

可令人惊诧的是，辛嬷嬷前脚一走，王阳明便吩咐车夫道："走，我们去崇州县衙告状，爷爷和妙儿已经在那里等候我们了！"

还不等辛嬷嬷到达目的地，就有几个乔装打扮的捕快沿其路线，一路直追。

当天下午，就在崇州抓获了打劫王阳明一家的那两个强盗，连同"猫哭耗子假慈悲"的辛嬷嬷。

崇州县衙内，青天大老爷于知县三堂会审，将此事的来龙去脉问了个清楚明白。

捕快又从两盗贼身上搜出还未脱手的《琥珀法典》，人赃俱获，无法抵赖，一行三人均当堂挨打，拖下去关入大牢。

只是那辛嬷嬷一直不解，怨气冲天，还在狱中叫嚣着说要见一见她家小少爷王阳明，她想要亲自问问他，到底是何缘故，叫他看出破绽，否则她死不瞑目。

于知县请来当今状元之子王阳明。

王阳明也不惧怕，跟着爷爷，带着妙儿便又来到了崇州县衙大堂之上。

那辛嬷嬷连同另外两个悍匪已被重罚，浑身伤痕累累，全然若丧家犬、落水狗，再无丝毫当夜彪悍的样子。

"我想问问小少爷，老奴我当夜不惜牺牲自己、放弃尊严力保你一人平安，当时你也看在眼里，还说十分感激感动。你爷爷亦是如此。可你又为何在几天以后发现破绽？到底是哪里出了问题，让你忽觉生变？"辛嬷嬷披头散发，如湖底恶鬼。

王阳明见其浑身是伤，原好生打扮亦是风韵犹存的她，如今沦落至如此地步，着实感慨万千。

"嬷嬷难道不知'言多必失'这句话吗？你勾结的这两人，其中这位若'铁棍山药'的家伙，一张嘴便暴露了自己。他见到我的第一句话是'这小子反应颇为迅速，差点儿就让他逃了。好个鬼机灵，果然不同凡响，今日见到本人，我算见识了'。我当时听到这话，第一反应就觉此人应该是听说过我的，可能就是从我身边的熟人那里得到过有关我本人的传言与信息。劫匪对我有些模糊的概念，但又不好确定，那夜抢劫见到我本人，他突然有种后知后觉的感悟，可这种感悟因之前有被别人提前告知的印象，两相对比，不禁有感而发，才说了那样的怪话。我一听就觉身边有内鬼。"

辛嬷嬷因是女囚，只着脚镣，却没戴手铐，她听到这番言辞，不禁将右手抚上前额，假装撩动蓬乱的长发，实为羞愧："那一刻，小少爷就断定我是内应了吗？"

王阳明摇头："非也。因那'铁棍山药'虽身怀羊膻恶臭，但说话有些文人雅士的咬文嚼字，且其刚一发问，就直奔珠宝古董这个明确的主题而来，而后其和这'四喜丸子'颇为欣赏那一本《琥珀法典》，倒对银子不太感兴趣。我当时就觉那'铁棍山药'八成不是纯劫匪出身，此人读过些书，颇通晓些珠宝鉴定常识，性格与行事做派多少有些矛盾。我曾接触过不少此类性格的人，发现了一个规律。此种个性矛盾之人，大多为小知识分子或偏市井坊间的普通家庭出身，仕途不顺、命运多舛，家族或有大变故，导致其心胸狭隘、观念偏激。因找不到发泄解决的突破口，此类人便将怨气发泄到身边混得不赖的熟人身上，对旁人愈加下手阴损，多有算计。想来，我家是没有这种亲戚的，但辛嬷嬷家很可能有。"

辛嬷嬷冷笑几声，口里含混出最后的不屑与挣扎："是啊，我自打知道你们这一路要带上那《琥珀法典》，就开始筹谋行动了，早就派人传口信给他们二人，叫他们于这一路之上随时待命。"

王阳明道："这两个悍匪确实吓人。但他们目标明确，拿完宝贝就走，未见其再行抢夺。但这并不意味着他们内心留有善意，而是因其深知我们只是进京会友，不曾多带银钱在身，索性也就不必拖延。而这消息，定然也是身侧之人放出去的。"说罢，他不由得往前几步，"有件事我也想问嬷嬷！"

"何事？"

"嬷嬷那晚说要我亲自去内室叫爷爷起来，您待在外室候着，说如果爷爷有吩咐，您立即去厨房做饭。当时您是不是想把我支开，把妙儿留下当作人质扣在您手上？如此一来，您就可以更好地摆布她，顺便拿她做威胁，问内室中的我与爷爷二人《琥珀法典》到底在何处？"

"不错，我是想拿诸大姑娘做人质……如果他们两人吓唬你们，你们仍不说出宝贝藏在何处，我就直接拿她开刀，威胁内室中的你俩。"

王阳明摇头道："我知道，您还没有坏得那么绝对。您要我们回到内室，也是对我们进行另一种保护，希望我跟爷爷能避开这惊骇的一幕。人心都是肉长的，您跟我们在一处时也算尽心伺候，不曾有过半分错处闪失，这些我们都铭记在心。可您千不该万不该因一时贪念，勾结奸佞图谋我王家之财，竟然还想让妙儿充当人质角色，真心狠！我再问您，一路之上爷爷和我们的饭食、茶水几乎都由您一人操办，您是不是给爷爷的饭食里过度添加安神的药了？"

"不错，是我在老爷子的饭食里加了嗜睡之药，我也的确想将那《琥珀法典》自行贪走。可我的的确确不愿您跟老爷子受到威胁恐吓。凭良心说，老爷子和您跟我相处时间最长，对我又好，我也是无奈之下才做出这种丑事。于是，当夜我本算计着将您支到内室和老爷子一处，这样您会更加安全，也免去看到外室发生的一切。只要我扣留诸大姑娘，拿她做威胁，想必你俩再不敢隐瞒这东西的藏匿之处。只是我没想到，进去叫老爷子起来的竟然是诸大姑娘，却把一向人小鬼大的您给留在了外室和老奴演了这一出好戏……"

"当天那两个悍匪气势汹汹、说话决绝，我原以为您跟我一起'卖惨'，倒也可以应付过去。谁知道，您这所谓的'配合演戏'还是一出'戏中戏'……"王阳明不无讥讽地说道，双手交叉于胸前，这一次，他对辛嬷嬷大为失望，"您对我跟爷爷手下留情，却对妙儿百般算计，就这一点，我也绝不饶恕。但看在您是一时贪婪、心中还尚存良知的分儿上，我会求知县饶您一命，从今以后，您跟我王家再无瓜葛，过去的情分也一笔勾销。至于您家这位'铁棍山药'连同他那江湖同伙'四喜丸子'，哼！还是交由我《大明律》处置吧！"

辛嬷嬷听到这话，连同身后被打得皮开肉绽的"铁棍山药""四喜丸子"一并惶惶抬头，心惊肉跳之感不言而喻。

"知县已经托姑苏那边的同僚查明，你丈夫于半年前就因私受贿赂被百姓联名举报，一时间丢了小吏的职位。他便是跪在嬷嬷你身侧之人，也是当夜持刀架于我颈间、拿话揶揄我的'铁棍山药'吧？此人之前乃为江宁县衙的小官吏，的确有些小能耐，但若说大才嘛，倒也谈不上。就是此种有些小才、自以为是、仕途不顺之人，最易惹是生非。尤其是他突遭变故，最易自暴自弃，沦落到奸佞盗匪的地步。"王阳明看着那蓬头垢面的"铁棍山药"，不无叹息。

辛嬷嬷听到此处，也知丈夫存活无望，顿时百感交集，又是哭又是笑，早就是一脸疯癫："是啊……我相公原本出身寒微，费尽心机、受尽委屈，好不容易得了个刀笔吏的小差事，我原也想着他在江宁，我在余姚，两边安然、各自伺候着已是很好，可谁知竟会突然生变。"

此刻，一直在旁边端坐、静观孙子推理的王伦老爷子突然开口道："你夫君出了事，就算你惶惶不可终日，好歹跟我们知会一句，何必暗中加害？何况，你夫君已然不是当初那个爱好读书、颇通珠宝的刀笔吏了。他自打失职以来，便寻了他过去曾结交的几个江湖盗匪一起做事。其中这大胖子与你夫君来往最为密切。而他们二人在崇州也确有一处藏匿之所，这地方倒不是什么酒庄茶馆，而是一家废弃多时的屠羊铺。你家这口子就在我家云儿一侧，通身腥臊恶臭，想必是他们二人提前到达后，没有容身之处，不得已吃住在那家拐角处的屠羊铺里吧？我猜想，他们二人重逢之时，便密谋如何通过你来算计于我王家。可能那时你良知尚存，出口制止了他们，也可能是你当时觉得时机不太成熟，遂并没有下手。但那个时候，你便向你那夫君多次提及过我家云儿，说他能言善辩、心思机巧、为人变通……"

辛嬷嬷颔首："是，老爷子说得对。我开始的确阻止过他们，让他们少打我主人家的主意。可日子久了，我这夫君一直没有事做，成日唉声叹气，酒亦饮得比往日多，还沾染了赌钱的臭毛病……我怕他再这样颓废下去，恐就废了，一番犹豫，还是顺了他，便借此机会，打探到你们此次上京原计划将这《琥珀法典》送给刘府……"

"辛嬷嬷可真觉得我心思机巧、为人变通？"王阳明绕过辛嬷嬷，于爷爷身侧站定。

"是，小少爷绝顶聪明。所以当夜我丈夫一看刀下威胁之人居然是你，颇为感慨于你那容颜举止、言行做派，只感慨你年龄虽小，但已是大家公子风范，他虽是一成人，也自愧不如。"

"那么，辛嬷嬷可曾想过，即便你几人里应外合，也无法拿到真正的《琥珀法典》？"

"你、你说什么？"辛嬷嬷等三人一听此话，顿时张皇失措、心慌意乱。

王阳明笑意不退反增："当夜你们左右配合，可谓上演了一出大戏，我也算参与其中，好一番闹腾。可我要说，那晚你们盗走的《琥珀法典》，无论从质地、形式、内含物上来看，理应叫'树脂夜话'。"

"你、你的意思是……"辛嬷嬷开始结巴，一口气没跟上，差点儿晕过去，瘫软在地，双手双脚尽量撑住，口中粗气大喘，一副失魂落魄的样子，"那东西是用年头不够的松柏凝结而成的树脂做成的赝品，不是真正的《琥珀法典》？"

老爷子王伦颔首，不慌不忙地从旁拿起茶盏："真品早就送到长风镖局手中，在一个月前就已由专业镖师护送上路。此刻我这边已经得到消息，真

224

正的《琥珀法典》已然抵达刘府，入了我那老同窗的多宝槅内了。你们偷的那个原就是我以防万一，故弄玄虚做着玩的仿品，是用年头不够的松柏类植被的松油子压制打磨而成，那上头的字，都是老夫我闲来无事，慢慢刻着玩的。怎的，你丈夫不是颇有才学、精通珠宝鉴定吗，居然连琥珀和松脂都分不清啊？要我说，这种自认大材小用、成日里只知瞎胡闹、却不知自我检讨的丈夫不要也罢，没什么可惜的。"

番外四

文人宴抚琴月胧明　芳草青断案白鹅诉

该事件过后，辛嬷嬷被判流放三千里，想必这辈子是不得见了。至于那两人，八成是秋后问斩的命。

话说这一天，王家一行三人总算到了京城刘府，刘铁刘侍读早早率一众家仆门外相迎。

老同窗见面格外亲热，王阳明见此团聚情形，也是分外羡慕。

三人入府，沿金玉满堂影壁墙进到府院。府中院落中央种一排婆娑修竹，置几座高低错落玲珑假山，令三人玩味不已。

迎面厅堂外，伫立着两根黑油大漆柱子，上题楹联"三分分匀香茶，解解解元之渴"，下联为"一朝朝罢圣主，行行行院之家"。

绕过这一景致，再往北拐去，上七彩勾画"精卫填海""八仙过海"等题材的雕梁斗拱。

旋即登梯，一行人沿梯登临这小楼的二层，此楼名曰"望月"。

刘侍读跟爷爷在前笑谈，话里话外除去叙旧，唯剩今晚文人酒宴之事。

晚间宴席，宾客满堂花在侧，葡萄美酒夜光杯。

整场气氛虽谈不上鲜花着锦、烈火烹油，却也是座无虚席、热火朝天。

文人雅士开办酒宴，多半有琴相伴，此次亦不例外。

刘侍读遣人抱来仲尼式古琴，与身旁的爷爷唱和鸣奏，周围宾客把酒言欢、推杯换盏。明明未到中秋佳节，却因酒宴气氛浓情热烈，时不时有高谈雄辩、叙旧交心之声于觥筹交错间回响，倒让人生出"举杯邀明月，天涯共此时"之感。

王阳明深吸了一口屋内安息香的清洌香气，一双乌溜溜的黑眼睛落定在供台之上那一对奇特的青花瓷瓶上。

这是一对青花蒜头芍药纹团花瓷瓶。王阳明头一次见这种长脖子、蒜头口、大肚子的夸张瓷瓶，刚一看见，一双眼睛就不愿再挪开。

王阳明刚神游片刻，恨不能伸手过去取一只那造型另类的蒜头瓶来，就听手边的桌案上有人上菜，耳畔传来瓷器轻碰交触桌面的窸窣声响。

一青花缠枝莲纹八仙花口盘放置跟前，内里盛放一条清蒸小鱼，鱼身齐整，泼了水晶珠玉似的平躺在他跟前，乍看之下就已然勾起食欲。

和这美味鱼肉一并上来的还有眼前这只青花穿莲青鸾碗，内有半碗米饭，连同星星点点的黄色小米混入其中，颜色相得益彰，营养搭配得当，很是勾人馋虫。

又见一青花岁寒三友纹铙碗，斗笠碗状，但起边儿不似寻常的斗笠碗那般延长挺翘，相形之下，整个碗口更向外扩张放宽。好似故意这般设计，留出那富余地方，待有心人赏识端持。

"这里是汤。"妙儿与王阳明低语交谈。

妙儿与王阳明跪坐在一处，两人面前分别放置了两条几案。此次宴会规格形制效仿汉朝士大夫席地而坐的饮食习惯和议事姿态，这样一来，也便于大家平等交流，举杯敬酒或者高谈阔论，只需站立于自己跟前的几案之前即可，并不用大动干戈地出来应答。

王阳明看了眼一旁仆妇给妙儿上的那几样美味菜肴，见妙儿所用餐具、所上饮食均与自己无二，这才放心地道："我瞧着这汤很是美味，等一会儿他们开吃了，我先来一口尝尝。"

"还有一道呢！"妙儿将小手探出衣袖，小心地用食指点了一下刚刚上来的一道水煮白菜，"这是不是就是传说中的梵文？"

王阳明眼前一亮，果然，刚刚上来的这盘水煮白菜乃寻常汉食配菜，可这盛放白菜的盘子妙趣横生。此乃青花梵文盘，大小开口若文人书房所用的笔洗，下胎底座稳重厚实，若真将其放大几倍，恐怕养鱼也不成问题。最

227

关键的是撰画在盘子之上的佛学梵文，虽然王阳明没研究过此梵文形制样态，但将此物拿在手中整体观望，便也能猜出个大概："可能是《心经》或者《金刚经》的一部分吧！"

妙儿扑哧一笑，忙用袖掩唇："好好的美味尽在眼前，偏要我们记着'色即是空，空即是色'，还让不让人好好吃一顿啦？"

不多会儿，又有几道精致青菜外加一小份葱爆羊肉端来摆至众人的几案前。王阳明看得仔细，这些盛放菜品的一应瓷器，均为各色精巧青花瓷，且这上头描绘的图案、器皿本身形制等，在绍兴余姚是断见不到的。

王阳明见那仆妇最后才将容易倾倒落地的筷子摆放至两人跟前的筷托上，他拿起那筷子用手丈量比画："三长两短，天圆地方，好在是黄杨木做的。"

妙儿也拿起那筷子，张开虎口比画："我那梳子便是黄杨木所出。听说这黄杨木最是清热解表、化湿通气。想不到这刘大人真真讲究，吃顿饭又是上青花瓷碗，又是摆黄杨木筷子，可见其注重排场，还看重养生。"

王阳明坏笑道："好在这筷子不是玳瑁、象牙所制，要不真就应了那句成语——暴殄天物了。"

他说这话时，将嘴巴紧贴住妙儿的右耳，右手还将自己张着的嘴巴牢牢盖住，好似在说不可泄露的天机。

这有些亲昵过火的动作引起了刘侍读的好奇，他只瞄了一眼便有感而发："好一对璧人啊。老同窗独具慧眼，为孙辈订了这么好的一门婚事，真乃天赐良缘。"

王伦老爷子喝了一口酒，笑道："哎呀呀，你可不知道，这小两口在余姚时，一听说要来京城游玩，高兴得又蹦又跳，饭都不想吃了。"

此言一出，王阳明和妙儿两人纷纷红霞映门，光彩浮面。周围之人闻听此言，也一并乐开了花。

王阳明见大人们在刘侍读的招呼下纷纷开始动筷，便也拿起筷子，主动张罗一旁略有拘谨的妙儿道："妙儿，你快些吃这鱼，凉了就不好吃了。"

"哥哥，我怕被刺到。这鱼你都吃了吧，我喝汤，吃其他菜也是一样的。"

"那怎么行啊？是不是赵氏之前故意拿鱼刺扎人之事吓唬过你？故意在

你吃鱼时说些有的没的给你添堵？"

妙儿没有否定，只望鱼兴叹："万一被刺到了，这大庭广众之下的，吐又失仪，不吐又难受……"

"我帮你择鱼刺，你且细嚼慢咽，万一真有刺，你干脆就直接吐出来，不碍的。"

不等妙儿再说，王阳明便将妙儿手边那盛鱼的盘子拿到自己跟前，为其仔仔细细地择起鱼刺来。

吃了一会儿，刘侍读便与众文人雅士行酒令助兴。

酒令一来，更是生动热烈、掌声不断。

有宾客提议，说让状元之子王阳明也来一首小诗祝贺。所谓借景抒情，无非就是借由眼下窗外的风光或者自在的亭台楼阁作诗对罢了。

刘侍读颔首，看向身侧的王伦老爷子："我也想见识一下云儿这孩子的诗书如何。老同窗，不如我们就拿这望月楼为题，请你这宝贝孙子作诗一首如何？"

众宾客皆拍手叫好，场上气氛愈加热烈。

王阳明听罢，起身拱手："烦请侍读大人叫人抱了那仲尼式古琴来，借晚辈一用。"

众人听罢，皆眼前一亮。刘侍读亦是惊诧："哦？好说好说，来人，把这仲尼式古琴给我们云儿抱去。"

不等王阳明坐回，就有两名仆从分别将那盛放餐食的几案撤走，换成抚琴专用的，又放了清茶、毛巾、一小碟丁香，伺候王阳明漱口、擦手。

王阳明将那栗色丁香从铅白色的小方瓷碟中缓缓拿起，放两三枚入口中慢慢咀嚼，只觉得甜辣刺激、辛香带爽，五官七窍都通了。他再端起茶盏，将些许茶水送入口中，茶一入口方觉是那千岛玉叶。此茶利尿抗菌，醇厚鲜爽，香气清凉，诸多大户人家、文人雅士皆在饭后、睡前取一点做漱口之用。王阳明深觉刘大人用心良苦，遂当漱口水之用优雅地多漱一会儿，最后才用衣袖遮面，将那漱口之水慢慢吐到跪地仆人托举着的小铜盆中。

一系列动作按部就班、驾轻就熟地完成，王阳明便将王导家后人、当今状元之子的风范一展无余。

王阳明正襟危坐，双手下落垂于琴弦，悠然拂动，边演奏边朗声诵读：

"金山一点大如拳，打破京师水底天。醉倚妙高台上月，玉箫吹彻洞龙眠。"

"好！"众人拍手叫好。

老爷子王伦很是得意，不住颔首扶须。

刘侍读感慨万千："不愧是名门之后。老同窗，你教育得好啊！云儿，你即景兴诗，律对工整，而且显露出不凡的气质、高远的眼界，可见你虽年岁尚小，但眼界颇高。都云不以年岁论英雄，今儿我算见着了。"

王阳明也不谦虚，一脸浩然正气，正经八百地道："多谢侍读大人夸奖。这都是我爷爷教得好。"

众人又是一阵朗朗笑声。刘侍读看着老同窗道："瞧瞧，你家孙儿多会说话，三句话不忘谢你这做爷爷的，好个孝顺孩子。"

此诗一出，随即又有宾客对王阳明道："小公子仪表不凡，乃人中龙凤。刚刚伴琴声作诗，好生风月雅致。可否继续演奏一曲，以这望月楼东侧的'蔽月山房'为题，作诗一首助兴？"

王阳明听罢毫不怯场，如同在家般自然洒脱："好！"言罢只轻抬袍裾，巍峨若泰山入座，腰背挺直，也不迟疑，当即双手做垂蕊状，又是一曲高歌演绎，"山近月远觉月小，便道此山大于月。若人有眼大如天，还见山小月更阔。"

"好！"众人又被王阳明惊才绝艳的作诗技艺惊诧。

王阳明与众不同的洞察力和丰富的想象力，令在场之人无不叹服。

刘侍读愣怔片刻，眸子如炬地看向王阳明，似是挖掘出一块璞玉："'气概不凡若此，先生真天授哉'，老同窗，你有福了！将来这孩子必然是那状元、榜眼、探花的不二人选，想我大明朝野上下，定然无出其右，若你家云儿谦称第二，谁又敢自称第一？"

王伦老爷子刚要摆手自谦，王阳明听罢，瞬间接话，态度从容淡定："状元、榜眼、探花我自不稀罕。自古向来不缺所谓应试人才。只叹人心凉薄，循理者少、悖理者多。凭他风云荏苒，从来如此。况世间头等大事乃是成为这一一等一的圣贤之人，此无他。"

此言一出，可谓语惊四座。众人不承想这王家长房长孙竟有这离经叛道之思，说出话来皆是超乎常理、耐人寻味。

刘侍读倒不似在场众人这般愕然，其脸上浮现出赏识之色："云儿这孩

230

子真真有趣，可见你天生与常人不同。自古想当状元、榜眼、探花之人芸芸，立志做那'孔孟'圣贤的倒少。也罢，今儿你抚琴吟诗，也算月下明志，我且代表众人饮下此酒，以表激励后生之志。"

王阳明见刘侍读竟已起身举杯，这是要亲自敬他啊！他忙也举杯起身拱手道："岂敢劳动长辈敬晚辈酒喝？"

王伦也随即举杯起身："老同窗，你这是何必？云儿虽志向高远，但年龄尚小，他半开玩笑似的随口一说，何必当真？"

刘侍读却是一本正经地看向王伦："早就闻听你这孙儿与众不同，今日一见，远比那些高中科举之人要明白通透。听他言语，已是心有丘壑，自成一派。此子将来必成大器，还望到时不要忘了刘某人，若能帮衬我刘氏子孙后辈一脉得以提携，刘某人感激不尽！"

说罢，刘侍读真就对着王阳明做了一个敬酒的动作。

王伦老爷子忙招呼王阳明、妙儿连同自己一起向刘侍读回礼。

众宾客原本惊叹这一幕的突然发生，可细细回味刘侍读这话，又亲眼见证王阳明这"放浪形骸"，便也不觉惊诧。众人齐齐站立，皆效仿刘侍读举杯敬王阳明和王伦老爷子。

这气氛真真出乎众人意料，搅得妙儿好生心跳加速，浑身似热流滚动，双颊亦是滚烫良久，潮红不退，只觉这一夜的酒宴玩味之处颇多，真真不可思议。

酒足饭饱那是必然，想不到这酒宴气氛空前高涨、激情似火，于八月的最后一尾里书写出浓墨重彩的一页。

三人于刘府住了几日，这一天，刘大人外出有事，特遣了府上仆从、车夫带王伦老爷子一众人等去到京郊南口踏秋赏叶。

自古京城乃至京郊，于秋日均有天然红叶，其中颜色千变万化，植被品种不计其数。但万变不离其宗，无论其仲夏颜色如何绚丽璀璨，到了金秋时节，均演变成那如火如荼、满城尽带黄金甲的色彩。

黄檗、胭脂、绯红、柳黄、鸦青、牵牛、白橡、芥子、栀子黄、桦木色……

好个秋色宜人、果实累累、北雁南飞、满山红叶。

凭栏久，金波渐转，白露点苍苔。红风万里芙蓉国，雪清玉瘦，桂花银杏浮玉，凉月满天街。天清如洗，道不尽这携酒桥宅华夏传统之颜色。

王阳明拉着妙儿一路向前，两人边走边唱，嘴里哼着江南散曲，脚下踏着如地毯般铺就的金红琼叶路。

妙儿极爱听这足下踏叶接连而发的沙沙声响。王阳明便带着她徐徐进发，很有那折尽秋风、于京师龙跃凤鸣之意。

爷爷在后招手叫道："前头那小两口别走那么快，小心撞到旁人。"

妙儿一听爷爷又叫他们"小两口"，倏地脸就红了："哥哥，咱们还是等等爷爷吧，咱俩走得是太快了些。"

"不打紧，这地方哪有人来？再说，咱们又不是跑的，走得快些而已，又能撞到谁了？若咱俩不快些走，恐怕爷爷还有更逗乐儿的话要说呢！怎的，莫非妹妹是想听身后爷爷唤咱俩'小两口'不成？"

"你坏死了，又拿人家打趣。"

王阳明用这话一激，妙儿果真比王阳明愈加向前行进了几步，踏叶而出的沙沙声愈加响。

许是一马平川，又观了这良辰美景，几人沿枫叶林而进，又顺银杏林而出，步行到一处小桥流水时，已是正午。

王阳明站到那小木桥上踮脚张望："前头不远处有家小食铺子，像是卖馄饨、包子的，我们去那儿吃些东西果腹吧。"

这古人开辟的所谓"小食铺子"一般分为两种。一种是类似于 21 世纪的杂货店或者 24 小时迷你营业超市，店面虽小，但内里所售卖之物相对而言较为居家贴心，一应事物也算面面俱到，适合附近百姓日常采办。但店外不设桌椅板凳，若买了饭食想要在此歇脚食用，八成只能站在店里食之。另一种则是类似于 20 世纪 90 年代初期流行于市井胡同里的野摊位或固定摊位。老板守着一家固定的小店，内里厨房、餐具一应俱全，两口子一个做饭，一个张罗客人。小店门口设有数套桌椅板凳，若门口地方大的，则恨不能将半条街都占去。客人买完饭食，大可放心找他家外头的宝地坐下享用。

这第二种更适宜眼下王阳明他们这种赶路或人生地不熟者。

大明毕竟是古代，地广人稀，几人虽身在京城，这燕郊地带却乃人丁不兴之处，见此小店白眉赤眼地伫立于此，也觉空荡荡、心慌慌。要知道，古人遇见黑店的概率远大于今人。

　　老爷子晃了晃随身携带的水葫芦，见内里没了水，想了想，还有一大段路要走，自己倒是没什么，可两个孩子不能渴着。他命刘府男仆先行一步，前去小店里招呼是否有人，自己则先按兵不动，带着孩子、车夫在原地等候。

　　"爷爷，您看下头往左靠近溪水的位置，是不是有一群白鹅啊？我怎么瞧着，好像白鹅旁边那两人在打架啊？"

　　王阳明真是不闲着，就在老爷子安排布置的当口儿，他火眼金睛，又观测到一处"风景"。

　　"哎？是有一群白鹅，就在小店靠左的溪水旁边。看样子白鹅旁边的两人，好似是要动手呢……"老爷子也踮脚张望，就见前方不远处有一群白鹅，白鹅一侧有两人面对面站立，似乎在争执不休，有冤仇一般。

　　其中挨着溪水较近一人，身穿栗色裋袄，下身穿直筒裤，两头裤脚高高挽起。原本他戴着斗笠，却因一时争辩气愤，将斗笠一把从头上扯下，甩到对方脸上。

　　"这个穿裋袄的一看就是农耕之人。"王阳明轻声对妙儿道。

　　另一人则紧贴白鹅群，张开双臂与对方争辩，唯恐对方会随时扑上去抱起白鹅就跑似的。他穿着一身较为随意的牵牛色短直裾，虽一眼望去亦是普通阶层，浑身上下却散着一股不见财神不撒手的铜臭气。

　　"这只鹅明明是我的好不好！它只是无意间混入到你那鹅群里而已，我都说了我认识它，你怎么就是不讲理啊！"那身穿栗色裋袄、农夫打扮的男子质问道。

　　"你说是你的就是你的？我这鹅原本就是十只！一只不多，一只不少。明明是你这个过路的，见我这鹅生得肥美，想要敲诈于我！"这穿牵牛色短直裾的说罢，便想休战，不是他不想再打，而是他眼见着有人上门，不得不偃旗息鼓罢了。

　　"哦，原来这个穿牵牛色衣服的家伙，乃是这小食店的店主啊！"王阳明恍然。

　　眼见着仆人已然走到店前，刚要敲门询问，就见那个护住鹅群、身穿牵牛色短直裾的男子大步折返而归，还不忘顺手扬起柳条当鞭子，将一群大白鹅轰至自己的小店里，随手关门，又用身子靠门一挡。

"喂！你凭什么把我的鹅也一并收了？"那农夫打扮之人接连抗议。

谁料这店主如此阴损，边张罗客人边手底下赶鹅进围栏，全程动作流畅，手脚配合自如，一点儿事儿没耽误。

农夫见此情景，更是来气，当即就要往店内闯。却见那店家扬起柳条当鞭，猛抽过去，将那农夫隔在了门外。

两人争执不休，眼看着就要从你一句、我一句，演变成你一拳、我一拳。

王阳明对这两人并不了解，那时的他也不是太精通所谓的"心学画像"，无法从微表情、微动作上看出两人谁在扯谎。他只心疼那鹅。若这鹅被恶棍冒领了去，或杀或卖，终归没有好日子。

"爷爷，我想去看看可以吗？"

"去吧，要小心些，谨言慎行。"

"是！"

老爷子知道孙子素来心怀正义，自己拦是拦不住的，便携妙儿、车夫三人同王阳明一道去了那小食店。

王阳明见那一群白鹅已然被那店主控制，鹅群在店内四下乱撞，咕咕叫着，好生吵闹。

他转头看向那农夫打扮之人，见他欲要和对方动手，便直接喝道："这位大哥请听我一言再动手不迟。"

农夫一怔，不觉往后退了几步，看向眼前这名幼童："你是什么人？"

"过路人罢了。刚才我看大哥您着实气愤，似乎是为了一只鹅揪心。"

"不假！听你说话倒也是个明白孩子。你来得正好，给我们两个大老爷们儿评评理。你说他光天化日之下，睁着两眼说瞎话，愣说我的鹅是他的鹅，这是什么人啊！"

一听这话，那穿牵牛色短直裙的又不干了："明明是你敲诈勒索，说什么你的鹅混到我的鹅群里了。天底下哪有这么可笑的事儿？我家本来就有十只鹅好不好？就是你见财起意，想讹诈我！"

王阳明听完这段对话，已然明白。

但他还是继续听了一遍大概的经过。

234

这农夫打扮之人，名为白三儿，原是邯郸一个地道的贫苦乡下人，此次带鹅下山，原是想将这大白鹅送与这边的一个亲戚。不巧这亲戚外出，他恰好又要来此地办事，路过这小食店前，刚好口渴想喝碗粥。想不到一碗粥下去，他再一抬头，只见自己带来的那一只鹅不见了，仔细一看，它竟已混入店主家的一群鹅中，不但如此，这只不争气的馋嘴白鹅像是没吃过好的一样，不但死皮赖脸地要和人家打成一片，还奋力抢夺着来自小食店店主扔过来的"美味佳肴"。

这农夫白三儿马上就警觉起来，起身想要将自己带来的白鹅领出鹅群。谁知眼前这个名为胡麻子的小食店店主，竟然胡搅蛮缠，说白三儿不曾带来什么鹅，这一群鹅都是自家饲养，乃是白三儿敲诈勒索他。

王阳明听罢，陷入沉思。

妙儿跟爷爷、车夫紧随其后，见那胡麻子一脸不客气地瞪向王阳明，妙儿心下大为害怕，比爷爷跑得还快，几步到了跟前，一把攥住王阳明的衣袖，将他的整只胳膊紧紧拉到自己身侧，自己的脚下却是一个踉跄："哎呀！"

王阳明手疾眼快，忙扶住妙儿，低头蹙眉："这底下是什么东西？"

他一个大家公子，自然不知妙儿踩中的究竟是何物，但也觉脚后跟被什么讨厌的东西磨了一下。幸好身侧的仆人连同身后赶来的车夫及时扶住两人。

车夫指了指小两口脚下踩上的东西道："公子自然不知，这是喂养大白鹅的谷糠。"

"鹅也吃谷糠？难道不是吃河里的鱼虾吗？"

"也吃鱼虾，可普通人家养鹅，鱼虾什么的到底少些。虽说这店主守着小溪，可这溪水里的东西有限，何况眼下正值深秋，北方又不比南方，回头溪水凝结成冰，家畜到底是要靠人为投食的。"

王阳明想了想："我记得有一次跟同学去一农庄玩儿，见过猪饲料和鸡饲料，那时我眼见他们往里添加谷糠，想不到鹅竟也吃一样的。要这么说，每家每户喂养的饲料都不一样啦？"

一旁的仆人接话道："这个倒也未必，要看本地的风俗以及饲养农户的个人钱银、所处环境，可随时调整。有的人家虽然饲养鸭、鹅，但因居所远离湖边，很多鸭、鹅都是'旱鸭子'，见了水愣是不敢下，平时这些鸭、鹅

235

吃的也全都是就近凑合的杂食，还全靠它们自己寻得。"

王阳明听罢，陷入沉思，想不到光是养个家禽而已，内含的门道竟如此之多，也怪自己孤陋寡闻、少见多怪，平时老读些曲高和寡的"阳春白雪"，不曾接触过这些"下里巴人"。

那胡麻子见状，还以为王阳明等多管闲事之人没了主意，竟自叉腰哈哈狂笑："怎么，没法子了吧？十只鹅都是我的，我看你们能把我怎么样！有本事你叫这鹅的名字啊！你看它搭理你吗？它若是搭理你，我就放它走！"

这厮佞笑不止，甚为刺耳。

王阳明不慌不忙地盯了胡麻子一会儿，又掏出帕子将地上所剩的鹅饲料包好。

他看出这胡麻子在这荒郊野岭定然是坏出了习惯，恐怕在胡麻子看来，他胡麻子就是那罗网的蜘蛛，凡是路过的都要被其逮住，在这大网之上留下点儿买路财，小到一只白鹅，大到些许银钱。总之，这厮利用京郊地广人稀、人迹罕至的特点谋财。赶路者虽大有人在，但因人生地不熟且此间求助无门，也就认栽了。长此以往，循环反复，助长了这厮的嚣张气焰。

"我说胡店主，"王阳明冷笑一声，声音讥诮，"你敢不敢跟我们去南口县衙一趟，让大老爷亲自断断这案子，让他评评理，看这大白鹅到底是谁的？"

"打官司？谁怕谁啊？"胡麻子一脸不屑。

反倒是农夫白三儿怕了："小兄弟，我哪有钱打官司啊？再说，谁给我辩护啊？我上了堂怕都怕死了，这厮能言善辩，我……"

"我给你当状师，大哥不必担心。"想不到，王阳明这次要以状师的身份出场。

老爷子王伦在旁颔首："银钱一事你也不必担心，由老夫我一力承担，你且放宽心将此案交给我孙儿辩护即可。"

王阳明看向那还在讥笑的家伙："我且问你，你是去还是不去？若不去，我们几个可就要动手抢了！"

胡麻子眼见骑虎难下，僵了一下身子，故作理直气壮，肚子一挺："怕什么？老子不亏心，走着！"

"且慢！"王阳明走近一步道，"你敢不敢将这十只白鹅一齐带着，让

236

知县大老爷亲自看看？"

"呵呵！"胡麻子忽觉这孩童脑子有病，接连捧腹嘲笑，"带鹅就带鹅！我就不信这个邪，大老爷莫非能看出这鹅是谁家的？哼，你这孩童好生古怪，不过倒也有趣！"

南口县衙内，只听外头有人击鼓鸣冤，大老爷火速升堂。

堂口则分分钟会聚一干群众，围观此案。

这白鹅一案倒是不足为奇，乃一桩小事。可令人称奇的，是那上堂为农夫白三儿辩护的状师。三人上堂也就罢了，身前还赶着一群白鹅。又是孩子辩护，又是白鹅上堂，这么一折腾，四邻八村的人全都出来看。

只见那孩童状师，一身缥色衣衫，挺胸抬头地走上堂来，此人便是王阳明无疑。其亲写诉状，交由师爷作为呈堂证供。白三儿、胡麻子皆为草民，只得跪地叩首。

王伦老爷子为方便行事，特将刘侍读给予的腰牌当作随身信物，交与孙儿使用，自己则拉着妙儿连同家丁于众人之中踮脚张望堂内情形。

王阳明虽为状师，但因并无功名，见了大老爷也只得下跪，口述冤屈。

这南口县太爷姓林名苑，看相貌是个守旧的知识分子，不知真打起官司来，他是否能够明辨忠奸。

王阳明作为原告一方的状师，先诉说了一番情况。而那被告一方的胡麻子，虽没状师，也是能言善辩的，他一口咬定自己是被对方二人联合敲诈勒索，话里话外把王阳明也说成了骗子，还不忘加了一句："他们做好了套儿，让草民往里钻，先让这人打扮成农夫，一副老实样子前来打探诬蔑，再弄了个孩子瞎胡闹，一并勒索我，这样就可以博取老爷您的同情。"

他此言一出，堂外看热闹的群众一派愕然，有些不知内情的纷纷指责王阳明这边："原来是设局啊！难怪有个孩子搅和其中。这年月，孩子最能打掩护，好个骗人手段！"

"是啊，要是把孩子也带进来，这样可以掩人耳目，行起骗来还容易博人同情，岂不是两全其美？"不少围观之人连连赞成。

"肃静！肃静！"林苑猛拍惊堂木。

堂中皂隶分两列纵队站好，手中水火棍整齐划一地响动，口中喝令"威武"二字。

这一下可好，别说是外头的一众人，就连王阳明身侧的白三儿、不远处的胡麻子、眼前跳着脚瞎吵吵个没完的一群白鹅，均是哑然无声，连同王阳明自己也已是心惊肉跳。

王阳明吸了一口气，屏息凝神，此时他必须给自己宽心，否则他将无法充分发挥。

"我且问这农夫白三儿。"林知县坐于堂前，将身子扭向那白三儿，"白三儿，你且说明白，天底下白鹅如此之多，你怎知你那一只偏巧混入了胡麻子的鹅群之中？"

白三儿刚被这么一吓唬，嘴巴明显不给力，加之其原就不是能说会道的主儿，眼下更是开口都费劲。

王阳明迅速开口："回禀老爷，这胡麻子原确有一群白鹅养在店内后院，但并非十只，而是九只。偏巧我的原告经过此店，喝口粥的工夫，这胡麻子便用谷糠作为诱饵，将我的原告的白鹅引入其白鹅群内。随后他死不认账，倒打一耙。试问这成何道理？一只鹅不算太多银钱，可对于一介靠天吃饭的农夫而言，大钱小钱都是靠运气来的，今儿亏一只鹅，明儿被骗一袋子米，积少成多，倒是成全了某些穷算计的小人！"

王阳明此言一出，博得了堂外一众人的心。堂下也有农夫，一听王阳明说"靠天吃饭""碰运气"等体恤自我、换位思考的陈词，均异常激动："没错！这位小兄弟说得对！我们都是靠天吃饭，每日穷忙一气，到头来也还只是碰运气。要都是今儿丢一只鹅、明儿丢一只鸡的，敢问我们还怎么活啊？"

"就是，原本我们就够不容易的了！加上什么交税啊、佃租啊，还让我们农夫活不活啊？"

"肃静！"林知县又一次拍响惊堂木，"可这鹅并无名姓，无论你们哪一方想证明它为尔等私产，都是难于上青天。"

白三儿听罢，脸若菜色，唯恐大老爷偏向胡麻子，刚要结巴地开口，王阳明及时上前一步，用身子遮挡住欲要开口的白三儿："启禀老爷，草民有个法子，可让白鹅开口认主。"

王阳明的话音落下，堂外众人皆大为惊异，就连妙儿也是不解："爷爷，哥哥怎么这么笃定？哥哥一大家公子，又从未亲密接触过六畜，如何断定哪只白鹅是这白三儿所有？”

老爷子想了想，忽然笑道：“我懂了，懂了！”

妙儿摇头：“懂了什么？”

老爷子道：“你还记得，刚刚在那胡麻子的小食店外，你脚下一滑，差点儿摔了一跤吗？”

“对啊，当时我没看清脚下的白鹅饲料，也不懂什么谷糠之物，所以……”

这边二人还没说完，那边堂内还在继续。

林知县蹙眉不解：“哦？你个小小孩童，可不许在南口县衙瞎胡闹！若说得不对，本官可要重罚！”

王阳明调整心态，毫不发怵：“老爷只管准备十张大白纸，将这一群鹅一字排开，一对一站在白纸之上。再备下一套笔墨，放于正中间的白鹅前端即可。”

听罢，县太爷半信半疑地派人准备。

堂外众人则交头接耳，不知这小童葫芦里卖的什么药。

不多时，每只鹅身下都铺好了一张纸，又有笔墨在前摆着。

王阳明背起双手，像个小大人似的绕到这一群不安分的白鹅面前，将平放在鹅前之笔拿在手中斥责：“大胆白鹅，你们哪一只是我的原告白三儿家的？怎就如此嫌贫爱富，给口粮食就跟人家走了？岂有此理！还不快从实招来，速速与我的原告回家！”

这话好笑，惹得堂内的衙役皆是窃窃私语。堂外有的农夫连连伸手指着王阳明调侃：“怎的，这孩子要用巫术不成？”

可能是王阳明语音夸张、动作幅度较大，那一群白鹅听罢，突然就聒噪起来，原本还算安静的公堂之上，又是一片吵闹，整个县衙各种滑稽。

王阳明也不管外头如何嘲笑，更不去看周边衙役是否讥讽，只继续呵斥那几只白鹅，见时机已到，便抬头与那一脸狐疑的知县对视。

林知县也是够了，还不等王阳明说话，便气得一击惊堂木：“你这孩子真是个泼皮破落户！到底问完没有？搅和得我这公堂都快成农庄了！还不速速告知实情！”

林知县这话原有些刻薄，但在素来以“教也不学”“谁也教不了”而闻名余姚书院的王阳明听来，还不算太糟糕。

他微微一笑，很是镇定地道："哎呀！这是草民失策呢！怎么能让这些家禽在公堂上随意方便呢？您瞧瞧，这都成什么了？但草民也知道，老爷您一向宽以待人，何况是这些可爱的白鹅呢？"

林知县忍住一口气，不想让堂下的百姓看见自己跟个孩子发脾气："是啊，家禽不通人性，今儿且饶了它们，还烦劳原告的状师速速禀来事实真相。"

王阳明向县太爷拱手谢过，便不言不语地向前行进，在溜达了两圈后，于一只较为敦实的大白鹅身前停住："这只乃我那原告混入鹅群之中的那一只！大人请看其脚下的白纸！"

王阳明此言一出，堂下已有农夫恍然大悟，不禁拍手叫好："明白了！这孩子的意思是要验那大鹅的粪便！"

知县听外头的喊声越加高涨，也知这孩童所做之事原来如此用心。他便忙从堂上下来，疾步来到堂下，俯身观瞧眼前这只被王阳明点名认定的白鹅。

只见其脚下踏着的那张白纸上，满是苔藓色的粪便。再看另外九只白鹅所踏之白纸上残留下来的那些粪便，均呈现出柳黄色。两相对比，十分明显，一眼就可看出端倪。

"让鹅写出冤情自然不可能。草民想着给每只白鹅身下都垫上一张白纸，这样就可以一目了然地验证出每只白鹅所排粪便是何颜色、有何区别。如果这些白鹅都是小食店店主所有，那么平时其投喂的饲料皆为谷糠，以此类推，这些鹅是否排便颜色都该相同呢？而我们亲眼所见，唯独这一只排出的粪便是苔藓色的，由此证明这一只与其他九只平日所食饲料大不相同，根本不是由这小食店店主投食喂养的。"说罢，王阳明将提前包好饲料的那方帕子从怀里掏出，双手呈到林知县跟前，"大人请看，这里原是我捡到的胡麻子家喂养白鹅的谷糠饲料。各家各户因投喂的饲料、所处的环境、家境的好坏不同，白鹅排出的粪便原该不同才对。"

林知县将那帕子接过，展开来看，果然是当地人最爱用的谷糠饲料。

"大老爷！"白三儿此时见峰回路转，也多了底气为自己申辩，再不像方才那般吞吐结巴，"草民的白鹅，跟胡麻子饲养的白鹅大不相同。他家的白鹅几乎都是圈养在家里或者后院，偶尔将它们放出来往一旁的溪水里去，饲料大多为谷糠。可草民我住在那苦寒之地，经常收成不好，人都吃不上这谷糠，遑论给这白鹅。我家条件艰苦，加之周围并无湖水，我的鹅极少下水捕捞河虾小鱼，平时又大多是放养，它们多食杂草、小虫，跟胡麻子养的这些白鹅自然不同啊！"

王阳明听原告终于不再畏惧而开口辩解，随后说道："胡麻子光天化日之下欺负贫苦农夫，还请大老爷为草民的原告做主，还我们一个公道啊！否则，今后南口的农夫又将如何自处？"

此言可谓是煽动群众，堂外围观的农夫连同饲养六畜之人，皆叫好称快，大呼过瘾。

白三儿见状，忙疾步上前将自己的白鹅抱在怀里，唯恐这近前的泼皮无赖再生事端。

林知县一拍惊堂木，两旁皂隶敲击水火棍齐呼"威武"，再次令众人陷入沉默。

"好个大胆刁民胡麻子！还不快些赔礼拿钱，将鹅归还！本官判你赔偿十两白银给这农夫白三儿，火速赔礼道歉！"

王阳明见大老爷判罚不狠，委实不甘心，上前几步又道："启禀大老爷，并非草民我无事生非，而是草民路过，亲眼见证两人争执，在侧冷眼旁观，细细聆听，经推敲观察发现这胡麻子讹诈欺骗路过之人绝非一次两次，他乃是为非作歹的惯犯。还请知县将其扣押，细细审问一番，千万不要放过这个恶人。"

大老爷听罢，不禁汗颜，只觉这小子好生厉害，小小年纪竟然可以识人断人。他在堂上几番问话之后，也觉这胡麻子不是个"生手儿"，八成行骗多年，早就刁滑得不成样子。

"好！本官也觉这胡麻子为人可疑，行事做派颇为狡诈阴损，竟然连过路农夫的一只白鹅都不放过。今日本官听你一言，将这厮收押大牢，待明日细细审问！退堂！"

经过此事，王阳明做事的独树一帜可谓是名满京城，不久便一传十、十传百，成为全京妇孺皆知的"传奇"。

这一日晚间，王阳明领着妙儿在刘府花园中闲游，这是他们在刘府，也是京城逗留的最后一天，明日一早就要赶回余姚家中。

241

"想不到这次经历颇丰，感受也颇多。一路之上，不管是遭遇内鬼、劫匪，还是你帮农夫审查白鹅一案，皆令人称奇。"

"妹妹说得是啊！这一路上可谓各种刺激，但有惊无险。所谓观自在自得其乐，说的正是如此吧！"

"你倒是跟爷爷一样常自在，我到现在仍觉大梦一场，总觉一觉还未睡醒。"

妙儿和王阳明边说边走，两人行至一片紫薇树丛，王阳明借月光瞧着妙儿的面容，此刻的妙儿言语有些黯然，眉梢眼角带着说不出的惆怅迷惘，但仍不失蒐吐丹砂之容姿，好个"眉如翠羽，肌如白雪；腰如束素，齿如含贝"。

王阳明见其绰约的姿态，不禁开口作诗云："风吹蝉声乱，林卧惊新秋。山池静澄碧，暑气亦已收。青峰出白云，突兀成琼楼。袒褐坐溪石，对之心悠悠。倏忽无定态，变化不可求。浩然发长啸，忽起双白鸥。"

妙儿听到"对之心悠悠""忽起双白鸥"两句，面颊又起一片粉红，她用手护住双颊娇嗔道："哥哥！这可是在别人家府上呢！"

王阳明笑道："怕什么？妙儿，这诗我特意作了送你，妹妹可喜欢？"

妙儿将身子一转，背对着他："喜欢。"

两个孩子年龄还小，但古人的婚姻毕竟比今人要早，且道教中又有"阴阳双修"之说，很多汉人都并非像今人想象中那般古板保守，亦有不少开明通晓之人。

现今妙儿和王阳明打闹嬉戏、起居饮食、学习用功皆在一处，妙儿也好，王阳明也好，在耳鬓厮磨的相处中，早就从"友谊"升华成了不可言说的"男女之情"。两人既已订婚，也不妨把话挑明。

如今作为主动一方的王阳明将话说明，妙儿看似羞涩忸怩，实则笑逐颜开，心中亦是彻底踏实。

"妹妹今后恐怕同我一起的日子还多着呢，妹妹可愿与我同行，我们一路斩妖除魔、除暴安良、惩恶扬善，做那大快人心之事？"

妙儿听罢，扑哧一笑，转身晃着小脑袋道："哥哥这话可不要乱说，说的比唱的还好听些。这斩妖除魔乃修道仙人所为，这除暴安良乃江湖侠客所行，这惩恶扬善乃青天大老爷所做，哥哥哪个都不是，可怎么好呢？"

王阳明笑道："那有何难？但凡是个圣人，皆可做到以上三项。我做每一件事，都听命于我的良知，且我所思所想皆与我所出言行合拍。现在我就想要妹妹一句话，妙儿你可愿与我并肩同行？"

"我当然愿意！能帮你，跟你一处，是我毕生心愿所在。"她终于鼓足勇气说出了藏匿在心底已久的这句话。

王阳明突然背对妙儿，蹲下身来："妹妹上来，我背你赏这京城圆月。"

妙儿有些惊诧："你又有什么鬼点子啦，好端端的偏要背我？"

王阳明道："怕什么？你是我的未婚妻，人家当着面儿都叫咱们'小两口'呢！今夜是咱们在京城的最后一夜了，恐怕再来此地，不知是何年。妹妹且上我后背，我背你去园中小桥之上，好好看看这京城月圆时。"

妙儿颔首，将身子覆在王阳明后背上，双臂勾住他的脖子，将头放置在其右侧肩窝处："哥哥，虽然我们总是在一处，可我还是很想你。"

"我也是。"王阳明听妙儿说到动情时，也激动地道，"虽然我们每天都见面，可我依然很想你。"

王阳明背着妙儿，行至桥中央拱起的最高位置。

在这里赏月虽及不上在那望月楼，亦不曾有那唾手可得、恍惚朦胧之感，但抬头仰望，只觉星空无限好，再一低头，便能望见这桥下湖中一轮明月正当时。

湖畔何人初见月？桥水何年初照人？人生代代无穷已，江月年年只相似。不知乘月几人归，落月摇琴满江树。

两人心里盛放着彼此，再容不下旁人。王阳明背着妙儿，妙儿心中亦装着王阳明。他们分别在心底发誓，此生无尽，不分彼此。

王阳明就这么安安静静地背着妙儿，伫立在小桥之上很久很久，仿佛背起了只属于他的整个世界……

少年阳明探案集

云雀 著

2 曜变天目

北京燕山出版社

目 录

1

目 录

第三案　夜盗碧玉情

第二案

血染留仙裙

第 一 回

腹地兵吐杏围郡主　儒家子献计展福威

　　温渚之地，素来为倭寇横行之所。

　　大明王朝的君主对这些四尺来高、斗鸡眼的倭国流寇向来是睁一只眼闭一只眼。

　　然而，就有这么一位女中豪杰，从来看不惯这些嚣张的败类。

　　深不可测的丛林中，一支押解着一批溃败的矮脚倭寇的队伍正缓慢地前进。

　　带队的女子约莫二十七岁，骑着一匹大食国进贡的高头良驹。马儿砗磲般瓷白色的鬃毛上垂挂着菩提眼绳编璎珞，远远望去，仿佛有着《山海经》里的天马的神威。

　　只见那女子身着和田黄口玉制成的软捷莹铠甲，腰间系着上古兵器剑龙狮蛳鞭，头戴巾帼，只在发顶上插着一支缀有串珠的春带彩翡翠发簪。这支发簪上的翡翠有着无可挑剔的色泽，能工巧匠用高超的技艺将翡翠与长长的串珠完美地结合起来。

　　女子坐在高头骏马上，林中的瘴气吹得她那发簪上的串珠晃动不停，好个英姿飒爽的可人儿！

　　此女不是旁人，正是刚刚立下赫赫战功，被当今圣上封为福威将军的大明第一郡主——朱丹霞。

朱丹霞是黎王的次女，早年只被封为县主，因自幼习武，后又与前来大明学习的吐蕃亲贵龙王爷结为夫妇。两人琴瑟和谐，共同研习中原各派武学，并在福州抗击倭寇，双双立下汗马功劳。

当今圣上好大喜功，加之年少轻狂，见自己的堂姐如此厉害，受到唐太宗那成了女将军的姐姐平阳昭公主的启发，一时兴起竟封朱丹霞为大将军，赐号福威。

可惜龙王英年早逝，留下年轻气盛的郡主。朱丹霞虽然痛失爱侣，但不甘大明受辱，毅然拿起刀枪，独自率领部下保家卫国，成为一代传奇。

世间都传——武林有玄机神女，朝堂有福威郡主。

"等等！"福威郡主勒住马缰，迅速抬手，示意众人停下。

整支部队瞬间停住脚步，只待朱丹霞发号施令。

朱丹霞喝令："亮家伙。"

还不等她说完此话，潮湿如沼泽地的泥土中瞬间钻出数人。

这些人身穿东瀛忍者服，分为黑、红两组，包抄而来。他们个头不高，动作却极为敏捷。

这东瀛忍术，朱丹霞见识过多次，对付起来也算轻车熟路。

"苍穹阵，化繁为简！"朱丹霞大喝一声，声音响彻丛林，可见其内力深厚。

将士们听到将军命令，迅速摆出由孙武后人创造的"苍穹阵法"，此阵法普遍运用于密林作战。

眼前的东瀛忍者都伸出两指，快速掐诀念咒，朱丹霞还没来得及看清他们的造型、手势，他们便一个个摆出战斗的架势。

朱丹霞一手按住马上的璎珞，一手利落地将鞭一甩。只听啪啪啪三声连响，她先使出了一招"名哨三鞭"。

她从马上飞下，朝那些已然释放幻术的忍者袭去。

谁知眼前的忍者突然由一人变成十人，又由十人变成一人。等朱丹霞那三鞭挥出去时，她攻击的那个忍者突然幻化成一个用腹部行走之物。

鞭子狠狠地击中了一个身无四肢，以腹部游动于林间碎叶之上的人头蛇身的怪物！

"坏了！"朱丹霞知道，一定是这些忍者得知了自己这鞭子的五行之秘，竟然利用太极理论，想要以柔克柔。

只见数十条怪物从四面八方袭来，速度快得惊人，它们抽动舌头，弹出一道道透明的黏液，这些黏液可附着在人体上。

不少将士被这奇怪的东西粘住了头和身子，脚一碰到这些液体便无法动弹。甚至还有人被那黏糊糊的东西固定在树上，不挣扎还好，一挣扎那黏液被抻得老长，当即将人挂在树上，人便被活活勒死了。

原本战无不胜的阵法也被对手破坏得七零八落，郡主这一方溃不成军。那些被缉拿的战俘，有的被那些奇异的生物团团围住，似要用类似地遁的幻术逃走。

朱丹霞的鞭子被这弹性十足的恶心物体缚住无法出招，好在她留有后手，当即使出内力，那皮鞭上便长出蔷薇刺般锋利的东西，令人看上一眼便觉不寒而栗。

"怎么，感觉不到疼吗？换作一般之人，恐怕是疼在前，麻在后。"朱丹霞发现对方是硬骨头，便从怀里掏出一枚陀螺形的暗器，直接朝着那些怪物扔了过去。

这一扔还真是稳、准、狠。只见那围攻而来的怪物，原本还是用腹部在地上蠕动，突然就站立起来，有的还口吐黏液企图将朱丹霞挂在树上吊死。谁知这小陀螺飞旋出去后，竟然如飞镖一般，从左到右杀了个回马枪。那些动起来飞快的怪物竟被小陀螺逐一削去了吐出黏液的舌头，攻击力也变弱了。

朱丹霞见手中的鞭子略有松动，忙收回陀螺飞奔至马上。她一只脚站立于马背上，一只脚旋即将那陀螺再次踢飞，又单手撑住马背来了个利索的翻身动作，于凌空倒挂之际将手中的鞭子抽向陀螺："胡旋凌波舞。"

这招"胡旋凌波舞"是朱丹霞独创的秘技，她借鉴了据传为中原甄宓创造的凌波舞和由西域流传而来的胡旋舞的动作技巧，并将其中的精华部分与大明功夫结合起来，开创了这绝世无双的鞭法。

她这招虽没有大开大合的特技，但集狮尾的灵巧摆动、灵蛇的潜行伏击、上古神兽剑龙的雷霆一击于一体。

陀螺力压全场的怪物。随着有条不紊、目的明确地抽打，郡主最终瞄准了怪物的命脉之门——腹部中心的鳞片。

朱丹霞看得仔细，那吐出的黏液只是怪物的一个撒手锏，而操控忍术的关键则是这控制忍者肉身与开启幻术、迷乱人心的鳞片。

传说东瀛忍术来自中原，可在安倍晴明的指导下，这些忍者的武功也到了登峰造极的境界。

好在朱丹霞研读了诸多东瀛忍术的书籍，才能在一盏茶不到的时间内迅速做出判断。

"腹部有块不起眼的鱼纹鳞片，斩断它。"朱丹霞吩咐将士们行动起来。

眼见着手下就要将这数十个新拥上来的怪物斩杀，朱丹霞却瞥见自己亲手缉拿的一个倭寇细作就要被侧面一个怪物灭口。情急之下，她没能顾及自身安全，一鞭子抽打在陀螺上，让其转向对手……

风吹海面，一切仿佛归于平静。温渚之地，幻海城内，和这座城池的名字一样，四处温和有序。

本地虽不比京城霸气、宏伟，却也是人民安居乐业之所，到处是喜气洋洋的盛世景象。

据传，当年建文帝于靖难之役后借火出逃，曾因病滞留此地数年。幻海城坊间流传着有关这个皇帝的各种传言，也不知是真是假。

军队大帐内，福威郡主侧卧于床榻上。她脸色发白，不停地急喘，原想用手托住杏腮，无奈手脚绵软。

想起那日，自己救俘虏心切，一时失策被那怪物的舌头舔舐到，如今中毒颇深却无人可医治。部下四下打探、寻医问药，但一无所获。

无奈之下，福威郡主令人贴出福威榜，招纳藏有灵丹妙药和能破敌解惑的贤士。

"启禀郡主，有一少年求见。对方说，自己既是来献药的，也是来献计献策的。"帐外有人来报。

福威郡主一听此言，立刻有了几分精神："两者都是？此为何人？"

"姓王，名云，字伯安，绍兴余姚人氏。"

"哦？可是那十五岁便格物致知的王阳明？快请他进来。"

不久，只见一儒雅少年从帐外进来，他低头敛目很是规矩，一派儒生气质。

"小生见过福威大将军。"聪明如王阳明，一上来便叫出郡主的官职封号。

此言一出，瞬间博得朱丹霞的好感。朱丹霞观此少年，虽谈不上多么英俊出挑，但一看也是出自世家大族，乃饱读诗书之人，再一想其家族与晋朝王导一脉相传，其父王华又是当今状元、翰林院学士，便对眼前的少年多了几分看重。

话说王阳明早在三个月前便离开了南昌府，按照父亲的心意前往温渚之地的一所名校学习八股文，想不到刚一进城便看到城内张贴着福威榜。他上前一看，默念道："福威郡主朱丹霞因中东瀛倭寇之毒，卧病不起。还望贤良有志之士能献上解药，抑或为郡主诊脉解毒。若解此毒，必有重金赏赐。另，流寇犯我大明，人人得而诛之，望德才兼备者献计献策，共谋大事。"

王阳明背着手，想了不到半刻钟，不等初一拦他，便拨开人群揭了那榜单。他这动作未免太潇洒了，一旁看守的官兵看得目瞪口呆。

"公子，不是说好了来这儿是找育秧书院的贾先生请教问题？"初一有些担心，猜到公子又要管闲事了。

"管他贾先生、真先生，就是让他帮我看看功课而已。考取功名并非最要紧的，还是抓紧时间献计献策吧！"

眼下，福威郡主满面春风、眼中含笑，口中却调侃道："好个狂生王伯安，本郡主闻听你自幼便有成为圣人的远大理想。之前我就在福州一带闻听你破获南昌府雪人怪案，想不到今日你我二人在此相见。听说，你有神药和计策献出，当真？"

王阳明不敢迎面看去，毕竟男女有别。他非常规矩，继续低头敛目，神色却不卑不亢，语气笃定："回禀大将军，小生看到大将军张贴的福威榜，三思后，前来献上和风玉露一瓶。至于计策，还请大将军将事情的始末细细说来，小生愿尽力一试。"

"抬起头说话。"朱丹霞的声音突然变得有些严肃。

王阳明缓缓地抬起头，不敢对上郡主的一双明眸，双手将那个小巧的碧玉色观音瓶高高举过头顶。

一旁的女侍卫将那碧玉瓷瓶接过之后就是一愣。这女侍卫自幼随郡主习武，见过不少好东西，刚接过这碧玉观音瓶，便知此乃顶级的冰釉料子。

女侍卫将小瓶送至郡主处，郡主看向王阳明，正襟危坐间彰显出天然的"观音菩萨相"。

王阳明不敢认真观察这位名震四海的福威大将军，却也不由得按照自己的《心学画像》在心中勾勒起此女子的外形。

福威郡主朱丹霞，脸若银盆，天生有那造福一方的观音大士之气。大脸庞上长有一双流光溢彩的"孔雀眼"。按照《麻衣神相》的说法，生此眼者，顺则可居好官，逆则命运不济。此外，长有她那般眉毛的人，一般身在富贵人家，饱读诗书不说，还能力保兄弟姐妹享受富贵荣华。

"此为和风玉露，大将军不妨打开看一看。内里是一种无色透明的膏体。此药为我未婚妻炼制，涂抹之时无须擦在伤口处，而是直接当胭脂涂于口唇上即可。若大将军中毒略深，也不妨事，只需以没药、乳香、金箔碎末为药引，将这三样东西取少许倒入澡盆热水中，而后将这和风玉露涂满面部，于澡盆沐浴即可。"

"哦？"朱丹霞只觉新鲜，"王公子这未婚妻真真是个妙人儿，能炼就如此药膏。这用法也是奇怪。"

王阳明听她提及妙儿，又想笑又无奈，表情有些复杂："正是，我未婚妻也习得一身武艺，平日难免受伤，便想出这法子。此药主要是用一种湖虾和一种类似砗磲的贝壳制成，二者都是活血散瘀的妙物。"

古人不懂什么化学原理，却能发现虾青素和烟酰胺的妙处。他们虽然解释不清其中的原理，却知道将这两样东西结合是可以用来排毒、修复皮肤的。

朱丹霞端详着手中的碧玉小瓶，心道：好个未婚妻。这上等的碧玉

8

冰釉料子做成的药瓶，圣上手中也没几个呢，王公子的这个未婚妻，恐怕大有来历。

朱丹霞没有再表露出对王阳明未婚妻的兴趣，只微笑着将那小绿瓶交给一旁的女侍卫："好孩子，你方才说，待听完事情的始末之后，你定然尽力献计献策。我这烦心之事，便是如何让那流寇细作张嘴。不瞒你说，本将军这次之所以身中此毒，就是为了保护那细作。我好不容易将其带回，谁知不管如何对其刑罚拷问，都无济于事。这细作是福州人与那东瀛人结合生下的后代，精通汉话。如今他拒不交代，本将军打也打了，骂也骂了，却都无法令其说出幕后指使者和他们下一步的计划。"

原是这类小事，王阳明一听，马上恢复了往日的狂生姿态，甚至无意间对上了福威郡主灵动的双眸："启禀大将军，小生已然知晓该如何应对。还请大将军吩咐手下，帮小生安排以下四件事。"

"哦？这就想出来了？"福威郡主只觉不可思议，"说说看，哪四件？"

王阳明表情严肃，但眼底分明有一种无法言说的亢奋。他规矩地拱起手，眼底的热情却没能逃过福威郡主之眼。

王阳明道："其一，买市井之中最次等的五种茶叶；其二，购置二十根办喜事用的大红蜡烛，烧得最旺的那种，上面最好有龙凤图案；其三，闻听您军中有一种皮囊水枪，名曰鹌鹑枪囊，烦劳将士们备上十把左右，从四面八方对准那人；其四……"

王阳明突然低头，声音逐渐压了下去……

第 二 回
小守仁施计令开口　福威主神气邀约来

王阳明审人的方式可谓不拘一格、剑走偏锋。

他先是把底下人采办来的各种低端茶叶尝了一遍，挑出其中最难喝的一种，命底下人帮他重新沏上一杯备用；而后又嘱咐手下，在审讯室内点燃方才买的二十根红烛，按照他的要求，从高到低、从明到暗依次排好。

古人没有电灯，但可以通过调整蜡烛的位置——远近和角度，来调节室内的亮度。王阳明坚持将蜡烛全部点燃，并尽可能将蜡烛靠近那名要被审讯的细作。

那受审之徒被将领带回审讯室内，看到此次亲自审问他的不是福威郡主，而是一个与他素未谋面的年轻人。

这个细作刚一坐定，便忸怩不安起来。他倒不是多么惧怕王阳明这个书生，而是眼前这些摇晃不定的红色火苗一时间令人倍感燥热、紧张，仿佛身处火山之口。

二十根大红蜡烛的火苗在安静的审讯室内闪烁着，气氛十分诡异。

王阳明并不打算独自进行审讯，在拖延了两盏茶的工夫后，福威郡主姗姗来迟。

王阳明故意装作一副燥热难忍的样子，揪揪衣领，用手扇扇风，仿

10

佛眼前的细作是透明的。

这细作被王阳明拖在原地不得动弹，一时半刻也不知他想做什么，只觉眼前这人不透半字，也不拿人审讯，简直就是个混事的。

他就这么坐着等福威郡主，等到汗水直流，眼皮开始跳得厉害，而那片原本就火红一片的烛光，看上去更刺眼了。

"这红烛也太亮了些！大白天的……"细作果然提了一句，语气充满怨怼。

女侍卫拉开凳子，郡主缓缓坐下，见了这倭寇，她直奔主题："怎么？你还嫌热？"

王阳明观察那细作的细微表情，暗暗叹息：这么个弹丸小国，敢问狼子野心从何而来？我观察这人的神色，倒真不愧对"视死如归""效忠君王"的形容。可见那东瀛小国早就想侵吞我大明江山，实乃我大明后患，不得不除。

福威郡主一拍桌子："你已然是我的瓮中之鳖，还是不要做那困兽之斗。若你如实交代，本将军可以保你大明这边的家人不死。你好歹继承了我大明人的血脉，为何一而再，再而三与那东瀛倭寇沆瀣一气，欺我天朝？"

对方开始剧烈、快速地眨眼，虽然口气依旧强硬，但王阳明注意到，细作的手开始并拢并试图遮挡双眸。很明显，他开始嫌恶那光芒四射且灼热的红烛了。刺目的烛光令其流下眼泪，他不时低下头试图躲避烛光。

"能不能把这些东西撤掉？"他的汉话说得极好。

王阳明神色温和，与郡主的冷漠形成鲜明的对比："对不住，今日是我们大将军的生辰。按照当地的规矩，生辰这日，家里都要摆上二十根红烛以表庆贺。"

福威郡主转移话题，再一次拍案而起："说！你们下一步的计划是什么？我天朝之中谁是你们的细作？再不说实话，休怪……"

话音未落，只听外头有人大喝一声："走水了！走水了！帐内走水了！大家快来啊！"

审讯室内的众人皆惊慌失措，其中两名小将和王阳明一并起身，却

11

不慎将手边的茶水洒至红烛上，原本明亮的二十根红烛灭了大半。

亮如白昼的小屋内一下子陷入一片昏暗。

细作顺势松懈，如蒙大赦般瘫坐在椅子上。他竭力用衣袖擦拭额头的汗水，却在喘息换气之间整个人愣怔在原地。

只见五六把说不上名字的怪异水枪竟都在此时此刻齐刷刷地对准了他。他还未来得及呐喊反抗，也没看清由谁操作，那几把有着神似仙鹤的长颈和鹈鹕的大嘴的水枪已然喷出腥臭的海水。

在红烛的炙烤下，室内原本很热很干燥，现今突然出现冰冷的海水，细作没有任何防备，浑身上下都湿透了。

"干得好！这小子是我拼死从战场上逮回来的，哪儿能让他这么快就死，先把他淋湿，别让他被火烧了。"福威郡主佯装不知，把这说成是手下的应急措施。

王阳明假意关心，忙递上自己的手帕："对不住，快擦擦吧。你瞧，都湿透了呢。"

对方被这接连的"打压"搞得气也不是，骂也不是，只得接过那帕子。身旁的士兵定然不会让他本人动手，便将那帕子夺过，亲自为这细作擦身上的水。

东瀛细作表情复杂，但能看出他极其愤怒。他紧咬牙关，顶着那张扭曲变形的脸，水顺着一头蓬发流下来。

王阳明装作什么都没发生，仿佛一切只是意外："来，喝杯茶，润润嗓子。近日多有暴风，四下走水厉害。"

话音一落，外头有人来报："将军，火已熄灭。"

福威郡主颔首，眼见王阳明将一杯热茶捧到了细作面前。

福威郡主不动声色地示意一旁的女侍卫熄灭其余几根红烛。一瞬间，原本燥热的审讯室内突然昏暗无光，温度也随之降低，而眼前这个浑身淋了水的细作，开始瑟瑟发抖。

"给我、给我一条毯子……冷。"细作要求。

福威郡主语气冷漠："我们这好地方，哪儿有什么毛毯。这儿一年四季如春，谁给你找毯子？自己忍着点儿。"

细作无奈，刚好见王阳明捧着一个茶盏。茶盏上没有扣盖子，茶水

12

的热气慢腾腾地升了起来。在又冷又难受的细作看来，他只能暂时用这杯茶救救急了。

细作接过那热气升腾的茶盏，虽难受得要死，但仍旧绷紧神经，试探性地抿了一口。然而，茶水入口之后，细作立刻露出了痛苦无助的表情，整个面部像是散了架，似乎和他那脆弱的精神支架一并崩塌成烟尘了。

王阳明将这一切看在眼里，感觉审问的时机到了。

不到一个时辰，福威郡主便从审讯室内走出来。王阳明在外恭候多时，正不紧不慢地饮着一小壶工夫茶，品着当地极具特色的椰奶、甘蔗、榴梿饼。见郡主出来一脸喜色，他便知审讯成功了。

"我很好奇，你是怎么想出这个计划的？"见这小子神情放松，福威郡主迫不及待地追问。

要知道，眼前这个少年比她小了十岁，看样子也绝非特别老成持重之人，却为何能做出这等绝妙之事来？

王阳明道："层层累加，诱敌深入。我这是通过一系列小挫折，让其在不知不觉中身心疲惫。点亮红烛，假装走水，这只是为了引起细作的注意。这一举动，显然会转移对方的视线。而后我们再用冷水淋湿他的全身，此时的细作承受着巨大的心理压力，而在后续的审讯中，他也处于身心疲惫的状态，这时再由我这个局外人给他提供一杯热茶解寒。"

"你的意思是，你给他的那杯所谓的劣等茶，看似安慰之举，实为最后一击？"

王阳明颔首："他就像是一叶漂泊在深海的扁舟，还当眼前的热茶是救命稻草，却不知会这么难喝，心中最后一道防线便随着这杯难喝的热茶一起崩溃了。"

福威郡主若有所思："这还真是折腾得紧，却又有趣得紧。所以说，为逃过蹂躏，出于自保本能，这厮也就只好实话实说。我起初以为，你会亲自上阵说服他，让他坦白，想不到……"

王阳明换了种口气，淡然地摇头道："其实，别人被我们说服，往往不是我们有多能说，而是因为对方认同了我们的话。审讯、说服他

13

人，都要事先备好相应的策略，切忌自说自话。"

福威郡主有些惊诧："王公子怎会这样说？"

"小生说这话绝非自谦。这世上，很难有真正意义上的劝服。小生相信，两个人即便身处势不两立的立场，也有观点一致的情况，但我并不觉得口才能起到天大的作用。如果真能通过言语解决问题，又何以会有两国交战？人与人之间，信任也好，心意相通也罢，都不过是主观意念在产生作用罢了。"

福威郡主听他所言颇受启发："王公子之言，倒是令我耳目一新。说起来，王公子此次来这温渚之地，可有要事？"

"倒也没别的，家父命我前来找育秧书院一贾姓名师，请教文章。"

"也对，你马上便到弱冠之年，考取功名、报效朝廷也是迫在眉睫。令尊王华大学士乃我大明栋梁之才，自古虎父无犬子……只是，你去育秧书院之前，可否跟我走一趟？"

王阳明一愣，以为办完此事自己就得认命地去那无聊的书院找贾先生请教了。

"小子，我还能吃了你不成？你可曾听过本地的丁香女塾？"

王阳明道："是，小生听过此书院。丁香书院，专招女学生和女老师，是在您和驸马的行宫别院的基础之上改建而成的……"

"我带你去看看那里的风景，走吧。"

"啊？这、这不好吧？"王阳明有些慌张，"启禀大将军，我乃男子，贵书院毕竟是闺阁女儿之所，这、这未免不合规矩……"

"哈哈哈——"福威郡主见方才还从容老练的王阳明收到这盛情邀约后突然害羞起来，不禁豪放地大笑，"你倒是个守规矩的。告诉你，我们那里的姑娘可没什么条条框框。我办女学，不教她们三从四德，只教她们做人之理、才艺武功。何况，我长期驻扎在这海岛境内，此处民风开化，哪儿有那么多破规矩。刚巧今儿下午我要去那里巡视一番，你就随我一同去看看。"

第 三 回
丁香女归家魂魄飞　查线索砚台盖弥彰

温渚之洲地处海滨，四季如春，风轻扬，云微叠，碧海辽阔。

王阳明第一次来女塾，真是不好意思。

他除了年幼时跟妙儿一起开蒙玩耍外，平日里还真没怎么跟女孩子接触过。

王阳明的出现，可谓十分扎眼。

这些豆蔻年华的姑娘，虽都身着整齐划一的丁香色留仙裙，但发饰与所戴珠宝却不尽相同，明着好像都打扮得差不多，暗地里却互相较劲比美，仿佛是一朵朵鲜花在争奇斗艳，好不热闹。王阳明见教课的先生九成是女老师，好不容易前头冒出个老爷爷，还是头发花白、长胡垂胸，坐于木质轮椅上，身后有人推着他往前走。

"我们这里皆为女生，男老师不多。刚刚那位老先生来自本地最富盛名的中医世家，教授中药药理，八十九岁高龄，为了让姑娘们多学点儿东西，自愿出山。"

王阳明颔首："您办这女塾，定然没少操心受累。"

福威郡主见王阳明垂首低语，脸上泛着红晕，恨不能把脑袋缩进对襟衫子中，完全没了上午那"春风得意马蹄疾"的样子，便颇有些玩味地调侃起他来："王公子的未婚妻可曾读书识字？"

王阳明听到对方提及妙儿，这才来了兴致，抬起头正要作答，便见几个穿着丁香紫色留仙裙的女子走了过来。众女郎微微欠身，向福威郡主行礼请安。王阳明忙又低头。

只听得众女学子道："学生见过福威郡主，给郡主请安。"

福威郡主叫她们几个起身，叮嘱了些跟治学相关的言语，几个姑娘便起身告退了。

"刚刚那几个姑娘也不是什么高门大户出身。我这书院招募学生并不看重门第，但凡想要学习的，只要人品好，我便收她。也不乏一些朝中权臣，为巴结于我，拼死拼活要把闺女送来。这样也好，穷人家出不起的学费，就让他们来补交。"

王阳明道："这满园丁香甚是可人，敢问可是刻意种植？"

"倒也不是刻意。温渚之地气候温和，四季如春，丁香、海棠、牡丹花开不败。驸马在世时，最爱这丁香紫色，又常夸我穿这留仙裙最为庄重大方，我便将这丁香色与留仙裙结合，作为我丁香书院女子的着装。"

郡主口中的留仙裙，是一款步步生姿、流传已久的典雅长裙。其褶皱设计颇有灵气，穿在身上尤显淑女身材之窈窕、气质之儒雅。该裙裙摆垂至脚踝，整条裙子若波光粼粼的湖面，走动时可见其波纹摇动，颇有月边疏影的风味。

郡主在设计这款校服的时候，特意命人在裙面上下了功夫，在认真设计绣花图案的同时，也在褶皱处留下两寸鱼肚白。如此一来，百褶间的绣花图案便会随着步子的轻颤摇摆若隐若现。

留仙裙连身的上半部分，左右均是微微收拢的灯笼袖口，既保留了汉代以来该款服饰的飘逸神秘，又满足了女塾校服对简洁便利的要求。

领口处采用了化繁为简的小圆领设计，前襟并无过多点缀和刺绣。女生们可根据自己家中的首饰、头面进行二次装饰。例如她们可以在领口位置挂个项圈，套个璎珞，缀把如意锁。这改良后的校服款留仙裙别具一格，直给人耳目一新、简单明快之感。着这样一套别致的长裙，举手投足间整个人都不自觉地变得儒雅起来。

古人设计的留仙裙，实为今人百褶裙的先祖。

传说西汉皇后赵飞燕只穿裙装。一日,她穿了件紫云母色长裙来到太液池畔,于笙歌鼓乐中翩翩起舞。顷刻间,狂风卷地,飞燕若离线的风筝般随风飘荡。宫女们见事态紧急,慌乱中伸手去拽她的裙角,谁料这一扯一拉,那裙子被"蹂躏"出了无数褶皱,更显风中飞燕的风姿。

此后,宫女之中开始盛行此类带有褶皱的长裙,就连明明不带褶皱的平滑的裙子,也要经人为"蹂躏"一番后再穿于身上——宫女们称此类裙子为"留仙裙"。

王阳明听福威此言,又闻其提及驸马,放眼望见这女塾里那些温柔娴静任由留仙裙飘动的女学生们,自己也是一阵感怀,遂不好再谈这话题,想起方才没说完的话,补充道:"小生那未婚妻,也曾与我一同念书。"

"哦?我大明女子,即便是富贵人家之女,念书的也不多见,你未婚妻倒是个极有趣的。她若不嫌弃,也可来我丁香书院。"

"承蒙郡主抬爱。我那未婚妻,无论为人还是兴趣爱好,都与常人有别,是个特别的小娘子。"

福威郡主观察王阳明的表情,见他提及未婚妻时,神色中有些羞赧,眼底也分明闪烁着无法隐匿的爱怜与疼惜。这副傻气又痴情的样子,不禁让她回忆起驸马在世时看向自己的那副神情。

"如何特别?"郡主好奇地发问。

"嗯……她喜欢炼丹、驯兽、道术、武艺……让她换留仙裙可就难了,穿道袍还差不多。"

"哈哈。"福威郡主笑道,"听你这么说,我对这丫头很是喜欢。我倒是很想见她一面,看看这穿道袍、好炼丹的姑娘如何有趣。"

福威郡主又带王阳明参观了女塾的亭台楼阁和水榭。

这里的建筑群巍峨壮丽,一改他往日对女塾的印象。

不仅如此,这里连道场都气派豪迈。

方才一进门,王阳明便观察到那一栋栋房舍大多为卷棚悬山顶,也有盝顶和没有明显正脊的卷棚顶,而这用作射箭操练的房舍更是宏伟华丽。

"啊,这里的射箭操练场地,真是宽广无边呢。"王阳明感慨道。

福威郡主笑道："王公子擅长射箭吗？"

王阳明颔首："惭愧惭愧。我虽在以前的书院里学过骑射，却不敢说擅长什么。"

福威郡主眼珠一转："本将军倒愿意亲自指导你练习，你可愿意？"

王阳明眼睛一亮："多谢大将军！小生定当全力一试。"

在这偌大的操练场地上，福威郡主命人摆开阵势，她则亲自指导王阳明射箭。

两人在此忙活了一个时辰，箭羽声声，划破了这操练场的寂静。

王阳明原就是个极聪明的人，加之有些基础，射箭对他来说倒不是太难。

福威郡主见他天资过人，也觉这孩子是个好苗子。

两人又练了两三盏茶的工夫，听一旁有人来报："启禀郡主，外头有两个女学生的家长，说他们的孩子王铃儿、刘美珠原该昨天归家，却都没回去。"

"你说什么？"福威郡主大惊，"快带我过去。"

王阳明一听，暗觉不妙，便随福威郡主一道出去了。

两人绕过一段小路，直奔会客专用的素心斋。

素心斋内，两名夫人已然哭成一团胡乱抹着眼泪，另两名男子在一旁跺脚叹气。两名妇人不停哭喊着孩子的名字，揣测其女可能遇到的不幸。

王铃儿与刘美珠两人家境殷实，父辈皆为商贾。两位父亲原也交好，平时两家人走动较为频繁，住得又近，两女形影不离。

两女长期结伴上下学，并于昨日下午携手从女塾返回家中。

女塾有规定，凡初一、十五两日，女学生们可以回到家中探望父母，其余时间则不得踏出女塾半步。初一、十五的归家时间为午时至当日酉时。一过酉时，女塾大门关闭，仍留校的学生则不予批准外出。

王铃儿与刘美珠结伴出校，却均未归家。两名女子都是恪守规矩的乖女孩，平时也十分遵守女塾的时间规定，可就在昨天，她们的父母从下午等到傍晚，再派人外出找寻，却没有半点儿消息。

王、刘两家人住得很近，彼此又都知根知底，派人一问，结果发现

18

对方的姑娘也迟迟未归。两边父母一合计，这俩是结伴出、结伴归，许是路上遇到劫匪出了事也未可知。

王阳明听罢说道："诸位莫慌。还请诸位与我描述两位千金的相貌，我先为两位千金画像。我们多派人把画张贴出去，再找人询问不迟。另外，还请告知我两位千金的性格、喜好、失踪时所穿服装、所梳发髻、所戴头饰等。"

两对父母见王阳明是跟着福威郡主一道而来的，也是病急乱投医，都不问他是何来历，王铃儿的母亲便激动得上前抓紧王阳明的衣袖："这位公子，你可要多多帮忙，救救我们铃儿啊！"

福威郡主道："您先别慌，这位王公子乃破获南昌府雪人一案的王伯安公子，有他在，想必两位千金不会有事。"

对方一听这个人竟然是少年成名的王阳明，也是一愣。

雪人一案令王阳明一举成名，尤其坊间将那雪人案说得神乎其神，更是惹人遐想。

福威郡主看了看王阳明，见他神色笃定地说道："还请郡主帮忙问问，书院里最后见过这两位姑娘的是何人。再问问那个人见到这两位姑娘时，她二人可有异常。另外，女塾日常的开放时间、关门时间、返校时间，也请给我列张详细的单子。"

福威郡主颔首道："好，那有劳王公子了。你若有需要，我一定叫手下人配合。"

王阳明道："还请大将军把日常与两位姑娘关系较为亲近的学生叫来，我有话要问。"

很快，王阳明便面对面地询问了三名与王铃儿、刘美珠交往甚密的女学生。

三人均穿着丁香紫留仙裙，只是发髻梳得各有不同。王阳明观三人表情，再见其细微动作，发现她们倒都是实话实说。

其中一张姓女子提供了一条非常重要的线索："王铃儿跟刘美珠两人关系最好。两人家里住得很近，还都喜欢收集砚台，美珠跟铃儿最近常念叨要去买有收藏价值的端砚呢。"

"哦？"王阳明道，"敢问姑娘，她们可曾说过，此次回家途中要去

19

哪家文房店内采买砚台？"

张姓女子摇头："这、这我倒不好说，但我听说她俩归家的这条路上，有五六家文房四宝店，兴许她们是去过的。"

"请问，两位姑娘是坐马车而归，还是骑马？"

"她俩性子豪爽，尤其是王铃儿，略通剑术，平时皆是骑马。"

"那么，她们归家时穿的也是书院的服装吗？"

"自然，我们女塾的着装很漂亮，大家都喜欢这身丁香色的留仙裙，就算归家也极少有人换装。大家都觉得，穿着这身衣服出行很有面子。"

"小生还有一事请教姑娘。每逢初一、十五的归家开放时间，我看规定写的是从午时起，到酉时结束，那你们当日的午饭，是必须在女塾内食用，还是……"

"可以回家吃，也可以在女塾内吃，这个是自由的。像我，每次都是在女塾吃完才返家。但大部分姑娘思家心切，宁愿饿一顿也要提早回家。"

王阳明根据这些信息，心中默默计算着两个姑娘可能遇害或失踪的时间。初步推理过后，他只觉背后发凉，心中暗道不妙：糟了！这两个女孩若真的是在未用午膳的情况下提前出了校门，到傍晚都未归，时间未免拖得太长……恐怕，此二人已然遇害。

审问过后，王阳明没有隐瞒福威郡主，直言不讳地说出了自己的计划和担忧。

福威郡主叹息道："这两个孩子太不谨慎了，提早出门也不妨事，好歹随身带个嬷嬷伺候啊。"

"她俩定然是想单独逛逛途中遇到的文房四宝店，兴许是在店里被什么恶棍盯上，而那恶棍一路跟到无人街巷后再伺机下手也未可知。恳请郡主多派些人手过去，询问那些文房店，有无见过两位姑娘，也要留意询问当天有无可疑男子进入店里。"

王阳明初步判断，两个姑娘是在逛街时被人盯上了。当时街巷人多热闹，坏人自是不敢下手，可一直跟踪的话，总能找到机会下手的。

福威郡主忙吩咐底下人跟王阳明前去办案。

王、刘两人的归家路上果真有不下五家文房四宝店。

王阳明见这一路走来风景如画，但人丁不兴，虽四处有商铺，但明显街市狭小，远远不如自己之前见过的街市气派。

"听说，这条街叫铃兰街，是温渚当地的一处僻静地，不是什么有名的街市。"初一在旁随身伺候。

王阳明指着其中一家较大的文房店道："进去看看。"

两人进入店内，其余几名捕快均按照王阳明的吩咐，乔装成普通百姓进入店内打探。

王阳明见文房店上悬挂着写有"四大名砚"的小匾额，不禁笑道："这穷乡僻壤，别说跟京城相比，就是跟我余姚县的面积比较，都到不了三分之一呢，竟敢说自己有四大名砚？"

进去后，伙计见王阳明气度不凡，热情接待了他。王阳明也不着急询问，只好奇地观察："伙计，你这店很有特点啊。我瞧门上悬着'四大名砚'的匾额，你们老板的底气不小，京城的店都不敢这么说呢。"

"哎，不瞒公子您说，越是在我们这种小地方，人们越是爱自我吹捧。我们这儿本就远离中原地带，读书人少，走一件东西不容易。"

一旁的初一道："那你这儿可别光吹牛，还不赶紧拿些上好的砚台让我们公子瞧瞧。"

伙计忙不迭地招呼他们，又吩咐门帘之后的两名十二三岁的小学徒将造型有特色的砚台逐一摆出。

王阳明对砚台颇有研究，一看便知这书案上的砚台并非什么四大名砚，但其中有两方外形小巧、形象别致，倒是挺引人注意的。

"这是？"王阳明指了指其中一方形状如小鸡的砚台。

初一忙小心拿起："公子，这方砚台的形状甚是奇特。"

王阳明悉心观察，接过把玩，发现这砚台确实别有一番情趣——不光是形如小鸡，器形、边角、弧度也着实精巧。他抚摸鸡头、鸡身部位，只觉手感滑腻冰凉，不似寻常研墨之物；再放入掌心把玩，又觉这个小物件很是称手，倒像是文人专属的手把件。

一旁的伙计见王阳明挑眉观瞧很感兴趣，忙推销起来："公子，这种奇形砚台乃本店特色。不瞒您说，我们店内没什么四大名砚，倒是这些天然形成的小巧砚台甚是有趣。您瞧您手里这件，中心外凸，外面一圈儿还有凹槽，刚好一砚两用——既可以做手把件，还可以当书房之宝。就昨儿个，还有两名丁香女塾的学生，买了我一方牛犊造型的砚台呢。"

"哦？丁香女塾的姑娘们，也有途经你这里的？"

"那是。就昨天，两个姑娘来看砚台，其中一个高一些、梳回心发髻的说自己属牛，就买了跟您手里类似的一方砚台。旁边的那个说自己属兔，问我有没有兔子的。我说这天然的东西，哪儿那么好都符合生肖啊。她当时还有些气恼，问我这东西到底是不是人为雕刻的。"

王阳明示意初一，初一忙从怀里掏出画像："你看看，是不是她二人？"

小伙计见王阳明和初一均换了架势，还拿出画有两女子模样的画像叫他辨认，意识到自己撞见了官府办案，吓得面如土色："两位，该不会、该不会是这两个姑娘犯了案，您、您怀疑我们店跟她二人合谋？"

王阳明见他反应倒是够快，只是完全猜错了，便觉可笑："你说错了。是这两个姑娘昨日午间从书院归家，沿途路过此地，而后一夜未归。我们想问问你，有没有见过她俩。另外，你这店里和这街面儿上，有无可疑之人出没？"

伙计听了这话，点头又摇头，神情恍惚。初一见他方才还是一副能说会道的样子，可一经问话却又慌张起来，忙亮出郡主给出的腰牌："福威郡主的大名你可知晓？这丁香书院可是郡主所办。你若知情不报，可知是何罪名啊？"

"是是是！小的、小的明白。福威郡主对我们温渚之洲的百姓可谓有再造之恩。只是，小的确实没见过什么可疑之人。但小的可以确定，昨儿来店内采买那牛犊砚台的两位姑娘，就是您画像上的两位。"

王阳明又问了一圈其他人，并没有得到自己想要的答案。

他一路思考，跟随众人一起回到郡主的府邸。

王阳明拜见了郡主，向其汇报了调查情况，并问道："女塾的开放时间、日常的作息安排，这些信息可有外传？"

福威郡主想了想："倒是没有，女儿家读书明理本就引来了不少争议。我也曾担心，有些不法之徒会利用这点算计我那些女学生，而那些没有根基却又想出人头地的姑娘最容易被小人算计。"

王阳明道:"我方才也问了些学生,她们都说,无论是王姑娘还是刘姑娘,性格都单纯开朗,不曾引起众怒。但我总怀疑,既然女塾管理一向严格,两位姑娘又都绝非轻佻浪荡之人,那么外人是如何知晓其具体归家时间、路径的?据我探查,这两位姑娘的作息时间很规律,平日返家路上偶尔会停下来看看路边小摊,进店一逛,却从未因此耽搁回家的时间,途中也未有一次差池。"

"你怀疑,此次是女塾内部之人所为?"

"这个……不瞒大将军,我确有此意。"

福威郡主想了又想,不禁感到一阵后怕,向前踱了几步刚要开口叫人,就听外头有人来报,听声音是那天侍立在侧的女侍卫:"启禀郡主,有捕快来报,在翻建之中的幻海名庭园里发现了两位姑娘,一死一昏。"

第 四 回

名庭园归西丁香树　小砚台凉亭将景观

幻海名庭园的一株紫丁香树下，两个身着紫色留仙裙的年轻姑娘犹如两个傀儡，被摆放在紫色的花海中，任旁人观赏、摆布。

她们的脸色苍白如纸，身上的丁香色留仙裙完好如初，层层花瓣在她们身上堆叠起来，若一座孤高的小山，向过往的人展示着两个女孩的灵魂与身形。

刘美珠已经没了呼吸。她流了好多血，血液将花瓣染成了砖红色。

偌大的庭园空旷无人，随口说句什么都能产生回声。

"郡主，找到这两个姑娘时，她们就这么被人埋在这丁香树飘落的花瓣中。两个人紧贴着彼此，还摆出手牵手的姿势……"福威郡主派出的亲兵来报。

他们这支部队是福威郡主信得过的，也是郡主特意派出跟随王阳明办案的。

王阳明小心地查看现场。王铃儿还留有一口气，正被女侍卫们用担架抬走，只留下刘美珠"睡"在丁香花瓣中。

"经初步查验，两人除了头部有钝器伤外，并未受到其他伤害。"仵作对福威郡主说道。

"暂停幻海名庭园的翻建工作，向上禀报这次事件时，就说是我让

24

停下的。"福威郡主很无奈。

她刚要询问王阳明，就见这少年已然开始探查现场，想从庭园中找到蛛丝马迹。

王阳明俯身查看地面，没找到任何脚印。鉴于两人头部均受过钝器的伤害，王阳明便沿路寻找石块、木棒或其他可能的凶器，也没有任何收获。

仵作在一侧检验，看着刘美珠的伤口感慨："一般的钝器伤……看样子为硬石所伤。凶手可能是随机找了块石头下手，但哪里的石头都一样，这件事不好办啊。"

这话提醒了王阳明，他起身对福威郡主拱手道："郡主，小生想起一事，或许能帮上忙。"

"哦？何事？"福威郡主眼前一亮。

"我们在去往那家文房四宝店时，伙计指出，采买其店内特色砚台之人，正是这王铃儿。我在书院问过几个女学生，她们都说王铃儿会些剑术。方才检验现场物证时，我特意留心了那方牛犊造型的砚台。会不会……"

"王铃儿拿砚台当武器攻击对方，对方又将这砚台毁掉，或者反过来用其殴打王铃儿？"福威郡主听罢也来了精神，忙招呼手下："快，你们也四处找找，看看有没有掉落的砚台或是碎片。"

几名贴身侍从和将士忙听从郡主安排，火速查找。

一旁的仵作听罢，领首道："这位公子所言倒是提醒了老夫，两位姑娘后脑的钝器伤也极有可能是砚台一类硬物所致。老夫来时，因王姑娘还有救，就让人先把她抬走医治，抬走前老夫大致看了眼王姑娘后脑的伤势，感觉与这位刘姑娘的确有不同。"

王阳明道："正是。兴许那凶手先用石块将不习武的刘姑娘击杀，但这动静引起了会些剑术的王姑娘的警惕。王姑娘眼明手快，抄起随身携带的砚台与那厮搏斗，结果那人却把砚台抢夺过来反手一击。"

王阳明刚说到此处，就听有女侍卫的声音响起："郡主，找到了一片牛犊角形状的砚台残片。"

众人都是一愣，只见那残片真若小牛犊的半只犄角，且上头染了些许暗红色的血。

"拿来给我看看。"福威郡主掏出一条梨花色的帕子，小心翼翼地将那残片托在掌心，"是砚台不假。"

王阳明见这砚台虽只剩残片，却仍能看出牛角的大致形状。他问道："敢问是从哪里找到的？"

女侍卫侧过身子，抬手一指道："那边修建了一半的亭台里。"

"什么？"王阳明一愣，"他杀了人，还有这心思不成？"

这话一出，众人不解。

福威郡主听出话里有话，忙追问："王公子的意思是，那凶手将两位姑娘伤害后，还在那修建了一半的亭台里欣赏景色？"

此言一出，在场之人皆大惊失色。

王阳明几步走到不远处的亭台前，看了下四周："敢问郡主，此庭园内为何如此多云南丁香？从一进来，再到此处，虽也有白、粉两色的花夹杂其间，可这紫色的云南丁香未免太多了些。"

"不瞒你说，此处原本是一座求子娘娘庙。之前流寇叛乱，庙宇被烧。我觉得这地方风景甚好，便吩咐温渚之洲的知州重建庭园。至于这满园丁香，倒真不是出于我的个人喜好，而是听从了一个道士的建议。"

王阳明苦笑，几步上到那亭台内："虽说这里并非园子的最高处，但我们若站在此处观瞧，刚好可以看到那棵埋葬两位姑娘的丁香树。那个人，一定是边看着丁香树边的情景边回味自己的杀人过程，神游时便将手里这枚砚台残片丢弃了。抑或，他刻意留下这一证据，向您或者什么人发起挑衅……"

福威郡主听罢便感到毛骨悚然："这、这是什么人？以杀人为乐？挑衅？"

王阳明道："若我们这次搜查整座庭园，没有发现整块砚台抑或石块，就证明这凶手已然将那砚台当作战利品收藏了。这倒是个铁证，只是……若他真的毫无良知，且以杀人为乐趣，恐怕受害者还不止这两位姑娘。"

果然不出王阳明所料，庭园内没有发现残存的牛犊砚台。

王阳明与福威郡主等人仍旧苦苦搜寻证据。

26

树上的丁香花瓣像一位善解人意的美貌女子，由上而下，轻盈地掉落在人们的发顶、肩头，倏地又滑过衣摆、裙角，覆在环佩上。

漫天都是飘舞的紫色花瓣，这原该是多么壮丽的景象，可是眼下，在这温暖的庭园中，随风起舞的这些紫色生灵却令王阳明不寒而栗。

"把两位身着紫色留仙裙的姑娘整个人埋在花海里，是何用意？"王阳明只觉浑身发冷，此时此刻，他发觉这起案件疑难重重。

福威郡主道："我也甚为不解。丁香花，无论是在京城还是在本地，都是吉祥富贵的象征。凶手将两个无辜的生命残害一番，又将她们埋入丁香树下的花瓣堆里……"

"暂时还不能判断两位姑娘是否受到了虐待。"王阳明道，"刚刚仵作也说了，暂时没从她们身上发现其余伤口。若新的验尸结果仍旧是如此，那么……此凶手一定是在进行某种仪式，如果我没猜错的话，还是一种祭祀或者告别仪式。"王阳明眯起眼，神情异常笃定。

回去的路上，王阳明用炭笔在纸上记下了些许不连贯但颇值得推敲的线索。

他凭借突然闪现的灵感，尽可能地将各种描述凶杀场面的词句快速写于纸上。

"壮丽、凄然、美丽、香气撩人、神秘、诡异……可惜，凶手连脚印都没有留下，更没有笔迹……"

他只恨这满地厚实的丁香花瓣铺成了一条天然地毯，加之此地天气晴朗，地上很干燥，没有留下脚印。

福威郡主安排王阳明住在她的将军府。

两人都在为王铃儿的伤势担忧——消息传来，说王铃儿一时半刻无法醒来。

仵作给死去的刘美珠进行了更为细致的尸检，发现除头部的钝器伤外，身体内外均无伤口，且她与王铃儿均未被玷污，仍是完璧之身，而造成刘美珠这一伤口的凶器，初步推断为石块。

"没在庭园里找到带血或者符合外伤轮廓的石块，也没在王铃儿包袱里发现砚台……两人在家庭关系、日常交往等方面又没有和人结下私仇。"王阳明在郡主书房踱着步，口中分析着线索。

郡主将仵作交来的验尸手札缓缓卷起："王公子的意思是？"

"依小生之见，还是要将书院的老师分为三拨，一一进行查问。"

"三拨？哪三拨？"

"第一拨，为女塾的上层督导者，包括祭酒的创办之人、负责女塾日常教务的高级先生等；第二拨，为一般教师，包括各个科目教学的女先生、外聘的男先生；第三拨，则为负责洒扫、做饭洗衣、跑腿儿的人。此次审查也须问清他们的家庭背景、个人身世和曾经待过的地方，切莫忽略任何一个细节。"

福威郡主颔首，但是看起来有些为难："这倒是个法子……只是如此一来得大动干戈，恐怕教学也要受影响。"

"小生明白，郡主定是希望您的女学生们能多学些知识。我绝非让您暂停教学，只因我观瞧此次事件并非随机杀人那么简单，弄不好此人是有针对性的。倘若能暂时封闭书院进行严查，说不定能起到敲山震虎的效果，那凶手兴许就隐匿在这三拨人之中。"

"好，那就按照你的意思去办。可事关人命，倘若其他姑娘家的父母执意接走孩子，我也没办法。"

他们正说着，就听外头女侍卫来报，声音急切："启禀郡主，有几艘倭寇的战船在幻海城门外大闹。他们此次还带着火炮，是西洋那边的样式，还威胁要轰开咱们的城门。"

一旁的王阳明听罢，只觉不妙，眉头紧锁，不自觉地摇起头来。不知为何，他总觉从帮福威郡主审问倭寇，到女塾学生遭难，再到眼下的幻海城门外贼人大闹……仿佛有一条说不清道不明的线将这三件事串联在了一起。

郡主没等王阳明思索完毕，一听城门之外有倭寇来犯，就起身对王阳明道："王公子，我要先去看看。你拿着我的腰牌，便宜行事。"

第 五 回
幻海城坐看闹倭寇　福威主认亲伯安弟

　　幻海城门上，福威郡主携众人齐力抵抗来犯倭寇。

　　王阳明暂且放下丁香花案，前去为郡主助阵。

　　好在来犯贼寇不足为惧，虽然他们在船上装了西洋大炮、火药，但是大多数炮弹没能成功爆炸，可谓"雷声大，雨点小"。那些倭寇一看便是虚张声势惯了的"打劫犯"，担心空手而归会颜面尽失，竟然抢完东西就跑路。

　　更为搞笑的是，那倭寇所乘之船，竟然是由长短不一的木板和大粗麻绳制成的。

　　王阳明内心感慨：都惨淡穷困到这个份儿上了，居然还有颜面出来抢别人家的东西。真搞不清楚，这些崇尚所谓"武士道精神"的人，是怎么败落到这个地步的。

　　王阳明随郡主立于城墙上俯瞰众生，将那些倭寇窝囊的样子尽收眼底。

　　虽说这不过是一场闹剧，但王阳明不得不承认，论武力装备、财政实力，对方自然不如大明，可若论尚武精神与热血情怀，这些倭寇还是略胜一筹。

　　王阳明看着那些倭寇被福威郡主手下的精兵强将用精良的火药打得

狼狈不堪，那原就可笑粗陋的"战舰"也散架了，心里却有股说不出的担忧。

这种担忧绝非杞人忧天，因为他惊愕地发现，就算大明的将士用凶猛的炮火反攻这些侵略者，这些不怕死的倭寇仍旧无所畏惧，捡起盔甲又攻了过来。那倭寇的"战舰"已然被大炮轰得四分五裂，犹如一只被猎人放出的猎犬撕碎的野鸭，可这艘船沉了，还有下一艘。即便这一船之人全部死去，仍有下一批人拿着刀冲过来。

王阳明眼见着几个比自己这个文弱书生还要瘦弱很多的倭寇，一个打掩护；一个往即将没入海中的火炮里蓄着火药；一个像是个不甘心输掉比赛的孩子，边哭边骂；一个则拼尽最后一口气力，帮举枪的那个人抻火枪机关，想要射杀远在城楼上观战的福威郡主等人。

"真是怪物。"王阳明无法找出其他词语，"大将军，他们素来如此吗？输了就是输了，原就是来挑衅的，保命难道不要紧？"

"别小看这些人。他们可不自卑，倔强得很，还说自己是天照大神的后代，扬言要取代咱们大明。你别看今日他们失败了，明日还会有新寇来犯。'穷山恶水出刁民'，这话不假。"

王阳明摇头："我瞧着，他们倒该学学何为'存天理，灭人欲'。不是自己的东西为什么要抢夺？"

王阳明说罢，便陷入思考。他发现，这些倭寇从相貌到身形倒是极有特点。以前王阳明从未想过，有朝一日自己可以这么近距离地观察他们。

福威郡主招呼手下拿来弓和一背篓箭，递给王阳明："王公子，不如我就在此处，教你一招西洋式的'飓风破魔箭'吧！"

说罢，福威便从腰间的香囊中取出一块金光闪闪的西洋怀表，上面嵌着无数斑彩石、鲍鱼贝以及西洋特有的蛋白石。

王阳明来不及欣赏那些流光溢彩的装饰品，领首接过那张弯弓和一支有着绿尾羽的利箭。

"弯弓搭好。"福威郡主指挥道。

王阳明照做了，动作娴熟。

福威郡主伸手过去，纠正他搭弓的动作，又将怀表拿出，放到其眼前："你瞧，这是西洋人设计的看时辰的工具。与我们不同，他们不用牲畜名称计时，而直接用数字。表盘上的这些符号，叫作'大秦数字（即罗马数字）'。"福威郡主紧接着说道，"现在，你眼前有残兵败将不到十人，我们先射距离最近的。你模仿这表盘上的数字定好位置——两点钟方向，射！"

福威郡主讲解清晰，王阳明领悟透彻，他按照怀表盘上的时间点方向发射，果真命中一人！

"好样的！再来，我们射个中间位置的，十点钟方向！"

在福威郡主的指导下，王阳明没有犹豫，箭无虚发。

"太棒了，来个远一些的，四点钟方向！"

于是乎，福威郡主用极巧妙的"表盘定位法"，手把手指导，王阳明仿佛顿悟了一般，一下子便如文人作诗、舞者起舞，找到了进入艺术殿堂的灵感。

王阳明射杀了不到六人，就见原本掉入海水的最后三名倭寇，也在不断的叫嚣声中消失在原就不属于他们的深海里。

回去后，王阳明拟订了两份计划。第一份是他在观战后想出的应对倭寇的妙计。另一份则是他让初一代写的关于审问的详尽安排，写完后便直接提交给郡主审阅。

福威郡主看罢，立即执行了。

分拨问话闹出了很大动静，一时间，女塾内人心惶惶。

就在询问进行到傍晚时，一个主管洒扫的老嬷嬷引起了王阳明的注意。

原本王阳明是从这三拨人里随机抽人进行询问，并非和每个人谈话，刚巧他接连两日都没有抽查到这个老婆子。

就在王阳明口渴难耐，颈椎又疼，独自在女塾后园内溜达时，他听一个老嬷嬷在骂人。

他当即定住，小心地在牡丹花丛中蹲下，透过缝隙观察那骂人者。

果然，一个看上去就不是什么善茬的老嬷嬷正跳着脚，搂着棍棒长的笤子，边说话边恶狠狠地拿笤子戳地，看架势她好像还想把笤子横过来打人。

再看那被骂的，是两个不到三十岁的少妇。一个掩面哭泣，看不清脸；另一个还挺厉害，看她那据理力争的气势，不输给妙儿。

"李嬷嬷这话好不讲理。说好了一人一份，我们的活儿之前是嬷嬷分的，现在我们干完了，您却要我们帮您干。一次两次也就罢了，这都多少回了？干不完就使唤旁人，那您可以回家养老啊，凭什么自己拿银子却使唤我们干活？"

王阳明继续半蹲着，见那反驳的妇人伶牙俐齿，说话很有条理。

那一看就不是什么面善之人的李嬷嬷一听对手如此厉害，便换了软柿子捏，朝着那哭泣之人就是一推，愣是把那小妇人推倒了："新来的还不多干点儿，成日里就是偷奸耍滑，帮我多干点儿怎么了？"

那被推倒之人倒还真是个老实主儿，也不站起来，只在那里哭。

王阳明看着都为她不值。

就见那个伶牙俐齿的妇人叉腰骂道："平时不爱跟我们说话，我们也不在乎，只是现在您一人干不了了，临时给我们烧香，使唤我们当牛做马，晚了。"说罢，她便拉起那地上的小妇人道："哭什么？大不了闹到郡主那儿，让她评评理。"

见这三人散了，王阳明忙去找福威郡主，想将他的怀疑和盘托出。

他拐了几道弯儿，却好像离郡主那儿越来越远。不知不觉中，他竟来到一间教室的门前。

此教室外形甚为可爱，与他之前见到的那些大有不同，看上去颇像他幼年时与妙儿一同上学的私塾。

王阳明不禁往前迈，见那小屋门窗半敞着，教室里传来女先生上课的声音。这不听则已，一听把王阳明吓了一跳。

"今天我们讲解《第四卷·中次四经》，大家请看我标出的地图。上有《中次四经》上记载的自鹿蹄山至灌举山的九座大山。"

王阳明听到这里，很是惊讶：这内容不是《山海经》里的吗？她们这里竟然有专门讲解《山海经》的课？还有地图展示？

王阳明一时好奇，真想一脚迈进房门，大大方方地走到那大地图面前一饱眼福，可毕竟男女有别，他一名男子也不好白眉赤眼地闯入人家姑娘的地盘。

先生继续讲课，王阳明则在窗根儿下偷听。

"据考证，这《中次四经》的位置，大概在我大明朝的郑、陕一带。其中更有怪兽若干，例如地图上绘出的貊……"

王阳明一听这地图上还有怪兽呢，更想钻进去看了。就在他一手推窗半张脸已然到了窗内窥探时，脚下却一个打滑，结果整颗脑袋冲进了窗户里。

一个女生叫道："你们看，窗外有个少年，正趴在窗户上往里看呢！"

这一叫，全班女生纷纷起立，朝着王阳明的方向奔去。

王阳明也没想到会发生这样的事，顾不得头部碰撞之痛，捂着脑袋边揉边后退。

"姑娘们、姑娘们！"台上的女先生见教室里乱作一团，女学生们个个如在枝头啼叫的黄莺、云雀，忙击掌明示，"这位乃郡主请来的客人。大家知道他是谁吗？"

众女生原本都已经杀到门外，其中四五名已然将王阳明围起来，均用看登徒子的眼神盯着王阳明。听得老师提及福威郡主，女生们的气焰立即小了半分。

女先生慢悠悠地踱步而出："这位公子就是破获了南昌府雪人一案，献出良药为郡主解毒的王伯安王公子。"

"他是王伯安？那个格竹狂生王阳明？"

这话一出，现场简直像炸开了锅。

王阳明字伯安。在古人眼里，只有长辈、老师、父母、领导可直接称呼其名，若是陌生人、同学、同龄人等，则均以字号来称呼对方才算得体。

众女生皆听说过那个少年时因参悟朱熹理学，与好友一起于竹林中格竹悟道的狂妄少年。听说那少年格竹格了七天七夜，他朋友都放弃了，他却乐在其中，最后以自创的学说闻名于世，而非全然推崇朱熹理学。

这般与众不同还不算完，没承想这小子竟然还参与破案，还为福威郡主献药献策，弄了个什么和风玉露膏。

"惭愧惭愧。小生因迷路，一时好奇才到此地，还请几位姑娘不要怪罪小生。"王阳明实在不知如何是好，面对这么多青春可爱的姑娘，一时间只觉浑身不自在。

"你可不能就这么走了，你得给我签名！"其中一个看似很活泼的少女说道。她梳了个张扬火辣的灵蛇髻，发髻上还别了根镶嵌着红宝石的金簪，外形在这些姑娘里也算出挑。她一把拽住王阳明的衣袖，从自己袖口中拿出一本薄册子："就在我日常的作业本上签个名儿！"

可能是太激动了，这姑娘脖子上戴着的老青海料蝴蝶玉佩和璎珞穗子都随其兴奋的动作微微颤动。

王阳明哪儿见过这么热情似火的姑娘，能把一个妙儿"服务"好已然不易。谁料他还来不及回绝，那几个包抄而来的热情开朗的小丫头个个拿出本子、书来，叫他签名。

"小生岂敢留下贱名，恐污了大家的眼。小生惭愧，自幼没好好练字，字实在无法见人……"

众女生还要拉他，谁知女先生笑道："姑娘们，何必强人所难。要说起来，这位王公子也是你们的同龄人，不要为难他一个少年。"

王阳明听到这话后，快速拱手向那位女先生施了一礼，便逃难似的弯腰逃走了。

"快，姑娘们，咱们追过去。"

想不到啊，这幻海城里的姑娘们竟然如此剽悍，一个个为了要签名竟然还要追上去。

王阳明这才想起，这里的姑娘都是不裹脚的，因她们祖上的女子皆以协助男子捕鱼打猎为生，代代如此。

"我说呢，一个个跑得比我还快。"王阳明只觉好笑。

过了半盏茶的时间，王阳明小心地从荷花池畔探出半个身子。他左手擎着一片随手摘的荷叶，右手则高举一个硕大的莲蓬，头上还顶了一朵荷花。

这样的搞怪装扮他过去也有，那会儿是为了躲避男塾里的夫子，而此刻是为了躲这些热情似火的姑娘。

34

"这事可千万别让妙儿知道,要不然非得闹翻天。"王阳明自言自语。他蹑手蹑脚地顶着荷花,螃蟹似的往荷塘出口移动。

此处荷叶满池,嫣红色的映日荷花,连接着无穷无尽的碧玉色华盖。

按说在这样的掩护下,应该谁也看不见他才对,可王阳明刚弯腰驼背地从里头出来,就听有女生朝着自己这边大叫:"快看!王公子出来了!"

这声音极其耳熟,王阳明叹气:"这不是那天被我叫来问话的那个张姑娘吗?"

没辙,他只好一道烟儿似的往别处跑,头上依旧顶着那朵大花。

不一会儿他便跑到了一片丁香花林中。此地空气清新,他大口呼吸着,满鼻、满口、满肺皆是丁香的味道。王阳明还来不及品味这些美好,便看到了一棵似乎有百年之岁的丁香老树,见其枝干粗壮,他便沿那结实粗壮的树身蹲下,抱住头部,像是一个随时等待敌军轰炸的逃难军士。

等了一会儿,王阳明蹲得实在太累了,慢慢抓着树上垂下的纤长枝条站起,口中念道:"妈呀,还是我的妙儿最好。做女子的还是不要那么热情,实在招架不住啊……"

"王公子,你能帮我看看笔迹吗?"

冷不防被一女子从背后拍了一掌,王阳明吓得原地起跳,头上的荷花也掉落在地。

他身后传来众女生们的大笑声,女生们好像看到了有史以来最搞笑的画面。

这一笑可好,又引来了无数姑娘。大家齐齐将王阳明围住,有的拿出自己的作业本叫他签名留念,有的则让他翻看自己的作业,说让他看笔迹猜性格。

"王公子,听说你是根据笔迹侦破雪人案的,那么你也帮我看看,我的笔迹如何?能看出我的性格吗?"

"王公子,听说你能通过笔迹看出一个人的想法和喜好,你能看看我现在想的是什么吗?"

源源不断的请求，一双双伸向自己的水葱玉手，一本本递送至眼前的书卷，着实令王阳明头晕目眩。他简直无法想象，当年卫玠、潘安这些大美男是如何被众女人包围，且"掷果盈车"的。怪不得，当年大美男卫玠因走到哪儿都被众人围观而压力过大，最终换来"看杀卫玠"这个流传千古的悲惨成语。

"姑娘们，且停一停！"福威郡主的声音赫然响彻于王阳明耳畔。

他不等见到其人，忙像是听到观音菩萨的召唤般高举双臂呼唤："大将军，我在这儿！救命！"

好不容易将王阳明从"女儿国"里解救出来后，福威郡主也是一阵大笑。

她见王阳明身上全是花瓣、树叶，头上还存留着一大片荷花花瓣，再看这小子手里一左一右攥着荷叶、莲蓬，就知道他方才躲得既搞怪又辛苦。

王阳明心里还想着跟福威郡主汇报调查情况，早把方才的尴尬抛到爪哇国了。

他给郡主使了个眼色，求借一步说话。郡主便令身侧的女侍卫将姑娘们送回教室，自己则带上王阳明去到一处四下无人的平顶小屋说话。

待王阳明将方才自己对那洒扫婆子的观察一五一十地禀报给福威郡主后，福威郡主愣住了。

她原以为王阳明有什么好计策，于是一眼识破了对方的身份，可听了王阳明的分析，她怀疑地问道："王公子，你说那洒扫的李婆子甚是可疑，只因其相貌凶狠？以貌取人，莫非也算断案技巧？"

她问得直接，王阳明听罢笑道："郡主所言极是。我自幼熟读各路杂书，也看过些识人断人的面相宝册。正所谓'相由心生'，且我观望方才她与那两个小妇人说话，虽时间不长，但能看出那李婆子尤其可恶，是典型的爱挑起事端的人。我还听那两个小妇人说，这李婆子寻常就爱欺负她们，却不爱跟她们讲话。这类人没什么大本事，却爱摆谱儿；没什么仁义之心，还总想称霸王，最容易引发事端。就算那两个姑娘不是她所害，也和她脱不了干系。"

郡主原本只觉王阳明这言论非常主观，但听到最后，尤其听到他说这李婆子不喜与人交流，却总在关键时刻作威作福时，便觉此人性格矛盾，想必不是个省油的灯，便令人查证。

想不到，这一查还真查出不少问题。

"我查了才知道，这李婆子曾有个丈夫，年轻时吃喝嫖赌样样不落。在赌坊出老千被抓，遭人毒打，他反倒挥拳相向将其中一人打死，事后被直接下了大狱，不等秋后问斩便又因在监狱中挑起事端，被监狱里的人打死了。唉，真的该好好查查这些人的老底，我女塾之中，怎能有此类德行败坏之人！"

王阳明颔首："民间有句俗话——'鱼找鱼，虾找虾。'什么人找什么人。就算她嫁给那男人前并非刁妇，可两人一起生活多年，她又是如此欺软怕硬的性子，多少受其夫影响。想必那李婆子嫁给那男人后，也不是个吃素的，两口子指不定怎么闹呢。"

"哼，她还真像你说的那样，虽说嫁得不妙，过日子却也没吃什么亏。她和那男人生有两女，听邻里说那两女都不是好相与的，好在已然远嫁他乡。阿弥陀佛，可别在我这清净地方瞎胡闹了。光是这倭寇，我已然打不完，加之最近这丁香花案……"

见福威郡主苦笑，王阳明安抚道："大将军先不要打草惊蛇。我暂且暗中观察，不着急审判。她家里可还有旁人？"

"这个……不曾听说有呢。听你这么一说，我也觉得有些奇怪。她虽有些可疑，但没有动机，两个女儿就算回来了也掀不起什么波澜。"

王阳明道："兴许是其侄子、外甥一类的远亲，偶尔从其口中探听出女学生们的出入时间也未可知。此人虽为下层的洒扫嬷嬷，但好歹在女塾出入自由，又深谙女塾开放时间，万一她有意或者无意将此事泄露给别有用心的男子，例如邻居一类……郡主还是派人跟紧她为妙。"

福威郡主颔首，亲自拿了杯茶送至王阳明手边，吓得王阳明立即跪倒在地，将手高高举过头顶："不敢！大将军真真折煞小生了！"

"王公子不必客气。以后私下，你我便以姐弟相称，我叫你'伯安兄弟'，你可叫我'姐姐'。"

说罢，福威郡主起身，郑重地将茶盏放到王阳明高高举起的双手之中，又慢慢扶他起来。

王阳明一时不知如何是好，脑子里全是妙儿那嚣张得意的脸。

"不敢当！郡主乃金枝玉叶、皇亲国戚，小生不敢与郡主称姐道弟。"王阳明一脸忐忑，犹如惊弓之鸟。

福威郡主见了，觉得很有趣，便调侃道："什么金枝玉叶、皇亲国戚，都是浮云。何况，你也不是什么草民，你祖上与晋朝王导同脉。说句大不敬的话，若论出身门第，我们老朱家可不如你们王家。若说攀亲戚、论富贵，你们王家自晋代以来，姑娘都嫁给了王孙贵族，小伙子中也有很多迎娶公主、郡主的，你大可不必在我这儿自谦啊。"

王阳明依旧低头，这次大汗直流，双手捧着盏热茶，放也不是，不放也不是，一时半刻只得说些冠冕堂皇的废话："岂敢岂敢，郡主谬赞了。您说的那些王家旧梦，才是浮云呢。论文治武功、英雄气概，大明开国洪武皇帝若论第二，谁又敢勇称第一？"

福威郡主真的喜欢这个比自己小了十岁的少年。不知为何，虽说她欣赏王阳明推理时笃定自信的模样，但更喜欢看他此刻一惊一乍孩子气的模样。

"好兄弟，你且把这茶喝了，看你吓的……"

这话一出，王阳明还以为对方允了自己，不再提什么姐弟相称，顿时如蒙大赦，忘了往日父亲的教诲，竟然很没规矩地如牛饮水般灌了两口茶，逗得福威郡主前仰后合："好了好了，这回好了。伯安兄弟，打今日起，你就是本将军的弟弟了。"

"什么？"王阳明差点儿没呛着，"大将军，不带这么玩儿的。"

王阳明还想再反驳，就听外头有人来报："启禀郡主，发现一具女尸。"

又有女子被害。糟糕的是，这次被害的女子，竟是丁香书院的女学生欧阳芳芳的生母欧阳夫人和随行的家仆。

尸体依旧被埋在紫色的丁香花瓣中。只是，这一次的丁香花瓣少得可怜，场景并不壮观美艳。

行凶之地是一条肮脏恶臭的小沟渠。

这沟渠位于幻海城一座不起眼的后山之前，往来之人不多。沟渠旁是一条通往其他村落、山庄、街市的小路，生长着几株紫丁香树。

王阳明抬头仰望，发现这些树依旧是云南的品种。但因此地无人看管，丁香树有些瘦削，像是没发育好的姑娘般含胸驼背，乍一看去，树形实在恐怖，犹如恶魔张牙舞爪。

与欧阳夫人一同死去的是两名仆妇、一名男性家丁。

这三人并没有被凶手埋入所谓的紫色花海里，而是被草草丢弃在泥泞的沟渠中。他们头朝下，半身都隐匿在恶臭不堪的泥水中，身体上满是树叶、鸟粪、污泥。

仵作初步检验尸体，发现伤口仍旧是近似石块所致的钝器伤。只是，那男家丁头上的伤痕竟凹陷出牛犄角的形状。

王阳明等人过去检验，发现这伤痕的形状、大小竟然跟王铃儿丢失的那方牛犊砚台很接近。

王阳明忙拿出用帕子包好的那片遗落在庭园中的证物与男家丁头上的伤口进行比对，发现家丁头上的伤口形状好似一个小牛头，只是那牛头右上方似乎缺了大半块犄角。

王阳明感叹："他竟然用王铃儿的砚台做凶器杀人，真真是个亡命之徒。"

"听说这位欧阳夫人于昨夜接到娘家人报信说自家老太太突发恶疾，这才火急火燎地带着报信的家丁和家里的两个仆妇，深夜赶回娘家。因娘家距离此处不远，所以四人并未坐车骑马，而是选择步行抄近路赶去，谁料……"在旁的探子向郡主禀报。

福威郡主颔首，转向与仵作一同验看尸体的王阳明问道："伯安兄弟，可看出什么端倪？"

王阳明道："欧阳夫人身穿青莲色对襟长裙，头戴藕色蓝田玉发簪。这青莲色，名为青莲，实为紫色的一种，只是跟寻常的丁香色相比更显妖冶。看来，这凶手的确是在有针对性地进行杀人。"

"那你说，他可是针对我女塾之人？"

"此人专对身穿紫色衣物的女子下手，应该是对身着这种颜色服装的女子极为憎恨。他定然还会作案……而且，他对女性有着特殊的仇恨。"

"现在如何是好？就连我女塾学生的母亲都遭此难，这……"福威郡主一时没了主意。她杀敌无数，抗倭数载，想不到却被一黑手暗中算计。

王阳明见郡主用手抵住额头，侧身不语，知其对女塾学子深感愧疚。他观察了下大环境，想了想，便说道："大将军莫急，因这地面泥泞，想必会有脚印落下，还请大将军给我些时间。"

第六回

山海妖徒添烦恼案　治倭寇河童显神通

王阳明沿着泥泞小路四下探寻。

"怎么会？"王阳明只见一串近似豪彘的脚印，顺着紫色丁香一路延伸到远处。王阳明蹙眉自语："豪彘，《山海经》里记载过的一种上古神兽，形状与今日的豪猪相似，身披白色的长毛，毛发粗如尖针，锋芒处呈现乌青色。但是为何这里会有豪彘？"

王阳明继续俯身观察，发现这脚印的行走路径甚为怪异。

"不是吧？"王阳明下意识地捂住嘴巴，因这一幕太惊悚了，他一时竟感到后背发凉，"这家伙难道如人一般，可双足直立而行？不可能！可看这脚印和后续的步距，果真是如人一般。这、这到底是什么东西？"

王阳明不敢说出声来，就怕因这一恐怖的发现引发慌乱和不负责任地揣测。

他沉默片刻，故意扎了一个规矩的马步，原地蹲好，使自己不要被眼前的景象迷乱了神志。

"伯安兄弟，你看这个。"福威郡主见他凝神许久，却久久没有行动，便知这少年又一次陷入冥想。她本不愿打扰其推理，谁料走了几步，便捡到了两把新鲜的动物毛发。

王阳明闻听福威郡主叫他，忙深呼吸了一下，迫使自己冷静下来，并命初一将这脚印用随身携带的炭笔拓下来。

他走至福威郡主跟前："大将军有何发现？"

福威郡主将两把鸭卵青色的毛发递给王阳明："伯安兄弟，你瞧这长毛，我怎么看着和当年驸马带来的两头雪山牦牛的毛很像？"

"这？"王阳明拿在手里，只觉这东西诡异万分。

说它是吐蕃那边的雪山牦牛的毛发，看着倒也相似，可这东西令王阳明又想起了《山海经》上的一种神兽——梼杌。

福威郡主与王阳明相处了也有些时日，平时见这孩子不但能说会道，在诸多事情上更是冷静异常，远远强于同龄少年。可她眼下再观这孩子，却见他面如白纸，整个人半僵在原地，眉头拧成了个结。

"伯安兄弟这是发现了什么为难之事？"

"还请大将军借一步说话。"

福威郡主额首，带其进入不远处的清泉庭园内。

这里有座人工开凿的假山，其间泉水叮咚作响，应和着一侧飞流而下的瀑布，若有人远眺于此，不至于听到两人交谈的内容。

"不瞒大将军，我刚就发现那脚印不对，诚如我方才所言，那脚印竟是《山海经》里记载的豪彘所留。且它反复游走于此地，久久不归，竟然还是双蹄站立行走。眼下您发现的这两把毛发，看似是雪山牦牛的，却令我想到一种名曰梼杌的神兽。其形状似牦牛，头上长有四只牛角，身披长毛，远看像是披着蓑衣，毛发是鸭卵青般的颜色。相传，这种凶恶的大兽极为聪慧，且能将人生吞活剥。"

"这、这我真是不解其意了。"福威郡主一惊，"之前王、刘两人在庭园遭遇伏击，一死一伤，却都没留下任何证据，单单这次偏留下这诡异的线索，又如何解释？难不成，这世间真有所谓的灵异怪兽？"

王阳明思索道："依小生看，此凶犯绝非什么传说中的恶兽，只是熟读过《山海经》，想利用其中的恶兽扰乱你我视线，造谣生事，致使民间产生恐慌。此凶犯定为江湖中人抑或行走于街市的商人。"

"哦？何出此言？"

王阳明道："江湖中人，最爱收集分享《山海经》《搜神记》一类的志怪笔记，有的为的是满足自己的猎奇心理，有的为的是练功。例如，有人会根据书中记载的各个灵兽的所在方位，出游探寻，抓到一只是一只，没准运气好，遇上麒麟、凤凰，然后用它们的犄角、鸟喙锻造出什么神剑。"

福威郡主颔首："这倒是，别说旁人，我就喜欢这《山海经》，有时习武累了便也翻翻，聊作消遣。书里记载了不少有助于增强内力的奇妙植物，偶尔我也想去那书上记载的地方一探究竟。但我不解，为何商贩也在其中？"

王阳明背过手去，面对那发出轰隆声响的瀑布说道："恐怕是精通中原文化的西域来客，抑或高丽、暹罗、安南、东瀛一带的商人。他们不算什么豪门大户，只做些贩卖奇珍异兽的皮毛的生意。这些人，因其国内贸易并不发达，他们个个又想赚钱，最后抱着赌一把的心思，来我大明讨口饭吃。这帮人手里没什么本钱，做不得大买卖，只好流窜于我大明的底层市井之中，做些小本生意。这两起案件，虽说同在这温渚之地，但幻海城地广人稀，且两起案件案发地距离较远，明显有打一枪换一地儿的嫌疑。小本商人获利不大，只得到处流窜，且大多住在不用登记的私人民宿中，官府若查找起来，他们跑路也简单。"

"那……这所谓的《山海经》神兽，伯安兄弟又如何考虑？"

"定然是人为制造的。"王阳明看向郡主道，"有人穿着牦牛和其他牲畜毛发制成的蓑衣、手套，踩着一双由豪猪和其他牲畜的蹄子制成的皮靴，故意在犯罪现场留下证据，想以此引发恐慌。"

王阳明身后又有一阵疾驰而过的激流，声如洪钟，永不停歇。

福威郡主陷入了沉思，王阳明静观其侧脸，发现其今日仍旧佩戴着那根完美无瑕的春带彩翡翠发簪。

"对了！"王阳明突然想起了什么，"大将军，我想起一件要紧事。我第一次见您时，您头上戴的正是这根春带彩翡翠发簪，而且我还记得您当时身穿一件藕色的交领襦裙。"

"正是。这发簪是驸马生前特意为我锻造的，看着是个装饰，实则大有乾坤。"说罢福威郡主伸手抚了抚那随她头部的转动而流光溢彩的翡翠发簪。

43

王阳明道:"您于林间遭到倭寇伏击时,也是这身打扮。"

福威郡主听出了王阳明的话中之意:"你的意思是,这两起丁香花案,是倭寇所为?"

王阳明拱手,认真地道:"从案件一开始到眼下,小生以为均为倭寇所为。依小生之见,我们不如速速赶回军营,二审那混血的细作,兴许在东瀛的文化里,这紫色有什么特别玄机也未可知。"

他们一路快马加鞭赶了回去。

询问之下,王阳明才知晓,这个细作的全名叫作小野纪夫。

王阳明再次见到小野,发现他比之前反倒胖了些,明显是心里没什么压力了。

王阳明与福威郡主入座,这一次,王阳明首先询问紫色在东瀛文化中的含义。谁料这个问题倒像是开启水坝的闸门,对方就这点滔滔不绝地讲起来。

对方眯着一双斗鸡眼,笑道:"哼,你们大明人口中的丁香色、青莲色、藕色、黛紫色,在我们东瀛文化中,一律被视为不吉之色!"

王阳明与福威郡主对视一眼,王阳明见小野不像在撒谎骗人,便继续问:"你刚说的这四种颜色皆可统称为紫色。我华夏道教有一成语,曰'紫气东来',这个词的发源与老子有关,而与紫色相似的其他颜色,在我中原皆有富贵荣华之寓意。不知在你们东瀛文化里,紫色的寓意是不是与在我大明中原的寓意截然相反?"

听了这话,细作小野更是一脸得意,仿佛自己是位远道而来的贵客:"不错,我母亲为大明福州人氏,我没被她逐出家门时,她还给我两个妹子讲过呢。可你们知道吗,这种被你们大明人视作高贵的紫色,在我们东瀛文化里,却象征着悲伤和死亡,只有人死的时候,才能穿戴紫色!"

出了军营,王阳明和郡主继续商议,两人一路骑马,倒是放慢了脚步。

王阳明跟在福威郡主身侧:"这凶手,我怀疑是东瀛与大明的混血,

44

是西域或其他小国之人的可能性不大。"

郡主颔首："原本我没往这方面想，可听了你的推理，再加上那家伙的供词，结合案发现场的丁香花、紫色衣裙，以及我之前于林间遭遇的那场伏击，恐怕——都跟凶手憎恨紫色有关。"

王阳明道："在凶手的文化背景里，紫色定然有非常不吉利的寓意。但是给予其最终打击和致命影响，致使其走上杀人道路的，还是他个人成长中受到的细化刺激。"

"细化刺激？"

"譬如方才小野说，他曾被母亲逐出家门。他说这句话时，我观察其面部表情的细微变化，发现他嘴角向左侧翘起，且只倾向左侧，这个表情是轻蔑的象征。而后很快在他的印堂之上，出现了些外人不易察觉的细微皱纹，上嘴唇也随之翻起。这证明，他不光是瞧不起自己身上属于大明的血脉，还对其母族家人感到厌恶排斥。我在想，那个杀死诸多着紫衣的女子，又用如此富有美感的形式埋葬她们的凶手，会不会也跟这个小野有相似的经历——或被母亲虐待过，或被情人欺瞒过？那个曾经欺他、辱他，给予他致命一击的女子，一生钟爱的会不会就是这丁香花？"

"一个人，因为从别处受到的伤害而大开杀戒，而他杀害的却都是那些与他无冤无仇之人……"福威郡主感慨，"那得是多么大的打击啊！冤有头，债有主，谁害了你，你去找谁就是。为何苦苦相逼，伤及无辜？"

王阳明道："总之，还请郡主盯住那洒扫的李婆子，再去查查此人有无姐妹，是否曾被什么歹人掳走？这条线，我还是认为不能断。"

福威郡主颔首，便听身后有人策马赶来，边快骑边呼唤自己："郡主，郡主留步！"

大将军府上，郡主下马进到书房内室，手持一份密报公文。

方才探子加急来报，说这边细作提供的消息千真万确，倭寇那边欲再起波澜。

郡主将那密报握于手中，不一会儿，王阳明来敲门。

郡主亲自开门，将其迎进来："伯安兄弟，如今倭寇占领了那易守难攻的横屿岛，还要借助那岛屿勾结周边小国的残兵败将，制造洋枪、洋炮，企图火攻我幻海城门，岂有此理！"

福威郡主说着，干脆将密报递给王阳明。王阳明一怔，起初是断不敢看的，但福威郡主诚心诚意，并以为江山社稷出谋划策为由请他过目，他便不好推辞。

看过这密报后，王阳明蹙眉道："这横屿小岛，祖父给我讲过，据说四面环海，只有在海水退潮时才会露出一片与陆地相连的小洲。当年倭寇们见这小岛地势险要，朝廷又监守不严，便趁虚而入将此岛霸占了去。"

提及此事，郡主十分气愤，她在屋中踱来踱去，用力一拍桌角："提及此事，真真气死我了！当初地方官员不作为，现今我们要想夺回也难了。我屡次发动福威大军，联合温渚的地方部队几次进攻，均以失败告终。"

王阳明一听这话，又细细看了两遍这密报，却展颜一笑："启禀郡主，小生献一计可夺回横屿岛，还请郡主明鉴！"

"伯安兄弟有计策？快说！"

"第一，我们少安毋躁，不要马上动用武力，可以'以彼之道，还之彼身'。大将军不如命一队人马，每人割出一捆稻草，以备使用。第二，发动攻势的当夜，大将军可挑出一支精锐，化装成东瀛水鬼小河童的模样。当海水退去，叫部队把携带的稻草丢在通向小岛的泥沼地带，这样一来，一条天然的草路就形成了。易容成河童的精锐可沿草路登岛，然后火烧他们的军营。这帮倭寇最怕他们传说中的河童，到时他们眼睁睁看着河童踏草路而来，火光四射，定以为是遭了报应。"

"河童？原来如此！你这是心战啊。好个河童铺路，天降奇火，这突如其来的小鬼定然杀他们个措手不及。打死他们也想不到，自己文化中的河童小鬼，竟会自己杀过来灭了他们。"

福威郡主还在兴头上，王阳明从怀里取出一封信，颇有些不好意思地给郡主看："大将军，这是我未婚妻寄来的信。信上说，她这几日就要到幻海城了。她原说不来，谁知计划有变，所以……"

提及自己的未婚妻，王阳明瞬间变了个人。福威郡主分明见他一下子面红耳赤，仿佛成了即将入洞房的新郎官。

福威郡主好奇一笑，露出一排贝齿："哦？我瞧着伯安兄弟好生欢喜。未婚妻可是有事外出了？"

王阳明颔首，却难掩两颊漫上来的绯红："正是。原本她计划跟着师父去我大明宝岛一趟，说是找什么药材，谁知又回来了。不瞒郡主，我未婚妻精通道家机关之术，也通晓医理，来此定然有所帮助。"

好一个狂生王阳明！自己充满自信也就罢了，毕竟是王导家后人、状元郎的公子嘛，傲气些也是可以理解的，可他每每提及自己那未婚妻，竟也毫不谦虚。

福威郡主见他仍旧羞涩，却又毫不遮掩地提及未婚妻的各种优点，便也不打算驳他颜面，很是配合地说道："好！到时我定要见见这姑娘，让她为铲除倭寇尽一份力。"

亲自上战场放手一搏，是王阳明自幼便定下的远大理想。只不过，现今的他要在上场之前解决些小事情。

"这件衣服是新做的，这是我从老家带来的那两套，还有这些书……初一，你就假扮成我，跟着贾先生多读些书，回头再考个第一回来吧。"

王阳明苦口婆心地劝了初一一番，一双修长的大手不忘在初一的肩头拍了又拍。这次他倒是尽了一回公子的"绵薄之力"，不但亲自帮初一打包行李，还为其找出旧时自己在书院中穿过的校服，还有那些自己死活看不上的应试书卷，然后统统塞进了包袱里。

初一被他的计划吓得嘴角抽搐，此刻连眼角都无法抑制地在发抖："公子，您不带这么玩儿小子的！我哪儿能假扮成您混进那育秧书院啊！这要是穿了帮，老爷不得打死我啊？"

就在他们说话的当口儿，那育秧书院的马车停在了将军府门外。

王阳明想，躲得了初一躲不了十五，还不如直接让初一假扮成自己。人生如戏，咱有演技，不怕什么科举应试。

王阳明将几件颜色老成、学院派味道颇重的衣服随手掷向初一，那

47

三两件衣服散乱而下，刚好砸到初一肩头，王阳明见了反而大笑："你不替我去我才要打你板子呢！怎的，平日不总羡慕我懂得多，今日轮到你去读书，你反而怯懦了？这大好的机会若错失，将来想找个中意的媳妇儿恐怕都难。"说罢，王阳明便将初一的小厮外衫脱了，直接将其翻过身来，又将落在其肩头的那件仿宋白色黑边的圆领襕衫直接套至初一身上，"你快点儿，照我的话去做准没错！到了贾先生那里，你一口咬定你就是我本人，他又没见过我，你就低调些别声张，好生治学。我呢，就好好做我的将领谋士，打他几场痛快仗回来。过不了多时我便能建功立业，父亲也不会再催我什么科考应试了……"

初一还是愁眉苦脸的："可是公子，小的基础太薄，恐怕骗不了多久，万一老爷来个突然袭击，打京城杀过来，小的真怕招架不住……万一那贾先生突然考我学问……"

"你就按照我之前教的说，就说你本就讨厌程朱理学，压根儿没念过。我不是教了你好多我自创的心学大法吗？你跟了我这么些年，莫非还要我手把手重新教你不成？"

说到此处，王阳明迫不及待地帮初一穿戴整齐，又拿过配套的书院礼冠为其戴好，只听得外头有人来催："王公子可收拾好了？贾先生特派人来接公子去育秧呢，说今儿下午起正式开学，烦劳公子快些。"

"好！就出来了！"王阳明探出头去回答，扭过脸来又郑重地叮嘱初一，双眼放射出讳莫如深的光："成败就看你了！装得好，本公子重重有赏！装得若不像……"

初一见自家公子眼神有变，忙点头："是是是！小的一定成全公子'圣人'威名，绝不辜负公子重托！"

第七回
蓑衣鬼投石乱人锤　梵湖猫破阵天地无

王阳明及时有效地献上计策，福威军旗开得胜，将倭寇的营帐烧了个精光，终于成功地夺回横屿岛。

倭寇们一看有"河童"放火，又都是踏着沼泽凌空而来，吓得屁滚尿流、哭爹喊娘。

他们以为是传说中的恶鬼临门，全都抱头鼠窜、跪地求饶。

王阳明也出现在本次伏击的列队里。他骑了一匹较为陌生的战马，名曰乐淘。这马儿跟他不熟，刚一上来老大不乐意，后来驯马的师傅斥责了它两句，它才偃旗息鼓。

王阳明骑着乐淘一路陪伴福威郡主左右，一场战斗下来也算顺利。

福威郡主特命最好的匠人为他铸造了飓风破魔箭。

一支支有着绿尾羽的箭插入箭囊，王阳明将其背在身后。

郡主又为他定制了可以随身携带、适合文人使用的小号弯弓。

众人将这一切看在眼里，都十分羡慕：王阳明不过是十七岁的少年，竟得福威大将军如此照顾，真是不简单啊。

大部队行至一片沙滩，欲穿越热带雨林。

"停！"福威郡主突然开口，身后的大部队也慢慢停下。

王阳明看得真切，不远处的树林里，也有这么一支队伍朝着自己这边快速走来。

那支队伍谈不上声势浩大，反而显得有些散乱。

那些走路之人看上去像是快支撑不住了，尤其是那几十个妇女、儿童，像是没吃饭一般缓慢地行走着。人群中一个二十出头的女子扑倒在地，她身侧一披着长袍、头戴面罩、身着檀色连帽披风的檀衣人抬手就是一鞭子，狠狠地打在那倒下的女人身上。

"别打我母亲！"一旁的女孩不到七岁的样子，忙扑上去用自己的身体护住娘亲。

再看其余人，凡是身披檀色长袍、头戴面罩者，皆凶神恶煞，扬鞭就打。

谁要是走慢了，就会挨上一顿抽打。

王阳明听那孩子叫得凄惨，但说话的口音跟汉话很是不同。

福威郡主看在眼里，有些不忍，咬牙道："一定是人贩子！走，跟我去看看！"

郡主一夹马腹，下令身后几个贴身护卫跟上自己。王阳明听罢，也紧随其后。

郡主打马而去，见这帮檀衣人将方才摔倒的妇女拎了起来，那孩子紧紧抱住母亲大腿，苦苦哀求。无须往下多想，就知事情不妙。

郡主哪儿能眼睁睁看着女子受虐，抬起右手就将鞭子抽了过去，刚好打到那名押解妇女的檀衣人的手背上："你们这些死了老子娘的东西！拐卖良家妇女，是何道理？我现在以朝廷郡主的身份命令你们，赶快把人放了，否则本郡主就要下绞杀山匪令了！"

谁料这檀衣人之中倏地出现一个身材高大的人来，他几步走到福威郡主跟前，用有些生硬的汉话说道："这些都是从安南带来的雇工，郡主何必较劲？不如睁一只眼闭一只眼，若放我们过去，我自有大礼相送。"

福威郡主一听这话，更是来气："安南人也是人，也是我大明百姓，你们根本就是欺男霸女！若他们真是雇工，好端端的，你们凭什么打人？这群妇女、儿童被你们欺凌还有人样吗？"

一侧的王阳明暗暗数了一下，她们这一行被拐的人有二十多名，都

50

是女性。

那些安南来的妇女、儿童虽听不懂汉话，但也能从福威郡主的气势以及喝令声中听出对方是在为自己说话。

还不等福威郡主再次发飙，这二十几个女子便齐刷刷地跪倒在地，口中说着郡主听不懂的安南话，朝着郡主骑马的位置叩首不止。磕头声接连不断，连林中落树的鸟儿都被这磕头声吓得展翅逃走。

王阳明很是不忍，这么多无辜的女子被这些恶人拐卖，也不知前途如何，真是凄惨。

"都给我起来！"领头的檀衣人叫嚣着就要踢人。他穿着一身长袍，看上去很是神秘，竟然有些像那西洋的大巫。

王阳明一怔，就看到福威继续挥动鞭子抽向那些想要动手打人的檀衣人，只听她口中怒喊道："好话不说两遍，还不快放人？"

"哼，郡主何必着急？把这些安南人拐入大明境内，任由大明人使唤，岂不更能凸显天朝威风？大明人不就是喜欢扬国威，四处彰显泱泱大国之繁荣昌盛吗？如今有了这些贱婢，不就更不用发愁国威无处宣扬了吗？"

王阳明听这领头人说话，真觉其舌头不会转弯，声音难听不说，咬字发音还极其不清楚，尤其说到"人""国""显"这三个字时，好似舌头都捋不直。加之其后半句带有讽刺的意味，用的那些词语夹枪带棒，王阳明深觉此领头人十分可疑，忙对福威郡主说道："他是个外来的，恐怕来自高丽抑或东瀛。"

福威郡主颔首，扬起手中长鞭，冲对方大喊："放人！"

谁料对方也绝非好惹的。只见那领队一抖长袍，其帽衫、斗篷全部脱落在地。其余跟班人等，也一并亮出手中短刀。

领头男子露出一头黑、长、直的软发，全部披散着，却一丝不乱。他刚使出一招，那长发便卷起周遭无数的小碎石块，如一只疯癫嚣张的八爪鱼，将一块块石头朝着福威郡主的方向击去。

想不到天下还有这样练功之人，头发还能当兵器使。

福威郡主才不怕他。她挥起自己的剑龙狮蜥鞭，一招"猛蛇吞象"，鞭子划出一个 Z 字形，将那飞过来的石块、长发抽碎弹回。

跟随在那领头人身侧的小喽啰们也不是吃素的。他们亮出架势，摆出阵法，纷纷将手中的短刀直插地面，伸出双手，食指相贴，拇指交叉，另外三指互相交缠，口中念念有词，犹如诵经。

神奇又可怖的是，地面上赫然出现斑斑红迹，一道形似火山的圆圆的火圈将这群喽啰团团罩住，一只面部模糊、尾巴粗大、猞猁般的红色大猫从那阵法里跳了出来。

它虚幻的身形难以辨认，但王阳明等人能看清它正摩拳擦掌，朝着王阳明及其身后的队伍发出恐怖地咆哮。

"苍穹列队！"福威郡主喝令众人排兵布阵，自己继续突围。

王阳明迅速调整状态，弯弓搭箭，毫不犹豫地射向那朝着自己奔来的红色大猫。

令人称奇的是，那红影猞猁只是虚晃而过，宛若鬼魅，其身姿灵动飘逸，令对手惊恐不已。

众人一个分神，只见一根根细小的银针带着恶臭从天而降！

"糟了！猞猁只是障眼法，这个才是正题！"

王阳明一看不妙，从那只虚晃而过的大猫身上飞出的遮天蔽日的暗器才是关键所在，可面对这些细如毫毛的银针，谁又能在如此混乱的情况下逐一躲开呢？

王阳明只得一拉缰绳："撤！撤到密林中！"

众将士有些反应慢的早就中了银针。反应快的，有些因队伍密集，自己又骑着马，来不及躲入密林就被银针刺中。

福威郡主眼看手下的弟兄们有的已然倒下，她自己却帮不上忙，恨得是咬牙切齿。

对手却欣喜不已，笑哈哈地看着与自己缠斗在一起的福威郡主道："这是一种西洋炼金术中的魔法阵，结合了东瀛秘术。你可知猫又的传说？刚才放出的，就是深山中百年猫又的尸体炼就的尸鬼雷针！"

福威郡主气愤地说道："旁门左道！不过是弹丸之地的妖术，何足为惧！"

她的鞭子率先砸向领头人的头顶，想试探其命门是否就在头顶，想不到这厮的长发灵敏如蛇、韧若金丝。福威郡主怎么出招换招，他那一头乌黑浓密的长发就是打也打不散，卷也卷不着。福威郡主一招"风卷残云"，用鞭子卷出狮子尾一样好看又有力度的弧度，想绑住对手的长发，却不想，她卷住对方的头发后，感觉那头发极润极凉，像是涂了几十瓶桂花油，又好似一条条鳗鱼……连一向武艺高强，打败过无数中原武林高手的福威郡主也有些蒙了。连半秒钟的分析时间都没有，那厮便又亮出架势，将头发全部汇聚到一块巨大的岩石跟前。黑发好似长鞭，将那一块大石重重卷起，长发和巨石合起来犹如一把铁锤，朝着福威郡主袭来。

"哼！我送你一个剃头的家伙！"

福威郡主喊完后，对方不解其意，微一蹙眉，还是将全部重心放在那块被自身长发绑起的巨大岩石上，却不料这样反倒遮住了自己的视线。

福威郡主一招"踏月登顶"，用轻功飞身而上，踩着那巨石，腰间飞出陀螺，她又接连抽了两下。那陀螺旋转带风，如一把锋锐的剃头刀，直达领头人的长发之前。

只听咔咔两声，那领头人的长发竟然纷纷落下！

"呵呵呵！"福威郡主卷回陀螺，指着那人大笑道，"哎呀，好一个长发美男！可惜了，我看你还是留短发比较好。这幻海城内酷暑难耐，姐姐我帮你把头发剃了，你也用不着说谢谢！"

虽说不是被剃成了秃子，可这突如其来的"板儿寸"也令这领头人无法接受。

一股耻辱感席卷而来。他方才一个失神，竟然着了这女人的道，她竟然用那玩具似的小小陀螺将自己的长发削了下来！

"可恶！一个都别放过，全部杀死！"领头人发号施令。

这一次，他也不再留恋自己的一头长发，将身体暴露在众人面前。这一下可热闹了，福威郡主也是一怔。

刚才打斗时情势紧急，福威还以为他袍下所穿为一件蓑衣，没有细看。现在她才看清，原来那并非什么蓑衣，而是长在他身上、近似蓑衣的鸭卵青色的长毛！

这些恶心诡异的长毛，如一条条蚯蚓般蠕动着，仿佛能听清命令的

53

活物。

这厮从手下的小喽啰处拿来一顶斗笠，迅速戴在头上。

不一会儿，只见那穿着蓑衣般的身体上，一根根犹如尖刺的长毛直挺挺地朝福威郡主刺了过来。

福威郡主再次抛出陀螺，连抽三下。这三下，她用尽了全力，却发现不用力还好，一用力更糟。

那向其刺来的一根根长毛，愣是将那枚风车般飞快旋转的陀螺扎了个稀烂。陀螺碎了一地，落在草坪之中时没有半点儿声响，可见是碎成了粉末。

王阳明方才躲过一劫，此时躲在树丛中一动不动。他观望得仔细，眼见福威郡主就要吃亏。

他迫使自己冷静下来，想起妙儿曾嘱咐过自己，"任何武功招式、奇幻之术都有其五行属性。只要知其武功套路、属性为何，便能依照相生相克的原理，找出制胜的方法"。

王阳明看两人过招，可谓专注、急切。他想了想：此人使用的黑发如水一般柔，这么说来，这招原该属水，而这钢针般的长毛原是长在他身上的毛发。中医理论说，肺主皮毛，肺属金……那么……

想罢，王阳明毫不犹豫地将随身携带的一把血龙木扇子撕开，将其中一根扇子骨绑在一支飑风破魔箭上，突然起身朝着那领头之人连发三支箭。

"这是？"那领头之人命中两箭，避开一箭。

那箭虽力道不大，但上面竟有破他命门、损其内力的血龙木！

"大将军，这浑蛋五行怕火！"王阳明边说话，边将两根血龙木扇子骨当作箭齐齐射出。

虽说这血龙木不是什么神器，但因为属火，碰到这厮的身体时，他明显有灼烧感。福威郡主眼见其身体冒烟，发出刺刺的声响。

"好个小子，我竟然没发现你！"领头之人浑身仿佛烧了起来，一股股青烟顺着其皮毛不停地往外冒。

王阳明冷笑，依旧像没事人一般对答，手下却一刻不肯松懈："哼！反应迟钝的家伙！告诉你，我手里紫檀、血龙木、红酸枝、鸡血藤一类多得是，你若不知好歹，老子有的是方法治你！"

他这话说得霸气蛮横，话音未落，又发出一支血龙木扇子骨做成的短箭。

这是他最后一支夹带了血龙木扇子骨的箭了。可惜，这支箭没有射中，而是擦着恶人的身子划了过去。那领头人果断放弃袭击福威郡主，朝着王阳明杀了过来。

"猫又法阵何在？还不给我速速亮阵！"他边说边亮出浑身的尖刺，那叫一个骇人。

王阳明见其飞身上前，欲要逃走，就见那红色的虚影又是一闪，这回可好，那猫又阵法将他堵住了。任凭王阳明怎么折腾，一股奇异的恶臭都不断扑鼻而来。这恶臭不但熏人，更像是一双无形的大手，将其死死按住。

是幻术！这种气味能让人丧失体力……王阳明这才明白，对方刚刚借助阵法射出的那些针上定然涂了可令人无力的致幻药粉，譬如中原的软结散、化骨散。虽然自己没有中针，但并不排除已被魔法阵发散的气味影响。

"伯安兄弟！"福威郡主来不及救他，虽然她拼尽全力甩动鞭子，却只觉离王阳明还很远。

那领头之人已来到王阳明面前，他使出浑身气力亮出尖刺，眼看就要置王阳明于死地。

就在这千钧一发之际，一道亮白如砗磲的光影从天降落，刚好砸中地面，激起一层烟尘。

一只白净如莲的大猫雄赳赳、气昂昂地阻隔在王阳明与那领头人中间，屁股对准了王阳明的脸，松鼠般的大长尾巴竖立着。它面目狰狞地看向领头人，口中满是专属于猫的咒骂声。

它这一霸气亮相可谓动静不小，满树林的鸟兽均四下逃散，就连那个猫又法阵也在半秒不到的时间内消失不见了。

"呵呵，我的梵湖儿还没自称为猫又呢，你个弹丸小国来的也敢自封猫又？没见过你们这种臭不要脸的，有事没事来我天朝作孽。你们那鬼地方，也就是提提河童，聊聊雪女罢了，要真是有个天山童姥一级的人物现身，你们肯定吓得尿裤子了！"

这声音真真熟悉，犀利又掷地有声，毫不给人留面子。

"妙儿！"王阳明喜出望外，他见自己能动了，忙道，"妹妹，你来了？"

那领头人被这陌生女子放出的大猫吓了一跳。眼前这只双瞳异色，还在不停更换眼中底色的家伙，到底是猫是鬼？它这么从天一扑，愣是把自己引以为傲的法阵灭得干干净净。

他再掐诀念咒，却发现无济于事！

梵湖儿依旧瞪着眼前之人，做出猛虎扑食状。

王阳明起身道："梵湖儿，你要小心他的蓑衣。"

话音刚落，就见梵湖儿浑身的毛参开，犹如根根利刃破冰而出。

这下可热闹了，对方身上的长毛是根根尖刺，梵湖儿则犹如《山海经》里的千岁神兽——乘黄一般，毛发幻化为兵刃。

"怎么会？怎么可能？"领头人惊诧地道。

他原以为世间只有他这样天赋异禀之人才会有这种奇能，谁料猫都竟然有！

"你打不过它，更打不过我，别没事白费力气。你有这闲工夫，不如回你那弹丸小国，好好学学种地。"

妙儿冷漠的声音再次响彻林间。众人都没反应过来，只见一个身穿象牙白色道袍，头戴点翠发钗的道姑从树上飞身而下。此女边说边杀，还不停抖动着手中的拂尘，像是龙女在天。她竟一路飞一路放出无数透明丝线，那丝线抖动着，卷在林间那一棵棵高树上。不一会儿，丝线布下天罗地网，将那领头人的四肢、脖颈缠绕起来。见对方想要摆脱束缚，妙儿急速翻身倒立，甩动拂尘。

刚刚那些旋绕在树木之上的丝线，由于妙儿运用内力，快速摩擦树木，加之丝线上擦有鸡血藤酒一类的"神仙水"，竟很快燃烧起来。

这招动作幅度不大，却激起四溅的火星。原本明晃晃朝着王阳明扎来的根根尖刺，犹如在大转盘里转了一圈的飞镖，随着一个刺目的火圈转动一周后，全部软了下去。

"'天地无用'？"领头人再次说话，竟然已被妙儿斩断右臂，伤口血流如注，不可遏制，"你、你是清玉派弟子？"

妙儿用脚丫子踢动那掉落在地的手臂，梵湖儿跳来就叼走了。

"哦，原来清玉派那么有名，你们那穷乡僻壤都知道啊。可惜，我玄机神女无门无派，师父还真没说过我们是哪门哪派的。这招你蒙对了，就是'天地无用'，清玉一脉的独门功夫，专破你这不入流的障眼法。"

那领头人被妙儿破了这一招后，像是漏了气的皮球，不敢抬头与下手之人对视一眼，气势全无。他口吐鲜血，仰天大叫："撤！把人给他们，快撤！"

说罢，那群没人管的小喽啰突然发出什么东西，一枚臭不可闻的流弹突袭而来，虽不至于伤人，却奇臭无比。接着，一股绀色的浓烟滚滚扑来，使人看不清眼前事物。

"是臭鼬！"妙儿用袖口掩住口鼻道，忙去找王阳明所在的位置。

福威郡主也怕王阳明最后受到偷袭，忙去找他："伯安兄弟！"

那被打败的领头人不见了踪影。

可两位女子都来不及再追，同时扑向王阳明所在的位置。

"伯安兄弟！"

"伯安哥哥！"

王阳明已然起身，却真真站不稳，许是方才受了些惊吓，他自己都没意识到。

待那恶臭浓烟散开，他定睛一瞧，不禁哑然。

只见两个世间无双的俏佳人，正一左一右环抱住自己的手臂，一动不动。

左边是福威郡主，王阳明的异姓姐姐。她紧张不安地看着王阳明，生怕因自己的一个疏忽，痛失这么一个宝贝弟弟。

右边是王阳明朝思暮想、暂时未娶的绝代女侠妙儿。

两女一看眼下光景，都是一愣。美女见美女可不是什么好事，尤其还是两个同样把心思花在习武上面的女子，更是"同行"相斥。

妙儿一看，一个英姿飒爽的俏丽少妇正紧紧地抱着自己伯安哥哥的胳膊。她当即感到不爽，一把将王阳明拉回自己阵营，护在身后："你是何人？"

福威郡主蹙眉。她不明白，一个出家的女子怎会突然介入这红尘之事，还这么能打？

王阳明见势不妙，忙又跑回两人中间："误会误会！启禀大将军，这位姑娘虽是道姑打扮，却是我的未婚妻，江湖人称玄机神女。"

"你说什么？她就是威震江湖的玄机神女，摘星观观主，绰影侠最得意的徒儿？"福威郡主真是服啊，这么个神经兮兮、说话刺耳的丫头，竟然是她可爱无双、老成机智的弟弟的未婚妻？

第 八 回
拾断臂文身显天机　争守仁双娇醋横飞

"伯安兄弟？"妙儿狐狸眼一瞪，"他是你哪门子的兄弟？"

郡主一听来者不善，随即挑起一双孔雀眼，叉腰说道："伯安是我的结义弟弟，要说起来，你还得叫我声大姑姐呢。"

妙儿见她有一双富贵吉祥眼，脸若银盘，一看就不是个好惹的主儿，反而来了吵架的兴致："想不到伯安哥哥如今长了本事，倒是学会攀龙附凤了。也对，这槛内槛外皆为红尘俗世，保不齐就被谁玷污了去。"

福威郡主听妙儿说话实在刻薄，一出家道姑张嘴全是尖酸之语，她往前紧走几步和妙儿面对面站立："这位道长，我且问你，你既自幼与伯安兄弟定亲，现在又为何出家？明知我弟弟对你有情有义，为你苦等这么些年，你倒好，出家了。要我说，你就不是真心对他。"

妙儿听她语气笃定，还拿出了长辈教训晚辈的架子，也急躁起来："一个朝堂将军，又身为大明郡主，你又是为何与伯安哥哥称兄道弟？是不是故意诱他学那些朝堂上的阴谋之术，让他沾染朝堂上的戾气？"

"好个嘴巴厉害的道姑。"郡主侧头看向王阳明："好兄弟，你火速跟她退婚，我再帮你找个性子温和、为人大度的姑娘为妻，如何？"

"你说什么？你管不着！"妙儿往前几步，看似就要出招。

"两位，两位听我说。"王阳明赶忙向前，只觉两个女子尚未开战就已然火药味十足，他夹在中间真是受罪。

王阳明四下观察，欲要找个理由转移话题，突然，一直在旁低头玩弄那断臂的梵湖儿吸引了他的注意。

王阳明用手一指："梵湖儿，这边来。"

妙儿一听王阳明叫自己的猫，也转头看去。福威郡主这才想起，方才这只雪白的奇猫直接将王阳明救下，它的出现彻底震碎了敌方的法阵。

"你们快看，这条被妙儿斩断的右臂上头有个奇异的文身。"

这话不假，王阳明将叼着半条手臂的大白猫梵湖儿抱起，示意两名女子认真观瞧。

福威郡主道："真是奇了，我第一次见这样的文身。"

只见这断臂前端的肘关节附近有羊首龙身像。

大猫梵湖儿原就个头庞大，冷不防被王阳明架着胳肢窝抱着，很是不爽，它晃了下身子，大尾巴一甩，刚好拍了王阳明一脸土。

那半条手臂也被直接甩在了王阳明脸上。

"祖宗，我就是想看看。"王阳明求饶道。

梵湖儿瞪了他一眼，没好气地从他怀里挣脱，谁也不顾，跳到一侧的矮树上休息。

"《山海经》中记载过类似的神明。"王阳明将手臂拿在手中解释，"例如济山山系中的人面鸟身神，白首座山上的人身羊角神。这个文身形似山羊与蛟龙的结合，虽不完全符合《山海经》里的描述，但有几分神似。"

王阳明这话说得认真，妙儿听完却是哈哈大笑："原来天底下也有伯安哥哥不知道的事呢……"

福威郡主听她这般无礼，对自己痴情一片的未婚夫竟然也这样刻薄，不禁蹙眉质问："你又知道什么？有本事说来听听！"

"嘁！本座既笑得出，自然也说得了。这怪胎的文身跟那《山海经》并无关系。刚刚贩卖人口，与你们缠斗一处的，乃花柳帮之人，而这羊首龙身像是花柳帮一个特有的标志。"

"花柳帮？你是说江湖帮派？"福威愣住了。刚才交手领教了那檀衣人的武艺后，她是往那边想了，但她对花柳帮这个帮派组织可谓一无所知。

王阳明生怕两个女子再生争执，忙又一指："你们看，这串混乱的脚印是方才大将军您跟那厮缠斗时所留。方才我躲在树丛中看得真切，那花柳帮的领队所穿之靴为豪猪皮毛所制，其鞋底则为豪猪猪蹄。之所以这样做鞋，我猜一来为增高个头；二来这猪蹄做的鞋犹如滑冰鞋，穿着它便于施展'胡旋凌波舞步'这类招数。尤其他方才跟您过招，放开那一头长发，借助自己这双豪猪鞋让其自然滑动，犹如行走在冰面。"

"原来如此，怪不得他一个身形壮硕的老爷们儿动作如此灵活。乖乖，我早该料到的。"

福威郡主自己责备自己，妙儿却还想嘲讽她两句，王阳明忙拉住妙儿的手："好妹妹，方才多谢你赶来。还有梵湖儿，它还在树上，可别跟丢了！"

王阳明担心地往高处望去。妙儿见王阳明看向自己的眼神情真意切，又听他方才只唤福威郡主作"大将军"而非"姐姐"，这才收敛锋芒，去叫梵湖儿下来。

王阳明又及时提醒福威郡主查看士兵伤势，清点剩余人数，并叫没怎么受伤的将士将这些安南妇女儿童带去包扎，先行带去将军府休养。

他则独自将那些不可思议的脚印用随身携带的炭笔拓下来，可是一摸口袋："哎？炭笔呢？"

话音刚落，只听两个女子齐齐叫道："用我的，用我的眉笔。"

妙儿抢先一步："伯安哥哥，我这眉笔是罗刹国的一种特殊眉笔，叫作枉凝眉。这笔分两头，很是好用。前头可画龙雀红，后头可画孔雀绿，一笔多用。"

说罢，一根两端可用的尖细眉笔被妙儿递到了王阳明面前。

福威郡主怎能罢休，她将自己的眉笔拿出，干脆甩到王阳明弯着的双腿上："好兄弟，我这笔乃英吉利国进贡之物，实用性强，虽只有一头可用，但这笔里暗藏机关。你可根据颜色需要，按动上头的按钮，调出你需要的颜色，一笔六色，岂不有趣？"

王阳明一看，福威郡主甩过来的眉笔还真是有趣得紧，不但形状偏粗便于掌握，还暗藏转换的机关。相比之下，妙儿的那根虽有两色，但整体偏细容易压断，不便携带。而且郡主这根颜色有六种之多，更便于查案使用。

"对不住，妹妹，郡主这根更适合当前查案用……多谢大将军。"

他哆哆嗦嗦地抬头，两张绝色美人面映入眼帘。王阳明没闲工夫欣赏这两位风华绝代的佳人，只能赔着笑脸，苦笑着两头说和，却把妙儿气了个半死。

"妹妹，这大晚上的，你又要去哪儿啊？房子我都为你拾掇好了……"

傍晚，福威大将军府邸。

妙儿收拾行囊，明显就是跟王阳明赌气。

她想起白天福威郡主质问自己的那几句话，心里堵得不行。

之前经历了雪人案，又和王阳明携手探案后，她想了许久，原本是想在完成师命后还俗嫁他，谁想自己去了趟大明宝岛回来，半路杀出来个福威郡主。

她知道福威郡主比王阳明年长十岁，按理说两人是不可能的，但她看到那个同样活力四射、漂亮不输自己的女子如此疼惜善待自己的伯安哥哥，心中就大为不畅生出了醋意。

"本地有人请我出面捉鬼，人家一口价给我黄金千两，怎么，你要耽误本座拿笆子搂钱啊？"

"这个……"王阳明眼珠一转，"妹妹，我知道你今日觉得我不给你面子，可你办完事好歹回来住，我这么久没见你，总是不放心。"

妙儿瞪了他一眼，气得叉腰一指："不放心？那你说，你那个好郡主，怎就成了你姐姐？"

王阳明忙抱起梵湖儿，不管它愿意与否，抚摩起它背上的毛，为的是用猫说事，使气氛缓和一些："你看，你一叫唤，猫都看你啦。好妹妹，你也看见了，我一向尊重郡主那样的英雄，她保家卫国十多年，我对她唯有敬重。我若能在旁帮衬，定当全力以赴，为我大明百姓除去祸乱。我不为功名利禄，只为造福一方。我想当圣人嘛，所以说……"

王阳明擅长诡辩，他故意拖长尾音，拿起梵湖儿的一只猫爪伸向心上人，像小孩子一般摩挲妙儿。

梵湖儿看着这两人，很是投入，谁开口它就凝视谁，一副"我能明白"的样子。

就在两人你一句我一句的当口儿，梵湖儿从王阳明怀里跳下，一爪子拍在原本放在床榻上的包袱上。

那包袱被梵湖儿掀翻在地，一本棋谱掉出。

王阳明清了清嗓子，将棋谱捡起："好妹妹，这是什么啊？"

他将棋谱拿在手中挥了又挥，妙儿一看不好，羞得满面通红，更显春情妩媚。

"你坏死了，给我。"

妙儿气恼，王阳明却将棋谱夹在胳肢窝里："妹妹，我喜欢的人是你，你何必醋意横飞，与不相干之人生气？气坏了，我不心疼吗？"

这话说得极直接，已经超出了订婚之人可说的范围，乃闺房私密之语。

妙儿听完此话，像是已经被对方揽入怀里一般，她满头大汗跺脚道："去你的！那棋谱不是给你买的，你快拿来。"

"不是给我买的？哦，那就是陪我下棋时用的。妙儿，你可还记得，当年咱俩对弈输了的人会如何？"

这话一提，又是一段令人心跳加速的红尘往事。妙儿一听这话，更是又羞又恼，直接伸手去抢他胳肢窝处的棋谱，却不料这厮竟在妙儿额发处轻轻印上柔软的一吻。

湿漉漉的一吻虽若蜻蜓点水，却令人印象颇深。

这回味无穷的一吻令妙儿好生慌乱。

棋谱也掉落在地。

"喵。"梵湖儿只觉那本子有趣，也不看是何玩意儿，叼来就走。

王阳明一看，生怕这大猫行事不稳，忙叫住梵湖儿："大猫，你可别咬烂了，那可是你主人为她心上人挑选的。"

"去你的，谁是心上人？"她口中嗔怪，随手推了王阳明的肩膀一下，又蹲下身开始收拾包袱。

王阳明见状，忙去找梵湖儿要回东西。谁知这大猫竟然一跃而上，叼着那棋谱跳到衣柜顶端，将棋谱当作垫子坐上去就不起来了。

"这可是你主子从宝岛那边带来的宝贝，我说梵湖儿，你下来，咱们好商量，我用小鱼干和你换。"

梵湖儿不耐烦地喵了一声，对王阳明的话充耳不闻，将他视作空气，也不管王阳明在下头做什么夸张的动作，它只管躺下压着棋谱假寐。

"哈哈，你呀，还是跟它做斗争去吧，我们梵湖儿，有的是奇招跟你闹呢。"看着衣柜前王阳明猴急的样子，妙儿笑得开心。

王阳明见她收拾好包袱，却是笑着的，也知她气消了一半，刚要说什么，就听福威郡主在外头道："弟妹这是要走？"

妙儿知是福威郡主进来，回了句："本座要去一府邸做法事，就不劳郡主费心招待了。"

福威郡主人已进来，倒是比在沙场上时眉目亲和，说话也不再带有质问语气。她神色温和地踱步到妙儿面前，作寻常妇人打扮，整个人一眼望去很是谦和明朗。

"本人有一事相求，还望道长帮忙。"

"哦？郡主有事请讲，我很忙。"

"本次丁香花案，想必道长也知晓一二了，我们有个被凶手袭击的证人，名叫王铃儿，也是我女塾的学子。已经一个多月了，她尚未清醒。我闻听道长您行医问药很是灵验，想请您亲自为王姑娘医治，也好早日破案。"

"那要看我的心情，现在不行。"

妙儿的回答很是"有趣"，所有的话都横着出来。

王阳明有些不悦。他知道妙儿还在吃醋，可这醋没有意义，完全是在赌气冒犯他人，尤其面对郡主这样的大义之士，敬重还来不及呢，怎可如此讲话？

王阳明只好拱手，朝着郡主行了一礼："大将军，对不住。妙儿因心情欠佳才说这唐突之话，本非有心之语。她乃江湖儿女，平素不拘小节，加之刚从外坐船而归有些疲累，如有得罪之处还望您海涵，我代她向您赔礼。"

听他这么一说，妙儿面子上也有些挂不住，毕竟眼下对方已经低头，行事说话全无差池，倒是自己过于狭隘。她也觉自己方才有些放肆，但碍于面子一时也不想道歉，加之白日里跟福威郡主一见面，对方就质问她对王阳明是否真心……

"本座告辞。"妙儿草草对福威郡主行了一礼，直接出门，也没管梵湖儿如何。

王阳明忙又朝郡主一拱手："大将军，我未婚妻乃快意恩仇之人，这事她定然会出手相助。这么晚了，我不放心她一个姑娘家，得跟去看看。"

"好，你去。"

马车上，王阳明没再提福威郡主半句，只将丁香花一案给妙儿说清楚了。

妙儿听得认真，也听出他话里话外没表现出半分对福威郡主的私情，这才点头答应帮忙。

下车后，王阳明抬头观看府邸匾额，只见那上头题着"宣府"二字，便将一盏白灯笼递给妙儿，嘱咐道："好妹妹，我有好多话想跟你细说呢，你办完事，晚上一定回来。你不回来，我就不睡。"

一听他要熬夜等，妙儿心中不忍，只好有些别扭地颔首，也不和他对视："知道啦！"

她提着灯笼往前紧走几步，宣府门口已有家丁在等候。妙儿突然停住脚步，回身从袖口中取出一张纸递给王阳明："这是一张专治头部受到重击后昏迷不醒的良方，是神医扁鹊在世时所调配。你拿去让他们熬了，不要直接给病人服用，用这药水给病人泡脚、擦手，药渣子也不要扔，拿纱布裹了敷在额头上。"

次日中午，福威郡主在府邸设宴，招待远道而来的妙儿。

今日明明只是寻常家宴，两个女子却像中了邪一般，打扮得异常精致。

福威郡主穿了极显年轻的分身短褙子，下身配石榴裙。这短褙子从制式上而言算是家常打扮，并不隆重，是寻常大姑娘、小媳妇儿的装束。尤其一些上学的姑娘最爱这类打扮，可凸显其朝气蓬勃。

福威郡主特意命人将石榴裙改成了上下拼接款，上半部分依旧是直筒收腰的款式，下半部分的设计则有些类似"鲛人出海"。她还命裁缝在裙底的边角位置压出些小巧又不太对称的木耳边，这么一来，她的裙子便很像今人的鱼尾裙。

妙儿虽还是穿着一身道袍，但这身道袍也是精心改良过的，类似明代最为流行的长褙子襦裙，外罩开襟长衫，内里则套着寻常道士所穿的对襟襦服。外长内短的设计，在古人看来很是大胆时尚。最要紧的是，这长衫没有扣子，完全敞开，露出内里的对襟衣物，更显妙儿妖娆动人。

在颜色的选择上，妙儿也费了一番苦心：外面的罩衫是水红色的，绣着朱雀图案；内搭的衣物是翡翠色的，两色相撞，使得妙儿很是出挑夺目。

妙儿一进将军府，就有候在门内两旁迎接的小丫鬟对着妙儿的相貌、衣着频频露出难以置信的表情。

王阳明看在眼里，心里有些无奈。他自嘲一笑，抱着梵湖儿，领着妙儿往里走去。

他的重点却落在了妙儿一双黛紫色的道士靴上。那靴子原就底子厚实，上头还用了些许动物皮毛做装饰球，在这温暖如春的幻海城内，这纯属没必要。只是那鞋颜色虽暗，却令人眼前一亮，尤其两只鞋各顶了个毛球做点缀，不禁让王阳明回想起近日接连发生的丁香花案。

三人分宾主落座。

福威郡主先感谢小两口对破解丁香花案的帮助，尤其对王阳明献计献策赞不绝口。

梵湖儿见没人搭理自己，便扒了窗户直接翻出去逮鸟儿取乐。

他们聊着聊着，又说起案情。

王阳明道："大将军，本案我已有了结论，但无法结案。昨日折腾一天，夜深了我不好打扰大将军，现今我可以解释清楚了。"

"哦？伯安兄弟已有答案？"

"正是。此案真凶确为昨日花柳帮领头的那名檀色着装的男子。当日您在第二起案件的案发地周围发现的鸭卵青色毛发，实为那人身上的长毛；而我在当日发现的豪彘脚印，则由其刻意制成的靴底带来。鞋印形状也好，身上的毛发也罢，都是其闯荡江湖的伪装。且此人句句挑衅大明，可见其对我大明心怀不满已久，加之那文身……王姑娘醒来后，想必就会有答案了。"

"不错，王姑娘到底会些功夫，兴许两人搏斗之余，她看到了那人的文身也未可知……"福威郡主见王阳明说了这么多话，竟然什么都没吃着，倒是那个道姑，光吃不说也就罢了，王阳明竟然还忙里偷闲给她剥了好几只大虾，真真有些气人。福威郡主只觉这道姑配不上自己这义弟，便连夹了几筷子鲈鱼肉给王阳明："好兄弟，你查案辛苦，多吃些鱼吧。这可都是我一早命人捕捞上来的好鱼，鲜美可口。"

王阳明没看出郡主有何不悦，只怕这夹鱼的动作被妙儿误会，忙起身拱手谢恩："不敢，岂能劳动大将军为我布菜。"

"那又如何，你我姐弟相称，还客气什么。只是……"见自己说了那么多点拨妙儿的话，她竟还无动于衷，福威郡主颇为不满："只是，想不到江湖有名的玄机神女胃口这么好。早知道你爱吃海鲜，我就该多准备一些。这一次，怕是我照顾不周，菜都不够吃呢。"

妙儿听她暗讽自己能吃，也没客气，像个小姑娘一样点头："是是是，我练过吞云纳气功，自然比寻常姑娘家要能吃些。要说起来，郡主也是遗憾呢，一看您就没练过这独门秘术，要不然现在还能再长高些。"

王阳明见两个女子说话又开始夹枪带棒，便伸手过去拉了下妙儿的衣袖，朝她眨了眨眼，好像在说："妹妹，你昨天不也不好意思来着吗？怎么今儿又一惊一乍的？她说她的去，你权当没听懂不就结了，何必接话？"

妙儿知他意思，却还是气鼓鼓的。王阳明生怕她翻脸，又亲自给她夹了几块较好的鱼肉，想一并给她，又觉那鱼肉带刺，怕她扎到，便低头细心给她挑起刺来。

郡主看在眼里，更是替王阳明不值，王阳明却乐在其中。

要说起来，他和妙儿自幼一起长大，两人读完书便到了中午，经常会一起吃饭。妙儿那时不敢吃鱼，他便亲自为她剔除鱼刺，已成习惯。这些年两人分开，他也好久没亲自上阵为她服务了。这对小夫妻而言乃闺房之乐，可在郡主看来，这非但凸显了这道姑的不贤惠，还显得她矫情，欺负自己痴情一片的好弟弟。

郡主见王阳明倒是一脸坦然，仿佛探案一般剔着鱼刺，又见他将一块挑好刺的鱼肉送到妙儿碗里，柔声叮嘱道："快吃，该凉了。"

"我说伯安兄弟，若真如你所言也好办。不妨趁热打铁，我亲自带队火速前往花柳帮缉拿此人，如何？"

"不可！"谁料此言一出，妙儿第一个反对。

第 九 回
缉拿否双娇引争论　铃儿醒还原当日真

　　"为何？"福威郡主以为妙儿是故意跟她作对，才脱口说出"不可"二字，"既然凶手已被你断去一臂，那目标就更明显了。到时候，我就让那帮主将人列好队，我只要找出断臂之人即可。"

　　妙儿冷笑，将筷子往餐盘上一放："郡主未免过于乐观单纯了。你也不打听打听，这花柳帮所做之事多么下作可怖。他们那帮派，别说是清玉派，就是玄机阁也未必敢惹。就说那花柳帮修建的名亭，格局布阵从不按常理出牌。他们那园林设计皆有阵法机巧，且都不为我中原武林人士所通晓。你我两人武艺虽强，但不可鲁莽擅闯。何况，花柳帮风评极差，那里的人皆为大凶大恶之徒，所行之事简直灭绝人性。"

　　王阳明颔首："大将军切莫着急，就算要将花柳帮一网打尽，也该从长计议。不如大将军暂且不动声色，暗中向朝廷递交奏折，向当今圣上表明其中关系利害，待诏书下达，团结朝廷精锐，再缉拿不迟。"

　　妙儿又道："依我说，可不能轻易去那污浊之地。今日你看到的拐卖人口，只是他们帮派所行恶事的冰山一角，明儿没准儿还赶上什么走私军火、贩卖土烟、开设妓院、赌场出老千、劫财劫色……唉，人家就靠这个自成一派，发家致富。这些年下来，也好好儿的没人挟制，一个个挣着金子，数着银子，腰缠万贯。"

69

福威郡主一听这话，有些气恼。

王阳明安抚道："大将军，我们还是兵分两路。一路继续跟进李婆子一家，另一边等王姑娘……"

他刚要说"等王姑娘醒来"，只觉脚边一暖，有个毛乎乎、圆溜溜的东西正沿着自己的脚踝蹭着。

这感觉让他心一颤，一股暖意袭上心头。

这个妙儿，真是坏死了，故意用脚上的毛球调戏我……拿我当坐怀不乱的柳下惠吗？王阳明这次成了个大姑娘，虽然羞窘得不行，但还是隐忍着不发一言。

要知道，妙儿可是他年幼时便朝思暮想的春梦对象，两人既已订婚，他时刻想着那事也不算色心大起。加之她距离自己这般近，今日又是精心打扮，王阳明实在没法坐怀不乱，他感到一股电流由下而上贯穿了全身各个敏感部位。

"也对……还是等等看吧。"福威郡主颔首托腮，"伯安兄弟，你怎么了？"

"啊？我……"王阳明说话有些走音。这脚下之物蹭他的力道又加重了些，带着女子特有的娇憨，使他内心热浪翻滚。

福威郡主见他一脸怯色，往日得意的气势全无，只觉奇怪。

王阳明看向妙儿，见其自斟自饮，依旧摆出一副冷面美女的架势，心中暗自无奈：这个丫头，明明心里是有我的，非要装出一副清高的样子，看我回头怎么收拾你。

王阳明心猿意马，只觉自己失了文人仪态，好在外头传来女侍卫的禀报之声："启禀郡主，王姑娘人醒了。"

众人大喜过望，王阳明与郡主异口同声："能说话吗？"

这样的默契又气坏了妙儿。

女侍卫道："可以！王姑娘用了玄机道长的方子，才一个晚上就醒了，人正半躺在榻上，等着郡主您过去问话呢。"

妙儿听罢讽刺道："哼，那是，扁鹊的方子能有错吗？只是泡脚敷脸而已，一夜就全搞定了，比江湖上乱请的郎中强。"

听了这般刻薄之语，福威郡主也没跟她这江湖女侠计较，忙领着一干人等前去王铃儿家中。

王阳明与王铃儿交谈，听她言语，知她已然清醒。

王铃儿回忆当日发生的事情，原来她和刘美珠当日晌午的确到了那家名为四大名砚的文房四宝店中闲逛，也买了那牛犊造型的砚台。当时她们并没发觉有人跟踪，又因中途挑选了些其他物品耗到了傍晚，回去的路上才发觉有人跟着。

原本王铃儿建议往人多的地方去，可谁知刘美珠的马被什么东西惊到了，那马很不争气地往那正在修建的幻海名庭园跑去。王铃儿没顾自己，跟在她后头保护。

到了名庭园，施工队伍已然散去，里面空无一人。

刘美珠好不容易在王铃儿的帮助下将马安抚好。两人皆下马，互相安慰，却不料有人在背后偷袭。

王铃儿本想拉着刘美珠躲开，不想已经受到惊吓的刘美珠根本跑不快，最先受到来人的袭击，当场倒地不省人事。

最让王铃儿感到不可思议的是，那人竟然用一头浓密顺滑的长发卷起地上一块大石，砸向刘美珠和自己。

王铃儿会些功夫，但当时身边没有佩剑，眼睁睁瞧着如此诡异的妖孽突然来犯，她当即没了主意，只得将刚买的砚台当武器，拿在手里边打边退。

那诡异的"长发毛怪"似乎不想直接杀死王铃儿，见到她挣扎的样子还挺喜欢，便逗猫似的跟她周旋了片刻，还被生猛的王铃儿用砚台砸中了头部右侧。

"那块砚台为牛头形状，不是很实用的那类砚台，我买来只是当手把件玩的。我想，我当时用力很猛，兴许在其头上留下些凹痕也未可知。"王铃儿想起这些，仍心有余悸，"还有、还有就是，我在跟他周旋的过程中，绕过几棵丁香树，其中一棵丁香树粗壮高大，我在蹲身躲避时，想把他的衣袖扯开，把他挂在树梢上，这样我就可以趁机逃脱。不料力道没有控制好，我将他那衣袖彻底扯开，才发现里头竟然有个极恐怖的文身！"

王阳明将袖口中提前备好的纸张拿出，上有他用眉笔临摹下来的羊首龙身像："王姑娘，你莫要慌张，且细细看看，是这个吗？"

王铃儿接过那纸："这个……就是它！一个极吓人的文身，我从没见过有人把这似羊非羊、似龙非龙的东西印在自己身上。"

确认了一些事情，他们却还是无法贸然拿人。

回去的路上，王阳明和妙儿同乘一辆马车。

妙儿抱着梵湖儿，一脸惬意。

王阳明思索了那文身片刻，总觉有矛盾之处，却不好说出来。缓了缓，他转移话题："妹妹，方才用餐时，你为何用脚蹭我？"

"啊？谁蹭你啦？"

"我当时都心猿意马了……虽说我跟柳下惠是一个级别的人才，但你若坐于我怀，我岂能不乱？存天理，但不能灭人欲，去除人性中的一部分恶就好了，至于我对你那份惦念嘛……"王阳明说来说去，倒是把自己绕进去了，脸红不说，耳根子都跟着烧起来了。

妙儿见他那伸手搔脸的好玩样子，扑哧一乐："哎哟，哥哥你可看好妹妹我这双鞋。"说罢，她便将脚上的厚底靴亮了出来，"这上头的毛球可不是什么装饰物，是暗器！暗器啊！我没事干吗用暗器蹭你呢？"

王阳明当即心中凉了半截，只觉这盆冷水泼得太过让他尴尬。

"我、我这也算是自作多情吗？呵呵。"他自嘲苦笑，尴尬地看着妙儿。

妙儿随即脸红，低头假装爱抚梵湖儿："八成是梵湖儿觉得外头没意思，又回来了。它啊，爱往桌子底下乱钻乱蹭，尤其是对陌生人，也不认生计较，定然是我们梵湖儿用脑袋给你擦鞋呢。"

王阳明颔首道："是是是，是梵湖儿小祖宗为在下擦鞋呢。我还真是傻，还当你想开了呢……"

"我有什么想不开的？"妙儿差点儿将自己还俗的计划和盘托出，想了想，觉得自己还是应该矜持冷静一些，可别让这家伙太快拿捏住自己。妙儿假装对着猫说话，继续调侃："梵湖儿，是不是你刚刚蹭王叔叔的脚丫子了？啊？是不是啊？"

王阳明郁闷："喂，有你这么说自己未婚夫的吗？王叔叔？我有这么老啊？"

很快，女塾那边传来消息，根据探子多日调查，他们很快发现了负责洒扫的李婆子果然有猫腻。

这李婆子早年有个妹妹，是其母与外头男人通奸生下的私生女。后来李婆子的母亲将孩子抱回抚养，随自己姓，名唤赵绣球。跟其姐李婆子不同，这个妹妹长得虽不算绝色，却也清纯可爱。

赵绣球在十岁那年被本地的一个海盗掳走，做了丫鬟。她走的时候年纪还小，后期也杳无音信，众人还以为她死了。近日，经探子多方搜寻证据，发现这个被掳走的妹妹并没有死，而是随那海盗东渡到了茜香国。

茜香国乃如今的琉球岛，被当世人称为茜香。

那海盗到达茜香国后，不料因一场斗殴客死他乡，留下一家女眷无人看管。赵绣球为求生存，嫁给了当地一个没落贵族做小妾，随后生下一子。

按说，有了儿子就有了后盾，这个道理在哪个国家都成立，可是……

王阳明听福威郡主说起这段历史，颔首道："可是，那孩子竟然是个怪胎，一出生浑身就长满了长毛，所以遭到了当地百姓的嫌弃。于是乎，其母干脆将亲生儿子丢弃在类似后山或者岩洞的地方，孩子由一群野兽抚养长大，对吗？"

福威郡主一愣，又看了下手中的密报。

一旁的妙儿抱着猫咪，很是得意："自然是对的，伯安哥哥一推即中。"

福威郡主颔首，也觉奇怪："不错，伯安兄弟说得对。这厮天生异相，就算吃药调理，也是好不了的；若不吃药，任其发展，家里又是谈之色变。其母更是怕将来难以在茜香国立足，干脆一狠心将其抛弃在后山上，谁料刚好有一群野猪迁徙而过。这些迁徙的野猪倒不是什么《山海经》里记载的怪物，只是普通的豪猪罢了。这群豪猪哺育了这孩子，让他成为与狼孩儿类似的猪孩儿。"

妙儿听罢扑哧笑道："猪孩儿？我倒是闻听江湖中有剑客，自幼被老虎、豹子、猞猁、灰狼养大，却是头回听说有被野猪养大的猪孩儿。"

王阳明道："怪不得他喜欢把动物的蹄子穿在脚下，也难怪他能如此灵活地使用一身的锐利尖刺。兴许在过去被野猪哺育期间，他观察它们的一言一行，模仿它们的生存方式。那双豪巘猪蹄靴，则是为了配合他幼年时最为自然的走路状态制作的，绝非为了刻意伪装。"

妙儿道："的确。我也认识一位剑客，他乃狼之子。虽说后期他被其师父发现带回门中修炼，但在之前的十年中，他一直用双手双足行走，可谓已成习惯。他师父用了一年半的光景，才把他这臭毛病改过来。不过呢，那檀衣人是如何摆脱一身猪气练成这身奇怪武艺的？又是谁教他讲话识字，混入我中原武林的？难道，这花柳帮帮主东渡到了茜香国不成？"

福威郡主听罢也是不解，想了想又道："听说，茜香国人受倭国文化影响很深，他们跟倭国人一样，将此类毛孩儿视作东瀛传说中的毛女怪。可想而知，这厮当年受了极大创伤，可能正因如此，他才决意杀人吧。另外，密报说李婆子最近将家从里到外彻底翻建了一遍，在街坊四邻里引起了不小的轰动。按理说，她家是没有这个闲钱的。又有街坊说，两个月前，有个头戴斗笠、面纱的小伙子出入过她那里，虽然仅有一次，还是在深夜，但那街坊半夜闹肚子出恭时看得真切。"

妙儿笑道："还好有这么一个闹肚子的热心肠，要不然还麻烦了。我想啊，八成是那长毛怪从那李婆子处打听到女塾学生的出入时间，抑或李婆子无意间说了出来，他却有意记下了。"

王阳明听着两位美人你一言我一语调侃这起案子，倏地一脸严肃。妙儿见他有些恍惚，似在捕捉细节，却又好像一头雾水。

王阳明往前踱步，手背在后面："不是，他并非全然因为年幼时母亲对其造成的伤害才开始屠戮女子的，应该是很私人的一些刺激导致他痛恨有文化、穿紫衣服、跟丁香花有关的女性。可是我不明白，他既然是一个混血，为什么不文个有东瀛特色的文身呢？"

妙儿道："花柳帮规定的呗，但凡入帮派者，必有那羊头龙身文身。"

"可是，这又不矛盾，兴许他在身上的暗处也文了一个东瀛的图案。也兴许这个羊首龙身文身原就是一个神明的形象，这厮是其朝拜者。"王阳明道。

妙儿笑道："哥哥，这花柳帮帮主原就非我族类，这一点，恐怕你们都不知晓呢。这花柳帮帮主的来历、真面目，还真比那玄机阁阁主还要神秘。"

第十回
弑亲母紫丁忆往昔　红世族引出天目盏

　　天将明时，有一着黛色衣衫的女子蹑手蹑脚地从李婆子家出来了。

　　若有人悉心观察，会发现此女子昨日子时就进入了李婆子家，之后一直没有出来。

　　李婆子家的蜡烛虽一直灭着，室内却隐约传出女子的交谈声和啜泣声。

　　熬到天明前，那着黛色衣衫的女子才依依不舍地与李婆子分开。

　　李婆子亲自将女子送出，还拉着她的手叮咛了几句，这才将那人彻底放开，亲自扶上马车。

　　若再近一些看去，会发现这上了马车着黛色衣衫的女子所穿服装与大明的服装不尽相同，更似东汉的曲裾装束。在当今的大明，只有参加婚礼、春节庆典等活动，女子们才着此类衣衫，尽显富贵庄重。

　　这女子却将曲裾穿出了一种平常的感觉，这仪式感超强的礼服对她来说就如寻常服装一般。

　　马车于黑夜中离去。

　　行至巷子深处，马车倏地向右侧拐去。那里有一片茂密的丁香树林，清一色的野丁香，品种不一、颜色杂乱，却依旧难掩其盛放的姿态。

那张扬的味道令人头晕脑涨。

蓦地，女子感到一种前所未有的惆怅感袭上心来，还未反应过来，两匹快马皆惊叫出声，像是被什么东西斩断了缰绳，快步撤离原地。

那女子想要伸手拉开门帘，却见皓月当空，月光瞬间向自己泼洒下来。

那马车车顶竟被一男子持刀劈开。此人就这么站在女子面前，将刀随手一抛，伸手按住了女子的肩膀。

这男子没有蒙面，也未披挂那件神秘的檀色衣袍，正是那天于林间和福威郡主等人交手的长毛怪物。他看着女子，一声不吭，倔强得如一个不肯放弃哭闹的婴儿。

"阿毛？你是阿毛？"

女子叫出了那个熟悉的名字，男子却突然怒吼："住口，你个贱人！"

女人激动异常，也不管肩上的疼痛，一把将那男子的双手拉过，贴到自己脸上，似要感受男子的温度："阿毛，是娘亲啊！娘亲回来了！我的小阿毛，你受苦了……"

"别叫那个让我感到耻辱的名字，我叫三倍猪童，我有名字。"

"我的孩子，咱娘儿俩重逢不易，我是你的娘亲赵绣球……这么多年，你还认得我，我就知足了！"

"哼！娘亲？真好意思说出口。我且问你，当初是谁为了在茜香国立足，竟然弃自己的亲生骨肉于不顾，把我扔到后山，任我自生自灭？我恨不得用一身尖刺将你戳个稀巴烂。"

女子听罢却异常冷静，果断收了眼泪，话语中饱含母亲对孩子的思念："阿毛，这是命运。娘亲当年将你扔了，是为了保住你的一条命啊。我若不扔你，你爹也饶不了你，到头来，咱娘儿俩都得被他们族人视作不祥之物。倒不如我将你扔到山上，你自生自灭，若碰上个好心人，还能留条命。"

男子冷冷地说道："你害得我好惨，现在又说这些……"

赵绣球抹了把眼角的余泪："那你说，你为何要入花柳帮？又为何滥杀无辜？大明的那些姑娘有招惹你吗？冤有头，债有主，你要杀就杀我好了。"

"你以为我不敢？这些年，我最恨的就是你……还有那个姓红的女人！你俩，一个给了我生命，却亲自将我送上绝路；一个给了我活下去的希望，却在最后选择了别的男子。我有什么不好？你们这些女人……"

"阿毛，娘知道那位红姑娘辜负了你，可是你也不能如此心狠手辣，连自己的恩人都……"

"哼！她那是同情我、可怜我罢了，什么恩人！"

这个浑身是刺，由豪猪养大的家伙原来叫作三倍猪童。自然，这名字并非他自己起的。

见生母苦苦劝说，又提及往事，他也不禁想要说个痛快，也好在杀死生母前不留遗憾。

"我被豪猪们在后山一棵树下捡到，喝它们的奶水一直喝到十岁。这十年来，我一直以为自己也是头豪猪。直到那年，我认识了一个同龄的小姑娘，在一棵紫色丁香树下……"

回忆的画卷渐渐展开……

那一年对还不是三倍猪童的阿毛来说，可谓十分曲折。

在那棵紫色丁香树下，他认识了一个正用眉笔勾画着什么的小姑娘。这是他隐居深山那几年中见过的最好看、最有学问的小姑娘了。

她捧着本旧得掉页的书卷，在上面垫了几张黄纸，勾勾画画着什么。见有人来，她忙将那书卷合上，把那张勾勒多时的草图折好塞回袖中，生怕被人抢了一般。

"你、你是谁啊？怎么浑身都是毛，头发这么长也不梳起来？"

小姑娘从没见过这种人，吓得差点儿磕到树枝。

阿毛上前几步，细看这小女孩白净细腻的脸庞，不好意思地哼哼出类似猪叫的怪话。

女孩吓得撒腿就跑，全然没给他面子。

这是他们的第一次见面，非常不愉快。

可他没想到，就在次日，同一棵树下、同一个时间，还是那本旧书，几张黄纸，一根眉笔……这个姑娘又来了。

78

这一次，她不是很怕他，而是用缓慢的语速，连比带画说："你是狼孩吧？我听说，有人是被狼抚养长大的，对吗？"

她猜错了，他不是狼孩，是猪孩。

阿毛让她去到自己的世界，一个全是豪猪、野蛮又充满爱心的大家庭。

那个地方，除去拥挤、嬉闹，更多的则是属于豪猪们的规矩。

小女孩很是喜欢那里。一开始，她有些怕这些浑身若顶着钢针的豪猪，但后来她惊讶地发现，原来野猪也可以很友善。

两人虽然语言不通、习惯不同，但有了阿毛的引领，小女孩仍可以跟豪猪们一起玩耍。

"我姓红，小字雨微，从金洲那边来的。"

那时的阿毛对人类的姓氏一无所知，但红色的红，在任何一个民族的文化里，皆占有举足轻重的地位。那是血和火的颜色，象征着新生命的诞生与庄严的禁令。

红姑娘与阿毛熟了，便像一位关心弟弟的姐姐般开始为他的将来操心："你不能总跟野猪待在一起，你要学说人话，像我们一样正常走路。等你学会了这两点，我教你读书识字可好？"

她亲自上阵，也不嫌弃他愚笨。好在阿毛也是个极聪明的人，一点就透。虽说刚开始她纠正他走路的姿势实在费劲，但好在他勤学苦练，倒是个踏实、勤快的人。

红姑娘见其可以和人进行交流，也可以学人走路，便亲自为其盘发、束冠。至于他身上那些长毛，红姑娘则用推子将其推掉，虽然第二天还是会长出来。

她把阿毛带回家，推荐给护院师父，让他教阿毛武艺。护院师父本为中原人与倭国人的后代，刚开始瞧不起阿毛，却不料这小子天赋异禀，身体构造异于常人，弹跳能力和反应能力都比寻常人强出很多倍。加之师父发现其浑身的长毛可刚可柔、可放可收，丝绸般顺滑的长发可卷物，便决意传授其东瀛忍术，喂了他诸多丹药。

如此吃了几年丹药，加之师父刻意教他修炼内功，阿毛的轻功和内力可谓突飞猛进。

他也因此成为红姑娘的贴身护卫。

一晃几年过去了，不怕苦的阿毛练就了一身奇异的本领。红姑娘赐其名为三倍猪童，意思是让他拥有高于常人三倍的力量，且不要忘记豪猪对自己的恩情。

这位来自金洲的红姑娘成了茜香国第一才女。她不但精通大明、茜香两国的语言和文字，还能说一口地道的东瀛话。不但如此，她还教会茜香国当地土著织布做衣、饲养蚕儿和六牲，并将更为高级的琴棋书画引入茜香国上流社会。

红姑娘十九岁那年，红家的门槛都被提亲的人踏破了，眼看着自己心爱的姑娘就要被茜香的贵族接走，猪童心中很不是滋味。

"我一辈子不嫁人。"她曾这么斩钉截铁地跟父亲说。作为她的贴身侍卫，猪童站在一旁听得真切。那一刻，他以为红姑娘爱的是自己，将这话说出来也是为了自己。

可他错了，她不嫁人，并非为了他，而是为了那个奇怪的碗。

那个名为曜变天目盏的怪异瓷碗！

他发现年幼时红姑娘就经常对着那些厚重无趣的旧书盘算着什么，她愿意花大量时间抄抄写写，愿意用一些他看不懂的文字、数字，重复勾画、演算无聊的东西。她像是在做什么见不得人又无法回避的习题，每次抄录、演算后，都会进行彻底销毁，或烧、或撕，或丢入海中，总之一个不留。

他一开始不懂，以为红姑娘是想用功光耀门楣。直到某天，他发现了一个奇怪的茶盏。

回忆至此，阿毛欲言又止。

眼前的女子话锋一转："那么，她最后还是选择了嫁人，对吗？"

"那一天，我才知道她要嫁人的消息。这事一个月前就定了，我是全府最后一个知道的。茜香国世子前来提亲，他是未来的国君。红雨微决定嫁给他做王后。我当时只觉五雷轰顶，一切都结束了。我并非因贪图人世享受才从猪窝里出来，而是因为我爱她、想她，心中无时无刻不惦念、喜欢着她，这才决定束发穿衣，融入俗世生活。"

"所以你杀了她，还是在你们第一次相遇的那棵紫色丁香树下？"

80

"是的。那天，我约她单独谈谈，她同意了。她穿着一件再普通不过的牙白色对襟襦裙，站在那棵我们相遇的树下。我远远望去，觉得她实在过于耀眼。她并不是一个双眼含春的妩媚女子，可她一身书卷气和文人雅士之感，只让我觉得这世间所有的士子加起来都配不上'儒雅'一词，只有眼前的她才配用这二字。"

"后来……你下手了？你好狠的心啊！"

猪童道："是呢。我质问她为何弃我于不顾，问她要不要和我私奔。"

她道："不可。第一，我出身高门大户，乃皇室后裔，我的家族虽说已然远离皇权多年，却依旧要保持皇室血脉。眼下我与茜香国世子结合是最好的选择。第二，我对你只有同情和关怀，并无男女私情。第三，曜变天目盏的谜团一天不破，我便一天不安。我没有心思去考虑儿女情长，嫁给茜香国世子，是我力保家人和破解谜团的最佳选择。"

没等她说完这三点理由，猪童就已经忍不了了。

他出手了。

他杀了红姑娘。

很简单，他直接放出自己身上的尖刺，刺穿了红姑娘的颈动脉，鲜血喷涌而出。

红姑娘倒地不起，双眼睁大，但她整个人看起来很庄严，像是什么都没发生一般。

她倒在了那棵紫色丁香树下。

那一刻，漫天飞舞着紫色花瓣。

美丽的紫色花海托着这位美丽无双的红姑娘。

当无边无际的紫色花瓣接连不断地将这位姑娘盖得密不透风时，那件原本就很低调的牙白色襦裙也很快融入了这片紫色。

单薄的丁香树承载着新仇旧恨。

"原来在她心里，我只是个下等牲畜，跟豪猪一般，卑贱到任何人都能施以同情。"猪童自嘲着，仿佛面前的娘亲不复存在，他只顾自言自语，"我看着震撼人心的紫色盛景，突然感觉——我是个人了，一个真正的、有力量的男人，而不是什么被人抛弃、践踏的牲畜！这一场景影响了我的半生，跟着我到现在。我一直痴迷、回味着那个场景，仿佛她的灵魂都成了紫色的。我也忽而有了一种不可描述的力量，这令我上瘾，觉得全世界都可以被我踩在脚下。我反复咀嚼杀死红雨微的一幕，反复品味那些花瓣……多美啊，多么震撼啊，这才是我想要的生活。"他喃喃道，"后来我逃离了茜香国，挟持了一艘大明的商船来到此地。恰逢花柳帮招募奇人，我便主动请缨，投入花柳帮门下。我本无意关照姨母，可是那天我碰巧在幻海城内遇见她，我当时心情大好，便过去相认。谁料这老婆子见我混得不错、出手大方，便悄悄约我去她家里做客。我当夜便去了，还给了银子。她一时兴起，便和我谈及她在女塾做洒扫婆子，还将女塾学生的出入时间等一并告知于我……"

赵绣球无奈地看着自己的儿子，这个已经不属于自己的骨肉："你原也没想杀害那些女塾的姑娘，但姐姐提及此事，却又令你想起当年的不愉快。你痛恨红姑娘这种有学问、有才情、有上进心的女孩，而她们所做之事令你想起了才华横溢的红姑娘。还有，你定然是看过那女塾的，你惊愕地发现，女塾学子所穿的留仙裙竟然是丁香的颜色……不得不说，这又勾起你对往日之人的恨意。"

"不愧是我亲娘。"猪童冷笑，"如果红雨微没有学问，也不争强好胜去研究什么奇怪的符号，不那么废寝忘食地和那曜变天目盏较劲，兴许那茜香国皇室也就不会前来向她求亲。如果没人娶她，我就能守着她过一辈子，难道不好吗？还有那些女塾的丫头，一个个不懂三从四德，成天就知道读书明理，这又成何体统？！还有那个福威郡主，丈夫死了不好好在家守寡，逞什么英雄好汉，非要跟那倭寇一较高下，岂不可笑？"

"福威郡主之所以在大胜而归时遇到忍者伏击，也是你从中作梗给倭寇那边通风报信，对吗？你的东瀛话，是红姑娘所教？"

"的确，娘亲，你知道的事情太多了！"

说罢，这厮亮出一身尖刺，朝着母亲刺了过去。

他因被妙儿断去一臂，身手大不如前，但面对这样一个手无缚鸡之力的弱女子，三倍猪童还是觉得自己游刃有余。

"连亲生儿子都敢抛弃的女人不配苟活于世，就让我好好送你一程吧。"他得意扬扬，亮出看家本事。谁料，一声猫叫划破了夜空。

那原本慈爱柔弱的女子，怎就转换成了一只异瞳的白猫？

他刺出的尖刺理应扎在母亲的大动脉和四肢上，却不知为何，那些尖刺就像棉花一般软塌塌的，任凭他如何发动内力，它们都像是经人用过的火柴，完全没有攻击力。

"喵！"大猫梵湖儿双眼冒光，如两颗被施了魔咒的星星，在它那张砗磲白面孔的衬托下更显恐怖。它舌头一卷，口腔中射出钢刺，而那一根根看似透明的胡须竟也冒出了火星子，朝着猪童袭去。

第 十 一 回
曜变盏天目晓星辰　审毛怪遗拾建文帝

梵湖儿的真身亮相后，对方才发觉为时已晚。

他的双目被近似黏液的薄膜覆盖，口鼻也无法畅快地呼吸，豪猪毛发也被彻底封印住了。

他还没想好下一步如何逃脱，那大猫便猛缩舌头、胡须，将猪童拉倒。这只大猫使出"钻天鼠功大法"，身体一跃，直扑向三倍猪童。

梵湖儿这一跃可谓气贯长虹。其尾巴若九尾妖狐般竖立着，上系一镏金双蜂团花镂空银香球。此物乃摘星观中珍藏的宝物，为唐代杨贵妃随身携带的熏香器皿。

香球通体镂空，呈球状，纹饰部分镀金。球体由两个半球体组合而成，上半球为盖，下半球为身。连接处一侧为双蜂状合页，另一侧设有钩子，可使盖身开合。盖顶接有银链。

梵湖儿看似迈着轻盈的步子，却于暗处用尾巴启动了球体机关。那镂空香熏球随着梵湖儿的起跳扑腾，于空中自动打开。当梵湖儿自由下坠，四爪重重落定于猪童身上时，那于半空中打开到二分之一的镂空香熏球，刚好正对猪童的脸洒下许多粉尘。

这粉尘的味道十分好闻，但这味道猪童是熟悉的，此乃一种专废武者内力的香散，乃药王门所出，名曰七十二张皮。据传，这香散是由《山海经》中七十二种不祥之兽的皮毛制成，为大恶之物，专废武者内力。

此香粉可顺皮肤、五官各处渗入人体，但对牲畜、植物不会造成损伤，反而牲畜、植物等可以疏导及发散此香粉，帮助施粉者吸收对方内力。

眼下，作为猫与灵兽乘黄的混种的梵湖儿正纵情吸收眼前之人的内功。它专注地瞪着一双异色眼眸，双眼中的色彩变幻莫测，不到几秒便切换出另一种绚烂夺目的颜色。像是打通了因许久没吐毛球而堵塞不畅的任督二脉。

梵湖儿将爪子大胆而惬意地踏在对方的心口、小腹、锁骨等多处部位，双眸依旧透着凌厉和警惕。

"喵。"它狡猾一笑，口中依旧说着旁人听不懂的猫语。

三倍猪童只觉手腕、脚腕、脖颈处微微一紧，形似弯刀的半月形利刃像是拔地而起的手铐，顺势将其牢牢锁定于马车中央。

当他意识到那大猫从其身上跳走时，福威郡主已然站在了他眼前。

"来人，将这厮抬回去审问！"

福威郡主命令部下将其带走，便有军士用绳索将猪童捆起来，又将之前在马车中暗藏的几处机关打开，原本被劈得只剩下一块板子、四个轮子的马车摇身一变，成了"平板担架"。

这几处机关也是王阳明的主意。他建议提前将马车改装成带有机关的多功能车辆，万一猪童一气之下将马车从顶上劈开也不打紧，大不了拉出个暗格，内里提前打几个窟窿眼，搬运这厮时还方便呢。

"喵、喵、喵！"梵湖儿见到主人，忙几个箭步高高跃起，跳入妙儿怀中。

这是王阳明生平第一次见到真猫跑步，甚为叹服，只觉自己看花了眼，以为是九尾妖狐降世临凡。

"嘁，哪儿就需要这么麻烦，一只猫就能搞定的小事情，还非要大动干戈。"妙儿看着一旁忙活的福威郡主，言语里不失讥讽。

王阳明看向梵湖儿，伸出手爱抚这大白猫的额头："梵湖儿好样的！"

梵湖儿方才还跟个占山为王的妖孽般威风八面，现今倒成了个不言不语的小乖娃娃。它不住地打呼卖萌，生怕主人忽略了自己。

福威郡主押解猪童经过妙儿身边时，这猪童喘着大气、双眉紧锁，试图挣脱大猫攻击后所留下的白色封印。

即便这般狼狈，他也不忘感应对方气息，发威般地质问："你这猫，到底有何来历？就算是它杀了我，好歹让我死得明白！"

妙儿见他喘气都费劲，干脆伸袖一扫，袖口处弹出一根不易察觉的半透明丝线，将其口鼻处那层似蜡非蜡的薄膜揭开。

三倍猪童这才如释重负，大口大口地呼吸着新鲜空气。

王阳明在一旁看着，丝毫未同情他："你杀那些无辜女孩儿的时候，可有想过她们在你拳下亦是如此生不如死？可曾想过她们的家人正在承受生离死别？现在觉得受苦了，早干吗去了？我告诉你，我如果认识红姑娘，便是千般阻拦也绝不会让她同情你这种败类，我一定会让你这种天生的恶棍在野猪群里自生自灭。"

这话说得狠辣，再次命中猪童的要害。

妙儿笑道："瞧瞧，王公子难得发飙了呢。哎，不过告诉你我家梵湖儿的身世也不打紧。我家这猫的父母，原是奥斯曼苏丹亲自养育的。当年奥斯曼贵族出使我大明中原，这梵湖猫原是朝拜贺礼。使团中途遭遇山匪，命悬一线，好在我师父出手救下了他们。那使团老大为感谢我师父，便让她随意挑选朝贺礼。我师父什么都没要，就说要一只梵湖猫。偏巧那对梵湖猫夫妇在来大明的船上生下了三只小奶猫，已满三个月，恰逢送人的好时候，我师父便挑了这位……"

说到此处，梵湖儿抬头看了妙儿一眼，还喵了一声。

"那么它为何能变身乘黄，还能自由吸收我的内力？这些都不是寻常猫儿可以做到的。"猪童不甘，继续蹙眉发问。

妙儿浅笑："哼，因为它偷偷跟我入了道家禁地。我当年还小，除去习武，还要帮师父看猫、炼丹、做机关……一时忘了喂它，结果这厮淘气，竟然不声不响地跟着我去了炼丹房。我一个没留意，它竟然把我一整盘心有灵犀丹全吃了！它当即口吐白沫、倒地抽搐，我没了主意，刚想喊师兄师姐来看看，谁知到了炼丹炉打开散气的时间。我们那儿的丹炉分几种，其中一种西洋来的炼金术丹炉为定时开关。那东西自动开启后，梵湖儿竟然误以为是温水，恐是想喝几口为自己洗胃，铆足最后一点儿气力跳进了丹炉。"

"你这又是瞎说！"猪童道，"猫怎会喜爱水？普天之下，哪里有爱水的猫！"

妙儿见他无礼打断、连声质问，心中大为气恼，当即抬腿踹了那车板子一下，让原本被固定了的猪童疼了好一阵："你懂什么！我这是梵湖猫，天生爱水。要我说，你们这种穷乡僻壤来的家伙，没见过世面也就罢了，心态还差不好……告诉你，我们梵湖儿命大，那丹炉里炼就的刚好是一张上古流传下来的乘黄灵兽皮和几种从天而降的陨石。原本说是铸剑的，谁知道都被它吸进体内了……你以为都跟你似的，修炼了这么多年，还不是头没用的猪！"

王阳明见妙儿恼了，忙安抚心上人："好妹妹，别跟他一般见识，先留他一条贱命，我有话要问。"

王阳明能成功逮捕三倍猪童，乃"洞察人心"的结果。

他起初反复琢磨，总觉得有所遗漏。

在他看来，但凡是个男子，都应对自己的家乡与亲人有所眷顾、留恋。不是说非要衣锦还乡才够完美，只是身为男儿，对父老乡亲也好，对家乡故土也罢，理应存留一份无法割舍的眷念。

这个猪童却没有。无论是他的文身，还是他杀害无辜女生们的动机、言行，都看不出他对大明中原故土有任何留恋或思念。

那么，是什么导致其如此呢？

只有一点可以解释：猪童幼年时受到过来自父母双方的仇视与反感，最致命的——则是来自母亲的抛弃。

如果说红姑娘是猪童最想杀死的第一号人物，那么，其亲生母亲赵绣球则是他最想杀死的第二号人物。

早在很多年前，那位才华横溢的红姑娘已然死在猪童手下，剩下的，只有他那还滞留在茜香国的亲生母亲。

王阳明抓住这一点进行深入分析。他问探子有无赵绣球的画像，没想到还真有一张。虽说画像有些模糊，但依稀可看出其大概模样。

王阳明忙让妙儿做了傀儡娃娃，又将机关放进马车内部，并将一种名为忆往昔的致幻迷香涂抹在马车车帘上。

这忆往昔最爱大雾和凉风，两种自然现象交织一处，最能让它发挥效力。

忆往昔迷香其实是一种很有针对性的致幻良方，就是针对那些对往事纠结、有所不甘的人。只有这种人，在大量吸入此香后才会产生幻觉，才会沉溺于迷离的暗夜，看到自己曾经怨恨过、思念过的人。

"虽然他杀了红姑娘，但在他心底依然留存着红姑娘的倩影。时不时，红姑娘依旧会以才貌双全的形象出现在他的脑海中。猪童对其母赵绣球的感情亦是如此，他既想亲手杀了她，又想亲口问问她，当年为何要抛弃自己。"

王阳明当时跟福威郡主如此分析。他希望抓住猪童最后的软肋和感情羁绊攻其心，而猪童最后的执念，便是质问且手刃生母赵绣球。

审讯的时间很快到了，王阳明、福威郡主和妙儿进到军营专用的审讯室内。

王阳明字斟句酌地进行提问，想不到，这厮竟然滔滔不绝起来。上了厚重镣铐的他，眼下却是一副无所谓的模样。

猪童看着王阳明，很是得意："知道吗，红雨微跟你一样爱琢磨事。这丫头一天到晚都在研究一个奇怪的破碗，叫什么曜变天目盏。我每日见她，除去日常的琴棋书画，剩下的时间就是探究这破碗上的图案，也不干别的。"

"你说清楚些，别插科打诨！"福威郡主呵斥。

猪童嘴角上翘，很明显，这是鄙夷的表情。王阳明看得仔细，倏地觉得这厮可能掌握了什么天大的秘密，这样想来，好似不该三人来审。

猪童讥笑道："那茶盏不是用来喝茶的，那上面有东西，跟天眼似的符号，一个个看着吓人！器形嘛，我也说不好，像是斗笠？"

他边说边看向左侧，明明左侧空无一物。王阳明知道，这厮没说谎，他是陷入了对那只怪碗的回忆。

"哎，对了！"他似乎想到了什么，"十一月初五，是你们中原的鬼节吗？"

这问题问得突兀，似乎与丁香案毫无瓜葛。

王阳明蹙眉，见这厮又往左侧看去，像是再度陷入了回忆。

王阳明示意福威郡主不要打断，自己则说道："并非我中原鬼节，我中原鬼节也称盂兰盆节，是在七月初一。"

"哦？那就怪了。"猪童用嬉笑的口吻说道，"为何红雨微一大家子要在每年的十一月初五祭祀他们的先祖？还美其名曰皇爷爷节。不但如此，他们还拿最好的牛血红珊瑚刻成老鼠造型的工艺品，说这叫什么鼠来宝，把这玩意儿当作神明一般磕头供奉。我瞧着，平日里红雨微也没少弄这些和耗子相关的玩意儿，不是泥塑的就是面塑的，但都将其好好儿地供奉在香案上，每日祭拜……"

王阳明听到此处，已然大汗直流。他像是听到了某个并不久远却异常可怖的故事。妙儿看在眼里，也觉王阳明很是奇怪，她悄悄将手伸了过去，在桌下握紧了他的手。

王阳明被妙儿这么一握，神色瞬间和缓了些许，原本一脸菜色、手脚冰凉的他及时调整了呼吸："说说案子，别老是转移话题。你杀红姑娘一事，我们定然会跟你清算，现在说说丁香女塾那些无辜的生命吧。"

谁料，对方突然哈哈大笑："还没说完呢！你听我说，红雨微那一大家子，不光供奉红珊瑚雕刻而成的老鼠，还做了好多精致的纸人、纸船，其中有一条特别巨大的纸龙和一朵纸莲花。他们把这两样东西放在海中点燃了，任其边漂边烧。我当时不明白啊，我说——'你们汉人不是特别崇拜龙吗，干吗要烧它？'她说——'是为了纪念先祖。'我又问她——'那莲花呢？'她说——'是为了纪念先祖曾出家为僧。'"说到此处，猪童神情欢快，像是故意说出了仇人的惊天秘密，"红雨微从没让我看过那些她反复手写的书卷，尤其是针对那曜变天目盏的。可是有一回，我无意间听到她与她父亲夜谈，说什么红崖居士，还说什么当年先祖在普定土府安顺州滞留过……自创了什么文字……还说什么题于甲山半山腰上。我琢磨着，难道这曜变天目上的奇怪天眼也是这文字？"

王阳明听不下去了，他一口气顺不下来，当即干呕不止。

"伯安哥哥？"

"伯安兄弟，这是怎么了？"

两位美人皆大惊失色，一左一右搀扶住王阳明。

王阳明一手扶住胸口，一手捂住嘴巴："对不住，我、我突然难受得要命，想回去休息……咱们、咱们改天再审吧。"

次日午后，妙儿做了些道家药膳给王阳明送去。

王阳明没什么心思吃，却又怕妙儿担心自己的身体，还是勉强将两盘子菜扫荡一空，米饭却一口没动。

休息了片刻，妙儿为其号脉："这是怎么了？昨天为何那样？"

她号得很是认真，加之昨天在审讯室内观察，便觉王阳明有异样。

王阳明示意其轻声，妙儿见其有话要说，便仰起下巴，示意梵湖儿去外室门口蹲着。

王阳明倒了杯热茶给妙儿，又给自己续上一杯。

他一口没喝，只用手指头蘸了些茶水，在桌案上写道："红乃建文帝后人。"

妙儿端详那行字不到半秒，眼皮都战栗起来，当即将那文字盖住，瞬间擦去："怎么会？"

王阳明叹气："唉，我也没想到。现在闹到这般田地，我……"他摇头，却坚定地说道，"郡主是永乐先帝那一脉的，这件事断不能让她知道。却不知昨日，以郡主的聪明有无推理到这一步。"

妙儿想了想："你确定是他的后人？"

王阳明颔首，神情依旧有些激动："首先，他们的姓氏为红姓。我们汉人的百家姓里并无此姓氏，一听就是自创的抑或某个大姓氏的分支。朱，乃当今圣上皇家御用姓氏，但意义上却与红、丹、绯、酡这类文字相近。其次，他……我是说那位是借火出逃的，他属鼠，而红姑娘等族人又用红珊瑚雕刻的鼠来宝作为祭祀朝拜的礼器，加上那日子，十一月初五是那人生辰……还有那纸龙、纸莲花……出家为僧等信息……我不敢想。"

妙儿乃江湖儿女，出家多年，不曾听师傅提及朝堂斗争，但此刻见王阳明如此低落沮丧，她也是后背发凉："可是，这、这会不会是巧合？"

"我本来也这么想，但是你还记得猪童说过的话吗？他说，那位红姑娘来自金洲。"

"那又如何？金洲，说白了是我大明的番邦属国。"

"金洲，也被称为爪哇国。我听祖父说，说他……曾经去过那里避难。"

"什么？去到那样的地方避难？这么巧？"

"是的。我们可以捋一下他逃跑的路线——从京城下密道，直达南方某地，可能就是他发明红崖天书的那个什么安顺州；途经这温渚之地，可能是病了或者什么原因，据传他在幻海城附近滞留了数年；而后跟随商队去往那金洲之地，生儿育女，开枝散叶。"

"哥哥你是说……"妙儿一口气也没顺下来。她也以食指蘸了茶水，于桌上快速书写："他去了金洲，开枝散叶，其中一部分或者大部分，又出于一些原因去了茜香国？"

王阳明颔首："可能是接到了这边的通缉令，也可能只是为防止后代再次遇袭，他作为红氏一族的先辈，特意将红氏一族分为几支，东渡的东渡，留下的留下。我相信，红氏后人仍散落在我们大明番邦的各个地方，只是有些地方，三保太监郑和下西洋时并未发现罢了。至于那曜变天目盏……"王阳明有些不解，露出了迷惑的表情，"'曜变'二字，恐不是我大明用语。至于'天目'，不难解释，估计就是像猪童所说那般，为天眼图案一样的纹饰。盏，宋代较为常见，乃喝茶器具。不知这东西是在这厮手里还是到了别处，抑或仍在茜香国红氏一脉手中。若为后者，就更不能让福威郡主他们知晓了！兴许……"

王阳明大胆猜想，妙儿有些着急，竟然自顾自说道："兴许那曜变天目盏，是他当年出逃前皈依剃度时得到的钵盂。"

"聪明！妹妹果然是大才女。"王阳明促狭一笑，看向同样有些紧张不安的妙儿，"或许当时，那钵盂上还没有什么红崖文字、天眼点缀之类。许是他在逃亡路上自创，边逃边将文字刻在钵盂上。后来他安定下来了，亲手研发了一只或者几只带有天眼和奇怪文字的曜变天目盏。"

妙儿听罢，又一次陷入沉默了。她明白王阳明现在的心思，他不愿让身为朱棣一脉的福威郡主从猪童那里审出有关红家的线索。因为一旦审问出了蛛丝马迹，身为大明将军的郡主就必须将此事报告给朝廷，那样的话……

"他们已经够可怜了，还要如何退让？"王阳明摇头，很是痛心，"他虽不才，却也没有过错。若说是宋太宗那样的浑蛋，我也是不管的，可是……他为人仁孝博爱，待人接物亦是有礼，虽然骨子里懦弱，却不失为一个好男儿。他对妻子儿女也是极耐心温和，又礼贤下士……当年从火中逃遁，让他苟且偷生、四处流窜，过着朝不保夕的生活，已然是对其最大的惩罚。难道，这些还不够？"

妙儿听他说这些，双手也在微微颤抖："是啊，他的后人是无辜的，没有招惹到谁。那位被害的红姑娘一定是想要破解他当年逃亡途中留下来的那些奇怪文字。兴许在他四处逃亡、如履薄冰的日子里，那些由他自创的文字，并没有很好地传下来。"

"不错！现在的麻烦就是如何让三倍猪童这厮闭嘴。否则，以他那狭隘偏激的性子，怎会不将此事透露给郡主……"说罢，王阳明起身。

妙儿见其仍大汗直流，忙拿出帕子帮其擦汗："一不做二不休，我来喂他些诈死之药。入夜之后，你我趁夜色将其偷偷搬运出去，单独再审不迟。"

"且慢。"王阳明伸出手来，与妙儿十指相扣，仿佛回到了幼年时相互依偎的黄昏时分，"好妹妹，你先不要卷入这朝堂斗争。最佳计策就是我们审问完毕就让这浑蛋永远闭嘴——只需挑断其手脚经脉，给他喂上哑药。而后，我会撺掇福威郡主将其斩首示众，越快越好。"

说罢，王阳明欲要出去找福威郡主商议二审三倍猪童一事。妙儿扶他起来，两人刚要出去，就听梵湖儿朝内室唤了两声。

妙儿道："有一群人来了。"

她跟梵湖儿约定，凡听到多人的脚步声，则快速连叫两声，声音短促而脆响；若听到一人的脚步之声，则以拖长声音叫一声。

显然来人不少。

"伯安兄弟，锦衣卫副指挥使韩大人奉圣旨前来，请你出来随我一同接旨。"门外传来叩门声，说话的正是福威郡主本人。

"什么？锦衣卫？副指挥使？"

真是出大事了！

王阳明只觉脚下犹如踩着棉花，这一消息真如五雷轰顶，他心中只觉命运不受控制，似乎已然看到那些灰蒙蒙、见不得光的事物，仿佛一切盘算化为乌有——锦衣卫怎么来了？难道自己推理出的这些秘密，他们早就知道了？

妙儿见其犹如一把风中纸伞，忙跟上王阳明，一把扶住未婚夫的手，语气坚定："哥哥莫要惊慌，咱们先出去再说。"

第十二回
锦衣卫带人欲面圣　小情侣夜闯闹督府

谁也没有想到，朝廷特派锦衣卫副指挥使韩铁柱、协理督办孙乾两人过来了。

"圣旨到——福威郡主接旨。"韩铁柱将那黄卷延展开来，诵读起来，"奉天承运皇帝，诏曰……"

福威郡主领命，率一干人等齐齐跪地。王阳明不敢造次，只能静观其变。

韩铁柱将那圣旨读得抑扬顿挫、铿锵有力，听得跪在一侧的妙儿很是别扭。

"四海之内，皆为朕临。朝野之下，莫非王土。番邦归顺，朝圣自来。朕大兴良辰美景宫，召各国奇珍异兽以赏，遂召丁香案凶犯三倍猪童回京进宫面圣。朕亲审此案，见疑点颇多，恐有违我大明律例之处，特将此奇珍异兽交与锦衣卫副指挥使韩铁柱监管，钦此。"

这番言辞虽不激烈慷慨，却直震王阳明之耳。他眼前就像是多出了好几个韩铁柱的脚脖子，叠交着朝他乱晃不止。

好半晌，他只觉妙儿抻着他随眼前的福威郡主等人缓缓起身，这才看清对面两人的穿衣打扮。

飞鱼服，那霸气却又暗藏阴柔的锦衣卫着装。

只见这位权倾朝野的副指挥使韩铁柱韩大人着云锦莓色绣四兽麒麟飞鱼服、环鸾带、佩带绣春刀，下身为近似女装的短款百褶马面裙。

王阳明观此人不是个有作为的主儿，看其面相、神态，竟有点儿圆头圆脑的大鲵鱼的意味。可他是奉旨而来，岂会是那平庸鼠辈？

侍立于韩铁柱身侧的人，乃其左右手——督办孙乾。他身穿一件柳黄色织金妆花飞鱼过肩罗衫，上面所绣的飞鱼，并非百姓口中所言的"有鱼飞天"，而是一种龙首、鱼身、有翼的神兽。

王阳明不敢细瞧两人，但发现那孙乾的挺拔身姿不知比他那领导强多少。

若说韩铁柱如一头饱经风霜的装聋老牛，那这位身着神兽飞鱼纹饰服的年轻督办就好比深海珊瑚——那样挺拔、那样巍峨，有着超出常人的身量，连一向看惯了军中男儿的福威郡主都深感意外。

有着福威郡主的大胆打量，王阳明才敢看向对方。

倏地，那双年轻的眼也向他投来灼热的目光。

和其领导韩铁柱不同，这位年轻督办约莫三十岁，一双垂凤眼，坦荡地朝着正前方的大堂摆件上望去，并未落定于某个人身上，说明他在人际关系上能把握好分寸，很注重社交礼节。

其眉则呈现出"一"字形。明代男子也有绣眉带妆，不知眼前人是否刻意修过这眉毛。

就在王阳明想要进一步识人断人，说出自己心中所想时，福威郡主上前几步，义正词严地说道："圣上这话，是要我放走犯案凶手，交给你们锦衣卫亲自审查？"

"哼，郡主是没听明白我方才所读圣旨不成？这案子我等已然介入。现今圣上修建良辰美景宫殿，专门收藏这奇珍异兽。听说郡主缉拿的这个什么三倍猪童乃猪孩，身怀异能，圣上特命我前来缉押他进京面圣。此案无论现今审理至何种地步，都请福威郡主暂停，直接交由我们锦衣卫督办。"

"将人带走？这怎么可以？"福威郡主明显不服，"两位大人，并非我不愿配合，而是我们为这丁香花案不眠不休已有两月，为此我们几次逮捕、三番审讯，已然有所收获，就差给死不瞑目的女学生们一个交代。您若将此人带走，不将其就地正法，试问那些被害学子的在天之灵岂能安息？其父母又岂能安稳度日？现今幻海城中众人都对这猪童问斩一事翘首以盼，恨不能喝其血、剐其肉，您两位一来，说带走就带走，这岂不是违背民意？"

韩铁柱伸手刮了下鼻头，说道："那——郡主是打算将三倍这妖孽扣下，斩立决，直接抗旨不遵喽？违背民意还是违背圣上旨意，郡主难道也不知该如何选吗？莫不是要学那些糊涂人？"

王阳明理了理衣衫。他观望两人与福威郡主对话许久，见两人的语气虽有些刻薄轻慢，但好在神色还算和缓，便往前几步低头拱手："还望两位大人宽限两日，大将军这边还有些话要问此人。"

"你又是谁？"韩铁柱瞪着王阳明。

那孙乾睨了下眼前这个看似谦恭礼让，实则狂放不羁的少年，道："大人有所不知，这书生乃当今状元王华之子王伯安，坊间诸人皆唤他王阳明。"

"哦？原来是破获南昌府雪人一案的王公子，好个青年才俊。怎的，你这次来这幻海城，难道也是为了破获这丁香一案？"

韩铁柱边说边打量王阳明，见其一身铅白色朱子深衣，很是规矩老成，但又见其身侧立着一位美艳道姑，可谓芳华无限、光彩照人。两个人站在一处，倒像是一对瓷娃娃，出挑得紧。

王阳明忙自谦道："大人谬赞。晚生只是一寻常路过的书生罢了，岂敢说破案，只是路见不平，拔刀相助，尽些薄力罢了。"

韩铁柱没工夫接王阳明的话，更没心思琢磨其身侧这绝色道姑是何来历，只不耐烦地对福威郡主拱手说道："还要劳烦郡主快些将这三倍猪童移送至幻海总督府内。我锦衣卫副指挥团已然有兄弟驻扎在此，还望郡主速速配合，马上动身。"

众人一看劝说无效，便也不好再说什么。

王阳明眼睁睁看着三倍猪童被这两个锦衣卫火速移送至幻海总督府，实在难以接受。他像是只被上锅蒸熟的螃蟹，早就没了自我，一个劲儿地在屋内踱步。

最终，他只得与妙儿商议，两人决定背着福威郡主，假扮成总督衙役，夜里摸进总督府衙，寻到那三倍猪童，单独再审其一次。无论如何，他们要让三倍猪童吐出曜变天目盏的具体细节，并让其闭嘴。

总之，红家后人一事绝不能让圣上抑或永乐后人知道，否则又会引发一场屠戮。王阳明心中念道。

他有生以来第一次与妙儿共同易容，玩起了潜伏，自然也是格外紧张不安。

猫头鹰叫了几声，像是在悼念什么不为人知的过去。

说不清颜色的云，轻易地将月亮的半张脸掩盖住，好似为它披上了一层神秘的嫁衣。

妙儿带着王阳明，如猫般翻墙而入。她一人还好，带上个不会武功的男子，动作便变得有点儿笨拙。

王阳明练过些简单的轻功，可身手远远不及未婚妻，两人好不容易溜入这幻海总督府，根据拿到的总督府地图，摸索着往内院前进。

妙儿计算过时间，这个点刚好是锦衣卫换班的时辰。她和王阳明几经摸索，终于来到了审讯三倍猪童的内院。

王阳明此时大胆向前，手上提着一坛子酒，盖子半开，酒香四溢。妙儿则附在屋顶上静候时机，整个人如出洞的蝙蝠，随时准备倒挂于檐前瓦上。

"兄弟，这是西风烈吧？"没承想，门口的这位锦衣卫小哥一张嘴就说出了这酒的名字。

王阳明粗声粗气地说："不错！兄弟你好品位啊！大晚上值夜不易，咱走几杯？"

对方见其身穿总督府衙役服，还以为是总督派来慰问自己的，忙摇头摆手："不不不，我们韩大人有令，值夜轮班不能喝酒。我这儿还有一炷香的工夫就到时间了。"

"哎，你这人真是磨叽，我也是奉了总督大人的令过来慰问。怎的，怕我下毒啊？"说罢，王阳明豪气冲天，连续灌了自己三大口酒。

这西风烈可是京城出名的好酒，何况这幻海城乃和煦温暖之地，本地人不胜酒力，更没有喝这烈性酒的喜好。这地道的西风烈打着灯笼在本地都没处找去，对方一见好酒在手，岂有不动心的道理？

"那就走几杯！"对方接过王阳明递来的酒坛子，真就将坛子调换了个方向，端起来饮了几口。谁料这酒刚一下肚，他只觉四肢百骸都酥了，大脑、心窝却冰凉冰凉的。

酒里没药，药在坛子口一端。王阳明心中默默念道，庆幸自己想出这么个有趣的主意。

"怎么回事？"室内传来询问之声，只见一人推门而出。

随后，妙儿来了个"倒挂蝙蝠"，飞身射出几枚昴宿星，正中此人下颌。妙儿当即将其暗器收回，又将昴宿星射向另一人的太阳穴处，来了个"燕子还巢"。

那两人顺着门框滑向地面。

"走。"她一声令下，王阳明从暗处摸进门里，妙儿在后面将门关紧。

两人见这审讯室很是普通，倒和福威郡主接待他们的客房相同，烛火光亮适度，足以照清楚不大的内室。

见室内只有这三倍猪童一人，王阳明这才放心。

猪童被人拴住手脚、脖颈，像只待宰的羔羊。他原本在侧头酣睡，突然微微睁眼，很是混不吝地说道："王阳明？我一猜你还得来。"

王阳明入座，也不绕弯子："说，曜变天目盏如今在何处？"

"哈哈，怎么，你突然感兴趣了？不是说只让我招供丁香花案吗？"

王阳明听他如此大言不惭，也不瞒他，却还希望动之以情："红姑娘就算有千错万错，人已经被你杀了，可你总不能恩将仇报！她的家人是无辜的，你绝不能跟锦衣卫沆瀣一气！万一、万一他们……攻了过去，红姑娘的家人如何自保？茜香国的百姓也会遭到屠戮。"

"你放心，红雨薇那丫头手里没有曜变天目盏。别说是我，连她老子娘都没有。"

"那么……此盏现在又在何处，在何人之手？"

"好像被雨薇那丫头的堂哥一行人带去了一个叫作扶郎县的小地方。你且放心，红氏一族，八成不会再滞留于茜香国内。我杀死红雨薇之前，这丫头曾说过，其父要带领他们红氏一族迁往别处，但具体在何

98

处，我便不知了。"

"你确定？猪童，就算我求你，求你把红姑娘对你的好再记起来一些吧！就算红姑娘对你没有儿女私情，你们好歹也算朋友一场，做人到底是要讲些义气的。"他实在没话好劝，干脆拿江湖上那套说事。王阳明想，猪童这些年混迹花柳帮，这些话也该听过。

猪童仰起下巴，很是不屑地看着王阳明："曜变天目……你可知，何为曜变？何为天目？"

"像是东瀛话，又像是汉语。"

"其实我也不懂，但听雨薇这丫头说，似乎与龙脉风水相关。说什么这盏里藏着天大的玄机，能召唤出龙生九子，是一种由他们先祖发明的法器。那盏我只在他们的祭祀活动中见过两次，印象已然模糊了。"

"她可曾跟你提过刘伯温与姚广孝两人？"

猪童摇头，王阳明观其神色，发现他不是在撒谎。

"那么，龙生九子又从何说起？"

"我怎么知道？我一个看家护院的下等人，在人家眼里，我可是猪呢。"猪童又恢复到无所谓的状态，仿佛妙儿这个江湖高手不存在一般。

"我们没时间跟你废话！烦劳有话直说！"妙儿蓦地将那藏于男装下摆处的黛紫色毛球厚底靴提起，还不等那猪童去瞧，右脚鞋面上的毛球倏地弹起，像一只鸡毛毽子般一分为二，一个甚是可爱的毛球带着一根细针出现在妙儿两指之间，赫然抵在猪童脖颈的动脉之处。

猪童点点头，像是明白了自己的命运。他很是惬意地说道："我明白了，我是无论如何都得死。是死在你王阳明手里，还是死在锦衣卫手里，我没资格选择。我若跟你说了，你照样会杀我灭口，为的是那红家。我若跟他们去了，暂且能保住一条贱命，可到头来还是一死。"

听了这样的话，王阳明真真气恼沮丧，他知道无论如何今天是问不出什么话来了，但他仍不甘心。他观察猪童，发现猪童不再和他进行眼神交流，这并不代表猪童心虚或者有抵触心理，而是说明猪童再次陷入了回忆之中。

王阳明猜想他正在回忆往事中的诸多细节，便想先行诈他一下："想当年，永乐大帝立功心切，遂利用法术将九条神龙召于自己麾下。

其中，赑屃、睚眦、鸱吻、狻猊、蒲牢几个是最为得力的干将。赑屃身为龙之佼佼者，力大无穷，有撼动江山之能，是长寿的象征。后永乐大帝不想让赑屃飞回天庭，便将无德无量石碑作为献礼，送与赑屃神龙，让其驮负。谁料一向力大无穷的赑屃神龙，在驮住这石碑的瞬间便动弹不得，再也回不到天庭了。原来，这世间唯有功德是没有重量的东西，任凭赑屃有何神力也无法撼动……"

王阳明见猪童还在神游、沉思，便换作说书先生的样子，兴致益然地讲起那个有趣的传说。

猪童听罢，却拱了拱右侧的眉毛。

这个细节没有逃脱王阳明的双眼："怎的，你也怀疑这个故事的真伪？"

"龙乃传说中的神兽，这故事太过荒诞。"

"哦，看来这件事红姑娘不曾提及啊。也罢，既然如此……"王阳明决定说他个痛快，便从衣袖中掏出一物，近似今之口香糖，色如琥珀，近看则为固体凝胶，"这是雪松和甘松凝聚而成的松脂糖，为吐蕃那边特供的洗牙之物。我在内放了两滴鸩毒，你只需要将其含在口中便会睡下，不会痛的。"

王阳明见其不语，但很明显，他的鼻孔开始外翻、双唇紧闭，表现得越加气恼。

王阳明见机行事："你说得不错。我们来与不来、问与不问，你都得死。可你也许不知道，你若落在锦衣卫手中，那酷刑可不是一般人承受得住的。佛教十八层地狱你该知晓一二，想必那每一层地狱有什么你也了解。锦衣卫内部有仿照十八层地狱而设的受刑司，不虐得你叫祖宗喊爹爹，那些人是不会罢休的。何况，有的人就算都招认了，也有可能被老鼠活活啃食而死。我王阳明一生只求我心光明，所谓'致良知'不是一句空谈。今日我问完了便送你上路，也对得起那些被你残害的姑娘了。"

"其实……"猪童突然开口，语速加快，"龙生九子之事雨薇曾多次提及，但她也认为那些只是无稽之谈，而召唤神龙、呼风唤雨者正是你们人人崇敬的救世宰相刘伯温，听说他亲自用北新桥把那黑龙封印了。

但至于其他若干条龙，别说是我，连雨薇和她父亲都是不信的。但是、但是我无意中听雨薇和其父夜谈，说起那曜变天目盏有代行天理、废除昏君之效，犹如传国玉玺。根据此盏不但能找到龙脉宝藏，更能挖出风水遗脉，扭转乾坤。若当世君王昏庸无能，持有此盏者，可自立为王，取而代之。"

王阳明听到此处，只觉浑身战栗，架不住突如其来的压力，他与妙儿匆忙间相互凝视了一眼。他真是没想到，自己一介书生，一个连功名都没有的十七岁少年，竟然由一起连环命案卷入了这么一出好戏。这还不算，连妙儿都跟着他卷入了这风雨激荡的阿鼻地狱。

对方说罢再没抬头，一直看向王阳明放置于桌上的松脂洗牙糖。

王阳明观他神色，只觉其再无想说的，便又阴沉地说道："我希望你能保守秘密，可这天下，只有死人才能保守秘密……"

他刚要再劝，却听妙儿道："有人！"说罢，妙儿左手扯住三倍的脖领，右手二指夹住那细针的一端，击中三倍猪童的要害："害了这么多姑娘，你就是个人渣，本座今日一招送你归西，算是便宜了你。"

妙儿快放快收，王阳明还没看清其动作，那根没沾染半滴血迹的细针已经连带着毛球被一并收回到鞋面上，埋在长长的男装下摆之内。

"我们走！"妙儿一拉王阳明，却没来得及带他推门飞走，因已经有两人前进至门口。

那两人推门而入，身手了得。

妙儿与王阳明躲在门后，见那两人持绣春刀已摆出架势。

妙儿使出一招"燕子还巢"，迷乱两人视线，随即用丝线缠住王阳明的腰部将其带到自己身侧，却不想门口两人竟然也不是吃素的。

韩铁柱见竟然是总督府之人前来寻这三倍猪童，便知对方为易容之人，伸手抽出那绣春刀，竟然武出了"九门炮拳"。

这套拳法又称"九门地支炮拳"，炮拳为母，属于地支；撕拳为子，属于天干。

韩铁柱虽说身量不高，圆头圆脑的如大鲸鱼一般，但其拳法娴熟威猛、气势浑厚，且右手所持之刀与左手拳法切换自如，配合得天衣无缝。他出刀速度极快，常用肘部出力，拿刀在妙儿近前使出顶、挑、压、挎、割、抬等刀法。

妙儿也不甘示弱，竟将拂尘一抖分成两股，左右抗击两人。

她用出一招"罗汉抛月"，以从容步态快速变换位置，拂尘若风帆随风而动。

只是那个身材高大的孙乾实在可恶，持刀劈向妙儿的拂尘不说，一看斩不断，忙又用下半身发力，想用脚牵制住妙儿。

要知道，妙儿毕竟缠过足，双脚的大小远远不及孙乾。何况孙乾实在高挑，在男子里也算高的，虽无之前的鱼与愚那般魁梧壮实，但其脚掌实在宽阔，像铲子一般来了招"挂鱼钩"，轻松地控制了妙儿的脚部，着实令妙儿吃了一惊。

"好个不要脸的傻大个儿，还知道用你那大脚丫子当武器，我不教训一下你，你也是不知道我的厉害。"妙儿出手快速，干脆将重心转移至对方脚上，同时护住自己不倒下去。

她释放出的龙须凤羽瞬间变成了八只佛手，呈现出达摩祖师讲经状。

妙儿虽是道家女儿，但也精通佛教中的武学门道，她用最短的时间从绰影侠处学到了诸多门派的武艺之精华。

这达摩的拳头灵活出击，妙儿的步伐也随之加快，连续几个回合下来，孙乾的脚步开始变得凌乱，逐渐失了主动权。

可妙儿毕竟是以一对二，何况她身后还有个不会打架的小书生。

王阳明看在眼中，却丝毫帮不上忙。他被妙儿绑在身侧护着，眼睁睁看着未婚妻被两个极其可恶的老爷们儿围攻，自己连弯腰拾把土往他们脸上扔的机会都没有。妙儿还要随时照顾他的情况，生怕一个不留神，自己的伯安哥哥就会受伤。

妙儿不想耽误时间，找到关键所在，便用二指夹出一道符纸，对准自己的丝线就是一划："咒神神自灭，咒鬼鬼自杀。"

随即，那达摩拳快出快收，击中了那韩铁柱直击而来的绣春刀。一团团看不清颜色的火苗沿着妙儿发出的龙须凤羽打出漂亮的回旋，于空中漫舞。

这一击因携带着阴森不明的鬼火，顿时将韩铁柱吓了一跳。他急忙后退，手里的刀子却被妙儿射出的丝线缠落在地。妙儿才不管这些武功套路，让送出去的拳头来了个"凤凰点头"，只见那由丝线交织而成的达摩拳头卷起这钢刀刀身，朝着韩铁柱袭去。

王阳明像个巨大的婴儿被妙儿缠在身上，两人倒是亲密无间，可他目前真真没心思感受妙儿玲珑有致、香汗淋漓的身体，只能专注于武斗。

"右侧三点钟！"王阳明真是快要心疼疯了，他忽觉"百无一用是书生"还是挺有道理的。他迫使自己冷静，想起之前自己教过妙儿如何用西洋怀表上的大秦数字辨别方位，随即将对方的方位脱口而出。反正自己说的这些，锦衣卫这帮人八成不懂。

妙儿何其聪慧，怎会反应不过来？她立马来了招"横行霸道"，若螃蟹出钳，用拂尘的手柄刺向对方喉结。

对方也不是好惹的主儿，见自己的领导已然不行，干脆将自己的腰带玉躞躞解下，束缚于钢刀上，形成了一个立体的钢圈，然后奋力袭向妙儿，左旋右抽，借助和田软玉柔中带刚，绣春刀刀身刚猛的特点，绝地反击。

妙儿一见对方在战斗中改组兵刃，便知这更为年轻的傻大个儿的武艺在韩铁柱之上，又带着王阳明来了个侧翻，用绵长厚实的丝线护住王阳明的心肺等处。

妙儿与王阳明两人像是站在一个巨大的木桶里，随着圆盘转动。这么浪漫的动作，却让王阳明想到了什么："这厮身形颀长，犹如青松桦树，八成五行属木。你攻他迎香穴、曲池穴，再攻他膝阳关穴、章门穴试试！"

第十三回
破木穴暗中狼友助　豪彘窝蓑衣缝天眼

所谓"见人一面，知其五行"一说，王阳明也只是尝试过几次。但大家都知道，金克木。王阳明方才所说的迎香穴、曲池穴两处穴道，分别位于人面部左眼眼角斜下方和右臂手肘部。这两处穴位，主要和肺部相关。木形人的木，在五脏中对应的是人体肝脏部位，像这类五行属木之人，因本尊五行问题，肝气过于旺盛，反而容易伤及自身，或多或少都会有肝部不舒的毛病，而肺部五行属金，金又克木，若妙儿能刺穿对方这两个穴位，便能伤其根本。

那膝阳关穴、章门穴五行本就属木，膝阳关穴又在腿关节的凸起处，对只着两条单裤和一件衬裙的男子而言，本就比女子更易暴露此穴；那章门穴位于腰部，二者如若同时被伤，后果非同小可。

王阳明平日所读书籍甚多，对中医穴位方面的书籍也有涉猎，可谓"智者无畏"。

此言一出，那孙乾脸色大变，嘴唇微微抿起。这细微的动作正好被王阳明捕捉到，他忙对妙儿叫道："他心虚犹豫了，快！"

妙儿先飞出一排昴宿星，随后将龙须凤羽快速抛出，于空中摆出"游龙惊凤"的造型，接着便使出内力，朝着对方的膝阳关穴、曲池穴横扫而去，她则带着王阳明飞向那高墙，趁机撤离。

只见妙儿右腿支地，左腿撑于身后的灰墙上，整个人张开双臂，犹如亮翅的白鹤，王阳明为之赞叹不已。

孙乾没想到，自己挺拔的身形反而暴露了自己五行属木的信息。那昴宿星飞得狠辣刁钻，像是长着火眼金睛，死死咬住他那两个穴位不松嘴。孙乾吓得抖了几下，连续三个后空翻，不得已后退数步。

韩铁柱方才受袭躲得狼狈，这时才捡起那钢刀想要持刀再战，却不想这招"游龙戏凤"气贯长虹，他还来不及进攻便被迫连连躲闪。

"有埋伏！"不等孙乾后空翻落定，韩铁柱便见房顶之上有人射出袖箭数支，皆朝着自己和孙乾的位置袭来。等他们再回过神来，两个易容者已然逃至房舍顶端。

"我等救护来迟，还请大人恕罪！"这时，锦衣卫于四面八方跑来。打头人手提灯笼，身后众人手持绣春长刀，个个摩拳擦掌、蓄势待发。

话音刚落，那一支支袖箭便快速袭来，箭雨看似平常，没有丝毫江湖门派的痕迹，却异常凶猛。

"趴下！"韩铁柱来不及训斥众人，只一声断喝。

翻身落地的孙乾也立即趴下了，可惜就在孙乾弯下腰的那一刻，那昴宿星就如同认得他那几处要害一般，像是一群不知轻重的孩子，冲进了孙乾的要害所在……

待到妙儿与王阳明回到将军府上，天边出现了第一抹鱼肚白。

妙儿察看了一番，确认屋中并无闲杂人等进来过的痕迹，才放心地将王阳明带回屋内坐下。

虽将迎来晨光，整间屋子仍黑得看不清五指。

王阳明拉着妙儿坐到罗汉榻前："刚刚的打斗好生惊险，妹妹可受伤了？"

"无碍，那两个烂男人伤不了我分毫。你还好吧？"

"我没事，只是咱们逃出都督府时，到底是哪位仁兄放出暗器将那两人拖住的？"

"不知道，那袖箭我也是头一次见，但是听声音……"妙儿若有所思，"听声音应该是自成一派的江湖绝学，谈不上哪门哪派。"

他们都想起方才那袖箭于暗夜中发出的声音，恰似龙吟虎啸，不知是何人出手相帮。想到此处，王阳明低眉敛目，徒生自责："都怪我什么功夫都没有，拖累了你……我要是会些拳脚功夫，也不至于跟个蚕宝宝似的让你背着抱着。你一路又要跟他们缠斗，还要顾及一旁的我……你本是江湖中人，如今不得已卷进这朝堂的争斗，这事我原不该让你参与……"

"快别说这话！你可记得我们幼年时约定过什么？"妙儿这次不怒反笑，露出嗔怪娇憨的表情，"你过去可说过，要我陪你一路斩妖除魔、锄强扶弱、劫富济贫，这话你忘了不成？还说要当什么圣人呢……如今你便是做了件谁都不敢做、不会做的事。你既然做了，更犯不着怕，反正已经这样了……"

妙儿说罢，双手还比画了一下，仿佛两指之间原本牵扯着一团乱麻，经她这么轻轻一拉，一切烦恼仿佛都被轻而易举地赶走了。

听她还不忘拿年幼之事打趣自己，王阳明突然转了话题："妹妹可跟师父提了你还俗一事？咱们的亲事迫在眉睫……"

"怎个迫在眉睫？瞧你这话说的。"妙儿皱着眉，伸手在王阳明脸上拧了一把，"我怎么就非得着急嫁你了？"

"疼、疼！"这次换王阳明嗔怪，"好妹妹，疼啊！"他一把抓住妙儿的手腕不撒手，像小时候一般摇晃着，"妙儿，你到底说没说？你师父怎么说的？她是不是不想放你还俗？"

看他那着急的样子，妙儿心里也是烦得慌，她打算想好措辞之后再行回复，怕再说不好回头伤到王阳明，毕竟他这些年满怀希望等着跟自己成亲。

就在妙儿欲要答复之时，外头传来轻盈的脚步声，紧接着就有女声透过窗户传来："伯安兄弟可醒了？"

居然是福威郡主！

王阳明一愣，忙挺直腰板应对："大将军？我刚醒呢。"

窗外闪过一排侍女的身影，福威郡主的影子率先映在两人抬眼便可瞧见的窗纸之上。

王阳明、妙儿两人屏住呼吸，只听对方和蔼地说道："玄机姑娘是

106

不是出门了？我听她那屋里也没个动静……"

"大将军推门看了吗？我那未婚妻是按道家的养生时辰打坐休养，这个时辰应该还没有起。"

两人不知为何此时福威郡主竟会过来询问。妙儿不动声色，王阳明继续应答。

"我也只是刚才路过，顺便看了下玄机姑娘那屋……你今日若没事，陪我去幻海城门巡视可好？"

"是！我这就洗漱，还请大将军暂且等我半个时辰。"

眼见郡主靓丽的影子从窗纸上闪过，其身后众人的影子纷纷消失，王阳明这才放心下来。

妙儿也不再和其多话，只叮嘱他好生保养，便趁人不注意翻回自己院落。

王阳明和妙儿还未彻底查明曜变天目盏的内幕，韩铁柱已经顶住压力在没有孙乾帮衬的情况下，率另一支队伍前往龙泉深山中的一个农庄。

这农庄不大，从外表看只是再寻常不过的庄子。

温渚之地不比中原，此处之人多不食猪肉、家禽，而喜食鱼虾。然而这农庄好生奇怪，偏偏养了若干头膘肥体壮的大黑猪。

那三倍猪童原是猪孩，且天生异形，我们调查了一番，发现他偷偷包下了这农庄，想必他在这猪圈之中藏匿了有关那建文帝后人的线索……得了可靠消息才过来的韩铁柱在心里默念道。

他先派出一队人马将这农庄围了，四下搜寻了两三遍院落，均未有所收获，韩铁柱毫不迟疑，率众人去到猪圈中。

他将目光集中到这猪窝里，只见里面设有装满饲料的食槽，其中的杂草、野菜散发着难闻的味道，加之猪本身又是杂食动物，什么都敢吃，什么都不挑。他们人未进去，全身上下却都染上了臭味。众锦衣卫一到这里，只觉脸上那层面罩形同虚设。

韩铁柱命人抓过那老农来，扯着他的脖子，按着他的手，恶狠狠地说："说，那个画着星辰、天空的碗到底藏在何处？"

老农似懂非懂，却也不敢隐瞒："小的只知，好像、好像原先东家是把一个什么宝贝藏在这猪窝里了，但是、但是具体是在这食槽里，还是在篱笆墙下，还是说在哪头猪身上，小的就不知道了。"

"你东家藏东西的那天，没交代什么吗？你难道就真没看见那东西到底长什么样？"韩铁柱直接打了对方两巴掌，那农民口中弹出颗牙来。

"不敢骗您！虽说小的是农民，可小的也知锦衣卫的厉害，小的真真是不知道，更没看见过……"

"行了！把猪都给我抬出来绑起来，放到边上摆成一排。你们三个去搜篱笆墙，你们两个跟我察看食槽和地面。"

不一会儿，那些猪便被赶到一处，四脚被粗糙的绳索捆住了，嘴巴里还被塞了破布。可怜这几头皮糙肉厚、脾气暴躁的猪，原就够倒霉了，眼下还不知道能不能活下来。

韩铁柱则与旁边的几名手下分两头开始搜寻。

不到三炷香工夫，他们真从那盛饲料的食槽侧面搜出了个奇怪的东西。这东西原粘在食槽一侧的边角，颜色已和这猪食槽融为一体，单凭肉眼极难找到。

韩铁柱庆幸自己目力过人，加上之前做足了功课，待他扯下那个东西后，一个由厚重的猪毛编织而成的鸭卵青色的团形物件便出现在众人面前。

它就像是还未完成的闺中绣品，鸭卵青色的毛线上有用奇特的丝线绣成的另类图案，巴掌大小的东西上集有勿忘草、龙胆紫、杜若、露草、群青、靛青等颜色。此物上绣有二峰，山峰上各有一池，池水犹若天眼，朝向天空，如天目。

韩铁柱见这藏匿之物竟是一件女儿家的绣品，忙带着绣品跨出猪圈，就着阳光细看起来。

他刚将那物拿在手中，众人便齐齐围了过来，韩铁柱刚要发语呵斥，只觉手中这物件竟然动了，像是有人向水中扔下一颗石子，激起千层涟漪。

这原本看似普通、粗糙的绣品，怎就会动了？

他又见这绣品上原本还静止不动的穹顶中，此刻竟生出云移星动之境。

韩铁柱大惊，忙道不好，命手下快脱下罩袍遮住日光，自己又忙托住这绣品往猪窝的背光处赶。

韩铁柱刚跳着脚往里走了几步，这绣品上的图案又发生了变化。这绣品里仿佛住着个跟韩铁柱较劲的神仙，韩铁柱越是想抓住他，他便越是躲得远远的。

那绣品上的图样此刻出现了不可思议的景象：星辰交替，熠熠生辉，散发出五彩光芒。

"这是、这是什么？是银河？宇宙？"韩铁柱不解。

他原以为自己避开阳光便可保这东西无恙，谁料就在他说出"银河""宇宙"二词时，这绣品却随着覆盖下来的阴影融化在自己手中，最后连一丝毛发都未留下！

好在他韩铁柱不是个只会行武的莽夫，就在这绣品"见光死"的刹那，他记住了上面所有的内容。眼见其迎光融化，韩铁柱恼怒之余却已有计划："速速拿来纸笔，将那图案画下来！"

第十四回
同商议陪君走扶郎　翠宾楼二美争斗艳

　　王阳明放心不下建文帝后人之安危，决意撇了这边大小事宜，去那扶郎县一探究竟，顺便查探曜变天目盏的消息。

　　妙儿见他心意已决，断不能任由他独自前去。王阳明虽未做官，连个功名都没有，其知名度、影响力、断案能力却并不逊色于狄仁杰、包龙图。狄大人身边有乔泰、马荣护卫，包大人身边亦有展昭，若王阳明只身去做这凶险之事，身旁却无一得力保护者，那他岂不是只能任凭那坏人算计？

　　妙儿遂果断回信给师父，说自己在幻海城有几场大法事，且有一众富豪出钱搭建法台、医馆等，不得不暂作停留。

　　她暂且不管旁的，决意跟随王阳明护他周全。

　　福威郡主见他两人欲要离开，做了不少挽留工作，可王阳明说家中族人召他回去，恐生变故。

　　福威郡主一听是家事，不好细问，十分不舍地开口："伯安兄弟，你我姐弟一场甚是有缘，何况我身为镇守一方的大将军，身侧不能没有谋士，自是日日离不开你这样的贤才。不如你先回家去，等把事情解决了，我派人接你回来，可好？"

　　王阳明一听此言，也知福威郡主对自己有知遇之恩，心中多少舍不得这幻海城，便也实话实说："我原想着成为圣人，造福天下，故而为将军您这样镇守一方的人权衡、谋算，原也是我心中所愿。我华夏文人跟其他国家的文人有所不同，我们能出旷世奇文，把笔一撂也可以是那带兵的好手……如今事发突然，还请郡主见谅。若改日还能相聚，小生定当全力以赴，助大将军一臂之力。"

听完，福威郡主也明白了王阳明话里的意思。她想，这王阳明看起来不像是有什么家事，而是要去做那比天还大的要紧事。

她前思后想，也不知如何将他留下，只好暂且遂了他的心意。这孩子今年不过十八，若去了别处碰了钉子，恐还会回来。到时他若中了科举，再到她麾下谋个一官半职也可。

分别前的头一月，福威郡主于幻海城闹市区最为豪华的翠宾楼宴请王阳明和妙儿。

这翠宾楼分为三层，历来是赏月的佳处。福威郡主特命人提前上第三层打扫，挑了最好的雅间。

三人分宾主落座，身后皆有人伺候。

原本妙儿就跟福威郡主有些不对付，两人互相看对方不顺眼，如今又到饭局，她们亦是老样子。

王阳明怕冷场，挑了些和军事有关的话题跟福威郡主交谈，为妙儿布菜时他又刻意寻了些与道教养生有关的话题，总不至于将其中一方冷落了。

谁知他们吃了不到一半，福威郡主还是主动挑起了话题："你俩什么时候成亲？"

妙儿原本已将筷子停在了一条糖醋鱼前，听了这话，她随即加大了戳鱼肉的力度，恨不能把整条鱼上的好肉一次性剔下来。这条原本完好的橘红色大鱼，被妙儿戳得浑身乱颤。

"我准备这次回去办完事后，就直接跟妙儿去找她师父提亲，等妙儿还俗后，我们就成亲。"

王阳明在跟这两个女人的相处中已然学会了"抢答"。

妙儿没反驳，也没提出质疑，手上的动作轻了几拍，只见一大块鱼肉被这丫头堂而皇之地夹进了自己碗里。

"真有此事？那可要抓紧了。伯安兄弟马上也十八了，自古成家立业，你最好是在科考前把婚事定好，也免得令尊记挂。"

王阳明点头说"是"。

整个饭局就在一种和谐而诡异的气氛下进行着。

吃到一半，王阳明欲要出恭，犹豫片刻，探手捏了把肚子，感觉忍不了了，观察了下这两位的动静，发觉没什么大碍，便悄悄嘱咐妙儿："她说什么你都往我身上推，就说我知道怎么办，你不知道。"

妙儿瞪了他一眼，示意道："我怎个这么没主意呢？"

王阳明呵呵傻笑，只摇头不语。

福威郡主假装没看见，只招手吩咐身侧的一名小太监、一名男军士护卫王阳明。

两人带王阳明出去，屋内只剩两位绝色佳人。

福威郡主看着边咀嚼边品味美食的妙儿，只觉她身体真好，吃什么都香，还如此放浪形骸，怎配得上自己那好弟弟？

"刚刚伯安兄弟说的话可当真？"福威郡主突然发问。

妙儿早有准备："不知道，您问他。"

福威郡主嘴角抽搐，暗暗告诉自己：一定不要被这道姑气昏了头才好。

福威郡主保持着良好的皇家仪态，继续笑道："既然你俩自幼便定了亲，为何你后来做了道姑？现今两人又情投意合，你何不还俗嫁人？这么拖着，是何道理？你师父她老人家可谓名震江湖，为何一直不肯点头让你还俗，难道其中另有隐情？"

"不知道，您问我师父。"

福威郡主那叫一个气啊，她眼见妙儿又夹了两筷子海蜇和些许海带丝，吃得是有滋有味。

"你这样，岂不是坑他？他既娶不了你，你也嫁不了他，不如就此放开手，各生欢喜，也省得惦记！干吗拖着，耽误彼此的时间？"

妙儿将那两根还挂在嘴巴下方的海带丝缓缓送入口中，像是一只雪白如玉、俯首专注食用眼前青草的高山小羊。她细嚼慢咽，好半晌才回复："不知道，这得问老天爷，不是说缘分天定吗？"

听到此处，福威郡主再不想忍了，她击了三下掌："来人！"

一听此言，妙儿警觉起来，饭也撂下了，手里却拿着筷子，似要把它当作暗器。

"别紧张。"福威郡主冷笑开口，眼中略有嘲讽，"我今儿有件喜事要跟你和伯安兄弟说呢。既然你一时半会儿还不了俗，不如让我为伯安兄弟另寻个好的做妻子，也好断了你俩的念想。来人，把画像呈上来！"

"笑话！"妙儿将筷子往碗上一放，"我这个未婚妻还在这儿呢，你敢？"

"怎么不敢？我总不能看着我的好弟弟任凭你个道姑摆布！"

说罢，四名小太监带来了四幅画卷。当他们把画卷缓缓伸展开来时，画上的美人也逐渐露了出来，或清秀素雅，或风情柔媚，均二八年华，穿着不同时期的汉服，戴不同绢花，梳着不同发髻，身侧还画有与她们的气质相称的古玩、猫、蝶等。

"好个四美图！"妙儿轻启朱唇，起身相迎，环视领地一般雄赳赳气昂昂地围着四美图打转，没流露出半分醋意，"不知，您是要把这四位佳丽给我未婚夫做砍柴的丫鬟啊，还是做捣蒜的丫鬟呢？"

福威郡主神情严肃，认真地说道："我已从我丁香书院的女学生里挑出四位才貌双全，人品、家世皆配得上伯安兄弟的女子。你眼前这四幅画像所描绘的姑娘，皆是我精挑细选的懂事、贤惠的俏丽佳人，岁数跟伯安兄弟也相当。若是伯安兄弟不愿与你退婚，你又拿借口搪塞，不肯嫁过去，那就干脆让伯安兄弟今日来个痛快，从这四位姑娘里挑出一或两个带回家，做平妻即可。"

"平妻？还带回一个或两个？我疯了不成？郡主欺人太甚！这是我跟哥哥的私事，你算哪根葱啊，你管得着吗？"

妙儿的火被激了出来，这正中福威郡主下怀："别说一个、两个，就是四个都带去，人家也是愿意的。伯安兄弟早就名扬天下，当年又是神童，模样、出身均是一等一的好，真是个打着灯笼也没处找的好夫婿。我早就问过，这四位姑娘都是极愿意的，不怕与旁人共侍一夫……"

倒是你，放着好日子不过，偏要瞎折腾。"

"哼！你说这话真真好笑！你当年难道也给驸马找了小妾、平妻？你若能做到这般贤惠、隐忍，我也能。你自己做不到，还找理由要求别人，想得美。看来，你福威郡主也是个仗势欺人的人。你呀，也确实和你的封号很配，福威福威，作福作威。"说话间，妙儿已放出袖中丝线，将手边酒杯提起，抛向福威郡主的脸。

福威郡主也不惧怕，只喝令左右："你们退到两侧！"

她拿出鞭子，也将手边一酒杯用鞭子卷起，再抛至半空。这个酒杯与妙儿抛来的那个迎面撞上，顿时酒水和杯子碎片四溅开来。

接着，桌上那些酒杯、汤匙、筷子都变成了兵刃，任由二女把玩，像是在玩飞镖。二女也不靠近对方，只着眼于桌面上数目有限的餐具，隔着圆圆的饭桌，开始斗起来。

一会儿筷子针似的漫天飞，一会儿汤匙被震得满桌乱跑，就像是喝醉酒的壮汉，头磕碰到一处。

围观的侍者个个看得目瞪口呆，只觉两人功夫都十分厉害，不可小觑。尤其是这俊俏的道姑，有一张绝美的脸就算了，用这些日常器具当兵器的本事竟不输给自家郡主。

两个女人在内室过招，叮当摔打声不绝于耳，二楼和一楼仍旧人声鼎沸、热闹非凡。

话说王阳明从吃饭的雅间里出来，随着护卫奔着茅厕去了。

茅厕设在二层，靠近拐角位置。

一路顺着二楼游廊往里，过道上并无饭桌，但来往宾客、端菜上酒的小二络绎不绝。也不知这翠宾楼一天的客人有多少，光是这传菜的小二就不计其数。

出了恭，王阳明伸了个懒腰，从茅厕中走出来，见门口的护卫还在原位恭候，他有些不好意思地说道："对不住，有些迟了，还请带我回去。"

他刚说完，人已从茅厕中探出身，却被一只黑黢黢的、嶙峋的大手一把掐住了脖子。王阳明整个人被一和尚逼到茅厕的墙角，还不等他睁

114

眼看清来人是谁，就被掐得快要窒息了。

"好久不见啊，小圣人。"说话的不是旁人，正是王阳明在南昌府见到的那癫狂双煞之一——白袍僧人！

他还是那样，一身恶臭、浑身流脓、满身布条，通体没一块好地儿。

王阳明只觉身后传来一阵冰冷，腰间疼痛难忍。

他用余光打量周围，只见那护卫和小太监皆被点了穴道，一动不动地被那黑袍道士困在茅厕墙边，任凭摆布。

"你们、你们花柳帮是何意思？"王阳明忍住一口气，铆足了精神，从嗓子里蹦出一句话。

"是何意思？哼！你把我们花柳帮最大的吉祥物——三倍猪童都给灭了，动静如此之大，我们当然要请你走一趟了。"白袍和尚笑道。十根手指上那用透明蜡做成的赶尸戒指释放出斑驳的光点，突然，一把由丝丝缕缕的黑线组合而成的月牙弯刀被这和尚托在三指指环之上，弯刀刚好对准了王阳明的脖颈："我们帮主吩咐，请你跟我们黑白双煞走一趟。你应该感到很荣幸啊！"

他将这月牙弯刀瞄准王阳明的脖颈时，那只掐住王阳明的大手才缓缓松开。

不等王阳明好好呼吸一口新鲜空气，那黑袍道士便凑了过来，没好气地坏笑着，像是憋了很久的火气没处发泄："王阳明，上次时间有限，我们忘了自我介绍。癫狂双煞只是我们的合称，你大可唤他癫灭度，叫我狂啸天。今儿你运气好，我们帮主正在兴头上，特邀你前去叙话。放心，到了我花柳帮，自有你的好处。"

这黑袍道士狂啸天，右手虎口一张，一类似魔法阵的烧红的圈口从他掌中飞出，上面燃烧着不灭的火苗，像一副会动的火轮手铐，将王阳明的双手拷在了背后。王阳明稍一挣扎，那烈焰般的手铐便旋转起来，王阳明的双腕如炙烤在火架子上的鲜肉。

"不是说以礼相待吗？既然是你们帮主请我，为何还要暗地绑人？你们不知道福威大将军和玄机神女都在楼上吗？若惊动了她俩，你们两个不会有什么好结果！"

"哼！所谓灯下黑，她俩做梦也不会算到眼前这一幕……小子，别跟我们废话，你的为人我知道，最是个油嘴滑舌的主儿！"黑袍道士掏出一白布，掐住王阳明的下巴，便把布往他嘴里一塞。王阳明怕上面有蒙汗药，遂吸气不语，尽量不让自己的口水与这布相触。可他心有余而力不足，脑子里想着法子，身子却被两人一左一右架起，眼看着他们就要往楼下去了。

"光天化日，朗朗乾坤，你们这些花柳帮狂徒在此造次，该当何罪？还不快放了这位公子，小爷我还可留你二人性命！"

小爷我？

王阳明一愣：来者何人？竟然不是妙儿，也不是福威郡主？

王阳明按照说话人的声音火速翻找记忆，却未寻得半分踪迹。

王阳明定睛一瞧，好个风流倜傥的官家子弟！他穿着一身仿宋代南侠展昭玫瑰红四品带刀侍卫立领袍裙服，头戴狼头乌云盖顶描金赤纱帽，腰佩双头狼黄翡带钩，脚踏虎纹龙鳞厚底青云靴，真真"面如冠玉，形如子都"。

声音打一楼正厅中央位置由下而上传来，下方之人声似洪钟。

王阳明见这少年不过双十年华，身材魁梧，一脸英气，眉毛位置偏中间，形如粗壮的黑蚕；眉下自带一对伏犀眼，颇具福气；猩鼻高挺；嘴唇微微上翘，形如弯弓，唇色好生鲜明红艳；双耳肥厚，上部分高于眉毛，还有垂珠，一看便是祖上有德。

这少年乃高门大户之子也。

其身侧竖有一红缨枪，见那一僧一道仍不放人，这小英雄将那红缨枪往地上一砸："还要小爷我说第二遍吗？还不放人！"

穿白袍的癫灭度一手攥着王阳明的肩膀，一手探出袖来指向这狂生："哼！你还知道我们花柳帮的人啊？既知道，还请不要多管闲事，否则老衲今日就只有手刃你了！"

谁想，这小英雄反倒有些妙儿的气派，听对方拿话唬人，他叉腰仰天大笑，那声音的气势可谓直冲云霄。王阳明这不习武之人也觉他内力深厚，不是个好对付的人。

"哈哈哈哈……和尚不念经，却跑来挑衅，也该教训！"

116

说罢，这小英雄挥出手中兵刃，恰巧一旁有小二端着一大盘子刚出锅的泼了热油的鲈鱼上来，小英雄的红缨枪一挑一带，将那盘中的大鱼掷向癫灭度的双目。

黑袍道士狂啸天见势不妙，只得先行一步："我拖住他，你带着王阳明回去复命！"

狂啸天唤出自己的魔法阵，两手齐上，左手是一个活体炼丹炉，右手把一个六芒星棱角手刀。

谁知这小英雄的红缨枪暗藏玄机，看似只有一头有矛头的红缨枪却在他的操控下由一生二、由二生三，好不热闹。

道士在半空撒出宝石粉尘，来了个就地取材，拿过身侧桌上刚刚端上的一碗热辣辣的宫保鸡丁，朝着自己悬在半空的魔法圈就是一泼。只见这两个魔法阵原是简单的淡橘色圈口，沾油、辣两物之后，倏地变大不说，还生出势头更猛的烈焰，像头还魂的猛兽，发出嗷嗷两声，便奔向对面的小英雄，同时张开大口欲要射出火球。

第十五回
闹酒家卧虎又藏龙　司狼神密信托案情

眼见这小英雄腹背受敌，王阳明好生心痛。

那火圈法阵随着黑袍道士狂啸天的两声怒喝变得更加凶猛。

霎时间，翠宾楼大厅开始陷入慌乱。

众宾客犹如受惊的鸟儿，四散于林，几名小二则蹲在各处的桌椅下，用能随手拿到的东西护住头顶。

手持红缨枪的少年二度出招时，可谓不慌不忙，疾中带稳，稳中带狠。

他飞至那些大小不一、高低错落的桌椅板凳之上，手中红缨枪上的狼毛若精怪，一时间变出三种形态，与近前狂啸天使出的西洋魔法阵厮打在一处。

"乾坤圈？哪吒的乾坤圈？"王阳明今儿也算大开眼界了。

只见这红缨枪枪头上的金刚钻头和朱砂般的大红色狼毛气势逼人，小英雄手拿红缨枪，召唤出传说中的乾坤圈来。

那乾坤圈堪堪迎上对方的西洋法阵，瞬间火星四溅，整座酒楼被震得咣当作响，如山神震怒、火山喷发。

那狂啸天的西洋法阵左摇右晃，看似想要吞噬掉这小英雄的乾坤圈。

他切换着两手的法阵，像个疯狂到极致的指挥家。谁料对面这少年的红缨枪有起有落、有翻有转，狼毛迅速张开，发出震天动地之声。

"这声音，好似那天在监狱听到的声音！"王阳明听到这发力之声，感觉很熟悉。

他欲要细听，只见这少年的长枪捅破了对方法阵，那用内力召唤出的乾坤圈由虚入实，狠狠地砸在狂啸天的头顶上，好不痛快！

哪吒的乾坤圈有去有回，颇具"燕子还巢"的特点，而这少年发出的乾坤圈却是有去无回。黑袍道士还未反应过来，就被这少年的第一招弄得狼狈不堪。他一摸头顶，发觉鲜血流个没完，气得翻身而跃，欲要追上扑向白袍僧人的少年。

这少年接连跳过几张桌子，王阳明真觉不可思议，只见他为加快速度，竟然将手中长枪缩成匕首大小，叼在口中，然后手脚并用，若狼般四脚着地，狂奔不止。

不但如此，他还边跑边用腹部发出吼叫声。

俄而，那黑袍道士从少年的左侧偷袭而来。

少年微微发动内力，长枪顺左右伸展横出，再借由少年的甩头动作直入云霄。

王阳明再定睛一瞧，那少年腾空而起，任凭是谁也拦不住。他当空抓住兵刃，红缨狼毛于半空画出天狼星宿图，红缨长枪上的金刚钻头直插对手的死穴。

"狂啸天！"白袍僧癫灭度冷汗狂飙，只觉不妙。

少年借机踩在那黑袍道士的肩头，反倒借他的身子飞到二楼，沿斗拱直达白袍道士身侧。

癫灭度见那狂啸天口中喷出两口鲜血，原地挺立不动，而自己身旁再无帮手，只得运功出击，还不忘劫持王阳明，带着他扭过身来，和对手打斗。

"你、你到底是谁？为什么要坏我花柳帮好事？"癫灭度急了眼。

少年将红缨枪往地上一砸，冷笑道："我是谁？问得好！小爷我今儿就自我介绍一番！我啊……"

只见这俊美又不失男儿气概的少年郎挥动长枪，高声介绍起自己来，颇有李白当年题写《侠客行》之遗风！

"我是人间司狼神，棒打恶棍定乾坤！"说罢，这美少年飞到那长廊之上，他身手敏捷，对方想偷袭却无法下手。

别看这少年人高马大，步子却极轻盈，手中长枪也不见缩小。他的步子越发变幻莫测，癫灭度不好判定其具体方位，只得启动十根手指上的赶尸戒指，使出"赶尸大法"。

这招王阳明曾见过，如今再见已有准备。那一具具黑得跟煤炭似的的僵尸于青天白日拔地而起，摇晃着黑黢黢、流脓的身体，伸出双臂，从四面八方包抄而来，让少年无路可退。

"高四平势变换活，枪来扎脸用拿法！扎前拳蹲身打下，棍底枪搭袖可脱。"少年口中念念有词，红缨枪耍得好生利落。他向前几步，跳向那几具黑炭僵尸。

王阳明见他侧身对敌，起时横拧，利于发向上之钻力；落下顺身，利于发劈打之顺劲。

"狼牙棒加夜叉棍法，你是少林弟子？"白袍僧癫灭度一见这少年用出了少林棍法，当即咬牙切齿，只得加大力度，再次掐诀念咒，双掌交叉。

只见那一群群煤炭僵尸，齐刷刷地排成一路纵队。接着，他们如蛤蟆叠罗汉般堆成一具高大的黑炭驱壳，身有数目，每双眼睛都有碗口大小，溅射着岩浆一般的油珠子。

"好啊！你方唱罢我登场！"谁料这少年越战越勇，毫不退让，"伏虎头高不易推，挨稍急进莫徘徊，左右扎我劈打易，高低扎我提拿开。"

少年进退有度，进如闪电飞驰，退如蜂鸟抖羽。

他以枪作棒，不管对方是何种妖魔，但凡到了他跟前，再大再唬人，也很快会变成他枪下的死灵。

少年使出的这招少林棍法，名曰"五虎群羊阵法"，将酒馆闹了个翻天覆地。

那近前的黑炭僵尸已被削去一腿一手，竟还喷出滚烫的浆液，似要直接烫伤这少年郎。

"上弓棒打雁翅同，须知左右虚实异。铁牛耕地甚刚强，拦上打下最难挡。"少年顺着台阶翻身而下,这跟头翻得真真秀气,若狮子滚绣球般。

他躲开了那黑炭僵尸的第一次喷溅,接着又顺着扶手用"凌波微步"躲开了另一轮攻击。还不等他喘息片刻,眼前的僵尸发动了新一轮的火攻,少年躲过了,飞到一层,口中念道:"低四平势上着,白蛇弄风拿提。"

只听狼嚎声再次响起,这次可谓气吞山河。

少年以腰为枢纽,力从丹田而起,起落自如。其身手灵活、手脚如风,不知不觉又让王阳明看花了眼。等王阳明稍微看清楚这长枪的走势时,只见这红缨枪悬于正空,对准眼前黑炭僵尸的心窝处射出道道金光。

朱雀南飞,堂哉皇哉。少年又放出四神兽之一——朱雀形状的仙灵圈,配合自身长枪:"潜龙摆头落,诸势以静降。"接着,少年吟道,"四座无空着,唯防狼口枪。"

长枪一头的金刚钻头闪动着光辉,直闪得王阳明侧头避让。它由一化二、由二化三、由三化四……

少年郎不忘发动内力,撼动了周边一张大圆桌子。

王阳明还当他要以桌为盾保护自身,谁料这少年棋高一着,刺破那僵尸心窝最大一目后,又把桌面劈成许多碎片,刺入对方身上的无数只眼睛中。

这僵尸的命门已被这少年击垮,加之先前的打斗已经耗费了他不少内力,癫灭度只觉十指压力骤然加大,指环圈口向里缩紧,像是有人亲自为他的十根手指上了夹棍。

癫灭度不甘束手就擒,又担心对方挥枪刺己要害,反让自己陷入险境,只好当时运不济,撂下王阳明,在半空中放出指环上的黑线,如深山长臂猿般钩住一楼东倒西歪的桌椅,将其重新排列组合,然后以其为踏板,想要逃出生天。

"癫僧哪里跑?"少年郎飞奔至王阳明近前,见其向自己眨眼示意,知其无事,忙又追向那白袍和尚。

只见和尚边用桌椅板凳拼凑成桥梁,边用丝线操控这些东西,抛向王阳明。

"可恶!"原本就要追上对方的少年不得不提枪阻挡,同时旋转枪身放出几枚暗器。

暗器呼啸而过,发出了让王阳明觉得分外熟悉的声音。

王阳明听得认真,再次确认,当夜暗中帮助自己和妙儿拖住两个锦衣卫的,正是此少年!

为了不让王阳明被这些木头家具砸到,少年重新着地,又顺桌而上,向王阳明飞身而来。他这若饿狼出山猎食的冲劲儿,倒让王阳明想起了那三倍猪童。

眼见那些棕红色的大木头家具就要砸向王阳明的脸,那乾坤圈似的东西飞射而出,绕过王阳明的后脑勺,直劈向那些家具。

看着那些被癫灭度扔出的家具顷刻被毁灭,少年郎这才放心,再扭头一瞧,那癫狂双煞均不见人影。宾客们逃的逃、散的散,方才还门庭若市的著名酒楼眼下一片狼藉。

"多谢这位恩公出手相救,小弟感激不尽!"王阳明身上的束缚被少年用红缨枪的金刚钻枪头劈开,塞在他口中的白布也被拔出。王阳明第一件事就是表达谢意,他对着少年深深一拜,然后追问:"恩公可有受伤?"

少年郎倏地发出吸气声,王阳明见其手腕、手背处均有大大小小的水疱。少年又检查了下自己的小臂,上面果真也有少许,他自嘲地笑出声来,说话仍旧十分爽朗:"唉,怪我学艺不精!当年师父教我少林棍法时,我只用棍,不用枪,前年才换上这稀罕玩意儿,想来用得还是不够熟练。阳明先生何须担忧,这点儿小伤在我们江湖儿女看来乃家常便饭,涂些药便好了。倒是阳明先生你,可曾被他们伤到?"

听他称呼自己的雅号,王阳明愣怔一秒,心中暗道:怎的,难道当夜他于总督府暗中替我与妙儿解围时,就已然知晓我的真实身份?因此今日一见,他便一眼认出我?

王阳明原想直接问他那夜在总督府暗中帮忙一事,可话到嘴边又觉此地不宜问询,何况对方并未主动提起,自己不好唐突,万一对方深觉不便岂不尴尬?

王阳明将疑问暗藏心底，拱手行了一礼，刚要启唇，谁料这少年又率先开口："阳明先生不必客气，本人前来此处有要事相求，不料碰到癫狂双煞二贼劫持您，想来亦是缘分。"

　　"哦？不知恩公有何要事，若能帮上忙，小弟愿全力以赴。"

　　"自打阳明先生南昌府雪人一案成名，仰慕之人数不胜数，我也是其中一人。向几位江湖友人打探后，我发现阳明先生竟然在福威大将军府上做谋士，遂前来……因先生扬名四海，我途经本地前便见过您的画像。有道是奇人有异象，您一看便为天赐良才，我一眼便记下了，想着有朝一日定要亲自拜见。"说罢，这位着宋代南侠展昭服饰的英朗公子从怀中掏出一封信来，虔诚地递到王阳明手里，"本人姓任，字全敏，原嵩山人氏，现居幻海城总督府舅父家。现有一案事发突然，关系到我一至亲的名节，又因此人乃闺中女眷，委实不便告官，生怕将此事闹大，毁了她女儿家的清誉……"

　　"案件的大致经过，恩公已然写进书信里了？"王阳明听罢已知晓一二，竟是一个闺阁女子的麻烦事，不知是何要案，偏不能报官。

　　只见这任全敏匆匆拱手似要离开，语速也加快了："还请阳明先生不要将此案告知身边任何一人，此事关系重大，烦劳先生看完此书信立马烧掉！信上一切我已写明，之后烦劳先生按约定时间前来我总督府。"

　　说罢，任全敏这少年英雄就走了。

第三案

夜盗碧玉情

第 十 六 回
碧玉珠赏月失踪迹　铜雀春难锁女儿情

　　就在福威郡主与妙儿在三楼较劲的时候，谁知道这花柳帮的癫狂双煞找上门来，单要带走王阳明。幸好任全敏及时赶到，救王阳明于水火，否则后果不堪设想。

　　待福威郡主和妙儿下来查看，只见这翠宾楼里里外外一片狼藉。

　　见王阳明一人倚栏沉思，二人匆忙赶至近前，询问其有无受伤，是谁人加害。王阳明将事情大致说了，一副波澜不惊的样子。

　　妙儿气得破口大骂："这帮人真是唯恐天下不乱！哪天要让我撞见，非杀他个片甲不留！"

　　好在人无大碍。待回至将军府中，王阳明将自己关在书房，拆开那任全敏交给自己的书信，细细读起来。

　　受人之托，忠人之事，何况恩公再三叮嘱，自己定要拿出十万分的耐心与细致。

　　书信总共三页，内里把事情的来龙去脉说得翔实明了。

　　任全敏现住在舅舅郭总督的总督府上，舅舅的长女，任全敏的表妹郭紫菲大小姐最近碰到一桩怪事，让她哑巴吃黄连——有苦说不出。

　　这郭紫菲大小姐三年前母亲病故，父亲郭总督十分疼爱这个长女，并未将姨娘扶正，更无续弦之意，便将这管家大权交给长女。

紫菲大小姐人也争气，将总督府打理得极妥当，得到了上下人的一致好评，还为几个弟弟树立了近乎完美的长姐榜样。可以说在父亲和郭氏族人眼中，郭紫菲大小姐是郭家大院的顶梁柱。

　　郭紫菲今年十八岁，去年年中由父亲做主，与幻海城一书香世家的杜姓公子定了亲。温渚之地风气较为开放，因远离中原，原住民又多，加之几个弟弟尚且年幼，几个姨娘又都是劳苦人家出身，郭老爷便打破常规，且留着闺女在家把持大局，不催其早婚，想等到她十九、二十再嫁不迟。

　　郭紫菲原也想多掌家几年再做打算，可思来想去，很想见一见那杜公子，看看他是个怎样的角色。素日里闺密们常聚在一处闲谈，她们都是家世背景差不多的姑娘，可嫁人后便有了天差地别。

　　有的不嫁还好，嫁了日子就糟心了，更有可怜的还会碰上一家子不讲理的浑蛋。

　　紫菲有个不错的闺密，就因嫁得不顺心，气出一身病来，又因娘家信奉程朱理学，逼其嫁鸡随鸡、以夫为天、恪守三从四德，导致这闺密孕中受尽屈辱，生产时又与婆婆、小姑争执，后因早产血崩死亡。

　　想到那个原本爱说爱笑、贤惠懂事的闺密竟在婚后遭受这种非人的待遇，紫菲小姐接连失眠了几日，才下定决心背着父亲单独会一会这个与自己定下亲事的杜公子。若是不好，她铁定要退婚。

　　可毕竟她是个汉人，受封建礼教束缚多年，与杜公子又不是青梅竹马，如今要见上一面，若传扬出去难免遭人诟病，说她有悖闺阁千金的家教规范。

　　于是乎，郭大小姐吩咐贴身一等大丫鬟——春儿，做自己的外援，让她乔装打扮成卖针线、头花的小媳妇儿，路过那杜家大宅假意售货给杜家女眷，实则设法溜到西跨院给杜公子报信，约他出来到一座名为芙蓉馆的茶楼的雅间会面。

　　这杜宅不比总督府那大院子，他家如今没有祖上当官时那么风光了，春儿没费什么劲就撞见了在院里舞剑的杜公子。

　　这杜公子虽出身书香世家，却也是个懂得变通之人。他早就听说郭大小姐持家有道、为人严厉，很想见上一见，看看自己未来的妻子是何样貌。

两人见面后感慨良多，双方坦诚相待，想不到很是谈得来。

杜公子于去年中了进士，今年调令下来，恐怕下月月初就要走马上任。他叔父在夏洲当知州，上头似乎是想把他调去帮他叔父做事。郭小姐之后又偷偷约了杜公子四次，两人情意绵绵、难舍难分。无奈杜公子即日走马上任，须得走上一年多方能调回。

郭小姐不舍情郎，想其早日回来，便与杜公子月下盟誓，永不负彼此。

杜公子对郭大小姐的为人、相貌、谈吐很是满意，情到浓处，将腕上一串由十颗碧玉珠子组成的佛珠手串摘下，当作定情物送给她，并表达了自己对她的爱慕之情。

郭紫菲自打见了这杜公子后，也觉其长得一表人才，乃人中龙凤，一时动容，将腕间的琥珀手镯摘下，送给了杜公子。

两人虽已订婚，但按照规矩原是不能见面的。他们这样背着双方父母见面不说，还将贴身佩戴的饰品送给对方，是坏了规矩、乱了礼法。

郭紫菲将这碧玉珠串偷偷带回，怕父亲得知，便重新设计了一番，配合海藻结、琵琶结、金色琥珀、紫水晶、和田白玉珠子，将原属男子佩戴之物的碧玉珠子编织成一条适合女子佩戴的项链。

送走情郎后，郭小姐和往常一般管家理财，数着日子盼望情郎回来。

就在一个月前，郭小姐收到情郎的一封来信，说自己有望提前三个月回来。

郭小姐激动异常，难以安寝。

当夜月色撩动人心，郭小姐将四个丫鬟支走，独自倚在父亲为她建造的凤栖楼三楼上赏月、神游，倏地只觉耳畔一动，一颗南红玛瑙珠子从耳侧掉下，好在落于地面，珠身跳来弹去。

郭小姐当即有些后怕，心想：还好只是耳坠子上的线断了，要是项链松动了可就麻烦大了。这三楼下面就是家里的一潭湖水，若杜公子给我的定情物丢了，回头再被什么小人捡去，拿这珠子栽赃陷害，毁我声誉，到时候传到杜公子和未来公婆耳中，指不定闹出多大风雨呢。

郭小姐是个心思缜密的行动派，想到之后立马去做。她忙转身走到屋内，小心地将脖子上的碧玉项链摘下，放入室内圆桌上的锦盒内。

这锦盒乃一名匠倾力打造，为郭小姐母亲当年的陪嫁之物。其外有榫卯结构，从外表上来看跟孔明锁的形制雷同，有趣的是它里面有拳头大小的空间可用来存放一些小物件。

该锁郭小姐平日是不用的，因这定情物，她才将母亲的陪嫁之物拿出。这锦盒又有一名，曰铜雀春，取自诗句"东风不与周郎便，铜雀春深锁二乔"。

将重要物件放入这锦盒也不是件容易之事。首先，你要会解锁。是的，这个铜雀春既是一个精致的锦盒，又是一把好锁，特点之一就是"无锁胜有锁"。从外表上来看，其未设明锁。当事人如果想存放物件，唯一的开盒途径就是拆开由榫卯结构搭建而成的这个盒子的上面一部分。该锁底盘部分是固定的，如要将东西存入该锦盒，只须动其上面一部分——先将上一部分拆开，而后将东西存放在锦盒中心偏下的凹槽中。

锦盒自身即锁身，其无论被拆解过多少次，也不管是否存放过东西，皆不会留下痕迹。若没有点儿文化常识，看到的人根本无法想象，一个看似简单的玩具般的小盒子，竟然能当保险柜用。

在没有明锁、不设密码的情况下，铜雀春充当着古人保存私密物品的护卫角色，华夏匠人的智慧真是令人好生佩服。

郭小姐原也是不懂的，但母亲在世时很喜欢摆弄这些小巧的机关，并在适当的时机悄悄把机关术教给了女儿，希望日后能对她有所帮助。

这解锁的奇妙招数和存放珠宝的手段，王阳明也是第一次听说，这倒是激起了他的兴趣，可这信的后半部分便不那么令人愉快了。

话说郭小姐当晚将碧玉项链摘下放入那锦盒内，又照原样将盒子锁上了，之后她独自又去到身后的高台之上继续赏月。

她断定，这偌大的凤栖楼中只有她一人在。而且她年纪轻轻，耳聪目明，若有人上楼定然会有声响，她怎会听不到？

这次赏月足有一炷香光景，之后她回身想拿了项链回去睡觉。她缓缓转身，定了定神，便进到内室，看到桌面上锦盒犹在，没有任何被开启过的痕迹，便按照母亲生前所授之法，熟练地将其打开了。

谁料，里头竟然是空的。

这可真是活见鬼了！

她只是转了个身，赏月的高台和身后放锦盒的圆桌只隔了一个房间，中间只有一层纱帘隔着，怎么赏个月的工夫东西就没了呢？

郭小姐笃定自己赏月时没人上来，也根本没听到任何声响。何况那锦盒好好的就在桌上，上头也没有半分被破坏过的痕迹。且这小偷未免太精通这铜雀春的开启技术了，短短一炷香的时间内竟能神不知、鬼不觉地拆开锦盒，将一大串颇有分量的顶级碧玉珠串拿走，还不发出一丁点儿声响！请问，这是人能干出来的事吗？

郭小姐绝非迷信之人，她理家是一把好手，在古代女子里算是为人比较冷静干练的。待镇定下来，她便检查了室内有无脚印、手印，发现并无后，突然冷汗直流，忙下楼去，唤来四个贴身丫鬟——春儿、夏儿、秋儿、冬儿，让她们秘密寻找，生怕有小人听了去胡乱传播。思前想后，她还是将表哥找来，拜托他这江湖中人一起解决。

任全敏原只是探望舅父，说不好耽搁，只留一周就走，可谁知表妹摊上这令人后背发凉的事。

任全敏父母早亡，童年时期便跟着师父在嵩山习武，原就亲人不多，此次若能帮上表妹，也不枉亲人一场。若母亲泉下有知，亦会感到欣慰。

事到如今，任全敏也没了招数，只得求助于大将军府上的"名侦探"阳明先生。

信上有关郭小姐之事的描述到此为止，其余的则是任全敏留下的约定见面的日期和他再三叮嘱自己的"看完信务必烧掉""请勿告知旁人"诸语。

这可真是有趣，既然郭小姐本人就在原地，说白了只是背对着锦盒。她当时睁眼对月，并未睡着，怎的那锦盒里的项链就没了？一般偷盗之人，若发现打不开盛放东西的锦盒，便会干脆连盒带东西一并拿走，到手后再另想办法。这个小偷却冷静异常地将这盒子拆开了，一看就是训练有素的惯犯……问题是，他是怎么进到这三楼的？门是不可

131

能，那窗户呢？他飞檐走壁的功夫练到了这个程度？难道中间还有人接应不成？会不会是有人提前给郭小姐下了迷药，致其产生幻觉，误以为自己还在赏月，实则已然昏厥，而这贼人借此机会进来偷走了珠宝？

他想着想着，手边的信件已被烛火烧到了尽头。王阳明重重一吹，将手中只剩下半个角的残纸上的烈焰熄灭了。

他盘算着如何单独行动。既然答应了任全敏要守护其表妹的闺中清誉，他必须将此事隐瞒下来，包括他心爱的妙儿。

恰巧之前妙儿给做过法事的宣府前几日有个朋友来访，其人略感不适，瞧了几个大夫都不见好，宣府的老爷想起玄机神女颇通医术，便又请她回去帮忙调理。

福威郡主因前日丁香书院女生及其家属遇害的事件，决意重整女塾，接连数日往返于军中、书院两地，多以亲自安抚书院的女生为主。

二女皆忙，王阳明反倒得以"脱身"。他迈开大步，按照约定时间，大大方方去到总督府，以任全敏友人的身份，欲要敲开总督府的大门。

第 十 七 回
柳林风禽鸟千百媚 牙上画初见四丫鬟

不出王阳明所料，任全敏早就在总督府大门外恭候。

两人寒暄几句，王阳明便跟随任全敏去到总督府大院之内。

"全敏兄今年刚好弱冠，比我还年长两岁呢，称呼我的字——伯安即可，不必客气。"王阳明恐任全敏再唤自己"阳明先生"，忙说了这话。

任全敏颔首，遂带着王阳明穿过总督府中院的亭台，直奔后花园。

那夜王阳明与妙儿易容后潜入这总督府内，因月黑风高心情极为紧张，他并无心思观赏院内风物，今儿个是在白天，又有府中亲眷引领，王阳明便细细观察了总督府一番。

王阳明见这大宅上下鸟儿颇多，黄莺、麻雀啼鸣嬉闹之声不绝于耳，远比外头要热闹数倍。这中院建筑多以望月高楼为主，面阔五间，楼阁多分上、下两层，且多为硬山顶。下层六列六柱，檐柱石与檐柱之间的乳袱呈弯月形，此亦称月梁，属世家大户中极考究的建筑构造。

他再一仰头，见建筑上层有镶嵌着"鹦鹉啄花"造型的栏杆，檐柱上雕着鸟儿和花的图案，有蜂鸟和牡丹、鸳鸯和荷花、燕子和木芙蓉、天鹅和虞美人、云雀和扶郎花……整体雕工精巧却不显繁缛，尤其是那花的图案，上色鲜艳明丽，鸟儿栩栩如生，振翅欲飞。

任全敏见王阳明对这院中景象很是喜欢，便问道："伯安兄弟也喜欢鸟儿吗？表妹在后园中养了诸多珍奇鸟儿，大半都是散养的，即便有的鸟是养在笼中，笼门也大多是敞开的。鸟儿们平日间胆子极大，不怕人。紫菲那丫头的兴趣爱好与别家千金不同，她四岁开始养鸟儿，对养鸟儿之事可谓熟门熟路。那会儿我舅父还未任这幻海城总督一职，还在沧州做县令呢。一个县太爷家的院子又不大，且当年她家人丁亦不兴旺，紫菲那丫头偏养了满树的珍珠鸟、灰背禾雀、白文鸟……每天天刚蒙蒙亮，那些个鸟儿就吵闹得紧，用我舅父的话说就是'这些鬼灵精成天吵个不休，真叫我每日也闻鸡起舞了，想要偷懒贪睡也不行'。"

　　王阳明听罢十分感慨，随即笑道："原来如此，我第一次见有人家将花鸟合在一起雕刻至院落正堂的楼阁上。由此可见，郭大小姐真乃普天之下第一爱鸟儿之人！想来这满树鸣叫的鸟儿，大多是郭大小姐亲自饲养的名品吧？"

　　他正说着，只见三四只不大常见的戴胜鸟张扬着它们奇异的金棕色带黑色斑点的发冠，飞翔至二楼的栏杆处唱起了歌；又见一对樱花色的西洋大鹦鹉不知从何处飞来，落在园内那称不上是树的三角梅上。与戴胜鸟的孤傲不同，这对樱花色的鹦鹉对人没有丝毫敌意，即便见了王阳明这类生人，亦摆出一副放松的姿态，在矮树上"搔首弄姿"，展示着自身彩瓷般浓艳卓绝的鸟冠、羽毛。

　　王阳明又道："全敏兄千里迢迢来到此地，想必是来探望舅父的吧？上次听说，你乃嵩山人氏……"

　　任全敏颔首，却生出一脸红晕："说来羞愧，不怕伯安你笑话，我此次前来，说是为探望舅父，实则是……"他中途停顿，说话有些磕巴，"实则是为寻我未婚妻而来。"

　　王阳明一听此言，忽觉这任全敏不但风流倜傥、为人豪爽，就连对待未婚妻的态度也跟自己颇为相似，竟生出一种英雄相惜之感。他一时好奇，不禁多说了两句："我就知道，全敏兄定是个痴情专一的好男儿，想来你那未婚妻定也是个重情重义的好姑娘。何况你一表人才，为人仗义、实在，你未婚妻一定也在思念着你吧。"

　　任全敏还是很害羞，他抬手挠了下脸："其实，我跟她是今年才定

134

下的。我俩原在一处练过功，也算青梅竹马，可我师父怕男女之事耽误了我研习童子内力，遂一直不许我成亲。今年好了，她师父和我师父都点了头……"

"那可要抓紧了。"王阳明感慨道，像是一个分享经验的老相识，"我跟我未婚妻也是差不多的情况，可这其中颇多不如意之事接二连三地发生。都说好事多磨，但婚姻一事总没个定数，偏偏还总有小人从中作梗，我也是心烦意乱。好在我跟我未婚妻自幼相识，又是互相爱慕，倒也不怕有人乱插一脚。"

王阳明说得自在磊落，旁人观其表情，便知他与他未婚妻情如磐石，坚不可摧。任全敏好生艳羡，直盯着王阳明说道："那就好了，只要是自由结合，经得住考验，凭他是谁也不能拆开你俩……唉，我真是羡慕你啊。"

他们又绕过几处庭院，就到了郭紫菲大小姐所在的后花园。

王阳明跟随任全敏绕过门廊，首先映入眼帘的，就是一座挡在他和任全敏面前的像是天然翡翠屏风的假山。这山上的石块青灰中透着莹白，似有人工打磨的痕迹。

山石上苔藓成斑，藤萝掩映，羊肠小径若隐若现。任全敏引领王阳明，两人探身钻入这嶙峋的山中，迈入那深不见底的隧道。

王阳明见这洞口有两三股清泉流在石头缝隙之间，颇有诗意。

从那隧道中出来后，他们又来到一处幽静的场地。

更令王阳明叹服的还要数眼前这苍翠的竹林。此竹林十分雅致，其间石子路纵横交错。竹林的中央地带有三间小房，一间在阳光下，两间在竹影下。此间设有几张石桌、石凳，很是精巧可爱。

"表妹就在那儿呢，你看那亭子，上题'流杯亭'的。"任全敏伸手一指。

王阳明顺势望去，但见前方有一座红柱黑顶的华丽小亭，亭中确有一女子背对两人坐着。

踏上这流杯亭的台阶后，王阳明方看清眼前女子的芳容。

这女子果真十七八岁的样子，穿衣打扮倒十分低调，甚至略显老成，虽说贵为总督府千金，却并不追求奢华。她身着家常袄裙，裙子的颜色很是素雅。她的样貌谈不上艳丽脱俗，但也算得上清秀雅致，可总体来说有些寡淡。

王阳明心中暗自纳闷：如此一个普通的女子，倒是管家的一把好手，可见她深藏不露，有些本事。

王阳明发现，她面有菜色，甚至有些病恹恹的。

郭紫菲言谈豁达，是个极有分寸感的大方姑娘。她与王阳明交谈时语速适中，寥寥几句便展示出自己在待人接物方面的大家风范。

郭小姐言简意赅，又将案情从头至尾描述了一遍。王阳明听得真切，双眼也没有停止观察。

让他略感意外的倒不是能说会道的郭小姐，而是那个站在郭小姐身后伺候的丫鬟——春儿。

春儿看上去比郭小姐略年长，约莫双十年华。

从面相上来看，这个春儿姐姐是个厉害主儿，眉眼间有些妙儿的狠劲儿，比自家主子还要霸气几分。且这丫鬟的穿着打扮好生引人注目，一个伺候小姐的丫鬟，为何身穿少妇日常爱穿的对襟大长褂子？这长褂子颜色艳丽，且为拼接款式，后裾直垂到脚跟。正中的坎肩则为鱼肚白色，上绣黄橡、海松、红蕉三色紫荆花盘羊纹。她梳着半盘半散的海螺发髻，上插一根银簪，簪上有紫牙乌石榴石的仿珍珠圆球坠子。

这类穿衣打扮不禁让王阳明警惕了几分。要知道，一个人，尤其是一个女子的穿衣打扮，无论是款式还是颜色，均能表露这个人此刻的心境与性格。何况，一个总督府上贴身服侍当家千金的丫鬟，为何比小姐打扮得还要有气派？这是不是有些说不过去啊？

"阳明先生有所不知，我的未婚夫杜公子下月初一就要回来，到时定会与我约见，回头我若拿不出那碧玉珠串，该如何交代？万一那珠子落入恶贼之手，再让什么小人散播了闲言碎语，坏我名声，引起误会，我岂不会清誉扫地？想到这些，我就寝食难安，简直夜不能寐啊……"

王阳明颔首深表理解，又忙安抚："郭大小姐宅心仁厚，且一心为父分忧，乃贤良孝女。老天眷顾，定会逢凶化吉的。"随后他话锋一转，切中主题，"敢问郭小姐，这凤栖楼下的深湖湖底可有暗道？刚刚我看那大楼很是巍峨壮丽，又见那楼下有一潭湛蓝的湖水，这深湖是天

136

然的？"

"这个我还真不知道。这湖倒是天然的，可是否连接外头我也不清楚。"

"那这湖可通往其他地方？"

"我也不知情。"

王阳明见这郭大小姐态度谦和，眼神中满是迷茫和失落，真的不像是在撒谎。

"那么，当夜您有没有闻到什么奇特的味道，比如花香、果香，或者其他什么从未闻到过的香气？"

"这个……"郭小姐边回忆边摇头，"没有。"

"那么，丢失珠子那夜，您可有身体不适？譬如出现幻觉，听力、视力下降，爱忘事情或嗜睡口渴？"

"也没有。"

听到此处，王阳明心下只觉奇怪：难道没有人下药？也没有让郭小姐产生幻觉？

恐是看出王阳明有所怀疑，那春儿径自答曰："先生不知，珠串被偷当夜，我家小姐忙叫了我们四个丫鬟——春儿、夏儿、秋儿、冬儿过来，让我们找寻珠串。我也观察过屋内，尤其是脚印、气味，却未有发现。"

王阳明颔首，又看向那春儿，一脸赞赏。

郭大小姐生怕这丫鬟插嘴冒犯了王阳明，又微笑着解释道："这位姐姐是我的贴身大丫鬟春儿，细算起来，她乃我近前一等得力之人，也是我母亲生前亲自为我选的一等丫鬟。她说话办事也是极周到、细致的，先生大可听她一言。"

任全敏一直在旁待着，见问不出什么线索，便问表妹："紫菲，那铜雀春锦盒在哪儿？还是赶紧拿来，让阳明先生亲自验看才好。"

郭小姐也连连点头，示意身后的春儿拿出锦盒。

春儿则紧走几步，来到亭子靠边的位置轻声唤道："夏儿、秋儿、冬儿，速速上茶，把铜雀春拿过来。"

言罢，只见三个丫鬟用托盘盛着锦盒、茗茶、糕点，沿着鹅卵石小路，从竹林深处缓缓走来。

王阳明这次假装不经意地扫了一眼这三个丫鬟的姿容。

打头的夏儿容颜秀雅，颇有大家族调教出的闺秀风范，说她是哪个豪门大族的千金也是有人信的。尤其她生得一张仰月口，形如上弦美月，上唇微微拱起，下唇明显厚于上唇，为她增加了一丝不易察觉的性感。她上下两片唇瓣无唇纹，像是刚咬下来的朱古力。这能撩拨人心的美唇更衬得此女肤白胜雪，而这夏儿似也深知自己生得一张"巧嘴"，特意用两种颜色的胭脂点了唇彩。

古人也有类似今之"咬唇妆"的唇妆，且上色手法、点涂技巧并不输给今人。今儿个夏儿的上唇采用了大明女子普遍会用的"轻触揉涂法"——将洋红色的花混了猪油膏子化开，与高岭土、薄荷脑等偏固体的东西混合起来制成膏状，再用指腹蘸上调好的膏体，轻轻点涂于唇部，待半干不干时，用小拇指将膏体从左到右慢慢晕开。

她的下唇则用了比洋红色浅几分的长春花色。

夏儿的下唇比较特别，要比上唇更饱满。比起另外三个丫鬟，夏儿的嘴唇很有特点，令人印象更深刻。

王阳明见她化了妙儿素日爱用的"咬唇妆"，即将长春花色的颜料涂在一张软硬适宜的"化妆纸"上，然后将这染了颜色的纸放到唇边，轻轻一抿，令颜色染于唇上。

夏儿小心翼翼地将一大小适中的托盘放置在石桌中央，稍稍俯身将覆盖于铜雀春锦盒之上的铅白色丝绸缓缓撤下。

王阳明见她举止谨慎，但近身服侍时极其从容；观其外貌，只觉这夏儿多半跟郭小姐年龄相仿；又见她那下唇的颜色明显比上唇的颜色浅淡，唇线却描摹得极细致到位，想来此人做事一向条理分明，并非凭感性胡乱行动之辈。

"先生，这就是我那用来存放碧玉珠串的铜雀春锦盒，也称为铜雀春锁盒。"郭小姐有些急切。

王阳明颔首，小心地将那铜雀春锁盒拿在手中，细细观瞧。果不出他所料，这东西跟他自幼接触过的孔明锁并无二致，可凭什么此物偏能成为存放贵重物品的保险柜呢？

"我可以试着拆开它吗？"

"当然。"

说罢，王阳明便像幼年时那样，尝试拆开这手里的铜雀春。

一旁的任全敏看了下身侧侍立伺候的秋儿和冬儿，不禁朝着表妹温和一笑："紫菲，你不用这么紧张，不如赶紧让秋儿和冬儿两个上茶、放果子，我渴坏了。"

郭大小姐有些恍惚，听到表哥的话后才反应过来。她身后的春儿忙示意两人将果子等食物按顺序摆成"品"字形，又打发两人将茶杯摆放在"品"字的三个角处。

王阳明倒腾了片刻，假装脖子犯酸，故意将铜雀春放回石桌上，仰脖摆头，暗中观望秋儿和冬儿两个丫鬟的神态、动作。

很明显，这两个丫鬟年纪尚小，面孔稚嫩、肤色偏黄、模样适中，但穿着打扮也算出挑。

名唤秋儿的小丫鬟不过十五六岁的年纪，比起同龄的妙儿，她显得更为稚气。此女身穿姜黄色比甲，上绣大波斯菊，内里罩着一件青竹色缎子面中款袄，下头的石榴裙也是青竹色的，下摆上绣了一排与比甲上的波斯菊遥相呼应的桦色万寿菊。

这姜黄色与青竹色单用不显张扬，可秋儿偏将这两色搭在一起，反倒产生了今人所说的"撞色拼接效果"。王阳明只觉眼前的颜色生动活泼，使人有一种眼花缭乱的感觉。

秋儿上前一步，生怕跟不上端茶的动作，怠慢了客人。

王阳明见她没有春儿和夏儿那么干练、稳健，就知这丫鬟平时做事定然有些笨拙。

再观冬儿，王阳明只觉更加好笑。这冬儿恐怕是年龄最小的，看样子不过十三四岁的年纪，偏梳了个汉唐流行一时的坠马髻。

此发髻多流行于已婚妇人之中，且梳这发髻时不能留有刘海儿，须得把所有头发都束起来往后盘。不但如此，梳此坠马髻，还须用梳子柄将正脸的一圈头发挑出大朵"浮云牡丹"来。也就是说，要在脸庞周围将头发用梳子挑出蓬松、凸起的造型，以得到神似牡丹盛放的视觉效果，这样一来，梳此发髻的女子会给人一种富贵、大气的感觉。

梳这坠马髻还要留出大把头发盘附在发髻左端，如此一来，两座连绵不断的"小驼峰"便形成了，远远看去像是一个蝴蝶结。

此发髻梳好后，一般要用一根艳丽的丝带绑束至"小驼峰"之间，再用类似今人的发插——古人的栉固定。大明有钱人家的女子多用花丝镶嵌点翠栉固定，这冬儿倒还没那个造化，但王阳明也着实惊愕了一下，因为这丫头将这汉唐流行的坠马髻进行了改造——和梳着海螺发髻的春儿类似，半散半盘着一头秀美乌发，头上左端的"小驼峰"稍显单薄，其余的头发则用一根橘色的丝带绑住，油黑的头发稍显蓬松，整体望去极自然、好看，反倒有些慵懒之美。

好在这冬儿还算有些分寸，她穿着一套分身袄裙，上袄是仿照汉代的交领襦裙剪裁而成，为露草色，且上面并无绣花；下裙则为三开样式的马面百褶裙，中下方绣着喜上眉梢纹，垂着两根石榴花色丝绦，上面挂着一个品相还算可以的杜若色蝴蝶玉佩。令王阳明赞叹的是这裙子上装点的红梅花，采用了大明流行的堆纱技巧，使得梅花立体感颇强的同时，更显这裙子的清冷之美。

冬儿为王阳明奉茶时，稍微一动便会发出叮当脆响。他再定睛一瞧，见其左侧梳好的发髻上插着两朵银镶芙蓉鸡蛋花栉，虽说芙蓉石只是水晶的一个品种，不太值钱，但这颜色倒是极富少女的活泼之感。

王阳明刚刚没看清其耳畔挂着的耳坠，这时定睛细瞧，只见这四个丫鬟均戴着一对老象牙耳片坠子。

这老象牙的耳片坠子可是了不得，王阳明的奶奶生前就有一对象牙耳片坠子。虽说只是小小的耳坠，其实大有乾坤，需要匠人的潜心打磨才能制成。

象牙，自古以来就是极其罕见、珍贵的珠宝原料。

王阳明眼前这对别致的耳坠子是用象牙中的精华部分——玉化料制成的。

该耳坠子的大小与一成年女子的大拇指指甲盖差不多，被削磨成水滴形状，这般小巧的坠子，哪里还有粗糙的象牙的影子。

叹这象牙小巧玲珑，可容世间繁华万象，多情撩人心。

念这匠人技艺高超，心之七窍犹赛比干，汇千秋风流。

只见冬儿的这对象牙耳片，前面用最为纤细的狼毫衣纹、叶筋中锋之笔勾勒形象，再用其他软毫毛笔染色，描画出一对酣睡于巢中的雷鸟。鸟儿虽小，却生动形象，好似就在王阳明抬眼处打鼾。这象牙耳片的后面画着两朵绿萼梅，很是别致清雅。

　　再观另外三个丫鬟，耳畔均挂着同款象牙耳片。只是春儿、夏儿、秋儿站的位置离王阳明有些远，他不大能看清那三人戴着的象牙耳片画工如何，但见春儿的象牙坠子上，正面似乎勾勒的是芙蓉鸟，夏儿的则是画眉，秋儿的则是燕子。因角度难寻，王阳明看不到她们的耳片背面究竟画着何种花。

　　王阳明心道：怪了，这郭大小姐倒真是个大方的，要赏便全都赏了下去，还都是一等一的极品货。别说这老象牙了，就单论画工，这耳坠子如今也是价值千金有余。哪个画匠如今还有这心，趴在蜡烛下头耗这等功夫，用最细、最小的狼毫在一个耳片上画画呢？回头我要问问妙儿，看她有无这等宝物……

　　王阳明心中暗想，唇角却扬起一抹微笑："这锁好生难解，原以为跟那孔明锁差不离的，看来……"

　　他笑着将手里的铜雀春交还给春儿，春儿又送至郭小姐手边。

第十八回
摸底细姜飘龙须竹　鸟不语横生鬼灵精

"先生解不开也是正常的，这铜雀春原就是鲁班的弟子改造出来的。虽说是在孔明锁的基础之上改造而成的，但解锁技巧却不被大多数人所知。不知先生刚摆弄完这锁，可有新的收获？"郭小姐问道。

王阳明观察了下郭紫菲今日所戴首饰，发现她戴着一对上好的西瓜碧玺耳钉，虽不是很大，但颜色有趣。耳钉为西洋款式，上半段为碧绿色，下半段为踯躅色。今儿个郭小姐气色欠佳，脸色发黄，总感觉与这对颜色明艳的碧玺耳钉不是很相配。

王阳明暂且收回视线，询问道："敢问郭小姐，您未婚夫送您的那碧玉手串，具体多大？产地在何处？是否刻有花纹？"

"那碧玉珠串上的珠子大小若南洋特有的金珍珠，是罗刹国进贡的老坑冰釉顶级料制成的，珠串上刻有《淮南子·说山训》上的一句话。有趣的是，那话虽是道教经典名言，那上面刻的偏是梵语版。听杜郎说，他特意命工匠将那翻译成梵语的话拆分开来，每一颗珠子上只雕三个字。十颗珠子刚好凑成一句'美之所在，虽污辱，世不能贱；恶之所在，虽高隆，世不能贵'。"

听到此处，王阳明笑道："杜公子真真心思奇巧，我还是第一次听有人将道教经典名句翻译成梵语，然后雕刻到手串上的。而且他还选了这样一句话……"

郭小姐听王阳明给予心上人这般有趣的评价,多少有点儿不好意思,双颊绯红:"杜公子虽是读书人,但心思细腻、脑筋灵活,不是个呆板木讷的人……对了,我将那珠串拿来后,怕被父亲问及,遂进行了改造。我和春儿重新绘图设计,又搭配了些许琥珀、和田玉等珠宝,将那珠串彻底改头换面,编成了一条大气的适合日常佩戴的项链。"

说罢,郭小姐示意春儿,春儿将那张绘制图从袖中取出,递给王阳明。

"也就是说,你把原来的珠串改成了女性化十足的项链。那真是奇怪,从这草图来看,那项链应该不小,若托在你们女儿家手心里,绝对是不轻的。若真是有人悄无声息地上来,将这么大一串沉甸甸的项链拿在手里,多少会有些动静,可怎么就没个声响呢?他又是如何将这么一大串项链随身带出,不留痕迹的呢?"王阳明自言自语,又开口问,"您发现项链不见的时候,这铜雀春就好端端地立在原地对吧?那么,这锁上没有留下其他什么痕迹吗?比如,皮屑啊、残渣啊、水渍啊。"

"有的。"郭小姐突然说道,"那夜我转身回房才发现,这铜雀春虽没有被人开启过的痕迹,但锁插的这个位置和这个位置,似乎有些湿漉漉的东西粘在上头……"郭小姐伸手指了下铜雀春上的两处,"还有,我发现桌上竟然有一点儿栗子渣。春儿,拿出来。"

郭小姐吩咐春儿,春儿将袖子里一方雪白的帕子掏了出来,捧至桌上徐徐展开,只见帕子里有一个极不起眼的小颗粒。

王阳明将那帕子拉近细看,用食指、拇指小心地捏住小颗粒,迎光细细观瞧,发现它确实是栗子渣。他又将其放在鼻端闻了闻,似有甜腻的砂糖香。

一旁的任全敏接话了,语气有些随意:"不会是从小偷的指甲缝里滑出来的吧?兴许是小偷刚吃过栗子,剥栗子壳时,可能留下不少栗子的碎肉在指甲里……"

王阳明做思索状,认真地说道:"要这么说,小偷是姑娘家的可能性极大。"

此言一出,众人皆惊愕,郭小姐忙问:"姑娘家?那、那这姑娘家的武艺未免太强了些——飞至我家凤栖楼三楼，还会这拆锁大法，这定然是江湖女贼啊！"

王阳明微笑道："姑娘家中年轻、尚未嫁人、养尊处优惯了的，留个长指甲也算不得稀奇事，上了年纪的嬷嬷或者男子的指甲一般不会有那么长。"他说完这话，不经意地抬头打量了下四个丫鬟的神色，发现并无古怪。王阳明又拿起那茶盏，打开盖子喝了一小口："真好，是本地的老枞水仙呢。我在老家也喝过两次，听说这老枞水仙茶很是护牙健齿……"言罢，他再一开口，却转了话题，"哎？我瞧见咱们府上鸟儿颇多，还有当年郑和下西洋时引进来的西洋品种。怎的，莫非是郭老爷爱鸟儿？"

"倒不是家父喜爱，是我自己喜欢。"说到此处，郭小姐便将那些鸟儿的性子、喜好说了个遍，看来确实对鸟儿颇为了解。

王阳明发现了一件有趣的事：郭紫菲大小姐在提及项链被偷时，右手禁不住抚上胸前挂着的那块金镶红珊瑚平安如意锁；在对碧玉项链的构造进行详尽描述时，郭小姐则双手摩挲红珊瑚中心位置凸起的"花开盛运"吉祥巧雕纹饰，但当她说起这些鸟儿的来历、性格时，双手则自然下垂，还禁不住在下头稍微甩了两甩，可见其多么爱鸟儿，鸟儿所能带给她的，何止是精神层面的娱乐呢？

王阳明曾留心记录过人不经意之间的一些小动作，例如方才郭小姐这样的动作。他发现，人只要紧张、不安、羞涩或者有愧于心，自会抑制不住地伸手摩挲身上的某个小东西，以减轻内心之中不可言明的负担与压力。换作男子，他们身上没有女子的挂饰、头面，则多半会不由自主地用抖腿、抠手、搓鼻子等动作来掩饰内心深处不为人知的忐忑。

王阳明足足喝了一满盏茶，随后起身道："郭小姐，我想去您这凤栖楼附近转转，可否？"

郭小姐即刻应允了。她打发了夏儿、秋儿、冬儿三名丫鬟，带着春儿与表哥任全敏、神探王阳明，一并往凤栖楼走去。

"要去到我那凤栖楼，须得穿过这片金镶玉竹林。"郭小姐边介绍边引领几人穿过一片颜色另类、造型奇特的竹林。郭小姐又解释道："说是金镶玉，实则和珠宝毫无干系。别的竹子的竹身都是苍青色，偏它的是白橡色。恰巧在这白橡色的竹身之上生长着翠绿色的细条状纵沟，就在每节之间交错横生，因此该竹还有第二个名字，曰黄金挂玉。"

王阳明跟几人穿梭在这黄金挂玉中，只感慨它们"终日虚心与凤期"。可他走过几丛竹子，却发觉有些不对头。

奇怪，有股生姜味儿！王阳明眉头紧锁，却将此言放在心间，没脱口说出来。他抬头假意环视竹林，但见园中只有竹子，不见种有其他植物，又观三人神色坦然，并无异样。

他心中暗道：理论上讲，竹子虽为儒家文化中谦逊的象征，但换个角度去看，竹子乃极为霸道的植物，它不按常理出牌，死而后生，占有一方园林的速度非常之快，有它在一日，其他植物很难生长……按说这园子里原就该只有这一种植物，可这忽浓忽淡的生姜味儿又该如何解释？

王阳明因对四个丫鬟很是疑心，便将对这奇异味道的疑问暂时搁置一旁。

他跟着郭小姐去到那凤栖楼上，又亲自验看了几遍，还是没有什么收获。

刚巧，秋儿过来请郭大小姐，说三姨娘因哥哥死了，想从账房拨些银子出来办丧事。郭小姐乃当家人，听了这话便行礼告退，还特别拜托表哥，让其好生招待阳明先生。

王阳明见春儿也跟郭小姐离去了，四下就剩他跟任全敏两个外男，只觉多有不便，想了想道："全敏兄，我暂且不便在郭小姐院里停留，烦劳你带我去你那里安歇片刻。"

任全敏见其倒是不着急走，还要与自己单独相处，便知这话里有话。

两人回了总督府为任全敏单独安排的院落，任全敏打发了身边伺候的小厮。

少顷，王阳明才开口询问："有件事我特别好奇，很想请教全敏兄。"

"哦？何事？"

"春儿、夏儿、秋儿、冬儿这四个丫鬟，为何不让她们统一着装？

我白天刚进总督府时，曾观察过那些进出的仆妇、小厮、家丁，见他们都穿着府上统一的裋褐，也有少许几个指挥做事的男子，着上衣下裳，也是寻常打扮，颜色嘛，多偏老气……怎的这四个丫鬟打扮得如此张扬，好似在互相较劲、比美。她们明里暗里争奇斗艳，小姐不管，总督大人也是不问的吗？"

任全敏听他这话，反而笑道："我表妹骨子里是个很男儿气的姑娘家。她自己原对打扮不十分上心，也从来不认为女子的好看应止步于容颜，但她心胸豁达并不在意旁人如何妆点。且她待人接物知道把握分寸，恩威并施，自小就是这样惯了。这四个丫鬟在总督府明面上说是伺候人的，实则和小姐差不多，吃穿用度自是比寻常人家体面很多。"

王阳明道："这四个丫鬟是何来历？想必那个叫春儿的是最有脸面的。依你表妹之意，她八成是你舅母在世时，从娘家那边陪嫁到总督府上的家生奴才。"

"伯安兄真聪明，刚刚表妹才说了几句话，你就猜中了。不错，这春儿和那夏儿最是有脸面。这春儿原是我舅母在世时从娘家带来的家生丫鬟，比我表妹大了三岁，如今二十一了。春儿的老子娘当年也一并随我舅母跟到我舅舅府上。这春儿自小办事麻利，又识字，我舅母说春儿是个厉害主儿，跟在我表妹身侧，她也放心。"

"这么说，那个叫夏儿的，莫非是你舅父这边的家生奴才？"

"又让你猜中了。夏儿确实是我舅父这边的人，她父母也是打小伺候我舅父，后来有了夏儿。舅父见她聪明伶俐，直接拨去伺候我妹子了。"

"哦？那秋儿、冬儿两人，便不是家生的了？"

"正是。这秋儿说起来也是个命苦的，她到底是何来历我并不清楚，只知道她乃紫菲的表妹所赠之生辰礼物。当初，紫菲这表妹的父亲还在苏州做官时，紫菲曾去过表妹家，恰巧又赶上紫菲过十二岁生日，紫菲的表妹便将身侧一名能写会算的小丫鬟当作贺礼送给了紫菲。"

王阳明颔首："那冬儿呢？我瞧这丫鬟好生要强，多大点儿的孩子，非要往老气里打扮，估计也是个爱强出头的。"

任全敏听罢倒不是很在意这评价，只笑道："你观察得真仔细，我都不在意她们这些底下人的穿衣打扮。那冬儿是最后一个来的，也最小，三个丫鬟自是让着她许多。听说，她是我表妹去哪里烧香拜佛，中途路过某处，瞧她可怜，遂花钱买下的。去年年初，我表妹还帮她把自家亲哥给找回来了，一家人得以团聚。原本紫菲说要放她走，跟哥哥一家团圆，她偏不，说我们紫菲乃她的再造父母，说什么都不出去，发誓以后一心伺候紫菲。"

王阳明喝了口茶，悠悠地说道："要是我，我也不出去。主子好说话，穿衣打扮还能随自己的心情，就连打赏的耳坠子都是极品，呵呵，赶上这样的好人家，谁会出去呢——对了，刚郭小姐提及她饲养的鸟儿，我倒是想见识一下，不知郭小姐最宠幸的是哪几只？"

王阳明想得很远，远到任全敏根本想象不到，但他对王阳明很是信任，直接引王阳明去到鸟儿最爱落脚的百鸟七彩园中。

说这百鸟七彩园中的每一只鸟儿前，不得不提园中的每一棵树。

园中每棵树上都设有郭小姐本人设计的铜制双项饲料碗。这饲料碗一边装水，一边装鸟儿爱吃的东西，由两根筷子粗细的木棍拴着铁丝绑在树梢偏里位置，平日被茂密的枝叶遮挡着，外人不易察觉。食盆盛放着干净的小米、粟子、墨鱼骨和其他碾碎的谷物与时蔬鲜果。每天清晨都会有专人清洗拴在树上的饲料碗，并重新蓄上新鲜可口的饲料。

因郭小姐家中树木繁盛，食物供给充足，很多外来的没有主人的野生小鸟儿也会前来蹭饭。郭小姐也不计较，只要不浪费，她都会慷慨地招待这些不知从何迁徙而来的"会飞的嘉宾"。

这百鸟七彩园内种了大批来自云南的花卉。在园内，不光花儿争奇斗艳，就连鸟儿也是谁也不服谁。

任全敏抬眼去找，只见一只鸭黄色的芙蓉鸟落在一棵高树之上。那鸟儿甚是娇小，颜色却极漂亮。

"那芙蓉鸟就是我表妹的心头肉之一。啊，还有那边的一对粉头葵花鹦鹉和那树上挂着的半开的鸟笼，你看那里头，是一只太平鸟。"

任全敏逐一进行介绍，王阳明小心地走了过去。

可那芙蓉鸟一看有陌生面孔，不等王阳明走近，便扑扇着翅膀飞走了。

再说那笼中的太平鸟，也极警惕，看到王阳明后，它先是在笼内连蹦带跳地示意来人退下，见不管用，便冲破半开的笼门，干脆飞上枝头俯瞰园林，发出警告声。

"这太平鸟声音也不怎么样，我表妹偏说它模样可爱，很像南戏里英俊老生打扮后的模样。"任全敏无奈地说。

王阳明笑道："这两只倒不像是受过鸟贩子特训的，只是那鹦鹉……"

说罢，他双手背在身后，慢条斯理地朝着那对粉红色凤头葵花鹦鹉走去。

不出所料，还是这对王阳明在进门时见过的大鹦鹉最为狡黠圆滑。

首先，它们不怕生人，一公一母颇为团结。凭你是谁，那个头稍高，身子站得笔挺的公鸟率先耸立冠羽，脖子伸得老长，活像一只随时准备战斗的好胜的公鸡。那漆黑的瞳仁明显随着它不停抻拉的脖子缩放，声音狂放不羁，极其难听，说不上它用的到底是什么怪音调。

王阳明见其好生厉害，便想试一试它们的身手。他从荷包里取出一颗桂圆剥开，将果肉放入自己口中，却将那壳攥在掌心："听说你们这些西洋大鸟尤其馋嘴，偏喜欢吃果子，怎的，你们也想吃？"

说罢，王阳明又从荷包里取出一颗完好的桂圆，将刚才吃完的那颗桂圆的壳和未剥开的完好的桂圆均摊在掌上，令那鹦鹉挑选。

那母鹦鹉看向王阳明的手掌，却很意外地没有自己下去取，只用鸟喙推那公鹦鹉，催它下去。

王阳明发现了这鸟儿的心思，继续"勾搭"："哎呀，你媳妇儿叫你下来呢，还不快过来！再不来就没有了。"

说罢，王阳明假意将手往后缩，似要闭合手掌。

那母鹦鹉站得比公鹦鹉高出一个枝杈，加之这鹦鹉原就脾气火爆，好斗好战，见自己夫君原地踌躇，母鸟忙扑扇翅膀啄了公鹦鹉的脑袋几下。没办法，公鹦鹉暂且收回了方才气势汹汹的怪样，翅膀略微张开，冠羽似也耷拉了下来，小心翼翼地顺着枝杈一步步往下移动。

王阳明知道，鹦鹉这种古老的动物遍布各地，偏这西洋进贡来的大鹦鹉最为聪明，心机颇深。

那公鹦鹉动作迟缓，哪儿有半分小鸟轻盈敏捷的样子。它这般谨慎也让王阳明有些焦急。

王阳明将那放有美食的手掌再次稍稍往前伸去，只见那两颗桂圆同时出现在公鹦鹉眼前。公鹦鹉拍动翅膀，在半空停了一会儿。突然，王阳明手心传来鸟嘴触碰的感觉，再一看去，只见那颗完好的桂圆已然消失不见，而那桂圆壳子仍旧平躺在自己的掌心。

"这一对鹦鹉，可有人训练过？是何来历？"王阳明一边询问身侧的任全敏，一边抬头看向这对鹦鹉夫妇。

只见那泼辣的母鹦鹉已然不管安全与否，看见公鹦鹉得了桂圆，忙一脚丫子蹬了过去，双脚踏上公鹦鹉的后背，直接从公鹦鹉后脊梁翻身而下，飞身探出头去，用鸟喙将那桂圆抢到自己嘴边，再用单只脚扶住那桂圆，轻而易举地将那桂圆的果肉撕了出来。

任全敏听他这样说，也有些意外："你的意思是……不会吧？这鹦鹉虽是西洋品种，但确实没受过任何训练。来历的话，它们也只是鸟贩子从那边的丛林里逮来的，这个我可以保证……要不，你再问问表妹？"

王阳明思索了片刻，便将自己的荷包解下，又将自己平日里贴身佩戴的那条妙儿幼年时做的虞美人三色络子解开，转身对任全敏说道："全敏兄，能否借你腕子上的七彩黑曜石手串一用？"

"好。"任全敏不问缘由，便将戴在手腕上的七彩黑曜石手串取下，交给王阳明。

王阳明虽是男子，但年幼时因与妙儿贴身相处，也会一点儿女儿家的编绳技艺。他用络子上的流苏随意打了个可以拉开的平结，将络子、手串用平结绑在一处，再故意将荷包里的桂圆漏出些许，最后把荷包挂在两只大鹦鹉周边的一棵矮树上，并指给它俩看。

王阳明想着：这平结可以拉开，若这鹦鹉受过特训，定能拉开我做的这个平结。如果当夜偷珠宝的是它俩，那么这两只鹦鹉很有可能对这宝石之类的物品有特殊的癖好。这样试验，一来可检验这对鹦鹉是否会些特殊技艺，二来可验证它俩是否识得眼前这宝石。

第十九回
钗鬓松春睡捧西子　上红茶耳听画眉俏

令王阳明深感失望的是，这一次两只鸟儿无论如何折腾，皆以失败告终。

除去虚张声势，乱发脾气，扇动翅膀，抻长脖子，从这棵树上飞到那棵树上外，它们再没弄出半点儿新鲜花样。

那公鸟明显对荷包更感兴趣，用鸟喙啄了几口发现没什么意思就放弃了，也没在意那个平结。那母鸟本对那三色丝线打成的立体络子更感兴趣，但咬了两口发现这东西僵硬到硌舌头，便立马放弃了。

两只大鸟唯独对那珠串不感兴趣，不管它在日头下有多闪耀，不管它那颗颗拇指大小的红珊瑚如何有光泽，都无法引起这两只鸟儿的片刻注意。

王阳明在下面等候了多时，本想再试探几番，谁料这两只鹦鹉先没了耐心。也许是知道王阳明是在愚弄、戏耍它俩，也或许是因为它们折腾了一番却一无所获，这两只鹦鹉变得暴躁起来。尤其是那母鹦鹉，虽说跳回了原来的树枝上，却正对着王阳明吐起口水，双翅不断拍打，奇异的银色鳞粉顺着它的翅膀纷纷撒下。

王阳明生怕络子和手串被这两只大鸟破坏了，毕竟这两个家伙脾气大、力气大，忙跟任全敏将东西从树上取了下来。

这半日折腾并无太大收获，所做试验得出的结果也出乎意料，王阳明暂且收拾心情回到将军府。

一路之上，他采购了些幻海城的特产美食，拎着个布包兴高采烈地往回走，想着等晚间妙儿回来，自己和她一起享用。

到了大门口，王阳明顺口问了看门的护卫一句："玄机姑娘可回来了？"

不想，看门的护卫说妙儿已经回来了。

王阳明听罢，疾步往妙儿那院子走去。

她的院门半开着，院门正对的那间屋子房门虚掩。王阳明轻叩其门："妹妹，你回来了？"

屋内妙儿慵懒地应道："进来。"

王阳明左手提着美食，右手推门："妙儿，你看我买了什么好吃的。"

王阳明面前挂着一挂芙蓉石、石榴石、紫水晶三色珠子穿成的冰凝香泪帘。隔帘而望，王阳明见里屋放着海黄书桌、紫檀衣柜、红酸枝美人榻，家具的整体色调并不明快艳丽。

王阳明隔着珠帘看去，那美人榻上躺着的，不就是自己的未婚妻妙儿吗？

王阳明瞧妙儿做假寐状，脸上神情颇不自在，脸上虽未施粉黛，仍难掩娇媚。

眼下妙儿眉头紧锁，似有什么心事，钗钿皆随意地垂在发间，衫垂带褪，有西子捧心之遗风。长发近乎完全松开，却又是那般不经意地滑过肩头，绕过前襟，散落在松花缎子面绣鸾鸟驾车图的锦被之上，更衬得她冰肌玉骨。

"好个施夷光降临凡尘，这世上的美岂不都被我们妙儿一人独占了？"王阳明口中轻轻念着，人已然飘到了妙儿身侧。他将垂下的锦被为妙儿盖好，柔声问道："妹妹怎的今日中午回来了？是不是做法事累着了？"

妙儿抬眼瞧他，跟只猫儿似的，声音懒散："宣府上来了位贵客，原是个小男童，生了怪病，很难瞧的。结果他母亲一时间急坏了身子，也病了。我同时照顾两人，自然累些。"

王阳明见妙儿说话有气无力的，脸色也比平日苍白，很是心疼地说道："是不是你最近也不舒服啊？我瞧你平日里活蹦乱跳的，怎的今日……"

两人没聊两句，大猫梵湖儿便循着王阳明说话的声音从外头进来了。它踏着轻盈的猫步，嘴里喵来喵去地唱着小曲儿。见到王阳明，梵湖儿便蹿到他腿上，找了个舒服的位置，一翻身，肚皮朝天休息起来。

"你主人不舒服，你也不过来看着点儿，又跑哪儿去了？"王阳明伸手爱抚着梵湖儿的脖子。

梵湖儿才不管这套，自顾自眯起眼享受起此刻的欢愉。

妙儿见四下无人，红着脸坐了起来。

王阳明忙找了个靠垫让她靠着："妹妹这是怎么了？觉得不舒服？"

"我癸水来了……可是不知怎的，这月的癸水让我好生不痛快，以前没这样过。"

王阳明见她贴到自己耳畔说这话，一时间也是面红耳赤。可妙儿是自己的未婚妻，他也该关心她的身体，这种事他就算现在不知道，迟早也得知道。

见妙儿不避讳，王阳明反倒生出几分意外之喜，随即红着脸说道："以前、以前来得很痛快是吗？"

妙儿见他傻里傻气地应答，像是还经过了快速地推理，忍俊不禁地说道："呵呵，瞧你。你不是说给我买了好多好吃的吗，是什么？"

王阳明的脸依旧红着。他拉着妙儿去到外室的圆桌前，把买来的东西逐一从布包里掏出，一样样摆在妙儿面前："山楂球、凤梨酥、杧果饼、荔枝、龙眼……"

"你这山楂球买得极好，我这次癸水来得颇不畅快，吃些山楂球刚好。它有活血化瘀、打通经络的功效，今儿我要多吃一些。"说罢，妙儿便将那一小包用纸袋子包好的山楂球拿在手里。

王阳明在一旁继续红着脸解释："他们本地的山楂球跟咱们江南的山楂球不一样。他们的山楂球是用毛椰子混了牛乳打成浆汁，再放上番石榴、菠萝蜜凝成糖霜，最后把处理好的山楂和这糖霜搅拌在一起，因怕放坏了，每次做得并不多。且这山楂球并非在冬日售卖，因这幻海城并无秋、冬两季，他们做这样酸甜的食物，想来也要用本地的果子才好卖吧。"

王阳明说着话，妙儿已连尝了两颗。

见她爱吃山楂球，且身子不自在，王阳明突然想到了什么："对了，我吩咐他们，去给你买点儿鸡肝、猪肝吧！不是说猪肝是补血养气的佳品吗？"

说罢，他就要起身往外走，妙儿一把拉住他："不行！女子在来癸水的时候最好不要食用猪肝。"

"啊？"王阳明不解，"不是说猪肝是补血佳品吗？妹妹既然身子不适，又在这非常时期，不好生保养怎么行？"

妙儿笑道："我过去每次癸水来得都是又准又顺，从未像这次一般两日都不见下来。这原是我经脉不畅、湿气下走所致，我之所以说你这山楂球买得好，是因为山楂能活血化瘀，又助气血下走，能起到催促癸水的作用。猪肝虽补血，但理应在癸水走后第三日再吃，如在来癸水期间食用猪肝，不但不补血，还有可能导致癸水过多，反而不利于补血养气。山楂和猪肝，都有健脾胃、祛湿热的效果，可是若同时服用它们，很可能导致癸水不止。"

"啊，我明白了。"王阳明一拍脑门，"妹妹之前癸水一直顺畅，只是这次不知为何癸水不通，属于特殊情况，吃猪肝恐怕会起到反作用。"

"对的。"妙儿点头。

王阳明听罢很受启发，只觉自己少见多怪："原来女子每月来癸水，竟有如此之多的学问和禁忌。"

妙儿伸手拍了他的脑门一下，将那杝果酥放到一边："这杝果酥，你我都别吃了。这点心虽好吃，但会增加湿气，还容易导致人上火。你我皆来自中原地区，本就不适应这温渚之地的潮热之气。我若现在吃了这杝果酥，恐怕脾胃更加难以承受，体内累积的湿气越多，癸水就越难下来。你的肺、胃原也有疾，更不能折损了脾、胆。所以，这杝果酥，咱就别吃了。"

"哦，那我吩咐他们，把它打包拿到育秧书院给初一解闷吃。那家伙替我读书也有些时日了，不知挨了板子没有。回头我命人将这杜果酥和几样好吃的点心赏了他便是。"

这样跟未婚妻来了次私密话题的讨论，倒是让王阳明想到了些许与案情有关的信息。

他想了想又问妙儿："妹妹，你说如果一个女子平日里癸水一直不准，又十分不畅快，那么这样的人可以同时食用猪肝和山楂吗？"

"我不建议这样的姑娘同时食用两种催动气血运行的食物。要真是如此，这姑娘应该早就思伤脾、怒伤肝，气血两亏了。估计除去月事不畅，她的身子还有其他问题，诸如肚痛便溏、眼圈乌青、口臭、起痘疮、爱出汗、失眠多梦、舌苔厚重滑腻……想来，每夜入睡亦是困难。"

"也就是说，癸水不准或者癸水不畅快的姑娘家，理论上还有其他健康问题，有些还是思虑过重导致的？"

妙儿道："自然啊。我师父就曾多次叮嘱我们几个道姑，说别以为把老子他老人家的理论背诵得滚瓜烂熟就天下无敌了，要想保持身心无碍，还得看我们自己的心智和造化，身子若有不自在的地方，癸水即会暗示。"说到此处，妙儿不禁抬眼看向王阳明，见他一脸沉思状，似有担忧，她问道，"你怎的开始对姑娘家的癸水感兴趣了？"

"哦，我、我只关心你一人，并没别的……"

"这是认识了哪家的姑娘、媳妇儿了？听说人家癸水不好，想给人家治病了？"

听妙儿这么说，又见她用那双漂亮的狐狸眼上下打量自己，王阳明心一紧，生怕妙儿误会了去，于是乎立马将自己受人之托一事交代得清楚明了。

只是这事关乎任全敏表妹的闺中清誉，他只说了个大概，隐去了其中人物的真名，细节也都未提及。

妙儿也体谅他的苦衷，听罢后颔首道："你说的这个姑娘倒是比寻常人家的女子累些，但这也要看她的心态、管的那个家状况如何。有些姑娘家心胸开阔，即便管着一大家子，也不生那闲气。有的姑娘家敏感多思，即便成日里无事忙，看本小说也能气出病来。所以中医最讲望闻问切，这第一嘛，就是望气色，到后头还要问话。哥哥不是最擅长问吗？你和她拉拉家常，听她如何诉说，也许能探出个究竟。"

王阳明挠挠后脑勺，稍一低头，对上梵湖儿那对变幻莫测的大眼睛："妹妹，咱们当初要是不失散就好了。你第一次来月事，我都没赶上，也没在旁好好照顾你……"

"去你的！"妙儿推了他一把，心里却是热热的，"你且记着我每月的小日子，往后去到扶郎县，我还要问你呢！你若忘了，可给我小心你的皮！"

"妹妹，你的事都是大事，我怎敢忘啊？我只恨当初没赶上……"

妙儿见他一脸坏笑，由衷感慨王阳明真是个放浪形骸的"坏书生"，直接啐了他一口，全当是夫妻间的情趣："讨厌！我今儿可要多吃些山楂球，你且给我在旁瞧着。"

王阳明凑到妙儿近前，脸都快贴上她了："妹妹，我喂你，就像小时候那样……"

他边说边把妙儿手里的纸袋慢慢扯下，熟稔地用袋子中附赠的牙签扎了颗山楂球送至妙儿唇边。

这动作妙儿再熟悉不过了，她过去常这样依偎在他身侧，抑或干脆躺在他腿上，任凭他为自己梳头，喂自己吃山楂丸。

这一次，她没有拒绝。她知道，这已经算是破戒了，可是又能怎样？她这些年除去习武，就是思念伯安哥哥。现在两人再次团聚，他对她一如当初，甚至更加疼爱怜惜，她不是草木，怎会不被撩动？

妙儿张嘴接住，细嚼慢咽，山楂球的香甜就像是他们小时候开过的玩笑、牵手经过的地方，每一次咀嚼都像是在重温旧梦。

过了三日，王阳明再度登门拜访任全敏。

和上次一样，任全敏将他引入了表妹紫菲的后园，王阳明又见到了郭紫菲。

这一次见面，王阳明发觉她的脸色更差了，双目之下果真有妙儿说的乌青，且这次她的皮肤更为蜡黄不说，还有些发干。

"郭小姐最近可吃过什么药？是否难以入睡，经常做噩梦？"

说话间，丫鬟夏儿将三盏茶水奉上，其中一盏明显加了生姜、红糖，那味道非常浓郁，令王阳明想到了当日在竹林中闻到的味道。

听王阳明这么发问，任全敏也有些担忧，忙安抚道："妹妹何必寝食难安？有阳明先生在，事情定会有所着落，妹妹又何必自苦？回头杜公子回来了，看你气色如此不佳，多难受啊。"

郭小姐听表哥提及情郎，脸一红："哪儿有。我这人素来心宽，哪里就经不得这点儿风雨了？我睡觉、吃饭从没落下，也没吃什么药。我的身体一向康健，虽说掌家累些，但也做了三四年，身侧还有春儿她们几个帮衬，哪儿就那么娇气了。可能最近我有些肝气不舒，加上丢这珠串受了些惊吓，气色略微不好吧。"

王阳明听罢颔首，见今儿伺候郭小姐的不是那个打扮老成的春儿，只有夏儿一人在旁端茶送水，又见她将两个精致的斗笠杯送至自己跟任全敏近前，低眉敛目间透着镇定，倒是颇有郭小姐的风范。

王阳明捧起手边的香茗，送至唇边轻轻吹动。抬头时，他见郭小姐正轻品茗茶，便假装好奇，问道："郭小姐喝的，可是生姜茶？里面可也放了红茶？"

郭小姐笑道："是红枣、生姜、红糖、枸杞四样。我这杯要趁热喝。平日里这里面会放些红茶，今儿倒是没放。"

王阳明看了看自己手中捧着的茶汤："哎？我这滇红工夫是不是做那道茶煲老鸭鹌鹑汤最好啊？"

这话一出，夏儿笑道："先生弄错了。我今儿给先生上的这茶，叫作政和工夫，乃我幻海城茗茶，的确可搭配鸭肉、鹌鹑炖汤来喝。您方才所说的滇红工夫乃云南特产，它最适宜用来做冬瓜排骨汤，抑或与益母草搭配沏茶。至于我们当地的政和工夫，则适合与姜片组合，最是健脾滋养、活血温中。"

"哦，是我让内行人见笑了。想不到夏儿姑娘精通茶理。"

听王阳明自谦，郭小姐不好意思地说道："先生莫要见怪。我日常所用茶水、药膳、点心、水果，都是夏儿一人安排的。她会写出单子，吩咐小厨房去做。她祖父在世时曾做过郎中，家里藏书也多，今日她也是班门弄斧。她瞎学了不少养生之术，都是凑合着帮我对付些小病。我

156

的身子比旁的姑娘家强些，她又调理得好，是以我没出过什么大毛病。"

王阳明颔首，假意不懂带着请教的口吻，同时继续抬头观察夏儿："我特别好奇，都是红茶，养生功效不一样吗？我记得滇红工夫也极好喝……"

夏儿那张饱满、完美的仰月口两端翘起，眼睑收缩，眼睛尾部活像一条摇头摆尾的小孔雀鱼。

王阳明看她的笑是发自内心的，又见她今日涂的那唇部胭脂比之前涂的要清雅一些，为水红色和酱紫色一起调出来的颜色，有些像今人的"姨妈色"，明显比三日前低调了许多。其耳畔依旧各悬一只象牙耳坠。这一次王阳明看得很清楚，这耳坠子的正面确为画眉鸟，背面则画了鹅黄色的栀子花。

"政和工夫茶香浓郁，四季皆可饮用。这茶还利尿消肿、辅助消化，肠胃有些不好的人也可以喝这种茶。滇红工夫味道醇厚、鲜爽，但相比政和工夫，其清热生津的作用更大，也可将其兑了薄荷，当漱口水用，更利于护齿。"夏儿回答得很是流利。

王阳明心一沉，只暗叹不妙：好个精通茶叶的丫头，她竟精通到这般地步。若她想在郭小姐的饭食里做些动作，凭谁也看不出吧。如果她仅仅是在这茶叶和点心里做些文章，恐怕无人会怀疑。

第二十回
怪发问另类打比喻　阳明子审问四莺燕

王阳明心想，事到如今看来自己真得动真格了，否则案情不会有任何进展。

王阳明暗示任全敏，让他把夏儿打发走。任全敏当即给表妹使眼色，郭紫菲便找了个理由，打发夏儿离开了。

王阳明见夏儿走出园子，才开口轻轻郑重地说道："郭小姐，我思来想去，还是想亲自问问您身边的这四个大丫鬟，和她们一对一谈上一谈。我认为这是最好、最快的找到碧玉珠串的方法，不知您意下如何？"

郭小姐一听王阳明想单独找她们四个谈话，便露出了犹豫之色，心里不免有些担忧。毕竟主仆多年，郭紫菲不好让她们几个姑娘家丢了脸面。姑娘家本就爱猜忌，万一此事引起误会，让她们和自己这个主子有了嫌隙，往后她们在身侧伺候怕是有些麻烦。

郭紫菲可不是什么傻千金，她原就是个颇有想法、头脑冷静的当家人，闻言忙抬头看向表哥，似要寻个建议，又似乎想分散注意力，好让自己腾出时间冷静思索。

任全敏见表妹的神情有些不自然，忙说道："紫菲，伯安兄的意思是，他想向你身边这四个丫鬟了解一下当夜失窃的详细情况，就跟拉家常是一样的，你不必担心她们几人受委屈。再说，咱们现在最要紧的是赶在杜公子回来前解决问题，伯安兄跟她们聊得越多，了解得也就越透彻，也许能在她们四人的回忆里找到新的线索啊。"

王阳明颔首："全敏兄说得极对。破案的诸多线索很多时候就藏在人的身上，说不定谁的一个词、一句话，就成了解开谜题的钥匙。我找她们几个谈话，绝不会咄咄相逼，定会把握分寸。我们也只是随便聊聊，还请小姐安心……另外，我还有一事想要提前问明。"

"请讲。"

"您之前说，您与杜公子私下约见过几面，我想知道，您与杜公子每次见面时可曾带上过她们四个？这几个丫鬟，是否都见过杜公子本人？"

"只有春儿见过杜公子。就如那天我所言，和杜郎约见一事我只私下跟春儿商议过，从打发她化装成卖针线的女货郎，去杜府单独约见杜郎，再到后来我和杜郎在茶楼的雅间、名园的楼台里见面，一路之上唯有春儿跟着我，也只有她一人知我心意。若不是那珠子丢失了，我万不能将我和杜公子私下约见一事告知其他三人，一来怕知道的人太多反而坏事；二来虽然夏儿我还算放心，但秋儿、冬儿两个毕竟不是我家生的仆从……"

王阳明颔首："那就更该早些进行询问了。请您放心，我只简单问上几个问题，并不会打草惊蛇，还请郭小姐帮我准备一间阳光充足的小房间。"

王阳明坐在堂屋里，背对着一扇窗，阳光洒在他的头顶、脖颈、腰背上……

此时的王阳明被阳光包裹着，阳光点缀着他那鱼肚白色的直裰，用"金光孤晕照，阳河落满身"来形容真是再贴切不过了。

春儿乍一来，还当是一位活佛降临府上，不禁愣怔片刻，朝着王阳明端坐的方向拜了三拜。

此乃审讯的一个技巧：找一个阳光倾泻而下的位置，并正襟危坐，面带微笑。人们普遍认为，只有神佛仙人才配在阳光下方入座，由金光护体。其实一个大活人同样可以做到，像王阳明这样，找准位置一本正经地坐着，即可令对方产生敬畏心理，从而更容易被自己牵着走。

这是一种"催眠套路"，也算是一种心理暗示法，只是不易被大多数人所知罢了。

"春儿姐姐您不必紧张，我也只是随便问问您的一些情况，我们就像友人聊天那样即可，还请随意。"

王阳明的开场白很是特别，之后抛出的四组问题更是奇特。

前一组还好，他问的是："你的身世如何？有何特长？平日在府上当何差？"

这是正常的询问内容，春儿也明白，王阳明是想探查出每个丫鬟的底细，通过她们平日当的差，看出她们各自的特长。

"我父母原是夫人娘家陪嫁的家生仆从，我跟着爹娘来到郭府时不到三岁。夫人当年看我机灵，便让我跟着小姐读书识字。我最擅长的是女工，也会给小姐画些服饰花样儿……平时，我总管小姐的穿衣打扮、贴身衣物的裁剪刺绣等事，也会协理监管总督府内宅的大小事宜。"

这些问题还算好回答。只是，正当春儿深吸一口气，准备如实禀告当夜寻找碧玉珠串的过程时，王阳明却话锋一转，来了个360°急转弯，随后问出来的问题让人大跌眼镜。

"你平时喜欢什么样的穿戴？爱戴什么样的首饰？我瞧着姐姐您，似乎对咱们大明特有的对襟长褙子情有独钟啊。"

"啊？"春儿愣了一下。

在王阳明的注视下，她那一对会说话的灵动的眼睛里满是诧异。

只见这春儿瞳孔放大，双眉扬起，嘴巴微微张开。虽说这一表情持续的时间不到一秒，但足以显示出她的惊讶。看来，在穿衣打扮这一点上还从未有人这么问过她，她也已然习惯，不曾觉得有何不妥。

"先生是觉得，我这打扮太过抢眼，还是觉得，我这打扮不符合身份？"

王阳明见她是个通透人，一问便能猜中重点，忙颔首道："咱们大明上下，虽未规定这对襟长褙子只有已婚妇人才能穿，但你也该看见了，寻常的已婚妇人大多穿你爱穿的这种服装。相反，未婚的女孩子，尤其是读书的那些女学生，一般都穿短分身褙子，上头是效仿汉代交领襦裙的款式，下头是马面裙或者石榴裙。你明明未婚，干吗穿这种老气的对襟长褙子？我很是不解。"

春儿听得"未婚"一词，脸有些泛红，但整体没有流露出丝毫不耐烦抑或不爽的情绪，反而男子气十足地大笑了三声："哈哈哈，先生不当家，不知这当家姑娘有何难处！我家姑娘虽然深得老爷宠溺，但在某些下人眼中，大抵也就是泼出去的水罢了！我们姑娘宅心仁厚，我可不是！我若不打扮得老成持重，表现得泼辣难缠些，那些小人，尤其是一些个家丁，怎能心悦诚服，任凭我家姑娘差遣？我这身妇人打扮，看起来比较能唬人，所以能帮小姐镇住一个是一个！倘若不往成熟、霸气里打扮，我家姑娘身侧便没个能说得上话的厉害主儿，更会让那些小人欺负了去。这府上也好，府外也罢，攀高踩低的最多。小姐一味谦和有礼、宽以待人，却反遭他们算计，不如让我来做这坏人……"说罢，她很是得意地仰了下头，随后流露出了愤怒的表情，像是就刚才的话题质问她口里那些想要算计郭小姐的家伙，"真不是我说，我早就想开了，权当自己脸皮厚吧！他们背地里骂我是夜叉，说我成日里撺掇小姐摆布他们，说就说去吧，总不能一味让小姐这么好性子的人受委屈。这人啊，总得恩威并施。要我说，威还得大于恩。"

王阳明看得真切，春儿说话时，眉毛下压，瞳孔放大，还不时咬嘴唇，想来很是不服。

王阳明颔首，立刻表示赞同："的确，有些人生来便有奴性。你亲近他们，他们觉得你软弱可欺，还不如远离他们，为他们制定好规矩，他们反而还会更尊敬你……那么，姐姐可喜欢郭小姐送的这对象牙耳坠子？"

"哎，有什么喜欢不喜欢的。小姐那么大方的人，送的都是好的，我反正从不挑这些……我们家小姐的原则是，她断不会亏待了把事情做好的人。"

"我想问问，如果将春儿你形容成一种鸟儿，你认为，你是什么鸟儿？"

这个问题一出，再次让春儿陷入疑惑。她茫然间以为自己听错了，直到王阳明重复了一遍，她才用有些怀疑对方神经是否错乱的口气说道："先生您、您不问问碧玉珠串丢失当夜的情况吗？比如，我们是怎么分头寻找的，当时有何不妥，可发现了什么证据之类的。"

王阳明发现，此刻春儿的态度生出了些许变化，她鼻孔外翻，嘴唇紧闭，身子还略微前倾，像是要一把抓过王阳明的前襟质问他。

她坐回原位，腰背挺直后，双眸眸底暗藏愁绪。

她有些不高兴了，且在质疑王阳明的办案能力、审讯态度。

很好，这就对了。王阳明一脸灿烂的微笑，像个不懂事的小弟弟，继续等待对方的发问。

"想必不少人都会把姐姐和那海东青相比吧？姐姐既然这么厉害，能够用手段震慑下人，想必他们都是这么想的。"王阳明调侃道，还伸出两手摆出开花状，托住两腮。

"我是白头翁……"

"为什么？"

春儿叹了口气，有几分不耐烦地说道："白头翁累，而且不起眼！都说这种鸟儿性格活泼、不怕人、好养活，还能除虫害，老百姓恨什么虫子，它们就吃什么虫子……可你看，寻常人家有养这种鸟儿的吗？有人称赞它们漂亮，主动给它们喂食吗？有人主动跟它们亲近，为它们作诗吗？"

"那么，如果让你将其他三位姑娘和郭小姐也比喻成鸟儿的话，您觉得哪种鸟儿适合她们？"

这一发问让春儿再次笑出声来，她无奈地摇头："要这么说，三天三夜也是说不尽的。现在你问，我只能说个大概。我家夏儿是百灵，模样一般，可架不住歌喉婉转，名气大。秋儿则是孔雀，别看她眼下是个小丫鬟，实则大有来历，况且她的出身与我们这些家生的毕竟不同，这孩子虽沦落至此，但身上仍有股傲气在……至于冬儿嘛，她就是一只普通的黄雀吧，颜色不难看，但身形小，没什么特点。我家小姐就不用说了，定然是天鹅，高贵典雅，往湖上一滑，就能形成一幅天然画卷。"

下一位就轮到了夏儿。

与春儿不同，夏儿十分坦然，一路面带春风，胜似桃花。

162

"我是老爷这边的家生仆从，情况跟春儿姐姐类似……我负责我家小姐的日常三餐、糕点的搭配；茶叶的挑选；食谱的撰写；食物的采购……特长嘛，就是做些养生菜，帮小姐用食疗调理身体。"她边说边陷入回想，生怕疏忽了某个细节。她的双眼不住地往左边看去，有时不经意地与王阳明对视几秒，又唯恐冒犯了贵人，忙规矩地及时将视线收回。

这一过程短暂，夏儿却将分寸拿捏得十分得当，分毫没有十七八岁的同龄女子的局促。

听到王阳明问自己爱穿什么衣服时，夏儿没有思索，大大方方地回答起来，语气有几分庆幸与欢喜，仿佛这问题问得极好，是她一直以来渴望有人来询问自己的问题一般："我爱穿分身的短褂子和袄裙，还有汉代那种连身交领襦裙、对襟襦裙，我觉得这几种裙子很显年轻。至于珠宝，小姐赏什么我戴什么。不过从我个人喜好来说，我更偏爱碧玺这种宝石。穿戴在我们府上极其重要，要我说，首饰、衣服一个都不能少，主要就是怕在那几个姨娘面前给小姐丢脸。我家老爷十分看重一个人的穿戴，平日里也爱收集些玉佩。万一几个姨娘有了坏心思，回头要夺我们小姐的掌家之权，就拿穿衣打扮这些细节说事，我们不穿得体体面面，岂不是得不偿失？何况我家夫人在世时，也喜欢这种显年轻的打扮，从未穿过老气横秋的衣物。这也算一种文化传承吧。"

听她这般说，王阳明只觉眼前这个妮子更不简单：原来，她骨子里性格张扬，很有想法，表面上却装得淡定无欲。此女心机颇深，但话里话外都在为她家小姐考虑……

想罢，王阳明又将那两个有关鸟儿的问题抛了出来。

这夏儿倒不觉惊讶，脸上连个装出的惊讶表情都没有，只开口回答，声音洪亮："我觉得她们三个都是极可爱的鸟儿，都可以形容成美丽的白天鹅。小姐肯定是凤凰啦，这没的说。至于我呢，就啄木鸟吧。"

"为何？"

"哪儿有虫害我去哪儿啊，所谓'大树郎中'说的就是我吧，有些像救火力士那样……说白了，哪儿都有虫害，哪儿都有祸害。谁说穷门小户就没有了？只不过，像我们这种大家子里到底多些。我这啄木鸟也不白当，自会为郭府这棵大树分忧。"

第三个是秋儿。

王阳明见她还未开口，嘴角便微微翘起，就知这丫鬟有些看不起自己。

他也不猜缘由，只微笑着重复问了她问题。

出乎王阳明意料的是，这秋儿提及自己的身世时，明显多出几分哀怨。只见这小丫头上层眼皮下垂，双眼盯着桌案处，两侧嘴角也微微下拉。

"我原是清泉镇当地一富庶人家的千金，从小也是养尊处优惯了的。我父亲是个生意人，我自幼便打得一手好算盘，如今这郭府的日常账目也是我帮着小姐管理、清点。我十二岁那年，山匪作祟，将我父母和族人全部杀害，一把火将我家的老宅烧了……一夜间我家破人亡，唯我一人趁乱逃出，捡回条小命，却不料半路遇见人贩子……几经辗转，我被我家小姐的表妹家买下，原在她表妹那里伺候，后她去表妹家做客，赶巧她过生辰，她表妹见她身侧没个会算数之人，便将我当礼物送给了她。"

王阳明听到秋儿说完这一段长长的话后，又认真打量其表情，发现她的表情又有明显变换：下巴微微仰起，嘴角也下垂。

"你不必自责，真的，那不是你的错……你好好活着就有希望，你去世的双亲在天有灵，自会感到欣慰。"

王阳明此言一出，秋儿的表情明显好了些，再没有刚进来时的轻蔑之色。她看着王阳明："真的？"

"从千金小姐到如今的账房女先生，我理解这种角色转换带来的痛苦与适应新环境会带来的创伤，这伤口的确很难愈合。不过，我觉得郭小姐品行高洁，是个可以亲近的好心人，从这点来说，你们四个都很幸运，不是吗？"他没着急往下继续问话，而是对这个女孩进行了一番安慰。

"是，我也这么想……"秋儿说这话时，抬了抬右侧的眉毛。

这一动作让王阳明逮了个正着，王阳明心道：你也这么想？恐怕不是吧。为什么你要对这一说法表示怀疑？

随后，王阳明问了秋儿有关穿戴的问题，秋儿的回答并不出彩。

王阳明再问及鸟儿的问题时，秋儿将春儿比作海东青，说她是个厉害主儿，千万别被她逮着错处，要不然一个巴掌都不够受的；还说夏儿表面上看着寡淡，其实内心来说是只红腹锦鸡，属于自我感觉良好，又爱找机会显摆的主儿。在提及冬儿和小姐紫菲之时，秋儿的表情、声调、动作又有了大幅度的变化。

"冬儿嘛，就让她当斑鸠好了！"

"斑鸠？"

"不是有个成语叫作'鸠占鹊巢'吗？"秋儿说话时上唇扬起，双眼上翻，连抬头纹都出来了，这明显是厌恶的表情。不仅如此，她越往下说，牙齿还微微龇出，人中部位也被扯动："要我说，没那个命，就别跟着争。就那个冬儿，出身低微，原就是个卖艺的，后来命好被我们小姐救了，还帮她寻到了哥哥、嫂子。按说这丫头比我运气好了不知儿倍，也该安心低着头活着了吧？她倒好，一天到晚假扮老练稳重，老想在小姐、老爷面前露脸，跟我们几个一争高下。不是我吹，我干活时手脚是不麻利，不如她冬儿，但我算账可是一把好手，从未出错。你打发人去幻海城内问问，有谁能找出像我这样精通管账的好手？"

"那么，小姐像什么鸟儿呢？"王阳明听到这里也是忍俊不禁，他不愿把气氛弄得一团乱，只好暂时不反驳。

对方见他的神色仍未有异样，竟是天不怕地不怕起来，就着方才嘲讽冬儿的劲儿继续说道："若把我家小姐比成凤凰，也是太大了些，公主都未必敢这么比；若是孔雀，又太俗气，毕竟我们家小姐的心思不在穿衣打扮上，人也不是那种高傲自大的类型。我想了想，不如就鸿鹄吧！人们不都说鸿鹄有大志向吗？"

王阳明见她说到"鸿鹄"一词时，右肩明显抖动了两下，理论上讲这是不自信的表现。可她又在对什么不自信呢？是觉得把小姐比成鸿鹄明显不恰当吗，还是她觉得自己出身虽也不凡，但现在落架的凤凰不如鸡，原该自比鸿鹄呢？

刚想到此处，王阳明又见这秋儿的身子向后方的椅背靠去，整个人没有再端着，相反有些泄气。她双手抱臂，环住前胸，侧头看向右手边悬挂的一幅墨菊图，眼睛半闭，好似疲累得想要睡下。

王阳明心道：这明显是对自己方才给予的评价不自信，看来在这个秋儿心里，郭小姐不配当鸿鹄，而她又觉得以现在的情况，自己也不能被称为鸿鹄。此刻，她内心已然对我提出的问题不感到惊讶抑或好奇了，此时的她，心中应是五味杂陈，既对自己的凄惨身世感到不甘心，又觉眼下没有解决办法，只有认命……

送走秋儿，王阳明马不停蹄地审问起冬儿。他怕四个丫鬟"串供"，前一个会将自己问的问题告知下一个，索性做了防备，令郭小姐和任全敏两人在此堂屋后方的出口等候，丫鬟接受完审问直接到两人近前伺候，没被问话的丫鬟则打堂屋前门进来，暂且不跟郭小姐等人见面。

冬儿不过豆蔻年华，王阳明见她年龄尚小，怕她紧张，便提前从荷包里取出一块北方特有的高粱饴送给她吃。

冬儿说了声谢谢，便将那高粱饴拿在手里，也不吃，也不放下，就这么拿在手里，在两手之间换来换去。

"我出生在凤阳，年幼时家里太穷，我被爹卖给一家百戏班做女伶官。我以表演凤阳花鼓为主，偶尔也说些相声解闷。我四岁登台卖艺，直到十一岁那年，有一次我上台失误，看客因此发脾气，差点儿砸了我们的场子。老板当众殴打我，险些把我打死……好在郭小姐路过，将我赎身带到郭府伺候。"

"哦？那你平日里所管的，该不会是这逢年过节的堂会吧？"

"那倒不是……郭小姐偶尔会问我对堂会上的伶人的看法，我也只实话实说。我是几个人里最小的，也不会干什么，还须学习……"她说话的声音小了些，也没什么底气。

"没关系，大家都是从无到有，这没什么大不了的……对了，上次我看你梳的那坠马髻，很是老成啊，你个小丫头怎的想到梳那样的头呢？"

"啊？梳头？"冬儿听罢很是惊骇，仿佛眼见白天挂月、晚间出阳。

王阳明见其张着嘴巴，表情很是夸张。

只听啪嗒一声，那块高粱饴掉在地上，冬儿立刻去捡，忙不迭道歉："对不住先生！我实在没想到您会这么问……"

王阳明笑道："不打紧，我知你是最小的，定然对我这提问有些不解。你直接回答就好，不用顾忌。"

第二十一回
有人生来自比狂犬　无人影踪临门报喜

冬儿郑重其事地看着王阳明，眼睛一眨不眨，声音比刚进来时压低了几分："我打扮得老气些，是为了帮郭小姐撑门面。我也知道这样没用，只是我原就是后来的，又比其他三位姐姐小了几岁，才想如此打扮，从气势上总能压倒些小人。"

她说这话时，语速放慢了几拍，好似王阳明双眼中藏着某种不为人所知的经文，她是在边与其对视边从其双目中读出这段经文。

"冬儿姑娘正值豆蔻年华，理应有很多奇特的想法。当时我还纳闷，心想一个小姑娘怎么会梳这般老气的发髻，看来，你是真心为你家小姐着想。别说，我刚问过她们三个，竟也是跟你一样的说法，由此可见，你们四个真真齐心呢。"

"坠马髻也叫堕马髻，原是汉桓帝时期流行过的一种发髻，唐代也曾风靡一时，宫廷贵妇多在观看蹴鞠、白打或是游玩时梳这种发髻。我以前听戏班的艺人说书，说唐代妇女地位颇高，很是独立自主，会骑马、射箭的也不在少数，我便很是仰慕，很想活在那个年代……至于衣着，如果不是大明规矩森严，成日把朱熹理学那一套挂在嘴边，我都想穿那唐代齐胸袒领的襦裙了。"说完这话，她倏地用帕子遮住口鼻，一脸惶恐，"对不住！我老说这些轻狂话，让先生见笑，这只是我小女儿

167

家的见识……"

"哪里，我听说冬儿姑娘你自幼登台，这几年也算走南闯北，见识颇广，常言道'读万卷书，不如行万里路'，如果将你比作鸟儿，你认为自己是哪种鸟儿呢？"

"哎？"果然，她又一次露出惊讶的表情，这一次的表情更为夸张。

王阳明不慌不忙地将荷包解下，倒出一块高粱饴，放入自己口中细嚼起来。这一动作很快，当他抬头再看着眼前的冬儿时，她仍是呆若木鸡。

"啊！我、我太惊讶了，您居然会这么问……我一时没反应过来……"

"你不用着急回答，慢慢想。我刚问你那三个姐姐时，她们也很惊讶呢。"

冬儿用手玩弄着王阳明送给她的那块糖，还是老样子，那金色的糖块在她手边跳来转去。

"其实……我不喜欢鸟儿，如果让我选，我哪只都不做。"她停下了手中的动作，破天荒地将那块高粱饴放在桌面上，抬起右手用食指轻轻叩着桌面，发出动听且节奏欢快的敲击声，"我喜欢狗……如果让我选的话……怎么说呢，当狗也不好，我就不当狗了……我就、我就……"她说这话时，双眼向左上方看了看。

王阳明抓住机会，单手托腮，又往口中放了一块糖，很是惬意地说道："没关系，不喜欢鸟儿就不喜欢鸟儿。萝卜青菜，各有所爱。说说你喜欢狗的理由。我们权当朋友叙旧，随便聊聊。"

见对方一脸惬意，连动作都是如此悠闲，金色的阳光透过窗倾泻而下，全都洒在他一人身上，不知怎的，冬儿想起了那年自己挨打的情景，也是类似的天气，有类似的阳光。那天，从庙里烧香出来，途经此处的郭紫菲将她及时救下，并花重金帮她赎身。

那一天的阳光似乎比今日还要扎眼几分，郭小姐也是和今日的王阳明一般，虽背对阳光，偏阳光极爱她。

他和她，都像是命中注定要做活菩萨的人，轻轻地、很随意地往那里一站，光便追着他们到处跑。哪儿用得着像自己这般劳心焦虑，为那点儿生计日夜奔波、忍辱负重?

冬儿想到此处，不禁觉得有些讽刺。她将视线收回，再定睛去瞧王阳明时，她的心情由阴转晴，脸颊上扬起笑意:"鸟儿太自我了，什么都不听主人的，即便被驯服了，也难保不会逃脱飞走。狗却不同啦，狗天生忠诚，很会迎合自己的主子。如果我能有条狗，它定然会给予我无限的温情和忠诚。那种温暖的感觉，会让我永远不再寂寞。"

冬儿说这番话时，眼睑微有收缩，嘴唇翘起，给人一种非常值得同情的苦命之感。她虽没有诉说痛苦的经历，可但凡有点儿生活阅历的人都能从她这字里行间感知其悲苦。加上她不过十四五岁，还是个小丫头，旁人听了她这些话，多多少少会给予她关注与疼惜。

"如果养狗的话，你希望是什么样的狗呢? 大的小的? "

"大的! "冬儿毫不犹豫，还比画了一下，"越大越好! 我想拥抱它，我们彼此取暖。大狗可以守护我，带在身边威武，可以壮胆子。"

"如果将你另外三个姐姐比作鸟儿，你觉得，她们都是什么鸟儿? "

"嗯……春儿姐姐是绿头鸭，看似普通，实则很实用，耐性强、好养活; 夏儿姐姐是白鹭，从容优雅，有耐力与想法，而且夏儿姐姐是我们这几个人里看书最多、想得最远的; 秋儿姐姐则是朱鹮，珍奇抢眼，谨慎谦逊。"提到"朱鹮"二字时，秋儿右侧的眉毛不经意地抬了一下，这个细节没有逃过王阳明鹰隼般的眼睛。

"那么，你家小姐呢? "

"小姐定然是仙鹤啊，亚于凤凰，但天生受宠，低调却不失好名声。"冬儿原本轻轻敲击桌面的右手蓦地握成一团，拳头没有握得很紧，但握好后其右手大拇指不住地蹭着食指的侧面。

"你这比喻真真是好，依我看，你家小姐也是非仙鹤莫属。仙鹤是我儒家推崇的圣鸟之一，它能跟其他鸟儿和平相处，可若有人惹毛了它，仙鹤也是有仇必报。从这点来说，儒家推崇仙鹤，再恰当不过。"

"郭小姐平日也是恩威并施。就像当年，郭小姐给我赎了身，让我免去毒打受辱之苦。到了这幻海城后，郭小姐还想办法帮我找到了远在天边的哥哥、嫂子……虽然我父母早在五年前就已离世，但好歹我亲哥尚在人世。要是没有郭小姐，我就真成孤儿了……"只见冬儿说这番话时，瞳孔缩小，嘴巴抿起，下巴颏儿也跟着唇部的动作向上移动。

任全敏送王阳明出府，两人行至一家茶楼，便上得楼去包下一雅间叙话。

任全敏亲手为王阳明倒了杯茶，王阳明很不好意思，刚要推脱，那茶已被任全敏端到手边："伯安兄今日辛苦，我这边只有粗茶一杯，还请不要嫌弃。"

"哪里话，全敏兄客气了。今日一问，果然不是白费力气，我已有了眉目。"王阳明接茶间也觉口干舌燥，忙低头喝了口茶。

"哦？知道这偷珠串的贼子了？"任全敏眼睛一亮，不禁往王阳明一侧挪动了一下。

"对。"

"方便告知吗？"

王阳明颔首，将茶杯放至桌上，凑过去在任全敏耳畔说出了一个名字。

"是她？为什么是她？这……她到底是怎么做到的？未免太神了些！她又不习武，又是靠什么工具做到的？还有，她一人是怎么做到的？"

连珠炮似的发问令王阳明想要捧腹，他极力忍住，只看着茶杯中的茶汤，握住茶杯的右手轻轻晃动起来："全敏兄莫急，有件事我还想单独问你。今儿我问你表妹，那四名丫鬟是否见过那杜公子，你表妹说只有春儿一人见过。当时因男女有别，我跟郭小姐又不算熟识，便没好意思继续追问……你表妹身侧那四个丫鬟，有没有动过做那杜公子的妾室的心思？她们私下里，有无跟你表妹提及此事？"

"这……紫菲未跟我说过。根据我自己的观察，应该不至于吧。不过我跟紫菲毕竟不是青梅竹马，她有些心里话未必跟我说，且我对她身边这四个丫鬟还谈不上了解……"

王阳明又道："到目前为止，还未有什么歹人拿出那碧玉珠串污蔑你表妹，说什么他与郭小姐有染一类的话。看来，那厮将珠子盗走后，并未找到合适的机会……"

听得后半句，任全敏浑身不自在，很是急躁、气恼："干脆，我直接跟紫菲说去，让她暗中派人搜查。"

"不！全敏兄没看出来吗，你表妹虽说掌家多年，恩威并施，但对这四个丫鬟可谓恩大于威，很是在意她们几人的脸面，这也是她此次被人算计的原因。况且这贼人不傻，想来早就里应外合，布置妥当……我只叹，这普天之下，哪儿有什么换位思考、感同身受。即便你我遭了同样的罪，所思所想也不尽相同。何况她们四人的出身与郭小姐有云泥之别，起点不同看待事物的角度自然千差万别……"

这话让任全敏有些头晕。

他一直以为，普天之下知己之间定能感同身受，只要处处留心，总会找到跟自己谈得来、观点契合之人，但王阳明眼下却说出这般令人费解还带些颓废色彩的话来。难道这人世间真的没有所谓的感同身受？

正当他想就这一问题发问时，王阳明却微笑着看向他："全敏兄可与本地江湖卖艺之人相识，抑或是否知道本地有哪些闹市常有艺人在街头卖艺？"

说罢，王阳明继续吹着茶汤，边赏茶色边不疾不徐地品尝世间美味。

"你别说，我还真认识本地客家寨里的一个刀客，想必他知道本地江湖卖艺是何情况。怎的，伯安兄为什么想起问这个了？"

"现今贼人已然确定，可惜并非人赃并获。我想来想去，那人背景特别，我们只能从其身世下手了。要想找到此人的把柄，还得靠全敏兄你的江湖背景。"

三日后，王阳明装扮成书童模样，任全敏则打扮成书生，摆着扇子，大摇大摆地走在闹市里。

任全敏原就是个官宦子弟，即便不刻意装扮也是个儒雅男子。

两人装作一主一仆，直奔幻海城最具盛名的闹市——凌霄长街的另一头。

此间百姓颇多，亦有达官贵人为寻那街头卖艺的乐子到这里凑热闹。

江湖卖艺者在这温渚之地遍城开花，但大部分选择在这凌霄花爬满墙头的长街表演。

他们刚想找间茶楼，上到高处观察，就见前方不远处人头攒动，一个个都往人群之内挤。

"少爷，咱过去看看！"王阳明笑了笑，拉着任全敏往人堆里凑。

这不看不知道，一看吓一跳。只听围观群众齐齐拍手叫好——一对身量不高的男女放出一只寻常的喜鹊，那喜鹊便往对面的套环里钻去。

只见那喜鹊先是如红缨枪般逐一穿过那三个由大到小排列的套环，动作轻盈。倏忽之间，它便落到对面放置的一张书案上，叼住一枚挂在一红玉髓瓶上的翡翠戒指。

只听对面那女子模仿喜鹊鸣叫的声音，像是在召唤那喜鹊。那喜鹊忙不迭找准了位置，再三试探，将那翡翠戒指叼稳后才挥动羽翼，坚定而迅速地重新穿过那套环，落在吹口哨的女子的肩头。

"好的笨笨，奖励你一个柷果。"女主人将一个新鲜的刚刚削好皮的小柷果用竹刀切出一片，亲自送到喜鹊的鸟喙边。

喜鹊大吃起来，毫无怯场之色。

众人拍手叫好。

那男子道："今日咱幻海城的街坊邻居都来捧场，小的我也是万分荣幸！就让我家笨笨为大家伙儿表演一出'孔明沦陷'的绝技！"

"'孔明沦陷'？"王阳明心一紧，"这该不是要拿诸葛亮说事吧？"

王阳明认真地看着，只见那女艺人拍了两下掌，底下的学徒忙不迭将一覆盖着红色丝绸的神秘物件用托盘送了上来，轻手轻脚地放在书案中央。

那小学徒见女艺人朝自己示意，才缓缓将丝绸展开。众人一愣，只见那丝绸下方覆着的，竟然是一类似孔明锁的立体小盒，但这"孔明锁"的底座，明显比日常孩子玩的那东西的底座要大出不少，且外表似佛龛上供奉舍利子的花丝镶嵌香囊锦盒，人们可通过开启锁身旁的机关将其打开，往里存放不大的私密之物。

女艺人见围观群众接连惊叹不解，忙道："这类似孔明锁的小盒，名叫月胧明，乃岳飞后人根据孔明锁的构造所铸成，最早用于盛放军事

172

密报。这并非孩子家的玩意儿，因其底盘颇大、内里颇深，又结实，可保存一些小巧的贵重物品。今儿，大家伙儿真是来着了！我家笨笨尤其擅长破解这孔明锁、九连环一类的机巧之物，不是我说狂话，就是你们推上来个十岁大的孩子，都未必有我家笨笨这么聪明，会解开这些奇奇怪怪的锁呢！"

那喜鹊听主人说完，竟似听懂了一般，得意至极地拍动翅膀，口中发出咯咯咯的怪叫声。

此话一出，显然有人是不信的："我说大嫂子，十岁大的娃娃再怎么笨，也比喜鹊强吧！我闻听八哥聪颖，会数数、算卦，还未听过喜鹊也是这般聪明呢！你可别胡乱吹牛，回头演砸了，我们只看不给钱的！"

那男艺人道："哼，大家可别不服！我家笨笨不但能解开这锁，还能将这锁复原！不光能复原，还能把内里的宝贝轻而易举地偷偷拿出来给我们。"

"什么？这只喜鹊不光会拆锁，还会把锁复原？怎么可能？"众人听到这话，更是一惊。

女艺人往前几步，离人群近了些，一脸得意地说道："哼！我家笨笨若是演得不好，没将这锁复原，你们大可捡了便宜全部散去。可若我家笨笨做好了，你们可别说身上没带银子，不光要把今儿的赏钱给了，身上值钱的玉佩、蹀躞，有的没的都要给我们笨笨送上！"

说罢，她肩头的喜鹊再次发出挑衅的声音，很是聒噪。

众人面面相觑，王阳明趁机起哄："这有什么，我们赌笨笨一定能赢！我先押上一吊钱！"

说罢，王阳明不等那学徒递来收钱的竹篓子，便一股脑解下荷包，从内里快速拿出一吊钱投放到学徒怀中抱着的竹篓子里。

"我家公子就爱看这个，怎的？你们不敢了？来，笨笨，快给大爷走一个！"王阳明半鼓励半挑衅地望着那鸟儿。

谁料，这喜鹊真就跃跃欲试了。

女艺人见状，翘起嘴巴，发出了有喝令意味的声音，那喜鹊笨笨倏地安静下来。

173

"笨笨，咱们就应了这位小爷的赏，来一局'孔明沦陷'。"说罢，她又往远处那书桌走了几步，口中发出类似喜鹊鸣叫的声音。

笨笨毫不犹豫地飞到那书案上。

它落定后及时收拢翅膀，生怕弄出声音，即便周遭一干人等有的交头接耳，有的出手指点，这喜鹊仍镇定自若，仿佛有结界将它包裹起来，不听、不看、不出声。

笨笨慢慢地往那月胧明锁处移动，果然，这一过程是悄无声息的。它小心观望了下四周，仿佛是习惯性动作一般，接着仰头看向这锦盒，找准了其中一根木条，按照自己的逻辑，逐一将锁分解开来。

令人惊叹的是，笨笨这一系列动作不紧不慢，像是一个老开锁匠。而且，它竟然知道将这些木条按照拆分的先后顺序平摊在自己的左侧。

随后，它将内里的一条白玛瑙项链用嘴叼起。这白玛瑙项链个头不小，有些沉，光用鸟喙无法一次叼出。可笨笨何其聪颖，它先是用嘴轻巧一叼，并未使出蛮力，随后把那项链向上一挑，整个身子压低，脖子旋即探入项链，鸟喙顺势咬住串起项链的丝线，再缓缓飞起，快速轻拍了几下翅膀，将整条项链从锁盒里拉了出来。

这一过程虽快，但王阳明可以听清其拍打翅膀和珠子碰撞锁壁时发出的响动。他暗想：奇怪，难道那夜郭小姐没听到鸟儿拍翅的声音或者项链碰撞锦盒的声音？难道说……想到此处，他又看向那女艺人，却见其没有丝毫动静，只胸有成竹地看向自己的笨笨。

那笨笨倒是不慌不忙，任凭旁人怎么指指点点，说什么难听、质疑的话，它都淡定如常。

只见它低下头，让那玛瑙项链顺着脖子滑落至桌子右侧，竟然还知道将自己的脑门向靠近桌子中央的地方推了推，在确保项链不会落地后，笨笨才像只可爱的小企鹅般，优哉游哉、一扭一扭地回到月胧明前方。

它看了眼锁身的底座，这才探头探向左侧，按照记忆和素日所习技巧、规则，将这锁按原样组合起来。

天呢！王阳明心中感慨：梵湖儿在猫里算是极聪明的，但断不会开这锁，即便用肉垫儿开开了，也不会把锁重新组合起来！我刚仔细看

174

过，这笨笨拆锁时，按先后顺序将木条码放至自己左侧，现在重新组装时，则是按照方才拆解的顺序，一根又一根物归至原位。这家伙有着很强的记忆力，且不易被周遭的环境干扰……关键是，它有着自己的判断，不是光靠死记硬背解锁的。

这般灵活机敏的鸟儿，想必世间少有。

王阳明听见那女艺人重吹口哨，这时笨笨已然将最后一根木条插回月胧明内部，组装得那叫一个天衣无缝！

人群里爆发出热烈的掌声，众人欢呼雀跃。

可笨笨丝毫没有放松警惕，它不为周遭人的起哄所动，只将那玛瑙项链如方才一般挂在自己的脖子上，随后直接飞起，快速落定在女艺人探出的手臂上。

整个过程，它没有丝毫犹豫。

"好样的笨笨，来，吃个栗子。"说罢，女艺人将一个剥好的糖炒栗子递到笨笨嘴边……

这一次，被打脸的是围观群众。没办法，他们大部分人只好将身上所有的钱和稍有价值的珠宝解下，送到那小学徒的竹篓子里。

"谢谢大爷、谢谢大爷！"小学徒赔着笑脸，绕圈要钱。

到了王阳明和任全敏两人近前，这小学徒很会做事："感谢这位公子方才的赏钱！我们家师父师娘感谢不尽！"

任全敏仰起下巴，示意王阳明再给些。王阳明从荷包里又掏出一吊钱，在掌心掂量了几下，笑道："我们今儿出门为赶热闹，身上确实带了些许银两，只是刚才那两场演出我家公子还觉不过瘾，小哥若是有心得赏，还请带我们去后台叙话。"

175

第二十二回
抵耳坠象牙辨真假　问月事脸红司狼神

小学徒打量着两人，琢磨了一番后说道："两位请跟我这边来……"

任全敏、王阳明两人穿过车水马龙的闹市，一路七拐八拐，终于来到一条狭长的巷子里。

这巷子有些像京城的胡同，但看上去远没有胡同那种气派和沉静之感，倒有种流浪人聚集点的萧索与潦倒。

小学徒引两人顺着巷子钻入一黎色的帐篷内。

他二人得以寻到这对训养笨笨的夫妇，任全敏还以开堂会为由，邀请他俩到总督府中演出。

说话间，喜鹊笨笨就在女艺人肩头打量王阳明，对这个方才起哄支持自己，不惜投掷一吊钱的少年很感兴趣。

"公子，您瞧这小喜鹊多可爱啊！"王阳明挑起话头，伸手逗弄笨笨。

任全敏也看向笨笨："这喜鹊有五岁了？"

"得有六岁了！"女艺人感慨，"这鸟儿是我们无意间从一只猞猁口中救下的，当时也没想过喜鹊有这么聪明，全当是个伴儿。我们原说等它伤好后放生，谁知道这笨笨就爱看我们表演节目，尤其是这开锁，它简直一看就会。"

王阳明道："这才是真正的'天生我材必有用'。你们戏班里除了它，还有其他小鸟儿会这招'孔明沦陷'吗？"

"以前有只八哥会开锁，但不会把锁重新组装起来。那鸟儿也极聪明，可惜两年前老死了。那会儿我们笨笨开锁、组装、取物的技巧已比那走了的八哥强了不知多少。"女艺人很是感慨。

任全敏又道："这笨笨我想买去，你们出个价，我要了。"

这话有些唐突，男艺人一听就不乐意了，连连摆手："不行不行！绝对不行！我们这边现在除了日常的杂耍、魔术外，就属笨笨最有看头，没了笨笨，我们到哪儿挣钱去？"

王阳明忙上前一步客气地说道："两位少安毋躁，我家公子的意思是，若你们肯割爱，他断不会亏了你俩。想想看，你们夫妻这一辈子天南海北到处跑，已然累了大半生，今后养老之事又作何打算？总不能一直跑江湖啊，人总得安稳下来是不是？"

任全敏又道："不错，我愿花两根金条和一个西洋钻换笨笨。你们拿着钱置一处宅院，安心过舒适稳定的生活，难道不好吗？"

原以为对方听罢会有所感触，想不到那男艺人继续摆手，动作幅度更大："上次就有个男的，白眉赤眼地跑来，非拉着我不放，说要租用我家笨笨。我当时一听就烦了，拒绝了，结果他当即跪地，不惜磕头求我帮忙，还将一对双面带画儿的象牙耳坠子、两锭银子放在我这儿，非要我收下当租金。"

"男子？"王阳明不解地道，"你是说，当时想要租用笨笨的，是一个男子？他多大年纪？什么模样？"

男艺人毫不犹豫地回答，看神情好似跟这个租用笨笨的男子也算老相识："哎！能什么样？二十出头年纪，中等个头。这人也没什么钱，谁知道他借我家笨笨干吗用啊？"

女艺人听罢抢话道："谁说不是呢！我们当时真心不愿把笨笨交给他，就怕有个闪失，回头再把我们笨笨弄伤或者弄丢了。要不是因为过去我们和别的戏班共同演出，这厮曾给我们当过厨子，送过饭食，我们才不搭理他呢。"

"两位可知那人姓名？"任全敏问。

"具体是不是真名，我们也不得而知，但过去他给我们送饭，我听别的戏班的人都叫他周贱狗，我们偶尔也叫他贱狗或者狗子。"

"姓周？"任全敏琢磨着这一姓氏，脑袋却小幅度地摇晃着。

这个动作可谓极不自然，在王阳明看来，任全敏一定认为这姓氏与他印象中的某个人对不上号。

"那最后怎么还是租了呢？有一点我不明白……"王阳明装出一副不解的神色，看上去很是疑惑，"那叫什么周贱狗的，听你俩说也不是什么大家公子，就是一穷苦之人，他即便要了这笨笨，又能干吗呢？再说了，笨笨一直跟随在你俩左右，听你二人调配，若跟了那周贱狗去，那贱狗又如何使唤得动笨笨？"

任全敏听罢颔首，脸上露出质疑的神色。

女艺人笑道："哎，你们懂什么！那周贱狗虽是穷人，可也不傻啊。他特意管我借了笨笨将近十天，还特意管我要了一只百鸟朝凤口哨。"

"百鸟朝凤口哨？"王阳明追问，"就是一种用纯银打造的哨子，能通过吹哨人的吐纳换气转换其音色，模仿不同的鸟叫，驱使鸟儿做事？"

女艺人颔首，很是自然地从荷包里取出一只，摊开来给他俩看："你们俩若想训练家里的鸟倒也不难，可以买我的百鸟朝凤哨。你们若吹得到位，又肯喂笨笨美味，它自是不拒绝为你们干活。别说是喜鹊，就是乌鸦、猫头鹰、秃鹫这类绝顶聪明却又凶悍好斗的鸟儿，在听到这哨声后，一般来说都会有所反应。"

男艺人也颔首肯定："没错，想训练一只鸟儿为己所用并不容易，需要花时间让它既有安全感、优越感，还要让它觉得你是它的仆从，只有这样，它才能真正意义上为你办事。那周贱狗将我们笨笨拿去后，想来定是好吃好喝地招待它，而后又加紧练习这口哨……至于他租我家笨笨干吗用，这原不是我们该过问的。"

王阳明又露出一副心有不甘的样子，欲要争辩："他给你的那对象牙耳坠可是真的？别把你们骗了呢！"

女艺人听罢也有些犯难，看向男艺人。男艺人见状，也有些心虚着急，忙从自己荷包将那对象牙耳坠子取出，捧至王阳明两人眼前：

"你们可会鉴定？原我们夫妇俩都没见过真象牙……若不是见他直接递过来两锭银子，我们才不借呢！"

王阳明伸手过去，直接拿过那对象牙耳片，细细打量了一番。

"象牙颜色较白，但跟人体接触一段时日后，便会逐渐发黄。且象牙较脆，硬度不比琥珀挚到哪儿去。"王阳明用手细细摩挲着耳坠，"象牙是有心的，从牙尖儿开始，有一个小黑点，一直延伸到空心的管口部。像这样的牙片，定然是先选出最上乘的适合开手镯的料子，再将象牙横断切开，将那还算白净素雅可以在上面作画的部分抠下来，打磨成水滴形状。我们也称这断口处的纹路为'象之纪年'，就和大树被砍断后露出的年轮一样……你们看，我们从侧面观瞧，这象牙牙心的纹路成辐射状向四周散开，两面没作画的地方，有渔网状的细微纹理。有些象牙则是山峰纹、波浪纹、人字纹。"

"那你的意思是……"女艺人喜出望外，好似过年一般，"这个是真的？"

王阳明颔首："市面上也有不少人用野猪牙顶替象牙。但野猪牙的外部纹理、内部牙心样式，皆不可与象牙相提并论。再看这耳坠上的画工，乃出自行家之手。你们可见过有人在这么小的物件上作这工笔画？何况这耳坠的前面是鸟儿，后面是花草，不说这绘画功底，就说这心思便是无与伦比……就算有人用猪牙仿造象牙，也在上头作画，真不是我说，那绘画人的心态就不一样！即便画得再好，假的就是假的。"

那艺人夫妇听罢眉开眼笑，王阳明又交代了一些保养象牙的日常方法，夫妇俩感激不尽。

王阳明见气氛缓和，忙开口道："方便的话，你们那个月胧明能拿来给我看看吗？"

说罢，他从荷包里掏出两吊钱直接塞进那男艺人手里。

"这……好吧。"男艺人朝着媳妇儿颔首，示意她去取月胧明，又不忘对王阳明、任全敏两人严肃地叮嘱，"只是，你们不能拆开，只能看看。"

走时，任全敏拿出一锭银子："既然你们不肯把笨笨卖给我，我也不好强求。这样吧，我最近要为舅父办一场堂会，庆贺他的生辰，到时你们带着笨笨入府吧。你们可千万别急着离开幻海城，到时找不到人，后续的钱我可就不给了。"

有钱谁不开心？夫妇俩见任全敏这少爷出手大方，便猜出他身份不凡，也想从他手里赚到更多银钱，遂允了任全敏说的入府表演一事。任全敏按照王阳明估算的时间，交代了他们上门拜访的时日，并再三叮嘱他们这期间不得离开幻海城半步。

离开后，任全敏又找江湖上的朋友帮忙盯紧这对卖艺的夫妇，王阳明凭记忆画下这对夫妇的肖像，任全敏还特意交代了看守城门的军士，让他们留意画像上的这对夫妇和他们身上的喜鹊笨笨。

一番实地考察后，王阳明满心欢喜。

他跟随任全敏又来到总督府。

郭小姐支开四个丫鬟，继续和他俩探讨案情。

这一次，王阳明见屋中就他三人，为查明真相，一横心，也不管男女有别，豁出脸面发问："郭小姐，有件事我还是得细细问明，但思前想后，这话极不好开口。若说出来，恐怕冒犯了小姐您；可若不问，这案子恐怕有些难解。"

"事到如今，杜郎就要回来了，我还是想尽快抓到贼人，先生还有什么不好问的？何况这都是为了破案，有些话现在若不问，难道要成全了那贼人不成？"郭小姐表情自然，说话仍旧十分有条理，丝毫没有一般闺阁女子的拘束与扭捏。

"好！既然郭小姐这么说了，我可就不顾及男女大防了……您身边这四个丫鬟，可曾动过做您未来的陪嫁丫鬟的心思？这话，她们是否旁敲侧击地问过您，抑或，您是否与令尊大人商议过？"

郭紫菲听罢，果然脸红心跳，单手抓紧帕子，头也别向另一侧。

任全敏忙解围道："紫菲，你莫怪这问题问得刁钻了些。她们四个嫌疑最大，你作为当家人也该猜到一二。伯安若没有十足的把握，也不会这么发问。"

郭小姐垂手敛目，像是一个做错事的孩子，羞赧中夹带了些许惭愧："我记得，跟杜郎第二次私下见面后，我父亲突然问我，说到时嫁过去要把谁带在身侧伺候，要知道，这可是大事……"

任全敏颔首："那是，你身边这四个丫鬟，能力、模样皆是一流，且行动、做派一看便知是大家族出来的。若她们行得正、坐得端，不干那鸡鸣狗盗之事，回头给她们配个合适的小子也不是什么难事。若她们行得不正、坐得不端……回头再生出些事来……"

郭紫菲定然也想不到，自己会在十八岁这一年，跟两个风华正茂的美少年谈论婚姻大事，还愣是说出了些闺房之事。

"你当时怎么回复郭总督的呢？"王阳明继续问。

"爹问我怎么想的，要带谁去，我说全凭父亲做主。可爹说这事还得看我怎么想她们几人，毕竟我最了解她们四个。我当时说，四个人里最出挑的是夏儿，秋儿最有才，春儿能力强，冬儿太小还看不出个所以然……可要是非要我带一个过去，那非春儿莫属。"

"你说这话时，身侧可有她们几个抑或旁人？"王阳明又问。

"没有，当时下人皆退了出去，只有我和爹爹。只是……"

王阳明见她抿了抿唇，口中发出不大耐烦的声音。

王阳明猜郭紫菲想到了些许细节，忙追问："只是什么？小姐任何一个细节都不要漏说。"

"只是，秋儿曾经跪求我，希望我不要带她过去。"

"什么？"任全敏一惊，"秋儿曾经求你，教你不要带她嫁到杜家，是这个意思吗？"

"对，她说她不愿做陪嫁丫鬟，更不愿做杜公子的妾室。我当时笑她小小年纪未免多想了。她却说她现在虽已落魄，但好歹曾经也是富贵人家的千金，断不能失了曾经的体面，万一有个差池，她父母在天有灵也绝饶不了她。她还说，反正她也管了几年账本，不如等我嫁人之后，打发她去到父亲开在县城里的店铺当差，做名账房女先生也是好的。我原想着，她说这话绝非无理取闹，她原本也是个小姐，赶上那样可怕的事才沦落至此。况且我跟杜郎虽情投意合，可难保婚后不生嫌隙，万一……"

"他要是敢变心，我第一个上门闹去！"任全敏拍着胸脯道，"紫菲，你大可放心，你哥哥我好歹也是在嵩山少林寺学过功夫的，到底有些实力，咱不怕这书呆子！他若敢变心，我断不饶恕他。"

郭小姐扑哧一笑："你放心，我断受不了气！家里姨娘够多的了，从前母亲在世时，也没少花心思跟她们斗智斗勇……我才不怕呢，即便来了，我也有的是招数对付。要么说，我还是得带春儿一个去……"

由此可见，郭小姐对春儿以外的那三个丫鬟也心有防备，只是不轻易表露出来。

王阳明见此情景，心下踏实了不少。

从郭小姐处离开后，两人并不急于出府，王阳明又去到任全敏处喝茶说话，见四下无人，便红着一张脸神秘兮兮地对任全敏道："我今儿瞧着郭小姐气色仍然不好。要不你去问问，她这个月癸水如何？可曾提前或推后？"

"什么？"任全敏一口热茶差点儿没灌进领子里，"我？我问我表妹这种事？我疯了？"

"月事乃女子第一等大事！姑娘、媳妇儿身体安康与否，全看癸水！反正你不也有未婚妻了吗？这事早晚得开口询问，与其等到将来再跟你夫人提及，不如现在就说。"

"伯安兄，问题是紫菲她是我表妹，不是我未婚妻啊！这毕竟男女有别，不好开口！再说，对一闺中女子来说，我这做表哥的原也算是外姓之人，要不是这温渚之地风气开放，我舅父通情达理，我表妹又格外看中我……若是在中原，你以为我能随随便便见到她本人吗？"

"可是、可是现在我必须弄清一些事情，还得靠全敏兄你出马，毕竟我跟郭小姐也不熟，倘若我开口问，场面会更加难堪，好歹你们有血缘关系啊……如若让丫头去问，难保不会有谎话，还不如你偷偷去问呢。"

任全敏羞窘难当，就差找个地洞钻进去："我就不明白，你好端端的问这女子的月事干什么？难不成月事也跟这珠串盗窃案有关？"

谈及此话题，王阳明答道："现在贼人是谁你我已然知晓，她是如何盗取珠宝的，我们也大概知道了，但还有几个问题我仍不能确定，所以今日你我两人才暂且用钱和堂会一事困住那卖艺的夫妇，不让他们离开幻海城。第一，你已经寻遍了幻海城大大小小的银楼、当铺，那贼人将珠串盗取之后，直到眼下，并没有将此物件转手卖出去，也并未转送到什么不三不四之人手中，让他们站出来污蔑郭小姐。那么，贼人又将这碧玉珠串藏匿到何处了呢？是已经带出总督府了，还是以某种你我不得而知的形式，仍旧藏在府中呢？第二，郭小姐的癸水在本案中扮演着至关重要的角色，我必须搞清她月事的细节才能对症下药，这关系到案件中另一层不可告人的秘密。”

“另一层不可告人的秘密？”任全敏是江湖中人，本不在意这些小女儿家的私密之事，可王阳明把话说到这一步，他突然明白过来，“你、你的意思是，紫菲之所以脸色一直不好，是因为她近期月事有了问题，而她月事之所以有问题，是因为有人下毒？”

王阳明做了个噤声的手势，说道：“所以说，还要劳动全敏兄你亲自出马问清郭小姐的癸水到底如何。”说到此处，王阳明用食指在鼻尖蹭了一蹭，也有些不好意思，“我未婚妻癸水的日子我本来也是不知道的，最近知道了，便留心记着了。这样一来，我未婚妻身上若有什么不好，我也能随时想办法去调理。全敏兄，你既然也有未婚妻了，好歹先学着些，等你寻到了她，也用这招好生疼她，她定然会回报你的柔情。”

任全敏听罢仍旧脸红，只是现在事关表妹的身体，他断不能再犹豫，忙拍桌起身：“也罢，我这两日寻个机会单独问问紫菲，若真是最近突然不好的，那么……”

第二十三回
象戏格香吻啄碧玉　朱砂料豚血灯下黑

摸清了碧玉珠串案的第一个清晨，王阳明和妙儿对坐在一方象棋棋盘的两端，开始了新一轮的"高调马""三进兵"。

"妹妹若输了可别恼，我可是吃下了司马光的《七国象棋》后，才敢在这儿一展神威的。"王阳明说到此处，忍不住咬唇坏笑。

对面的妙儿看得出，这家伙本想扑通一声倒在这棋盘上的，好在他还有点儿"礼义廉耻"，刻意压制住胜利在望的窃笑，邪魅的笑中有几分呼之欲出的"坏意"。

"想笑就笑，何必假装谦谦君子？你咬住下唇的样子简直难看死了。"妙儿轻笑，抬眼看他，"再说了，你看司马光，我就不能看那《金鹏十八变》《梦入神机》《橘中秘》啦？"

说罢，妙儿伸手拾棋，那亮白如栀子花的纤纤玉指，配上那绿檀打磨而成的象棋，场景美好得不像话。那片雪白的肌肤上有几点红色闪过，细看来不是杨花，是点点蔻丹。

王阳明来不及细赏眼前之美，就被妙儿的一招"海底捞月"弄得阵脚都乱了，逼不得已，只好让手下将帅离开中路。

妙儿见状，志得意满："这象棋原也算我道教修身养性的传承之术之一，老子曰'人法地，地法天，天法道，道法自然'，这话说得极妙，指出了宇宙万物的千机变化和风云路数——修道的层次和等级存在差异，最终会逐步由低级向高级递升，而这象棋……"说罢，她又杀出一子，只见其炮车在后，跳炮吃子，露车叫将，令王阳明顾此失彼。妙儿笑靥如花，接着说道："恰好符合我道家所言，符合我道家《易经》中的太极八卦图。"

"妹妹这招'车炮抽杀'用得极妙，不过……"王阳明抛出一棋，笃定落子，其车炮在底线成将，从而杀去障碍成杀势，"我这招'炮碾丹砂'也不差啊。不如你我二人打个赌，重玩幼年那个游戏可好？"

妙儿一听这话，立马回敬了他一句："呸！你不提还好，提了我倒要跟你理论一番。咱小时候，但凡我输了，你都……反正、反正你当时得了机会，总是欺负我，现在休想。"

提到此处，妙儿脸红了。那时他俩尚小，成日玩闹在一起，并无性别意识。每次两人玩这类益智游戏，总是王阳明胜出，可他每次胜出后嘛，总是要妙儿玩一个"极坏"的游戏。

王阳明见妙儿的脸倏地红透了，就知道机会来了。他并未再笑，也有些不好意思，头低低地点了几下，像是认输一般："好妹妹，我那时也不懂嘛，只是想跟你亲近罢了。"

"亲近？嘁！我看你就是想犯坏吧！我还不知道你？"

"妹妹现在不敢玩了？怎的，妹妹过去敢，现在就不行了？难道妹妹现在还不如小时候大胆了？"

妙儿听他拿话激自己，也不饶他，挺直了腰背道："玩就玩，谁怕谁啊！你棋艺高，我也不差。说好了，谁要是输了，就得听对方的。我若输了，便依幼年时的玩法乖乖认罚，如何？"

两人击掌盟誓，再次投入棋局。

妙儿用出一招"二鬼拍门"，杀出士兵，逼近了对方九宫的中心点。

王阳明见招拆招，来了个"羊角士"，一士支在九宫上角，一士守护于宫心地带。

两人走了一盏茶的光景，真真难分高下。

"妹妹，我有件事想请你帮忙。"

"何事啊？"

"嗯……"王阳明低头走棋,迎面使出一招"铁门栓",一炮从中路牵制对方的中士中象,另一炮从底线牵制对方的底士底象,"我想问问,妹妹可有携带另外的碧玉器物?能否借我一用?"

妙儿低头不语,过了半晌才轻启朱唇,侧头看向王阳明,半散的秀发顺着左肩滑落:"怎的,不管你那好姐姐要去?之前你不是把我那和风玉露给了她吗?不瞒你说,她手里那个盛放丹药的碧玉瓶,是顶级碧玉冰釉料做的。她又那么器重你,连平妻、通房都给你找好了,眼下这点儿小事她肯定也给你办得妥妥帖帖的。"

王阳明听妙儿话里仍满是醋意,又见其使出一招"夹车炮",双面夹击,他忙用"兄弟兵"来应对。

"好妹妹,不瞒你说,我三日前就把那瓶子要回来了……"

"怎的,案子不顺?"妙儿没有抬眼看王阳明,仍专注于手上动作。

"已经锁定了贼人,也已和当事人说好缉拿贼人的方法。只是,我怕贼人到时狗急跳墙,把那珠子卖了抑或送给小人,污蔑我那苦主……或是一气之下将那盗走的珠子毁掉,到时她那未婚夫回来不见那定情信物,真怕她说不清啊。"

"说得也是,但问题是,上次我听你说,你那苦主手里的碧玉珠子,一来是罗刹国顶级的冰釉料做的,二来那上面有一段梵文。这冰釉料我手里倒还有些,但这梵文刻的字可不是一两日就能完成的啊。再说,我那和风玉露瓶虽不大,但也不小吧,怎的,一瓶还不够你用?"

"问题就出在这儿。她那未婚夫送出的碧玉珠子样式特别,颗颗若南洋金珠般大小,一个瓶子恐怕是不够的……至于梵文刻字,如今距离她未婚夫回来还有十四日,她家也出得起那钱,倒是可以请来一批手巧的匠人连夜赶工。"

"磨成圆珠子?"妙儿抬眼瞧他,一双灵动明亮的狐狸眼眨了又眨,"那可真是麻烦了!这手串上的圆珠子跟寻常佩戴的扁珠、桶珠、枣珠、隔珠皆不一样,这圆珠子最废料了。当年我师父为给武当派一位道长送贺礼,一大棵牛血级别的珊瑚树没多久就全被磨没了。那可是千年难遇的好大一棵珊瑚树啊,看着特别大,谁知道要磨成圆珠子竟然这么废料……我看实在不行,你也别穷忙,不如就把白玛瑙染色,夹在真珠串里糊弄过去，等过些时日，对方不大在意了，再将那珠子改成个法器，对外就说用来供养神佛了，将其供奉起来，岂不省事？"

"唉！事到如今，我也没辙了。其实这案子不难解，关键是我已暗中派人去那贼子家里搜寻了三次，均无收获。因其还在府上当差，我们不敢大肆搜寻其所住之屋，就怕打草惊蛇。据我观察，这厮应该用了什么奇怪的手段，巧妙地将那碧玉珠带出了府，可到底是什么手段我还没推理出来。实在不行，我就听妹妹的，先把这瓶子磨成珠子，颗数不够，就只能用染色的白玛瑙代替了，希望能糊弄过去。"说到此处，王阳明手一停，嘴角上扬，"嘿嘿，妙儿，你输了呢。"

"啊？"

"你看，你已经是死局了！来吧，我们玩童年的游戏。"

妙儿蹙着眉抬起头，刚好看见一脸坏笑的王阳明。这厮不但坏笑，还向她伸出双手做了个拥抱的挑逗动作，随后很是惬意潇洒地猛击双掌，似在庆贺胜利。

妙儿气得叉腰瞪眼，伸出食指过去，往未婚夫的额头一戳："就是你不停地跟我说话，让我分了心，要不然……"

"你说的，要是输了就玩那个游戏，来嘛！"王阳明还有些孩子气地撒娇，语气也有些嗔怪。

也不知怎的，妙儿心里五味杂陈，可又好像输得很开心，似乎还有些期待，想要跟未婚夫玩这个童年时才玩的"无良游戏"。

可是，妙儿想到自己已是出家之人，玩这游戏岂不是破戒了……

不等她反驳，王阳明已端了一盘点心过来，指着其中一块奶糕道："他们本地的奶糕，是用毛椰子混了奶酪、菠萝、香蕉，还有一种叫什么蔓越莓的果子干儿做成的，上头有好多腰果、杏仁片。你就像小时候那样，叼着奶糕的一头，等我把嘴凑过去，咬下另一头……"

"去你的！以前我就老被你占便宜，现在还打趣我，你安的什么心啊？真是白读了这几年圣贤书。"妙儿不由自主地咬了下帕子，将头侧到一边，说话时神色却有些慌张。

王阳明见她并未表露出厌恶之色，只是嘴上有些傲娇，内心不禁狂喜，心怦怦直跳："好妹妹，你答应了人家的！"

他过去摇晃妙儿的手，妙儿倏地将手撤离，一本正经地说道："说好啦，你只能咬点心，不许……不许碰我的嘴。你要是敢像小时候那样，本座才不管你是不是故意碰到的，本座抬手就打。"

她说这话时有些娇憨，可谓媚态尽显，本人却不自知。王阳明见妙儿眼波横转，就算是拒绝他，就算是闹着小脾气，他的妙儿亦令人心动。

王阳明愣神间，妙儿突然大方、勇猛了几分，拿起一块奶糕往嘴里一塞，好似全然不当回事。

看她眼下镇定自若，倒没了方才的慌乱模样，王阳明哭笑不得。

妙儿叼着那块奶糕，指了指露出的另一半，示意他有本事过来咬。

王阳明刚要探身过去，妙儿又将身子扭回棋盘方向，正襟危坐。

"好吧，看来你想隔着棋盘跟我……"王阳明坏笑着说了一句，接着便绕到棋盘对面的位置，抚了抚衣领。见坐在对面的妙儿双眼闭合、睫毛轻颤，他深吸一口气，毫不犹豫地探出身去。

他凑到她面前，两人只隔着一方棋盘。眼下凑近了，他明显能闻到妙儿鼻中喷出的热气，那混着奇异芳草味道的气流冲向王阳明的脸，也不知妙儿是用了什么植物制成的漱口水。妙儿的眉毛似乎是用青金石粉勾画的，她今日化的好像是大明流行的咬唇妆。

王阳明紧贴着妙儿的脸，发现未婚妻的睫毛不住地轻颤着，一直未曾停下。它们太好看了，像是秋日从天降落的小轻骑兵，一个个乘风破浪，在半空中展开银杏叶般的金色旗帜……

"妹妹，你真美……我想……"他发自内心地轻轻说出一句，本想将后头没说完的"早点儿成亲"说出来。他不是一个在女子面前很会甜言蜜语的男子，但他还是不想违背良知、本性说话。这几年，他除去想当圣贤，想要在军事上有所成就外，最想找寻的，还是自己和妙儿这些年来的情义。

"喵！"就在他闭上双眸，想用内心的火热激发出妙儿心底对自己的情欲和爱恋时，梵湖儿这只大猫的雪白尾巴便赫然竖立在他与妙儿的双唇之间。

大猫连叫三声，声音颇具柔情，简直称得上应时应景。那不输给松

188

鼠的大毛尾巴像一团点燃的白色火炬，在王阳明和妙儿之间摇动着。

"哈哈哈——"这一次换成妙儿捧腹大笑了，这一笑可好，她嘴里的点心、棋盘上的棋子全乱了套。

点心成功地从妙儿口中滑落，被梵湖儿扬起脖子叼住。别看这大猫又高又壮，有种欧美硬汉的架势，可它的动作颇具喜感。王阳明看其动作灵敏，有些无奈地说："呵呵，这回好了，换成你这大猫跟我家妙儿玩亲亲游戏了……"

这大猫叼了点心就往棋盘上走，它这一迈腿，整个棋盘都乱了。

妙儿继续大笑，玩笑间双手向外一摊："哎呀，这可如何是好呢？哥哥你快看看吧，谁输谁赢还不确定呢！说不准，是我们梵湖儿赢了！"

"妹妹……"

王阳明刚要说些什么，只见妙儿起身走到自己衣柜边，取出个包袱打开，将一个精致的锦盒托在掌心，"这里头装着一对祈福用的转运法器，叫吉佑炎黄，是罗刹国商人来咱大明时用携带的碧玉冰釉料打造而成的。我原想着将这块料开光后，给宣府那两个病人做祈福用的法器……没关系，反正我手里还有一块镶海螺珠和星光蓝宝石的吊牌……"

"妹妹手里都是些好东西。这星光蓝宝石，难不成是郑和下西洋时到过的那锡兰国特有的宝石？"

妙儿白了他一眼："还真被你猜中了。要说起来，我也不清楚，怎的我们摘星观里的东西就都是好的。"

王阳明略感抱歉地接过那锦盒，打开一看，果然内里有一对低调中不失奢华的碧玉冰釉牌子，牌子正面刻着道家的吉祥标志，背面刻着吉祥神兽的形象。

想到要将这对已然雕刻到完美无缺的牌子打磨成普通珠子，王阳明心中也有些舍不得，心一横："这牌子我回头再管你要，这么好的碧玉料子，用一块少一块了，不到万不得已，真真不能浪费了。"

妙儿耸了下肩膀："那好吧，我先帮你留着。行了，今儿也折腾了一上午，你不着急查案吗？梵湖儿，送客！"

"啊？这就下逐客令啦？"王阳明一时语塞。

他原想着下午出去，眼下按兵不动，中午还想跟妙儿一起用饭。

谁料妙儿命令一下，已然将奶糕吃得差不多的梵湖儿很是凶悍地从棋盘上纵身跃下，迈着妖娆的猫步走到王阳明脚边。它这回倒不比往日强势，先用大脑袋蹭了王阳明几下，又用肉乎乎的爪子扒拉他的裤脚，见对方老不动弹，干脆站起身来，指甲探出，钩住王阳明垂落的络子，左右拉扯。

"祖宗，我这就出去行吗？你别把你主人给我的络子钩坏了！"

说罢，王阳明忙不迭往门口走了几步，还回头不舍地看了妙儿几眼，只见他这好妹子已然拿了蒲团铺在地上，开始打坐参禅："无量天尊，公子快快出去，本座即将参禅悟道……"

"好啦，我这就麻利儿地走人。你晚上吃什么？我给你带只肉鸽回来煮汤可好？"

这倒是个贤惠的夫君，走之前还知道问问自己的心肝宝贝晚上想吃什么。

妙儿没有应答，王阳明已被梵湖儿连推带顶赶到了门口。他抓着房门不肯撒手，脑袋还想往里探："你不说就是默认了！晚上我带只鸽子回来，再弄些个鹌鹑蛋和青菜，咱们炖汤喝。"

梵湖儿一脸郁闷，见这厮好生厚脸皮，竟赶都赶不走，气得龇牙咧嘴，朝着他哈了两下气，才把这厮撵出了房间。

王阳明随手关门，朝着一脸不屑地瞪着自己的大猫笑道："梵湖儿好样的，晚上我给你单带半只扒鸡可好？我只求你今后别打断我跟你主人亲近……"

王阳明一出大将军府，便直奔茶楼雅间与任全敏见面。

在确认了郭紫菲大小姐癸水之若干细节后，两人马不停蹄地按照前期派出探查珠串之人给出的地址，往幻海城城南方向而去。

幻海城城南是穷人扎堆儿的地区。此处多为几户一院，偶尔冒出个独门独院的，也并非什么有钱人。

两人一路向南，到处是毛坯房，栗色的土房上头铺着厚厚的茅草和经年未修的砖瓦，一眼望去，就知道这里是贫民住的地方。

两人几经辗转，四下探听，终于绕到了杨宅门外。

任全敏见这院子大门紧闭，却没有挂锁，略警惕地说道："听说这厮家里只有一座院子，里头不过两三间房子，院里只有一家三口……"

王阳明道："咱们进去后，若撞上个精明的人，就说是按照那家伙的指示前来取珠串的，看那亲戚如何作答。"

两人互看一眼，同时颔首。

任全敏上前，敲了几下大门，却不见有人应门。

"请问有人在家吗？"

王阳明见此情形，干脆上前两步抬手推门，大大方方地走了进去。

"没人？"两人异口同声，发现这院落安静得出奇。

任全敏将门一关，认真观察周围，却不闻有任何声音，也未感到有埋伏。

"确实没人。"任全敏笃定地颔首，便与王阳明快步往内室里寻找那珠串的下落。

杨宅的院子不大，院内只有一棵海棠树。内里的所谓堂屋的形制也极不规整。

两人一个进东屋，一个进西屋，仔仔细细寻了个遍，却不见那碧玉珠串。

"这个定然是女主人的首饰盒，虽然摆在明面上……"王阳明进到杨氏夫妇的卧房，见梳妆台虽破，但擦拭得很干净，又见那上面有个还算顺眼的上漆黑匣，看样子打开后应是立体的阶梯形状。

王阳明见四下无人，忙不迭加紧了手上动作，不出所料，这黑色的漆盒打开后真是立体阶梯形状，每一层抽屉里皆有那么几件染色、烤色、蒸煮过的人造首饰。

古人也有上色造假一说吗？当然有了。

古人的上色、烤色、蒸煮技术严格来说比今人的要好些，手段没那么可怕。

只是所谓的染色，虽用的是类似凤仙花、万寿菊、金盏花、杜若等天然植物原料，但也不乏无良商人将一些不为平常人所知的化学制剂兑入所谓的天然植物调出的染色剂中，弄出焕然一新的明艳色泽，然后打着"天然宝石，种水一流"的旗号到处售卖。古人对化学知识的掌控有限，但不代表一无所知。

最要命的是，古人因没有那么高超的染色技艺，竟将成色较差的玉石或者玉髓、玛瑙放进大锅里，用兑了化学制剂的沸水长时间蒸煮这些废料，以使其入色，最漫长的宝石蒸煮过程可长达数月之久。麻烦的是，蒸煮出的这些低级宝石在无良商人的反复加工下，竟能变得闪闪发亮。若懂珠宝鉴定还好，若是不懂的，可能会赶着给这些假货送钱。

尤其是女子，如果长期佩戴这类首饰，不孕不育的概率会大大提高。

王阳明看着这三层造假首饰，心道：真是个不怕死的妇人，买的都是什么啊！没一件真的不说，要么是染色的，要么是烤色的，要么是蒸煮出来的，还真是不怕得病呢。

想到此处，王阳突然想起妙儿早上给自己出的那个主意，原话是："我看实在不行，你也别穷忙，不如就把白玛瑙染色，夹在真珠串里糊弄过去，等过些时日，对方不大在意了，再将那珠子改成个法器，对外就说用来供养神佛了，将其供奉起来，岂不省事？"现今再看这一盒子的人造首饰，王阳明茅塞顿开！

他忙将这些宝石捏起，走到窗户旁，尽可能让其对准太阳，然后细细打量起来。

令他失望的是，这满满当当一盒子染色首饰里，真就找不出一颗他要寻的碧玉珠子。

"伯安，你可寻着了？"任全敏从旁边的屋里出来，见王阳明正从一首饰盒里取出五颜六色的假珠宝迎着光细看，就知道内里暗藏玄机，"怎的，你怀疑他们……"

"不错！"王阳明笑道，"这就是所谓的灯下黑！虽然这首饰盒里并未找到真正意义上的碧玉珠子，但他们所用的掩盖手法，我已然知晓。他们不过是将碧玉珠子改成我们不易察觉的颜色、形态，然后轻而易举将其带出府……如果我所料不错……"

王阳明将那些假珠子物归原位，然后关上了盒子。

两人并肩走出屋，却听到有孩子的嬉戏吵闹之声，这动静方才还没有，现今听来却极吵闹。

"看！他们这院儿后头竟还开了扇角门！"任全敏伸手指了指院子一个不起眼的角落。

不过，在王阳明看来，任全敏指的那个与其说是角门，不如说是狗洞。

王阳明嘴角抽搐，有些讥讽地说："不会是这厮家里的孩子没事背着大人自己挖的吧？"

说罢，他便蹲下朝"角门"探身过去。真别说，王阳明个头虽高，但架不住人清瘦如竹。任全敏可不行，他只好出了院子正门，绕道而行。

王阳明出了"角门"，看见了另一番天地。

他眼前的是一条狭长的巷子，四个十岁不到的小子正跪在地上，你争我抢地玩着弹球。

中国古人发明了男孩子们都喜爱的弹球。有人说，现代的桌球就是根据我国古人发明的弹球衍生的运动。此种说法已然无法考证，但有趣的是，我国古人确实用泥巴等物烧制过孩子们喜欢玩的弹球，并制定了神奇的游戏法则。

"哎，怎么这次又是你赢啊？"一个微胖的小孩子不服，抬手推了一把蹲在左侧的小瘦子。

那小瘦子模样很是不起眼，下巴略尖，脸上黑乎乎的，一看就知道家里的大人不怎么上心管教，偏这小子还生得乍一看去就不像是个机灵人。

不过，让人觉得好笑的是，这个看起来不太聪明的小子愣是打赢了这帮人。

王阳明几步来到四人近前，只见那输了弹球的小胖墩一把抓起那个小瘦子的衣领："我们的球都是泥巴烧制的，偏你杨小郎的弹球是用黑曜石做的！你个收拾鱼骨头的下等厨子家的孩子，凭什么用这么好的弹球？每次都是因你这弹球个大才赢了我们几个！凭什么？"小胖墩随手一指地上散乱的弹球，很是不客气地晃动着小瘦子，说道，"你说，到底谁赢了？"

谁料，这个被摇晃的男孩并不是个好相与的软棉花，他不疾不徐地将胖子的手腕捏住，顺势往旁边一掰："我家是伺候鱼的，你又好到哪里去？一个卖山药的菜农，快回你老家种田去吧！"

王阳明才懒得管这两人之间的争吵，快速蹲下身，只见这小瘦子的手心里攥着一颗不透明的黑色球体，球体大小近似南洋金珠。再看散落在这四个少年站立位置的那几颗弹球，其中有三颗色如黑曜石的大块头珠子格外显眼。

王阳明忙捡起那三颗珠子，手心传来碧玉特有的冰凉感，他又将这三颗珠子两两相碰，听到了和田玉才能发出来的声音，又见这小瘦子上身穿了一件底层劳动人民常穿的短半臂，下身则直接套了条裤子，其上衣交领处竟塞了个算盘！那算盘不大，一看就是女子持家所用的闺阁之物，形制普通。可令王阳明称奇的是，这算盘的外框已然坏掉了，上头支撑算盘圆珠的木棍有些也已然损坏，原本该插珠子的地方眼下空空如也。

这小子边将那胖墩推开，边从自己怀里的算盘上取下一颗黑亮亮如黑曜石的珠子，朝着那胖墩叫嚣："怎么着？不服来战啊！老子家里有的是好东西！我这不是黑曜石，是西洋那边的黑玻璃。如何？怕了吧？老子怀里的算盘上有的是这样的黑玻璃珠子。你们若愿赌服输，我就大方一次，同你们几个一起玩这珠子；若是不服，老子也有本事用这西洋的黑玻璃打败你们几个！"

好大的口气啊！

王阳明心一紧，忙将那捡到的三颗珠子收入荷包。他四下观察，见除去这四个小子，周围并无旁人。直到任全敏从一旁过来，他才抬手招呼，示意其不要惊动这几个小鬼。

"全敏兄，还得麻烦你快些到这附近买四个酱肉包子。"

"啊？买包子？"

"对，越快越好。你千万记住，必须是肉包子。"

任全敏也不知王阳明要买包子干吗，但看王阳明的眼神，他估计这案子是要破了。

任全敏忙转身再次离开，不过一会儿，他便抱着片卷了东西的荷叶过来："这里头是四个酱肉包子。"

王阳明颔首道谢，从荷叶里取出一个包子，将其掰开。瞬间，肉香扑鼻，包子里淌下油脂。

玩闹的四个小子突然停止嬉闹，全往王阳明手里看。

"我说杨小郎啊，你玩了这么半天也饿坏了吧？哥哥给你买了四个酱肉包子，快趁热吃啊！"王阳明眼疾手快，将那掰开的肉包子递到杨小郎嘴边。

杨小郎潜意识里无法抗拒美食的诱惑，右手已然迎了上来，而那包子流着油，里头全是酱肉，杨小郎受到了剧烈的视觉冲击。

王阳明见其上了钩，一把从其手里夺过那颗被攥得死紧的珠子，又将另一半撕开的肉包子递到他左手上："这个你也拿着。"

杨小郎放松警惕，竟被王阳明骗去了两颗珠子。王阳明见他吃得飞快，便想将那包着另外三个包子的荷叶卷直接塞入他领口，见内里插着那个算盘，他忙装出一副惊讶的样子，指着那算盘问道："想不到你小小年纪，还管家里的账目呢。你怎么随身带着算盘出来了？"

那杨小郎吃得满嘴都是油脂，加之随身不带帕子，他便一股脑把手上的肥油往衣服、裤子上抹。

王阳明趁他抹油时，将那算盘从他怀里扯了出来，顺利地将包子塞入他怀里："慢点儿吃，哥哥那儿还有好的呢。"

杨小郎略有犹豫，可美食当前，自己又是穷苦之人，尤其这温渚之地平日多以青菜、鱼虾为主食，猪肉、羊肉一类只能逢年过节时享用，平时吃算是一种奢侈。

杨小郎嚼完一个包子，忙将王阳明塞入自己怀里的荷叶卷打开，边徒手撕开另一个酱肉包，边道："你怎么知道我叫杨小郎？"

王阳明看他只顾低头猛吃，也没顾别的，忙给任全敏使眼色，将拿到手的算盘递给任全敏，自己忙拿起帕子，温和地为这杨小郎擦去嘴边的油脂："刚刚他们说的啊。我也玩弹球，玩得不如你好，后来我爹叫我念书，我就不玩了。我刚刚看你玩弹球，很是佩服你高超的技艺。我想问，你平时玩的这套技术，能传授给我吗？我家院子很大，还有好多形制各异的弹球呢。如果你能亲自去我家一趟，指导我如何玩这弹球，我愿送你上好的青金石弹球和各种点心。"

第二十四回
一姜两用盈亏自负　珠玉蒙尘碱水焕然

晌午过后，神秘的那个她又开始蠢蠢欲动了。

这个时候刚巧是郭小姐午睡的时间，也恰逢总督府上下小憩之时。

她先是端着一杯还未用沸水沏开的生姜大枣茶，小心翼翼将其搁置于龙须竹林深处的一座矮脚石山处。

她尽可能让自己怦怦乱跳的心平复下来。她这一年多的时间里都在这茶里动手脚，但不知为何，今日她偏偏有些手抖，竟将后续步骤忘得一干二净，大脑中空荡荡的。

她伸出左手抚摩了一下心口，给自己顺了顺气，右手习惯性地护住托盘上的茶杯，生怕其滑落下来发出声响。

她缓缓起身，半蹲着倚靠在矮脚石山旁，从袖口中扯出一方海棠色手帕，将其展开平摊至托盘左侧，又从随身系着的荷包里取出一根竹制牙签。

她熟稔地将茶盏盖子开启，用竹签探入其中，将一片片生姜串起，搁置在提前准备好的海棠色帕子上。

她宛若什么都不在意，干净白腻的面容上不带丝毫怯懦。这空子她钻了足足有一年多，还从未失手，想来此乃上天眷顾。

这神秘的行为令这竹林都染上了无法消散的生姜味道。

196

她在内心为自己鼓掌加油，手边的动作却未曾停下。

这厮又从荷包里取出一绣有雪绒花图样的骆驼色帕子，小心地将其捧在掌心，内里竟藏着一些生姜姜片，外表与她刚刚用牙签挑出来的那些生姜片并无区别。

她恨不能手脚并用。也不知过了多久，这盏郭小姐每月总有那么几天定要喝上几口的生姜茶，在经过这家伙几番折腾后，和刚沏出来的没什么两样了。

她将东西都收拾妥当，尤其是她带走的那包姜片，这可是至关重要的证据。虽然一般人不会想到有人能用这么阴损的手法熬死一个名门千金，但是，不排除有些好事之徒突然插手，尤其是那个叫王阳明的家伙！

自打那天听说他来了，她的心咯噔了一下，便再未平静过。

她反复确认荷包里被自己替换掉的那包姜片还在，又不住地摸索那根随身携带的牙签。待一切确认无误后，她这才有些恍惚地起身站好，不忘把发型重新整了一下。

那杯生姜茶虽还未加入开水，但在她看来已是一杯鸩酒。

"姑姑！"

一声姑姑，打破了龙须竹林的宁静。这个稚嫩的童音好似成了精的竹子发出的一般，吓得眼前之人手乱抖起来。

"你、你怎么来了？"

她只觉自己的魂魄好似从两肩飞了出去，整个竹林似都在鬼哭狼嚎。

"姑姑，这个大哥哥带我来看青金石做的弹球，还给了我好多点心，都是夹肉的。"

杨小郎说罢，就由王阳明本人牵着小手踱到她面前。

"冬儿姑娘，你刚才好身手啊。我若没看错，你刚刚是在用自己备下的姜片替换郭小姐每月必喝的那红糖茶里的姜片吧？"

她就是四个丫鬟里年纪最小的冬儿。

"对！"冬儿还是老样子，无论如何，她觉得她有的是底气，就和当日王阳明头一次审她那会儿一个样。

冬儿腰板挺得老直，仰起下巴，毫不客气地看着王阳明的双目。

她就这么看过去，王阳明又当如何？

冬儿下巴高仰，恨不能用鼻孔说话："我刚刚之所以这样做，不为别的，只希望郭小姐能多喝些生姜罢了。因为小姐最近身体不适，尤其是每到晚间总觉腹痛，说是有寒邪入内无法排出……可郭小姐又不喜那生姜辛辣之味，平时我们都不敢在茶里给她多加生姜，可姜片若少了，小姐的身体又好得慢……所以我便私下往茶里多放些姜片。怎的，这你都想管？阳明先生管得也太宽了吧！"说到最后一句，冬儿紧咬嘴唇，不忘做出提示，"哟，我还忘了说，这事我之所以藏在这龙须竹林里做，完全是夏儿出的主意，不信你问她！"

王阳明像是没听见一般，往前踱步："不错，夏儿姑娘确实颇通药理，但还没有达到炉火纯青的地步。我已私下跟她核实，她确实曾嘱咐你，要你找个私密的地方往茶里多加些生姜，但要点到为止，不能被郭小姐察觉。"

"对啊！你既然知道，还问什么？"冬儿的双眼喷发出怒火。听他这话，冬儿像是有了底气，双手攥紧托盘，就要往前走。这一次，她铁下心来，连侄子杨小郎的死活都不管了。

"慢着！"王阳明也是个厉害主儿，忙大喝一声，"好个恩将仇报的狗奴才！你借用生姜一物两用的原理，坑害你家小姐，致使郭小姐气血亏损、容颜有失，你这不知好歹的东西！"说罢，王阳明上前，一把将茶盏从托盘上夺过，将内里存放的姜片掏出，拿在指间质问她，"好个心思歹毒的丫鬟，你倒是挺博学啊！我手里这一小把生姜片，是你提前预备好的削了皮的生姜！"

"削皮？"冬儿明知故问，"削了皮又当如何？你家吃姜不削皮？郭小姐一个大家闺秀，自然挑剔……"

王阳明见她死不承认还在狡辩，质问声不禁越发严厉："明知故问的东西，你倒是机灵得很！这生姜，削皮与不削皮，其医理、功效完全相反。若一个人平时有火郁结在心，运动量又少，还不排汗，有大量食物淤堵在体内，这个时候方可给其适当服用一些削了皮的生姜。一来这削了皮的生姜可促进排汗，二来这削了皮的生姜能打通经脉、促进排

198

毒。可若是你家小姐这般，癸水原本正常，气血流畅，月事中断不能服用这削了皮的生姜，否则会引发多汗，耗费女子津液，而癸水会比寻常女子多出不少。一两个月自然无事，可若长期在月事中服用这削了皮的生姜泡的茶，就会导致气血两亏，会耗损很多原本不该流失的能量。夏儿姑娘的意思是让你适当地往里加些不削皮的生姜，以避免你家小姐月事中腹痛难忍。可惜，夏儿姑娘虽颇通茶艺、饮食，却偏不懂这生姜的学问。你就单抓住这点大做文章，无非想用这削了皮的生姜泡的茶弄得郭小姐气血两亏、容颜受损，从而达到你不可告人的目的！"

"嘁！一个大老爷们儿，拿姑娘家的癸水说事，也不怕被人耻笑！你怎么知道这些事的？再说，你有何凭证？"冬儿不甘示弱，继续紧盯王阳明。

"你还真是坚强啊！"王阳明眯起双眼，"都到这个份儿上了，你就不怕你家小姐搜身，拿证据和你对质吗？杨二丫，谁给你的胆子，让你恩将仇报，暗害郭小姐的？当初若没有郭小姐解囊相救，你早被戏班的老板虐死了！好，我今儿就告诉你，你刚刚替换的整个过程我们都看在眼里，那原本没有削皮的姜片，就在你的荷包里睡着呢！"

"'我们'？"冬儿一听这话，脚下一个趔趄。

话音未落，只见郭紫菲大小姐带着另外三个丫鬟从竹林另外一端绕到冬儿近前。

郭小姐身后的春儿、夏儿、秋儿三人，手中各托一物，皆由绸缎覆盖着，看不清是什么，但四人神情严肃，似要来个"开封府问案"。

"原来世间真有这样的说法，是我太单纯，总以为那是戏文里唱的，有道是'我为你雪中送炭，你让我家破人亡'……"郭紫菲鼻头酸涩，眼泪簌簌而下，说话的语气却还是有当家人的霸气，"你这么讨厌我，今儿也别藏着掖着了，我郭紫菲到底怎么招你了，你竟如此坑害我？！你说说，我听听，好歹让阳明先生评评理！"

冬儿看另外三个丫鬟都狠狠地瞪着她，恨不能将其杀死，想到眼下她们人多势众，自己寡不敌众，她不觉开始害怕。

"我、我、我……"冬儿并非结巴，而是假装结巴拖延时间，以便编造谎话，"我就这一次，我知道错了小姐，求小姐原谅我吧。今后，哪怕就是打发我去马圈洒扫，我也心甘情愿！"

王阳明见她一副可怜兮兮的样子，气得嘴角抽搐："杨二丫，你怎么这么不要脸啊？你盗取碧玉珠串，想要陷害郭小姐的账我们还没找你算呢，你倒是会演戏，这脑子转得真快啊！什么叫'就这一次'？什么叫'我知道错了'？小小年纪，谎话连篇。你和你哥哥、嫂子带来的这一连串麻烦，给郭小姐带来了多少伤害你知道吗？"

郭小姐脸上浮现出难以揣测的微笑，看向冬儿的表情已然麻木："春儿，上去。"

"是！"春儿将手边的东西放在身后的矮脚石山上，疾步如风，一把揪住冬儿的发辫，扯过她的衣领，连续打了她四个巴掌——拍得是震天动地，恍若那落下去的不是巴掌，是仲夏之夜砸向窗棂的冰雹。

冬儿手里的托盘砸在地上，她再想挣扎也是不可能了，春儿平日有多会教训人她是知道的。

几个巴掌下去后，春儿就这么硬生生地扯着冬儿蓬乱的头发，将其整个人钳制住："你算个什么东西！我们平时看你年龄尚小，又是个苦命的人，便处处让着你！你倒好，算计起小姐来了！"

冬儿挨了几下打，反而更加闹腾，她摇晃着狮子头般的爆炸头，不住地想要起身挣脱春儿的束缚："我怎么了？我到底犯了什么错？！你们没有证据乱咬人，你们……"

王阳明真是哭笑不得。这么一个不到十五岁，一天到晚以害人、说谎为乐的小丫头，还真是让他挺无语的。他上前几步，牢牢盯住冬儿那双因不服气而瞪得像灯笼一样的大眼睛，说道："如果我没记错的话，冬儿姑娘以前的名字叫杨二丫，自幼被父母卖到百戏班做表演凤阳花鼓的女伶官，偶尔也说说相声。你认识不少江湖艺人，你做厨子的哥哥也跟这些跑江湖的艺人比较熟。你先派哥哥用郭小姐赏赐给你的象牙耳坠收买人心，将那喜鹊笨笨租过来。你虽是表演凤阳花鼓的艺人，但好歹也在戏班混过将近十年，吹个百鸟朝凤口哨自然不在话下！紧接着，你借助喜鹊笨笨将小姐的碧玉珠串拿到手，但因郭府出入时会有严格的搜查，你不好马上将这东西带出，所以……"

王阳明击掌两声，只见夏儿端着什么东西走上前来。

冬儿对上夏儿那双满含怒意的眼，蓦地便有种大势已去的绝望之感。

王阳明见冬儿有些绝望，但毫无悔意，便冷笑着将那绸缎揭开。原来夏儿端着的是一小盆兑了碱面儿的冷水。

"我说冬儿啊，你这几年跑江湖还真是没少见世面，这害人的功夫真是厉害，我王阳明都甘拜下风！今儿我就让你看看，你那伎俩是如何在这一小盆碱水里原形毕露的！"说罢，王阳明又拍了两下手掌。

秋儿端上一个用绸缎覆盖着的东西，王阳明将其掀开，让秋儿拿给冬儿瞧。那托盘上装的不是别的，正是今日王阳明从冬儿侄子杨小郎身上搜出的那小算盘和另外几颗被伪装成弹球的珠子！

"杨二丫，你的手段真高明！你将这碧玉珠串改头换面，用了上漆的手法，将其改造成算盘，从而顺利将其带出了总督府。哼！想必总督府检查之人也是万万没想到，一个小丫头竟然有这般心机，先是将珠子染色，随后将其和另外形制、颜色相同的珠子串在一处，做成一把适合女子使用的小算盘。"

"你、你怎么知道的？这、这不可能！这手段只有我们跑江湖的人……不！秋儿也有嫌疑！秋儿管账目，长期跟算盘为伍，你为何不怀疑她？凭什么是我？凭什么？"冬儿极力狡辩，临死不忘拉一个垫背的。

王阳明摇头，一脸感慨："都到这份儿上了，咱就别栽赃了行吗？你若真想知道我为何没有怀疑另外几个人，还请你先闭嘴，耐心听我后续的推理。"王阳明死死瞪着眼前欲要顶嘴的冬儿，顺手从托盘里取出一颗通体漆黑的"玻璃珠子"，对准夏儿端着的那一小盆碱水，轻轻一投。只听扑通一声脆响，那珠子如蛟龙潜水，不见了影踪。

王阳明再伸手去捞，只见这原本通体漆黑的珠子瞬间墨色尽褪。

一颗又一颗带梵文雕刻的冰釉料珠子如南洋金珍珠大小，经由王阳明一只大手捞出水面，展现在众人面前，颜色恍若生机勃勃的春日大地之色。而那一盆原本混合了白色碱面的浑水，此时不但漂浮着油脂、黑墨，最上一层还漂浮着近似沙尘的颗粒。

"多么棒的顶级碧玉，多么完美的帝王之绿啊！"王阳明将那十颗珠子全部投入碱水之中，单手拿起一颗恢复到原本颜色的碧玉珠子，"我未婚妻手里也有一些罗刹国进贡的顶级老坑冰釉料物件，这么棒的料子现在用一个少一个了。你倒好，在这儿暴殄天物！真真不可饶恕！"

"不，这不可能！这不可能！你是怎么知道的？这刷珠子的手艺，只有极少的江湖艺人知道啊！"冬儿近乎咆哮着质问王阳明，双目通红，扯着嗓子发出的声音有些凄厉。

"你的这种手段，道教之中常有，只不过人家是用来炼丹、做法事罢了；而你，无非把朱砂混了金墨，先用毛笔不停地在每颗珠子上上色，而后又将这十颗珠子浸泡在混好的黑漆里。因杜公子的这十颗珠子上刻有梵文，你费了好一番力气，将混了黑漆的面粉和高岭土填满缝隙，致使旁人检查时，更察觉不了这算盘之上每颗珠子的玄机。更何况你这算盘上也混合了不少颜色，形制与这上了色的珠子相同的黑玛瑙珠子，足以掩人耳目……碱水专褪你这朱砂、金墨混合而成的颜料。这还得感谢我家娘子从旁指点，要不是有她在身边，我还真不知道呢。"提及自己心爱的妙儿，王阳明甚是自豪。

"你、你说什么我听不懂！"冬儿仍旧不服。她此刻虽如困兽，却还是不停地抵赖。

郭紫菲看到眼前场景，不禁冷笑："听不懂？来人，带训鸟儿的夫妇和她哥哥、嫂子上来对质！"

第二十五回
慧喜鹊指证心机婊　你贫贱活该你没理

　　任全敏的登场自是不会令人意外，但被押来的三个"套头人"让冬儿吓得魂飞魄散。她再一抬眼望去，只见那对卖艺夫妇一前一后进来了，那妇人肩头分明站着喜鹊笨笨，二人加一鸟均跟着任全敏和几个家丁从外头绕进园中。冬儿见若干有所牵扯之人皆已到场，再想辩驳恐怕委实难了，随即明白何为"大势已去"。

　　郭大小姐见这冬儿眼中流露出绝望之色，便上前几步，双眸死死盯住冬儿，说出骇人心魄的话语："今儿你哥哥、嫂子都不在家，我想问问，他们两人干吗去了？"

　　"他们……"冬儿不敢往下再言。

　　郭小姐继续迈步向前："怎么，答不出了吧？别急！待会儿有的是时间问你和你哥哥、嫂子。先请训鸟儿的艺人过来对质！"

　　说罢，郭小姐自己转身弯腰，伸手将那盖了绸缎的托盘捧起，将绸缎掀开。原来，托盘里放着的竟是许久不见的铜雀春。

　　接下来，艺人夫妇当着众人的面，亲自示范如何使用白鸟朝凤口哨。

　　只见那笨笨从女艺人肩头展翅飞起，动作跟那天王阳明在街上看到的无异。它找准位置后便不惧众人惊诧的目光，毫不犹豫地按照自己的记忆和判断，将铜雀春拆解开来，再将内里存放着的一条多宝项链取了出来，放在铜雀春一侧，而后有条不紊地将那一根又一根平摊在另一侧的木条插了回去。最后，它运用老方法，先叼后挑，接着将项链挂在自己身上，最后直接飞回主人肩头，将珠串交给主人。

"诚如各位看到的，当夜过来盗取碧玉珠串的，不是什么人，而是一只鸟儿！而这只鸟儿不是旁的，正是方才展示其开锁、盗物技艺的喜鹊笨笨！这就是当夜郭小姐发现铜雀春上面会有些许水渍的缘故。那盒子上头的并非什么水渍，而是笨笨的口水，毕竟小鸟儿是用嘴、脚拆解这铜雀春，在上面留下口水也属正常现象。而残留在圆桌上的那一小点儿可以忽略不计的栗子残渣，更说明了一点——笨笨在行动前可能闹了点儿情绪，冬儿就用它最喜爱的栗子做奖赏，鼓动其快速出击、速战速决。笨笨刚吃完几颗板栗，情绪稳定下来，便遂了冬儿的心愿，飞入凤栖楼最高一层，盗取碧玉珠串。"王阳明层层深入，继续分析道，"好个聪明绝顶的小丫鬟，居然想到运用郭小姐最为喜爱的小鸟儿盗窃府上珠宝！想来，当夜郭小姐独自在那凤栖楼赏月，理论上讲，身后真有动静她也应该听得见。可巧的是，郭小姐因喜欢小鸟儿，全府上下皆有鸟鸣，各种鸟叫不绝于耳，她这些年下来已然习惯。虽说普通之鸟晚间视力较差，在那个时段已然回窝歇息，但并不排除有些特别的鸟儿，诸如西洋来的鹦鹉一类的鸟儿，仍旧会聒噪个没完。所以，当喜鹊笨笨顺着背对郭小姐位置的窗户，飞至郭小姐身后放置铜雀春的圆桌上时，郭小姐不是没有听见，而是习惯性地忽略了。她应该是听到了一些声音，但由于她跟各种鸟儿朝夕相处许多年，对这些声音早就习惯了。若有些许动静，她便下意识地往鸟儿身上想，觉得那是鸟儿发出的声音，而非人。"

郭紫菲颔首："先生说得极是。我因自幼与鸟儿为伴，的确容易忽略这小动静。有时半夜出个什么声响，我便觉得那也是屋旁树上各种鸟儿发出的鸣叫，时间一久，便都无所谓了。冬儿这家伙便是抓住了我这习惯。她倒是'对症下药'，害得我好苦！"

王阳明背起双手，围着有如困兽的冬儿走了几步："你虽曾是个跑江湖的艺人，但并不太会这训鸟儿的技艺。可你知道有个口哨名叫百鸟朝凤，有了它，人便可随性操控鸟儿。想来你过去跑过将近十年的江湖，见过不少百戏班里训鸟的表演，你原该玩过那口哨才对。想必你也该接触过不少鸟儿了吧？所以就算笨笨突然跟了你，你亦从容不迫可以轻松地驾驭它。当笨笨潜入郭小姐身后时，就算其是训练有素的鸟儿，也难保不会发出声响。你便通过卖艺夫妇对笨笨的解锁评价，提前计算好笨笨得手的时间，横下心，用百鸟朝凤口哨发出足以乱真的喜鹊鸣叫声，一来催促笨笨快点儿得手，二来用以迷惑对窗赏月的郭小姐。你用那哨子扰乱了郭小姐的判断。她无法听清这喜鹊叫声到底是来自身后还是楼下某片林子。还有，我们大家都知道，喜鹊在我中华文化里是祥鸟。我们常用喜鹊登梅等图案，为的是讨个好彩头。从没有任何一个人会像驱赶乌鸦一样驱赶喜鹊，为什么？因为喜鹊代表了吉祥喜庆，是人们口中的报喜鸟。且喜鹊与凤凰、朱雀不同，它并非传说中的动物，乃日常可见之鸟。"

郭小姐听罢，亦是冷笑："是啊，谁能想到，就是这么只报喜的喜鹊，竟是开锁偷盗珠宝的小偷。不光如此，它还聪明绝顶，能将锁还原。这样的技巧也没几个大活人能做到！可谁又能怀疑我们经常赞美的报喜鸟，竟会和这恶毒的丫头沆瀣一气，做出这等下作之事！现在回想，当夜我对窗赏月，耳畔确实传来接连不断的喜鹊鸣叫，一开始是断断续续的，后来便是连续不断的。可因我府上鸟儿很多，偏这声音又是这报喜鸟所出，若是乌鸦一流我恐还多想些，说不准觉得不吉，敲敲窗棂便轰它们走了，可这喜鹊……唉！谁家好端端的会轰喜鹊走呢？这不是明摆着把福星往外赶吗？"

王阳明中肯地说道："不错，一般之人断不会轰喜鹊走，反而巴不得这报喜的仙人常来常往。所以我说，您家这冬儿真真不简单呢。她先是一姜两用，在不下毒的情况下，让您气血两亏、容颜有损，再来便是抓住您对鸟儿的喜爱与喜鹊的文化寓意，利用笨笨下手，吹动鸟哨迷惑人心。冬儿，你很聪明，脑子也转得很快，布局更是周密，可惜你也有破绽！"

冬儿听王阳明这么说，突然仰起满是巴掌印的脸。她的嘴角已淌出鲜血，却依旧咬着牙说话，生怕在场之人听不见似的："什么破绽？你还有什么把戏，有种都给老娘抛上来！老娘接得住！"

王阳明朝着任全敏点头。任全敏便差遣众家丁一拥而上，将套着面罩、双手被捆绑着的三人按到地上，让他们跪下，再吩咐家丁将其中两人的面罩摘掉。

冬儿一看，这不是哥哥杨利和嫂子黄氏吗？

"笨笨，你过来瞧一瞧，这男子你可认得？"王阳明开口，双眼看向落在女艺人肩头的笨笨。

喜鹊笨笨听罢，没什么大反应。它身下的女艺人开口道："就是他！我们都叫他周贱狗，小名儿狗子。他跟我们说他姓周。过去他曾经跟我们戏班联手搭台子，负责给我们做饭。"

身旁的男艺人也颔首："不错，当日来管我们租用笨笨的，就是他！"

王阳明笑道："要这么说，笨笨跟杨家这两兄妹都是见过的。它先是跟这杨利见过，然后到了冬儿手里。之前你们说，这杨利管你们租了十天笨笨。想来这十天内，笨笨可能由冬儿带着，顺着郭府后墙某个不为人知的地方直接飞到了郭府园中。因郭小姐的鸟儿都是散养的，有些雀鸟原本该关在笼子里，却因郭小姐心善不忍将它们关得太紧，索性笼门就这么大敞着，它们爱走走、爱回回，她也不太过问，只要这些鸟儿自己开心就好。可就是这样的方式，反倒让冬儿钻了空子，大摇大摆地将随处可见的喜鹊放入府内……哎，冬儿，我可真佩服你，你真是胆大心细、充满想象力，运气还这么好！你因之前跑过江湖，对江湖卖艺这块儿了如指掌，你早就打探出这对训鸟的艺人夫妻将携一只聪明绝顶的喜鹊来本城卖艺，且你还清楚得知，他夫妇二人有一把名为月胧明的传世之锁，其结构亦如郭小姐的这个铜雀春，只是拆解时细节部分略有差别。可你更了解的是，笨笨这喜鹊绝非普通的鸟儿。它不但有着惊人的模仿能力、记忆力，更有着强大的推理能力。想来你当日租下笨笨，也怕它会在偷盗的过程中有所疏漏，尤其是在你们彼此配合的这个环节。遂你就明目张胆地趁着主人和另三个丫鬟不注意，在这片竹林里讨好笨笨，给了它不少食物，跟它培养感情，与此同时你还加强了对百鸟朝凤鸟哨的练习。不得不说，你的运气真是好到家了，若万一被人发现你跟一只喜鹊玩闹，口中还发出阵阵鸟鸣，你便可以说这是府上原来就有的一只喜鹊，并不用做太多解释。反正你们府上野的、家养的、无主的、有主的都混在一起，郭小姐也不计较，大家都习以为常……"

"哼！连你也佩服我？"冬儿嗤笑，嗓音有些嘶哑。她依然觉得自己的命运不该如此，依旧觉得自己原该放手一搏："这对卖艺的夫妇我并不认识。还有，也许我哥哥确实想借人家这喜鹊作祟，但这喜鹊我原没使唤过，今儿我也是头一遭见它。就算是我哥哥和嫂子联合这卖艺夫妇出手，想行那鸡鸣狗盗之事，又与我何干？"

王阳明扑哧一笑："你还真能折腾！事到如今仍旧死不认账。也对，原本只是小小的一桩盗窃案，却被你搅和得风生水起。可见你那点儿见识都用在这作奸犯科上了，活该你投不好胎。"

最后一句话戳中了冬儿的痛处，她这次越过王阳明，抬头看向自己的哥哥："杨利！你自己干的好事，别把我扯进来！这回小姐误会了我，可怎么办才好啊？！"

冬儿说罢，迎面泼来了一盆冷水，而泼水之人，正是夏儿。

"你？你凭什么泼我？"冬儿叫嚣着似要扑上去咬住夏儿的咽喉。

夏儿不慌不忙，茜桃色的仰月唇两端轻轻翘起："我且问你，咱家小姐送咱们每人一对的带工笔画儿的象牙耳坠子，你可戴着？"

"你瞎啊，没看到我耳边就挂着吗？"冬儿那叫一个来气，仿佛自己才是受害者，一群人正没事儿找事儿针对她。被夏儿问及耳坠一事后，她更是发出了突破人类极限的吼叫声。

王阳明往冬儿哥哥杨利跪着的位置走了几步，伸手指着杨利，问道："杨利，你说实话，是不是你妹子将自己真正的象牙耳坠子给了你，让你将银钱跟耳坠一并送去给这对卖艺的夫妇，随后你便照做将耳坠子当租金直接抵押给他俩了？"

"是！小的无知！小的糊涂！小的惶恐！是小人的妹子威胁、勒令小的这么干的！小的听说、听说能得着钱，小的……"

杨利倒是个"爽快人"，被身后武艺高强的任全敏死死地按在地上后，又接连听了王阳明精湛绝妙的推理，整个人已是吓得尿裤子了。加之他妹子冬儿被夏儿泼得满身是水，没个人样儿，让他心中更加恐惧。

他身侧的黄氏和十岁不到的儿子杨小郎皆将这一切看在眼中，他们瑟瑟发抖、不敢抬头。

那对艺人夫妇生怕郭家势力庞大，这事会波及自己，毕竟自己也是受骗上当，并不知对方哥哥接笨笨回去要做什么。那女艺人忙不迭解释："郭大小姐，我们、我们愿意配合您揭发您府上这丫鬟作祟偷盗一事，但求您别迁怒于我们这跑江湖卖艺的！我们也不容易啊！这笨笨到底是我们一手带大的，也求您别苛责它！它只是个小鸟儿，什么都不懂……"可能是觉得说得还不够，这女艺人忙抬头看向自己肩头的笨笨，极为严肃地说道："笨笨，你看对面那个丫头，你仔细听、仔细瞧，你认不认识她？她是不是曾经喂过你好吃的和好喝的？是不是曾经带你来过这府上？如果是，你直接飞过去啄她一口再回来！"

说罢，女艺人直接用口技模仿鸟鸣，声音与平常听到的喜鹊之音并无二致，在场之人无不惊叹。

那笨笨似乎是明白了她的意思，但觉出此次气氛不对，也似怕主人吃亏，瞬间连拍几下翅膀抖出了几根碎毛和许多皮屑。

众人一个不留神，它竟真的飞旋至冬儿发顶，力度颇大地在她那脑顶啄了一口，随即飞回女艺人的肩膀上，像是什么都没有发生过，却在落定后明显不服气地朝着王阳明这边伸了伸脖子，那意思好像是在警告他：你别胡说，我听着呢！

冬儿见喜鹊都敢用鸟啄欺负自己，更是气得挠心抓肝："一个畜生懂个屁！你们别合起伙来欺负我一个小姑娘！这算什么本事？它主子在跟前，它自然听话！你若让这畜生指证郭小姐是真凶，只要她主人发话，它也会去！"

那女艺人听了，生怕自己遭这厉害的小丫头牵连，连忙朝着郭小姐和王阳明摆手解释："不不！大家可别听这丫头胡说，我家笨笨也好，一般的鸟儿也好，只有受过专人喂养、训练后，才能跟对方互动。可若是头一次遇到一个陌生人，尤其是在眼下这种对方与我家笨笨距离较远的情况下，即便我催它过去，笨笨也是不情愿的。"说罢，这女艺人伸手拍了拍笨笨："笨笨，你认识那个姐姐吗？如果认识，你就直接飞去，落在她肩膀上。"

她说的"那个姐姐",就是郭小姐,女艺人边对笨笨说,便抬手指向郭小姐。

笨笨左顾右盼,并未动弹半下。王阳明观察这鸟儿的神色,发现它不是没听懂,只是有些顾虑,装不懂罢了。

随后,女艺人便再一次使用口技,发出与方才分毫不差的鸟鸣,但笨笨不为所动,依旧像是没听见一样,把头扭了过去。

王阳明道:"这样,您让笨笨直接落在郭小姐肩头,看它听不听。"

女艺人此时只想摆脱所谓"沆瀣一气"的偷盗罪名,忙照着王阳明的吩咐,使出另外一种口技发出啼叫;随后又用人类的语言吩咐,再次抬手指向郭小姐:"笨笨,去落到那边的姐姐的肩头……"

这一次,笨笨明显很是不情愿。它迟缓地展开翅膀,磨叽了几下,低头用鸟喙啄了几下主人的肩膀,这才很不情愿地飞到郭紫菲那边。但是它并未落在郭紫菲的肩上,而是落在了距离她最近的一棵矮树上,侧头看向郭紫菲。

"这就对了。"王阳明颔首微笑,"鸟儿跟别的生灵不同,它们的性格有些像猫,非常自我,需要人们给予安全感和认同感。郭小姐是第一次与笨笨正面接触,笨笨有这不情愿的反应也正常,毕竟鸟儿不是狗,不会依赖人类。笨笨很机灵,它既不想跟刚刚见面的郭小姐走得太近,生怕给自己找麻烦,又怕完不成主人交代的任务,回去后吃不到可口的栗子,索性来了个折中……这样的行为是鸟儿常有的,即面对陌生人,它们会直接飞到比其高出些许的地方,便于随时逃跑。可冬儿就不同了,刚刚笨笨之所以会那样对你,一来是听了主人的吩咐;二来是因为它跟你熟络,你曾百般讨好过它。按说,你喂过它不少好吃的和好喝的,它也该记住你的好。可它刚刚为什么这么针对你、这么讨厌你,你可想过?"

"我怎么知道?它一个畜生……翻脸不认人呗!我还指望一个畜生记得我的好吗?"说完这话,她蓦然间大惊失色,大为后悔到连呼吸都紊乱起来。

王阳明听了此言,只一笑了之:"哈,终于说漏嘴了!大家可都听到了,刚这冬儿说什么?她承认了自己喂过这笨笨呢!冬儿啊冬儿,你

209

还不如一只小鸟儿呢！人家笨笨从始至终敬爱主人，从未有过翻脸无情之时。作为一只喜鹊，它已努力做到维护主人。它见今日这气氛不妙，对自己主人很是不利，虽然它不知到底发生了什么，可它能感知到，咱们这一群人中的某些人对它家主人断无好感，似要为难……"王阳明边推理边看向笨笨和这对艺人夫妇，口气缓和了几分："万物皆有灵，笨笨是只极可爱、贴心的鸟儿。何况郭小姐自幼爱鸟儿，又养了这么多年的鸟儿，定然不会迁怒笨笨，这点你们大可放心。我且问你们，当日这杨利交于你们的那对上好的象牙牙片，你俩现在可带着？"

男艺人一听这话，马上站了出来，想现在就当着众人的面证明自己的清白。他向前走了几步，距离郭小姐、王阳明二人近了些，毅然从荷包中取出那对耳片，交到王阳明的手心："先生请看！您当日亲自验看过的，当时还说这对牙片是真品。"

王阳明将这对上好的真品象牙耳坠子拿在手中把玩："对，仍是当日那对。"说罢，又转身看向冬儿的一对耳坠："那么我想请冬儿你解释一下，若我手里这对是真品，你耳朵上戴的这对又是怎么一回事呢？是用了野猪的牙，还是河马的牙，抑或是用廉价的牙粉和松脂做成的？若说看牙纹看不出，那么看画工呢？"

一旁的夏儿顺手将冬儿戴着的耳片扯下，动作毫不留情，疼得冬儿龇牙咧嘴、乱叫一气。

王阳明接过夏儿递来的假耳片，将真的与其进行对比，摊在掌心给众人观瞧："大家可以看到，冬儿弄来的这副假象牙耳坠，上头可没有牙心和牙纹。画工嘛，若不和这真的对比还是不错的……呵呵，冬儿，现在证据确凿，你就别狡辩了！"

郭小姐听到此处，浑身气得战栗不止："我好心送你这么珍贵的耳坠子，是为了激励你好好做事、好好做人，你倒好，偏拿这东西当什么押金，用这喜鹊坑害我！"

"呸！"冬儿一脸不屑，还很有底气地啐了一口，"好好做人？我呸啊！郭小姐，你送我这象牙耳片不过是看我出身低微，自小被父母贱卖，觉得我没见过世面，没用过好的，可怜我罢了！谁要你可怜啊？在你心里，我这样的低贱之人恐怕八百辈子也买不起这样的耳坠子。你觉

210

得可以用这所谓的珍贵耳坠子买通我，让我为你所用，为你卖力办事。你不过是想用这东西收买人心，别当我不知道！我出身不如你，但我长得比你漂亮多了。凭什么你就能一人使唤四个丫头，我就只能被父母贱卖到戏班？我四岁登台，抛头露面，受尽屈辱，你呢？从小吃香的喝辣的，没事就养鸟儿玩！想当初，我成日在戏班担惊受怕，不知道哪天就遇见地痞流氓，不知道哪天就会被戏班老板卖到妓院……凭什么？！"

王阳明听冬儿这么说，倒是不觉意外。他上前几步，面向冬儿调侃道："所以说，你弱你有理？我们都是你的亲娘，都欠你的，都该让着你？冬儿，你说得对，我、郭小姐、全敏兄都比你会投胎。可大家都是第一次做人，凭什么我们要围着你转，满足你恶心到家的私欲？你用软刀子杀人于无形，毁人清誉、损人身体，呵呵，你的恶，八辈子都洗不清！"

此言一出，任全敏便将另外一个套着头套的人的头套猛然掀开。众人一惊，只见一个长着一张紫薯精怪般的脸的陌生男子赫然出现在众人面前。

此人长着两道鬼眉，眉毛粗壮且黑，直逼眼皮位置。眼珠中央红、黄双色交杂，目光呆滞，满含醉意，一看就是古书中记载过的"醉眼"。加之其又长了个"露脊鼻"，此鼻瘦削，鼻梁凸起，山根却偏矮。细细打量此人五官，只觉他整体散发着贫苦之人的气质，还透着些怨气。他整个人很是慌张，半响反应不过来，一身街头摔跤艺人常穿的摔跤短衫倒是将此人的身份暴露了。他周身酒气扑鼻，呛得周遭家丁不禁蹙眉捂住口鼻。

"这位仁兄……"王阳明伸手指了指那人，"你，还不快从实招来！今儿个，是不是你身侧这个女人，到你所在的卖艺之地，招呼你过来与她商谈碧玉珠串一事？是不是？"

王阳明说话的语气很强硬，加之任全敏在后用长枪一顶，枪头的冰凉之感便席卷了那人的脊梁。

这鬼眉摔跤手立刻张皇失措，跪地叩首，像是不愿让在场之人看到其本来面目一般："我、我错了！是、是我旁边这个女的，青天白日来我卖艺的街上找我，说什么、说什么要把一个千金小姐遗失的碧玉项链给我，还嘱咐我，说让我一口咬定跟那小姐有染，那、那小姐主动将这串珠子送我做定情物……"

"还有呢？"

身后的任全敏气得踹了他一脚，那鬼眉相扑手摔了个狗啃泥，当时就磕断了一颗门牙，满嘴冒血："还有，还有就是、就是我旁边这女的，还说、还说等时机一成熟，就会吩咐我在闹市街头大吵大闹，说、说这项链是总督府郭小姐私下送给我的，可那郭小姐后来突然翻脸不认人，要把我甩了……她再三叮嘱我回去后多加练习，叫我把事情弄得尽人皆知才好。回头练熟了，她再把那串碧玉珠子给我当凭证……还说闹的时候，尤其不要错过一条叫作双鱼长街的巷子……"

王阳明听到此处也来了气："是啊，那双鱼长街，住的是杜公子一家人。她如此歹毒，都谋划到这一步了，自然不能错过杜公子所在的府邸！我说姓柳的这位大姐，你今儿没在家带孩子、做家务，我就知道，你定然是领了小姑子的命，去外头四下寻觅臭流氓了！哼，也是，自打你接了小姑子这单生意，收了她不少好处，也真是尽心尽力呢，平时没少跟你这丈夫出去寻找合适的臭流氓吧？"

第二十六回
道德绑架古今皆有　衣饰言行暴露人性

　　黄氏听王阳明说得分毫不差，整张脸吓得是翠绿翠绿的。她跟身侧那相扑手的情况无二，只会母鸡啄米似的磕头："妾身知错了！这些话、这些主意，都是妾身的小姑子杨二丫指使妾身干的！她说事成之后能给妾身一笔银子……妾身一时糊涂、一时糊涂啊！求郭小姐开恩啊！"

　　"黄氏……你、你别血口喷人！你给我闭嘴！我、我根本不认识他！这家伙是你跟我哥找来的，这事跟我断无关系。"冬儿继续演戏。

　　"冬儿，整个郭府上下，除了你跑过江湖，能认识不少江湖艺人外，还有谁能呢？就算你找人帮忙，你定然也将这目标锁定在你所熟知的领域、行业之中，断出不去这圈子。呵，谁让你当初命苦，连亲生父母都厌弃你，亲手将你贱卖到那样的地方去呢？这些年你虽不用再卖艺，但说穿了，有些骨子里的东西到底还是抹不掉！这话刻薄，我本不想说……"王阳明边说边踱回冬儿近前，"我们每一个人，无论有什么样的出身，都有改变命运的可能。有人天生出身高贵，一路顺畅；有人时运不济，出生时已处底层。但我们还有机会将一手烂牌打成一手好牌！你赶上郭小姐这么通情达理的主人，为什么不抓住机会，为自己的命运重新洗牌？为什么你要自甘堕落，拿别人的善意当成理所当然？你自甘堕落也不关我们的事，只是拜托你不要连累旁人！"

事已至此，冬儿也不能再往下胡编乱造了。

她见大势已去，也知郭小姐不可能再开恩。接下来自己要面对什么，她比任何人都清楚。

只是，她仍想从王阳明口中要个说法。

"阳明先生，事到如今我都认了！以上一切都是我所为……可我想知道，你一个大男人是如何关注起女子的癸水的？还有，你到底是通过何种线索看出我是真凶的？秋儿原是账房管事的，一直辅助郭小姐管理府中、府外各种账目，要说把这碧玉珠串做成算盘这种事，你也该怀疑她才是！何况，她本人对郭小姐不是没有意见！另外就是夏儿，她一直负责郭小姐的饮食，按说理应是你眼中的第一个怀疑对象，可为什么你都没有怀疑她，偏针对起我来？我这人天生命苦，原想反戈一击，杀个措手不及，也不枉费我来这世上走一遭，可惜碰上你了！现今我沦落至此，你们要杀要剐我都没意见，可我死也要死个明白。你到底是如何知晓这上下因果的？"冬儿咆哮着，眼泪鼻涕流了一大把。

王阳明踱步来到其近前，轻轻开口，可声音却明显比之前更有威严："说来也是巧合。我从府上回去后，恰好我未婚妻也来了癸水。我见她脸色不好，跟郭小姐有些类似，便问了她因由。她告诉我诸多与女儿家月事有关的事，我这才联想到，莫非这郭小姐脸色之所以不好，也是因为癸水有问题？我这几次来见郭小姐，均发觉她脸色较差，一开始还当是因这定情物被盗，她受了些惊吓。可我通过跟我未婚妻交流后才知道，原来，女儿家的月事有如此之多的学问，还能够影响到女子今后的健康、容颜、肤色等。我当时就觉得，你们之中的一个定然给郭小姐下了毒，抑或利用了食物相克的原理，在神不知鬼不觉的情况下，弄得郭小姐癸水不顺……"说罢，王阳明向前踱步，看向夏儿："夏儿，我的确怀疑过你。可以说，你跟春儿皆是我的第一怀疑对象。一来，你俩是最亲近郭小姐的两名家生丫鬟，越是和郭小姐距离近越好下手；二来，夏儿你真的很精通茶艺和食材搭配，我当时想，你这样的高手若下毒，定然也是不留痕迹的，但是……"王阳明倏地转身，再次看向冬儿："但是为什么后来我又打消了这一念头呢？冬儿啊，这还得拜你所赐。"

214

"什么？你的意思是我露出了破绽？不可能！"冬儿嘶吼着，蜈蚣般弓着身子四处扭动。那张哭花了的红肿的脸上，五官挤到一处，她像是一个成了精的肉包子："我怎么可能有破绽？之前你问话时，我说的所有内容都是我提前想好的，连表情、动作都是我一早想好的，怎么可能出错？"

王阳明能够看出，眼下的冬儿反而不太计较生死，她计较的是自尊和自己的谋划能力。

"因为你的穿衣打扮和你的每一句话，每一个动作、眼神……"王阳明微微一笑，笑中透露着无法言喻的狡黠与老到。

"穿衣打扮？"冬儿不解，"那就更不可能了！我打扮得老成持重，一看就是很可靠的样子……为什么？"

她的话刚好切中王阳明眼下欲要谈及的主题，王阳明摇了摇脑袋："不知各位有没有观察过，一个人，尤其是女子，平日的穿衣打扮不但能表露出此女子所在的社会阶层、地位，更能暴露出该女子的性格。当日我首次见到你们四个，你年龄最小，但你的着装和你那坠马髻却最为打眼。你知道为什么吗？一个正值豆蔻年华的女子，不按照岁数打扮自己，却把自己打扮得老成持重，这又是为什么呢？这让我展开了想象，由此联想到一个十分恐怖的事实——你，冬儿，曾经见过杜公子。你觉得郭小姐是个成熟淡定的女性，正因如此，她才博得了杜公子的欣赏与爱慕；而你，只是个豆蔻年华的小丫头，还未长大，所以你便在暗中为自己设立了一个目标——把自己往老气里捯饬，让自己看起来比同龄人更成熟。这样，万一哪天你再见到杜公子本人，便可凭借这身打扮引起他的注目。而且，你也想通过这样的打扮，跟自家小姐一争高下吧？"

"她见过杜郎？"郭紫菲大惊，"可我从未带着她去过啊！"

王阳明笑道："如果是无意间看到的呢？比如，您打发她出去做什么事，她却无意间在店铺抑或什么地方看到过杜公子本人，对人家一见钟情。"

众人看向冬儿，冬儿冷笑："是啊，我一个小丫鬟，谁都可以打发我去外头做事！那次还是春儿姐姐说要我去裁缝铺催一下衣服……我却赶上杜公子陪他妹子一起看料子。杜公子不但人生得好，对他妹子也是

215

极温柔体贴，又是帮着选料子，又是忙着挑选款式。这样耐心、细致的男子，定然是个好夫婿。可如此完美之人，凭什么被郭紫菲捡了便宜？我才是他的良配！当时我便心有不甘，这几年来受的委屈一股脑涌上心头……"说到此处，她还挺委屈，眼泪打湿了前襟，"我就是喜欢他怎么了？我一个命苦的底层人，喜欢个读书公子也有错吗？我想给自己谋个前程也有错吗？想当年我四岁登台，受尽屈辱……"

王阳明真是受不了这种爱道德绑架的"普洱婊"——外表看着是清纯的妹子，内里真是腌臜得紧。他见这冬儿又要拿"我穷我有理"说事，忙叫她打住："得了吧！你一来是对人家杜公子有别的心思，二来是发现郭小姐压根儿没想带你做陪嫁丫头，你就恼了。在你心里，你不能得到的，也不能让郭小姐得到，是不是？再说了，就算没有你穿衣打扮这一出，我也能从你说的话中听出端倪来。不知在场各位发现没有，从一开始到现在，冬儿一直称呼郭千金为'郭小姐'，但是另外三个又是怎么叫的呢？"

此话一出，任全敏也是一愣："对啊！这丫头一直管我们紫菲叫'郭小姐'，可是另外几个都叫紫菲'我家小姐'。"

"不错！"王阳明颔首，"从我第一次单独找你问话，再到如今事情败露，你从始至终都称呼自家主人为'郭小姐'，而那三个姐姐都称其为'我家小姐''我们姑娘'。从称呼上来讲，你就已经败露了。我当时就觉得别扭，原想着可能是你岁数较小，想要和郭小姐保持距离，以表尊敬。可我听另外三个姐姐并非这么称呼。尤其是秋儿，她只比你略大，我也从没听她这么称呼。可见在你心里，压根儿没把郭小姐当主子。"

"什么？这都能算作凭证？"冬儿愣住了。她从没想过，一个简单的称呼便能让自己的"大计"付之东流。

见她目瞪口呆、如遭雷劈，王阳明哑然失笑，上前几步继续推理："单独审问时，你有几处破绽让我细细考量。第一，你进门后，我说你上次梳的那坠马髻过于老气，不是你这个年龄层的女孩会梳的发型，你当时露出的惊讶表情一看就是伪装的。我当时观察得很仔细，只见你表情夸张，一直张着嘴巴。当时我这心底就生出几分寒意，寻思道——这

216

小丫头，为何偏要装出一副惊讶过头的表情来？是故意迎合我，想要我生出审案子的成就感吗，还是说另有目的，想要掩饰自己暗藏的心思呢？过犹不及，你这般用力过猛的演出行径，让我对你心生防备，这也是你始料未及的吧？其后，我问你把自己和另外几人比喻成什么鸟儿，你仍是露出这样用力过猛的惊愕表情。如此明显的讨好和迎合行为让我对你再无半分好感，从而令我不得不故意抛出些信息当作诱饵，好让你再三露出狐狸尾巴。"

冬儿听到此处，彻底崩溃："不会，我没有暴露！我是最聪明的人，如果这郭府交到我手里，我一定会管得好好的，一定不会输给郭小姐。"

"是吗？那我问你，"王阳明嗤笑，"那天你一进门，我就给了你一块北方才有的高粱饴糖，你可记得？当时我的目的很简单，就是觉得你不过十三四岁，怕你太紧张，所以给了你一块孩子们都喜欢的糖，希望你放松一点儿。当时你并未吃掉那糖，偏将其拿在手里换来换去，这明显是心中有鬼的表现。你之所以将那糖块左右倒腾，无非就是想减轻你当时的惊恐。另外，我发现你真是个勇敢的姑娘。我审问过无数可疑之人，你是少有的敢于主动与我对视的人。当解释你的衣着打扮时，你非常坦然地和我对视，双眼一眨不眨，且刻意地盯着我。有趣的是，虽然你一直盯着我，但阐述观点的时候，你的语速却明显放慢，且声音变弱。可见你表面上和我对视，伪装成无愧于心的样子，实则内心却在飞快捏造谎言……"

"这你都看出来了？哼，真没想到，这你都观察到了！"冬儿简直无法相信，眼前这个只有十七岁的少年，一点点地将她那戏剧性的表演行径揭穿，像是当面扯开了扣在她脸上的面具。

"不仅如此，我后来转移话题，故意放出话来，说另外三个丫鬟回答的内容与你说的如出一辙，还夸赞你们三人齐心，都知道为郭小姐考虑。按照正常人的思路，你理应沿着我的话回答——既可以认同我给予的评价，也可以马上否定，说你们四人其实并不齐心。但奇怪的是，你又将话题扯回到发髻、衣着上去。一个人，若一味重复同一个话题，而不再谈及其他话题，只能说明此人怕提问者怀疑自己，所以刻意反复强调其话语的真实性，此乃典型的心虚的表现！"

众人听后，皆投来钦佩的目光。

"还有一件事也是你刻意的举动暴露给我的，如今说来，想必没几个人知道。你说你不想把自己比喻成什么鸟儿，你喜欢狗。从你当时说这话时的表情、动作来看，这话是发自内心的。我后来紧跟着问你是喜欢大狗还是小狗，你说大狗。由此我断定，你内心深处隐藏着诸多见不得光的秘密，且你性格自私、不知感恩。"

这话一出，任全敏很是不解："为什么这么说？喜欢狗的人难道也有嫌疑？"

王阳明笑道："这话说来很是得罪人，于是我平时极少说。早些年，我曾跟随做按察使的叔父一起在牢狱中走访获罪下狱之人，在此期间，我与叔父有了一个惊人的发现——这些犯人，不管是犯下杀人、抢劫、奸淫罪的，还是犯下盗窃罪的，都有一个共同的爱好，那就是喜欢狗，尤其是大狗，越大越好。你们可以四下寻觅些养大狗之人，看看他们是否好斗逞强。要我说，这养狗之人，不是在监狱里关着，就是已然走在犯罪的路上。"

任全敏听到此处，不得不打断了王阳明的推理，眉头拧成了麻花："这话说得绝对了些吧。养狗之人也有好的……"

王阳明礼貌地微笑着看向任全敏，先是颔首给予对方肯定，但随后话锋一转："狗，生性好斗，地盘意识强，爱挑衅闹事。行人路过，原本没有招惹到它，它偏要跳上来咬人，或是叫嚣一番。猫，生性喜静，不好热闹，爱自娱自乐。你若踏入它的领地，它顶多磨爪龇牙，断不会像狗那般做出极端的举动。自古物以类聚，人以群分，我们大可从一个人的穿衣打扮、所养宠物观其人。养猫的，多为性格安静、不喜社交的忙碌之人，且以文人居多，例如宋代的黄庭坚、陆游、辛弃疾、苏东坡……你们可以去查，史料中多次记载文豪们与各种猫咪打交道的场景；而狗嘛……恐怕要属军营里的武将、市井农户养得最多，为的是震慑敌军，起到防护作用。可咱普通人又为什么养狗呢？我访问过那些关押在监狱里的死囚，问他们为何养狗，还都是养大狗。他们的原话是——'一来养狗可给自己壮胆，作恶时也好有个帮手；二来自己一个人住，又不识字，闲来并无什么高雅的消遣，就怕闷得慌，总想有个可以支配的听话的伴儿，自己在其面前也好寻个优越感；三来狗忠心耿耿，没有个性和是非观念，自己要让它去害人，它也会听的；四来狗的领地意识强，若有人过来寻仇，狗便会冲上去撕了对方，自己就能趁机逃离原地；五来自己经常作恶，还总去那娼门、赌庄、酒馆打架或者劫财，如若身边没有狗，那还了得？'瞧瞧，这狗碰上这样的主人也是够倒霉的！何况冬儿那时还强调，狗忠诚、好调教，不似鸟儿那么充满个性，如果自己能有条大狗，就不再寂寞了。可见冬儿内心对眼前的生活不满意，很想反客为主，成为足以支配他人命运的大主宰。你希望身边之人都能像狗一样对你唯命是从，讨好、迎合你……"

冬儿瞧着王阳明说了这么多，此刻她却对上郭紫菲那双眼，一字一顿地说："是啊，我希望有朝一日，郭小姐你和另外三人能对我顶礼膜拜，能真正意义上高看我一眼。我这辈子不会投胎，空有一颗聪明的脑袋。你郭紫菲也没什么了不起，不就是有个总督老爹吗？"

郭紫菲听了这般多，此时已然心如死灰："你这种心思真是让人感到后怕。我是出身高贵，可我也没想过迫害、打压谁，是你自己心胸狭窄、自卑罢了。"

说完，郭紫菲便将脑袋侧到一旁，不屑与冬儿这厮对视。

王阳明接话："评价秋儿时，你表面上给予了她'朱鹮'这样的高度评价，但当时你右边眉毛向上挑，明显说的不是真心话。你将郭小姐比作仙鹤时，单手握拳，动作不大，但拇指的小动作不停，可见你当时心虚，不过是在扯谎，但心情也难以平静。当你回忆过往，说要是没有郭小姐自己早就成孤儿的时候，是在强颜欢笑。其实内心根本没有丝毫感恩，没准儿你当时在想'郭小姐只不过是拿我当个玩意儿，见我好玩才帮我赎身的，她并非真心待我'。另外，秋儿确实妒忌郭小姐，但我观察其穿戴、言谈等，只觉这孩子因家族曾遭遇不幸，内心对这世间万物颇有看法，虽对郭小姐有些妒忌，但分寸还算拿捏得当，属于正常范围，并未到走火入魔的程度。她表达了对你本人的厌恶之情，也算真情流露，没有扯谎。再说夏儿，她性格不急不躁，的确也是个心机深沉、有策略、有头脑的姑娘。她的穿衣打扮是你们四个人里最为得体的，只有她嘴上画的唇蜜比较出挑，可见其很会打扮，尤其注重细节，但我对其细细观察，发现她也并无扯谎之处。她虽精通茶艺和膳食搭配，但毕竟不是郎中，像一姜两用这类药理，有些大夫也未必知晓，被你钻了空子也可以理解。"王阳明边说边再次踱回冬儿近前，"我说完了。以上这些，都是从你的穿衣打扮、言谈、细微表情、动作上找出的破绽，如何？我所说的都能对上号吧？"说完，王阳明郑重其事地看向冬儿那张惨白的脸，"冬儿，你如果真心喜欢杜公子，就该明白他命人雕刻在这碧玉珠子上的原话。这上面的文字虽是梵语，却出自《淮南子·说山训》，原文云'美之所在，虽污辱，世不能贱；恶之所在，虽高隆，世不能贵'。遗憾的是，你虽自命不凡，却仍不解这话深意，更不知杜公子所求何人。这话的意思，我今日翻译过来，一并送给你——美好的事物虽易遭受世人诽谤，却不能任人践踏，就好比真理，再多的诋毁也不能将其毁灭；罪恶的事物即便身居高位，暂时赢得世人夸耀，却因其本质丑恶，终究经不起时光的考验，最终还是得不到世人的支持。"

第二十七回
阳明子一别司狼神　情深处手绘婵娟梳

就这样，一起看似寻常却又暗潮汹涌的盗窃案，在阳明子的层层解析下，终于圆满落幕。

郭小姐将冬儿及其哥哥、嫂嫂一家三口，还有他们找来的那个街头臭流氓一并交给了官府。

一听是总督府押送过来的囚徒，当地知州哪儿敢怠慢，半天不到便直接将这一行人发配至东北苦寒之地，终生不得返回中原地带。

王阳明伸了个懒腰，想着时间尚早，干脆先去育秧书院探望初一。任全敏千恩万谢不说，还将王阳明一路送出，非要亲自送他至育秧书院。

两人一路步行，走得并不快。

任全敏对这夜盗玉珠串一案十分感慨，只觉在自己眼前上演了一出"东郭先生和狼"的人间闹剧。

不过，提及喜鹊笨笨，他喜欢得紧，不禁夸赞连连："得亏紫菲自幼懂鸟儿、爱鸟儿、护鸟儿，要换了旁人，指不定怎么处置笨笨呢。也亏得紫菲掌家，手里有硬货，不怕拿不出银子。她不仅直接给出足够的银两，还把挂在脖子上那把金镶红珊瑚平安如意锁给了他们，终于把笨笨留在身边了。"

王阳明颔首，提及此事，也颇为慨叹："是啊，笨笨这种鸟儿世间少有，但它毕竟只是飞禽，并无是非观念，若赶上个毫无底线、良知的主人，恐怕就要沦为盗贼了。现在好了，笨笨能留在郭小姐身边，周围环境又极好，不怕它住不惯呢……"

两人路过一个集市，四周热闹非常。

任全敏侧头看向王阳明，脸上流露出几分欲说还休之色。王阳明将这一切看在眼里，知道任全敏心里不痛快。

"全敏兄向来有话直说，怎么突然吞吞吐吐起来了？"

"你方才说，养狗的人不是已经被关起来了，就是已然走在犯罪的路上……这话我听着觉得很不是滋味。"

看着任全敏那便秘般的古怪神情，王阳明忍住笑，用手轻轻摸了下自己的人中，随后颇为喜感地朝着任全敏眨巴了下眼，解释道："全敏兄，我这话确实得罪人，所以我平日根本不提。我知道，在咱们大明养狗之人是很多的，没办法，我们是农耕社会嘛……但是，这一说法的的确确是有事实作为依据的。而且我已经做过大量调查，发现很多犯罪的恶棍私下大多与狗为伴，同时，我也调查了囚犯的身世背景、性格等，并将调查结果记录在我的《心学画像》中了。不过嘛，有一种人虽然也养狗，但犯罪的可能性很低。"

"什么人？"任全敏的口气放松了些许，但眉毛依旧蹙着。

正所谓"吾爱吾师，吾更爱真理"，他任全敏也是有话语权和自尊心的，不是说王阳明名气大、会推理就说什么是什么，他任全敏也有自己的追求和信仰。

可以看出，这家伙在听过王阳明所谓的"养狗识人"理论后，心中很是不爽。

"既喜欢狗，也喜欢猫，还喜欢鸟儿的人，总之，什么飞禽走兽都喜欢的博爱之人！"

任全敏听罢笑道："那这人的心也未免太宽了吧……"

"普天之下什么人没有呢？这类博爱之人没那么多破规矩，为人比较随和，对物质条件并没有过高的要求，也不讲什么等级制度。但是呢，这种人相对而言不太讲究穿戴和整洁，因自身也没什么规矩，所以

222

他们对自己的子女要求比较低。总体来看，这种人极少，他们很难在这种纷繁复杂的乱世里找到自己的一席之地，受骗上当的往往也是这类人。跟他们相处不累，但也别想从他们身上学到什么……"

"这你都研究透了？"任全敏不解地摇着脑袋，原本写满了疑惑的脸上总算露出了笑颜，"伯安兄真真奇才也！这些东西我从未想过。以前我也接触过你说的这种所谓什么飞禽走兽都喜欢的博爱之人，当日还没发现他的性格有何特点，现在听你这么一分析，好家伙，说的就是他啊！"

王阳明见任全敏情绪好转，忙换了话题："对了，你之前说来这幻海城找你未婚妻，后来你们见着面了没？"

"别提了！我们没有见着。而且我今儿送完你，傍晚就得坐船回嵩山了。"

"啊？这么快？"

"你有所不知，今儿一早我接到江湖密报，说我们门派出了内乱。详细的我也不方便跟你说，只是这乱子绝非突然生出来的。正所谓'城门失火，殃及池鱼'，上头的师伯、师叔若真斗起来，底下的师弟师妹可就遭殃了，想必师父他老人家又要操心了。"

"要这么说，你是得赶紧回去看看……"

任全敏苦笑道："没关系，反正我未婚妻也是江湖中人，她定然会体谅我的。再说，我也将我们门派的暗号留在了某些地方，她若还在这城里，定然有机会看到……"

王阳明颔首，有些心疼起任全敏来。这样完美的男子世间原就少有，更何况他不光有一身武艺，人也生得俊秀，还是个仗义实在之人。

"有什么需要我帮忙的，你尽管提。"王阳明说道，"我虽不才，也没个功夫，可好歹能帮你分析些事情，总比你一人苦思冥想要好些。"

任全敏重重点头，拱手表示感谢："多谢伯安兄，有你这话我就知足了！我任某能交到你这么重情重义的友人，已是三生有幸。今日一别，还不知何日才能再见，真心期待你我重逢的那一天。"

说着话，二人已来到育秧书院前。眼看就要分开，王阳明很是不舍，这一次换他心里难过了，竟有些失态地一把拉住任全敏的手腕：

"全敏兄，大恩不言谢，这一次要不是你出手相救，花柳帮那两人早不知道把我虐成什么熊样了……我想……"他双眼紧紧地盯住任全敏，有些不好意思开口的样子，但话到嘴边，不说完也不是他王阳明的性格，"我想跟你交换汗巾子，以表诚挚情义，也可当作纪念。"

"好啊！好啊！"任全敏脸上露出了笑意，"我刚也在寻思，咱兄弟二人相识一场着实不易，你又帮了我表妹这么大个忙，是得交换件私密物品当作纪念。"

于是乎，王阳明带着任全敏去到育秧书院的出恭地点，也就是现在的公共厕所。

他们在此处交换了各自的汗巾子，以表"永结友情，誓不忘怀"。

汗巾，古人日常佩戴在腰际、藏匿于宽袍大袖中的私密之物，可以说是一种加肥、加大、加长款的手帕，也被不少古人用作简易腰带。除去用作日常装扮、束腰外，古人还用它来擦拭汗水。其颜色较为单一，多为红、白两色。

王阳明的这条汗巾原是妙儿在幻海城内信手为他挑选的汗巾中的一条，当时他俩逛街，王阳明缠着闹着要妙儿帮他挑鞋、挑袜子、挑兜肚。妙儿直啐他，说他没个正经，却随手点了一侧的摊位几下，顺手指了指摆在摊贩推车上的四五条汗巾子。

王阳明现今解下的这条绣"比翼和鸣"图案的石青色缎子面汗巾，便是当日妙儿随手一指之物。

任全敏解下的，则是一条绣"飞来福"图案的苍色软烟罗香纱汗巾子。王阳明将这条汗巾子捧在掌中细细观瞧，发觉这汗巾的颜色虽极不起眼，却有冰凉的触感，上面的粤绣好生灵动可人。那少见的长翅膀的飞葫芦图案配上这么好的软烟罗底子，真有"梅花雪，梨花月"之境，仿佛这飞葫芦欲迎风挥翅，飞出这汗巾。

"伯安兄的这比翼双飞鸟，倒让我越加思念起我那未婚妻了……可惜，这次见不了她，只能等下次了。"

任全敏这句话说得委实哀伤，配上他的绝世容颜，令王阳明生出几分怜惜之情。他提及未婚妻时，脸上浮出"凄凄惨惨戚戚"之色，更加映衬出其潘安之貌、水月观音之美，而这份对未婚妻的痴情也令王阳明感动万分。王阳明原想拿话抚慰任全敏的寂寥之心，可话到嘴边，倏地感到有些苦涩，难以说个明白。

王阳明心下却想：瞧他这"才下眉头，却上心头"的样子，好像"此情无计可消除"。"宗之潇洒美少年，举觞白眼望青天，皎如玉树临风前"，这话可以用来形容他。他这般深陷情网无法自拔，反倒更显得美貌绝伦、器宇不凡了，我比不了。

想到此处，王阳明不知该如何安慰，只说了些再平常不过的话，到底俗了些。王阳明本想借此良机，好生谢过任全敏当晚在总督府暗中替自己与妙儿解围之恩，内心却不知为何有些犹豫，尚不愿说破。而且二人连日相处，任全敏从始至终皆未提及此事，王阳明生怕自己说出来反而添乱，遂仍旧未提当夜之事。

二人郑重其事地交换了私密的汗巾子，方又依依道别。

与任全敏道别后，王阳明又去探望了初一，返回之时已接近傍晚。

他特意绕道，去到那天与妙儿去过的闹市街区，打算看看那些银楼、胭脂铺子，若是还未打烊，他想买些好看的胭脂给妙儿。

他想请妙儿去郭府一趟，帮郭小姐调理一下月事，以郭小姐的为人，断不会亏待了妙儿。

求人办事，哪儿有空着手的道理？就算妙儿是自己的未婚妻，王阳明也得带些厚礼好生"贿赂"一番才是。

王阳明在银楼、胭脂铺里寻觅了许久，也不见什么新奇好玩的物件。他又转悠了几番，货比三家后，才将目光锁定在一家名为老梳妆的店铺上。

老梳妆？这名字有趣得紧，待我进去看看。他心想着，便迈着悠闲自在的猫步，轻松跨入店铺。

进来后他才知道，原来这所谓的"老梳妆"是一家专卖梳子、篦子的店面。

他刚想要问问梳子的情况，就见一头发花白的老人正当着一对年轻夫妇的面，于柜台前打磨一把木质梳子。

王阳明走上前去，就见这老者用手里的专业工具细细摩擦着梳子

225

边缘。看形制，这梳子似乎是桃木的，上头用阳雕之法刻着梵文的《缘起咒》。

"行了，这就好了。你们看着可满意？"老人将梳子呈至二人眼前。

那男子双手接过，递到他夫人手边："娘子你看，老板真真手巧。原本我还想一把普通的桃木梳能有什么新奇的，想不到这梳子形似海底游鱼，就连这大江的浪涛师傅都帮咱雕出来了。"

"是啊，真没想到，一把普通的梳子，竟然也能有如此栩栩如生的形态。"那女子也是赞叹不止。

王阳明将视线定格在这把原材料很普通的桃木梳上。这梳子确实很特别，手柄被设计成海浪的样子，人将其攥在手中，仿佛握住了一片江河湖海。再说这梳身，梳子的密齿部分为细密的长针形，但因其梳背部分雕刻有鲛人出海的图案，四周还缀着海涛、流云图案，使整把梳子更显流畅。若非要挑这梳子的不是，也就是差在这木料上头，若换成上好的和田玉，哪怕只是青海料，配上这样的雕工，亦能称为上等制品。

老板见王阳明独自进来，身边并无姑娘家相伴，并不知其来意。一般而言，但凡姑娘家来他店里都会带走一把梳子，或用以赏玩，或留着送人；但若是男子进来，一般就是随便逛逛。

那对夫妇交了钱银，老板便亲自将二人送出，这才折回来招呼王阳明。

店内并无伙计，送出这对夫妇后，四周安静了许多。

"请问老板，那对夫妇刚刚买下的梳子上的图案可是您亲自雕刻的？"

"一般是老朽自己将图样画下来，再根据客人所选的木料进行雕刻，但也有不少客人会自己画图，找老朽雕刻。"

王阳明环视四周，见这店里的梳子被高高地挂在雪白的墙上。

"我想自己绘一个图样，您看可以吗？一般来说，您什么时候能做好？"王阳明突然决定，就在这家买了。

"我瞧着公子也不是个俗人，买我这百年老店的梳子，定然是要送给佳人吧？我这里有个不成文的规矩，客人若要将梳子送给心上之人，我可以提前制作。但要说快慢，还要看公子所绘图样和所挑材质。"

这老人很是欣赏地看向王阳明，好像虽然王阳明未报上名来，但他早已深谙其来历一般。

王阳明见这老人摸了摸胡子，若有所思，不禁一笑："老先生，我原本是想送我未婚妻胭脂水粉的，不想寻了半日也未见什么有趣之物。宋代秦观的《江城子》词曰'玉笙初度颤鸾篦。落花飞，为谁吹'，自古这梳、篦又称栉，乃我汉人八大发饰之一，亦可做定情信物。我听老先生您是常州口音，想来您这店面乃分号。如果我没猜错的话，您本人便是这梳篦手艺传承世家的接班人了。"

"不错。老朽姓方，乃这梳篦手艺的传承人。当年家父那一辈人丁兴旺，几房兄弟间却闹不和，我父亲带着年少的我来到这温渚之地，重打鼓，另开张。当年还有不少高鼻深目的洋人一次买过不少于十把的黄杨木梳呢！当初我们来得早，却也来得巧，这幻海城还没怎么发展起来。如今幻海城遍地黄金，四下皆是外来客，热闹程度不输给京城呢。"

"只要能把咱们老祖宗的手艺传承下来，到哪里都是一样的。即便在西洋，咱们汉人的文化博大精深，定能受人崇拜，教化四方。老先生，我想用一种近似青金石，但又比青金石光艳动人的石头做一把新颖别致的梳子。不知道这底料，您有什么好的推荐没？"

老人想了想："不如这样，公子先将梳子的造型、上面需要老朽雕琢的图样画好，老朽仔细看看，估摸一下制作时间，再根据你画下的图，找出一种最为相宜的宝石。"

"既然如此，还请您借我纸笔一用，我现在就画。"

"哦？这么快公子就想好了？"老人很是惊讶。

"嗯嗯！我已经想好了！"王阳明笃定地回答。

老人将王阳明请到里间，只见这内室虽小却别有洞天。

墙上也悬挂有形态各异的梳子，但这里悬挂的梳子多为琥珀、珊瑚、砗磲等珍贵材料打造而成，可能相对而言比较脆弱易碎，所以才放置在内室吧。

老人拿笔墨的工夫，王阳明瞥见正对着自己的条案上摆放的几样东西，其中那黄水晶招财洞、花篮香草架、松根茯苓老崖柏、岫玉假山石猴群一看便知是珍品，尤为吸引王阳明的是一块长春花色混着青莲色、

227

牵牛花色的奇异原石，它安安静静地趴在条案右侧靠边的位置。

王阳明刚要上前细看，就见老人拿着笔墨过来了。

王阳明拱手道谢，一鼓作气将纸铺开，把墨研好，让笔喝饱了墨水后，提袖凝神作画。

"这……真是别出心裁啊！"老人拿到王阳明画好的设计图，赞不绝口，"公子这'飞天婵娟'的图案，老朽倒真是少做呢。一般的姑娘家，极少有单点这种题材的。若换了旁的公子，就算是送心上人，也极少有人敢把自己的未婚妻比作仙女的。"

王阳明笑道："'轻罗小扇白兰花，纤腰玉带舞天纱。疑是仙女下凡来，回眸一笑胜星华。'旁人怎么想自己的未婚妻我才不管，我只疼我自己的，我看着好便是真的好！"

老人听罢微笑，对眼前这个敢说敢做的年轻人越发赞赏："你这梳子的形制我很少做，因过去我出过一种这种形状的梳子，但不怎么受欢迎。之前有一个西洋客人甚是喜欢这种形状的梳子，可这也是十年前的事了。"

"是吗？那可能是我比较另类吧。对了老先生，请问，对面那块颜色奇异的原石，您可愿给我小半块做这梳子？"

第二十八回
飞禽走兽是非在人　掷果盈车赛比潘安

老老实实交了定金，与老梳妆店主约了取货时间，王阳明很是快乐，就像是游戏打通关的现代青少年，哼着小曲儿，由最后几朵红云一路相送，顺道为梵湖儿买了半只扒鸡，给妙儿买了炖汤喝的肉鸽、青菜。

王阳明破了珠串案，圆满完成了任务，自是不胜欢喜，当晚又与妙儿享受了一份大明特有的烛光晚餐。

次日一早，妙儿在院落中练功，梵湖儿在树梢上，豹子似的左右扑击逮鸟儿，训练自己的反应能力。

王阳明知道妙儿的脾气。他计算好敲门时间，错开心上人的练功时辰。待妙儿练完上午的功夫，他便迎门而拜，手里捏着一匹上面绣有天使朝圣图的海松色、女郎花色、银星海棠色三色的料子，开了门，大摇大摆直入。

"妹妹，你练功的时候都这么美……出了这么多汗，哥给你擦擦。"

王阳明说着话，人已经到了妙儿身侧，顺便倒腾了一下手上的东西。只见他左手拿着块荷茎色的帕子，轻车熟路地为妙儿擦起额头的汗水。

"去你的，我自己来。"妙儿瞥了他一眼，将王阳明捏着的帕子扯了过去，自己擦拭起来。

王阳明见她刚刚练完功，通身香汗淋漓，美丽的双眸更是透着光亮，像是两口千年古井，里面的"井水"取之不尽，用之不竭。她红唇微张，贝齿半露，一张标准的东方式美人鹅蛋脸白里透红，更显她的风情。就是不知她脸上的红潮是练功累出来的，还是被王阳明逗出来的。

"找我干吗啊？"妙儿问他，说话间已然开始擦拭脖颈处淋漓的香汗，同时转身端起石桌上提前摆放好的热茶来喝。

王阳明见妙儿轻盈地转过身，整件衣衫随之飘动，身姿曼妙，颇有诱惑力。她只穿了一件仿春秋战国时代赵国特有的雪青色短打薄衫，因练了两个时辰的功，汗水已将衣服浸湿，恰恰凸显了其玲珑的曲线。妙儿随意地端茶喝水，白腻柔滑的颈部上的汗水在阳光的映衬下如玉珠一般。

今早妙儿不知做了个什么发髻，练完功后，这发髻也散开了。王阳明见她半个脑袋顶着个奇怪的包子形发髻，几根显露着马背民族风情的辫子歪歪垂下，几缕青丝覆在耳际，微风擦过，一头黑发像极了缭绕的云雾，所谓"云鬟雾鬓，仙姿佚貌"，说的就是王阳明眼中所见吧。

这般美好的画面，看得王阳明瞬间石化。

妙儿见他傻瓜似的原地不动，左手还死死地攥着匹料子，忙上前几步用手在他眼前晃晃："早茶用过头了？犯呆？"

说罢，她便要去扯王阳明攥着的布料，看看是何物。

"云想衣裳花想容，春风拂槛露华浓。若非群玉山头见，会向瑶台月下逢。"

"呵呵，你倒是有心追忆杨大美人儿，我可要看看你手里卖的什么药……"

王阳明还在紧盯美人面容，念出李白之诗的时候，妙儿已将王阳明手里捏的那匹布料扯到了自己眼前。

"呀！"妙儿轻声惊叹了一句，瞬间羞红了脸，没好气地朝着王阳明啐了一口，"讨厌死你啦！你又弄这些东西调戏人家！你要再这样，我断不会再理你！"

王阳明这才清醒过来，刚刚仿佛进入了深层冬眠，现今美人由喜转怒，他才意识到自己没把话铺垫好。

"妹妹，这、这东西原是私密之物，但你是我未婚妻嘛，除了你，我总不能把这东西交给别人来弄吧！"

他这话说得很有道理——如今他身边没人贴身服侍，就属未婚妻妙儿最为亲近。可谁让妙儿如今的身份既特别又尴尬呢？

妙儿将那东西顺势一抛，朝着他脸上砸去："那也不能把兜肚拿来让我给你补啊！"

"妹妹……"王阳明见妙儿是真有些气恼，看她那表情，气恼中又夹带着些许不甘与别扭。王阳明忙过去哄她："好妹妹，这东西前几日被我不小心弄坏了，我原不想说的，可是你看，这料子是西洋那边一种叫作霓虹绸的特殊丝织品，上头的刺绣也跟咱们中原地带的很是不同。我想着这么好的东西被我弄坏了岂不可惜？我知道你如今身份尴尬，又已出家……但好歹咱俩还是未婚夫妻关系……好妹妹，都是我没想那么多，想着你我最是亲近，所以才白眉赤眼地把东西拿来让你缝补。我原都没往别处想，是我冒犯了，多有得罪。"

妙儿听他说"最是亲近"四字后，气已消了一半，又见他赔着笑脸，还忙不迭为自己端茶送水，拾起桌上的团扇为自己扇风，气也就彻底散了。

"拿来吧，我帮你补就是了。你可真行，这么大人了还穿兜肚呢。"妙儿示意他把兜肚拿来。

王阳明忙将东西折好，放到妙儿掌心："本来是不穿的，可上次你叮嘱我，让我保护脾胃。我有时梦多，又总是踢被子，便想起幼年时穿的兜肚来，就在这幻海城店铺里随便挑了几匹透气的料子……"

"还好还好，亏你记得我说的话。要是再记不住我叮嘱的那些保养方法，你且仔细着皮！"妙儿将那兜肚藏入衣袖，伸出食指点了他的脑门一下。

"妹妹的话都是圣旨，我可都铭记于心呢！小的时候，咱俩经常在一处玩闹、学习，那会儿咱俩学下棋，下着下着就很晚了……"说到此处，王阳明顺手刮了刮自己的鼻头，同时露出了极难为情却又无限柔情蜜意的表情，"呵呵，我记得那会儿咱们起坐休息皆在一处，你经常穿一件蝉翼丝织成的绣狮子滚球图案的海棠红抹胸兜肚，我呢……"

"行了啊！"妙儿叫他打住，手中的茶水都差点儿洒出来了。再一抬头，玄机神女已是云娇雨怯："过去咱俩才多大？再说了，当年还不是你成天拉着我不让我走，偏要我陪你下棋疯闹，每天都耗到很晚。如今你还偏提这茬儿，简直找打！"

王阳明听妙儿如是说，又见她眼波流动满是羞涩。他心下敛住原有的羞涩，一脸怀念之色："我记得你说过，你特喜欢丝绸和软烟罗的料子做成的兜肚，款式你却单喜欢元代流行的合欢襟……你有一件绣有凤穿牡丹图案的合欢襟，我记得当年仲秋时节，咱俩一块儿歇息时你老穿，上头的底色好像是寒红花色，那牡丹反而是少见的山吹色，对吧？"

"去你的！"妙儿听他说起当年二人的私密往事，心下又喜又悲，喜的是伯安哥哥虽与自己分开数年，但仍将两人过往的相处细节记得很清楚；悲的是如今自己因外界阻挠、身份特别，竟不能与之结为连理……罢了罢了，多想无益！妙儿连忙暗自进行自我安抚。又瞧见王阳明满脸堆笑，她不禁连啐了他两口，星眸圆瞪，皓齿轻咬，说道："要这么说，你当初还有一件仿秦汉时期服饰制成的抱腹呢。我都说了那是给姑娘家穿的，你偏不听，非吵着让爷爷支铜板买给你……我记得你那件兜肚形制特别简单，就是在上头加了根带子，也没个图案，颜色还单调……"

王阳明听罢爽朗大笑："原来妹妹还记得啊！哎呀，我还当只有我记得妹妹的兜肚样子，原来妹妹也一直记得我的呢！"

"找打！"妙儿听他又调笑自己，忙抬手往他头上揪去。当然，动作虽有，却不是真下狠手。

王阳明见状忙跑到一旁的树后，朝着已然"稳坐钓鱼台"的梵湖儿求救："大猫，你都在这上头待半天啦，到底能不能逮住一只半只麻雀啊？逮不下你就别傻待着啦，下来帮我哄哄你主人啊！"

梵湖儿半眯着眼睛，像是半夜没睡好所以清晨来补觉的上班族，身子白白净净，就这么落在一根最为粗壮的树枝上，都没正眼瞧一下王阳明，假猫似的一动不动。

"不给面子，亏我昨儿晚上还给你带了半只扒鸡，你可没少吃呢！"王阳明仰面看它。

梵湖儿仍旧眯着眼，这次还顺便打了个哈欠。

妙儿见状哈哈大笑，伸手招呼王阳明过来坐下："哥哥，你可别小瞧了它。你这么傻愣愣地站在它的猎物旁边，别回头它冷不丁下来逮鸟儿，顺手再把你给挠了……它下手没轻没重，我可不能保证它不会抓伤你。"

听罢，王阳明忙撤回妙儿跟前："我看它是为了晒太阳才在树上待着的吧，这么长时间了，也没见它睁眼啊。"

话音刚落，就见有若干只不要命的麻雀落在梵湖儿周围的高树上。王阳明也看不清它们到底落在哪一棵树上，只能清晰地听见四周有麻雀的吵闹声。

距离梵湖儿较远的草丛、花丛中，时不时落下几只肥硕的麻雀。看样子，它们是来此地寻觅美食的。

因这院子里最近有了贵客，每日都会有厨娘端着食盒来送饭。王阳明每日也必来找心上人共进美食，加之本地四季如春，二人几乎每日都在院中用餐，难免有些美食的残渣掉落在地上。

例如今儿早上，妙儿吃的是皮蛋瘦肉粥和一根油条。

粥里的米粒、肉粒洒在石桌上，不一会儿就有麻雀扑腾到桌上就餐。

妙儿撕扯油条的时候，掉落的油条渣便顺势掉入草地。

人自然是不在意的，但麻雀们在意得紧。

那些个头大、动作快的麻雀之所以能靠体形胜出，都是因其明白"美食险中求"的道理。

这些鸟儿不是没有嗅到树上隐匿的梵湖儿散发的危险气息，只是太想品尝一下人间美味了。

看到这些跳脚行走的麻雀，王阳明托腮沉思片刻，感慨良多："好在这案子圆满完结，笨笨也被郭小姐收养。要是笨笨落到某些江湖恶棍手里，指不定还要生出多少骗人的事端。万一它被某些动了歪脑筋的坏

233

人利用，误入歧途可就糟了，或是回头再被什么更不好惹的人抓住，反而白白搭上一条小命。"

妙儿现今已知道了这案子的来龙去脉。见王阳明有感而发，她也补充道："从我本人这些年驯兽养鸟儿的经验看，飞禽走兽其实也有自己的是非观、道德观，而这些观念并非像人一样是与生俱来的。"

王阳明听罢，很是好奇："啊，飞禽走兽也有道德观和是非观？"

妙儿喝了口茶，放下茶盏后又给自己续上一杯："你可记得，去年咱在南昌府那会儿，我派去给你报信的鹞子？"

"当然！那是一只令人过目不忘的小雀鹰，机敏中不失亲切。"

"那鹞子也是有名字的，是我师父给它起的，叫针叶儿。因这鹞子原本栖息在针叶林中，我师父干脆取了这样一个名字。要说起这针叶儿，跟梵湖儿可不是一起长大的。梵湖儿先来的我们老君山，这针叶儿是后来道门中人给我师父祝寿送来的。我跟几个师姐、师兄费了好大的口舌，用尽了方法，才让梵湖儿暂且冷静下来，放下本有的兽欲，跟针叶儿和平相处。一开始，梵湖儿不明白，自己明明是猫，猫扑鸟儿乃天性，为何我们却要阻止它。它当初之所以偃旗息鼓，暂且放过针叶儿，不是因其知错就改，而是怕我从此会冷落它。不过，梵湖儿本身不傻，很会察言观色。在与针叶儿斗智斗勇的过程里，它也算用尽手段，但它后来发现，我们对针叶儿的态度和对它并无二致；我们对针叶儿表露出的情感，和对它的是相等的。梵湖儿这才明白，原来在我们心里，它跟针叶儿是一样的，谁也不比谁特别。时间久了，梵湖儿跟针叶儿彼此适应了，不再针尖对麦芒。"

王阳明说了半晌话有点儿渴，忙为自己斟上一盏茶，又帮妙儿倒了一些："要按你刚说的这个真实例子分析，飞禽走兽皆是可以训练的，前提条件是不能太笨。"

妙儿赞同地颔首："对啊。这一来要看小生灵自己的悟性，二来要看主人如何引导。你就说有些狗吧，无缘无故跑出来吓人、咬人。它们的主人还不知廉耻地包庇自家恶犬，反咬一口，张口闭口说什么那狗像是自己的儿子，还骂对方矫情……要我看，这种人连主子带狗都生不如死才好呢。"

妙儿正说着"生不如死",就见梵湖儿主动出击了。

地上的麻雀听到声响,不顾一切拍翅起飞,但有这么一只麻雀,可能是反应迟钝或者贪嘴,还没等到拍翅起飞,就被从上跃下的梵湖儿伸爪按住了。

"它是不会招惹我们养的这些鸟儿的,这是它作为一只'出家猫'的底线。但作为一只自然生长的猫,梵湖儿也有属于它的脾气和天性,它若逮外头的这些鸟儿,我是不管的。"妙儿端起茶盏,并未着急下嘴,而是缓缓地吹了起来。

王阳明见这大猫梵湖儿一经得手,便"原形毕露",看来这所谓的"出家猫"跟外头那些流浪猫也没啥区别。

梵湖儿用指甲先刺后戳,画面极其血腥,最倒霉的还是那麻雀,在梵湖儿嘴里死不了、活不成,受着虐待和蹂躏。

"我常说'存天理,去人性',无非就是想告诫世人,"王阳明看着"无敌破坏王"梵湖儿,只觉无奈,"无论如何,在不伤害他人的情况下,按照自己的本心做事就好。毕竟人活一世不容易,在想讨好他人之前,请先满足自己的快乐。天理和私欲皆为人之常情,两者可相互转化。所以说人世间并无永恒的圣人,我们总在圣贤与恶鬼的角色之间来回转换。"

一天后,妙儿在王阳明的陪同下,去到总督府为郭小姐调理月事。不消一周,药到病除,郭小姐的气血很快又充盈起来,气色恢复如初。杜公子也如约而归,两人情意绵绵,琴瑟和谐。

郭小姐的父亲郭总督、杜公子家中长辈在得知此事后,进行了商议,遂了子女的心愿,同意他俩每月初一、十五两日,由双方家里上了年纪的嬷嬷作陪,于幻海城西的名庭园见面,以解相思之愁。

此事告一段落后,王阳明便跟妙儿私下商议如何寻找曜变天目盏和朱允炆后人。

两人展开去千湖州的地图,在上面找了许久,终于找到了极不起眼的扶郎县。

王阳明前去福威郡主处辞行，郡主看他去意已决，也不再多做挽留，吩咐手下牵来两匹高头大马当作临别礼物，分别赠予王阳明和妙儿。

"你近前的这匹宝马乃当年李世民的坐骑之一——飒露紫的后代。"福威郡主爱抚着眼前的白色宝马，"传说飒露紫有《山海经》异兽驺吾的血统，可日行千里，甚至能幻化成七彩流云，我也不知是真是假。想当年李世民爱马，也深谙相马之道，他的战马中最得其珍视的就属白蹄乌、特勒骠、飒露紫、青骓、什伐赤和拳毛䯄。这六匹战马都为李世民开辟大唐江山立下了赫赫战绩，史上也称其为昭陵六骏……"

这是一个动人的传奇故事，内含多少华夏儿女的热血激情。

作为一个远离汉唐盛世许多年的大明人士，王阳明不仅亲眼看见了传说中的坐骑的后代，还拥有了一匹混了驺吾神兽血统的战马，这是他从来没有想过的，自然令其心跳加速。

"为了更好地缅怀它的先祖，也为了祈愿它能像先祖一般拥有惊人的战斗力，我便做主赐了它和它的先祖一样的名字——飒露紫。"福威郡主笑靥如花，并亲手将马鞭、马鞍等器具交给王阳明，"去吧，伯安兄弟，亲手为它佩戴，告诉它你是谁。"

王阳明万分感动，甚至有些语无伦次了。他站在飒露紫跟前，摸了又摸，感觉像是一场大梦，生怕醒来之后飒露紫就不在了。

"对了大将军，我也有东西给您呢！"王阳明猛然想起自己袖口里揣着的荷包，忙将其掏出呈至福威郡主面前，"大将军，此乃我留下的一锦囊妙计，也不知能否派上用场，您现在大可放着不看。荷包里装着三个针对不同敌军——敌寇和山匪的退敌良方。前者包括所有觊觎我泱泱大国的弹丸小国，包括东瀛、高丽、茜香、南洋、安南、锡兰等地。山匪是造成中原地区动荡不安的主要内部矛盾。都说'百足之虫，死而不僵'，怕就怕外头的还没杀进来，里头的就斗上了。这山匪带来的隐患自我朝开国以来便从未妥善解决过，还请大将军切莫掉以轻心！"

正式与福威郡主辞别后，王阳明跟妙儿便马不停蹄地开始整理行李。

初一从育秧那边闻讯赶来，欲要跟着他们一起前往扶郎县。

王阳明听罢初一的一番抱怨后，冷静地说："不，初一，你得接着扮演好我的角色，继续在育秧做一个有用的人才。"

"什么？"初一听罢，差点儿没把满口的小白牙龇出来，"公子，您还没玩够角色扮演的游戏呢？我都快疯了！万一老爷跑到咱们这边看您在书院表现得如何，我、我岂不是穿帮啦？"

王阳明一巴掌拍在初一的后背上："我说大兄弟啊，生活如戏，咱有演技。你年纪轻轻，怕什么？大不了重头再来！"

"啊？少爷，话可不是这么说的！您这一走了无牵挂、万事大吉，我呢？我读书底子差，扮您已是够费劲的了。现如今坚持了这么长时间，我都快装吐血了！求您这回一并把我带着，我也好随行服侍啊！听说那钱虎洲都是蛮夷，还有好多野人、怪兽出没……"

"你放心！这天高皇帝远，我爹才懒得来呢！再说了，前几天爷爷刚给我来信，说爹今年提了一级，位居翰林院从六品侍讲了。他新官上任，哪儿还管得了这么多？你就把心放进肚子里，甭管别人怎么说，你且好生演戏，往后自然有你的好处！再说了……"王阳明眼珠一转，看向不远处正在吩咐镖局做事的妙儿。

眼前的妙儿穿一身牡丹色道袍，发髻两侧对称斜插着一对点翠鹓鸰纹头花，手持拂尘，正在指挥镖局之人搬运物品，老练沉稳中透着泼辣凌厉。

"再说，我还得跟妹妹单独相处，找回我俩童年的激情呢，你跟着算什么？既然你已知那鬼地方的艰难与恐怖，就要知难而退，好生吃着凤梨酥，喝着毛椰子汁，抱着八股文过活，岂不清闲？到时出来，没准你还能替本公子参加个科举，考个状元郎也未可知啊……哎，这主意不错，看来把你送进书院读书真乃明智之举。这样一来，后续一切事宜都解决了……"王阳明得意至极，发自肺腑地佩服自己是个小天才，不禁展开扇子悠闲自在地扇起风来。

妙儿回身扫了眼嘚瑟不停的伯安哥哥，又转身叮嘱那些镖局的镖师："这几个樟木箱子封箱后直接转运到老君山山下的彼岸庙里，那几个上了大漆的红酸枝箱子送到南昌府飞花山庄的摘星观，另外这六个金丝楠和海南黄花梨箱走水路送到绍兴余姚王氏那里……"

因这次妙儿在幻海城宣府内接了两个大活儿，又为宣府贵客治好了病，宣府便给了妙儿黄金千两以及珠宝、丝绸无数，而福威郡主、郭小姐后期答谢他们小两口的金银首饰、奇珍古玩堆了一屋子，那叫一个满坑满谷，不计其数。

其中的贵重金属大多被制成了元宝、金条。长条形的实在不便于骑马携带，妙儿便找来在老君山时相熟的江湖镖局分号进行托运。她和王阳明连日整理各个物件，分门别类将金银财宝装入合适的箱子，大部分将被押送到计划好的地方，他们随身只携带些方便使用的银票和方便典当的细软。

他们商议后，决定先骑马走一段官道，随后择一艘靠谱的可让马和猫上去乘坐的商船，走水路往钱虎洲去。

大猫梵湖儿见主人左右忙碌自己也帮不上忙，干脆直接跳到"新人"飒露紫的马鞍上缩身酣睡。飒露紫也不计较，自顾自喝着王阳明为它准备的黑豆浆。

"公子，您真的决定丢下初一我一个人，就这么走了吗？"

"初一，这怎么是丢下你呢？此乃试炼的大好机会啊！你有了知识、有了才华，将来找媳妇儿都能挑个好的！所谓'工作即修行，读书即磨炼'……"说罢，王阳明又一次拍了两下初一的肩头，自顾自往妙儿的方向走去。

初一刚要追上去，只听身后传来凌乱的脚步声，还未来得及回身，就听一大群女子杂乱无章地叫着王阳明的字号——"阳明先生请留步啊！""阳明先生，麻烦给我签个名啊！"。

完了，这是女塾的女学子组团来送王阳明啊！

王阳明茫然错愕间已被身穿丁香色留仙裙的众女生围了个水泄不通，还来不及说谢谢和拒绝，就见众女生再一次伸出水嫩的手，将各种奇妙的物件强行递送至王阳明跟前，好似要逼迫其收下一般。

"阳明先生，这是我亲手为您赶制的香囊，里头有些我们当地才有的药草，您随身携带一些可化难挡灾！"

"阳明先生，这是我亲手给您制作的点心，您随身带着，饿了就请多吃些！"

"阳明先生，听说您要走了，我们都哭得不行啊！您还没给我们签名呢，怎么能走呢？还请您一定要留下您的墨宝啊！"

"阳明先生，您能否留下一张您的画像给我们书院的女生啊？这次事件后我们都拿您当神明一般崇拜，还请您留下一张您的画像，待到逢年过节，我们整个书院的师生定然焚香朝拜您！"

听到这话，一侧继续指挥众镖师清点、封箱的妙儿已是眼皮抽搐。打点好封箱、押送、运输各项业务后，妙儿将定金给了镖头，这才收拾好心情，转身乜着眼看着被众女生围困在原地的未婚夫。好个"春色拦不住"啊，这样的大阵仗想必今后还多着呢，伯安哥哥真是艳福不浅。

王阳明听了女生们的诉求后，冷汗从额头处往下哗哗直流，就连隐匿在中衣底层的腋窝亦是湿透了一大片。

女生们将其团团包围，令他看不清妙儿。他生怕妙儿吃醋了，一个来气，一拍马屁股，将他一个人抛下，那他可就惨了！

"姑娘们，谢谢大家的抬爱！王某人愧不敢当……那位、那位道长打扮的美丽神女乃王某人的未婚妻……你们可以问问她，如果她同意给你们我的画像……"

没办法，王阳明现在只能拿媳妇儿说事了，毕竟他跟妙儿是有婚约的。

众女生听罢，瞬间如遭雷劈。但这惊愕带来的安静只有一瞬，随后众女生又发出了各种怪叫，议论声更是此起彼伏，似要把整座幻海城都拆了。

"那个穿道袍的姑娘是你未婚妻？王公子你有未婚妻了？"

"好漂亮的道姑啊！阳明先生的未婚妻怎么是个道姑？"

"她是带发修行吗？"

连珠炮似的发问声不绝于耳，王阳明极力隐忍着犹如洪水般席卷而来的各种提问，不愿解释什么，只想借妙儿赶忙撤离："对对对！她笃信道教，现今乃带发修行之人……我、我去看看她需不需要帮忙。谢谢大家的礼物，我这边东西够多了，真的不方便再带什么了，还请各位……"

他刚要说"还请各位将东西拿回去吧",谁料众女生见王阳明就要移动,立刻又发出请求:"先生给我们签名留念吧!"

"这个……"王阳明一见无法脱身,内心焦虑万分,不禁着急地用眼神向妙儿求救,顺带扫了两眼自己的坐骑。

可就是这个眼神,也没能逃过"私生饭"们的慧眼。

"那匹漂亮的白马是王公子的吗?好气派啊!大家快把能放的礼物塞进马身后挂着的布兜子里!快啊!"

不知是谁发出一声号召,女生们纷纷响应,有几个腿长脚快的,火速将自己备下的水果装入挂在飒露紫身上的那个长方形的桦色布兜子里。那布兜子的开口带有扣眼,可随时闭合、开启,装东西还算方便,但为了轻装前进,妙儿没有往里面装太多东西,否则飒露紫便跑不快了。

女生们才不管这套,纷纷奔向战马飒露紫,将能装进去的都往布兜子里塞。还有些个子小、腿脚不快、反应慢了几拍的姑娘,咬牙切齿、不甘心地将自己备下的东西攥在手里,像是上射箭场操练的军士,摆出阵仗,瞄准目标,将东西往兜子里抛。

这些姑娘看似不起眼,但手法真准,手中的果子、药品等顺利地滑入布兜子敞开的一侧。

一见还有这般操作,还没把礼物送出去的女生纷纷响应,好端端的一匹高头战马,眼下却沦落为女生们掷果的"车"。这"壮丽"景象令过路的百姓纷纷观瞧,大家驻足观望后不忘感慨:"都说当年潘安出个门都会被众女子围观,带来掷果盈车的效果,这一幕竟在我们幻海城内上演了。"

王阳明还在想如何对付这些大胆而泼辣的女学生,冷不防听妙儿在那边喊了一嗓子:"还不给我快着点儿!难不成叫本座候着你吗?"

"哎哎哎!来了,妹妹!"王阳明踮起脚,拉长脖子回复,额头再度泛起细密的汗珠。这一次他可不打算再对这群女生和颜悦色了。他突然露出见鬼般的表情,颤颤巍巍地抬手指向眼前一女生的肩头,大惊失色地说道:"你肩膀上有只臭大姐!天哪,它还在动呢!"

王阳明很是聪明,他虽伸手去指,口中大叫,表情惊恐,但这向前一指的动作是虚晃一下，没有特定的目标。众女生听罢花容失色，立刻作鸟兽散。站在王阳明对面的一个女生最为倒霉，她十分笃定地认为王阳明所指的那只臭大姐已然落在了她的肩头，都没敢往自己肩膀上望一眼，便率先僵尸一般跳着脚撞开了人群飞奔而去。

她两旁的几个女生也误以为她就是那个肩膀上有臭大姐之人，接连失声惊叫，带动了旁边更多女生一并四处逃窜。

王阳明知道大多数女子怕虫子，尤其怕一种名为臭大姐的刁滑之虫。这虫很是奇特，不声不响地落在你身上某个地方，也不咬你，也不动弹，却会在你发现、攻击它之际释放某种恶臭的赭石色液体，所以很多人称之为臭大姐。

待王阳明冲出包围圈，逃难似的上了飒露紫后，他"惊喜"地发现：梵湖儿这厮竟然没跟它主人走！它就这么皱着眉头，瞪着一对还在变换颜色的大眼睛，凝视着自己。他再去寻觅妙儿，只见她已然快马加鞭离去了。

"妹妹，等等我啊！"王阳明那叫一个急，伸手推了下坐在飒露紫背上正中央位置的梵湖儿："你这家伙不会往前点儿坐吗？没看你主人都跑了吗？"

梵湖儿也不是好惹的，听罢倒是做出了让步，但这所谓的让步嘛，不是往前或往后，而是直接跳到王阳明肩头。它嘴里还喵了一声，好似在给王阳明和飒露紫下达命令，叫他们麻利地"开车"。

眼看四周又有女学生围了过来欲将飒露紫围困住，王阳明顾不得太多，对着肩头的梵湖儿说道："你这厮好生沉啊！"他于忙乱中拉好缰绳，定了定心神，将自己的坐姿调整到最佳状态，"我可要追了！梵湖儿，你给我坐好喽！"

说罢，王阳明大喊一声，胯下的飒露紫直接向前奔去。王阳明背后依旧有女生的呐喊声，甚至还有人心怀不甘地继续往飒露紫后腰处挂着的布兜子里投掷什么东西……好吧，那就随她们去吧！

不知为何，王阳明脑海中突然响起"谁将平地万堆雪，剪刻作此连天花"这句诗来。这诗原本是用来形容雪花纷纷的绝美盛况，但此刻他突然觉得可以用来形容这飒露紫的逆天神速——飒露紫向前奔跑时，周身风物瞬间便发白发虚，好似行走在雪中。

"妙儿，好妹妹，你不要我了，也不要梵湖儿了？"有了这飒露紫，王阳明瞬间底气十足，一眨眼的工夫便追上了妙儿，说话间二人的马匹已然并列了。

"哼！你怎的不把自己的画像留下？人家书院的姑娘们说了，待到逢年过节可要给你这王圣人上香呢！"

"妙儿，瞧，你又吃醋了不是？我心里只有你一个，跟她们原本就不认识，帮忙破案也只是顺便的事……"

"什么叫'又吃醋'？我吃你哪门子醋了？别以为有了什么飒露紫就一定能追上我，我这坐骑也不差呢，此乃当年特勒骠的后代，有种你让飒露紫跟我的特勒骠一较高下啊！"说罢，妙儿挥鞭抽向马屁股。

看得出，她此时是真踢倒了醋缸！

"比就比，谁怕谁？提前说好了，输掉的一方须得玩那吃糕游戏，你可敢玩啊？"

听王阳明又搬出那天下棋玩闹的"嘴对嘴吃奶糕"之事，妙儿的脸红一阵白一阵，真是好生羞恼，却又拿未婚夫没办法，只大喝了一声，双腿稍一用力夹住马腹。妙儿胯下的特勒骠也绝非等闲之辈，一见有同等级别的马匹前来挑衅，又岂会退缩，立马在主人的感召下加快了步伐……

番外一

指挥使假面皆扮演　宁王爷窥伺天目盏

韩铁柱归来复命时已是初秋时分。

距离他与那两个神秘易容者在总督府交手已过两月有余，可不知为何，即便眼下他进了这西海龙王殿，见到了久违的"主公"后，那夜败北带来的无力感仍在，似乎那夜给自己带来的痛楚与羞辱从未离去。

大殿内黑乎乎的，外头阳光明媚，殿中却昏暗阴冷，也不见掌灯之人。

这西海龙王殿供奉着西海龙王尊像，两旁挂着鲤鱼化龙题材的连环图画。殿前檐下的左侧有一尊双鱼石雕，乃含铜石料雕刻而成，每逢初一、十五，主公闲来无事便会用鼓槌敲击其前后两面。因形状是双鱼，其前后两面发出的声响并不相同，主公深谙其发声规律，总是能敲击出动人的旋律。

传说这双鱼身怀异能，敲击其不同部位可化解不同灾祸，但这其中的奥秘只有主公知晓。

黑暗中，有个人站在殿内高高的台阶上，和一旁的"龙王"并肩而立。

从韩铁柱所在的位置向上望去，几乎无法借助从外射进来的阳光看

243

清台阶上的人的面部轮廓。

"我在二月前收到了你飞鸽传来的那幅画，上面有曜变天目图。这次多亏你行动敏捷，将这盏上的异象记录下来，又以最快的速度送达我手……你们立下的功劳我定然铭记在心。"主公悠然开口，声若玄铁击缶，余音回荡在大殿内。

韩铁柱低着头，不敢有丝毫被夸之后的得意之色，只躬身道："主公言重！属下三生有幸，能为主公您肝脑涂地、效犬马之劳，此乃小人的福分！"

"阿爽呢？阿爽怎么没跟着你回来复命？"暗黑中的那人转换了音调，开口提及阿爽，声音充满了威慑力。

韩铁柱听主公提及阿爽，内心泛起一阵难以言说的酸楚，想了想，艰难地开口："启禀主公，属下办事不力，这次原本计划活捉知晓建文帝后人下落的怪胎三倍猪童……可那夜在总督府，属下遇上了高人，此人居然想将三倍这妖孽置于死地……我跟阿爽与那人大战几个回合，竟都不敌那人！当时我躲过一劫，却也身负重伤。眼见着阿爽翻了几个后空翻后倒在地上，我还以为他无恙，谁料半晌后仍不见其起身。我们过去一看，才知阿爽身中暗器，且暗器全都射中了其致命穴道，无法拔出。情急之下我打算用纯银打磨过的镊子为其挑出暗器，谁知我刚碰到那暗器，那暗器竟突然融进了阿爽的穴位中！"

"竟有如此离奇的害人手段？暗器无法拔出，和穴位融为一体？"主公听到这里开始踱步。

他如此一动，韩铁柱这才看清其大致身形，耳畔响起核桃互相摩擦发出的窸窣声响。没错，这再熟悉不过的声响乃主公手里那对"官帽儿"发出来的。

"麻烦的是，我带阿爽瞧遍名医，所有郎中都说……"

"说什么？你实话讲来。"

"都说、都说阿爽双腿已废，再也站不起来了！"

这话讲完，阶梯之上的那道黑影静止了许久。韩铁柱不敢抬头看，只双手抱拳，头就这么低垂着，像是在等主公发出某种禁令一般。

"也就是说，阿爽没得救了？"说罢，主公倏地顺着阶梯一路走下来。随着咚咚几声，他人已站在大殿内阳光最为明亮的一面地砖上，整个人都暴露在阳光下。

那垂挂在他发冠两旁的菜花色丝绦，用了明代宫廷特有的花丝、累丝两种技术，丝绦上方距离耳朵最近的位置，左右各串着一颗血砗磲做成的枣核珠形制的瑱饰。阳光穿透这两条丝绦，光斑直达两端垂挂的血砗磲，极显雍容奢华。

瑱，古代男子所用的一种装饰耳环，却并不用于装饰耳朵。明代的贵胄、士大夫平日多束冠，且大多数人会将这瑱饰挂于顶冠、帽子两侧垂落的丝绦上。瑱饰造型别致，用料讲究，在大明王朝的上流阶层可谓风靡一时。

"这……属下已找了其他地方的名医前来诊治，希望、希望能有奇迹发生吧。"韩铁柱毫无底气地回答着，依旧不敢抬头。

他下意识地抬眼扫去，但见近前出现了一双崭新洁净的洋葱色厚底靴，上绣昭陵六骏之一的青骓图样。看主公垂落至靴边的衣物，可知今儿个主公的穿戴颇为随性，为普通的常服。

韩铁柱委实紧张，不知道主公突然从上走下来有何交代。只听主公手中那对"官帽儿"继续发出声响，过了许久主公才开口，语气中满是惋惜："阿爽自幼心高气傲，且五年前其母遭恶人所害，自己也算受过一回重创。阿爽最引以为豪的便是他那异于常人的双腿，他这些年苦练北腿神功，付出良多，如今沦落至此，实在可惜……"

韩铁柱听罢汗如雨下，又见近前主公似转了个身，声音飘忽不定，在这空旷的大殿之内回荡。

"你既已前来复命，为何还易容打扮？还不速速将面皮撕掉，露出你的本来面目！"

听得主公语气加重，回声若大刀劈来，这个低头流汗的"锦衣卫副指挥使韩铁柱"像是被捅了一刀，打了个寒战。随后又迫使自己深呼吸，待心情平复后，这才起身站好，伸出右手将附着在自己脸部的一层人皮面具轻轻撕下。

"这就对了！我说扬帆啊，咱们是一家人，何必这么拘谨？"主公认认真真地看着这个易容的"韩铁柱"。

"启禀主公，属下这次复命匆忙，又恐主公挂怀，所以赶到时没来得及将面具摘下，还请主公见谅！"

"行了行了……这点儿小事何足介怀？"主公摆摆手，头也不回地径直往黑暗的阶梯上走去，"你跟阿爽的易容术我也亲眼见过，要是连这点儿信任都没有，我又如何运筹帷幄、光复我族？不过……你所说的那个高手，其底细可有摸清？"

这个名为扬帆的家伙露出了本来面目，听得主公发话询问此事，他倏地抬头，看向眼前站立在台阶正中，一半藏在黑暗中，一半暴露在阳光下的主公，双手郑重地抱拳回禀："属下无能，并未查清那人底细。当夜那二人易容乔装潜入总督府，听声音下属能断定此人为女子，能灵活运用少林、道家两派武功。其身边所带一男子，听声音像是少年。此人虽不会武功，却在属下与那女子搏斗中不停歇地给予女方指点。此少年临危不惧，先是看出我与阿爽两人的体质，说阿爽是木形人，并指出其几处要害，叫那女子快快出招。那少年所言穴位竟然都是阿爽的命门，可见他精通医理、博闻强识，和那女子配合得天衣无缝。"

主公听得这话，手中的"官帽儿"又开始窸窣作响，这一次他加重了力道，似要把素日的怨气与不甘一股脑发泄在这两颗完美无缺的核桃上。

"听你这么一说，我倒觉得那女子乃江湖中人，而那少年……"他突然邪魅一笑，明显在嘲笑着什么，"真是'人不三俗枉少年'啊！"

扬帆听了这没头没脑的一句评价，好似听到了茶楼里相声艺人经常自嘲的那句经典名言。他不知该不该接话，只好重新低头不敢与主公对视。

"想来那少年是因某种机缘，诸如赶考路上被山匪所劫，又因巧合被这江湖女子搭救，二人一见钟情。这少年的模样定然不错，加之人肯定很是聪颖，便做了这女子的军师，与她共谋大事吧。"

"您的意思是——"扬帆试图循着主公的话往下说，"那女子乃江湖某门派的当家人？她之所以想要杀三倍猪童灭口，目的是……"

主公继续促狭一笑，发冠两端垂落的丝绦在阳光的照射下闪动着光晕，随着主公身体的摆动而左右摇晃。

"他们提前探出了三倍猪童的口风，由此得知了建文帝当年遗留在各处的龙脉机密，想要以江湖门派的身份揭竿而起，取当朝而代之。遂抢先一步杀人灭口，不想再让其他人知晓此事。"

扬帆听罢，不敢言语，这才借助外面的阳光，看清了阶梯中央背手站立的那个人。

他今儿个戴了顶乌纱翼的鸦青色帽子，身穿圆盘形衣领的黛紫色宽袍，胸前、背后及两肩各有一块显眼的金乌滕彩补子，腰间挂着猫眼碧玉药师佛躁跹和绣有凤鸣朝阳图案的香囊，系有福满乾坤纹大权在握金发晶材质平安扣。

扬帆刚要宣誓说自己定然会查出幕后真凶云云，却听得阴暗处传来充满异域风情的女子之声："原来，哥哥也有急躁糊涂的时候啊——哎呀呀，想来是我往日高看了你呢！"

一听有女眷前来，还是那个曾经侍立于主公身边的翻译官，扬帆本人立马决定退下。

主公见状，一改方才的耐心之态，朝着阶下之人不耐烦地挥手："行了，你下去休息。记住了，给我好生安抚阿爽，告诉他，就说是我说的，叫他别自寻短见——留得青山在，不怕没柴烧，他日再出山不迟！"

"是！属下告退！"

扬帆逃难似的告退后，那被笼罩在龙王塑像阴影下的女子，像是跳了一支胡旋舞，踮着脚转到主公跟前。黑暗中，她本人的面目模糊不清，只看得出此人身披一件奇异的披风，这件披风的款式与大明的女装全然不同，还是连帽衫形制。这女子头戴帽子，即便踱步到阳光下，旁人也无法一眼看清其体貌特征。

她将手臂放置于主公的肩头，下巴斜倚在男人的肩膀上，伸出右手轻轻地戳了一下对方的脸，一脸无辜却又好生妖媚地说道："你们汉人不是常说'十年磨一剑'吗？儒家还有一句什么'君子报仇，十年不晚'，哥哥何必急于一时呢？况且还有蛟龙一级的配角尚未出海，热闹起来更是你方唱罢我登场。我呀，就是唯恐天下不乱，越乱才越好玩呢。"

"阿娄！"主公被这女子撩拨得有些心绪难平，胸腔里已然烧起了不灭之火，"你这美人儿……"

说罢，他便一把揽过这女子性感的身体，将其抓入怀中，脸对准自己，想要来个滚烫的舌吻。

"你忙什么？"那女子悠悠开口，声音勾人。她将食指对准主公扑面而来的唇，一双白皙娇嫩的玉臂藤蔓般勾住了对方的脖子，身子虽未移动，却好似已然攀在对方身上："我说过，我已然练就了'归去来兮剑法'。何况我手里还留有半部《归去来兮剑谱》，龙脉的下落到底是要你我二人联手去找寻的。有了我手上的无敌剑法，再得了那曜变天目盏上的密码，任凭哪个江湖门派，也无法撼动你我共同商议的十年大计！"

膝上泪聚阶前雨　挽住梳篦梦鸳鸯

若早知道去这扶郎县的路颇为不顺，王阳明就不走陆路了。

他与妙儿两人几经辗转、多方探寻，终于在抵达千湖州的第六天后，于去向扶郎县的途中迷了路。

"有一个好消息和一个坏消息，你要听哪个？"妙儿运气凝神，飞至一棵树上，像孙悟空般俯瞰群木，顺带跟王阳明说着眼下窘境。

"先听坏的吧！"王阳明全当未婚妻是在调侃他。

"咱们迷路了，以后只能吃紫苏、茱萸、大蒜、胡椒、芥末了。"

王阳明听妙儿的口吻，知道她不是在开玩笑。她若说别的还好，可偏是这一系列辛辣食物！要知道大明中期可没有辣椒，王阳明那个时代刚好赶上明中期的混乱时代，而我们今人所食用的辣椒，则是明代末期从两广传入中原，再经江南的繁华都市流向西南各地的。作为地道的江南人，王阳明对辣味食物可谓深恶痛绝，这一点妙儿是领教过的。妙儿本人这些年远离江南地区，跟师父在北方的老君山上修行武艺，倒是能吃些微辣的食物，可她的伯安哥哥半点儿辣味都吃不了，光是看上一眼都会皱眉头。

王阳明觉得难以置信，仿佛眼前摆满了一条案的辛辣菜肴。他只盼望换个话题，忙抬头望向还在树上俯瞰大地的妙儿："那好消息呢？"

"紫苏、茱萸、大蒜、胡椒、芥末有的是！我刚上树这么一看啊，前头也不知道是人种植的还是野生的，这些东西那叫一个满坑满谷，你要是不介意，我能换着花样给你做出十几道菜呢！"

郁闷！真郁闷！这不明摆着自己讨厌什么来什么！王阳明只觉头疼，心想：这西南地区什么情况，难道本地人平日只吃辣味食物不成？可仔细想来，自己来这扶郎县之前查过若干资料，都说这地方古怪得很，无论是气候、土地，还是动植物都不同于中原。因地处盆地，湿气最盛，居民若不食用些辛辣的菜肴，恐怕会患上风湿一类的病。

好在王阳明手中有福威郡主送的指南针，结合了东西方的技术，设计奇特，可精准导航。

王阳明带着妙儿顺应"科学导航"找对方向，总算摸清了官道的位置，这才见到了潺潺溪水。二人沿水流寻得出路，好不容易才重新回到了官道上。

他们若再往前走上一走，便会见到一大片树林。

王阳明见这地方虽被称为官道，途中断断续续也会冒出指示方向的木桩，但越往前越觉着周遭异常阴森，周围树木的品种多为他们不熟悉的，且这里的鸟儿叫声亦是古怪得紧。

那些树冠如华盖般铺开的神秘大树，像是同一时间得到了他们小夫妻要来冒险的传令，将自己粗壮的枝干、柔软的藤条、茂盛的叶子伸展出来。

王阳明反复确认过这些大树没有成精，这才毅然决定继续向前。他回头看着妙儿，见她毫无退缩、畏惧之色，只淡然从容地解下特勒骠身上挂着的葫芦喝水，潇洒自若的样子像极了一个嫁入他王家多年的俏媳妇儿——拿出了当家主母的范儿，一点儿不吝于将自己豪迈威武的风采展示给整片林子。

"妹妹可还记得，有一年咱们也参观过一次林子，虽不如这个大，但也算绿意盎然。"

"那林子甚好，却不如现今这个让我身心畅爽。我在这儿待上一会儿，喘气儿都痛快。"

王阳明随即谈起他两人幼年时那次在林间冒险的经历。聊着聊着，他又扯到了下棋、画画、捉弄老师，与农村老家的孩子斗智斗勇等事上去了。过了一段时间，王阳明感觉林中没有问题，二人之间的气氛很是浪漫。

他想，不如趁现在还没忙起来，赶紧把之前买的梳子送给妙儿。

想罢，他抬眼瞧着前方不远处流淌的山泉水，泉水叮咚，演奏出强有力的打击乐。从远处望去，那泉水流淌之时似乎有神似猫的双眸闪现，顷刻间，王阳明仿佛瞧见了猫眼才有的明暗变化。

王阳明勒住飒露紫，干脆利索地翻身下马，将别在飒露紫一侧的酒葫芦取下："妹妹，前头有猫眼清泉，你瞧见没，那上头淌水的地方在林中日光的映照下，像梵湖儿那双大猫眼一般。"

梵湖儿听王阳明谈及自己，先是瞥了他一眼，随后又埋进妙儿怀里闭目养神。

"听说这千湖州的森林里潜伏着诸多难以解释的谜团，比如会哭的石像、冒血的树、猫眼般的清泉……看来这一切并非谣传。"说罢，妙儿便抱开梵湖儿，自顾自从特勒骠上一跃而下。

梵湖儿见主人也从马上下来了，便知自己可以自由活动了。它三两下跳到一棵树上，抬头观察四周的树木，自行思索着什么。

"妹妹，咱们去那儿看看。如果那泉水还算干净，我瞧着倒可以打些留着。"

妙儿颔首，两人便牵着各自的良驹，一道去了那泉水旁。

待他俩去到泉水跟前装了些水，王阳明扬起酒葫芦猛灌了几大口水，清了清嗓子，背对妙儿顺势蹲下。他像是怕她察觉，快速将荷包里的梳子掏了出来，又忙把酒葫芦浸没在泉水中以作掩护，然后对着水面说道："妹妹，你还记得这首老歌吗？"

妙儿不知道他又发什么神经，听他提及往事，只以为他是有感而发，也就顺了他的意，很是配合地看向他，却不明白这厮到底什么意思，偏偏背对着自己发问。

妙儿不见其面部表情如何，但听得王阳明郑重其事地开口，唱出了一首经典歌曲。

"梅花看似雪，红尘如一梦，枕边泪共阶前雨，点点滴滴成心疼。

忆当时初相见，万般柔情都深重，但愿同展鸳鸯锦，挽住时光不许动。情如火，何时灭，海誓山盟空对月，但愿同展鸳鸯锦，挽住梅花不许谢……"

王阳明唱得很是激情澎湃。这曲原属于女子吟唱的老歌，词作缠绵，充满小女儿家的矛盾情思，可眼下经王阳明之口唱出，竟多了几分狂放不羁。

王阳明唱完第一小节，面上已涨满红潮水。缓缓起身时，他感觉这片奇怪诡异的树林眼下竟给足了自己面子，不但这眼活泼不息的清泉用自身的水声衬托着他原本并非中气十足的嗓音，这广袤无垠的神秘树林也将他的歌声传播得很远。

王阳明依旧背对着未婚妻，已然拿出了那把精致的发梳，就等着唱到第二小节开头时，转身将梳子送给心上人了。

谁料他刚要开口，身后妙儿满载着委屈的啜泣声断断续续地传到耳畔。

王阳明吓了个激灵，他确信自己没有听错，在哭之人为妙儿无疑。

"妹妹？"他倏地转身，定睛一瞧。

不错，妙儿正半扶在特勒骠的马背上，小心地抹着眼泪。

"妹妹这是怎么了？这……"妙儿哭了，还是那么伤心，这久违的景象不禁让王阳明想起了前尘往事——当年的妙儿也是这样倔强又爱哭，虽骨子里争强好胜，但因饱受外界小人算计、谋害，她总不能获得安逸。

王阳明听她的哭声越来越大，像是憋了许久，现今突然找到了发泄的窗口，自然要好生闹腾一番，将满腔委屈倒出来。

他慢慢地靠近妙儿，温柔地拉过她的手："妹妹，我们去那边坐坐可好？"

他并未着急问明理由，心里暗想：兴许是我这歌词选得太过伤感，令她想起了伤心事。

想到此处，王阳明拉着妙儿坐到清泉旁一块较为平坦的山石上。他像幼年那样，拍着妙儿的肩头、后背，哄孩子似的温柔地笑道："好妹妹，到底怎么了？是我这歌儿唱得太难听，激着你了不成？"

他以为调侃一下，妙儿就能破涕为笑了。谁知道这一次，素来清高孤冷的妙儿蓦地扑倒在他膝头，哭得比方才更加厉害。

眼前的美人哭得梨花带雨、脆弱不堪，泪水滴滴答答，像是从屋檐滴落的雨。

"妹妹……"王阳明不明所以，发现妙儿哭泣时可谓满怀激愤、不甘，五官因大哭而拧成一团。

按过去来说，这种突如其来的投怀送抱的举动理应让他王阳明美上天，可是这一次，他的心上人妙儿在不停歇地哭泣，她的"投怀送抱"反倒令王阳明心有不安。

他并没有像寻常男子那般着急询问妙儿哭泣的理由，也没有说那些无用的废话，而是拿起准备已久的梳子缓缓地贴近妙儿的长发，先是探手拍了拍她的肩头，哄孩子般柔声问道："妹妹，哥哥像小时候那样给你篦头可好？"

妙儿轻轻颔首，没有拒绝，哭声轻了些。

"凤髻金泥带，龙纹玉掌梳。走来窗下笑相扶，爱道画眉深浅入时无？"王阳明边用崭新的发梳梳着妙儿乌云般的秀发，好似在用画笔勾画一幅江山长卷，边用温柔到极致的声音吟诗，左手则随着吟诗的节奏，轻轻拍打着妙儿的后背。

他们仿佛回到了两人的童年时代，那时妙儿经常撒娇似的躺在王阳明腿上不起来，每到此时王阳明便用梳子为妙儿篦头，随着口中吟诗作赋的节奏移动手上的珊瑚梳子。

他梳了半盏茶的光景，妙儿的哭泣才彻底止住。王阳明继续轻柔地拍打着她的后背："妹妹，告诉我，到底发生了什么？是不是刚刚我那曲子让你想起了什么不愉快的事情，譬如你师父跟你说过什么？"

此话一出，妙儿的瞳孔瞬间放大又收缩，虽只是一瞬，但王阳明看得真切。他一把攥住妙儿的手："妹妹，你之前是不是跟你师父提过咱们俩的事？她老人家原话怎么说的？妙儿，不管发生了什么，你都不要想一个人逞强应对。咱俩坐下来商量，一起面对，好吗？"

妙儿听到这句话，像是安心了些，这才缓缓从王阳明腿上起来，肿着桃子似的红肿双眼，与王阳明深情对视："我刚听你唱到那句'情如火，何时灭，海誓山盟空对月'，想起了返还大明宝岛时，我师父跟我说的那些话……我真怕、真怕咱俩也跟歌词里唱的那样，到头来镜花水月一场空。"

"什么？这话从何说起？妙儿，你告诉我，你师父跟你说了什么？"王阳明听到此处，已经明白自己的推理又正确了。他非常紧张，心跳到了嗓子眼。

"其实，我在跟随师父打宝岛返程时就提了我跟你的婚事。我直接说想还俗嫁你，可是、可是师父她说、她说还俗也行，须得完成她交代的几项任务，方可放我与你成亲。"

"任务？什么任务？没关系，你说出来，咱们一起想办法！"他就知道，要命的事来了！可他偏还不能慌乱，要有男人的担当，为妙儿分忧解难。

妙儿见他的情绪还算稳定，于是乎定了定心神，接过王阳明递来的帕子，擦了擦眼角："第一，去羽民国取那比翼双飞羽衣；第二，去厌火国取三珠树；第三，去奇肱国取刑天斧盾；第四，去跂踵国取烛龙头；第五，去氏人国取活鲛人。"

听到如此可怖又充满异域特色的命令，王阳明不禁浑身战栗，整个人呆愣住了，半晌没回过神来。

妙儿看身侧的王阳明竟然一时语塞，双眼突然睁大，这一神态持续了几秒钟，两条眉毛也倏地往中间位置靠拢。随后，他视线下移，微微低头，上排牙齿也紧紧地咬住了下唇。

此时的王阳明内心是混乱的，原本清醒的大脑此时像是一团被人啃咬过的萝卜丝饼，被掰扯得稀烂：怪不得每每提及我们的亲事，妙儿都欲言又止。现在想来，她竟是哑巴吃黄连——有苦说不出。妙儿本是武艺超群、威震江湖的侠女，又是个能言善辩的人，从南昌府一案开始，却总是逃避成亲的话头，没有平日的干脆和洒脱。也难怪她在幻海城时癸水不调，看来不是什么湿热下至，而是被她那好师父提出的条件气出来的。

"哥哥你没事吧？"妙儿轻声呼唤，伸手过去摇晃未婚夫的肩膀。

王阳明却像是中了邪，倏地起身，做出金刚怒目、张牙舞爪状。

254

"你师父人在何方？我、我要找她理论！扶郎县我不去了，咱掉头回去，现在！赶紧！我连半炷香的时间都等不了！我、我要去见你师父！"王阳明的肺都要气炸了。他听了那浑蛋任务，先是大惊失色，像是魂不附体，琢磨了一番后，惊恐转为愤怒。他连比画带说，活像个当今在话剧舞台上进行即兴表演的演员，说话间动作接连不断，整个人的神情、动作夸张到极致："这是什么狗屁任务！这简直就是不可能完成的任务好吗！什么羽民国、什么厌火国，全是《山海经》里记载的传说啊！她不想放人就说不想放人，何必拿原本就不存在的东西困住别人？你这师父、你这师父真乃普天之下第一自私自利之人也！"

王阳明那叫一个气啊，他扯着嗓子大喊大叫，动作也全然失了公子哥的气派。

妙儿见他眉毛上提、怒目圆睁，说话时嘴巴张得老大，那两排亮晶晶的白牙龇了出来，俨然一头饥肠辘辘的猛虎。

"早在南昌府那会儿，我就怀疑你师父动机不纯。她当年明知你我自幼定亲，却不让你带发修行，而是执意命你出家，这又是何道理？这是拆人姻缘，坏人好事，揣着明白装糊涂！我倒要亲自问问她，这么大人了，还号称什么'绰影侠'，她可有半分侠义心肠？侠者，深明大义之人也。她这般为难、苛责自己的徒弟，如何担得起这'侠'字？！"

眼前的王阳明已然若因喝醉酒而明闯大殿的孙悟空，他整个人倚在一棵看似丑陋的大树旁，单手扶住额头，半眯着眼，胳膊肘顶着树干，若一尊脆弱不堪的泥塑。

妙儿见他如此折腾，有些出乎意料，但她毕竟和他是青梅竹马，怎会不知晓王阳明此刻的心思。

"瞧你啊，怎就突然沉不住气了？我才刚好，你又恼了。"看着王阳明，妙儿又好笑又心疼。

眼前的伯安哥哥的确是一身戾气，似乎想找人来打一架。

妙儿上前几步，伸手拍着王阳明的背："好哥哥，别说你吃惊、来气，就是我当时听了这话也是内心一惊，毕竟我在我师父面前最为得宠，我师父也从未为难过我。她为何提出这种条件，我百思不得其解。但凭心而论，师父将我一手养大，吃穿用度都挑最好的给我，从未亏待

255

过我。我说这话也不怕你计较，当年在你们王家，我没少蹭吃蹭喝，借你家那百年大族的光，我也算见过不少世面，但若细说起来，师父给我的，还真胜过你王家。你也看到了，我从吃的到穿的，皆是一般人难以企及的，我的行头也均是真金白银堆砌出来的。"

说了这么一大段话，妙儿又仔细观察王阳明的表情，见他冷静下来，整个人也不似方才那么激动，呼吸也平稳了许多。

妙儿见状忙娇嗔地道："再说，我师父素来云游四海，现今你我在这犄角旮旯，又去哪里寻得她老人家的芳踪？别说我那几个世伯世叔，就是我这个她老人家眼前的第一红人也是寻不到她老人家半点儿踪影的。"妙儿适时地将未婚夫的手牵了过来，稍稍用力让二人十指相扣，"好哥哥，你可别生气。你的身子原就虚弱，加之有那旧日积下的肺疾，是不能动气的。等到了驿站，我给你下云吞面吃可好？"

王阳明见状，顺势也握紧了妙儿的手，撒娇着嗔怪道："要我看，你师父就是存心不放你走，委实是个不通情达理的老顽固。我原想她再怎么刻薄，好歹是你的救命恩人，又传授了你一身好武艺。我原不该这么评价一位长辈，可事到如今……"王阳明深吸了一口气，"也罢，反正我铁了心，定要想尽办法、用尽手段娶你进门！凭她是什么天王老子，谁都别想拦着我把你攥在手心儿里！"

"哈哈——瞧你这话，就跟我是你闺女似的。好个把我攥在手心儿里，你这话说得轻巧，万一让人听见，还以为你当爹了呢。"妙儿一听这话，又恢复成了往日嬉笑的状态。

王阳明见她缓了过来，心下一松："有本事全都给我放马过来，大不了回到那句话——'兵者，诡道也'。我全当自己是曹操、司马懿，把这脸皮一抹，她又能如何？上有政策，下有对策，都到这个份儿上了，我还怕谁？"

见王阳明也有了往日的活力，妙儿舒了口气："你还真别说，若论及性格和为人，我师父她的确古怪了些，江湖中人都说她古怪、不合时宜。师父曾对我说，她乃天外来客，原不属于咱们这个世界。想来，我师父的想法、心思，的确与咱们有天壤之别。"

"喊！我才不管她是不是什么天外来客，不管她是《山海经》里记载过的异兽修炼而成，还是《搜神记》里的浮游星槎带来的，既已来到我大明国土，就该遵守我大明特有的规矩和礼仪。人世间不过一个'情'字和良知，她岂能独断专行，不把人之常情当回事？既然她对你如此绝情，你也不必担忧害怕，有哥哥我在，什么都能摆平的！"

王阳明提及的所谓"星槎"，也作"星茬"，是古人对"UFO（不明飞行物）"的称呼。古人将不明飞行物看作"星空中的小木筏"，简称"星槎"。

是的，你没有看错，我国古代也有外星人降临地球的神秘传说，且历朝历代皆有相应记录，大家可查找《庄子》《梦溪笔谈》《御撰通鉴纲目》《拾遗记》《二十四史》《题金山寺》等。

"看看我这脑子，说了半天天外来客，我怎么把手里的天外飞仙给忘了！"说罢，王阳明将一直攥在手中的梳子递至妙儿眼前，"妹妹，这是我在幻海城一家百年老字号里给你定制的信物，你可喜欢？"

一听"信物"二字，妙儿瞬间害羞起来，手却已经接过那颜色奇异的梳子："天哪，你竟然选了圆形！这上头的图样是天仙腾飞的样子……这宝石是何材质？它摸起来温度介于琥珀与水晶之间。"

"十里红妆，乐声震天，美人初妆，金凤斜钗，手持玉梳。"梳子，不仅仅是一件器具，更是寄托了闺房女子心事的信物。它寄托了相思之情，蕴含了白头偕老之意。这款梳子整体呈满月形，雕刻着天外飞仙的造型，材质又让人觉得很神秘感。

"满月形的发梳的确不多见。这梳子的造型是我绘制的，上头天外飞仙的形象是妙儿你本人呢。妹妹可知这梳子的原料取自哪种宝石？"

见王阳明一脸神秘，妙儿可不想猜不出来反让他得了意，忙将视线锁定在梳篦上，双手不停地爱抚它，细细忖度："嗯，它的颜色呈渐变状，由深至浅，为青莲、牵牛、长春花三色，乍看之下料子有些像我一个师姐佩戴过的罗刹国紫龙晶手串的料子，但我细瞧这梳子上的纹路，又觉不像。那紫龙晶表面的白色纹路神似游龙，十分明显；而眼前这宝石表面的纹路却似樱花盛放，没有丝毫细密的白色弯曲条纹。"

王阳明颔首表示肯定："不错，这是最大的不同。然后呢？"

"紫龙晶的外观呈紫色，中间会有无规律分布的白色细长条；这款

257

宝石的主体颜色为紫、红、粉三色，我瞧着反面发紫的那部分有些像龙胆紫的色泽……触感有些像是青金石，但比青金石细腻顺滑；可比起绿松石，这款宝石又坚硬了些。"

王阳明笑道："要么说我家娘子最聪明了！这款宝石是郑和下西洋时从一个叫木骨都束的地方带回来的。当时他只带了二十块原石归国，几经波折，其中一块原石竟到了老梳妆店里。此宝石极其小众，不为外人所知，也从未被不良商人仿冒。我当时在老梳妆店内的雅间里提笔画这梳子的草稿时，不经意瞧见了它，便趁机将这宝石拿下了。"

"说了这么多，那它到底叫什么啊？"

"舒俱徕，一个按照番邦发音音译过来的名字，不如咱们就叫它'定情石'或者'三生石'吧。"

"不好不好，太俗气。要我说，不如干脆直呼其为'天外飞仙'吧。什么石不石的，把那冰凉的后缀去了才好。如此少见的颜色，还是渐变状的，世间难寻，想来这世上也就我一人独有！"妙儿开心坏了，拿起这独具匠心的梳子便不愿松手。

王阳明却厚着脸皮，吵着非要跟妙儿同乘一匹马，还说刚才跳脚骂街后浑身难受，没一块肌肉是舒服的。

妙儿见他这般耍赖，思索了一番也有些心疼他，便顺了他的意，和他同乘一匹特勒骠。

"梵湖儿，该走了，快过来！"妙儿朝着梵湖儿的方向招呼道。

趁着小两口打情骂俏，梵湖儿找了棵野树，站起身来尽兴地磨爪，听得主人叫唤，这才漫不经心地回到妙儿身边。

见王阳明已然和主人同骑一匹宝马，它也轻盈地跃上飒露紫，来了个肚皮朝上，四脚朝天，很快就鼾声如雷。

两人连带着两匹宝马、一只梵湖猫，就这么慢悠悠地往密林深处行去。

一路之上，王阳明继续发挥死皮赖脸的"无耻精神"，将头抵在心上人半散开、涂了茉莉粉、香丝般的柔发之上，简直就是把自己当成那大猫梵湖儿，一面蹭着妙儿的香肩，一面耍赖卖萌。

妙儿气恼娇羞，却也拿他没办法，只朝背后啐了一口："你再这么死皮赖脸地蹭我，又要害我破戒了！再这样我可就罪孽深重了！"

"妹妹，你刚刚说到了驿站便给我下云吞面吃，此话可当真？"王阳明跳过妙儿所谓的"破戒"一说，直接说起自己关心的美食。

"当真啊。"

"那到时候你须得把云吞一个一个喂给我吃，面条也要一根一根挑给我嚼，汤也要一勺一勺盛给我喝。"

"你想得美！这样一来，众神仙会集体申斥、惩罚我的好吗！"

王阳明才不管这套，继续像大猫一样，"无耻"地用脑袋蹭着妙儿的肩头，贪婪地嗅着那只属于他的青丝："你放心，他们不会斥责你的，我向你保证，玉皇大帝、太乙真人、太白金星、太上老君、托塔李天王、哪吒三太子、二郎神、八仙、财神爷、福禄寿三仙、文曲星、阎王爷、老子、列子、庄子……列位仙人定然都会体谅你我的。"

妙儿听罢，嘴角禁不住一阵抽搐，笑声大作："瞧你这话，就跟你认识人家，跟列位仙人很熟似的！"

王阳明在妙儿身后好不惬意，他缓缓伸展双手，揽住妙儿的纤纤素腰，很是享受佳人在怀、情满天地的片刻安宁，双眼缓缓闭合，振振有词地说道："本来就是嘛！"

少年阳明探案集

云雀 著

3 天真有邪

北京燕山出版社

目
录

第四案　天真有邪

1

目 录

第四案　天真有邪

第 一 回
肥遗罩设阵倒挂钩　林中险对垒哈哈族

听说，扶郎花开遍的地方，举国上下只有千湖州的扶郎县。

王阳明跟妙儿这次可算领教了。

扶郎者，太阳花也。传说当年郑和下西洋时，从遥远的木骨都束带回花种，沿路返还时偶经西南等少数民族聚集区，因此地环境特别，遂赏赐了当地酋长等该花花种。谁料中原地区本不多见的扶郎花，却在川蜀儿地开得群山遍野都是。

"妹妹，你看这些扶郎花，好漂亮啊！这花开得比向阳葵小，比万寿菊大，可颜色真格儿娇艳夺目。"此时的王阳明发现了一处极好的约会胜地，拉着妙儿一路向前，两人恨不能把这群山之上所有大张艳炽的扶郎花都采撷个遍。

"哎呀，你快看看这林子里有没有什么不辣的、可供咱们晚上吃的，这才是正经事！咱们进了这林子快两个时辰了，连个驿站的影子都没有看到，可见这地方真是穷乡僻壤，弄不好又迷路了也未可知。你呀，麻利地去那边采些紫苏、茱萸回来，相对而言，这两种植物的味道还算清甜凉爽。我这边刚发现了些许好东西，我可要大摘大采一番！"

妙儿这话流露出兴致勃勃之意，王阳明不禁好奇："什么好东西？"

妙儿摇了摇手里的花束，其中两朵为一粉一橘的扶郎花，由扶郎花包围着的，则是一小把尚且新鲜还挂满盈盈露珠的益母草。

"女人花啊！"妙儿将那一小把益母草递到王阳明眼前，"这里的益母草可是我目前见过的最好的益母草了！这里的益母草的质量、模样都要胜过我在别处见过的。"

"这样啊……"王阳明伸手搔了搔脸，将自己手边一朵橘色的扶郎花插在妙儿鬓边，"要是找不到驿站，我的云吞面岂不是要泡汤了？不行不行……"

妙儿脸色微微泛红，下意识地抬手扶了下鬓边刚由王阳明戴上的扶郎花，两人的手指触碰到一处，瞬间若触电了一般。她忙侧头回避，故意不去看对面笑着的王阳明，抬手唤了句梵湖儿："梵湖儿，快带着你伯安叔叔去那边找不辣的东西，晚上还想不想吃饭了？！"

"又是叔叔，为什么？"

还不等王阳明质问，大猫梵湖儿已从磨爪状态调整到跟踪状态，飞扑到王阳明脚边，用那白净如骨瓷般的毛绒大头用力蹭着王阳明的裤腿儿，一个劲儿地将小圣儿往前顶去。

王阳明见找驿站无望，加之确实饿坏了，想了想今晚实在不行只能找个树洞或山洞过夜了。

走着走着，他发现脚下的益母草比方才一路之上见到的又多出了两倍有余，再看那紫苏、生姜、茱萸等物，也比刚才见到的更加密集。

"梵湖儿，你吃得惯辣吗？"王阳明蹙眉，指了指前方不要钱的各种辣味佳肴，下意识地咽了口唾沫，伸手按了下嗓子眼。

大猫梵湖儿倏地有些警觉，它那漂亮的猫耳朵做温馨提示的"飞机展翅"状；整个脸也比平静时更显宽大；一双水晶紫眸，突然开启了颜色切换模式，由紫变蓝，由蓝变粉。

"不是吧？"王阳明看得真切，他可不想在这种鬼地方遇见什么怪人怪物，忙定了定神，将福威郡主赐予的指南针掏出，"刚刚咱们是从这边来的对吧？"

他带着梵湖儿往前来的方向快步小跑，但不知为何，头顶原本好好的艳阳，此时却极不给力地甩出脸色。好似几片要追杀他的乌云压了过来，将璀璨如碧玉的野树枝叶晕染成灰色的羽毛。

这一变化过于急促，王阳明只觉有人施法针对自己发出攻势。

他刚要停下脚底运动，却一个急刹车没停好，整个人滑倒在一棵阴森可怖的高顶大树下，只觉脚脖子被什么东西狠狠套牢，像是有人用力一拉，不带眨眼工夫，王阳明整个人已是倒挂金钩，大头朝下，乱晃于这棵饿虎扑食的大树之上。

"妙儿！妹妹！我中了陷阱，快来救我啊！妙儿！"

王阳明也不管什么面子不面子，心下只觉自己中了这林中猎人的陷阱，可就当他大声吼叫的同时，只见地面上的梵湖儿像是看到了什么千年一见的恐怖镜头，猫身的毛都炸开了。

要知道，梵湖儿可是一只混了上古神兽乘黄血统的梵湖猫啊！它的来历本就与众不同，何况当初在幻海城内，王阳明是亲眼见证过梵湖儿杀敌的，那神力不可小视！

但如今梵湖儿为何这般惊恐，仿佛见到了世界末日。

"梵湖儿，快去叫你的主人过来……"

可出人意料的事情十有八九，那几片乌云带来的黑暗突然消失了，倒挂阳明子的绳索却似在刻意为王阳明展示着林中的景象。它让他打着秋千，飘摇不定间，倒挂金钩的王阳明看到了三张跟自己有些雷同，却又不尽相同的孩童面孔！

"死人？有人吊死了？"

不错，王阳明身边斜挂着三个个头儿矮小、身穿异域风情服装的小女娃，其中距离他最近的一个，舌头伸出 5 寸来长，眼珠外凸，怒视前方。王阳明倒挂在此，整个身子却像是在玩蹦极，绳子的弹性、摇摆的方向他都无法掌控，稍有挣扎便若出游飞升的嫦娥，激荡着高高挂起的绳索，看着众生。

在他的斜右方向，还挂着一具尸体，看面孔和个头儿，仍旧是小女孩！

"梵湖儿，不要靠近这些尸体，马上折回去叫妙儿过来，快去啊！"
王阳明绝不能让梵湖儿近距离观看这三具死尸。

自古猫诈尸的说法的确有其科学依据，因猫毛容易引起静电效应，带来的静电最高可达两万多伏。如果人的尸体还没有完全冷却，神经还具备传导能力，若猫靠近尸体，会引发尸体出现异变排斥现象，例如：坐起、站立。

且猫咪喜欢轻舔自己感兴趣的事物。死人什么的，在它们看来只不过是四脚人类足下又一座急待攀登的雪山罢了。它们会不由自主地跳到尸体身上，用舌头舔舐对方脸颊、眼睛，甚至嘴巴周边。有些死人因死时喉管中堵塞了痰块儿，猫这么一压一舔，很可能会让死者将堵塞物一吐而出，引起所谓的尸变。

直到今日，法医界解剖室内仍不敢让猫咪进出，送葬的灵堂内也断然不敢引猫前来祭拜。

"梵湖儿！你是怎么了？快去找你的主人啊！"

王阳明发现，梵湖儿真的怒了。可怒归怒，它整个猫身只摆出原地战斗状，却不动一下。它先是过于警惕紧张，随后则是露出有些不可思议的表情，若论惊恐畏惧，倒还是可以理解，可那由警惕不安转换而出的说不清的愤怒之色，又作何解释？更何况，眼下的梵湖儿像是看到了某种从未触碰过的神秘事物，是哪种不为人知的奇珍异兽吗？要知道，这鬼地方弥漫着瘴气，所生动植物皆与其他地方不尽相同，冷不防冒出个鬼怪来，似乎也说得过去。

"梵湖儿，不要看！不要去管旁的，快去找妙儿！妙儿！"

王阳明想往后看看那被高高挂起的三具尸体眼下是何光景，却死活看不到距离自己最远的那个。隐约间，他嗅到了山雨欲来风满楼般的阴森之气，那影影绰绰的、伸长了对准自己的，是死人的舌头吗？那一道道散发着阴寒之气的目光，真格令他尝到了骨寒毛竖的滋味。

王阳明感到前所未有地迷茫，他听见妙儿的脚步声："哥哥，我这儿呢！"

可与此同时，他又听得耳畔传来一阵杂乱无章的脚步声："酋长，抓住凶手了！快来啊！"

到底是妙儿快，她抛出昴宿星，来了一招燕子还巢，将那倒挂王阳明的可恶的绳子打断。只见王阳明从高扬巨伞的大树精怪上坠落而下，妙儿猛吹口哨，那飒露紫便飞奔而至，将王阳明稳稳地接住了。

王阳明整个人安全着陆的同时，那根绳子却依旧牢牢地捆绑于他的右脚踝上。

"梵湖儿，你傻愣愣地在干吗？"妙儿对梵湖儿的表现极为不满，上来便朝着在原地发呆、只会挤眉弄眼的大猫跺脚。

见主人朝着自己跺脚呵斥，梵湖儿这才反应过来，却极委屈地动了动毛茸茸的白净面庞，那双无辜的大眼睛里似乎嚌满了某种不可言明的羞耻、恼怒。梵湖儿知错低头，随后跳回主人脚边，弓着腰，仿佛在向人类发出挑战与质问。

"哥哥没受伤吧？"妙儿将飒露紫牵住，自己的特勒骠也随之护卫在王阳明一侧，将近前的敌对群体隔绝在外。

"我还好……咳咳。"王阳明晕头转向，呼吸有些困难，肺部的旧疾似真的被勾起。

谁知，那被唤作酉长的家伙哈哈一笑，伸手指向王阳明脚脖子处的那根看似再寻常不过的粗绳，做出了一套近似于今之广播体操中伸展运动的手势。

那绳索就像是看懂了这动作一般，蛇似的将王阳明整个人从头套到尾。

妙儿只觉不妙，猛然将自己手中的拂尘拧成一股绳索，欲用丝线将王阳明脚脖子上的绳索砍断，却发现，越是动绳索，其就变得越是粗重，像是一条被人驯养的大蛇，能听懂主人发令。

"怎么回事？"妙儿又将"棠前燕"制作而成的丝线倏地张成一把雨伞，将丝线如缝衣之针般钻入套牢在王阳明全身上下的绳索之间，想将绳索抻开，却依旧无法撼动丝毫。

最令人惊恐的还在后面，这原就是一根再普通不过的麻绳，却随着对面酉长的操控越变越长，围绕着王阳明整个身体，像是自动生成的一件"珍珠汗衫"。不到半盏茶的光景，它就幻化成了一件"蛛网麻绳大褂儿"，将王阳明整个人牢牢锁死。人稍一动，浑身就会传来锥心刺骨的疼痛。

"让梵湖儿试试！"王阳明被这该死的绳索缠得都快窒息了，再不施救，他就得被这中了邪的麻绳活活绕死在未婚妻眼前。

梵湖儿听到王阳明招呼自己，忙伸出双爪，露出尖牙，迅猛地扑过去。可谁知这绳子竟如大蛇起舞，翘起自身一端，抽打梵湖儿，有气吞山河之势。

好在大猫灵活地腾转挪移，待对方出招之时，双爪鬼出电入，将绳索一端死死钉在自己掌心。可当梵湖儿探出尖牙时，却发觉这绳子好个光滑平顺，以至于无法撕扯。

"怎么会这样？不可能啊！"妙儿让手中拂尘上下翻飞，身上早已汗流浃背。

想她手中这拂尘，素来被江湖中人誉为"藏风四俊"之首，竟然也有被他人所克制之日！现在好了，竟然连梵湖儿都……

"哈哈哈……想来我乐哈哈族人聪慧无比！尔等外来者懂什么！这绳索乃是我本地神兽肥遗大蛇蛇身所化成的金钟罩，绳子即便被砍断，也能随猎物身形大小变化成捕猎网，将你们这些外来奸贼一网打尽！呵呵，我乐哈哈族人心灵手巧，最会倒腾这些好东西！"此人说话间上前一步，伸手一拍胸脯，随即身后跳出十几名身穿异服、面上涂满油彩的男子。

他们单手持着类似于长矛的武器，乍看上去就是茱萸。而那茱萸上头的不是什么尖刺锋利的铁器，而是一段段由某种不知名的黏糊之物叠加累积而成的"褐色芥末堆儿"，外形委实令人头晕。

妙儿听他自诩什么乐哈哈族人，又被人唤作酋长，由此判断该人好大喜功，说话虽刻薄尖酸，但傻里傻气的。

妙儿忙假意奉承："酋长好生威武霸气，真乃一方霸主！刚刚是我们小人之心，妄图挑战酋长权威。还望您老人家看在我们初来乍到，不懂规矩的份儿上放过这位公子，他本是读书人，手无缚鸡之力……"

"你说什么？什么力？哦，我知道啦，你们是来偷鸡的！说，是不是看上我们林子里的孔雀和红腹锦鸡了？告诉你们，我，按你们汉人的话，我可是铁帽子王，在这儿没人敢惹我！我就是——鸡贼王中王！"

可能是这厮过于搞笑的自我介绍太令人尴尬了，妙儿边听他胡说八道，边静心观察，发现那刚刚被他操控的绳索，似乎松了很多，加之梵湖儿仍旧心有不甘，一直神情专注地与那"大蛇"厮杀，王阳明的脖颈位置，可算松缓下来。

"这位鸡贼王中王……"妙儿上前几步，却始终不敢离开王阳明太远，"敢问，你知道我是谁吗？我乃江湖第一女侠玄机神女！"

"不知道。"酋长很是诚恳地摇头，并开始挖鼻孔。

恐是妙儿这话在他们看来过于可笑，酋长身后一干人等笑了个前仰后合，还不停歇地用手中的茱萸击地，腾出来的左手就朝着妙儿做出鄙视下流的动作。

还不等他们笑完，妙儿一个闪身，嘴里大喝："梵湖儿，照顾好哥哥！"

这话音还未落定，酋长已被妙儿架在身旁，拂尘顶住了其咽喉。众人皆大吃一惊，想不到区区一汉女竟有如此神威神速，这帮土著居民个儿个儿吓得灵魂出窍。

"现在知道我是谁了吗？"妙儿威胁道，并轻轻将丝线与酋长脖颈微微贴合。

只听刺刺两声，有血花从其颈部靠近大动脉的位置冒出，一开始还不打紧，随后便淌个没完。

"你……你……你……你一个女人……你凭什么？"鸡贼的酋长开始结巴，伸出一对胖胳膊，朝着身后一群男子挥动："你们还看着干吗？快去搬救兵啊！这娘儿们要宰了我，你们……"

"娘儿们？你个渣滓，会不会说话啊？不会说话就把你的狗嘴闭上！"妙儿冷笑，又在酋长脖子的另一端划了一个小口儿，血花便喷出来了。

"啊……"酋长立即软了，妙儿将这厮整个人扯了过来，靠近王阳明位置，让他正对着王阳明，自己则掉转方向，双目圆瞪，盯紧这群自诩为乐哈哈族人的人："好个鸡贼王中王，真是名副其实的鸡贼！还不快把你那破玩意儿从我未婚夫身上撤走！"

"我……我只会套，不会松啊。"

"什么？！"妙儿听罢便来气，干脆发动拂尘机关，将丝线拉长后直往酋长心口处刺去。

"疼啊！"

"就这点儿出息，也配叫作老爷们儿？别侮辱这个词了！信不信，再不松绑，我就用这龙须凤羽丝扎入你的心脏，让你生不如死！"

"这位大姐,我真没骗你,我……我只会绑,不会解啊……"酋长告饶,又朝着一侧众乐哈哈族人求救:"你们说句话啊!"

"对、对、对,我们酋长他……他只会用,不会解。"

酋长又喘着粗气,嘴唇发紫,脸色棕黄地说道:"再说……再说你们,你们还有杀人嫌疑呢,我身为鸡贼王中王,还没找你们算账呢!"

被绳索纠缠了大半天的王阳明好不容易找了个空儿,他大口吸着新鲜空气,朝着妙儿说道:"看他表情不像在扯谎,恐这厮心智确有残疾。妹妹,你先把他的一条大腿卸掉,咱们再将这厮绑在马上,一路作为人质,等找到那会解绳索之人再行讨论也不迟。"

"好主意!"妙儿性子原就偏冷,外加有一双灵动妩媚的狐狸眼,莫名间平添了一种凌厉、狠辣之感。她抬手从袖口中放出丝线,将酋长捆绑住:"你绑我未婚夫,本座就能绑你,这叫报应循环!学着点儿吧,你这废物!"

"且慢!绳下留人!"

耳听得又有几人前来,妙儿可不管这套,她只顾自己的。还不等一秒钟的时间,那龙须凤羽线便将眼前这酋长的双手双脚磨出鲜血,酋长整个人也像被架在火笼上炙烤的乳猪般嗷嗷直叫。

王阳明抬眼望去,只见一巫师打扮的老年男性,手戴花丝镶嵌景泰蓝、缝斑彩石的手套,拄一根再寻常不过的黄杨木拐杖,由左右两名青年男子陪侍而来。

此人着一身绀色长袍,还是那种连帽长衫。他紧走几步,不等妙儿回答,将拐杖交给旁边一青年,自己则双掌合十,用中指指向王阳明右脚踝,却没唤出一句咒语,随之而出的则是一小段犀利明快的口哨声。

这音调妙儿也是头一次听见,是很好听的一小段旋律。

只见那原本牢牢痴缠在王阳明身体上的"网状汗衫"一解而开,真如一条狡诈的毒蛇,顺着原来位置,任凭差遣般返还到被妙儿挟持的酋长的袖口内,一下子就不见了踪影。

王阳明来不及思索整个受虐过程,绳索一松,他整个人失去平衡,从马上跌落,眼见就要脸面着地,还好身后的飒露紫急忙迎面用身子将他托住。

10

"大司命！少司命！"众人见到姗姗来迟的巫师，忙唤其大司命。

王阳明用尽心力仔细观瞧，但见搀扶着大司命左臂位置的一矮胖男子，听闻众人叫什么"少司命"时，嘴角上扬了一下，左右嘴角呈现出不对称的形状。其视线快速掠过众人，未有停顿。

这个矮矮的、脑瓜顶光秃秃的人，就是少司命吧！王阳明心道。他发现，此人个头儿虽矮，还有今人所言的"地中海"发型——脑瓜顶全秃了，唯有绕顶一周还有一些稀疏的头发，偏露出自鸣得意的鄙夷神色，像是俯瞰众生，欲要登基称霸的中原皇帝。

而这个被唤作大司命的老年男性，则紧走几步来到妙儿跟前，刻意不看眼前这个被妙儿挟持、蹂躏的酋长，非常尊敬地将帽子脱下，露出其本来面目，道："这位姑娘本人有所耳闻，她乃是绰影侠最得意的徒弟。你们乐哈哈族人休得无礼！还是让我们笑哈哈前来接待贵客吧。"

"哦？你知道我师父？"妙儿听罢不无狡黠地笑道。

"不错，你用的龙须凤羽，乃是蜀地古墓中特有的，我们毗邻而居，怎会不知呢？"

妙儿眯起双眼，死死盯住这个大司命："你刚刚用的是什么？不似我道教中人所用道法……你？"

"刚才酋长没有骗你，这肥遗罩是我跟他交换而来的法器，的确是我扶郎县大山里的上古神兽——肥遗蛇真身所出。且这厮心智有缺，虽贵为酋长，统领其乐哈哈一脉，但一直没个人样儿，猪八戒啃砂锅——只顾自己脆生，不管人家听着牙碜……"

听这大司命说话竟还带出中原歇后语，可见其是跟汉人有过接触的。

妙儿听罢却不为所动，继续往后退去，直到整个人靠近王阳明。她并不想把手里这个鸡贼王中王送还。

"哥哥没事吧？"

"没事。"王阳明起身，整个人仍旧筋疲力尽，看情况，一时半刻是上不了马、赶不了路的。

"大司命，你倒是让她放我走啊！你别在这儿废话行吗？我这双料铁帽子王之鸡贼王中王就要成残废了！"

"闭嘴！你个没用的废物！"妙儿来气，一股邪火全发在近前的话瘆酋长身上。说罢，她又将几根龙须凤羽刺中对方腹部。

酋长夸张地号叫两声，张口依旧嘴硬："本来嘛，这案子是不是你们干的还未可知呢！是吧，大司命？咱不能让他们走，不能！"

"还请二位高人莫要急着离去，容我慢慢解释。"大司命上前几步，像是老熟人拉家常般神态自若，"第一，树上这几个被人吊死的孩子你们想来定是瞧见了，这案子虽然不是因你俩而起，但因你们是第一目击者，我想着你们也该以第一证人的身份出来做个凭证。第二，这位小哥看样子，肺部应该患有旧疾，想来脾胃也不大好，经由方才这么一折腾，想来这位小哥也不能赶路了。第三，我们都属于哈哈族，事到如今已分为两派，玄机神女你本人手下挟持的，是以他部落酋长为首的乐哈哈部族；而身为大司命的我，则一手创建了笑哈哈部族。我哈哈部族乃是周王朝时期巴国人的后裔，后来混了逃遁在此的西域乌孙人的血统。我族现今自成一派，热情好客，来到本地你大可放心。第四，我们这里近三个月连续发生多起离奇命案，都是像这位公子方才遇到的那样，中了某种近似于猎人的圈套，随后被伪装成自戕，挂在树上，面孔形如鬼魅。如果你们不想留，我也不勉强，可这一路之上丛林密布，别回头迷了路，再中了什么埋伏，可没人解得了这些奇奇怪怪的机关！"大司命依旧不顾及被妙儿戳出了几个窟窿的酋长，继续说，"当然了，这个心智有残者设立的肥遗金钟罩还算轻的，他只想抓住凶手，却不料把你们逮着了……呵呵，真是笨得不成体统，让你们这些汉人见笑了。"

王阳明听了他这言论不禁有些好奇，遂虚弱地起身，侧身凭靠在马背上，一把攥住飒露紫缰绳："那么，请问这位大司命，你想如何？"

"我想如何？"大司命神经兮兮、饶有兴致地看向王阳明，"小兄弟，你叫什么名字？"

"你可以叫我阳明子。"

"哦？很棒的字号嘛……你们汉人好像都有字号。让我来自我介绍一下吧！我叫——红挽志，这里的大司命，用你们汉人的话来说，我就是国师。我想顺便请你们去我那里吃茶，你看怎么样？我用一种名曰曜变天目盏的茶具招待你们！"

第 二 回

变装束男有吊死鬼　废柴儿挑衅下战书

"红挽志？"王阳明不敢相信，眼前这个穿着异族服装的老者，竟然会是建文帝的后人！他和妙儿对视一眼，果断地询问："敢问大司命，您的姓氏，可是红色的红？"

"不错，红色的红，你们汉人的字很难写啊……"说到此处，他十分感慨，听他这话。

王阳明笃定其不是建文帝后人，什么叫作"你们汉人的字"？想来在对方心中，早已将本民族与汉人划分成不同的阵营。如若他真是建文帝后人，再怎么逃难隐居，也断不会抹杀自己的血统。

可是，这个人又为什么有一个如此少见的姓？为什么又声称他家里有曜变天目盏，还盛情邀约自己前往喝茶？难道他不知这曜变天目的来历，不怕为自己招来灾祸吗？

顶着一系列不解之谜，王阳明没有回答，便故意转移话题，抬手一指树上的三具死尸："大司命，这三个孩子是你们哈哈族人吗？"

说话间，大司命左右两人已和酉长身后的数名土著，又是爬树，又是解绳子，待得众人将一干动作完成后，这三具尸体才被人从高树上放下来。

可怜的是胖胖的酉长，像个皮球似的被人踢来打去。妙儿将他一

13

推，他便倒在了地上，此人身上被妙儿戳了很多窟窿，现今仍在冒血。

"担架！快点把鸡贼王中王抬走！"队伍里有个土著还算仗义，心里有他们酋长，嘴上说话也快。

只是这酋长虽上了担架，嘴里还不依不饶："大司命，这案子你确定不是他们干的吗？咱们扶郎本地，一直都是和和气气。近三个月却发生这类怪事，现在好不容易有外来者闯入，咱们可以抓住他们祭祀于枭阳怪。"

他说完这句话口喷鲜血，周边一人的下巴上也溅满了鲜血。

大司命听他如此说，双眼冒火："你给我好好看看躺在地上的这几个孩子，他们的本来面目是怎样的？身上穿的又是什么衣服？"

他这话在旁人听来似乎已不算什么大秘密，但在王阳明听来，还真是出乎意料。

王阳明拉着妙儿走上前，蹲下身近距离观瞧这三具小姑娘的死尸，却惊愕地发现，这三个女孩子不是什么所谓的真正的女孩子，而是三名还未到变声期、个头儿未长高的男童！可是为什么他们一个个都被穿上了女孩子的衣服？还梳着女孩子的发型？这些发型很奇怪，都是些并不属于汉人的发髻，只是……

话说此处，王阳明见身穿缥色衣裙的男孩下体，似有一小块儿殷红。

"这……难道说，凶手对男孩们施行了宫刑？"妙儿也是大惊失色，她配合王阳明，将小男孩下身的衣裤褪了下来。

这一动作却引起了周围一干人等的不满，有人叫嚣着："你个娘儿们，别用自己的脏手碰我们尊贵的男人！"

妙儿一抄拂尘，贝齿紧咬："再说一遍试试！本座乃跳出红尘之人，出家后不分性别！何况现今死者为大，我们现场验尸为的是尽早破案！尔等休要造次，否则本座闭着眼乱飞暗器，杀你们个措手不及。"

周围之人见状皆面露惊惧之色，方才妙儿出招阴狠，尤其这轻功、这速度、这运功他们皆是头一回见，听闻此女欲要发飙杀人，四下里才算安静下来。

不知出于何等缘由，眼前的大司命暂且放任王阳明两人，任由他们亲手去验看尸体，并不加以拦截。大司命正眼瞧向帮助王阳明验尸脱裤的妙儿，好像并未觉得有何不妥。他看向认真严谨的玄机神女，随后淡然一笑。

那笑容意味深长，好似打算暂且放过这江湖奇女子，秋后再行解决也未可知。

当王阳明将裤子逐一从男孩们的下身褪下后，在场之人反而不似方才那般震怒憎恶，好像他们早就知道答案。

"被阉割了……"妙儿道，"从伤口的切割来看，是老手干的。一刀解决，毫不留情。你看这三具尸体，除了距离我最近的这个男孩被阉后流有少量血外，其余两人都只有一刀切除掉的创口，却并无流血。凶手刀法精准，知道割断哪处位置不会造成大出血，可见其精通我汉医穴位，并有所实践。"

"勒死小男孩，而后将他们直接阉割，装扮成女孩的模样挂在树上……大司命，近期你们发现的尸体都是这种情况吗？"王阳明起身。

"不错，树上挂着的不是女孩，而是我哈哈族最为尊贵的男丁。三个月已有八具尸体了！都是这样的死法……"说罢，大司命转向一侧由巫医压着治伤的酋长："如果是这两个人做的，他们的手上、包袱里，应有提前换下的男孩们的衣物鞋袜，连同换装用的女孩儿的头面。但这两人一看便是轻装上阵的赶路之人，看他们的马上、身上没带那么多东西。何况从这尸体上来验看，这几个孩子应该是死于今日上午，而这两个人则是刚刚进入林中，时间都对不上。再说，如果他们真是凶手，在换下男孩子们的衣物之后，定然会将衣服焚烧、丢弃、掩埋。可若是丢弃，咱们一路之上并未看到；若是掩埋，这两人身上干干净净，脚底也不似沾有泥土；若说焚烧，他两人身上并无烟火之气，何况咱们这小地方，但凡有那烟气升腾，早就被你们乐哈哈那几个巫医发现并举报给我这边了吧？"

他说这话还真是一语中的，这也是王阳明想要解释的。

"这吊人的绳索不是什么上古神兽所制成的吧？"王阳明苦笑道。

大司命摇头，将一双完美的花丝手套伸出，展现在王阳明跟前，做出否定的手势："只是普通的绳子……怎么，你看出什么了吗？看你的

15

样子，似乎对探案很有兴趣。"

他颇为感兴趣地看向王阳明，王阳明又一次沉默不语，一旁的妙儿白了大司命一眼："喊，刚刚我未婚夫不小心中了你们的圈套。可这也同时提醒了他，你看，他脚脖子上现在不还残留着方才挣扎的磨痕吗？"

知王阳明者，妙儿也。

"我想上树看看，妙儿。"

言罢，在场之人皆是一惊。只见妙儿不知做了什么动作，两人一带一起，竟都飞身上得树来。

"再去那棵看看。"

众人在下仰面朝天观瞧，竟见这两人毫不畏惧树上死过人，还猴子一般在周边几棵树上跳来飞去。不一会儿工夫，两人在验看过周围的每棵高树后，轻轻落地。

大司命见妙儿轻功了得，还能带着旁人来去自如，心中只觉不快，但他稳住心神，并未表现出来。

他神情寡淡，双眼紧盯两人："怎么，看出端倪了？"

"这几个男孩和我一样，都是一脚丫子踏进绳索机关，头朝下被倒挂于树上。比如刚才这个穿缥色裙的孩童……"王阳明看向已然死了的靠近妙儿脚边位置的男童，"他所吊死的位置，恰好在我倒挂时距离我最近的右侧方位。想来这孩子先是被绳索套住右脚脚腕，而后倒挂于树上。随后凶手从某棵大树抑或山石后面出来，将另外一根绳索绑出套环，强行挂在穿缥色裙的男童的颈部，再上得树去，拉动提前藏匿在树上的滑轮，令绳索形成上下齐行的并排轨道，将孩子的头朝上吊起。与此同时，凶手再用刀子割断孩子脚脖子上的圆环，伪装成孩子们头朝上吊死的假象。"

大司命蹙眉："你怎么知道对方用的是滑轮轨道？还有，你是被酋长算计的，酋长就是为了好玩才设计那样的圈套，可是这个人……"

妙儿冷声道："我说这位大司命啊，你们家酋长脑子不好使，你脑子难道也生锈了不成？你们哈哈族没有仵作前来验看过尸体吗？"说罢，她再次蹲下，直接伸手过去撩起那名穿缥色衣裙的男孩的右侧裤脚，"这右脚脚踝明显有被绳索勒过的痕迹，而且还是摩擦伤，一看就

16

是被绳索之类的东西倒吊过。虽然时间不长，且该磨损痕迹已然减退，但是猜都能猜到，这些孩子在生前遭遇过什么吧？"

王阳明颔首，双眼无意间瞟过大司命戴着的手套，这手套举世无双，实属精品中的极品。

要知道，花丝工艺可是汉人特有的一种难度极大、异常罕见的手工艺。此工艺本被称为钿金，实为花丝和镶嵌两种制作技艺的超高结合。花丝选用金、银、铜为基础材料，采用掐、填、攒、焊、编、织、堆垒等传统技法。镶嵌以锉、锼、捶、闷、打、挤、镶等技法，将金属片做成托和爪子形凹槽，再镶嵌以珍珠、宝石。花丝镶嵌工艺早在春秋时期就已有雏形，在大明时期达到超高艺术水平。

其费时、费眼神儿不说，制作这么一副拉丝打造的纯金手套，不知要多少名匠人顶住金丝断折、造型弯裂、镶嵌失败的风险。几名成熟的著名匠人轮换着伺候这么一小副手套，其中艰辛超乎想象。在大明宫廷这么一副手套都实属稀有，何况是这样封闭的小地方。真不知这宝贝到底从何而来，又是历经了何种不可捉摸的惊险刺激，最后竟到了这么个古怪人的手里。

加之很少有人将斑彩石这种小众活化石当作宝石镶嵌在手套上，不知这算不算这里的特殊习俗。但据王阳明提前考察取证，斑彩石生长在遥远的大海深处，与这里相隔甚远，所以手套、宝石一定不是本地土生原装。

"我刚跟玄机神女验看过吊死孩子们的这些树了。的确，让孩子们中圈套的是一棵树，但真正意义上杀死孩子们的则是另一棵树。你们不信的话，可以自己爬上去看看，悬挂孩子们尸体的大树旁边，不是都还有另一棵大树相伴而生吗？这所谓的另一棵大树上，就有轨道磨损的痕迹，一看就是人为扯动绳索造成的痕迹。而且我断定，凶手有两人，一个出策略，一个来实施。"

大司命听王阳明这么说，有些怀疑："两个人？"

"不错，一个人设圈套肯定没问题，但问题是，将孩子们倒挂后，一个人又如何完成后续的一系列动作呢？挂脖子、上树确定滑轮承重、下树拉动滑轮等一系列动作，光靠机关力量实在难以实现，还是要有人在下方支持，才能将这机关运行至杀人的地步。何况做事有先有后，要先有人出来，套准孩子们的头，向上拉动滑轮，再由下方的人割断原本套牢在脚腕子上的绳索。想来，一人是完不成这样复杂的动作的。"

大司命沉默片刻，一侧的秃顶少司命突然发话："阿爸，这家伙说得不无道理啊！"

"煊废物，你暂且闭嘴！"

王阳明刚刚搞清楚原来大司命跟少司命是父子关系，可现在又听当爹的管亲儿子叫"煊废物"，这是何道理啊？

王阳明不解这哈哈族从里到外到底在玩什么花样。

大司命斜后方的一猿猴嘴少年上前一步，他二十出头年纪，比这秃头的煊废物少司命年轻许多："阿爸，咱们还是快些打发酉长回去养伤，也能好好招待贵客。至于这些孩子，想来咱们这儿以男子为天，家大人指不定哭成什么样了呢，八成家里天都塌了！"

"洋没用说得对，这样，你亲自看护酉长回去，我则亲自带贵客前去咱们的魍魉楼喝茶。洋没用，你就带着孩子们各回各家，找各自家大人认尸，安抚工作就由你亲自来好了。不过是多给些金银，记住，别为难这些死了儿子的人。"大司命轻叹一声，随后转身继续安排族人。

"煊废物？洋没用？这儿子确定是亲生的吗？"妙儿低声讥讽，难掩嘲笑。

王阳明看着被称为大司命、少司命以及还什么都不是却很享受权威感的洋没用，心中好生奇怪，忙对妙儿低语道："你发现没，这帮哈哈人不管是打杂伺候的，还是他们这些有头有脸的，身上都挂着叮叮当当的金银铜铁。这些金银铜铁，你看着像暗器吗？"

妙儿用狐狸眼一扫："不似暗器，但如果内力好，又练过射猎，想来这一脖子的装饰金属亦是能当暗器的。我瞧着他们挂着的东西，倒都是真金白银。难不成，他们这里藏有宝藏？"

"也许吧，看他们这穿着打扮，皆为本族特色，想来八成也不爱与外界接触。你说这大司命按说该懂不少汉文化的，怎么给儿子取了这么些怪名字？"

两人你一言我一语，很是亲热地交谈着，直看得周围人等甚为不解，仿佛王阳明不该跟妙儿说话，妙儿更不配在王阳明近前出现。

第 三 回

道家女高凳闹饭桌　拒道歉废柴试比画

魑魅楼又被唤作吊脚楼，多依山靠河，就势而建，呈虎坐形，以"左青龙，右白虎，前朱雀，后玄武"为最佳屋场。该楼讲究朝向，或坐西向东，或坐东向西。吊脚楼属于干栏式建筑，但与一般所指干栏有所不同，因这里所搭干栏皆为悬空造型，这里的吊脚楼又为半干栏式建筑。

大司命家的这一栋魑魅楼，则为水上蜻蜓式样。

其依山傍水，拔地悬空，在平地上用木柱撑起，分上下两层，节约土地，造价较廉。上层通风、干燥、防潮，是居室；下层用来关牲口或堆放杂物。

大司命家的房屋规模为一栋六排扇五间屋，据说是这一带环境最好的人家。

隔岸望去，整座楼身娟秀精致，不似这种糙老爷们儿住的地方。

进到堂屋，两人由服侍在侧的丫鬟、仆妇伺候着喝茶吃饭。

这上来的饭食很有本地特色，主食居然是他们在幻海城里偶尔才能吃上一次的洋芋，配菜则是清一色的酸辣口味。

那时的大明人，除去福州当地和洋人做生意的商人外，极少有人听说过"洋芋"，也就是土豆这种可当配菜、可当主食的美味食物。洋

19

芋这种可在干旱、洪水、饥荒、战乱中救万民于水火的神奇美食在大明王朝时期并未引起政府的重视。却不知为何，这与世隔绝的扶郎县本地人，却将其当作主食呈上桌来慢慢享用。

"这是加了生姜和芥末的黄豆苞谷饭，这道菜是紫苏加了茱萸的团徽。"说话的女子身形瘦弱，看脸色似乎长期处于营养不良状态，但她仍强打着十二万分精神为两人上菜，并亲切地介绍。

王阳明看其装束饶是有趣，该女子约莫四十岁，上衣矮领右衽，领上镶嵌三条花边，襟边及袖口贴三条小花边；下穿八幅罗裙，裙褶多而直，裙中还罩着一条肥大的长裤，裤脚上镶三条彩色花边；头发挽髻，布缠头，虽然是个下人，但首饰非常齐整，皆为纯金打造。

她将四把极具本地风情的高脚细腿"小鹿凳子"逐一添放在两人桌前。

"这位大姐，请问有不辣的吗？"王阳明郁闷啊，担心什么来什么，本想好好吃一顿，谁知道满桌子菜没一道不辣的。

虽说王阳明身处大明中期，彼时辣椒这一勾人上瘾的植物还未闪亮登场。潮湿之地的人，却已然将目光锁定在生姜、茱萸、芥末等这类辛辣口味的本土植物上，并大范围种植这几样辣味植物以供入菜食用。

"这些菜肴都是很好吃的，贵客请放心！到了我们这里，辣味菜是一定要吃的，不吃的话，反而对您身体不好呢。"这仆妇谦恭地应答，仿佛生怕一个没伺候好王阳明，他掀了桌子朝她撒气。

妙儿笑道："麻烦给他一份什么调料都不加的洋芋来，我瞧着你们这里的洋芋片都是烤着吃的。这位公子对辣味东西敏感，吃完了脸上会长痘疮，所以麻烦你们另外准备些不辣的，像是把紫苏跟白米、红糖放砂锅里用沸水煮了，好吃还不腻，止咳平喘、化痰是极好的；抑或弄些新鲜羊肉来，跟茱萸、肉桂圆一并炖了，大可补中益气。我看你们这儿好像也没个不辣的菜，你若按我说的去做，那么混了其他食材、肉食的辛辣味道，定然也消去大半了。"

仆妇听罢倒是一副受益匪浅的膜拜样，对着妙儿重重颔首，冷不防冒出一句："你们汉人女子的地位，是不是特别高啊？小的看您竟然敢跟这位小哥同一张桌吃饭！"

说罢，不等妙儿质疑这话，她便和其他两名丫鬟恭敬地向后退去，走到厨房为王阳明单独准备不辣的饭食。

　　"汉人女子地位不高……不，应该说是没地位。自打汉唐以后，我汉人女子地位可算不能再低了！还不如那些蛮夷女子呢。"妙儿瞧着一干仆妇的憋屈背影，很是不满地嘟囔着。

　　王阳明也觉这问题令人十分尴尬："是不是哈哈族女子地位特别低啊？所以她才这么问。我听说在齐鲁地区，汉人女子过春节不让上桌吃饭。"

　　"敢？！"妙儿一拍桌子，"敢不让本座上桌试试！"

　　随着拍响桌子的动静，只见三名男子从妙儿背后走出。王阳明与妙儿如往常在汉人家做客那般，忙从容起身，转身站好示意感谢主人招待。

　　中间拄拐的依旧是大司命，他身侧左右站着的一是那有"地中海"发型的大儿子——少司命煊废物，另一名则是他那长着一张猿猴嘴的次子洋没用。

　　这三名男子，换下了令人心生惧意的连帽衫斗篷，穿上了对襟短衫；缠腰布带，裤子肥大，裤脚大而短；头包青丝帕，呈"人"字形。

　　王阳明和妙儿同三人寒暄客气后，几人分宾主入座。

　　王阳明先感谢了大司命为他与妙儿解围，随后由衷赞叹大司命用口哨和手套操控法器的本领。

　　大司命听罢也不自谦，顺带就酋长胡闹一事诚挚道歉："真是对不住两位啊，刚才都是误会，让你们见笑了……我们哈哈族自分成两派后，此类事件屡有发生。我说句实在话，也不怕你们背后指摘，乐哈哈现在的酋长，自封鸡贼王中王，他老娘当年怀他的时候，因被我扶郎峡谷中的枭阳怪吓昏了头，导致酋长在出生时被脐带套住了喉咙，所以那家伙打出生后脑子就不大灵光。"

　　"我说呢，哪儿有人自封什么鸡贼王中王的。不懂我们汉话，就别瞎说了，真丢人！"妙儿吃了口烤好的洋芋片，心下大喜，"看这上头星星点点的粉末，定然是撒了生姜、芥末两种配料，若再能有椒盐蘸着吃，那就更完美了。"

　　王阳明倒是一脸歉意："对不住，敢问酋长他老人家……"他尽力收敛想要大笑出眼泪的心绪，结果说出来的话一听就是带有强压笑意的颤音，"他老人家身上那几个窟窿还冒血吗？现在堵上了吗？"

妙儿听得这话不禁豪爽大笑，原本警惕地在高楼窗户旁向外观望的梵湖儿，也在听得主人大笑后从窗台处蹿了下来，快步钻入饭桌下一动不动。

"几位放心，酋长他长得老气，实则比我也大不了多少。虽说他当年被伤了脑子，但好歹身体不错。"少司命露出浅淡的笑意，但他身侧的洋没用却在窃笑，肩膀不住地抖动。

大司命对儿子如此这般背地里诟病、讥讽他人视而不见，任凭儿子们大肆议论，可见其与那个什么鸡贼酋长早就势不两立。

王阳明又接过刚才的话头儿，好奇地问道："请问，您刚说的什么枭阳怪又是何物呢？还有，咱们本地近期死孩子的事，方便跟我说说吗？如果我能帮忙的话，定然全力以赴。"

"这个，说来话长了……来人，先上曜变天目盏。"

大司命这话一出，可把王阳明激动坏了，他只觉心底都灿若莲花了。

仆妇很快便将曜变天目盏端了上来。这一端可让王阳明心里炸了锅，好家伙，一上还真不是吹的，竟然有三个碗，这什么情况？难不成，当年建文帝的后人真的在扶郎县生根发芽了？

可当仆妇将这曜变天目盏摆放至王阳明近前时，他才恍若大悟："这、这、这……这碗里头的图样是树叶？这就完了？没了？"

可能是看出王阳明对这茶盏的不解，少司命为出风头，抢先一步解释："怎么，身为汉人的你们，对这个茶盏反倒不熟悉了？这是我阿爸当年云游在外，跟你们汉人交换回来的宝贝，听说好像是你们大明仿大宋时期的木叶天目盏制作而成，还运用了吉州窑独创的一种茶盏装饰法。茶盏内壁下方贴饰天然黎色叶子，叶子根茎分明、经久不损，为吉州窑烧造工艺中的一种绝技。"

"这个……一共换了三个？"王阳明好奇地发问，脸上露出单纯的表情。

他探头看向其他的杯子，样式都是重复的，既没有星空，也没有什么神秘的眼睛，与之前三倍猪童描述的大相径庭。

"对。"大司命和蔼颔首，"总共换了三个，都是同一款。"

一旁的仆妇往这茶盏中注入热水，闻着味道，跟中原地带的茶汤相差无几。

王阳明端起茶盏，看向内壁的那片叶子，无论从哪个角度看，抑或换手持盏，这内壁中的树叶好像是在动的。当然，这只是一种"装饰手段"让人产生的心理错觉。

"喂！这是给客人的吧？"妙儿的质问声划破了原本还算和睦的氛围。

只见对面的少司命，抢先将妙儿跟前的茶杯拿走，紧贴到自己嘴边喝起来了。妙儿眼前的东西立马空了，原本还放置在自己跟前的个把新鲜果子，都被那对臭不要脸的老哥儿俩很是随意地抓走啃咬着。

"哼，再怎么武功了得，你原也只是个赔钱货。"少司命煊废物咄咄逼人地说道，双眼还不时地瞪着王阳明，似乎对其爱惜宠溺妙儿的做法深感羞耻，他像是看千古罪人般看着王阳明说："还有你，是不是个老爷们儿？怎么能让你的娘儿们上桌跟我们吃饭？自古男尊女卑，你们汉人不也讲究这一套吗？快让你这不懂事的蠢娘儿们跪着吃饭！要不是瞧她模样还凑合，老子才不管别的，先给她两脚再说！"

妙儿见这煊废物像疯狗一样乱咬人，他老爹在侧睁眼瞎子似的愣不教训，立马明白了方才那仆妇所言不假，她道："怪不得呢！哼！原来如此！你们哈哈族的女子真的没地位！是因我为女儿身，所以不配用这宝贝茶盏，不配跟尔等一桌用餐对吗？小人之心！一个个小人之心！就凭尔等这般愚不可及之男子，将来也没个大出息，成日里困在这山旮旯里故步自封等死去吧！好个煊废物、洋没用！"

妙儿豪气冲天地教训着眼前三人，王阳明却给足其面子，将自己的茶盏送至她手边，还将仆妇手里续茶的东西接了过来，亲自为妙儿倒茶："好妹妹别生气，我们只是暂时来这里找人罢了，等问清楚了我们就走。这茶连同这盏，原是给那深知礼义廉耻的君子专用，至于什么小人就由他去吧。让他喝头一拨、吃头一拨，也让他走咱前头，咱们的好日子还长着呢！"

文人骂街是不用脏字的，王阳明很好地诠释了这一点。

可悲的是，眼前的煊废物听得这话无力反驳，竟拿侍立在侧的仆妇撒气，愣是将这大好的木叶天目盏砸向该女子面部，紧接着将一桌热气腾腾的美食投飞镖似的抛向对方眼睛、鼻子、嘴巴、耳朵。

"疯了吧，你个煊废物！"随着妙儿的脱口大骂，只见大底盘儿、小鹿腿儿的高长板凳，舞动在张牙舞爪、面目狰狞的煊废物跟前。

什么才是"一骑当千"，王阳明可算见识了。

妙儿将一盘子食物砸向煊废物的太阳穴，与此同时将身下高凳啪的一声甩在吃饭用的方桌之上，将这高凳当作支点，朝两面伸腿夹住桌上餐具，就连汤匙、筷子均无放过。

那碗碟原本就是粗鄙陶器外加木制杯子，在妙儿的拦截下，只见它们如盾牌般一道道遮挡在那仆妇的跟前。

妙儿单手撑住凳子正脸儿，来出一招"童非移位"：端正腰身，用单手撑住高凳，双腿做主力军攻打、夹击敌人。

只见妙儿双足朝着煊废物脸上踢了过去。她身高腿长，绷紧脚尖，还把那些飞过来的餐具又甩了出去。

她此时居高临下地看着围着桌子的一圈人，满脸写着鄙夷和不屑。

煊废物先是被陶瓷砸中额角，随后鲜血乍涌。他原本就是秃头，反应似乎又迟钝了半拍，任由妙儿踢打后，他已然是两腮鼓起，犹如过冬之前，一个劲儿往自己两腮储存花生、瓜子而死活不敢下咽一口的花栗鼠。

妙儿由单手撑住高凳改为双手撑住高凳，臀部距离高凳4寸有余，这次换用双腿向前，奋力转体180°，直面敌人，以踹、踢、扫三样攻势为主。这般撼天动地的"艺术体操"，在当时那样的年代任凭你是谁，皆是看上一眼就要魂飞魄散的。

妙儿继续加快腿部速度，将左右摆放的几双筷子嗖嗖嗖放射而去，直扎对方眉心："神经病！敢瞧不起女人？你娘不是女的？你不是女人生的？奶奶今儿就亲自用这招'崇升转体'教教你们这些不懂事的孙子，让你们看看什么叫作女子为天！"

"你敢动我们少司命！我、我跟你拼了！"洋没用见大哥竟受到女子的虐待，假意摆出虎啸龙吟的攻前pose（姿势），好似自己是个战斗老手。

洋没有的几声咆哮和几个虚张声势的热身动作，简直比梵湖儿的磨爪、龇牙还要搞笑三分。

王阳明见妙儿在这么高的凳子上来了个"猴子捞月"，双手撑起凳子正面儿，整个人后身儿直上，呈倒立状。不一会儿，妙儿竟然用双脚夹住了桌上最大最宽的那个碗，不，应该说是盆儿！

"果然你大哥是废物，你是没用！第一次见面就如此无礼，真真蛮夷是也！"妙儿气得双目圆睁。

王阳明眼见那洋没用抄起手边略矮一些的四脚凳子，朝着妙儿的脸砸去。

妙儿才不怕他，她等的就是这一哆嗦："走你！"

再定睛一看，这大盆儿不偏不倚刚刚好扣在了洋没用头上，顺着这猿猴似的脑袋，混有辛辣味道的菜汤连同血水哗哗流下。

洋没用将手里的板凳往四下毫无章法地抡去，混乱间竟稳击其大哥煊废物的左肩。

令王阳明惊诧的是，妙儿如此折腾，眼看着那两个没用的东西接连败北丢人，可作为一方统领、为人生父的大司命，却只是作为一名围观者默默观看。

难道这两个孩子不是他亲生的？就算是想试探妙儿的武功，也不带这样拿两个儿子砸筷子的……王阳明心下一凉，他从开始到现在，一直都有留意大司命的微表情、微动作，可全程下来，这个老男人只把一抹神秘的微笑挂脸上，双手交叉在胸前。这动作不曾有过丝毫变化，王阳明甚至怀疑这厮是尊雕像。

"女侠、女侠饶命啊！"就当妙儿将桌上一堆碗筷全部砸中这两个废物兄弟后，洋没用终于承认自己是废物。他跪在地上向妙儿磕头认罪，头上瞬间顶起三四个大包，原本就似猿猴般的大嘴巴，如今被妙儿打肿后，上嘴唇一张开恨不能翻到眼皮上去把这一对儿眼珠子遮起来："女侠、女侠饶命！这男子为尊，女子为卑，乃是我哈哈一脉的传统。何况，这阿玛菲本来就是她丈夫用来抵债、生儿子用的破烂货，贱命一条，她自己也认命了……"

"你说什么？！"这一次换王阳明发威了，"这实在是惨无人道！什么叫抵债、生儿子用的？！"说罢，他急不可待地扭头看向大司命，脸上满是愤怒的表情，似要为受气的仆妇阿玛菲要个说法："大司命，您两个儿子欺人太甚，就算是用来抵债的丫鬟，也该有应得的保障！服侍他人者本身也是人啊！"

"阳明先生此言差矣，我两个儿子所行并无过错，他二人只是在维护我扶郎之地的传统。"大司命仍旧是看热闹不怕事儿大的表情，"怎么，你们打完了吗？打完了我的两个儿子便撤了。"

妙儿见他无动于衷，又去看那已被吓出一身冷汗，却仍旧在原地不敢动弹一下的仆妇。

原来，这个冷不丁问自己汉人女子地位是否很高的仆妇，本名叫阿玛菲。

妙儿从高凳上一飞而下，拉住浑身僵硬、面如纸白的阿玛菲："她的卖身契在哪儿？我愿意花钱赎她自由！"

"不是钱的问题！"那被打得极惨烈的煊废物，一把按住弟弟的头让他继续做臣服于人的狗样子，自己却擦了把嘴角上的不停往下直流的鲜血，很有志气地向前移动，"这位自命不凡的道姑，还有你这个小子。"他看向王阳明，竟然在脸肿成猪头的基础上，又给了自己两巴掌。

那巴掌打得敞亮畅快，一听就很实在。

少司命煊废物抬脚踢了下跪在地上的弟弟，顺道郑重其事地看了眼一旁按兵不动的父亲大司命，像是在跟他做出某种沟通，从而更加笃定着自己的信念。

王阳明看着他们父子眼神交流，也冷不丁冒出一句："这是你们民族的传统吗？憎恨一个打败了你们的人，不服就发起新一轮挑战，随之用力抽打自己两个耳光，以明心笃志？"说罢，他站起身来，走到妙儿跟前："妹妹，你不用急。想来，这位被他们霸凌惯了的阿玛菲大姐定是不走的。"

这话一出，大司命脸上却露出了几分不畅。没想到啊，眼前这个不满双十年华的少年竟然猜到了在场几人的心思，这样的功底比那个出手狠辣的道姑还要令人胆寒。在场三名哈哈族男子都愣在原地，这话本该是他们这三个男主人质问王阳明的话啊！

妙儿惊诧，看了眼王阳明，又忙转向阿玛菲："怎么，姐姐你不愿意赎身走人？他们三个平时定然少不了凌虐你的，难道你不觉得悲哀吗？你这一辈子就想这么认了？你家里人若知道你受辱，他们不心疼吗？"

"她家里人不心疼！"煊废物抢白，随即朝地上啐了口唾沫，"她丈夫，或者说我们哈哈族所有的男人都是这样。自己犯了罪、欠了债，只要他们一句话，家里的女子，包括他们的亲妈、亲奶奶都可当作抵押金钱的筹码，当对方家里的奴隶，任凭蹂躏。"

"你还有脸说！你没有亲妈、亲姐妹吗？有本事的话，把你家祖坟都拿去抵押啊！"妙儿气得往前一步，正眼看向已被自己打成猪头的煊废物。

王阳明却拉住妙儿的手，对其摇头，示意其将阿玛菲的手松开："妹妹，阿玛菲定然是不走的，咱还是算了。"

"算了？哥哥，我们怎么可以算了？我玄机神女怎可眼睁睁看着女子受气？"妙儿转身看向阿玛菲："大姐，你愿不愿意跟我们走？你若跟我们去到别处，我帮你找个山清水秀的好地方修行，你大可入我道门，与这帮浑蛋再无瓜葛。"

"我……这……"

这个叫阿玛菲的仆妇听后神情上并无惊喜，只是那张惊魂未定的惨白的鸭蛋脸让王阳明看了就心痛。过去没有"哀其不幸，怒其不争"这句话，但想来，这句话最能诠释看着像阿玛菲这类女子的行为做派的王阳明的心境了。

"我不能！"阿玛菲松开妙儿的手，眼中充满内疚、憎恶、不甘、自责……

王阳明看得仔细，这个女人的眼睛像是西洋一种名为海蓝宝的绚丽石头，这定然是巴国后人混了西域乌孙人血统的后代，这双低调中不失美艳的眼睛，配合着她复杂的表情，将她的挣扎与恐惧展露无疑。

"你看！"少司命煊废物仰起本就突出的下巴，双手继续拍脸，这一次却是悄无声息，仿佛这么做，被打肿的脸就能消肿，"我告诉你为什么！因为这个娘儿们早就认命了！她丈夫伤了人，却不愿抵罪接受惩罚，于是乎她自愿前来赎罪，当我们几个人的泄欲玩物……道姑，你知道什么叫玩物吗？哦，你一定不知道，你是个出家人，没这个福气享受呢！"

煊废物这话着实难听，王阳明差点儿压不住火，想要抄起包袱亲自砸他，可这倒霉的仆妇阿玛菲却倏地跪下，抄起刚才打斗中摔在地上的盘子，照着自己发顶就是一拍："都是我的错！求几位息怒，不要再打了！"盘子碎得响亮，通身从中断裂，阿玛菲的头上鲜血不停溢出，阿玛菲转而伸手拽住妙儿的裙摆，急切地恳求着："这位道姑且莫要再说了！你这么一闹，反倒害了我、害了我全家！我是自愿为丈夫献身的，谁让我不会投胎，是个娘儿们呢？是娘儿们，就要为男子去死，这是我们哈哈一族的规矩，你们这些外人不要瞎管闲事。"

谁料这话一出，妙儿扬起袖口推了把眼下死跪不起的阿玛菲："就冲你这愚昧无知、自贬自辱、成全男人的说辞，我断不会再帮你第二回！我不管你是为了孩子还是丈夫，可人活一辈子到底是要为自己！你呀，就这么被人霸凌下去好啦！这辈子有翻身机会你也照样错过！我玄机神女断不会去帮这种不知自救、麻木不仁的小人。"

煊废物听到这里，倒还真不怕再挨妙儿的棒槌。他听得"小人"二字，不哭反笑，像是抓住了妙儿言语上的把柄："你们汉人的孔夫子不是常说，'唯女子与小人难养也'吗？我们哈哈族之所以打压女子，也是借鉴了你们汉人的话。这位阳明先生，看打扮也是读书之人，怎么连这么浅显的道理都不懂？"

王阳明听罢，真的把放在桌子底下的包袱撤了出来，顺带对下头仍在埋头酣睡的梵湖儿喊道："大猫，别睡了，吵了半天，你竟然还能睡着！"他不慌不忙地起身，挎着包袱走近那煊废物，近到了脸对脸的地步，说话的语气却是一如既往地充满不屑："第一，你不懂汉文化，麻烦别张嘴就来。孔子所说的'唯女子'的女子，不是指普天之下的女性。孔圣人日常跟学生们在一起相处，不可避免地就会发生一些摩擦。这里的'养'，不是养活的意思，是相处的意思。这句里的'女'字，是个通假字，通'汝'，意为你们，汝子的意思是你们几个。至于'小人'之意，跟我大明当下乃大相径庭。古代称官员和君子为大人，庶民和百姓为小人，大人和小人只是阶层划分，没有抬高或者贬低谁的意思！后世之人以讹传讹，曲解了孔圣人的原意，现在由我本人将正确答案传达给少司命你，明白了吗？第二，你再怎么尊贵，都不能侮辱自己祖母、亲娘这些女性长辈。乌鸦反哺、山羊跪乳，这些典故想来你们也没有听过。但无论如何，你也是女子十月怀胎，含辛茹苦生下的，这一点你无从反驳。第三，我不管这位阿玛菲大姐怎么看你们这儿男尊女卑的规矩，可我只希望，你作为我未婚妻的手下败将，现在马上向我未婚妻道歉！向阿玛菲道歉！"

"道歉？"煊废物的秃顶冒着血红色的油光，"好啊，咱们比试一下我哈哈族擅长的猜谜游戏，你若赢了，我跪地道歉！"

王阳明听罢不屑一顾："煊废物，我警告你想好了再说话，妄想用什么雕虫小技前来挑衅！如果你现在不马上道歉，我会让你付出惨烈代价，到时候，就不是跪地道歉那么简单了！"

煊废物听罢往后退去，直接将跪在地上、脑袋下垂的老二洋没用揪起："你跪什么跪，贱骨头！我说你们，敢不敢跟我比隔空猜谜？背着对方，将原本放置在某处的物品移动到其他地方，利用自身法术推理，猜出物体隐藏的具体位置。"

妙儿向前移步，一把揪住煊废物的衣领："煊废物，本座最爱玩这个，本座用福禄寿三星临门符跟你玩，如何？"

说罢，妙儿左手食指和中指处夹出一张青莲色题有福禄寿三色文字的符纸。可别小看这道符，其中门道多多。福指代福星仙人，由朱砂混了鸡血画成，五行属火，呈现红蕉色；禄指代禄星神仙，此仙人亦掌管功名应试，也被后人称为文曲星，由雄黄混了万寿菊画成，五行属土，呈柠檬黄色；寿指代寿星仙人，由珍珠粉混了象牙粉画成，五行属金，成牙白色。而这三种颜料画得符咒时，则勾勒出一宝葫芦形状，彩头曰"洪福齐天"，该寓意被视为道教法器，可降妖除魔，震慑四方。

"怎么，怕了不成？不是觉得我们女子都是没用的娘儿们吗？本座倒要看看，你个剩王八输在我这娘儿们手里，是何好看嘴脸？"

妙儿继续讥讽，将这浑蛋煊废物脖领一松，又上手推了他一把。气得煊废物脚底下拌蒜，接连拐带着洋没用向后一并退去。

"我……我不跟你比！"煊废物一个没站住，脑袋磕到身后墙壁，一侧多宝槅上的陶器被碰下来，摔了个稀烂。

事到如今，煊废物骑虎难下，总不能老在自己阿爸面前丢人现眼吧？他迫使自己冷静，嘴里却不听使唤，一个劲儿地胡乱结巴，抬手一指王阳明："我……我……我少司命煊……煊……煊废物要……要跟他比！"

29

第四回

隔空猜物精妙绝伦　望闻问切洞察人心

"跟我比？你配吗煊废物？你不过是个缺乏教养的废物罢了……"王阳明跷着二郎腿，用腿阻隔开煊废物这刺眼的垃圾。

煊废物继续大言不惭，用手指着王阳明："怎么？不敢了？告诉你，输了的人要做对方的奴隶，任凭对方差遣。"

王阳明听罢面不改色，也并无特别表现，只用手揽过自己外凸的脚底板，摆出一副身心放松状："你这个废物，用手指人很不礼貌！在我们汉文化里，你这样纯属家大人没教育好你。再者说了，我也不会猜这个，不玩！"

"你个屄货！你不玩，我就跟你女人玩！"

煊废物以为这话能再起事端，王阳明却将屁股一扭，擦着高凳就将身子灵活转过去，给了煊废物一个冷峻的背影："随便，不玩就是不玩，随你骂街，骂而不受等于白骂！"

煊废物看没辙了，只好把目光投向自己老爹。

大司命观察王阳明、妙儿许久，眼下他老人家仍旧双手交叠于胸，左右思忖该如何往下试探两人的能力。

众人恍惚走神间，大司命往前一步，和蔼地开口："煊废物休得无礼！我刚没及时教育你，主要是想看看这位号称阳明子的小哥儿功底几何，也想一睹这江湖第一女侠的风采。你倒好，得寸进尺，还跟人家提这条件！"说罢，他那只戴着纯金花丝手套的手狠狠握拳，以极快、极狠辣的力道朝大儿子煊废物的腹部重击两次，"你怎么能说让贵客当奴隶这种下三滥的交换条件呢？虽说你贵为少司命，但从来学艺不精，被人耻笑。就连操控肥遗金钟罩的技艺，你都远不如那个心智有残的酋长！"大司命转身看着王阳明，右手按住被打得直不起腰的少司命，双眸却蕴含着一抹难得的父辈柔情："我说阳明先生啊，不如你就给老夫一个面子，跟我儿过家家似的比画比画，输了的过去打扫我魑魅楼一层的牲口棚，另外，输家还要继承胜利者的名字，此乃我们哈哈一脉的规矩。"

听了这话，妙儿连同王阳明都笑得乐不可支，王阳明迅速摆手否决："别，千万别！小生可受不起如此大礼，继承谁的名字都不打紧，可别选我的……大司命，我可以比，但我也有几个条件，您若不同意，我跟妙儿便走我们的，还请您不要强加阻拦。"

"好，你说。"大司命颔首，眼见着瘦高纤长的王阳明慢悠悠地起身。

"第一，请您先说清比赛规则，若我认为其中有诈或有需要用到武功的地方，我断是不比的。第二，如果煊废物输了，必须就刚才冒犯之事向我未婚妻道歉！你须得下得楼去，当着众人的面倒立前行，脚丫子上顶着摔了一地的碎瓷片子，边倒立行走，边大喊自己有罪，对不住普天之下的女子。第三，给我们找个单独的魑魅楼居住，必须是带小厨房可以让我们自己做饭的那种，另外我希望大司命能允诺我们在这扶郎林中狩猎。您放心，我们不会乱杀乱捕，定会遵守自然法则。第四，如果我赢了，我希望您这边的男童吊死案能由我带队查，以我本人的调查取证为主。其他人不分民族，一律受我差遣，并由一个明白人为我讲清案发经过，连同你们本地的各路传说、民俗典故。"

"好，那就这么定了！你放心，现在我就亲自为你讲解一下这所谓的比赛规则。"大司命说罢，余光瞟见侍立在旁，见者无不啧啧称赞的玄机神女。

只见妙儿紧走几步，当空猛抛手中高凳，皓腕轻抖，只见那凳子如一个风筝，被妙儿这一击打得落花流水。

"都看见了没？谁要是敢耍花样欺负我们，我玄机神女不出两招，便将其如这高凳般五马分尸！"

洋没用听得这话可真格是怕了，他感觉此刻肉身就似眼前这凳子，已被妙儿摔打了一通，正要悄悄撤离，偏听见父亲吼自己："洋没用，你快去叫酉长和你三弟波无能过来！"

"还有第三个儿子？"王阳明不解，这一次他直接发问，"大司命，您总共几个儿子？"

"哼，说来不怕你笑话，我总共三个儿子，最小的是波无能，他现在啊，是酉长的儿子啦。"

看他此时说话的口气与神情，倒是露出几许尴尬与羞耻。一旁的洋没用真是个没用的，听得令来慌神几秒，才在大哥煊废物的一脚丫子下夺路而出。

煊废物回头，不知把这充满愤懑的眼神往何处投去，只好垂下眼说道："阿爸，别提那个浑蛋！他当年主动投靠酉长，背叛生父，真的该杀！"

不一会儿，就见那酉长被人抬着从不远处上来，身后跟着一红黑肤色，有一张柿饼大扁脸的高壮青年，乍看上去得有三十多了，可仔细看他肤质连同气质，又觉其不过二十上下。

怎么说他的相貌呢，王阳明很努力地去回忆《心学画像》中的各种识人套路，却都找不到用来形容这波无能的肖像描写。

其实这个所谓的老三波无能，他的相貌神似今人所养的名猫：加菲猫。这种猫乃人工繁殖，以其扁脸、短鼻、大圆眼、鸵鸟蛋般横向生长的脑勺、不大灵光却偏爱黏在人类大腿上的特性而闻名于世。

眼前的这个波无能，便有着一张加菲猫式的脸。

"人都齐了吗？"酉长虽然刚刚被妙儿戳了一身的窟窿，但架不住人家身体底子好，又抱着看热闹不怕事儿大的心，刚在路上便拉着干儿子波无能乐个不停。现今担架往地上一放，他便像是综艺节目主持人附体，强忍一身伤病，瞪眼往王阳明的位置瞧去，拿出了提前庆祝的范儿："说好了，谁都不许在我鸡贼王中王面前耍赖皮！本王最是英明神武，这次定要公正评判！"

王阳明听罢，忽觉机会来了，忙摆出一副谦恭的态度，竟然蹲身拱手朝着酋长拜了三拜："刚刚多有得罪，想来皆是误会，酋长您大人有大量。小生听闻酋长您在这扶郎县中乃头号人物，想来您这样做大事者，定然不会纵着那些小人作祟，待会儿还请酋长您为我这初来乍到的文弱书生主持公道！"

"对！你说得对！"这酋长听了那"头号人物"后突然有点儿兴奋，猛然就要将身子坐直，"我，鸡贼王中王，就是本县的头号人物……"

他就这么臭贫着，厅堂上人越积越多，众人议论纷纷的声音很快便将酋长自言自语的声音淹没了。

大司命看两脉哈哈族人来得不少，便给一旁的洋没用使眼色。洋没用紧敲手中铜锣，众人安静，便有四名仆妇从后头推着一只底下带轮子的大型家具从后屋拐到众人面前。

"这是——我们汉人中医的百子柜？"妙儿惊愕。

大司命颔首："不错，这是你们中医药铺里特有的盛放中药的百子柜。没想到吧，我们所谓的隔空猜物，就是用这个东西。"

王阳明笑道："我知道了，因中药铺的百子柜，其结构特别，由横竖各排的小格抽屉组成，而每个抽屉都可以和其他抽屉交换位置，十分便宜。你们的游戏，无非就是先按横向计算，用我们的汉字书写编号贴在每个抽屉表面，其次是将类似于钥匙或者玉佩的东西放置在百子柜里的其中一个抽屉里，随后让我们各自放置各自的物件去到心仪的暗格中，最后去猜彼此放入的究竟是哪个抽屉。我说得没错吧，大司命？"

"怎么，这个游戏你玩过？"煊废物皱眉。

"我中原的少年郎们，倒是极少玩这种游戏。只是大门不出二门不迈的闺阁千金们，闲来无事时倒会让仆妇们推出类似的家具，玩这种隔空猜物罢了。"

"你！"煊废物气急败坏。

他刚要上前理论，却听背后酋长叫嚣出声，嗓音尖尖的很搞怪："你什么你？要比就比，不比老子还要回家睡觉呢！"

不一会儿，又有一个结结巴巴的声音响起："就……就……就是啊……既然……既然都……都说了……说了比赛规则了，就……就……就赶紧……"

妙儿扭头一瞧，说话的竟然是那个波无能——他居然是个结巴！

怪不得，想来这结巴定遭大司命嫌弃，在这样野蛮的家庭环境长大，定然没少受大司命和这两个没用的哥哥的气吧？也难怪他自寻出路，重新认了个爹。妙儿心中坦然，也料定是这么回事。

煊废物朝着弟弟站立的方向啐了一口："你个结巴，给我闭嘴！来吧，我们开始。"

要说这哈哈族也真够逗的，比个赛，一旁还有伴奏的。虽说波无能是个结巴，可他吹奏民族音乐的本事倒是一流。只见他拿出一枚鸡蛋大小、圆溜溜的近似于汉人埙的乐器，放在口边投入地吹起来。

躺在地上的酋长摇晃着大脑袋，为这紧张激烈的气氛带来了一丝乐趣。

大司命用眼横扫一圈众人，淡定地颔首："我说一句赛前提示，你们彼此将东西放入抽屉后，可通过给对方施法达到猜中的目的。但施法过程中不可使用暴力、不可威胁、不可恫吓。好，现在闲杂人等，包括我本人在内，都先行退到窗台处的一侧排成一排，女奴们把这百子柜向后转动，背着我们所有人。"

说罢，女奴们便将柜子转动，将这没有暗格的一面朝着众人。而大家也都听从大司命安排，自动列队站到靠近窗台的地方。

"贵客先请吧！你放心，百子柜的大小刚好能遮蔽整个人，我们所有人在这个角度都是看不见的。"大司命露出一脸坦荡的笑容，将两把一模一样的铜制虎形钥匙分别交给王阳明、煊废物。

于是乎，王阳明、煊废物分别起身，分先后来到百子柜前，将各自的钥匙放入自己心仪的抽屉中。

按照哈哈族的规矩，王阳明作为客人要先放，但是煊废物作为主人要先猜。

煊废物将哈哈族最为倚重的虎皮披在身上，来了个"披挂上阵"，当着王阳明以及众人的面儿，就和着酋长哼出的调子和结巴弟弟吹出的旋律跳起了舞蹈。

"这叫五虎山魈跳。"大司命解释，"此乃我笑哈哈一脉单传的祭祀

34

舞蹈。"

"山魈？"王阳明和妙儿对视一眼。

要知道，山魈乃《山海经》《和汉三才图会》中记载过的木石之怪，藏在山林间作祟。

山魈通常有一只脚，跳跃前行。好似眼前这怪异可笑的舞蹈，好像就是在表现一只单脚跳动的山魈，随音乐迈着步子的画面。

"山魈，形状像人，通身生长毛发，它的行迹隐匿于山林以及草莽之间，偶尔现身之时，便作怪相，用单脚行走，使往来之人不敢向前。"王阳明口中念念有词，好像配合着眼前跳舞的煊废物诗朗诵一般。

待得一曲完毕，这厮仍旧做着金鸡独立的动作。

王阳明拍着手为其助威，口中还时不时冒出一句："好玩！再来一个！"

煊废物听罢又恼又气，停下舞蹈动作，抬手一指王阳明鼻头："横向8号是不是？"

"不是！"

"什么？不可能！就是8号！"

王阳明起身拱手，很是客气："废物兄说得不对呢，怎么是8号抽屉呢？来、来、来，你且坐下，让大司命和妙儿一并上去观瞧，看看是不是8号。"

他说罢，忙招呼对方坐下休息，脸上却是一脸讽刺。

煊废物气鼓鼓的，加之其还顶了被妙儿亲手"涂"上的"猪头妆容"，直看得王阳明一脸坏笑。

"真不是8号！你猜错了废物。"妙儿与大司命平行侍立在百子柜前，妙儿打开8号抽屉，一看里头空无一物，不禁冷笑讥讽。

大司命在旁观瞧，神情肃穆。

"少司命，你猜错了，现在换阳明先生猜。"大司命从容不迫地说道。

王阳明为找人做个见证，忙不迭起身，几步走到酉长面前，再次蹲身："多谢酉长的口哨为我助阵，方才若不是您才思敏捷，我恐怕还得提心吊胆呢。下面我马上要猜他的，还烦劳酉长多帮我看着。"

酋长一拍胸脯："好！我，鸡贼王中王，最是才思敏捷！一定帮你看着！"

"这位小哥一表人才，想必是酋长大人的公子吧？哎呀，真乃人中龙凤，好个骨骼清奇的少年郎君！还烦劳这位公子帮小生我吹一曲略带感伤的曲子，有劳了！"

长这么大，波无能头一次被人夸"一表人才""骨骼清奇"。这话原就是汉人的形容，想不到啊想不到，自己这么个人见人踩的结巴，有生之年还能被一个汉人这样夸。

波无能大为感动，随即顺了王阳明的意，待对方坐回比赛位置，忙从一旁的仆妇手里抄起一杯泡了茱萸、紫苏叶的热水，猛灌下几大口，随后调整呼吸，埋头认真吹起一首《思抚郎》。

"妹妹，烦劳能把你那福禄寿三星符咒施法贴我手上吗？"

"没问题。"妙儿明白王阳明是在打心理战，她将一侧仆妇端着的热水茶盏抄起，将福禄寿三星符咒快速在热水里浸湿，再快速拿出，从中间将此符咒一分为二，又将这两半的符咒贴在王阳明摊开的左右两掌正中，口中念念有词，"挫其锐，解其纷，和其光，同其尘。"

这话自然是纯文言文，连半文半白都算不上，别说是哈哈族人不明白，就连汉人也未必理解。

而令在场众人害怕的事情发生了，只见那符咒被一分为二，快速紧贴王阳明双掌之上后，真格印在了其掌峰正中。

如此唬人，煊废物看在眼里顿时怕了，外加波无能吹着有些哀怨感伤的调子，煊废物立马泄了半边儿的气。

"来吧！"王阳明假装把贴了法力符咒的双掌对准合十，做出战斗状态，随后将双臂伸展出去，指尖绷紧，对准煊废物下巴，"你叫煊废物，是大司命的长子，你的职责是少司命。根据我们汉人的推算方法，你今年三十三岁，属蛇，好色且狡诈，喜欢翻脸不认账，也爱狡辩欺诈他人，却不是真正意义上能说会道的主……"

"不对，你说的不对！我今年三十二，不到三十三，且我们没有生肖一说，性格你也说错了。"煊废物气得浑身哆嗦。

瞬息之间，王阳明看清了他有起有落的面部表情，嘴里的话却依旧没有停下，却将双臂收了回去，又做双手合十状："你昨天晚上吃的什么？"

"啊？"

对方哑然，愣神几秒。

王阳明加重语气，像是一位长官教训下属："规则里没说不能提问对吧？快回答！"

"紫苏煎鸡蛋。"

突然，王阳明将右手伸了过去，一把扣住对方脉搏，这动作吓了煊废物一跳："你干吗？"

"号脉！规则里没说不能用中医号脉对吧？"王阳明看向大司命。

大司命颔首。

王阳明装出一副老中医坐堂的认真样子，有模有样地为对方号起脉搏。

他先是问出一堆奇奇怪怪的问题，其中夹杂着他自己现场编出的谎话，故意给煊废物扣上一顶顶大帽子，想以此引煊废物发飙，好伺机记下煊废物发怒、平静时的两种表情差异。

只要记清楚这两种表情，从而继续提问、精心观察，就不难推导出其在撒谎时装出来的微表情了。

何况，每个人在撒谎的时候，都会浪费多一倍的时间以应对提问者的问题。

"如果让你给在场之人唱歌，你想给谁唱？"王阳明继续扣准对方脉搏，问道。

"你有病啊！"

对方下巴高昂，小胡楂清晰可见。其单侧嘴角上扬幅度明显，另一侧嘴角没啥大变化。其视线偏离王阳明本人，眼珠却加快转动，同时嘴中还伴有讥讽之语。王阳明看得真切，也一并将这轻蔑神色照单全收。

"除了玄机神女，还有旁人吗？"

"你小子！"

"好的！"王阳明吐出一句轻快有趣的话来。

此音未落，他的右手从煊废物手腕处移走，直接转至其颈部动脉。这一动作又把对方吓得一个激灵，差点儿从椅子上摔下。

妙儿见此情形，不禁调侃："呵呵，你们不懂中医的望闻问切，可见你们远离我中原，与世隔绝多年，连最基本的理论知识都不懂。我说煊废物啊，你今儿这一言一行，用中原的歇后语怎么说来着？哦，窝头翻个儿——现了大眼；紫禁城里插柳条儿——竖不起来。"

妙儿言语夸张，还做出她一贯风情万种的"双手抻拉"动作。她本就相貌出众，有那众星捧月之美，稍一开口，便引来众人瞩目。

煊废物见大家都往玄机神女处观望，还当众人也认同了她讥讽自己的说法，激得煊废物嘴唇发青、面部肌肉不住抽搐。

王阳明见状立马抓住了对方这一生气表情，却将手一指侧面贴墙摆放的百子柜。

此时的百子柜，早由四名仆妇转回原位，正面朝众人摆放着。

"刚刚我为你两次号脉，已知你心中所想、是何为人。这样，我们速战速决，反正百子柜上不都写有标号吗？我随便提问你是哪个号码，你只需给我一种回答——不是。"

"什么？你问我什么，我都答不是？"

"对啊。怎么，这次你怕了？"王阳明狡猾一笑，很是轻松。

"来啊！不怕你！"

王阳明将右手再次搭上煊废物脉搏，他发现这厮左手的腕部力量比右手要强劲，脉搏跳动得更有冲劲儿。

"是三号吗？"

"不是！"

"是七号吗？"

"不是！"

"是十二号吗？"

"不是！你烦死了！"

"才问了三个你就急了？哎呀，这可不行呢，这以后怎么继承大司命的头衔呢？好，我们换个有趣的——"王阳明假意将左手二指指头探出，摸住自己的发顶，双指沿发髻线向上推移，闭起双眸，做深呼吸状，腹部一起一伏间仿佛嗅到了什么世间美味，"嗯——真香！我们猜竖向的——你只回答我'是'字即可，一个字，是，明白吗？"

"知道啦！你个废话连篇的病秧子！"煊废物想起大司命说王阳明看样子似有肺部旧疾之事，忙剑拔弩张地拿话讽刺。

一旁的妙儿听罢及时讽刺："好个蝎子拉大粪——毒一份儿！想来'毒舌'二字最为配你这废物。别的不成，偏想做这破空竹——抖不起来。"

妙儿话音一落，煊废物还不及反驳，便听王阳明质问："是竖排第二十三号吗？"

"是！"对方蹙眉，满是不耐烦，其眉毛下压明显，双瞳赫然变大。

王阳明心道："很好，现在就要看看你脉搏跳动的状态与之前你还算平静得意时相比，所生出的些许差异了。"

愤怒这种东西很有意思。它会引发人类明显的生理变化，这是其他情绪难以具备的，如血压升高，心跳加速，血液中的肾上腺素、去甲肾上腺素含量增多，会使一个人，尤其是一个男子的肌肉、筋脉更有力量。

"是竖排的第十一个吗？"

"是！"

"那就是竖排的第十九个喽？"

"是！"

"是竖排的第九个吗？"

王阳明发现，当他跟对方拉大锯拉得差不多，而对方无话可说又不得不继续比赛时，煊废物的手臂肌肉组织、脉搏起伏有了明显的大幅度变化。

王阳明不再扣住其脉搏，而是转为将自己的一只修长大手滑入对方衣袖，直接去摸对方前臂肌肉。

就好像是金秋时节，农民收割春日里提早播下的麦子那般，该是捕获收网的时候了。

王阳明逮了个正着，顺着对方前臂肌肉倏地向里面的肌肉移动手指，并用掌心、掌根，测量、感受着此时煊废物的体温与手臂筋脉的起伏。

"竖排第九个！大司命，我决定了，麻烦开箱吧。"

第 五 回

拿大顶废柴喊谢罪　烹美味移步魑魅楼

"我有罪……我煊废物有罪！对不住普天之下的女子……我有罪、我有罪。"

妙儿在后提线催促："喊得不够痛快，再大点儿声！"

大司命的魑魅楼下，数以百计的扶郎哈哈族人睁着两眼看煊废物拿大顶、光脚托举碎瓷瓶、口中不断赔礼谢罪的生动景象，好似预览了原属于他们族群的节庆游园会。

妙儿在后用龙须凤羽丝套成绳结，系挂在对方直挺朝上的踝关节处。

只要这煊废物稍有疏忽忘形，嘴巴不给力、谢罪之声不真诚、倒立的双手有丝毫松懈停滞，她便用力勒住对方脚腕，摩擦出全哈哈族人前所未见的诡异蓝光。

什么叫作"火冒三丈""倒挂谢罪"，现在哈哈族的老百姓才算反应过来。

原来，自家的少司命竟也有被女子控制、脚脖子上被虐出鬼火的时候呢。而那一声声如公鸡打鸣、母鸡上房般的号叫，恰如其分地诠释了"惊弓之鸟"这个成语。

坐在滑竿上、嚼着油炸紫苏肉糜卷儿的酉长大人，正乐哈哈地端详着眼前这一幕。他用手指着倒立行走的煊废物加以调笑，口中不住地往外喷着点心渣："你的鸡叫很专业！乍一听去像是母鸡下蛋咯咯咯，再这么仔细听来又好比那公鸡打鸣……输了就是输了，何必装腔作势假威风。少司命，你自己掰手指头算算，你为咱们哈哈族做过什么贡献？三十岁的人了，成日就知道仗着你阿爸活着……"

酉长如此絮叨，还不忘大快朵颐地咀嚼美食，说话的同时，总有那食物残渣"魅力四射"，抬滑竿的两个仆从可算倒了血霉。

干儿子波无能还算孝顺，虽有意躲避养父因调侃对手而顺嘴喷溅出来的"生化武器"，但总的来说，他寸步不离酉长，双眸时不时左右观望周遭有无变故。加之其有身高优势，一看便知是继承了西域乌孙族群优良的基因，这一特点更显波无能老成持重，且其心思坚定、性格沉稳，远胜过他那两个哥哥。

煊废物既已输了比赛，按照约定大司命不得不做这两处让步。

他为王阳明两人及其两匹宝马选了套"独栋别墅"——四合水式魑魅楼。

这种形式的魑魅楼是在双吊式魑魅楼基础上翻新的。它的特色是，将正屋两头厢房吊脚楼部分的上部连成一体，形成一个四合院。两厢房的楼下即为大门，这种四合院进大门后还必须上几步石阶，才能进到正屋。全楼并非汉人的榫卯结构，连接部分有无数钢钉长驱直入，建筑材料主要为枫、杉树二木。

按照规矩，一层铁定是要住牲口的。

王阳明将两匹宝马安置在一楼的牲口棚里休憩，因梵湖儿比较特别，它跟着妙儿同住一个房间。

让王阳明感到不解的是，大司命为他们安排的这栋豪宅正中，也就是他与妙儿即将入住的三层楼，站到对岸仰面直观去，竟由一扇从左连到右的、长条形窗户贯穿着——而这窗户绝非今之玻璃。我华夏古人烧造玻璃的手艺在明代时已然落后于西方，呈现在王阳明跟前的这扇长条形窗户，主体则由东瀛那边的障影纱和不太复杂的由呆板木条儿交错而成的窗棂构成。

这由东瀛远道而来的障影纱很是有趣，说是纱，实则就是一种颜色近似于砗磲，较为厚实，好与木质门板、窗棂相结合的防风纸张。

"你们这糊窗户的纸，是不是从东瀛那边换来的？为什么要选这个呢？"王阳明心中暗道好笑，表面上依旧亲和。

而回答他提问的，则是一个名叫卡嘉丽的十三岁姑娘。她是大司命派来服侍王阳明与妙儿的女奴，也是可悲的阿玛菲的长女。

"哦，先生放心，之所以这样糊窗户也是跟你们汉人学的。因我们扶郎本地树木繁盛，早晚冷热颠倒，天气变幻无常，各家各户都力求阳光直射家里。这种障影纱确实是我们大司命外出时，跟东瀛那边的一个商人换来的，为的是吸引阳光来温暖房间。"跟母亲的唯唯诺诺相反，卡嘉丽表现得很大胆，言语间尽显小姑娘家的俏皮。

妙儿观察卡嘉丽，发现这孩子的皮肤是浅黄檗色，怎么说呢，这孩子的双眸要比她母亲的更蓝一些，像是西洋那边一种叫洋甘菊的小白花，将其用热水煮了，却发现白色的小花竟然晕染出令人难以置信的龙胆紫色。

对了，眼前的卡嘉丽就有这样颜色的双眸。

她个头儿已经很高了，稍一踮脚，就到了妙儿耳根位置。衣物中流淌着青春的起伏曲线，正向世人展现着她女性的娇美。

这是个看起来比实际年龄要早熟两三岁的大姑娘，虽然她处在一个性别歧视问题严重到你听着就想杀人的鬼地方，但妙儿看得出，卡嘉丽已为自己寻得了一个心灵的平衡点，一个不足为外人道也的宁静小岛。

"那个……你们这魑魅楼的房间啊……"王阳明抱着猫，与妙儿跟卡嘉丽上得楼去，这才发现，眼前的景象竟是如此令人心跳加速。他看着这房屋设计，很是羞赧："这……这怎么住啊？每个屋子之间，几乎没有隔断……这、这也……"

卡嘉丽听罢很是不解："有啊，您可以跟这位姐姐分别住在北边这两间屋子里，这两间屋子是用一堵墙隔开的。"卡嘉丽很是热心周到，看着一脸困窘的王阳明，似有些明白他话里的意思，抬手指了指北边房子中间隔着的那面墙，"先生何必在意这些小节呢？我们哈哈族老少三代都是这么过来的，大家伙儿都是不分彼此，拥挤在一间没有屏风、隔断的屋子里。有的就是一家六七口睡一张大通铺啊，还有的虽然都在一间房，但父母住在白色的纱幔里，没结婚的姑娘、小伙儿睡在红纱幔里，爷爷奶奶则是睡在绿色的纱幔里……当然了，这些所谓的纱幔罩着各自的床铺，可到底是在一间房，百十年来谁也没提过什么男女大防啊。"

"还带这样的呢，你确定？"王阳明瞪大双眼，听了这种习俗，打心里佩服华夏天朝千奇百怪、无所不有的文化，遂抬手拍了拍卡嘉丽认定的这面"墙"——实则就是一块还算结实的杉木木板，中间还用障影纱糊了个方方正正的特大号窗户！

"这要是换衣服，铁定能看见啊！"王阳明已然懒得用半文言文跟对方表达意思了。

"啊？你们、你们就算不是夫妻，也一起这么久了，应该早就、早就……"卡嘉丽欲言又止，提及男女之事，她倒是很看得开，仿佛这才是扶郎本地的正道。

妙儿在一旁四下观望整个居所，带着梵湖儿东瞧西逛了好一会儿，这才漫不经心地对王阳明说道："这次你且别那么多事了，我都想开了不计较，你还脸红个什么？人家这里的住房格局千百年来就是如此，何况这已是本地最好的屋舍……顺便说一句，卡嘉丽，我跟这小子是雇佣关系，他雇佣我做他的护卫，我是给他做工的，按我们汉人的话，我该管他叫声东家，明白了吗？"

妙儿这话说得前松后紧，卡嘉丽见她身量高挑儿，脸蛋儿白腻，眼眉生得像是那传说中的九尾妖狐，顿时生出了些许畏意："是，我晓得了。"

听到"雇佣"二字从未婚妻嘴里不打磕巴地溜出来，王阳明似乎听到了自己的小心脏破碎的声音。

"那，我就住在南边朝向的，靠近湖面小桥的晾晒台上吧，这也是我们这里女奴伺候主人的规矩。"卡嘉丽指了指对面。

顺着她的手指方向望去，则是一通近似于今人房屋的走廊，也可称为"过道"。这过道狭长，侧对着王阳明房门口位置。若王阳明住在北侧靠外的第一间屋子，那么，其床头刚好对着过道尽头多出来几尺的地方。若站在卡嘉丽相应的房屋放眼过去，王阳明的床头可算一览无余。

"不行、不行！这也太不方便了！卡嘉丽，谢谢你的好意，只是男女有别，你也不小了，也该注意些礼仪规矩了。"

妙儿听王阳明如是说，好似学堂上的夫子在给学生们纠错，不禁哈哈笑道："我说卡嘉丽啊，我们汉人的规矩颇多，想来跟你们本地的风俗差异很大。你还是回去吧，我们有什么需要会叫你过来。"

43

"可是……大司命那边我不好交代。何况，我阿娘还在他们那里伺候，万一我这边有个闪失，受气的到底是我们娘儿俩。"

提到这里，气氛马上压抑得紧。王阳明一阵心酸，可叹这些女子骨子里到底是不团结的，要是拧成一股绳，就是不认命，他就信了，若拿出为自由而战的精神头儿，又有什么势力撼动不了呢？

妙儿没有说话，她也是不想让这么个走性感散漫路线的姑娘住进来伺候的。王阳明看向妙儿，又定睛瞧着卡嘉丽说道："不行，男女有别。"

谁知道，这卡嘉丽听罢大哭起来："我也是用来抵债的，都是我父亲犯了罪，把人打死了又不愿抵命，最后我和阿娘只好来当奴隶，要当一辈子大司命家族的女奴……我听大司命说，如果我能服侍好两位主人，他保证不让两个儿子欺负我……"

"你说什么？"妙儿蹙眉，音调也随之提高，"你娘成了他们的……他们也想让你做那种事？天啊，快让阎王爷收了这两个坏蛋吧！"

"求求两位主人，要不然、要不然……我就会沦为哈哈族口中的'泄欲玩物'。"卡嘉丽一没有跪，二没有自虐，只是哭，一个劲儿地掉眼泪。她伸出双手，试探性地拽住妙儿的衣袖，轻轻摇晃。

听了她的申诉，妙儿简直就要窒息。曾经的妙儿是一个被父亲"一问三不管""放任后娘虐待"的可怜人，深知女子在遭遇男子制裁、打压后所受到的身心重创。这种伤痛，会给女子造成毕生的负面影响，可谓如影随形，乃至于女子的三观都会因此扭曲变形，看人看事则会戴上有色眼镜，在自我保护这一问题上，也会过度严谨克制……总之，这份铭心刻骨的切肤之痛永生永世都无法抹去。

"我做主了，你可以留下，但是不能随便进这位公子的房间，一来男女大防，你这个岁数是该避嫌才对；二来这位公子的家人花了重金请我出山保护，我拿人钱财，替人消灾，这是我们道儿上的规矩，也请你自重。"

没承想，妙儿还真的敢应。王阳明倒抽一口凉气，口中哈声犹如一根绵长的钓鱼线，怎么扯都没个尽头。

妙儿瞪了下大惊小怪的未婚夫："你惊讶什么？她不敢进你那屋。我把丑话说前头，卡嘉丽，你若敢擅自进这位公子的房间，我抬手就打。还有，公子的房间他自己会收拾打扫，你就不必管了。若有突发大事，你须得在敲门问安后，征得我们的同意才能进出。"

"我晓得了！姐姐放心，我断不敢擅自硬闯公子房间的。"卡嘉丽一擦眼泪，拉丁美洲风情似的一张小麦脸庞上映衬出一双蓝甘菊般的活泼大眼睛。那根根纤长分明的睫毛，不是波斯菊的花瓣，又是什么？

妙儿见她辗然而笑，便趁机给她下了指令，一来看她是否真心服侍，有无别的企图，二来想看看这孩子办事能力如何："你去找你们本地一丁点儿都不辣的菜肴过来给我，当然，药材也是极好的。再给我们弄些猪肘子、羊腿肉来，我要生肉，自己做。"

待卡嘉丽像只小山雀般满怀希望下楼后，王阳明与妙儿开始拾掇行李，他坐在靠近走廊位置的床头叹了口气："那妹妹，我就睡最北边的那间吧，这样还方便些。"

"不，你就睡过道跟前这个。"

"为什么？"

"最靠北的这间，用他们哈哈族的话说叫作'晾晒台'，顾名思义就是晾衣服用的一块外凸的小园子罢了。这鬼地方你我皆不熟，想来还是要多加防备。你若在最北边的房间睡下，岂不是把自己暴露在外？万一有轻功好的组团过来，再加上些许攀爬工具，例如之前你发现的滑轮一类，率先到达的不就是最靠外边的晾晒台吗？"

"可是……可是卡嘉丽那丫头……"

"别臭美了，那丫头没看上你。我是女子，我最了解一个女子爱慕一男子之心，人家就是来抵债的，对你没动那心思。再说了，你把门一关，该换衣服换衣服，该干吗干吗，你俩之间不还隔着个过道吗？难不成，你换衣服不想关门？"

"不、不、不！娘子，为夫哪里敢啊？"

听他又贫嘴，妙儿伸手过去掐他脸颊："别胡扯，谁是你娘子？告诉你，本座更衣沐浴的当口儿，你可不许偷看。"

"嗯嗯，我不偷看，我直接站你跟前儿，帮你往木桶里蓄水……"

"你说什么？"

妙儿刚要再伸手拧他，就听卡嘉丽在楼下兴奋的喊话声："东西都齐备了，真别说，姐姐要的不辣的东西我还真找了几样。"

好在王阳明比赛前提了句"独立住房"的问题，这次可把吃饭问题解决了。

魑魅楼二层乃由厨房、厅堂组成，从头连到尾，中间只用简陋的类似于汉人的"屏风"阻挡视线，且这屏风质地粗糙，看上去多少有些自欺欺人的意味。

卡嘉丽不明白妙儿的烹调手法，只听她说她做的是"道家养生菜"，卡嘉丽活这么大，伺候了这么多年老爷们儿，还是头一次见到看上一眼就如此勾人的料理。

"你们本地的益母草是极好的，加上你拿来的锦鸡蛋，我们就来一盘红糖益母煮蛋好了。然后是你拿来的厚朴跟猪肘子，我们刚好做一道厚朴煨肘子。"

"什么肘子？喂？"卡嘉丽不明白。

"不是喂饭的喂，是一个火字旁……"妙儿解释着，迎面对上卡嘉丽那双无辜闪亮的大眼，妙儿懒得再解释，只继续说道，"这道菜有消食、开胃、补虚的功效。加上你带来的香附、枳壳、当归、川芎、米酒、生姜……要是有我们那边的绍兴酒就更完美了，不知道你们本地的米酒如何。"

卡嘉丽听罢仍旧不明白，可能在她听来，绍兴不是一个地名，只是一个食品名吧。

妙儿没管她是否反应过来，仍旧让她打下手切东西，自己同时盯着另一口锅："嗯，这个就做杜仲炒羊腿肉吧。这道菜原本应是杜仲炒羊肾的，可这位大爷偏偏受不了肾脏腥膻……"说罢，妙儿看着在一侧稳坐钓鱼台，托腮打瞌睡的王阳明："瞧瞧这大少爷当的，你倒是逍遥，我说你啊，还不快把桌子给我们收拾出来，愣着干吗？"

"哦，来了。"未婚妻的命令，那可是金科玉律啊。原本真就昏昏欲睡的王阳明，听到妙儿的指令立刻起身挺立。

"姐姐，让我去吧，哪能让老爷们儿做事啊。"卡嘉丽抢着要去为老爷们儿服务，也不管眼前活计已把自己累出个好歹。

妙儿见她这不顾自身的样子，顿觉不喜，一把攥住她的手腕："卡嘉丽，这就是你们本地女子的不对啦。你这样，只会惯出他们的臭毛病，让他们把你的温柔体贴当成习惯。若你哪天不舒服，稍有伺候不周之处，他们便叫嚣着骂街，还会给你扣上不懂事、不贤惠的大帽子。你听我一句劝，别上赶着给这些男人奉献，且让他们自力更生，这才不枉费'老爷们儿'三个字啊。"

"可是，这是我们的规矩啊，女子天生下贱，就理应为男人无私奉献一生……甚至为他们而死。"卡嘉丽惶恐，妙儿的话她是平生第一次听到，特别不适应。

"你可知，在我们汉字里男人的男怎么写？一个田一个力，这就证明什么？他们这些男人天生有力气，有的是与生俱来的优势。既然上天如此优厚于他们，就让他们多干去吧，要不然，要他们这些男人干吗用啊？还不如养猪放牛来得实惠！"

卡嘉丽有些担忧地看着开始摆桌的王阳明，对方看相貌、风度是个大家公子，这样的少年郎哪里会做家务啊，看他有些笨拙地摆放起餐具，还饶有兴致地转身巡视屋内，将一件陶制花瓶端置在饭桌正中，又踱步到晾晒台的花圃里折了两朵一艳一素的双色扶郎花插在瓶口，将这两朵花左右对齐至后，方才露出一副大功告成的得意模样。一瞬间，原本朴素无华的饭桌上，多出了一道靓丽风景，悦目娱心起来。

"看看吧，人家这才叫老爷们儿呢！武能马上杀敌，文能美化饭桌。某些成天到晚疯狗般乱咬人、动辄就拿女人撒气、有事儿就往别人身上推的主儿，我们大可将其统称为——废物。"妙儿神采飞扬、兴高采烈地说完这句话，一道爆炒而出的杜仲羊肉也出锅了："我说王大少爷，快点儿过来端菜啊。"

"是！来了娘子。"

王阳明像只灵巧的大兔子，梳洗完那双引以为豪的大耳朵后，蹦蹦跳跳出来接应妙儿炒好的菜肴："天哪，这里面还有五味子呢，可惜啊可惜，吃不到云吞面啦。我的火瞳全鸡、腐皮包黄鱼、燥干菜、苔菜小方烤啊……"

"行了吧，你还以为自己在江南老家呢。"妙儿白了他一眼，看他很没出息，撒娇耍赖似的报菜名，自己亦是忍俊不禁，"这还是好不容易换来的草药呢。好在扶郎本地是盛产药材的，要不然，你就只能吃紫苏、茱萸、芥末、大蒜了。"

一旁的卡嘉丽自幼受男子的打压已成习惯，若哪一天不受了，还真是手足无措。再看这玄机神女炒个菜的工夫，各种调侃王阳明。

卡嘉丽心中矛盾，难免各种混乱，也着实为妙儿捏了把汗，生怕王阳明翻脸无情，会像他们本地的那些男子一样，拿起什么砸什么，朝着女人脸上就打。

酒足饭饱后，卡嘉丽争着去洗刷碗筷，妙儿并未阻拦，只拉着王阳明去到北屋晒太阳、观风物。

两人并列站在晾晒台前，将随身携带的外衣展平后挂在铜制衣架上吹风、晾晒。

王阳明看着这些工艺到家、结实耐磨的铜制衣架，忽然问妙儿："妹妹，你晌午拿凳子为阿玛菲出气的几大招，到底是何武艺？其中若干招数又是何人教导？我今儿可算长了见识，竟也从未见过，说是杂技倒真能踹人于无形之中，打得他满地找牙；说是武艺，怎感觉还有如此之大的观赏性呢？"

妙儿听罢露齿一笑，一排小白牙晶莹闪亮，若珠玉在前："这武艺被唤作'墙头马上'，乃是当今武当派二掌门驴世伯所创。当年他一见我就好生欢喜，非要认我做干女儿，还要带我离开老君山，去他武当门下修行。我师父不肯，但也随了他心意，让他认了我做干女儿。"

"武当派？驴世伯？还是二掌门？这么说来，这个驴世伯乃是张三丰张仙人的师弟喽？"

王阳明听到这"武当"二字，倒是颇为放心，想来该门派倒是个正经门派，张三丰乃此门派创始人，现今几百岁有余，乃当世长生仙人。但是，妙儿口中的这位二当家驴世伯，又是何许人也？

"呵呵，瞧你这表情，难不成你还怀疑驴世伯教我这招'墙头马上'别有用心？告诉你，驴世伯真真喜欢我呢，除了这招以外，还传授了我其他两大招数。他说，此乃天外来客所用奇招，万一遇到怪里怪气的异族、歹人，抑或其他天外来客，皆可用此招克敌制胜。武当派除了张三丰张老爷子，奇人数不胜数，我说上几天几夜都不够你听的！"

第六回
晓民俗惊险亦万种　受仰慕司命强洗脑

"我收拾好了，请问两位还有别的吩咐吗？"

卡嘉丽踏阶之响传入两人耳畔，王阳明停下手中动作回头看去："有些关于你们扶郎本地的事情我还想单独请教你，麻烦你上来这边坐。"

他们三人进到南侧的晾晒台处，围着花圃四周的藤椅坐下。

妙儿为卡嘉丽拉开凳子，王阳明就地取材，在手工织就的鼓凳上摆了个漂亮的果盘。

这果盘被王阳明摆得新奇特别，一看就知道不同于哈哈族人的审美，卡嘉丽说不上来这姿态、这配比到底怎个周正方圆，只知道唯有大家公子、世家出身的人才能有这般非同寻常的审美观。

"我想请教你几个问题，你知道多少就回答多少，不用勉强自己。"王阳明开口温柔和气。

妙儿侧坐在晾晒台最靠外面的可俯瞰森林的位置，双眸锁定楼下那座小桥，膝上趴着打起瞌睡的梵湖儿。

"请教不敢当！那个，先生请讲。"卡嘉丽男孩子气地挠挠后脑勺。

"首先是你们扶郎本地最近三个月连续发生的这起案件，我想请问，这些被杀死的孩子，都是男孩吗？出身为富贵抑或贫穷人家？性格、喜好可有相似之处？大概几岁？"

"嗯……"卡嘉丽伸出单根手指戳住自己的下巴颏，双眼上翻，眼睫毛如蝴蝶羽翼般轻颤，"对的，确实是近三个月连续发生的事，很突然就死了一连串的小男孩，没错，都是男孩子，没有女孩。出身……什么都有吧，就说他们各家魑魅楼的好坏，吉尔家的魑魅楼是这些被害男孩家里最差的，我们管它叫作单吊式，他家算是我们这儿特别穷的。可是后来死了的那个叫亚亚酷的，他家的则是平地起吊式，条件在我们本地算是中等偏上……"

王阳明追问："也就是说，被杀的男孩子们，家庭条件参差不一？"

"啊？什么不一？"

"他的意思是说，被杀的孩子家里条件有好有坏，各不相同。"妙儿在旁插嘴。

通过刚在厨房与卡嘉丽共事，她发现这个女孩在学习理论性的知识上存在着反应迟钝的问题。

王阳明颔首，并从袖子里抽出两张纸和一根眉笔，展开至眼前的鼓凳上。

卡嘉丽很有眼力见儿地把那一小盘果子端开："这样可以吗？"

"谢谢……那么这几个男孩可有什么共同爱好？上次我检验过树上的磨损痕迹，而这几个孩子加上我们没来之前被杀的那八个男孩，都是在密林的高树上被吊死的，想必你们这里的男孩子经常去林中探秘吧？"王阳明边问边写，手底下若骇浪翻涌。

卡嘉丽看得目瞪口呆："天哪，你写的是你们的汉字吗？好快……嗯，是的，先生，这些死了的男孩最大的不过十二岁，最小的也就五岁……如果非要找出本地男孩子们的共同爱好，那只有两点，一是去林中找枭阳怪算账，合伙教训他；二是戴着大司命为众人变出来的宝器去各家各户炫耀。"

不错，这就是王阳明要的答案之一。他本想稍后针对这两个不解之谜再提问，没想到，卡嘉丽率先跳到这两个点上。

"有个问题我很好奇，不知道卡嘉丽你是否想过，为什么，死了的孩子都是男孩？"

"嗯……男孩……男孩在我们这儿特别宝贝，若一个产妇生下男婴，大司命会亲自敲锣打鼓挨家挨户地通知报喜。"

王阳明颔首："不错，那你有没有想过，以你们这里如此歧视、打压女子的风俗来看，为何死掉的都是值钱的男丁，而不是女孩？"

"没想过。"卡嘉丽回答得干脆，不知道就是不知道。

"可你看，这些男孩子却一个个被打扮成女孩的模样，凶手不惜时间，顶着被人发现的风险，也要帮这些男孩子穿衣打扮、梳妆出女子发髻，还被施以……"

他刚要说宫刑，又觉不雅，妙儿却在旁抢先一步说出来了："还都被阉了，成了二刈子。"

王阳明不禁握拳抵住脑门儿，笑中带出几分无奈、几分促狭，虽这话不是他本人说出来的，可他多少有些不好意思。

卡嘉丽倒不觉有何问题，直愣愣地答道："被阉了是一种耻辱，我想，不光是在我们哈哈族人的风俗里，在你们汉人看来，是不是也是一种耻辱呢？"

王阳明颔首，嘴角仍在抽搐，他刻意忍住不乐："是的，这种事无论如何都是奇耻大辱。在我看来，这一连串的案件，意在伺机报复，且今后还会发生。"

"啊？没完了？"卡嘉丽一时惊叫，说完就后悔了，忙低头赔礼，双手捂住嘴巴，"对不住！我……我……"

"没事，我只是认为，因你本族对女子打压过于严重，导致产生了一种畸形的风俗，而一个正常人，长期在这种恶劣不公的环境下过着生不如死的苦日子，你想想，她会不会产生报复心理？你们扶郎的这几起连续不断的男童吊死事件，就是在这种长期蹂躏女性身心的环境下造就的极端的报复性杀人案。而真凶就是当年惨遭欺压虐待的某个女子或者某个女子的亲人。"

卡嘉丽听罢无语，一双活泼的大眼睛继续眨巴着。

妙儿看她明显没太听懂，只好转移话题："说说枭阳怪吧，从开始到现在，我们都听了好几回这个名了。"

"枭阳怪在我们本地并非传说，而是确有其人。他是野人和他阿娘私通后生下的孽种。"提到"野人"二字，卡嘉丽倏地抿紧嘴唇，下颌明显后缩。

王阳明和妙儿对视一眼，异口同声地问道："野人？"

"是啊，我们扶郎山的峡谷里，过去有好多野人，后近百年来，因我们设下陷阱，已经击杀了很多个。可即便如此，仍有男子抑或女子被野人抓去吃掉，那些野人很可怕……"卡嘉丽说罢，好似浑身被冰封，明明是湿热天气，她偏做了个环住双臂、收紧肩头的哆嗦姿势。

王阳明听罢眯起双眸："有关于野人的传说，从古至今数不胜数，亦有人称之为山魈，其身世极为古老，原型可以追溯到《山海经》里的枭阳怪。《山海经·海内南经》载'枭阳国在北朐之西，其为人，人面长唇，黑身有毛，反踵，见人则笑'，这里提到的枭阳样子像人，嘴唇长可遮过额头，浑身黑毛，脚掌朝后，披头散发，手执竹筒。这类妖怪喜欢抓人，抓到人后便仰天长笑，大笑之时，长唇翻转，盖住了额头，直到笑够了，才开始吃人，可见枭阳是伤人性命的山中精怪。"

妙儿边摩挲着梵湖儿，边补充道："不错，《搜神记》里也记载过猳国马化的故事。所谓猳国，是指一种类似于猴子的家伙。传说你们扶郎县附近的蜀地西南山上，有一种怪物与猴子相似，身长七尺，能像人一样行走，善于跑路追人，名曰猳国，又叫马化。它看到路上有相貌出挑的女子，就会抢去蹂躏，被抢去的女子若能生出孩子，还有些许逃回的希望，若生不出，恐怕这辈子都没戏了。听说那些被抢去的女子在十年后，其形体、心智也都跟这些猳国怪无二了，如果生了孩子，那怪物便送它的妻儿回归人之族群，生下来的混血猳国怪的相貌与人相同。做母亲的则会选一户人家强迫对方收养这孩子，若对方不想收养便以死在这家人门前为威胁。恐怕那蜀地传说的猳国怪，亦有枭阳之别称，所以那时候的蜀地西南山附近，多用杨这个姓氏为姓，就算到了现在，那里也有很多百姓自称是猳国怪的后人。要这么说起，你千湖州与蜀地毗邻而居，又多食辛辣之物，两地风俗物产可谓大同小异，就算是横行的妖怪也是雷同啊。"

王阳明又问："那，你们说的那只枭阳怪，现在可还活着？可有出来害人？"

"反正这次的事我们好多人都怀疑是他干的……但是、但是想来也有些牵强。因为那家伙，哦，我们都叫它猴娃，说句大不敬的话，猴娃那家伙的心智比我们酋长还要低……大冬天一丝不挂，啃菜头，站山谷上喝西北风，成日里像牲畜一样低头蹲着吃东西，说话黏牙倒齿，什么事都记不住。当年他阿娘在世时，足足花了五年时间教他自己的姓名，他也用了足足六七年时间，才知道家门朝哪儿开。不光如此，他那相貌简直没法儿看，看上一眼叫人三天三夜吃不下饭。"

"那他现在人在何处？可否带我去见上一面？"王阳明好奇地问道。

"别！先生可别去招惹这厮，他当年在我们本地可是一景儿呢。我们都排挤他、打压他，各种捉弄他。当年他阿娘被人掳进了峡谷，三年没出来，出来后据说就跟白毛野人一样。"说到此处，卡嘉丽像是换了一副面孔，抹去了所有因受男子打压残留而下的后遗症：惊恐、胆怯、自卑。

她在提及另一个还不如自己混得好的怪物后，这些因外界压抑而导致的负面情绪一扫而空。

自己可怜也就罢了，碰上比自己更倒霉的她反倒不同情，没有换位思考，没有感同身受，这还不算完，还恨不能踏上一万只脚，在一旁看热闹。

这可能就是人性吧，因为自己弱小，在被强者打压时只能选择隐忍，久而久之，忍耐的时间过长，自己原本善良的心也随之发生变化。残存在心底深处那所剩无几的怜悯、慈悲，也由这大气候的摧残而消失殆尽。再想看这胸腔里还有没有通透似水晶的东西，很遗憾，什么都不剩，唯有市侩和俗不可耐的小人之心。

看着双手握得很是得劲儿、不住晃荡着美腿的卡嘉丽，王阳明只能感慨世态炎凉。好好的一个姑娘家，也因这世俗背景，被带坏了，竟然一点儿同理心都没有。

卡嘉丽提及猴娃时，那叫一个眉飞色舞："那猴娃因为被我们排挤得太惨了，他一家人早就带着他跑到更远的深山住了。反正他也是从那里出来的野种，他亲阿爸不就是野人吗？您别看我们长期居住在这潮湿之地，因这十几年我们条件越发好了，我们也是很挑剔的。像那种深山老林，怎么盖魑魅楼啊？条件这么次，我们还不爱去呢。"

王阳明速速将这话记下，一旁的妙儿问："听你这么说，这猴娃倒是可以排除在凶手行列之外。我想问问，你们这里歧视女性的习俗，是千百年来就有吗？据我所知，巴国也好，乌孙也罢，女子地位都不低啊。"

"这里男尊女卑的风俗，是近两百年来才兴起的。过去也歧视女子，但没那么严重。自打十五年前，大司命从外头回来，说我们本地风气不净，会引来更多的枭阳怪作祟，偏要效仿汉人严明司法，加强男权集中，便从治理女子入手。否则的话，女子阴气过重，导致整个部族阴盛阳衰，就会引来枭阳怪重生。"

"一派胡言！"王阳明只叹这村落愚不可及，恼怒之下一拍大腿，"野人者，枭阳怪也，不过是一种近似于猴、心智却不如我们的人罢了。说来说去，到底是人的一个分支，只是因其长期隐匿于山林，显得神秘、不可捉摸。若杭州大街上跑来几只枭阳怪，想来那些文人、学究早就能给出答案了。非要把什么阴盛阳衰、歧视女子跟什么怪物扯到一起，简直牵强附会。想加强男权，通过打压女子达到某种不可告人的目的，哼，也难为他连自己亲娘的利益都能牺牲。"

卡嘉丽听罢没有吱声，开始不住地搓手，一脸小女孩家受气的模样。

王阳明平静了片刻又转头发问："接连出了这么多杀人案，你们可有报告地方官？"

"地方官？什么叫地方官？"

"县令啊，县太爷啊。比如，你们这里虽然是扶郎县，但却地处千湖州范围，理应由千湖州的知州统一管理才对。"

卡嘉丽疑惑不解地摇头，一看她这表情，王阳明便知她压根儿不懂什么叫官。

王阳明心想——完了，这地方没人管，处于无皇权、无知州、无县令的三无状态……

妙儿听罢倒觉其中有诈，冷冰冰地一笑，望向卡嘉丽："你这话我不信，若你们哈哈族长期处于这种无人问津的三不管状态，并长期

54

与世隔绝，那么请问，你卡嘉丽连同你母亲、你族人身上那些珠宝又作何解释？你刚刚也说，死了的那些男孩身上也都挂着金银这类贵重金属……"

"我？我这一身铜器不值钱的。"卡嘉丽抬起小臂，摇了摇自己双腕两端的珠串、手镯，铜器碰撞而出的声音不如翡翠动听，但也别有一番风情，"姐姐不知，我们这里的日常生活，大司命一人就能解决。我们平时的吃穿用度、货物交换，这些活计都是我们大司命一家或者说他一人独立完成的。"

妙儿蹙眉，双眼紧追着卡嘉丽："不可能，单靠一己之力养活整个部族？不可能的！"

"真的！"卡嘉丽不服，小嘴一噘，"我们若不想吃苞谷饭，或是想吃你们汉人的蔬菜、水果、米面等，我们大司命就会用他的手套，外加口哨，给我们变出不计其数的金银铜铁来，然后去外面，跟你们汉人交换我们日常所需的东西。"

"你说什么？"王阳明像是听到了年幼时代，爷爷哄他跟妙儿睡觉时讲述的那些不可思议的离奇故事，"卡嘉丽，你当真？你刚用了'变'这个字，我没听错吧？"

"对啊，我们大司命会变东西，变的都是稀有金属，然后用这些稀有金属换取供给，厉害吧？"卡嘉丽一脸的崇拜，好似那个正在津津有味地虐待着自己和母亲的家伙，不是什么理应被她仇视的罪人，好似单凭这一项功绩，就可将大司命一家所犯孽债一笔勾销。

妙儿听到此处，已然噗笑出声。她低头看了眼已经睁开双眸，慢速切换着两端瞳孔颜色的梵湖儿道："那叫炼金术。卡嘉丽，你们的大司命不是用变的，而是用了一种叫作炼金术的技巧。这种技巧就跟习武一样，是要花时间、熬经验、拼天赋的……他是有据可依、有书可查的。想来，他当年出你扶郎县，跟我们汉人做交流时，定然跟了某位道士学了这炼金术……"

"不对！我们大司命有魔法，他是用变的！你没看见他那一双花丝镶嵌景泰蓝外加斑彩石的手套吗？你难道没听见他吹的口哨吗？"卡嘉丽欲争辩。

妙儿却继续冷笑："哼，那东西学名叫法器，你们都被他骗了。"

"没有！大司命是好人，他凭借一己之力，养活了我们全族人，而且因为有他在，我们的住房、吃穿用度都上了好几层台阶！你少搬弄是非！"

"妙儿，别跟她争。"王阳明朝未婚妻摇头，"她自小就生活在这样的环境里，早就被他们摧残了身心，算了。"随后，王阳明又转向卡嘉丽："对不住，卡嘉丽，我们毕竟是汉人，很多地方跟你们的看法、做法真的不同。我再提三个问题，你回答完了，就可以休息了。"

"你说。"卡嘉丽依然委屈巴巴地嘟着嘴唇，栗色的浓眉似两国交战，一个劲儿地往高耸的鼻梁处会师。

"大司命是多大年岁出的扶郎县？"

"嗯，具体我也不知，听阿娘说，好像十七岁吧。"

"要这么说，十七岁出扶郎，十五年前才回来……那他在外头停滞的时间很久啊。还有一个问题，你们村的女子地位如此之低，有没有外出做工，抑或出逃的？"

"出逃的没有，大家都以顺从为美德。何况大司命为村中造福，我们不管男女，都穿金戴银，一个个条件都好得流油，除去一些因犯了罪、欠了债无法赎清冤孽的家庭，女子不得不外出做工还债的以外，很少有女子出去的。"

"那么，大司命的三个儿子可会这炼金术？我是说，可会变出金属？"

"我见过煊废物变过，但是他变得可差了。"

"他也是拿手套吗？"

"他好像不是手套，具体是什么呢……好像是……"卡嘉丽渐渐陷入回忆，眼睛往右瞥，"不记得了，反正当时不是特别好，被大司命打了耳光。"

王阳明颔首："你们这里如此打压女子，你们可想过反抗，或者说之前有无人反抗过？"

"谁敢啊？女子体力原本就不如男子，怎么反抗？再说了，万一输了，又要被他们加倍虐待。放着这么好的日子不过，干吗非要跟男人唱反调？自讨苦吃！"

"你！"妙儿刚要教训纠正，王阳明伸手拉了下她的衣袖："别激动，随她去吧！"

妙儿听罢将头扭了过去，不再看向两人。

最后，卡嘉丽主动问了王阳明两个问题："我早上什么时辰起来伺候合适啊？大司命跟我说，按你们汉人的时间，我早上卯时开始打扫可以吧？"

"不，你还是多休息吧……按照我们汉人的时间，你巳时过了再起不迟。对了，我们一般晚上戌时就休息了，你就忙你的，不用管我们。"

"哦，我一般不敢那么早睡，怕有人叫我伺候。"卡嘉丽伸出手指算了算，"我好像每天都是午夜子时之后才睡，想不到你俩睡得这么早。"

妙儿听到这句"你俩睡得这么早"时只觉刺耳："我拜托你，不是'你俩睡得这么早'，是'你们分别都睡得这么早'，可以吗？"

第七回

早慧女玄机欲收徒　水洼饼牵动隐秘事

次日一早，卡嘉丽还是比王阳明交代的时辰要早起了不少，好在妙儿是个厉害主，不管到了何地，她都是头一个遵循道教养生法则打坐休养的。

妙儿和卡嘉丽打了个照面，便见她洋溢起兴奋却又不失自然的笑容："打今儿起是我们扶郎县的好日子，每逢月中，我们本地都会连续三日举行以物换物活动，庆祝当年大司命赐予我们金子。沿着官门山脚下的快活潭边往东、北两面走环形路线，就能看到不少推着小推车的哈哈族人在进行交易。"

她说这话时，王阳明已然收拾利索，穿戴整齐地从室内出来："起得真早啊，卡嘉丽。怎么着，听你的意思，好像有热闹事发生了？"

于是乎，王阳明便与妙儿带着梵湖儿，牵出两匹宝马，将飒露紫、特勒骠送到本地指定的草场上，任由它们自我"翱翔"。两人一猫则去往交易地点。

顺着官门山一带往东，果然有片风景独好的潭水。那颜色都不像是真的，怎么看怎么像是人工泼墨、点翠而成的画卷。

最让王阳明和妙儿称奇的还得算是哈哈族人摆摊使用的"手推车"。车身的木料大部分是杉树和枫树，与他们所居住的魑魅楼无异，但那车身底下的车轮子可真是精妙绝伦。

王阳明看得真切，这里出摊的本地族民，不管其穿着如何、售货态度好坏、形态举止是否得体，其手推车下方的车轮子，竟然都由金属打造而成。

其中大部分哈哈族人，是用纯铁做轮子，推起来更为方便爽利，尤其这地方潮热而多瘴气，林中时常莫名其妙地出现云雾，仿佛神龙出谷。但因族人的推车底部为重金属打造，即便遇到不好走的崎岖山路、泥泞洼地也并不妨碍。

王阳明从小生长在富庶繁华的十里簪缨胜地——江南。那本就是一个赛过京城的神奇水乡。可若单拿出这所谓的贵重金属与扶郎本地的哈哈族人一较高下，恐也甘拜下风。

在古代，尤其是重工业不发达的年代，很多帝王并不看重理工科所带来的"智能应用"，觉得这些只不过是手艺人的雕虫小技，不足以登大雅之堂。与曲高和寡的骈文相比，这些科技只能算是机巧，而非利国利民、造福一方的高科技。

这也就是为何我国自古虽并不缺乏科学发明、创新人才，而这些人才却始终未能得到帝王重用、不能与苏轼这类大文豪齐名的原因。

"我真想把哈哈族的这个什么炼金术带回江南和京城，想来咱们那边的百姓，还有很多人家用的是木头轮子呢，想不到，这样一个小地方……"王阳明欲言又止。

妙儿在旁却是连连摇头："师父以前就嘱咐过我们，谁也不要轻易触碰、使用炼金术，须知这技术是要上缴过桥费的。"

"过桥费？什么意思？"

"等价交换。这是来自一种西洋的翻译，好像是意译呢。炼金术学起来并不容易，好不容易会了，在你炼成的时候，也会生出很多不必要的麻烦……诸如……"

妙儿想着恰当的比喻，只见眼前站着一排排贩卖益母草和当地药材的妇女。

刚刚她和王阳明溜了两大圈儿了，发现东面这边几乎都是妇女出来摆摊儿。而走到她们车前出来换物的，却为清一色的青壮年男子。

也是，妇女没有地位，可不是要出来干活儿伺候家里那头公猪吗？男子手握大权，自然是管家又管钱，就算以物换物这类小事，在他们这穷乡僻壤也算是个有娱乐性质的趣味活动。享福享惯了的男子们，怎可轻易放过这出门找乐子的好事呢？

女人们任劳任怨地在外打拼，男人们却坐享其成，偶尔现个身，还是以购物花钱为由。投胎在这儿当男人，可真是件美事。

"全是辣菜……"王阳明低头背手，看着近前满载辛辣之物的手推车们。

"这位汉人小哥儿，这朵花儿是不辣的，你看看。"听到王阳明口中嘟囔的老妇人，约莫六十岁，也不知她老人家是怎么熬过来的，本该颐养天年的岁数却还为了家里那些不争气的男丁出来摆摊儿。她边说边高举一枝酱紫色的辛夷花，把这东西凑近王阳明眼前："我们本地的这个花，你们汉人一定没见过。"

"这……大娘，这个不是辛夷花吗？我们那边的寺庙里常年栽种，每年三四月准开。"王阳明只瞟了两眼，便很是委婉地拒绝。

"不，哥哥，这个不是咱们的辛夷花，准确地说，这种植物是由辛夷花衍生出来的另一个分支。"妙儿在旁观察着，并顺手将那花卉从老妪手中接过，"这叫不叶之花，说白了就是一种没有叶子衬托的玉兰花，样子跟咱们中原地区的辛夷很像，但个头儿稍小。这种植物药理作用不高，只能起一种装饰作用罢了。"

王阳明听得"装饰"二字，毫不犹豫地掏出一个铜板，直接放到老妪车上："大娘，这个我买了。"

说罢，他自己从推车上拈起一束花来，就要给妙儿戴上。

谁料，这大娘忙将这铜板夹起，又送还给王阳明："这是什么奇怪的东西？我们这儿不用这个。"

尴尬了，王阳明居然忘了这个常识，自己花的是大明通用的钱银，而本地处于无政府状态，人家长年自给自足，又不与外界交流，若自己白眉赤眼地掏出一大把银票、铜钱，人家也未必认得。

"这……这可就难办了，我们是从外头来的，没有您这边的钱币。要不然……"王阳明单手握着一朵不叶之花，捏住花枝的两个指头不

60

住摩擦，酱紫色的辛夷花在他二指间旋转不停。说话间，他左手朝下摸去，欲要往蹀躞上游走。

"那就算了。没关系，我们再看看。"妙儿不打算买这些有的没的，便将自己手中连同王阳明二指间捏住的鲜花一并收走放回车里，随之主动接过老婆婆送还的铜板："谢谢您，我们去别处转转。"

她一把拉住王阳明扭头就走，紧着往前猛蹀几步后，妙儿忙跟王阳明低声私语："咱们可不能犯傻，你别轻易跟他们说拿你身上的某件珠宝佩饰换！"

"啊？你猜出来了？我是想说这个来着，这老婆婆看着挺可怜的，这么大岁数还出摊儿，我想着拿我蹀躞上的一片黄口料和田玉换她些许蔬菜……"

"不行！你若这样，不就暴露了你有财力吗？这鬼地方的人，早就跟着大司命学坏了，你别看他们认得金银铜铁，但对你这珠宝玉器未必通晓，没准全当好的呢。你若暴露得太多，反而会引起他们的贪念，会让他们误以为你身上全是些他们没见过的宝贝……"

"啊？原来如此，还是妹妹想得多……"王阳明听后吓出一身冷汗，忙不迭重重颔首，对妙儿所言加以肯定，"是我不够谨慎，差点儿露财。"

妙儿用胳膊肘顶了王阳明一下，扭头对漫不经心的梵湖儿做了个快点儿跟上的手势，又一次对王阳明低语道："咱们逛这摊位，尽量只看不动，万一有那势利小人想出招讹诈咱两个外地人，你当如何？他偏说你弄坏了他的东西，你还得跟他争辩，你当这里是魏晋时代的清谈场吗？"

"是、是、是，妹妹嘱咐得是，我知道了。"

王阳明身为世家子弟，对底层劳苦大众的那一套"小人嘴脸"自然不清楚，可妙儿这几年行走江湖，可谓走南闯北，多少经历过些许底层小市民的"丑恶言行"。吃一堑，长一智，她可不能让心境单纯的伯安哥哥遭人算计。

说完之后，两人迅速调整状态，连梵湖儿都察觉出主人们的瞬间变化，它迈出的猫步也变得更谨慎。

王阳明与妙儿一路观瞧卖货人的穿衣打扮、举止，由一个摊位蹀步到另一个摊位，其中货物大同小异，偶尔碰见一两个卖奇珍异宝的，却都因拒收大明钱币而做不得生意。

两人并肩而行，生姜、韭菜、茱萸辛辣的气味不绝于鼻之下。

一路往西，他们好似又走偏了。

王阳明见此地清泉石上流，有那映地为天之色晕。山下兰芽举不胜举，却叫不出是何名，松间沙路干净无泥淖，颇有"转来深涧满，分出小池平"之意。

"好个'恬澹无人见，年年长自清'。"妙儿感慨，不禁舒展双臂，对准这林间流水深吸一口气。

"这儿就是卡嘉丽所说的快活潭吧？刚刚咱们只是在这潭水一周的外圈看货，现在到了内圈，反而无人了。"

"哎，一路之上全是辣菜，也没你爱吃的。对了，哥哥可发现什么不对头的人吗？"妙儿细问，蹲身与梵湖儿同看眼前潭水深浅。

"这个……我觉得有些奇怪，但仅止步于直觉，却答不上到底哪里不对。妹妹可发现了什么诡异之处？"说罢，王阳明也走到潭水前，他见梵湖儿探头过去，直吐舌头饮那潭水，不觉吓了一跳，忙蹲身抬手阻止："别喝啊。"

妙儿瞧见倒不觉如何："哈哈，瞧你吓成这样子。你放心，梵湖儿本身就是一只大毒猫，它每月总有一天吐毛球，吐出来的东西自带剧毒。若说哪天它中毒了，我是不信的。"说罢，妙儿竟也将手插入潭中，捧起清泉送到唇边，浅饮了几口："嗯，味道不错，你要不要来点儿？"

"嘘！妙儿，你听，有人哼歌。"王阳明迅速做了个噤声的手势。

妙儿和梵湖儿均警惕地往后撤步："不错，是有个女孩子家哼着曲子，听这声音，倒有些木速蛮族民乐的风范。"

梵湖儿听了两句音调，便又似当日见到三具尸体那般，先是流露出惶恐、敬畏，随后又满脸愤懑。它率先一步走在妙儿前头，似比方才迈出了更大、更快的步子。

"天平山上白云泉，云自无心水自闲。何必奔冲山下去，更添波浪向人间。"

这也许是最好的诠释眼前景象的语句。

出现在二人一猫面前的，是一位自得其乐的美丽少女。

她倚坐在一面自然山石上，后身儿还有用竹藤编织的软垫儿做靠枕。

她手捧着一本看不清封皮的书卷，身后是飞流瀑布隔炊烟，真一幅"桃花尽日随水流"的画面。

这丫头不过十二三岁年纪，身处河水深潭交接所在，身边还停靠着一辆不大不小的手推车，车轮也为纯铁打造，就这么孤零零地停在原地，静听少女的吟唱。

女孩的穿着与同族人无差，但她这衣衫颜色却是汉女喜欢的绯色配柳黄色，上头绣着的花样也是两人从来没见过的一种植物。

她专注看书的模样，好像个废寝忘食的小大人。

王阳明背手观察，倏地发现这丫头的样貌竟和本地居民大不相同。

她皮肤不黑不白，也没有似卡嘉丽那般的"拉丁美洲风"，一双鹊眼十分秀气，颇有神采；眼睫毛虽不如卡嘉丽的浓密纤长似火辣大花瓣，却很恰到好处地向眼睛四周呈阶梯状摊开，尤其是眼尾处，睫毛根根分明，向上卷翘，蝴蝶触角似的将她不大不小的鹊眼勾勒得更加有神。

俄而，此少女周身仿佛出现了一道玉色相框，把她怡然畅快的模样定格在正中位置。

一般来说，混血的人大多生得很西洋化，很多少数民族多为高鼻深目、大眼厚唇。但这个丫头眼睛的颜色则是少见的茄皮色，加之两条卧蚕眉横跨在双眼之上，也说不出是后天勾画还是本来面目，却将这小丫头机敏又不失秀丽的容颜描摹得更加动人。

这丫头的眼睛色彩虽不如卡嘉丽的看着令人感到新奇欢喜，但这女孩如痴如醉、研究书本的神情却令两人眼前一亮，给人少年端方、郑重之感。

二人往前踱步，跟着梵湖儿往小丫头近前走去。

女孩似有察觉，却并未做出大的反应。

王阳明观其双眼睫毛微微有颤，忽闪忽闪恰两面水晶天窗，由人推开，豁然见光。好一会儿，也不见这小丫头抬头望上他与妙儿两眼，也不知这小东西出来摆摊儿到底图个啥？她光顾着自娱自乐，也不张嘴招呼客人，口中依旧哼唱着那首西域风情的曲子。

"小姑娘，你一个人在这儿摆摊儿，不害怕吗？"王阳明率先开口。

"害怕？"小姑娘悠然起身，仿佛对这提问事先做了准备，"跟那些男人做交易才让我害怕。我只是被家里哥哥逼迫，出来做个样子、走个形式罢了。耗完这段时间，我回去就是。"

妙儿觉得她这话很是中听，再观这丫头眉眼，觉得她是个极伶俐泼辣的性子，便开口试探："你的意思是，跟那些不讲道理、打压女子的哈哈族男子做买卖，让你不舒服？"

女孩蓦然抬眼，口气颇有讽刺之意："与其被那些家伙挖苦捉弄、占尽便宜，我不如在这儿自得其乐。山水之美，尽收我一人眼底，我也不必与他人分享。"

说罢，她将手中的书本扣在小推车上，扬起一张似笑非笑的脸看着王阳明。

妙儿听小丫头这话，有些惊讶，她低头扫了一眼小丫头手推车上的那些货物，刚要指着其中一样没见过的东西开口，就见梵湖儿很不争气地用后足直立，伸出两只前爪，趴在人家的小推车上，整张脸蛋儿连同下巴抵在推车边缘，似人一般脚后跟儿踮起，很是较劲地往货车里张望。

"梵湖儿，别乱动人家东西好吗？给我下来！"

妙儿怕梵湖儿一个不懂事，出爪乱拨拉人家东西可就糟了。好在梵湖儿只是确认一些它担忧的后续事情，确认无果后，便迅速收回白净可爱的爪子，借由推车挡板，蹿到了王阳明肩头。像个躲猫猫的大孩子，伸长前臂搂住王阳明双肩，下巴颏枕在王阳明左肩位置。

"喵。"梵湖儿轻声细语来了一句认错，毛茸茸的白脑袋雪球似的顺着王阳明左侧脸颊探了出来。

"天哪！姐姐这猫多大了？"女孩神采飞扬，看到梵湖儿的刹那只觉看到了天外飞仙。

"正值壮年。"妙儿微笑道。

"好可爱，收拾得真干净呢。我们本地也有不少猫类，猞猁什么的

64

不在少数。只是，你这猫个头儿不小，难道也是混血？"

"这猫叫作奥斯曼梵湖猫，是从遥远的伊斯兰国坐船到我大明中原来的，虽不是混血，但是因为有一批梵湖猫留在了齐鲁大地，与当地土猫生出了临清狮子猫。"

女孩颔首："你们是夫妇？"

"是！"

"不是！"

王阳明答是，妙儿答不是。

女孩呵呵直乐："得了，这有什么好隐瞒的，一看你们就是青梅竹马。你们俩来我们这小地方做什么？"

她这话有些许盘问的意味，一股说不上来的不屑一顾顺着小丫头低调的双眸倏地涌出。

"新婚旅行。"王阳明抢答。

妙儿抬手掐了他耳朵一下："我是他的镖师。我们迷路了，暂且在此逗留一阵。"

"哦，不是夫妻啊……"女孩有些失望，略有所思。

妙儿指着那个女孩车上的紫苏问："你这紫苏是从哪里采的？怎么生得这样好？"

"我家就在扶郎东口那边的四合水式的一栋魑魅楼里，楼下是我家圈的菜地，这紫苏是我自己种的，厉害吧？质量比外头自然长得还好呢。"

王阳明听了这话，不禁捂嘴偷笑："妙儿，你听她的用词，像不像你？哈哈……"

"我说小丫头，你这紫苏是好，但我们打江南来，吃不惯辣。你这儿有没有不辣的？"妙儿故意刁难她，想试探下这丫头的应变能力。

想不到，这小丫头伸出双手，快速将车上的紫苏分出两拨，指着叶子长一些的那拨说："长叶子的辣，短叶子的不辣。"

"哎呀！"王阳明一惊，这次换他上前问道，"那要是短叶子的卖光了呢？"

小丫头不假思索，又将手下的紫苏倒腾出两拨，抄起叶子较宽的那拨说："叶子宽的辣，叶子窄的不辣。"

妙儿又道："那要是叶子窄的卖没了呢？"

小丫头听罢也知他两人在开玩笑，却并不恼怒，只配合地又将手下的紫苏分成两拨，抄起一把色泽较深的说："颜色深的辣，颜色浅的不辣。"

就这样，妙儿又试了她两次，谁料这小丫头都对答如流。

妙儿惊叹这丫头脑筋灵活，又指了指一侧的奇怪食物问道："这是什么东西？好生古怪。"

王阳明也觉奇异，看着推车侧面有几个圆饼形状、鼓鼓的立体硬块儿，就这么簇拥在紫苏周围。

妙儿看了半天，也不知这是何物，只觉此乃一团五颜六色的杂物搅在一起，溜圆身量，似球一般，看上去有些像是过期许久、无人问津的僵硬面坨，又像是硬邦邦的凝结成块儿的夏天里发臭的饼子。

"你们来得真是时候，我随车带了个铜壶，里头的开水是我刚才钻木取火烧开没一会儿的。"说罢，不等两人反应过来，这丫头从推车后头提起了个小铜壶，又将一个斗笠茶盏立于两人眼前的推车中央，将那一硬块儿圆饼子掰开一小块儿投在茶盏中，接着把那铜壶壶身倾斜，壶嘴朝向茶盏，不紧不慢地往里倒水。

"天哪！"妙儿由衷赞叹，"不是吧，这……你是怎么做到的？"

只见那硬邦邦的小饼块儿，像是遇水则融的冰雪，在热水的作用下，竟由方才的一块儿硬疙瘩，倏地散开成丝丝缕缕的热汤来。闻着味道，竟然还是当地特有的酸辣汤！

"保密配方，天机不可泄露。"女孩朝着两人做了个鬼脸。

王阳明也是看呆了，他从没想过有什么办法，能将酸辣汤压缩成一块坚硬的面饼子随身携带。再说了，若是一般的无色无味的汤水自然不足为奇，可这茶盏里的东西明晃晃地漂在他们眼前，这可是由鸡蛋、香菇、葱花、笋丁、黑胡椒等实实在在的蔬菜和调料构成的汤水啊！

"姐姐尝尝吧。"小丫头一脸得意，不紧不慢地将茶盏端给妙儿。

妙儿真格敢尝，喝了一小口："天呢，就是酸辣汤！你能告诉我这饼子怎么做的吗？我愿以琥珀耳挂交换。"

"琥珀？不要……那东西颜色和金子一样，颜色很重要。"女孩摇头否定。

王阳明有些着急，他平素最烦吃辣，但这次他有些跃跃欲试。

妙儿见他蠢蠢欲动，便将碗换了个方向递到他跟前："怎么着，你也想试试？"

王阳明将茶盏端了过来。梵湖儿闻到黑胡椒的辛辣，多少有些不快，把头埋进王阳明的肩膀，不去看那茶盏。

"好酸啊！好在里头没有放特别辣的东西，只有黑胡椒提味儿。"王阳明只喝了几口，双目便含热泪，浑身也不免发起大汗，好似喝了烈酒，脸居然也红透了半边。

妙儿见王阳明很是喜欢，便更想学这手艺做给他吃，忙追问小丫头："那么，砗磲项链可以吗？"

"白的东西更不行了，跟银接近。"女孩听得这两种珠宝倒是平静。

"那……我们只有普通的大明钱银。"妙儿无奈。

女孩想了想，却扑哧一笑："你若想交换我这配方倒也不难，你说说，这紫苏除了煎炸、烤制使用，还有其他做法？"

妙儿还当她有什么刁钻问题，只笑着回答："还当你问我什么，原来竟是美食。你若想做好这紫苏，倒也不难。就说你千湖之地，湖水繁多，鸭子也有的是。你就准备鸭子半只、紫苏若干，备上本地特有的葱、姜、蒜，外加北方的白酒、酱油。把那鸭肉洗了收拾好，紫苏去梗清理，先下油爆炒那紫苏、葱、姜和蒜，再把那鸭子肉翻炒至无水为止，再来加上盐和白酒继续炒，最后放些酱油，再加少许清水盖上盖子焖上一盏茶的工夫即可。"

妙儿说的这菜是道家养生的一道时令菜，为的是压制秋燥带来的各种上火，预防风寒。但在这哈哈族的小丫头听来，却觉异常奇怪。

"酱油是什么？白酒又是什么？跟我们本地的米酒一样吗？还有，你刚说的什么江南又是什么？是吃的吗？还有你刚说的那个字，叫炒对吗？这又是什么意思？"

完了，又是一个因缺乏与外界交流，而错把地名当美食名称的傻孩子。

妙儿叹了口气："好吧，就当我没说。"

王阳明见小丫头跟自己两人熟了些，又觉其能言善辩、思想活跃，忙插话询问起自己感兴趣的事："对了，小姑娘，你跟本地大司命一家熟不熟啊？我有些事情想请教。"

"好，你说。"

"大司命家的三个儿子，怎个名字那般奇怪？偏选了个汉字作为前缀，后头还跟着三个贬义词。"

"你是说煊废物、洋没用、波无能？其实废物、没用、无能在我们本地是好话，看似贬损，实则为自谦语，意在突出男孩们的孔武有力、大有作为。"

"那么，前头加的这三个字，又是何意？我真搞不懂啦。"王阳明挠头苦笑，似在被什么问题困扰。

女孩笑道："我也不知道，但我觉得那个'洋'字很古怪。你们汉人不是常说什么洋红色、西洋吗？我总感觉，这'洋'字有好大喜功之意，不是什么低调内敛的好词，恐怕叫这名字的家伙心智有残。何况我扶郎本地没有海，哪里来的洋？想必是大司命一厢情愿，瞎给孩子起名。"

说到此处，女孩颇为不屑地摇头。

王阳明觉得这丫头独立且嚣张，不禁为这个前途不定却异常泼辣的姑娘捏了把汗。说真的，如此自我的性格，别说是在这里，就算到了大明，这样的姑娘也是不好惹的。若她遇人不淑，恐怕总有小人前来招惹。王阳明自己也说不好，在性别歧视如此严重的封闭之地，到底是像卡嘉丽、阿玛菲母女那般顺应男权法则，在夹缝中求生来得痛快，还是像这个丫头一样，先知先觉，不动声色地做出抵抗比较好。

"对了，我一路走来，发现你们本地出摊儿换物的大多是家里的妇女，男子很少，但出来买东西的却是青壮年丁。有一点我很纳闷儿，女子既然没有地位，在当地只如卖苦力的奴隶一般，那么，为什么出摊儿人群大多是年长女性，全无你这个岁数或者与这位姐姐一般大小的姑娘呢？"

"啊，你问得真好。我看这位姐姐不过十五六岁……我呢，今年不过十三。"女孩指了指自己鼻子，"这就得问问我们敬爱的大司命了。他当年说女子的阴气过重，将女子视为本族的不吉之物，大家都信了，试问谁还敢生闺女？何况大司命跟你们汉人学了中医，能通过脉象诊断出孕妇怀的是男是女。若是女婴，大司命就会勒令这家的产妇打胎，将打掉的女婴交于他本人带去扶郎峡谷深处，当成祭品供奉枭阳怪。"

"什么？"妙儿又被这可恶的习俗刷新了底线，"太过分了！他学中医就干这个用吗？！这是人命关天的事，这是在亲手扼杀你们部族！"

王阳明蹙眉："他号得准吗？这种事，恐怕不一定每次都准吧？"

妙儿揪过王阳明衣袖，在其耳畔低语："你看见没，卡嘉丽那丫头就是在说谎骗人！这么重要的信息，她都没跟咱说！"

王阳明听罢有些犹豫："这个……"

小丫头眨眨眼，愣怔地看着他俩："怎么，你们没听懂吗？"

"不是！孩子，你说得真好。"王阳明笑道，"对了，你叫什么名字？我叫王阳明，这位是我的未婚妻玄机神女。"

"哦，还是未婚关系啊……"女孩拿出看热闹的姿态促狭一笑，"我叫米娅。对了姐姐，你刚喝的这东西我管它叫水洼子饼，这东西原是我跟一个过路人学的。你若想学也行，回头你答应我一件事即可。"

"何事？"妙儿问道。

"嗯，我想跟你们做朋友。"

"好啊。"妙儿颔首。

王阳明在旁接话道："米娅，你说的朋友也包括我吗？"

米娅托腮沉思："嗯……我指的是大猫、姐姐。当然，如果你不像我们扶郎本地的这些男子一样对女子吆五喝六的，我也可以考虑跟你做朋友。"

说罢，妙儿朗声大笑，拍了拍王阳明的肩膀，说道："听见没，人家米娅说了，梵湖儿排第一，咱俩都得往后站……"

就在王阳明想向这丫头进一步套话时，突然听到有敲锣声和紧张颤抖的呐喊声顺着深潭传来："不好了，又发现男童尸体了！不好了！大司命阿爸快来啊！"

王阳明和妙儿对视一眼。梵湖儿不禁白毛倒竖，毛又爹开了花似的。

米娅听罢伸手捂嘴，神情慌张："天呢，不是吧？我可不能再这么待下去了。姐姐，我得赶紧走了！"

妙儿问："怎么，你怕尸体？"

米娅摇头："不是，你没听出这是少司命的声音吗？煊废物有一次发现了尸体，恰好我在周围，这废物脾气大、爱翻脸，动辄拿女人撒气。上次他发现吊死了五个人，那叫一个气啊，刚好身边有一个八十多岁的老阿婆路过，他上去便一脚将那阿婆踹死泄愤。"

"这煊废物！我……"妙儿简直无法形容她的愤怒，也难怪这孩子一听是煊废物来了，便犹如惊弓之鸟。

"要不妙儿你先送这孩子回去，我去那边看看。"王阳明说道。

米娅摆手："不，你们谁别都跟我回家，也别贸然去我家找我。我家里有四个哥哥，阿爸在世，他们全都不喜我与外族之人多有接触，你们若这么去了，反倒害我挨打。我们若是有缘，改天定会在这林子里相遇，这是天意。"

说罢，米娅忙收拾手下东西，将所有物件儿全部装车托运。她深吸一口气，将注意力集中在手边的推车上，用巧劲儿推车就走。

想来真是悲哀，原本该由男子来做的体力活，却被姑娘家干得热火朝天。看米娅这熟稔的推车架势，已然是习惯了这种活计，且不觉辛苦。

第 八 回
膏肓穴抱头坐等死　锯齿伤笛管柳叶刀

这次飘荡在众人面前、长身挂于林的除了被伪装成少女的两具男童尸体外，竟然还有那个洋没用。

煊废物提着铜锣，背着包袱，整个人像是被鬼附身了一样原地打战。

王阳明见他下体湿透，空气中弥漫着一股尿骚味和泥土的酸臭味，只觉异常恶心。

"你弟弟怎么也……"王阳明仰面上看，并示意妙儿飞身上树，将三具尸体小心取下。

这一次因有铜锣报信，又赶巧碰上林中四周皆有出摊儿之人，不等半盏茶的工夫，村中哈哈族男女老少皆随铜锣响动聚集于此，众人围观探头，各种指点议论，惊恐骇然之声不绝于耳。

"你是第一个发现尸体的吗？当时除了你，还有别人吗？"

"我……我……"煊废物眼睁睁看着妙儿将三具男尸从树上解下，令其平躺于地。

尤其是自己那可爱的弟弟洋没用，他的死状并非传统上吊自戕之后的阴森样态，而是换了一种瞠目结舌状——死不瞑目，瞪着前方某处看不见、摸不着的位置；嘴巴像是被人强行凿穿了一个开口儿，舌头欲

71

要向外扩张，却在最为关键时刻卡在了双齿之间，僵化到无法比拟的程度，丧失了原有的弹性。

"下一个……下一个会不会是我？会是我吗？是我要被杀了吗？"煊废物这次没有结巴，他向后退了几步，压根儿不再顾忌少司命的个人形象，扑通一下跪倒在地，浑身瘫软。

王阳明看这厮是个不顶用的，忙环视围观群众："各位父老乡亲们，你们当中有没有谁，是跟少司命同时抵达案发现场的？有的话请站出来！"

四下只有小声议论声，王阳明与妙儿皆眼观六路，耳听八方，却真格儿瞧不出个所以。

妙儿俯身蹲下，探手抚了下其中一个男孩的脸颊："从他面部的僵硬程度来看，这孩子死了有半炷香的工夫了。"

所谓半炷香的工夫，折合我们今之时间来看约莫半个小时。

"不是吧？"王阳明苦笑着看着尸体，这一次，男孩们连同洋没用死得更加屈辱，"为了更好地报复，凶手便将他们各自的长裤脱下，就连亵裤也不放过，狠狠塞入死者口中以泄愤。"

王阳明说得不假，眼前的三具男尸，下身赤裸，阳具被人阉割。本次阉割与上次不同，上次找准了穴位，一刀下去，血流得不多，且为死后阉割，不足以算作凌虐。但洋没用等人这次却没那么幸运——凶手在杀死三人的过程中失控过。

妙儿移步到洋没用跟前说道："这家伙连同那两个孩子，都是在死前被人活生生阉割过的。为了更好地羞辱他们仨，凶手还将这三人的亵裤扒下后，塞入他们的口内。想来，是先脱裤再塞口，让他们闭嘴后，眼睁睁地看着自己被施以宫刑。你看这次地面上的血，一大摊一大片地交汇在一处……"

说话间，围观者更多了些，大司命连同酋长、波无能才姗姗来迟。

"我的儿啊！我的儿子！"大司命丧子，说话间就要冲入人群扑在洋没用跟前。

谁料妙儿提起拂尘，向前扬沙轻扫，来了一招"一骑红尘"，只见飞沙漫舞，似盘羊螺旋形的犄角般打着旋儿朝大司命迎面吹来。

大司命哀怨中将手中拐杖横向握紧，抬手一挡，随之翘起唇瓣，吹起了口哨，一曲精妙的调子从其嘴边飘出。虽已到了生死关头，但大司命仍不忘炼金术出招的套路，其手上的花丝镶嵌手套随曲调走势闪动出斑彩石的光亮，横向握在双手中的拐杖也因双手的发力而改换"门庭"。

　　只见这大司命两手拇指紧托住拐杖的中心位置，相对应的另外八根手指则倏地翘起，指尖朝向妙儿发出的这招"一骑红尘"。

　　都说是万里无云，但若狂风过后，是否也能云淡风轻？

　　"你这手套委实不错。但可惜这里是案发现场，不是武道馆！若你敢踏近一步，破坏了现场证据，那可真格儿成全了凶手。"

　　妙儿见这大司命竟也不是个吃素的，虽说他利用口哨和手套接住了自己这招，但狂风卷沙过后，大司命黄沙贴面，就好像不小心摔进棒子面儿缸里，刚被人救上似的。

　　妙儿这话犹如一记耳光，直打得大司命有些醒悟。

　　酉长、波无能听罢也是幡然苏醒，酉长先开始像个吃奶的傻娃娃，双手抬起指向一脸"黄姜棒子面儿"的大司命："哈哈哈，活该！大司命耍宝犯浑丧德性。如今你人一脸黄，看你如何没主意。家里两个大废物，猪狗不如白占地，眼下现世遭报应，鸡贼开心好如意。"

　　这打油诗做得又好又快，酉长整个身子呈现鲤鱼打挺状，别看他胖得挺了个大肚子，可活跃气氛的能力却活像个当代综艺节目主持人，原本阴森森的命案现场，经由他这么一唱一闹，那活见鬼的可怖气氛好像都被涤荡、稀释了少许。

　　眼看着干爹这么开心，波无能这个结巴却是手疾眼快，做出第一个明智之举："围……围城一排，挡……挡住……大……大司命！"

　　王阳明见此话一出，便有一排人高马大的壮汉组成铜墙铁壁，将大司命阻隔在验尸中心之外。

　　王阳明非常感恩地朝着波无能、酉长等人颔首，口中却只提酉长："多谢酉长，也请大司命放心。据我初步判断，此地乃第一案发现场，且我刚观瞧了下二公子的脖颈伤痕，我可以非常确信地告知在场各位，洋没用二公子连同身侧这两名男童，绝非吊死抑或自戕而死，而是经由其他致命因素导致死亡。"

73

"什么？"围观群众听罢又发出新一轮议论。

这一次，被人墙围困的大司命怒吼一句，震得周围人耳膜生疼："那我儿是怎么死的？你说啊！"

"就是啊，我鸡贼王中王也不明白，明明这仨是被凶手高高吊在树上的，怎么可能不是上吊？你看他们脖子上，不都有明显的勒痕吗？"酉长摸不着头脑，继续自称鸡贼王中王，看着眼下热闹。

王阳明听罢起立，面向众人解释："不错，几名死者脖子处皆有勒痕，但此勒痕不是真正意义上导致三人死亡的致命原因，而是凶手制造的死后伤。第一，如果是活生生把人吊死，死者必有挣扎，施暴者为了防止受害者反抗，则会拼尽全力拉紧绳索，将套环越拉越小。以此类推，受害者整个颈部就会留下一个完整的勒痕，好似一个圆环。第二，被人先杀后吊的套绳走向基本上呈弧状，其左右有所空余。第三，死后被人吊起的，绳索索沟处没有中断现象，且呈现闭合状态。第四，眼下三名受害者脖颈处多有出血，伤痕颜色较深，可见凶手在行凶过程中虽有工具辅助，但其间偶尔也有懈怠吃力的情况出现。导致其所出的力道有所区别，以至于洋没用的颈部伤痕颜色最深、划痕最多。可是，如果真是自杀，那么脖子的后颈部，也就是我们老祖宗常说的后颈窝处，几乎不太可能受到绳子的束缚，当然就不可能造成所谓的勒痕。总体来说，上吊的人在自杀后，脖子上的勒痕并不会形成一个完整的圆圈，然而后颈处却会相应形成一个空当，俗称提空，也就是仵作在验尸中区别吊死和勒死的官方术语——八字不交。"

妙儿见王阳明说完了，补充道："的确如此，一般而言八字不交则为自杀，无八字的就是他杀。先杀后吊还有几处跟自戕不同，那就是死后被吊起的颈部伤口着力点基本均等，结扣处有压痕，颈部脉搏靠下位置会有横向裂伤。倘若是自戕，自杀者通常会将绳子做成环状，将脖子伸到里面，身体随即悬空或者失去部分支撑，喉咙处和颈部侧面相对会受到绳索的挤压，头部连同颈部脉搏都会受到相当的重压，致使自尽者呼吸猝然停滞，且头部供血不足，不一会儿便会死亡。由此推断，你们这几名死者一非八字不交，二无后颈提空，可见这几名死者必是先被凶手用某种手段胁迫，导致其在惊恐万状之下先被阉割，而后凶手或用

74

毒、或用凶器将他们逐一杀死后，再给他们穿上女装高高吊起……"

言罢，妙儿与王阳明一并将其中一名男童的上衣褪了下来，想要检验其下身有无其他伤痕，抑或是中毒迹象。

"衣物很新，像是没穿过的新衣，看这颜色、花样很是传统，符合本地特点。妹妹，我怀疑这三名死者经由凶手玩弄了近半炷香的工夫，凶手很可能先把他们活生生阉割后，看着他们经历各种苦痛、屈辱，等他们的鲜血干涸后，凶手才另行办法，将这几人……"

他刚要说出"毒死"二字，却发现不对。

"奇怪，应该是毒死的才对啊！怎么身上没有任何黑青发紫抑或其他中毒的痕迹？"王阳明诧异地道。

妙儿："我们把这孩子翻过来看看。"

眼下的这名男童，赤裸的后背上果然有伤！

一道利索到极致，像是大厨处理生鱼片般的齐整创口，猝然跃入两人眼帘。

"伤口呈现锯齿形状，较短小，拿手测量的话不到我单手张开的虎口距离，这是暗器所致吗？"王阳明伸手过去，张开虎口，见这伤口大小竟是如此干脆凌厉。

妙儿看罢倒不觉稀奇："此乃短程出击，一招致命。也难怪凶手要先把他们几个阉割，待到放出那许多血来，人也忍耐到了极限，不等他下手这几个疼都疼死了。不过……"

"不过什么？"王阳明忙问。

妙儿眼珠一转："我发现了些许不可思议的怪事，一来，这几名死者后背的血液已然凝固，虽后背有伤，但他们换上的衣物上却并未沾染到丝毫血污。"

王阳明听罢颔首道："这个好解释。可能凶手杀掉他们三个后，并未着急离开现场，而是待到其尸体僵硬、血液凝固后再为其更换女装。这么说来，那凶手从施暴再到将这三人彻底杀害，整个过程绝非半炷香那么短。这三名死者死了确有半炷香光景，但凶手在他们面前滞留的时间却足足有一炷香。前半炷香，凶手将他们的亵裤塞入口中，将他们阉割放血，各种霸凌羞辱；后半炷香，凶手则用暗器从他们后背处将他们杀死，而后等待尸体僵化、血液凝固，再将插入创口处的暗器拔出，为这三人换上女童衣物，为他们梳头面，把他们高高吊起……"

妙儿听罢也是赞同："没错！想要死者不流血，最起码要半炷香的光景，但该凶手因之前凌虐三人，耽误了些许工夫，再想让尸体不流血、不污新衣的话，就还要再等上半炷香光景。所以说，凶手对这三个人真真恨之入骨，为了羞辱他们，不惜以耗费逃逸时间、暴露自身为代价，也不怕因此被人揪住狐狸尾巴。"

听到两人如此说法，在场之人又陷入了新一轮的恐慌之中，大司命和酉长等人也是紧张不已。

"我的儿！我的儿这是被什么人虐待了？什么人这么痛恨我大司命？有什么冲我来好了，为什么要害我的孩子？"大司命攥着自己早就乱成鸡窝的头发，试图往一旁的大树上撞去。好在酉长派人看着，要不然又多出一个需要验尸的。

王阳明自动屏蔽外头的吵闹声，只抬眼和妙儿对视："你刚说有两点奇怪，还有一点是什么？"

妙儿冷笑，用食指点了下这男童背后的伤口："咱们还是先把那两位的衣衫都褪下，我再揭秘不迟。"

"好。"

不出两人所料，三名死者皆后背有伤，有凶器被拔出的痕迹，创口呈锯齿状，一下便中要害，令人只觉这害人的凶器十分灵巧，像只修炼了千年却来去无踪的碧眼黑猫。

妙儿再三仔细查验了这三人后背的致命伤口，踱步蹲在洋没用的尸体前："我们都知道一个成语，曰'病入膏肓'，但几乎没人知道，'膏肓'二字指的不是旁的，而是一个穴位！"

"什么？膏肓穴？"王阳明也是一惊。

要知道，他对医术、穴位、针灸、中医五行、深山草药都很有研究，但听到妙儿此刻提及的这膏肓穴，他竟是不知了。

妙儿颔首，将自己右手虎口张开，比画在洋没用后背创口处："药王孙思邈曾言——'时人拙，不能求得此穴，所以宿疾难谴，若能用心方便，求得灸之，无疾不愈矣'。孙思邈所指的'此穴'就是膏肓穴。

药王孙思邈的意思是——这些人医术低，只要找到膏肓穴，并进行针灸，任何病都会好！可见这膏肓穴对人有多么重要，如若亲手毁之，后果不堪设想。"妙儿边说边又比画了那伤口几下，示意给王阳明，"膏肓穴是人体膀胱经上的一个大穴，在后背肩胛骨旁。取穴时，病人坐位，双手交叉，紧抱双肩，肘关节贴近胸前，将肩胛骨打开，从大椎穴向下找到第四胸椎棘突下，旁开三寸处。"

"难道说……"王阳明又是愕然，"难道说，凶手在阉割了这三名受害者后，还饶有兴致地叫他们坐下？"

"抱头蹲下也是可以的。"妙儿冷静解释，"关键是施暴的过程让凶手异常快活。可见前半炷香的时间里，凶手是多么爽。不过，由此也暴露了两件事。第一，凶手对我们汉文化很是精通，比较熟练地掌握了穴位相关知识。第二，他虽然掌握了穴位，但真正下手时，能否一招致命，他本人也并无太大把握。我推断，在凶手决定用暗器杀死这三人时，想起了孙思邈说过的找穴诀窍，遂让死者在赴死关头，排成一排，或抱头坐下，或抱头下蹲下，背对自己，紧接着再用手中暗器，对准其要命的膏肓穴来上一击。此前这三人已被他虐得很虚弱了，下体被阉，血流成河，精神也已崩溃，凶手无须在这暗器上浸染什么毒，只需找准穴位即可。"

"三名死者在近一炷香的时间被少司命发现，且换上来的新衣未沾血迹，说明凶手为能霸凌三人，冒着耗费时间、可能当场被抓的风险，那么，他的凶器……"王阳明自言自语，声音不大不小，周围近身之人全能听清。说到此处，王阳明忽觉灵光乍现，却又如遭雷劈："凶手顶风作案，在一炷香的时间里连施虐带杀人，时间已然被耗尽，他不可能马上逃逸，何况他身上的凶器就算再小，八成乃是一件金属制品，这么短的时间里，又赶上这么热闹的集会，凶手本人和凶器又能藏匿到哪儿去？"

说罢，王阳明再次蹲身，翻开洋废物的眼皮，见他眼睛未有高度浑浊，可见其是刚死不久。

"如此说来，凶手可能就藏在此刻的围观队伍里！"王阳明快速起身，与妙儿环视围观群众，"酋长、大司命，马上下令搜查在场所有人，看看他们身上有无可折叠的小型弓弩、飞镖、袖箭。"

酋长和大司命听罢都是一愣，大司命脑子快，喊话问道："凶手在现场？跟我们一起吗？就现在？"

"没错！"王阳明道，"从杀人时间和死者死亡时间来判定，凶手因太过享受施虐过程，而导致其逃跑时间不够，想必他将三人挂起后，便匆匆逃了。可能在逃亡的路上，听到了抑或看见了少司命敲锣报信。他生怕和哪个熟人正面碰上，万一自己神色有变反倒不好解释，同时也担心凶器被人撞见，只得暂且将凶器藏匿于附近某处，随后趁着局势混乱混入围观的大部队。"

大司命听罢深觉有理："我懂了，原来如此。来人，给我搜！一个个搜，谁也不能错过！"

妙儿见大司命带来的笑哈哈一脉个个摩拳擦掌，似要将围观民众吃掉，忙抢先一步道："不光是弓弩、袖箭一类的传统暗器，还有一种暗器搜身时须格外注意。最有可能造成三名死者背部所残留的'锯齿状'伤痕的，是一种名为柳叶刀的小众暗器。江湖中的梁上君子多用此物。此暗器呈现长条柳叶状，四周有锋利锯齿，平时由主人将其隐藏在类似于笛管儿、毛笔等长圆柱形的物体中。出招时，该柳叶刀依靠人吹动发出，适合近程出击。"

第 九 回

搜身来废柴湿尿裤　苦主诉镰刀劈下体

大司命、酋长两人双声令下，搜身正式开始。

人心惶惶那是必须的，整个气氛异常紧张。

可能是觉得还能再添些堵，笑哈哈、乐哈哈两脉部族放开手脚蛮横搜查的当口儿，打南边传来一对男女的哭闹之声，直朝着人群方位冲过来。

"我的孩子！我的儿子啊！"

原来，他们是其中一名被杀害的男童的父母。

也是，孩子不过十岁上下，原本过着平静悠闲的生活，谁料近三个月本地风云突变，无辜百姓家的孩子们竟也会摊上这样的邪门儿事儿。

那个叫喊的妇人呜咽着奔向人群，突围般将原在搜身的队伍冲散。此妇人身后紧跟着其丈夫，男子手持湘西特有的镰刀，一见到躺在地上的儿子脖颈处那道泛紫的瘀青勒痕，这血气方刚的汉子通身似喷出怒火："我的宝贝儿子！我全家就这么一个儿子，如今竟然没了！"说罢，他又看到自家孩子背上那道新鲜狰狞的伤口，气得一把将妻子推开，抄起镰刀朝着大司命所在位置比画说："大司命，我问你，为何接连死去的这些孩子，大多出自我乐哈哈一族？鸡贼王中王，你为什么不质问大司命？！"

这话一说，在场百姓恍然大悟，也不顾眼下两派领导是何指令，所有人蜂拥而上，齐刷刷看向倒地僵死的男童。

"这么一说，旁边的那个孩子也是乐哈哈一脉的？"有扶郎本地的村民议论道。

此言一出，只见围观群众中又蹦出两人来。

果然，又是一对夫妻。

这一次，众人主动让出一条去路，这对夫妇毫不费力地冲到儿子的尸体旁边，见到儿子裸身在此，下体被割，后背又有这么一道如此令人费解的致命创口，做丈夫的先举拳将妻子打成个乌眼青："不要脸的娘儿们！这家里要你个女人有什么用？看个孩子都看不好，老子想做几天清闲大爷，过两天安生日子就这么难吗？现在好了，家里一堆赔钱货，废了十多年工夫你才怀上这么个儿子，你是让我家绝后吗！"

说罢，他竟不顾周围之人的指指点点，更把眼下的丧子之痛抛在脑后，脱鞋上来就往女人面上打。

女人也不躲，只双手捂脸，倒地不起，双腿像刺猬似的蜷缩一处，小腿并拢高高抬起后，又用膝盖和双腿前端部分抵挡丈夫的攻击，整个身子在地上似不倒翁般摇晃，口中阵阵求饶："他爸，是我这个娘儿们没用，没能给你家开枝散叶，多生几个儿子。往后不管流多少血，我一定冒着生命危险多吃大司命给的药，我什么都听你的！你打死我吧，你打死我我也没有一句怨言！"

妙儿见状气得浑身哆嗦，忙一个箭步飞身上去，将脚边儿的几根残枝用拂尘一挑一抛。那树枝哗啦一下飞溅起来，阻隔在那男人高高举起的鞋子上，其中一根枝杈将鞋底穿透，把那高举在手的破鞋轻而易举挑飞，刚好钉钉子般插进男子后身的一棵大树之上。而其余的几根飞溅而来的残枝，却顺势从上到下，把那打媳妇儿的男子通身打了个遍。

随着男子号丧般的几声"鸡叫"，只见方才还抢鞋发疯的家伙，瞬间一动不动。

"我瞧着这位大哥不是真伤心呢！儿子刚死，不说跟妻子团结一心，找出真凶给孩子报仇，反倒来拿媳妇儿出气。"妙儿紧走几步，看着眼前这个个头儿不高，肚子外凸，一脸胡楂，还浑身酒气的男子，见其被自己发出的树杈点中了几处大穴，整个人如一尊塑像不得动弹，只是这家伙双眼依旧喷火，牙齿也有些发颤。

谁知那妇人见状反倒不领情，却一个劲儿摇晃着妙儿衣摆，似要将妙儿撕开一般："你！你怎么能对尊贵如黄金的男子下手呢？！你个毒妇！"

"我说这位大姐，你还知道点儿好歹吗？你这丈夫不能要。他明明死了孩子，还有心思对你动粗，可见他心底压根儿没把孩子的生死当回事。在他这种人心里，儿子也只是传宗接代的工具罢了。再说了，我若不点他的穴，他会当众打到你毁容你知道吗？我是毒妇？我不当毒妇你必死无疑。"

妙儿实在不明白这里女子的逻辑，难道有人来帮这些女人脱困不好吗？没有道理的退让，把男子无条件地捧高很舒服吗？

第一对上来的夫妇中的母亲见有同病相怜的"自己人"前来申诉此事，忙拽住这个妻子，双双往酋长那里奔去。

到了近前，这一对姐妹花似的受害者之母，忙手拉手纷纷跪倒在酋长脚下苦苦哀求起来。其中第一位赶来的妇人道："求鸡贼王中王帮我们哈呜讨回公道。您也看见了，我跟这位姐姐都是咱乐哈哈一脉的儿女，我们的儿子现今被人虐杀，死得如此惨，您可要为我们做主啊！"

王阳明听罢两边这种微妙的"敌我关系"后，忽觉这哈哈族乱七八糟的小船真是坐上去说翻就翻。虽说祖上都是哈哈族人，但谁知后来内部出现严重不和，最后分崩离析。

尤其他方才静观这前来认尸的两对苦主，发觉第一对死者家属话里话外带出了对笑哈哈一脉乃至对大司命的责问，难道说……

"我想请问……"王阳明上前几步，走近大司命与酋长两人，"在我们来本地之前，先开始遇害的那些孩子，是乐哈哈多一些，还是笑哈哈多一些？"

酋长抢答："好像是我们这边。要是把这两个孩子也算上，那我们乐哈哈这边从开始到现在足足死了有十个孩子了。近三个月，两族死了将近十四个孩子，我们这边就占了十人。"

说罢，他看向身侧贴身伺候的波无能，波无能附和道："阿……阿

81

爸……爸说得对。"

王阳明听这波无能竟然管与自己的生父势不两立的酋长叫"阿爸",想来他是铁了心要永生追随这缺心眼的酋长,都到了不记亲生父兄之仇的地步。

"没错!"原本第二拨来认儿子尸体的妇人听了一旁女子这话后,多少鼓足了些勇气,暂时将方才妙儿点他丈夫穴道的事抛在脑后,跪到酋长跟前,"酋长大人,求您一定要为我们家巴基做主啊!这孩子是我们全家唯一的男丁,我们家除了他都是赔钱货,今后我可怎么面对我公公和丈夫啊……"

妙儿有些后悔救下这名妇人,女人何苦为难女人?男人编派你们是祸水、赔钱货,你不抵抗就够窝囊了,竟然还跟着恶毒之男站一队,认同男人的混账话。

王阳明边思考边注意在场百姓的若干反馈,只听见有人议论:"这也太巧了些,要说凶手坏,咱们乐哈哈与笑哈哈也原是一个祖宗,怎么被害的这些孩子里,偏偏咱们这边多出不少呢?会不会是有人使坏,故意针对咱们酋长?"

这话一出,众人顿时陷入一阵慌乱。

"搜完了吗?都完事了的话,我们各回各家。"大司命像是不敢面对这一系列的质问般,突然喝令。

回来的人颔首,说是搜完了,没有查到任何线索。

波无能跟自己的养父酋长耳语后,酋长开口道:"我们这边也没有搜到任何暗器。"

"等一下!"王阳明上前几步,走近煊废物,"少司命那儿还没人搜呢!"

"对啊!"酋长一拍脑门,"少司命,你这个废物!我今儿倒要看看,万一在你身上搜出来什么……那就好玩了!"

王阳明转身,看向波无能:"这位小哥儿也先别走,在场之人皆为怀疑对象,你也要跟少司命一样接受搜查。"

"没问题!"酋长一脸深明大义,挺胸抬头,朝众人一拍胸脯,"我搜我儿子。"

"不！"王阳明摆手，"哪儿有老爹搜查儿子的道理？如此一来，岂不有包庇的可能？依我看……"王阳明探出手来，一指刚刚惨遭丧子之痛的那个挥舞镰刀、耍横质疑的年轻父亲，"我瞧着这位大哥是个厉害主儿，想来他为人也是极磊落的，不如您跟大司命各自交换，让这位大哥在旁监督你们各自搜身如何？"

这倒是个好主意，现今苦主在场，若让其当监管搜身的第一督导，在场百姓也无不赞同。

"我不同意！"煊废物开始叫嚣反抗，那湿漉漉的裤腿和裤裆，在其跺脚龇牙的接连蹦跳中顷刻暴露在众人眼底，"我不同意搜身，我是大司命长子，我没杀人！你们这些不知轻重的小民，有什么资格搜我少司命的身？不怕我少司命作法让你们一个个被枭阳怪吃掉吗？"

可能是对被笑哈哈一脉一直强压着的某种根意，也可能是长久以来针对少司命变态统治的强烈不满，在场的所有由酋长统领的乐哈哈族族人，清一色站到了中间位置。他们今日本就是为赶集而来，有的人出门前都随身带着镰刀一类的家伙，如今大家听来，只觉那苦主的质问不无道理，加之煊废物等兄弟素来爱挑衅，想来全扶郎之百姓，早就对少司命此人颇为厌恶。

怪就怪近三个月来，死掉的孩子大多是乐哈哈一脉，已经有人放出狠话，说是不是因为上层的大司命与酋长互相看对方不顺眼的关系，导致了双方阵营中的男孩子们接连被害。

毕竟这封闭的小村落在自给自足的情况下什么都不缺，唯一宝贝的就是这些来之不易的男丁。

可能是迫于舆论的压力，也可能是煊废物骨子里原就是个没出息的。他见到原本围成人墙的人群，因议论者的言语迅速分为两拨后，再次尿湿了裤子。

不错，这一次，王阳明两人也看得清晰，只见一拨人顺势集中到了大司命这边，另一拨人则快速聚拢到酋长一侧。

王阳明再一抬眼，只见那位死了儿子的父亲，手持镰刀朝着少司命踱步而去。

"这个父亲可比刚才被我点穴的那个有血性多了。"妙儿眯着细长好看的狐狸眼调侃道。

"大司命、酋长！"那手持镰刀的年轻父亲鼓着一张黑红色的脸，抬起单手亮出"法器"，"我做好准备了，也请两位大人为我儿做主。"

在众人的监督下，大司命先带领这个手持镰刀的父亲，连同其他苦主、王阳明、妙儿搜了波无能的身。

两边交叉着搜就是及时有效。

波无能身上什么都没找出来，一身干净。

可到了煊废物那里……

"这是什么？金制滑轮？"酋长一下便将煊废物背着的包袱里的这两样东西夺了出来，示意给众人看："大家看看，这厮随身带着吊死孩子们的纯金滑轮。"

"等等！里头还有一个！"那苦主父亲边说边将镰刀别在腰间，雄鹰抓兔般将包袱里藏得更深一层的东西扯了出来，"这……这不是……这不是大司命亲自制作的效仿汉人杀敌兵器的弓弩吗？"

不错，出现在众人眼前的，的确是一件效仿汉人兵器制作而成的弓弩。其有两个巴掌大小，可随身携带，且这弩身为木质打造，箭头却为纯铁制成的锯齿。

"这弓弩很是特别，方便给我看看吗？"妙儿在一旁发话。

持镰刀的父亲看向酋长，酋长允诺颔首。

妙儿接过那东西，给王阳明看："哥哥你瞧，这弓弩设计得好生小巧刁钻。弩本身用本地特有的杉树制造，这弩身竟然会聚拢折叠……"说罢，妙儿将套在弓弩上的套子解开，就见这弩身弹簧一般从左翘起，原本并拢一体的合拢处也弹开了，"如果说拿这么小的东西射人的话，不知道其杀伤力如何。"

妙儿将弓弩对准煊废物，吓得这厮第三次尿了裤子，他一个劲儿地朝老父亲摇头晃脑打手势，似乎要寻求庇佑。可还没等到他拔腿跑远，妙儿手边的那小型弓弩便射了出去。

只见一个呈锯齿状的青铜暗器，很不友好地从煊废物右耳耳垂儿处擦过，扎进了树干内。再看那大树的创口，竟然和孩子们后背的创口形状、大小如出一辙。

"比看起来还要巧夺天工，单凭我多年的炼丹经验推断，这看起来由纯青铜打造的箭头里，八成加了贵重的锡，否则单凭青铜无法带来此类削铁如泥的效果。"妙儿将脸一沉，转向大司命："锡这种矿物乃天外陨石，当年秦始皇的铸剑师曾按照秘方，为始皇帝亲手打造过不少混了锡的大型青铜弓弩。想必这点，大司命也是知道的。你效仿秦始皇铸剑师的做法，将这东西按比例配比而成。据我掌握的道家炼金术所知，这种加了锡的铸炼法不轻易被人所控，弄不好就会失败。其中的比例常人根本拿捏不准，就连我师父都是屡战屡败。所以说，现在呈现在大家面前的这个机巧灵便的弓弩，竟然还有如此狠辣的伤人力道，可见其打造者，身份背景非同寻常……"

王阳明听罢接过话来："由此可见，能造出此物的唯有大司命一家了。但大家还请少安毋躁，有几个问题我还想确定。"

那持镰刀的父亲连同自己的妻子再次起义般冲向少司命："还有什么好跟这浑蛋说的？这家伙就是害死我儿的凶手！请酋长开恩，咱们乐哈哈不能再任由笑哈哈欺负下去。"

这话又挑起了事端，只见笑哈哈一族的百姓纷纷投来敌意的目光，且有几名大汉从队伍中出列，自动护卫被那持镰刀的父亲困在原地、不敢动弹的少司命。他们虽没有一拥而上挡在少司命跟前，但却也摩拳擦掌，个个如猛虎出匣。

"你算什么东西？居然敢冒犯我们大司命的儿子？"

"就是！若没有大司命给我们变出金银铜铁，哪儿来的你我的安定日子？凶手是谁都好，绝不是我们的少司命！"

乐哈哈一脉也有勇敢者出来质疑："你说不是你们干的，可是你们大司命和少司命，平时有真心尊重过我们乐哈哈的酋长大人吗？你们早就想取而代之，灭掉我乐哈哈一脉吧？"

"就是、就是！他们就是瞧不起咱们乐哈哈一支，老觉得他们大司命会变什么金银就了不起，要是细说起来，咱们乐哈哈祖上可比他们金贵多了，他们低头为咱们舔脚还差不多！要我们说，这次事件的头号嫌疑人，就该是那个少司命。平时颐指气使地甩脸子给谁看呢？就是拼阿爸而已。仔细想想，就他本人那烂样儿，对咱们扶郎没屁点儿贡献，我看啊，这凶手就是他。"

听到此处，大司命果断地拿出浩然正气的劲儿，抬起他那花丝镶嵌的金色手套，抖了抖手上五光十色的斑彩石："大家安静！阳明先生还说有话要问我儿！阳明先生乃是外来人，跟我们不同，他的话反倒客观严谨。大家听我一句，如果真是我儿干的，我决不姑息偏袒，可如果不是，那么也请诸位不要乱嚼舌头。否则，我大司命就将挑拨离间之人做成肉泥，带到扶郎峡谷中给枭阳怪祭祀！"

笑哈哈为给大司命助阵，在听他言罢后果断吼出怪声，甩动浑身上下的金属配饰来恫吓对面的乐哈哈族族人。而乐哈哈也不甘示弱，个个牛气冲天地拍起巴掌、跺起脚，唱起男性化十足的军歌来。

王阳明上前几步，走到两派中间示意他们各自安静："诸位！诸位请听我一言再唱不迟！"

此言一出，周围瞬间安静了不少。

王阳明抓住机会："我想请问少司命，你是第一个赶到现场并发现尸体的人吗？"

"是的。"煊废物不敢不答，他现在还指着王阳明这个局外人来帮他洗清罪名呢。

"那么，你为什么背着包袱、带着铜锣来到这密林深处呢？"

"我每个月的月中都会有一天出来巡视啊！按我们这边的规矩，这叫替游者。你难道不知道，我们每个月中，都会自发举办三天的交易日？我一般就是在交易日的第一天出来巡视的。"煊废物解释道。

"不错。"大司命颔首，"我的煊废物、洋没用，连同他的波无能，这三个孩子，每个人每月总有那么一天是出来做这个替游者的。所谓替游者，其实有些像你们汉人夜间出来巡视的更夫。他们一来像更夫一样，边敲锣边提示小心火烛、不要聚众闹事，另外也像捕快那样，各处走走，看看有无可疑之人。而煊废物之所以会带包袱、武器出来，纯属正常，不信你问波无能，这小子出来做替游者，难道不带武器和干粮吗？"

王阳明委实不愿与结巴谈话，可不问又觉得对煊废物不公，只得先看向煊废物："你这包袱里，装的是什么？"

"干粮四块，是我们这里的苞谷团子……还有就是一小葫芦酒，葫芦不大……然后、然后是，是什么来着？哦，是一把我们这里特有的大砍刀，跟他手里的镰刀类似，主要是砍断巡视路上遇到的荒草以及对付野兽。"煊废物说话间，探出食指对正用镰刀威胁试探着自己的那个父亲点了若干下："不是我干的！我为什么要干这样的事儿？我也是哈哈族人啊！我难道不知道我哈哈族人男丁金贵……我……我干这杀人之事我图什么啊？"

王阳明很讨厌煊废物这般没大没小地用手点指人的习惯，但从煊废物的表情和动作上来看，此人是小人无疑，但真让他杀人放火他煊废物还真未必敢做。

王阳明心下一沉——难道是凶手的障眼法，利用一些手段栽赃给煊废物？针对的是大司命本人吗？可刚才搜了许久，在场之人都不见身有凶器，偏这煊废物有，试了一下，还跟死者后背的创口无异。难道我刚才判断有误，凶手早就在杀人之后就逃逸到了远处，而绝非在近在眼前的人群中？

王阳明实在想不下去了，他又一次瞥向人群，蹙了下眉，又转头看向波无能："波无能，少司命所说可是真的？你们平时做这替游者，都是随身带着武器和干粮的？"

"这……这不好……不好说。"波无能话锋一转，"就算是……是出门巡视，可……可为……为什么会有滑轮出现？还有……还有就……就……就是这个……这个加了锡的……加了锡的弓弩，只……只……只有……"

听他说话好生费劲，可偏就是这般笨拙、执着的感觉在侧面推动了乐哈哈族人的愤怒。

"这加了锡的青铜折叠弩，全扶郎、全哈哈族，只有大司命一人会做！"这一次，综艺节目主持人般存在的酋长，终于不再做鸡贼王中王，他带领身后的乐哈哈族族民一把抓住了大司命的尾巴，"大家都知道，大司命心灵手巧，利用他的这副手套和口哨，为我们变出了金银。刚刚这位道姑也说了，这种加了锡的青铜暗器十分难搞，手艺做工十分精湛，连他们汉人都未必能搞清其中的比例！"

波无能听罢连连颔首，口中继续结巴个没完："不……不……不错，就……就……就他特殊，没跑儿。"

这话一出，众人更加认定了大司命之子少司命的嫌疑。

"波无能！你是不是咱大司命阿爸的亲儿子？是不是我煊废物的亲兄弟？你二哥现在躺在两脉族人面前尸骨未寒，你！你个结巴别给我瞎说！闭嘴！"煊废物惊恐到了极致，从而无言再辩，反将情绪转化为愤怒。

那个手持镰刀的父亲才不管这套，眼下，他跟他的妻子才是最大的受害者。这个血气方刚的年轻父亲一把攫过煊废物衣领，将其扯到自己跟前大喝一句："废物！好你个废物！你还我儿来、还我儿来！你说！你说啊！为什么要杀我儿，是不是你恨我们乐哈哈、恨我们酋长，故意挑起事端，跟我们乐哈哈一脉为敌？煊废物，你应该谢罪！"

说罢，他将镰刀倒置而持，刀背儿紧握在手，用木头制成的棍身，猛击煊废物下体……

第十回

两不立哈哈内讧起　枫中画深谷魈作祟

如果没有一干死侍般存在的笑哈哈族人在此拦住，想必煊废物也会跟被害的男孩们一样，当众被这个父亲用镰刀刀柄夺取阳物吧。

可事情显然还没完。

因哈哈族人突发混乱，引发争端，现场可谓脱离了可控范围。

王阳明忙对酋长耳语，酋长听罢又吩咐波无能等手下壮小伙儿们，把少司命煊废物五花大绑套入肥遗金钟罩内。

酋长还是用出那搞笑而不失耿直的老一套，对准金钟罩做了几个动作，只见那珍珠汗衫般的绳索，随着酋长做出的"伸展运动"瞬间化成了一件"网兜儿麻衫"，将少司命捆了个结实。

"这家伙我先带去我们乐哈哈那边的魑魅楼关押，待审问过后再行判决。"酋长难得头脑清醒，又转过来对王阳明道："那就有劳你作为主审官也跟我们过去一趟。"

大司命眼见着乐哈哈族人竟将儿子带走，气得险些吐血。他忙使唤人冲上前去抢夺儿子，谁料那个丧子的年轻父亲挥舞镰刀袭来，加之乐哈哈族人一直对笑哈哈、大司命多有怨怼，经年累月早就在内心积累了一股恨意，只等借由惨案爆发出来而已。

乐哈哈族人众志成城、团结一心，尤其看到平时拎不清、混不齐的酋长，如今脱下痴傻的外衣，终于肯为他们做主的时候，乐哈哈族人更是决意反抗到底。

手里有武器的自不必说，个个蓄势待发，如猛兽；没有武器的，则抄起什么是什么，摆出战斗姿态，目眦尽裂，对准笑哈哈族人。

"大家都少安毋躁！"王阳明疾步向前走去，朝着众人喊话，"如果大家在这个当口儿从内部杀起来，那不就成全凶手了吗？凶手等的就是这一天！他大费周章设局杀人，就是想亲眼见证你们这些哈哈族男子相互残杀的这一刻。大家有没有想过，扶郎本地近三个月来，接二连三地发生男童吊死事件，其背后真凶到底图个什么？其实很简单，他是来复仇的！为你们歧视女子、羞辱女子的陋习复仇！"

众人听到此处，皆安静下来，随后人群中爆发出蛮横不服且带有嘲讽的议论声。不少人都在议论王阳明这话的深意，也有不明其意，觉得这话可笑的。

王阳明又连击两掌，示意大家安静："因你们族群约定俗成的风土人情，导致本村女子长期没有任何地位，才致使眼下惨剧频发。我恳请各位哈哈族人相互理解、相互支持，现在不是你们内掐的时候。面对凶手针对本县男孩伺机报复一事，我也希望大家能积极主动地提供相关线索，认真回忆被你们打压过的那些女子，抑或女子的家属。也许，这次针对男孩们的吊死事件，就是其中一名抑或几名被害女子、女子家属所为。可问题是，少司命身上确实带了凶器，这点我们刚刚已经看见了。既然你们如此在意男丁血脉，也想早日缉拿真凶，那么就不要放过任何一处细微线索、任何一名怀疑对象。"

说到此处，笑哈哈与乐哈哈的男子都沉默了，就连大司命的脸上也闪过一抹难以言喻的表情。

王阳明见机行事，看众人情绪有些缓和，便忙看向笑哈哈众人道："把少司命带走并非坏事。你们笑哈哈一脉有没有想过，如果他不是真凶，那么为何凶手偏要栽赃他？他自己的亲弟弟已然被害，那么他本人会不会是下一个受害者？现在把少司命转移到别处关押起来，反而对其人身安全有利。我作为中间人，定会客观查清此事件，断不能冤枉一个好人。我们查案，定然是要以物证、人证为前提，不会轻易动刑。"

听到不会轻易动刑，笑哈哈众人脸上的表情总算和缓了半分，但大司命万万没想到，白痴酉长带领下的乐哈哈部族，竟然也有造反的那天。看到这些手拿武器、脸带嗔怒的族人，大司命突然有股前所未有的危机感，仿佛他多年建立的江山，要在一夜之间坍塌倾倒。这就像汉人所言，覆巢之下，安有完卵？若自己今日不能忍一时风平浪静，想来眼前这些乐哈哈族人定会大打出手，杀了自己的儿子，之后再与酉长联手跟自己这一脉火拼，这样倒是真就如王阳明这个外人所言——成全了凶手。

他上前几步，不顾众人劝阻，移到王阳明和酉长跟前："你们保证不要为难我儿！你们要是敢给他动刑，我大司命发誓不再变出金银！回头用不上钱财，你们休怪我无情。"

这话一出，两边众人又是一愣。听到将来不会再有贵重金属，乐哈哈族人，尤其是在场男丁，一时有些畏惧。

酉长怕乐哈哈族人听到此言顿生畏惧，忙跟大家保证："各位放心，我已将多年累积下来的金银铜铁分门别类存入某个不为人知的地库，这些宝贝够咱们老少爷们儿吃上三辈子的！大家趁热打铁，押着少司命跟我来，咱们才不要被大司命牵着鼻子走，不要他那狗屁金银了，咱们要咱们乐哈哈的尊严！若这一票干得好，本酉长开封取金，重重有赏。"

这话亦有其煽动力，听到最后的"尊严"二字，乐哈哈一脉的老少爷们儿但凡有骨气的都恢复了刚才的热血，再次握紧手中武器，决意火拼到底。

王阳明真怕两边队伍再生事端，便抢先一步保证不会动刑，只是寻常谈话，并保证如果少司命是被冤枉的，他断不会姑息凶手，会给大司命一个说法。

大势已去的大司命带着悔恨、不甘，目送大小便失禁和下体流血的儿子离去。他当着笑哈哈一脉的面，真格抽了自己四个嘴巴子："红挽志你给我记住今天的耻辱，你给我记住！你才是哈哈族的老大，你才是真正能够拯救哈哈族的人！"

酉长率领乐哈哈众人将三具尸体带回自己的魑魅楼处，火速命人将

91

少司命押送到魑魅楼后面的密室里。

王阳明与妙儿一并跟在乐哈哈族人的队伍前头，想看看这酋长所在的地盘是何模样。

酋长所居住的魑魅楼也并无什么特别之处，和王阳明的四合水式相同，刚到了近前就有个五十出头的仆妇，跟跟跄跄、慌不择路地从魑魅楼里跑出来，手中挥舞着一封姜黄色的信封，口中念道："酋长……酋长大人，有人刚刚送来了一封信。"

到了近前，酋长接过那信件，王阳明上前一瞧："竟然是用枫叶包起来的，从远处看，还以为是纸做的信封。"

酋长道："这是我们这里的风俗，如有消息需要写信，紧急的用枫叶包裹，不紧急的用杉树叶包裹，封口处则用江米打成糨糊封锁。哎，这信谁送来的？人呢？"

"不知道。"仆妇摇头，"老奴刚刚喂牲口时，好像觉得后头有人看着老奴，一个回头，就看见围栏上插着这个。我一看是枫叶的，就知道是着急的事。"

妙儿在旁用胳膊肘碰了下王阳明："这次好了，识字断人是哥哥的绝活之一，万一这信件内里的信息跟凶手有关，哥哥只要通过文字判定此人家世背景、性格为人，便有扭转局面的机会。"

说话间，酋长已将枫叶信打开，王阳明屏住呼吸，想着英雄能有用武之地了。

"画儿？不是吧？！"王阳明略带夸张地张大了嘴，妙儿也是愣怔着。

这信里不是什么所谓的文字，更没有机会让王阳明识字断人，赫然出现在眼前、连续不断的像是小儿书画般的东西，乃是一张张近似于今之漫画的画作。

不但如此，这一张张单独成立的画作纸张粗鄙，一看就是出恭用的草纸。上头的画作画工稚拙，看两眼就知出自孩童之手。且四幅小画均用类似于炭笔的东西画成，也没有颜色。

王阳明震惊了，可酋长却像是看外星人似的白了他一眼："怎么，很惊讶吗？告诉你，我们哈哈族没有自己的文字，像这样能画画的水平，在我们这儿得是状元。"

王阳明道："那请问酋长，如果哈哈族内部有了急事，必须要传递消息……"

"如果那样的话，男子编几下绳结，女子扎几下刺绣；若太着急了，则敲锣、唱歌；如果十分复杂才用画的。"酋长继续对答，似对这个问题不以为意。

妙儿小心贴到王阳明耳畔："哥哥，以前我记得你也曾看画断人，没关系的，都一样。"

"可我识画断人毕竟少，而且画这种东西还不如文字容易判定人的个性与身世背景。说实在的，我在这方面没什么信心。"

酋长将四张画拿在手里，一张又一张地看："啊，我给你们翻译翻译……嗯……我看不懂。波无能，你看看这信说的是什么。一张张上头都有一个小怪物，又是拉锯，又是啃饼子，这什么东西？是在为我祝寿吗？"

王阳明无奈地摇摇头，见这结巴将画儿接了过去，低头认真地看了起来："我……我……我曾在……曾在两个月前，亲……亲眼看……"

"我来吧，你歇会儿。"王阳明保持着世家子弟的和煦微笑，将波无能手里的四张画悄然扯到自己怀里，看着画开始翻译："写信人的意思是……哦，他说，他曾在两个月前亲眼见到过第一起命案中的那几个孩子们，是被扶郎峡谷里隐居多年的——枭阳怪，也就是野人孽种吃掉的。"

翻译着第一张画，王阳明就有点儿晕了，他忙看向第二页，确认自己没有理解错。那上头画的的确是野人一类的东西，正把一个智龄男孩活活吊死，并开膛破肚。画上其余两个孩子在第二张画里出现，一个被枭阳怪用锯子活生生地锯掉下体阳物，另一个则被掐住脖子啃食面颊。

"我是目击者，亲眼看到了这一切……哎？这是——物证吗？"

王阳明看到，在第三张画与第四张画的重叠处，竟被人用一小点儿糯米粘在一处。纸张中心的图案没有被粘死，但纸张下方的空白位置却被死死粘着，不但如此，还托着两样东西。

"这是什么？"王阳明将一束棕红色的毛发持在手中，示意给大家看，"该不会是枭阳怪的毛发吧？"

波无能听罢又是一个劲儿地结巴："枭……枭……他……他……他……"

王阳明听着着急："你是想说，传说中枭阳怪的确是红头发对吧？"

波无能点头。

酋长在旁翻了翻白眼，望了望天："不错，猴娃那家伙作为枭阳怪的混种，其父便是枭阳怪无疑。按照我们本地的目击者声称，这怪物人高马大，且通体红毛，能直立行走。说是猴又太大了些，说是人，又太可怕了点儿。要这么说，这信里的红毛，真没准儿是那怪物的。"

"哥哥，不还有第四张画没有翻译吗？你看看最后一张画作，可有相关解释说明？"妙儿指了指最后一页。

王阳明颔首，小心地将粘在一起的两张纸打开："哦，画上还说，猴娃不但将孩子们的阳具残忍吃掉，还把孩子们的灵魂绑走，带入了峡谷深处，希望哈哈族备下贵重的金、锡、铜、铁等，进到山谷中纳贡献祭，否则会有更多的男童惨死在他手中。最后附上一张猴娃的脚印，是写信人在事后偷回案发现场用炭笔临摹下来的，他希望能对我们破案有所帮助。"

这张画工稚拙的大作若说点睛之笔也不是没有。且看它画出的这两个脚印，有左右脚型，因纸张大小有限，只能揣摩作画者急于表达此双足足印较大的良苦用心。

众人只见这脚印占满了整张草纸，就连粘上糯米糨糊的地方，都连绵着炭笔的痕迹。

画中双足前宽后窄，前掌宽约十二厘米，后跟约七厘米。

"这家伙的脚趾、前掌、后掌倒被画得非常清晰。但这脚印真格不像人的脚印，而是像《山海经》里狌狌的足迹。"妙儿在旁端详，这脚印让她想起了《山海经》中的一段有关黑猩猩的记载。

只是那个年代的人，通常管中原地带无法得见的黑猩猩叫狌狌。

王阳明道："现在的麻烦是，第一，送信人是谁？为何不肯露面？第二，这信里所画的脚印，是按照实物真实尺寸拓印下来的，还是因纸张尺寸有限，收缩了比例呢？第三，这信从头到尾皆是孩子气的画工和

94

表达，难免有夸大成分，又有多大的可信程度？"

妙儿接过那束毛发："还有啊，这红毛发，我瞧着真真不短，足足有半条马面裙那么长。可这东西轻微卷曲，表面没什么光泽和油脂……也没什么特殊的味道。我觉得这未必是什么枭阳怪的毛发。"

王阳明冷静思索，没再作声。

一旁的波无能结结巴巴地跟养父说着什么，酋长吩咐手下人："既然有目击者，还说得有鼻子有眼的，那还等什么？咱们这就带上一众人马，杀到猴娃家去！"

"等等！"王阳明道，"此事还需商议，万一那边有诈，酋长您可就要被算计了。我看不如这样，这画作我先誊一份出来带走，而后我与玄机神女重回案发现场一探究竟。这信早不来晚不来，偏巧在你们逮到少司命错处时才来，这送信之人又鬼鬼祟祟不肯露面，还把猴娃这个多年隐居的怪物重新推到风口浪尖上……我只觉其中有鬼，还请酋长少安毋躁，待我重访现场后，再做打算不迟。"

第十一回
复仇者离间心机毒　鲜果妖脱臼熊孩子

有人把重回案发现场戏称为"走格子"。

很多神秘莫测的所谓灵异案件，都是查案者经由重走格子，二度挖掘犯罪分子遗留在案发现场的蛛丝马迹，通过严谨的现场分析，最终将凶手绳之以法的。

王阳明再次要求妙儿带他飞上树。

他们这一次上得树去，精心观察后，新发现可谓出乎意料。

刚才两部族发生内讧，势同水火，险些中了恶人奸计。王阳明为大事化小，这才没有再三确认树上磨痕。

现在看后，他发现本次挂尸之树上除了孩子们摇晃时磨损树枝产生的痕迹外，竟无半分滑轮轨道的磨损痕迹。

"要是这样的话，煊废物不是凶手。"王阳明气得一拍脑门，"可是现在大局已乱，两族怒火刚平。以哈哈族人这般极端又自负的性格来看，现在去找酋长解释，即便他们同意放人，受害者父亲、乐哈哈族人定然会与大司命带领的笑哈哈族人血拼。到时全民陷入打斗，凶手反倒省事。"

妙儿也随王阳明在吊挂男童最近的几棵树上看了又看，的确没发现半点儿滑轮磨损的痕迹。

这一次，妙儿感觉像是被凶手拿捏住了七寸一样，心里老大不痛快：

"这个凶手好生狡猾，他这也算是跟咱们打心理战吗？即便刚才被众人围观时，你快速分析了这层深意，但众人看到有滑轮、弓弩等证物从这家伙的包袱里被人搜出，断也不信你这解释。他们需要的，是一个足以泄愤的靶子。这真相若永远搞不明白，他们也认了，但前提是必须有个可用来处决的替代品，而这个替代品，就是这罪孽深重的煊废物。"

"所以说，我们这次反被凶手算计了。他料到我会从死亡时间上推断出凶手就隐藏在前来围观的哈哈族人中。凶手先一步推理出我会大喊搜身，紧接着将目标锁定在煊废物身上，众人便能快速找到泄愤对象。不管真相如何，最终众人只顾发泄自己的怒火，丧失原有的理智。尤其是这种脱离了大明官府管辖的特殊群体，更是天不怕地不怕，处死个人外界也是不知道的。但有一点我还是迷惘，那就是按照尸体的死亡时间判定，从开始的阉割、虐待，再到后期的背后射击，总共要耗费一炷香的光景。就算不到一炷香，凶手不可能快速逃出这整片林子，他定然是边逃边躲进灌木丛、大树洞、山石之后，待少司命的铜锣敲响，有人从林间四面八方聚拢过来后，再找准时机隐匿到大部队去。何况今儿个是他们出摊儿的好日子，人又比平时多出很多，凶手也知道这一点才对。就算侥幸不被任何人看见，但他终归要销毁凶器，再想办法融入人群，抑或来不及销毁凶器，直接融入人群……"

王阳明仰面环视群树，感觉这些目中无人的妖孽们事不关己，高高挂起。自己的推理再怎么精确，它们这些草木仍旧摆出一副麻木的样子。

"我也觉得快速销毁不太可能。"妙儿在王阳明斜后方靠着一棵大树说道，"掩埋倒是有可能，但如果是我的话，干了这么大一票，掩埋后终归不大放心，到底是要找机会重新挖出，再想办法销毁的。"

"现在关键的问题是，如果是借这么短的时间掩埋，那么凶手定然是提前挖好坑，只待杀人之后按照计划将凶器掩埋。但这样做的话一来时间仓促，二来动静太大，拖延过长，身上也容易沾染泥土被人发现。我觉得凶手定然是用了什么巧妙的办法，将凶器送出了咱们的视线范围之外，而这个所谓的'送'很重要。"

"送？掩埋？也有可能是丢弃。凶手可以将凶器丢入山涧一类的地方，再重新打一件。虽说这弓弩的制作技艺很是精湛，但哈哈族不是有大司命撑着吗？他自有办法炼金。"

王阳明摇头："问题是，凶手不是大司命，也不是煊废物。大司命想做哈哈族的救世主或者说是土皇帝，受人崇拜敬仰。如果他用炼金术灭自家男童，那这真就是自掘坟墓了。至于煊废物……从我自己的观察来看，他也好，另外两个弟弟也罢，并不是大司命亲生。可这样的势利小人大多都很在意自己的性命，借刀杀人还差不多，直接动手可不符合小人的特性。"

"我说也是，那哥哥，刚才的信你怎么看？"

"我觉得……"王阳明蹲下，拾起一根短粗的树枝，在土地上写写画画，"我认为写信之人是个没读过书的孩子，大致十二三岁，不超过十五吧，此人应该是某个当权者家里的女奴，纯属被人利用。但此人平时行动办事手脚很是利索，极少出错，且听话、不敢造次。这信，绝不是站在一个目击者的立场画下的，完全是被人编造的。你看，这信上画的图案很是稚拙，线条细节都是手抖着画的，拐弯处的弧线、直线都很生硬。但你发现没，这些画在描绘枭阳怪吃掉、锯掉孩子们等虐待细节时，注重传神，让人越看心里越发毛。"

"残忍、血腥、恐怖、杀戮……这些东西反倒都统一表达出来了。这画信人是个厉害主儿啊。幼稚的表达方式和看似糟糕、笨拙的画法，却真正意义上传达出了血淋淋的信息。"妙儿蹙眉回应，蹲下身来与王阳明并肩看向被勾画的地面，连同那封被王阳明捏在手里的四张临摹画作。

"画是用来转移视线的，至于他们口中的猴娃，虽然真实存在，但我并不认为他是凶手，包括物证里的毛发、脚印都未必是他的。这里定然有个人，为了撇清干系，将黑锅甩给猴娃，再让家里的某个地位低下的女仆按自己的意愿画下这几张东西，把自己提前收集的什么毛发塞进去……"

两人神情投入，纷纷将视线落在王阳明用粗枝勾画的土地上。妙儿只觉身后有人的气息传来，便迅猛回身，一抬袖子，飞出昴宿星去。

而王阳明见妙儿神情严肃，就知背后藏了人，瞬间回头："啊！"

从妙儿的角度看，这背后杀出来的东西不过是个搞笑玩意儿罢了。但从王阳明的角度看，这东西只要回头稍微看上一眼，便觉要魂飞魄散了。

"妖怪？不是吧？"

王阳明只觉青天白日见到了一个头顶绿毛、面如猪婆龙的奇异物种，外加这东西还长了张人脸，尤其是那嘴巴，一咧口大笑，就更是恐怖。那人头下面竟然还由八爪鱼似的几根鲜艳利爪支撑着，利爪黄中带着斑驳黑点，就这么托着那椭圆形状的脑袋，通红通红的眼珠滴溜溜地转着，人看上两眼真觉天旋地转。

"哥哥莫怕，这只是个果盘儿罢了。"妙儿冷笑，用出一击"燕子还巢"，像是猎犬狩猎，将盘踞在树洞深处的猎物灵巧迅猛地叼回到主人手里。

"这？这是？菠萝？"王阳明大为惊叹。

出现在妙儿双手中的，竟然是个果盘，有用菠萝做成的鬼脸、紫苏叶子做成的眉毛、荔枝做的眼睛、大蒜做的鼻子、杨桃做的厚嘴唇、四根香蕉做成的爪子。

这难道就是传说中的"果盘儿的脑袋"？

"装神弄鬼的人赶紧出来吧，想不到这地方竟然还有幻海城才有的新鲜果子，如此珍贵的水果，被你们这么一祸害，真格暴殄天物了。"

妙儿抛出一句话，只见三四个孩子从林中闪出。妙儿见领头一个孩子，模样很是难看，可偏有种一呼百应的魄力。

妙儿将手中拿着的"菠萝怪"抛给王阳明接住，自己忙上前几步抓住这丑娃胳膊："青天白日装神弄鬼，还真有点儿意思。拿什么不好，拿几样果子，不知道最近你们这儿成日里死男童吗？不怕哪天撞见枭阳怪和凶手，然后被吊死吗？真有心情瞎胡闹……"

那孩子被妙儿这么一抓，顿时感觉心口都疼起来了，喘气什么的都费劲了许多。一旁随行的几个孩子，方才还起哄讪笑，可如今再看他们领头老大被人拿捏在手里，一个个垂头丧气地不敢妄言。

"我说你们啊……"王阳明擦了把汗，指了指领头孩子一侧的大脸少年，瞧他约莫也有十二三岁了，看样子是个明白人，"你们哪儿来的这幻海城的水果，谁给你们的？"

"是大司命给的，刚给的。你瞧，上头还冰冰的呢。"大脸少年回复。

"这东西刚刚我掂在手里是够凉的，恐怕是大司命叫人刚从外头换回来的，用冰块儿什么的盖在上头，一路快马加鞭送来。"妙儿回想方才乍一掂起这"水果妖怪"时，十根手指连同掌心都被冰寒之气包裹了，眼下攥着那孩子的手仍旧是冰凉的。

王阳明掂了掂手里这很压分量的水果，冰寒之气犹在："你们啊你们，真是吓死个人！这点子是极好的，可也要看场合、看时机，若是用这法子吓唬枭阳怪我也不说什么，可你们竟然不着四六到这个份儿上……这菠萝怪看着唬人，实际什么作用都没有，瞧着吧，哪天你们再胡乱出来闹，枭阳怪真把你们生吞活剥了。"王阳明嘴上这么说，心底多少有些羞愤。

毕竟这些整蛊的玩意儿都是自己玩剩下的，当年自己没少用这个对付老师、同学，可没想到啊，自己也有让后辈拍在沙滩上的日子，还是当着自己未婚妻的面，说不丢脸才怪呢。

"我们才不怕什么枭阳怪！"被妙儿攥住手臂的丑娃不服气地说，"我们是珍贵的哈哈族男丁。就算枭阳怪要来，也是先让丫头们补上，当作祭品给枭阳怪献礼。有这些女人替我们先死，我们怕什么？"

他一旁的大脸少年叉腰瞪眼，一副正义凛然的模样："没错，我就说，我们这儿的女人不值钱，枭阳怪要多少都够吃。"

两人一唱一和毫不羞愧，妙儿不等那领头的丑娃再发一言，当即将这厮的胳膊扭脱臼了。

听到一声脆响，旁边的大脸少年见势不妙就要撤退，妙儿手疾眼快，伸出另一只手将他的胳膊也一并攥住："既然这么合得来，受难什么的也一起吧。"

言罢，妙儿稍一用力，大脸少年的胳膊也被妙儿一并扭脱臼了。

"啊！疼啊！"两个孩子大叫，旁边的另两个瞬间便作鸟兽散。

妙儿见那两个没被自己攥住胳膊的男童竟然不顾同伴先走一步，口中调侃："好个没出息的东西，还号称让姑娘们先赴死。也对，他俩是得撇下你俩先跑，你们这儿的老爷们儿想必小儿就是贪生怕死过来的，有了问题推女人上去，没什么事就自己享乐。苦都让女人吃了，罪都让女人受着，这点儿小折磨就受不了啊？没关系，本座只是让你二人的胳膊脱臼了，不碍事的，残废不了。"

王阳明被这群孩子戏耍后多少丢了颜面，现今好不容易找回些平衡："你们啊，有点儿老爷们儿样吧！刚说的是什么混账话！依我看，就算死，也得先把你们几个不着四六的进献给枭阳怪吃。"

妙儿颔首："所以说啊……"

言罢，距离妙儿最近的丑娃的胳膊又被妙儿重新接了回去，丑娃大喊一声，林中鸟儿顿感不妙，飞出了丛林。而最让王阳明感觉好笑的是那个在旁被妙儿控制，却没被还原胳膊的大脸少年，他亲眼见证了妙儿将丑娃的胳膊还原时，丑娃扭曲的五官、嘶吼的怪叫声，仿佛此时被妙儿接骨的是自己。

大脸少年将这一切看在眼中，疼在自己心底。他紧随丑娃之后，更为夸张地吼了一声，震得王阳明耳膜生疼。

"所以说啊，男子汉大丈夫就要经历苦难，你这才哪儿到哪儿。小小的年纪，说话办事如此歹毒，就你们那父母，从小给你们灌输这般恶毒思想，不但害了你们本地的姑娘，到头来只会报复到你们这些男子身上。别以为苍天会饶过谁，犯下的罪孽，迟早是要还的！"王阳明将这馨香的热带水果抱在怀里，只觉其温度开始上升。为了更好地惩罚这对嘴贱心狠的孩子，他本人直接做主，将这"水果妖精"没收，用以和妙儿吃一顿久违的"水果捞"。

两人教训完那两个孩子，便回到了他们所居住的魑魅楼。

因妙儿也怕梵湖儿见到尸体会紧张，索性在他两人听到少司命敲锣时，直接嘱咐大猫先行回家守着。

两人回到家里，梵湖儿躺在王阳明特意为它准备的枫叶木盒里睡大觉，却不见卡嘉丽踪影。

"卡嘉丽？卡嘉丽？"妙儿连唤两声，不见应答，去她那屋看，也不见人。

"梵湖儿，你回来后，一直都在睡觉吗？可看见卡嘉丽了？"王阳明问大猫。

梵湖儿将头扭过去，给了他一个漂亮的侧脸。

按照王阳明与梵湖儿的相处经验，梵湖儿给侧脸而不直接应答你的发问，一般表示否定或者不知道。

"你回来后没看见卡嘉丽？"王阳明俯身为梵湖儿顺毛，说话间突出了"没"字的发音。

梵湖儿轻声地喵了一下，给予肯定。

妙儿将水果放在桌上："梵湖儿肯定是借着一层牲口棚的护栏，翻窗户进来的，它进屋又没个声响，卡嘉丽定然也听不到。咱们先去厨房，提前把这些水果切出些来给卡嘉丽留着，再把这其余的拾掇出来，投放到热水里煮熟，连汤带果肉一起吃了，这样最养脾胃，还能净化肺部。"

第 十 二 回

死亲娘秘密遭处死　见猴娃野人曾出没

　　两人吃了不少自创的"水果捞"后，才听得门外卡嘉丽如丧考妣般的哭声——这声音太戳人心窝子了。

　　"姐姐、姐姐……"卡嘉丽回屋第一件事，就是跪在妙儿近前，抱住她的小腿，枕在上面大哭不止。

　　"这是怎么回事？卡嘉丽，有话起来讲！"妙儿最看不惯女子没出息的自怨自艾相儿，她一把提起卡嘉丽的领子，直接将她拎了起来，"卡嘉丽，不管遭遇什么打击，作为女子一定要自强！"

　　可这一次，一向被哈哈族风俗洗脑的卡嘉丽，却一改乖乖女的顺从形象，死活做起这无赖来，就是一个劲儿地撒泼耍赖。

　　妙儿不给她两句激励的话还好，这话一出，卡嘉丽顺势倾倒在饭桌之上，险些将一桌陶制果盘掀翻在地。

　　"我阿妈被他们杀了……"

　　"什么？"王阳明听罢整个人都不好了，他起立上前，"你是说，阿玛菲她……她被大司命处死了？就因为少司命包袱的事情？老天爷！我怎么把这个事给忘了。妙儿咱们刚才不该先回魑魅楼，咱们应该先去大司命那儿，无论如何，人命大过天，好歹我说句话，兴许他能听呢。"

　　王阳明悔恨交加。他查案心切，竟然把少司命包袱一事给忘得一干二净。现在想来，他甚是对不住眼前的卡嘉丽。

妙儿朝着王阳明轻轻摇头，又拍了拍卡嘉丽的后背："你确定你阿妈真的已经被处死了？你可亲眼得见？"

"我刚都看见了！阿妈被他们用变出来的金锥子从脑顶上贯穿下去，结果没死成，大司命急了眼，亲自上前变出一把又厚又尖的铁锥，顺着我阿妈的后脑勺……"

这场面实在血腥，一招没死，就接连使出了下一招。如果还没死，会不会有第三招、第四招？

卡嘉丽说不下去了，妙儿让她趴在自己腿上痛痛快快哭了一场。妙儿和王阳明只默默地看向这个倒霉透顶、不会投胎的可怜姑娘，真格没了办法。

好半天，卡嘉丽才缓过来，断断续续地说道："大司命说，少司命每次做替游者贴身所携带的包袱，包括里头的武器、饭食都是我阿妈一手操办的，这次里头竟然出了这么大的纰漏，导致他被酋长抓住把柄，身陷囹圄，都是我阿妈这个奸细所为……"

"奸细？"王阳明道，"卡嘉丽，他们可有为难你？怀疑你也是……"

"是的，他们的的确确怀疑我来着，但暂时没有给我动刑。大司命说，按照过去的规矩，我们这样的女子是会被游街示众的，还要被当作众部族男子泄欲的对象，再然后被送入扶郎峡谷给枭阳怪做祭品……但这次因两个部族之间欲要内掐，大司命怕再生事端，就不再将阿妈游街示众了，直接将她秘密处死，抛尸到峡谷谷口。"

"那你怎么办？卡嘉丽，我之前就跟你谈过，你可想好了，要不要跟我们走，出家当女道士，研习我道教精髓。我可教你一身武艺、道法，你大可靠自己的真本事安身立命，用不着在这儿过生不如死的日子。"妙儿继续摩挲着她的后背，像是母亲那般跟近前的孩子说着世间道理。

"我……我……"卡嘉丽听有人跟她讲述将来的计划，不知为何眼泪一瞬间都压了回去，"我还好。"

"你还好？你确定你现在脱难了？"王阳明蹙眉。

他从侧面位置端详着收干眼泪的卡嘉丽，不知是这孩子肤色偏黑的原因，还是其他的缘故，只感觉这孩子面色有些怪异。王阳明忽觉眼前的卡嘉丽似乎没有他们料想得那么悲伤。

妙儿听罢这"我还好"三字，也跟王阳明产生了同样的想法。她一把攥住卡嘉丽的手腕，有些恼火地说道："卡嘉丽，我问你，既然你亲眼得见自己母亲被大司命残忍处决，你可想过自己未来要如何吗？可想过为你母亲报仇雪恨？我们汉人是最讲究替父母亲人报仇的，有道是'君子报仇，十年不晚''有仇不报非君子'，你若愿意，本座来替你出气如何？"

"不用、不用。"卡嘉丽听罢忙挥手，看那哆里哆嗦的懦弱样子，好像真怕玄机神女一抖拂尘，杀过去砍了大司命的脑袋似的，"姐姐的好意我心领了。我不打算找任何人报仇，如果报仇的话，我将来又该伺候谁呢？我们这里的女子，到底是没办法逃脱命运的，生来就是为族群的爷们儿奉献一生的苦命人。至于以后我真的没想过，只能走一步看一步，看看大司命那里是怎么安排的，我回头再想也不迟。"

"回头再想也不迟？"王阳明一脸着急，"卡嘉丽，按照你的说法，你以后也情愿俯首帖耳地伺候自己的杀母仇人吗？有了这次事件，大司命对你还会信任吗？你不得成天提心吊胆、如履薄冰地过日子吗？你好好动动脑子，都被欺负、羞辱到这个份儿上了，你起码应该知道走为上计！我就不明白，你们这里的女子怎么就……怎么就不知道反抗呢？唉！"

王阳明实在没法儿说了，就说大明女子没个地位，好歹也有醋坛子、河东狮一类知道用大喊大叫对付丈夫的女子吧？好歹也有靠才华逆天改命的才女吧？好歹也有靠权谋宅斗取胜的大小姨娘吧？这倒好，这里没一个知道用智慧改命的，全都是愿打愿挨的。

半晌，三个人都没有说话，卡嘉丽就这么直愣愣地待在原地。她一没垂头丧气，二没迎风落泪，三没哭闹大喊。直到小风透过纱幔，吹进三人所处的地方，梵湖儿迈着四方的猫步，一扭一扭地从里屋拐进来，蹭了蹭卡嘉丽的裤腿，轻声地喵了一声。

王阳明招呼梵湖儿坐到自己腿上，可这次梵湖儿却蹿回到了妙儿怀里，还有些挑衅意味地看了对面的王阳明一眼，两只前爪儿往脸蛋儿下方提起，爪腕子向下耷拉着，后脑勺直蹭着妙儿的小腹。

"好吧，我们不谈这个……"王阳明将手肘搁置在桌上，伸手捏了把鼻梁，"卡嘉丽，你好好回想一下，男童吊死案发生这么久，从开始到现在，你大半时间都是在伺候大司命、少司命的对吧？那么，在你伺候他们一家人的时候，你可有察觉什么不对？你母亲可曾跟你私下谈过她有何发现？"

"没有发现。"卡嘉丽摇头。

她那张五官深邃的脸，像是染了黄檗色的古典汉白玉雕像，好看极了。可当你换个角度再次欣赏时却又发现，这孩子精致无瑕的面孔上有着超乎寻常的克制和呆板。

"我……我其实觉得大司命一家不错，他们不坏的。"

王阳明跟妙儿有些自嘲地相视一笑，彼此心照不宣，都在心底默默发誓，自此以后不会再为这个不懂自救、不知自爱的小丫头考虑半分。

就在三人各怀想法的当口儿，梵湖儿的猫耳朵突然直直地竖立起来。

"有人来了。"妙儿见状忙将梵湖儿松开，自行起身看向窗外，"是大司命和酋长。"

果然，大司命听到枫叶画信的消息马上与酋长商谈放过儿子一事，但酋长死活不松口。无奈下，大司命只得带队与酋长一并去找王阳明这个外人主持公道。

他们希望王阳明能与他俩带两队人马，去到扶郎峡谷深处找枭阳怪的混种——猴娃算账。活捉敌人的同时，也为少司命洗刷冤屈。

妙儿听罢笑道："让我们进山倒也不难，送上两大樟木箱铂金、锡金即可。"

谁也没料到，玄机神女竟如此说道。

大司命质问："怎么，一个道姑不做善事，还算计起我们这穷乡僻壤的小民来？你可真对得起'玄机神女'这一美名啊！该不会是浪得虚名的混世魔王吧？"

"你可别拿话讥讽我，我不吃这套。我玄机神女行走江湖可是要花银子、用挑费的。我又不是得道仙人，不吃不喝白送药酒，真要是那样

105

我也不在你这穷乡僻壤出现了不是吗？就说这位阳明公子的家人，为了请我做护卫，可费了他家里不少金银珠宝。你堂堂一个部落祭司，我就不信你拿不出这些钱来。你不是会炼金术吗？怎的，光说不练假把式？还是说，那些由你本人变出来的金银铜铁压根儿就是骗人的？"

妙儿将炮筒对准"骗人"二字，把近前的大司命说得无话可说。尤其听得"炼金术"三字轻而易举地从妙儿口中飘出，大司命心中咯噔一下，好似整个身子已然软如泥巴。

妙儿语速极快，想来周围人也没听明白她那话中含意。何况求人办事，终归没有空手而来的，玄机神女提出的只是一般合理条件，还谈不上勒索。

大司命想了想，也觉让两个外来汉人插手本族事多少有些过了，但又想到这女子一身武艺，这男子又是确实聪颖，若没他两人帮衬，少司命未必可以脱罪。

故而他干脆一咬牙一跺脚，当即命人取了一箱子由多种贵重金属铸就的本族礼器交于妙儿。

王阳明和妙儿关起门来略微商议后，又嘱咐了梵湖儿看家，便随酋长、大司命前往扶郎峡谷中。

这是一个神奇的地方，只有我们知晓。

千湖州的扶郎峡谷，顶戴着数不胜数的神秘光环。

今人称这里为"人一辈子不得不去的地方"，与百慕大三角、死海、喜马拉雅山等构建成不可思议的北纬三十一度。

初识其本来面目，王阳明也不禁想到——山脚盛夏山顶春，山麓艳秋山顶冰。赤橙黄绿看不够，春夏秋冬最难分。

地处秦岭与大巴山脉东段交汇处的扶郎峡谷，是东部平原丘陵向西部高原山地过渡的地区，也是亚热带气候向暖温带气候过渡的地区。

复杂的地形和巨大的坡度，以及丰富的土壤类型和珍奇动植物，孕育出扶郎峡谷富有多样性的生物群。林区里大大小小的溪流呈放射状从高山流向低谷，为峡谷每一片自然生境和动植物提供滋养。

再往前，就是扶郎峡谷的最顶端——扶郎顶。

都说穷山恶水出刁民，地理环境造就人之性格。

　　可王阳明连同妙儿，却在此刻改变了原有看法。

　　你说这里荒芜、人烟稀少，我偏能感知到人与原始自然的和谐共荣。

　　王阳明悄然牵起了妙儿的手，两人稍稍放缓脚步，叫旁人先行，他二人肩并肩向前走着，边赏景边用丹田做着"腹式吐纳"。

　　这还都远远不够，妙儿恨不能拿个水晶瓶子，将这伸手无法触及的新鲜空气都塞入瓶中带下山去。

　　而对肺部原有旧疾的王阳明来说，眼下五官已经不够用了。他只觉空气原来竟是有味道的，都说海棠无香、花落无言，可空气就不一样了。在这里，王阳明肆意地大口大口吸着爽口清甜的氧气；聆听着奇花异草和隐藏起来的稀有动物们演绎的交响圣乐；双眸睁到最大，记录着无限的美丽长卷。脚在不停地走，眼在不停地流连，体内的细胞在不停地欢呼雀跃——灵魂在净水中洗了一个澡。

　　"倘若猴娃真的长年生长在此类饱含真诚之所，我相信他定然也是个心怀善意的老实人。"王阳明轻声对妙儿低语。

　　众人跟随大司命、酋长爬到扶郎顶，再经由些许不大好走的坡道、石路等，总算摸索到了猴娃家来。

　　出乎王阳明意料的是，这猴娃家的魑魅楼结构为——双吊式。

　　该结构也被本土人称为"撮箕口"，它借由单吊式的建筑作为基础，即在正房的两头皆有吊出的厢房。单吊式和双吊式并不以地势的不同而定，而主要看经济条件和家庭需要，单吊式和双吊式常常共处一地。

　　这房子原比王阳明预想得好出很多，要知道，这深山老林里，冷不防出现个屋子，八成都是猎人使用的打猎小木屋，又矮又小，冬寒夏热。

　　可这魑魅楼盖得漂亮不说，远远望去只觉还算温馨，一看便是长年有人居住，勤于打扫收拾，哪儿有丝毫大森林里的小木屋的阴森气？

　　何况拥有此类双吊式结构魑魅楼的居民，在本地也称不上太穷，根据王阳明的观察，这经济实力可称得上中等偏下一点儿。

波无能是个大孝子，当然了，这种孝只给他那耿直的养父鸡贼王中王。他见养父想要上前叩门，忙挡在前头："阿爸，我来！"

哎呀，这句话愣是没结巴。

令人奇怪的是，波无能刚要敲门，那门便在微风的作用下，冷不防地向内大敞。

众人皆是倒抽一口凉气，要知道，他们接下来要应对的可是枭阳怪与人的后代。

王阳明见状，与妙儿对视一眼。两人快步跟在队伍中间靠前位置，均默不作声。

接着大司命一声令下，先行一步跨进门去，并命笑哈哈族人分两拨人马将猴娃家围了个水泄不通。

可真到了见到猴娃本尊面目的时候，所有人都有些尴尬。

出现在王阳明等人面前的，乃是一个生动化、平民化的世俗场景。

没有怒发冲冠的侍者，有的只是一位年过花甲的老者，正在耐心地为近前——一丝不挂的中年男子剃发。

老者从外表上来看，两鬓如霜，风尘满面，不再年轻。而他身前那个怪诞的家伙，称其为"怪物"好似也不算过分。

妙儿见这蹲着的、接受剃发的家伙竟然真格一丝不挂，多少有些羞愤气恼，只觉荒唐。

王阳明一把攥紧妙儿的手："没事，他定然就是猴娃了，想来他生父必然是那传说中的枭阳怪。野人嘛，自然是不穿衣服的，他继承了他生父的衣钵而已，算不得什么。"

"哼，你倒安慰起我来了。"听了这话，妙儿自嘲，神色倒是比方才平和了些，不似方才那样不知着眼于何处。

"克鲁兹，别来无恙啊。想不到你隐居于此还不消停，近三个月来与你这怪胎兄弟屡次谋害我哈哈族男童，大司命我今日前来缉拿你，你可认罪？"大司命开门见山，几个箭步上去，站在距离猴娃两人不到五六丈的位置。

那个被称为克鲁兹的家伙，就是站在猴娃背后为其剃头的老年男性，他毫不在意大司命这激愤之语，仍旧淡定如风，手下灵巧自如地为猴娃剃头，眼睛盯紧手中的剃发刀："弟弟，你听听，这么多年了，他还是喜欢践踏别人，抬高自己，这个男人用心何其歹毒！"

此言一出，只见猴娃突然起身，其胳膊伸展开来竟比寻常之人的胳膊长了数寸有余，且筋骨格外分明。这家伙无须挺直腰板，单瞄他的背影、侧身，便知其身量绝不输给传说中的防风巨人。若用今人的丈量方式，这猴娃约莫有一米八五。这样的身高，无论放在古代还是现今都是极高的。

说了不到三句话，这家伙便发起脾气，也不知道他从哪个方向随手抓起了什么，王阳明跟妙儿见势不妙皆往一旁的山石后躲藏。其余人等就没那么好运了，波无能连同酋长也在前打着头阵，等反应过来，那恶臭得熏得你睁不开眼的粪便如斗大的拳头般砸了过来。

王阳明与妙儿藏在一个大小适宜的山石背后，见这魑魅楼四处不但山石奇美，且四周多有花草，门户独立，还有私家花园；再瞧众人那狼狈嘴脸，只叹眼下这些恶心人不偿命的刁徒生生毁了这份平静；再观这猴娃，又是双手拍胸，又是跳脚嘶吼，怎么看怎么像是猿猴。

这动作、这声音，真真似猿非猿，似猴非猴。尤其他拍着胸脯怪叫的动作、声音，满载冲劲儿，换个角度看，又觉不失孩子气。

听他口中喃喃低语，好半天只丢大粪砍人，嘴里的话语却连不成个句子。王阳明看得真切，这猴娃很是狂躁，面对大司命时像是在压抑着多年未曾清算的仇恨。

"妹妹，我想近距离看看这猴娃……"说罢，他将随身携带的一根香蕉从怀里掏出。

"我把拂尘丝线缠在你腰上，你靠近时只试探，别认真。我在这儿看着，万一他又发飙，我便直接拉你回来。"

王阳明颔首。

"猴娃，听说你爱吃香蕉，我特意从外头给你带了点儿。哦，我没有恶意，你看见了，我是外头的汉人……"王阳明顶着大便雨的威胁，缓缓向前，每一步都似踩着地雷。

他边说边将那香蕉剥了，动作很慢很慢。香蕉的甜味倒是让猴娃有些平静，他暂缓了投掷大粪的动作，很是好奇地上下打量着初次见到的王阳明。

"香蕉这东西很好吃的，可惜啊，只有幻海城一年四季可以买到。听说我手里这个品种，乃是郑和下西洋时从别处带来的新品……"

王阳明手托剥好的香蕉，走到一半停了。他很是陶醉地闻了闻手里的果香，突然不再提什么香蕉，只用双眸盯着那黄色的东西，喉咙处哼出一种奇怪的调子。

他在唱一曲浙江老家的儿歌，哄孩子睡觉的。

王阳明突然想起，每次他帮梵湖儿洗澡时，都会哼出些家乡的儿歌，偶尔也有两广那边的歌曲。这些南方的调子柔和清雅，有助于安神。梵湖儿有时淘气玩水，就是不好好洗，还朝着自己调皮地吐起猫舌头，每次到了这个节骨眼儿，王阳明都会哼唱一系列老家哄孩子的歌谣给梵湖儿听。

"弟弟，你想吃吗？"克鲁兹开口。

大司命等人也紧盯猴娃的动态。

猴娃听了半晌这江南水乡的柔蜜曲调，虽未被催眠，但却觉得王阳明不像坏人。他慢慢悠悠地往王阳明这边踱步，渐渐来到了王阳明近前。

王阳明右手拿香蕉，左手朝着大司命等人摆了两下，示意不要轻举妄动："猴娃，这个香蕉很好吃，我也是第一次吃，特意给你留的。"

别看王阳明口中振振有词，面无惧色，可真要是面对面与这猴娃零距离接触，王阳明只觉双腿打战，牙齿都仿佛在打架。

当猴娃走到距离王阳明不到一丈距离的位置时，王阳明可算见识了一番这枭阳怪混种的面容。

这猴娃看相貌的确比大司命还要年长个四五岁，大概已到知天命年纪。

王阳明整个人凑近观察，发现猴娃果然与常人大不相同。

猴娃个头儿高，脚底板宽大厚重，像是穿着一双厚底长靴。其关节的弯曲度也与常人有别，他伸手过去接过王阳明递来的香蕉，只见其肘关节的骨骼外凸明显，膝盖打弯处的骨头尖锐凸起，好似是后拼上去的。

一般人的锁骨为一字形，而猴娃的锁骨则呈"V"字形，古人通常把这种形状描述为"鸡心形"。

我记得，狌狌和猴子的锁骨就是这样的……王阳明心中暗想。

最让他感觉可疑的地方，就是猴娃头上有非常明显的三道隆起，也就是今之古人类学家所说的矢状脊，跟类人猿这一点实在是太相像了。也难怪本地哈哈族认定，这个猴娃极有可能是人与野人杂交的后代。

猴娃接过香蕉，开心地嚼着，像个期待美味却一直无人相送的孩子，完全不顾旁人眼光，就这么当众大快朵颐。

王阳明见他边吃边发出品尝美食的声音，便觉这家伙内心还是极善良单纯的，并不像外界传扬得那么粗鄙凶恶。

他的脑袋很小，个子却极高……天呢。王阳明正想着如何进一步审问，谁料这猴娃竟然蹲下来接着吃。这大幅度的动作着实吓了王阳明一个激灵，他只觉自己的腰板连晃了两下。

"再给你些桂圆吧。"王阳明擦了把汗，又从荷包里掏出一把桂圆直接递给猴娃。

猴娃继续蹲着，咧开大厚嘴唇朝着王阳明傻笑。这一笑不打紧，弄得王阳明浑身哆嗦，让他想起了《山海经》中对枭阳怪、山魈等物种的记载。

"那个……"王阳明咽了口唾沫，"请问这位大哥。"

他看向克鲁兹。

此时猴娃的大哥克鲁兹连同大司命等人也是惊愕地看向略微消停下来的猴娃。

大司命、酋长两人示意身后众人暂缓行动，向后撤退两步。

作为一个正常人，克鲁兹多年与同母异父的弟弟单独生活，如果冷不防来了外人，以猴娃狂躁的性格定然饶不了他们。可谁也没想到，一个外来的汉人，竟然能打动弟弟，用一根香蕉就将其收买，可见这小子来历非凡，很有些本事。

"你是想问，我弟弟为什么不穿衣服？"

王阳明颔首。

克鲁兹答："他不冷，也不热。我也不知道是为什么。总之，他冬

111

日也是这样子。你知道吗，我弟弟是不吃药的，这么多年来，我就没见他得过病！"

这话在妙儿听来，也是疑惑重重。

王阳明听罢颔首，很是钦佩地朝着猴娃竖起大拇指："猴娃，不，猴哥真棒。"

猴娃见王阳明夸赞自己，又是咧嘴一笑，嘴角都快咧到眼皮上了。

王阳明见这猴娃虽顶着一头棕红色鬈发，但周身却并无长毛披散。

"你不用看了，现在想找他身上的毛也是没有的。"克鲁兹不耐烦地将手里的剃头刀甩了几甩。

众人顺着刀身观望，可透过强光看到那丝丝缕缕的红色毛发，远比寻常人的要粗重很多。

"我跟这小子是同母异父的兄弟，我阿妈当年给我阿爸送饭，被我们当地山谷中的枭阳怪抓走，回来不久就生下了他。刚生下时，这小子全身都长有毛发，胸脯上有，手背上有，连脚板心也有。后来长到七八岁，毛也都掉了，也就是头发上还顶着不少棕红色的毛，长得比寻常人快些，我这不是正给他剃着嘛。"

听了这般说法，王阳明很是感慨——想来那《搜神记》中写的都是真的。所谓猳国马化，虽说蜀地多发，但这真实可见的实例却存在于洞庭湖以北。看来，有些被冠以传说、神话的'无稽之谈'反而比史书中记载的更为可靠。

"可是！"蓦地，大哥克鲁兹话锋一转，整个人暴跳如雷，一跃而起，伸手一指那大司命，"可就是这个畜生毁了我们一家人！如果不是他从中挑起事端，给我们一家扣上枭阳怪孽种、不吉、害人的大帽子，我们一家人怎会沦落到隐居山林这步田地？没处躲没处藏，成日里担惊受怕地过每一天！弟弟，就是这个浑蛋害了咱们的阿奶和阿妈，就是他！"

原本如石像般蹲着的猴娃，此刻像是被人抽打旋转的陀螺，一个飞跃，便将手中的香蕉皮和大粪继续掷向大司命等人。

第十三回
枭阳礼洞庭水晶花　食人蚁血洗哈哈族

　　很明显，猴娃不接受大司命，但接受了王阳明。

　　更令人感觉有趣的，则是猴娃分毫不差的瞄准能力。

　　只见其继续手抓大粪掷向大司命等人，却唯独不对眼前的王阳明动手，这架势叫王阳明内心窃喜。

　　"等等。"王阳明嘴角虽略有抽搐，但当他抬眼望去的同时，却发现猴娃哥哥克鲁兹神色有变。

　　从他们一进来到眼下，克鲁兹虽神情郁闷，口中骂个不停，但一直没到眼前这目眦欲裂的地步。可刚刚他主动提及往事，矛头直指大司命，又使得猴娃暴走，其间的变化之快给王阳明一种作秀的感觉。

　　克鲁兹眉毛下压，眼睛睁大，上眼睑提起，下眼睑紧绷，嘴巴张大。这种表情是典型的愤怒，并即将伴有激烈的肢体动作。

　　以王阳明的探案经验推测，克鲁兹随后就要对大司命下手了。

　　王阳明并不想让两方开火，立即抛出话题丢给克鲁兹："这位大哥请先听我一言。你应该看得出，我是无意间走入你们扶郎县本地的汉人。此次卷入这案子，一来为天意，二来也是因我有过探案经验，想尽些微薄之力帮忙查明真相。您跟大司命他们的恩怨我大致也都了解，但您看，连续三个月以来被杀的这些男童可是无辜的啊。我就想问问，您

113

和您兄弟最近可在这附近看到过什么可疑的人没有？有没有什么人，曾经躲进这扶郎顶来，或者向您寻求过帮助？"

"男童案？哼，全死了才好！"出乎意料的是，同样身为哈哈族的克鲁兹却说出了这样的话，"我不知道什么男童案，更没见过什么可疑的人！男童案、杀人案，跟我们哥儿俩没关系。不是想生儿子吗？不是觉得生儿子了不起吗？活该！都死了才好呢！"

他显然是知道什么。王阳明只觉事情不妙，但他看在猴娃的面上，多少有些顾虑，不知当下是否应该揭穿真相——"刚克鲁兹回答我的问题时，双眼明显往右上方看去，尤其说"不知道"三个字时，两只眼睛一个劲儿地往右上方抬起。当他说出"男童""杀人案"两个关键词时，双眼却不住地往左右乱瞟，最后却在右横向位置顿了一下……这是知情不报吗？还有，刚他提及"生儿子""活该"时，原本正对着大司命方位一动不动的脑袋却意外地侧了过去，双目也随着头部的转动看向手边的两排花卉，并伴有单侧嘴角上扬的微小动作，这是典型的轻蔑表情。难道说，克鲁兹曾经辅助过凶手抑或参与了犯案谋划，所以在听到这方遭受不幸的时候，表现得极为得意？

王阳明也有些吃不准，他还想再用心观望一下，谁料神游之时，一只臭不堪闻的大爪子不偏不倚地挨到了自己耳畔。

王阳明打内心吓了个激灵，却觉耳上多出了两截冰凉凉的东西。

"哎呀，猴哥，这是什么呀？"王阳明保持微笑，单手扶住耳畔由猴娃亲手为其戴上的一大枝如水晶般透明的花，他将这一枝两朵的小花从耳畔上方取下，仰面对上猴娃那双憨厚的大眼，"你送我的吗？"

猴娃停下手中抓粪砍人的动作，有些不好意思却极具孩子气地用手语为王阳明解释着什么。他指了指自己送给王阳明的花，双眼放光，竖起大拇指。

"哦，我明白你的意思，这是很棒的一种花，可以延年益寿的，对吧？"

猴娃点头，又随之摇头，再次重复了刚刚的动作。这一次他伸出双臂，朝着周围种植的大面积花卉做"拥抱、收拢"的夸张动作，随即又转身朝着王阳明手里这无色无味的水晶之花竖起大拇指，喉咙处发出呜鸣声。

"哦，你的意思是说，你送我的这两朵花远比其他花强，它有特殊的能力？"

这一次，猴娃满意了，朝着王阳明用力颔首，并重新将那两朵水晶般透明的花朵再次挂于王阳明耳上。

"猴娃，别跟他废话！都不知道你说什么！"克鲁兹犹如一张蓄势待发的弓弩。

"克鲁兹，你不用在这儿用什么大粪唬我们！不管你今日用了什么花招，我们都必须带你兄弟下山。"大司命这次放了狠话。

王阳明一听这话，就知道事情要往糟糕透顶的方向发展，忙上前几步拦下大司命："大司命，我向你保证，近期发生的连环男童命案与猴娃无关！猴娃不具备谋划、炮制、使用工具的能力。我刚刚测试过他的心智，这孩子心思单纯、洁净，并希望与人交好，只要你们能够善待他，我相信……"

"不用再说了！"大司命根本不听王阳明为猴娃辩解，还不等王阳明上前再说，只见他双手合十又快速分开，双手拇指、食指、中指搭出宝塔形状，一个奇异的嫣红色的魔法阵从他所站立的地面上升起，很是突兀地从下到上贯穿其身，将大司命整个人笼罩起来，"证物均在，还有什么可质疑的？我儿子还没洗清罪名，我要拿下这畜生，为我儿鸣冤。"

"朔气传金柝，寒光照铁衣。"众人还未回过神来，那拔地而起的嫣红色魔法阵里六芒星乍起，就在这魔法阵正中似有什么青铜兵刃在旋转。

这阵仗生得突兀却令人警醒。

槊，冷兵器也，多用于马上作战。王阳明与妙儿做梦都没想到，这种多年来被汉人冷漠以待的小众兵刃，会在这么个地方由一个哈哈族的巫师所牢牢把持。

这东西说剑非剑，说剪非剪，后尾巴分着叉儿，如鲛人鱼尾，上部分像矛，相对而言又比较扁平。

自然的，这东西比马上专用的马槊要短小不少。可当它出现时，连同妙儿也是惊叫出声，双手下意识地用力回拉，把腰间束线的王阳明往自己怀里一带，忙将对方率先带出险境。

"哥哥，没事吧？那猴娃可有伤到你？"妙儿拉回王阳明第一件事就是检查他身上有无受伤。

"没有……"

还没等王阳明解释完，妙儿便一把将王阳明按倒在山石后面，忙将拂尘向上抖开，二指间捏出一张符咒："灵宝天尊，安慰身形，弟子魂魄，五脏玄冥。"

此乃净身神咒，为乱世中自我保全之咒。

王阳明没看清符咒的面目，只见妙儿用符咒在拂尘手柄上轻轻一擦，数道青竹色若烟的光线顺着拂尘迸射而出。一把华丽如云的伞盖若长安一片月，将两人阻隔在涤荡着恶臭、飞沙走石的险境之外。

王阳明抬眼一瞧，这次出现在众人面前的可不是什么粪便了，而是一支支凝结着丹色飞鸟羽翼的冷箭，它们猝不及防地顺着高耸在上的魑魅楼各个窗口、屋顶，乃至不起眼的小凹槽、小缝隙射出！

而最可怕的是，这一支支冷箭上居然还带出了一种肉眼难以看出的顶级杀手——食人蚁。

"哈哈，再来一些好吗？你的能耐……不，你的炼金术就这么点儿本事吗？"

克鲁兹居然知道炼金术一词，这话一出再次验证了王阳明的猜测。

克鲁兹将周围种植着的花卉用力一拔，只见蚁穴横飞，众人皆被一种朱红色的蚂蚁围困。

笑哈哈、乐哈哈两族皆震惊，却偏没了主意，除去奋力反抗，再无旁的办法。

王阳明眼睁睁看着这些人被红色的大蚂蚁攻击，三五下便被咬翻在地，连打滚儿的精神竟然都没有。

酋长唤出自己的肥遗金钟罩衫，边做出操控的动作，边将金钟罩幻化成大蛇的原形，用"蛇身"横扫蚂蚁千军。

其干儿子波无能，竟也会些炼金术的本事，只见其从衣领悬挂着的丝绦上取下之前吹奏过的类似于汉人的埙。他将这东西抛掷于高空，横向一甩，其中便迸发出一把镋来。

镋者，长重器械也；形似叉，中有利刃似枪尖，称正锋抑或中叉锋，长一尺半；两侧分出两股，弯曲向上呈月牙形，下方连接镋的手柄，柄长约六尺。

该兵器始出现于明初，直至清朝仍有人使用。只见那原本为埙身的乐器，一分为三，旋转一番，扭出三瓣钉耙，合成一把镋来。而那所谓手柄的铁器，则由波无能腰间上的看似软硬刚好的腰带构成。起初看着如汉人蹀躞一般的腰带，如今可以卷起来束缚在手上，三两下就可与这乐器合二为一。

波无能接连用出拍、砸、划、扎四项耍镋绝技。真别说，他虽是结巴，但把这兵刃用得灵活自如，尤其在对付这些小个头儿的食人蚂蚁时可谓意气风发。

"阿爸，我来帮你！"

要说上阵父子兵这话不假，但令人感到可笑的仍是波无能、亲爹大司命、养父酉长三人微妙且尴尬的关系。

波无能这次仍旧没有结巴，只一股脑地投入拯救酉长的队伍里，至于亲爹嘛……由他去吧。

大司命也顾不得生波无能这小子的气，只顾眼下为大儿子讨说法。其兵刃看起来虽笨拙，但他的法阵气力极强，可见他内力修为不错。他端着兵刃，三两下踏着法阵而起，双足已然离地数寸，借助树之高度旋转跳跃，躲过食人蚂蚁的围剿，朝着克鲁兹这边发出一招。

不知这克鲁兹和猴娃提前吃了什么，抑或随身佩戴了什么防蚁药草，蚁群愣是从二者身边避让开来。

且就当大司命一招刺向克鲁兹的同时，打天上飞下一藤条编织而成的四方竹筐，猴娃一见此景，忙拉着哥哥克鲁兹双双跳入那竹筐。也不知是那棵大树上安有滑轮轨道，还是背后有什么奇人在拉扯，众人目瞪口呆地看着他二人迅速升空，让气得满脸通红的大司命扑了个空。

上得"自动云梯"的克鲁兹兄弟不忘朝着地面上还在被食人蚂蚁啃咬着的大众挥手致意："傻瓜，这叫红岭蚁，多分布于川蜀等阴森之地，它们以肉为食，不挑剔。今儿你们自投罗网，人家自然大开杀戒，好好享用一番。知道吗，这东西还记仇呢！谁要是得罪了其中一只，或者把它们的蚂蚁窝毁了，它们定然组团复仇。"

妙儿听得这话，才想起以前药王门少门主陈利剑跟自己提及过眼前这东西，心中骂道——可恶，早知道管那小子要两只绿努蜂也是好的！

妙儿心中骂着，密密麻麻的红色蚂蚁映入眼帘，这些家伙结伴同行，真格齐心。它们从隐蔽的洞穴中冒出，张着大嘴，口中钳子般的东西一张一合。

这些家伙从四面八方涌入，就连四周的大树上，都有它们的身影。它们不但组团快速爬行，更要命的是还蹦得很高，像叠罗汉一样地踩着同类向上跃起咬人。

加之这东西原生得就比一般的蚂蚁大出几倍，瞧见那五官分明的一张蚂蚁面孔，王阳明瞬间想起了另一种昆虫："妙儿，织网！用龙须凤羽丝织个蜘蛛网！"

就在二人为防虫除害忙得自身难保时，大司命竟和一个浑身棕红、身长九尺的怪物打起来了。

也不知是从魑魅楼还是那棵大树上飞来的，这不就是传说中的"枭阳怪""山魈野人"吗？

这家伙一亮相，就将个头儿原本中等的大司命彻底淹没在人蚁混战的浪潮中。

这枭阳怪跟猴娃一般拍着胸口，长胳膊长手，没个人样儿，喉咙深处发出嘟嘟嘟的奇异的噪声。

深谙炼金术的大司命自然是不怕的，他用出一招炼金术师常用的"画地为牢"，将手中大槊围绕法阵画圆，瞬间烟尘四起。但最令人称奇的还在后头，这大司命原当枭阳怪以蛮力取胜，却不料人家也是懂五行相克的。

大司命的兵刃和法阵五行属金，所谓"火克金"，这道理一般人都懂。但没想到，就连隐居在深山老林的野人都通晓。

枭阳怪连续两次仰天长啸，双手握拳，直拍胸口。天上突然掉下两板大斧，枭阳怪生生接住，端出架势，活脱脱李逵在世。

而这还不是最令人震惊的。所谓火克金，你得先想办法弄出火来。

118

枭阳怪将这不知从何处弄来的宝贝，交叠摩擦，发出咔咔的声响，斧头边缘不断地喷溅着火星。

大司命来到近前，便挨了对方双斧中喷射而出的一团星星火苗。火势看似不大，却在瞬间逃窜开来，像是一个淘气的幽灵，稍稍脱离了仙人的看管，便四处撒野。

众人眼前这火焰朝着大司命一人奔袭而来，缠着他周身连"咬"几口，速度之快令妙儿都有些看不清。

"他定然就是猴娃的生父，那个传说中被哈哈族灭掉的枭阳怪，咱们汉人的典籍里记载过的野人！"王阳明说道。

没承想，克鲁兹竟然没走，接过王阳明的话茬儿："你这少年很是聪明，这就是我弟弟的亲生父亲，你们口中的野人枭阳怪。我早就与他结盟，为的就是在今日报得大仇。"

王阳明听罢，边用宽袍大袖往死里拍打着食人蚂蚁，边回应："之前往酋长那边寄送的匿名画，不是你亲自画的对吗？但你却因有人私下帮衬，得以在我们收到该画信息的同时，甚至比我们先一步洞悉案件内幕。"

克鲁兹的声音依旧飘忽不定："要说也是幸运，我们顺势而为，反倒能为我家族惨死之人提前报仇雪恨！当年，大司命和酋长只因我弟弟猴娃生得特别，便联手打压我们一家。我弟弟本性单纯善良，从未想过伤害旁人，却无端被哈哈族人羞辱、诽谤。我们一忍再忍，用了很多友善的方式跟众人周旋，无非是想用诚意和行动感化大家，渴求融入哈哈族人的大集体。可谁料，我祖母听了大司命的蛊惑之词，竟带着我母亲以'女子赎罪'为由被人当街活活烧死。我们一家人听得此讯犹遭晴天霹雳，只得连夜逃入这深山老林，过起与世隔绝的苦日子。我祖父生病后也不敢下山换药，最终耽误了治疗，拖延了病情。我父亲是个孝子，急得连夜进到更深的老林中为祖父寻找传说中的太岁治病，却不料遭遇猛兽袭击，找到时肢体残破不全，至今首级下落不明，下葬时也没个全尸。我无奈之下，只得豁出命来拎着弟弟上山寻找食物，在落入山崖时反倒被猴娃的亲阿爸救下。现在我觉得，和你们这些没有心肝的人相比，反倒是这被称之为野人的怪物更通情意。"

"我明白了，野人在你哥儿俩之后的岁月中扮演着养育、庇佑你们的长辈的角色，可谓再生父母。"王阳明说话间又拍死了一只朝着妙儿额头张开大嘴的红色蚂蚁。

他现在可不觉汉人的宽袍大袖有何不好了。他将双手藏进袖中，将袖子放长后从内里位置死死攥住两边袖口儿，像用苍蝇拍一般挥舞着袖子，击打着乱窜的蚂蚁。

刚刚他手疾眼快，也不知哪位仁兄不幸离世，其白骨横腰断裂，唯有那用炼金术做成的铜丝手套还在，上头竟然缝着蟹壳、贝类做装饰。虽说这东西看着就脆，可套上它就比空手屠蚁要强。

王阳明将手套戴好，双掌用力拍击蚂蚁，一下就将那双掌之上的装饰品拍成碎末。

还好妙儿捏诀念咒，自己又是个脑子活的，堪堪将这蛛网织就出形后，避开了大多数的食人蚂蚁，但仍旧有若干个头儿小、杀人于无形的小红岭蚁偷偷袭来。

"妹妹，我发现一件怪事，为什么这些家伙不咬我，只攻击你？难道只因你是织网的？何况我攻击了它们老半天，这些家伙竟然不记仇，一个个任凭我发落，连龇牙咧嘴的心思都没有。"说罢，王阳明想起方才猴娃跟克鲁兹二人轻松避开群蚁围攻的一幕，不，应该说是"群蚁主动绕道"的一幕。

"那你想想，猴娃和他哥有什么不一样吗？身上、手上、脸上可有什么东西或者什么味道？"妙儿忙得不可开交，声音顺着她的牙缝飘出，现在的妙儿连嘴巴都不敢轻易张大半分，就怕那不要命的蚂蚁疯了似的往她嘴里爬。

"花！那花是不是能防蚂蚁？"说罢，王阳明将耳畔别着的两朵水晶透明花取下。

原这花就为"一枝挂两花"，现由王阳明一手劈开，将花一分为二，速速别在妙儿的头顶上。

不错，王阳明刚将这花稳稳插在未婚妻发上，只见那比群狼还有团队意识的红岭蚁立马退让开来，比那高涨的潮水走得还快。

两口子总算能暂缓一口气，王阳明只觉双手火辣辣的，再一看两边袖管，全是红印子和蚂蚁的尸体，恶心至极。

再看妙儿，其脖子后方有三四处咬伤，好在伤口不厉害。可这一看还是把王阳明心疼得要死，忙将荷包中的天河绿松散取出，用干净帕子将其托住些许，敷在妙儿伤口处："这家伙是红色的，五行属火，用这青色、绿色的解药很快便能缓解伤势。"

妙儿见他又是一副严肃神情，不禁扑哧一笑："你倒是进步了，不用我开口就知道该上什么药。不错不错，值得表扬。"

妙儿很是享受未婚夫用帕子给她敷药的片刻，但她仍保持警惕，手持拂尘，不断念咒以保持蛛网的稳定性。不一会儿，妙儿手中的符咒所剩无几，再这样下去等于白白耗费时间，给大司命等人陪葬。

身边之人一个个倒下，任由食人蚂蚁践踏、啃噬。

不远处，有两个笑哈哈族人不小心踢翻了一处花地，只见更多的红岭蚁朝着两人进发，愣是连丝毫犹豫都没有，跳上两人衣衫，将二者活活啃成白骨。

妙儿拉过王阳明，见四下打得火热。刚刚两人全情投入应对蚂蚁的战斗中，全然没顾及旁人，此刻再看战场，只觉眼前大亮。

那枭阳怪不知何时放出一只身形硕大的红色食人蚁，自己则和大司命、酉长两人用两板大斧展开激烈厮杀。

那巨大的食人蚁的面孔之上，竟有轩轩甚得之色。还未展开激烈地食人厮杀，就见其显现出了"人性化"的骇人一面，好个锐挫气索、志冲斗牛，真是"三万里河东入海，五千仞岳上摩天"。

而刚刚还躲在高空某处，与王阳明隔空喊话的克鲁兹，突然从天而降，落在食人蚂蚁的背脊之上，左右手操两把镰刀，迅猛地劈向大司命："当年你利用族人的无知，让我们一家成为众矢之的，生不如死。若不是你大司命回乡造谣，我们一家人也不会这么惨。你的目的很简单，无非就是让我们做恶人，你来扮演光辉的救世主。通过突出我家人的罪恶，抬高你在族人心中的地位，为你戴上帮助族人铲除我们这些恶魔的高帽，受人爱戴。但其实最恶的恶鬼，不是别人，就是你大司命。"

原以为他骑着的这只红岭蚁只是个身形巨大的唬人的东西，谁料随着克鲁兹的喊话，这红岭蚁愣是吐出了一股令人发昏的气体，这气味像极了今人的涂改液，但在当世人闻起来只觉不堪忍受。

王阳明跟妙儿因有了那护身符一般的透明水晶花，虽鼻子也能断断续续地闻到那气体，但却不会受到什么伤害。

妙儿拉住王阳明，嘴里不断地叮咛："哥哥，咱们还是不要插手他们族人内部矛盾的好，免得引起更多麻烦。何况猴娃对你我有恩，今后你又要查清男童案，我们两方都不帮才好。不如你我眼下装作被这气味弄得七荤八素，我们躲入猴娃家后院可好？"

王阳明听罢有些犹豫，一方面，他听得猴娃一家的悲惨遭遇，很想出手相救，助猴娃兄弟脱难。可就像妙儿所云，今后他王阳明还要继续追查男童吊死一案，何况刚才他已然查明，克鲁兹的确与真凶有所勾结，虽不知其在这系列案件中扮演的角色有几分重量，但他确为知情者。

另一方面，王阳明不想在这个当口儿，对救儿心切的大司命喊出那句"桨下留人，这厮是系列案件的参与者"。他唯恐大司命知晓内情后，虽会留对方一条性命，可以大司命的残暴手段、酋长的没头脑来看，大司命与酋长定然会用尽酷刑，活活虐待猴娃一家，让他们生不如死。

与其这般，还不如成全猴娃兄弟，让他们在此一战，为全家老小报仇雪恨，了却一桩宿怨。

也许，对猴娃一家来说，若能手刃仇人，就算死在这儿也远远好过苟且偷生。

十七岁的王阳明，突然想起曹丞相那句千古佳句："对酒当歌，人生几何。"这句子他刚学之时并没觉得有何特别，现在回味，好似别有意味。

人生这场戏中，你看得出开头，摸得出结尾，却不料中途有各种变化。你站在原地一动不动，不是不想，而是陷入两难境地。

"也罢，这是他们部族的私事……可是，妹妹，无论如何，猴娃对咱们有恩，如果他们要伤害他，那么……"

"我心里有数，我不会让他们欺负猴娃的！"妙儿不等王阳明犹豫，便带着他飞往后院位置的一处更为宽阔的假山后。

妙儿也是第一次发现，自己的伯安哥哥，在推理案件时竟然也会有左右矛盾、内心纠结的时刻。

第 十 四 回
口鸣哨撼动任意门　凝骨劫厝木死灰燃

"你以为，就你那点儿能水儿，便能撼动我大司命苦修多年的炼金术吗？"大司命果然是不怕的，就算他此刻被大面积烧伤，也能从火海深潭里拼杀出一条血路。

他口中唤出一曲妙音，花丝镶嵌的金制手套配合着音调于空中比画出令人无法猜透的动作。

克鲁兹骑着高头食人蚁，不管不顾，执意杀敌，却不想对方突然将内力运功于双掌之上，不发招便只夺路而逃。

克鲁兹看不穿对方诡计，还当大司命欲要保存实力，便追了过去。

就在克鲁兹双臂伸展，整个人于食人蚁背上高挺站立，双刀还差二寸即可砍下对方人头时，一道令人无法直视的门却突然开启。

这是什么招数？

人？门？人变成门了吗？

克鲁兹不解其意，但可惜的是，这急刹车已然刹不住了。他整个人连同蚂蚁栽入这替换大司命真身的门内，而最后那扇颇具哈哈族风格的大门随着猎物的自投罗网无情关闭了。

"任我行。"妙儿轻启朱唇解释道，"这招名曰'任我行'，是炼金术里段位极高的一招。但我不明白，如果用出这招的话，势必付出高昂的

123

过桥费，但他眼下又拿什么作为代价呢？"

王阳明听得有些迷糊，但依旧抓住了妙儿话中的重点："过桥费是指用出这招时，施法者所要付出的代价？"

妙儿着急地说："没错，这种高段位的炼金术无须用迷药，能通过鬼戏一样的能力迷惑他人的心智。像是'任我行'这招，便能通过开启无数道可以选择抑或不能选择的门，将敌人送往他们害怕的地方。若对方没有一颗强大、坚毅的心，有可能一辈子都走不出来。"

"哼，这招名曰'重门击柝'，入门之后会见到无数暗器与神鬼。至于到底是何暗器，又是何种神鬼，那就要看这家伙平日最怕什么了。"大司命右脚跺地，以两脚为轴，身体左转一百八十度，左脚尖点地，两腿屈膝下蹲，同时左手握拳，内旋两次后摊开掌心。

只见其手握一颗斑彩石，五根手指做出了一个奇怪的动作，好似在按压那块石头；右手握拳、曲臂勾于左耳侧，手套食指上也挂出一块景泰蓝瓷片，喉咙处依旧哼着诡异的口哨儿。

这动作很快，不习武的人是看不清其中套路的。大司命神色中不无得意，紧接着又去对付那个狂躁的枭阳怪了。

手持双斧的枭阳怪以一敌三。大司命重复刚刚的动作，体转九十度，右脚向前屈膝，右手掌心向上劈出一字斩，口中吹着口哨儿。只见大司命的兵刃一分为数把短槊，自动形成一道锋利的拱门，将枭阳怪包抄其中。

那悬在半空的随时可掉下的短槊，只看上一眼便令人不寒而栗。

"糟糕！"妙儿继续为王阳明解说着，"大司命是想让敌方的人交过桥费……"

只见大司命左转九十度，右脚并拢于左脚处，两腿屈膝下蹲，同时，右拳拳心向右，口中继续哼出哨音。

那一道道冷兵利器悉数降落，直逼枭阳怪。在枭阳怪想要迎面用斧头砍时，那些兵器化成一座扇形大门，开合无声无息，似深海砗磲，要将对方吞下。

"程门立雪！"妙儿叫道，"这招'程门立雪'手段奸诈，门中不是暗器就是……"

枭阳怪一个回旋翻身，堪堪躲过那门中射出来的东西。内里飞雪流霜，白得令人眼花缭乱。

枭阳怪迅速将双斧交叉于胸前不住摩擦，目视前方。刹那间，一道光将对岸的"程门立雪"点亮。

你有暗器，我有火。

王阳明只见四下里皆是乱糟糟的，耳畔连续不断地传来青铜铁器交缠碰撞的声音。

枭阳怪转身摆出十字手。

妙儿在后稍微换了个角度望去："他用斧子削下了自己的些许毛发，这是——'撮盐入火'？"

这招原该用盐助攻焚烧，加大火势，但枭阳怪恐怕不知盐为何物，只按照五行套路出招，将自身的红毛当作属火的利器。

那幽冥火烧得旺而灵巧，真有那"醉里挑灯看剑，梦回吹角连营"的气势。

枭阳怪双手持斧，想来也憋着人类对其野人一族长期屠戮围猎的仇怨，加上亲生儿子这一关，他心中自是堵得慌。

即便头顶、两侧均飞来无数道槊，枭阳怪依旧不慌不忙，从容应对。

都说"体大状如牛，打起架来没亏吃"，这还真是。那一支支或长或短的冷兵器在枭阳怪的反击下，被削劈得四分五裂。

就当王阳明以为大司命即将落败时，那道被称作"程门立雪"的大门内，似有什么更为可怕的东西现身了。糟糕的是，夺门而出的不是旁的，正是刚刚被大司命用"重门击柝"传送出去的克鲁兹。

两相碰面却是在敌军布下的迷魂阵里，谁都无法在几秒钟内明确判定眼前之人是敌是友。而最为悲情的是，中计之人亲手将战友屠杀，叫敌人坐收渔翁之利。

枭阳怪不知看清与否，双斧已然抬起来了，用出一招"转身卧虎"，左手握斧持平膝头，右手握斧横架头顶。对方身披莹白厚雪，枭阳怪只依稀能看清其人大致轮廓。克鲁兹双手依然紧握双刀，出门便是使出一招"收式有喜"，他站在坐骑之上，左右脚并拢直立，双刀合于胸前，目视前方。

眼看双方不知当下状况，若中了大司命的奸计就要自相残杀。

好在枭阳怪虽然心智不如人，但能辨明敌我。妙儿见双方并没自相残杀，可算卸下包袱。枭阳怪后退数步，口中不断发出古怪的声音，似在催促在门前站立、满身鹅毛白雪的克鲁兹及其坐骑食人蚁快攻快出，打起精神。

克鲁兹死里逃生，好不羞恼，当即告知枭阳怪："刚刚被这大司命耍了，我要跟他拼了。你去对付那两个！"

克鲁兹所说的"那两个"，自然是指结巴波无能与酋长。

酋长见枭阳怪朝着自己猛攻过来，双斧已然擦出幽冥烈火。

波无能见敌人来犯，忙抄起锐来抵挡在前："阿……阿……阿爸，这里有……有……"

"不，儿子，你阿爸一个顶俩！你快去消灭那克鲁兹坐着的蚂蚁，那东西放屁太臭，熏得我想吐！"

酋长还是老样子，没弄清楚状况，还当那食人蚂蚁放出的"蚁酸"是臭屁。

想吐的感觉倒是真实存在的。别说是上了年纪的酋卡，就说刚才两队人马里那些年轻力壮、不到三十岁的小伙儿，一闻那酸腐味道，个个都不住地呕吐，难逃被吃的命运。

酋长不等儿子冲上前，便又开始操控金钟罩。

那肥遗蛇皮制成的金钟罩抽出一招"绳床瓦灶"，这招好生凌厉，它一不化蛇撕咬，二不变兵器与敌人厮杀。它只跟着酋长那节奏舒缓的"广播体操"钻入地下，安静而快速地找准地上那些被食人蚁啃咬后遗落无多的人骨头，利用自身若水般自如百变的蛇躯，稳固地套牢在其中一具骨骼齐整的死人骨架上，像是人类寻常穿衣，倏地将这嶙峋白骨从头套到脚。不一会儿，一具死人骷髅便出现在枭阳怪的面前。

"骷髅叹！"妙儿看罢也为之一振，"这招'骷髅叹'许久没人用了！想不到，这哈哈族人竟靠肥遗金钟罩练就这番功夫……"

"这里交给我！"酋长朝着波无能吼道，"你快把那放屁的蚂蚁给我削了！"

没办法，养父喊话，波无能不得不听。

何况，那边抵抗的大司命如今和养父酋长一样，也开始大口喘气，可见其吸了不少蚂蚁放出的毒气。

大司命必须快快结束战斗，否则的话他这单靠手套、口哨儿使出的系列招数可就不好用了。

王阳明看得仔细，那波无能真格不愿帮生父一次，哪怕就是做样子、装门面，他竟也是一千个不愿意。

而眼下的大司命，火速探出左手，掐出十二辰文中的"子文指法"，即大拇指分掐其余四根指头的根部掌心关节线上位置。

"可恶，竟然用我道家之法！"妙儿骂了句，心里也是气不过。

这大司命浑身运气，身似游龙，腰如轴承，仿佛把这气力全都聚集在了腰部，似要隆腹抗敌。

这招也真格诙谐。他又对准克鲁兹，探出掌峰。

这次的口哨声也更加响亮，那一个个飞如风、站如钉的椠器，瞬间组成了一道崭新的大门。

再看那由酋长大人组合而成的"活骷髅"，拣选地上可用的武器握在手上，其实只不过是些死人骨头，但由这骷髅一番捣鼓，一把人骨大锤出现在众人眼前。

而就在双方打得你死我活的同时，大司命这边却提早结束了战斗，他和克鲁兹二人均难逃一劫，但很明显，前来帮衬的枭阳怪来晚了一步。

大司命刚才用出的那招"关门打狗"极为狠辣阴损，现大司命将克鲁兹胯下的坐骑——食人蚁的头颅砍断，又用这青铜器大门活生生夹下了克鲁兹的人头。

克鲁兹反应慢了半拍，人头已然落地。但他在死前却将大司命一只眼活生生戳破，也算为祖辈报仇雪恨了。

妙儿下意识地伸手将王阳明双目遮住："哥哥别看！这场面、这场面实在血腥……"

大司命杀完克鲁兹、食人蚁王后，却终不得解脱，因其方才与这蚂蚁王纠缠太久，闻了太多由这家伙释放而出的蚁酸，现在的大司命喉咙

127

处积蓄着各种无法下咽的酸腐臭气。正当他发觉迎面袭来一团幽冥鬼火时，却因剧烈地呕吐而全身瘫软，无法起身。

亲生儿子波无能就在附近，却始终站在了干爹酋长身侧保护，竟对亲生父亲的遭难视而不见。

枭阳怪放出一招"厝火积薪"，幽冥烈焰在大司命通体焚烧着，将其吞噬。

"阿爸！"

这声阿爸并没有结巴，大司命双眼豁然明亮，以为儿子波老三良心发现，知道何为认贼作父，要来救自己这个亲爹。

谁料，这亲儿子并没及时对自己施以援手，而是在原地停留了四五秒，眼睁睁地看着那团烈焰将大司命炙烤了一遍后，这才假装大气猛喘，用手中锐器使出一招"支离破碎"。

"看清了，波无能用的那锐器是牛头月锐，乃是一种由东瀛人改良之后的中原武器。"妙儿解说着。

而王阳明却发现原本轩轩甚得的大司命，眼下却不成个人形，他这次被大火侵袭，整个人大面积烧伤不说，面容也会尽毁，一只眼不复存在。

虽然赶到一侧的波无能将大司命身上的大火扑灭了，可这烧伤、毁容、瞎眼从古至今难以治愈，不知道这土皇帝将来如何自处。

自古以来，这锐器原就是个卖艺道具，谁料大明中期开始，这锐却偏成了看家护院的利刃，战士上战场杀敌都离不开它。

眼下，波无能使的这招"支离破碎"，便是用出锐的其中一招——支架子，利用其自带的杠杆原理，将自己的身体高高撑起，灵活应对敌人的攻势。

这波无能单手撑起兵器，令下头的钉耙牢牢扎入土内，形成支撑，足以托住自己高大的体格。随后波无能抽出一把腰刀，直刺向枭阳怪后脖颈位置。

可惜这招未瞄准猎物，加之枭阳怪下蹲及时，用单斧劈向波无能的脸。

波无能又用出一招"折腰五斗"后弯腰避开，身下锐器向下伸缩自

128

如，将主人顺势架起。

"哥哥快看！这波无能的镜竟然自带旋转扭头，且有气孔，能散出一股热流！"妙儿也是一惊，忙拉了下王阳明袖口，让他细看波无能的招数。

波无用安全落地，抄起那大镜，重新使出一招。这招"螳螂捕蝉"虽谈不上"气吞万里如虎"，却令原本收敛起来的兵刃前端，突然显现出螳螂前肢一般的镰刀。原本那钉耙看起来就比其他兵刃锋利、霸道，现今那螳螂前爪似的东西微微扬起，纷纷舞动，叫人见了只想"仓皇北顾"。而底部顺着气孔流窜而出的怪异"热流"，让人看得有些混乱，不知其武功内力到底如何。

波无能毫不畏惧眼前的幽冥鬼火，见招拆招，遇敌杀敌。

波无能以镜身为支点，完全灵活地将其应用于腕间，上下左右切换自如。若那火球奋勇攻来，波无能则以手柄为中心，用钉耙遮挡，与那鬼火正面对抗；若那枭阳怪用双板斧从左右两侧偷袭，波无能顺势而动，总能巧妙脱身。

那镜身底座结实牢靠，早与主人合为一体。波无能的招数看得妙儿都是瞠目结舌，想这厮虽名为无能，可真打起架来，十个人都未必是他的对手！

第十五回
若教眼底无限斩　不信地狱有烈焰

保龄球大家都玩过，可这次开玩的却是枭阳怪。

枭阳怪一看这波无能好生厉害，便转而向酉长开启火攻。原本由酉长制作的骷髅骨架一排排站好，手持自由组合的人骨大锤，但凡是个有点儿畏惧心的人，看上一眼便要做那钻地老鼠。

可人家枭阳怪本身也算"奇珍异兽"，他卯足精神，将双手之中的利斧擦出火花，那红色的火花簇拥着烈焰，看似要奔向骷髅的头盖骨，实指却为声东击西，朝着那一排排的白色"架子"来了招"浪子弹球"。

打头阵的那骷髅身穿肥遗金钟罩衫，倒是个机灵的，见那幽冥火来纠缠，手起锤落。只听咔嚓一声剧烈脆响，原本向枭阳怪进攻出击的骷髅白骨，齐刷刷地改变了队形，竟由排成横排转为排成竖排，接着那群白骨居然做出了"千手观音"的动态手势。

那第一个身套金钟罩衫的家伙手中的大锤骨节分明，被玩抛在骷髅手中。

第二、第三、第四具骷髅白骨则各摊各掌，将地上的散碎骨节、骨架聚集在手，轻轻一捏，稍稍一摇，那破败不堪的骨头竟凝集成了"骨造法器"。

那幽冥火一到跟前，这临时组建的"千手骷髅"个个二手合一，却在这统一动作结束的刹那，白骨群体纷纷爆裂。

打头阵的穿金钟罩衫的骷髅率先锤打八方，扬起头，挺起中空的胸腔，只见根根白骨直砸烈焰。

其余的骷髅将各自的大臂伸展，左右两边各有二十只手，手中各有一法器。

王阳明看到这里不知该笑还是该叹："居然还有权杖、金刚杵……虽说此千手非彼千手，但这造出来的兵器却是惟妙惟肖，也难为这鸡贼王中王了。"

妙儿还以为酋长大人做出的这千手骷髅有什么精妙之处，眼下看来不过是唬人玩儿的。前排的骷髅好歹不是混事儿的，越往后的骷髅能量越小，好似逮苍蝇、打蚊子似的做出不大给力的动作。

那前几个骷髅极尽所能，不但左右手做出"回环护栏式"动作，其双臂如躺倒的葫芦，还以肩为轴画圆弧，上下交替，如车轮飞旋。再一看抓不着那幽冥火焰，打头阵的白骨更急眼了，忙招呼身后的众骷髅一手挑拨，一手击砍上方烈焰。一看还是不够力度，又将两手齐发，左钩右拽，用腕发力。白骨的动作整齐划一，如训练多年的特种部队。

前头倒是热闹不已，可中间位置的几个骷髅仁兄就没那么幸运了，它们见那火球在它们头顶为所欲为、好不开心。这几个骷髅活着的时候也是血气方刚，哪儿能被这么个没有生命体的东西所愚弄？它们气得欲要用出"剪刀缠手"攻打敌方。

最靠中端的那个骷髅骨架身子稍侧，胸向内含，左臂上伸，右手向前探去，却不想自己跟队友可是呈竖排站立，若自己出手，理应跟前头的白骨知会一句，可叹这骷髅心智与其制造者并无二致。它刚探出阴森森、细长的白骨手臂，前头摆出阵仗欲要猎捕幽冥烈火的队友便被它戳中了脊梁骨，前头的白骨气恼之余，回头就给了它一记耳光。

牵一发而动全身，这中间两骷髅内斗，前头的不知因何而起，后头的又实力单薄，整个队伍不一会儿便被幽冥火分裂出的火焰贯穿胸口。它们犹如多米诺骨牌，又恰如今人娱乐休闲的保龄球，纷纷一倒不起。

"白骨孩儿们，是我乐哈哈一族的老爷们儿就请坚持住啊！"酋长边说边做出"广播体操"的动作，又是抱头下蹲，又是快速起身，起来后连蹦带跳，还弯腿点地，随后又跟僵尸一般原地转动，不停歇地伸出双臂向前起跳。

这样搞怪的操控大法，连妙儿看了也是哭笑不得。她嘴角抽搐不止，干脆很是豪放地笑出声来："这酋长也是拼了，回头我要把这茬儿告诉师父还有驴世伯，问问这几位德高望重的前辈，可用过这类怪异动作操控神兽、宝器。"

白骨纷纷倒地，发出保龄球轰隆入洞般的声音。

酋长如鸵鸟求偶般又蹦又跳，就差在周身插上鸟毛了。

"哎呀，累死我这鸡贼了……"酋长满身是汗，加上岁数也大了，做完这套动作后，他扑倒在一处天然山石上，哪怕被这东西擦伤了手背，他也要好生歇歇。

"阿……阿……阿……阿……"干儿子波无能结巴病犯了，原想说"阿爸小心"，话没到跟前，兵器已然凑到近前，看着就急死个人。

好吧，谁让这爷儿俩是来搞笑的呢？

只见那大镙金鸡独立，钉耙入地三分，波无能如孙猴儿般手持腰刀，左抽右劈，就等将眼前烈焰打飞，落定到酋长眼前。

可谁知道这枭阳怪这次摸清了波无能的套路，愣是赛车手一般率先飞至酋长右侧。

枭阳怪手起斧落，只见一白骨用手中的人骨利刃挡住了野人的重击，将身下酋长护在自己胯下。

酋长看罢眼前一亮："对！聪明的骨头！还知道把肥遗金钟罩衫套在白骨上，我看好你！"

可惜，酋长也闻了不少食人蚂蚁吐出的蚁酸，刚要伸手鼓励似的爱抚下这个忠心护主的白骨，却发现自己开始头晕眼花，眼前景物旋转起来。

"不错。"妙儿品味着眼前的打斗场面有些感慨，"这白骨貌似要用出收纵拳法，可见其还是有些策略的。对方身形高大，力也大，如这边不能以巧取胜，久战必败。单说这体力、耐力，终归是这野人占了上风……"

俗话说，人都是不禁夸的。

刚刚好不容易得到了江湖第一女侠的认可，一阵哗啦啦狂响后，这个骷髅兄弟便应声倒地。原来，这个收放自如、身法已然调整好的骷髅兄弟，刚刚来了招含胸低走，谁料这野人早就算到了它的武功路数，待到这骷髅左移右闪、进退腾挪之际，这野人手中的两板大斧却从反侧出击！

枭阳怪手持双斧，如鹞子钻林，束翅提身，从侧面落下，见那骷髅躲过一击，忙转换姿势，使出一招"燕子嬉闹"。就这样，最后的骷髅兵——卒。酉长眼睁睁看着自己的劳动成果就这么被这厮几斧子下去砍了个灰飞烟灭，那叫一个心疼。他眼下没了力气，原想着重新操控那肥遗金钟罩衫，谁料连伸手的力气都没了，张嘴就是吐。

那野人开怀拍胸，口中发出阵阵喊叫。

"你八百辈子不洗澡啊？口臭、胳肢窝臭——浑身臭！你给老子滚！"没辙了，酉长边吐边抱怨。

就在野人欲给酉长施以致命一击时，干儿子结结巴巴地提锐来见，及时令野人刹车："看……看……看招！"

呵呵，这是提醒敌人小心有诈吗？

枭阳怪有了与这两个家伙战斗的经验，索性快磨双斧，召唤出幽冥火球，加大火力，快速攻击波无能，自己则继续与酉长纠缠。

波无能可比养父精明，他没有直接与鬼火纠缠的经验，没有把握，只好招呼养父打起精神："肥遗缠！"

好在他这次没有结巴，要不真是耽误工夫。

只见酉长费力起身，随手擦了把嘴角，随后又很不争气地呕吐起来。

那被骷髅缠在手里的肥遗金钟罩衫，现在变成了可怜巴巴的一团干面饼子，只等人来利用。

酉长鼓起劲，双手伸展，用手指对准金钟罩衫，做出了优雅的"体转运动"。

金钟罩衫倏地分开来，蛇般移动身体，脱离骨架，在酉长接二连三地操控下，游到野人后脚跟部，将其周身速速缠了起来。

"捆他！捆他！捆死他！龟儿子，脑壳都坏掉了！"酉长在狂吐了一盏茶时间后，总算能痛快说句话了，谩骂的同时不忘叉腰、高抬腿。

要说这肥遗大蛇还真是给力，酉长这边好不开怀。

幽冥火不干了，尤其是见波无能欲把枭阳怪开瓢时，这幽冥火不管不顾，愣是将自身附着在肥遗绳索上，与这肥遗缠斗。

枭阳怪刚开始奋力挣脱，想靠蛮力将肥遗撑断，但越是如此，肥遗越是捆得他七荤八素。没想到关键时刻还是那幽冥火"知情解意"，穿梭在肥遗之间，在不同的绳索处方显不同色泽，远远望去，这野人像是披挂了几层阶梯形彩灯。

两相僵持，波无能用锐前三棱钉耙直击这野人后颈，却又被这厮躲过，只击打到了肩膀位置。

他想一鼓作气，却听王阳明大叫："哥们儿，快把你养父拉出来再说，无须耗时与这家伙缠斗！我们的目的是前来查案问话，不是复仇。可这家伙并非这么想你们几人，若继续恋战，你跟你阿爸岂不要为大司命陪葬，当冤死鬼？"

波无能听罢顿悟，来了个急刹车，忙趁着肥遗、野人纠缠不清的当口儿，绕道过去一把将还在傻里傻气地做着"广播体操"的养父搂在怀里，带着他往一旁走去。

王阳明喊这话也有私心，一来方才猴娃兄长惨死，将来猴娃身侧不能没人照料，想着眼前枭阳怪必须活命，且不能遭遇大的伤害，否则以猴娃那样的孩子心智将来如何在这危机四伏的山林自处？

"妹妹，能否用出一击'燕子还巢'，助枭阳怪脱困？趁着哈哈族几人都没留意……"王阳明恳请未婚妻帮忙。

妙儿听罢快速捏出一道符咒，色泽为靛青，上题鸦青色坎卦印记，五行属水，此卦可派生出沟、洞、雨、雪、酒、血等物。

妙儿用出道教手势，大拇指速掐另外三指根部，口中吟诵："常思饥渴念，一洒甘露水。"

她二指用力，将符咒狠狠抛掷出去，又摇动拂尘，弹出一根强有力的丝线，将符咒托举至枭阳怪身子中间的位置。

趁着大司命昏厥、那两个家伙四散躲避，妙儿解救了这怪物，也算报了猴娃送花之恩。

134

枭阳怪只觉周身一松，似从未受到绑束，顿时身轻如燕。再回头一看，肥遗金钟罩衫并未恢复到静止状态，其通身燃烧着幽冥火焰。不一会儿，该绳索化作一条大蟒，一头二身，腹部拖地，响尾却上挑翘起。该蟒蛇正是肥遗，其吐出舌头，高昂头颅，露出蛇牙，朝野人叫嚣，杀气腾腾，欲要继续和这野人一争高下。

就当波无能想把养父托与王阳明照料，自己再次偷袭枭阳怪时，却见野人放弃了比试。

枭阳怪借助魑魅楼一层牲口棚的护栏踩踏上树，抬斧对准树枝下手就砍，可只单砍了两下，那百年参天大树却是火光四溅。

"糟了，这招叫作'死灰复燃'，用的是古人钻木取火的技巧，加之其两板斧能生鬼火，按照木生火的原理，这院子恐怕是保不住了！"妙儿说罢，拉起王阳明一飞而上，越过野人周身时，也不由得蹙眉。

好在枭阳怪还算分得清是非曲直，知道妙儿方才出手相帮，并未对二人如何。

可这偌大的院子顿时生出大火，将其余三人团团围住。尤其那没人帮衬、晕厥多时的大司命，刺鼻的烟把他团团围住，凶相毕露的火球决定大开杀戒。

枭阳怪的气势空前高涨，不仅拍打起自己的胸口，口中的吼叫更是激昂。这怪叫里有着野人一脉对哈哈部族的仇恨与鄙夷，多年的宿怨终于有了雪恨的这天。

王阳明与妙儿能飞身逃脱，也算两人平日里行善积德的结果。回头望去，王阳明不打算救这大司命于苦海，而那波无能确实是个孝子，愣是用仅存的力气把养父拖了出来。

院中大火张牙舞爪，大司命估计难逃厄运。

王阳明刚要催促大家快些离去，只见一人穿越火海，正朝着自己这边奔来。

这人看身形正是死里逃生的大司命。

那大司命不知用了什么做过桥费，只见地上那被其劈断脑袋的食人蚁王居然又活了过来！

散落在四周却还未完全被烧毁的白骨们纷纷将无头蚂蚁王裹附着，

只见一幅怪异景象出现在众人眼前——大司命用骨头挡住大火，双手紧抓无头蚂蚁的背，哼出西域的曲子。

那曲调诙谐而不失轻松，俏皮而不失畅快。

"没死？"妙儿有些别扭。

要知道，酉长的智力虽然不怎么高，但大家都能看出，他的心地可比这大司命好多了。王阳明之所以提醒波无能不要恋战，也是因他更为欣赏酉长的为人，唯恐酉长死后，将来无人与大司命抗衡。可谁知道，大司命这厮能死里逃生。

那火随着大司命吹动的口哨在众人面前变成一轮明月，不，应该说是一道火圈。

大司命继续吹着口哨，让身下的蚂蚁王集中精力，他喊道："卯足精神，向火圈中空的位置跳！"

这是他转醒后说出的第一句话，众人听得有些失神，好似这家伙仍被困在地狱，没能出来。忽听得他这般开口，众人皆是浑身起鸡皮疙瘩。

"江头未是风波恶，别有人间行路难！"大司命想渡过这次的难关，可谓难于上青天，但要说钻过这火圈，大司命仍有几分把握。

他那"土皇帝""救世主"的伟大身份依旧在。

"他跳了！"酉长费劲地用双手撑着波无能，抬头瞄向跳入火圈的大司命，"他真的跳了！"

第十六回
新尸首细节露马脚　鬼鞠躬魑魅藏龌龊

无论如何，王阳明的心结总算被解开了。

就当众人把注意力集中在跳火圈的大司命身上时，王阳明屏住呼吸，远远地望着那一对奇异的父子——枭阳怪、猴娃离去的背影。

他们做到了，尽管不是全身而退。猴娃将带着对同母异父哥哥的回忆继续生活下去。而曾遭围捕的枭阳怪，自此以后想必更无法轻易地走入公众视线，一展其狂野了。

"走了就好、走了就好……再也不要被人发现了！"王阳明轻声祈祷。

他不知道该向哪位仙人祈求对这对父子的庇佑，只觉通身虚汗肆虐，四周似乎都被热气侵占了。

大司命的脸上血肉模糊，烈火将其灼烧得体无完肤。这次大火好似不是猴娃兄弟亲手报仇，而是天火把这作孽无数的祭司收拾了一通。

待大司命从火圈中钻出来后，他身下的食人蚂蚁已灰飞烟灭，白骨所剩无多。

原本好好的笑哈哈、乐哈哈两队人马，亦被敌方歼灭。

五个仅存的生还者，踉踉跄跄地赶往山下。

波无能本是不想管亲爹的，但他又不能对其惨状视而不见，只好拖

137

着两父下山，一路跌跌撞撞，很是不易。

众人在山顶中央小憩了片刻，却又在下山途中发现了四具挂在树上的尸体。

王阳明仰望悬挂尸体的那棵奇怪的大树，不免骇然："这是……鸽群吗？"

"不！"波无能等人也同时扬起无助的脸，一行人看向同一棵大树，"鸽……鸽……鸽子树。"

酋长接过儿子的话，喘着大气儿，声音沙哑："这是本地一种特别的树，你们汉人叫它珙桐。五月花开时，白色的苞片在绿叶中闪光，就像是千万只白鸽落在枝头，振翅欲飞，那叫一个好看。因此我们哈哈人称它为'鸽子树'。哼，想不到啊想不到，咱们在猴娃家里厮杀拼命，有人却在这边的鸽子树上吊起尸体，唉！"

一旁的大司命正处于浑浑噩噩的逃命状态，他现在一身都是烧伤，面容尽毁，又瞎了一只眼，若再因为新发现的死尸耽搁了治疗，他是极不情愿的。

波无能本也烧伤严重，但他是个孝子，一心只想送养父回去。看了眼王阳明和妙儿，波无能扛着养父，上前几步恳求道："阳明……先生，能……能……能不……"

"放心！你们先回去医治，别耽误了时辰。这里有我们。"王阳明立马表态。

三人这才放心，决意速速下山。

待三人撤退，妙儿开始正式验尸。

照旧例，她上树解开绑缚尸体的绳子，将四名死者的尸体一具具平摊在地。随后她先用右手为死者感应鼻息，细细号脉，在确认没有诈死的现象后，用另一只手按压死者颈动脉、脸颊，推导该死者的死亡时间。

王阳明看着四名受害者，又是四名男孩儿。看模样，他们应该在八岁到十二岁之间，依旧穿着女孩子的衣物，梳着女孩子的发髻。

"真不知道，这四个孩子为何来这里。是被迫上山，被什么好玩的东西吸引，或者说什么人约了他们呢？"王阳明自言自语，声音很轻。

妙儿蹲身验尸,查验了四人后,抬头看他:"还是照旧,死了有一炷香时间,但是这次被发现得晚一点儿。我想,如果用福威郡主给你的那什么西洋怀表来看,约莫有一个小时吧……我算得对吗?"

王阳明颔首,忙将福威郡主给他的西洋怀表掏出来打开,上头仍是陌生的大秦数字:"要按照这个感觉往前推算,凶手应该是在咱们几个人到山顶后与这几个孩子在此地碰面的。我想想……那要是这么说,咱们正式跟猴娃兄长、枭阳怪开打时,这厮已然动手施虐……"

言罢,王阳明与妙儿照旧开始为男孩儿们验伤。

不错,一解开衣物,那消失的阳具、后背的带有锯齿状的细小伤口,统统说明了一件事——凶手的杀戮游戏并未完结,凶手,又回来了。

"这家伙摸清了我们上山的目的和之后要发生的一切,所以才如此大胆。当然,猴娃的兄长克鲁兹也是知情人之一,但他知道多少、是否参与实施我就拿捏不准了。"王阳明回忆起方才那一战,好个天翻地覆。克鲁兹那桀骜不驯的面孔,仍在他眼前飘荡。

"身上的衣物仍旧没有血迹,连个血点儿都没挂上。"妙儿低声与王阳明交谈,"哥哥,我实在不明白,这哈哈族里除了大司命,还会有谁如此精通汉文化、汉医学?阉割时按照对应穴位一刀下去,切割得太精准了,使得被虐对象不流出过多鲜血。随后凶手调整了杀人策略,在男孩儿后背用锐利的暗器下手,虽说利器上面并未染上毒液,但凶手却从不为人所知的膏肓穴下手。你说,这小地方,又会是谁拥有如此权谋、心机,并将我汉医学说运用于杀人之中?"

王阳明仰头看看天,再看看那鸽子树,突然发现了不对头之处:"这次的树比之前两次出现的树矮了不少吧?不对啊!"王阳明站起身,指了指刚才妙儿取下四具尸体的这棵珙桐,"妹妹刚才取尸,可觉得这树高矮可疑?与前两次相比,树是否矮了不少?"

妙儿方才真格儿没太在意,听他这么一说,不禁仰头一望,想了想,迎风飞上树去:"还真是!之前那两次挂尸所用之树,我记得好像是枫、杉二木,可这次的鸽子树……"

妙儿对这类中原地带从未出现过的植物并不了解,王阳明往后退了七八步，换了个角度看树上的妙儿："这就对了！刚发现尸体时我还觉得别扭，总觉得这次的吊尸跟之前不同，可又说不出个所以然。但酋长刚才那话可算点醒了我。两年前，一个湘江熟人曾跟我谈及有关这珙桐一事，他对我说咱们汉人多将此树称为珙桐，据那个熟人表述，这种珙桐树形高大，树冠白绿相交，如群鸽落定，煞是威风壮观。可我那熟人也强调过，这珙桐最矮的也要长到四十八尺……"王阳明用九九口诀飞快心算，伸出大掌对准那棵鸽子树比画着，似要将这大树捏住拔走。

王阳明所演算的数据，乃是明代之人以"尺"丈量的结果，如若用今人的表述方式，鸽子树最矮的则为十五米。

"要是这么说，这凶手定然是个娇小的家伙，且力道不够。上两次你我发现的挂尸之树，虽谈不上壮美，却都气势熏灼，可今日这棵鸽子树嘛，相对而言是矮了不少。"妙儿身在树上，也觉与上两次感受不同，都说登高望远、俯瞰众生，身在这棵鸽子树上却难有此感。

王阳明笑道："凶手刻意为之。他知道自己力不如人，便选了这棵还在生长期间的小珙桐。珙桐生长后的确会长得高大威猛，据我那个熟人说，最矮的鸽子树也要有四十八尺。但任何植物的生长都是缓缓向前，绝没有一夜之间就完成生长的。"

"四十八尺吗？"妙儿掐指一算，"那凶手之前肯定提前来这山顶踩过点，明知这里鸽子树密布，其高度对自己施暴颇为不利，但凶手迎难而上，提前择了这棵相对而言比较矮小的树。哎，你说这真凶杀人到底图什么呢？为杀光扶郎本地的男丁也是煞费苦心啊。"

"就像我之前所说，这家伙定然是某个被大司命以及哈哈族男性迫害、羞辱过的女子抑或其家属。"王阳明抱胸思索，突然又想到了什么，"妹妹帮我看看这树上有无滑轮痕迹。"

妙儿俯身探头，仔细观瞧："有！这次真有！"

"是何样子？"王阳明急切地追问道。

这次他不禁往前跨出两步，脚下一个拌蒜，虽没摔倒，但却由此拾着了一缕奇异的、棕红色的毛发。

"哥哥没事吧？"妙儿在树上发问。

"哦，没事没事，你继续看你的。"说罢，王阳明好奇地打量着手里

140

新捡到的毛发，将其小心包裹在帕子里，塞入荷包。

妙儿在上用心查看了片刻后，才冲着树下的王阳明解释："嗯……我觉得这次的命案与咱们第一次发现的命案相比，树上磨痕颇大，滑轮擦动树木的印记也特别明显。"

王阳明听罢托腮沉思，脑海中浮现第一起命案现场中滑轮留下的印记："第一次见到滑轮磨损的痕迹时，虽印象深刻但并不觉凶手用力过猛，且从树上的摩擦痕迹来看，凶手做这拉动滑轮的过程并不费力。根据我的推理，凶手人高马大、气力不凡，应为壮年男性，身高八尺左右，肌体发达，平日以体力活为生，有一定的汉学知识储备，武艺不差……但却因施以巧劲儿，辅以滑轮，施暴时轻松自如，反倒没留下这般夸张的印记。"

妙儿继续趴在树上认真观瞧："此人如果真是个矮个子的男子抑或女子呢？其所用施虐手段与之前并无二致……"

王阳明摇头："可你想过没有，一个女子，一口气虐了四个小男孩儿，还将他们逐个吊起。要知道，这几个孩子最小的也有八九岁了，最大的可十二三岁了，绝非那种不会反抗、还在牙牙学语的幼齿男童，他们的重量加在一起也是不轻的。如果说先从孩子后背的膏肓穴下手，用柳叶刀、弓弩一类的暗器贯穿穴道使其死去，那么，凶手又是如何单靠一己之力将他们四人逐一上挂到树上的呢？"

妙儿听得王阳明前后分析，很是不解地说道："滑轮啊！咱们不是看见了吗？刚推理说凶手个头儿不高、力气不够，或为矮小男子，或为弱女子，这样的人自然全凭机关。"

"我的意思是——"王阳明上前几步，凑近看眼前这棵鸽子树，又下蹲，重新指着男孩儿们脖颈处的挂痕，"你看四名死者的颈部伤，和第二次我们发现尸体的情况相同。凶手都是先用暗器将其从后背处射死，然后利用工具将其高高吊起在树上，给人感觉像是自戕。但有个疑问至今困扰着我，这树虽谈不上高，但若与中原地带的树木相比仍略高几分。如果说凶手是先从后方用暗器把孩子们射死，那这个如此矮小的凶手又是如何将尸体挂上树的呢？单用滑轮难道体力就够吗？妹妹可想过，一个身长六尺不到的小丫头，即便习过武、不裹脚，单凭一己之

141

力，择一棵不算太高的鸽子树，单用滑轮就能挂上四具尸体？如果真这么轻松顺利，那这比之前要严重得多的磨损痕迹又怎么解释？再怎么有滑轮、绳索相助，以眼下这凶手的自身情况猜测，其中必隐藏着另外一种神奇的工具。本次案件中，凶手以滑轮为辅，却以那神秘的器具为主……"

"你这么一说，那这凶手的情况则与其用出的杀人手段自相矛盾啊。按照这个理论推断，那之前的两次杀人事件的凶手是其他人吗？"

"妹妹还记得我第一次发现尸体，导致咱们与酋长等人瞬间起冲突的事吗？那次我看到案发现场后，做出了一个明确推断——凶手为两人，一个做策略，一个实施。"

妙儿双目圆瞪，抬手打了个响指，从珙桐上飞跃而下："凶手是一男一女？之前咱们亲眼得见的两起命案，均为他二人所为？而眼前这起命案，则由那女子独自犯下，于是乎才会出现自相矛盾的地方？"

"嗯，我是这么认为，咱们姑且把眼下这起命案算在那名女子的头上。我只是觉得这中间有种令人猜不透的'神具'作祟，横亘在我与凶手之间，像是一座无法翻越的高墙，到底这'神具'为何物，我还真无法说清。你看，第二起栽赃少司命的案件里，迄今为止我仍没弄清，凶手在慢条斯理地虐杀完几个孩子后，是如何做到将凶器以飞快的速度传送到别处且没让大家发现端倪的。那时锣鼓喧天，加之当天的交易市场鱼龙混杂，随时都有某人从哪棵树后、山石旁冒出来撞见凶手的可能。凶手混入围观人群前却从容不迫地处理了凶器，可见他已然料定到搜身这一块。不光如此，这家伙还利用我阳明子，将此事嫁祸给少司命，挑起乐哈哈、笑哈哈两族争端，一箭三雕。"

"但是，第一次、第二次的杀人手法和哥哥为其做出的'心学画像'皆没有任何矛盾之处。刚刚哥哥也说了那男性真凶的大致情况，听来并无不妥之处。可是眼前这个就……"妙儿也想不明白，顿时气氛有些诡异。

"两名真凶之所以分开行动，无非是出于这么几点——第一，男性真凶走不开，或者说走开了很快会被旁人发现，其身份容易引起旁人猜疑；第二，两人在复仇的道路上开始出现裂痕，干脆分开作案；第三，女子对自己某项能力很自信，在明知自己身量娇小、气力不足的情况下，仍敢顶风作案，且中途的阉割、踩躏，事后的更衣、梳头，每一个步骤都不能少。可这么个身量吃亏、力气不如男子的女子，又有何其他优于常人的本领呢？我想，那女子定然不会是像妹妹你一般有卓尔不群的精湛武艺。看这几次的滑轮我们不难发现，此人定会机关术，且精通汉医学，有些与汉人打交道的经验，并从中原那里学习了不少权谋之术，可单凭这几点就能百战百胜吗？须知普天之下并无完美的谋杀方法，那女子如此行事未免自信过头，已然是自负了。"

"看来，这家伙定然还有些不为我们所知的本领，可究竟又是什么本领，让这家伙如此有自信，以至于不怕露出马脚呢？"妙儿沉思，"我也说不好到底是什么，但就像哥哥所言，单凭所谓的滑轮，不足以令一个小丫头移动四具尸体，并将尸体逐一吊起。即便凶手选了矮小一些的树木，其手法与结果仍有矛盾之处。哥哥，此地不宜久留，你我还是先行回去，待休息够了再做打算不迟。"

回到专属的魑魅楼后，卡嘉丽为二人煮了些汤。王阳明简单喝了些，匆匆躺回床上，蒙头大睡。

妙儿简单查看了下四周动态，见并无人跟踪埋伏，便叮嘱了梵湖儿暂时假寐，留意周遭，自己也拖着疲累的身心与周公约会去了。

梵湖儿听得主人嘱咐，先是假寐了一番，随后起身翻窗下楼，在园子里打滚儿，循着小桥上方往湖中看去，见四下没有人的气息，这才放心回来。

卡嘉丽给园中花草浇水完毕，刚好撞见梵湖儿扭着屁股，哼着小曲儿回来："大猫，你这一身干净漂亮的大长毛都脏了呢，你不怕你主人骂你啊？"

梵湖儿听罢一脸无所谓，并破天荒地放下冷漠的姿态，主动勾搭卡嘉丽上得楼去，这架势似有盛情邀约之意。

卡嘉丽跟梵湖儿接触了也有段时日了，还是第一次感知到猫咪的热情相待。她受宠若惊地跟了上去，直到猫咪将她引到自己的卧房。

"怎的？你想睡床啊？"

原来，这梵湖儿只是另有所图，因妙儿不许它上自己的床铺休息，这几年下来梵湖儿都是与妙儿分开睡的。王阳明原本不介意跟猫同睡，但妙儿说不能惯出梵湖儿这臭毛病，王阳明也不好反驳，只得劝梵湖儿自己钻盒子。

如今两位主人都各自睡了，大猫便有了自主权。这梵湖儿也是个能掐会算的主儿，瞄准了卡嘉丽，希望她能让出床铺给自己休息。

卡嘉丽作为大山中的孩子，成日里光跟野生动物打交道，才不介意猫咪跟她一起睡觉呢。

她一把抱过毛茸茸、雪白白的梵湖儿，随手抄起枕头一侧的木梳，为梵湖儿打理被毛："梵湖儿，你可真漂亮，你是我见过的最漂亮、最白净的大猫。"

对于这样的褒奖，梵湖儿早就习以为常，但对于卡嘉丽这般柔情蜜意地亲手服侍，它也是沉浸其中。

都说猫是最好的助眠神器，这话尤其适用于缺乏精神娱乐项目的古人。

明明是卡嘉丽动手为猫梳毛，可犯困的却是卡嘉丽自己。

她越梳毛越困倦，脑袋都耷拉下来了，手中的动作也渐渐放缓。

梵湖儿打着猫咪特有的呼噜，眯着双眼，脸蛋儿中间的胡须部分任由卡嘉丽轻轻揉捏。瞧它这般秀气的猫耳、根根清亮的胡须、一身瓷白柔滑的长毛，外加雪豹般健美流畅的身形，卡嘉丽仿佛撞见了未来的心上人，情不自禁地陶醉在梵湖儿营造的催眠氛围中。

随着梵湖儿均匀的呼呼声，卡嘉丽竟然在午夜十二点前倒头便睡，这一睡，愣是从下午睡到晚间。

梵湖儿见提供按摩服务的家伙真格盖了被子睡死了，忙想起妙儿的叮嘱，再次翻窗户下楼侦察。

晚间，繁星当空，月影朦胧。

王阳明揉了揉眼，伸展下懒腰。

他这一觉醒来也说不清到底何时，突然想起屋内并未点蜡，此时贸然转醒，定要摸黑了。

144

睁眼后，王阳明在屋内适应了一下黑暗，只觉没那么晚，便取出西洋怀表，借助银色月光看了眼大秦数字："这个时间……西洋时间晚上八点半，折合我们的时辰嘛，刚好走到了戌时中段。"

他默默念叨了一句，却汗流浃背，好不难受，身上黏糊糊得紧。王阳明屋内的小门从内里反锁，他侧耳听了一番外头动静，见连脚步声都没有，想来卡嘉丽平素睡得很晚，不到子时自是不会躺下的。可他又觉浑身燥热，多少有点儿心烦，不愿惊动旁人，便自行起身喝水。

妙儿听到动静，也起身询问："哥哥醒了？"

"热醒的，怎么今儿晚上这么难受？"王阳明边喝水边答，"你那屋有水吗？"

"我有。"妙儿轻声道，"你把门开出一条缝，也好通个风。我这边因靠近晾晒台，两边空气对流，倒是舒畅得很。"

"开门？别啊，卡嘉丽……"

"你把门开出一条缝隙即可，倒也不用把门大开着，要不然，你后半夜还睡不睡了？这儿就是这样，冷的时候阴冷，热的时候湿热。卡嘉丽那孩子有分寸，她若见你门开着，就知道你是为通风换气才如此的，断不会轻易过来打扰。"

王阳明想想也是，便起身将门从内里打开，留出些许缝隙。别说，这门缝刚一留出，一股清凉的小风便徐徐飞入。王阳明深吸一口气，活动了筋骨，只见梵湖儿从外头迈着四方的猫步，顶门而入，顺着小缝隙跳到了王阳明屋内的箱子上。

"大猫，晚上是跟我睡，还是回你主人那儿啊？"王阳明问。

很明显，梵湖儿还是想回妙儿那儿，只在箱子上头逗留了两秒钟工夫，忙不迭下来跨步到妙儿内室门前，用头蹭了两下。就在王阳明以为妙儿会穿好衣服，开门迎猫时，梵湖儿却按照原来的路线，再次从王阳明开启的那道门缝中溜了出去，半分留恋都没给王阳明。

"怎么着？又反悔了？你今儿晚上不会是想在人家卡嘉丽那屋睡吧？"王阳明追问。

妙儿听罢笑道："哈哈，你忘了，它是猫啊！猫，从不按常人的指示行动，它们有自己的处事之道。这梵湖儿从你那屋出来，定然是打算下楼去，从园中经过，借助一楼的牲口棚护栏抑或马背翻窗户进到晾晒台上，再跑回我这屋来……"

这话说的不过是小事，猫咪，即便你给它开门，拿了美食招呼它进来，它也未必听你的。猫的思路永远超乎我们的想象，它更爱用自己的原则和经验解决问题。

可王阳明听得这话，落脚点却并不在梵湖儿身上，他仿佛被什么东西点醒了，口中喃喃："借助一楼牲口棚抑或马背进入晾晒台，再跑回你这屋……中间有牲口棚、高头大马相助……"

"怎么？哥哥想起什么了？"

王阳明摇摇头："也是，也不是，只是大致猜测。算了，此刻多想无益，我们还是分头睡下，明日一早，我会试着写出凶手画像。"

两人互道晚安，便又各自睡下。

午夜将至，都说这个时辰最不能提鬼。

卡嘉丽迷迷糊糊转醒。她活了这么大，伺候了这么些年大司命，还是头回在午夜前睡死过去。

她口渴难耐，只翻了个身，抬手去够床头柜上的木制水杯。

她的身体绷直了，手也到了水杯跟前，整个人却好似被一股邪恶力量控制住了。

"这是……"只见自己这屋原本闭合的小门开启着，刚好对着过道尽头王阳明那屋。

吊诡的是，王阳明今日居然开着门，不对啊！

卡嘉丽眨巴了下眼，缩回了想够杯子的手，揉了揉仍能在暗黑一片中借助月光看清近前事物的大眼睛。

可她前脚刚刚确定王阳明那屋是开着门的，后脚就见一道鬼影大张旗鼓、毫不避讳地穿过门廊，循着过道，大摇大摆地往王阳明那屋走去。

卡嘉丽活这么大，也是第一次见鬼。

这黑灯瞎火的，谁不往那方面想，谁才是不正常。

她捂住嘴巴，只觉浑身冰凉、汗毛竖起。

最该死的还不是这鬼影如进自家般移步至王阳明的屋子内，而是这家伙，竟然恭敬有礼地对准王阳明床头，冲着熟睡的王公子鞠躬不止！

一下、两下、三下、四下……卡嘉丽眼睁睁看着走廊尽头发生的一切！是的，借由自身这边和过道处的月光，她不难看清眼下情景！这鬼真是客气得很，不停歇地冲着阳明先生鞠躬，像是要把前世的罪孽于今夜赎净。

突然，那鞠躬客套的鬼魅，竟然消失不见了。

卡嘉丽正盯着王阳明那屋，她发誓她看清了。这鬼怎么说走就走呢？她就这么愣怔在自己床前，直立着半截身体，好似在静候那鬼魅继续纠缠王阳明，做出什么更为怪异的举动，又好像在等那鬼魅前来捉弄自己，为她亲身讲述那些专属于阴曹地府的神秘事件。

卡嘉丽的脑子里嗡的一声炸开了，林林总总的惊悚画面、灵异传说走马灯般出现在自己的脑海深处，犹如若干首混乱不堪、交织到一处的交响乐章。她听不清其中门道，赏不了各中美妙，只想赶紧让指挥人勒令乐队火速停下来。

卡嘉丽意识模糊，面颊抽搐起来，双手也不由得抖动着。她一头栽倒在床榻之上，心脏在这一刻毫不留情地停止了运行……

147

第十七回
吸阳气调和五行道　扶郎林重现阴毒鸟

"卡嘉丽，醒醒！醒醒！这是怎么回事？！"妙儿在卡嘉丽床前呼唤着她，喊的同时单手已然探至其脉搏，"糟了，这孩子昨夜不知遭到何事，眼下我号她这脉象，她竟是因突受惊吓而晕厥。"

妙儿看向身侧的王阳明，原本按规矩，王阳明是不可能进到卡嘉丽的卧房的，可这小两口翌日转醒后恍见太阳当空，晒得一身橘红，这才感知时辰转入午间。

两口子各自穿戴齐整，从各自房中推门出来，发现一向勤快的卡嘉丽竟然没能按时摆出早饭。

等了半炷香，他们还不见她从过道那头现身。

妙儿这才推门走进她房内，发现这孩子整个人四仰八叉地栽倒在床榻之上，口流涎水，被角被掀起来了。最要命的是她双目圆瞪，一副死不瞑目的样子，着实令人胆寒。

王阳明见了也是不解，无法及时判断出卡嘉丽到底遭遇何事。他想了想便往屋外走："我去厨房拿些黑胡椒、生姜、橘皮，再把这几样东西捣成碎末，熏香给卡嘉丽闻。"

王阳明说干就干，他所用到的这三样原料虽为香辛调料和水果皮，但根据中医、西洋精油等理论去看，还真是有据可依。

148

三种食物中，黑胡椒性质温暖，丁香般的苦味儿有助于平复低落情绪，可强化身心；生姜，可用来祛除湿热，芳香扑鼻，使人愉悦，还能增强记忆力，提神醒脑；橘皮，尤其是川蜀橘皮，自古以来就是我中医学里制作陈皮的唯一原料，此物能健脾祛除湿，也可防治因惊吓过度而引发的急性腹泻、注意力不集中等，所谓药食同源，蜀中橘可谓名副其实。

"把橘子皮包好后，与前两者混在一处捣碎。橘子果香甜美，有安抚焦虑的功效，也可缓冲一下黑胡椒与生姜的辛辣气。因卡嘉丽受了惊，瞧她这被褥也是没有盖好，活生生冻了一晚上，脾胃定然受损，橘皮最能医治脾胃虚寒。她若再不转醒，也只能劳动妹妹为她扎上几针了。"

王阳明虽是养尊处优的公子哥，但在日常熏香这方面的动手能力还是超级强的。方子、比例、制作流程一类早就牢牢印在他心中，现今他熟练地操作着，一种混了果香与辛辣气的新奇味道落至卡嘉丽的身前脑后，这味道闻之得福，"教人忆春山"。

"大猫……姐姐……"卡嘉丽撑开沉重的眼皮，好似刚刚从沼泽中挣扎出来。她看到的第一重影像，竟然是没在跟前的梵湖儿。

大猫梵湖儿并没跟两人进屋，虽说卡嘉丽晕厥，两位主人都很担忧，王公子也是忙里忙外，但架不住大猫并不在意。明明瞧见两位主人争分夺秒地为卡嘉丽医治，梵湖儿仍慢条斯理地吃着妙儿为其备好的"猫粮"，吃完后按老规矩——先原地站立左右观之，看四下并无危险的生人，再如一道烟顺窗户下楼，来了个饭后百步走。

"卡嘉丽，梵湖儿在楼下自己玩儿呢。你告诉我，是不是昨天晚上或者今儿清晨一早有人吓唬过你？"妙儿坐在卡嘉丽床边，心疼地拉起她的左手轻轻拍着，母亲般安抚着她。

卡嘉丽不知怎的，嘴里重复着："大猫……姐姐……大猫……姐姐……"

"卡嘉丽，今儿中午我们出来都没看见你，这才贸然进了你的房间，我刚给你号过脉，发现你可能……"王阳明突然插话。他不说还好，一张嘴男音格外明显，与两个女子形成鲜明对比。

卡嘉丽听得他这说话声，顿时吓得魂飞魄散，将左手粗暴地从妙儿处抽回，死死抱住自己的脑袋，发疯般抓挠起自己的头发："大猫、姐姐，王公子……王……王……王公子你没事吧？鬼没有把你怎么样吧？它……它想吃了你！吃了你！"

这莫名其妙的反应让王阳明与妙儿两人一头雾水，妙儿忙点了卡嘉丽两处穴位，让其定住："昨晚到底发生什么了？卡嘉丽，什么叫'王公子你没事吧'？什么鬼不鬼的？到底有何变故？"

王阳明回忆昨晚，并未想起有何不妥，他转身加重了香薰的分量，还在原有的基础上多放了些姜末和胡椒粉。

待妙儿给定住不动的卡嘉丽喂了些蜂蜜水后，王阳明注意到，这孩子真是被吓破了胆。只见她眉毛狠狠上挑，深深的双眼皮高高抬起，恨不得与双眉会师；卧蚕部分也随之升起，眼皮紧缩，双唇微张。可就在双唇轻启的同时，可怜的卡嘉丽就像是一条搁浅在岸边的小鱼，不停歇地闭合唇齿，大口地呼吸着新鲜空气。

王阳明不难看出，眼前的女孩儿被那挥之不去的恐怖场面吓着了，想来她看到的那玩意儿是鬼无疑。

"卡嘉丽，我待会儿为你解穴，你不用怕，有我和阳明先生在这儿，没人敢把你如何的，相信我好吗？"妙儿轻声叮咛，又给卡嘉丽号了两手的脉象，确定无误，便为其解穴。

"昨天……昨天有个传说中的鬼进屋了！它……它就那么、那么大摇大摆的，像……像回到自己家似的进屋了！"卡嘉丽一等解穴完毕，便两手死死拽住王阳明的衣袖，异常激动。

那声音也是喊出来的，好像她对面站立的不是个翩翩少年，而是一个丧失听力许多年的老人。

"你的意思是……哎呀，疼！"王阳明被这丫头拽得生疼。

妙儿忙把卡嘉丽激动到胡乱抓挠的双手抽离出来。

王阳明向后退了几步，抖了抖手腕子，问眼前近乎疯癫的卡嘉丽："鬼进屋？什么鬼？你的意思是昨天夜里看见有鬼进我的那间屋子了？"

听得王阳明理解了自己这话，卡嘉丽总算放松了一半儿，妙儿见她那双眼皮也不再似方才那般紧绷。

卡嘉丽如释重负，手却仍不放心地放置在自身的喉咙处反复摩挲，好像一旦离开这个小动作，就会有一双恶毒的鬼手扼其喉、断其命："王公子没事就好、没事就好。昨夜，约莫是你们汉人所云的午时，我醒来喝水，半坐在床头。你知道的，从我这屋看王公子你那屋，若是两边门都开着，双方是都可以看见对方屋内情形的。尤其是站在我这边来看，就更清楚了。"

"哦，原来如此，我说呢，今儿中午我醒来，发现我那屋房门大开，想必是我昨夜刻意留缝儿时被风吹成那样子的。可从你那角度去瞧，偏看见有鬼进入，是这个意思吗？"王阳明一拍脑门，卡嘉丽说的内容，倒确实符合自己转醒之后屋门的状况。

卡嘉丽慌忙颔首，一头乱发随其大脑抖动，活像一头没梳毛洗脸的狮子："对、对！公子说得对！昨天午夜我转醒之后活见鬼了！它从咱们这层的门里飘进来，或者说，是……是穿进来的！它……它直奔你那屋就去了。我从我这屋看得真切，那鬼到了你床头，随后就停了下来，朝着你的脑袋鞠躬！一下、两下、三下……总共十下。若不是有月光照进来，你早就死了。"

终于把这件费劲的事说完了，卡嘉丽只觉卸下了包袱。明明被鬼侵害的是王阳明，可怜了这么个旁观者。

见她说到"死"字时号丧般大哭不止，妙儿心中略有不快，只觉这丫头所言真有真假："我说大妹子，你姐姐我可是武功不差，加上我有梵湖儿在身边陪着，若真是有什么不干净的东西进来，别说是我，就是我那梵湖儿便绝饶不了它。但昨夜子时前后，我、阳明先生、梵湖儿谁都没被什么人或者什么物惊动丝毫，这事又如何解释？"

"真的是有鬼啊姐姐，你相信我！我不瞎啊，我说的都是真的！那鬼乃是我们哈哈族人传说的躬头鬼，它专门朝着家中男丁鞠躬，为的就是……就是……"

王阳明静观卡嘉丽这微动作、微表情，心下也有些疑虑，作为一个破案无数、经验老到的高手，王阳明虽喜好研究宗教，对鬼神一事却颇有看法。但他生怕提出质疑会刺激了这孩子，现今的卡嘉丽犹如惊弓之鸟，经不得再三打击。

王阳明背起手来，往卡嘉丽榻前走了两步，很是友好地进行安抚，口气中不失调侃："这鬼虽有些可恶，但大体来说真够客气，还知道用鞠躬礼跟我打招呼呢。昨儿晚上想来我睡得沉，倒真没发觉有何不干净的东西进来。"

　　"不！"卡嘉丽再次疯狂地否认，"那鬼绝不是客气！在我们哈哈一族的传说里，鬼进屋，鞠躬来，乃是针对家中男子的一种祭祀行为。那鬼对您磕头也好，点头哈腰也罢，都不是出于什么礼貌，而是在吸取您的阳气。"

　　"什么？！"妙儿和王阳明异口同声地喊道。

　　老天啊，他们也是第一次听说有如此有礼貌的鬼，更是头一回听闻，鬼鞠躬等于吸阳气。

　　事情到此为止还不算完。就在卡嘉丽声称昨夜见鬼后，王阳明和妙儿在翌日傍晚，又听闻了哈哈族中新鲜出炉的另一桩奇闻。

　　就在当天傍晚，被哈哈族人亲手所灭、消失踪迹长达二百年的当扈鸟，平白无故地出现在村中众多男女老少面前，场面虽谈不上空前绝后，但在近百年内都没有可与之相提并论者。

　　王阳明听说此事时，刚好在与妙儿做着一件类似于警方破案之大事——犯罪心理侧写。用王阳明自己的话说，这叫"心学画像"。

　　"本案两名凶手，一男一女。男子年岁弱冠以上，而立之年不到，身有武艺，有力量，人高马大，以体力活为生，但为人低调，不爱说话，逃避群体，平日给人蔫茄子之感。曾受到过众人嘲讽、奚落甚至虐待，但从未当众还击。在大多数哈哈人的心里，他为人谦恭和善，行事冷静守礼，至于更为细节的地方嘛……"

　　王阳明说着，妙儿为其用笔在案上铺就的白纸上刷刷点点。他刚要提及一些关键性的细节，就见卡嘉丽慌慌张张从自己的房间冲了出来，一惊一乍的："我刚听说林里居然有了当扈鸟！这……这不是真的！"

　　王阳明听罢心里咯噔一下："这孩子，在床上躺一天都能知道外头的事，可见这消息已然传开了。"

　　妙儿很是不屑，忙起身用随行捡到的一块石头压住刚刚写好信息的纸张，走到卡嘉丽那屋，站在晾晒台处推窗俯瞰——好嘛，几个跟卡嘉丽一般大小的姑娘，个个交头接耳，就在他们所居住的魑魅楼下议论呢，吵得人难受。她们一口一个当扈鸟，还说："灭绝了两百年，怎么又出来了？难道是要报复谁吗？"

妙儿听了几耳朵，发现这只莫名其妙回归到大众视野的当扈鸟，恐怕没那么简单。她又踱步回到厅内，直接询问还在原地哆嗦不止的卡嘉丽："楼下那几个孩子，你可认得？"

"是，都是熟人。"

"他们说的当扈鸟，据说二百年前红极一时，和枭阳怪一样，也是你们本族人茶余饭后的谈资。听说那时当扈鸟漫天飞舞，满树高歌，数量不输给孔雀。可你们本地人，为何非要跟这么个鸟儿过不去，干吗要追杀它呢？"

"两百年前，我们这边的大司命说那鸟儿天生阴毒。万物中最阴之物，都汇聚在这当扈鸟一身。如若不灭了它们，恐怕今后会阻碍我哈哈族人发展。"

"阴？"王阳明抓住了这个字，"二百年前，现在的大司命红挽志还没生出来吧？怎的那会儿的大司命也是这么个打压女子的家伙呢？"

妙儿听罢颔首："不错，我也是听了外头两耳朵，发现这事蹊跷才过来问话的。合着二百年前，你们这儿就开始排挤女子了？哼，这伏笔埋得够深啊。好个前人打击，后人得逞，先栽赃人家当扈鸟为阴毒不吉之物，各处追杀，致其灭绝，而后以阴说事儿，将排挤歧视女子的这一思想慢慢渗透到部族各处。过个一二百年，众人听惯了这般说辞，都认为阴乃不祥之物，阳属最佳，好个良苦用心啊。"

王阳明听到此处便叹息道："阴阳和合，本是根据个人情况而定，怎可以偏概全？每个人的五行、体质、性格、出身、后天经历各不相同，须知'调和'二字最为要紧。有些人适合阳大于阴，但也有不少人适合阴大于阳。就拿中医五行来说，湿热体质的人理应食用绿豆、胡瓜、莲藕这类甘寒、甘平的鲜蔬，少食羊肉、韭菜、胡椒这类甘温滋腻、五行属火的吃食；若为阳虚体质，则应常用壮阳补品，但也怕矫枉过正，反因阳气过重而导致燥热出血。想来这些阴阳之道你们本地百姓都是不懂的，这才导致上头说什么你们信什么。说来真是可悲、可气，你们这些百姓无辜被害，竟然没个反击的，连声抱怨竟都全无，还真是认命。"

卡嘉丽傻愣愣地站在原地没有吱声。

王阳明又道："想必，这当扈鸟乃是那真凶抑或别有用心之人故意伪造的冒牌货，你们不用当真，过好自己的日子即可。别到时候外头的还没杀进来，里头的又乱套了。"

言罢，王阳明径自走回书案前，提笔欲要往下补充。

卡嘉丽听得这话，突然插嘴，口气中带出不服与惊惧："可是先生，您不觉得特别巧吗？昨晚刚闹完鬼，搞得人心惶惶，现在当扈鸟又活了，十几口子亲眼得见。若是人为的冒牌货，说不得大家早就各自争论起来，可您听这外头的议论，竟都是众口一词。我瞧这意思，我们八成就要被灭族了。"卡嘉丽下唇微颤，双手放置在肋骨两侧，如眺望远方的土拨鼠，一丝不肯松懈。

妙儿见她又要发疯，忙上前安抚，抬手摸摸她的头："我问你，当扈鸟的'当扈'二字你可知是哪两个？"

王阳明听未婚妻这话里有话，情不自禁地投去一道赞许的深情目光，手下笔却未停。

卡嘉丽一脸疑惑，所答非所问："这种鸟原是生在扶郎峡谷里的，与林中的白鹿共存。这种鸟的形状像是野鸡，可借助其自然生长的长胡子飞翔，人们吃了它的肉，可以使眼睛不花。"

"不错，当扈鸟的下颌比较特别，生有老者般的雪白长须，此乃它们的显著特征。但是我想说的是'当扈'两字真正的内涵深意。当，乃担当、形成、是为之意；扈，有跟从、追随、略逊之意。当扈者，指的是紧随其后的鸟儿。"

卡嘉丽听罢摇头："不明白。"

王阳明边写下罪犯画像边听她们交谈，她们谈到这般地步，他不好继续沉默："当扈鸟天生被人们视为追随者不是没有其中道理。追随者，五行属阴也。因当扈鸟五行属阴，与女子有些相同。你们的大司命就是抓住这类特质而大肆渲染，过度夸大了当扈鸟属阴的这一特点，妖言惑众，说什么'当扈乃今日祸害，会集体坑害尔等哈哈百姓'。对男子而言，这类说辞自然是抬举他们，使得其地位得以提升到至高阶层；对于

154

女子，这就是重大灾难，女子从此背上了骂名，再也抬不起头来。至于'紧随其后'四字，想来是古人为当扈鸟取名时偶感而发的吧，此鸟形似红腹锦鸡，却又逊于孔雀，更无法与仙鹤、凤凰相比较，也只能被人们称为'追随、跟从者'。想来取名之人就是将其与凤凰等大鸟进行了对比，偏觉它并无是处，就用了这'扈'字形容吧。"

本以为这话说完后，卡嘉丽能恍然大悟，谁料她却当众翻脸，重拍条案："我就知道你们不信我昨晚见鬼这事！你们这些汉人，就是瞧不起我们这些哈哈族人。是不是在你们汉人心里，我们这些异族都是傻瓜啊？阳明公子，还有姐姐你，都觉得是我瞎编骗人的对吧？你们啊你们，等到了晚间自己亲眼看看，就知道那鬼是不是找上门了！"

听这口气，再观这微表情，想必卡嘉丽本人是憋了很久。她倒不是找碴儿打架，可这种自卑情绪眼下一泻千里，举动唐突得令人哭笑不得。

"不，在我们汉人眼里，你们不是傻瓜，你们是无知。"王阳明温和地摇头，声音里透着庄严与中肯，"如果普天之下的民众，都能受到良好的教育，那么无论是何族群，想来都会向前迈进，断不会如你们这般故步自封。人一旦有了知识储备，遇事便不会慌乱，选择的范围也会大，性格也会较为冷静。但是很遗憾，你们哈哈族人……"

"我不听这些！我只知道昨天晚上我见鬼了，那鬼在吸你的阳气，我好心好意告诉你，你却不当回事。可恶！可恶死了！"

卡嘉丽近乎怒吼着喊出这些话来，搞得两人莫名其妙。他们明明从没瞧不起过她和她的族人，偏这小丫头生出这么多猜忌和委屈。眼下两人都不好再多解释，只能面面相觑，无辜得很。

妙儿见这小丫头嚷嚷完毕，竟然甩头下楼去了，问道："卡嘉丽，你这是去哪儿啊？"

卡嘉丽的脚步声很重，好似一只大熊在踩踏石板。

"见鬼去！"卡嘉丽头也不回地下楼了。

王阳明写完字，将笔撂下，听着卡嘉丽下楼时发出的声音，无奈地说："今晚不如听她一回，你我皆来准备。人为也好，闹鬼也罢，终归是针对我王阳明来的，好歹也让卡嘉丽瞧瞧真相到底为何……"

第十八回
躬身鬼朝圣双膝跪　群对峙详述当扈貌

临近午夜，卡嘉丽躺在床上辗转反侧。

她有些后悔今日午后自己的所作所为，可事已至此，空想有何用？

她下地给自己倒满一杯凉水，灌下几大口，侧过身静坐床头，右侧脸颊刚好对准王阳明的房门位置。

不速之客又来了。

"躬身鬼？不是吧？！"卡嘉丽长呼一口气，哈气声顺着喉管轻而易举地滑出口外，险些惊动了那鬼。

瞧它飘摇不定的脚步、矫健灵活的身影，一看便知是以前来过了。

王阳明如昨夜般开着房门酣睡，平躺在床榻之上，双唇闭合间似有微微鼾声。

那躬身鬼见王阳明睡得很沉，也不管旁边有何动静，忙躬身下拜。可这一次，更让人惊愕的一幕出现在卡嘉丽眼前。

那躬身鬼昨夜只鞠躬，而眼下的它，竟然行起汉人礼仪，又是作揖，又是下跪叩拜！

见鬼了！真是午夜惊魂没得完。莫非这横死的妖魔也深谙王阳明的来历？

卡嘉丽听闻过汉人礼仪，大概知晓汉人的作揖磕头礼，可没想到啊没想到，自己平生第一次亲眼得见，竟是由一个鬼亲身示范。

"王……王……"卡嘉丽从喉咙处挤出一点儿声音，她听到自己手边的木制茶杯砸地滚落的声响。

可这些都没用，那躬身鬼依旧故我，像个做错事的孩子，更似一名身负七宗罪的冤孽，横下心来，做着熟练的动作。

这般精准的三拜九叩，这般无可挑剔的礼节，恐怕连一向看重文化传承的孔老圣人都挑不出个毛病。

就在这躬身鬼连续不断地进行三拜九叩时，王阳明的右眼突然睁开。他原是不信这套的，却因听到不远处卡嘉丽的摔杯声，想来是那家伙已然来到自己床头，在行鸡鸣狗盗之事。

王阳明一鼓作气，内心为自己做了番思想建设，小心谨慎地睁开右眼，左眼依旧紧闭。

只见这妖孽长衣拖地、通体黢黑，更看不出个五官。可令王阳明无比惊叹不解的是，这厮虽无面目，四肢却极清晰可辨——其向自己下跪磕头时，整个身体呈侧弯状。

这鬼侧脸外凸，似戴着张弧形的面具。王阳明细细打量这厮，发现它缩着脖子，整个脑袋很是松散绵软，真格是架于躯干之上；四肢粗壮短小，爪子部分犹如熊掌。可王阳明再看它下跪之时，头朝下，一副谦恭的模样，又觉其手臂好似猿猴般可以伸展、拉长，那两只爪子亦如传说中的九阴白骨爪。

好个躬身鬼，好个唬人的浪荡冤孽。

"喵！"随着梵湖儿的一扑，大猫的瓷白身躯，如王羲之墨宝般涌动出风雷之气。

"抓到了！"起身的王阳明与破门而入的妙儿异口同声地喊道。

但就在须臾之间，谁料这个横死的冤孽，愣是从梵湖儿发力运功的身下夺路游走！

关键时刻，此物顺着王阳明床底溜走了。

"昴宿星！"妙儿同时放出暗器与"棠前燕"丝线，想用两物将这妖孽定在原地。

谁料这玩意儿一下子没了方才身形，整只身子瘫软，又神似春泥落花，让你分不清哪里是头脑，哪里是躯体。

它先是乱窜一气，鬼影在这密不透风的小屋到处磕碰，最后一头撞向靠近屋门的白墙之上。

王阳明扑上去，想要将其徒手抱住，还不等这边扑过来，这躬身鬼就这么顺着王阳明胯下钻入床底。

"站住！"眼睁睁瞧着恶鬼从自己身下逃出生天，王阳明就算反应再快，双脚用出全力却也无济于事。

这东西好生灵活，任凭你用出何种武器，从哪个方位、角度攻击，它都能凭借其虚妄魔幻的身体，逃得无影无踪。

"喵……喵……"梵湖儿岂能容它当面作祟？它一缩，利用猫咪自带的"缩骨功力"，只身探入床下。

王阳明怕大猫吃亏上套儿，忙去阻拦："穷寇莫追！"

此言一出，王阳明整个人也翻身而下，凭借自己清瘦的身形探入床底察看。

"哥哥别动！"妙儿撂下一句话，暗自运气，手中拂尘一抛一捭，丝线附于床铺四角，若蜘蛛结网。

妙儿使劲儿将床铺侧翻过来，整张床来个乌龟翻身。王阳明这才看清床下动态，除了还在四下搜寻那恶鬼的梵湖儿，竟是空空如也。

"不可能！难道说我这屋藏了什么机关暗道？"王阳明对刚刚的闹鬼事件感到很是震惊，可自己却已然亲身经历过。

妙儿招呼梵湖儿过来，忙掌灯查看，火光照得王阳明有种恍若隔世之感。

"怎么样？"妙儿问道，"床下可有蹊跷？"

王阳明侧耳俯身，妙儿也忙将蜡烛放到一旁，小心用手敲击地面："要是真有暗道机关，刚刚梵湖儿理应知晓，可见此处并无。"

"可是，刚才那躬身鬼竟当着你我的面说逃就逃……对了，刚刚妹妹发动暗器以及梵湖儿第一次抓住那家伙的地方……"说罢，王阳明起身，踱步到另两处查看。

巴掌大小的空间，只供客人休息之用？

"是这儿！"王阳明先指了指躬身鬼刚才待过的墙面，"逮它的时候，这家伙曾乱晃过一两次，像是断了线的风筝，似有头痛发作一般。妹妹你的昴宿星不还在墙上钉着呢吗？"

妙儿重新掌灯，配合着王阳明的步伐为其照明："昴宿星所在之处很是平常。"说罢，她一手握拳，小心敲响插满昴宿星的墙面，"正常的，这墙我是看不出个所以然。"

王阳明听罢也抬手轻敲，一看确实如此，忙又转到梵湖儿出击扑杀这厮之地。

梵湖儿知道两人要前来检验，便也转到此地。

"你看，这里是梵湖儿的脚留下的记号，梵湖儿的四脚印记分明，可那家伙什么都没留下。"王阳明口中念道，心中感到分外沉重。

他为了能确定那鬼怪出现的第一位置，便将梵湖儿四只爪子的底部都涂上了凤仙花的浓汁，就是希望在抓住恶鬼的一瞬，能确定其确切位置，好用以观测其来去方向。

"躬身鬼是从哥哥这屋的门外进来的，我刚在那边通过门缝看得真切，这厮无脚，几乎是飘着来的，见了你之后直接便行三拜九叩大礼，中间竟然没打磕巴。"

王阳明听妙儿说罢补充道："梵湖儿从你那屋跳出来，而那鬼之前诚如卡嘉丽所言从咱们这楼的正门楼梯口大摇大摆地进来，从这个方位推算……"

王阳明话说至此，两人才忽而想起过道另一端得以二度见到鬼的卡嘉丽。

王阳明暂时想不出个所以然，只得和妙儿冲到卡嘉丽的房间，见其又是一脸震惊，整个人背部朝上躺倒在地，肌肉僵硬，口流涎水——又是一副死不瞑目的样子。

折腾了一夜，王阳明和妙儿熬到天亮才睡下。

他们又是伺候卡嘉丽重新闻那熏香，又是检验过道和卡嘉丽的卧房。

几番验看过后，一宿就这么过去了。

待得听见有人在外传话，王阳明才被吼醒："谁啊？有事吗？"

159

他嗓子干渴得要命，谁知这么一叫，卡嘉丽径自隔门问话："王公子是想喝水吗？那个，大司命派人来请你过去一趟，方便的话，麻烦现在过去可以吗？"

"什么？大司命叫我？他的烧伤好了不成？现在叫我？现在是何时？"王阳明昨夜见了鬼，如今大脑一片混乱，几日来的林林总总交织一处，令他越想越头疼。

可听得门外卡嘉丽明显带有愧疚的问候，王阳明忽觉其中有诈。

"你先给我们准备热水……对了，大司命叫我去哪儿见面？"

"快活潭。"

卡嘉丽说出这三个字时，王阳明已然恢复了往日的理性，快速穿戴整齐，刚要开口询问妙儿，就听见对门打开之声，妙儿已然穿戴齐整，带着梵湖儿从内室里走出。

两人打开房门，同时走出，着实吓了卡嘉丽一跳："那个……你们俩。"

"我们俩怎的？"妙儿面无表情，"你身子可好了？昨夜见到那不干净的东西后，我们瞧着你又晕了，王公子给你重新点了香薰，我又给你扎了几针，现在看你好像已经活蹦乱跳了啊。"

"哦，是……是啊。我昨儿晚上是瞧见了……哎？后来……后来那鬼如何了？"

"放心。"王阳明微笑，"我们收拾了它一顿，八成不敢再来。你去通知下传话的族人，叫他告诉大司命，我们用过朝食就到。"

"朝食？是什么？"卡嘉丽不解其意。

妙儿瞧她那记吃不记打的蠢笨模样，不由得白了她一眼："我们随便吃几口了再过去！"

"哦，明白！"

可能是怕挨骂，也可能就如同王阳明观察到的细节一般，这卡嘉丽今早明显带有愧疚之色，且表现得有些没底气。

这种没底气，不是那种她往常在男人面前表现出来的自惭形秽的自卑感，而是一种发自内心的愧疚。

待两人用饭完毕，外加简单盥洗梳妆，他们这才慢条斯理地踱步到大司命所说的约定地点：快活潭。

潭边，大司命率一众部队在此恭候多时。因两人迟到，大司命身侧的众人颇为不快，一个个面露怒色。

妙儿眼尖，她上下打量了一番被一干人等环绕的大司命，赫然发现了卡嘉丽的身影。只见这小东西受气包似的不敢抬头看她，只低头默默地隐匿在众人身后。

而前几天还发誓要将猴娃兄弟斩草除根的大司命，戴着一副天鹅绒面具，右眼被一个黑色椰壳圆片封住，俨然成了独眼龙。

"不知大司命您找我们来，是为何事？"王阳明开口。

"随便聊聊……哦，你看我这模样，可别吓坏了才是。我这次主要有两件事想请教两位。"大司命态度良好，虽说他容貌尽毁，但气场仍在，且那非凡的炼金术不容小觑。

"大司命客气了，晚生自愿帮忙，您有话尽管直说，若能帮的，晚生一定在所不辞。"

"首先，我要感谢你们两人鼎力相助，在之前两起命案中提供的精湛推理。可我前阵子听闻阳明先生那边突然闹鬼，且是享有本地'十大恶煞'之一臭名的躬身鬼，听说都进了您的门，居然就站在阳明先生您的床前鞠躬下拜。据传昨晚那鬼又来上身不说，竟还针对阳明先生你做出你们汉人特有的三拜九叩大礼，你说说这叫什么事啊……"话说至此，大司命一脸痛心疾首，好似被鬼纠缠的是自己。

妙儿听罢很是来气，双眼似乎在发射昂宿星，毫不留情地看向侍立一旁、低眉顺眼的卡嘉丽："哎呀，我说怎么的某些人心怀愧疚呢，原来还有两张面孔呢。昨晚还吓得'死不瞑目'，今儿就过去通风报信了，速度够快的啊。早知道我还为你点什么熏香、扎什么针呢？爱怎样就怎样呗！"

这话犹如暗器，直击卡嘉丽身心，只见她将头埋在衣领之间，就差把脑子从脖子上搬下来，藏进衣服里了。

"所以呢？大司命是来给我们建议的吗？"王阳明提问，口气不瘟不火。

"我呀——"大司命欲言又止，隐藏在天鹅绒之中的面孔令王阳明看不出端倪，“因那真凶确为猴娃兄弟，这案子便也了了。我已派人跟酋长说明，他也同意放我儿回来。作为长辈外加东道主，我自是不能亏了你们这两个贵客，同时也为报答两位协助破案之恩，我这边准备做场法事为你二人驱鬼消灾，但作为交换条件，希望玄机姑娘能写下你们道家治疗烧伤的药方给我。”

“哦？”王阳明一脸不解，蹙眉询问，“大司命，您方才说什么？猴娃兄弟是本次连环命案的真凶？不对吧，莫非卡嘉丽没把事情的来龙去脉汇报给您吗？我们回来的当天下午，确有跟这孩子详细说过第三起案件的细节。首先一点，真凶犯案的时间恰好与猴娃兄弟和你我打斗的时间相互重叠，单凭这一点我们便可断定猴娃兄弟绝非凶手，这么大的事您难道不知道吗？”

“这……”大司命看向卡嘉丽。

吓得卡嘉丽如小鸟缩翅，不停抖动肩膀，直往后退。

大司命缓了缓，继续用有些勉强的声音答道：“这个暂且放置一边不提，而后我与酋长细查不迟。只是，我听闻酋长与我那三子波无能派人去你那边讨要道家养生方，玄机姑娘当即写下一份给了那小厮。没别的，我今儿带了一箱自己变出的宝器，清一色纯金打造，就想劳烦玄机姑娘写出那一模一样的方子给我便是。”

“光是这些宝器万万不够！”妙儿的一句话弄得对方有些不知所措，她嗤笑一声，很是不屑，“我还想要另外一样东西，不知大司命肯不肯割爱？”

“另一件？”

“没错，有件事我玄机神女很是好奇，那便是大司命您老人家一直戴在双手不曾离身的花丝镶嵌手套。您也不必送我，我只想请您将那手套脱下，也好让我这后辈瞻仰学习。您放心，我只看不要。”

“不行！”大司命毫不犹豫地拒绝，“你我同为习武之人，应知习武之人最为要紧的便是手中兵刃。况且这手套能配合我那哨声唤出神明，助我施展法术，此乃法器一件，断不能轻易示人，否则将会触犯天条，受到惩罚。”

“嘁，真小气。”妙儿噘嘴侧头，仍是不屑的样子。

大司命略有尴尬，求救般看向一侧的王阳明，却不见其发话。

　　气氛有些不对，大司命怕接下来没法按照他的计划发展，忙道："躬身鬼这东西怕光，且法力不大，若不驱走也是无妨的，只要被扰者离开本地即可。但若不走，此鬼则会如二百年前的当扈鸟一样，采阳补阴，针对男子发动攻势，其个头儿、法力也会随之增大。"这话说完，大司命继续用充满渴求的独眼看向王阳明，见对方沉稳的样子，心下暗道不妙，只得放出大招，"阳明先生若不信我这话倒也无妨，只是您也应该听闻过，从前夜直至今天中午前后，不光您一人遭遇了躬身鬼侵袭，另有数十名本地哈哈族人，亲眼看见了二百年前便被我族人灭掉了的当扈鸟！"

　　"这事我也听闻了……"王阳明促狭一笑，"您的意思是，两种怪物、两件事均有联系？还是说，这两件怪事乃幕后一人所为？"

　　"不！这次的两起事件皆不是人为，而是上天的谴责！"大司命上前一步，用极其恳切的口吻劝道，"阳明先生不妨听我一句劝吧，快快离开本地，去哪里都好。阳明先生对我们部族的恩情我们铭记在心，断不敢忘。只是我现今浑身烧伤，气力暂无，精力大不如前，外加瞎了一只眼，面容被毁……若不是上天眷顾，多有庇佑，加之我能力超群，用这一双手套和口哨召唤出神明，杀出一条血路，此次恐怕断送了性命……"

　　"哎哟，说得跟真的似的……"妙儿口中挖苦声不断，还用鞋底蹭地若干下，发出刺刺的摩擦声。

　　大司命听罢真想冲过去打这女子一个落花流水，但他迫切想要从这女人手里要到汉人治疗烧伤的方子，且他听闻卡嘉丽汇报，说酋长与波无能涂完妙儿亲手配出的药后，身上不太严重的部分烧伤竟在一夜之间有所转好。他听罢很是恼怒，心中咽下一口不平之气，就是想找这玄机神女讨要秘方为己所用，眼下这双十年华不到的小丫头竟然拿话搪塞，令大司命本人好生憋屈。可偏此女武艺超群，师父绰影侠声名在外，自己又得罪不起。

　　"这样吧，我已将那日傍晚亲眼见到当扈鸟之人逐一请了过来，阳明先生若不信，还请自行发问，我绝不插嘴。"

大司命话说至此，便有一支队伍打快活潭侧面绕过来了。

"这祸害重出江湖，已是闹得我哈哈族人心惶惶。也罢，既然阳明先生说此案未了，那么还请阳明先生帮我问上一问，难道说猴娃兄弟死后化身为百年前的害人精当扈鸟，又重出江湖了不成？"大司命见民众齐出，忙煽风点火。

谁料，这十几名目击者还没站成一排，王阳明突然发问，语气很是笃定："快活潭之所以叫快活潭，是因在二百年前，曾有大批的当扈鸟在此处饮水、栖息吧？"

大司命连同其带来的证人皆是一愣，大司命忙瞪向卡嘉丽，责难道："怎么，是你告诉他们的？"

卡嘉丽连连摆头示意否定，身后却无路可退，急得双眼通红。

王阳明继续用冷冰冰的口吻说道："我瞎猜的。刚刚来您这边的路上，我遇见了一位熟人，听她所言才得以推理出此地原来的景象。哼，我也是没想到啊，如仙境般的快活潭，竟和二百年前被你们本地人大肆屠戮的当扈鸟有关。怎么样，我说的没错吧？"

王阳明很聪明，他不再去管大司命要答案，他连看都没看大司命一眼，转而望向全新登场的诸位证人。

一来，大司命本人戴着面具，且一只眼彻底没了，若再想从他那无法揣度的面部表情找寻真相委实太难；二来，既然大司命主动请上几十名证人上前详谈，在不排除他们已被收买、威胁的情况下，这里面是不是也能有这么几人，其微表情、微动作能暴露一些信息呢？

"你——"王阳明毫不拖沓，伸手一点前方，拉长"你"字音调，"对，就是你，这位老伯，麻烦向前六步走。"

王阳明善用心理战，这一次也是如此。在进行多人问询或是向多人求救时，身为当事人、受害者的我们千万不要同时看向一大群人，更忌讳向一大群人同时提出问题或发出求救信号。

我们应该像王阳明一样，伸手指着人群中的某一个人，用十分笃定、毫不犹豫的语气，通过描述对方着装、相貌、岁数等，给予对方一个恰当的称谓，将对方从人群中找出来，给予我们最大的帮助。

他直接伸手指过去，跳过在场众人，唯独点出其中一个五十多岁的老伯，叫他走出队伍六步开外。这样一来，便会有效避免"从众心理"的产生，即：当事人、受害者若不向确定的某一个人进行求救，那么，对方很有可能会装聋作哑，不出手相救。

"这位老伯，对，就是您老人家，麻烦出列。"

这老伯被王阳明突如其来的发令吓了一跳，见他又是伸手出来指向自己，又是果断提出让自己走到六步开外，心里虽害怕，但觉眼前这小子模样甚好，倒是个讲理的，加之是大司命让自己前来做证，自己现今骑虎难下，不好发作，只得收敛脾气，往前走了六步。

"好极了，谢谢老伯。晚生有话要问，还请您不要紧张，慢慢回忆。"

接下来，王阳明先肯定对方，而后自谦为晚辈，无意中抬高了对方辈分、地位。随之出言安抚，并声明自己不求对方勉强回忆，会给出对方时间，让对方慢慢回想。

"老伯家住哪儿啊？距离大司命家近吗？"王阳明温和地问道。

"还行，家住不远，也是四合水式的魑魅楼。"

"哦，那挺好，您老有福了。我们也住四合水式的魑魅楼，尤其还挨着水，老舒服了。您老人家现在腿脚还利索吗？"

"哎呀，得亏利索！你不知道啊，那天我撞见当扈鸟，在林中大树上又叫又跳，我的个天啊，吓死我了！要不是我腿脚好，跑得快，非得被这家伙吸了阳气，我这把老骨头临了还得便宜了它去。"

王阳明颔首，露出同情和理解的神情："那您老人家当时看到的是影子啊，还是真鸟啊？"

"啊？这话是什么意思？"老头目瞪口呆，没反应过来。

"我是说啊，您老当时看见的那所谓的当扈鸟，是鸟儿本身呢，还是在树林之间出现的影子呢？"

"当然是真鸟啊！"

"那您方便描述一下那鸟长什么样吗？"

"这……红色的，火一样的红色。后背有斑点，两翅膀是黄色的。头上顶着毛，竖着的。后尾巴拖地，很漂亮，蓝色的。有胡子，这鸟儿有胡子，老长老长啦。一看见我就叫唤，还准备朝我扑过来呢。你不知道啊，那胡子随着它一扇翅膀啊，那叫一个恐怖，整个胡须都竖起来了……"

"好的，谢谢您，您老可以回去了。"王阳明叫那老伯就此打住，老伯一个没回过神儿来，王阳明又看向队尾的一年轻妇女，伸手一指："你——对，这位大姐，麻烦出列，向前十五步走。"

那个年轻妇女生得有几分姿色，她三十出头，身材高挑儿，小麦肤色，和卡嘉丽类似，眼睫毛纤长浓密，灰蓝色的眼珠虽显低调，却神采奕奕。

和本地谦恭、自卑的那些女子一样，这大姐空有一身美貌，见王阳明抬手指着自己，她忙吓得低头认错，踌躇不前。若不是身旁一个男子推了她一把，她还是犹豫不前，恨不能原地钻入泥地。

"请这位姐姐大跨步向前走十五步。"为了避开那个仍在犯傻的老伯，王阳明怕他二人之间互相使眼色，反倒生出作弊嫌疑，遂才令这年轻妇女往前走十五步。

待位置合适，王阳明见这女子左顾右盼，仿佛怕人监视。他击掌两下，示意对方集中精神："大姐别担心，你们大司命选择的风水宝地自然是极好的，何况那鸟儿灭绝已有二百年，又怎会突然出现？听闻大姐您也是亲眼得见那鸟，难道说您也是眼见着此鸟落于枝头，还鸣叫展翅？"

"我……我见到的那鸟，跟……跟这位老伯见到的，好像……好像不太一样。"她声音很小，没有底气。

"不一样？能具体描述一下吗？没关系，当日夕阳西下，哈哈族人又多在林中活动，所谓一叶障目不见泰山，何况这林中原就瘴气密布，杂草高树繁多，看不清也是有可能的。大姐只当闲话家常，我们随便谈谈即可。"

"我觉得那鸟，好像不会飞……而且是白的，纯白的。"

"什么？不会飞？"王阳明不解，"听说当扈鸟不是不会飞，而是不会用翅膀飞，它所运用的飞行利器是它那纤长结实的胡须。至于白色……"

"我当时看见的时候，肯定不是影子，绝对是鸟儿本身。但我记得老辈人说，当扈鸟是一种借胡须起飞的白色大鸟，我当时是在林中瀑布看见它的，就是一种长有胡须，却不能高飞的白色大鸟。"

"你这女人就是胡说！"不出所料，老伯不干了，他上前几步，揪住那女人头发，"我说是就是，你个娘儿们找打！竟然敢反驳老爷们儿的话！"

说罢，这气呼呼的老伯竟然要把这女子拖拽到一侧的山石前。

妙儿见了岂有坐视不管之理，忙飞身而上，用拂尘横扫潭水。

那潭水倒也争气，朝着那老伯方向飞去，打得老伯下巴生疼，他的腰似被人用手活生生掰断了。

"哎呀！哎哟疼啊！"老伯叫得撕心裂肺，顺势跪在地上，揉起自己的下巴颏儿。

"让你欺负女人，那么大岁数了，不知道积点儿德吗？"妙儿飞至那受气的女子身侧，好心用手扶她。

谁料这女子竟和卡嘉丽一般不知好歹，反倒推了妙儿一把："你个妖女，吓死我了！我要回去！回去！"

大司命见女子甚为丢人，朝她摆了摆手，示意她可以走了。

妙儿这次倒有所准备，不觉丢了面子，只哼了一句，便转身回到王阳明跟前。

王阳明见状恢复到原有的沉稳模样，他双手放置背后，淡淡地开口："我随便一审，就暴露无遗，可见这当扈鸟不是真的，定然有人在幕后指使。眼下这些哈哈族人，我瞧着也不用再问，大司命若没事，便散了吧。"

"散了？"大司命蹙眉，口中不耐烦起来，"什么叫散了？你的意思是，还是不信？那你要这么说，难道是我作假了？那你说说看，你本人亲身被那躬身鬼'拜访'两次，我这边确有十几人亲眼见得那当扈鸟，就算这十几人串通骗你，好歹这假话也要编得圆满些吧？"

"您的意思是，就因我方才随便提问两人，他们所言之鸟的外形都对不上号，反倒凸显其真实可靠了？那好！"说罢，王阳明猛拍两掌，连续拍了三下："酋长、波无能，烦劳拿着那封画好的信过来跟大司命对峙！"

"他们来干什么？你……你怎的把他们也……"大司命那叫一个来气。

"我们之所以姗姗来迟，并非一路游山玩水，而是我们先去了趟酉长那儿，请他老人家带着信件走一趟。"王阳明见其欲要发作，忙勾手示意酉长与波无能快些。

只见酉长带着乐哈哈族人与儿子波无能并肩至此，手中捏着那封由枫叶包好的信件。

待得两人走近大司命，众人皆不解王阳明是何道理。

王阳明笑眯眯地接过酉长递来的信件，大方得体地将信拆开，展示给在场之人："这封信的来历，想必诸位通过族人传话，也知道个差不多了，我就不再详细解释。下面我要说一说，这画信传意之人及其幕后指使究竟是何许人也。首先，这封信是在我来本地之后，经历第二起男童吊死案后，有个神秘人偷偷将此信画在纸上，用枫叶包裹，塞到酉长家一层的。而画出这封长信的不是旁人，就是大司命身边的丫鬟卡嘉丽。"

第十九回
黑龙菌混淆众七窍　墨子云景到午有端

"哼，你的意思是，我为了救我儿煊废物，抓住当日你跟酉长押送我儿的空当儿，令卡嘉丽画出这信来，还往里头塞了枭阳怪的毛发作为铁证？荒唐，简直一派胡言！"这一次，换大司命不屑了。

虽然他容貌尽毁，但王阳明立在对面看得清楚，眼前的大司命听得自己揭穿他的那一瞬间，双手倏地握紧成拳，下意识地动了下右脚，稍稍往右侧移步。

"别忘了，您还特地嘱咐卡嘉丽，让她在上头画下所谓'拓印'而来的枭阳怪足迹。因第二起案件事发突然，而哈哈二族内讧在即，我与玄机道长在案发之后只一心全力协助你们，并未急于马上归家。大司命你就是利用了这个时间，命卡嘉丽按照你所构想的目击过程画出画来，塞入证物，栽赃给已然隐居扶郎顶多年的猴娃兄弟。"

"你说得真好听……"大司命冷笑，面具下的那张被大火惩罚的鬼脸抽搐着，眼神游移不定，"单凭打了个时间差，就能断定我是伪造信件的幕后推手？你这推理委实过于稚嫩。哼，别怨我说话难听，孩子就是孩子，阳明先生到底嫩了些。"

王阳明往酉长身侧走近几步，双眸却仍旧盯住大司命："如果说这所谓的匿名信里塞的不是画作，而是文字，我阳明子定能识字断人。我

169

完全可以通过此人下笔力度、如何用纸等信息，再结合我素来经验给出合理解释。但这次的难度就在于，匿名信不是文字，而是画。但画这种东西到底还是要转换成一组又一组的文字，再根据你我经验进行解释，以便于我们各自理解。大家请看信中画出的第三幅画，说得很明白了，画中表达了希望哈哈二族备下锡、铂两种极其稀少的贵重金属，当作献祭枭阳怪的礼物，且还在信中夹带了一缕特别奇怪的毛发，真凶直指枭阳怪。"

王阳明说到此处突然打住，酋长、波无能好奇地看着他，只见王阳明不慌不忙地从袖口处掏出了一样东西。

他将信件重新交回到酋长手中，左手持袖口里掏出的一种奇异蘑菇，右手则拿着从匿名信里取出的证物："首先，我要针对信件里的这一伪造证据进行说明解释。大家请看，我左手持有的这一个棕红色的粗笨菌类。哦，当然了，我们汉人将这些蘑菇统称为菌类。我左手攥着的这个蘑菇，上面长着的毛看上去像不像枭阳怪的长毛啊？"

酋长在一侧激动得眨巴着小圆眼，他凑近王阳明左手："哎呀！这是你发现的新品种吗？这东西你不说我还真不知道。这要是做下酒菜，不毒死几人还真说不过去啊。"

"有毒没毒我不好说，只是我想请教一下在场的各位，尤其是长辈们，你们可有见过这种菌类的？有的话，麻烦出列。"王阳明说罢，环视众人。

可大家伙儿都面面相觑，不知这菌类是何来历。

王阳明笑道："我在扶郎顶的猴娃家里见过猴娃本人，和他有过密切接触。他不会说我们的语言，但为人很是亲善，他连比画带说，给了我不少启示。他的意思，我现在才算明了。他当时指着家中花园，又指着他送我的水晶兰，呜呜说话，其真正的意思是——'除了我给你的这朵花以外，在我们扶郎峡谷里，还有很多奇特好玩的东西，你不要错过。'而我手里的这个近似于枭阳怪的毛发的东西，其实就是一种名为黑龙须菌的蘑菇，或者一种近似于这种菌类的植物。"

此言说到一半，众人一片哗然，大家纷纷开始议论。

大司命被火烧伤的脸上，仍在流脓的面部肌肉似有微微颤动。

王阳明所说的这类名曰黑龙须菌的蘑菇，或者一种近似于这种菌类的植物的的确确真实存在。就在 20 世纪 70 到 90 年代，我国的科考小组听闻神农架附近野人几度出没后，便带领一路人马前去进行实地考察，虽在当地发现了大量野人脚印、坐坑、粪便，但真正意义上的毛发却几乎没有。就在调研陷入困境之时，有目击者提供了一卷粗重的毛发，声称此乃野人身上所掉。但经由专家一路调研、询问、探访，连同后期拿到首都进行 DNA 化验证明：此毛发出自一种极其罕见的菌类，名为黑龙须菌。也有专家声称，此菌类也可能是一种尚未被发现的未知植物所出，但确实与野人无关。自然，这是后话了。

回到推理现场，王阳明将两手毛发合在一处请众人观察。他将这两卷毛发抻直，随后突然撒手，让其自然打卷。

"怎么样？一模一样吧？虽说诸位就住在这扶郎山林中，可未必通晓所有植物、牲畜。想必有些事物，你们的祖辈都未必能叫全名字。就好比我虽然是江南人，但江南很大，并非所有地方我都去过，并非所有江南小吃我都尝过。"

王阳明说罢，酋长不干了，他几步蹿到大司命跟前，一把揪住大司命的脖领子："我就说，凶手就是你儿子煊废物！怎么着？你还想诓我，让我放了你儿子？我告诉你，这事儿我跟你没完！"

大司命亦不甘示弱："就这么点儿凭证，还想给我扣大帽子？我说你这鸡贼王中王，还是想办法保住你酋长的位子吧！"

"酋长少安毋躁，有关于信件内容我还没有说完，等您和诸位听罢再发火清算不迟。"王阳明真怕再生事端，忙给波无能使眼色。

干儿子忙上前几步，把干爹连劝带拽弄了回来。

酋长嘴里骂骂咧咧，不情愿地退了回来。

众人忍住不笑，但有些笑哈哈族人已然笑到不行，气得大司命回头便踹出一脚。

王阳明见众人好不容易停止了猜忌，平息了怒火，忙上前继续推理："这黑龙须菌与我们日常所见的钓鱼线、风筝线颇为相似，颜色有白、黑、棕、红，比一般的头发粗了很多，且这菌菇天然弯曲，有灵蛇一般的弧度，被人误解成毛发也很正常。我也是因过去有个来自洞庭湖以北的同窗，听他讲起过一些关于扶郎顶本地的传说才略知一二的。好啦，让我们再说回信中之画。大家有没有想过，为何信中会强调让你们准备锡、铂二物而非金银？且我还在该匿名信事发之后，于本地撞见了由孩子们一手策划的'幻海城水果妖魔案'。当然，那只是孩子们对我们这对外人开的一个不太友善的玩笑。他们竟然把本地难得吃到的，专属于福州的菠萝、荔枝等物做成'妖怪'吓人，而我问明白了，那几个熊孩子都说，这些新奇的幻海城水果，皆来自大司命，是您老人家送给他们的。您这么做，无非就是在您跟儿子走背运之时，收买人心，找晚辈下手，通过孩子们的口，将您的好处传给他们的父母听。可为何早不收买，晚不收买，偏巧在少司命出事后收买？"说罢，王阳明转身看向酋长以及乐哈哈族人："这些说明了什么？这直接表明，该匿名信的幕后指使就是大司命！"王阳明的目光再次投向大司命："大司命你之所以命卡嘉丽在信上强调锡、铂二物，目的就是让由酋长统领的乐哈哈一族重新认可你的价值。因上次二族险些内讧，你被乐哈哈一族质疑，加上你长子被怀疑是真凶被酋长押送走，你想快刀斩乱麻，重新在族人心中树立形象，希望众人再次将你推上神坛。正好，你身边有一个被你们打压到没有自我、认命认厕的卡嘉丽。你抓住了这根稻草，命她趁我们没回去之前，在信中传递出这样一个信息——只有你大司命本人，才有能力用法术炼出枭阳怪索要的这两种比金银还要罕见数倍的贵重金属。你还将这种黑龙须菌附在信中当物证，从而造出舆论声势，让百姓的注意力从你儿子这一嫌疑犯身上转移到在当地臭名昭著的枭阳怪身上。而前两天夜里，在我房里作祟的躬身鬼影，也出自你大司命之手。"

"什么？不是吧？匿名信是假的，那少司命会不会真的杀人了呢？"

"大司命竟然干出这样的事，这是包庇亲儿子啊。"

"天呢，死了这么多男孩子，我们会不会遭天谴啊？"

…………

众人又是陷入一阵议论。

大家你一嘴我一句地说着，乐哈哈一族与笑哈哈一族均有人向对方投去复杂的眼神，似在苦苦从对方族群中找出一个确定的答案。

大司命并不是太过在意身侧众人发出的感慨声，而是有些介意王阳明说出的最后一句话，他道："阳明先生，你说的话都与我无关，因你还没有十足确切的凭证，我干吗要承认？你最后一句仍是栽赃陷害，你说躬身鬼是我假扮的，你得有证据。"

"哈哈……"王阳明笑着背手向前，"用'假扮'这个词不大精准呢。大司命，你是本地为数不多的精通汉文化的老辈之人，亦是精通道教法术之人。我不知道你当初这些年下来，到底都跟汉人学了些什么，但我觉得吧，好的你没学多少，坏的你学了一车。你所亲手炮制的这躬身鬼，的的确确利用了本地的传说，可你错就错在你太懂我们汉文化了，懂得都过头了。你呀，何必急于一时的表现和表演呢？按照你们本族的传说来做，让那鬼鞠躬就挺好的，何必非要大张旗鼓地行我们汉人才有的三拜九叩大礼呢？大司命，你这个人说话挺唬人的，做事也颇具手段，长相也蛮有威严的……当然了，虽然现在你的脸被烧伤了，但我也能透过面具感知到您老人家的气场。可是你就是太爱出风头，让那鬼行那般大礼，反而暴露了一点——装神弄鬼的幕后之人精通汉文化。想来，有句名言大司命你最清楚不过——'景到，在午有端，舆景长，说在端。'如何？看过《墨经》的大司命……"

王阳明背出这段文字，大司命仅存的那只独眼的瞳仁明显放大，身子向后方倾倒一步开外，一开口声调便上扬："我不明白你在说什么！不是我干的，我干吗要承认？你们汉人就是喜爱卖弄和搬弄是非。作为一个文人，我倒是建议你这小子给我放低姿态，学会谦逊做人。这天底下会表现的人多得是，别人夸你好才是真的好，哪儿有做人像你这样的？"

王阳明并没被其夹枪带棒的抨击讽刺激怒，相反，我们的阳明先生坚持了一贯的"骂而不受等于白骂"的基本准则。

这一次，他将视线转移，闲云野鹤般徘徊在溪水池畔："依据光照原理形成小孔成像，想来你们并不熟悉，神州大地上是谁第一个发现了这一现象呢？他就是我华夏古代伟大学者——墨子。墨子他老人家，生于春秋战国，姓墨名翟，鲁国人，创立墨家学说，并有《墨子》一书传世。墨子和他的学生，做出了历史上第一个小孔成像的实验。我们姑且称之为小孔成像抑或小孔成影技术。诚如我方才背诵出的那句所云，

'午'指的是两束光线正中交叉的意思。'端'在我汉人言语中有极端之意。'在午有端'指光线的交叉点，即孔洞。物体的投影之所以会出现倒像或者影像，是因为光线呈直线传播，在有孔洞的地方，不同方向射来的光束相互交叉，从而形成倒影。"

言罢，王阳明见在场众人一脸疑惑，就知道他们消化这理论起来委实费劲。

妙儿上前一步，犹如福尔摩斯身边体贴入微的华生，将提前备好的汗巾子于手中展开，展示给众人："这是一方我们汉人用的手帕子，此刻，它就相当于大司命装神弄鬼所用的某种载体，因这帕子中间位置破了个孔洞，虽形状不大好看，可也能凑合着展示小孔成像。我用木棍将这帕子上端两两结合，缝至一处，便于稍后托举展示。此刻光照充足，太阳光既有返照在快活潭潭面的，也有直射在树上的，我们找个角度……"

妙儿抬头打量四周，择了棵四十来尺高的树木，飞跃至一块八尺有余的山石上。

妙儿将贯穿了木棍的帕子找准位置，直插在山石缝隙里。这样一来，她便可腾出手脚展示小孔成像。

这山石恰好生长在潭水与大树之间的暧昧地带，妙儿将帕子对准潭面之上的阳光："我利用现在的光照，再将水面当作镜面来进行折射，你们现在看向我左侧正对着的这棵不是大树树干的中间位置。"

王阳明见妙儿做好准备，几步走到山石下头，从荷包里取出早就做好的一个洋芋娃娃丢给妙儿。

妙儿接过那洋芋娃娃，只见这东西个头儿不大，也就姑娘家的巴掌大小，头上绑着当地有名的无叶之花，除此之外并没有何等特别。这东西毕竟是用洋芋做成，硬邦邦的，从什么角度打量都不大好看。

她将丝线从袖中放出，令它们悄无声息地捆绑在洋芋娃娃的脖子、胳膊、腿儿、后身儿凸起的什么东西上，如玩皮影般开启了奇妙的影像之旅。

就在众人窃窃私语，很是看不上妙儿这手法时，就见对面那棵并不太高的大树树干上，真格呈现出了某种奇异的影像。

"这是……鹿回头？好家伙，这么老大个儿？"别看酋长吃饱了犯傻，面对"鹿回头"这一神奇的影像时，他首先唤出这一典故。

此话一出，众人纷纷附和，有些人难以相信这一奇妙景象为妙儿一女子所为，忙抬头搜索，生怕错过了"真鹿"。

这只"鹿"虽无颜色，且单有黑影，但通身较大，修长健美，脖子旋转一圈也全然没问题——说回头就回头，与西南、湘江一代流行百年的民族传说并无二致。

在诸多的西南少数民族的神话传说里，鹿回头的故事可谓家喻户晓。如今真见了，众人目瞪口呆，竟都说不出话来。

王阳明见哈哈一族果真从未见识过墨子的小孔成像，忙指了指妙儿双手："大家再看一下，玄机道长手里操作的那个东西，可是真鹿吗？此乃本地洋芋做成的假鹿。先把那洋芋切成几段，按照整只鹿的形状将其削出造型，分配好四肢，再用牙签将鹿头、鹿的四肢分别插在一起，令其可以灵活转动，最后将很像鹿角的无叶之花插进洋芋鹿头。你们之所以会误以为这是传说中的神鹿，乃是因你们听信传说。我抓住了你们这一想法，特地找到那日我们在集市上亲眼见过的这花朵来做鹿角，再将这家常所食的洋芋改了个样子，想来你们每日将这好东西用作主食，却万万没想到这一从福州远道而来的洋芋，竟然也能做出鹿回头呢。"

听了这话，酋长像个好奇亢奋的小学生，很是配合地举手提问："可是，她手里拿着的那个洋芋很小啊，而且距离这树也不是很近，这……这放出来的影子，怎么那么老大？莫非是你们用了什么法术？"

王阳明淡然一笑："《墨子》中云——'远近有端，与于光。'墨子他老人家明确指出，影像的大小同孔洞的距离关系密切。距离越远，像越小；距离越近，像越大。玄机道长之所以选了这块山石来做示范，一来这山石稳固，适合她持久蹲立；二来，这山石位置绝佳，距离她右侧的光源、左侧的大树都合适，乃为实施操作的首选之地。我们为了告诉大家小孔成像的秘密，也是煞费苦心，特地做了这么个小巧玲珑的洋芋小鹿。为的就是想用真实案例告诫诸位，看似弱小的东西，只要能抓住机会，审时度势，巧借外力，照样能打响漂亮的心理战，逆转局面于无形之间。"

大司命听到此处，已是汗流浃背，他只觉自己脸上的烧伤隐隐作痛。

"呵呵，要说起来，我还得感谢那几个将水果拼凑到一处，弄出鬼脸吓唬我的孩子。是他们给了我破获躬身鬼一案的灵感。其实你无须用什么皮影和手影，你跟那些孩子一样，只需把日常的一些日用品、果蔬、玩偶什么的单独使用或者两相结合，拼凑出一个大小合适、可应用于小孔成影技术的'临时细作'即可。"王阳明见大司命像个曝晒在晴空下的冰块，正被自己的推理一点点融化。

酋长听了这些理论，大体明白了。他看了看那仍在移动的"鹿"，感慨道："听你这么说，王中王我也明白了不少。但按你刚才的意思，好像是说小孔成像需要多方配合才能实现，现在是全天阳光最充裕的时候，可你们见到那鬼的时候，可是在午夜啊。没有阳光，这说法难道也能成立？"

"酋长大人问得极好，可见您是个聪明绝顶之人。"王阳明诚心赞许，对酋长报以真诚欣赏的目光。

酋长听罢，犹如京剧里的铜锤花脸般纵情狂笑，仰面问苍穹，假装捋胡子："哈哈哈，那是当然，本鸡贼天生睿智，谁也敌不过啊。"

"不知酋长可还记得，大司命为我们两人安排的魑魅楼，与本地其他族人的有所不同。"

听王阳明这么一提，波无能马上抢白："障……障……障影纱。"

"没错。障影纱，一种由大司命本人以金银向外头的东瀛商人交换回来的东西，并非本地所出。本次闹鬼事件，就是因有这障影纱配合，才有了这么一出好戏。其实《墨子》中提到的这一小孔成像技术，并不单单局限于正午阳光充裕时。只要方法得当，再算好时间，黑天白天都是一样的。"

大司命听到这里已然是想过来拼命了，他向左右两侧的人高马大的壮小伙儿使了个眼色，就有六七名笑哈哈武士，提着镰刀对准王阳明。

妙儿翻身而下，手中拂尘一挥，只身站在王阳明跟前："怎么？大司命这就招架不住了？想来我等道破天机，您老此刻就要翻脸。"

酋长见大司命当下翻脸，多年积怨一股脑挤到嗓子眼儿，忙招呼身侧乐哈哈一族上前护卫："大司命，你给我听好了！我在一天，就不许你胡来！你今儿要是敢动我的人，嘿嘿，我打得你变成小孔成的像信吗？"

这倒是个现学现卖的主儿。眼见乐哈哈族也派出了数十名身强力壮、手抄镰刀的小伙子，双方僵持不下，气氛剑拔弩张。

王阳明见酋长现在已然站到了自己这边，很是欣慰，忙继续推理："大家都请放松，放松嘛！正所谓以和为贵，都是自己人，何必呢……哎？我刚刚说到哪儿了？"

"黑……黑……黑天白天都……都……都……"波无能温馨提示。

王阳明一听他这提示，一下就想起来了："首先，大司命你于午夜悄然出动，你人埋伏在卡嘉丽所居住的晾晒台下方。这下方有一座小竹桥，竹桥下有个小湖。你很可能是坐小舟至此，隐于桥下。因卡嘉丽服侍你多年，从未在子时之前睡下过，你很清楚她的作息时间。你将某种近似于金属板的东西从中间挖出孔洞，将其搁置在一个由你本人做出的升降台上；再将这金属板调整到合适位置，把做好的'躬身鬼'倒置在孔洞前；并同时在桥上、树上，结合月光挂出孔明灯，但并不放飞它；又在升降台周围布置好托盘、蜡烛抑或地灯一类的东西。待一切准备就绪，你找对绝佳距离，将手工完成的'躬身鬼'对准金属板孔洞，再借由烛光、月光将影像投射到障影纱上，又借由晾晒台贯穿入卡嘉丽房内。因卡嘉丽晚间有不关门休息的习惯，那'鬼'便游走出卡嘉丽房门，顺着我们居住的三层正门大摇大摆地溜进过道，出现在我那屋。恰巧当天我嫌屋内燥热，留了道门缝睡觉，谁知小风一吹，门竟然大开，那'鬼'偷袭成功。想来，若我坚持关门而睡，你这边也可以通过卡嘉丽的嘴将此事传达给我，若多试几次我便信了。"

大司命听得糊里糊涂，他用沙哑的嗓音，拼尽全力怒吼道："你说的这些都是你瞎编的！这些全都是你们汉人的理论，我怎么会知道这样多！"

妙儿见大司命死不认账，便反驳道："哼，你知道障影纱的理论，就能知道墨子的学说。何况，我们所居住的魑魅楼三层，光是障影纱，就是从头铺到尾。想来，你之所以会把我们安排在那种地方，八成就是想给自己留一手。万一有个不测，你便会利用小孔成像技术装神弄鬼，赶我们出去。"

王阳明颔首："不错，大司命第一次吓唬不成，又在次日夜里放出'躲身鬼'。为此我们均未睡下，奋力围捕时却发现那家伙的真身只有黑影。影随身动，并不可脱离身之本体单独行动，说白了这只是一起人为制造的影子吓人事件。"

"哼，你这人真是胡搅蛮缠。我若真心轰你出去，当初你与我儿少司命比试隔空猜物时，我又何必答应让你查找男童吊死案的真凶？你当日逢难落入酋长亲手布置的陷阱，是我为你解围。如今你反倒与酋长联手，反咬一口，真是个不知感恩的家伙！"大司命很会道德绑架，还知道拿感恩说事儿呢。

"你不用挑拨我跟酋长的关系。"王阳明道，"我们就事论事，何况你当时救我只是瞧不起我罢了，你并没把我阳明子的才学、能力放在心上。就像我说的那样，你大司命骨子里是个爱出风头，想当救世主、土皇帝的人，你这种人目中无人很多年，心里能有谁呢？你现今因看我介入太多、能力过强，一来打了你的脸，抢了你的风头，二来酋长格外看中我，让你心生后怕，三来你怕经由男童吊死案，回头把你也牵连上。俗话说拔出萝卜带出泥，你怕的就是这个。于是你利用从中原地带学来的某些技巧，吓唬我们，让我们知难而退。"

"你推理得不错，但有件事我想告诉你。"大司命似乎想到了什么应对方法，丢掉方才的慌乱不堪，不无得意地抬起右手示意身侧众人放下武器，"金属板、孔明灯、蜡烛、小船、升降台这几样东西家家都有。我从外头回来的时候，就已经将这些东西逐一传授给本地族人了。你去谁家搜索，都能见到这几样东西。怎的？有能耐你把他们都抓了，逐一审问啊！"

"不！"王阳明笃定地说道，"我有证据，实打实的铁证。你所用的金属板，不是我们一般人用的那种用金属做成的可以直立在某处的某种板子，而是大司命你——手上的花丝镶嵌缀景泰蓝手套！"

第 二 十 回

景泰蓝掐丝蜻蜓助　左右手斑彩蔽孔洞

　　像是地震爆发前夕的安静，所有人陷入了惊恐，死神仿佛在这一刻降临。

　　没想到，装神弄鬼的竟是他们无比敬重、带众人奔小康的大司命。

　　手套？那神圣不可侵犯的可以变出真金白银的手套，竟然是装神弄鬼之物？

　　笑哈哈族人愣怔了几秒，直到大司命狂躁地怒吼一声，他们这才反应迟钝地提起镰刀，欲再度出击。

　　乐哈哈这边却像是抓住了千载难逢的良机，生怕再次遭遇挫败，忙不迭抬手相迎。

　　双方再度陷入僵局。

　　大司命气得浑身颤抖，已然乱了方寸："你……你做人要有信誉！"

　　"对，我们汉人很讲究礼义廉耻的，不知您意下如何？酋长大人，您老是否也觉得好奇，大司命视若珍宝、不肯示人的那副手套里，到底隐藏了什么见不得人的秘密？"王阳明暗里挑拨。

　　酋长颔首，忙与结巴儿子上前，一左一右将大司命围住。

　　"哟！手套里卖的什么药？拿出来给大家开心一下！"酋长挺胸说道。

　　大司命气得将双手放在背后，藏得死死的："说话得有凭证，岂能

179

胡说！你就不怕我的族人灭了你吗？"

王阳明探出食指，刮了下人中，戏谑地说道："怕！但怕就能解决问题了？其实，您老只需摘掉手套，将手套中间装饰着的斑彩石取下，再把手套手背位置装点着的景泰蓝蜻蜓瓷片拿掉。我猜想，您这蜻蜓造型的景泰蓝瓷片自带搭扣，可两相拼接，从而支撑手套。因景泰蓝结合了掐丝珐琅、烧蓝、瓷胎等多重复杂技艺，我姑且称大司命手套上的这款蜻蜓为景泰蓝烧蓝瓷片，该瓷片在烧造时混合了铜、银二物，软硬适中，可根据需要弯折拆解。大家注意，撑起手套主体本身的，是景泰蓝蜻蜓。在运转搭扣与手套上的蝴蝶、绿蜂烧蓝后，可根据上下左右调节蜻蜓翅膀，这翅膀是可以由人左右掰动、向上抻拉的。蜻蜓翅膀可直接探入手套之中，将手套撑起，而蜻蜓本身呈长扁圆形状的身躯可作为托举之用，大司命只要将两只蜻蜓各自的几只足按照需要掰出形状，弄好后将其临时组建的'金属板'摆正在升降台上，操作起来非常方便。酋长可以把大司命手套上的蜻蜓和手套前后装饰着的斑彩石取下来看看，瞧瞧是不是我说的这样。"

王阳明这边推理着，酋长则袋鼠般上蹿下跳。他原个头儿不高，加之肚子大，接连与大司命纠缠了几个回合，都被对方用高出一头的身量挡了过去。

酋长听得王阳明推理得这般精准，眼下更是急躁，老鹰捉小鸡似的抢夺着大司命双手上的手套，嘴里絮叨个不停："你刚刚说得真棒，他手套上的这个东西叫景什么？"

"景泰蓝。"王阳明回答。

"什么蓝？"

"景泰——蓝。"

"什么泰什么？"

酋长接连徒手去抓，大司命紧紧护住，两人像是小孩子家在你抓我、我抓你。

王阳明听罢只叹气道："行了酋长，您老先回来吧，我还有话要问，大司命手套的事可以先放放。"

"那不行！就得现在把这厮抓个现行！"酋长不干，波无能也不管

180

什么亲爹与否，他招呼身后人马，示意众乐哈哈族人前来活捉大司命。

大司命见状，暗觉不妙，当下各种踌躇，眼前自己的人马也一并上了，双方火力相当，已然有这么几个人与波无能带来的人打响了第一炮。

想来，王阳明那小子虽可恶，但他之前有一句话说得对，如果现在两族开火，那就是自取灭亡，别回头外头还没杀进来，里头全乱了。

想到此处，大司命手掌处的一颗斑彩石已然被亲儿子波无能扯了下来。众人一见都惊呆了，还真就如王阳明所猜，斑彩石下头果真藏了个孔洞，大司命被火洗礼过的手已然暴露在众人面前。

真相面前，多说无用。

大司命垂头丧气地说道："我承认，匿名信是我让卡嘉丽画的，黑龙须菌菇毛也是我让她放的。另外，他刚推理得千真万确，躬身鬼就是我以本地洋芋为主体，再另加分割、雕琢，用牙签和一些果蔬拼凑而出的一个玩偶罢了。我利用手套和掐丝珐琅等汉人的机巧，扮鬼唬人，目的只是想救下我儿，吓唬走这两个汉人。"

"机巧？"妙儿听罢不乐意地说道，"现在说是机巧，而不是技巧了？听你这口气，好像对我们汉人的一些技术颇有诟病。有本事自己想办法解决，成日里学些雕虫小技吓唬谁玩儿呢？自己没本事，还想把责任往旁人身上推，如尔这般无耻小人，原不配担这祭司一职！"

这话很有威慑力，也令波无能灵机一动，他忙对准酋长耳畔说了些什么，因为是结巴，这话长了些。

"对！我觉得对！"酋长又开始即兴发挥。他一把推开大司命，再不管那手套了，干脆跳到一块还算稳当的山石上，高举双手道："大家是否同意，撤了大司命的祭司一职？如果说大司命你同意卸任，我乐哈哈一族暂且放过你。若你不同意，那咱就大战它三百回合！"

酋长激情澎湃，像个茶楼中的说书人。他声音洪亮，配合着夸张动作看上去好不有趣。

"卸任！放弃大司命一职！"乐哈哈族人狂喊，个个高举拳头。

王阳明见阵仗有点儿大了，生怕再有内讧，忙上前走至酋长身侧处，也学波无能耳语："酋长大人，我还有关于当扈鸟一事没能问清，何况接下来还有一场与祭奠有关的大会没开。您忘了，来此之前我跟您说过，眼下不宜开战，要以破案为重。"

"那你说如何是好？"酋长询问。

"您老撤了大司命的职是对的，但往后还要让他主持祭祀事宜，暂且让其退居二线，当个摆设也是好的。再派人将其圈禁，没您的允许不得外出。"

"也行，反正过两天还得用他……那就过了大会再处置这厮不迟。"

于是乎，酋长按照王阳明的指示，率先命令乐哈哈族人退后，但手中依旧握着武器。

两族人马之间，像是自觉形成了一道看不见的屏障，王阳明与妙儿跨前几步，阻隔在两队人马中间空出的这条"小路"上。

"大司命，你承认就好。男子汉大丈夫，既然承认了匿名信和闹鬼均为你一手炮制，为何不肯认假扮当扈鸟？"王阳明向前迈出一步，厉声质问。

"我跟你说了，没做过的事，为何要承认？难道你就是这种人，非要苦苦相逼，挑拨离间吗？"大司命继续混淆视听，想给王阳明扣上各种不仁不义的大帽子。

"可问题是，这当扈鸟的出现，对您百利而无一害啊。我也纳闷，是谁在这个可以展现您雄风的节骨眼上，如此配合您，伪造出灭迹二百年都不曾现身的当扈鸟，让您重新树立救世主的光辉形象呢？我们常说，被人算计了，请先不要骂街，烦请想想一个问题，那就是，被人算计之后，谁会是最大受益者？很明显，您弄出躬身鬼吓唬我们的同时，如法炮制出当扈鸟，目的是让本地族人陷入恐慌，您好以当家老大的身份英勇站出，救众人于水火。您假意请我们过来，明面儿上是请我们参与当扈鸟目击事件的审理，实则是想让我们在听闻目击者陈述后打退堂鼓，离开本地。为了区别于本次的影子事件，您特意将一只孔雀或者锦鸡加以改造，把其扮成当扈鸟的模样，再利用夕阳西下、红霞映日的效应，结合小孔成像的技术，令村民误以为被您老伪装的孔雀就是当扈鸟。因鸟儿是在不同位置被人目击，加上当时彩霞满天，大家看到的当扈鸟的毛色各不相同。"

"那我们本地近三个月连续不断的男童吊死案，跟这浑蛋有没有关系？"酋长脑袋不再空白，他问出了价值连城的问题。

一时间，所有人的眼光汇聚在王阳明身上，都迫切地向他要一个答案。

"不是。这一点，我可以向大家保证。从为人看来，大司命不具备这种连续杀人的动机和心态，他的目的就是想统治你们这些哈哈族人，让你们盲目崇拜他。类似这种爱出风头、爱装神弄鬼者大多难成大器，风头一过便只能沦为笑柄罢了。何况，他做这连续命案，对其统治百害而无一利，万一被酋长您发觉，岂不是要被连夜赶下台？那他大司命的神圣宝座，还坐不坐了？"

被废除大司命一职后，这位即将奔向花甲之年的老者终于再次听到了那个久违多时的名字——红挽志。

因王阳明还有其他任务要办，酋长便派人遣散了大司命的队伍，由乐哈哈族族人"邀"红挽志到他那边叙话。

魑魅楼三层，门窗紧闭。

王阳明、妙儿、红挽志、波无能和愉快的酋长大人，分宾主落座。

王阳明将前几次命案的真凶画像公布给在场几人，并在原有的基础上，又加了几条与物证相关的条件："男性凶手除去我方才叮嘱的那些之外，他还具备以下几个特点——第一，他手里自备了一辆色彩鲜艳，不同于你们本地人所用的小推车，恐怕，他已在那推车上方做了些许好看的图样抑或进行了大胆上色；第二，此人平日行动隐蔽，会在盯上男孩儿之后，选择他们经常去的地方，以贩卖甘味吃食的邻家大哥或者大叔身份出现在男孩儿面前，这些甘味吃食的做工可能并不算太精细，但外表绝对是本地孩子们没见过的，例如我们江南的酥皮点心、京城的奶糕；第三，此男子养了一条凶悍却极通人性，但只听他差遣的大狗，此狗在行凶时必然随侍左右且并不轻易现身，而在他掏出弓弩威胁男孩儿们站成一排时，狗才会从草垛、高树后绕出，辅助凶手对受害者进行恐吓、监督。"说罢，王阳明喝了口水继续说道，"至于女性凶手，她在我们到来之前是与男性凶手紧密配合的，两人犯案时形影不离，不分彼此。我敢断定，此女子一直扮演着幕后主使的角色。过去他俩一并行凶时，女子出策略，男子来实施。但自打我与妙儿来到此处后，不知为何，那女子便换了一种形式，居然敢单独行动，亲手杀人。此女子娇小玲珑，长相甜美可人，略带些女儿家的妩媚温婉之态，平日很受同龄小伙子追捧。她桃花很旺，但因为人谨小慎微，不会轻易引诱男子，绝非轻浮轻佻之辈。此女个性沉稳老练，遇事不慌，善用自己的相貌迷惑他人，使之放松警惕；会做甘甜可口的吃食，尤其擅长制作点心，也包括一些小众的手工艺品；精通汉医学、道家机关术，且有一点与红挽志您老人家相同……"

因大司命一职已然被撤掉，王阳明随酋长一并唤这老头子为红挽志。

"和我相同？"红挽志不解。

王阳明颔首："这个女性凶手，颇通炼金术。"

"炼金术？"酋长不解，"炼金术是啥玩意儿？"

王阳明笑而不语，他的视线落在红挽志那张戴着天鹅绒面具的陌生面孔上。

任凭谁也无法看清眼下红挽志那只瞎透了的独眼，但其左肩微微颤动，右手拇指与食指相互揉搓，还是暴露了他此时此刻的心神不宁。

酋长见两人就这么僵持着，很是着急："说啊，炼金术是个啥？"

"哦，没什么，就是一种法力。之前的滑轮，后来的弓弩暗器，都是这女子运用炼金术冶炼而出的。"王阳明笑道，双眸却看向酋长，不再理会红挽志，"对了，咱们谈一谈丧礼的事吧。要想抓住真凶，就得为这些死去的男孩儿办上一场体面盛大的丧礼，这丧礼必得体现出你哈哈一族的风土人情才是。"

波无能听了半晌这才开口："为……为……为什么……"

"如果我们办一场规制宏大的丧礼，那真凶必然会参加。"王阳明笃定地说道。

酋长道："这为什么啊？他来这儿悼念那帮被他亲手杀死的孩子，不等于自投罗网吗？"

王阳明摇头："不是，凶手的杀人动机我之前已经说得很清楚了，定然是被你们哈哈族男子羞辱过、迫害过的某位女子抑或某位女子的家属。其动机很简单，就是寻仇。所以，他们必须了解咱们为死者突然举办如此隆重的丧礼是何目的，来到现场做出实地考察后，会进行揣摩，好判断是否需要调整策略。尤其是那名女性凶犯，原本就是幕后主使，若我们这丧礼办得盛大而庄严，想来她是必来的。自然，我生怕那男性真凶会因忌惮而拒绝前往，所以特地想出了个两全其美的法子。酋长您大可放出话去，假装招募祭奠当日的镖师护卫，让他们作为护法尊者前来护卫已死之人的灵魂，并声称本次招募必有奖赏，令前来应聘者须带上小推车、自家狗儿，就说此乃护卫需要。到时您亲自跟这些人进行面谈，我则藏在屏风后头，通过缝隙观察外头的动静，识人断人。"

扶郎县本地即将在五日后举办大型丧礼的"帖子"一经发出，不到半日，就有不下六十名本地哈哈族男子火速前来报名。

大家积极踊跃，态度良好，全然一副挣钱为大的嘴脸。

王阳明按照计划，足足在屏风后头蹲守了四个时辰，看得连腰都直不起来了。

可惜啊可惜，从头到尾没一个对得上画像的。

185

第 二 十 一 回
直男癌双双来尬舞　奇女子寻仇当自强

哈哈族的丧礼仪式与汉族的仪式不尽相同。

在他们的祭奠现场，你很难捕捉到哀戚悲伤之意。在哈哈人看来，人之将死的那一刻，是悲伤而令生者肝肠寸断的，但若此人真正去了，活着的人反倒理应庆幸。这份庆幸绝不是幸灾乐祸、落井下石，而是提醒自己珍惜眼前人，重拾开天辟地的信念。

傍晚后，酋长率领两部族人找一块草地，令人堆起高柴，点亮"绯红之花"。

欢舞不知热，但惜火焰长。仲秋薄凉意，煊起映人像。

红挽志在这一时刻，发挥了决定性的作用，这也是王阳明坚持暂且留下他来，为破案所用的理由。

酋长与红挽志抱团儿跳起了本族中最为欢快的舞蹈，这舞蹈很有意思。两人一组，脸对脸，眸见眸，或旋转，或起跳，或踮起脚尖。女女结对，男男相伴，会聚又分离，各自原地转一圈又回到彼此近前。即便身体贴得再近，彼此的手却根本碰不到对方躯体，全程下来倒像是西班牙人跳的那种弗朗明戈舞——集多种艺术形式为一体。

起舞的酋长非常喜悦，配合着舞步和手上的动作极力表现出一种近乎目中无人、桀骜不羁的气势。

红挽志与酋长两两相对，各自身后引领一批属于自己部族的人，从外围层层聚拢，再倒退扩散开来。接着群体围成半圆形状，皆两人一组，男女分开。

酋长的双脚紧跟节拍，表露出人性最深处不可掩饰的原始情欲，他那坚挺厚实的脚跟提起又落下，且重且轻地击打着地面。红挽志则将重心移动到手臂，其手、腕、臀、腰肢不断转动，还打起响指拍起手，与对面的酋长交互应和。

王阳明与妙儿为查案方便，于今日也身穿哈哈族人的祭奠衣物。两人站在祭祀专用的瞭望台上，远观四下各方动态。

"别看酋长那家伙肚子大得像老母猪，跳起舞来却是格外灵活，若是把当年西施发明的响屐鞋让他穿上，那响屐舞他估计也是能跳的。"妙儿从上俯瞰众生。

虽说这是个小地方，总共加起来没多少人，但夜将深沉，残云收暑，反倒将那绯红的火花抬得老高。

王阳明看着台下的红挽志，他虽受到如此重创，但仍能保持原有仪态，恪守着一份不为外界所动的自尊。

他与酋长灵活配合，跳着热烈而激昂的舞蹈。那舞步毫不收敛，每踩出的一步都像是兵书里常常提到的敌进我退、反守为攻。他随着旋律踮脚旋转，掐准乐曲舞动，姿态曼妙，像是回到了少年时代。

酋长不甘示弱，如果说红挽志眼下的舞步变成了秋日黄金节气里最后的那道热烈的赤霞，酋长则是那永不磨灭的绿树浓荫。

可能是嫌弃与自己跳舞的对手，抑或他个人觉得这舞蹈、这音乐的力度还远远不够，不知从何时开始，酋长口中衔起了一束泡桐花。这泡桐花可谓是西方风信子的翻版，只是那风信子底座为蒜头一枚，通体向上伸展，而这泡桐花却像是谦逊羞涩的秋日麦穗，花朵屈头弯腰，收敛锋芒。

"这次招募现场护卫果然管用。"妙儿道，"哥哥你看，这帮前来应试之人，皆很是听话地把各家小推车逐一带来，且有狗的都牵了狗。"

"只是……"王阳明再三瞧着，微微咂嘴，"只是这里头竟然没有一个是符合我画像的……你看这些所谓的推车，都是再平常不过的。那狗虽有大的，但其本主却都有当天的不在场证明。从外貌、性格来说，也不符合我对凶手的推测。"

"哎？他们这是跳完了？"妙儿扬起下巴，对准红挽志的方向微微抬起，"怎的，我瞧着红挽志这老头儿又要装神弄鬼了。难道说，他要用那吉州窑的仿品迎请碟仙儿不成？"

妙儿果然说对了。

只见众人停歇，不再起舞，美妙绝伦的西域范儿乐曲戛然而止。

红挽志手持木叶天目盏一枚，缓缓走入众人视线，登临火焰对面的高台底座。

木叶天目盏里闪动着类似于金银的光泽，从高处望去，王阳明不难判断那闪亮着的是何物："是铂金。这家伙用铂金打磨成方形薄片，类似于咱们汉人外圆内方的铜钱。看着这架势，他八成是要用这个铂金方片替代铜钱来占卜。而这个之前由他本人亲自为咱们展示的仿吉州窑木叶天目盏，则取代了碟仙中的碟。"

"这人真是讨厌，他把咱们汉人的经典统统拆解后翻译成自己的话，之后又结合哈哈族人的性格进行修改，把这套奇奇怪怪的理论带入本地后，又强词夺理说什么是他本人独立所创！还欺瞒众人，利用他人的研究成果，美其名曰皆为法力，真是可耻！"在妙儿看来，这红挽志真格白活了那么大岁数，综上所述红挽志所做的一切，不是抄袭剽窃又是什么？

"他若多学些好的，我觉得也是不妨事的，可他偏学些脏的、臭的，把咱们那儿存在争议、瞧不上眼的那些腌臜之物统统吸收了进来，牵强附会、不计后果地安插在本族百姓的头上……"王阳明见红挽志又陷入了新一轮的"假施法、真神道"中。

只见红挽志开口说了什么奇怪的咒语，随后众人安静下来，现场气氛极其和睦，似乎一切都在朝着美好的方向发展。

红挽志如今不是什么大司命了，但他仍以"贤良长者"的身份为大家演绎"化学反应"。

红挽志鹤立高台，大火带来的热浪扑面而来。

"恭请我们哈哈部族的先祖回首相望！我以贤良长者的身份，迎贺

188

他们的归来，恳请我们的先祖为我们后辈少年指出一条通往天宫而非冥界的光辉大路吧。"

好个装神弄鬼的红挽志，他边说边颤颤巍巍地抖动膝盖、胳膊肘，双手似通了电般抖个不止。不知道的还以为他脑血栓发作了呢。

众哈哈族人听完这句，纷纷俯首，单腿跪地。

酋长也是如此。

红挽志将那盛放了铂金方片的木叶天目盏持于双手，举过头顶，对准眼前高涨的火焰拜了三拜，随后将木叶天目盏倒扣于覆盖着花丝镶嵌手套的掌心中央。从慢摇到快摇，模式任意切换着。

妙儿作为清修多年的著名道士，看到如此这般的公开诈骗，只想一脚将那台上之人高高踹飞。

烈火如歌，却更如一个抓不住的魂灵。它活生生照映出红挽志那张戴着天鹅绒面具的脸，却无法一针见血地照出他背后的肮脏龌龊。

红挽志将木叶天目盏唰唰两声投于地面，口中响起哨音，如泉水之声。接着他双手摆了个奇怪的类似于今人开枪的动作，双手齐发。

就见那天目盏于险些擦地、欲要与白岩碰撞的刹那，诈尸般挺立起来，安然落地不说，还自主转动着。

红挽志的手从始至终没有落下，口中哨声也没有停下。

众人虽不敢直视，却又有稍稍抬头观瞧的。

"不错！"红挽志待那木叶天目盏不再旋转后，大步向前，一副迫不及待、欲睹真相的模样，"列祖列宗已然给出明示，这些孩子尚不能入土为安，容我再卜上一卦，大家少安毋躁。"

"喊！"王阳明不屑地撇嘴，"我一猜他就会利用这场丧礼大出风头，并将占卜结果当作再度上台的筹码。正所谓先抑后扬，先说祖先不高兴了，无法给予后辈一条明路，随后重新占卜，再说是因为自己的某种言行，打动了先祖，让民众再度信任他，重新给予他大司命的权力。"

接下来的一切，还真是按照王阳明的预料发展的。

红挽志刚才说的那一席话，令众人陷入了不安和惶恐中。随后红挽志又偷换概念，说什么如果将自己捆绑起来，作为交换条件谢罪于先祖，兴许能感动先祖，叫他们为这些死去的亡灵开辟一条通往天宫的道路。

没办法，酋长只能将自己的肥遗金钟罩交出来借给这个谎话连篇的家伙。

王阳明两人看得清楚，虽然近日接连发生了诸多与红挽志有关的不愉快之事，但不得不说，老百姓还是很依赖这个曾带着他们奔小康的老人。当他们听到第一次的占卜结果非常不利时，都露出紧张兮兮、如履薄冰的表情。更多的人，又将生存的希望寄托于这个曾经无数次欺骗过、玩弄过自己的恶棍身上。

也许，当傻子遍地开花后，骗子的数量是不够用的。

红挽志出尽风头，又是一通口哨，那肥遗金钟罩快速爬遍他的身体。绳索行不假足，上腾云霄，下游山岳。

绳索闪动着甲鳞翠光，顺着红挽志的双腿长驱直入，直达其双手，将这厮一双熊爪子绑了个结结实实。这人性化的绳索真格露脸，从开始到现在跟着那热烈敲击而出的鼓声爬动着，从未有丝毫懈怠，直至游走于红挽志肩窝处才静止下来。

"请祖先下凡，降临人间，为死去的孩子们指条明路吧！"

红挽志说罢跪倒在地，这一次，他要表演"在不用手套的情况下，单用口哨操作天目盏"。

果然，他做到了。

可就在他辞别旧曲，摇头晃脑唱新歌，一副逍遥自在模样的时候，不可思议的一幕发生了。

原本那个盛放了铂金方片的木叶天目盏，理应随着他那响亮的妙音轻舞飞扬，待口哨停止时便安然落定，内里应呈现出占卜结果才对。

可这一次，令在场之人全都目瞪口呆不说，只见这个活泼的黑釉瓷盏，竟像是灶台上正用沸水煮着的铁壶般跳起了原本不属于自己的舞步。

它落定之后激烈地发怒叫嚣，似泼妇骂街，又如落第踹榜的倒霉学子。

内里的那个铂金方片，先是像是被什么东西吸附住了一般，接着好似有一双无形的大手奋力将这铂金往外抽离。

可就在红挽志用口哨褪去身上这层层束缚，抬手欲要阻拦时，悲剧还是发生了。

接连的爆炸声虽谈不上巨大，但足以震彻在场众人。

"是那火！那火有问题！"王阳明趴在护栏之上，双眼死死盯住眼前那团拟人化的火堆。

他与妙儿站得高，得以逃过一劫，但他两人仍能感受到足下的震颤。

"你是说，有人在火里或者木柴里加了某种东西，待到一定时间，便会发作？"妙儿一把牵住王阳明，生怕他跌落下去。

两人见事态不妙，稍作停留后，观望了下面的状况。这爆破声虽震得两人的脑袋内嗡嗡直响，但二人定睛瞧去，发现这爆炸造成的伤亡只限于普通民众，而那个挨千刀却死不了的红挽志虽也受了伤，可依然能够拄着拐杖再次死里逃生。

还不等两人隔着烟雾看清下方场景，就见红挽志竟然与一名身着怪异服饰的蒙面人打成一片。

"那是——酸与怪衣？"妙儿看向台下，就见有一女子身形之人，身穿一件类似于侏罗纪时代风神翼龙那般的皮衣皮裤，灵活进攻间，身若游龙。

妙儿口中的酸与在《山海经》中可以找到，其外形像极了恐龙家族的代表人物——风神翼龙。

后世有人提出，《山海经》中记载的某些怪鸟、怪兽，其形态类似或者近似于侏罗纪、白垩纪时代的诸多已经确定灭绝的恐龙，或者说，《山海经》中的一些怪兽，其身体构造的某一部分、某些部位与恐龙极其相似。

这是否说明，早期因小行星撞击地球造成的恐龙物种大灭绝事件，其背后还隐藏着不为人知的秘密？

在大部分恐龙灭绝后，地球上是否还残留了一小部分恐龙抑或恐龙的近亲？

这些近亲又与其他物种繁衍出新的物种，会不会就是我们《山海经》中大篇幅记录下来的这些不为人所熟知的"怪兽"呢？

191

王阳明与妙儿自幼熟读《山海经》，王阳明的爷爷王伦老爷子还经常带着他俩去到绍兴附近的树林考察，临摹各种珍奇动植物，对比《山海经》中的所谓"怪兽"进行记录、绘图。

再看眼前这个将酸与制作成皮衣皮裤的蒙面女子，其动作开合有度、干脆利落。

"臭不要脸的骗子，纳命来！"

女子衣摆翩飞，身形矫健，其裹在身上的皮翅如皮面风筝般起落，连接其手臂和五指，女子于半空中转体伸展，不忘架起酸与怪兽那层天然膈膜，张开其接连翅膀的筋脉，在热浪扑面的滚烫中画出车轮滚动的线条。她每次张开翅膀，皆有细密的桃花针顺着其皮衣射出。

可惜红挽志是个行家里手，这女子翅膀张合几次，放出利刃无数，均被红挽志以口哨、手套操纵着的肥遗金钟罩逐一弹飞，射落土中。

见此女势单力薄，又有一弓箭从红挽志斜后方狠狠射来，箭羽震得那火焰火星四溅。

就在长长的箭羽即将贯穿红挽志的胸腔时，就见一个似曾相识的人形竟然从某棵不起眼的杉树上滑落，用肉身直挺挺地接住了那支从后方贯穿其胸腔的冷箭。

"煊废物？"王阳明喝道，"怎么回事？他怎么出来了？"

不等王阳明两人看清，就见煊废物顶着张血肉模糊的鬼脸，充当了回箭靶子，为老爹挡了一箭。而那根原本在红挽志手中任凭他操纵的绳索，突然翻脸无情，不由红挽志一人把控。其响尾蛇般腾空而起，露出眼镜蛇般邪恶的面孔，连那蛇皮纹路、色泽皆清晰可辨。

可这化蛇而出的肥遗金钟罩，不知为何却将枪口对准了红挽志的儿子——煊废物。

肥遗大蛇原就爱好痴缠攀附，它一层又一层毫不留情地将只着一件单薄衣衫的煊废物缠了个密不透风。

那粗壮到没商量的绳索，如今显现出另一副面孔——它随着红挽志变幻无常的口哨、反复切换的手势嵌入了煊废物的肌体深层，直达其四肢百骸。

我国古代干尸常有，可木乃伊不常有。如今众人一见这般光景，也猜不透这被肥遗层叠包裹的人是生是死，是人是鬼。

妙儿亲眼看见，这红挽志未曾停下与皮衣女子的大战，对亲生儿子的种种遭遇视而不见不说，竟然还配合着对手的节奏，吹动哨音。

王阳明从上判断，发觉红挽志绝非刻意伤害儿子，他一面对敌，一面切换招数，想用尽全力保下儿子性命。可他自己也是万万没想到，用惯了的肥遗金钟罩也有不听话的时候，明明自己发出了正确的信号，这兵器丢人现眼不说，还偏是关键时刻掉链子，把枪口对准了自己儿子。

血肉横飞中，少司命被亲爹发出的哨声切成了几段，化成肉酱的躯体四溅在升腾燃烧着的熊熊烈焰中，发出刺刺啦啦的脆响。

不一会儿，一架白骨横空出世，其双眼空洞，凝视头顶星光，可叹那一双大眼成了两个白骨窟窿，令人害怕。

"你们……你们看啊！红挽志、红挽志竟然、竟然把自己亲儿子杀了！"现场所剩无几的哈哈人，看到这般骇人景象，个个抱头鼠窜，顿时尖叫四起，众人狂喊乱嚷。

前任大司命于丧礼现场因打斗不慎而误杀亲儿子一事愈传愈夸张，最后演变成"前任大司命于丧礼现场为泄愤手刃亲生儿子以祭祀祖先"。

眼看煊废物成了"得道圣人"，大司命顺势卸下沉重的心理包袱，果敢上前，认真投入到对付两个敌人的战斗中来。

他这个人素来拿得起放得下，否则也不会成为哈哈族了不起的"搅屎棍"。

"天有五气，万物化成。"

这厮真乃打不死的小强，用完一招又一招，心理素质极高。

妙儿见他丝毫没有半点儿沉溺于丧子的悲恸中去，又闻其再次唤出道教施法口号，气儿不打一处来："有毛病啊？动辄就改我道教经典，说个咒文都断章取义，真该拖出去斩首！"

炼金术法阵拔地而起，海棠色的外圈搭配踯躅色的内环，内里漾起自在活动的毕方神鸟造像。

一根刻着毕方鸟头像的紫檀权杖，像是某位大巫洗礼过的诡秘法器，被一股神秘力量托举呈送至红挽志跟前。

紫檀，五行属火，大部分民族都将其视作力量的源泉，尤其在东方

193

国家，紫檀代表了皇家权威与无上荣耀。

就在红挽志双眼定睛瞄准权杖，单手欲握的刹那，后方那个只放冷箭不现身之人赫然亮相。

她也若酸与皮衣女那般，边出招边朝着红挽志奔来。

"红挽志，你的死期到了！我要代表全哈哈族的女子向你讨回公道！"那放冷箭的女子边说边放箭。

她同样脸戴面罩，但喊话的声音却极有特色，比一般的女子略粗些，颇具男儿气。

"好样的！终于有人反抗了！"妙儿狂喜，心中为这两名女子鼓掌。

红挽志身后嗖嗖声接连传来，他猛然发力，握住权杖，用出一招"护心棍法"："彼见我提手，上扎我心，我挤进拿开彼棍，锁彼口。"

这一次，别说是妙儿看来来气，就连不懂武功的王阳明都愤懑不已："这是少林棍法！这家伙还会这个呢？"

王阳明曾在幻海城最具盛名的翠宾楼里见任泉饮用这一招克敌制胜。可人家任泉饮本是少林俗家弟子，本人又拜了嵩山一带某位高人为师，会这功夫乃在情理之中，他红挽志算什么？

红挽志以毕方鸟天然发火为出招基点，再用一旁祭祀专用的熊熊燃烧的烈焰点燃权杖。他像是马戏团里玩火的小丑，先在权杖两端点上火球，再借由毕方鸟鸟头及权杖周身制造出若干个大小相同的火球，这样一来，无论是从力道上、气势上，他都能占据不败之地。

"糟糕！这二女用的是酸与、犰狳炼就的兵刃，五行都属金。可这红挽志偏召唤了五行属火的兵刃与二女对打，若两人不能及时想出对策，进行合理调整，那么……"妙儿看着揪心。

只见那放箭女子口中念有咒语，左手持弯弓摆出架势，右手手指像在空气中拨动着什么，像是在弹奏看不见的琴弦。

她随手抄起左边枫树倒挂而下的枝条，也不见其用力，就见那枝条像是听话的孩子，火焰上得其弓来，成为一支活灵活现的冷月色半透明箭羽。

"她在弓弦上涂了用犰狳怪制作而成的粉末，再配合道术弹奏篁篌引，念出相应的篁篌咒，只要身侧有五行属木的东西，便能为其所用，

194

以最快的速度化成箭羽。但问题是，五行属木的事物生火，反倒对红挽志那老不死的火势有力！"妙儿额头上微微冒汗，她有些按捺不住，很想下去跟两名女子并肩战斗。

"波无能！你难道真忍心看你老子死在这两个娘儿们手里吗？"红挽志大叫亲儿子，这是他最后的希望。前两个儿子都死翘翘了，现在就剩这一个了。

波无能听罢结结巴巴，好半天吐不出整句话来。

一旁的酋长刚刚被爆炸带来的冲击波震得头晕眼花，脑袋撞在树上，此刻刚刚转醒于干儿子怀里。

"儿啊儿，就算你不想管他，好歹也看在咱部族百姓的面子……"酋长微动唇齿，顺头部肆虐而下的鲜血横过他脆弱的双眼，"那龟儿子你不管就不管，想当年他跟兔子赛跑那会儿，红挽志那浑蛋就没个正形，要么怎么连只兔子都赢不了呢？可现在这么多无辜的哈哈族人都动不了，万一这两个女的要宰了他们……"

酋长还是那么诙谐，到了这般地步，还不忘拿龟兔赛跑的典故贬损老对手一番。

养父对自己不薄，自己不能违背他老人家的意思。波无能对着养父叹了口气，将养父平放到一棵巨大的百岁冷杉后，简单地叮嘱了一句，便唤出兵刃杀入火场。

妙儿见势不妙，带着王阳明飞身而下。这一次，她决定见机行事。

果然，大司命与儿子联手，两人分别用出五行属火的招数将二女制服，二女被押解在地。

"刀下留人！"王阳明大喊，亦如天外飞仙般与妙儿从天而降，"两位听我一言，这案子委实复杂，凶手是否为二女尚不知情，待我细细审理之后再做审判不迟！"

第二十二回
诉冤屈直指大司命　紫苏鸭尝菜落辛泪

待摘下近前两女面罩后，王阳明见两人模样各有千秋。

在自己右手一侧的女子，身形倒是符合侧写，个头儿小巧但偏胖，是典型的砂锅身材。能看得出，此女年轻时模样不错，五官俊俏，尤其是那一对"鸳鸯春梅眼"，混有颇具异族风情的灰蓝色。这眼配上那轻浅的刀尖眉，尤为动人。该女被波无能扯掉面罩，露出真容后，红挽志与其对视片刻却并无印象。可这女子却声称红挽志本人生生亏欠了她连同她的孩子们："红挽志你个浑蛋！今天我杀不了你，老天迟早也要收了你。"

原属于这个"砂锅阿姨"的弓箭被波无能迅速没收，红挽志听到她被抓仍旧叫嚣来劲，反倒横生愤懑。看这女子岁数，跟自己可谓同龄，他对奔往花甲之年的老龄女性不感兴趣，却单单扭头看向王阳明左手处那个三十不到的女子。

"你是——芙蕾？"红挽志端端看向这女子相貌，顿时赏美思人。

"哼，居然还有脸叫我的名字，呸！"

这个被唤作芙蕾的姐姐身高比妙儿略矮一些，可她肌肉紧实，一看就是个每日自律到极致的运动健将。她有着红润有型的小方脸儿，短粗的咖色秀眉，细长上挑的燕子目。她虽是前来寻仇，满脸愤怒，一身酸与恶兽皮衣，但仍不失为绝色。

"你认得芙蕾，却认不出我？"持弓的老年女子满脸冷笑，不失讥讽地射出逼人的目光，她一开口语调便是高亢激昂的，像是街头即兴演讲的政治家，"还没死光的本地哈哈族人都给我听好了！你们的大司命红挽志，他口口声声说自己有扭转腹中胎儿性别的良药，当年，我就是听了他的话，吃了他开的那些药物，最终我腹中胎儿成了不男不女、半人半妖的怪物！我因此也被夫家厌弃，迫不得已远走他乡多年！"

这话一出，红挽志如梦方醒。要知道，刚刚虽有暴乱，但眼下那些前来参加丧礼的民众并未死绝，有些仍在原地等待救治，有些则因为距离爆炸源较远幸免于难，还有些人正在赶往此地的路上，兴许现在刚好听个正着。自己岂能任凭这女人当众拆穿往事的内幕？

想罢，红挽志不动声色地向上翻了翻左手手背，想把手背上的烧蓝瓷片当作划破对方颈动脉的暗器射出。

"你给我住手！"妙儿这次也算翻脸，她抛出拂尘，用缠绵无尽的丝线直接套住大司命脖颈，将其整个脖子锁定在拂尘下，"你若不让她二人一吐为快，为此影响了查案，别说什么真相几何，就说你红挽志的性命，本座也会一并拿走。"

红挽志原想下意识地咽口唾沫，可此时风云突变，好个猝不及防。妙儿武艺何其高深，他算得上亲眼见证过，尤其她手里这兵刃被江湖之人唤作"藏风四俊"之首，只要他稍稍一个大喘气、一个深呼吸、一个咳嗽，哪怕就是翻下眼皮、挤下眼睛，这见血封喉的冰凉丝线就会擦破他的颈动脉，要了他的命。

红挽志别无选择，平生头一遭尝到了被人拿捏在手、随性玩弄的滋味。他不得不选择隐忍低头，将喉管处涌动的一口恶气下沉丹田，连鼻翼处的呼吸都不由放轻了很多。

王阳明见妙儿控制住了局面，忙几步上前询问右手处的这位年长女性："您的意思是，红挽志炮制出一种能转换胎儿性别的药物，假意好心送给你吃，为此你生出了怪胎？"

这位持弓的年长女子，像是没听到王阳明所问一般，自言自语地回忆道："我叫玛琉，我和芙蕾是邻居。当年我连续生了五个女儿，如果

197

再生不出个儿子，我丈夫便会厌弃我，迎娶更年轻的女子。我向大司命求助，让他占卜我这一胎是男是女。大司命用汉人的方式为我号脉，说我这一胎还是女的，还安慰我说不要担心，他这边又变出了几种神药，可以把肚子里的女胎转换成男胎。可我吃了药后提前早产不说，竟还难产，生了个不男不女的妖孽！"玛琉说到此处，狠狠地往红挽志的脸上啐了口浓痰，"呸！你个挨千刀的王八羔子！之前骗我生儿子，后来我生了怪胎，你倒出来做好人，当着我公婆、丈夫和全哈哈族人的面指责我是被当扈鸟附身的毒妇！说要以天神的名义赶我出扶郎县……我无奈，只得离开家乡到处做工，可就在我离开家乡的第三年，我就听说，我那苦命的、没了亲娘的五个闺女，死的死、残的残，熬到嫁人的又因其母是生了怪胎的恶妇，最终被夫家厌弃。可怜我那五个闺女，现在就剩一个，还因当年之事深觉可耻，死活不肯认我这个亲娘！"

芙蕾听玛琉说罢，不等王阳明问及幕后指使和男童吊死案的其中细节，便已然开口。她声音虽不如年长的玛琉洪亮开阔，却动听若黄鹂乳燕，女儿味儿十足，绵软甜腻中带着女子的刚强倔强："我跟这位玛琉原住得不远，她的话我能做证，可谓句句属实。"芙蕾抬头看向妙儿，见她是女子却武艺超群，单手便能制服红挽志，又觉此女气场强劲，想来定能向着自己说话。芙蕾将身体朝向妙儿，拿出说理的态度道出原委，"红挽志干的那些勾当，一桩桩、一件件可谓天地可诛！我当年也是被他们父子坑害，才有今日复仇。原那少司命煊废物也不是好东西。当年我新婚不久，急于要个男孩，大司命看我面相，说我若怀孕第一胎定然是个女孩儿，且已有至阴至邪之物附在我身上，如果不吃药，胎儿会是怪胎。他带我去一间远离本地的小木屋，美其名曰驱鬼，并在小木屋里点燃驱魔草药让我昏睡。两个多月后，我果真怀上了。怀孕后，大司命给我号脉，说这一胎有点儿邪门，虽然是男孩儿，但胎位是偏的。我着急，便问他如何破解。大司命又将我带入小屋，用那药草熏香，连带做了法事，叫我吃下一颗他变出的丹药，待我昏沉入睡后他二度施法驱邪。可谁知道、谁知道这次驱邪过程中我突然转醒，竟然亲眼见得，红挽志和他的儿子煊废物居然趁我昏迷之时侵犯我……"

这可真是天大的屈辱了。想来，对任何一个地区、任何一个民族的

198

女子而言，被人强暴可真是一个毕生难忘的耻辱，这将成为该女子一生不可触及的痛点与不堪回首的泪点。一旦伤口二度撕裂，这犹如余震的再次伤害会将受害者推向无法凝视的深渊。

"我当时想要大喊，他们发现我竟然醒来，忙捂住我的嘴，不让我发出响动。而我那尚不成形的孩子，就这么被他们给挤下来了……为此，我再不能生育，被夫家厌弃，赶出本地，却在荆门州做工时，遇到了跟我有相同遭遇的老乡玛琉……"芙蕾说起这件事时，仍旧如遭雷击。

妙儿看在眼里，心碎难忍，手中的拂尘不由得紧了又紧。

"我想知道，你两人这一身武艺，恐怕不是在幼年时就学会的吧？难道说，那幕后真凶不但教会了你们如何使用炼金神器，还教会了你们二人一身武艺？"王阳明假装不解，将一些没头没脑的信息掺杂在问题中。

"炼金神器？"芙蕾道，"哼，你是说我这一身酸与皮衣和玛琉的弓箭？我们不知道这是何来历。只是，我们这一身武艺的确来自于一位不知姓名的道姑。她很同情我们的经历，便将中原武艺传授于我两人，且将这宝贝赠与我俩。至于你说的什么炼金神器，我们不知道。"

"近三个月以来的男童吊死案，你们可听闻过？"王阳明又问。

"吊死案我们回来本地前的确有所听闻，不过那也没什么好稀奇的。大司命一手将本地女娃全灭，现今各家男多女少，死几个男娃绝不稀奇。恨他的女子不多，但也不是没有。曾几何时，多少女子管他讨要过那所谓的良药，这药不知害了多少哈哈族的女子和胎儿……"芙蕾用动情好听的声音絮絮叨叨个没完，好似自己有无尽的委屈要跟王阳明这个外人诉说。

就当王阳明认真观察其面部表情、吐字用词时，那一声不吭的玛琉突然从口中吐出一枚枣核钉，钉子死死地钉进了红挽志的脚腕处。

紧接着，跟王阳明说话的芙蕾腰往后弯，脸朝后仰，眨了一下眼，睫毛处便飞旋出一枚与蝴蝶触角一般轻盈的暗器，同样直直插入大司命肚脐位置。

枣核钉并不稀奇，但人可以将暗器隐藏在睫毛深处，王阳明也是头

199

一次见。

"哈哈哈……"玛琉开心坏了，她悠悠开口，声音若春雷滚滚，"该！活该！解气，真解气！芙蕾妹妹你瞧他那狼狈样儿，好个称王称霸的土皇帝。红挽志我告诉你，我们这两样暗器上均涂了一种名为哭笑不得的毒酒。这种毒酒每一个月发作两次，具体时辰不定。凡毒发之人，都会看到平生最为害怕的事物，且会被该事物牢牢咬住，纠缠至一天一夜，令你求生不得求死不能。每次毒发后，毒素便会沁入五脏，发作频率会从每月两次上升至每月四次，毒发持续时间也会从一天一夜增加至三天三夜不等，可过瘾啊？"

红挽志眼下动不能动，连回嘴、喘气儿的资本都没有。他只觉自己今日倒霉透顶，可听闻这毒素竟有如此"深意"，便也知其中厉害，不敢再造次。尤其瞥见妙儿听罢这二女遭遇后，因打抱不平而更加骇人心魄的九尾狐狸眼，怎么看怎么觉得此女才是自己编造出的那至阴至毒的被当扈鸟附体的人。

现在的红挽志，连喘气在妙儿看来都是罪孽深重，倘若他再出言驳斥，想来妙儿断不会手下留情。

眼下已然如此，王阳明不好阻拦两人复仇，但审理案情迫在眉睫，他还想再细问两人有关本地与大司命一家结仇女子一事，便忙对着波无能道："你阿爸如何了？快快请他老人家将这二女押解到他那里，由我本人审问才是。"随后王阳明又对着两女子道："你两位大可放心，我是外来汉人，也是无意间卷入这案子的。由我出面审问你俩，加上眼前这位道长的武艺，他们断然不敢对你们用私刑的。"

令王阳明松了一口气的是，这次丧礼有惊无险，除去小部分人员伤亡外，大部分百姓只是中轻度的烧伤，两个回乡寻仇的女子也并没有因为复仇失利自尽身亡。

按照王阳明的安排，波无能囚禁了红挽志，只派了一个当地的赤脚医生为其草草治疗。

因酋长这次也是伤得严重，几乎不省人事，要不是妙儿为其诊脉，就地取材，开出药方让其服用，这家伙想来是死定了。

波无能暂时顶替了干爹和生父的职位，做到了政教合一。

王阳明跟随乐哈哈一族返回酋长所在的魑魅楼，一刻也不曾耽误。

审问的过程还算顺遂，但令王阳明吃惊的是，这两女子对本地近期发生的这多起命案几乎只是听闻过，不曾参与，全然是局外人。

王阳明看她们的微表情、微动作不像说谎，且两人从前到后只着手策划了这一场阴谋——重在当场戳穿红挽志本来的面目，告诫同乡，并于公众面前手刃仇家。

王阳明又对比自己的心学画像，发现除去玛琉的身材略与画像上的女性凶手相似外，其他皆不相同。

当王阳明问及在何地遇见那位教她两人习武的道姑，以及道姑是何模样时，她两人都说："那道姑是我俩在洞庭湖畔所遇，但那人从始至终没有露出本来面目。她只是用柳枝沿途留下标记，将我们引入一个刻有武功心法的山洞里，山洞中有该武艺的连环石板画，所有武功细节、出招步骤，清一色白描在那石板之上。每一步、每一招、都记录得清清楚楚、有据可依。若我们有不懂的地方，那道姑便用一种很奇怪的技艺，将自己的影像投射到洞里，用她的影子出招示范，指点我们的武艺。我们也是通过她投射在岩洞的影子的轮廓看出其身穿道袍，冠顶飘带，两端装饰瑱珠，由此判断出她是一名道姑的。"

除去这点很是耐人寻味外，王阳明与妙儿都无法摸清事实真相。但两人也一致认为，芙蕾、玛琉并无说谎迹象，的确也没有参与到连续数月的男童吊死案中。

审完后两人均疲惫不堪，拖着沉重的身子往自己那边的魑魅楼赶。

想不到，她们却又在林中快活潭附近遇见了米娅。

"米娅？你怎么还不回家啊？"妙儿抢先一步上前。

见这孩子神色依然，推着自家的小推车出来不说，这回还把锅子带了出来，正蹲在一棵树下，架起柴火炖着什么吃食。

"哎呀，姐姐你们来了！"米娅很是愉悦，忙起身翘着两只手一跳一跳地过来。

"你在做饭？"王阳明问她。

"嗯，我在做饭呢……之前，姐姐教我的紫苏鸭肉我记下了，这次想试着做，想不到才做好你们就到了。"

王阳明道："上次的事多亏有你，我们当时为赶到酉长处找救援，也忘了谢你。要不是半路遇见你，听你说了许多有关当扈鸟的事，我们还被蒙在鼓里，兴许会被那红挽志牵着鼻子走。"

不错，王阳明说的那次半路遇见，指的就是二人应大司命邀请，奔往快活潭与其汇合那次。他两人在出门后不久，便遇见了米娅。

米娅见两人神色匆匆，以为是发生了什么不愉快的事，便主动过去关心。王阳明言简意赅地将此行目的告知米娅，且随口询问了与当扈鸟相关的事。

岂料这小丫头侃侃而谈，三言两语便概述了关于此鸟的传说。

原来，当扈鸟最初并非什么大奸大恶之物，它代表了女性柔美、以柔克刚的一种中庸之道。相对来说，当扈鸟象征了柔和、平缓、女性化的事物和观念。而快活潭，则是当扈鸟繁衍生息的一处聚集地，它们从山林高处汇聚于此，文人雅士般谈笑风生，好不惬意。

但就因为后期的大司命转换了心性，非要学汉人打压女性，便胡乱编造出"当扈鸟为至阴至毒之物"的说法，大肆猎捕这种鸟，并将诸多莫须有的罪名扣在其头上，致其陷入不仁不义的境地。大司命还将原本地位还凑合的哈哈女子也强行冠以"祸水"的名号，导致哈哈女子的地位一落千丈。

有了米娅的铺垫，王阳明这才决意先去找酉长求助，让其与族人稍后过去，自己则与妙儿先行一步，用话绊住大司命。

回到几人对话中来，妙儿见这孩子一脸兴奋，很是得意地掀开做好的紫苏鸭的锅盖，招手示意两人过来品鉴这道菜肴。

"你们俩快过来啊，要不这菜该凉了，赶紧尝尝我这紫苏鸭做得如何？"

作为一个专攻美食多年的行家里手，妙儿闻上三两下便知其中不妥："你这鸭肉定然没煮烂，我一闻便知这是欠火候的。鸭肉的口感原不如鸡肉细腻柔嫩，得用爆炒才行。"

妙儿向前略一躬身，稍稍打量了下那锅里的鸭肉便蹙眉摇头。

米娅偏不信这邪，忙热情张罗开来，主动给王阳明盛了一碗："大哥尝尝我的手艺，我不明白你们汉人说的'炒'字到底是何意思，我们当地人都是煮啊、炖啊、蒸啊，还真不知道何为爆炒。"

王阳明此刻早就饿得不成体统，拿来就吃："哎呀，还真是……真是嚼不烂。"

他这么个大家公子，最怕吃这些粗糙不精细的肉类。肉放在嘴里嚼啊嚼的，最后没辙，只好勉强咽下。

"要说起来，咱们是第三次见面了。你最近可好？"妙儿摸了把米娅的头顶，"丧礼你没参加吧？我都没见到你。"

"嗯，我只是远眺了几眼，后来听见爆炸声便知出事了。不过我想，姐姐您武艺高强，跟这位大哥定然不会有事。"米娅朝着妙儿俏皮地挤了下眼，"对了，那两个前来寻仇的女子，听我邻居们说被酋长押走了对吗？"

"你放心，她们好得很。我俩已经跟波无能达成协议，断不会伤了她们。再说，波无能跟他亲老子可不一样，他还算仁义，想来不会伤害玛琉跟芙蕾的。"妙儿答道。

王阳明托着碗、持着筷，虽说鸭肉难以下咽，但里头配的洋芋和其他野菜还是不错的。

"其实我倒觉得，你们不用太同情那两个女子。"米娅稍稍低头，双手放在背后。

这话一出，倒让王阳明两人摸不着头脑。

"怎的这么说？我刚听你问这话，还以为你是担心她两人处境……"妙儿不解。

"你们觉得，她二人前来寻仇是为何故？"米娅问出这话时一脸轻松自在，丝毫没有半点儿忧郁惆怅。

十岁大的她，似乎早就洞察到了原不属于这个年龄段的孩子会知道的真相。

她很是慷慨大方地为妙儿倒了杯热汤，妙儿拿在手里一看，还是上次自己喝过的酸辣汤。

"她两人不是来寻仇的吗？既然是寻仇，自然是快意。女人为了情感、为了心爱的男子、为了孩子心性大变，复仇什么的很是正常啊。"妙儿说罢，喝了口汤。

"如果她们两人只是为了冤死的女儿、母亲、姐妹前来寻仇，我自然不会放这话来贬损她们。只是这两位姐姐嘴上说的是质问大司命，骨子里却是为了自己惨死的儿子。姐姐你们有所不知，单说那芙蕾，她当年被大司命、少司命两人玷污，其所怀的也不知到底是谁的孩子，后被两人欺负，挤下一胎儿，她可有告诉你们，那胎儿性别？"米娅话说至此，依旧情绪稳定、面无表情。她见王阳明的鼻头抽动，脸色恢复了些，便主动给其盛了半勺酸辣汤。

一向滴辣不沾的王阳明如今饿得不行，也不管辣不辣，端起碗仰头就喝，将大家公子的气度风韵全然抛掷脑后。

妙儿身体素来强健，她知道在饥渴难耐时靠调息运气为自己输入活力，缓解不适。米娅此刻说出不少内幕，竟都是自己这边不知的，身侧的未婚夫听到这里原该接话询问才是，可这家伙眼下头都不抬，话也不接，只顾埋头吃喝，可见是饿坏了。妙儿便默默将米娅的话头儿掉转到自己这边："你的意思是，芙蕾之所以憎恨大司命，不惜苦练武艺在丧礼上欲杀之而后快，只是为了当年失去的儿子？"

"对呀，那个掉下来的胎儿是个男婴呢。如果是个女娃，芙蕾还至于这么心疼、这么不甘吗？我想，她未必会寻仇吧。"米娅说罢，踮脚看了眼妙儿持着的杯子，"姐姐还要汤吗？"

"哦，谢谢……"妙儿把杯子递过去。

米娅见妙儿仍旧喜欢自己的酸辣汤，很是自豪："至于那玛琉，我听我阿妈说，她其实对自己那五个女儿并不上心。她早年间为凑齐贿赂大司命的钱财，从他那里寻求法事、丹药，玛琉不惜把大女儿贱卖给一个鳏夫做妾，最后女儿被那鳏夫活活虐死，也没见她落过一滴眼泪。她只是心疼那个被大司命变成怪胎的儿子。"

"这……这还真是出乎意料。"

谁承想，米娅三两句话，便像是重新说了一个故事。妙儿喝了几口汤，无言以对。

"姐姐听完这话，有些难以接受吧？以姐姐的仗义为人，想来听了这话，深觉别扭也是有的。别说旁人，就是我，听了这话心里也是堵得慌。女人啊，男人欺负你也就罢了，自己还欺负自己人。都说女人何苦为难女人，可你说，女人论体力拼不过男人，拼理性敌不过男人，拼思考、判断、动手能力还是逊了很多……所以，女人只能跟女人斗。斗败了同性，成为最好的自己，再从旁的什么路线征服男人，可能是美色，可能是献媚，可能是贤惠隐忍……可你说，哪一点是任凭自己真实心情自然流露的呢？哪一点不是在演戏？要我说，这芙蕾、玛琉说是为自己、为孩子寻仇，说穿了，左不过是为了男人。她二人一生为情所困，为男人所牵连，这最后的狂欢也只是因男人而起，没什么可同情的。"

"你说的这种情况我也见过。"王阳明终于停止了咀嚼，成功咽下了最后一片洋芋，灌下最后一小口汤，"我曾经跟随叔父一起去各地查案，叔父很喜欢在牢狱里记录各个案件中犯人的家庭背景、性格、犯案动机，将其汇总为数字，或用算盘计算，或造册存档研究。我帮叔父整理过一组有关于女性罪犯的数字，发现了一个可怕、可悲又令人发指的事实——女性罪犯，她们犯罪的动机真的不是为自己，而是为男子。她们明明知道这个男人心里没有自己，却愿意为他以身试法，甚至这案子明明不是自己犯下的，却甘愿为了心爱的男子顶罪。我曾经问过一个跟玛琉年岁相差无几的年长女子，问她明知夫君家里小妾通房无数，外头还养了歌伎做外室，为何还要为夫君顶罪？她居然说，她夫君告诉她，自己心里有她，只要她顶罪，他夫君定然会好好待那一双儿女，照顾好她娘家，并发誓今后一定痛改前非，不再拈花惹草。我当时很是不解，问她如果你夫君心里真有你，为何养了那么多妾室通房，故意往死里气你，害得你年纪轻轻一身病，两个孩子他也不管。如今他亲手杀了一名青楼舞女，也是由他个人行为不检所致，你为何还要担着罪名？你猜她说什么？"王阳明抛出这么个问题给米娅，并十分熟络地将碗也递了过去，"麻烦给我夹些烤洋芋片，谢谢。"

米娅也像是一个和王阳明相谈甚欢的老朋友，很是自然地接过他递来的碗，边用锅里放置的公筷夹出不少洋芋片，边轻车熟路地回答着王阳明的问题："只要家里有个男人就成个体统，不在于他的好坏。有个男人撑门面,这家就倒不了,若没了这个男人在,家就塌了。对吧?"米娅将碗重新放回王阳明手里,"想来那个大姐就是这么说的吧?"

王阳明颔首,接过那碗:"是啊,她大致是这么说的。她这点跟你们哈哈族的女子很像,都觉得男人的命比自己的命重要,自己作为女子,理应吃苦在前,且无须享福,默默付出就好。殊不知,男子就是利用了女子天生痴情、易被感化这两点大做文章,先是卖惨发誓,说什么痛改前非,随后许下不可能实现的诺言,借此迷惑女子,叫她们为自己出头。而后尘埃落定,这男子便翻脸无情,再不出现,之前的种种诺言便也随风吹散了。所谓大丈夫顶天立地什么的,也都全推给女子,让她一人顶包。该男子愉悦且心安理得地享乐,再将矛头指向该女子,说她红颜祸水,早就不是个好货,自己原念及旧情,这才拖到眼前没有将其抛弃……"

三个人都沉默了。妙儿继续喝着热汤,米娅靠在山石前低头吃着自己碗里的鸭肉。

吃了一会儿,妙儿忽听身侧的米娅抽泣起来,侧头一看,这小丫头在委屈巴巴地流眼泪。

"这是怎么回事?好好的哭什么?"妙儿将杯子撂到小推车上,径自过去安抚。

"姐姐……姐姐我真的很讨厌这里!我心里难受,简直喘不过气来,我真的要死了!"米娅端着一碗难以下咽的鸭肉,一边哭一边往嘴里强塞,一面嚼一面觉得难受。

妙儿见她那样子很是可爱好玩,忍俊不禁地抿嘴一笑,忙将她手里的碗筷撂下:"年纪轻轻,何苦抱怨?你若光说不练,没个行动表态,岂不是跟你本地的那些无能之辈一样了?"

"可我是这里的原住民,这么多年一直就是如此……我只恨我不会投胎,最起码在别的地方,不用受这气啊。"

"你这话,是一时愤起还是发自内心?你若是一时感慨,想发泄一下,我便全当你在诉苦;若你想要改变现状,我倒有个法子——你跟我出去,入我门下修行道教,跟我云游四方也好,回到摘星观主持日常也罢,好歹跳出三界,不在这红尘俗世。"

"真的？"米娅仰面看向妙儿。

这位漂亮的姐姐个子真高，长得真好看啊。她就像是扶郎山上的扶郎花。可叹她不但生得美貌动人，心肠也是极好的。

"那……那我想想，我其实很想走。这儿太压抑了，几乎没有一个女子像我这般知道为了自己、母亲和姐妹反抗辩驳的……我就不明白，女子们团结一起就这么难吗？为了一个男人互相嫉妒、厮杀值得吗？为了讨好男人而想生出儿子，不惜吃下那些毒药，生出怪胎，导致自己身体垮掉、迅速衰老，这些女人简直愚不可及！再这样我都活不下去了。我想去个没人认识我的地方，重新开始。"

"你有这个想法就好。不怕你天生愚钝，就怕你后天无知。米娅，你很棒，你的思想真的独一无二，很超前。所谓知道却做不到，那就等于不知道，对吧？伯安哥哥。"妙儿看向王阳明。

"嗯，知行合一，别光说不练。"王阳明点头称是。

第二十三回
男嫌犯咬牙急升天　真凶手残缺暴其身

米娅真是个小大人。三个人聊了许久，见时间已过大半，王阳明主动起身告辞。

米娅像个当家主妇，仿佛整片快活潭都是她的："我还要待上一会儿，找找野兔、野鸡什么的。你们先回去吧，我哼个调子送你们出去。"

王阳明问她第一次相遇时哼出的调子是何来历、有何典故，米娅说这曲子是从她阿妈那里听来的摇篮曲。

王阳明与妙儿缓缓归去，身后传来了欢送他们的悠扬曲调。

妙儿感觉身体里非常暖和、充盈，好似近日来的不愉快都烟消云散了。

王阳明则想起了过去看过的一个故事，说有个聪明人接受了一项挑战，叫他用巧妙的方法以最快的速度填充一整间空屋。前两个接受考验之人，不是用稻草填满屋子，就是用木柴堆积成山，却总是不能令人信服。

这个聪明人将一根白蜡点亮，亮光蓄满了整个房间，房间没有留下一丝一毫的阴影，橘色的希望之光洒在各个角落。

他现在的心情亦是如此，有些悸动，更多的却是唏嘘。

"什么？您老人家把她两人放走了？"王阳明看着酋长那张包子脸。

自打那日用了妙儿提出的"泡脚刺激法"，这老爷子的身体一天好过一天，人也终于转醒。

酋长眼睛半张半闭，整个人疲软地靠在靠垫前："哎，你来得刚好，我醒来第一件事就是学习你们汉人的语言文字，你快帮我瞧瞧我这成语用得对吗？"

酋长顾左右而言他，一上来就从枕头底下扯出一张草纸，上头用奇怪的字体写着一个句子和一个四字成语。

王阳明知道酋长天生脑袋不正常，也不想与其争辩，只好哄孩子似的接过那纸张，假意端详："不错，您写的真是比我们都强呢……那个，她两人您知道往哪个方向走了吗？什么时候放走的？走之前没交代什么细节吗？"

"她二人什么都没说，今儿天蒙蒙亮那会儿就离开了。我醒来洗把脸，想起之前还有这一出儿呢，干脆就把她俩放了。至于什么方向，我不记得了。我就是为了泄愤，给自己出口气，再说了，我还得感谢她俩呢。不说别的，就说她俩帮我教训了那个浑蛋……哎，你快评价一下我这用词如何，可恰当？"酋长这才想起自己抛出的问题，王阳明还没解答呢。

"'我的阿爸陆陆续续散场了'……您这是用陆陆续续造句？"王阳明差点儿没噎着，指了指草纸上头的那斜歪的四个字——"陆陆续续"。

"对啊，我的阿爸陆陆续续散场了。怎么样，这词儿用得好吧？"酋长一拍胸脯，非常自信。

"嗯……挺好挺好。"王阳明语速飞快地回答，"那个，她们走之前可有说过什么跟本地人有关的事宜？例如还有哪些女子憎恨大司命一家？"

"没有啊……你快帮忙看看后头的句子。"酋长不耐烦，大熊掌一拍纸张背面，催促王阳明快点儿翻篇，"瞧见没，咱这一个句子，用了好几个你们汉人的典故。"

"'我十分感谢我的阿爸与父亲，祝福他们老两口天长地久、百年和好'……"这就令王阳明尴尬了，"阿爸？父亲？老两口？百年和好？

209

酋长，您知道什么叫'父亲'吗？"

"知道啊，就是你们汉人对阿爸的尊称啊。"

"那……那一个人怎么可能有两个父亲呢？"

"你看波无能，我是他阿爸，红挽志是他父亲。"

"倒也解释得通……所以您正面的第一个句子是'我的阿爸陆陆续续散场了'？"王阳明嘴角抽搐，忍住不笑。

"对啊，爸爸'们'！爸爸，得加上'们'字，一群爸爸，他不是一个人。"酋长念叨出"们"字时刻意放高拉长了音调，好像这一切都是顺理成章的。

王阳明假装敬佩，朝着酋长竖起大拇指，刚要追问案件有关细节，又听酋长补充道："我跟红挽志那浑蛋啊，吵了大半辈子，也算是你们汉人所说的欢喜冤家，就勉为其难称我俩的关系为老两口吧。至于说百年和好呢，人家是百年好合，我俩得倒过来。现在他折腾不起来了，我也痛快了。"

"您这个'勉为其难'用得好！"王阳明这句话可谓发自内心，"您的比喻也是极巧妙的。那个，我就想再确定一下，玛琉跟芙蕾……"

就在这个当口儿，窗外有人敲响铜锣，锣声震天动地，好像集结号。

"哥哥，外头有人来报，说发现了嫌疑人。"一直守在酋长卧房门外观察动静的妙儿抱着梵湖儿进到屋里。

王阳明掏出西洋怀表看了下时间："此时刚好黑幕降临……难道是当扈鸟出现了不成？"

酋长叫上波无能，并带上三路原属于乐哈哈的精兵部队，着人用担架抬着自己去到缉拿现场。

而红挽志却仍旧被困在原地，不得动弹。

原来，有替游的乐哈哈族族人在本地湖水桥上发现了一个可疑男子。

此男子身材高大、孔武有力不说，竟然在傍晚即将入夜前推着一辆花里胡哨的小推车，打对面往拱桥上走。

走就走吧，还做停留。替游的精兵不动声色地躲在大树后头，想一

210

探究竟，就见这厮的小推车上盛放了三个麻袋包，其中一个包袋略大，他择了一个较小的，直接丢入湖中。只听咕咚一声，原本不大的麻袋，坠湖时却发出很大声音，想来麻袋中装的是重物。

"不许动！"也许这是每一个身负重任的"巡警"在撞见嫌疑人后脱口而出的第一句话。

好在这个替游的大哥眼神儿好，手脚麻利，长期习武，喊话间手中铜锣骤响，人已经跑上了桥身。

因之前王阳明给出建议，酋长和红挽志都分别增加了巡视人员的数量与巡视的时长，这边铜锣敲响，那边就有人前来支援。

王阳明、妙儿等人赶到后，犯罪嫌疑人被五花大绑着跪在地上，由两名人高马大的精壮小伙儿亲自看押。

而听到报警信号的普通哈哈族人，也拖家带口地往这儿赶来。

"就是他，他叫当普，二十五岁，平时以伐木、制作木筏子为活计。你瞧瞧这身高、这块头儿，还有他推车上的颜色跟麻袋包……知道吗，如果我再不拦着，这家伙竟然要把这辆小推车拆了丢湖里！"那名发现当普并与其近距离搏斗的替游者非常气恼。

王阳明看着那深不见底的湖水问他："他刚才丢的东西，可有打捞上来？"

酋长忙示意波无能过去验看，波无能上前接过部下打捞上来的湿漉漉的包裹，当众解开系在上头的带子："滑……滑……滑轮……"

王阳明看向这个名叫当普的男子："其他两个包袱里都有什么？"

"自己看。"当普哀怨地说。

波无能拔出腰间快刀，速速斩断麻袋上方的系扣，露出里面的两堆衣物："男……男孩儿的……的衣服和……和小……小丫头的……的女装……"

妙儿上前确认，并朝着王阳明颔首："不错，车上没来得及沉湖的另两包麻袋，一个是女孩儿家的衣物，一个是男孩儿们的旧衣服。"

"他家里可有大狗？"王阳明环视众人发问。

随队而来的一个乐哈哈族的小伙子插嘴："哦，他自己不养狗。他老子有一条大猎犬，棕黑色的，打猎好使！"

211

"当普，现在证据确凿，你还有什么话要说？"王阳明走近此人几步，视线落在他的脸上。

"为我妻子娜塔莉报仇……"他说这话时，态度虽不倨傲，口气也不轻狂，但整体看来仍有不甘，"我之所以会杀那些孩子，就是为了替妻子报仇。早年间，我被大司命蛊惑，与本地那些哈哈男子无二，与我阿爷、阿爸一并气死了我阿奶，害得我阿妈不得已远走他乡。我妻子进门后尽心尽力、以德报怨，伺候我们爷儿三个。可最后却因我的赌债不得不去给对方做奴隶还债，一个月不到，就自尽身亡。"

一个女子，在被夫家当作抵债货物，被转送到债主家里，鬼知道她遭遇了何种非人的羞辱。

妙儿不想再听下去，转身迫使自己神游一番，不再去听、去看。

那人似乎也知道不该往下絮叨了，停止了诉说。

"所以你跟你的搭档一口气杀了这么多小男孩儿？"王阳明问。

"不。只有头一个月发生的第三、第四起命案是我做的，其他的那些与我无关。我没有什么搭档，完全是我自己做的。"

"那么，你是在模仿作案？"

"也不是。你们到来之前的第一起命案发生时，我还在家里发呆呢。等知道后，我很是触动，却意外在半个月后的某日清晨，在自家门口的园子里，发现有人动过我的花圃。我翻开那被人动过的土地，意外获得了三样东西——滑轮、绳索、一卷画着杀人流程的图册。"

"那册子刚好令你一目了然，且和你的条件非常契合。"王阳明继续说道。

"是的。我按照图册上一页又一页的指示照做即可。我重新做了辆小推车，并在上头涂了些许中原地区才有的图案，而后我又按照图册所说，做了一个汉人爱玩的被唤作翻花儿的东西，借此吸引了不少孩子。我用那个人交给我的方法，配上滑轮和绳索，利用我的身量优势把他们阉割后活活吊死……第二次杀人，我有些心虚，谁料收到了那神秘人给我送来的一个可以手动升降的折叠木质登梯。"

"那么，你的遭遇有谁知道？"

当普听到此处，突然露出了讥讽的笑容："我的经历对我哈哈族族人来说不过是家常便饭，再寻常不过。大家伙儿都是这么过来的，又有谁会像我一样，意识到自己错了，还试图改变呢？只有像我这样，一家子老的少的、好的坏的全死了，钱没了、人废了，才会意识到那个默默承受冤屈的女人的好。"

他依旧平静，看不出有什么情绪波动。可这话一经他口说出，王阳明两人听来却是毛骨悚然。仿佛这丑恶的性别歧视、暴力陋习千古流传，远比什么文化遗产、绝学手艺还要容易遗留下来。

王阳明领首，重重地叹了口气："你是知情不报还是真不知晓我尚不能断定。酋长，还是把这家伙带走再说。"

王阳明看向担架上的酋长，倏地想起第二次在本地遇见他老人家，也是在类似的一个公开场合，酋长亦是规矩地侧躺在担架之上。

"糟了！"妙儿大喊一声。

只见那当普咽下一口气，嘴中吐出一颗牙齿，血溅当场。

"这是怎么了？"众人皆为不解，直观上却能感知到对方已然自尽。

就听扑通一声，当普原地躺倒，双目圆瞪，侧着头死死地看向湖水。

"听说，这家伙的妻子被用来抵债后就是跳湖自尽的，估计这当普是想在抛物后跳湖自尽吧。"有围观群众说道。

妙儿上前一步，蹲身用帕子捡起地上的牙齿，并探手捏开当普的嘴巴进行比对："是假牙，炼金术师改造后的用松脂灌了毒液的假牙。"

"假牙？"酋长和众人不解，"什么是假牙？"

妙儿仔细勘验当普口齿里外，平静地答道："早在汉代，著名郎中张仲景就发明了朱砂与纯金混合而成的填充龋洞法。宋朝还出现了镶假牙的专业大夫。中原地区的假牙材质很多，除了象牙、牛骨之外，还有坚硬的檀香。假牙除了能解决实际的吃饭问题，还有装饰和卖弄的功用。除此之外，更有牙桥装饰法，此装饰法是用软金铁线绑住牙齿，再绑入口内，没有咀嚼功能，纯用作装饰。这家伙的假牙太特别了，一看就知道好看不中用，绝对不是哪个大夫好心做来帮他吃饭用的，而是炼金术师抑或某个江湖中人将几种松脂混合炼成的用于藏毒自尽的专业道具。"

"以这家伙的能力，至多凭借身高优势杀几个人罢了，再多未必是他所为。加之他一死了之和这假牙一事……"王阳明想了想，"酋长，我瞧着今日来者不少，不光是您带领的乐哈哈部族精锐，还有本族百姓和红挽志统领的笑哈哈一族。不如，我此刻揭晓真相，为公平起见，有劳您唤出红挽志和他的族人。"

红挽志被人抬了出来，和酋长一样，也躺在担架上。

"怎么这么多人？不知道老子难受吗？"他一看人多，叫嚣着要回去。

谁料，一向蠢笨愚钝的酋长却单刀直入，给了他一句："哎哟，你该不会真的毒发了吧？是几天几夜来着？哎？好像听说能看见自己平生最害怕的东西。嘿嘿！我真开心你做到了！"

红挽志一听这话当即黑脸。不错，自打当天被两女寻仇后，他红挽志便开始毒发，且这毒性远比两女所说的严重数倍。直至眼下，仍有那些被其坑害而死的妇女、女婴的头颅飘荡在他眼前，不曾离开一分一秒。

王阳明不动声色地观察两人病态，徐徐向前，走入中心位置："今儿个该到的都到齐了，那么好吧，请允许我一个外人，站在公正客观的角度将案情抽丝剥茧，再告知各位真相。"

王阳明示意妙儿，妙儿先拍了下梵湖儿的屁股，叫它蹿到高树上盯梢，自己则招呼众人："烦劳诸位将手里的火把点亮，以防推理到真凶时，有人趁乱逃跑抑或趁乱偷袭！"

众人一听"真凶"两字，纷纷打起精神头儿直接照做。

风动叶声山犬吠，几家松火隔秋云。扶郎顶今夜即将陷入不眠的烽火中，很快就会等来那埋伏已久的真凶。

"大家是否还记得，我曾给出过不止一次的心学画像，并和酋长、波无能、前任大司命均交流过此事，想必本地一些兵丁、壮士和部分普通百姓手里也应该拿到过嫌疑人的犯罪特写。因前几次侧写总有误差，以至于细节对不上号，我屡次调整该系列案件犯罪嫌疑人——同时也是幕后指使之人的画像。发现他们为一男一女，先开始协同犯案，男的实施，女的做策略，后不知因何，两人竟然分开作案。好，我马上揭露所谓的男性嫌犯。我当时给出的男子画像不知酋长您是否记得，为何男性嫌犯的画像如此翔实却频频出现误差，总有对不上之处？因为我忽略了一个关键点——该男性嫌犯身有重疾。此疾病并非内疾，而是外在残疾。"

"什么？"众人你看看我，我看看你，仿佛近在咫尺的老街坊、老熟人就是那个外有残疾的犯罪分子。

"这怎么说的？"红挽志不屑地说道，"你说此人身有外在残疾这话我偏不信。外在残疾不是瘸子就是盲人，再不济就是哑巴、聋人，如此明显的特征，谁又看不到呢？"

"哼。"王阳明笑道，"红挽志大叔可曾想过，一般而言凶手杀害一批人或者一个人时，都是怎么下手的？"

听到王阳明叫自己名字时加上了"大叔"的后缀，红挽志心里老不痛快，他叫道："二话不说，直接凑上去往心窝捅一刀完事儿。"

"那么，为何这个人在行凶时，会叫孩子们背对自己排成一排？注意，我强调的字眼儿是'背对'。他勒令那些孩子纷纷背对自己，而后用暗器逐一贯穿其背部膏肓穴，一招致命。我就想问问，为什么这个犯罪者不像您刚才所云，从正面一刀下去，直刺心窝？"

"这个……他不想面对这些孩子？"红挽志蹙眉。

"说得好！"王阳明微笑着，"因为这个男性凶手身有残疾，且极其明显，他不愿意被人看穿，包括他即将杀害的苦主。他也不愿轻易面对他们的脸，不想让他们看着自己、嘲笑自己。此人年幼时，定然因为此病症遭受过大多数本地之人的打击与奚落，他羡慕天生无缺的男性，但更痛恨自己不会投胎。而我私下查过，本地符合我给出的画像之男性嫌疑人中，的的确确有这么几个有明显外在残疾之人，但他们的性格、家庭环境却总与侧写有出入。"

酋长眨巴眨巴眼，还时不时地做思索状。他眼皮一翻："那就没人了，瘸腿、瞎眼、哑巴、聋人，还有谁是天生残疾啊？"

他这一开口可就热闹了，众人纷纷将视线投射到他身上。

红挽志瞬间狂笑不止，似大仇得报："你啊！你个笨蛋！当年你阿娘怀你时遭遇枭阳怪的惊吓，导致早产，生你时脐带缠住了你的脖子，

215

你差点儿因窒息死亡，好不容易捡回条命，你却天生心智有残。哼，你这厮傻得理直气壮，大家伙儿谁不知道你智力低？不是你还有谁？"

　　王阳明不想因他俩的争执而导致推理中断，忙蹙眉说道："红挽志大叔说得不对！凶手不是酋长。此真凶在我和玄机道长两人来到本地后，见玄机道长精通机关术，随即调整了杀人策略，暂停使用由炼金术打造出的滑轮。后续发生的第二起命案中，此男性凶犯起到了重要作用，且为单独犯案。其人身形高大，精通武艺，且会一些炼金术，年岁在双十年华以上，而立之年以下，具备显著而又不会引起大众怀疑的天生残疾……"王阳明突然转身，抬手直指侍立在酋长担架右侧的那人道："波无能，男性真凶就是你！"

第二十四回
真结巴磕绊演真情　残手指司命毁众生

"什么？不可能是我儿干的！"这一次，斗了小半辈子的红挽志、酉长两人，难得异口同声地为了同一个人辩驳惊愕。

王阳明就知道两位会有如此丰富的面部表情，他暂且不理，将视线汇聚在波无能的脸上："波无能，你之所以会采用虐杀、阉割的方式，只是为了发泄当年在他们那个年纪，曾经嘲笑过你、奚落于你的男孩儿们所给你带来的羞辱与凌虐。这种凌虐，不亚于一场瘟疫和战争。这种来自同龄孩子们的欺压，让你无法融入哈哈族的生活，让你四处碰壁。你看似不计较，选择遗忘，其实在你心中，早就种下了仇恨的种子。他们每骂你一次结巴、傻瓜、没用的家伙，你便在心底诅咒发誓，要让他们偿还。你不忘藏拙，连家里的哥哥们都不知道你心中所想，或者我可以这么理解，煊废物、洋没用也曾经整蛊过你，给你的心灵造成一次又一次的重创。"

"要你这么说，他们亲兄弟岂不是自相残杀？这不可能！"红挽志一听这话，恨不能从担架上滚下来。

因中了那哭笑不得毒，此时的他看事物总是远远近近、模糊不清。但那些曾经被其谋害过的女婴人头，却一个个聚拢过来，像是正在打量水晶缸里的某条丑鱼，这些女婴随性而为地拍打着他的脸，有些还撕扯着他的脸，一只只小手没轻没重地拍下去，连同那牙齿也死死咬住他的头皮。

"对，就是内部厮杀。可见波无能那么憎恶他的两位兄长，以至于不惜手刃了洋没用。"王阳明冷笑，却没有再看红挽志一眼。

"我……我……我当时没……没……没……"波无能欲要为自己辩驳，可惜他是个结巴。

"我儿子当时没有作案时间！"酋长高举双臂，"他当时跟我一起在林中闲逛多时，后来在场之人还被你亲自验看搜身，我儿并无凶器。我也想问问你，如果真凶真是他，那么他是如何在这么短的时间内先瞒过我，用了近乎一炷香的时间完成杀人、虐待，又是如何在这极短暂的时间里藏匿凶器，夺路而逃的？"

"酋长大人不愧是自封的鸡贼王中王，您其实一点儿也不傻。"妙儿在旁冷笑，她靠在树上，火光折射在其白皙的面孔上，像是暗夜中璀璨夺目的夜明珠，"您之前可从没提过，事发之时您与波无能在一处呢！怎么，现在又说起谎来？当时您两位的的确确算是第一拨赶到案发现场的，这一点我跟当地百姓都可做证。但是，您是在半路听得煊废物敲击锣鼓，也是在来时途中撞见跟您一样欲要看热闹的波无能的。"

王阳明接过话来继续说道："不错，酋长您只能为波无能证明当时您撞见他本人时，亲眼见到他本人双手并未染血，且并无杀人凶器，其他的您不能证明。至于搜身，我们之所以没在波无能身上发现杀人凶器，原因有二——第一，大家是否还记得，我在快活潭当众揭露大司命用小孔成像炮制鬼鞠躬的事？大司命利用了我中原三国时期著名的军事家诸葛亮的发明——用孔明灯调整光源远近、高低距离，执行闹鬼任务。这第二起命案为波无能一人所为，他用了两件我汉人发明的普遍之物，在短短不到两盏茶的时间里，便完成了两个至关重要的步骤。这其中一样致命武器便是这孔明灯了。"

波无能听到此处，厚实的嘴唇蠕动了起来。他原地不动，脸庞上的肌肉却极不对称地往左抽动，整个人从鼻子里喷出野牛般的气息。

"另一样辅助的工具，可以让波无能在无须滑轮帮助的情况下，将受害者的尸体或半死不活的躯体，平移放置在那样东西的上头，让其身

218

体处于平躺状态。而后，波无能将提前布置的绳索垂落而下，套在受害者的脖子上，将那件器具的另一头松开，使孩子们自动吊于树上，双脚离地。无论这孩子是死了还是没死透，均不打紧。波无能随后便也省时省力了，只需拉动绳结的另一端，利用自身人高马大、体力充沛的优势，将他们逐一吊起。当然，如果说遇到特别高的大树也不打紧，波无能只需提前在树下垫好机关，或者提前堆个土坡出来，从而辅助他登高杀人。"

"那这东西到底是什么？是什么样的器具能省时省力地把人高高吊起，还能跟你说的什么孔明灯扯上关系？"一些哈哈族人叫嚣着问道。

"吊床。"王阳明笑意正浓，"早在五代十国之前，我中原地区行军打仗时，将士们便会随身携带吊床。将士们会把吊床挂于两树间，于战况不紧张时用以休憩。吊床的发明者如今不可考证，但此物却于两宋时期兴起，流行于文人雅士之中，其形制、材质、用途也起了翻天覆地的变化。你们本地漫山遍野都是大树，树与树之间的距离很小，若想用吊床挂于两树之间简直再容易不过——只要找对距离、选对吊床材质即可。这个灵感，还要感谢酋长您，您的肥遗金钟罩衫，让我得以发散思维，从金钟罩上的绳索，联想到我们中原地区的吊床……至于孔明灯嘛，则是移动凶器的绝佳圣品。波无能杀完人后，只需将吊床和暗器折叠，将其绑束在提前藏于某棵树洞里的孔明灯中，再借由孔明灯奇特的升空功能，直接将罪证传送上天。"

的确，诸葛亮发明的孔明灯实际上就相当于现今的氢气球，二者原理有异曲同工之妙。

"本地之人与世隔绝，就算他们亲眼见到了一个白色的、方形的东西冲天而去，八成也不知道那是什么。就算有好事者将那东西打落下来，审问到波无能头上，只要他咬紧牙关不松口，别人也奈何不了他。何况，你还有第二种藏匿凶器的选择——将吊床卷成一小捆后，借用其棕黑色的外表混入林中某一棵大树的树洞里，借由其颜色来进行掩护。当然，我猜想当时他定然很是顺利，还是按照原有的计划将那两样东西传送上天，再不会返还人世了。"

波无能听到此处，依旧死不认账："不……不……不！"

酋长生怕儿子受气，忙接话："说话得有凭证，你红口白牙这么一说，谁信啊？再说了，你之前不是说，凶手有两个人吗？凭什么是我儿啊？"

"酋长，其实那两个前来寻仇的女子，是波无能放的对吧？另外，在丧礼当天，煊废物之所以贸然出现，当场即被红挽志击杀，也是波无能特意配合二女一手推动的吧？想来，那两女远道而来，提前已和波无能那黄金搭档暗中传递信号、交换意见，双双达成合谋共识，就等着丧礼这一刻借由大司命的手，当众杀掉亲生儿子，让民众产生恐慌，并由此对大司命心生恐惧、憎恶，从此将这老头儿推下神坛。"说话间，王阳明看向难掩激动的酋长，"我真是很感动，您作为一个养父，能如此深明大义，成全儿子的一番苦心。可我也想知道，您是否曾亲眼见过，波无能制作孔明灯、吊床呢？如果现在去您那里搜，想必会在他的房间或者您的房间内，发现不少原材料吧？波无能当初与那女性真凶定下盟约，一定要让本族之人血债血偿，不杀光全族之人，他们绝不罢手。所以我想，波无能那里定然还有些许作案工具，这一点您是知道的。"

王阳明话说到此，对面的两人都沉默了。

红挽志像是听到了惊天大笑话，发出暴雷般的嘲笑声："哈哈哈……大家看见了吧？你们的酋长、你们的波无能接班人……哈哈哈……他养的好儿子，跟我可没关系！"

妙儿见状，踢毽子似的踢出一个石块，刚好踢入红挽志嘴中。

"你是亲爹！子不教，父之过，你还有脸在这儿倒打一耙！"

王阳明朝着妙儿微摆手，让其少安毋躁。他往前踱步，刻意跳过波无能，直直地看向灌丛林远处，好似看到了什么披着暗夜袈裟的隐形高人："至于那个女性凶手，其体力、身高天生有所欠缺，在我们回到此地那一次，也就是从猴娃家中回来半路上遇到的那第三起命案中，该女子为杀那四个孩子，一口气接连用了七样凶器——吊床、孔明灯、滑轮、小推车、手摇脚蹬木梯子、提前做好的点心、杀人暗器。但我想，她应该是先用加了迷药的点心导致四名男孩儿迷迷糊糊，处于半蒙状态，随后让其一个个上得吊床，再按照我上述之法，利用吊床高度，将绳索挂在男孩儿脖颈处，松开吊床一头，再利用提前备好的绳索、滑轮杀人。当然,暗器必须有,且一定要贯穿四人的膏肓穴,这样一能保证不留活口;二来能复制之前的案件,令我们误以为凶手还是那个人;三来万一有孩子死活不肯上吊床,那么只好先用暗器刺穿其膏肓穴,再将其抬到吊床上。但我估计,那名与波无能交好的女性凶手,想来还是非常顺利的,因她不光有你这么个好帮手,还有一个令所有人都感到不可思议的……"

"别说了!"波无能这次没有结巴,他听得"不可思议"后,双手攥紧,"都是……我、我……我一个人策划的,与……与旁……旁人无关。那暗……暗器就……就是用吹的……的一种……种柳叶刀。"

"你跟你的两名兄长,不是红挽志的儿子对吧?"王阳明突然转换了话题,抬头对上波无能那对儿惊慌失措的眸子。

"对。"

此言一出,围观民众的脑袋简直是要烹制出爆米花了。议论声一浪高过一浪,差点儿把王阳明的声音盖了过去。

红挽志气得直跺脚:"波无能,你……你胡说什么?闭嘴!"

"如果我猜的没错的话……"王阳明道,"你的亲生母亲,生前也一定吃过不少红挽志开的药吧?名义上,那是能转换胎儿性别的灵丹。他为你母亲号脉,说你是女胎,然后让你母亲吃药。生下你后,红挽志便提早买通产婆,将你换成一个怪胎,让你母亲被夫家厌弃,最后自尽身亡……这些,你可能是无意间听红挽志酒后说的吧?之前我问过酋长,他说他是在你十一岁那年收养你的,而且是你自己主动上门,说要给他做儿子的。我想,你在十一岁前,一定没有过过一天舒心日子,而你的结巴,定然和你母亲吃的那药有关。唉,你阿爸当年虽也助纣为虐,做过很多坑害你们哈哈族女子的错事,可他后来幡然觉悟,自愿暗中助你一臂之力,希望由你光复族群女子的地位。你和你阿爸,一个是结巴,一个是心智有残,想来在你心里,你们是一样的人吧,有着相同的经历,可以互相理解。"王阳明转过身,目光像是尖刀,欲要将红挽志砍成几段:"至于你,也该让族人知道你的真面目了!"

王阳明往中心位置站立,火把的光充满了绿林,更突显了此时此刻站在人群中央身有万丈荣光的他。

"哈哈族的各位且听我一句劝！你们现在若想回头还来得及！你们所有人，包括酋长当年，都被红挽志骗了。他说生女孩儿不好，都会被当扈鸟附体，为族人带来祸患，这些都是无稽之谈。其目的就是想制造舆论，令你们陷入恐慌，他在假装好人，想以救世主的身份站出来，用炼金术救你们于水火之中。可你们知不知道，他所说的魔法其实只是炼金术，这是需要付出惨烈代价的！他将产妇生下的女婴、打掉的女胎取走，说是给枭阳怪献祭用，其实，这些女孩儿都沦为了他修炼炼金术的筹码，也就是我们俗称的过桥费！你们不明白，还傻傻地崇拜他、爱慕他。你们的大司命，其实根本不会什么魔法，那手套、口哨只是一种古老的道教技巧，而用以炼就那些贵重金属的，其实就是你们的女儿、孙女的肉身啊。"

王阳明一口气说了许多，很是激动。他在推理中，还从未如眼下这般无法自控。

妙儿见其说了诸多，气息有些紊乱，忙上前几步接话："你们所花的每一分钱，使用的每一份金银铜铁，皆来自你们部族女孩儿的躯体，来自那些被你们哈哈男子瞧不起的女孩儿的小小身躯。是她们的血肉，成就了你们现在的生活；是她们的躯壳，维护了你们的骄傲；是她们的灵魂，成全了你们与世隔绝的好日子。红挽志，如今你中了那毒，是否已经看到了那些被你杀害的女孩儿？她们以及她们的母亲，是否问罪于你？"

妙儿的目光直击对方魂灵，数不清的火焰映射在她那如同九尾妖狐般的眼底。

"不！我所用的是法术不是什么炼金术，你个妖女你胡说！你们大家说说，我红挽志，是不是带着你们奔小康了？你们之所以能过上与世隔绝的好日子，不用劳心劳力做工，不用费尽心思外出与汉人周旋，都是我的功劳！我一个人的！"

红挽志费了半天劲，才把妙儿踢入其口中的石子儿抠出来，眼下整个人彻底崩溃了。他还在咆哮，还在如困兽般哭爹喊娘地咆哮，却不想想，坐在自己肩膀上、头顶上的那些女婴，又是打哪儿来的？

众人见他在滑竿上乱舞，像是撕扯着看不见的雾气，一会儿抓耳挠腮，活像只猴子，一会儿又扯住自己的衣领，决绝地撞向身后的大树。鬼知道他看见了什么。

"我是好人！你们的皇帝，你们的再造父母！我这法术，是跟吕洞宾学的！吕洞宾你们知道吗？他是八仙，我的法术乃是点石成金，是吕洞宾亲手教的……"红挽志唾沫星子横飞，喷了周围百姓一脸。

大家纷纷退开，也不知道他所说哪句真来哪句假。

妙儿见众人一脸疑惑，也哭笑不得："我问你，吕洞宾是哪朝人啊？"

"唐朝！"红挽志不假思索地答道。

"你现在是哪朝人？"

对方无语了。

王阳明唇瓣抽动，眼角含笑："我说这位大叔，咱们现在是大明！您说的吕洞宾是八仙无疑，是道教仙人无疑，但人家乃是唐朝人，早就在那时得道成仙，飞往天庭了。"

妙儿摇摇头，手持拂尘向前走了一步："你这炼金术，八成只学了些皮毛。因你学艺不精，每次炼金时所付出的代价，也就是过桥费，远比那些精通此法之人多出数倍有余。你每次炼药、炼金，皆以女体融入其中，想来你这恶毒的法子是来自江湖上某个歪门邪派，比如花柳帮。据我所知，花柳帮帮派众多，其中分支出了些许分舵，有些分支笃信拜火教，而拜火教中就有以女体炼丹、炼金一说。想来，你当年在中原地带游走，极有可能入了某一个花柳帮之人门下做仆从。但因你学艺不精，抑或得罪了什么人，对方将你赶了出去，却万万没想到，你将一本记录着炼金步骤的图册一并偷走了。"

"呵呵……呵呵呵……"红挽志仰天大笑，"你说得不错，我确实去过中原多地，确实曾在花柳帮的一个分舵门下当过男仆，但是有一点你没猜对。"

"哦？说来听听。"妙儿好奇地眯起双眼。

红挽志感觉心口闷闷的，一队女婴厮杀而至。她们轻轻飘来，重重压下。她们复仇心切，瞄准红挽志心口两侧对称位置，毫不留情地对称砸下，以确保可双足踏中红挽志心脏。

"我，杀了他。"红挽志邪恶地笑了笑，冷不防咳出一口血，声音变得异常古怪，"我被那个花柳帮的家伙收为仆从，但他觉得我是异族，从未叫我正式入帮。我在他眼里，只是奴才。我也多了个心眼，每日以送吃喝为由，偷看他炼金，自以为学了个大概，回头将那册子盗走即可。可谁知，还没轮到我动手，那家伙便随意找了个盗窃的由头想将我撵走。我咽不下这口气，便在当天夜里，趁其不备，溜回去将其杀死，把那画着炼金术的宝册盗走了。可万万没想到，那册子上居然只记录了一半不到的炼金大法，我……我……"

红挽志随后又喷出了一口血，右侧的大树上，从树根到树干，都染上了红血。

王阳明暗自叹息，悠悠开口，伸手指了指红挽志的手套："大家一直以来，都认为红挽志有奇异的法力，靠其这副做工精美的花丝镶嵌景泰蓝、斑彩石手套和好听的异域哨音施展法术。可你们知道吗，最开始的红挽志，还没有机会和资本对女婴下手，那么在那个时候，他在使用炼金术时，又该拿什么当过桥费呢？"

还不等众人反应，妙儿对准红挽志双手，放出拂尘丝线，绕住手套，轻轻一拉。

"这！怎么会是这样？"众人哗然。

只见暴露在众人面前的红挽志的双手，十根指头断了三根，只有剩下七根是完好的。

还不等众人数清楚，妙儿又将红挽志的鞋子用丝线扯下，只见其双足十根脚趾，小拇指空空荡荡，鞋子里塞着棉花。

而那手套更是如此，妙儿将其拎在手里，反向翻动给众人看："大家可看清了？这手套前端，也就是指甲、指头的上半部分有三根皆为棉絮填充，假冒真人手指的前半截儿。这就是所谓的过桥费！想要运用炼金术，就要付出相应代价。可以是自己、可以是别人、可以是某物，在没有他物可用的情况下，他只能先舍出一些原属于自己的东西——手指头、脚指头和生殖器官。"

这又是一件惊奇丑闻。

王阳明接话："不错，大司命的这三个儿子，没有一个是他亲生的。

你们伟大的、一心撺掇你们拼命生儿子的红挽志，他在拿到炼金术宝册，做的第一件事就是用自己的生殖器官，换取了人生中的第一桶金，又在接下来的日子里，用手指、脚趾作为代价，换取了诸多好处。而这双手套，其实只是用来隐藏自己手部残疾的道具而已。其真正用来施展炼金术的法器，是我第一次见他时，他拄着的拐杖！"

众人又是震惊不已，大家面面相觑，不知该如何是好。

妙儿接话推理道："武功造诣深的人，随身都不会只携带一件兵刃。我们曾在男孩儿们的丧礼上，亲眼见过大司命弃用手套，在单独吹响哨声的情况下，也能灵活施展法术。其实，他只是将拐杖一分为二，插入腰带中，在其当众使用口哨的同时，腰间上的拐杖起到了决定作用。手套是假，拐杖是真，这类江湖手段我也用过。上次大司命跟枭阳怪交手，他用被红岭食人蚁吞噬的同胞白骨当作过桥费，从而躲过一劫。后来我们四人逃出，他一个人被大火围困，用那炼金术当作唤醒食人蚁王的媒介，令其成为他的坐骑，跳出火场。那时，我站在外头瞧得仔细，他所动用的过桥费就不再是同胞的白骨了。第一，他学艺不精，不懂如何重复使用两次相同的过桥费；第二，大家看看红挽志左脚处的小脚指头，这伤口可是新添的？"

众人争相探头张望。新旧两伤在火焰的映照下对比鲜明。

"不错，红挽志这最新断掉的小脚指头，就是上次与猴娃之战中，付出的过桥费。"王阳明补充道。

第二十五回
当扈影天打五雷轰　顶雷行推理放光明

大司命听到此处，仍旧想倒打一耙，只是他此刻说话颇不利索，无人能听清他说了什么。

渐渐地，红挽志大嘴微张，口涎下流。他顾不得抬手去抹，而同时七窍一并给他丢人现眼，皆落下丝丝缕缕的黏液。

"不过……您老人家的运气果真不错呢。"王阳明背起手来，转身向后踱步。

火把热烈地燃烧着，地上的影子杂乱无章，在场每个人的影子似乎同一时间都能在地上被一眼找到。

"你杀死了生命中第一位老师，却遇到了生命中第一位贵人。而这位贵人不是旁人，就是我们来此苦苦追寻的红挽志！"王阳明道破天机。

眼前的红挽志震惊不已。"如果我推理得没错，你跟真正的红挽志，曾经在中原的某个地带发生过冲突。你当时已然用自己的生殖器和一到两根手指、脚趾为代价，修炼好了几种炼金手法。当时你志得意满，认定单凭这几招还算不赖的功夫便能克敌制胜。谁料，红挽志竟然也是使用炼金术的高手，你远不如他。交战之后，你为活命装出一副甘拜下风的谦逊模样，反倒赢得了对方的好感和信任。他传了你几招易于操作的

226

炼金术，并将吉州窑木叶天目盏送给了你。想来，当时你俩交战，你应该是见过真正的曜变天目盏吧？真正的红挽志，八成是用曜变天目盏施行炼金术的。你见到他那杯盏的威力，内心颇不宁静。你也想弄出类似的一个什么东西作为法器，从而省却所谓的过桥费。但可惜啊，你没这个天资，也没这么用功……"

"你怎么知道我跟真正的红挽志交过手？"红挽志，哦，也可以说是前任大司命，他气若游丝地问道。

"你忘了吗？我头一次接受你家少司命挑战时，你曾告诉我们，按照你们哈哈人的规矩，但凡输掉的那一方，除去要接受相应惩罚，最要紧的是继承胜利者的名字，用以纪念抑或表示敬畏尊重。我当时遇见您那会儿，发现您居然姓红，恰巧与我们要找之人的姓氏相同。且红这个姓氏乃十分特别，其中寓意我就不多说了。何况您是与世隔绝的异族中人，为何偏选了如此工整还励志的名字——挽志。这岂不怪哉？加之您声称家里有神奇的茶盏，我自然要看几眼……"

"想不到，我简单几句炫耀之语就让你浮想联翩……哼！"

"浮想联翩？"妙儿唇角上翘，难掩讥讽，"都到这个份儿上了，您就别死鸭子嘴硬了成吗？你要臭显摆，谁也拦不住。是你那过于张扬的个性把你的贪婪与虚荣暴露在众人面前。将死之人，不说其言也善，竟然还敢倒打一耙，说出去真真让人笑死。"

王阳明见红挽志大势已去，想来就是现在不死将来也会被那哭笑不得之毒活活虐死。他慢慢走向围观人群，环视众人："我只恨没能早些来到本地。我今天借由真相大白的这一天告诉大家，你们如今良知被蒙蔽，无法正常思考，而遮蔽良知的，就是你们在意的这些富贵生活，贪慕的这些金银细软。也有可能是因为你们抗拒劳作，厌恶与外界交流、接触，所以将错就错。为逃避责任，你们将所有矛头指向无辜的女子，让她们像替死鬼般卖命。你们不是不懂其间的惨烈，而是故意纵容作恶！人活一世，上天对你们的要求不高，不作恶就是最大的善意。你们，就不能扪心自问，这样做对得起自己的良知吗？"他又一次将头抬起，径自凝视着不远处，"那个女性真凶，我推理至此，也请你出来吧。你如今大仇得报，还有什么遗憾？难道真的要波无能一个人承担此

227

事吗？"

波无能最担心的一刻还是发生了，就在王阳明即将喊出对方名字的瞬间，众人高举的火把被什么人一下子就灭掉了。

林子里传来沙沙几声怪响，皎洁的明月心疼迷路的人们，却无法对抗黑暗。

民众陷入了新一轮的绝望。

"孔明灯？"妙儿眼尖，第一眼便望见了那些升腾于鸦青色夜空之中的灯，"哥哥你看，对面树林中冒出了好多孔明灯！"

这些孔明灯像是心有所向，在黑夜中飞升着，有的悬停在半空，像是被什么情义牵绊住了；有的则卡在树梢枝头，舍不得远去；有的三五成群，结队而升，高低错落着，像是妙趣横生的毛笔架子。

随着孔明灯魂魄一般的游走，地面上的哈哈族人开始躁动起来。

他们抱头鼠窜，却不知该往哪儿逃，有些人想要躲回屋内，却因众人相互拥挤反被撂倒。

呐喊与碰撞、击打与摩擦……

妙儿手疾眼快，忙拉起王阳明就往附近较高的一棵百年粗树上飞去，两人停在树的枝叶茂盛的位置，暂做观察。

"梵湖儿，有必要的话准备变身吧！"妙儿朝着五丈开外，稳坐在另一棵大树枝头的梵湖儿下令，语气笃定。

还不等大猫做出反应，两人又见风尘乍起，抬头一看，竟有烟花盛放。

"搞什么鬼？"妙儿气愤，瞥了眼树下。

哈哈族乱成一团，红挽志那厮被人丢弃在原地。危急关头，各自保命要紧，谁还顾得上什么礼义廉耻，这厮已不知被何人于何时践踏，整个人烂泥般昏死在担架上。

王阳明再想找波无能、酋长两人，已是毫无所获。他屏住呼吸，强迫自己冷静下来："是那个孩子，她出现了！妙儿，无论如何，你要做好心理准备！"

砰砰声响彻苍穹，恍若女人的呐喊。

星辰日月高天际，雪散烟花遍扶郎。

"是当扈鸟啊！当扈鸟出现了！"

不知是哪个大男人喊着，眼见着树下众人再次陷入混乱。

都说当扈鸟于二百年之后重出江湖，可如今现身于王阳明与妙儿两人近前的，为何只是黑黢黢的影子？

它的黑影贯穿树林，穿透了百年大树。

金井栏边见凤羽，梧桐树上宿寒枝"——这是形容凤凰的诗句，如今看来，这当扈鸟绝不逊于凤凰。

这大鸟只见光影不见身，妙儿暂且不动，静观其变，却不料有雷当空劈下，刚巧斩断两人旁边的一棵大树。

妙儿携王阳明跳下离开，前往开阔地带。

梵湖儿则使出浑身解数，靠树木庇护，从这一棵树上纵身一跃，停留在另一棵树上。

糟糕的是，此地距离所谓的平原地带并不很近，且人群混乱，四下黑暗，鬼都辨不清方向，何况二人？

雷电从不为人知的方向劈裂开来，金色、银白的霹雳毫无章法地挥毫泼墨，划过一棵棵百年大树，将那树身斩断，露出年轮。

王阳明抓住妙儿手腕，果断地说："让我来推理喊话，以此牵制住对方，你好伺机将其制服。如果我没猜错的话，那边为一人一兽，我们不能懈怠，一定要以智取胜！"

"可是哥哥……这样一来，我们就只能暂且以躲藏为上策。"

话音未落，一道雷电劈在两人藏匿着的一棵大树之上，火星四溅。一点火星刚好落到与王阳明两人擦肩而过的一男子头顶，霎时间，那家伙的一头花白色的头发上升起了熊熊烈焰。

这个遭遇火苗追击的男子并没有立即打滚将火扑灭，而是直挺挺地倒下了，一不留神单手扶了下另一个与其肩膀相撞的男子。这一碰可是了不得，那与其肩膀相撞的男子通身犹如通上了电，在原地点头不止，双腕颤抖，连脚都开始离地起跳。

"糟了，这东西起了反应！"

妙儿也说不出到底是何科学原理，总之，我国古人是不懂电力学说的，但却知道电鳗等自然生物、雷电现象导致的人体导电原理。

229

眼见高空雷击还有如此功效，王阳明实在无法再这么躲下去。

他找准了一棵还算安全的大树，在妙儿将拂尘当屏障为其撑起一片天后，王阳明不顾危险，果断移动位置，大声朝着当扈鸟飞扑而来的身影喊话："米娅，出来吧！我知道，你就是幕后那个害人的女性真凶！我相信，你不是存心想坑害我们。你说你想跟我们做朋友，说你喜欢玄机神女和大猫，都是真心话！我观察得真切，相信你不是骗人的！"

林中并无响应，却再次传来大鸟恐怖的啼鸣声与展翅声。

妙儿屏气凝神，感应对方气息："她似乎靠近了。"

"我第一次见你的情景，你是否还记得？当时米娅你，就已然有所暴露。"王阳明抱着赌一把的心理，率先说出对方破绽，"首先，你展示给我们看的那水洼子饼的形状、样态，使我不由得联想起那用来杀人的滑轮。也许是出于直觉，我觉得那水洼子饼与那滑轮有异曲同工之妙。你那水洼子饼的独特样态，使我想起了中原各地的手工艺人锻造出的某种兵刃，而非单纯用来把玩的物件儿。"

妙儿用心感应，与王阳明交换了下眼神。她抓起王阳明，带其纵身一跃，两人滚落至另一棵树后。

王阳明抬手擦了把汗，继续喊话："第二，当时米娅你在看一本书。你见到我们来后，很是随意且冷静地将书本放入推车上的紫苏堆里。但可能因当时收得匆忙，你那本书的封面暴露了你通晓汉文化这一点，所以我将你纳入了我心中的怀疑对象的名单。当时，你那书的封面有一个字暴露在外，从字体、字形，乃至书角颜色来看，我不难判断，你当时所看、所藏的书籍，就是我大明当下最为流行的著作《世说新语》。而你收书的那一刻，却将《世说新语》的'语'字暴露在外，露出半个言字旁和一个口！这部著作，在我大明早期就是人手一本，现今更是在各个阶层流传……可见米娅你有多么仰慕我汉文化，都到了可以直接阅读原文的水平……"

雷电依旧劈着，一棵又一棵的大树遭遇了有生之年最为惨烈的灾难。

"第三，米娅你说话用词皆与你族人不同，我能听出你受过汉文化熏陶，并与汉人有过频繁接触。你能说出洋红色的典故以及'洋'字的来历，可见你是悉心研究过汉字的。加之我刚说的那书，可见你看似是

230

小孩儿，内心却已非常成熟……"

妙儿见势不妙，不等王阳明推理完毕，忙带其飞往下一个"安全岛"。

可就在此时，那明明只是黑影的当扈鸟，却赫然间亮相在公众面前。

一只瓷白色的，羽冠有黄釉色毛的，身形既像孔雀又像锦鸡的长身大鸟，真格出现在林中高树之上。它一边啼鸣着，一边卷动着鸟喙之下的胡须，整个身子随着青色胡须的旋转而起飞。

"原来真是这样！"王阳明哭笑不得，"你把孔雀、锦鸡外加几种异兽用炼金术鼓捣在一处了？"

妙儿见状说道："孔雀、锦鸡只是载体罢了，最要紧的还是得有上古时期流传下来的神兽兽皮抑或羽毛、骨架……梵湖儿！你这家伙跑哪儿去了？还不快给本座变身为乘黄！"

王阳明听到此处心底咯噔一下，他忙拉了下妙儿小手："别逼它，让梵湖儿好生冷静想想，现在我还有话要问米娅……米娅，你知道为什么我后来会怀疑到你身上吗？光凭我刚说的那三点并不足以为证，关键是要有证人。那证人不是旁人，就是我们的梵湖猫。我第一次踏上这片土地时，无意落入酋长设下的陷阱，整个人被倒挂吊起。当时梵湖儿就在我身边，按它的功力完全可以直接救我，可当时它却只是感到愤恨与恼怒，根本没有任何实质上的行动。为何它性格大变，做出与过往相悖的反应？因为，我们的大猫，借由此事感应到了本地有多个炼金术师同时存在，并感应到了当时套牢我的法器，就出自炼金术师之手。当年，梵湖儿还是小奶猫时，因一次意外落入炼丹炉中，与《山海经》传说中的乘黄兽皮和几味珍贵丹药结合，大难不死后竟然可随意改变身形，发挥法力。但这对于一只再平凡不过的猫来说，不是什么好事，而是噩梦的开始！猫和人一样，都有七情六欲，你们所运用的炼金法器，让它突然想起了过去所经苦难与不堪回首的过往，致使其沦陷在一次又一次的自我挣扎中，无法解放天性、释放能力。你可记得，当时梵湖儿见到你时，它像个好奇的小孩子，似人一般踮起脚、伸出爪子趴在你的推车上？乍看之下那是猫的一种好奇心使然，可我后来一琢磨，梵湖儿不是在好奇你推车上有何货物，而是想进一步确认，你和你的法器，是否强大，是否已然开始运作！而当时，你为我们展现的那个水洼子饼，就是你用炼金术制作而成的世间仅有的一种东西。"

雷声滚滚。

当扈鸟距离两人更近了，妙儿果断地抛出一道符咒，此符咒正统刚健，上画纯金色之乾卦，所衍生之物为"天圆"。妙儿快速探出右手大拇指，准掐另外四指根去："玄灵节荣，永葆长生，太乙真君神佑，急急如律令！"

奇妙的一幕扭转了局面，妙儿这道符咒乍放光亮，她手里的拂尘立马化作一个明月般的圆环。

这圆环跟哪吒的乾坤圈有些类似，但整体呈莹白色，吸纳了星月精华，握在妙儿这俏佳人手中便更具灵气。

"这该不会也是那驴世伯教你的招数吧？"王阳明临危不惧，生死关头仍不忘调侃未婚妻。

"你猜对了，还真是驴世伯传的。他教了我这环形套的招数，命名为'明月照我还'，伯安哥哥你瞧着如何？"妙儿也是一副不犯怵的样子，英姿飒爽，说话间还不忘将那被自己弯折成圈的拂尘套在手臂之上，摆出个华美潇洒的造型给王阳明瞧。

"好看！妹妹怎么摆姿势都美。"

"对方用鸟，咱们有猫。鸟、猫的性格和喜好有相同之处，只要用出这'明月照我还'，不难摆平那当扈鸟！"说罢，妙儿率先从树后走出，高举手中圆环："梵湖儿，怎么我三请五请，你还不出来？你再这样懈怠下去，小心我把你退回老君山！"

"妹妹小心！"王阳明惊叫道。

只见妙儿刚现身，大鸟立马转动胡须，飞身而下，从其旋转不停的胡须里射出钢针，落下的钢针若闪电般。

妙儿如跳艺术体操般，用那圆环轻巧避过。圆环形状巧妙，可用于"推、飞、钻、套、绕"，且遇到犄角旮旯儿不好躲避时，原主人可自行绕进环中灵活避开对方击打，抑或将圆环当作云梯，借助圆环攀爬蹿飞。这也是妙儿为何要将拂尘化作乾卦中的"天圆"。

那当扈鸟不明其理，还以为是有个圆环让它钻，抱着挑战的心理，这家伙真就钻了过来。

妙儿见距离可行，忙转换了动作，将圆环抬起，手起环落，借助圆环转换的角度，命中了当扈鸟的额头。

谁知那当扈鸟也不傻，它见妙儿不好对付，转而去打王阳明。

妙儿见状，忙抛出圆环，想要将一旁的大树树枝击落，利用粗壮的树枝当暗器，插入当扈鸟的羽翼。

"哥哥蹲下！"妙儿大喊，从树与树之间的空当飞身过去。

当扈鸟虽中间挨了几道剐蹭，但其毕竟是炼金术造就的，怎会经不得这点儿击打？

几步之遥，迫在眉睫，鸟喙眼看着就要刺到王阳明的喉咙。

大猫梵湖儿果断出击，从其口、眼、耳、鼻四官中射出透明黏液，想要用出"一叶障目"大法，射中当扈鸟双眸，导致其短暂失明。

"大猫，你也快退下！"王阳明知道梵湖儿自打来到此处后状态不佳，还没能从过去的阴霾中走出，他怕梵湖儿吃大亏，忙一把将其护在怀里，"你听我说，我知道你努力了，但是你不用勉强！"

谁料，此言一出，那一直躲在幕后的真凶，却突然感慨良多，一发言便是语出惊人："你怀里的猫跟我的鸟其实是一样的，它们都是在不情愿的情况下，因炼金术成为怪物，用我们的江湖术语，这叫合成兽。"

"梵湖儿不是怪物，是梵湖猫！"王阳明气恼极了。

他决定不再躲藏，疾步抱紧梵湖儿，堂堂正正地站了出来。

眼前，被梵湖儿击中单只眼睛的当扈鸟果然出现了短暂的失明，它不得不退避三舍，停在一棵燃烧着烈焰的大树上，振翅抖毛，浑身皮屑惹得王阳明一阵咳嗽。

"不是怪物？呵呵，那你说，我是怪物吗？"米娅的声音若即若离，让人无法判断她的位置。

"你不是真正的米娅，真正的米娅是住在东边一间双吊式魍魉楼中的一个长期患病在家的女孩儿。你用了她的名字和身世背景，却从未易容成她的模样。你之前跟我们第三次碰面时，乃至第一次与我们碰面时，说你想跟我们做朋友，我相信这些话是你发自内心的。你之所以没有易容，是刻意想暴露给我们看，想着万一哪天我们查到真正的米娅家，看到真正的她时可以怀疑到你。你这么做，看似矛盾，实则说明你内心一直希望有人来劝阻、开解你，甚至你希望有人来阻止你复仇！因你在外流亡的这些年太累了，你想歇歇。但你没有亲人朋友，没有值得信赖的可以说话的对象……身边的这只合成兽也不是自愿变成这样的，所以、所以它也不是你的朋友！"

这话不说还好，一说双方都恼了。

眼前落在树上的当扈鸟飞身疾驰，怀里的梵湖儿也是如火山喷发般向前冲去。

王阳明一个没抱住，大猫梵湖儿竟然飞身而去，纵跃如豹，从体内释放出根根钢牙芒刺，与那旋转胡须的当扈鸟血拼成一团。两者扭打在一起，抓住对方身体，形成结界，滚落在地。

"妙儿，快放那圈来，让梵湖儿跳进跳出。"王阳明见妙儿赶来，这才稍微松了口气。

妙儿颔首，朝着梵湖儿与那鸟儿厮杀的方向奔去，释放环圈："梵湖儿，跳！"

王阳明见梵湖儿反应及时，但不知为何起身一跃的大猫身上却不似方才雪白，而是染上了一层灰蒙蒙的颜色。

可恶，绝不能让梵湖儿出事！王阳明心底骂了一句，忙抬头继续喊话："米娅，你为何只招呼我们几个而不现身？你这样做，不是辜负了波无能吗？他那么喜欢你、听你的话，你难道不感动？"

"有件事我不懂。"米娅又回了一次话，却刻意转移了话题，"从外貌看，我只是个小丫头，我杀人也好，操纵神兽也罢，这些事情都乃成人所为。暂且不提使用炼金术、法器，单说这一系列案件的谋划，我一个小女孩儿又是如何做到的？"

这一次，声音更近了一步。

"很简单。因为你实际的年龄，不是个小丫头。我们常常夸赞孩子天真无邪，而你，可以算是天真有邪！据我揣度，你母亲当年在怀你时，应该也吃了不少前大司命给出的药物，导致你患了一种罕见的疾病，我们姑且称其为'童颜症'吧。这种病使你拥有了不老童颜，身材、脸蛋儿都能保持在幼年阶段，且总不显老。但你的五脏乃至思维却和我们成人无异。我们是生、老、病、死，你是生、病、死，却唯独不老。你回到本地，先想办法躲过众人，与波无能达成共识，联手行动。你凭借个人模样、身形优势，在杀人时以同龄人的样态迷惑本地男孩儿，让他们小看你，吃下你做的点心。你随后引诱他们上得吊床，借用吊床提前设定好的高度和提前布置的套绳把他们活活吊死。当然，你身高、力量有限，很可能在借助滑轮、辘轳式升降登梯时有些男孩儿没有当即死掉，你则利用暗器，朝着对方后背的膏肓穴补上一手。米娅，我想说，我觉得你现在特别不仗义，简直和当年的大司命一个样！你拉着波无能复仇，却在关键时刻让他一人背锅，致其沦落成不仁不义之辈。还有，你好端端的为何连累无辜生灵？孔雀招你了？锦鸡咬你全家了？难道说，你复个仇，要全宇宙为你陪葬吗？"

"没想到啊没想到，你这么在意那只猫。看来，你曾经说想当圣人，还真不是说大话。这一点我不如你，本人拉克丝由衷佩服。"

原来，米娅的真名叫作拉克丝。

"我们是战友，我从没把梵湖儿当成一只田里捕鼠、看护禾苗的猫！我们的队伍……一个也不能少！"

说这话时，王阳明被什么东西刺中了肩膀，血液流出，一发不可收拾。

他环顾四周才发现，有一棵树被雷劈断，枝条枝叶下落，刚好有一根短粗的枝条刺中了他左肩的位置。这力度颇大，不偏不倚，刚巧从斜后上方插入了王阳明的肩井穴，而这一穴位对应的是排毒所用的胆经。

王阳明一声不吭，他发誓绝不能在此刻分了妙儿的心。

眼下，妙儿正一边用近似于今之艺术体操般的柔美身姿对付刚健有力的当扈鸟，并试图唤醒梵湖儿。

王阳明见她跳进跳出，挥舞操纵着圆环，对自己帮不上忙已是感到分外内疚。

他原地抖腿，动作稍有迟钝，却硬着头皮岔开双腿。他缓了口气，用力将衣袖撕开，自行手嘴并用为自己包扎伤口，假装没事儿人一样继续推理："想来当年，不光是你母亲遭难，你祖母、姐妹也曾被大司命玷污和欺骗，导致你家女性皆被算计，你是唯一的幸存者。我真心理解你的心情。可你如今，已不是单纯想灭掉大司命一家了，你还想凭借

235

炼金术捣毁整个扶郎！拉克丝，收手吧，你看到了，大司命如今生不如死，你的目的达到了。"

"你说得真对，我也想过到此为止，可我恨啊！我恨得难受，夜不能寐。我恨的不是大司命，而是像米娅、卡嘉丽她们那样，不知反抗的女子。比起那些欺压女子的男人，她们这些无知愚蠢，将天理视作生命，不惜泯灭本真性情的女子更该杀。"

王阳明听罢，又想起一件可拖延对方之事："你的真实年龄至少比妙儿大上十岁吧！东边的米娅今年刚好桃李年华，可你偏要冒充她，至少说明，你俩年龄相仿。好个小丫头，把我们都骗了。"

王阳明绑好伤口，捡起地上一颗被火炙烤过的小石子，顺着裤腰将石头抹了几把，抵在锁骨左侧上方的俞府穴上。

俞府穴五行属水，属肺经，刚好能克制由于肝经受损导致的五行属火的肩井穴出血。

"拉克丝，我问你，如果妙儿答应带你真的远走他乡，你可愿意跟我们离开本地，把那些冤仇一笔勾销，重新开始？"王阳明抛出问题，对方是沉默不语。

"哥哥，接住梵湖儿！"

正要往前踱步试探的王阳明，眼见一团蟹壳青色的蚕茧形物体朝着自己抛掷而下，他不顾肩头阵痛，一个飞身起跳，伸出双臂将其稳稳接住："这是怎么了？大猫怎么成蚕茧了？"

好在王阳明个头儿高，双臂虽谈不上结实，却比一般江南少年修长得多。

再次看到的梵湖儿，再也不是什么威风凌厉的梵湖猫了，而是被一种类似于蚕丝的东西死死封住的"蚕茧"。

王阳明将其捧在怀里，本想透过细丝看看梵湖儿怎么样了，却只看到灰蒙蒙一片。

抱着如此柔弱的梵湖儿，王阳明回想起过往的林林种种，那叫一个来气："梵湖儿，你就是这么脆弱的吗？你给我清醒一点儿！"

这一吼不打紧，血滴从其肩头滚落，颗颗落入这"蚕茧"之中。

第二十六回
圣人血唤醒乘黄来　头盖骨变幻炼金术

"梵湖儿动了！妙儿，梵湖儿没事，它没问题，能缓过来。"王阳明生怕妙儿与那大鸟缠斗时分心，一见手中的梵湖儿遇血后动了，在血滴上去后，"蚕茧"的一部分呈现出透明的景象。

妙儿来不及回复，却已然听到王阳明的话。

她用出一招"特立独行"，以左脚为轴，右转体一百八十度，同时抛出圆环令右脚勾住，屈膝成弓步，双拳趁其不备先后出击。左右手见机行事，一手贯穿圆环直投暗器，一手则高高抬起，插斜上方空当处，弹出昂宿星袭击敌方。整套动作行云流水，妙儿完成后迅速穿入圈内，向前翻滚几个回合，双脚落定后，与那当扈鸟来了个"迎面相撞"。

因方才妙儿左右手切换不定，迷惑了当扈鸟视线，昂宿星擦其羽毛而过，打乱了当扈鸟的平衡，致使这厮当空扑向妙儿时失去了平衡。且其靠胡须发动攻势与飞行，圆环刚巧不巧由妙儿抢起，砸中这大鸟鸟喙处，只听咣当一声，血足足冲起三四尺高。

王阳明见妙儿确认情况后，放心投入战斗，且那大鸟受伤淌血，这才背着妙儿，放心大胆地进行滴血尝试。

他将自己的头发拔下几根，绕指轻缠，又将方才包扎好的伤口布条彻底解开，用那沾了血的布条绑束自己刚刚拔下的几根头发。做好后把这不确定是否管用的临时"法器"平移至污浊的"蚕茧"上，双手交叠放置于其上，力度由小到大逐步增加，试探性地往下压着。

"大猫，醒醒吧，我们需要你，你主人还在浴血奋战，我们需要你。"他念叨着平时从未说起的甜言蜜语，却不见方才那惊人效果。没了退路，王阳明只得俯身而下，单手按住那厚重的"蚕茧"，一手按住伤口，让鲜血对准"蚕茧"迅速滴下："梵湖儿，如果说我的血能救你，那也是极好的。我说句当之无愧的话，小圣人就是我，我就是小圣人，别人想喝我还不给他呢。如今你也尝到了圣人流淌的热血，是不是也该起床了？"

王阳明狡黠温柔地自嘲一笑，他这是在百般无奈下做出的牺牲，也是在赌一把。

正是这样的牺牲。随即令梵湖儿双眸一闪，获得新生。

王阳明眼见这厚如磐石的浑浊"蚕茧"瞬间变得透明，还不等"破茧而出"的那一刻，《山海经》中的乘黄神兽已然站立在他跟前，亲切友好地瞄了他一眼。随即二话不说，一刻不敢耽误，马不停蹄地飞向主人身侧。

这是王阳明第二次见到梵湖儿变身为乘黄。

他这才发现，原来乘黄的四只蹄子竟然是踏着冰刀的。

那神奇的兵刃像是人们冬日所穿之冰鞋，也像是四团由千年钟乳石打造而成的祥云。恍若几道莹亮的雾气，也好似冻结起来的云，被染上了好看的颜色，再由人世间最为贴心的神兽踏在脚下。

"梵湖儿，砸拳左探马！"妙儿来不及庆祝与大猫重聚，只喊出一句口令。

她将手中圆环向下平移，左脚向下落地支撑，右脚屈膝提起，将独立于脚面上的圆环套在右手臂上挑起，同时高举右臂，飞速旋转那圆环，调息凝神，将气汇至手臂位置。左拳探出，飞出昴宿星。大猫梵湖儿过去曾跟主人学过这套"明月照我还"，曾研习过其中套路。

妙儿左前方已有暗器飞出，且为呈直线奔来。她右手画圆，兵刃在其前臂，手腕终不得停。这也就意味着妙儿抛出昴宿星的那只手的上方没有防守，对手会在躲过昴宿星的同时发现妙儿没有兵刃的那只手的斜

238

上方的漏洞。

梵湖儿及时飞驰过来，在掐准妙儿昴宿星抛出一段距离后，及时填补了妙儿的防守空缺。大猫伸出舌头，弹出黏液，直达对方胡须。它的利爪全部张开，背部的尖刺如钢牙般竖起，且可随身体自由收缩。

当扈鸟没想到，一人一猫配合如此默契，再想拐弯躲避为时已晚。它的胡须部分被昴宿星刺破不说，心口乃至额前三根用作装饰的金色羽毛全被梵湖儿的黏液击中。

它愤怒地张开翅膀，使出炼金术带来的内力，放出无数道金光雷电。

妙儿撼动圆环，像是今人玩呼啦圈般灵巧自若。那圆环滑入其腰肢，跟随其纤细的小蛮腰转动开来。妙儿同时张开双臂，抬起双手，从袖口、指尖放出昴宿星。

梵湖儿则配合着主人从两端发出的暗器，围着主人原地跑圈，在土地上扬起烟尘，脚下踩着的四块"白冰"此时也有了惊人变化。

几根不可思议的冰柱直冲云霄，朝着当扈鸟的方位接二连三拔地而起。那刀锋般锐利的山峰冰刀般刺破苍穹，击垮了当扈鸟投来的道道雷电。

电火雷车下九关，初凝愤恨伤自流。惊雷散去，当扈鸟撑不住了。

妙儿见昴宿星追踪而至，忙朝着梵湖儿道："并步下阴锤。"

妙儿向左转体九十度，左右脚并拢，双腿屈膝下蹲，双手抱头，那圆环突然放出类似于干冰的气流。

那气流向上喷发，推动了昴宿星。梵湖儿乘胜追击，躬着后背，放出金刚钻般的钢牙，而暗器之上混了浓浓的黏液。

那当扈鸟心有不甘，当空绕过几棵大树，顺其枝条浓叶跌跌撞撞地逃窜而去。

也不知它撞了多少树枝树干，打乱了多少树木的安乐与休憩。在绕过那宁静如昨的快活潭后，当扈鸟就地俯冲，咽下一大口潭水，直杀了回来。

妙儿见当扈鸟能打能抗，并不是个好对付的，忙又换了招数，连续用出"转身十字手""独立推掌"。其双拳变掌，交叉于胸前，将悬停在近前的圆环彻底推出十来丈开外，并让梵湖儿从自己前方空当位置补刀出击。

那鸟见妙儿将武器抛出老远，大猫阻隔在主人与圆环中央，只觉有空可钻，值得偷袭，干脆俯冲而下，直接瞄准了妙儿的天灵盖位置。

谁料这恰恰是中计了。妙儿挥动衣袖，射出昴宿星，用出一招"燕子还巢"，先将对方控制在暗器四周，梵湖儿瞬间弹跳起来，用出"鱼跃龙门"，刺出利爪抓挠对方。

妙儿跑了几步，直达圆环兵刃跟前，像是一位蹦床运动员，借助圆环释放的气流的动力，双臂朝前，跳入圆环内里，同时放出丝线转动圆环，对准攻击目标，抛出兵刃，将已被昴宿星、梵湖儿拖住的敌人砸中击落。

"干得漂亮！"王阳明脱口而出。

他环视四周，忍住伤痛，单手按住流血的肩膀，但仍旧不敢出去。

妙儿见那大鸟落地，却仍在挣扎，又射出几道昴宿星，按其身形将这厮钉在原位。梵湖儿射出几口黏液，将其双眸封住，使其暂时失明。

"哥哥没事吧？哥哥？"做完这些，妙儿才敢回身确认王阳明所在，却见一道粗壮的黑影顺应火光而上，从不知名的那一头消失了。

不但如此，那曾经打动过自己的西域调子再次回旋于耳畔，或近或远、若即若离。

"姐姐好身手，绰影侠首席弟子、江湖第一女侠果真不是浪得虚名。"米娅，不，应该是拉克丝的声音洪亮有力，却依旧孩子气十足。

妙儿果断追寻其影踪，却未曾离开原地："姐姐？叫姐姐的应该是我吧？这位拉克丝姐姐，麻烦现身吧！"

让人惊讶的是，随着拉克丝现身的，还有两道令人感到惊悚的、说不清为何物的长条粗影。

"这是……"王阳明见拉克丝本人牵引着两只巨大的"怪物"闪亮登场，"飒露紫？特勒骠？"

"不错，早就听闻王阳明自比圣人，想不到你的坐骑竟然也是唐太宗所骑宝马的后代。人啊，如果会投胎，投胎到一个富贵温柔乡，那真不是少奋斗十年的问题。"拉克丝还在感慨，语气平和。

那两匹宝马确为自己与妙儿的，但奇怪的是，飒露紫与特勒骠一看便知是游泳过来的。

　　"拉克丝，收手吧！你可还记得那时你对我说过的吗？"妙儿上前几步，回到王阳明身边，双眸看向拉克丝，"我愿意带你离开，我愿意跟你做朋友，我愿意传授你任何我所习得的武艺，求你别做傻事，你这样不值得！"

　　"其实，我是真心想跟你们走。可是，我也是真心想要报仇雪恨。我阿娘在世时，是本地少有的知道要反抗的女子。可惜啊，她没有一身武艺，也不具备独立生存的能力，只知道要些女子的小手段，暂时迷惑男子，让他们放下戒备。可这些只能轻松一时，并不能让自己终身解脱。当年，我阿娘也由大司命号脉，问诊出我是女儿家，但我娘没有像哈哈族其他女子那般，接受大司命的丹药，将女胎转换成男胎，而是想要走出扶郎本地，去到洞庭湖以北最大的城市——荆门州做工攒钱，而后独立抚养我。可惜，她还是被大司命发现了。他威胁我阿娘，并玷污了她。我阿娘拼拳头断然是拼不过任何一个男子的，为了我只得忍辱负重，假装顺从大司命，希望能在生下我之后凭借迷惑哄骗男人的手段令大司命等人松懈，然后再与我逃脱。可男人这种东西，哪儿有那么感情用事？他们是无法被柔情蜜意感动的。我阿娘，在拼尽全力生下我后，想尽办法在大司命用怪胎换取女胎时救下了我，抱我上了扶郎顶，将我养在一间被猎户废弃的密室里。我们母女两人就这么躲躲藏藏活了若干年，其间还被猴娃兄弟、枭阳怪搭救过。终于有一天，我阿娘收到了来自荆门州一位朋友的来信，信上画着荆门州美好的生活。阿娘说那里的女人很泼辣、不会受气，便留下一幅画作，告别了猴娃兄弟，出了扶郎顶，带我去山下与她的友人汇合。不想，我们运气太差，刚踏出扶郎县，就中了大司命设下的埋伏。当时情况紧急，只能救下一人……阿娘为了我，牺牲了自己。她拜托她的朋友照顾我，叫我们快点儿走，大司命眼看就赶来了……后来听说，阿娘被执行了火刑……你知道，一个大活人被架在火上活活烧死，是件多么可怕的事吗？不，你们不知道，这世上是不存在真正的感同身受的！"

　　孩子不能没有母亲。无论这孩子是多么的坚强勇敢，懂多少深刻的道理，没有母亲的安抚和引领，其人格都是有残缺的。有些事情，不是你通过阅读、受教育就能感知到的，真的需要母亲的言传身教、身体力行来为孩子营造出一个充满欢歌笑语的世界。

"我感谢那位带我出去的阿姨……可是，她后来也遭遇不幸离世了。好在我那时已成年，便投入了……"拉克丝一捋袖子，露出了羊首龙身纹，"便投入了花柳帮门下，研习炼金术。"

"你……你是花柳帮的人？"就当众人以为红挽志已然一命呜呼之时，这只"打不死的小强"吱声了。

"红挽志！不，假的红挽志。你真是命大啊。"拉克丝说罢，轻拍两匹马的屁股，叫它们各就各位，回到自己主人身边。

"拉克丝，你别做傻事啊！"王阳明朝着她所在的方向呼喊，"这里的哈哈族人好歹都是你的同族，你们骨子里流着一样的血，这里必然有无辜之人，你不能赶尽杀绝！"

"无辜之人？好吧！"拉克丝见王阳明几人和赶到一侧的梵湖儿聚拢在一处，便重起调子，"掀起了你的头盖骨，让我来看看你的眉……"

这一次的曲子是有歌词的，这歌词令人毛骨悚然！

脚下的大地剧烈摇晃，万物怒喝，万物战栗、癫狂。

所有人在这一刻，都是有罪的、不洁的。他们即将接受来自不可抗拒之力的审判。

"是理宗头盖骨嘎巴拉碗！"王阳明一眼便认出拉克丝召唤而来的那东西，竟然是一个巨大的、用人的头盖骨制作而成的酒器！

"糟了！"妙儿想要阻止，却拿不定主意，"她把自己的双臂给炼了！"

"什么？"

王阳明还没理解妙儿的意思，再想定睛去看，只觉二马、一猫、两人所站之地犹如白鹤挥舞的翅膀，顷刻间脚下地皮被什么东西拱出几十丈开外。他们像是坐上了电梯，往三四十米高的楼层一路向上升。

"我们这是怎么了？大地怎么变得凸起，跟树木一样高了？"王阳明近乎是用喊的方式在说话。

妙儿双眼圆瞪，也觉不可思议："是拉克丝的炼金术，她这招五行属土，可撼动大地，把我们传送到安全之处——她不愿伤害我们！"

"不错，这世间可以没有哈哈族，但不能没有圣人和女侠。"拉克丝底气十足，笑意盎然，像站在城门上迎敌击鼓的梁红玉女将军，"玄机女侠请放心，你的马是游湖过来的，我故意让它们浑身湿透，待会儿我要放出全部能量，好和这浑蛋大战三百回合。你则施展出五行属水的法力，借助马身之水和你那拂尘形成结界即可。我这动静虽大，但只针对流有我哈哈族之血的人，定波及不到你们。"

"拉克丝，你不要这么傻！你这样只会玩火自焚，你阿娘在天之灵不想看到你这样……可你如此一来，等同于跟他们同归于尽，不值得，不值得啊！"妙儿知道眼前的拉克丝想要用出炼金术的至高之术，而王阳明也登高远眺，看清了妙儿所言的"把自己的双臂给炼了"到底所指为何。

只见那拉克丝小小的身子上，双臂却已成了钢筋铁骨。她不再答话，目视前方，眼神坚定，眼里似乎燃烧着炽热的烈焰。

锁定在她双臂前方的，已不再是寻常人的双手，而是一双奇异的兵刃，似为一刀一叉，却又看不清个样子。

烟雾笼罩，烈火炽热，嘎巴拉碗摩擦起热，碗内热油滚滚。

"嘎巴拉碗……"前大司命笑了，他笑得依然邪气，"嘎巴拉碗，也称骷髅碗，乃是藏传佛教密宗修行仪轨中使用的一种法器，多由高僧的头骨制成。你这个，出自喇嘛教地区，如果我没看错的话，这应该是番僧杨琏真迦献给蒙古大汗的盗墓礼物吧？还有，你竟然比我还要拼命，连自己的双臂都不要了。"

"不！"拉克丝得意地说道，"我的双臂虽被炼成兵刃，但可随时恢复，而你——不但将生殖器官献给炼金术，还让自己成了残废。哼，我可不用什么手套隐匿自己！我活得光明正大、为人坦荡！"

"好，那我今儿就陪你走这一遭，我红挽志赌上所有的一切——我自己，开启永世之门。"

这厮虽已中了那毒，却豁出了性命，以自己的全部为代价，撼动炼金术，向背水一战的拉克丝发起挑战。

"拉克丝……你这又是何苦呢？"妙儿眼含热泪。

她知道，这是诀别了，结界一旦打开，自己将与拉克丝阴阳两隔，永不能再见了。

　　"妹妹，咱们不能再犹豫了！"王阳明见妙儿表现出极其少有的迟疑与不舍，忙探手按住她的双肩，"她已经决定的我们谁也改变不了。如果说能用言语打动她，令其收手，那么绝不是因为我们的话劝通了她，而是她本人也这么想，打心里认同我们的说法。所以，别再犹豫了！"

第二十七回

朝晖夕阴气象转　赤日炎炎出扶郎

沉默着、沉默着……妙儿不能允许现在的自己在沉默中爆发。

她觉得这感觉简直糟透了，却又无从发泄，只能不断调息。

梵湖儿驮着她向更高的地方升去，妙儿手持画有"上坎下乾"的水地比符咒，像是盘丝洞中的蜘蛛女妖，将拂尘铺开，借由两匹宝马身上的水渍形成丝丝缕缕的结界。

水地比这一卦象内涵寓意颇多，妙儿选取的是其卦象之二的"水润大地，万物依附"。

梵湖儿配合着妙儿，弓背弹舌，对妙儿织就的网状结界进行填充补漏。

"五星镇彩，光照玄冥。千神万圣，护我真灵。急急如律令！"

妙儿没得选，眼前的路，毕竟只是属于她和王阳明两人的。她必须向前走，唯有集中精神，破解一个又一个接踵而至的艰难险阻，才有生的希望。

他们这样做无形之中构建了一个与世隔绝的独立空间，而前大司命红挽志却选择将自己炼成了数道大门。无数形状、材质、风格迥异的大门同时飘游在火光洞天的黑夜，交织出"破敌金城雷过耳"的盛况。

透过结界，王阳明约莫还能看到对面进行的一切，那一道道似开非启的大门上，居然还有钟馗打鬼的花纹。如此栩栩如生、动人心魄的道道怪门，与其说是大司命付出了生命的代价，不如说是他将这些原属怪力乱神之物，用所剩无几的气血、筋骨、脉搏、力量铸炼锻造，化作足以和对手抗衡的利刃。

妙儿做完这些已是耗费了大半精力，她弱弱地趴在梵湖儿背上，直到它驮着自己落地。

王阳明忙上前将妙儿一把抱住："妹妹，坚强些，你已经尽力了……"

他不知道该怎么往下续上新的话题，更不可能在此时把话题转移出去。

结界外，拉克丝摩擦骷髅杯的声音仍旧不绝于耳，王阳明他们在内里见不到她是如何与大司命对峙的，但透过莹白色的丝线，仍能听清不远处拉克丝与大司命的对骂声，以及拉克丝对本地男女老少不作为的各种申斥。

"我在中原时，就听闻过玄机神女的大名，当时很是敬仰。我那会儿就想，要是有朝一日能亲自结交你该有多好！我也想和你一样，及笄之年便武功盖世，成为一观观主，除暴安良、维护正义。可惜，我阿娘惨死，这样的仇恨我永生无法释怀……"拉克丝的声音犹在耳畔。

妙儿听她说话，却再也无力回答。妙儿知道，她是铁了心要拼死一搏，将曾经伤害过自己娘亲、助纣为虐、只贪图享乐的哈哈族人一网打尽。她要惩罚那些自甘堕落、不知抗辩、沦为男子帮凶的女人。

这需要耗费她毕生所学，结局就是鱼死网破。

妙儿瘫软在凸起的地面上，整个人靠在王阳明的怀里，泪水少了，泪痕干了。

就在战争进行到白热化阶段时，酋长的声音打破了原本充满绝望的氛围，苍凉中透露出必死的决心。众人不知他方才躲到何方，现今又是如何跳到拉克丝与红挽志中间的。

只见他身挂肥遗金钟罩衫，大义凛然，恰似英雄战场杀敌，气冲云霄。

"阿爸！你别做傻事啊！阿爸！"波无能整个人被拉克丝放出的某种力量牢牢地锁定在原位，动弹不得。

他眼睁睁地看着他那被全哈哈族人视为傻子的父亲，竟然不畏生死，利用金钟罩衫释放出的能量，借助一旁大树，将自身滑至拉克丝装着滚滚热油的骷髅酒器的边沿之上。

酋长对着已然辨不清面庞的哈哈族人挥手道："本人鸡贼王中王，自愿化作过桥费，助拉克丝击败红挽志。临走前，我反躬自省，想起过去我助纣为虐，坑害本地女子与猴娃兄弟，早就铸成大错，现在想来为时已晚……波无能，我走之后，你要重振我哈哈族风气，善待本族女子，别再重演悲剧了……你要建立一个平等、光明、可爱的哈哈族。"

酋长说罢，连看一眼油锅的闲情逸致都没有，后脑勺对准油锅的锅口，径自后翻。一时间油花翻飞，酋长整个人落入锅内，一去不复还。

"阿爸！"波无能眼睁睁看着养父赴死，这才想起酋长当年的确跟着前大司命做过不少伤天害理之事。

可叹一个人前半辈子作恶多端，后半生迷途知返，却不知这上天还能否轻易饶过。也不知在他"但行好事，莫问前程"的过程里，能否弥补当年过错。

但对波无能来说，无论酋长是否真的做错过，都不再重要了。

他需要的只是一个拥有同理心，可以善待、庇佑自己的强大的长辈。

现在，这个曾经给予过他温情，善待过他，为他雪中送炭的人没了。

千锤百炼出深山，烈火焚烧若等闲。

待一切平息后，大地与天空重获宁静。

结界像是下降的电梯，不急不躁地当空下落。

妙儿不顾疲累，拖着沉重的步伐快速往四下寻觅。

此时穹顶挂着一轮红日，山花如秀颊，日光照映着扶郎花的美丽与哀愁，过去的不愉快好似真的翻了过去，从未发生。

"妙儿，小心啊！"王阳明见这地面坑洼不平，有些地方还在如自说自话的狂人般燃烧着。

灼热的气息扑面而来，像是一群群难缠的孩子，想甩却甩不掉。

"拉克丝你还在吗？拉克丝你还活着吗？如果你还在，一定要回复我！我带你走，我……"妙儿也像是疯了一般，简直就像是一个刚刚失去爱女的母亲。

247

王阳明见她情绪彻底失控，无法劝服，只得叫两匹大马跟上，并让梵湖儿随身护卫。

"妹妹，你听我说，现在此地不宜久留。昨夜他两人生死大战，早就把这扶郎本地毁了。这力量可谓惊天动地，还不知接下来又会如何，我们还是赶紧骑马离开为好！"

"离开？还没找到人让我怎么离开？"妙儿冲着王阳明吼道，好像眼前的男子是个负心汉，"你又不是女子，你知道什么？下辈子让你当女的，我当男的！"

"妙儿！"王阳明一把将激动到情难自禁的未婚妻抱在怀里，"你不能因为所谓的感同身受就弃自己而不顾，更不能因为一个陌生人的复仇，就将咱们这几条鲜活的性命拉来陪葬！你现在这么做一不理性，二不明智，简直傻透了！你知不知道，拉克丝的毕生心愿就是为母报仇，她毕生所愿已然完成，该惩罚的人也都惩罚了，甚至搭上了诸多无辜的生命——"说罢，王阳明回首指向大片于昨夜被毁掉的珍奇植物，"这里，还有那里，甚至昨夜围观的那些本地土著，你能说她是干干净净、手不沾血的吗？既然做了欠债的事，就必然要还清！"

妙儿趴在王阳明怀里，大口大口呼吸着并不新鲜的、充满昨夜混战后留下的烟火之味的空气："可是……可是我不甘心啊。"

一句不甘心，却难以道出千言万语。

"我们走吧，你难过也要撑住，我们哪怕一边赶路一边悼念，也好过在此地等死。"

正说着，梵湖儿喵了几声，这连续的叫声暗示着新的发现。

眼见它口衔一块样子极寒碜的石子，将这扁平的东西平放在被烈焰烧焦的草地上。

焦炭般的枯草与这丑陋的石块形成了对比，反衬得这石块通体光亮、十分洁净。

"这是……这该不会、该不会是拉克丝的灵体吧？"妙儿惊诧至极，她果断蹲身，一把抄起那形状怪异的石块，"梵湖儿，你从哪里发现的？"

大猫侧头，用胡子比画了下。两人顺着它的指示遥望，似乎是在一棵矮树上方。

"树上挂着……看来有可能。高明的炼金术师，一般在生死关头都会提前准备一个看似不起眼的灵体。有人就选石头，一来跟自己的五行有关，二来他们刻意避开大众视线，依靠样貌丑陋、结实无损之物存在于天地之间，就是为等时机再来，转世轮回。"妙儿喜极而泣，将石头紧紧护在手中，整个人似飞了起来。

王阳明向四周观望，发现连一具完整的哈哈族死尸也没有，也不知道本地还是否存有活口。昨夜被结界困住的波无能，也不知后来是生是死。

就在他感慨万千，妙儿喜极而泣时，大地突然迎来新一波的震颤，而这次远道而来的贵宾似乎与炼金术无关。

"不好，是地洞！"王阳明大叫。他意识到，准是昨夜一战忤逆了大地，惊动了宇宙洪荒，自然界回过头来惩治人了。他越想越是惊心害怕，忙一把拽住妙儿，反倒像是一个经验颇丰、行走多地的老江湖，凭借所剩无几的气力，将妙儿先行推上马去，随后翻身骑上了飒露紫："抱歉了两位，你们得快点儿！"

说罢，梵湖儿也摇身一变，重新恢复至乘黄样态，准备与两人赶路。

王阳明心下一横，解下腰带，先行抽打妙儿的特勒骠的后臀位置："快走，飞出这林子！"后又招呼梵湖儿："我来断后，你跟着妙儿！记住，往前即可，不要回头！"

两人三兽于林间疾行，地面像是故意跟他们作对，翻滚出一层层裂纹，像是某个被触怒、侵犯的地下神明在回击，放出深压在冥界地府的妖孽、怪兽，着令其纵情厮杀。

他们后身无退路，连回头一看的底气都被大地的震怒彻底吓没了，唯有夺路而逃才是王道。

王阳明深刻地意识到，疼爱自己的马匹是多么重要。

如果眼下没有两匹宝马相护，等待自己和妙儿的就是死路一条。

身后的轰隆声忽远忽近，震得他们眼皮难抬、心脏骤停，这真实得足以将人拉到阎王面前的地动山摇，像是扶郎本地最后的致意。

他两人不明方向地逃了一天一夜，就这么一直骑着马。

直到飒露紫与特勒骠再也无法加速前行，两人才彻底放手，任凭两匹快马随心休息。

王阳明眼见两匹宝马倒地而卧，从鼻孔处喷出两抹不知是幽怨还是疲倦的白烟。他自责无比地转向妙儿，见未婚妻已经不言不语地下了马背，卯足了劲快步朝草垛迈进，用拂尘丝线割断不少看似新鲜有露的绿草，直接拿回到两匹宝马近前。

梵湖儿因跑得太快，也累得成了皮糖。它恢复到猫形，也不顾旁的，直接跟两匹宝马分享起绿草来，仿佛那绿草是自己刚刚捞得捕获的鲈鱼，大快朵颐，不管不顾。

"益母草？马背上的布兜子里，竟然有益母草？"就在妙儿转身回望，想要为两匹马验看身体有无伤病时，她与王阳明这才发现，两匹马的后臀上，都挂着左右对称的两个黎色的布兜子。

这布兜子很是古朴，颜色毫不起眼，且从做工、针脚可辨认出，并非出于中原人之手。

"这是拉克丝为咱们准备的吗？"王阳明蹲身相看，内里竟然是大捧的益母草和一枚厚实立体的折叠硬纸片。

"这是她留给咱们的信件？"王阳明将那硬纸片掏出。

这东西近似于今人的贺卡，很有些意趣。卡片通身打开后呈 Z 形，合拢后一片压着一片，像极了西洋的手风琴。

"这上面的图案，怎么也是用益母草贴上去的？"妙儿乍看之下也是不解。

"这是，地图？拉克丝在这上面用益母草的枝叶和经脉为我们贴了一组洞庭湖以南的地形地貌图吗？"王阳明曾见过湘西一带的地貌草图，对那里的景象也有一番了解，此时见到这益母草粘贴出的形状，便回忆起在幻海城时，借将军府出示的洞庭湖图样。

"这里应该有机关，但如此简单的几片纸张，又能藏什么呢？"妙儿灵机一动，"对啊！水！"说做就做，妙儿不顾疲惫难受，径直起身看向四周，只见不远处就有小溪。她忙取下马上的葫芦，过去灌了满满一葫芦水，回到马前蹲下，抓起两撮益母草："如果把益母草碾压出汁水，再混入这清水里，从而洒在她留下的这一蛇形纸张上……哼，说起来真是讽刺得紧，如此上好的益母草，偏生在这种歧视、打压女子的鬼地方，明明是女人花绽放的胜地，这里的女子却低到尘埃里，无一人幸免。"

她边说着边放出丝线，将两株益母草碾出汁水，投放至葫芦里，再加以摇晃。

"好了！"王阳明接过葫芦照做，做前不忘给两匹马、一只猫喝下几大口。

"这是……汉字？"王阳明大惊，妙儿凑了过来，两人脸颊相触，却来不及羞涩躲避。

果然，益母草和这纸张全然都由拉克丝本人做过特殊处理。

"两位，当你二人看到这些文字时，想来我已大仇得报。别为我难过，不报仇我更是彻夜难眠，这对我而言是最好的结局。我交代的事情如下，请务必记住。第一，如果你们发现了那块石头，并还来得及把它拿下，烦劳暂时交由玄机道长保管。我并不确定这石头里能用的灵体会有多少，而我将会以怎样的相貌、方式、样态再度现身，但如果能帮到你们，那再好不过。倘若两位没顾上带走那石块也不碍事的，请不要再踏入扶郎本地，快走为妙。第二，你们要找的红挽志我曾经跟他有过密切接触，此人早就加入了花柳帮，现为花柳帮分舵舵主。红挽志绝非等闲之辈，性格绵里藏针。我不确定他会做出什么疯狂之举，且他所持的曜变天目盏中，暗藏深邃而罕见的能量，真格深不可测。这曜变天目盏绝非一般的兵刃，而恍若天外飞仙所赠之物。如你们现在悬崖勒马，不再追寻其下落，暂且收兵走人，想来亦是一个极好的选择。若王圣人心有不甘，则要做好万全准备，你们大可按照我给出的地图，去到洞庭湖以北之处搜寻。"

这段话沾水即出，恍若飞瀑倾泻而下，顺着王阳明高举的纸片层层向下铺就。

"建文帝后人，竟然……竟然加入了花柳帮？"王阳明惊愕有余，神色、气息实在缓不过来，"他加入花柳帮图什么？难不成，他是想借助这帮派力量招兵买马、囤积实力、扯旗造反？看来，是我太年轻、太不谙世事，也太过稚嫩了……"王阳明扬起唇瓣，笑得却是苦涩，"想不到，竟然会是这样……妹妹，你觉得呢？"

说话间，王阳明整个人亦如昨夜的妙儿，已是瘫软到家，没了力气。

可听到这话的妙儿，却是泣不成声、满脸是泪。

她此刻压根儿没听见王阳明的自说自话，更对朱家王朝的那些内斗毫无兴趣，她只是跪在地上放声大哭，像是失去了一位多年不见而终得重逢，却又在转瞬间阴阳两隔的友人："拉克丝是个好女孩儿……她不该死的！就算在最后一刻，她还愿意为我们着想……为什么她生在那样的鬼地方终日不可解脱？我虽然也是那样的情况，却比她幸运得多，我有你、有爷爷庇佑，我……"

看她说不出话了，王阳明忙将她抱在怀里哄着："妹妹……她把灵体留下，就说明还有再见的希望。"

说罢，他像小时候那样背对妙儿，蹲身而下，招呼她上背。

妙儿此时没了力气，只想好生大哭一场。

她顺势上得他背去，像小时候那样趴在他肩窝处哭个不停。

"哦哦哦，睡着了，我们小囡睡着喽。小囡小囡一脸花，耗子嫌弃狗不搭。"王阳明用吴侬软语念出这段小时候两人经常听爷爷絮叨的童谣，边说边颠身，像是抬轿子般按照节奏摇来晃去。

妙儿听他此言，感受着王阳明后背的起伏，扑哧一声破涕为笑："你才是耗子嫌弃狗不搭呢。"

"呀，妹妹笑了呢，一见到妹妹笑了，我就放心了。妹妹高兴，我就高兴，妹妹不喜，我也不喜。"王阳明背着妙儿，又哼出一段童谣，后背继续晃着，像是幼年时他哄她玩时那样，"小囡小囡你别哭，吃了年糕就是年，猪头拱门猴顶灯，耗子骑马羊上树。"

"猪敢拱我家门啊？"妙儿热泪滚滚，却及时止住，"说起这羊上树，我还都没见过呢。"言罢，妙儿掏出袖中帕子擦泪，随后又失落啜泣，双臂像两条无助的藤蔓攀附在心上人颈部，整个身子也更为用力地贴在王阳明后背上，像是要跟其融为一体，借以取暖。说话间，愤懑之情令其浑身战栗："我只恨，神州大地对于女性的恶意从未少过，而我大明则是压迫女子的顶峰时代。生而为女子，我感到很遗憾，却无可奈何。如果是这样，我不想再听到任何以德报怨的鬼话，面对这个报我以伤痛的时代，我真心不想了解……"

（第三部正文完，敬请期待第四部）

番外一

绿峰浴更衣见伤势　圣人名绝非浪有虚

　　王阳明与妙儿打扶郎本地拼死杀出一条血路，终于在几经辗转、多方打探后找对了通往荆门州的官道。

　　这一日，二人守得云开见月明，在确认本地为荆门州近郊后，双双去到一家名为绿峰客栈的旅店居住。

　　这绿峰客栈店面不大不小，二层楼高，里里外外打点得妥帖干净，室内陈设虽与"奢华迷幻"四字无关，但一眼望去绿色纱帘，还是十分敞亮，令人如见春草碧玉。

　　"哟！这不是玄机女侠吗？失敬失敬，有失远迎啊！"谁承想，厅堂大掌柜眼尖，一眼便看到妙儿手中的标志性武器——拂尘。他忙停下手中的算盘活计，一道烟儿似的从柜台后头绕到前方，热情似火地招呼贵客。

　　妙儿虽不认得这个人到中年的掌柜，但面对这样一个看一眼便能说出自己的江湖名号的生意人，却并未提防警惕："您不必客气，烦劳将我们那两匹马牵了，选最好的马舍和草料伺候，再来两间相邻的天字号房，备下四菜一汤送上去。"

　　妙儿叮嘱得利索，全程不打磕巴。王阳明有些好奇，可能是看出了未婚夫的不解，妙儿对他莞尔一笑："这绿峰客栈我们暂且住着就好，不用设防。这客栈本就是陈利剑私产，打当年我俩认识，那小子便做这买卖。洞庭湖这边的乃是分号，这'绿峰'二字选自陈利剑亲自训练而成的绿努蜂中的'绿蜂'两字，为生意兴隆，他便将绿色的蜜蜂改为绿色的山峰。"

听到陈利剑这个名字，王阳明整个人都不好了。

他不禁又想起南昌府雪人一案中，那个身材高大、剑眉星目的药王门少门主，想起他左右手各持一把旌旗，操控蜜蜂的威武模样。

王阳明心底打翻了醋缸，酸酸的气息流了他全身。他下意识地咽了口唾沫，却被妙儿牵起手来，糊里糊涂地往客栈楼上去了。

"这个陈利剑，弄得满世界全是绿的，这边儿是青萝卜色，那边是韭菜色，再往外看又是芹菜色……就连斗拱扶手上都涂满了大葱绿色……你说，他图什么啊？要这么喜欢绿的，干脆我给他挑顶绿色的东西戴头上可好？"王阳明嘀咕着，被妙儿攥着的手却不老实，趁火打劫般探出两根指头挠向未婚妻的掌心。

说话间，两人到了二楼。妙儿听他这话里有话，深知他打翻了醋坛子，却也故意不接他那话茬儿，忍住浓浓笑意，表面淡淡地问道："待会儿想吃什么？"

两人进了天字号房，王阳明先在隔壁妙儿屋里与她共进午食，之后两人分房，各自睡下。

也不知道休息了多久，王阳明这才自然转醒，睁眼瞧了次西洋怀表，已是申时过半，相当于西洋时间的四点半左右。

想是之前一案太过疲惫，王阳明这阵子可谓如履薄冰。他放下怀表，揉了揉惺忪睡眼，忽听得门外传来妙儿敲门问候。

"哥哥醒了吗？小二打了热水，问你现在洗不洗澡？"

"哦，醒了醒了。"王阳明起身坐好，忙披上外衣，束带拢发，穿好鞋子，为妙儿开门。

妙儿换了件品红色打底，上为靛青、绿沈、檀色、绛紫四色组合而成的田字格图案连身长衫。

此衣衫为大明王朝修行佛道之女子的专属衣着，只是后期因一些原因，此类衣衫被较为底层的一些劳动妇女广泛改进，成为农家妇女的代表着装。

此衣衫为连体设计，以各色零碎织锦料拼合缝制而成，形似袈裟，因拼凑的布料形似水田而名曰水田衣。

其实这类衣服在今人看来还是挺时尚的，采用了类似于今人的"碎花拼接""旧物改造""材料混搭"等多重元素，但作为古人，王阳明看到这类穷家贫民风格的女装，第一感觉过于接地气了。但是，无论多么搞怪、另类、难驾驭的服饰，穿在天生丽质难自弃的妙儿身上，在王阳明看来都是意外之喜，且见者有福。

"哎呀，妹妹怎的穿了这件水田衣？"王阳明笑道。

又见妙儿在这水田衣外头罩了件鱼肚白色的比甲。这比甲无袖无领，比今人的马甲、坎肩要长，罩在袄衫之外。

"我刚洗澡前看了眼自己那些衣服，八成都不能再穿，不是熏了烟火气，就是有一股发霉的味道。我刚让掌柜家娘子帮我寻了件她的新衣，却只有这个。"妙儿说话间，人便进得屋内。

大猫梵湖儿也一并迈着四方的猫步，从外头跨进来。

王阳明这才看清，心上人刚刚洗过澡，此刻的面容像是被重新用画笔勾勒过。隐约间，一双小狐狸眸恰若一帘幽梦，暗含十里柔情，就连那两对睫毛都像是融雪后的梅花，别有一番滋味。两人不经意地抬眼相瞧，四目凝望，好个最关情，难解相思。

那一头仍有些湿漉漉的瀑布般的黑发，静若湖水般照映出王阳明痴迷神往的面庞。

梵湖儿也是半湿不干的一身鬈毛，看这大猫平时挺壮实，没想到稍一下水愣是原形毕露，成了瘦猴。梵湖儿还是老样子，去了哪儿都不认生，优哉游哉地在王阳明的屋里遛弯儿，寻了把方正的椅子直接蹿了上去，将半拉身子对准外头的阳光，撂头便睡。

妙儿回话间，一双白皙的素手仍不忘用汗巾子擦头，她斜眼看向王阳明放在桌上的包袱："你去洗吧，刚好我帮你收拾下包袱。"

见心上人如出水芙蓉般转盼多情，王阳明心头拂过无数声燕语莺歌。

王阳明幻想过无数回，自己跟妙儿一路之上至少会有几次为她擦干头发的时候，他时刻准备着像小时候那样，为心上人用汗巾子擦干这一头乌发。

可是眼下，他实在顾不上为佳人效劳，因为不用低头去闻，单是现在喘口气，脖领子一圈全是油腻腻难闻的味道。

"我先去洗澡，待会儿拿咱们的定情物给你梳头，你可别光顾着自己擦，留着给我才好。"他坏坏地贴着妙儿的鬓边私语，气息喷得妙儿面红耳赤。

"去你的，我让小二提水上来，你快进内室等着吧。"妙儿抬手推了把王阳明肩头，忙回转出去招呼小二上来。

不一会儿，小二备得了热水便退了出去。王阳明在内室宽衣解带，准备沐浴。妙儿坐在外室床头，帮他把被子叠了，将包袱打开了。

"哟，谁给你的汗巾子啊？怎么这上头，还有我道家的飞来福？看绣品针法，必然是两广那边的绣娘所出……"妙儿正帮着未婚夫拾掇私密之物，就见一苍色的男士汗巾从包袱深层随其他用品一起滑了出来。

妙儿展开这汗巾子一瞧，竟然是自己没见过的。要知道，王阳明的私密物件，像是袜子、中衣什么的，都是由妙儿这个未婚妻亲手挑选的。

眼下，这苍色的粤绣汗巾子，自己还是头一次见到。

内室里传来王阳明回话的声音："哦，是任兄跟我互换的临别礼物。"

"任兄？"妙儿坐在床头，手托这汗巾子，一脸疑惑，"郭小姐的表哥？就是当初救你于翠宾楼癫狂双煞之手的少年？"

"对啊。就在帮着郭小姐找回碧玉珠串的当天，任兄一路送我，刚巧路过育秧书院，我又听闻他突然接到师父指令，须得速速回到嵩山才好，于是乎我俩便在贾先生的育秧书院里匆匆交换了汗巾子。要说起来，这头儿原是我发起的。"王阳明边解释细节边脱下上衣和中衣，将其挂置在一侧摆放的衣架上。

妙儿将这汗巾子上下打量了一番："这飞来福的花样，原属于我道家一门……哥哥，这任兄全名叫甚？哪里人氏？哪个门派？师从何人？这些信息，他可曾与你说起？"

"他姓任，字泉饮，嵩山人氏，少林俗家弟子，但不是少林门派……啊！"回话到了一半，王阳明突然惨叫一声。

"哥哥怎么了？"妙儿火速冲入内室，见未婚夫脸色略显蜡黄，左肩处的肩井穴位置上，不大不小刚好戳了个洞。

妙儿见了非常心疼，一眼便瞧见了未婚夫受伤的位置。

眼前的王阳明，上衣已经彻底脱掉，光裸着身子，肩井穴位置的伤口虽未淌血，却依旧缠着绷带。王阳明单手正解这带子，一不小心碰到了伤处，痛得是撕心裂肺，一个没忍住，便在回话时喊了出来。

"哥哥这是怎么了？受伤了怎么不说啊！"妙儿很是着急，忙上前勘验王阳明的伤势，"你呀你，一路之上好歹也吱一声啊！咱们这紧赶慢赶的，你这伤口岂不是越折腾越大？"

"没事，你看，我这伤早就愈合了，哪儿就那么娇气啊？"王阳明嘴唇处牵起一抹笑意，妙儿心底却依旧疼痛难平。

"你跟我说实话，这伤口到底怎么回事？"妙儿边说边伸手过去，为王阳明解了绷带。

她素来习武，受伤什么的在所难免，对包扎一事再顺手不过。

"就是当扈鸟攻击我的时候，不小心被掉下的一根树枝给划的。"

看他那轻描淡写的样子，好像那场令人胆寒的大战只是过眼云烟。妙儿有些恼怒，按住他的肩头，坚定不移地瞪向未婚夫："不对！你骗不了我的！你这伤口很明显是受过二次伤。你跟我说实话，为什么第一次你成功止血，第二次偏要自行打开伤口？你这伤口处还有用手挤压过的痕迹……"

没办法，王阳明骗谁都不能骗自己的枕边人，毕竟两口子要手拉手过一辈子。他一咬牙，便将事实原委说了个痛快。

"我也没承想，自己的血居然歪打正着了。天知道怎么回事。不过，只要能救出梵湖儿就好，咱们的队伍，一个都不能少，你说对不对？"

谁知道，王阳明刚说完这句话，妙儿便很是突然地一下扑进王阳明怀里，双臂紧紧地抱住了她伯安哥哥的腰。

她一句话都不说，就这么抱住半身赤裸、只穿中裤的王阳明。

两人呆呆站在原地，一旁的木桶里升腾着徐徐烟雾，让原本狭小的内室里到处游荡着暧昧的暖流。

真幸福，我这不是在做梦吧！妹妹主动投怀送抱？天呢，我的手应该放哪里？他很是孩子气地想着，反复回味眼前这胜似梦境的一幕，想着想着发觉自己真幸福啊。

这一次，妙儿没有哭，只是不说话。王阳明能感到妙儿的平静背后，有无法宣泄而出、憋于心口的无奈。

他待在原地，任由妙儿一头扎进他怀里。怀里的美人气息平缓，不带丝毫变化，仿佛周遭与情绪一样，皆无动静。

王阳明就这么傻里傻气地待着，直到半晌，他才转醒般地看到木桶之上搭着的那块长毛巾，看样子未被热水浸湿。

王阳明凭借手长胳膊长的优势，将那毛巾拽了过来，直接为怀里的妙儿擦头："因我不会习武，好奇心又重，一路之上已经是连累了你跟梵湖儿，就连飒露紫、特勒骠都跟着我受罪。所以说，当时我便横下心，无论如何都要放手一搏。"

"哥哥这样太冒险了，我心里难受。"

"没关系的，我的内心很强大，强大到天涯海角、宇宙洪荒，我阳明子无须崇拜任何外界偶像……我知道我需要什么，该去做什么，我明白得很呢。"说起这段话来，王阳明仍是常自在的模样，不等妙儿再拿话批评，王阳明便转移话题，"妹妹头发真好看，跟西洋镜子似的，恨不能把我整个人都给照进去。真是墨黑如漆，光亮可照人。"

"你得啦，我才不是可怜玉树后庭花里的女主角张丽华，可别拿她跟我比。"妙儿这才笑道，从其怀里悠然退出，"不过，现在想想，猴娃不愿伤害哥哥，梵湖儿用了你的血重获新生，这些情况绝非没有道理。我思前想后，真相只有一个——伯安哥哥你，是真正的圣人。"

听了这话，王阳明有些愕然，惊讶间，一股莫可名状的情绪冲了上来。

"怎么，哥哥很惊讶吗？哥哥过去，可没少说今后要励志当圣人这话呢。迄今为止，我记忆犹新。想来，哥哥说这话时，必然不是当作儿戏之谈。"妙儿底气十足地说出这话，好似她才是王阳明成长之路上所说豪言壮语的见证者。

王阳明沉思片刻，口中啧啧出声，似在回味当时在扶郎发生过的林林总总，倏地抬头与心上人对视："是的，我自幼励志有朝一日必成圣人。但是……但是扶郎县一事，我也不好解释，许是巧合吧。那当扈鸟不就朝着我过来，说杀就杀吗？"

"当扈鸟因有主人操控，我们暂且不提，单说猴娃和梵湖儿。从这两者对你的态度上不难看出，眼下的伯安哥哥你，已经有了圣人的风韵。所谓万物有灵，人感知不到的气场、气格，飞禽走兽却能凭借天生的洞察力感应出来。我不相信我们经历的这些都是巧合。倘若当时让我滴血救猫，梵湖儿未必会觉醒。要细究起来，我是梵湖儿的主人，理应是我的血更管用……"

王阳明沉默了，他此刻心跳得厉害，不知怎的，他内心竟然有个声音在此时此刻登高一呼："承认吧阳明子，你是被上天选定的圣人。你有这个能力，定当为这大千世界、芸芸众生挺身而出。"

"哥哥可还记得，当年爷爷为咱们讲起你这名字是何来历？"

"啊，是的。当年，娘亲怀我那年，奶奶还在世。她老人家做了个怪梦，梦见有位仙人驾云而来。这神仙主动问候我奶奶，说'老人家可缺少什么福祉？'我奶奶当时回答'什么都不缺，儿子争气、儿媳孝顺，若说缺点儿什么，那也就是少个孙子吧'，而后，那梦里仙人便将一块七彩祥云送入我奶奶手中，随后便飞了。我奶奶醒后，将这梦境告知我爷爷，恰巧我爷爷也很喜欢这白云的'云'字。他原就有意给未来孙儿取名王云，意在希望我自由自在、随心而动，不轻易随波逐流，但没承想，却与我奶奶这梦境不谋而合。想来那仙人也有意将这'云'字送我。"

回忆若彩云流年，渐渐散去。

两人对视一眼，都傻笑起来。笑中饱含了对彼此的美好祝愿与有难同当的信念。

妙儿端端看着心上人："所以说，这是天意。哥哥何必自谦。"

王阳明颔首："但愿吧，但愿我们都能如愿以偿……"

259

番 外 二

花帮主灭绝扶郎顶　哈族灭鼠窜鸟投林

决战之后的扶郎县风物尽毁，只留断壁残垣，如过眼烟云随风而逝。

原有的金顶、青峰，天晓得怎会落到这般田地。

一梦一轮回，冥花听无声。奈何桥上过，百年与谁归？

随着拉克丝复仇的成功，前大司命、酋长两人缔造的男权神话也在一夜间覆灭。

车声滚滚，旋转不停歇的车轮碾压着在空气里四散的污浊，这一地腐臭狼藉，湿热的空气中，随手可见灰蒙蒙的烟粒、人骨碎末。

车停了，有个神秘人从棚中优雅落地。此人身着一件连帽长衫，绀色的衣物配上这沉沉天色，更映衬了眼下的无数荒草孤坟。

不知此人从何而来，到这被毁灭之地又为何事？

此人站立于这片大地之上，从下往上看去。

这厮身材不明，不知是男是女。

也不知怎的，原本浩劫的扶郎县，却陡然闯入三路人马，令这凄凉的荒地横生出了几抹更加诡异妖冶的气息。

"启禀帮主，属下已提前两个时辰到场清查，扶郎县于三日前刚刚历经一场生死决战，且有炼金术带来的开战痕迹。"说话人身穿一件椰

260

蒂色道袍，一副恭敬有礼的谦卑样子，衣袖中零零散散地洒落着散发着恶臭的粉末。此人不是旁人，正是花柳帮癫狂双煞之一的狂啸天。

左手这边刚退下，右手那边又传来一个"圣贤"的汇报："报——报告帮主，小的刚刚清查时，发现了本地还有活口，眼下已为您带得人来。来人啊，把那些幸存之人带来，给帮主看看！"

既然狂啸天都露面了，颠灭度岂能落后？

白袍僧人颠灭度十根指头之上绑束着他那傀儡白蜡戒指，说话间，他就将双手一拔一带，四五名本地哈哈族人面露惊恐，活见鬼一般任由那透明得不可用肉眼看见的傀儡游丝带到帮主面前，逐一跪下。

这几名哈哈族人乃福大命大的劫后余生者，还以为大战之后能喘口气，离开本地外出打工，谁知不到三四日光景，又有一波面目可憎之人前来寻衅。

五名哈哈族人吓得大小便失禁，瑟缩中口涎横流。他们身后还站着几名手持着他们从未见过的武器的花柳帮喽啰，这几人粗暴地将那奇怪刚硬的兵刃直指他们的发顶。他们无须回头凝视，就知道下一步意味着什么。这些人杀人的手法、力度比起癫狂双煞更为狠辣决绝。

"听说，红挽志乃是你们笑哈哈一族的大司命，可有其事啊？"

想不到啊想不到，花柳帮帮主一开口，所用之声乃丹田气息生发，说话的声音不男不女，却能听出此人内力浑厚、中气十足，是在用腹语发问。

"问你们话呢！都哑巴了吗？"狂啸天上前就是一脚，直踹距离自己最近的一名中年大叔。

此人本来就吓得急火攻心，被这狂啸天如此一踹，方才被抓时又闻了些许狂啸天从两袖中放出的毒粉，如今已是不堪一击。

他猛然吐出一大口血，扑通一声整个人躺倒在地，浑身抽搐，翻起白眼。

花柳帮帮主一看眼下光景，也知这哈哈族人皆为废物，顺手朝着颠灭度打了一个响指。颠灭度心领神会，忙不迭从一旁侍立不动的喽啰手中搬过一个绣墩，谦恭地为帮主摆好，并邀请其入座。

帮主顺势而坐，坐定后环视在场抖如筛糠的四名哈哈族幸存者，开口嘲弄道："现在乃是抢答时间，我提问，你们抢着答。凡是答得慢的，便如此人。"

说罢，又轮到狂啸天倾力表现忠心的时刻了。他几步上前，来了招幻影手法，六芒星火花四溅，接着手起刀落，人头滚地。

众人眼见这大叔躲过了本族内战，没承想死在了一个陌生入侵者的手里。

大家连面面相觑、执手相看泪眼的想法都没有了，只求保住小命。

"我再问一遍，你们的大司命，是叫红挽志吗？"帮主继续用腹语问询，语气咄咄逼人。

"是的！他叫红挽志。"四人里有个三十出头的壮年男子大声说道。其目光涣散，头脑已然不清不楚，但还有很强烈的求生信念。

"此人可有跟你们提及过朱允炆后人一事？"

"什么？"那男子听到这里却不知所云了。原就吓得屁滚尿流的他，整个人瘫在原地，魂飞魄散。

"曜变天目盏如今又在何处？是跟着红挽志大战赴死，还是被你们什么人藏了起来？"

这所剩无几的哈哈族人刚从大难中逃过一劫，精神、肉体双双暂得休息，如今被这黑白两鬼抓来审问，眼前还坐着这么一个用腹语说话，看不见本来面目的奇怪家伙，四名哈哈族人近乎失语。何况这一连串的提问过于古怪，让他们只觉自己死路一条。

"帮主，这儿还有两个小玩意儿！"颠灭度说话间，已然从自己左手处招呼上来两个模样极丑的男娃娃。

他俩被三个喽啰压着，从后方一棵烧得秃顶的鸽子树后被带了过来，推至帮主跟前跪下磕头。

"帮主，这两个娃娃是我手下的兵丁发现的，听底下人汇报，他二人能说会道、牙尖嘴利，不如问问这两个。"颠灭度马屁拍得响，直觉告诉他，自己找对人了。

帮主稳坐绣墩，左手托腮做沉思状，右手招呼这两个孩子："你两个小丑哥儿无须惊慌，我问，你们答，若不吐实话……"

言罢，狂啸天抢先表现，唤出手刀，将那四人头颅一并割下。

那头颅滚落至两个孩子跟前，在他二人垂眼低头向下看的瞬间，两个孩子的面目清晰可辨。原来，这两个正与人头对视的不是旁人，正是上次趁着王阳明蹲身凝思，为凶手画像，于林间放出"果盘儿怪物"的两个主谋！

这次还是这对黄金组合。两人匍匐在帮主跟前，吓得近乎忘记喘气儿，二人通身黢黑，脸蛋儿脏得已然分不清五官在何处，好像刚从煤老板手里逃出来的落难矿工。

他们眼见着大难不死的同族如今落入陌生人的敌手，其行为狠辣、手段绝情，根本不留余地。

丑娃听闻帮主要的是红挽志的相关信息，干脆把三日前大战的来龙去脉讲了个遍。那大脸少年原比这丑娃能说，却在关键时刻被哥们儿抢了先，只能垫背似的断后补充。

"你是说，一个叫阳明子的少年和一个号称江湖第一女侠的家伙来过本地，并且参与了你们哈哈族的神秘案件？"帮主概述了这两人绘声绘色的形容，饶有兴致地看着这两个为求保命不惜抢话，令对方闭嘴的人，语气陡然转坏，"那，你们俩跟我说说，阳明子如何，江湖第一女侠又是如何？"

大脸少年这次不依不饶，忙一把用脏兮兮的爪子捂住旁边丑娃的嘴巴，哪怕自己的手让丑娃咬出鲜血，他也要大吼："阳明子用了一个叫心学画像的东西，成功推理出了凶器和凶手。江湖第一女侠人倍儿漂亮，身手还特别唬人，我们这里的老爷们儿都怕她！"

"哦？"帮主只觉有趣，"怕她？阳明子我倒是极认可的，他是个难得的怪才。可是那个玄机神女……哼，她可担不起江湖第一的美名。她不配！"

两个孩子都没注意到，就在他们两人用天真无邪的语气争相表达自己对妙儿的崇高敬意乃至敬畏时，帮主已然不想再听。此时的帮主杀心大起，不可遏制，便稍稍示意左右两边的癫狂双煞，只是轻轻勾了下指头，一边一个的黑白无常便刺出各自利刃，将这两个孩子杀死在原地。

"这么小就这么色，将来也不会是什么好鸟儿。瞧他俩提起玄机神女时，浑身散发而出好色的酸腐味道，杀了也不心疼。"帮主很是会为自己解心宽，顺带把妙儿也骂了。帮主蹙了下眉，情绪转瞬恢复，抬手示意两旁："得了，我起来往前逛逛，看看这里有没有什么好玩的幸存者。"

帮主起身，颠灭度忙亲自为其撤了绣墩，交由一旁的喽啰保管。

帮主向前踱步走，癫狂双煞各带一支队于左右护卫。

他们才经过了几棵烧得奄奄一息的高林大树，便发现附近有一人鬼崇地藏着。

"是谁在那里？"帮主呵斥。

狂啸天率先一步将六芒星手刀挥出，直逼此人咽喉。

当此人被狂啸天拉扯而出，带到众人眼前时，帮主的唇瓣牵起一抹不易察觉的微笑。

而这人不是旁人，便是那死里逃生的波无能！

"好个身强力壮的结实汉子，不知心智如何。快带来给帮主我瞧瞧。"帮主抬手示意。

波无能像个落入猎人陷阱、毫无胜算的活牲口，任凭他人摆布操控，全然失掉自尊。只见他灰头土脸的，穿着一身辨不清色泽的麻布长褂，上面补丁摞补丁，还接连耷拉着些许烂布条子；脚下赤脚，已然磨出两层血泡，想来都不知道疼了。

他被狂啸天掐住脖颈，斜歪着脑袋，动作夸张搞怪，走近帮主。

波无能顺势而为，借由参见帮主之礼跪地磕头："是……是……是我不……不……不开眼，得罪了……了帮主您……加上受……受……受了刺激，有……有……有冲撞之处，请……请……请……"

狂啸天见状，还当是他害怕，便将其松开："原来是个结巴啊！"

听他开口说话，狂啸天与颠灭度大笑。

帮主倒不觉有何可笑之处，只摆了个霸气的姿势，靠在一棵半死不活的枯树上问话："听你倒是个会来事儿的，可知道些什么？若是与那红挽志抑或曜变天目盏有关，还请速速讲来。"

"小的……认得……帮主的文……文……文身。"波无能说话很费劲，半天挤出一句话。

但就是这么一句，却令一脸官司的帮主笑逐颜开。

264

"哈哈哈……好样的，好孩子！你认识我们花柳帮的文身？"

波无能重重地点头，回话的样子很是虔诚，仿佛眼前的怪胎才是自己的正牌主子："是羊……羊首……龙身……花……花柳帮。"

顺着这股劲儿，波无能结结巴巴地将大司命与红挽志大战的过往，哈哈族输家继承赢家姓名规矩一事说了个大致，还隐去了自己曾为大司命儿子一事。

虽说波无能说话结巴，让人听着难受，但总体而言，这孩子思路清晰，经由他嘴里说出的事情终究是很明白的。

搞懂了事实真相，帮主大失所望，仰望着这片毫无生气、尽如死灰的林空，说道："真——晦——气。""真晦气"三字，一字一拖音地从帮主口中滑出来，"原来，这里的红挽志并非那个叛教的红挽志。这下好了，如今连曜变天目盏身在何处都不知道！害得本帮主白来一趟，可恶！早知如此，我就……"

话到此处，帮主只觉眼前闪过一道奇异的红光，十八般兵器之一的青铜锐不知何时跳出，于花柳帮帮主等三人面前来了个"豪光洒风雨，纹彩动云霓"。

再光中兴业，一洗苍生忧——这般霸气豪迈的波无能，简直犹如关二哥转世。

"原来，你竟也会炼金术，所用兵刃居然还是猪八戒所持钉耙！"帮主敏捷如豹，其身影乍然闪动，躲过对方直击心口而来的一招"海底捞月"。

此招为盘步侧拳，出拳之人看似原地静止，实则身体稍倾，右脚从左腿后向左倒叉一步，身体向下蹲，呈盘腿状态；左拳置于腰间，拳心向上，放出虚晃而过的假动作唬住对方，右掌握住牛头锐向右冲击，锐身看似朝着下方，实则在用兵刃折角部分抵住对方喉咙、心口、下巴等脆弱的部位。

只见这波无能转身速移，叉步蹲身，整套动作有的放矢，在兵刃的配合下，丝毫不给对方可乘之机。

"是条汉子！"这花柳帮帮主迅速转身，轻而易举地徒手接下这招，其反击有力而富有弹性。

只见这帮主迎面体转九十度，右脚向前横跨一步，膝屈成弓步，右拳变掌，以掌背掌尖儿刺探而出，向前击去；左拳置于腰间，拳心朝上。

这招用得行云流水，仿佛眼前一切不费丝毫力气。

过招间，波无能仍是不甘，接连放出从未失手的两招，想要一举拿下对方，却不想，在没有左右手的帮衬下，这一身绀色的神秘帮主拿出了"满足无名鼠辈的好奇心"的劲头，在两手空无一物的情况下，陪着波无能玩了三个回合。

到了第四招，波无能放出一招"搂草打兔子"，想利用牛头铠横扫乾坤的豪迈之气，将这家伙逼得起跳，来他个脚下拌蒜。可谁知道，人家一个起跳、放手，来了招"顾腿斜形"，顺利躲过波无能横冲过来的钉耙不说，落地时不忘站直，右腿直立，左腿高抬提起，直踹向波无能嘴巴位置。

波无能满地找牙倒也不至于，但随之而来的剧烈震颤导致波无能的双腿后退数步，一颗牙齿险些堵住咽喉。他只觉气血倒行，满嘴腥臭。

"噗……"一大摊殷红喷涌在树上。

"给他喂那蜻蜓眼。"帮主发话，轻轻抖动了下两端衣袖，像是厌弃什么污浊之物一般，抖落完毕，又恢复到那副高不可攀的样子。

"是！"狂啸天抢先一步，将一颗极为奇特、原不属中原特有的四色琉璃球捏在二指之间，接着便粗暴地撬开波无能的嘴巴，生硬地将这上头烧有"蜻蜓眼"纹饰的琉璃球灌进了波无能的咽喉深处。

这颗珠子好生奇特，说是珠子，其实与赌博用的骰子很像。

它的颜色以素白、露草、姜棕、黄橡四色组成。纹饰瑰丽多姿，颇具诡秘之感。其独特的镶嵌纹饰的工艺，更是令人啧啧称赞。匠人们用几个逐渐变小的蜻蜓之眼，按大小逐一套成同心圆状，镶嵌在中心图案周围，形成昆虫眼纹饰，呈现出向外凸起的瞪眼效果。

该珠子之上的素白色部分以"祈月"形状构成同心圆，呈现出蜻蜓瞪眼的夸张效果，使得这昆虫之目格外生动传神。

"这可是好东西啊，我们想吃都吃不来呢！"狂啸天边说边略带嫉妒地猛拍波无能心口，试图将那蜻蜓眼彻底喂入他身体里。

原来，吃下那珠子后，拍打吃珠子之人的心口，能将此物迅速与五脏六腑融为一体。

"是个会演戏的，知道能屈能伸，不错，本帮主欣赏你这样的汉子。知道吗，这蜻蜓眼乃是战国时期从遥远的勿斯里走水路到达中原的，可谓千里迢迢，来之不易。若是平日，我只用特制的牙牌令为你下这驭心丹，且轮不到你这新人品尝如此珍贵的蜻蜓琉璃眼呢。"帮主不无嘚瑟地陈述着又一惊天动地的客观事实。

不错，这所谓的勿斯里不是旁的，正是当年与我大中华远隔大洋、神龙见首不见尾的古埃及！四大文明古国之一！

而花柳帮帮主所喂下去的这颗带有蜻蜓眼纹饰的琉璃珠子，简称蜻蜓眼，乃是古埃及人运用他们特定的手工艺制作而成的一种琉璃制品。

帮主方才叫狂啸天喂给波无能的这颗，则是在后期最为人熟知的出土文物"战国蜻蜓眼"。此乃真实可靠的出土文物，见证了我大中华与古埃及的交好。

此物进口不多，根据今人分析，其构成元素为钠钙玻璃。

当时的蜻蜓眼琉璃珠，通过早期游牧民族的自由贸易，将此制品由古埃及流传到战国时期的中国，可能是因为两国人民普遍使用象形文字的关系，其审美也大致相似。该蜻蜓眼一经上市，便赢得了士大夫、贵族阶级的欢心喜爱。

而后，蜻蜓眼的技艺被中国匠人运用在自己的琉璃烧造上，并进行了少量生产。

战国晚期的蜻蜓眼的化学成分，与春秋末期的珠子有很大的变化，其分解内容为氧化铅和氧化钡，乃是一种作为助溶剂的铅钡玻璃制品，这是中国当时特有的一种加工配方。

自此，中国匠人不仅可以仿制蜻蜓眼，而且还可以借由此物创造出新的琉璃制品。

可谁又能想到，早年间叱咤风云的古埃及蜻蜓眼，如今却沦为花柳帮操控他人心智的驭心灵体。花柳帮借助蜻蜓眼的"千机眼"的特质，让它在吞下此珠子的人的五脏六腑中潜伏，监督他人言行举止，将此人心绪思想传导至帮主处。

如此甚好的蜻蜓眼却被花柳帮利用，这岂不成了助纣为虐的帮凶？

"小的知……知……知道……错……错了。小的情……情愿……为……为……为帮主，肝脑……肝脑涂地。"波无能继续结巴，此时的他，脖子似要被人拧断，连耳朵都似被烫了热油，浑身上下顺不过来，整个人恨不能一头碰死。再这样保持着躬身弯腰的谄媚姿态，波无能只觉自己的腰就要断了。

"行吧，要不还能如何？"帮主轻松打了个响指，转过身来，背对着几人："将这个结巴的汉子带回花柳帮，除他一人外，其他余孽一概全灭。记住，不留活口。"

听得这话，狂啸天忙将服下了蛊虫的波无能的穴位解开，令自己支队的两名小喽啰将其关押。

随后，癫狂双煞二者率领各自队伍与帮主自带的一队人马向扶郎更为深层的林间进攻。

三队人马硬闯入林，大开杀戒，并放出大火将扶郎焚烧一空。

原就幸存无几的扶郎县，遭遇了前所未有的劫难，彼时距离王阳明二人逃离本地不过三日！

花柳帮屠戮原住民，一个不留。

原以为自己大难不死必有后福的幸存者，眼下全被残忍杀害。

公元 1490 年 8 月立秋，位于洞庭湖以北的与世隔绝的扶郎县，笑哈哈、乐哈哈两族——灭。

少年阳明探案集

云雀 著

4 如月挽歌

北京燕山出版社

目 录

目 录

第五案

闹市剪缭案

第 一 回
荆门州散心遇官司　县衙堂原被搅不清

自从那"遥不可及、与世隔绝"的扶郎县本地逃出生天后，妙儿的心情总不见好。

恰逢两人步行至荆门州市内，闻听此处要举办一年一次的"九州螃蟹节"，王阳明便决意暂且放下"追踪红式一脉"后人之事，带着妙儿去到荆门州本地凑个节日的热闹。

王阳明之父王华，早年间结交过一位志同道合的同窗好友。此人姓冯名靖，江南人氏，科举后调任多地任职，现为荆门州本地县令。

带着与未婚妻携手同游的心情，王阳明与妙儿便去了荆门州冯县令府邸。

谁知，刚一去到冯县令府上，就听得堂外有人击鼓鸣冤。

冯县令深知王阳明破案无数，已成为当今大明王朝行走的名侦探，便力邀他参与其中。

"两位只要藏到我大堂内侧一堵特制的回音墙后，通过西洋的一种名为放大镜的玻璃圆片儿观瞧我升堂时原告与被告的表情、动作即可。"冯县令说此番话时可谓成竹在胸，可见他平日里没少运用此法破案。

王阳明与妙儿便按照冯县令的吩咐藏入回音墙后，借助西洋放大镜，向大堂上跪着的原告与被告两人看去。

"这墙的设置很是奇特。"妙儿精通道家机关术，才看了墙壁一眼，便知晓其中一二关节，"此墙形制特别，上有可外推闭合的孔门，孔门上有西洋人制作的放大镜，这放大镜可以帮助我们看清远处的事物。"

说话间，妙儿眯起左眼，用右眼看向这个毫不起眼的放大装备，并向王阳明招手："哥哥，他们来了。"

王阳明听得妙儿招呼他凑近，忙凑上前去与妙儿比肩而立，双眼不敢移动，只专心观察西洋镜里发生的事情。

"你两个是何人物？又为何牵扯出这桩案件？还不快从实招来！"冯县令说着审理案子时常用的开场词，猛地一拍手中的惊堂木。

那边的王阳明和妙儿看得十分认真，只见上堂的两人皆为市井百姓，从穿衣打扮上看不过是普通人罢了。

"草民丁老汉，本地人，早年是搬砖、和泥儿的出身，今年刚好六十整岁。老汉我要告旁边跪着的这个家伙，他偷我的钱不说，还把我的衣袖给剪了！"话说一半，这个丁老汉便挥一挥左手处的衣袖，吸引了在场之人的注意。

没错，就在他那件洗得发旧、不剪也会断的左袖袖口上方靠近手肘位置，好巧不巧有个小洞。这小洞看样子就是被人用利器剪开的，而且洞口边缘很是齐整，一看就是江湖"老手儿"的杰作。

作为原告的丁老汉自然是神情郁闷、滔滔不绝。王阳明透过西洋镜看过去，见此人六十岁上下，手持街边所卖的低劣泥壶一把，泥壶的壶嘴还是湿的，想来方才这老汉定是边逛街对壶嘴喝茶，一不留神钱就被人偷了。

王阳明再看老汉的外貌，觉得这人应该不是个好说话的主儿。

此老者一看就是个干体力活儿的奔波劳碌命，其面皮发紫，黄眉毛，三角眼，一脸的横肉，高鼻梁，大鼻头，上下嘴唇薄中透红。从相貌和穿衣上来说，这老者都只是再寻常不过的，可不知为何，他身上却似乎透着一股爱较真儿的精神气儿。

"青天大老爷，您一定要为老汉我做主啊！丁老汉我这么大岁数了不容易。打年轻时就一直给人做泥瓦匠，到现在一把年纪了还被人算计了这么多钱，这可是关乎我身家性命的棺材板钱啊！"

看这丁老汉哭天抢地的样儿，倒真不像是说谎。王阳明观察他的动作、

4

表情，发现虽说他的动作幅度甚为"壮观"，但总体而言，却并没露出半分扯谎演戏的迹象。

"被告，你抬起头来，可有话要分辩？"冯县令继续发问，手中惊堂木又拍出一声。

"晚生周应生，岳阳人氏，来本地是为做文房四宝生意的。大老爷若不信，可查验我本人随身携带的包袱，连同我在荆门客栈里的货物。试问青天大老爷，一个自幼饱读诗书，而后曾经屡次考取功名，就算沦落经商了，也要以文房买卖为主之人，怎么可能是偷盗他人财物的小偷？分明是这老头儿见我人在异乡好欺负，外加他自己倒霉丢了银钱，有气儿没处撒，借由被偷想要讹诈于我，还请大老爷明鉴！"

"答话之人很是厉害啊！"王阳明轻声对妙儿说道，"这个叫周应生的想来说得不假，听他说话用词掷地有声、一针见血，不但道出自己是书香门第出身，赢得冯世叔好感，还将自己不可能是小偷的理由、证据都列举而出。当然，这些所谓证据有些无力，但总比不说要强，最起码能给冯世叔留个好印象，总不至于被当堂上刑。"

"哦？这么说来，你只是在此地寻找生意的过路人？如若这般，为何你会与这老汉有所牵扯？"冯县令听得周应生解释后，又发出另一番质疑。

王阳明继续通过放大镜向外看去，见堂下答话的周应生虽被质疑，但面不改色心不跳，其虽沦落为小商贩，但穿衣打扮却十分得体，分寸感极强，乍看上去还当是哪位进京赶考的学子。

周应生本人肤色白里泛青，看上去微微有些病弱之态，虽是四方脸膛儿，却老是给人一种霜打了的茄子般的疲态。其眉毛疏朗，双目狭长，唇下微有几根胡须，状似元宝的耳朵却不是很大。王阳明细细打量他跪倒在地的样子，猜测此人身量不矮，只怕还在自己之上。

听得这话，周应生似在组织语言，半晌未曾开口解释。而一旁跪着的丁老汉却率先沉不住气，叫嚣出声："青天大老爷，分明是这厮趁着我看摆摊儿算命的出神时，用剪刀之类的东西将我左边衣袖剪断，将内里藏着的钱银一并取走！"

说罢，丁老汉再次举手挥袖，示意冯县令看向他的"证据"。

"大老爷明鉴！"周应生连忙拱手解释，"晚生包袱里是清一色的文房四宝与赶路用的散碎钱银，并无剪刀等利器。且晚生未曾习武，更对裁剪、缝补一类的手工艺活儿从未涉猎。求大老爷为晚生做主，洗清栽赃罪名啊！"

冯县令这次并未接两人话茬儿，只侧头看向丁老汉："还不快把你这上衣脱下，拿近了给本官看看！"冯县令说话充满威严，毫不容情。丁老汉听罢吓了一跳，脱衣时不免有些拖延哆嗦。

一旁的周应生却像是灵光一闪，脱口说道："启禀大老爷，我跟这丁老汉确实从未相识。之前也并无任何瓜葛。若说有所牵扯，那便是我俩曾经过一算卦相面的摊位。那卦摊儿摊主谈吐实在幽默诙谐，外加当时围观百姓颇多，想来我俩皆一时神游，竟不知旁边有人行偷盗之事。晚生只是个过路的买卖人，凑上去看个热闹也是人之常情啊。"

冯县令听到此处，似乎觉得案件已经有了眉目，便问道："那么，当时你跟丁老汉两个可曾挨着？"

"这个……我当时没看清楚，人太多了。但当我回过神后，丁老汉已经号叫出声，说什么袖子被剪了，侧头一伸手拉住我的衣袖死活不放，非说是我干的。至于当时这老头儿是否在我周边，晚生还真是答不上来。"周应生娓娓道来，神情如故。王阳明揣摩周应生的用词以及说话时的声调，观察其动作、表情，并未发现他有说谎的迹象。

话说至此处，师爷已端了个托盘上来，内里便是丁老汉刚刚脱下的被剪的外衣。

冯县令忍住嗅到的阵阵酸臭，戴上提前备好的手套，将托盘上的物证轻轻提起，端详着被剪的袖口，发现确实为老手儿所为。那小洞不大不小，刚好能容铜钱、散碎银子等物穿过。冯县令再一抬眼，由上头往下瞥见这贩卖文房四宝的周应生，哪儿有半点儿江湖盗者的气质？

"丁老汉，我且问你，你说这个周应生剪了你的袖子，偷了你的钱银，可有人证或物证？另外，你到底丢了多少钱银，可能报出具体数目？"冯县令这话一出，丁老汉虚汗直流，像是被人戳中了命脉。

"当时大家伙围着那卦摊儿看热闹，我也不知道啊！别说我了，好多人都走着神儿呢。钱、钱具体到一个数嘛……好像是五个铜板……不不不，好像、好像是七个。"

墙后的王阳明两人继续观望，妙儿问他："哥哥，这丁老汉回答细节时支支吾吾，此人可是与那偷盗者提前串通，栽赃于周应生？"

"不会，看丁老汉这样子想来是因受了刺激，真的忘了当时的场景，只是，这老头子多少不讲理，只想找个替死鬼栽赃陷害，让人家白白赔他钱银了事。不料，他这招倚老卖老不顶用，看样子，目前周应生占得上风。不过……"王阳明一边托腮一边琢磨着，言罢，示意在旁伺候的一个小衙役过来，"麻烦拿笔墨纸砚给我，我写个条子给冯世叔。"

不到一会儿工夫，那个小衙役上得大堂，招呼侍奉一侧的师爷过来说话。师爷精明得很，忙过去与他交头接耳一番。二人言毕，师爷手里攥着张字条，小心地把它交给冯县令。

冯县令见师爷有话说，又见其手中攥着张纸条，便知是躲在墙后的王阳明所为。

冯县令接过字条，展开来看，见墨迹未干，字字清晰，言简意赅，上着四字——卦摊细节。

"丁老汉，刚刚周应生说你二人皆被一卦摊儿吸引，可是真的？你具体描述一下当时场景，连同那摊主相貌、都曾说了什么，皆要一一说与本官。"冯县令收好字条，将被剪的衣物放回原位，递还给师爷。

第 二 回
定场诗词引堂群笑　算命相声原为一家

按照冯县令的意思，周应生口齿伶俐、思路清晰，应该先说。

好在周应生回想起了若干细节，脱口道来的详尽信息，与墙后王阳明估算的不差一二。

"启禀大老爷，那算卦之人与这丁老汉年龄相近，看样子乃是忠厚长者，他的模样我已经记不清了，但总体说来很是普通，并无特色。我当时路过他那算卦摊位，不想那里已然人满为患，百姓都在围观，似有什么趣事发生。晚生我架不住好奇，一时竟也迷了心窍，茫茫然就过去凑热闹，只听对方说什么'马瘦毛长蹄子肥，儿子偷爹不算贼。瞎大爷娶了瞎大奶奶，老两口过了多半辈儿，谁也没看见谁'。"

此言一出，堂上所立三班衙役均开怀大笑，手中的水火棍都不由自主地轻轻戳地，发出细微的响声，似在应和这番搞怪说辞。

墙后的王阳明两人也觉好笑，不知这算命之人怎的还唱起了这一出？

"肃静！"冯县令拍动惊堂木，"丁老汉，周应生所言你可有补充？"

"大老爷，草民当时确实也听得这算命的口中有这奇怪的说法，尤其是那句'瞎大爷娶了瞎大奶奶'，草民的祖母本身就是个看不见的，草民当时听了这话心里老大不痛快，本来出门挺高兴的，顺手还把家里新买的小泥壶随身带着喝茶，谁知道路过闹市，听得这话，当时就顿住了脚步，在原地听

8

了两耳朵。又哪里知道，钱就被这小子偷了！"

"大胆丁老汉！你这分明是被别人偷了银子，有气儿没处撒，找个外地过路的讹诈人家！"不想，冯县令这就要结案陈词了。

丁老汉吓得一哆嗦，乌龟般将脑袋往后缩回，脖子好像也成了伸缩自如的弹簧。

"周应生当时虽站立在你左侧，但一来他为过路商人，手中拎有不大不小的文房货物有待出售，不可能单手用利器将你的衣袖割开取物；二来，此人并不习武，加之又是读书人，怎可用出如此精准老到的手法盗取你的财物？三来，若小偷果真是他，他定然是不会住荆门客栈这类需要查验文牒、凭证之地，何况他当日出来，还将多一半的包袱都放置在客栈，若他真是小偷，偷完东西应即刻跑路，难道说还要笨拙到重回客栈取走那一堆累赘的包袱，耽搁时间吗？本官判定，丁老汉、周应生，原告与被告二人是为奸人所害，偷盗者另有其人。但丁老汉倚老卖老，欺负外地过路的年轻人，妄图从其身上榨些油水出来给自己解气。现罚丁老汉义务修补本地养生堂数间瓦房房顶，修好为止。周应生无罪释放。退堂！"

哈哈，还真是人尽其才、物尽其用。本地养生堂本就是一个赡养孤寡老人的慈善场所，让这丁老头儿免费修缮也算赎罪吧。

丁老汉原就是个泥瓦匠，这回好了，又能干回老本行了。

丁老汉听完很是不服，扭着脖子向上顶去，似乌龟浮出水面："大老爷，草民不服啊！当时周应生就站在我边上，除了他，还能有谁啊？"

"大胆刁民！"冯县令又拍惊堂木，"你以为本官心里没数吗？由打上个月起，本地已有不下五起类似的偷盗案件。苦主都是因围观某个奇人奇事，凑热闹分了神才被小偷有机可乘，任由剪刀之类的利器剪了袖口，钱财受损。刚本官已派人去到荆门客栈处，拿了这周应生的身份凭证，看那上头的通关日期，这位周公子才来本地三天！你若再矫情，小心挨板子！"

躲在墙壁后头的王阳明将本案中的几个关键词印在了脑子里。他盘算着，这案子其实并不复杂，而且还挺搞笑的。可非常明显的是，这是一起团伙作案，时间、地点、人物基本上是固定的，想来若是要抓到他们并不算太难。但为何目标如此明显，冯县令却一直没有逮捕嫌犯？王阳明猜测这恐怕要归因于两点：一是对方作案时身手过于敏捷，部署严密，令人抓不到把柄，衙役自然就很难将其捉拿归案；二是对方每次出动时，有可能会用不同

9

的装束加易容术混淆视听，让衙役很难确定目标。

"妹妹，他们这用剪刀剪了他人袖子来盗取财物的手法，在江湖之中可有说法？"逻辑与经验告诉王阳明，这个犯罪团伙定然是某个江湖门派，索性，他将目光投向同为江湖儿女的未婚妻。

"我听两人说辞，想来这伙犯人是那剪缭无疑了。"妙儿带着毋庸置疑的口吻脱口说道。

"剪缭？何为剪缭？"

"剪缭，也叫剪行。剪刀的剪，行业的行。和传统的偷盗者不大相同，他们多半集中于闹市，趁人围观，出其不意，用剪刀一类的利器划开对方衣袖，然后盗取钱财。"

"有一点我不明白，"王阳明说到此处，满脸堆起了疑惑与好奇，"摆摊儿算卦的那个老头儿，跟那些扒窃之人八成是一伙的吧？这个老头儿明明是算命的，为何要跟曲艺行当的艺人一样，开篇用评书、相声里才用的定场诗啊？"

"这个很正常。"妙儿沉思着说道，"相声和算卦本为一家。"

"啊？不是吧？"

"是的，有些说相声却没天赋的主儿，在后期被师父勒令转行到算命行当去了。你有所不知，学相声之人同时也要跟着师父学算命，这是他们行业的规矩。而且，摆摊儿算命的亦有很多是会说相声的。算命按照我道家五行学说而言，占卜看相算是金行。例如，穿得很讲究，从头到脚都有像样行头包裹的，这叫火金；不修边幅，把自己捯饬得跟济公那样站在街头算命的，这叫水金；还有的不说话，拿块儿板子原地敲，这叫哑金；还有的是跟你打了个照面，他把你人叫住，甚至揪住，非要给你算命，这叫揪金。"

王阳明听得津津有味，感觉已经身在评书场了："要是这么说来，那个算命之人，定然是自成一派。他直接把相声、评书中逗趣用的定场诗拿来为己所用，为的是吸引过路之人的注意力，再让同伙伺机扒窃。"

"哈哈，想来是这样的。但我觉得，光用定场诗、俏皮话吸引他人驻足围观还远远不够，想必此人还有其他招。"

不过很可惜，因为周应生与丁老汉都是出门办事，路过河蟹大街，被算命之人说出的俏皮话而吸引，至于此人姓甚名谁、何方人氏，两人都无法说清。何况当时已有围观群众若干，他两人只在包围圈外围踮脚张望，对算命之人的相貌均说不清。

事后，冯县令将近来发生在本地的几起相似的偷盗案卷宗拿给王阳明看，王阳明将江湖"剪绺"一词告诉冯县令，并说出了自己的一个大致计划。

"可以找捕快、衙役等装扮成闹市街头的看客，找到类似于本案中的摊子，上前围观，并提前将一些散碎铜板、钱银装入袖中。摊子两旁还要暗中安插我们的人，随时待命。"

冯县令听罢，不知为何有些为难："贤侄这方法我们曾试过，可对方过于狡猾，仿佛预知我等真实身份，只要是我们的人一到，那帮贼人便从不作祟。"

"什么？"王阳明不解，这说法还真是让他惊讶。他环视四周，见两旁除去自己和妙儿，还有师爷连同两名衙役在场，便不好再说。

冯县令看出王阳明想问何事，便示意师爷将众人一并带走退下。

见左右之人均已下去，王阳明这才问话："那个……世叔可曾怀疑过衙门有内鬼？"

"本官坚信身侧并无内鬼。师爷也罢，连同这些个捕快、衙役，都是追随我多年的义士。"

"那么，唯一的情况便是——那帮剪绺很会识人断人。他们根据类似于我所撰写的《心学画像》一类书获得经验，通过人们不经意露出的表情、举手投足的细微动作、无意之中的言语等，在短时间内判定眼前之人从事何种行当、是何种性格、心智几何、家中背景如何等。"

"哦？贤侄还有这著作，那本官可得好好拜读一番！贤侄若不提及此事，我都不知道呢。想来，那帮剪绺定是行走江湖多年的老手儿，不但手段高明阴损，还会识人断人……"冯县令一方面夸赞王阳明少年多谋略，另一方面突然发觉自己已然落伍，有点儿跟不上时代的浪潮了。

"世叔过奖了，我那点雕虫小技登不上大雅之堂。晚生知道世叔在荆门州本地破案无数，哪里敢班门弄斧？"

"那，依照贤侄之意，这个事情眼下如何是好？"冯县令抬手捋着山羊小胡，看向王阳明，一脸期许。

"依我之见，眼下有件要紧事须得提上日程，还请世叔将三班衙役、捕快、小吏、后院家丁等叫上堂来排成一列。我和妙儿一并观众人外貌、身量、言谈举止后从中挑出几位适合做埋伏的带队过去。"

第 三 回
屏风后木雕惹笑谈　反朱熹二见阳明子

"难怪那伙剪缭能屡屡逃过衙门缉拿，也是，瞧这些衙役、捕快一个个如此相貌、气质，是个人就能看出其中端倪。"王阳明心中暗想，表面不动声色。他像是一只威风八面的晨起巡视领地的小老虎，逐一看过眼前站成一路横排的衙役、捕快、小吏们，甚至连后院的家丁护卫都没有落下。

看人这种事，除去主观上的直觉，剩下的便是要精通中医五行、麻衣神相中遗留下的理论知识。精通看人之术的人，便知道什么长相的人身体更棒，什么模样的人更给人亲近讨喜之感，什么样的容貌的人更会使人心乱如麻、敬畏三分……

冯县令满怀期待地看向王阳明，见他煞有介事地端详着每一个人的面目、气质，想来王阳明定是心中有数。

"世叔，很遗憾，您这三班人马，连同后院家丁，并无一人适合做这细作。"王阳明摊手示意。

冯县令见状多少感到有些意外，见王阳明本人从队伍尽头处悠悠然转到自己近身，冯县令忙问："这是为何？"

"剪缭这帮人之所以屡屡得逞，说白了不过'攻心'二字。您这边的衙役、捕快，浑身都散发着正气，这个头儿嘛，也都太高了些。想来，当初招募这些人时，可是您亲自上阵挑选？"

12

"不错，当初荆门州的前任县太爷因贪赃枉法被判处流放，别看他只是个地方小官，但其贪污数目不在京城那些大官之下，加之其内部衙役等多有牵扯，朝廷干脆来个一锅端，将他和他手下三班衙役、捕快等通通撤掉。我来之前，特意向当地知州申请，允许由我本人亲自挑选一班人马重新填补县衙空缺。"

"那就对了。"王阳明颔首，"您当时挑选他们时，想来会制定一套严格的标准。这样一来，您挑选的捕快多多少少会体现您的审美和要求。但要命的却是，您挑选的这些人，会基本符合您对衙役，抑或说，您对于朝廷办事之人的大体画像。这个画像在您心中是非常固定的，我姑且称之为'刻板印象'。"

"啊？什么印象？"冯县令忽觉这四字听来非常新颖，恐怕在大明当时红极一时的《世说新语》里都不可能出现。

一旁的妙儿听罢不由得偷笑，她怀里摩挲着正在呼呼打盹儿的大猫梵湖儿，缓缓开口说道："好比大多数人都觉得女子如水，生性柔弱，除去相夫教子、洗衣做饭就不会别的。可当他们看到我玄机神女后，便不由得打破了他们原本对女子的认知。有些人依然因循守旧，抱着过去的观点不撒手；有些人则在见到我本人后，改变了自己对于女子的印象。"

"原来如此。"冯县令颔首，"看来，那帮剪缭也是因抓住了我手下人的相貌特点，才得以屡次逃脱的。一见到我手下之人这般外表，就知道是我这县令派出去暗查的细作。也是，当初挑选他们那会儿并没考虑太多后续其他的问题，刚刚听世侄这么一说，我只觉千篇一律、因循守旧到底不太可取，还是要因地制宜、顺势而为啊。"

王阳明回答道："世叔不必叹气，我看不如这样，我跟妙儿两人再好好商定一下，看看能不能先选两个相对合适的人选，再用妙儿的易容术加以修饰，回头我会加强对此二人说话、举止的强化训练，力求让他们早日上阵，将剪缭贼捉拿归案。"

选人这种事情王阳明心中已经有谱，他所说的相对最合适的，其实就是排在队伍末尾的那两个个头儿最矮、相貌平平的家丁。

但这两个家丁身手如何，是否有江湖经验，这就未可知了。

王阳明心中暗暗思忖："相对而言，这两个家丁不用易容，只需装出一

13

副窝囊、迷糊相即可蒙混过关，但是这言行举止……还是得经过一番培训。这种事，须得一次成功，万一中途打草惊蛇，这帮剪缭贼一去不返，那就麻烦了。"

王阳明想着如何操作的中途，冯县令已然打发人散了。

他见王阳明还在思索着什么难题，也不好打扰，转身想喊管家过来备饭招待，谁料从房中屏风后传来一孩童声音："这种事情何须劳烦他人，我跟着阳明先生一道去即可，保证将那群贼子一举拿下！"

听到这声音，王阳明、妙儿皆是一愣。两人四目相对，仿佛听到了什么天外之音。

"这声音耳熟啊！"妙儿笑着说道。

王阳明与妙儿两人快走几步，就见一扇再平实不过的大屏风后映出两道光影。

这两道光影可是了不得——竟是出自两个由人操控着的傀儡人物。

以王阳明的经验判断，这两个人物造像做工精致，不大不小刚好可供托举在手中，八成为木头雕刻而成。

而且自打刚刚进县衙后，王阳明第一眼便看到冯县令条案上摆着的仿唐代门神制作而成的黄杨木造像一对。

只听屏风后男声徐徐传出，声音还带着小男童变声前的稚嫩笨拙，而那对人物造像却是灵活自如，胳膊、腿都能动弹，就连造像底座部分都能由人扭动转盘，扭腰摆胯。光影跳动间，屏风后又传出一首诗来："天上冷飕飕，地上滚绣球，有馅的是包子，没馅的是窝头。"

此言不就是那算命爱说的定场诗吗？别说，这孩子仿得还挺像，一听声音和腔调就知道平时没少往书馆儿里跑。

三人听得这俏皮诙谐的定场诗，皆咯咯笑出声来。

接下来的一幕就更加逗趣逼真了。

此时刚巧晌午，是全天太阳亮度最高、投射光照最强烈的时刻。强光配合着屏风，将后面的木雕造像反射得栩栩如生、活灵活现，好似真人登台演出一般。

只见一个木雕亮相，赫然出现在众人眼前。此木雕是江湖算卦者的模样，其细节打造经典，穿着打扮无不到位传神，此人物造像的手一拍醒木，

14

脑袋左右摆之。其入座于书案前，只见那书案虽小却五脏俱全，前方还摆着算卦常用的几种器具。

又见另两个木雕映入屏风中心，一个做平素底层百姓打扮，微微驼背，留有大把胡须；另一个则头上戴冠，身形挺拔，身后背有一书篓，一看就是书生。

这小鬼头摆出三人造型，绘声绘色地将今天公堂上的那起因围观卦摊儿而引发的冲突矛盾全程讲述了一遍。

尤其当他摆出第三、四个人物造像，表演剪缭贼如何伺机下手，将丁老汉袖口剪破盗取钱银时，手法真真惟妙惟肖。

"我很好奇，你那剪刀形状的东西，莫非也是雕刻而出，最后再让人物造像拿在手里的？"王阳明忍不住问了一句，隐藏在屏风后即兴表演的这位小童子姓甚名谁，模样几何，他已是心中有数。

王阳明只听得屏风后的这孩子开口："自然的，先生若不信，我还有别的呢。"言罢，就见屏风最上方映出一行字——闹市剪缭案。

别小看这几个大字，乃是运用了板上刻字的技巧，外加大明活字印刷的一些技艺。

虽说只隔着一道铅白色的屏风，但每个托举在手、出现在屏风上的人物造像却犹如从画中迈腿走出的飞仙，生动逼真。外加这孩子生动有趣的配音，王阳明等人皆忍俊不禁。

"行了，你这孩子，还不快出来见过贵客！"冯县令招呼屏风后的童子出来，王阳明和妙儿再次相视一笑，纷纷期待再见老熟人。

冯县令不知王阳明两人曾经与这孩子有过缘分，还当这小子欲要在小圣人面前出尽风头、自我显摆，县令深表歉意的同时，忙开口向王阳明介绍这孩子的身份背景："这孩子乃是我内人娘家的侄子，来此与我儿相伴读书。"

说罢，只见那孩子从屏风后踱步而出，双手一左一右各攥着一个黄杨木雕刻而成的人物造像。

"见过姑丈，见过阳明先生、玄机女侠。"出来之人眉眼生得活泼灵动，带出些久别重逢喜气，乍看上去好似节庆氛围中一匹脱缰而出的欢快的小马驹。

"薛侃！我就知道是你！"王阳明见到了老熟人分外开心。

冯县令听罢有些惊诧，又观玄机神女面部表情，发觉这两人非但不觉这孩子冒失，反倒有股久别重逢的惬意："怎的，你们认识？"

"不错，去年我曾在南昌府街头与贵侄有过一面之缘。"王阳明笑道，妙儿也掩面窃喜，连怀中的梵湖儿都不由得打了个哈欠，提起兴致观看眼前孩童。

妙儿笑着调侃道："这回可有看头儿了，又一个伯安哥哥。"

就在去年，妙儿曾调侃眼前这个薛侃乃是当世第二个王阳明。

当初两人调查雪人案，途经南昌府某男童书院时，于戒尺下救出了正要被夫子教训的薛侃。薛侃因不愿学习朱熹一脉流传的"存天理，灭人欲"这一荒谬学说，当场与老师争辩，不承想老师当场翻脸，抄起戒尺抬手就要打薛侃，两人僵持不下，薛侃不服，干脆跑到书院门口与老师公然作对。王阳明见那老师面露凶色，口中满是灭绝人性之语，不免为眼前的薛侃担忧几分，为给这孩子解围，王阳明当场阻止了打人的老师，并与其在南昌闹市街头展开了一场辩论。

"想来，你今年也该十三了吧？怎的不在南昌府上做学问，跑到荆门州姑丈家了？"王阳明调侃他。

薛侃听罢不慌不忙，底气十足："是的呀，托先生的福，自去年先生与女侠救我于戒尺之下后，我便回到家中与父母商议，家父打听到荆门州的茶香书院素来承袭陆九渊的心学理论，并将其作为授业解惑之根本，反对朱熹那一套理论学说。恰好姑丈又来此地就任，姑姑便写信提议接我来这里住下，也可陪着我表哥一道上学。"

不错，陆九渊和朱熹两派学说根本就是猴吃麻花——满拧，两方所唱调调压根儿相反。

陆九渊为宋明两代"心学"的开山之祖，与朱熹齐名，而两人见解多不和。陆九渊主"心（我）即理"说，言"宇宙便是吾心，吾心便是宇宙""学苟知本，六经皆我注脚"。陆九渊更偏重于王阳明现在所说的"存天理，去人性"，而不是什么朱熹提出的"灭人欲"。从这一点上讲，王阳明也更赞成陆九渊的说法。

几个就这么聊了起来，梵湖儿像是个鉴定专家，东蹭蹭，西摸摸，尤其看到一脸稚气的薛侃后，便屁颠儿屁颠儿地凑到他裤腿上，干脆利落地用脸上的毛毛蹭其裤脚，做起了记号。

"这回你可痛快多了吧？陆先师的学说符合人之天性，想来你学的应是带劲儿得很……别说，你板上刻字、雕刻木头的手艺我还真是不知道呢。你这技艺真真是巧夺天工。"王阳明夸赞薛侃。

薛侃不好意思，伸手挠挠头："我刚用木雕推理了一番，先生看我还原的现场情况，跟您说的可有二致？"

"并无，的确像你方才演绎那般，分毫不差呢。"

"那么——"薛侃火速收敛了自我戏谑的神色，郑重其事地转身对身侧的冯县令说道，"姑丈，请让我跟随阳明先生一道查明此案吧！我想以孩童的身份，去到案发现场，亲手逮捕剪缭贼子！"

第四回

做装扮岗前须培训　遛闹市预言大忽悠

"这可不行。"冯县令一听这话当即否定小儿郎的自作主张，"我不同意，你姑母也断不能同意。再说了，你父母把你交给我们，那是多大的信任啊！若你出了事……"

见冯县令一副和尚念经状，王阳明就知道"老辈人"的毛病又要犯了："世叔，其实薛小弟今年也不小了，也是时候应该让他出去历练一下。刚才他那表演咱也都看见了，薛小弟在没听到会审的情况下不但推理如神，还能揣摩凶犯、苦主内心状态。可见他心中有数，是个靠谱又能洞察人心的聪明孩子。"

冯县令也没想到，王阳明竟然认同让薛侃参与破案，他生怕王阳明这话助了薛侃这孩子的气势，忙又摆手摇头，用长辈教导晚辈的抗拒语气说道："可这孩子一不会武功，二不会断人，应变能力也差，纸上谈兵谁不会呢？若真是亲自上阵，就凭他这么个十三四岁的黄口小儿，当即吓得腿软还是轻的，万一被人直接盯上，一招致命抑或被扣为人质，我可怎的向其父母交代？"

王阳明边颔首边向前舒缓地踱着步，走到邻近冯县令所在位置时便开口说道："您说得极是，可薛小弟还有另几样法宝是您衙门里其他衙役没有的。"

"哦？这我倒是不知了。"冯县令眼中闪过一丝亮色。真别说，王阳明这话还真是敲对了门。

"第一，薛侃年岁小，从样貌上讲他又是个地道的娃娃脸，与同龄的十三岁男孩相比，更是显小许多。这样纯真质朴的娃娃脸，自然可以让剪缭一伙放松警惕，再说了，他岁数也不小了，再过个四五年，也该娶妻单过，独当一面，与其死读书，不如放胆一试。第二，我未婚妻妙儿习得一身好武艺，她可做寻常妇人打扮，拉着薛侃扮成姐弟一并出行，一男一女，且还是一孩童加一年轻女子，这样的组合只会让对方误以为是家常姐弟出行。第三嘛……"

王阳明见冯县令表情复杂，但态度明显有所松动，忙补充说道："第三嘛，我会驮着梵湖儿同去。"

点到大猫梵湖儿时，白净如瓷的梵湖儿抬眼望着说话人王阳明，毛茸茸的一张俊颜上流出一丝怒意。睡眼蒙眬间，梵湖儿打了个哈欠，双色异瞳流露出抱怨的情绪，好似在说："喵，你每次怎的这么好意思指使我干这干那啊？"

费了好一番口舌，王阳明总算劝动了冯县令。

因有妙儿亲自伴随薛侃左右，冯县令还算踏实。

按照王阳明的计划，须得先对那两个家丁进行"逮捕前上岗培训"。妙儿先给他两人上妆，做简单的易容打扮，王阳明再为二人讲述如何在剪缭贼面前认怂、装窝囊，怎样自然呈现出一副"面瓜我最大"的模样。

接着，王阳明还要跟薛侃详细讲述如何用正太与生俱来的"小奶狗"气质以及言谈举止集中剪缭们的注意力，与此同时，又绝不会让这帮贼人觉得你是在演戏。

最后，就是在衙门后院模拟可能生出的各种现场问题，尤其是妙儿跟薛侃假扮成寻常姐弟的模样，两人之间的互动既不能过分热情，也不能太过疏离，其中的配合需要强大的默契；王阳明还得把突发状况下两人的行动、台词逐一预测、说明，以防止露馅、抓瞎的情况出现。

几日下来，培训的效果大体良好，而城中又有探子来报，说最近城内又发生一起因"围观戏法表演"中途遭到剪缭偷盗的案件。

是可忍，孰不可忍！终于等到了众人兵分几路出击的日子。

王阳明驮着梵湖儿，一身土著打扮，逛东串西，满世界寻摸人扎堆儿之处。

他手里托着帕子，一脸萎靡不振的病态模样。今日临行前，妙儿刻意在未婚夫脸上涂了些魏晋南北朝流行一时的"铅粉"，把未婚夫捯饬成了男版"病西施"。

为了让梵湖儿也参与破案，薛侃亲自在其头顶中央位置扎了个蝴蝶结。真别说，这么一捯饬，王阳明成了病秧子，距离老远就能看出这少年长期有疾，且是个事儿多、爱较真儿的主儿。再一看他后背驮着的大白猫，干净是真干净，那通体雪白的被毛上真格儿一丝杂毛全无，只是这大猫跟主人无二，都十分娇气。好好的一只长毛大猫，非给人家梳个朝天椒似的小辫子，还绑了个颜色这么冲的蝴蝶结……

王阳明拿出喝醉酒的半疯癫状态，扛着梵湖儿，游走在荆门州最为热闹的粽子街头。

这粽子街头是目前为止，剪缭贼子们还未染指过的闹市之一。

妙儿与薛侃装扮成一对不谙世事的姐弟，一副凑热闹不怕事儿大的嬉笑状态，两人手拉手边看摊位边做出评价，距离王阳明有一大段距离。

而其他装扮成普通百姓之人，则在暗中各自行动。

"哎，说你呢，就是你！"正当王阳明正对着某个不知名的摊位，人却还未到跟前时，就瞧见摊位上的一个掌柜打扮的男子低头说话。

那状态明显就是自言自语。

也是，他说着话，头却偏偏不抬，边说边提笔刷刷点点，眼神落定在宣纸上。其手腕高高抬起，也不知在写些什么，在跟何人交谈。

"哎，就是你，不许走！"又是一开口，仍是这掌柜打扮的男子，但这一次，其摊位近前之人，还真就被他唬住片刻，就有那么三四个过路行人驻足停留。

王阳明见状，一没加快步伐，二没抬眼细看对方，只是继续往前踱步。路过摊位时，他赫然看清，原来，这掌柜打扮的男子身后，支着一杆画有太极图案的竖幡，竖幡两侧还画有游曳而上的丹色锦鲤，此乃江湖之中算命之人的同行打扮。

王阳明再用余光观察这个摊位的正主儿，见其已然六十岁开外，一副贤良长者的温顺模样，看这面相不似丁老汉那般横肉四起、刻薄寡恩，这位老者气质温厚，五官还颇带出些饱读诗书的大儒风范。

"现在我卦摊前头有这么一位爷们儿，他呀，再过三天能在咱荆门州大街面儿上捡来一包金子，从此衣食无忧，走向光明大道。这人是谁我不说！"

哎呀，这话可真是出人意料。别说旁人听得这话驻足，就连王阳明听罢也不由得止步相看。路过之人一听这算命先生当街预测有人捡金子，对于是谁却又三缄其口，皆纷纷往自己身上猜。这般美事儿，对号入座又有何不可！

眼见刚才只三四人的卦摊前，经由这老者随意说出的一句话，眨眼间竟围观了不下十人出来。

王阳明心中暗自佩服："好个攻心战啊。我都没想到，普天之下愣是有这损招！能在一盏茶不到的光景里，吸引这么多人过来。"

还不等王阳明静观其变，就见这算命老者继续忽悠："还有一位爷们儿，最近家里闹妖精，哎呀，可了不得，因为什么呢？因为他年轻时干过一件对不起媳妇儿的事儿，他理亏，结果，媳妇儿被他气死了，女鬼也来了。这爷们儿是谁啊，我不说！"

这句话更是强而有力，稳稳抓住了众人的猎奇心理。

人类社会有三大永不过时的热议题材——桃色事件、灵异事件、推理探案。

但这其中，以桃色事件和灵异事件最能引起人们的兴趣，因其"不费脑力、有意外之喜"而屹立于市井之间不倒，成为众人茶余饭后的谈资。

王阳明看得真切，这第二段话一经抛出，围观群众瞬间由十人增至二十余人！

就在这时，卦摊正主蓦然起身，头也一并扬起。

忠厚长者的慈爱脸庞，再次显露无遗。

"哎！还有一位爷们儿，他家里最近闹家务，媳妇儿给他戴了三顶绿帽子，可他自己不知道！是谁我不说……"若这算命之人还是以"是谁我不说"来作为第三部分的话题结尾也就太小儿科了，恐怕在场之人只会觉得泄气，没意思，可就在大家等他重复之前的话语的节骨眼儿上，谁知这算命老

21

头儿却气定神闲地对众人说道："是谁我不说，反正啊，谁走了就是谁！谁一走，谁就是剩王八！"

说完此语，算命老人猛一拍手边醒木，气儿都没换，接连报出定场诗来："枯藤老树昏鸦，小桥流水人家，古道西风瘦马，夕阳西下，断肠人——在药铺！"

此言一出，可谓一举两得——不但将方才"绿帽子"带来的尴尬气氛瞬间缓和，还将众人视线转移到新的话题上来。这定场诗幽默中不失调侃，诙谐中不失文人妙语，三两句间就能显出这厮有些文采，是个读过书的。

众人听了这定场诗，不禁哈哈大笑，个个儿笑得前仰后合。

刚刚他说了，谁走谁是剩王八，好吧，现在连王阳明都不敢动了。他若走了，一来显得他小气，二来嘛……这绿帽子的罪名可就坐实了。

王阳明再看向旁边众人，已然有不下三十个。有的是被这算命老头儿用预言"绿帽子"的言语直接唬住，真格儿不敢迈腿动弹一下；有的则是被他这幽默的定场诗直接吸引过来的。

有些好事之徒已然面面相觑，还有的围观群众大肆调侃周围陌生之人，想揣摩一下近前哪位才是算命者口中的"剩王八"。

"我今儿啊，是头一次来咱们这粽子街上，为什么我今儿来这儿呢？因为我闻听了一个秘密，什么秘密呢？头几天，屈原他老人家给我托梦，说要我找一位公子给他算命，屈原他老人家大家都知道，就是咱荆门州本地人……"

这算命老头儿在台上夸夸其谈，手上动作丰富，肢体语言夸张，加之其巧妙地拿屈原说事儿，一下子在场之人的目光便齐刷刷地定格到了他的脸上、手上、身上。

王阳明也在心中赞叹："哼，真是会打比方，竟然还知道拿屈原说事儿……我倒是要瞧瞧，这老儿想要怎个自圆其说。"

第 五 回

诉托梦屈原指圣人　吸睛来擒拿剪刀手

"昨夜屈大夫又托梦给我，叮嘱我再三，说今儿个你们荆门州街头要有圣人降临，此人现在就在咱们围观卦摊的这一群人之中。"算卦老头儿说得惟妙惟肖、生动翔实，手中醒木配合着自身手势若一把灿芒星剑左刺右晃，引得众人上下摆头、啧啧称奇。

围观众人陷入新一轮的交头接耳，众人皆看向四周其他一干人等，开始猜测算命之人口中的这位圣人到底是谁。

王阳明不觉咽了口唾沫，暗忖此人鬼话连篇，老奸巨猾，不好对付；就连肩膀上的梵湖儿也不禁抬眼，顶着喇叭花一般的小辫儿，打上头往卦摊儿上瞟去。

"请问这位师傅，这屈大夫在梦里提到的圣人，到底何许人也啊？你说话能不卖关子吗？"已经有围观群众不满于猜测了，决定直接求一个"真相"。

"对啊，对啊，"旁边有人附和，"您刚说了一车话，什么绿帽子啊、女鬼啊、捡金子啊，就是没能说清这些好事儿、坏事儿落定谁人头上？"

随着围观群众的两声追问，其余人等皆发出爆炸般的议论。

看这架势，剪缭出击的时候理应到了。

王阳明见势不妙，略微侧头敛目，驮着大猫往一旁踱步，边踱步边咳嗽不止，像是犯病一般。

肩头之上的梵湖儿见王阳明掏出帕子抵住唇瓣，浑身上下随着咳嗽声战栗不止，也忙扒住王阳明肩头，探身而下，伸出舌头轻舔王阳明脖颈、面颊两处，安抚起突然发病的主人。

"大家稍安毋躁，俗话说得好，天机不可泄露……"算命老头儿轻咳一声，想是时机成熟，他终于懒得继续遮掩，忙将手下醒木一拍。醒木的声音好生响亮，一时间四下皆聚精会神、不言不语，想是预料到这老家伙要行揭秘之事。

"姐姐，你看那人身上的猫真漂亮，你看那算命的老头儿也够奇怪！"说话人乃是薛侃，他很不礼貌地对王阳明与卦摊儿前方的老人家指指点点，一副自以为是的轻狂小儿郎模样。

扮成其姐姐的妙儿忙将弟弟伸出来指向两人的手指抬手一挡："嘘！别打断人家说话，我还想听呢！"

"想听就往前去啊，傻站在这儿算怎么回事？！"薛侃见姐姐比自己还要好奇，便更加来了劲头，一把攥住妙儿右手，不管不顾地往人群里凑。

王阳明则因人潮汹涌，总有新的听众拥进人群之内，不得不再三向旁边的位置退让。

这种退让很是被动，自己明明也是极渴望听取揭秘部分的。这样一再退后，他距离卦摊位置较为远了不说，从那算命老者处传来的声响也越加小了。

"咱们都知道，圣人，乃千百万年降临世间一次。距离上一次圣人降临已有百年。你们可知，我大明开国后，降临凡间的第一位圣人是谁吗？"

算命老头儿此话一出，台下果真有不少抢答的。

"那当然是咱们大明的开国圣人——洪武他老人家喽。"

"明初才子解缙，是不是也可以算圣人啊？"

"方孝孺虽然惨死，但凭他的为人才智可以算在我大明圣贤之内吧？"

"要这么说，刘伯温和姚广孝也该算是鬼才了吧？他们呼风唤雨、辅佐朝堂，难道不算圣人？"

不出王阳明所料，台上提问，台下附和，不管这台下之人是不是提前请好的托儿，但这闹市街头到底是不缺人的。只要一个地方有不下十人围观驻足，管他有没有托儿，就会有更多真的群众驻足观看。

而这种一问一答的互动操作，更能将台下之人的胃口高高吊起，非但不会引起对方怀疑，还能将所有人的注意力重新带回算命老头儿本人以及所互动的问答之上，令在场之人分心思考，失去应有的防范意识。

"你们说得极对，但是……"算命老头儿继续卖关子，"你们说的这些传奇人物，乃是我大明开国以来的江山社稷之才，但屈大夫托梦给我的却不是这类人才。"

算命老头儿继续表演，但他的同伙们却再也等不得了。

只见大猫梵湖儿一个飞身龇牙，伸出了爪子，俄而之间，王阳明左侧一男子脸如花瓜似的，正倒地打滚儿。他一边双手遮脸，一边哭爹喊娘："妈呀！猫挠人啊！"

王阳明手疾眼快，一脚丫子将那男子掉落在地的一枚精致小巧的剪刀稳稳踩住，梵湖儿早就落定在这男子的头上，伸出利爪又是两下抓挠。

围观群众听得惨叫正一头雾水，不一会儿就有人过来围观。

王阳明怕众人不明事理，飞速抬起左手袖子示意周遭仍沉浸在占卜算卦中的众人："大家可都瞧见了？就在你们围观算命的当口儿，小偷也没闲着！"只见在王阳明左袖靠手肘的位置有一个铜钱大小的破洞。这洞口隐蔽，切口齐整、利落，还真有几分江南绣娘下刀的手艺。

"疼啊！疼死了，猫挠人啦！大家快救救我啊！这家伙带来的猫挠人啦！"剪缭小贼被擒之后仍旧决定倒打一耙，撕扯着破锣嗓子乱叫一气，双腿奋力蹬起，像是今人做脚踏车的动作一般。

"你若再敢乱动一下，我就让大猫用唾液封死你的口鼻！"

这话还真不是王阳明夸张，梵湖儿的独门绝技之一，便为释放唾液，将对方五官封住。若是凡人撞见了这类绝技，岂不是当场窒息而亡？

自古便有老猫成精、独享九命的说法，古人更是迷信至极。何况这厮方才亲历梵湖儿的抓挠技巧，看得出这猫是受过特训的、一等一的江湖老手儿。

这贼人也是见识过些许场面的混子，一听王阳明有备而来，便不敢造次，只得任由突如其来的捕快将其抓获。

"蛊贼不许动！"另一边，薛侃一声断喝，妙儿已放出丝线将薛侃口中蛊贼的双腕勒住。

此剪缭小贼果真找了薛侃这孩子下手，之前薛侃装出一副天真无害的"小奶狗"样，拉着姐姐往人群深处走，为的就是让四周近身之人感应到二人袖口处藏匿的些许铜板与散碎银子。

别说，这般行动果真没有白费。

就在姐弟俩摆开阵势挤入人群，用手肘、衣袖将眼前众人分开来的同时，埋伏在人群之中的剪缭贼子却已然蠢蠢欲动。

他们长期接受偷盗特训，即便冬日里隔着几层厚重袍衫，仍能轻易感觉到对方藏着的钱财有几何、藏匿何处。

就在薛侃大大咧咧地与姐姐妙儿用手肘、胳膊抵开人群往里去的同时，剪缭贼子们早就感应到了藏匿在这姐弟俩袖中的银两。

"大家看看，我右边的袖口已然被这小偷划开了！他的武器是这把特制的匕首……"薛侃胆大，边说边高举妙儿一把夺过的乌青色利器示意众人，"而这帮贼人的领头羊，就是台上这个面相忠厚的算命老人！大家不要被他们骗了！"

"别跑！"妙儿见已有捕快上前将自己缉拿的小贼捆绑带走，但台上那年长的算命老贼却是抛下同伴拔腿就跑。

"你还真有脸丢下同伴不管啊？看本座不打死你！"妙儿飞身几步上前，一脚踢翻桌案上的占卜签筒，那签筒里的占卜梅花钱、竹签子像是飞镖般从内里四溅射出，一个个像是长了慧眼，猛然扎向跑到闹市大街正中位置的算命老人。

"女侠饶命啊！女侠饶命啊！"那算命老头儿被签子、梅花钱定住四肢，头上还挨了重重一击，单手一摸头，果然见血。

妙儿见他张嘴求饶，脚步却仍是不停，便又亮出拂尘，轻轻一扫老头儿的足下，将这老头儿脑勺儿朝下摞了个倒栽葱。

"玄机女侠饶命啊！求您看在我们菜头帮与您师父有交情的分儿上，饶我们一命吧！"

哎呀，这还是个用自报家门来讨得生路的半熟脸啊。

"你怎知我乃玄机神女？"妙儿厉声喝问。

26

"您手里的这个精美拂尘，不就是您师父亲赐给您使用的藏风四俊之首的神奇兵刃吗？小的一看便知是您大驾光临，想当初，您师父绰影侠跟我帮结交……"

"少套近乎，本座还没开口审问于你，你倒是张嘴就来。"妙儿见这算命老头儿虽是一副跪地求饶的可怜样，但张嘴说话就是套近乎，似有把自己拉下水之意图。

"求您看在咱们两个帮派祖上联手的阴德……"

"放屁！"妙儿素来下手狠辣，与王熙凤倒有一拼，她可不会留机会任凭这厮当众栽赃陷害、信口胡说，一记窝心脚直达老汉前胸，踹了他个措手不及，那老汉当即痛得龇牙咧嘴，不敢再言语。

王阳明背着梵湖儿已和薛侃率领众捕快、衙役到了老头儿近前，冯县令也在围观群众的簇拥下踱步来到此人身侧。

"菜头帮？我还酱菜帮呢！"妙儿耻笑道，眼底汇聚着轻蔑，"凭你是谁，可别拿我师父说事儿。我师父、我帮与尔等从未见过，更是毫无瓜葛。知不知道，就是因为你，本地百姓在近一月内失了大笔钱财，这都不够你赔的！更因你剪缭挑起事端，搞得本地百姓人人自危、互相指摘，公堂之上乌烟瘴气，这份人情债，你又当如何补救？"

王阳明听罢颔首，见未婚妻把自己想说的都说了，便想着让冯县令押解他三人走会审流程。

"等一等！"冯县令突发奇想，改变了主意，抬起头来，看向周围一个个目瞪口呆的普通民众，说道，"诸位百姓还未回过神来也是正常，本官眼下就地审讯三个剪缭贼子，也好让众人亲眼瞧见，何为迷信祸害！"

想来也对，若不能现场就地审理此案，本地百姓中难免会生出一些非议。例如有些无知小人，因其本身笃信占卜算卦，走火入魔，将来难免会在公开场合诉病冯县令"好坏不分"，更有甚者恐怕会栽赃冯县令抓来替死鬼"以好充坏，都是为了升职调任"。

古代的"键盘侠"也是极多的，其数目不逊于现今的网络水军。尤其古代没有太多的传播媒体，大部分底层百姓又不读书，会写出自己的名字就算不错了。在这种情况下，口口相传则成为底层之人交流的硬道理。可就是这样的"口口相传"，其流传之快、杀伤力之大是出乎你我想象的。

刚刚冯县令按照王阳明的计划，做寻常小商贩打扮，一直躲避在不远处一中药铺子里装作看药采买。听到有探子来报，发觉时机成熟，这才果断出击。

　　他原本是不想改变接下来的审讯计划，但见闹市街上人头攒动，人人跳脚围观。冯县令亲耳闻其议论，许多群众仍旧云里雾里，傻愣愣地以为剪缭一伙人是被冤枉的。冯县令从这些围观群众空洞的双眸中看出，相当一部分人，对刚才被缉拿的剪缭团伙抱有同情和怜悯，他们还并不知道这帮贼子有何罪孽。

　　王阳明深知冯县令绝非做事唐突冒失之辈，也大声说道："也好，现场闹市中若有不服者，可听听我们与这贼人团伙当街对证，也免得不明真相之人后续再生事端，反倒为这坏人说话。"

第六回
当街审还原案发时　求拜师阳明收弟子

当街审问三人时，王阳明建议冯县令令衙役们围成一个包围圈，形成人形屏障，再由妙儿、两名捕快将这三个剪缭贼人以"一盯一"的形式原地制住。

王阳明与冯县令就地取材，将算命老头儿的醒木、桌案、板凳借来一用，在街头临时搭建了"移动大堂"。一时间，全城百姓奔走相告，原本仅能容下驷马厢车的大街眼下却被满城百姓围得水泄不通。

冯县令拍动惊堂木，先将案情为广大民众梳理一遍，好让那些不知道发生了何事的底层百姓有个基本认知。

冯县令言简意赅，将本案的来龙去脉讲了个大致，他环看四周，仍觉有人不辨其理。尤其是方才那些亲眼见到、亲耳听到算命老头儿所行所言的百姓，反倒将嘴角撇到了姥姥家，眉毛也不由自主地上扬。看这架势，他们多半对冯县令方才所言颇为不屑。

王阳明也将这一幕尽收眼底，他心中暗自叹息："这都什么人啊，难怪如今骗子满地跑，原来是傻子太多造成的。"随后，王阳明突发奇想，与冯县令低语几声，就听冯县令看向薛侃："为让各位听得更加透彻，本官眼下差遣两位侄儿为各位现场还原这三个贼子的所作所为。"

言罢，薛侃极聪明伶俐地配合王阳明上演了一出精彩绝伦的街头表演，

29

妙儿也上前帮衬。

他三人简单分工，由妙儿扮演贼人，薛侃扮演受害者，王阳明则充当算命老头儿的角色。

"锄禾日当午，汗滴禾下土。谁知盘中餐，羊腿烩白菜。"王阳明尽力说着京腔儿，试图将定场诗的幽默诙谐夸张到极致。

真别说，他这人素来有演技，幽默感又是不差的，将这诗改得可谓搞笑极了。

众人听得最后一句，不禁捧腹大笑，目光便从跪在地上的三名贼人身上自然而然地转移到了王阳明三人身上。

于是乎，王阳明仿照算命老头儿之前的话语，加上自己的临场发挥，一下子便将在场之人的注意力全部引过来了。

薛侃扮演的看客，也在王阳明说到高潮时假装从下面冒头出来，非常认真地与王阳明攀谈起来。

就在众人听得津津有味、沉浸在算命之人的妙语里无法自拔的当口儿，妙儿扮演的贼人，趁着薛侃闻听到精彩之处，已然用道具剪刀假意划开薛侃的衣袖位置，并轻而易举地从中取出钱银，掉头就走。看着这一幕的突然发生，所有人的心皆悬停到了嗓子眼。

"大家都看到了吧？算命只是幌子，责令手下配合其偷盗才是根本！你们只看到了一个肤浅的表面，被他风趣幽默的言谈和温文尔雅的外表蒙蔽了。"王阳明朗声解释，"这老家伙乃是江湖'老油条'，他很会识人断人，并从中悟出很多利用人心的歪门邪道。他利用你们的迷信、好奇等诸多心理吸引你们的注意力，然后趁你们不备，再配合他的手下选人下手。"

众人听得这话，才算回过神来，那些古代的"键盘侠"也终于闭上了嘴。

而这为首之盗的算命老头儿也算见识了何为"后浪推前浪"，自己也终于迎来了被后浪打在沙滩上，丢人现眼的这一天。

"你三人还不快从实招来！为首算命的，本官说的就是你。"冯县令见这为首算卦的老头儿看得一惊一乍，面部表情委实丰富多彩。冯县令生怕这老家伙看过了头，冷不防丢下一声质问，这跪地观看的老家伙可算回过神来。

"回、回禀大老爷，小的、小的名曰姜有钱，郑州人氏，自幼家境贫寒，父母早亡，是个薄命儿，早年被人贩子拐去，被逼无奈才入了这道……"

"谁叫你讲故事了？"冯县令见这老儿好生奸诈，看周遭有不少迷糊百姓，就想利用自己的苦出身，以哭穷、装无辜让周围看客同情自己，好制造舆论出来，给冯县令扣上"欺负苦命人、心狠手辣"的大帽子。

"不敢！小的刚刚说的那段身世，千真万确。"

"哦？倘若你是被逼无奈，不得已才走上这条偷盗之路，那你为何不在中途洗心革面，向我大明官府检举该帮派，之后重归正道呢？分明是你私心作祟，做贼上瘾，觉得这钱来得快、来得好，比干其他买卖都要省事儿吧？装什么可怜虫，须知可怜之人必有可恨之处！如此死不认账，看来是要上刑了，来人啊！"

冯县令不愿与这姜有钱再说废话，只听一句来人，人群之中便有两名衙役上前几步，朝着冯县令一拱手："小的在。"

"挨板子实在便宜了这样一个奸诈无比的刁滑小人，依本官看，让这厮坐老虎凳，是不是就能令其说出犯案的来龙去脉呢？"

老虎凳可不是好玩的，那东西别说什么暗藏机关，但凡眼神正常的，距离老远便能一眼望见座位之上的颗颗牙钉。"牙钉"还是比较常规的形容，要按今人的看法，那东西上的钉子活像是一排排整齐划一的鲨鱼牙齿。别说什么坐上去，就是看上一眼，心肝肺全都要碎了！

"不不不！小的全招，小的全招！诚如刚才大老爷您所说，方才两位小哥现场还原无二！我菜头帮乃丐帮的一个分支，后期脱离了丐帮统治，专门以剪绺这一传承百年的独门手艺为生。我们这三人，除去他两人外，唯独我是评书相声学艺出身，打小儿会些金评彩挂的伎俩，便利用民众对灵异、卜卦、桃色等诸多秘闻的兴趣，将偷盗与卜卦融为一体，从攻心术下手，博取众人目光，再根据现场情况找软柿子下手。"

"软柿子"三字刚刚脱口，王阳明就听周遭百姓吸气声不断。

冯县令见时机已到，便又将目光锁定在了另两名帮手上。

"师爷，快把前日告状之人的被剪衣物呈上堂来。"冯县令此言一出，师爷便端着一个托盘快步走上来，顺带将衣物小心展开，给众百姓观瞧。

"你二人可还欲要狡辩？大家可都看见了，这是之前有人横遭他三人剪刀划袖，钱银掉落后击鼓告状所提交的贴身物证，上头所剪破洞，与方才你二人当场剪掉我侄儿袖口处的破洞如出一辙，你二人还不从实招来！"

既然领头羊姜有钱都从实招了，这两个再想诡辩也是难了，何况这物证最能说明真相。

一问才知，这两个亲力亲为的剪缭贼子分别名叫高昆木、骆得来。三人自脱离丐帮后，由姜有钱做主，成立了菜头帮。

都说"三个臭皮匠，顶个诸葛亮"，自打这帮派建立以来，三人便各取所长，干起了无本的买卖——剪缭。

这门名曰剪缭的偷盗手艺原比其他小偷小摸更具"技术含金量"，姜有钱尤其引以为豪，加上他独创的"占卜攻心术"，更令这原本就十分神秘的剪缭偷窃法，蒙上了一层让人匪夷所思的帐纱。

糟糕的是，根据这伙贼人当堂交代，他们近一月来到荆门州后所偷钱财已然全部花光，还称如若县令不信，可派人探寻本地烟花场所、赌坊酒馆。看三人说话时的表情，倒不似在撒谎。可若真是这般，那些被偷过的百姓便倒了血霉。小偷缉拿归案，但钱财追不回来……唉，只好重判了。

"本官当堂审判——审得姜有钱、高昆木、骆得来三人不务正业，游手好闲，白日豪夺，情尤可恶。其善用人心，摆下卦摊以祸众生，且趁机布下剪缭迷阵，公然盗取他人钱财，此尤甚焉。今人证物证皆在，必究其罪。兹其驯至重笞五十，加号两月，三人各拟徒十年，以儆将来。"

因冯县令只是区区一小官，虽说这鞭笞五十、加号两月可以轻易实现，但三人判处的十年有期徒刑可不是件小事。冯县令须得写明案件缘由，将该案报送至当地知州大人处，等候知州回复批示再行处置。

好在当地上级也是个明白人，面对这般连底层百姓都要多加算计的小小蟊贼，知州大人很快便给了批复："允，顺带附加发配宁远给驻守边关的将士们为奴。"

此事告一段落后，王阳明与妙儿欣欣然参加了本地举办的"九州螃蟹节"。

两人玩得不亦乐乎，便商议再小住个四五日后向冯县令辞行，往湘西方向继续追查红挽志下落。

这一日午后，日照香炉，却并无袅袅紫烟。

妙儿望着拉克丝化成的灵体之石发呆，一时间忽觉无趣。

想来这般自苦根本毫无必要，她原非这类性格，便起身对镜重新梳了个回心发髻，插上新买的珠花，为自己转了个心情，又去到小厨房烧了壶好茶，亲手备了些零食果子，寻了个好看的托盘装上，为在园中说话的王阳明、薛侃两人送去。

眼下正是蝴蝶兰盛放飞舞的大好时节，冯县令家宅后院中住满了这些诗书仙子，其"画笔尖尖破绿纱，靛蓝蝶翼舞朝霞"；亭亭玉立间，"绛袖低垂舞意彷，羞煞白云隐高唐"；再看两眼，更觉"何处佳人著缟袂，谁家碧玉上红妆"。

王阳明素来爱惜这些花鸟鱼虫，不想错过这花园美景。尤其这蝴蝶兰更是花中娇弱君子，要想欣赏它们的种种风姿，还需绝好的运气。

譬如眼前的薛姓小儿，虽不过今人初一上学年纪，已能有板有眼地伺候这一株株满庭芳华的蝴蝶兰了。

王阳明遛着梵湖儿，正欲寻薛侃说话时，刚巧撞见这孩子拿起帕子擦汗，顺带将锄了半拉半土的锄头搁置花下。

薛侃脱去了平日里经常穿的那套仿先秦制作的玄瑞弓箭服，换成了一套底层劳动人民平日里所穿的栗色裋褐。

大概因为拾掇这些花过于辛苦，又是拎喷壶又是松土清理，薛侃的脸上浮起几分难以言说的不悦。

听到脚步声，又见美美的大白猫映入眼帘，薛侃就知道是王阳明来了。

"先生，您说为何这世上善难培、恶难除呢？"薛侃抬头，刚好与王阳明四目相对，这问题问得突兀却又是入情入理。

"你所谓的善与恶，具体是指什么？"王阳明并不惊诧于眼前孩子的提问，只径自走到薛侃一侧的花前，伸手捧起一枝满满登登的蝴蝶兰来，尽情饱览这份"梁祝翩翩月影中"的盛世美好。

"花是善啊，草自然是恶的。"薛侃指了指脚下刚被他一手锄掉的各种

33

杂草，"我每日上学前、放学后，不管多累多烦，都会先拾掇这几株蝴蝶兰。可即便再怎么多加留意，小心调整，仍有花朵死去，仍有杂草新生。"

王阳明颔首，先是低头瞟过那一大捧杂草，又见梵湖儿老熟人一般，上得那捧刚被锄去的杂草之上翻身亮肚皮，纵情肆意地面对阳光，蹬着四肢玩耍起来。而那杂草厚实且密密麻麻，俨然是一块天然地毯，刚巧合了梵湖儿蹭背打滚儿的意图。

"你这话有待商榷。"王阳明冷静思考后，盯着梵湖儿，若有所悟地说道。

刚巧，妙儿从小厨房里出来，一路由丫鬟引着前来内院找两人说话，才迈腿儿进得这院落，不等繁花相迎，就听得两人对谈。

"你先下去吧，有事儿我自然叫你。"妙儿轻声对那小丫鬟说道。对方知趣告退，将这庭院留给三人。

妙儿手持托盘，并未走进去，而是立在庭院门口。

"哎？先生觉得，我说得不对吗？难道这杂草不碍花的事儿？"

薛侃问得在理，若换了寻常之人，也会这么想。

王阳明笑意盈盈，也不知是蝴蝶兰衬得他神采飞扬，还是他王圣人将这花托得烂漫楚楚。

"你所说的善恶只是你心中主观臆断的善恶，花草哪里会有是非曲直？你若将花当作主角，那么草的诞生就是恶的；你若种草，将草当成主角，那么花就是多余的恶贼啊。"

薛侃毕竟还小，听了这辩证已是蒙了："那……要这么说来，世间就不存在善恶了，对吗？"

"有啊，但这所谓的善与恶，并不停留在事物表面，而是在人心深处。你瞧，蝴蝶兰虽美，却本无善恶，是你薛侃赋予了它人性的特质。同理可证，草也是如此。世间万物所含有的寓意、象征意义，不过都是人强加给它们的罢了。"

王阳明这思想实在超前，该怎么说呢？套用今人的网络用语，类似于薛侃这种做法，我们称之为"贴标签"。

自然，早在大明王朝中期，王小圣人便教会大家不要随意给人或事物"贴标签"，很可惜啊，百年之后的我们仍在重复"贴标签"这一愚蠢行为，抑或被某些"领头羊"牵着鼻子走，在没搞清事实真相的情况下，就轻易用"标签"代替真相。

薛侃听到这里，有些明白了："先生的意思是，人们往往会凭借喜好给事物下定义，但若长期如此，事物就很容易有了一个固定的形象，人们会对其形成固有的看法。"

"不错，我们因此也会错过认识他人内心真善美的机会。你瞧，梵湖儿不就很喜欢这片杂草吗？它可以尽情在上面撒欢儿，晾晒大肚皮，累了直接倒下来睡一觉。可是这群花再美，梵湖儿也不可能直接跳上去打滚儿吧？对梵湖儿这只大猫而言，它可不认为草是恶的。"

薛侃颔首："我懂了，先生这么一开导我，我倒不似过去那么厌恶这堆杂草了。"

妙儿在外听得这话，心下不由得多想多思了一通："也许，我不该过分挂念已然离世的拉克丝。过去老是觉得她是最可悲可叹的那一个，可眼下听闻哥哥这话，转念一想，也许是我多虑了，兴许她这一去，倒是解脱。"

想毕，妙儿又抬眼打量满庭满院的蝴蝶兰，诗中常说它们"纤弱盈盈偏傲冷，风姿款款耐寒霜"。可在妙儿看去，这分明是"羽仙悄临一室净，岂须燃炉添沉香"。

"先生可觉我那木雕、板上刻字的手艺该坚持到底吗？我以前在家，父亲总说我这喜好是不务正业，生怕我耽误了科举应试。"薛侃忽而转了话题。

"怎么会呢？板上刻字、木雕原是我汉族文化传承，自要后继有人方能传承下去。我倒是支持你坚持下去，你只要安排好读书与篆刻的时间即可。"

"先生，跟您简单谈了些许，我才豁然开朗，过去没想通的，现今全然明了。有件事，我一直怀揣于心，不敢妄言，可我知道您不久就该离开本地，想着与其到时再说，不如现在一股脑说了。"

"何事？"

"我想斗胆，求先生您收我为徒，从今以后尊您为师，拜您门下。"

说罢，薛侃已然做出面见夫子的架势。

"那就现在吧。"王阳明废话没有，直截了当，"一切礼仪从简，我这就请你师母过来。"

古代拜师的规矩、礼仪颇多，甚为烦琐。

既然身为未婚妻的妙儿在场，王阳明自然是要叫上她，让她以师母的身份令薛侃行拜师礼。

门庭之外的妙儿也是万万没想到，伯安哥哥居然同意了。

薛侃的瞳仁发亮，似乎瞬间蹦出星芒一片。他听得此言高兴得跳起来："您同意收我为徒了？"

"以前倒也想过收些弟子，传授我自创的若干理论学说，可我现今的心学一派，还未成个体系，尚且可传授些皮毛罢了，你若不嫌弃自是最好。"王阳明这话倒不是自谦，他的《心学画像》正处于补录阶段，每遇到一个棘手案件，他便不辞辛劳往内扩充。但若说其他理论学说，例如他今后的《传习录》，在那个时期还只是有一个大致的构想雏形，并未形成完备的知识理论体系。

"哎哟，还叫我来啊？刚刚不还说一切从简的吗？"妙儿调侃嬉笑的倩影从花丛中闪出，两人皆看向她。

只见这佳人手持托盘，朝着两人站立的方向踱步而至："不用请，师娘我不请自来。我原想着给你两位备些谈天说地时吃的茶点，这下可好，歪打正着。你俩且看看，我这托盘里有些什么？"

两人闻听妙儿这话，就知这托盘里定然有玄机，忙不迭同时看向托盘上之物。

"呀，师娘未卜先知啊！"薛侃瞧见茶盏中间单独盛放的一小器皿上，内里竟是肉条若干。

"你再看看这茶里都是何物？"妙儿继续道。

"呀，是放了莲子心、红枣、桂圆、红豆的茗茶。"

自古以来，"拜师礼"乃是弟子们必不可少的一项礼仪规范。过去拜孔夫子时，前来拜会的弟子们都要提前备下一块鹿肉或者十条腊肉用作入门讨教的"学费"。

此礼仪规范亦被称作"束脩之礼"，即古代学生与教师初见时，必先奉赠礼物表示敬意。束脩的致送，表示学生对教师的尊敬。

再严格较真儿些，前来拜师的学子还应备下香、烛、花、果、茶（酒）。

除去这些，就是眼下妙儿误打误撞备好的这盏香茗了。

莲子心，寓意苦心教育；红豆，寓意鸿运高照；枣子，寓意早日高中；桂圆，寓意功得圆满。

"为师不求你高举得中，只盼望你但行好事，莫问前程，顺带将为师的心学思想发扬光大。"王阳明这话冷不防一出，薛侃都呆了。妙儿将托盘放置于石桌之上，伸出手指头戳了薛侃的额头一下："还不快给你师父敬茶！"

薛侃听罢很是慌乱，一时半刻竟然忘了如何行礼，只茫茫然跪下，随后鬼使神差似的对着王阳明、妙儿两人行出唐末才有的"叉手礼"。

叉手礼始于唐末，却兴盛于两宋，现今去到孔庙祭拜，仍能见到不少双手交叉、行出此礼的孔子塑像。

宋人《事林广记》载："凡叉手之法，以左手紧把右手拇指，其左手小指则向右手腕，右手四指皆直，以左手大指向上。如以右手掩其胸，收不可太着胸，须令稍去二三寸，方为叉手法也。"

薛侃边说边行拜师礼，给师父、师娘叩拜："一拜，日月北斗天长地久；二拜，师徒携手明月九州；三拜，永记师恩，功德千秋。师父、师娘在上，请受徒儿薛侃一拜。"薛侃举头望明月，神情肃穆，王阳明分明能看清这孩子眸底蕴含着的无限渴望与这一刻无法掩饰的激涌热流。

有一根穿线而过的细针，将师徒两人的心悄无声息地缝合一处，直至游走消失在时间的尽头。

妙儿将备好的茶盏拿过，交给薛侃。

薛侃双手触及那温热犹存的茶盏，这才稍敛激动，心神也有了片刻安宁。

"先生请用茶。"他将茶盏高举头顶，直至王阳明接过喝下一口。

王阳明喝完，将茶盏放置回石桌之上，自己又拿了一杯递给薛侃："给你师娘敬茶。"

妙儿很不严肃地笑了："我怎么觉得这么好玩呢？哥哥这拜师仪式，真是有意思，好生与众不同呢。"

薛侃顾不得妙儿的调侃，按照吩咐又为师娘奉茶："师娘请用茶。"

妙儿像是只突然落在树梢之上，闲来歌唱的云雀，调笑间看着热闹就把事儿办了。

她接过茶盏，有模有样地喝了几口："不错，孩子起来吧。"

这话原是王阳明的台词，好吧，谁让师父那么爱师娘呢，谁说不都一样？

随着剪缭案的告破，王阳明的首席大弟子也一并诞生。王阳明这次来荆门州，可谓不虚此行。要知后事如何，请听第六案再行分解！

第六案

如月挽歌

第七回

无头夫四人迷方向　神秘区惊现汉驿站

丁香色的薄雾渐渐转浓，马车里的人儿睡了过去。

这片大雾很是奇特，车外的车夫和车里的女子好似都被这奔驰的马车折腾得十分困倦。

车轮滚动，轮子摩擦路面的声音阵阵入耳，听上去却不觉吵闹，仿佛是令人静气凝神的摇篮序曲，竟然还夹了些难得的慈母柔情，哄孩子般将马车中的四个女子摇向周公。

"到哪儿了？"其中一个年长的女子睁开惺忪睡眼，迷离间恍若遗失了记忆，她恍惚一阵才想起，"都走了这么久了，也该回秦淮河畔了吧？"

要说这马车中的四个女子也真真是心宽得很，从上车到现在，四人均处于半梦半醒的状态，马车行进了大半个时辰，也不见这四人之中有一人有片刻警觉。先醒来的女子挑起车帘向外瞧。

"柔熏姑娘，媚笙姑娘。翠翘！你个小丫鬟怎的还睡起来没完啊？"

开始的叫唤真格儿温柔妥帖，十分有分寸感，可唤到第三个人名"翠翘"时，这个四十岁开外的妈妈的态度便来了一个大转弯。

还不等眼前三个年轻貌美的姑娘齐齐转醒，这辆找不着北的马车骤然停下，瞬间给予在场之人猛烈一击。

整个车身突然震动了一下，车上四人同时清醒，心口不约而同涌起不

41

祥的预感。

"黄妈妈，这是到家了？"那个名曰柔熏的姑娘脸色微灰，看肤色状态，她定然是因赶夜路没休息好。刚刚被这么一震，她心口反酸，看样子就要干呕出来。她脸上的脂粉，因其突然发病被薄薄泛起的汗珠层层浸湿，胭脂唇彩已然掉了大半。

柔熏尽力捂住咽喉处，试图不给车上几人添麻烦。

"你自己看看外头，问问车夫不就得了，干吗非叫我们几个？吓死个人啊。"名曰媚笙的女子看样子就不是个好相与的，作为秦淮河畔的头牌，媚笙自然是瞧不起旁人，尤其是像柔熏这类半路出家的。

怕就怕眼前这两个不好伺候的少奶奶撕扯起来，那个年长的黄妈妈试探性地将身侧的车帘轻挑而上："老吴，回家了没？"

她口中的家不是别处，而是指"秦淮河畔"。

这四女于今日傍晚前出发，刚刚从本地最负盛名的地主老财家中应酬堂会而归。

古代的青楼与妓院不同，青楼乃是古人的娱乐圈，其中女子多才多艺，琴棋书画、诗词歌赋无一不通，来往之人多为文人墨客、达官贵人，他们出手阔绰、慷慨大方，以文会友，故青楼常常是知音络绎不绝。

而妓院乃是低级的、以贩卖皮肉为活计的声色场所，来者多为市井泼皮无赖，更有那贪婪好色、肆意妄为之徒，出手什么的更是谈不上。

黄妈妈见车夫老吴毫无反应，心中不免急躁，连又追了句厉害的："我说老吴，你倒是说句……"

黄妈妈刚要以老牌儿吴兴美女的口气兴师问罪，就听外头砰砰两声连响，车里三个佳人还未来得及细想到底突发何事，就见黄妈妈一脸惶恐地看向窗外老吴的驾车位置："老、老、老吴，你怎么了？姑娘们快来看看，老吴好像犯病了！"

"不是吧？什么时候犯病不好，偏偏选这深更半夜的，晦气死了！"作为秦淮河畔的花魁，媚笙原就预感不祥，加之方才砰砰连响噪声，已是搅得她心神不宁。

这女子自比貂蝉在世，还经常拿东汉才女蔡文姬与自己相提并论。若论起才艺，她倒也算在这湘西本地数一数二，但若说胆识、见识，她却顶多

42

就是个朝天椒似的鲁莽性格。

"姑娘，别啊……"小丫鬟翠翘不过十三，于半年前被丧良心的舅妈卖到秦淮河畔当使唤丫头，如今伺候媚笙、柔熏两人不过半年。她原就畏惧媚笙这火辣性子，就知她这人冲动一旦上头，犯起浑来绝不输给那些喝了烈酒的汉子。翠翘一个没拦住，眼睁睁看着媚笙挑起马车车帘，径自探出脚下车去了。

"啊！"一道惊雷般的呼喊划破天际，只听媚笙大叫不止，"鬼啊！闹鬼啦！"

"妈呀！这是怎么了？"黄妈妈紧随其后，翠翘则扶着脸色发青的柔熏下了马车。

"老吴、老吴死了！人头呢？"柔熏因自幼有心悸的毛病，只望了车夫老吴一眼，便浑身瘫软。任凭翠翘如何拉她，她都像是个失了魂魄的瓷娃娃，怎么拽也不再动弹，"我刚听媚笙所言，还当着老吴只是犯了头痛，心智被痰症所迷，跌倒至此，不承想这一出来，人头没了！"

不错，就如柔熏所言，近前躺倒在地的，可不仅仅是一个患有慢性疾病的老者，而是一具人头消失、心口朝下、趴在地上的无头死尸。

"路上还好好的呢！"黄妈妈一把扶起同样瘫软在地的媚笙，这一扶起，好似一身之力都用尽了，"媚笙姑娘，柔熏姑娘，你两位路上不还跟老吴说了几句闲话吗？在哪儿问他来着？路上不还活着呢？怎么……"

媚笙被黄妈妈搀扶后，浑身筋脉像是已被挑断，竟使不出半点儿气力。她像个孩子，将插满步摇珠花的脑袋停靠在黄妈妈怀里，放声大哭。

"路上？那、那要这么说来，我们现在在哪儿啊？"翠翘扶着脸色难看的柔熏，原想试图找块干净的石头歇脚，谁料看了许久愣是什么都没有；再抬头端详四周，龙胆紫色的雾气将四人包裹，久不散去。

"我们出来时，亥时已然过半，可惜这一路过来，我们几乎通通睡下了。按照原来的情况，从田财主家回来原是熟路，不该走错耽搁……"柔熏虽体弱有疾，但正因如此，为保自己周全，她对人对事则爱往坏处多想三分，"我琢磨，从咱们离开田府直至现在已有一个多时辰。"

"要这么说，现在是子时？"黄妈妈边用手抚摩着身心受阻的媚笙，一边摆出愕然惊恐的表情看向柔熏，"平时从田府回来走官道，若是坐马车，

43

以老吴的速度理应不超过三盏茶工夫。今日老吴突然没了，外加这奇怪的鬼地方……妈呀，这是哪儿啊？"

黄妈妈仰望伸手不见五指的苍穹，面上五官"会师"到一处，凝结成道道无法言喻的狰狞纹路，看她那样子似要劈星斩月问苍天。

"又不是第一次走这个路了，怎么就鬼打墙了？这老吴也真是的，早不犯病、晚不犯病，偏这会子犯病，人头还没了。眼下这大雾弥漫，外加黑夜不明，咱们可怎么办呀？"翠翘一下没忍住，便抱怨起来。

几人原就吓破了胆，听了这话后，更是难掩惶恐之色。

四人再不敢多看那无头尸体一眼，更不敢妄加断言老吴横遭何事，都一副失魂落魄的样子，像是被人点了穴道。

柔熏紧咬唇瓣，她现今是这四人里最为冷静的主儿，大口呼吸过新鲜空气后，柔熏迫使自己观望四周动态，见媚笙一改往日的刻薄嘴脸，依旧废物般地扑倒在黄妈妈怀里哭哭啼啼。柔熏也知眼下四个人里唯有自己跟黄妈妈还能当个人使，她大口喘气，想着自己这身子骨也不是个争气的，眼下还是要先找个落脚的地方再行他法。

"哎？你们快看……南边……有个驿站……"柔熏抬手一指，可想说的话堵在喉头间，半天才发出模糊不清的几个词语来。

好在黄妈妈是个明大体的，早就发觉柔熏身体不对付，她又不想再迁就怀里这烫手山芋，忙随柔熏抬起的手瞧向那位置："好像是有那么个驿站的影儿，要真这样，不就有人了吗？这地方，看来也并非荒无人烟！"

几人现在一来须得避开眼下的无头死尸，二来须得择一较为靠谱的宝地藏身休养，再寻求救。

龙胆紫色的浓艳雾气中，好像是有那么座建筑矗立在南边几十丈开外的高台之上。

四周风物也逐渐露出，除去一棵棵孤影绰绰的树木高耸外，远处的青峦好似鬼魅般端详着势单力薄的四人，叫人不敢再往两侧细瞧。

黄妈妈牵着哭花了脸的媚笙，翠翘搀扶着唇色越加发紫、不住哆嗦的柔熏，四女子颤颤巍巍、左看右顾地走到了高台近前。

此时，浓雾像是个懂事听话的乖乖女，向她们目的地的位置快速退了又退。

44

出现在四人近前的，则是一幢既繁复巍峨，又破败不堪的奇特建筑。

"这是驿站？"翠翘又开始质疑了，此时此刻，这个十三岁的小丫头完全就是在给周围的人平添恐惧，"姑娘，我怎么瞧着，这驿站感觉怪怪的？里头该不会有鬼吧？"

眼前的这座建筑，仿佛一只张着血盆大口、贪得无厌的怪兽。它就这么明目张胆地守株待兔，哪儿也不去，恭候着猎物上门，然后一口将其生吞下肚。

这破败不堪的建筑令人转瞬退回到了侏罗纪时期，这些盖满灰尘的残垣断壁，像是一只只被仙人斩断翅膀的风神翼龙，外接的房舍龇牙咧嘴，任凭风吹雨打，矗立不倒，像是匍匐在地、驯服恭顺的暴龙。

在场四人定然不知恐龙为何物，但笃信鬼神之说。

尤其是柔熏，此女虽沦落风尘，出身却是与众不同。

"带我过去看看。"柔熏下令，翠翘脸如纸白，已是双腿打战，发不出声。

黄妈妈见状忙与翠翘换了个位置，使唤她照护媚笙，自己则快快扶着柔熏往这神秘地带的深处走去。

驿站内部的事物一览无余，却又是破破烂烂。凭你眼神再好，也很难断定其中陈列到底为何物。

光是静物带有恐怖的气息还算好的，最要命的是，周遭明明无风，可人伫立在此，偏觉有一股冷飕飕、凉冰冰的气息扑面而来。

这种看不见、摸不着的怪异诡谲之感，只能凭借第六感获取。

当即，柔熏便在心中暗自嘀咕："看这建筑构造，依我的经验，这股寒气定然是从这废弃的驿站里传来的。只是，不知是否因这驿站年代久远，还是另有隐情，我总觉得这冷风来得不甚自然。"柔熏素来低调沉稳，虽是秦淮河畔的当家花旦，但她不似媚笙一般过于掐尖要强。她心里这么想，但嘴上没有说，因为她担心这些想法会打乱众人心神，再添事端。

驿站，乃古代官方传递军事情报、地方官员途中办事时更换、喂养马匹和补给、休息的场所。直至王阳明他们生活的大明中期，驿站规模才日趋成熟。大明政府在驿站之中开辟了"递运所"，提高了各地信息传送的效率。

按说，但凡有驿站的地方，即会有人、有马。不说附近光景如何、人迹多少，但驿站之内总该有四五个管事儿的才对，可是这里……

"天哪！这不是……这不是我大明王朝的房舍！"柔熏扶着黄妈妈试探性地往驿站近前踱步，她为人谨慎小心，只踱步到了房舍大敞大开的门窗之前，便停住脚步。但令柔熏哑然震惊、汗毛倒竖的是，自己走近这建筑群，看到这屋顶瓦饰、檐端结构方后知后觉，原来眼前建筑的风格和大明的建筑风格相去甚远。

一直夸夸其谈的纸老虎媚笙听得此言忽然来了劲儿，好似方才只是一场"游园惊梦"，她双目圆瞪，刺探似的看向老对头柔熏："不是我大明房舍？喊！少吓唬我们玩了，不是我大明房舍，难不成还是西洋国外的？"

"是汉代！"柔熏此言脱口时，声音不似往日柔美娇哆，倒突然有股久违的笃定爽利之气，"我父亲当年就是督办建造地方县衙、观光园林的官员，若说别的我不敢确信，可倘若换作建筑构造，我还是有几分把握的。眼前出现在你我几人近前的这座建筑，是驿站无二，但绝非我大明驿站，而是——汉代驿站！"

第八回

汉风来吹打浮萍魂　向左走挽歌哀乐来

"不可能！你别跟翠翘似的吓唬人好吗？！"媚笙此刻缓过些许神色，也可能只为了这一点儿口头较量，她原本因目睹无头死尸而紧咬不动的唇瓣，此刻也因舌战柔熏而再次活动起来，"我大明生生不息已有百年，怎生得个汉代驿站出来？分明是你大晚上说胡话，想拔高自己，好压制我们一头。"

黄妈妈与翠翘听得此言，真是说也不是，劝也不是，两人互相给对方使了个眼色，刚要各自开口奉劝手边的美女切勿动怒，就见柔熏转身开口："汉代屋顶式样有四阿、九脊、不厦两头、硬山、攒尖五种。且汉代时，五种均已备矣。汉代遗物之中，虽大多屋顶坡面及檐口均为直线，然屋坡反宇者，明器中亦偶见之。班固《西都赋》所谓'上反宇以盖载，激日景而纳光'即言此。你们若不信，抬起头来好好看看我手指方位，这房舍之上的盖顶、屋脊，是典型的翘角。"

柔熏仿佛夫子附体，说出来的词语皆晦涩难懂，任凭媚笙通晓诗词，也只能全凭蒙猜，才勉强听懂她之言语。

"你的意思是，汉代驿站的屋顶多为翘边结构，跟江南的那些亭子很像？"媚笙没好气地问道。

"对的！你们再看这边……"柔熏像是个当代导游，乐此不疲地提起裙裾向更深一步的地带走去，"你们快看这窗棂雕饰，与如今大明所出，有何不同？"

黄妈妈刚听了柔熏一言，倒觉得她判断有理，此刻再端端细瞧，不禁怔住："这，这是鲛人！如果、如果是咱大明人的喜好，大半不会用什么鲛人纹饰，而是会用龙之九子之一的鸱吻来替代！"

黄妈妈年轻时也是一个通晓诗词的高级"雅妓"，用今人的话理解，黄妈妈也曾是娱乐圈风起云涌的一个大姐大。她如今虽退居二线，知识理论仍是有的。

"不错！"柔熏颔首，"我大明开国军师刘伯温、永乐大帝都曾用法力召唤过神龙，其中最负盛名的就属龙之子。有些常识的人，都能念出龙生九子皆为哪九子。其中一位名曰鸱吻的龙子，与大汉盛极一时的鲛人却有异曲同工之妙。但凡有这两物装饰的建筑，均可避火消灾。只是，大汉时期受战国时代的《山海经》影响更深，所以当时的建筑流行鲛人纹饰，而我大明百姓则受开国军师刘伯温、永乐大帝影响更重，所以才会不约而同地选择鸱吻雕饰。"

翠翘听罢，简直就要尿裤子了，她双腿打战，似有个突然冒出来的吵闹小鬼，冷不防抓住了她的脚踝。

柔熏假装没看出翠翘的惊恐，继续开口："你们再看看这上头的瓦当，上有藻纹、卷草、蕨纹三种凸起的雕刻。瓦当是古代中国建筑中覆盖檐头筒瓦前端的遮挡。我大明之人对房舍装点讲究些的，也只会模仿汉代时期的瓦当构造，用以装饰美化和蔽护建筑物檐头。"

"要是这么说来……"黄妈妈本想迫使自己平静，可当她凝聚精神，与柔熏一般观望四周时，一道锐利如电的八角形石柱赫然闯入了她的视线。

黄妈妈下意识地想要逃走，可因身侧还拖着个媚笙，鬼使神差间，她不由得往前紧走几步："要这么说来，这驿站门窗多为方头儿，这向上凸起、柱底下凹的八角形柱子一看也正是汉代的形制……等等！这柱子上头有字，有字啊！"

一组奇异的汉字，在众人断定此乃汉代建筑后，恰到好处地出现在这根八角形石柱上。

"我看看！"柔熏快步而来，却被媚笙很不留情面地推搡了一把。

"我看就行！别一天到晚显摆！"媚笙踮起脚跟儿，把她那猫爪似的三寸金莲提拉向上。

"是汉代的章草……"媚笙判断，"写的是……什么鬼东西？字都认识，可连不成句子啊！"

可怕的事实摆在眼前，当媚笙不耐烦地退下后，柔熏忙踮脚张望。

不错，正如媚笙所言，这是汉代的章草，每个字都能看明白，但连不成句子！

"怎么会……"柔熏如临大敌，"怎么会不通顺呢？又不是纯文言，怎么就是读不顺呢？"

黄妈妈靠近柱子，用手小心点数上头的字数："感觉像是对联，但若是对联，怎会只有这一根柱子？按说理应是两根啊！总共十五个大字，连成一片却是不通的……这，这可如何是好？"

"妈妈说得对！"柔熏灵光一闪，"咱们快些围着这驿站看看，找找有无其他石柱，万一能有对仗的诗句，提供些线索也是好的。"

说时迟那时快，柔熏一声令下，为保性命，众人只得壮起胆子绕驿站一周，寻找其建筑群里有无其他八角形石柱抑或文字提示。

几人边观察驿站内外的纹饰雕刻，边纷纷朝周围喊话"救命啊""有人吗"，却一直不见四周回应。

不出柔熏所料，在一块被废弃的、掉角的汉砖之上，她们发现了八个用楷书篆刻的大字"如月当空，挽歌驿站"。

"如月当空，挽歌驿站？"媚笙嗤笑出声，颇为不屑，"是皓月当空吧？典型的用词不当。挽歌又是什么鬼地方？莫非是这废弃的汉代驿站？"

柔熏也是不解："奇怪，如月当空？月亮明明就在天上啊，为什么用如果的如呢？如，好像的意思，也有比喻、比拟之用法。好像月亮在天上……这是什么说法？挽歌……挽歌……"柔熏出身与这三人皆是不同，若说读书明理，她乃群花翘楚，但此刻她心神恍惚，加之旧病复发，眼下多思多虑至此，她想不通"如月"该作何解释，却觉"挽歌"二字眼熟，话到嘴边却愣是想不起来。

"这个是汉代，那个也是汉代，有完没完？"媚笙不耐烦了，她一把甩开黄妈妈的手，一改往日妩媚娴静的样子，泼妇般摔倒在地，蹬腿踢蹿，大

49

哭大闹。

她这么一闹腾，翠翘这小丫头更加难受，竟也嫌事不够大一般："那咱们快点儿逃吧！姑娘们，我怕！我才十三岁，我不想死啊！"

"都先别闹了！"柔熏呵斥，她现今已是虚弱至极，浑身哆嗦，不由自主地打战。她于黑暗中摸到了黄妈妈的胳膊，用所剩不多的一点儿气力支撑起身子，"现今虽是暗夜子时，但四下无人。眼下我们理应观察四周环境，若觉可以，干脆就地歇息。待到明日一早再找人求救。"

黄妈妈懒得再跟媚笙折腾，这一次，她干脆抛下媚笙、翠翘两人，径自扶着柔熏往驿站大门位置走去。

翠翘抹了把眼泪，断断续续地哭闹着，却也因平日服从惯了，见黄妈妈二人观望四周动态，她也有样学样地看向周遭环境。

"只有草原和山峦。"柔熏紧抿嘴唇，如今她口干舌燥，嗓子眼儿就跟通了火似的。

黄妈妈见柔熏脚下一软，似要瘫倒在地，忙扶她坐回驿站那破败不堪的脏兮兮的廊下。其余二者见状也是垂头丧气，小丫鬟翠翘也顾不得媚笙，忙不迭跑到黄妈妈一侧，抓住她的手臂，顺势躺倒在其肩头。

媚笙见无人理她，一时间磨不开面子，不愿靠近三人一步，可又觉这么下去自己落单反倒更惨，只得硬起头皮，起身低着头往三人方向走近了几步。

四名女子就这么在汉代的驿站里坐了三盏茶的光景，就在翠翘昏昏欲睡之时，只听得媚笙与柔熏两个同时尖叫："有乐器声！"

不错，定耳闻之，可不正是乐器演奏声吗？别说，这演奏之声有板有眼，节奏明晰，且这乐器之声从她们的左边传来，声声入耳。

"怎么回事？"柔熏蹙眉，"我怎么听着，像是瑟和笙呢？"

媚笙也不可思议地颔首，口中吐出颤巍巍的回答："好像真是瑟和笙……不是吧？"

瑟，柔熏擅长的乐器；笙，媚笙之所长也。

瑟与笙二乐器者，汉代兴盛也。

又是汉代！怎的就与这大汉王朝脱不掉干系呢？

媚笙与柔熏噌的一下同时起身，一旁的黄妈妈心中七上八下，连带着

50

翠翘也是欲哭无泪。

"这曲子……"柔熏紧闭双眸，聚精会神地聆听耳畔传来的阵阵乐声，"这曲子乃是汉代的名篇《薤露》《蒿里》。演奏之人将二者连续奏出……难道说、难道说有王公贵族、士大夫今日出殡？"

此言一出，却引来两拨震颤，四个人同时愣住，却给出不同的反应。

黄妈妈嗫嚅道："《薤露》《蒿里》……这、这、这不是汉代挽歌里，最早的两首出殡专用的歌吗？汉武帝时期，宫廷乐师李延年将二者重新谱曲，前者送王公贵族出殡，后者则送士大夫……"

"黄妈妈年轻时，理应接触过这曲子吧？"柔熏追问。

"我那时看过这乐谱，倒是没有亲手弹奏过。咱们那种地方，乃是男子寻欢作乐之所在，何曾演奏过什么挽歌？只是、只是这两首曲子一来极具盛名，二来它、它为什么用你俩擅长的乐器演奏？还偏偏选了这个时候……到底、到底我们招谁惹谁了？"

好半天没闹腾出声的媚笙突然插话打断三人思路："喂！我说你们三个，难道不觉得这是一次求救的好机会吗？你们真傻啊！"说罢，她原地跳了两下，将一身轻尘拍打落地，"左边有乐器演奏，就证明这里不是荒无人烟！我们得救了！我们得主动求救！大不了把一身的金银首饰都给他们，反正我不能坐以待毙。你们谁跟我一同过去看看？"

"求救？"柔熏听罢忙反驳，"不行！你这么白眉赤眼地过去委实鲁莽！你不想想，谁家大半夜子时后出殡唱挽歌的？这里定有蹊跷！何况，他们演奏的乐器又是我们两人最为擅长的瑟、笙二物……加上这身后的汉代驿站，难道你不觉得，这是个局？"

"局？什么局不局的？我现在活命要紧，这鬼地方大半夜没个人，难道真让我跟你们几个原地等死？天哪，我现在想往人多的地方去求救，你倒好还说起我来？柔熏，我知道你是官家小姐出身，论才学我是比不上你。但你早在八年前就已然是落架的凤凰不如鸡了！要不然，也不会落得被官卖的下场！"

媚笙这话说罢，已然走到翠翘跟前，一把将小丫头拉起，又忙不迭招呼黄妈妈："你俩走不走？"

柔熏听对方揭自己的老底儿，却并不大生气，只将头侧过不去与媚笙

51

对视："黄妈妈、翠翘，我严肃警告你俩，左边的声响一定是个局，我们不如坐在原位等候天亮。"

"我倒是觉得，咱们可以往回走。"黄妈妈突然说出了另一种想法。媚笙眼前一亮："对啊！妈妈说得对。从田财主家到咱们的秦淮河畔，原就几里地的工夫，我这小脚是走得慢些，可咱记得这路，也不至于就走不回去。"说罢，媚笙好个欢天喜地，顺带似乎要用这个说法说服近前的翠翘。

"不不不！"翠翘听罢害怕，伸手攥住媚笙的衣袖，满脸悲戚地哀求，"媚笙姑娘，你怎么说变就变啊？刚刚不还说要往有声音的地方去吗？"

"得了！"媚笙见这丫头愁眉苦脸，一看就知道她颇不赞同自己的计划，狠狠将她的小手拨下，白了她一眼，"我跟黄妈妈按原路返回，我二人还记得这路。刚才怎么没想到这法子？虽说夜路难走，可也比坐以待毙强，你若想要求救，自己去左边吧！"

柔熏见黄妈妈也有了自己的心思，想来再说也无用，只将身子斜靠在那雕刻着章草文字的八角形石柱上，不再瞧那三人。

她想起很多过往之事，皆是十分辛苦。但脑海里总有个声音不断告诫自己："活下去！必须想出办法活下去！作为家里的独生女，父母还远在蛮荒之地服刑，自己绝不能倒下！有朝一日，要为自己赎身，去跟他们团聚。"

"柔熏姑娘……"黄妈妈眉头紧皱，几步上来轻拍柔熏肩头，"我怎么听得，这声音更大更近了，你要觉得真是一个局，还是跟我们一并原路返回吧！"

"妈妈是个明白人，应猜到些许来龙去脉才是。"柔熏淡淡回答道，此刻，她想起了自己的父亲，一位通晓建筑学的文官，一位真正的大明知识分子。她轻而易举地张口解释，好似自己成了当年那个身居高位，坐于高亭，俯瞰台下建筑，描绘草图的心智清明、思路开阔的爱较真儿的文官。

"咱们四个，原是熟门熟路，怎么这么巧，偏在这马车里睡死过去？定然是有人提前在咱们的车里下了迷香，抑或在咱们出田府前，调换了马车，顺带也将老吴算计了。"

柔熏毕竟是一个聪慧的官家千金，何况她父母原都是有才之人，她的家学也是极好的。就算眼前迷雾重重，她仍保持着清醒的头脑。

"这、这一点我岂能不知？可你看，咱们既是熟门熟路，往后走又有什么难的？你难道真就留在原地不动了？万一如你所说，左边的挽歌乐声越来越近了，这……"

"这您放心，我自有应对之法。"柔熏的口气依旧淡淡的，黄妈妈忽然觉得眼前的女子自己不再认识，像是陌生人一般。

"走吧！"媚笙好似上了弦的玩偶，满身打了鸡血一般，拉住黄妈妈就往高台下走，"妈妈，您就别再劝她了！人家是官家小姐，哪儿瞧得起咱们这些市井出身之人啊。翠翘，你给我快点儿跟上！"

"不，我要留下陪柔熏姑娘！要走，你们自己去吧！"想不到，素来胆怯的翠翘赫然有了底气，她蓦然改口，郑重其事地看向已然走到高台下方的媚笙与黄妈妈。

第九回

穿隧道半路邂暗鬼　原地候车身跳童妖

要说起来，事情真格儿离奇得很。

除去一再强调，且严格按照自己所说按部就班的柔熏外，其他三人皆不断调整、改变着自己的计划。

从翠翘内心来说，她原本赞同媚笙的第一项计划——"向左走，找人多的地方求救"，而不是坐以待毙，傻愣愣地坐在驿站前发呆。

翠翘再看眼前的柔熏，倒也不能怪她原地不动。此刻柔熏比之前心悸得还要厉害，她大口喘气，右手按住心口位置，左手则死死扣住一旁的八角形石柱，像是要在上头烙上印记。

"姑娘，姑娘您再忍一忍！"翠翘心中不免后悔，万一柔熏突然横死在自己跟前，那自己岂不被动？独自一人怕是不敢沿路追上媚笙，就算追了过去，以媚笙的性子定要狠狠地罚自己。

想到此处，翠翘心中一横，也不管柔熏是否认同，来了个先斩后奏："我那个……我去左边出声儿的地方给您要些水来！"

"不许去！"柔熏很是费力地从咽喉处挤出三个字，唇瓣已是白得可怕，"我们大不了回马车上，赶着马车，往林子里走走……"

柔熏的意思是，先把马车作为掩护她们的工具，而后前往密林找灌木、乔木隐匿车身。

54

但翠翘愣是不明其意，也是决心已下："您放心，有人的地方定然有食物和药的。就算他们不肯帮忙，我也定然给您打些水来。您这犯病可不是闹着玩的……"

另一方面，媚笙与黄妈妈相互搀扶，跌跌撞撞往前赶路。

可悲的是，她两人皆为三寸金莲，不如从未裹脚的柔熏、翠翘行路便宜。

"我就说嘛，这一路走来安安静静的，能出什么事儿啊？"媚笙挎着黄妈妈徐徐前进，虽感足下有些疼，但嘴上依旧强装无事。

黄妈妈与其有一搭无一搭地闲聊着，顺带为各自缓解恐惧。可谁知她们再往前走，迎面所出现之物却并非她们以前所见——一条前所未有的、令人见之丧胆的狭长隧道！

"怎么回事？咱们平日里从未见过此物！好好的怎么凭空生出个隧道来？"黄妈妈蹙眉凝神，瞬间脚下打住，也一并将身侧的媚笙拖住。

"这、这不可能啊！"媚笙见此景象又是害怕，又顿感颜面尽失，莫非说嘴打嘴，真就应了柔熏所言，自己原不该离开那鬼驿站？

"妈妈，咱们走这一路可不是一两天啦！之前从没有见过这隧道对吧？这、这说不通啊！"

"就是就是……我看，要不咱们、咱们还是回去吧！"黄妈妈明显有退缩之意。媚笙听得她要回去，当即不乐意，想要试探性地往前进发，可刚向黑黢黢的隧道口伸出头去，就觉得有股未知的邪魅之气袭来。

"这……这里头、这里头好像有钟乳石跟水晶柱……要这么说，这地方不是官家开凿的，而是天然形成的？"媚笙像是自我安慰，好像此言一说，藏匿在隧道中间的妖魔鬼怪就不能对她们两人下手。

"我说姑娘，这隧道咱不能穿！你看，这大黑天的，隧道又是个极冷的地方，万一真不是官家开凿，这天然形成的东西，里头不是蝙蝠就是其他怪东西，咱两个养尊处优惯了，万一遇到不干净的东西……"黄妈妈使劲儿摇头晃脑，想用言辞与动作说服对方。看表情，媚笙多少有些犹豫，只是碍于面子，她不愿向那个威胁到自己花魁位置的柔熏低头。

可就在两人徘徊在隧道口，犹豫不前时，却听见原本被她们遥遥甩在身后的瑟、笙二乐器之声，从身后方向清晰地传来。

这次的乐曲仍是西汉流行的两首挽歌，从声音上不难判断，此时此刻，演奏二曲之人可谓用情至深，有走火入魔之意。

"喂！前头那两个女子——喂！你们两个！"

就在媚笙深感惊恐之时，从两人身后位置又多出了个怪异的老头儿的叫喊声。

"妈妈，那个人是谁？叫谁呢？"媚笙顿时吓破了胆，知道老者叫的是自己跟黄妈妈，却明知故问。

"这个人……只有一条腿？！"黄妈妈语气古怪，乍听上去疑问中又带着肯定。

媚笙的眼神也是不差，方才慌乱不已，一时顾不得集中精神，可眼下听了黄妈妈一语，她再三屏气调吸，这才发现，这个边对两人招手边往隧道方向走的男子，真格儿是个独腿！

不但如此，此人相貌丑陋，满脸创伤，像是被什么滚烫热油烧毁过容貌；那一双金鱼眼极不友好地瞪向她两个；口中虽说着阻止两人前进的关心话语，但看其舞动袖口要向前的模样，怎就这么杀气腾腾呢？

"这人好生奇怪，尤其、尤其那一双眼睛，金鱼眼似的往外凸起！姑娘，你说、你说他是当年被烧成这样的，还是……"黄妈妈说话间，人已经先一步向隧道里走去了。升腾四散的寒气将她整个包围住，钟乳石与水晶交织，散发出诡异的色泽，也同时将黄妈妈那张惨白的脸衬出金、紫二重颜色。

"那两个女子，你们不能进洞啊！快点儿出来啊！我有话跟你们讲……"老头儿的话语依旧如初，只是语速似有意拖了半拍。

他仍旧一歪一扭、没个人样儿地往前走着，吭哧吭哧的模样原本是令人心生怜悯的，可怪只怪这老人相貌着实怪异，让人止不住心生恐惧。

看这情况，媚笙不好在几秒钟做出明确判断，只知道这老人行为怪异、模样蛮横，一看就不是善主儿。也罢，反正自己不吃回头草，断不会与柔熏共处一片天。

媚笙下定决心，忙不迭将身子掉转，对准眼前冗长漆黑的隧道，以百米冲刺的速度钻了进去。

媚笙和黄妈妈两人就这样冲进了寒冷的隧道。"我们快些，别让那老头儿子跟过来！"媚笙一边说一边攥住黄妈妈的手，二人使出吃奶的劲儿摸索着往前踱步。

走了好一会儿，两人呼吸急促，大口大口地喘着寒气，呼吸之间唯见哈出来的气四处飘忽，好似她们已经化成幽灵，与这晶石岩洞融为一体。

"那老东西应该不会追来了！"黄妈妈舒了口气，话音刚落，就见隧道前方有光斑落下。

在光影之间，好像有什么东西停留着。

"妈妈快看啊，前头有人！有个少年和一辆马车在前头！"媚笙比黄妈妈走得快了几步，加之她委实吓破了胆，如今见月影下有落花、车马，一位白衣公子鹤立于此，霎时忘乎所以。

她边挥手边抛下以往装出的矜持："我们在这儿！救救我们！"

黄妈妈却明显感到了几分无法直言的危险，可此时的她们除去找人救援，还能如何？

两个自幼裹脚的女子，凭她们平日有多牙尖嘴利，有多多才多艺，在大难临头之际，还不是要依附旁人，寻求庇佑？单是这裹过的脚，就能令两人在这石洞中举步维艰。

"二位何必慌乱，小生已在此恭候多时，还请两位放心上车，我自会为两位安排今夜住宿。"少年交代得很清楚，听声音、看模样，这孩子不过十三四岁年纪，但其做派已然十分老成持重了。

"等一等！"黄妈妈见媚笙连问都不问，就扶住少年抬出的右臂，往车里走去，"这位公子，你方才说在此恭候多时，这话委实奇特，我想问，你一个孩子家，三更半夜不睡觉，一个人驾着马车，来这伸手不见五指的隧道里干什么？莫非你每日半夜都来，只为了载客前行？"

"不错！我隔三岔五就会来此隧道中央位置恭候贵客降临。这位妈妈还请不要怪罪，我们这小地方原名如月山庄，如果小生我没猜错的话，您跟这位姑娘应该是落在挽歌驿站那里了吧？很多人都是骑马抑或坐车，不小心误入我们这挽歌驿站的。但是那地方已然荒废数年，到如今我们已然搬到了如月山庄以北之地群居，挽歌驿站也随之搬走。两位只要坐我的马车，我送两位到真正的挽歌驿站，你们想找新马车回去也好，还是我为你俩安排住宿也罢，都是可以的。"

少年说罢，微微一笑。他原就着一身鱼肚白色的仿先秦时期的玄瑞弓箭服，和田玉籽料似的面庞给人清心爽朗之感。

少年转身便很是温和地搀扶媚笙上了马车，黄妈妈亲眼瞧见，这小子身后背着个装有十几根长短不一的利箭的背篓，却不见弓在何处。

"你家里，是做车夫营生的？"黄妈妈又问，整个人待在原地。

"不是，我家里是开染坊的，若说生意也算百年传承。只是我父母都一心礼佛，平日里我们那地方又多发迷路事件，父亲知我习得一身武艺，便叮嘱我跟哥哥隔三岔五前来此处帮衬他人，以积攒功德。"少年提及"礼佛"二字时若笃信佛教数载般，双手自然合十，低头敛目，一派祥和虔诚。

"妈妈！"媚笙不耐烦地挑开车帘，"您有完不？难不成还想让那老头儿追上来？"

黄妈妈点头答应，但显然，这份答应中透着些许无奈和妥协。

清冷的月光下，好似一切都是银灰色的。黄妈妈无法一眼看清少年的眉眼、口鼻生得如何，当她想看清此少年的五官细节时，对方好似刻意回避般转身凑到车窗跟前，及时地留了个侧脸给黄妈妈。只是，就连这么个侧脸都是朦胧的，好个乌云皎月两难分辨。

另一边，可怜的柔熏独自坐在驿站外部。

距离翠翘离开自己，已有一炷香时间。

她现在缓过来不少，直觉告诉她，翠翘回不来了。

好吧，她下定决心，径自往马车方向走去。

恐怖的一幕再次跃入她的视线，那无头车夫仍心口朝下，趴在地上，僵化畸形的十根手指似在指向天地之间的某一方位。

柔熏假装对方不存在，确认马匹仍在、车内无人后，转身来到周边位置，俯身为这马儿拔了些许还能入口的青草，随后自我安慰般全情投入到喂马中去。

那马似乎已然换了，不是从前那般多情，看待自己的眼神也冷冰冰的。

柔熏是个聪明人，她岂能不知这内里有诈？但眼下周遭并无旁人，她唯一能倚仗的，就是这匹马了。

"既然那些算计我们的贼人仍没出现在驿站周遭，也并未将马和车子带走，原因无非有三：第一，他们觉得时机不够成熟，想从各个角度逐一击破我们四个；第二，他们确实不在此处，且没有料到我会留在原地；第三，也是最可怕的，那些贼人躲在暗处一直观望着我们四个的一举一动，想靠凌虐、羞辱等惨绝人寰的卑鄙手段把我们虐死……"柔熏轻声低语，声音柔媚入骨，融进了说不清、道不明的龙胆紫雾里。

　　她摸了把眼前枣红色的高头大马，回想起自己八年前被抄家的恐怖场景——眼睁睁看着父母辈像牲口一样被那些底层官兵粗暴地塞进囚车，押出了江宁，还有后续接踵而至的当众官卖……这些羞辱她独立承受了过来，眼下，还能有比这更糟的吗？

　　其实还有一点，她这个前官家千金并未向旁人提及的——她年幼因贪玩，曾让府上的车夫教过自己如何赶车，当年不过八九岁光景，却是学得有模有样。后来这件事被母亲发现，她断不同意柔熏学赶车，柔熏便放弃了这原本有趣的项目。

　　好在父亲开明，亲自教柔熏骑马和捶丸，也从未让她裹脚。要不然，今夜此劫她本人断是废了。

　　可这些记忆，都非常久远，久远到她在沦落风尘后不敢回忆，也来不及回忆了。

　　柔熏见马儿吃饱喝足，便直接蹬车入坐。真别说，车里就是暖和，早知这样，她还不如快些与媚笙几个分道扬镳，何必苦苦相劝？自己也是太过胆怯，若知眼下光景，不如早些回来。

　　她迫使自己回忆年幼的快乐时光，假装自己很会驾驶马车。

　　定了定心神，柔熏不自觉选择了自己原有的方案——进入树林浅处，藏匿至天亮。

　　就这样，她摸索着驾驭马车，嘴中发出驾驾几声。这马儿倒是会走的，只是这速度让她不敢恭维。

　　行了两盏茶工夫，柔熏总觉树林近在眼前、远在天边，每每觉得林子就要到了，可恍惚间似乎又更远了。

　　"这位姐姐请留步！"

　　"吁——"这大半夜的，周围漆黑一片，是谁将自己叫住？柔熏吓了一个激灵！只见有一少年，身穿一件说不清颜色的汉代短半臂，面色苍白地出现在她马车前方不到六尺所在！她忙将马勒住，整个人已是毛骨悚然。

"你是何人？"柔熏哆嗦着嘴唇，尽力不让自己结巴。

"小生是来接姐姐您的。"那少年约莫十五岁，张嘴说话间面无波澜，像是背书般念叨着台词，"姐姐跟我走。"

"我凭什么跟你走？你谁啊？"柔熏一改往日的和颜悦色，转瞬间变得泼辣起来。

"我是来接你的，请你跟我走。"恐怖的声音赫然从另一个端口出现。天哪！这是另外一个少年的声音啊，还是从马车车顶上传下来的。

"你——"柔熏仰面迎看，与她四目相对的，的的确确是另一个身穿花纹连体深衣的少年，这家伙不过十一岁，面孔很是稚嫩，言谈间表情自若，与马前的那个少年相比，更有几分女儿家的灵动秀美之色。

都说"江畔何人初见月，江月何年初照人？"可眼前的月啊，你可真是对得起我！你照见的这个少年，个儿不高，模样不丑，唯独那一双眼睛不正常！

"他、他居然没有眼白！只有黑色的瞳仁？！"柔熏内心大叫不好，手中的马鞭却肆意地高高举起："滚！"

她不停地告诫自己："绝不能死！不能！"

可怕的是，这车顶的少年灵活得像只猴子，随着柔熏拼尽全力挥出的鞭子左摇右摆，自如行走在马车车顶。见一鞭不中，柔熏气得加大了力度，手足无措地摸黑抽打。

马车前头立定站好的那一个，却似乎在继续背着台词："姐姐跟我走！姐姐跟我走！"

"滚蛋！都给老娘滚犊子！"柔熏恨得要死，她好不容易攒了些许银两，眼看就可以为自己赎身了，她绝不能死在这里！她凶狠得不成样子，连自己都快不认识自己了，"滚！给我去死！"

当时明月在，曾照黑瞳仁。

车前的那个少年更加近了，他微笑的样子真可怕啊，他抬手招呼的动作好吓人啊，他那不可捉摸的声音，真是令人身心难安啊。

他和车顶的少年如出一辙，都是只有黑色瞳仁却唯独不见眼白……

"哎，我看这路怎么越走越荒啊？"黄妈妈挑开车帘，探出半个身子，对着眼前驾车行驶的少年询问。

"快到南边了，到了就好了。"少年的语气寡淡，已不似在隧道中那般殷切。

"我说孩子，你这路靠谱吗？走错了吧？"黄妈妈边说边将左手向后摆动，示意媚笙提高警惕。可惜啊，媚笙经此一劫，身心俱疲，现今早已走神儿，整个人愣是没看见黄妈妈对其打着的手势。

近前的风物令黄妈妈很是不爽，先前路上还有几家住所，虽都黑着灯，但她还勉强可以自我安慰，说是半夜居民入睡，不便开灯而已；可再往前进发，就见层峦叠嶂、妙峰回转，路途也更加曲折，视线之内多是荒凉的岔口了。

"你看看这左手边的大山、右手边的荒草，你瞧这里的花啊、草啊、树啊，都不似我中原所有！我说，你干脆停下来给我们找家民宿得了。"黄妈妈有些急眼，一抬手就扣住了少年的肩膀，想要与其说道说道。

"停下？这可不行，我是来带你们走的。"

少年言毕，恰逢月光倾泻而下。

少年自然地与黄妈妈对视一眼。可就是这一眼，令黄妈妈知道了一个真理——走夜路的，迟早要遭遇不幸。

"妈妈怎么了？"少年听得近前之人爆发出激烈、惶恐的咆哮，这一浪高过一浪的求救之声很是刺耳。

"你、你是个妖怪！妖怪！"

少年没有眼白，只有两片乌油油、亮晶晶的黑色瞳仁。在月光的映照下，瞳仁更加漆黑动人，像是在某位大师指尖行走的黑色棋子。

听得黄妈妈的吼叫，媚笙条件反射般探出头去，却不想，这时月光毫不吝啬地倾洒在少年身上，少年的样貌清晰地映入了媚笙的眼帘。

恐惧恰似从天而降的一颗陨石，杀了她个措手不及。

天哪！世间竟有如此让人"惊心动魄"的双眸！这是从何而来，又作何解释？

媚笙身体素来不错，但乍一对上这么双只有黑瞳的眼睛，"生无可恋"

四字便一下子蹿进了她的脑海。一切似乎都是这样令人沮丧、不在掌控之中。

"停车！停车！妈妈，妈妈我们跳车，我们……"还不等媚笙采取下一步措施，那少年扬起袖子补上了一记耳光，将媚笙击倒在车板侧面，媚笙的额角流出血来，她整个人也不省人事了。

而可怜的黄妈妈，已是全然失语中——她被少年掐住了脖子。少年全盘发力，似对其方才言行气愤难平。

他故意让黄妈妈对上自己这双奇异不明的黑色瞳仁，要让这女人用尽生命最后的一丝力气一次看个够！

黄妈妈气若游丝，不再挣扎。事到如今，她悔不当初，只有眼睁睁对准此少年"唯有黑瞳在，不见眼白来"的恐怖双瞳……

第 十 回

唱情歌半路冒故人　幸存者混乱厘不清

　　王阳明和妙儿从荆门州出发,沿官道往湘西一带前进,继续追查红挽志、曜变天目盏的最新动态。

　　按照拉克丝的明示,两人往辰州移动。王阳明与妙儿骑着各自的昭陵战马,一前一后,边走边唱。

　　妙儿骑马在前,表面上像是开路探查,实则是因满面酡红,生怕被王阳明看在眼里。

　　王阳明抱着梵湖儿,骑在飒露紫背上,他的歌声嘹亮,响彻云霄,仿佛天降余音。

　　"墙里秋千墙外道。墙外行人,墙里佳人笑。笑渐不闻声渐悄,多情却被无情恼。"王阳明继续唱着,他这曲子乃是为妙儿精心挑选的,是宋代畅销书作者苏东坡的《蝶恋花·春景》。

　　梵湖儿可能觉得王阳明水平不赖,睡眼惺忪地半靠在他怀里,扬起毛茸茸的脑袋,不管马匹疾步前行所带来的颠簸震颤,三角形的猫耳随着王阳明曲调的高低快慢跳动着。

　　"你唱够了没?现今四下无人还好,万一被人看见多难为情。"妙儿赧然抱怨,口气里却藏着甜蜜。

　　"才不够!我要把苏轼写的词牌子都唱上一遍给你听。"王阳明加快了前进的速度，说话间笑着由后头过来。

"去你的！我倒要看看，万一真冒出个多事儿好打听的，你可怎么跟人家解释？"妙儿知他又要上前来"调戏"自己，忙不迭加快了速度，边说这句边下意识地将脸往背光阴影处探去，似要将自己这绝世清丽的容颜收纳入道路一侧间的茂密植被里。

"爱问就让他放马过来吧！我还怕别人问？妹妹，我再给你唱一首《江城子·墨云拖雨过西楼》"这小子真像是较上劲了，说完就唱。也难怪妙儿会害羞，未婚夫挑选的这些曲子，无一例外都包含了两个字——"美人"。

"美人微笑转星眸。月花羞。捧金瓯。"王阳明风度翩翩，唱得那叫一个过瘾。

妙儿听得"美人"两字，羞红的面容更是无处掩藏，尽显女性之风韵。她的确是个拥有百年一见的"狐狸眼儿"的美人，白腻光洁的鹅蛋脸原也符合中华传统审美，若论穿衣打扮，在大明中期也属引领潮流。

平日里旁人夸她漂亮，甚至用美丽多才这类"大字眼儿"评价她时，妙儿一向照单全收，且从不自谦。

可面对未婚夫……唉，她还是不由自主地做起了含羞草。

这个一猫二马的奇葩组合，就这么以"蜗牛前行般的速度"沿官道慢悠悠地向前走着。

王阳明换了不下四首曲子，他补了口蜂蜜水，想起了之前跟薛侃新学的一首唐代鬼才李贺所著的《美人梳头歌》，刚开口唱到"西施晓梦绡帐寒，香鬟堕髻半沉檀"，一个非常不和谐，却让他觉得十分耳熟的中老年男性的喊声传了过来。

"王贤侄！王贤侄！王阳明王贤侄请留步啊！"

谁啊？大白天走官道时用接连不断的"感叹句"召唤自己？

这时，妙儿快速掉转马头，直达未婚夫近前，亮出拂尘，准备迎战。

"我听得这声音真格儿耳熟，是谁来着？"王阳明摸不着头脑，可一时半会儿还真就想不起这声音属于哪位大叔。

"还请说话之人考虑周全，切勿在这官道之上肆意妄为，本座乃玄机神女。若是朋友，还请速速现身，若想装神弄鬼，那就别怪我翻脸无情！"妙儿还是老样子，凭他是谁，都别想动她伯安哥哥一根头发。

"哎哟！是我啊！玄机女侠别动手！我之所以不敢带着他们出来，是因为咱们是熟人，所以才不敢啊！"这声音更加近了，妙儿习武，怎会听不出这脚步声显然是经过特训的，真可谓整齐划一，但架不住人多，多多少少暴露了他们所在位置、人数几何。

"看来，这人数不少啊！"妙儿不屑对答，说话间整个人翻身一跃，放出拂尘丝线连同三颗昴宿星，将左前方一高度适中的灌木丛劈了个四分五裂。

这一地的小黄花乃湘西本地的一种常见植物，因湘西地区潮湿闷热，这里的花草与中原地区大不相同，多以烂漫的姿态呈现在众人面前。

别看这些黄色的小花不起眼儿，有它们怒放的地方，足以形成一道天然的、厚实的围墙，用来藏几个人绝对绰绰有余。

"别、别杀我，是我啊！玄机女侠，您、您不认识我了？"那中年男子像是被人偷窥到自己沐浴一般，一见玄机神女的暗器无情划向自己藏匿的灌木丛中，那三颗昴宿星一飞几尺高，便深觉大事不妙，忙带领身后众人磕头求饶。

"韦按察？您是韦大人韦按察使？"王阳明侧头观瞧此情此景，一看灌木丛被毁，内里出来之人竟然是将近一年不见的韦大人。瞧他那狼狈不堪的可怜模样，头顶一圈荒草野花，身穿一件藏蓝色旧布居家直裰，头发凌乱得像鸡窝一般，脸如锅底，不知是刻意涂黑的还是无意沾到。

"韦狗官？呵呵，你要不说，我还真认不出来。怎么着？脸瘦了三大圈儿，这是节食了？说，好端端的为何跟踪我们？"妙儿讽刺地上翘嘴角，手中拂尘游离至韦大人左侧颈部。她对这个韦大人可是一点儿好感都没有。当初在南昌府雪人一案中，就是这个韦按察使，稀里糊涂，听风就是雨，非把炮制系列雪人案的罪名归结到她玄机神女头上。

可也就是这么个狗官，无意间促成了她跟失散多年的王阳明久别重逢。

韦大人本就贪生怕死，一看那凌厉的拂尘直逼自己大动脉，吓得连翻白眼："我、我没跟踪你们，这不是巧了嘛……我查案回来，走山道往官道上赶，湘西这地方本就是巫师文化的发源地，我这不是怕见鬼嘛！老天爷帮我，让我在山道上就看见你俩从那边过来。我这不着急嘛，干脆就来这前头等你俩。"韦大人说着话不忘将双手举过头顶，满脸讨好。他身后的三名衙役，也有样学样，个个儿蓄势待逃，行这抱头鼠窜前的热身动作。

"我说韦按察，您怎么跑湘西来了？我们这就要往辰州去呢。"王阳明抱着梵湖儿翻身下马，快步走到韦大人跟前。

韦按察与身后三名衙役仍沉浸在玄机神女的威严警示中无法缓过神儿来，眼下愣是一动不动。

"贤侄啊，可别再叫我什么韦按察了。自打去年南昌府雪人一案后，我就被贬官了。别说是我了，我家娘子、孩子们都跟着我来这辰州受苦……要是这次的案子过期不破，我连倒数第一的县令都做不成啦。"韦大人这话一出，王阳明反倒心中一喜。

王阳明不动声色地向前走去，和颜悦色间不改往日风范，仍以晚辈身份与韦大人见礼。

消除了误解，几人继续上路。

韦大人絮絮叨叨，话里话外透露出对王阳明态度的转变。

现今的韦大人，官任洞庭湖以南地区、辰州府巫启县县太爷。

听他的口气、看他的表情，貌似对朝廷是不敢有意见的，但当他提及最近令他犯难的案件后，韦大人露出了好久不见的搞笑表情，又一次令王阳明发笑。

"你有所不知啊，最近我可摊上大事儿了。有一桩灵异大案，真真是让我苦不堪言。贤侄，你可不能见死不救啊！你叔儿我的命运、我全家老小的命运，全靠你了！"说话间，这死老头儿子像是就要哭出来似的。

妙儿抱着梵湖儿，在旁边看着就来气，她恨不能放出大猫上去挠他几爪子："我说这位老爷，您刚刚一直叫我哥哥什么？我没听错吧？我怎么记得，在南昌府那会儿，您特别看不上我伯安哥哥呢？现在可好，一口一个贤侄，谁是你侄儿？你又算他哪门子叔？出了事儿现拜佛，佛爷都掉屁股！"

话糙理不糙，王阳明愣是没接话，韦大人见他默默无语，怕他也像玄机神女这么想，忙一拍胸脯表露赤诚："办案经费不是问题。给你的好处费绝非戏言。你说，你想要什么？"

"我还真是想在本地做出些名堂来。"王阳明话锋一转，真就接着韦大人这意思说道，"可我还没想好呢，要不先留着，等我想好了再跟您说？至于钱，您给不给我也是无妨，我王家乃琅琊百年大族，也不缺您这点儿办案经费。只是……人家玄机道长乃是江湖中人，这一路护送我，多有照顾，所以说……"王阳明神情平和，但话语却突然略含刁难。

"好好好！我知道你的意思。你放心，我断不会亏了人家女侠。你想行何事，随时跟我说，我保证即刻生效！这样吧，贤侄，这案子因属灵异大案，事发蹊跷，案情复杂，我也是一时半会儿说不清，我先带你们去一个地方，见一个幸存者，等你俩见得她来，再行审问。到时候，我与那幸存之人便会将这案子如实相告。"

令两人好奇的是，韦大人没带两人去到他的办公府邸，而是去了一小巧别致的庭院。

这里一看便知是效仿苏州园林所建，只是内里种满了各种丹桂和那些叫不出名字的奇异花草。

韦大人将王阳明两个引进庭院后方。这院的格局不大，他们再往里去，只见花草凌乱，不似外院那边齐整规矩。

直到最后一层小院儿，他们两个才见到了那位韦大人口中的"幸存者"——柔熏。

王阳明两人与这女子互相见礼，他上下掠过此女仪容，心下暗想：听名字，此女乃风尘中人，看打扮穿衣，也不似良家女。难怪韦大人会带我两人至此宝地审问。想必他怕将这女子留在府衙会被人说三道四，跟妻儿也不好交代。

"小女子柔熏，乃是本地清吟小班'秦淮河畔'的一名雅妓。"柔熏眼眉清隽，不似有些风尘女子满是出挑张扬、妖娆妩媚之气，但听其声音，不难感觉到她已入行多年，对语气、声调的把握已十分老到。

韦大人接话："湘西这块儿多有巫术，尤其是我们这辰州。我这个倒霉催的啊，偏巧碰上我们这小县城最近连发数起灵异案件，多人离奇失踪。至于到底怎么失踪的，我这边连查三个月，全无分毫头绪。失踪者家属前来报案，却无法提供相应线索。好在这位柔熏姑娘大难不死，她本人在历经灵异劫难后，被人发现漂游在湖泊之中……就让她亲自为你俩讲讲，当夜到底发生了什么吧。"

妙儿以女子的眼光，左右观望这名比自己年长的柔熏姐姐。

妙儿见她虽落入风尘，却长了一双极具男子风骨的罗汉眉；眉下有一对青鸾眼，眼神柔婉；她的鼻子用今人审美来看不是很美观，为"胡羊鼻"，鼻头大而微微隆起，鼻身较长，整体看上去还算协调，但稍显男性化，可这样的鼻子在算命人看来却是上等运势相。

可能是因之前的灵异事件备受打击，虽说距离事发已隔七日，柔熏每每陷入回忆仍心有余悸。

韦大人在旁安抚了几句有的没的，柔熏颔首后缓慢开口，开始讲述这事的来龙去脉。王阳明与妙儿只觉这话里前后顺序十分凌乱，需要一边做记录，一边推敲上下文，根据柔熏的口述整理出一个清晰的逻辑脉络。

"黑瞳少年！有两个……他们的眼睛没有眼白，只有黑色瞳仁。他们跟咱们不一样。而且特别恐怖的是，他们一上来就说要带走我，还说，是专程来带走我的。还有就是，为什么我大明王朝，会惊现汉代驿站呢？那些建筑我一看就知道，是汉朝遗留下来的。对了，还有那些黑瞳少年的服饰，也都是效仿汉代做的。我记得有……"

她的话很是跳脱，基本上是眉毛胡子一把抓。

"哦，当时的曲子，是西汉的两首专门给死人演奏的挽歌……我们的车夫老吴，连同马都被调包了。"

"汉代的服饰与我大明服饰相比，还是有很大区别的。"王阳明见她说了许多，忙示意身侧服侍的老妈子端水给柔熏，"我大明衣冠素来自由，加之吸收了元代马背民族的窄袖短袍的特点，现今无论男女，几乎就是想穿啥就穿啥。那两个孩子，倒不见得是什么汉代亡灵，顶多就是胡乱穿些汉代衣服，出来吓唬人罢了。"

此言一出，园中的气氛倒是缓了几拍，柔熏的面色略有恢复，但其逻辑、语序仍有些混乱："但是他们的眼睛，又如何解释？还有就是那汉代驿站为何用'挽歌'二字当作名字？如此不吉，又作何解释？我还捡了块汉砖……还有还有，八角柱你知道吧？汉代建筑特有的风格，那上头题了好多好多字，都是能看懂的汉代章草，可就是连不成句子，这又作何解释？"

不难看出来，柔熏仍没能从惊恐中解脱出来。

王阳明话题一转，并未接她抛出的连珠炮似的提问，而是反问："柔熏姑娘，我想请问，你本人是如何逃出这黑瞳少年的魔掌的？方便说说细节吗？"

"跟媚笙她们几人分别后，驿站上就我一个人。我提前将外罩的中款霞帔脱了，包了几块汉砖，下得台阶，转到车里，将汉砖藏在触手可及之所，以备反击。"

　　柔熏所提的"中款霞帔"是一种类似于今之宽围巾、披风的外罩衫，分为短、中、长三款。简易款式的霞帔在日常生活里也可称为"褙子"，多为底层年轻女子抑或女塾中的年轻姑娘所穿；而长褙子则多见于已婚少妇，穿在身上极具性感韵味。

　　柔熏当夜所穿的"中款霞帔"却是出席重大礼仪场合的华丽款式，较之一般服饰更为厚重，材质多为蜀锦，上头的绣花也是用湘绣、粤绣、苏绣等高超绣法所绣成的。

　　"后来、后来站在我车顶上的那个黑瞳怪胎，居然倒吊在车身之上与我对视，这简直、简直太可怕了。我的马鞭一直抽不到他，偏巧他又极灵活，竟然要伸手够我。我则趁机抄起身侧的一块汉砖，直拍向其面目，把他的额头都砸凹了一块。"

　　"那，另一个黑瞳少年呢？你刚刚不是说，有两个吗？"王阳明继续问。

　　"对的，另一个人一直按兵不动，我也猜不到为何他眼睁睁看着车上的那家伙被我一砖拍中，却不上来帮衬。可他也不是什么好东西，见我把他同伴击中，忙不迭要上车来拉我。我接连抛出三块砖，也不知道打中他没有，后来干脆拔下簪子，一扎马屁股，才迫使这马儿快步飞奔。我记得，马儿受惊后，马车跑得猛烈，当时好像撞到他了……好像是……我也不知道他是否往林子里去了，总之这马也不是原来的老马了，它横冲直撞，冲至陡峭的坡道上，顺着蜿蜒崎岖、荆棘满布的泥泞山路极坠直下。醒来后，我已躺在一渔夫家里。后来幸方当地百姓帮我报官，我被韦县令安排在此。"

　　言至自己逃生成功这段，王阳明才觉，眼前的柔熏好似终于解脱。也是，想来她一个弱女子，从未习武，能凭借当时的筹谋与瞬间的魄力堪堪与那帮吓人的妖孽对抗，杀出一条血路，已是有无比的胆识与幸运。

　　"也就是说，你、车子、马，顺坡而下，落入水中，直至汇聚湖泊之中？"王阳明问。

　　"是的。"

谈到这里，韦县令说道："贤侄，我有些话想跟你单独谈谈。"

王阳明见他表情好似话里有话，也大概猜了个八九，便起身告辞，叮嘱妙儿好好安慰一下受惊过度的柔熏。妙儿则给大猫梵湖儿打了个手势，叫它紧随王阳明之后。

见他们一走，妙儿还真打开了话匣子。她倒不是多想以同为女子的身份给予柔熏安慰，只是她刚刚在旁边听了好半天，发现这柔熏年纪不大，却对建筑颇为精通。

"请问这位柔熏姐姐，您在沦落风尘之前，是否为官家千金？父辈可有涉猎建筑的？"

"不瞒这位道长，我沦落风尘已有八年，如今我正值桃李年华，由打十六岁起，家父因被人栽赃诬陷，以至于我满门被抄，家父、家母被发配岭南，我则被官卖。家父当年乃是江宁本地督办建筑、田地、水利等业务的布政司。他本人曾全权负责过姑苏、江宁、杭州三地的著名庭院的修缮、绘图建造工作。"

"我说呢，看你对建筑如数家珍，原来是年幼时便耳濡目染。"妙儿笑道。看来，她跟这位柔熏也可以算是同道中人。说起妙儿的真实身份，也是官家千金出身，其生父诸养和乃是南昌府的副按察使。

于是乎，妙儿跟这位柔熏便从建筑和家世背景开始聊了起来。

而韦大人则将王阳明引到了庭院中院的一间敞亮客房中叙话。

"你说，这死里逃生的柔熏姑娘，跟那些莫名其妙的黑瞳少年是不是一伙的？"韦大人开口询问，紧皱眉头。

一旁的管家老丁为两人端茶送果子，王阳明对这个曾经将自家老爷印章弄丢的老人记忆犹新，要知道，这个老先生可是自己来到南昌府时遇见的第一个活人。如今再见，王阳明倒是备感亲切："烦劳丁管家为我的猫准备一碗加热的羊乳。"

丁管家原对王阳明印象深刻，忘了自家老爷也断不能忘了这位惊才绝艳的王公子。他听王阳明仍能唤出自己姓氏，万分欣喜之余，亦是十分感动："是，老夫这就为猫咪备下羊乳。"

梵湖儿一听有羊奶喝，立马来了精神，毛乎乎的雪白身子忽而耸立坐直，目送丁管家出了屋子后，自己在房舍中间有阳光的地方躺下，等候享用美食。

"您为何会怀疑柔熏姑娘呢？"王阳明抬头微笑，礼貌颔首以向丁管家致谢，接过茶来小心吹着。

"你想啊，这么长时间了，一直有人报案，说家里人丢了。可这些家属愣是没一个能说出怎么丢的、在哪儿丢的、有何头绪。可你再看，这柔熏乃是一女子，又不习武，她怎就这么幸运，能突出重围，逃出生天？我想，八成是她与那坏人勾结，炮制了本地的人口失踪案，又装出一副可怜巴巴的受惊嘴脸，借由幸存者的身份捏造了这么一个黑瞳少年、汉代驿站的鬼故事，目的就是误导咱们以为此乃灵异事件。何况，她本人确为风尘女子，这类女子，因抛头露面的频率极高，多现身于大庭广众之下，人际关系不免复杂，又素与那些江湖帮派多有来往，若真与一些坏人勾结一处也是有可能的。"

听了这两种判断，王阳明不免欣慰，想来，韦大人被贬官之后，反而知道思考了。不错不错，有进步。

"您说的这两点我在问她话时已然想到。可当我看到柔熏姑娘所言所行后，我这怀疑又逐渐消除了。"

"啊，所言所行，贤侄有何发现？"

71

第 十 一 回
微动作暴露远近疏　话如月中元鬼附身

　　"您想啊，如果换作是您，三更半夜冷不防遭遇如此重创，要说心智受挫都是小事，弄不好非傻即残。一人如若遭遇此种劫难，仍能心平气和，按照时间发生的先后顺序将经历娓娓道来，我倒觉其中有诈。鬼都见了，还怎么可能用精准的语序、恰当的表述回忆，并概述那段恐怖的经历？刚刚您也看了，这柔熏姑娘是按照黑瞳少年、汉代驿站这个脉络讲述案情的。在她看来，最为恐怖的是遭遇黑瞳少年的挟持，其次是看到汉代才有的建筑。这也就表示，一个人在混乱过后记忆犹新的，不见得是她在这段经历中率先遭遇的人和事，所以，她的表述才会出现时间线混乱的情况。"

　　韦大人听到此处才算明白过来："要这么说，柔熏理应先讲述她们几个被人算计，马车、车夫什么的由人暗中调换，车内放了迷魂药，等等。但是现在听来，她先说的偏是那黑瞳少年、挽歌驿站、汉代乐曲。记忆是深刻的，表达却是混乱的……可是，如果她是跟同伙串通好了，在咱们面前故意装出话都说不清楚的样子来……"

　　"那就要看她说话时的动作了。"王阳明将茶盏放置桌旁，"柔熏在开始讲述经历的时候，双手是放在条案上的，但当其说起黑瞳少年和汉代驿站时，她的左手突然下滑至桌底，很突然地按住肚子。"

　　"这能说明什么？"韦大人又回到了雪人一案时的迟钝，将南昌府学来

72

的那些"心学画像"都还给王阳明了。

"人只有在坦荡时，才会将双手明摆在书案上与谈话之人交流。而代入咱们这位幸存者柔熏，她之所以会突然将左手放下，按住肚子好一会儿，则是因其提到了那两个令自己陷入无限恐惧的事物，本能地做出了抛锚反应。也就是说，她仍在畏惧那两个黑瞳少年，却又很想配合我们，在双重压力下，用按压肚子这一动作，进行着自我安抚和自我疗伤。"

"懂了，那没有其他吗？仅仅是这两个小动作，不足以说明问题啊。"

"当然，您难道没有发现，这位柔熏姑娘没有裹脚？"

"啊？这个……还真没有注意。"

韦大人回话间不禁翻起白眼，眼球往左上方转去，不住回忆着这几天自己盘问这女子时的各种细节。

门外，丁管家礼貌敲门，得到答复后，这才端着一碗热气腾腾的羊乳进来。

梵湖儿迫不及待，迈着猫步美美地走过去。它见这碗上还在冒着热气，也知此羊乳不宜马上食用，很是知趣地趴在瓷碗边缘静等。

丁管家退出去后，王阳明端过手边茶盏，将盖子掀起，喝了两口："您想一想，方才柔熏传递的信息已经很明确了，我们可以根据她字面上的意思进一步揣摩。她说，她今年已是花信年华，也就是二十四岁，她还说，她做这一行已有八年光景，要是这么算来，她沦落风尘那年，刚满十六岁。一个十六岁的姑娘，对汉代建筑是极精通的，而且遇事不慌乱，还会演奏瑟这类小众雅乐，加之没有裹脚，您觉得能证明什么？"

"证明、证明她在小的时候，家庭条件很优越，并非自幼堕入风尘。"

"不错，我也怀疑，这个柔熏姐姐是官家千金出身，父辈应该就是做建筑的督办或者工程造办、理事等。想来是她家里招惹了麻烦，导致其父辈被发配抑或被杀头，她作为女眷则被官卖为妓。她之所以没有裹脚，是因其父亲开明。不但如此，她父母还曾教过她不少才艺知识，诸如，如何判断一个建筑的朝代。我想，她驾马理应也是她父亲教的。也得亏她没有裹脚，要不然连跑都跑不了，非得被那黑瞳少年活活虐死。"

"这倒是，官家千金毕竟见多识广，尤其是总督家的闺女们，遇事不慌、善于筹谋的也大有人在……"

"另外，因柔熏没有裹脚，她的双足在女子里算是比较长的。我观察了下我们对话时她双足足尖的朝向，左右两边都是对着我跟玄机道长方向的，后来她提及汉代建筑，连同后续获救，很明显，她的左脚脚尖无意间朝向玄机道长更多一点儿，持续指向道长的时间也更长。也许，她感觉玄机道长同样身为女子，又是出家之人，更能同情、理解她的不幸吧。脚尖的朝向说明了说话人对谈话人的兴趣与信任，若说中途柔熏有变，她的脚尖定然转换方向，不会再对准我俩，且很有可能转向大门位置。但从始至终，她都未曾如此。"

韦大人听了许多，这才心服口服。

梵湖儿见羊乳总算不再冒烟，终于得意扬扬地撅起屁股、伸出强有力的粉红舌头对着瓷碗舔了起来。

"要说起来，明年我就二十五了，按照咱们大明青楼的规矩，凡是年过二十四的，都会被老鸨塞进次一等的茶室中接客卖笑。"好不容易逃出生天的柔熏想起接下来更为糟糕的现实，唯有苦涩一笑，昂首应对。

"那你有何打算？"妙儿问她。

"这个你放心，我在这行里浮浮沉沉也有八年，再怎么样也攒了些银两。我所在的这家清吟小班，来者皆为贵客，出手大方，我再熬个一年半载，也能攒够赎身的钱。"

"可是，即便你攒够钱，你一个姑娘家，又如何去岭南那么远的地方见你父母？"

"自打承受这一难后，我会更加坚强。现在还差一百五十两，只要凑齐，我就能去琼中和爹娘团聚。听说那里与咱大明中原风气不同，那里为黎族聚集地，民风开放，女子地位极高。等我到了那里，绝口不提我沦落风尘一事，想来也无人知晓。"

"的确，你可以在那里开始新的生活，但一百五十两也不是个小数目，不如我先借你这些钱，你赶紧赎身走人，也免得熬着日子。万一那老鸨中途生变，把你塞进那茶室里……"

"不不，道长的美意我心领了。我自己能办到的事情，我一定靠自己的能力去做。"柔熏语气坚定，能看出她受过良好的家庭教育，人也非常坚强。

妙儿知多说无益，便收了话。王阳明此时与梵湖儿折返回来，身后跟着丁管家，管家手中托着纸张和一根崭新的炭笔。

"烦劳柔熏姑娘，凭记忆画下当夜的路线、风物，如果可以的话，最好把那黑瞳少年、汉代建筑也一并画了。为节省时间，我特意让人找了根炭笔。"

这倒是个好方法，古人的毛笔书写、绘画起来委实耽搁工夫，查案嘛，自然是要稳、准、快。

不出王阳明意料的是，这个柔熏果然遗传了其父辈超群的建筑设计基因。她画下的汉代驿站，还原度极高。一来能看出她天赋良好；二来从她绘画的下笔手法、速度不难看出，这位姑娘一定是自幼便受过良好的相关"专业培训"。

"你们要注意汉砖和瓦当的构造与纹饰。"柔熏画到一半，突然叮嘱王阳明两个，"我华夏的建筑艺术，现今到了我大明，很多都遗失了，如今大多数建筑只是东施效颦，并没真正意义上将两汉建筑风格传承到底。但乍看下，大明与大汉的建筑风格是雷同的，若真去了那里，可要带上相关房舍图样对比才是。"

她边说边又冒出了若干个专业词汇，好似一位当代的女工程师，正在为两个摸不着边的门外汉讲解建筑构造与相关审美特点。

可能是担心他们查案时受阻，柔熏在画完几个重点对象后，又抄出另外几张纸，将汉代的门窗、柱子、檐端这三大容易与大明建筑混淆的建筑物的局部细节进行了详尽描绘。她这几笔下去，可谓出神入化，不知道的人见了这画作，真会以为是专业建筑师手绘而成。而这几张画作拿在手里，真有今之"放大局部图片"的惊艳效果。

临行前，妙儿还是将一百五十两银票塞给了柔熏，她希望这么好的一个姑娘，能有一个好的前途。柔熏本执意不要，但王阳明也在一旁劝慰，最后无奈，她还是暂且收了。

王阳明与妙儿按照柔熏给予的路线，带着韦大人连同两班衙役、捕快，于傍晚从田府门外出发，但到头来一切正常，并无任何不妥。

次日，王阳明与妙儿商议后，决心从"第三方"入手，先打探一下有关挽歌驿站的若干信息。

他两人挑了本地一家最负人气的书楼茶馆，做寻常听众打扮，坐在最为普通的喝茶位置听书聊天。

刚巧，本地一位人气极其火爆的评书艺人登台开腔，定场诗才说了四句，台下众人就接连叫好。

"再来一个！再来一个哟！"

"各位大爷，这定场诗可没有一口气说好几个的，这要是让祖师爷、同行看见，非得笑掉大牙，给我两大巴掌不可。咱们啊，书接上回！"

醒木一拍，台下鸦雀无声。

"咱们上回书说到那如月山庄鬼附身屠村一事，之前剧情暂不枝蔓。咱们今儿要讲一讲，何为如月。"

此言一出，王阳明一口老血差点儿喷出来，心想："这么牛的灵异之事，我昨儿怎么没赶上？"

"话说咱西南本地、辰州巫启县有个挽歌驿站，挽歌驿站所属地区，就是这如月山庄。"说书之人语气轻松，却引出了一桩惊天秘闻。

王阳明在与柔熏对话中可从未听其回忆起什么"如月山庄"，唯有"挽歌驿站"四字屡屡被提起。现今听这说书人话里有"案"，王阳明与妙儿皆对视一眼，想来其中一定有未知线索尚待厘清。

"这如月山庄里的百姓啊，素来笃信小众巫术，尤其爱朝拜一些不为人知的怪异神明。据说这'如月'一词，便来自他们本地一个莫名其妙、阴森可怖、不明身份的妖孽。如月，乃是山庄中一个本地鬼怪，每逢中元节当夜，都会附在山庄中的某位少年身上出来作祟。为防止此类事件的发生，每年每到中元节前夕，当地村民都会为如月举办盛大的祭祀仪式。并将如月这一鬼怪做成牌位、雕成神像，进行供奉。据说啊，这如月大神只附身在十到十六岁的少年身上，每逢中元节庆，如月山庄所有少年足不出户，被动禁闭，就是为了逃过这被妖魔上身的劫难。"

第十二回
听分解恶鬼无性别　转述情黑瞳现多城

　　说书人说得如此生动形象，那原本遥远的汉代驿站、中元祭祀似乎顷刻间展现在人们眼前，王阳明俨然深陷其中。

　　说书人亮开架势，单手持折扇，隔空比画着中元祭祀的空前盛况，引领众人朝着未知之地继续前行："因少年们闭户不出，祭祀如月大神之事便落在了家中长辈身上。天有不测风云，就算山庄中的众人齐心协力，可仍等到了悲剧发生的一天。曾有这么一年的中元节，当夜皓月当空，一个少年不幸竟遭遇了如月大神，惨遭附身后，将如月山庄中的所有人屠戮殆尽。"

　　说书人讲到这里，王阳明听四周有人不住议论，大体是呜呼感慨抑或顿时惊恐之声，可见周围之人对如月山庄并不了解。

　　说书人随后便收了如月山庄这话题，换成了轻松搞怪的《济公传》。

　　王阳明与妙儿在此耗了一炷香不到光景，随后他们令小二出头，请这位说书人去到茶楼雅间说话。

　　使了银子，的确不一样。说书人走进雅间入座，听明两人来意后，倒是个痛快的："我知道的也不多，说实在的，我这人循规蹈矩，师父怎么说，我就怎么学。你们刚刚听到的那些个说法，都是我师父逐字逐句教我背的。"

　　"你刚刚提到了不少有关如月山庄的事，我想问，那个挽歌驿站……"王阳明边说边为说书人倒茶。

"挽歌，顾名思义，是给死人唱的歌，语出《搜神记》中两则西汉名篇《薤露》《蒿里》。我看两位都乃识文断字之人，想来应该知道其中玄机。"说书人讲到此处也不避讳、客气，端起王阳明为自己倒好的茶水边吹边喝，看样子是渴了一阵儿了。

王阳明见状，便知这位说书艺人乃是江湖老手，想必经常去个堂会啊，走个夜场什么的，忙又招呼小二上果子。

身边的妙儿眼珠一转，满怀好奇地询问这说书人："挽歌一词，虽神圣却不吉，一般地方，谁会拿这类词为本地驿站起名呢，岂不怪哉？"

"不错，挽歌是出殡时，抬棺者所吟唱的歌曲。而那如月山庄偏以制作盛放死人的棺材为营生。加之那里多生桑树、梓树二木，此为得天独厚的本土优势，想来，当年的知州大人也是看到了这两点，才将那里的驿站命名为挽歌的吧。"说书人很是自然地将话题过渡到营生这一主题上，解释得倒是合情合理。

"哎，真是搞不懂。"王阳明托腮，"现在有些爹娘，给自己的孩子取名桑啊、梓啊的，我之前有个同窗就叫黄桑梓……我就纳闷了，难道他们不知，这桑梓二木是制作棺椁最好的原材料……不过我还是觉得有件事特别诡异，不知这位兄台……"

"免贵姓陈，今年刚刚弱冠。"说书人放下茶盏，捡了块糕点直接就吃。

"哦，不知这位陈大哥是否听师父提及过，那挽歌驿站乃是汉代所留之建筑。"

"汉代所留之建筑？不可能吧！汉代到咱大明，你算算这得多少年了？咱不说别的，就说这战乱、外族入侵，这都毁了多少咱汉人的建筑了……"

"那有没有可能，是模仿汉代所造的建筑呢？"妙儿追问，"你想啊，他们给驿站取名挽歌，灵感定然来自《搜神记》中有关于西汉的那两首挽歌。如果按照这个感觉走，那么当地人很有可能出于对汉代的喜爱而仿造汉代建筑。"

"你说得有理。"说书人颔首，但马上又否定，"问题是，我师父可从没跟我这么讲过这段典故，而且我长年驻扎在本地三家最为红火的书楼茶馆中，讲过很多次如月山庄的这段故事，却从未有台下听众提出似你俩这般质疑。"

这倒是令王阳明略感不解与失望，但他毫不气馁，继续追问："黑瞳少年你可听师父说过？我听你刚才说如月山庄的鬼附身屠村事件，怎么觉得这是那黑瞳少年所为？"

"黑瞳少年啊？这个我倒是知道一点儿，倒不是从我师父那里知道的，而是我收集民间野史时了解到的。这些民间野史，有的是从茶馆里的过客中听到的。"

王阳明见此处有戏，便将黑瞳少年的外表详尽叙述了一遍。说书人听罢倒觉与自己所闻无异。但他着重强调："不止一个人对我提及过黑瞳少年，蓉城有、岭南有，很多意想不到的大小城中都有人见过。而且这些目击者都强调，说这些黑瞳少年彬彬有礼，为两到三人协同出场，张嘴就说'我们是派来接你的，请和我们走'。据说，有人因那黑瞳少年面目恐怖而被当场吓死，也有人应对及时，逃过一劫，但我听到最多的则是……"说书人的职业病又犯了，他拿起"下回分解"的款儿，端起茶杯悠哉享用。

王阳明和妙儿睁着乌溜溜的眼睛凝视着他，像是要用焦灼的目光在这说书人身上戳出几个窟窿。

"陈大哥，你接着说，听到最多的是什么？"王阳明问。

"失踪。"说书人掏出帕子掩了下唇瓣，才将茶杯放置在桌上，"大部分人，在遭遇黑瞳少年后，消失了，不见了，再也找不回了。"

"那个，方便的话，能否给我们引荐一下那些提供给你消息的人呢？我们想亲自问问他们有关黑瞳少年的事。尤其是那些亲眼见过黑瞳少年的幸存者……"王阳明抓住机会，并掏出一锭银子推给这说书人。

"哈哈哈哈……"谁料，这姓陈的说书人竟连看都不看，忙将这银子推了回去，"我说这位公子啊，一听就知道，你是个大家公子，不知道民间那些事儿。我所说的这些提供故事的人，大多都是从外地而来的匆匆过客、游人。他们来这茶馆书楼纯属在本地找乐子、凑热闹，这些人往来无常、来去无踪，所说之人并无任何凭证。就说去年，有个从蓉城前来本地的三口之家，那家男主人曾跟我絮叨过，他家邻居就曾亲眼见过黑瞳少年。"

"啊？那、那他后来……"王阳明一惊，就见对方摆手。

"他那街坊命大，逃过一劫，所说过程与你方才与我交谈的无二。你看，那男主人本就是听街坊描述的，转过头来再跟我说。转述嘛，本就容易

79

添油加醋，融些自己的想法在其中……"说书人说着转动茶杯，时不时抬头眺望窗外，倒是一副平和的样子。

王阳明问出了最后一个问题："你说，那个于中元节当晚被如月鬼附身的少年，他会不会就是黑瞳呢？"

"这个……我倒是没听过也从未想过。不过，有个事情我不怎么在评书里提及，因这听书人中偶尔会冒出个女扮男装的大姑娘、小媳妇，多少不太方便。"

"哦？何事？"

"这个如月鬼，它是不分男女的。"说书人这话一说，多少让王阳明二人有些奇怪。那个时代，是没有性别一词的。不排除文人墨客以词造词，偶尔冒出一两个很是现代化的词，但到底是极少数。

"你的意思是……"妙儿消化了一下，"你的意思是，这个如月鬼，既不是男身，也不是女身，是……太监？"

"哈哈哈……"说书人倒真是开朗，"我说这位道长，你倒是敢说啊！也是，你们道家禁忌本也不多……这如月鬼不是太监，而是……怎么说呢？"

"它既不是男的，也不是女的，只是一个说不清性别的家伙对吧？"还是王圣人读书多，一下就明白了说书人的意思。

说书人颔首："对，对，就是这样。"

"可是，它为何偏选少年附身呢？你师父可有说，附身之后那少年可有什么变化？例如眼睛啊……"

"这个我真的不知道。我收集的这些民间野史，兴许只是冰山一角。你们大可以再跑跑其他书馆啊、酒馆啊，也可以问问开店的老板、伙计，何必只问我们这些说书人呢？"

两人见问不出个所以然，干脆折回韦大人安排的庭院再次询问柔熏。

柔熏还没有着急离开此地，她想着万一王阳明两人再来找自己问线索，若是自己走了未免太不仗义。

柔熏用妙儿借给自己的银子，外加这八年来自己用心积攒的一半银两，先为自己赎身，随后直接搬到了庭院里最深的一处僻静院落，低调过起了自由生活。

"如月、如月……啊，想起来了，是一块汉砖！"柔熏在妙儿的提示下，终于记起了如月二字，"如月当空，挽歌驿站。没错，当时我们在荒废的驿站后头捡到了这样一块汉砖，上头刻着八个章草大字。"

"然后呢？你还记得其他吗？有关如月山庄的事。"妙儿追问。

"汉砖上只有这个，至于'山庄'二字，确实没有。当时我还想呢，为何用如月当空，而不是皓月当空？"

"我们在调查过后，略微收集了些民间野史，发现确有此地名，就叫如月山庄。"妙儿认真地说道。

"啊？这、这可真是……"柔熏没敢说出后续的"可怕"两字，她真的不能再让自己陷入无限循环的恐惧中了。

王阳明两人见她脸色不太好看，便转移话题，问了些她赎身的经过、今后的打算等相关的问题。

聊了一盏茶工夫，柔熏缓过神来，又主动将话题拉回到原有的线索："不过，我近几日冷静之后又想了想，我这边虽然没遭遇什么如月山庄，但是凭空消失的媚笙、黄妈妈、翠翘三个，未必没有见过。翠翘当夜不听劝告，偏离我而去，往发出瑟、笙之声的地方去了。我在想，翠翘去的那个地方，会不会就是什么山庄呢？毕竟有人的地方才有音乐，人多的地方才能热闹。一个能被称为山庄的地方，可见人是不少的。至于媚笙和黄妈妈，她两个的确是往回走了……因我们是被人用了迷香、调换马车才走的错路，之前的路我们都没见过……"

"你说的这个信息很特别，但是那天我们都试过了。如果按照你们往常的行车路线，八成是入不了错路的。定然还是有人用偷梁换柱之法将你们带入到一个提前布好局的诡异之地，再借由所谓神鬼一说将你们唬住。"王阳明说道，想了想又问，"对了，那两个黑瞳少年在想抓你的同时，还说过什么话？例如，中元节啊、附身啊……"

"真吓人。"柔熏脸色大变，通身不住地瑟缩。妙儿忙拉住她的手："没关系，不想回忆就算了。"

柔熏呼了口气，双眸看向身侧的仿景德镇窑青白釉刻花梅瓶，瓶内于前日插了一大捧连枝带叶的琼花，但隔了两日便谢了。只是这位沉睡未醒的玉色梅瓶仙子，身披蝉翼薄纱，瓶如其名——影青，正朝着那些决定放弃生活的消极者展现着自身难得一见的素肌玉骨。瓶子釉色淡青，若有似无，口

81

沿处壁薄如纸，真的是"青如天，明如镜，薄如纸，声如磬"。

虽然琼花已谢，但瓶身却透露出影青的光晕，独显岁月静好。

王阳明观望那瓶子，也觉甚妙。而当柔熏将双眸落定在这影青之上时，神情转好："让我想想……好像是没有。他们只重复那几句，什么你跟我走，我们是来接你的。"

"他们有没有提及，是谁让他们来接你的？或者什么帮派、团体的名字？"妙儿问。

"没有。这个确实没有。不过现在想想，那两个孩子虽然可恶、吓人，但说话却异常礼貌，与我搏斗周旋时，我能感觉到他们下手是有分寸的，似乎不太愿意将我弄伤。想来，若是他两个使出全力与我对打，就以我这三脚猫的驾车功夫，断不能与他们周旋。又一想，如若他们当夜不是那般黑瞳模样，想来我定会跟他们走吧。"

第 十 三 回
冻结应车行藏真伪　灵络阵天竺十二宫

柔熏所说的最后一段话引起了王阳明的遐想，这一次，他决定换个思路，从"人"入手。

他与妙儿来至车夫老吴经常出没的"乾坤车行"，这里既是车夫聚集的地方，又是雇主前来挑人、叫车子的公共场所。

王阳明打算从老吴的人际关系下手，进行更深层次的排查。

而老吴本人，表面上看约莫为秦淮河畔做工五年，但实则他本人绝非受秦淮河畔的私人雇佣，也并无卖身契一类的文书扣押在老鸨子手里。老吴原属乾坤车行，因五年前一次偶然机会得以结识秦淮河畔的老鸨子，从此便以"合同工"的形式受雇于她。但老吴并非全天服务于秦淮河畔的风尘女子，他偶尔也会为其他上门提车的雇主驾车出行，在巫启县各处打转转。只是相对而言，老吴与秦淮河畔的业务对接最为娴熟。

王阳明两人观察车行状态，人不必走近，空气里那股男性气十足的臭汗味便扑鼻而来，原本还算凉爽的空气里，充斥着一股像是酸腐变质的熏人颜料所散发的恶臭，呛得王阳明与妙儿纷纷掏出帕子，无奈捂住口鼻。

可喜的是，这群看似爷们儿气十足的车夫，眼下似乎没什么活计要跑，个个儿都在议论着车夫老吴十天前神秘失踪一事，也有人说老吴已死。

车夫们有的坐在自己的马车上，有的则站在马匹一侧，还有的则像是雇主般坐在车里叼着根野草，嬉皮笑脸地转述着从他人口中听到的小道消息。

从他们议论老吴的那些只言片语中不难听出，这些车夫之间原也不太对付，外加都是竞争对手，单说这老吴一事，大家皆是各执一词，听者难辨真伪。

"我就说嘛，秦淮河畔那里的娘们儿不好惹！老吴真是好脾气，竟然忍了五年都不走。俗话说得好，'婊子无情，戏子无义'，那帮妓女可是最难伺候的。我看这次啊，就是那个叫什么媚笙的女人，一言不合把老吴气得头痛病发作，咣当，老吴就倒地下死了！"站在王阳明左手处的一个一身绛紫道袍装扮的车夫皱巴着一张长而方的脸絮叨着，他边说边晃荡着手里的马鞭，似要在空气中画出花样来。

大明之人的穿着很是随意，道袍什么的更是居家常备装束。即便不是道士，不信道家也是无妨，只要你自己看着顺眼，不触碰皇家穿衣禁忌即可。

"要我说啊，那老吴就是活该！不管是死了还是失踪了，我都不可怜他！他呀，平时太能忍，忍了半天有用吗？生闷气，最后把自己气死了。他平时有话不会说、不敢说，到了节骨眼儿上又抓不住重点为自己辩解。难怪他得那个头痛病呢！"靠近妙儿右手处的一个身穿柳黄色直裾袍，头戴雪青色四方平定巾，三十岁出头儿的年轻车夫接话。从其穿衣打扮上不难看出，此人委实张扬，外加其岁数正当年，恐怕平时没少赢得"客户们"的赞扬。

王阳明也跟妙儿静心听了下周身其他人对于老吴的评价，众人观点大致相同，都认为老吴是个天生受气命，外加天生的头痛病，遇到媚笙这种尖酸刻薄的"大客户"也是没辙。

但令两人大为不解的是，在这大段的交谈中，所有人居然都没提半句有关"灵异事件""黑瞳少年"的事，众人一致认为，老吴之死或者说老吴的失踪，全赖他自己那不知反抗的个性。

按道理说，车夫乃是古代"小道消息"的最佳传播者，虽谈不上见多识广，但若说县城里突发灵异事件，他们理应可以得到一手消息。他们光是一天到晚拉客人，这儿去那儿也去，就该知道些许旁人不知的事情才对。

可是现在，他们绝口不提人口失踪，对灵异事件、黑瞳少年诸事都像是没听过一般，这就不对劲了。

王阳明观察着那两个说话人的表情，并无发现异常，再跟妙儿往里去，他两人却被人叫住："敢问两位，是要叫车吗？"

"哦，我们找个人。"王阳明说道，"请问，这里有没有一个叫苏老泉的车夫？"王阳明思路一转，脱口将苏东坡他老爸的名字给叫出来了。

"苏老泉？"叫住他们的青年男子身穿一件不似寻常体力劳动者经常穿的仿宋"立领袍"，衣衫领口开得较大，微露中衣；前襟不为传统汉服的直线形，而是斜至身侧。

依此人装扮，王阳明判断，这家伙定然是车行的管事儿，恐怕有些文化。

"这儿没有姓苏的。""立领袍"摇头。

"那，有没有姓吴的？"王阳明又好奇似的发问。

"死了。就在十天前，据说是被秦淮河畔一个叫媚笙的风尘女子气死的。"

"那就可惜了，我们原本还想雇这个老吴的，怎么好好的人就没了？"王阳明一副失落遗憾的样子，好似他跟老吴很熟。

"你们可以换别人……""立领袍"面无表情，"我是这里的少东家，对这里还是比较熟悉的，什么车夫什么脾气，我都知道。"

"老吴师傅可有下葬？我们想去拜祭。"妙儿突然插话，"我是道姑，可以送他老人家一程，给他做做法事。"

"我就知道他人没了，至于说死在哪里，我就不知道了。"

哎呀，这话答得很是突兀啊！就好像这个老吴从没在自己车行中出现过一样。

可你细细想来，这话虽听着冰冷，但也有理。谁也没规定，少东家在闻听车夫死讯后，一定要如丧考妣、哭爹喊娘。毕竟他们只是雇佣与被雇佣的利益关系，对方突然消失，按照过去的经验，老吴患有头痛病，媚笙脾气又坏，所以说老吴被那个叫媚笙的女子拿话揶揄后当即发病死亡的说法也不是完全说不通的。

"老吴的尸身等于没有找到？既然没有找到，为何断定他死了？"王阳明追问，可对方已经不耐烦了，像是要发作，朝着两人轰苍蝇般挥手："你们爱租就租，不爱租别租，别妨碍我做生意。"

"走吧，咱们去那边找……"妙儿见这家伙已经背向他们朝屋内走去，就料定此人不会再接待他俩。

王阳明心中暗道不好，他感觉车行里的人都像是被什么东西控制了心智，他就不信了，偌大的车行，三十来口子，难道都被控制了？

"哥哥，你看那个孩子！"妙儿脱口喊道，声音虽轻，那发音却有一种难以言说的亢奋与激荡。

没错，前方二三十米开外，偏巧有个戴着斗笠的少年，正跟一个身穿栗色襕衫的车夫面对面说着什么。那孩子从身形一看便知，年纪不过十一二岁，个头儿不高不矮，但肩膀和腰间较为纤弱。

这少年背对着王阳明跟妙儿，跟车夫脸对脸，像是两张粘贴画合并在一处。而那个身穿栗色襕衫的大叔，将近知天命的年纪，却不知为何，在听了这孩子三言两语后就像是明白了什么通天绝学，双眼不但放起了狼群首领般的光芒，脑袋也像是磕头虫般点了又点。

"糟糕，这车夫的动作，有瞬间的停顿！"王阳明心下顿感不妙，忙对妙儿说道，"咱俩分别从左右拦住此少年！"

说时迟那时快，两人分头行动，从左右围堵这个头戴斗笠、看不清面孔的男孩。

王阳明所说的车夫的动作"有瞬间的停顿"其实很有讲究。

人，突然间动作暂停，定然有其不为人知的道理。

例如，大半夜你跟你的家人在客厅里探讨这一季度的家庭开支，突然听到门外传来急促的敲门声，此时你可以观察，你和你的家人手的动作几乎都会定格，甚至连呼吸都是屏住、静止的。

这种瞬间定格的反应说明了，当你在有条不紊地进行某种动作时，突然有外界的某种干扰导致你不得不做出此类瞬间的反应，这种停顿也是你下意识间做出的自我保护的防卫姿态。

而就在方才，车夫的左手，原本是搭在马背鬃毛之上的，他边跟少年说话边爱抚着宝马，而右手则把玩着一条二十颗左右的廉价手串；其身体稍微倾斜，心口位置靠向马的一侧，脚尖则呈现出 90°张开。

王阳明清晰地看到，车夫对男孩起初并不在意，相反，他对自己的马

86

更加信任。

但不知这少年跟车夫说了什么，这车夫左边扶马的手瞬间下滑，直贴身侧，而持有手串的右手也瞬间不动，那串原本被其不断把玩的手串僵在其掌内，不动分毫。

而最让王阳明感到不可思议的是，这车夫原本对少年毫无兴趣，可眼下，他的身体突然离开马身，心口位置正对向少年，脚尖的朝向也发生变化——从开启的九十度变成双脚并拢，脚尖持续性地对准少年，不再有任何变化。

"站住！孩子，说你呢！"更为麻烦的是，王阳明与妙儿欲要赶上来时，这少年就像是长了后眼般撒丫子跑了。

"大叔，您没事儿吧？"妙儿也不顾旁的，一把攥住这个反应前后矛盾的大叔的手臂，直接为其号脉，"可恶，没号出什么端倪！"说罢，她又对准大叔眉眼端详，"您可有什么不舒服？刚刚是怎么了？那孩子跟您说什么了？"

王阳明着急地看向前方，那少年已然消失不见，就听身侧这个大叔开口说话了。这个大叔的声音倒是正常得很，只是这说辞，倒与方才那个年轻的管事极其相似："你们找谁啊？是租车还是干吗？我挺好的……"

"大叔，刚才那孩子，跟您说什么了？您一开始明明对他没兴趣，怎么刚才突然就变了？"王阳明直接抛出主要问题，希望切中要害。

"他没说什么啊，就问我租车的事儿。"大叔一脸疑惑，好似眼前这两个人在无中生有。

"您确定？"

"确定啊！你俩有病啊？人家一个孩子，还能来我们车行作祟恐吓不成？他就是问我出车时间和几两银子的事儿！"说罢，车夫很是粗暴地撞了下王阳明的肩膀，拉着马就往车行外头走。

没辙，现在已经掉队了，他们若再想追上只能赌一把了。

妙儿记得那孩子说完话，便往西方位去了，她便带着王阳明一前一后争分夺秒地赶去。

两人大步朝前，后悔今日出门一没带猫，二没骑马。

可能是心灵感应吧，在闹市大街的一侧的尽头，他们竟然发现了方才那名奇怪的斗笠少年。只见他正不慌不忙地伸手过去，拿起一个泥娃娃上下打量。

"在那儿！"妙儿眼尖，忙带着王阳明小心向前。

眼见着少年就在前方，两人跟得却是远在天边。

再往前，眼见就要出城了，王阳明拉住妙儿："别去，就到这儿吧！"

他心想，万一是个局，岂不是白白送死？但出乎意料的是，少年没有出城，而是转向另一侧，继续往官道上走。按照他现在转身而去的方向，则是县城外的郊县区域，也属巫启县管辖范围，倒还真不是出城。

两人见此情形，便没再犹豫，一并跟了上去。

现今为晌午，阳光充沛，神鬼莫来，他们跟到近郊也是无妨。

但谁也没想到，此路越走越偏，不但地广人稀，还撞了一头雾气。这雾气不似寻常那般发灰抑或鱼肚白似的颜色，而是一种从未见过的龙胆紫色。

少年的身形越发模糊，但仍在前方。

"咱们掉头吧！"妙儿这次甚觉不妥，拉住王阳明的手腕。

王阳明颔首，想着回去的路并不陌生，妙儿还特意用昂宿星在沿途植被、山石甚至鸟巢上做了记号。

可谁知，雾气太大，他们根本辨不出东西南北，就连西洋进贡的那枚改良指南针，都无法定位；本来一抬头还能瞧见十几丈开外的斗笠少年，可如今隔雾眯眼看去，真真一无所获。

"这是……该不会是什么法阵吧？"妙儿苦笑，她看向周围，试着放出些昂宿星连同丝线，却发现昂宿星一去不复返，周围竟无一声暗器插入树木的叮当声，而自己的拂尘，也是什么也没碰上、没抓到。

"这是什么法阵？让我想想……"妙儿也搞不清这鬼地方的龙胆紫烟雾到底是何方神圣所出。她拉着王阳明试探性地往回退着，却发现下巴处突然划过一道青烟，不，应该是一根布条！

"后仰！"妙儿伸出左臂，压住王阳明前胸，试图让他后仰下腰。

好在王阳明反应迅速，及时明白了未婚妻的指令。

"这是什么？布条子当暗器？"出现在王阳明二人近前的，还真是一条长布条子，这东西乍看之下有上等绸缎庄里云锦的韵味和品格，但若此物真是飘到了眼前，反倒像山西刀削面一样有弹性。可若让今人定住细瞧，定觉此物就是警方办案时所用的黄色警戒线！

"啊！"妙儿呼出一口气，拉住王阳明又往后退了几步，"是灵络！只有炼金术师抑或绰号为死神的江湖中人才会使用这种神功！"

"不是吧？"王阳明"望络兴叹"，"这种刀削面似的布条，看来很神奇啊。"

"哥哥还记得咱们小时候，爷爷为咱们手绘的佛法星官图吗？"

"记得啊。"王阳明提起自己的爷爷王华老爷子，那是极为自豪骄傲的，"咱华夏有二十八星宿，人家天竺佛国亦有十二星官。爷爷说，早在汉代，天竺的星官相关著作就随着佛经传入了中国。宋代的苏东坡，还曾感慨自己身为摩羯座委实难受。还曾作诗一首隔空送给与自己同病相怜的唐代诗人韩愈，说什么'乃知退之摩羯为身宫，而仆乃以摩羯为命'，感慨自己的星座很倒霉啊。"

王阳明说着话，那灵络又比方才多出了三四根，他们穿过不知名的紫色烟尘，像是无知无畏的时空旅行者，雾气穿梭在王阳明与妙儿的肩头、手臂、脚踝两侧，像是长了一双灵巧的眼，在明知有人的情况下，礼貌相让，却又神秘地进行着某种神圣不可中断的交互仪式。

"不错，咱们这些读过书的，自然知晓天竺十二星官的来历与典故。听爷爷说，两宋是星官发展的恢宏年代，诸多文人雅士'对号入座'。要说起来，哥哥是蝎神星座，我是师子星座。"妙儿所说之言，在今之各位看官眼中恐怕实在疯狂。

王阳明阳历生日是十月三十一日，刚巧为天蝎座，而那时翻译成"蝎神座"，妙儿阳历生日是八月中旬，刚巧为狮子座，而那时翻译成"师子座"。

"那为什么，不是咱们本土的二十八星宿？"王阳明比画着蝎子般的手势。

"因为修炼之人用咱本土的二十八星宿无法与之合体相容，非得是用些西洋抑或胡人的法器过渡，外加一些丹药、容器才能炼出此灵络。而盛放修炼者灵媒抑或肉身的法器，不见得非得是看得见、摸得着的实物，星座即可当成普照庇佑其身的圣物。据说，勿里斯人就笃信一个叫什么狼星的星座，农作、战争、建筑全靠它。"

"可问题是，我现在也不知道这灵络到底代表了哪个星座。我甚至没见过真正的合成功夫是如何练就并施展的。这些佛教星宿，到底有何威力，威力大小，我一概不知。"妙儿摇头讲述着这些听起来很是离奇刺激的事情。

王阳明一把搂过她的肩膀："没事儿，我跟你打赌，那小孩若是引咱来这里，断不是为了伤害你我。若他不是故意引你我上钩，不出半个时辰，这雾气应该也要散了。"

他说这话倒也不是完全为了安抚未婚妻，而是他有了些许眉目。对于那伙儿藏在老吴背后之人，他还是有把握揣摩其心理动态的。

而正在此时，由打前方不远处，传来阵阵由铜铃发出的活泼欢快之声，此声悦耳，令这紧张的空间有了"飒飒微雾凛，翻翻橡叶鸣"的氛围。

两人定睛一瞧，虽看不到眼前之物细节，但对方分明徐徐进发而来。两人站在原地不动，边轻声商议对策，边见那眼前之物加快了移动速度。

"是马车。"妙儿说道，说罢，她一如既往地将王阳明护在身前，"这鬼地方，莫名其妙怎么来车了？不知道这法阵里卖的什么药……"

第十四回
雾气迷蒙又见老吴　黑瞳忍术合成一体

原来，这悦耳的叮当声，真就来自车头带队的这匹白色骏马脖子上的铃铛。

"两位需要车吗？"一个老者的声音从正前方传来，拴在马脖子上的铃铛也终于静住。

王阳明两人观察着身前这个驾驶着马车的老人，此人说老不老，说年轻也不尽然，约莫知天命的年纪，小麦色的斗笠下能看到他自来上鬈的花白头发。

他虽是束着发的，但两边鬓角连同散乱蓬起的几绺碎发上翘着，马鬃似的硬邦邦的，随便拿起其中一根，都能当刷锅所用的钢丝球，这样一瞧，此车夫还真有别具一格的异族风情。

他两人并没拒绝，跟着车夫上了马车。

那头白净得不输给梵湖儿的高头大马，倒是颇具西域古国风情。

"老伯怎么也到了此处？"王阳明挑起车门帘，满怀感恩地凝望着驾车老者，"我们是因迷路误入其中的，您老人家……"

"你们放心，我知道路的。从这儿往回赶，路不算太远。这条路经常有人因起雾走失，我特意在这半路等待迷路的游人，挣些辛苦钱。"老人回答熟稔，他的声音和语调、用词几乎听不出任何问题。

"钱的事自然好说，只要您能带我们出这迷雾……哦，对了老伯，这雾气到底是怎么回事？为什么这里的雾气不同于其他地方，是紫色的？"王阳明此时对这雾气极为好奇，倘若把对方往好处想，那么他势必要打探一下这龙胆紫色雾气的因由。

"湘西嘛，加之又是辰州。你懂的，这里是巫蛊发源之乡，别说这雾气，就连树林子什么的都是恐怖异常啊。老吴我在本地干了十年车夫，对此处也算了解，每年都有来往于本地的商旅游人，因误入某苗寨，吃了某样看起来新鲜可口的果子，最后中了情蛊。我听本地的异族首领说过，这紫色的浓雾多半是上古时期，某位天外飞仙遗留下的灵媒幻化而成，这灵媒可能是石头，也可能是植被，更可能是某个人的尸体抑或类似于诸葛孔明制作的木牛流马一类的奇怪车辆。"

"您说，您姓吴？"妙儿从旁探出半个头来，她机敏地捕捉到了对方谈话中无意暴露出的姓氏。

"吴，我本是歧县人氏，那鬼地方还不如这儿呢，如今在这异乡漂泊了十年，也都习惯了。"

"您在哪个车行？"妙儿继续问。

"乾坤啊。我们本地最大的车行就是乾坤。"

乾坤车行，老吴，大约知天命的年纪。

王阳明在脑中勾画着柔熏提供的信息，好像除了马的颜色对不上，其余的都能对上。

可是老吴他，不是死了吗？

"听说，您有头痛的毛病？"王阳明神情自若。他偏不信，死人鬼魂不上赶着去阎王爷那里投胎，还有闲情逸致跑来拉车外带跟自己闲聊？他咋那么爱岗敬业啊？

"不错，距离上次我发头痛这毛病，刚好十来日。"

"您现在身子骨还好吧？老来这雾气迷蒙的地方等人前来，对您这头痛……"

王阳明与车夫说着话，妙儿则小心挑起车帘，试探性地往外看去。

这不看不知道，看了吓一跳！

林立车身一侧的，不是那用来制作棺材的桑树又是什么？车子又往前

92

行出百来米，还不等那浓雾散去，一排排梓树便映入妙儿眼帘，那些梓树仿佛在猖狂地向她挥手示好。

这跟说书人叙述的差不离了，只是，如月山庄呢？挽歌驿站呢？

"前方可是如月山庄？老吴，您这路没带错吧？"妙儿蹙着眉说道。

"如月山庄？哦，还真不是……"老吴欲言又止，王阳明人已经坐到他身侧，可以看清他半张侧脸。但糟糕的是，王阳明发现此人并无太多表情，最让他感到不解的则是这老吴的一双眼睛，像是贴上去的贴画，全无分毫活人该有的灵动生气。

这一次换作王阳明近身试探："您知道如月山庄？听说是搬到北边的山脉去了，连同挽歌驿站。"

对方仍旧面沉似水，简直就是个死城墙啊。

"挽歌驿站听说也是效仿汉代建造的，我就不明白了，我大明建筑别具一格，为何偏要效仿汉代呢？难道说，那古建筑乃是汉代遗留下来的？"

对方仍是避而不谈。王阳明见这老吴沉默无语，加之天气又十分诡异，一路无人，若不是有妙儿在身后做伴，他也是吓得一身冷汗。

若这车夫说姓别的还好，偏他和那被传已然死掉的老吴同姓，年龄、车行，就连头痛病都能对上……

"麻烦停车吧，我们自己回去。"说罢，王阳明掏出几枚铜钱，就要递送至对方手里。妙儿则快速探身而出，用拂尘抵住这老吴后背："这位老伯，既然你不说实话，又有挟持我们的心思，那么，本座今儿个好好教教你什么才是识时务者为俊杰。"

就在两人试图探询出此人是人是鬼的时刻，就听前方不远处，传来一道不和谐的男童声："停车！我是来带你们走的。麻烦你们跟我走。"

妙儿见势不妙，先将身前的老吴当人肉盾牌向那声音传来方向重重一推，随后拉起王阳明飞到车身之上。

两人暂且站在马车顶部，俯瞰下头情景，可就在这分秒必争的时刻，两人刚一上到车顶，就见车下一少年出手狠辣，也不知用出何种兵刃，就将老吴击倒在地。那车夫老吴的人头顺其脖颈处于半空中画出一道并不优美的弧线，直至滚落草地，发出咕噜噜的声音。

"哥哥别动！"妙儿飞身而下，与那少年缠斗一处，王阳明在上观瞧，

93

发现这少年并非自己跟妙儿一路追踪之人。且看这厮身手非常一般，几招下来，已被妙儿打成了筛子眼儿。

"强弩之末，何必苦苦支撑，不如缴械投降！"妙儿怒斥，单手攥住这少年手臂一带一拉，"果然！你手臂上的这是什么？"

王阳明在车顶上方看得真切："花柳帮的文身！呵，你果然是那里的人。"

少年虽被妙儿抓住手腕，却也不慌不忙："你看看我的眼睛再说话！"

冷不防，妙儿正眼对上这少年郎的一双黑瞳。

没错，这一双深不可测的黑色瞳仁与柔熏描述的并无出入。

无眼白，唯有这如宇宙般漆黑的两团。看少年这架势，他似乎妄图利用这黑瞳将人吸附到某个时空隧道中再不得脱。

"妙儿，别看！"王阳明这一句话喊晚了，只见妙儿有转瞬即逝的僵直，原本挺立的身板不由分说地软塌下去，脚尖也渐渐对向少年方向。

"你是一位武功极高的女子，可谓不同寻常，所以说，你的武艺不能白费，不如效忠我们殿下。"少年说着诱导性的语言，试图给妙儿营造一个舒适的、利于蛊惑的环境。

"妙儿！别听他胡诌……"王阳明刚要抛出其他言语和这厮的黑瞳对抗，谁料，刚刚被这厮砍到人头落地的老吴竟然再一次"活"了过来。

就见一个身形矮小，面孔不过六岁大的男孩，如土鳖爬墙般窸窸窣窣地从原属于老吴的身体中爬出。

"这、这是机关术！"王阳明大惊失色，"我懂了，你假扮死去的老吴，用假人头和内里装了齿轮的身子做掩护，至于身量，定然是利用高跷为支点来支撑下盘不倒，还用身体里的齿轮和钢管来操控老吴的手臂。头也是用刚死不过几个时辰的死人脑袋，外加人皮面具制成的，人头的脖颈支撑处有根铜制管子，可穿插连接身子，与内里的齿轮绑定。"

可惜啊可惜，王阳明这通分析没博得对方鼓掌叫好，这个刚刚从傀儡身子里爬出的孩子，虽只有一米左右，却是傲娇个性，竟然连个坏脸子都懒得给车上的王阳明。

"她怎么样，洗过了没？"小豆丁拍拍身上的灰尘，口气十分轻松。

"差不多了，你瞧……"拦路劫道的这个黑瞳少年颔首，抬手拍了妙儿肩头一掌。妙儿原地不动,真的好似被点穴了一般。

王阳明见那小豆丁竟然也是墨色眼眸,并无半点眼白,内心咯噔一下:"难道说,这两个都是练了什么奇怪的技法或者神功才至于此?并非利用某种药物、器具才至双眼只黑不白?如果是这样的话,那么……"

他原以为这黑瞳少年,是利用某种接近于魔术的障眼法,通过什么器具、药水将眼睛扮成这个样子。可现在看来,若真是化妆术、障眼法,那化妆个一两名也就够用了,他们这帮人无非就是想利用人心对鬼神的敬畏吓唬一个算一个。可如今看来,这黑瞳少年的个数未免过多,如果不是利用化妆术和障眼法刻意掩盖原本的正常眼睛,那又能是什么样的神功导致双眼如此,还能将人定格住呢?

"刚才他说什么?洗过了?"王阳明迫使自己冷静,"洗过了?洗过什么?是指妙儿的心智?"

"上头那个怎么处置?"劫道的年长一些的少年询问。

"别搭理他,那是个有用的疯子。"

还是老样子,说这句评语的瞬间,小豆丁并未看车顶上的王阳明一眼,完全拿他当透明物。

"有用的疯子?喂!你会不会说话!还有,别碰我未婚妻!老子这就下来打死你!"王阳明虚张声势,他可不想让坏人欺负了自己妹妹。他想,实在不行,先故意激怒那个小豆丁,偶尔把注意力吸附到自己这边来,随便他们想干什么都好,大不了先用语言应付。

见那劫道的小子仰头瞪眼,好嘛,这惊悚古怪的一幕让王阳明终生难忘。这好比我们在电影院看着恐怖电影,明明已经有心理准备,还是在面对妖魔的局部特写时,会被吓得神经紧绷、呼吸不畅,甚至手里的爆米花也要掉落一地。

"你们没听说过吗,我是小圣人王阳明,破获好几起大案了,今儿个你们小哥儿俩太背,遇见我了。说吧,是跟我去衙门见官,还是自己当场谢罪啊?"

王阳明一副大言不惭、根本没拿他们这黑瞳当回事儿的样子,还轻松自在地摆了个伸懒腰的惬意动作:"装什么孙子啊,您花柳帮贩卖人口那档子破事儿,我早在幻海城就见过不下五起了。还弄出个汉代驿站、如月山庄吓唬人，滚你！"

王阳明讽刺、数落着他们，就当他说出"滚你"这一句脏话时，只见那小豆丁突然攥住眼前一动不动的妙儿的手腕，为她号起脉来："糟了！她、她、她死了！"

"什么？"车上的王阳明连同黑瞳少年皆大喊出声。

"你说什么？你把我未婚妻怎么了？浑蛋！"王阳明听到此处，已是无法分辨其中隐情，更不想再花心思弄清这一切的来龙去脉。就在他不顾危险，想要直接跳车察看妙儿情况到底如何时，只听小豆丁发出一声惨叫。

"我说过，我没那么脆弱！早在南昌府时，我就说过！"妙儿冷凝狠绝的声音犹如水晶粉碎四溅。

只见这方才还傲娇不理人的小豆丁，眼下被妙儿放出的昂宿星刺中了双眸，两双原本漆黑如宇宙般的大眼，现今成了两个血窟窿。

"妹妹，你没事儿就好！吓死我了！我刚才都觉得我活不了了！"这还真是大实话，刚才他也怀疑是妙儿使诈，故意调节气息，闭住气门，暂且骗过对方。可架不住关心则乱，王阳明哪儿舍得让未婚妻以身试险？

"好玩吗？"妙儿质问，抬袖一甩，又放出两颗昂宿星，直接将身后那个也一并打翻在地，却并没封住他的双眼。

"你、你没事儿？怎么、怎么可能！难道说、难道说你被用过一次轮回之眼？"倒地这个少年浑身哆哆嗦嗦，开口也不似方才那般冷静笃定。

"算是吧。你这招数貌似是东瀛的一种忍术，叫什么我忘了，真别说，本座当年还小那会儿，还真被人施过一次。也得谢谢那人从侧面帮了本座，现今你们再试，反倒不灵了。说吧，花柳帮又有什么幺蛾子，这次竟然放小孩跟侏儒出来祸害人间，啧啧，真有它的！"

妙儿啧啧摇头，腾跃翻出两人之间，准备放出丝线将二者捆绑带走，王阳明还在车上不忘温馨提示："妹妹，你快下手杀了那左边的祸害，此人若真是侏儒，那他定然是个谋士，留这种货色在人间委实可怕！"不错，王阳明这话不假，若不是妙儿果断在前，他都要被这小豆丁骗了。

乍看之下，这家伙面孔幼稚，也就七八岁年纪，可端详便知，此人有明显的法令纹和抬头纹；而且他的嘴巴长得极丑陋，典型的"老人嘴"——很多老年人在五十岁后，因胶原蛋白的流失，嘴部下方和人中的连接处会起皱变形，尤其噘嘴和撇嘴时就会特别老态。

刚才他一时恐惧、一时揪心，没有注意到这侏儒怪异的五官，现今看来，此人是个侏儒无疑，却以小孩子的身份进行着贩卖人口的勾当，可见他在他们帮派首领心中占领着一席之地，何况方才迎面劫道的这个黑瞳少年也全然听他安排，由此不难看出，这个侏儒在帮派里扮演着"谋士"一类举足轻重的角色。

"好！我现在……"妙儿刚要高举拂尘劈下去，谁料那雾气火速爆燃，犹如烈火碰上了干柴，在妙儿连同王阳明周身熊熊燃起。

妙儿听得身后有丝绸划过的声音，突然想到来时那些将自己和王阳明包围起来的灵络。她暂且放弃尾追两人，忙翻身上车。

果不其然，那紫色的灵络交缠萦绕，当空拼出天罗地网，它们非常愤怒地朝王阳明撞来，一条条排好列队，从四面八方以饿虎扑食、狼群猎物的速度袭来。

"无非是一些白练罢了，江湖之人常用这个做兵刃，没什么大不了！"妙儿散出昴宿星与丝线，将这些灵络击断。

她拉着王阳明飞身上到一侧梓树上，刚要叮嘱他在此等候，就听见下头有两人齐声叫道："我们也没这么脆弱！"

也不知是不是那两人暗中操控，浓重的雾气顺势散开，两个黑瞳者像是戏曲里的伶人，竟一左一右、一前一后摆出奇异的造型。

这架势简直太古怪了，王阳明两人从未见过。

只见那侏儒与那少年对面而立，中间隔着十几米的距离。不一会儿，他们双手高举过头顶，口中各大喊着古怪的辞令，边喊叫边朝向对方奔跑。那侏儒先行翻着跟头，身子如弯弓般瞬间折叠，其柔韧程度超乎常人。而那黑瞳少年也在此刻向前滚翻，两人就这么犹如两只野兽，撞到了一起！

浓烟再起，雷霆暴怒。

就见两颗人头合为一体，脱离二者身躯飞身上树，朝着王阳明两人眨眼放出灵络。

而最令人感到不解的则是，这两人的人头、耳朵都发生了奇异的变化，原属于耳朵的位置却被一双翅膀代替。

第十五回
落头民合体困阳明　礟礋来大明黑衣人

　　"不是吧？刚刚不是把左边这侏儒刺瞎了吗？都这样了还能出招伤人？"王阳明也是瞬间大惊，原本他是亲眼看着未婚妻是如何出招，将那侏儒的眼睛活生生刺穿流血的。眼下他跟妙儿也是直接与这合成一体的带翅膀的人头相对而望。

　　没错，对方仍是"血葫芦"一个，他的双眸并无好转愈合，仍旧是血流如注。虽是双目圆瞪，但妙儿也无法单凭几眼便看清对方现今是真瞎还是装瞎，抑或完全依靠与自己人头合为一体的那一半的力量。

　　"哈哈，我是侏儒不假，也是黑瞳不假，更是练过的黑瞳！我练过的那种忍术，抑或说瞳术，即便被你这神奇兵刃刺伤双目也好，还是被什么毒物毒瞎也罢，都不打紧，因为，我本身就看不见！"

　　谁也没想到，合为一体的那半拉脑袋仍旧开口叫嚣，还不忘自我介绍一番。

　　"合成一体这事儿本座暂且不提，但你俩分明是落头民！原来，《搜神记》中记载过的南越落头民绝非谣传故事！"妙儿护住王阳明，用出两招"反掌捶手""上步冲天炮"，其手挥动不停，加速打中对方右翅膀；左手撩动拂尘，令丝线遮挡其视线；右脚向前迈出，跨步到树枝上头，落左脚前，上身左倾，勒动左手拂尘，反击对方命门。

那合为一体的落头民动作虽迟缓，但其眼中放射出的灵络可谓一气呵成，出招速度快得惊人。

妙儿见状并未担忧，她左脚上前一步，借树枝乱颤造成的斜坡劈下拂尘，抽打对方后脑；右手向前，二指并拢，刺向对方眼眉。

妙儿虚晃两招果然奏效，这两个家伙虽用出"落头脱身"这一大招唬人，却仍不见效，已被妙儿打得七荤八素。原本两个合为一体的人头现今已是不成个样儿，好似蒸笼里的发糕，肿胀得都要把门屉顶飞。

王阳明迅速思考着如何克敌制胜，他无法通过对方人首分离的现状看出这两个浑蛋的弱处，便在脑海中飞速回忆着《搜神记》中有关于落头民的记载。

秦代有落头民，在不死的情况下，他们的头部可以脱离身体自由飞翔。传说三国时期的东吴将领朱桓就曾得到过一个拥有此种特异功能的落头民为女奴。

三国时期的另一位前去南越打仗的将军，也曾见到类似的情况，据说，这个不知姓名的将军，曾对落头民做过一次"有趣"的实验。他将以铜制作而成的盘碗铺在只剩下一具躯壳、人头外出畅游天地的落头民身上，静候其脑袋乖乖回家，想亲眼看看这落头民到底如何做到人首分离。可惜，这次实验以失败告终。原本有去有回的人头，在"梦行"了一整夜后从窗口归来，却因自己肉身上铺满了铜制器皿而无法与原本的真身结合，很快就死亡了。

"妹妹，这帮落头民怕铜，我们拿铜钱当利器试试！"王阳明也只是隐约记得有如此一说，可到底铜器是否见效，也只能在实践中来探知。

好在王阳明本人投掷之术一流，弓箭技术也是百步穿杨，用件暗器不叫事儿。

他话到这里，手却没闲着，已经弹出一枚铜钱，刚好插入对方半边人头的人中位置。

"打得漂亮！"妙儿赞许，她扬起拂尘，接过未婚夫投递而来的两枚铜钱，将它们卷在佛尘丝线中，像是甩出鱼竿般砸向近前合体的落头民。

"找他的听会穴、翳风穴、攒竹穴。"王阳明心已料定，既然这些家伙修炼过眼部，并且有的本身就是盲人，说白了，他们的眼睛天生就与旁人不同，不排除他们就是因眼部特别才会被花柳帮选中单独培养的可能。但是，眼部过于伶俐之人，其另外四官不见得会灵光到哪里去。

就拿耳、鼻两者来说，如若一个人的视力不行，诸如天生失明，那么，相对而言，他的听力、嗅觉就会比较好——有的是被逼无奈靠后天训练出来的，更多的则是因五官之一天生"挂科"，故而其余四官感触就会更灵敏，随时处于备战状态。

攻其双目看来作用不大，那么，换个角度攻打又当如何？

王阳明最擅长逆向思维，既然你目力过人，那你的耳、鼻两处极有可能就是致命点。

妙儿用出一招声东击西，指上打下，比如"浪子弹球"外加"仙人摘茄"这几招，表面上是想出手攻其面目，实则重点在出脚。

虽说这人头没有下体，但架不住妙儿的丝线和昴宿星可以由下而上，分别托举数枚铜钱，同时向这人头三处穴位攻来。

好在只用出了三枚铜钱，这合成的落头民总算消停了。只见这两颗扭捏在一处的大脑袋当空坠落，中途还划到了几株探臂舒展的梓树枝子，人头闭着黑框似的大眼砸了下去，地面瞬间沙尘飞扬。

妙儿两人观望下方许久，见人头彻底不动弹了，这才一个接一个从树上纵身落地。

妙儿走近这两颗摔成碎西瓜的人头，不禁放出几颗昴宿星，再三确认其是否死透："好了，是死绝了。"

她将人头中间的那个看起来还不是特碎、特血腥的用提前带上的包袱收起裹住，王阳明主动接过那血淋淋的样本，预备将其带回去研究。

"对了，刚刚他两个人首分离，现今真身何处？"王阳明四下看去，竟然不见那真身！

"我也纳闷……你瞧这浓雾也是没有散开的意思，真身却又没了，难道说不似《搜神记》中记载那般？"

理论上讲，如若落头民的真身与人头无法在一定的时间内重新合二为一，那这具肉身就会沦为死尸。可理论与实践两者永远存在着很多差异。

就在两人以为落头民的问题已经解决的当口儿，王阳明怀中的布包突然发出窸窣之声，他心中暗叫不妙，下意识抬手，欲将包袱当即抛开，可就在此时，一双唯有黑瞳、不见眼白的大眼睛，赫然现身在自己近前。

"阳明先生，小圣人……你还真是奇人异相啊。要么怎么说，花柳帮帮主对你至今难忘……"

这一刻，王阳明成了一名正经的宇宙穿行者，待他缓过神来，定睛观瞧的一刹那，自己仿佛站立在一个巨大的围棋棋盘上。

黑子化作深不可测、无边无垠的浩瀚宇宙，白子则散布空中，纷繁闪耀。

"跟我走吧。"

王阳明抱着一颗人头，又好像不是人头。

"这普天之下没有真心懂你、待你的伯乐，这些年，你想想备受排挤的日子，你一个人是怎么熬过来的？你的想法太不可思议了，大明王朝上上下下无一人能够懂得你那心学思想，只有我们帮主是真心对你的。只要你跟我走，到了那边你就是唯一的圣人。"

言语中的催眠还算不得数，可这眼神实在具有杀伤力。好个"画屏初会遇，好梦惊回"。这真真堪比撞见美人回眸，又远比欣赏那大江大河还要震撼人心。

都说明眸善睐，可谁承想这丑恶无比的"黑瞳"也是如秋水，如寒星，如宝珠，如白水银里养着两丸黑水银。

"不。"王阳明依旧抱着那颗人头，而自己的脑袋却慢悠悠垂了下去。此时此刻，一个小小的"不"字中隐含了宁折不弯的文人气节。

"不？你说不？！"人头急了，这似乎是一次不同寻常的对话，一次代表了某帮主与小圣人之间的对话。

"我说不！你用看圣人的眼光去看满街之人，在满街之人眼中你也是圣人！我不需要你们任何一人的肯定，我自己肯定我自己才是最要紧的！我觉得是就是，我觉得不是就不是！"

仿佛是吸收了某种光，王阳明靠自我为核心创造了永恒之力，那颗怀抱在胸的人头依旧是那般龇牙咧嘴、面目可憎，而身侧的宇宙洪荒，却都做出让步的姿态，齐齐让道给王阳明。

"哥哥！"妙儿的声音在王阳明耳畔响起，但当王阳明再次抬头，昂首挺胸时，一个由茶水晶打磨而成的瑷璹出现在王阳明那一对鹰隼般的慧眼上。

其魅力简直令人叹为观止，那茶水晶制作而成的墨镜往他鼻梁上那么一架，再配上他天生的异相，个性十足，落拓身板儿纤瘦笔直，连站在一旁，原本准备随时杀敌的妙儿都觉得眼前一亮。

王阳明像个当地的说唱男歌手，迈出生来封王的精神头儿，虽说他今天很随意地穿了套鹅绒色的直裾袍，头上戴了一块大明读书人经常戴的平顶巾，可偏巧他平生头一次在鼻梁上架了这灰中发黑的方形瑷瑭！

"天哪！"妙儿像个西洋姑娘，很夸张地发出了一声惊叹，"敢问这位先生，你是玉皇大帝派来的救兵吗？"

王阳明走到她身边，并没有摘下瑷瑭的打算："得亏为夫早有准备，这两日忙里偷闲买了一款刚在闹市上发售的新款瑷瑭。虽说形制有点儿古怪，但是架不住管用啊。"

王阳明抬手推了下鼻梁上的墨镜，随后不由分说，抡圆了拳头就给了怀中人头一拳："瞧见了吗？小圣我戴着瑷瑭呢。除了这款茶水晶的，还有黑曜石、白水晶、芙蓉石的，随便哪里都能买到。你个妖精，还想把整个宇宙洪荒都拉上给你当说客？我阳明子还需要你们这帮小人认可？想什么呢！"

原就血肉模糊的人头哪里还禁得起折腾，刚刚还是狡黠狰狞的黑瞳，现今就被王圣人打成了乌青的斗鸡眼。别说什么用瞳术控制人之类的了，恐怕连这妖孽亲妈见了他这搞笑的样儿都认不出来。

王阳明可不是什么"白莲花"，单凭那套"反朱熹道德绑架"的心学理论就不难看出，"佛系青年"四字与他阳明子毫无干系。拿话噎这人头的工夫，他已经给了这半死不活的大脑袋好几拳了。

妙儿这才想起，在他俩首次于本地查案时，两人沿街遇到了各种摊位，王阳明当时指了指摊位上的瑷瑭对她说道："既然是黑瞳少年，就少不得眼睛上的功夫。我们先备下两副瑷瑭，以备不时之需。"

想到此，妙儿一掏荷包，好吧，自己也买了，是黑曜石的。

小两口犹如大明王朝的黑衣人，就当他两个杀的是外星入侵者吧，谁让这花柳帮如此下作可恶，经常收这些稀奇古怪的家伙做小喽啰呢？

"想不到，哥哥所言的不时之需，是指防范那轮回之眼的瞳术，哎，我也是没想到，这瑷瑭还真管用。"妙儿调侃，见王阳明打累了，这才拍拍他的肩头。

王阳明用袖子擦了把汗："刚刚他试图扰乱我的心智，老子才不怕呢，一个低头闭眼，趁机把藏在袖中的暧曖给抻出来了，麻利儿戴上。"

"等等！这什么声音？"还以为能就此缓过的两人，却都被一阵细密如针头穿线的刺啦之声吓住了。

妙儿最先发现不对，她像梵湖儿那般静心聆听，手中拂尘依旧紧握在手。

王阳明担心这人头三度作祟，又怕将其撇下更是中了敌方奸计，只好再用布头将其裹住在怀。

"那个……是什么？"王阳明抬手一指前方，就在他稍微低头忙活着手下裹布的动作时，前方浓重的雾气里好像有两个什么东西蹦来跳去，它们就像是两只正在打洞的兔子。

"糟糕，是灵络！"妙儿话音未落，就见从对面蹦跳的两个模糊物体之间迸发出一道道紫色的类似于丝绸纱幔的灵络，它们泼出的"墨水"，快而准地朝王阳明两人袭来。

第十六回
冲灵络屡次尝挑战　刺黑瞳带首出生天

两具无头尸身，在一张蹦床上演绎着何为"双星导航"。

蹦床这种极限挑战可不只出现在今人的奥运会赛场中，早在我国古代，就有戏班子靠蹦床博得眼球，做百戏商演之用。

这样大开大合的决绝招数才是妙儿所说的西洋星座法阵灵络的源头，他两个使出"双鸟座法阵"，让这已经没了脑袋的两具尸体，仍如驾轻就熟的杂技演员，在空中肆意荡秋千，踩出响屐舞的步子。

灵络像是一条条有眼睛的绷带，在两具无头尸身的前、后、侧空翻下，碰撞、交织出无懈可击的猎网。

上头的侏儒，下头的劫道小子，俨然都变成了一台发动灵络而攻向王阳明两人的无生命的大型机器。

他们双脚起跳，在半空中轮番换出背弹、腹弹、坐弹等高难度动作，彼此抛接精准，可谓配合默契。

"灵络是从两人动作中向外扩开的，从两旁的位置绕行至你我前方，他两个中间地带就成了漏洞。但中间位置也是最危险的地段，必须要在灵络汇合于中央前将他两个斩草除根。"妙儿带起王阳明飞身上树，借助轻功和他边逃边斩断这些碍手碍脚的灵络。为方便腾出双手与那两人交战，妙儿按照一贯的规矩，用丝线拴住王阳明的腰，两人左摇右荡，像是穿行在密林的猿猴。

身后灵络如猎网般闪动、腾挪，有它去过的地方草木凋零不说，大地也随之龟裂。

这些灵络协同作战，四处围剿，难以躲避。

这群远看是绷带、近看是绫罗绸缎的灵络，弹力与破坏力大大超乎妙儿预料："一个个的真有弹性！我们从这些桑树上绕过去，在对面的梓树上落下，再往回走，看看能不能一次性杀到对方中间位置，找到突破口！"

此种危险的场面真是让王阳明感到既虐心又刺激。树木倾塌炸裂之响不绝于耳，一棵棵象征着死亡集装箱——"棺椁"的树木就这样轻而易举地被这些家伙一劈致死。

"这帮灵络的五行定然属水又属火，从雾的本质上来讲，雾五行属水，但这里的雾气偏是紫色的，所以又属火。土克水、水克火，这种紫色的雾气本身就是矛盾。铜钱我还剩下两枚，咱们……"王阳明本想掏下袖子，将那铜钱给妙儿当致命暗器用，可他两个现今连说话的空当儿、力气都没有，他也就更没机会将什么铜钱掏出递给妙儿。

"事到如今，只能用符咒炸开这些密不透风的灵络，找到其中的缝隙后咱们就快马加鞭钻过去。但是，这种缝隙原就不大，所以哥哥，你一定要抓住机会，明白吗？"

"啊？你让我自己钻？那可不行，要这样，你怎么办？我们同生共死！"

还不等王阳明继续惊诧质问，妙儿已带他从树间滑落于地，回身散开拂尘，以丝线的力道撑开一道天然屏障："铜钱给我！"

妙儿的昂宿星先一步打开原本密不透风的灵络之网，王阳明将袖中一枚铜钱给她，妙儿猛将其抛掷于高空，让铜钱融入丝线的大军阵营中。

灵络拿出"水荇参差动绿波，一池蛇影噤群蛙"的款儿，仿佛一定要将王阳明两人置于死地。

"腾蛇乘雾，终为土灰。"王阳明随手抓起一把松土朝着对面的灵络投掷去。

他是自信的，按照他刚刚分析的五行来看，此物定然怕土。可惜，这把土下去，并无奏效。

"此间土地，神之最灵，生天达地，出幽入冥！敕！"妙儿也没有更好的方法，她只能于短暂的对抗间歇中，腾出宝贵的几秒钟捏出一道土地符咒，召唤出更为强大的土性力量对抗灵络。

用出符咒后的灵络大军终有开口，可惜的是这开口连半个人都钻不过去，此间稍有松懈，却又在弹指之间恢复了原样。灵络阵形从始至终不曾崩塌，王阳明两人刚刚窥见有可乘之机，它却又在眨眼工夫中弹射出较之前力道更为刚猛的灵络。

这熟悉又令人无法呼吸的张力拍打而来，它们杀气腾腾，龙蛇落笔忙，电掣金千丈。

铜钱加符咒都无法及时有效地将这东西铲除，看来只有再带着王阳明闯一次鬼门关了。

妙儿没有丝毫犹豫，她不打算在没把握的事情上浪费时间。

"哥哥做好准备！"此言一出，妙儿带起王阳明掉头就往无头死尸所在的蹦床中心位置飞身而去。

她知道，如果自己预估的朝向或者用出的速度有问题，那么自己就会被那些灵络划伤肉身。此物有毒、没毒放在一边，单说被这刚猛之物击中之后的痛感……

她是无所谓，可是伯安哥哥就……

"妙儿，我们一定能闯过去，你按平时那样就可以，他们的法阵没什么！"还不等为自己的胡思乱想叫停，王阳明已先一步为她稳住心神。

"近了！"妙儿大喝一声，果然不出她所料。眼前灵络从蹦床的两端散开，顺着侧面方位扩展开来，有欲野喷山之势，再在中间无头尸体交互弹跳的地方会师。

王阳明眼见着两具极端恐怖的无头死尸，彼此相对无言、腾空后翻，此间物换星移、阵马风樯，表面上看来已觉他们再无半分生命体支撑，但这蹦跳自如的身形，这张弛有度的操控、配合又作何解释？

"到了！"若是只看不帮忙，岂不是给未婚妻添乱？那这可真不是王圣人的性格。不远处就是他们想要灭掉的始作俑者，而他两个刚才已然试过，这二者均为落头民，怕铜怕土，却因修炼过西洋星座之一的双鸟座法阵，一般铜、土不能伤到他们。

王阳明突然灵机一动，探手上去拔下妙儿斜插在发髻之上的那根步摇，将锋利的发簪串上那枚仅存的铜钱。

妙儿也在此同时，将随身携带的昴宿星顷刻全抛，用出一招"雨打龙鳞"，让暗器迷乱对方的同时，妙儿又捏出一道诀："玄灵节荣，永葆长生，太玄三一，守我真形。疾！"

为了让自己跟王阳明都不至于身受重伤，妙儿决定放弃所谓的土性符咒，选用既能挑战恶灵还能保全肉身不毁的神符。

就在昴宿星成功开路，将那两具尸身击落的当间儿，神符也同时起了作用。

此时，灵络已经跟随主人的心意，从两面包抄回来，组成了高大的围墙，王阳明只感到一阵阵寒风，牢牢将两人锁定在这细密的丝网中。

时局百变，天旋地转，绝不能在最后一刻重蹈覆辙！

妙儿凌波踏浪，抛出拂尘先将距离自己最近的侏儒的尸身捣毁摔烂；又向另一面放出丝线，好生一通乱搅，将那厮炸成肉泥。

王阳明见四下血浆四溅，而那些横飞的灵络虽欲凶猛地撞过来，却在妙儿狠辣的动作下偃旗息鼓。

"出口！"妙儿见到了曙光。随着侏儒和那名黑瞳少年的真正死亡，龙胆紫的布条儿纷纷消失。

可就在妙儿拉着未婚夫，勇闯最后那一道缝隙时，侏儒那张凶恶的脸，又一次堵住了充满光明的大门。

"躲得了初一，躲不过十五，总有一天，你会跟我们合作！"事到如今，他仍不忘使命，妄图用轮回之眼控制眼前的王阳明。

王阳明很是嘚瑟地推了把自己鼻梁上高高耸立的紫水晶嵌琋："初一在幻海城替我上学呢，十五也在伺候我爷爷呢！你算个什么东西，也配跟我谈合作？"王阳明这话还真不是瞎编，小书童初一可不就在幻海城的育秧书院替自己上学呢？而十五，在王家长房也是确有其人，此十五非彼十五，他乃是爷爷王伦的书童。

兴许是广大妖魔鬼怪太小瞧读书人了，老把人家往"佛系青年"那里想。这侏儒边施展轮回大法边瞪眼看向两人，以所剩之力为这两根倔强的萝卜"洗脑"。

可就在他自比通天、得胜的猫儿欢似虎时，一根极不友好的尖刺之物，狠狠戳中了他头上那两个本就挨了好几下打的黑色窟窿。

媳妇儿虐完丈夫虐，你们两口子还有没完没完？

"这枚铜钱我送你，作为回报，你的人头我们也带走了！"王阳明手下麻利，先行一步将带有铜钱的步摇刺入这东西右眼中，而后见这东西不再言语，忙不迭将其拦路夺过。

伴随王阳明整个动作，妙儿也成功将王阳明带离此结界。

成功出逃的两人这才发现，他们在结界里耗时许久，当下的正常外界，已是晚间。

他俩按照之前做好的标记一路寻找，发现标记仍在，且都还保持着原有的形态。

两人将这侏儒的人头带回韦大人府衙，为防万一，王阳明将人头的双眼用黑布做了局部包裹，并叮嘱韦大人等人，想看人头可以，断不可将这层黑布眼罩取下！

韦大人听了王阳明再三解释，感觉难以置信，但架不住这厮胆小如鼠，加上破案时效就要截止，好容易得了人头作为抓获敌人的凭证，这老头儿也就不信也得信了。他老人家这点依旧没变，仍是以"交差"为天，此无他。

王阳明不忘叫来柔熏指证，看看这个侏儒是不是当夜半路劫住自己的那两个黑瞳少年之一。

"不错，是他！他个子比另一个要矮上不少，这家伙后来上了我那车顶，还好几次伸手够我衣袖！就是他！"柔熏激动万分，好几次要晕倒，妙儿见了忙又安抚。

因肉身被毁，现在只有人头，王阳明怕再出意外，强烈要求立刻验明此头。

韦大人颔首，说自己已有准备，便把三名当地的得力干将逐一介绍给王阳明两人。

"老朽戚白，本县仵作，另外两人是赵磊、马毅，乃是我两名徒弟。"

这位戚仵作倒是个颇有经验且享有盛名的老牌仵作，看他相貌平平，并无特别，但声音却是极好听的，吐字清楚，语调平缓，语速适中，乍听之

108

下还以为他是做状师的，真有几分今之节目主持人的风采。王阳明看戚白仵作样子，猜他约莫四十五；再看身后两名学徒赵磊、马毅，则皆是二十六岁左右的样子。

样貌上讲，这赵磊不知是不是混了些许西域少数民族的血统，白皙的国字四方大脸上，一个明朗的鹰钩鼻格外显眼。距离2米不到，王阳明便能一眼看到这在汉人群中少有出现的鹰钩鼻。

另一个徒弟马毅，面孔、五官、肤色皆不如这个赵磊师兄。但他长了一对令人看上一眼便觉有些"刺囊"的耳朵。

怎么说呢，这种耳朵学名曰"水耳"，其特点是耳朵上方最高之处有些尖锐，耳身往耳垂过渡的地方肥厚，整个耳朵坚挺高耸，上半部高于眉毛，下半部有垂珠。

按说啊，有这样耳朵的男子皆为阳性十足的男子汉，且多有大富大贵之运，但王阳明将马毅上下打量一番，发现此人衣冠收拾得窝囊邋遢，此间行礼时反应也略有迟钝，加之五官并不好看，肤色也发黄，所有这一切原是配不得他这一双水耳。

第 十 七 回
使眼色少年推配方　人头没花丛尸身缝

　　"咝——这黑瞳少年的双眸和头部，老朽刚刚都已经切开验过。发现这名少年乃因一种奇异疾病导致天生失明，具体的致盲缘由尚不可知。但他双瞳内部到头颅位置，或多或少残留着一种近似于甘露的浓稠液体。这种液体具体来自哪种植被，老朽就不得而知了。"戚仵作验尸完毕，毕恭毕敬地站在韦大人等人面前汇报着，两名徒弟拱手侍立在旁，不发一言。

　　专用的古代解剖室内，戚仵作当着众人之面，按部就班地验完了尸。虽只是个寻常孩子般大小的头颅，却因其双眸特别，从始至终用黑布包裹。仵作在检验其眼部时，还佩戴了王阳明再三叮嘱的深色水晶暧瑷，一旁的众人也应王阳明要求纷纷将暧瑷架在鼻梁之上。

　　众人双眸圆瞪，用三角巾护住口鼻，呼吸起起落落间，眼睛一眨不眨地看向操作台，可惜，就是看不出个所以然。

　　"有劳戚仵作了。"韦大人上前一步，"也就是说，此黑瞳者的黑瞳的确异于常人，且因是得了一种天生怪病，只是这种怪病不可考证？而且他还曾灌入过一种特别配置的神药，是这个意思？"

　　"正是，诚如大老爷所言。"戚仵作一拱手。

　　"戚仵作，您能大致凭经验推测一下，此黑瞳少年眼中剖出的这类药水，可是西域或者西洋那边制成？"王阳明想要戚仵作发表意见，可又担心

110

这种经验丰富的老法医不愿妄下判断，干脆来个二选一。

"这个……老朽才疏学浅，对西域和西洋两边的植被没有多少见地，不敢妄下定论。"

妙儿见戚仵作许是真不知道，但也觉验尸到了这一步，居然没个精准说法，内心多少有些不甘："有没有这种可能，黑瞳少年天生失明，起因是一种不为人所知的怪病，后来花柳帮发现这种因怪病致盲的人群反倒易于修炼某种邪门歪术，便将这些孩子带回帮派，将一种外来的、同样不为人所知晓的甘露滴入他们的眼中作为辅助。就像有些道士，练功、驯兽期间也会辅以些许丹药作为内调，增进修为。"

王阳明颔首，带着几分鼓励的意味看向戚仵作："不错，江湖中什么人都有，像是六指琴魔，虽天生有残，但因多出一指而善驾音律；宋代六扇门不也曾有个坐轮椅的捕快吗？我记得那个捕快善于制造木制机关，将暗器藏于轮椅中，轮椅就成为他的得力坐骑和防身兵刃。"

"这老朽就真不懂了，老朽也是头一遭碰见这么离奇的头颅。若是有那尸身在，兴许还能剖出个子丑寅卯，只是现在……"说来也对，尸身没有，只有人头在，让戚仵作直接就下定论多少有些勉强。

韦大人听到此处，认为线索已断，马上恢复到原有的不耐烦："得了，今儿天色不早了，也不能总盯着这个人头瞧。我说戚仵作，这人头的保鲜我就交给你跟徒弟们了，至于下葬嘛，我瞧着既然没什么线索，不如就三天后吧。"

"啊？"王阳明听罢不爽，"大人，这也太快了吧？我想着回头还是再检验一番，万一又有新发现呢？"

"反正现在我终于能分阶段向上汇报了，能拖一时是一时，彻底结案说不上，但是多少可以让上头别那么催我。再说了，柔熏不是看了那人头了吗，只要她指认是当时劫持自己的人即可。"韦大人还是那个韦大人，不管何时，不作为的刻薄嘴脸永远都在。

没办法，王阳明只能抱着试一试的心态，想着能不能在近三日内私下查找各类医书，赌一把。

就当他意在放弃，带着妙儿转向解剖室门槛的一刻，他忽然发现，站在戚仵作身后左侧位置的大弟子赵磊，显然有话要说。而且，他绝非是想当着众人之面侃侃而谈。此时的赵磊，眼神暗含深意，眉弓高挑，像是试图与王阳明进行神交。

王阳明读懂了对方传递而来的相关暗示，便先行跟随众人走出房间。后面的戚仵作也慢悠悠跟了出来，两名弟子因要收拾打扫解剖现场并未将众人送出太远。

王阳明想了想，找了个出恭的理由先行绕回了解剖室，暂且让妙儿跟韦大人凑合对付。

背后传来戚仵作与韦大人的交谈声，王阳明快步赶回解剖室，但他并不确定那个师弟马毅是否也想帮衬自己，于是他躲进解剖室后窗那锦带花丛中学布谷叫了四五声。这赵磊还真是个明白人，听到声音后就很快前来与王阳明会面。

"阳明先生这边请。"赵磊现身，是独自一人，眼眶上还戴着那副价值不菲的紫水晶叆叇。

"现在说话方便吗？"王阳明警惕地看向周围，"你师弟他……"

"他刚刚去外头买灯芯草和郁金香了。哦，先生还是赶紧把紫水晶叆叇架上吧，我这儿正做保鲜人头的配药呢。"

两人一前一后回到解剖室，王阳明下意识将眼上的叆叇往上推了两下，似是要将它固定在脸上一般。

赵磊倒是习以为常，边说话边拾掇手下的活计。王阳明闻这屋内尸臭半消，但酒气扑鼻："是黍酒吗？常听人说黍酒能保鲜尸体。"

"我们本地条件较差，买不起没药、乳香两种香薰，只好拿最为本土的东西代替。"他说着话，将人头泡入盛满黍酒的柏树木制成的深桶里，并将盖子合上。

"你找我来，是因为知道甘露的成分对吗？"王阳明直接询问，"你有西域或者说异族血统，是匈奴还是党项？"

"是党项。"赵磊说道，"我奶奶是党项人，我成功继承了她老人家的鹰钩鼻、白皮肤以及你们汉人常说的国字脸。只是，先生是怎么猜到我是那里人的？"

"西北地区嘛，春秋时赵姓厚积薄发，与魏、韩取代了晋国。而后很多赵姓氏族纷纷做大，成为西北地区各方霸主。后来过渡到三国初期，曹操又将一批匈奴族人发配到西北地区，叫他们安分守己。再然后历史变迁，熬到了宋时塞北三朝，自然就轮到党项人占领了西北，成为当时控制河西走廊的地方豪强。既然你是鹰钩鼻，脸形和肤色一看就有异族血统，加之你有西安府口音，又姓赵，想来不是匈奴就是党项了。"

"西安府"三字轻而易举地从王阳明嘴里滑落，赵磊听着感到既亲切又遥远。

"想不到，先生的推理能力如此一流，真的让在下佩服，事已至此我就不卖关子了。我师父他老人家刚刚不是装的，也不是怕担不起责任，那种甘露的配方他定然是不知的。那是一种混了苦艾草、曼陀罗、小韶子、卡瓦根、乌羽玉仙人掌、迷幻鼠尾草的甘露。"

"啊？这么多？"听到一系列奇奇怪怪的名字，王阳明真恨不能逮来一个翻译给他解释一下。这都是什么奇怪的成分啊？

"先生别着急，我说的这几样，这里面不一定都有。我只是听奶奶过去提及过，说河西走廊上就曾出现过贩卖掺杂了曼陀罗制作而成的麻醉药，以及用迷幻鼠尾草、苦艾草酿造的酒。"

"前者可以治病救人，那后者又是何意？"

"上瘾，单纯的上瘾。半瓶酒下肚后，喝酒之人或多或少会感到前所未有的快乐。河西走廊曾是佛教东传的要道与第一站，也是丝路西去的咽喉要道，很多天竺人、西洋人就是知晓这一点，便借机带来些令人上瘾的酒，其中能使人产生迷幻感、快感的就是这两种植物。刚刚解剖的时候，我瞧着师父手下那一股股顺着眼部流出的液体，一下就想起了奶奶为我讲述的那些致幻植物。我想，那些所谓的甘露，会不会就是用迷幻鼠尾草等物酿造的酒呢？"

"产生的快感也是有极限的啊，总不至于操控人心！我亲眼得见，这少年分明想要给我们重洗心智，要我们唯命是从，而且有些人的确被其迷了心窍，听凭差遣，任由宰割，这又从何解释？"王阳明虽得知了此物配方，但总觉这些植物不至有如此神力。

"那就不好说了，可若说他们勤于修炼，兴许……能催动药力？"赵磊用试探性的疑问开口，他本人虽习武，但只是能粗浅地防身罢了，能为阳明先生所做也就是这些。

另一面，韦大人跟仵作说完话，迫不得已，只能跟曾经发生过激烈冲突的玄机女侠大眼瞪小眼。

　　妙儿是无所谓，反正脚底下的梵湖儿愿意用毛茸茸的大白脑袋给她"擦鞋"。可韦大人架不住一颗好奇心，打发了下属，侧头就问："我说这位女侠，你跟王贤侄是什么关系？我记得南昌府那会儿你还老拿话揶揄他，怎的现在就好上了？"

　　"哼，想知道吗？"妙儿端起茶，撇着嘴问道。

　　"想啊。"韦大人头上仿佛冒出三个大问号，信号灯似的集体闪烁着。

　　"你问他去啊！"妙儿早就跟王阳明商议好了，甭管是谁八卦，只要有人私下场合单独问她，她就往王阳明身上推，叫此人找他说话。

　　韦大人明显心有不甘，身子不禁往妙儿一侧倾斜："哎，我说，你跟我贤侄是怎么好上的？好了多久了？我听着你叫他的表字伯安，他叫你妹妹。你一个出家人，他一个琅琊王家后人，你师父、他父亲可都知道？"

　　"我呀……真想跟您好好聊聊，可是吧，时机不够，您要是感兴趣，还是找伯安哥哥自己说吧。"妙儿轻松起身，大大咧咧地伸了个懒腰，因妙儿身材高挑儿，起立即有"树荫"随之而出。这动作幅度之大可把韦大人吓坏了，他以为这女子又要翻脸，忙不迭起身逃走，身后圈椅也被其带动倒地，韦大人顷刻怔住，一屁股坐在地上。

　　"瞧瞧我们韦大人吓得……"妙儿蹲下，招呼梵湖儿上来抱抱，"不知道伯安哥哥是不是又迷路了，哎呀，这老毛病犯了可不好弄啊，我还是过去看看他为妙，韦大人自便。"

　　妙儿嘴上说无所谓，心中不免担心起久久不回的王阳明。好在这家伙闲云野鹤般从后头绕回，跟妙儿打了个照面儿。

　　王阳明双目藏喜，两人一左一右回了院落后，又进行了一番商议。

　　而就在他两人坐下商议下一步该如何应对的次日晚间，柔熏所居住的别院中却迎来了不速之客。

　　一名黑瞳少年不请自来，照着柔熏头部就是一击。

　　这一次，他二话不说，可不比之前的各种客套，连一句"请你跟我走"都没有。

114

也亏得韦大人之前安排了不少习武的护院、人高马大的精壮老妈子在侧看护柔熏，王阳明又特意叮嘱众人戴上深色暖靆。所以，即便在晚间，柔熏仍不忘将那副浅紫色的水晶暖靆架在鼻梁之上，就连入睡时也将其放置枕头下方。

几个人打成一团，让人出乎意料的是此黑瞳少年并未用出任何瞳术操控在场众人，他见不能将柔熏置于死地，便果断离开现场，也并不与其他人纠缠，所到之处皆是房檐石壁、高耸天梯，好像是刻意避开地面追击自己的这些护卫。这就奇怪了，黑瞳少年明明能用瞳术，这一次却破天荒地没用，难道说，他不会？

当来人前去衙门禀报此事时，韦大人院落中的众人皆已入睡多时。

妙儿等前去察看，却并未发现任何蛛丝马迹。

这还不算完，两日后，按照韦大人的要求，人头已无法得出太多证据，那么就理应安排下葬。

可就在众人去到停放尸体的解剖室，察看那盛放人头的柏树木桶时，发现里头竟是空的！

"怎么回事！"仵作第一反应就是质问两名弟子，"赵磊、马毅，你两个在干吗？昨天我来的时候不还在的吗？"

王阳明见这戚仵作一脸惊恐，不似扯谎。

"师父，的确、的确是……"两个弟子临时慌了手脚，纷纷结巴。

"不是还有间内室吗？去里头看看。三个大活人还看不住一颗人头？再说了，咱们这可是办案的衙门，哪儿那么巧啊让他们进来偷？"韦大人强崩住神经，尽可能把事情往好里说。

"马毅你去外头院子里找，赵磊你在外间，大人您跟阳明先生跟我来。"

说罢几人分头行动，戚仵作满头大汗，推开门发现内室并没什么稀奇可寻。这内室原就不大，本是供他们几人配置保鲜药方、研发解剖工具、休息的场所，不适宜存放尸体。

"韦大人，师父，在、在外头！后头窗户下头……尸体、尸体……"马毅语无伦次地发出不同于方才的声音，王阳明一听就觉得这话不对！倒不是说他这颤抖的变声有何别扭，只是这用词委实惊悚！

前半句还算说得通，可后半句"尸体"这个词——不是人头，变成尸体了？！

众人掉头往院落后头的窗户下奔去，只见锦带花盛开、野蔷薇散落的地方，可不就藏着一具尸体嘛！

"怎么可能？！"韦大人和戚仵作同时吼出声来。

戚仵作当即深感歉疚，往前几步想要上前察看，却又想到了什么一般，原地呆住了。

王阳明也觉得是不是自己看花眼了，可这景象着实令人匪夷所思。

距离众人不远处，王阳明就看到了那被缝上了身体的"尸体"，不用拿在手中细看便知，此贼人缝合技术生硬，可见平时根本不练女红。

"缝上了？谁干的？！谁把人头配上身体了？"韦大人上前一步，恨不能踢踹这尸体，妙儿一把将其拉住："韦县令清醒一点儿！你这一下狗扑耗子，倒是把犯罪凭证都捣毁了。"

不错，那颗侏儒人头，依旧是被人解剖过的狼狈样子，那一刀刀开切过的痕迹还是三日前众人见过的样子，理论上讲，应该没被调换过。

可问题是，这人头怎么就多出了个身子？这连接着人头的尸体，打哪儿来啊？

妙儿用力回想，自己当时下手狠辣至极，是带着痛恨与赶尽杀绝的心态让那两具尸身灰飞烟灭的。这没跑儿，王阳明更是亲眼见证了整个操作流程。

"大家都安静听我说！"王阳明与妙儿对视一眼，而后忙抬起双手，招呼众人后退十米开外，"我们要搞清几件事，第一，我要确定，这周围有没有罪犯留下的脚印、衣物残片、外来泥土等证物。第二，我要确定，与侏儒人头连接一处的尸身，是否就是那天由玄机道长亲手铲除的肉身。第三，还要劳烦韦大人马上去牢中跑一遭，看一看有没有这几天刚刚死在狱中，或者已被斩立决的死刑犯。"

116

第十八回
忍者鞋暗藏寒绯樱　莫回头背后有人盯

乱七八糟的针脚看着真真别扭，就好似一个傻里傻气的庄稼汉，带着一个"河东狮"，驾着马车，生怕赶不上大集似的，这粗糙的缝合手法横看竖看总给人一种道不尽的慌乱感。

"依我看来，这针脚八成出自男子之手，缝合之人平时从未做过此事，这是他平生首次干女红，缝合时，此人定然处在一种紧张气氛下。"王阳明验过缝合之处的针脚和最后的系扣，显然，这针脚和系扣并没有什么个人痕迹，只是相对而言，这手法、这"美感"简直比他王阳明缝补的还要寒碜六分。

王阳明边说边观望不曾离开周围的几人——韦大人、戚仵作、两名徒弟以及五六名衙役。

"仵作房间后窗藏尸的锦带花丛属灌木，这种灌木若是疯长而无人拾掇，绝对可以藏人。我勘查过四周，此人留有足迹，行走路线就在这锦带花周遭。花丛四周，连同野蔷薇架下方均留有较为深的鞋底印子，可见此人为负重前行。因四下全无拖拽尸体所留下的痕迹，可见此嫌犯应该是抱着尸体前进于此的。大家注意，因这人头是孩童大小的侏儒人头，嫌犯在选择尸身时刻意选择了一具身高一米左右，和侏儒人头搭配协调的尸体。"

"请问阳明先生，"从未开口询问的马毅突然张嘴，"您只看过房屋后窗一带，不打算检验一下屋里？还有，周边留有的这些足迹，有一点非常可疑，不知您有无发现。"

"房屋之内我进去的时候就已经看过了，尤其是戚仵作查验木桶，确定人头丢失后。至于你所言的足迹可疑，我也在想——"王阳明向一侧踱步，灵巧地跳过脚下足印，"大家有没有发现，缝合者除了个头儿不高、身形适中外，他还穿了双不同于我大明中原的鞋子。大家请看此鞋留有的鞋底印，前方后也方，此鞋鞋跟外凸三寸，支撑前脚掌的鞋底部分也是方头的外凸制式，诚如各位所见，鞋底中间地带稍有中断，唯见前后皆为方形。此类鞋我也是第一次见。算什么呢？很意外！"王阳明倒是一脸兴趣盎然的模样，像是一只好奇心旺盛的大猫。

可其余旁人却乐不起来，大伙儿你看我我看你，也都无法以该鞋底为中心，做出相应判断。

"是忍鞋。抑或可以称其为忍者木屐。"妙儿一边搭话一边向前踱步，"东瀛人个头儿矮小，就连穿鞋什么的，都恨不得加上几寸高鞋跟装门面。这种忍者木屐从鞋跟而言大致分为两种，其一前后一致，鞋底鞋帮通身呈一字形下来，底部或硬或软；其二是鞋底前后两端分别设有方形鞋跟，尺寸大致对等，但中间有不衔接处，鞋底一般十分坚硬。"

"忍鞋？"众人不解，戚仵作此时如梦方醒，"那个，该不会有东瀛浪人闯入吧？难道说，那个黑瞳少年，也是东瀛忍者？"

这话一出，原就贪生怕死的韦大人简直差点儿尿裤子："什么？东瀛人来咱湘西这小地方？不可能不可能！要真是这样，我、我还怎么活啊！"想起在南昌府时，若不是当初有王阳明帮衬破解雪人一案，妙儿颇不情愿地出手相救，想来，那时的韦大人早就成了筛子眼儿。

王阳明与妙儿同时朝韦大人投来鄙夷不齿的眼神，由衷期盼他能被二人射杀而来的眼刀刺清醒一点儿。

"韦大人，我话没说完，麻烦您坚强点儿，这才哪儿到哪儿啊！另外，这厮鞋底还残留了些许泥土，大家看，从我手指的锦带花花丛右侧到野蔷薇架子下方，沿着鞋印往里看，可以看到有那么两处有泥土的残渣，在泥土的残渣里，有一种奇异的鸟粪，不知戚仵作连同两位弟子是否能够上前一看？"

王阳明继续鄙夷地看了韦大人两眼，随后全拿对方当透明，掏出鱼肚白色的手帕，朝着自己方才所指方位走去。

妙儿生怕那灌木划伤未婚夫，忙不迭散出丝线，将锦带花花丛那荆棘横生的枝条大批量掀开，留出足以容纳两人蹲身而过的空当儿。

"这、这是鸟粪？还真是鸟粪啊！"这一次，两个弟子紧紧跟在戚仵作身后，马毅看到鸟粪显得格外惊讶，惊讶的语气中透出几分孩子气，"先生怎就看出这鸟粪奇特？"

王阳明稍有撇嘴："你见过樱花色的鸟粪？而且是钟花樱桃特有的海棠红？除非这鸟便血了。"

王阳明所说的钟花樱桃，多长于幻海城。

"先生的意思是，这是一种被人长期用樱花喂养的鸟儿留下的粪便？"一直未有说话的大徒弟赵磊说道。

"正是。不过呢，韦大人有句话说得对，东瀛那帮人干吗跑来咱们这小地方作孽呢？据我所知，这黑瞳少年可是长驱直入我大明中原多年，且瞄准的都是类似于江南、蓉城、西安府这类大都会。什么时候想起咱们这小县城了？大家说说，这是为何？"

"为何？杀人灭口呗！"韦大人双腿开始不住颤抖，整个人被两名小吏一左一右搀扶，"咱们几个，都曾看见这家伙的长相，如今玄机神女又杀了他们的人，柔熏那女子虽幸存下来，但在搏斗中却令他们屈居下风，你说，他们能不恨吗？能不报仇吗？"

要说韦大人真是别的不行，制造紧张气氛的能力却是一流的。原本还算镇定的几位年轻人，听到大领导如是说，一个竟都怕了。

王阳明也借由韦大人泄气的当口儿观望着周遭一张张神情变幻莫测的脸。

"他们这些道上混的，什么事儿做不出来……"韦大人说到此处，妙儿已是翻脸："韦大人，听你这意思好像是怪我了？怪我下手狠辣不给坏人留余地是吗？要按您的意思说，我明明可以放他们一马，不激怒他们，但是现在惹毛了他们，导致他们要打击报复，是我的错了？道上混的？这评价真是好听。我玄机神女也是道上混的！我也什么事儿都做得出。"

韦大人见状有些害怕，不知如何反驳，院外突然有衙役通传："报！韦大人，刚刚我们去过狱中察看，的确有个昨天午时被拉出去斩首的死刑犯尸身不见了！"

"啊？"韦大人一屁股坐在地上，着实像个遇到天灾而哭天抢地的庄稼汉，"哎呀，活不了了！真是打击报复！这是赤裸裸的打击报复啊！这官儿没法当了，我全家老小的命怎么这么苦啊！"

王阳明可没时间搭理这胡搅蛮缠的家伙，他上前几步走到这个报信的小吏面前："请问这位官爷，那死刑犯可是咱大明中原人？可犯何罪？身形几许？年岁如何？"

小吏答道："那厮确为我大明中原人，就是本地湘西人氏，犯了奸淫妇人罪，但其身形十分矮小，不到四尺，面目丑陋，年岁却是正当年，约莫二十五。按《大明律》，这种奸淫之人在斩立决后理应暴尸街头七天才对，可就在昨天，连一天工夫都不到，尸身就在大街上凭空消失了，唯独人头还在。"

王阳明满意地点了点头。

回过神来，王阳明先安排了下手头任务。首先，王阳明叮嘱众人，别大哭小叫的让人笑话，韦大人便由下属搀扶回内宅休养，暂且别丢人现眼。其次，戚仵作与弟子留下勘验这具被人二度摆弄过的死尸。然后，王阳明要去衙门院落各处，询问一下这三日当夜值班的官差，探探这些人的口风。最后，王阳明表示，这小案子本不算复杂，差不多就可以收网了。

王阳明与妙儿走在衙门之中，这里巴掌点儿大小，很快便可以问完所有办案相关人员。

只是，走着走着王阳明突然想起了一件与未婚妻息息相关的大事："对了妹妹，那天你与那两个家伙缠斗一处，他们给你施展瞳术未能成功，我记得你好像说曾经有人给你施展过，而且这法术每人限用一回，一次作废？"

"是的，曾经有一位我道门高人，当时由于某种不可说的原因，为我施展了驾驭心智的法术，教我忘记一些往事，放下一些执念，美其名曰对我好。所幸当初他给我施展了一下这法术，否则这次岂不中招？不过话又说回来，当初他给我施展完这瞳术，我心里虽空落落的，却未如他所愿，忘记过去的林林总总，意念反而越加笃定。哪儿像他们那些车夫，一个个那么听话，众口一词。"

"要这么说，这所谓的轮回之眼的瞳术也并非每次都能奏效，尤其是碰到妹妹你这心智强大的厉害主儿的时候。"

说话间，两人已走到站岗放哨的衙役面前，见他们两人一组正在值班，眼下正是换岗时间，王阳明便抓住时机，找他们说话。

120

"什么？你的意思是，这三天值班下来，每次经过仵作的验尸小院儿门口，都能听见有呼噜声？"王阳明也没想到，这一问还真问出了灵异事件。

对方是个青年汉子，姓石，三十出头儿年纪，在本地衙门办事已有十年，看他的表情、动作不似个扯谎狂徒。

"先生莫笑我胆小，我虽是捕快出身，可架不住怕这些神鬼事件。尤其到了晚上，我跟二子一块儿巡视时，总少不了各种后怕。那夜值班，我俩经过仵作的小院儿，刚到跟前就听见里头呼噜声不断，声音还挺吵，我们先开始以为是有猫在里头，可是这猫的呼噜声我们也不是没听过，越听越觉得是人的呼噜声。"

"有没有可能，是戚仵作他们几个人在屋里值班睡觉？"王阳明看了眼这答话的石姓汉子，又看了眼他身侧站着的另一个小吏二子。

"先生，那天我俩是目送他们师徒三人出的门，往后他们仨再没回来。而且按照我们韦县令的规矩，若是入了夜，有本衙门的官差回来取东西或者报告消息，都要先通传老爷一声，得到允许后方能进去。"二子也补充了相关信息。

"那后来呢？你们有进去检查吗？"

"说实话，您可别跟韦大人说，我们俩都没进去看。吓得当时就手拉手一起跑了。"石姓汉子红着脸，抬起一根食指挠了挠面颊，很是愧疚。

"好吧，我不会说的，你们放心。那天晚上具体是哪一天？我们就以人头被缝合为时间界限。"

"是、是人头前来本衙的头一晚。"二子回答道。

"那么，这三天值班夜巡时，你俩可都在？除了你俩，还有旁人没？"

二人回忆，并列出了个还算靠谱的名单给王阳明二人。

拿着这份凭据，王阳明二人又询问了一些在人头来后三日内当差的衙役，尤其是当晚班的。

不出所料，但凡夜巡之人大多感觉有点儿古怪。

尤其有人报告，说虽没听见什么奇怪的声音，但总觉有双眼睛在自己的背后贼溜溜地盯着！

身后没有脚步声，却总觉得哪里不对，可一旦感觉后背有人，一回头，又什么都看不见。

第十九回
传承断代自打自脸　脚印证据暴露身形

　　"妹妹你说，这东瀛忍术，难道真强大到这般怪诞诡奇的地步？"晚间回房休息，王阳明摊开几本志怪小说，仔细翻找与忍术、瞳术相关的秘闻记载，想要借托古人之手找寻本案线索。

　　"未必。东瀛人凭借的是一股狠劲儿，一种偷师强者、为己所用的奋斗精神，连同鬼魅一般的耐性与克制。"妙儿总结到位，王阳明简直没法再夸她。

　　王阳明颔首，那双原本神采奕奕的时凤眼中突然露出少有的疲惫与害怕："当年的蒙古铁骑都没能顺利拿下这番邦倭寇，以至于他们现今越做越大，竟然跑来湘西闹了。如果，我是说如果，有朝一日，他们若真的犯我中华……我不敢想，这群既能忍耐，又能偷师，还能自我克制的家伙，会对咱们中原人做出什么丧尽天良的事儿来。"说到此处，王阳明左手按住喉咙，很是突然地连续咳嗽了几声。妙儿看他身体不妙，忙上前为其号脉："这是怎么话儿说的？莫非是这东瀛忍者把哥哥气着了？要我说，这大明就是个流氓帝国，也没什么可留恋的，毁了就毁了吧。宫里那些人还抠脚丫子呢，哥哥着什么急？"

　　"哈哈哈哈……你刚刚一提抠脚丫子，我脑海里突然出现一个面目丑陋但又极可笑的小丑。不过妹妹说得对，我想咱们这风水宝地，不是被蛮夷外

122

族侵扰，就是被番邦啃咬，如今想找回汉唐时代的威风，怕是难于上天了。"

"我去给你煮些梨汤润润肺吧，这地方也不知有没有上好的川蜀陈皮……"妙儿回身，刚要迈步推门，忽听门外有气息迫近，从里分明可辨，来人气息不稳，甚是柔弱，显然出自女子。妙儿贴门侧耳，问道："谁在外头？"

不等来人敲门，只听柔熏像是被吓破胆了的声音传来："玄机姑娘，是我，柔熏。对不住两位，深夜到访，有几句要紧话说。"

妙儿把门打开，却迎来一张沮丧不安的脸。

她连忙将人拉进来，还未来得及关门，柔熏便快步走至房屋中央："我明日一早就想启程，这会子过来只是想跟先生和玄机道长说声谢谢。"

"走？柔熏姑娘，咱们不是说好了吗？我已经给福威郡主去了信，到时这案子结了，你先跟我们同路出发，等到了岔口，会有驿站官员在那里等候，到时便可以跟福威郡主派来的人会合，他们会引你到父母那边。你若现在独行，万一半路遇见黑瞳少年，心悸复发可如何是好？"王阳明合书起身，绕到书案前苦口婆心地劝着。

妙儿也觉惊讶万分，关了门后回身附和："对啊对啊，咱可别说这意气用事的话。你又不会武，身上的盘缠也未必够用，这黑瞳少年前几儿刚袭击了你，湘西本地巫蛊横行，人多又杂，山林道路和中原地区本就不同，别说什么坏人劫道，单说这误入密林就有你走不出的。"

妙儿将柔熏拉回凳子上，让她的身体镇静下来，从而使其心也随之冷静。

王阳明掐指一算："福威郡主派来的人想着应该在路上了，之前我写信给他们，虽还未接到回信，但福威郡主素来考虑周全，把你交给她我们也放心。"

"只是，这几天我实在是担惊受怕，尤其那晚，莫名其妙又被攻击。现在想想，多半他们是来杀人灭口的。那样的经历，有一次就够了。"柔熏双臂抱肩，如临大敌，此时正逢秋冬交替之时，旁人恨不能抓住秋日的尾巴尽情享受，可在柔熏看来，此时无论恰逢何种时节，她只觉如坠冰窟。

柔熏整个人前倾而坐，明明可以靠在椅背上图个放松惬意，却因神经紧绷，整个人好似惊弓之鸟，一点点风吹草动就能让她惊吓不已："好不容易赎身出来，却在别院住着，我倒不是需要人陪，只是那里并无与我相熟之人，加之我以前又曾沦落风尘，真是不好跟他们打成一片，那种尴尬令我寸步难行。"

"那就搬来跟我们一起！"妙儿拉住她的手，看向王阳明，"能不能跟姓韦的说说，既然要人家留下做证，那就保护好人家的安全，哪儿有这样的？"

王阳明看着就要吓出一身怪病的柔熏："也只能这样了。柔熏姑娘可愿意搬来韦大人这里？"

柔熏听得此处，却还在犹豫，王阳明从她勉强的神色中看出，她多半还是想马上走的，刚要开口再安抚，谁知外头突然传来阵阵嘈杂的脚步声。

"开门开门开门！"是韦大人？他来作甚啊？听声音还挺横。

妙儿离身，走至门前却并未将门开启："敲什么敲？这大黑天的吓死了个人啊！韦县令，您有话明天说，或者隔着门说都行。"

"嘿！我是来救你们的知不知道？我有关于真凶的信息告知尔等，王贤侄难道不想知道，谁才是缝合人头的凶手？"见他在外边砸门边信誓旦旦的样子，王阳明也觉得别扭，但想来韦大人也玩不出个花样儿，便示意妙儿开门。

"哎哟！"刚一开门，妙儿自动向后一跃，韦大人当场扑了个狗啃泥，差点儿撞到书案的角上。

"大人，您大晚上砸门，还带来这么多衙役，该不会是又把我玄机神女当坏人了吧？您这可不是第一次了！"妙儿见门口这架势，好似要抢人一般，再看这些衙役、捕快神色凝重，个个儿蠢蠢欲动，一脸早已看透真相的得意神色。

"我倒不是抓你，而是……"这一次，韦大人念白畅爽，不打磕巴，他先是看了眼站在书案一侧的王阳明，那眼神里居然流露着鄙视与得意，然后韦大人抬手便指向了柔熏，"而是她！柔熏姑娘，你就是盗取黑瞳少年人头，又把他与那死刑犯尸身重新缝合的罪人！"

王阳明扶着额头，神情尴尬："我说韦大人，你以后见了旁人可别说我帮您查过案，您可真是一点儿不长进！咱们不说别的，就说柔熏姑娘这体格儿，但凡是个姑娘家，单凭一己之力，谁能把一个成年男性的尸体从砍头处搬运到你这县衙？虽说那死刑犯个头儿矮小，但架不住他骨骼沉重、身量厚实，重量在那儿摆着呢，再说，柔熏姑娘又是如何把这东西搬进你这衙门口儿的？钻洞还是翻墙？收买看门官差还是施法术飞进去啊？"

王阳明捏了捏鼻梁，整个人再一抬头，满眼怒火。

"哼，我可不是乱说，咱有的是证据！"说罢，韦大人示意身后的师爷呈上一叠图画纸，那画纸上有用炭笔、眉笔勾勒描绘的图形。

"这是……"柔熏起身，快步走到那一摞厚实的"证据"面前，还轮不到对方质问，柔熏便开腔质疑，"我画的这些建筑图，怎会到你手里？韦大人，您有什么资格查我？"

"哎哟！这风尘女子就是牙尖嘴利！还倒打一耙，反问起我了？你让玄机道长和阳明先生看看，这些难道不是东瀛那里的神社建筑图？你分明就是东瀛那边派来的戏作，或者说你本来是我大明人，但不知因何要与东瀛人里应外合，背叛大明！你让大家都看看，你画的这房子、这图样，是不是东瀛那边的神社！"

"神社？"妙儿看着那一幅幅出现在自己面前的图画，双眼一亮，眼光不由自主地落定在一张用女子眉笔信手涂鸦的图画上。

这幅画的整体风格有些类似于今人的素描，但画中的建筑风格的确与大明常见的建筑风格截然不同。

"你们看看，红色的这个东西，跟牛鬼蛇神似的顶了俩犄角往那儿一戳，是不是他们东瀛人的神社？"韦大人不耐烦地扯出另外几张，"还有这个、这个、那个！你们自己看看，这可都是我从她过去待过的秦淮河畔那里搜来的，还有两张是别院那边弄来的。这都是她手绘的，你们看看，这底下还有她所画的一个怪异落款！一个风尘女子，平日里不弄那些风月之物操练技艺，偏画这些古建筑，难道不该令人生疑？"

柔熏听罢羞恼开口，葱白色的十指紧攥丝帕："县太爷这话真真无理！谁规定风尘女子就得摧眉折腰事权贵？谁规定风尘女子成日里必须搔首弄姿？偏你家闺女天生高高在上，我们就被视如草芥，只能讨好男人？"

妙儿见柔熏脸色发白，牙齿紧咬唇瓣，相争之下韦大人真是什么屁话都敢往外放。她真怕这韦狗官再这么损人不利己，回头再把柔熏气出个好歹，于是几步上前将两人隔开，手中拂尘一抖，挂在臂上："还望韦大人口

125

下留德！想想您老人家在南昌府经办的那几起雪人案，要不是伯安哥哥紧拦慢拦，您这一年到头儿得制造多少冤假错案啊！就算是抢着去投胎，这下地狱的方式也多着呢，偏要往那拔舌地狱跑，哎呀，我是拦不住啊！要不，本座以道士身份，送您老一程？"

韦大人见状连连后退，还未到激辩时刻，已被妙儿吓出一嘴口水。他生怕玄机神女不信，抬手用袖口抹了把唇角儿，忙又指了指藏匿在画作中的一处标有燕尾蝶造型的落款："你们自己看看，每一幅画作上，都留有这女子画出的这只燕尾蝶。若这些画作不是出自她一人之手，又岂能在每一幅画上发现这蝴蝶印记？"

"不错，画是我画的，燕尾蝶也是我个人的落款，可又能说明什么？"柔熏叉腰瞪眼，拿出了当夜与黑瞳少年死磕的劲儿，"我真名不叫柔熏，柔熏是我的花名。我本姓韩，小字燕蝶。燕是我的母姓，蝶儿则是父母在家唤我时的闺名，韦大人不信可以去查一查，八年前，家父韩综英曾担任何职，为何我会画这些古建筑，旁的女子就不会呢？！再说，你一口咬定我是里通外国的奸细，却全凭这些画作，委实荒谬。韦大人怕是穷乡僻壤来的，没见过世面！"

"你、你说什么？我没见过世面？我……"韦大人被这小女子气得吹胡子瞪眼，那两枚牛眼珠子就快跳出来了。

王阳明和妙儿对视一眼，忍不住笑出声。

"笑？你们也跟着笑？王贤侄，你自己看看，她画的……"韦大人随手抽出一张画作丢给王阳明，王阳明捡起这张在风中摇曳的画作，端详起来。

"韦大人，您拿唐代建筑当作东瀛神社，是您高看了东瀛还是说唐代建筑真的不行呢？"王阳明苦笑，"我知道，大明之前的元政权导致汉文化受挫，知识分子流离失所，很多优秀的汉文化消亡殆尽，但仍有一小部分知识分子尽己所能，试图寻回大唐、两宋文化。人家柔熏姑娘乃有家传的建筑技艺，这个您可去查旧年档案，但人家手绘的这幅图，的的确确为唐风建筑。"

"什么？唐风？唐风那么像东瀛？这……怎么……"韦大人震惊不已，开始有些语无伦次起来。

"大人说反了，是东瀛人像我们！"柔熏气愤开腔，"唐朝的建筑气魄宏伟、严整开朗，唐朝时已经形成了完整的建筑体系。我所绘制的乃是唐代

126

时鼎鼎有名的佛光寺，并非您口中的东瀛神社。东瀛的一些地方，寺庙或者神社，都曾在当年派遣唐使来大唐学习汉文化，想来是那会儿将佛光寺的显著特点照搬过去。只不过，东瀛建筑古朴天然，多将很多装饰物去掉，将榫卯结构暴露在外，看上去简洁，却也有些呆板。何况，东瀛建筑多以模仿大唐的歇山顶为主，正房与房檐的接合处有断坡，叫作葺。他们的建筑顶部不对称十有八九，而咱们这里则一直强调整齐平衡。您刚刚抽出的这幅所谓神社的画作，乃是我从东、西、南、北、中五大方位所绘制的'缩略景观图'，这是符合我中原汉人五行审美、五方观念的，而东瀛那边的建筑并无此类特点。"

柔熏说得头头是道，王阳明颔首："您可以查查大唐时期的相关建筑概述，那里都有记载。因为东瀛模仿得太好，反而将汉唐遗风最大化地进行了保留与传承，而我们却很遗憾地未能很好地将很多优秀文化传承下去，以至于您站在我们面前，拿着自己先人的文化遗产质问传承它的后人……唉，说什么好呢？是这世道没文化还是咱们汉文明变味儿走样了？"王阳明耸肩感慨，只恨不能看看韦大人的脑子里到底装了些什么。

"可我怎么听着，这女子对东瀛那边的事情这么明白呢？"韦大人仍旧不依不饶，看这架势，他今儿个定然要带走柔熏。

妙儿蹙眉，一把推开这个挡路的恶官："都说了人家祖上就是做这个的，你怎么没完了？去去去，该睡觉睡觉，别吵我们休息！"妙儿说话间，就要把韦大人往门外送。

韦大人是不甘心，但真是惹不起眼前的玄机神女。他忙给手下使眼色，招呼他们快点儿动手。

"你们谁敢！"妙儿看出端倪，大声呵斥。

门前捕快们一个个吓得木头桩子似的，原本说好的底气呢？被狗吃了？

"且慢！"王阳明看这架势，知道有些话不得不说，"韦大人，劳烦把所有人都叫来，包括戚仵作和他两个徒弟，就说我要现场推理出当夜缝合人头的人到底是谁，招呼大家都过来听听，也好做个见证。"说这话时，王阳明其实挺无奈的，原本他认为时机还不是太成熟，证据也略显单薄，最重要的是，他还不想马上当众指认那个人，因为一旦指认此人，后续一些工作就没法儿指望他做了。王阳明原计划是拿着有力的证据，找个僻静地方单独找此人对质，随后再另想办法帮此人化解心结。

可是眼下，韦大人偏自打自脸，坏了王阳明的计划。好吧，反正王阳明也不是第一次看他这样了，解决问题最好的方法如果就是把事情闹得不可开交，那就让暴风雨再来得更迅猛些吧。

人都齐了，亥时过半。

"既然韦大人如此着急忙慌地想带走柔熏姑娘，那么，就由我阳明子直接亮证据，指认谁才是没事儿去缝合尸身与人头的'真凶'吧。首先，我要逐字逐句地摆出几条证据，劳烦一旁的师爷下笔记录。"

一侧的师爷颔首，整个人端坐在临时搭建的席位上不敢松懈。戚仟作连同他两个徒弟也恭候在下手方向以备不时之需。

"证据一，大家之前看见了，脚印、鞋印乃是本案关键所在，而我要说的，则是通过脚印演算法，计算出此人身高。在一般情况下，脚印越大，身高越高。脚印和身高的比例大约是1：7，即脚印是一份，身高是七份。脚印也可能与人的身高、体重、男女有关。老祖宗留下的测量法则为：身高等于脚印尺寸的 6.876 倍。"

说到此处，戚仟作刚好随身带着算盘，一旁的赵磊自认精通计算，忙接过师父递来的算盘快速拨了几下："此人五尺九寸以上、六尺以下。"

此言一出，在场有三分之一人当即松了口气。

大明时期的"尺"并不精准，直到嘉靖时期才有了一尺相当于今之三十二厘米的精准换算。且每个王朝都有不同的"尺"的标准与计算方式，大明中期的"尺"还谈不上有多严谨。

如果按照这个感觉换算，这个缝合尸体的腌臜人的身高应在 1.63 米到 1.68 米之间，在大明当时的男性里，不算太矮。

我国古代男性平均身高为 1.73 米，越到后期男子的身高越高。像王阳明这类书中有过"又高又瘦""奇人异相"等直白记录的情况实属罕见，但凡能因相貌出众而荣登史书之人，绝对是各具特色、令人过目不忘的才子佳人。如果按照史书和民间野史推断，王阳明的个头儿定然赶超了当时大明王朝绝大多数男性，他的身高应在 1.78 米到 1.85 米之间。

"证据二，在泥地里，体重越重的人，脚印越深。很明显，罪犯没那么

128

重，脚印不深，还自作聪明地用带有异族鸟粪的忍者鞋扰乱视线。在下深知自己的重量，便在罪犯脚印旁站了一下，把在下的脚印深度与罪犯脚印的深度相比，借此估计出罪犯的重量，从而推测出罪犯的胖瘦。"言罢，王阳明报出一组数据，众人很是惊叹，看起来瘦如苍竹的王阳明，体重可不小呢。

赵磊继续飞快地拨弄着手中算盘，忙不迭抬头："犯人体重在一百三十斤上下。"

此言一出，又有一大批衙役、捕快、护院放了心。

"从身高、体重来看，此人偏瘦但谈不上精瘦，还是比较适中的好身材嘛。不过，如果此人乃一名中年男子，这样的体重就偏瘦了。"王阳明目光如炬，赫然看向人群。

赵磊将算盘夹在肘部，搁至心口，抬头问话："确定了身高、体重，也就排除了女子作案的可能。那么，下面是不是该判断一下贼人年岁？"

"说得好！证据三，此人年岁几何？"王阳明向前一步，从袖口中撤出一张纸来展示给众人，"这是我当天拓下的罪犯的脚印，下面，我来说说从何判断此人年岁。"

第 二 十 回
足迹病罗圈腿横行　束梦咒抢人入梦境

王阳明换了个讲话的位置，眼光随机瞟过人群："少年罪犯步子短，脚印细小，脚印之间的距离往往不规则，步行的路线基本呈弯曲状。一般说来，青壮年往往脚印方正，步子跨得大，脚印之间的距离均等无差别，且爱走直线。中年人走路慢，却最为沉稳，脚印之间的距离较短。老年人的步幅更短，脚后跟的压力比脚掌重。大家可观察我手中的这张拓纸，上头的印记分明是中年人留下的，沉稳，足迹间的距离短。"

于是乎，搞笑又悲剧的时刻到了。

大家好像商量过一般，但凡不符合这三点的衙役，清一色自觉退后，让出一条指认通道，将符合上述三点的家伙们晾晒在中间突出位置。

戚仵作、韦大人、一侧记录的师爷、四名处于不惑之年的持刀捕快，都因上述三点成为嫌疑人。

赵磊、马毅两个徒弟很是无奈又心怀忐忑地望向师父，他们实在想不出是何种收买人心的方法，可以撼动本地的金牌仵作迈出这一步。

"怎么？大家好像都怕自己被牵扯进来似的？"王阳明不失讥讽地扬起嘴角，顺带抖了抖手中纸张，"以上三点只能作为间接证据，若想将脚印对应到某一个人身上，还要再做分析。"

王阳明环视周围，果然，这腾出了一条通道的前方看着就痛快。他上前几步，眼光落定在戚仵作连同那几名符合条件的捕快脸上："该脚印前脚掌凹印很深，后脚跟浅，说明走路的人弯腰驼背，手里有东西，全程近乎低着头走，但从之前我所说的那三点来看，此人身材保养合度，理应不是驼背。而且由此脚印还可看出，此人骨关节应该有慢性炎症，虽不太厉害，但已病发过几次，所以说——最后的直接证据，不是旁的，而是这病。谁有这骨关节炎症谁就是缝合人头的家伙。"

"我师父可没有！"马毅、赵磊异口同声说道，两人各自上前一步，一左一右挎上师父的臂膀，像是生怕身后官差会把他带走一般。

王阳明见到此情此景，倒是颇为动容："我知道，不是戚仵作。"说罢，他又看向一众捕快衙役："你们之中，可有患这病的？"

众人皆摇头，我看你，你看我，不知如何是好。

"别紧张，除了患此病外，此人还有一个显著特点——箩筐腿，你们谁平时走路爱箩筐腿啊？"王阳明所说的箩筐腿就是我们今人所说的罗圈腿、O形腿。

一旁提笔的师爷这次坐不住了，他生怕听到什么可怕的结果，很是突兀地丢笔起身，活像一棵倏忽成精的千年松树："那个、那个……韦大人。"

众人看向这个今年正月刚刚过完四十一岁生辰的师爷，只见他咬牙跺脚，仿佛此刻不说，下一秒自己全家老小就会身陷囹圄。师爷哆嗦着抬起手，抖动着手指指向身侧台阶之上的韦大人："韦大人是箩筐腿，他、他来本地后，就一直说腰腿疼、骨节儿疼。"

"放肆！这儿有你说话的份儿？"韦大人甩袖呵斥，"王贤侄，别听他胡说！他一个师爷知道什么？这盗贼分明是外来的，怎么可能是咱衙门的人？"

"韦大人，有些事您不说，不代表我们不知道。有些事我们可以不用耳朵去听，但我们不瞎啊！"王阳明转身面向韦大人，"南昌府雪人一案时，我就发现您是箩筐腿，当然了，那时候没听谁说您患有这关节炎症，想必，这毛病是您到达本地后才有的。何况，韦大人您一上来就对这人头一事颇不上心，总想交差了事。可能就是如此，这人头才找您下手。"

"可是这只是个人头啊！再怎么有威力也是个死人而已。"戚仵作不解。

身侧的赵磊也颔首："对啊，先生，而且韦大人看着人头时，我们那里

131

至少是两人同时在场的。如若这人头没有死绝，还能用忍术作祟，那么我俩怎就没事儿？"

王阳明笑道："如果还有别的方法，从旁操控韦大人去做某事呢？人头是死绝了，也没用了，但是东瀛忍术还在。有人用了一种奇怪的方法，从某一个我们意想不到的方向为切入点对韦大人进行了操控。"

马毅边咀嚼此话，边说道："先生的意思是，对方没有用瞳术，而是换了一种别的忍术，然后利用这种新的忍术将韦大人攥在手里进行操控？"

"对的，至于这种忍术是什么，说实话我也不知道。但那日我问了很多衙役，尤其是当夜值班巡视的那几位，大家都说，于人头入府的三天夜里听到猫叫似的呼噜声。我在想，猫的呼噜声素来有安抚人心的功效，而那人头又无法施展瞳术，那么会不会是这人头在毫无生命的情况下，失去了原有的瞳术，却拥有了另一项新的技能？"

此言一出，众人皆觉身侧有什么风一样的东西钻进身子，仿佛是一个个看不见、摸不着的死魂灵从自己的身体穿过，再由打身侧之人的躯壳中飘走。

"开个玩笑，这只是我一厢情愿的猜测，就像我方才所说，我并没想透这东瀛忍术到底是拿什么作切入点操控韦大人的。兴许你们这几日听到的呼噜声，真的只是东瀛人放出的烟幕弹呢？猫呼噜声本就有治愈心灵、使人神游犯困等奇效，倒也不至于操控人心。下面，我来推理一下韦大人您当夜看人头的情形。首先，您是戴了一副茶水晶制作的嗳嗔，这点毋庸置疑。其次，您进入仵作室内时，两个徒弟都在，但戚仵作不在。然后，您当着两个徒弟的面，戴着嗳嗔检验了人头。那么，问题来了，这种情况对方是如何操控您的？因我之前做过测试，在戴上深色嗳嗔的情况下，对方是无法对咱们用出瞳术的。造成眼下的原因无非有二，第一，韦大人趁着你俩都走神的情况下，用手指将嗳嗔稍稍拿起，只需一下，在这须臾之间，人头就会用出瞳术与韦大人目光接洽，为其施法，迷乱了他的心志。当然，这一推理是基于人头还没有死透的情况下，或者说，人死了，魂还在，法术依然奏效。"

"但这不可能！"戚仵作连连摇头，"老朽我身为仵作小三十年，比谁都清楚，灵魂即便存在于天地，在人死之后断不能轻易回归本体作祟，就算是横死的冤魂回来对活人下手，多半也得从新找个宿主寄生才行……"

哎哟，说到"宿主"一词，戚仵作灵光乍现，与身侧两个徒弟面面相觑，三人同时了悟一般："你是说，韦大人被那人头附体了？"

这话说得真是整齐划一，吓得众衙役纷纷退后，有的则下意识抽出佩刀，似要为保命与韦大人一战。

一直在侧观望的妙儿却悠然发言："不是附体，本座当了这几年道士，降妖除魔可没少做，若说真是有什么不干净的东西回来作祟，本座早一巴掌下去让它有来无回。你们这伟大的韦大人，八成是被人施了'束梦咒'。我不知东瀛那边的人怎么称呼这种法术，但按照我摘星观的规矩，此类法术是通过给人之梦境下咒，迫使对方患上梦行症，随后通过给做梦者的梦境编造情节，用近乎戏台演绎的方式操控其做出很多有悖常人的事情。自然，还有一种方法，就是此人本来就有那梦行症，对方抓住了这点，直接入梦操控。"

"啊？这、这、这韦大人梦行了？就是说，当夜来我们这边检验人头的韦大人，其实不是正常的韦大人，而是梦行着的韦大人？"赵磊颇为震惊，他说话时双腿不住打战。

所谓梦行症其实就是今人常说的梦游，古人如此称呼。

戚仵作也觉无法相信："这、这说法委实诡异！入梦操控，无论何事，总要有个大前提方能成立。据老朽所知，韦大人身体素来不错，从他的情况来看，不似有这梦行症啊。"

"所以说，这想法太疯狂。"妙儿摊手耸肩表示无奈，"不好说啊不好说。我们也只是猜想，对方先给韦大人用出'束梦咒'，迫使其梦行，随后再加上一只野猫，令病发中的韦大人通过闻听猫的呼噜声来进行手下的一切事宜。猫呼噜声只是命令罢了，也算是一种变相的深度操控法。"

王阳明见众人像是看怪物似的瞧着韦大人，又看看妙儿和自己，感觉这气氛委实怪哉："韦大人，我们回到与实际相关的脚印证据。您可以把裤子翻上去，让大家看看您的腿，也可以让妙儿或者其他大夫给您号号脉，看看您到底有无关节疾病。不过，我相信您已经把东瀛忍鞋连同其他罪证都丢弃了。但是，您一向惜命怕死，想必来此之后，您定然吃了不少治疗关节疾病的药物，我们去您家看看那些药方即可。当然了，最好的方法就是您在那组脚印旁边走两步。"

韦大人本欲争辩，但听到此处却闭口不言了。妙儿忙捏出一道符咒，困住了还在半梦半醒的韦大人，并将其点穴。

可惜的是，这道符咒用出后效果不大，可见这东瀛忍术与妙儿所学道家之法差异很大。

王阳明将仍被操控的韦大人关押在衙门后院的柴房中，并当众将那具缝合的黑瞳尸体火化了。

妙儿则火速写信给师父连同几位师伯，询问与此术有关的解除方法。

次日午后，妙儿陪同柔熏回别院收拾行李，王阳明则在柴房审讯韦大人。

为了安全起见，王阳明将戚仵作师徒三人、师爷、一班衙役均叫到柴房，让他们分方位待命站立。

而自以为是的韦大人，这一次则成了可怜巴巴的小虫子，整个人被绳索束缚在一根木柱上，头部之外动弹不得。

王阳明等人依旧戴着水晶叆叇。走到韦大人跟前时，王阳明不忘给他也戴上了一副："您的水晶叆叇可别忘了戴……对了，有个问题我一直想问，您到底是被瞳术操控，还是真正参与了花柳帮的人口贩卖？本地丢了这么多人，到底与您有何干系？"他说着话，手下不忘将茶水晶制作而成的圆片儿叆叇挂在对方鼻梁之上。

"你做过梦吗？"韦大人冷不防冒出这么句话来，说话时神情冷漠，语气生硬，多少有些死猪不怕开水烫的意味。

"梦，分你怎么说。有跟现实脱节的夜晚之梦，也有和理想挂钩的现实之梦。"

"你知道，梦醒时分有多痛苦吗？"

"韦大人，您现在是梦着呢，还是已然转醒？我瞧着，您该不会还没睡醒吧？"

"会醒，但醒来后我会更疯狂。"

"想一想您的官运、前途，您的一家老小。韦大人，我知道您是被迫的，我也知道您有难言之隐，想来您定然是知道些内情，诸如那花柳帮帮主是与当地哪个高官勾结，作奸犯科？他拿您家人老小作威胁，还是说……"

王阳明不再往下探讨，他背着手在韦大人面前来回踱步，想试探一下

134

这家伙会不会因此不耐烦，勃然大怒。

"你附耳过来，靠近些，我告诉你是谁威胁的我，是谁跟花柳帮沆瀣一气，坑害本地民众。"

王阳明听到此处，眨眨眼看向上头的韦大人，见他一副讳莫如深的样子，双眸中透着悔恨之色。

"您后悔什么？我很好奇。"王阳明几步上前，却并无靠近之意，"就在这儿说吧，大家都是自己人。"

"好，那我说了这人是谁，你可别后悔。"

"嗯，您说。"

"此人勾结花柳帮，表面贩卖人口，实则意在违抗朝廷，此人不是旁人，正是朝廷翰林大学士王华。"

在场众人又是一愣。放在今天，这可真是会出现在头版头条的重磅级新闻。

这足以令王阳明震惊的供词，险些就让王阳明不顾礼仪教养，冲上去踹这韦狗官几脚丫子。

"韦县令，您还真是一本正经地胡说八道！"王阳明一个箭步冲到对方跟前，与其还差不到三尺距离。他当时听得对方竟然将自己生父王华的名字给胡乱说了出来，这是哪儿跟哪儿啊？

王阳明脑袋里有一股股撞击着、奔涌而来的赤诚热血，他听韦大人当众栽赃陷害，右手就已然不受控制，一把抓住了韦大人的衣领："我问你，我爹素来在京做官，长期入住宫廷，为何要来此地与花柳帮交易？再说，京城之内，宫闱高墙，他又是如何与花柳帮扯上关系的？他一个翰林学士，整日里教导皇子读书就忙得焦头烂额，哪儿来的闲情逸致做人口贩卖的事情？我爹行得正、做得端，连当今圣人都夸他泰山崩于前而色不变，这样的人，怎么可能做出勾结邪恶帮派贩卖人口之事！这人神共愤的好差事还是留给韦大人您吧！"

说到"人神共愤"这四字时，王阳明本想要回头看上一眼，他觉得身后好像有人过来，似要把自己往回拉。但他此时怒气冲天，压根儿没工夫搭理身后的异样，他必须问清楚这姓韦的，他本人到底为何要跟花柳帮勾结。

"本来我以为您是被他们用什么迷药乱了心智，现在来看，您分明就是

135

蓄意勾结魔教作恶！如今为脱干系，竟到了陷害忠良之境地。看来，我须得向上禀报，给您老动刑。"若对方不提他生父还好，这一说话可真是热闹了，随随便便演戏似的就把王阳明老爹引了出来，万一现场有那别有用心之人，添油加醋一番，回头以"启奏万岁"的形式报给皇上，那么……

人的第六感有强有弱，但有时很奇怪，明明预感到了不幸，却由于客观因素和胆怯、畏惧等主观因素，最后还是没能避开。

王阳明潜意识很想回头看上一眼，到底是谁跟了过来。但就在他犹豫权衡间，面前的韦大人已从口鼻两处呼出了龙胆紫色的雾气，喷了王阳明一身。

"糟了！"王阳明虽被这东西喷溅，却在瞬间转醒，抬手便攥住了身后这隐藏至深之人的衣领，试图求助，"拉住我往外走！大家快些打开房门，快啊！"

可这手刚刚落定在那人衣领之上，就觉此人像是不怀好意、蓄谋已久似的，不但加大了手下力道，还拿出了豁出性命的劲儿推了王阳明一把。

"戚仵作、赵磊、马毅！你们仨还在吗？"王阳明厉声点名求助，换来的却是三人连同其他衙役的凄惨叫声。

而可怜的王阳明，却在这紫色雾气中，看到了灵络的光影。正当那像乌云一般袭来的灵络与他的手肘擦过时，王阳明脚下踉跄，一头撞进眼前韦大人的怀里。

第七案

入梦邀约

第二十一回
统万城提拉有后人　面舵主黑瞳全揭秘

　　王阳明转醒后，瘦高如松的他站立在漆黑一片的隧道里。

　　从睁眼不辨天色的黑暗，到渐渐适应，全程中王阳明只能看见怪异嶙峋的钟乳石和颜色污浊的各类水晶体。

　　这可能是他平生见过的最为糟糕的天然隧道了，冷空气直直地刺入他的四肢百骸。

　　"前方有一束白光，莫非，这就是媚笙她们所去的方向？"王阳明想起柔熏说过的证词，当时媚笙、黄妈妈与她们兵分两路，往所谓回去的路径折返，难道说中途就遇见了这鬼地方，还进去了不成？至于说后来活不见人、死不见尸，也是进了这隧道的缘故？

　　王阳明边想边走，若回头，身后只有无尽深渊，若循白光走，恐怕只会重蹈覆辙。但，他不能止步于此，否则……

　　果然，隧道前端的白光越发近了，也越发清晰，好像是一盏人为点亮、遗落在掌中的星光。

　　"阳明先生，恭候多时啊！"

　　王阳明还未走到隧道尽头，还未走到那白光之处，一道黑影闪现在侧，从旁跳出的不是别人，正是一名意气风发的黑瞳少年。

　　"你是特意等我的吧？"王阳明反问，他拿出静观其变、随遇而安的款儿，其实内心狂跳，难以平静。只见对方背对着铅白色的月光站立，后脑勺刚巧不巧将那盈盈月色挡住了。但透过洋洋洒洒的细小光斑瞧去，仍能看出，眼前之人并无眼白，只有一对黑瞳。

"给您选了匹好马——我亲自驯养的来自天方地区的宝马。这一匹特别机灵，刚好留给您。"黑瞳少年自己骑着一匹，手中又紧牵着一匹，让人称奇的是，他这次现身并无马车相伴，想来是要直接请王阳明本人骑马。

"跟你走没问题，但你得说清楚带我去哪儿，见谁。"

"我们舵主。"对方交代得言简意赅，说话间便抛出绳索将王阳明整个人牢牢圈住，再一用力便施展轻功将他提拉到马背，"走之前，还要做一件事。"不等王阳明开口质疑，眼前便是黑漆漆一片，他只觉一块柔软如蚕丝般的冰凉布料遮挡在自己面目之上，除去口鼻留了个喘息的孔儿外，其余能盖上的皆盖上了。

一路之上，王阳明只觉那黑瞳少年在斜后方紧盯自己的一举一动，身下的马匹确是个会看人脸色的，步子迈得不紧不慢，速度恰到好处——让自己不会走出那人的视力范围。

麻烦的是，无论王阳明如何利用呼吸和听觉感应，都无法察觉到周围细节。尤其此刻大风骤起，刮得他满面黄沙，像只落单无助的断线风筝，浑身上下轻飘飘的，连最后一丝试图探听周围动态的信念也一并被打压下去了。

直到到了对方老巢，王阳明只觉身下马匹突然停了下来，却并未听到身后少年发话。马儿停了又走，走了又停，约莫行了半盏茶光景，由打对面传来两名少年的说话声："师父！"

王阳明一愣，直觉告诉他拐带自己来这边的黑瞳少年正是二者口中的师父，而背后之人之所以不答话，也是因他位高权重，只需点头致意即可。

一路而上，王阳明感觉自己走的是上坡路，但路面修得很平整。到了某个高坡亭台之类的地方，王阳明才觉身下马匹有意驻足。

"这是……"就在王阳明想问出进入此地后第一个问题时，身后似有大门一类的东西悠然关闭，随之发出忽远忽近的咣当声，紧接着，有人伸手突兀冒失地将他的面罩扯了下来。

须臾间，王阳明面前出现了一座城池。

"欢迎阳明小圣人来到我统万城！"身侧的黑瞳少年露出笑容，不失得意。

"你说什么？统万城？我没听错吧？"当王阳明听到"统万城"三字时，脑海里有什么东西被彻底打翻了，不，应该说是颠覆了。

眼下的自己正立于一座亭台之上，这亭台很大，类似于寻常汉人院落中修建的水榭。而下方并无什么湖泊、河流，唯有一条涓涓小溪小蛇般地扭动腰身。可这登高望远的气势着实令人震撼，居高临下的威严让王阳明虚晃了一下，脚下微微不稳。

耳听为虚，眼见为实，就算是幻术，眼前的这座城池也实在是庄严宏伟，比之皇宫也不逊色。倒是自己，糊里糊涂地被人用幻术掳到这鬼地方来，愣像个山村里没见过世面的苦孩子，一脸痴呆状，环视着周围建筑群。

眼前的这座所谓的统万城由外郭城和内城两部分组成，内城又分为东城和西城两部分，由东向西依次为外郭城、东城和西城。

城中活人无数，皆摆开迎战姿态，使着各类兵刃。他们两两一组，对垒时需要计时，谁输谁赢在上方俯瞰便知。

王阳明揉了揉自己的眼睛，定了定心神，就在他侧头转向对方时，一双恐怖的黑瞳对准了他。

"呵……"王阳明由衷地叹出一口气，不为别的，只是单纯地受了惊吓。他茫然间伸手摸到自己腰间别着的荷包，还好，硬硬的、方方的东西仍在。

"你也看到了，这些孩子在我这儿过得不错。走吧，我带你去见我们舵主。"

对方不由分说，抓住王阳明的手腕就要带他下去。

"这些孩子，都是你们拐来的？"

"不都是，有些是自愿的，拐来的也不少，你下去就能见分晓，何必在这儿只问不瞧？"

王阳明不说话，他做好了上山容易下山难的准备，只是没想到，下山的路根本不用腿，对方早就为他备好了一个类似于今之缆车的东西——轨道滑索筐。

王阳明坐在由手工编织而成的藤条筐中，筐子方方正正，周围四个角落连同中间位置由绳索牵引、绑缚，随着人力摇动，辘轳机关启动滑行。

好在从这里到对岸的路途并非很远，但中间悬空的感觉着实令人头皮发麻。尤其还是跟这个怪物同乘一部电梯，空间狭小得令王阳明不敢多动一步，他对着那双深不可测的黑瞳大眼，不自觉各种遐想。

好不容易才下来，王阳明还未从头晕目眩的感觉中恢复，就见眼前一群人在格斗，他再次受到了惊吓！

　　身侧是一排排汉人铸造的各种兵器，连同自己叫不出的、从未见过的奇特兵刃，像大烤鸭一般挂在青铜器打造的架子上。

　　黑瞳少年们两人一组进行着激烈对抗，他们口中叫嚣着少数民族特有的"精怪口号"，无需兵刃，就凭口中这乱七八糟的喊话、手下兵刃发出的咔咔嚓嚓声，就足以吓死几个胆小的；有些操作熟练、技艺精湛的少年，在简短的交锋之中激打出冰蓝色的火焰，看得王阳明是心惊肉跳。

　　还不等王阳明给出一两句缓和气氛的评价，就见有人格斗完毕后，径自从腰间掏出个小瓶，仰起脖子、撑住眼，往眼中挤落几滴黏稠、有色的甘露，生怕这东西不下去，还顺带滴溜溜转转乌黑的大眼。这动作何其灵活何其顺手，一看就是长年重复这动作。更有相互帮衬的，掏出瓶子往对方黑洞洞的双瞳中滴落甘露，也不知这东西是何配方打造，众人都是一副习以为常的样子，不觉有何奇怪。

　　面对这般瘆人的画面，王阳明这会子可算彻底害怕了，收敛了原有的放荡不羁，连最后的狷狂都抛到了九霄云外。他不由得攥住身侧黑瞳师父的衣袖，问道："这都是你徒弟？"

　　黑瞳师父额首，可还没等王阳明决定先迈出哪只脚、怎么走，就听四五个少年从四面八方跳出来，聚拢到自己这边，同时做出奇怪的动作来行礼参拜："见过赫连师父。"

　　这行礼方式可把王阳明吓了一跳，只见这帮孩子鞠躬不说，还执起一边手来按住心脏。可能是这动作太过整齐划一，跟看千手观音表演似的令人眼花缭乱。

　　"赫连？"王阳明不敢想象，"赫连勃勃的后人？还是说……妈呀，居然是匈奴人？"在王阳明这个大明中期人的眼中，匈奴已是灭绝了几百年的魑魅魍魉一般的存在，对这个曾经祸乱中原、虐杀百姓的罪孽外族，王阳明简直不能找出个好的形容词来加以评价。

　　黑瞳少年一个个行完匈奴礼，其中两名穿戴一致的家伙便出列，押解王阳明上路。

　　四人同行，三人断断续续说着王阳明听不懂的奇怪话语，行到一座华丽宫殿前止步，由打内里迎出武士打扮的男子与胡服装扮的侍女。

　　宫殿里令人目眩神迷的雄鹰浮雕，看得王阳明瞠目结舌。王座之上，就是他们所谓的舵主，王阳明神情复杂地抬头，突然想起了一件事："不对，花柳帮帮主难道是个匈奴人？再说，这称谓也奇怪啊。舵主、帮主，难道说，这里不是花柳帮？而是……"

"下头的可是小圣人王阳明？"上头那位发话了，听声音，吐字模糊，说到"明"这个字时，鼻音很重，像是感染了风寒。

"舵主，人给您带来了，如假包换。"黑瞳师父赫连说罢，很识趣地带着两个弟子退到一旁等候吩咐。

王阳明见眼前高台分明是效仿汉人宫廷建造的丹陛，而那高高在上者不出所料仍是黑瞳。只是，眼前这个一看便知人到中年，留着马背民族特有的张飞胡，大大咧咧地扬起脖颈，散发着鲜明的雄性荷尔蒙气息。

"总算等到你，我的阳明先生。你可知，你是如何来的？"

"地道呗。"王阳明不屑地说道，"你们提前绑了韦大人身边的师爷，化装成他的样子开辟了一条直通衙门柴房的地道。当时我审讯韦大人时，他入了你们营造的梦境，为你们所用。但你们的布局不限于此，最重要的还是最后这一步棋，利用类似于火器的东西发出滚滚浓烟，然后用障眼法，顺带将我从地道中掳走。"瞧王阳明一副"我知道你们的伎俩"的泰然模样，这个舵主倾斜身子，饶有兴致地托腮看他，看了不到两眼，又突然从雕刻有雄鹰展翅的纯金王座上下来，悠然自得地迈步到王阳明近前，似乎想要近距离一睹圣人风采。

"我很佩服你，竟然能推理出入梦一说。知道吗，用我们的话说，这叫梦买或者梦邀。"舵主来到王阳明近前，黑色的瞳仁深不见底，看得王阳明浑身不痛快。对于方才王阳明所下结论，此舵主并无反对之言。

王阳明大大方方站定在原地，抬眼看着这个舵主，此人有浓厚的雄性荷尔蒙气息，一张宽大而近乎木耳轮廓的古怪面皮，连接着毛发的面部仿佛是女子裙摆之上的捏边儿荷叶。对方凑近时，明显带出一股草原上独有的味道，粗犷不羁，让人不禁联想起万马奔腾之景。总而言之，他的这种独特气质真不是王阳明这个江南才子可比的。

再看此人身形，简直就是个铁打的硬汉。他的肌肉结实，连头发都像是马鬃一样挺立高耸，令人不敢上手抓一把，生怕这锯齿般的利发会将自己的十根手指割断。

"这个真不是我推的，我只是大致说了些猜测之语，全程并未说入梦二

143

字，是我未婚妻想起了些许江湖趣事，所以还要归功于她。"

"那也了不起。你再猜猜，我是从何而来，又是何许人也。"舵主挑衅般围着王阳明肩膀两端踱步，像是跳着胡旋舞。

"哼，推理出来又如何？能放我走吗？"

"不能，但可以暂时让你缓一缓。不瞒你说，我过去乃是花柳帮帮主手下的一名帅才，只是后来与那厮结怨，不得已自成一派，也就是你现在看到的统万城城主，黑瞳舵舵主。我劫你来的目的，只有一个——把你高价卖给花柳帮帮主。一来我为挣钱，二来我为跟前东家重修旧好。可我刚才听你说了些许，有些犹豫是否卖你到那里去，所以说，如果你能答对我所问问题，我也许改变主意，不送你走。"

这真是一个响雷，直接劈在王阳明后脑！

最要命的是，他还得装出若无其事的镇定样子，好迷惑对方！

"我这么值钱呢？让你冒这么大风险来劫我？闹了半天，就是为了生意啊。瞧你这金砖地板、纯金宫殿，原来竟是假货。我特好奇，你腰带上镶嵌的，是真红宝石吗？"王阳明也煞有介事地挑衅。

"出来做生意嘛，尤其干我们这行。你听说过暗流吗？说白了，就是一张大型的人口贩卖利益网，这张网很大很广，大到可以覆盖大明各个角落，广到金州、高丽、东瀛，甚至西洋各国。"

"是啊。"王阳明试图推理，"自古以来，你们匈奴人就爱干这掳掠人口的好买卖。当年，东汉才女蔡文姬就因战乱在途中被你们掳去，后半生厄运不断。不过想想也是，这贩卖人口的生意也算你们匈奴人的老本行，看你这样貌，该不会是阿提拉的后人吧？我听说，华夏古代曾有两支匈奴种族，一为本土匈奴，二为西域匈奴。貌似后者更像鲜卑人，肤白貌美，有高鼻梁、深眼窝、个头儿高大，筋骨强健，跟西域人更为相似。您老人家个头儿是有的，筋骨也蛮结实，只是这肤黑貌丑、塌鼻子、小眼睛……委实不敢推测您是西域匈奴。不过，这朝代更迭、时代变迁，随着魏晋南北朝、北宋、南宋几次大迁徙，混了中原汉人血液的匈奴想来并没完全灭种，弄不好，您就是一个相对血统纯正的吧？"

王阳明方才提及的阿提拉，东汉时曾突然出现在欧洲大陆之上，可谓令西方人闻风丧胆。西方世界称其为"上帝之鞭"，又名"匈奴王阿提拉"。很多西方人至今相信，这名来自华夏北方的大漠之狼，是由上帝亲自派去毁灭西方诸国、带去灭顶之灾的撒旦转世。他的出现，令原本战功赫赫的蛮族日耳曼几乎全军覆没，令罗马帝国几近毁于一旦。

听完王阳明旁征博引，讲述了些许匈奴家事，这位原本用鼻子说话的舵主，总算露出略微亲近的会心一笑："恭喜你，推理正确。我的确是阿提拉后人，血统相对不太纯正，因我混了一种名曰闪米特的血统，到现在为止，我们这一脉有人仍保持了匈奴人原有的相貌特质，有的特质则慢慢褪去。那你说，我有哪些相貌特点仍在脸上呢？"

王阳明看着他："把鞋脱了，我看看你的小脚指头。"听他说话毫不客气，这位舵主仰天长笑："哈哈哈，好个放荡不羁的小圣人！如你所言，你们汉人的脚指头，小拇指的指甲盖，通常分裂为两半。不过两半不成比例，一半大很多，一半很小，不注意是很难发现的。我们匈奴人脚趾的小拇指，则是完整光滑的一块。"

"还有呢？"王阳明反问，"应该不只这个。刚刚你问我这些话，无非是想试探我，能否为你所用。而你想用我的地方，如果我没推错的话，理应是探案一事吧？好吧，你既然这么说，我就继续做个大胆的推理，你的黑瞳与生俱来，遗传你匈奴家族的对吧？你们这一支原为阿提拉后人，想来天生大多如此，你便利用这一点加上东瀛的一些忍术，再辅以丹药，也就是我刚刚一路上看到的那些孩子往眼里滴的甘露。这招对你们做这暗流生意大有裨益，连唬带诈，可能连出手的成本都省了，这得拐卖多少人啊……"王阳明不无感慨地摇头耸肩，见这厮眯起眼睛，嘴巴也一并抿紧，似有压力作祟，王阳明忙补充道，"哦，还有，可能你们不是天生黑瞳，而是因你们这一支为保血统纯正，近亲婚配导致眼睛发生病变。后无奈，你们只能转为和什么闪米特人通婚。"

这一次，对方不住重重颔首："恭喜你，又答对了，简直推理得天衣无缝。我们从遥远的西方几经辗转逃难归来，却因船偏移了方向并未直接回到中原地区，而是落到了天方小岛。"舵主说罢，缓缓逼近王阳明，双眸放射出危险的光芒。

"不好！"王阳明有所觉悟，快速将藏匿在袖中的紫水晶叆叇滑落在手，他就这么明目张胆地掏出叆叇，直接当着对方的面戴在鼻梁之上，可刚一戴上，就觉眼前一花——原本灰烟色的叆叇镜片掉落一地，发出让人心碎的声音。

第二十二回
反噬术断喝挟舵主　帝江神解构得新知

　　水晶的硬度是 4.7 左右，比玻璃略强些，但也架不住被这位仁兄以横扫千军的气势掀翻在地。

　　清脆悦耳的碎裂声无法遮掩王阳明此刻的惊骇恐惧，他真的很怕。这一刻，他想念妙儿，由衷地想念武艺高强的未婚妻。他才明白，人活一世不容易，暂不说"且行且珍惜"一类的话，单想成为圣人，探查这些真相，身侧没几个誓死效忠、形影不离的功夫高手是万万不行的。

　　王阳明一口气没提上来，嗓子眼氤氲着腥甜，差点儿就喷出血来。

　　见他单手捂着嗓子，愣是一口气倒腾了许久，站立在对面与其僵持不下的舵主嗤笑："原来小圣人竟是个大俗人，也会害怕。"他看着这王阳明恐惧到家的样子，掏出熊爪子搬起王阳明的下巴，对上那一双似乎盛放着宇宙星辰的时风眼，"让我瞧瞧，小圣人阳明子的无限恐惧，到底有多深！"

　　轮回之术须臾间便被施展开来，王阳明动也不动，仿若一个失去发条的闹钟，瞬间便静止了。

　　"这轮回之眼的瞳术，绝非东瀛秘术，而是一种来自所罗门王朝的宗教秘术，你们汉人的西周时，所罗门家族就已存在，灭亡后仍有一支在天方之地流浪，后期匈奴阿提拉后人与之会合，两脉血统合二为一，瞳术也随之传了过来。"舵主说此话时，几乎是掐着王阳明脖子说的，可能在他这个蛮族

146

眼里，王阳明这类知识分子也只不过是他屠刀之下的小鸡小鸭，是任凭宰割、羞辱的俎上鱼肉。

"喀喀喀……"直至他松手，王阳明跌落在地，金砖的冰冷大大刺激了他，他如坠冰窟，就连肺部的旧疾似乎都要复发了。

王阳明侧头看向地面，眼前的金色令他一阵眼晕，他摩挲着自己的前胸，试图不在敌人面前表现出困窘与胆怯。

可再一抬头，王阳明刚好对上来自舵主的鄙夷目光，他确信反转示威的时机到了。

"你有病，我可没药，尤其是有人在我面前撒酒疯，我阳明子最看不起了！"王阳明起身站好，好似被投入挂面清汤中的一颗鸡蛋，一头磕进了那一锅迷雾重重的蒸汽里。尽管前路凶险，势单力薄，但他还是决定要迎上去。不到最后关头，他绝不会认输。

他投掷而去的那个眼神不温不火，并无半分羞恼之色。说话间，他手底还做着些理衣的小动作，可就是这不慌不忙的小动作，当即却如一个闷雷，劈得这自以为是的舵主晕头转向。

王阳明什么武器都没有，就是那样平常的神情，可周遭那些武士、侍女、赫连以及他身侧的弟子全都像一道青烟似的涌上前来，将那个突然倒地不起，抱头打滚的舵主团团护住。

赫连投向王阳明的眼神夹杂着惶惑不安，好像王阳明马上就要持刀过来，一刀了结了他。

王阳明看不清眼前情况，恍惚间从环住舵主的人群的缝隙里一瞥，才见舵主右手捂住左眼，右眼则如铜铃般凸了出来，充斥着绯红血丝的大眼珠悬立在眼眶之中。

这样的混乱情况众人皆始料不及，他们乱作一团，直至舵主发出一声暴怒："都给我散了，老子还没瞎！"

惊天狮子吼果真奏效，除了王阳明，其他人都无准备，该散的一并撤退，刚刚聚拢的包围圈瞬间便消失了。

"你是反噬之体？是你练过还是天生的？"赫连起身，几步过去对王阳明质问着，双目中满是愤怒与疑惑，可令人不解的是，他竟然没敢上手动一下对面的小圣人。

147

"啊？反什么体？我可声明啊，我阳明子是圣人不假，可我从未练过一天武功。刚刚你们可都看见了，我是背着手跟你家舵主说话的，一直站在原地未动，倒是你家舵主，从头到尾兔子似的瞎蹦跶。"

"你？！你居然骂我们舵主是兔子？"赫连提拳欲打王阳明，只听身后呵斥声才停了下来。

"他天生来的！"刚刚还在倒地打滚的这位终于正常发话了，在两名侍女的搀扶之下，他好不容易撑起半个身子，眼眶中的一对黑瞳恢复如常，"他是天生来的反噬之体，我不清楚他对别的招数有无此类反应，但轮回之眼对他而言并无作用，相反，只会将此眼释放而出的功力反弹回来，伤及发功人自身。"

"哦，原来是这样啊。"王阳明很是混不吝地答了一句，"那跟我戴不戴暧噫没啥关系。您要是没什么事儿，就别躺地下撒泼了，咱们谈谈探案的事由可好。是让我为您所用，还是把我卖个好价钱，这事儿想来您有谱了。再说了，花柳帮之前就在南昌府、幻海城等地打劫过我至少四次。您知道黑白双煞吧，人家可是花柳帮帮主的大红人，人家老哥儿俩亲自上阵逮我，还说他们帮主花重金悬赏全江湖人士，让他们齐上阵抓我一个，他的目的很简单，无非还是'为我所用'四字。可如果您真把我撂在这统万城了，万一让花柳帮知道，那您这想跟前东家重修旧好的梦，可就泡汤了。如果您跟我等价交换，以破案为前提放我一条出路，到了外头，花柳帮要对我如何就跟您没关系了，我是死是活，花柳帮那边无需跟您问责。"

王阳明又恢复了老样子，神气十足，还有些孩子气，他这气定神闲的样子让旁边的人越看越生气。

他边说边背着手在大殿内遛着弯儿，头也不回，眼也不瞧，就这么跟冷空气对话，一副其余人等爱听不听的样子。

待他说完，痛快了，一干人以舵主为中心缓缓摆开阵形，舵主却像是什么都没发生，示意赫连道："得了，赫连，你跟两个弟子留下，其余人出去，我有话跟他交代。"

舵主一句话，闲杂人等都散了。

王阳明左看看，右瞅瞅，好似在等对方缓过神来。

"你，应该知道，二十年前如月山庄的那起屠村命案吧。我怀疑，当年亲手犯下此案的家伙还没有死，仍在两个地方流窜逃亡。一处是如月山庄中，另一处暂不透露。"他坐回王座之上，与王阳明对视着。

可如今再看，这家伙身后的王座上雕刻的雄鹰早已威严全无。

王阳明恢复了平日里放荡不羁的神态："嗯，知道，我知道的只限于说书人嘴里说的，您可以补充。但我要事先搞清几件事，烦劳如实回答。第一，废弃的山庄、汉代的挽歌驿站，连同这几个月来巫启县发生的人口失踪案，难道不是你们一手策划、如法炮制的？"

"自然是我们一手所为，如同我跟你说的，干我们这一行的，被江湖中人称为暗流。只是，如月山庄也好，挽歌驿站也罢，的确不是我们杜撰的，而是我们在前人所留遗迹、传说的基础上加以改编的。"

"你的意思是，汉代驿站这些建筑是真的？真的是从汉代留下的？不是伪造的？"

"这个……"他欲言又止，王阳明只好凭借他的微表情、微动作观察、判断其话语是否有诈。

"这样吧，我来分析一种可能性，中途有错您可以指出。首先，如月山庄确实存在，相对而言非常封闭，有些脱离朝廷掌控的意味。其次，汉代驿站确实存在过，也是以前遗留而来的建筑，但后期可能被毁过一次，被尔等诱拐的媚笙几人看到的则是你们复原后的驿站。然后，我要说重点……"王阳明瞟向殿内侍立着的那名赫连师父，"最后，请与我说说当年如月大神的相关典故，只要知道了当年相关的传说故事，就不难知道尔等是如何策划出这些灵异事件。媚笙等人于那夜遭遇的林林总总，也都能逐一对号入座了。"

"哦？你都能逐一对号入座？"王座上的舵主好奇地发问，身侧一名弟子托举着瓷盘，上前奉上西域红提、马奶葡萄，另一名更小些的弟子端上马奶杏干酒，倒出两杯先后捧至舵主与王阳明近前。

王阳明扫了眼那弟子的神色与杯中烈酒，倒没被这从未品尝过的美味惊艳，只是这盛放烈酒与鲜果的瓷器，居然是好久不见的宋代龙泉窑瓷。

他来不及赏玩此物美在何处，抬眼见舵主已然扬起粗笨的黑车轴，将这满满的杏干烈酒一饮而尽，王阳明也就客随主便，将杯中美酒喝了个底朝天："倘若秦淮河畔那几名女子所遭之事由尔等人为制造，那么，那些不可思议的灵异事件又作何解释呢？根据我反复推敲，其实在这几名女子失踪之前，她们遇到的如月与挽歌，都与湘西巫文化有着神秘的联系。其一，她们下车的地点叫作'如月'，而'如月'在本地民间故事里，被本地人视作神明，是一种非男非女的魍魉恶鬼。无论是在汉族抑或别族认知内，鬼可附身通灵，横穿于阴阳之间。"

王阳明言毕，抄起红提往嘴里送着的舵主挥手示意小弟子把托盘送至王阳明手边，不到几秒钟，两串颜色通透、光泽诱人的西域葡萄便被端至王阳明眼前，他并没客气，顺手拈了两颗颜色各异的葡萄，直接扔到口中咀嚼："根据幸存者的证词，当时有两名女子顺原路折返而一去不回，我来此处时经过的隧道想必就是那条所谓的原路吧。据我调查，她们俩路过的隧道名叫帝江，按照湘西巫文化的说法，此帝江为神明。帝江，'状如黄囊，赤如丹火，六足四翼，浑敦无面目……空间速度之祖巫'，曾经走进黄泉之国，也就是我们俗称的地狱中，为的是寻找自己死去的妻子长孙神乐。"

"那么，你能给我解释一下，半路上叫住她俩的那个独腿老头儿是何许人也？"舵主嚼着葡萄，一侧的赫连似按捺不住什么，几步走到舵主跟前亲自在旁倒酒伺候。

"这个我倒是没听幸存者提起，这又不是她的经历。您的意思是，那两名沿着原路走回，进入隧道的女子，半途遇见了一个独腿老人？要是这样说来，我倒也可以试着说说。路上叫住她俩的'独腿老人'，其实就是湘西本地的湿地真神。根据本地县志记载，帝江在进入地狱后，看到了自己已经肉身腐烂、满身蝇蛆的妻子神乐，吓得掉头就跑。而神乐因为自己的样子被人看到了，就勒令地狱里的魍魉们去追赶丈夫。为了阻止恶鬼们进入人世间，帝江就在黄泉之国的门洞处，放置了一块大石头，挡住了鬼怪的去路。而这块石头，也就是后来湿地真神的由来。尔等只是有样学样、照搬传说，找面目丑陋的独腿老人直接上场罢了。"

说到这里，王阳明端起酒杯又喝了一口，喉咙处的腥甜总算被冲淡了，舌头也感觉恢复了些许知觉，钻心的辣味直往两腮处猛蹿："之后，人们为了防止类似的东西混入自家村落，纷纷在村子周围的岔道口，设置了湿地真神的石像，认为可以起到保护村子的作用。而为了抚慰此神明，在五代乱世，村民们会将一名老年男子的大腿砍掉一条，将他扔在山里等死，作为给湿地真神的祭品。久而久之，湿地真神的这一形象，就演变成了只有一条腿的老人。至于这几日当夜遭遇的其他麻烦，都是尔等效仿汉代所为，我就不解释了。"

"你请教了谁，或者说看了什么书才得出以上结论的？"舵主有些难以置信地追问，好像王阳明不该知道得如此深入。

"谈不上哪本具体的书，但确实看了不少书，都是类似于《穆天子传》一类的奇谈，第二次看受益匪浅，想通了很多，也发现了很多史料的共同之处。我只需在此基础上论证、推敲，何需只照本宣科？"

"好一个共同之处，好一个论证、推敲……"舵主品鉴着王阳明所说的这些关键词，略有所思，"我屋维还是第一次见到机智如你之人，'小圣人'果然不是浪得虚名。当年，这名犯下屠村之罪的孩子，因一些迫不得已的缘由以身试棺，不料被人算计，惨遭'梦买'，那棺椁的构造与其他棺木不同，使得这孩子拥有了'活见鬼'的本领，可在午夜时分、中元节里看到百鬼夜行。而因此，这孩子被人唾弃，生活永无宁日。"

舵主原来名叫屋维，这倒是令王阳明想起了与西汉遥遥相对的大秦帝国——古代罗马一位皇帝的名字。

第二十三回
双对谈膝腿曝真伪　皆是错梦买投于林

　　屋维手上的动作瞬间停滞下来，他面上的表情是痛苦间带着愤恨："那个倒霉的少年没招谁没惹谁，却在中了梦买之术后转为黑瞳。那一夜恰巧是中元节，他带着满眼疼痛、对生命的渴望连同对命运的质问，漫山遍野寻找大夫和解药。这个少年虽然才十六岁，但已知为他人着想。为了不吓着他人，有意遮挡了双目，却在半路撞见了一出殡队伍，他们高唱挽歌，抬棺列队出行。可你说巧不巧，那夜子时不到，就已有百鬼的头目从阴间出来打头阵，而那出殡的队伍恰巧是在为当地家喻户晓的郎中送葬。见这两种情况相加在一处，少年也是有些无奈……"屋维舵主欲言又止，上下嘴唇紧闭着，恨不能将厚重的唇瓣隐藏起来。

　　"他这个故事，倒有些开天眼的意味，若循着这思路再往下说嘛……"王阳明将龙泉窑酒杯倒了个手，"那少年一个不小心，冲撞了那位郎中，或者说冒犯了其中一名送葬出殡的女眷，而后发生争执，又一个不留神，被人扯下面罩，露出黑瞳。出殡的人吓得魂飞魄散，以为真有鬼来了。人群暴动，抄起武器抬手就打，少年为保性命，不得不还手。谁知这少年因得了这黑瞳，双眼如有神力，还手时动作快如闪电，力道强劲，连自己都没想到。而这一幕，碰巧就在那汉代遗留下来的驿站前发生。"王阳明将手中的美酒一饮而尽，将酒杯放回托盘之中。

屋维不知是耐不住对于美酒的渴望，还是王阳明这推理使得他无比亢奋，他伸出舌头在双唇中线轻舔两下："其实根本谈不上什么少年屠村案。你知道吗，当夜送葬的人数目不多，连抬棺的加起来不过十来个罢了，那少年全程只杀了六人，不多。"

　　"我可以这么理解吗？"王阳明拈了两颗提子丢进嘴里，像是寻常在家，吃着初一为自己备好的茶点那般自在随性，"这少年本性善良，却遇人不淑，为保全自我不得已杀出一条血路。且那如月山庄压根儿谈不上屠村与否，庄主只觉此事不吉，带着全村人迁徙到别处去了，但有些建筑，例如挽歌驿站却原封未动。黑瞳舵便利用这传奇故事造声势，外加这轮回秘术、黑瞳少年，在巫启本地可算掀起了一阵狂风骤雨，利用这些灵异事件将拐卖人口的'好事儿'做尽。"

　　"灵异传说是一件极负盛名的华贵外氅，若没了这层深意，谁会中招？不过，你能推理一下真凶吗？或者，找一下真凶？"提及后半句，屋维舵主又恢复了痛心疾首的神情，这看起来十分矫情的表演，令王阳明浑身不舒服。

　　"我拜托您，不要经常抿嘴和吐舌头。"王阳明转为严厉宗师，拿出了师父指点弟子的款儿，"当年那个因中了梦靥而转为黑瞳，亲手屠戮了六名本村同胞的少年不是旁人，就是那次亲手诱拐媚笙等人诈死的车夫老吴！"

　　"老吴？你继续说。"屋维听到这里，终于没有刚刚那般得意了。

　　"车夫老吴确有其人，但已是被人用了轮回之眼，听从了尔等安排的'假老吴'。当时在青楼女子面前猝死的老吴乃是傀儡人偶。那掉落在地的人头有可能是你们之前杀害的一名被拐者。至于那两名黑瞳少年，之所以会留柔熏一条生路，是因为你们知道柔熏有心悸的毛病，被拐之后一路颠沛流离，少不得会在中途死去，到时对买家不好交代。何况，你们也知道当地百姓笃信小众神，尤其容易相信鬼神之事，索性留个活口，让柔熏作为传话人为你们的黑瞳少年、汉代驿站做独家宣传！这样一来，韦大人定会被你们扰乱军心，本县居民也会惴惴不安，自此认命，不再纠结这些离奇的人口失踪事件。而当年那个在中元节屠杀六名山庄村民的不是别人，正是这个前来隧道口接我的赫连师父！当年的真凶就是他！"

　　大殿之内金碧辉煌，王座之上的舵主咀嚼着马奶葡萄，他将最后几颗

153

丢进嘴里，用他那满口金牙大快朵颐。

众人不语，貌似很是享受这份挥之不去的恼人回音。

"你为什么不怀疑我？"屋维笑道，"二十五年前的案子了，本舵主今年刚好四十二。"

"刚刚您跟我提及这案子的时候，面部的表情是装的。而且，您的双腿、膝盖的动作都暴露了您只是在谈论别人的故事，且这其中有夸张的成分。"王阳明略带讥讽，双眼落定在赫连师父身上。

"哦？膝盖和腿都能暴露我在扯谎？"这一下可了不得，舵主猛然将身体向前倾斜了四十五度，荷叶绲边似的大脸明晃晃地亮在众人面前，虽然就动了这么一下子，但此人五官瞬间明朗。

"不错，想必您是知道些与心学相关的表情、动作吧，所以您刚才在回忆黑瞳少年屠村事件时，故意将上下唇抿紧，还探出舌头故意舔嘴唇，这的确是压力增大、内心忐忑的表现，如果换了旁人，定然觉得您陷入了一段不堪回首的骇人往事。可惜啊可惜，您的膝盖从始至终只发生了三次变化。第一次，您讲到少年去找大夫和解药时，左手拿酒杯，右手却使劲儿地按了下膝盖，还在上头停留了一小段时间，这就表明您在夸大这段回忆，并加以修饰、掩饰，您觉得很假，担心被我看穿，所以刻意为之，表面您内心不安，有想逃避我的眼神的意味。第二次，您提到'百鬼夜行'一词时，将膝盖转向左侧的徒弟那边，刻意避开我的存在，这是典型的想要离开座位的征兆。第三次，当我接过您的话茬儿，继续推理当夜情况时，虽然您表面上仍旧神情悲戚，但您的双腿交叉，脚尖朝下紧绷，随之又将膝盖拔高上提，我发现，就连您的肚子居然也随之紧收了两三下。说明您听到我的推理后先是心虚了一下，生怕我当众揭露真相，而后听完我的全程推理，您又释然了，大概是想着'揭露就揭露吧，反正我找他来就是为解决问题的'。"

"那么，你能说说，你是如何看出他的？在场如此之多的黑瞳者，相貌差别都很大，而赫连的面目在常人眼里看来至多三十岁。"

"简单，一来，这黑瞳我之前领教多次，他们之间的容貌大相径庭，这点我已记录在案，往后接触到的想必大抵如此。二来，这黑瞳少年只是个称谓，其年岁如何定然是有差别的。三来，当舵主您讲述过往之事，我有留意过赫连的表情，惊觉他竟然嘴角下弯，双唇抿紧成一条直线，伴有低头、收

154

起下巴的动作。在我与舵主对话的当口儿，可能是因为你一言我一语切换过于频繁，赫连师父好似在做出招前的热身运动一样，不由得耸动左侧肩膀。我等了他好久，也不见他出招杀我，看来只是用来掩饰过往曾经发生过的事情，怕被人点破罢了。其实可以理解，赫连师父跟舵主不同，您是自幼遗传，家族如此，但赫连师父是从十六岁那年中了梦买之术才得如此黑瞳的，对他来说，其中的悲戚与辛酸只有他自己知道。我接触过大量的这种因命运的无情捉弄，导致之后人生跌入谷底的情况，我们都是俗人，都没那么强大，在遇到重创后，极少有人能重新站起来。"

殿内又是一片凝重，有多少人，真心期待有人咳嗽一声，说它一句半句，哪怕是废话也行，也好打破当下这不寻常的寂静。

"不错，是我干的。阳明先生能解释一下，何为梦买吗？到现在，我都没能掌握这门秘术。"赫连看向王阳明，身侧的两个小徒弟似乎怕他过于激动，忙上前呈了鲜果美酒。

赫连拿了杯子自斟自饮，酒水倾倒入杯的声音回荡在大殿内。

"怎的，赫连师父不知？"王阳明蹙眉。

"你知道吗，梦买这秘术其实不难解释。有人说，所谓梦买，就是施法者跟对方讲述自己的梦境，引起对方的猎奇心理，随后对方会在当夜做和施法者一模一样的梦。施法者会进入对方梦境，使得对方骤然梦行，亲自做出有悖常理之事。"赫连继续斟酒，烈酒一杯接一杯地直冲喉间。

此时，舵主发话："但是，赫连当初并非如此。他身为试棺者，靠这个养活自己。身体力行进入做好的新棺木里以身试棺，对他而言本是家常便饭，也不知怎的，就成了黑瞳。最要命的，是他能看见百鬼夜行，身负异能。到今天为止，本舵主、他自己，都不能解释这一情况。"

赫连没再说话，王阳明见他这么给自己灌酒，心中委实难受："麻烦赫连师父停一停可好？我想请问，赫连师父当年能看到百鬼夜行，如今可还能看到？"

"不能。"赫连停下，眉头紧锁，"所以更惨不是吗？只是当夜一瞬的改变，就害了我自己，如今再也不能回头。但当年我的确经历了开天眼般的离奇事件，那一幕幕，我至今难忘。"

"那真是奇了。"王阳明抬眼看舵主，"您会梦买之术？"

155

"自然会的，我会的梦买之术乃是所罗门秘术之一，诚如赫连所说，就是那样的操作步骤，但赫连所中的梦买我也是不知。"

"那……您的意思是，让我查探此事？"

"有个地方，藏着一个人。这个人对我而言十分重要。"舵主发话，"如果你能帮忙找到这个人，我定然履行承诺，放你出去。"

"怎的，刚说了半天梦买，原来不是为这个？"

"也是，也不是。我们怀疑要找的这个人会一种类似于梦买的神奇法术，不声不响间，就可操纵他人心智，令被控者杀人越货，为其所用。更关键的是，此人深知我匈奴宝藏深埋何处，且一直下落不明，我已找寻其数年，却一直无能为力。想了想，到底还是你这个小圣人前去最为合适。"这一次，舵主的表情不是装的。王阳明看到，他的神情和他的腿脚方向契合，并无矛盾。

"那么，请问有线索吗？找人什么的我可从未做过。"

"来人，把牧羊女森林的全景地图送给小圣人。"舵主发话，王阳明只觉"牧羊女"三字回荡在耳畔，似一把鱼肠短匕于暗夜中出鞘。

第八案　森之形

第二十四回
好囚屋沉醉意先融　遇熟人喜乐朴氏族

　　就这样，屋维把那张古旧而有些起毛边儿的牧羊女森林地图给了王阳明，交接的整个动作里还透出了几分郑重肃穆的仪式感，颇令王阳明有股已被其施法的眩晕感。

　　王小圣人定了定心神，双手轻拍面颊，缓和了几口茶的工夫才悠然开口："牧羊女森林是咱们湘西本地的森林吗？我瞧这地图气势宏大，颇具神秘感。"

　　"这点你且放心，我屋维不会做坑害圣人之事，你且去且行，这林子虽大，但也就是个哑巴东西，里头我之前派人查探过无数遭了，也没什么大碍。"舵主像是自言自语，可在王阳明听来，这熟稔的老套语句似乎是提前背下的台词，坦然的语气中，总能让他闻出几分算计的味道来。

　　"那就好，听您这话里，这牧羊女森林并不是个野兽遍地、怪树丛生的地方。这样吧，您把之前去过那地方的所有人都召集来，我逐一看过后，挑选一批合适的人，组织成精锐部队让他们随我一并入林。您也知道，我不习武……"王阳明正颜厉色，但对方却答非所问，这让他原就悬着的一颗心如坠冰窟。

　　"你去找一个叫作欢兆冲的男子，三十五岁上下。此人非你大明人氏，但也不是那种金发碧眼的西洋人。此人身上有一把可以开启我匈奴地宫宝库

159

的钥匙，据说也是纯金打造，我们匈奴人管它叫金手指。这金手指原不属于我们匈奴，是从罗刹国那边传来的，后在西汉武帝前夕，因我们匈奴战功赫赫，将西域三十六国一举拿下，许多西域小国为求生存，遂将其国家珍宝上缴给我匈奴族人，那宝库里收录的便是西域三十六国的战利品，并由金手指封印。再后因战乱变故，三国时曹操使我匈奴一脉土崩瓦解、分崩离析，有的匈奴人则趁此流落出华夏版图，不敢返还。那地库身在何处、金手指又在何方便无人知晓了。"

"所以说，曹丞相还是做了不少好事的。"王阳明也话锋一转，将自己的不悦表露无余，"我想问问，既然不知道地宫在何处，即便找来金手指又能如何？再说，我一介文弱书生，找到那姓欢的又当怎样？口头说服？武力抢夺？试想一下，一个宁可藏身于林、过与世隔绝生活的人，他若想交出宝库钥匙，早就来找你了。我若白眉赤眼地过去，人家不拿刀子砍我还等什么？倘若您不派人与我相随，恐怕我阳明子爱莫能助！"

王阳明最后一句话语气十分强硬，语句里流露出抗拒的态度。

"现在本舵主多说无益，还请阳明先生拿了地图，研究一番后再说不迟。来人，将阳明先生带下去休息，三日后启程，先去我那'君子好囚'会合即可。"

"你说什么？三日后启程？"王阳明慌张了片刻，"别做梦了！我是不会为你做事的！你这种人，完全把我当炮灰！"他还欲要辩驳，赫连师父已带着两个弟子站了过来，稍一抬手，两名弟子便将王阳明架起，连拖带拽把他拖离了原地。

"赫连师父请留步！你能不能跟我一并前往那林子？"被关押起来的第一句话就是求人帮忙，王阳明也很无奈，毕竟不是每个人都能一手遮天。

"先生不用说了，这个忙我们帮不了，事到如今，我也不瞒你，那欢兆冲有意避开我们，而我等不知为何断进不了这林子。你又是圣人，想来定有非凡之处。我劝你还是赶紧看看这地图为妙，以免耽误。"

"不如我俩交换条件，你陪我走一趟，我负责破解谜题、劝说那姓欢的，你来帮衬抢夺，之后种种立功都算你的……"他还欲拿论功行赏说事，可对方已经走远，边走边用"鬼话"叮嘱着看门士卒。

王阳明暗自一叹，手持地图很是泄气地回到座位。

关押他的屋子宽敞明亮，窗明几净，一看就是有专人清洁过的。但想到三日后启程，王阳明内心打鼓，不祥的预感袭上心来。

地图还未研究透，转到第四天便有人将王阳明带走。

他看来人架势可谓分毫不让，也不知今日先要把他送到哪儿去会合。

谁知道，刚一踏进这名为"君子好囚"的鬼地方，王阳明整个人就有种走错地方的感觉。

原来，所谓的"君子好囚"不是《诗经》中那个走之旁的"逑"，而是囚徒的囚！

他对着在大门之内迎接自己到来的赫连说："这屋子竟是用琥珀打造，整个建造巧夺天工，细节之处更是明媚动人，想来你们这些草原民族若真是奢靡起来，也不输给我们汉人。"王阳明没跟他客气，张嘴就开始讥讽。

"你还没进来看呢，便给出如此之高的评价，想来这好囚的囚字也绝非我们舵主乱用。"说罢，赫连便招呼王阳明进到屋中相看。

屋外琥珀满墙，令人不禁联想起若干赞扬它的诗词来。王阳明满脑子都是"玉碗盛来琥珀光""绿鬓年少金钗客，缥粉壶中沉琥珀""琉璃钟，琥珀浓，小槽酒滴真珠红"等优雅华美的圣贤诗词。

可当他走过这松胶粘琥珀，荔枝新熟鸡冠色的筇粉琅玕时，眼前的光景就不那么美了。

"这是……"王阳明出声质问，因眼前除去被束之高阁、陈列而出的各类古玩器皿外，更有三名大汉站立于此。

第一位是舵主屋维，这自不必说。

剩下的两个，一个竟是金发碧眼的洋人，那头发不像是真人所有，更像是傀儡娃娃染过色的鬈发。这家伙身形魁梧不说，面孔更是白得泛红，下巴处像是倒隆起两座此起彼伏的山峦，王阳明横看竖看都想伸手按那两块凸出的地方几下。

他梳着凌乱的背头，老干部似的背手看向屋维，眼中的居高临下之感昭然若揭，尤其那一头金发，在琥珀屋中显得浑然天成，好似随便拿出一块琥珀对比，都能被他这一头天然发色堪堪比下。

161

他身穿一套那个世纪才有的欧洲海盗打扮，各位请自行想象《加勒比海盗》中男主角的经典穿戴。

"哦，阳明先生来了。容我介绍，这一位是来自弗朗吉的海盗头子，你可以叫他罗纳尔先生。人家是专业海盗出身，这不是，前些天才被我截下，有他这不可多得的人才助我一臂之力，想来地库之谜被破解指日可待。"屋维闲话家常般地微笑走来，伸手轻拍了下王阳明的肩头。

"弗朗吉人？"王阳明不知道这西洋人是怎么个结构，但有一点他是清楚的，从大明中期开始，就有很多来自遥远西方的特殊人群坐船至两广地区与汉人结交，从而做些小生意，比如军火枪支、糕点果蔬、手工艺品……其中，最勤奋的就是弗朗吉人。

王阳明那会儿还没去过两广，对弗朗吉人的认识也只停留在今之小学生水平。没办法，江南地区的弗朗吉人不多，他又不做买卖，对洋人一知半解也纯属那个时代的局限性。

"那个……请问这位西洋大哥，你是陪我一起的吗？"王阳明感觉此人面相极不友善，凶性毕露，想来是杀过不少人的，他连比画带说，想试探下这个西洋海盗是个什么情况，谁料，这厮果然不会一句汉话，上来便将腰间佩剑拔出，吓了王阳明一个趔趄。

"哈哈，你看他们的宝剑，像不像你们汉人记载的獬豸角啊？跟你们中原人呈扁方、扁菱形的剑身可不一样，人家洋人用的佩剑更立体化，就像是他们的高鼻梁、深眼窝……哈哈哈。"屋维见王阳明有些害怕，愣是像抓住了他的把柄一样乐不可支。

"是是，一方水土养一方人嘛。"王阳明很识趣地躲到跟来的赫连身后。

这位罗纳尔见王阳明怕了，更是得意，将手里的西洋剑耍出几朵好看的剑花，还真有点儿独角兽狂舞的意味。

他很是得意地收剑入鞘，口中吐出几句王阳明听不懂的弗朗吉话。

一旁的赫连却驾轻就熟地当起同声传译："罗纳尔先生说，他曾经统领过上百艘海盗舰队，去个林子不算什么。但他事先说好，不跟胆小鬼一个组，免得被拖后腿。"

"你还会弗朗吉话？"王阳明佩服之余还有点儿惊诧。

赫连没接这话茬儿，只转向屋维听候吩咐。

162

"阳明先生，我右斜方这位仁兄汉话说得极好，来，你自己介绍一下吧。"

这一个站在屋维右侧方的男子，有一张扁平的国字脸，断断续续的钟馗眉上，藏着无处安放的躁动；一段露脊鼻，鼻形瘦削，鼻梁凹陷，山根较小；外加一张上厚下薄的吹火口，仿佛这家伙的嘴巴白天黑夜就没有闲下来过，从早到晚不停努嘴吹气儿。

"你是高丽人？"王阳明观其身量，真是不矮。这厮身量直奔 1.85 米，外加他那一身乍看起来很像大明的青衫衣着，仔细一看细节之处的设计又不免小家子气，这身衣衫倒是将其狭隘的本性暴露无遗。

"你是王阳明？"对方好似认识他一般。

"正是在下。"王阳明体面而大气地行了个书生见面的拱手礼。

"哦？也就是说，一年前在南昌府发生的那几起雪人命案，都是你一人破解？"

"的确如此。"

王阳明看这个人上下打量自己，好像有种不明所以的揣度，这赤裸裸的眼神真令人不爽。

"啊哈！你知道我是谁吗？我就是朴一生的堂弟朴瓢乐！"

"啊？不是吧？这么巧！"王阳明一口老血眼见着就要喷他一脸，"你叫朴瓢乐？朴一生的堂弟？天哪，你家起名太想得开了，真有种普天同庆、与民同乐的喜感啊！"王阳明倒没有在意这个朴瓢乐对自己破获命案，为堂弟报仇雪恨的无尽感激，他此刻最想调侃的，是朴氏一族如此"深明大义"的起名方法。

"这算什么，我爹叫朴仁猛，我二叔叫朴仁勇！我爷爷叫朴最凶。如何？霸气的名字吧？也不逊于你们大明人起的名字吧？"他一拍胸脯，一副"我很懂你们汉文化"的得意模样。

王阳明很欣慰，微微颔首："那要这么说来，咱们也算老熟人。不如一起入林，一路也好有个照应如何？"

"不不不。"想不到，还不用屋维插话，这个高丽来的朴瓢乐率先严肃摇头，"咱们是要分开入林的，你知道吗，我朴瓢乐为何来你大明中原？"

"啊？难道不是为了请回横死堂弟的棺椁，护送回乡？"王阳明有些疑惑。

"不，不瞒你说，我在我们老家犯了法，刺杀了一名权倾朝野的官僚，现在我乃高丽全国通缉犯，那边是断不能回了。我无奈，只能逗留在大明中原，想要隐姓埋名融入咱大明江湖，重新在此生根发芽，重获新生。"

"可是，这跟你与我一路相随并不矛盾啊！"王阳明听得有些生气了，好吧，这都是什么货色？海盗也就算了，还弄了个谋杀官员的重刑在逃犯，自己都不嫌弃他们龌龊、危险，他们还不愿搭伙！

"这位朴先生武功高强，不知比你那南昌府死了的朴一生高出多少来。"屋维说道，"他来大明后，同样屡遭这边王朝的通缉，谁让他刺杀的是大院君呢？所幸我为他想了办法，救他于险境，要是真被锦衣卫带走了，那罪受的，还不如在我这儿效力。"

"大院君？你把你们那边的大院君杀了？"王阳明对高丽那边的政治辞令有些印象，小时候都听爷爷讲过。现在一看，这弗朗吉来的罗纳尔海盗和眼前这个一根筋的朴瓢乐，骨子里都不是什么好相与的，要真如此，自己还不如独自上路。

"这个来自弗朗吉的海盗头目，说实话，也没少搅和你们大明海军。他勾结东瀛人，组织他们抢夺两广商人的货物，导致弗朗吉和大明海域人心惶惶。大明为收拾他，也将他列入了缉拿名单，若不是我们出手相救，将半路押解去往断头台的他强抢出来，哼，鬼知道他现在如何。"屋维说着，很是亲切地跟罗纳尔相望一眼，两人默契比肩，竟有种发小般的亲近感。

王阳明耸了下肩膀："要这么说，就我最孬最弱。舵主，我想问问，你是打算让我当炮灰，无功而死吗？要这么一闹腾，我此行必死无疑，毫无意义。"

"不，阳明先生，我要恭喜你。因为你来到了我的'君子好囚'密室。诚如你们所看到的，这里的一切珍宝文玩，其背后都有着一段不为人知的传奇故事。你三个大可不必拘谨，还请任意挑选各自看上的宝物。每人只选一样，带入林中，当作法器随心使用。"

第二十五回
琥珀金装曜变天　双敲讽诽高丽人

面对陈列着浩如星河、令人望尘莫及的宝物的多宝榍，对汉文化近乎一无所知的弗朗吉海盗头子，却轻而易举地抬手指向展示在第四个陈列架上第二排的一个宝物。

也不知道他嘴里嘟囔着啥，赫连面沉似水，用下巴示意手下黑瞳少年开启机关，将那件宝物运下来。

原来，这被束之高阁的宝物皆有对应的机关暗道，只要找对暗格，用力按压进去，珍藏在高台处的宝物便会顺着开凿好的通道直达暗门门口。

"罗纳尔先生说，他不懂汉文化，但凭借多年航海打劫的经验，为能在林中更好地生存，有灯在手那是先决条件，更何况，他挑选的还是我们舵主最为珍惜的西汉长信宫灯。"赫连提着那宝物，缓缓向罗纳尔走来，虽说面无神采，但口气里却带着对对方很识货的褒奖。

王阳明只感慨自己眼神儿真不及这劫道的强，说来还真是如此，人家不愧是做坏事的，打家劫舍抢出经验了，知道入林子后得拿家伙照明。

"是呢，据官方史料记载，宫灯灯体为一通体镏金、双手执灯跽坐的宫女，宫女的神态恬静优雅。灯体高 48 厘米，重 15.85 公斤。长信宫灯的设计十分巧妙，宫女一手执灯，另一手袖似在挡风，实为虹管，用以吸收油烟，既能防止污染空气，又有审美价值。此宫灯因曾放置于窦太后的长信宫内而得名。虽说罗纳尔先生不懂汉文化，但这东西选得是极好的。"王阳明话里掩不住失意。

一旁的舵主见状倒没有安慰他一句，佯装没看出来，只顺着他的话往下说："宫灯的整体造型为一个跪坐而侍、手持宫灯的宫女。其头部、身躯、右臂、灯座、灯盘和灯罩六部分是分铸而组装成的。宫女体中是空的，头部和右臂还可以拆卸。宫女的左手托住灯座，右手提着灯罩，右臂与灯的烟道相通，以手袖作为排烟炱的管道。宽大的袖管自然垂落，巧妙地形成了灯的顶部。灯罩由两块瓦状铜板合拢后为圆形，嵌于灯盘的槽之中，可以左右开合，这样能任意调节灯光的照射方向、亮度和强弱。灯盘中心和钎上插上蜡烛，点燃后，烟会顺着宫女的袖管进入体内，不会影响到周边空气，可以保持室内清洁。宫灯的造型设计合理，许多构件可以拆卸。灯盘有一方鎏柄，内尚存朽木，座似豆形。灯罩上方部分有少量蜡状残留物，推测宫灯内燃烧的物质是动物脂肪或蜡烛。宫灯表面没有过多的修饰物与复杂的花纹，在同时代的宫廷用具中显得较为朴素。可以这么说，远在西汉时，你们汉人的制造便是如此巧夺天工。"

"等一等，这个是真的吗？我想拿近点儿看看。"王阳明看这长信宫灯身形不假，的确与史料之上记载的无二，但大明中期文物造假横行，仿古做旧的大有人在。

"给他瞧！"舵主给了个眼神儿，不等罗纳尔接过这宝贝，赫连便将其转交给王阳明过目。

"我记得曾经听先生讲过，说长信宫灯上部灯座底部周边刻有'长信尚浴，容一升少半升，重六斤，百八十九，今内者卧'的铭文。"王阳明按照学院派的作风为此物进行身份认证，他将长信宫灯拿在手里仔细观察，发现上头的篆刻稍显潦草，可能是后来因此灯几经转手，这些字是由后世之人刻上去的，故"长信尚浴"似乎并不是此灯的最初所有者，最初的所有者应当是先刻上去的，且字迹比较工整，所以灯体上六处"阳信家"字样的铭文说明宫灯原本是属于阳信夷侯刘揭。该宫灯还有"长信"字样，大概是因为为窦太后居所长信宫中使用，故名"长信宫灯"。

屋维见王阳明有种失而复得的喜悦，这份愉快中流露出几分身为大汉民族子孙的自豪，他禁不住顺带附和了句："我当初抢到这玩意儿时，就发现了，宫女铜像体内中空，其中空的右臂与衣袖形成铜灯灯罩，可以自由开合。"说罢，便示意王阳明，王阳明照做，按照宫女右臂与衣袖形成的灯罩轮廓试着打开，又关闭，这宫灯身形灵巧，开关灵便，虽为西汉所传之宝，却又是如此经久不衰，令人不禁感叹先人制作工艺之高超。

王阳明掂着长信宫灯的分量，又见这宫灯造像逼真有趣，情不自禁感慨道："燃烧产生的灰尘可以通过宫女的右臂沉积于体内，不会大量飘散到周围环境中，想来这一巧妙的构造也未必有人知晓、模仿，但此物一旦流出，定会被人誉为我神州第一灯。"

就在他感慨此物神奇之时，赫连无情地将他手中的宝物夺走，塞进了那海盗头子罗纳尔的怀里。

屋维朗声笑道："我说阳明先生，所谓先下手为强，后下手遭殃，你还是去看别的吧。"

一向气死人不偿命的王小圣人，在听得这话后气得连连跺脚，他心里那叫一个疼，回头望望这抱得美灯在怀的老外，见这老外正不着四六地亲吻着手中的宝物，王阳明更是火急火燎、肝肠寸断："此灯通体镏金，灿烂瑰丽。铜器上的镏金工艺在战国时期已出现。铜器经过镏金处理后，表面光彩夺目，而且镏金对于铜器的保护也起着很重要的作用。这个长信宫灯就是最好的见证。可惜啊可惜，这么好的东西竟流落到这样一个不懂欣赏的西洋老鬼手里，岂不是暴殄天物？"

王阳明两步一回头地走在多宝槅之间，他终是舍不下那长信宫灯的，可就在他途经第十二个展柜时，一个外表不起眼的闪亮小碗，一下子抓住了他的眼球。

"曜变天目？不是吧？"王阳明余光一瞥，感觉整双眼睛都被点亮了。

他一个箭步猛扑上前，边伸手去拿，脑海里边做出一个大胆的推理："红挽志的另一重身份，难道就是屋维？或者说，红挽志被屋维拐卖了？死了？不在大明了？"

管他那么多呢！好在王阳明腿长手长，有身高优势，何况这一尊曜变天目就在多宝槅二层，他要是想拿过来简直易如反掌。

"哎！先到先得啊！"都说半路杀出个程咬金，这倒好，高丽的那位突然向这宝物伸出了手。

"朴瓢乐！你起开！这东西你不懂，不会用！"王阳明懒得跟他掰扯有关这茶碗的典故奥义，只用肩膀撞了对方一下。他自认力道狠辣，而后用最快的速度，去争抢近在眼前的宝物。

"哎！是我的！"朴瓢乐纹丝未动不说，还抬腿过去绊住了王阳明，那一双不逊于阳明子的长腿，犹如两条橡皮捏成的丝带，将王阳明绊倒在地，动弹不得。

"喂！你个高丽人会用吗？那可是红挽志的曜变天目盏！"王阳明这次也不讲什么王家公子的体面了，上来就用胡同串子的风格质问对方。可任凭他伸手去抢、龇牙去咬，这高丽人都不为所动，只嬉笑着把玩着手中器皿。

"阳明先生，你所说的红挽志我曾认识，但我可以负责任地告诉你，这口曜变天目盏绝非红挽志所有。"屋维见王阳明处于下风，气得抓耳挠腮、面目通红，也担心他疲劳过度，不好入林，便给赫连使眼色。

赫连几步上前，将两人分开："阳明先生，还是请你去挑别的吧。"

朴瓢乐满脸嘚瑟，伸出舌头不忘挑逗："哈哈，怎么着，生气了？气死你！我是不知道这东西怎么用，但我就是喜欢！"他晃动着手里的曜变天目，将碗口朝向王阳明。

一个不留神，整只碗却落入屋维手里，敞亮、厚重的带有草原之风的声音冲了过来："红挽志那只你可见过？但我向你保证，我所持有的这一只不论是器型抑或内里样式，皆与他的不同。"说罢，屋维便大大方方地将手里的曜变天目展示给王阳明，"想来你也没见过红挽志那只，不如自己看看我手里的。"

王阳明双手上捧，做出异常虔诚的样子，这毕竟是建文帝曾经所有之物，虽然后世之人都说此物由宋人独创，但也有人说曜变天目不可考证，其出处仍存在争议。

王阳明将其捧在手中，屏气凝神，目光流转于这个宝物之上，却难以给出精准绝妙的形容。

后世的观复博物馆有编辑对这一只曜变天目进行了以下描述："此碗束口扣银，腹壁弧斜，口大足小，圈足规整，外釉不及底足，有聚流釉现象。虽然内壁的曜变斑群不如红挽志的那只明显，但色彩却是三只曜变天目中最波谲云诡的，这要归功于内壁密布的银丝兔毫：在光线充足的南向茶室内，

168

当客人将茶碗在掌中徐徐转动时，曜斑和银丝交互作用，与其说像满天星斗静静地闪耀着，毋宁说更似一场流星雨，让人联想起辛弃疾的《青玉案·元夕》里的那句'东风夜放花千树，更吹落、星如雨'。"

王阳明看了又看，却在察觉内里有些许蹊跷时，又被屋维一把夺了过去。

"看完了没有？"朴瓢乐像踩了鸡脖子似的大吼，"看够了就挑自己的去！"

"等等！"王阳明快步上前，正要抬手去抢，却被赫连伸手挡住，"先生请留步！这边来！"赫连的手臂就好比眼前这清一色陈列而出的青铜器皿，又结实又厚重。

王阳明见情势不利，只得按下不表，心头仍是沉甸甸的："我刚刚看到那碗里似乎有斗转星移之势，这一只曜变天目，难道说……"

屋维抬手打断他发话，赫连已经快步跟来，一把拉住王阳明右手，就要把他往更深的多宝槅里拽，谁想，朴瓢乐却幸灾乐祸，抬手指着王阳明："告诉你，我不怕用不惯这茶盏，因为啊，茶叶是我们高丽人发现并传播到宇宙各地的，你王阳明还不配用呢！"

"你说什么？你个不要脸的高丽人！茶叶是我们大汉民族发现的好吗？唐代茶圣陆羽将其改良，并传播开来，他的《茶经》可谓享誉天地。你们高丽区区一穷乡僻壤，都不能自给自足，全仰仗我大明养活，明明就是个没什么文化根基的小国，还厚着脸皮说瞎话，你不要脸！"王阳明今儿个真是气着了，他的身体虽无法挣脱赫连的束缚，但嘴皮子还是自由的。

"李白、孔子、孟子、端午、针灸、四大发明都是我们高丽人的！"想不到啊想不到，这个不要脸的高丽人跳脚了，说话时那叫一个气势汹汹。

"朴瓢乐！我阳明子从未见过似尔这般厚颜无耻之人！"王阳明倏忽间诸葛孔明附体，骂得那叫一个痛快，"好啊，都是你们高丽人的，都是你们创造的可以吧？那你说说看，既然你们都这么强了，为什么一受倭寇欺辱就跑来大明求救呢？对我们的帝王三拜九叩，俯首称臣，每年进贡，还献上美女若干以求富贵。我大明就从不做他国之臣！我只看到你们宁可尊严扫地，也要跪地求饶！"

"你，你王阳明也是，也是我们高丽人！也是我们的！"

"啊？是吗？朴瓢乐我告诉你，我们大明人有很多很多你们做梦都无法想象的伟大发明创造，还有一项创造是不为人知的。你们高丽人发明了这个那个，而我们华夏人发明了高丽人！"

这一嗓子喊出来，可谓震天动地，两旁的多宝槅都似乎颤了又颤。屋维见状忙过来打圆场："朴先生，还请注意言行！来人，把朴先生带到一边休息，别让他说个没完，省得一会儿入林没了精神。"

"滚吧，给我滚出大明！"王阳明那叫一个气啊，他觉得自己活这么大倒是没少打嘴仗，可是过去都是类似于文人清谈那般的辩论，自己还是第一次如此大费口舌地指着对方鼻子破口大骂。什么大俗话他都用上了，想来也没得选，这高丽人真真自以为是，不给他点儿颜色看来是不行的。

"先生何必置气？"屋维上前安抚，单手扶着王阳明后背，边推他往里去看宝贝，边拿话安慰，"他乃番邦之人，没见过世面也是有的。"

"您这话说得极好！"王阳明依旧面色通红，他气得双肩抖动，好半天依旧是喘不上气儿。

见他像个孩子似的发牢骚，屋维暗暗觉得好笑，便吩咐赫连给他端茶送果子。

平复了几许，王阳明也懒得耗时，他走到多宝槅尽头，抬眼打量近前横向摆放的一列宝物，发现这里的东西比刚才摆得更高，而这些宝物居然全是珠宝首饰，多以女子发饰为主。

"七股桥式花卉纹金发簪、宋白玉凤鸟纹钗……"但凡能叫出名字的，王阳明轻声嘟囔出声。走到临近左侧位置，王阳明举头望去，一个金灿灿的发冠出现在他的正前方。

"这是什么？不似我们汉人的宝物。"

"这是我们匈奴王的王冠。"这一次，赫连抢先介绍，话里不失对这件宝物的敬慕，"我们曾经的大王，称其为鹰顶金冠饰。"

"这上头的装饰为绿松石对吧？上头的鸟儿为草原雄鹰？"

"不错。此金冠是战国时代的精美头饰。但这件文物并非出土自战国七雄中的任何一个国家，而是出土自当时被视为中原诸侯国最大威胁的匈奴之地。"

"哦，是我大明的鄂尔多斯部嘛，这个我知道。不过，这上头的雄鹰真格可爱呢。看起来很像是……"他本意是想调侃玩笑的，却不想赫连与舵主都露出不喜之色，王阳明知道，他们是怕他说出些浑不吝的混账话来，他本也不是那种刻薄之人，只是这一路之上觉得他们欺人太甚，所以想拿话捉弄他们一下罢了。

"先生若是喜欢，大可拿了它入林。"舵主道，"此物虽为我匈奴王的发冠，但其他男子也是可以戴的，何况阳明先生乃圣人在世，想来先人不会怪罪。"

"好啊，那就是它了！我也懒得挑，反正横竖都是一赌，不如早下手为妙。可是你得告诉我，这王冠怎么用。"

第二十六回
回驿站兵分三路行　入林中撞见活预言

　　"对不住，我无法告知其用法，因为我从未戴过一天。"屋维一脸遗憾，瞬间气得王阳明说不出话来，王阳明就差拽着他的领子质问了。

　　"你一天没戴过？那至少也听说过些用法吧？"

　　"对不住，这顶金冠本来也属未解之谜，我之所以不戴，一来我虽为匈奴王阿提拉后人，但现在毕竟落草为寇，以贩卖人口为营生，人在江湖飘，谁能不挨刀？我这般光景已是对不住先祖，便索性不戴了。另外，这金冠里我总觉有些蹊跷古怪，以至于屡次上手察看，却一无所获，反倒落得一身悚然。"

　　"喊！闹了半天，是吓着了。不敢就不敢，何苦往我个外人身上推？与其如此，不如你备下些长短箭给我，我虽不敢夸耀什么百步穿杨，但见缝插'针'，紧急时来一下子还是可以的。"

　　"那没戏！"屋维嘟起一张荷叶绲边脸，他那原就毛茸茸的发髻愈加扯得紧了，"这些法器皆力大无比，来自宇宙洪荒深渊地带，但凡是它们在手，定能护你们周全。至于会不会用，那就要看你们心智如何，造化怎样了。"

　　多说无益，一看眼下不是辩论当口儿，王阳明只好想了个别的法子。

　　他与朴瓢乐、罗纳尔被赫连亲自押解，蒙了眼，带上选好的法器，像一群鸭子似的被赶到了同一辆马车里。

下车后，三人只觉身侧、身后皆有人紧随着，身前几步便是赫连的脚步声。

脚下是几级台阶，王阳明能感觉到这台阶年久失修，保不齐哪一段便要踩空。

"好了，可以摘下眼罩了。阳明先生，这就是那夜的挽歌驿站。"赫连随即看向王阳明，就见此时的阳明子取下眼罩，举头看向前方："汉代驿站？果然是汉代建筑！"

的确，出现在他们面前的，不是典型的汉代驿站又是什么？

赫连将三人引领至驿站近处，王阳明迫不及待地找寻起柔熏那日对自己提起的"石柱章草"来。

"在这儿！"王阳明因有备而来，没费工夫便几眼落定在那根汉代石柱上，"章草不假，字都认识，就是连不成个句子。"即便如此，他仍凭着过目不忘的天赋将柱上的奇怪的字词通通记在心间，以备不时之需。

他原想着还能按照柔熏的表述进一步观察驿站环境，最好能带回些有趣的实物作为研究对象，但两名黑瞳少年已然非常不耐烦，一左一右上前来将王阳明左右架起，那手臂如螃蟹的大钳子，愣是把这个高个子书生硬生生拎起滑行起来。

"拜托，我自己能走！"王阳明双腿向后，脚尖着地，强烈抗议这种非人类的待遇。

赫连见状，眯起双眸，招呼弟子快快聚集详谈。他先是命手下之人将包好水和干粮的羊皮背囊分发至三人手里："这背囊里分别是水、干粮、简单被褥、换洗外氅以及一套由黄杨木制作而成的护板，护板夹着几页便于随时书写记录入林详情的纸张，并伴有两枚炭笔。你们的任务，除了要把那名叫作欢兆冲的家伙找出来，平安带出林外，还有一项，那就是，你们三个一会儿要从三个不同的入口进入牧羊女森林，按照地图上的路径出发，沿途尽可能寻找姓欢的，倘若这条路线真真找不到他也不碍事，最后在林中小屋会合即可。但一定要记住，但凡入林者，每隔一炷香时辰要在纸上记录一次你们的所见所闻，无论这些所见多么无趣，都请你们诚实记录。"

"等等！"王阳明听他这般认真交代，真真有股如临大敌的危机感，"之所以让我们记录，是因为这林中发生过什么可怕的事吗？难道说，这里面有什么怪异事件抑或神秘野兽？"小圣人说话时，多少有些走音，连不懂汉话的罗纳尔都听得一清二楚，罗纳尔不禁蹙眉转向赫连，希望在他的眼神里找寻答案。

"不不不！"赫连连忙摇头予以否定，"先生大可放心，这林间什么都没有，安全得紧。只是那姓欢的实在难以对付，先生只需动动嘴皮子，晓之以理，动之以情即可，不必胡思乱想。来了，将三件法器交给三位，顺便将驿站三处洞口齐齐打开。"

赫连说后半句时，语音上扬，声音高亢，一听便知久经沙场。但在王阳明听来，这分明是送敌军下地狱的胜利号角。一切的一切来得太快，王阳明仿佛已感到死神的气息。

"罗纳尔先生，您的入口是挽歌驿站刻有章草的石柱背面；朴瓢乐先生，您的入口是石头门廊；阳明先生，您的入口是那边的高空斗拱。请放心，斗拱断裂处有一间目力无法观之的夹层密室，您只要上得斗拱，到达断裂接口处，斗拱便会自动开启密室，您进入即可。"赫连熟稔地背诵着入口信息，王阳明左耳听着赫连的话，右耳却听得朴瓢乐用家乡话在自言自语。

"我说朴瓢乐，咱们一起逃吧！你武功不差，想来可以对付这赫连，加上这海盗头子，打这几个小喽啰不是事儿。"王阳明见机行事，想要放手一搏，利用入林前最后一秒，挑起矛盾，迫使这行武二人出手。

"我回去是死，不回去也是死。"朴瓢乐没看王阳明，只低头做沉思状，嘴唇轻轻嚅动，似在用唇语讲话，"你若真怕，不如我们交换条件。只要你阳明子承认你是我们高丽人，你我若在中途相逢，本人定然拼力搭救。"

"你还跟我交换条件？"王阳明真是为朴瓢乐的逻辑而叹服，什么才是厚颜无耻，他可算领教了。

再看那罗纳尔，已经率先迈出大步，持着那国宝一级的西汉长信宫灯往石柱背后去了。

王阳明来不及出招，就见赫连将金冠郑重递交于他："先生，请！"随着赫连轻盈的手势，王阳明只得向前走去。

他迈出沉重的步伐，踏上了那汉代的斗拱台阶。

走了几步，王阳明回眸一瞧，却不见先去了的弗朗吉海盗与高丽人的身影。

王阳明嘴唇紧抿，颇不情愿地迈步前行，每走一步都像是有千斤负累，万般沉重。

而王阳明一踏上这破破烂烂、即将散架的斗拱，只觉身子都站不稳，下脚要十分轻才行。

"拱之形有两种，或简单向上弯起，为圆和之曲线，或为斜杀之直线以相联，殆即后世分瓣卷杀之初形，如魏唐以后通常所见。眼下此物，弯作两相对顶之蛇形，亦见于石阙，而为后世所不见，在真正木构上究竟是否制成此形，尚待考也。想不到啊想不到，我阳明子竟然踏上了尚待考证的建筑之上。"

这份"幸运"稍微缓解了王阳明启程时的焦虑情绪，令王阳明只顾眼下而不是一味担忧即将面临的危险。

他收紧了身后的背囊，将金冠贯穿在左臂手肘位置，之所以不敢妄加佩戴，一来自己毕竟不是匈奴人，生怕起了骨血冲撞；二来他暂不知如何驾驭这东西，万一跟练功那般走火入魔可就糟了。

他想了又想，突然发现眼前已是赫连交代的断了层的、如悬崖峭壁般的地方了。

他看向左手一侧，刚要轻触看不见的机关，谁知那斗拱竟会通灵读心般，自动转体四十五度，竟对准了一扇缓缓打开的柳黄色石门。

王阳明不知道自己是怎么入林的，只是刚一进到石门里，尚且走了一大段，而后见到一缕曙光，他便循其到来。拨开些许粗枝烂叶，前方有丘壑，王阳明总觉眼前世界分外妖娆，却又是如此陌生，有种阴鸷之气，令他心底无法豁达开朗。

"朴瓢乐？你在吗？在的话回一句！"他叫了几嗓子，随后见无人响应这才作罢。

王阳明手持地图，徐徐进发，才走了不到四十丈，就见一个六七岁的稚龄丫头朝着自己这边走来。

小姑娘真格年幼，也不知怎的跑到这林子里来了。王阳明眨了下眼，脚下不禁快了几分："小姑娘，你是迷路了吗？怎么一个人在这林中徘徊？我刚从外头进来，还不曾走远，我带你出去！"

王阳明好心好意，试图招呼那丫头过来，可谁料，这看起来不过是个幼稚儿童的女孩却扬起小巴掌脸，用超出自身年龄段的语气正经八百地问道："这位先生可是要往这牧羊女森林深处去啊？"

"啊？是啊。"王阳明不解，看样子这女孩压根儿无所谓啊，反倒是自己怕得不成样子。

女孩身穿一件殷红色连身襦裙，裙上并无任何绣花，从其衣着的面料来看，这丫头只是寻常人家的闺女。

"先生若是想往里走，我劝你趁早死了这条心，保命折回要紧。"她继续镇定自若地解释，可说话时的神态却并无半分孩子所有的天真与憨态。

"怎么，难道你不是迷路？"

"先生可知，牧羊女森林的牧羊女从何而来？有何典故？"

"不知，愿闻其详。"王阳明知道，自己是撞见高人了。他弯下膝盖，双手按在上面，半蹲着与女孩平视。

"从前，在辰州巫启县，有一对相依为命却十分富足的母女，她们都是牧羊女。一日，母女俩因好奇心使然，赶着三百只羊，带着两只牧羊犬，一并进入这里，结果一去不复返。大家都感慨这对母女放着安逸舒心的日子不好好过，非要白白送死。从她们失踪的那天开始，这林子就改名为牧羊女森林了。"

"你说什么？这、这林子不是说没事儿吗？他们果然骗我！"王阳明脚下一软，感觉自己的魂魄似乎从大腿处流走了。他此时所站立的这寸土地，乃是神出鬼没之所在，任何魑魅魍魉都能在此落叶生根，而但凡正常些的人，来一个灭一个，根本走不出去。

"这林中怪物丛生、怪事颇多。此林谜题太多，至今无人能解一二。我看先生你也只是个肉体凡胎，何苦自寻烦恼？"小女孩翘着双丫髻，大义凛然地说着，随后不等王阳明再问，她便漠然地与王阳明擦肩而过，整个人很快就消失在王阳明的视线中了。

"姑娘！姑娘请留步！"王阳明完全拿她当个可以对话的成人，不想一个反手抻拽，只抓了满手空气！

第二十七回
树上蹲怪胎宛渠民　平行界吾穿吾自身

　　拿着地图往前走，王阳明多少恍惚神游，他发觉自己无法像从前那般集中注意力。他心里念着妙儿，同时在内心深处呼唤着大猫梵湖儿的名字。

　　"唉……"一口气没及时跟进，王阳明差点儿把早点都吐出来，结果脚底下拌蒜，额头差点儿撞上一棵树。撞就撞吧，可王阳明跟这位树爷爷打了个照面后，脑海中漾起"百拙千丑"这四字来。

　　所有的树，但凡肉眼所能触及的，没有一棵是正常的！

　　这帮怪物，弯弯曲曲地生长着，样子十分丑陋，像是变大变宽的蛆虫，让人不禁联想起那些腌臜醒齪的鼠辈。

　　王阳明不敢妄动，吓得抱紧手中金冠，试探性地慢慢前行。

　　每经过一寸土地，那怪树上的怪异斑纹就会缓缓地扭动起来，像是在一刻不肯放松地监视着他。

　　"这一幅，像是喜、怒、哀、惧四种表情。那一幅，更像是猪婆龙叼着半只羊羔……"王阳明简直没法再走，他原本就很害怕，现在更是别提了。

　　这一幅幅骇人心魄的"芸芸众生相"简直就是在凌迟他！

　　好不容易走了几步，王阳明的身侧发出吧嗒的枝条掉落声，往下一看，还好，确为枝条，不是怪物。只是再一确认，王阳明只觉天旋地转——刚刚还茂盛的怪物突然变得光秃秃的，可才切换了几寸位置，眼前这棵怎么是个秃头？

"怪了，这棵树竟然连一片叶子都没有，就这么跟弹弓似的戳在土地上。"王阳明不敢停留，迫使自己集中精神，深吸一口气，便朝前进发。

刚才那一叶全无的大树更令他胆寒，那样子，就好似蚩尤之砍斧、闹江之黑龙，尤其那光秃秃的树身，肆意地舒展着身体，恨不能冲破苍天，抬腿迈步，挣脱大地，载着满是污泥的树根朝他追来。

"天哪，这到底是因为什么？"又是一些怪得令人魂飞魄散的树木，它们多棵生在一处，并共用树根，扭出怪异可怖的形状，令只身一人的王阳明有股想要干呕的冲动。

他抬手掐了一把自己的脸，看都没看地图一眼，便凭着直觉夺路而逃。

他很清楚，眼前的自己早就不是什么人见人夸的小圣人了，他就跟同龄的十七八岁的男孩子没啥区别。现在的自己，全凭本能！

"我、我是不是走错了？"王阳明右手颤颤巍巍，从荷包里掏出福威郡主给的那个西洋指南针，"不是吧？这个……不能用了？"他定了定心神，确认自己没有产生幻觉，有些不耐烦地将指南针紧握在手，晃了几下，"拜托，别关键时刻掉链子好吗？"

真是不给面子得很，这个伴随了他许久，且大部分时候很精准的指南针，此时成了一个什么用都没有的空壳。

王阳明眼见如此，心下有些烦躁，再拿出地图进行比对，却发现竟然没有走错。

一路之上，王阳明可谓步步惊心。

阳明小圣人脚下尸体遍野，但这些尸体都不腐，大多是人，也有鸟兽。尸体多在怪树、奇石身侧，尸体表情多样，姿态千奇百怪，说是人工开凿出来的石像也是有人信的。

"天哪！"王阳明脚下地缝炸裂，跳出一道雷电般的诡谲光芒。好在王阳明有所准备，扬起手里金冠，照着周遭空气抢了又抢，他是肉体凡胎，但他坚信手中的匈奴王冠必然有它的灵性所在。

也不知是真管用了还是心理作用，王阳明只觉神清气爽，远胜于自己在怪树前踯躅不前时的光景。

突然，王阳明身后传来女人的哭泣声，伴随着断断续续的婴儿喊叫声。

王阳明捂住口鼻，小心喘气，边跑边抬起金冠，做开路的虚晃动作。

远处传来滴水穿石之声，滴滴答答个不停。理性告诉他，这地方定然有个山洞。

他知道这声音很近了，就在眼前，忙不迭四处张望，果然找对了位置。

进到里面，他突然像是失智了一般，说了一连串奇怪的话，仿佛现在不说就要憋死："哎呀妈呀，快死了快死了，妙儿，快给我口水喝，汗巾子你递我一下……"

说到一半，他忽然发现自己是怎么了？妙儿不在身边，而且不在身边好几天了！可是刚才一进洞，自己好像回到了她的跟前，竟还能看见她。

"不对！这地方、这地方能使人产生幻觉！是岩洞吗？不是！应该是从遇到那女孩开始，但是入林之后更严重了。"王阳明似乎找到了一种自圆其说的说法，可大家别忘了，王阳明最恨的就是自欺欺人，他现在心底充满矛盾，"可是，如果是幻觉的话，眼前的一切应该是没有条理的。就好比做梦，梦里的很多事情连不起来，完全没有系统性、完整性……到底是幻觉还是什么？能使人迷醉的植被我也观察过，一路之上并未发现。"

想了想，他似乎大脑又清醒了许多。王阳明手中的金冠并无半点儿动静，那只聊胜于无的鹦鹉，哦，不对，是雄鹰，通身娇俏，玉华高冰种绿松石及时地为王阳明点亮了一盏心中的明灯。

"小苍鹰啊小苍鹰，你知道吗，我们先人的和氏璧，其实跟你是一个原料，都是绿松石。你要是在天有灵，麻烦跟我说句话，我保证不害怕你，真的。"

自言自语暂告一段落，滴水穿石之声却戛然而止。

王阳明只觉脊背发凉，一把抱住金冠，整个人不由自主地原地翻滚，再一起来，通身呈蹲守状正对向洞口。

"哈！"他叫出声来，还好声音不大。他捂住嘴，将金冠戴在头顶，洞口处，一棵茂密的怪树上，一个什么怪物正用让他无法直视的双瞳瞪着他。

没错，王阳明确信无疑，是瞪着自己看呢。王阳明只能看清那怪物的大致轮廓，一双深不可测的、近似于黑瞳少年的眼珠子形似灯笼，散发着阴鸷之气，闪动着橙红色的荧光。

"怎么办、怎么办？……我不会用这法器，何况，这金冠见了这么多怪事，愣是半天没动静。不如……"人有的时候就是这样，危难来临前各种幻想各种权衡，老觉得自己了不起，定然能想出应对方法来，这一过程里，难免庸人自扰，夜不能寐，可真要到了大难临头的刹那，人也就平静了。

"哦，还有个护板的，我怎么把记录给忘了，说好了一炷香呢。"王阳明恢复了一如往常的平和，他将背囊取下，将里面装好的护板、炭笔、纸张摆弄齐整，拿起一个干馍馍边嚼边写。

他像个当代出门写生的大学生，将护板放置在大腿上，自己择了一方好地儿静坐不语，回忆着方才的林林总总，时不时看两眼洞口的怪物。他确信，外头那个人高马大，是进不来的，他阳明子数学不差，估算个洞口大小是没问题的。

目测来看，那怪物约莫是蹲在树上的，怪树配怪物，那画面莫名十分和谐。

可这家伙找角度委实刁滑，虽是艳阳高照，但因树木繁盛，横生的枝杈高低错落，这妖怪的身形被恰到好处地遮掩起来了。

王阳明吃完馍馍，见那妖孽愣是不走，心底多少着急，他一不做二不休，将金冠摘下，抄起手边一颗大小适中的石头，走向洞口。他将石头比画一下，放入金冠，然后将整个金冠塞到洞口，洞口刚巧被填满，只残存一线缝隙。

王阳明通过缝隙向外察看，见那妖孽似也背了个背篓，只是背篓还是横向的、青灰的。王阳明换个位置观望过去，总觉得那背篓一分为二，中间有断开，而断开处竟然还时不时动弹几下，真是怪了。

"他如果是想对我造成伤害，想来早就对我射箭了。那背篓里难道不是箭？"王阳明忽觉好笑，抄起护板继续记录。倏然，他感觉眼前缝隙中闪出一道亮光，似有鸟儿起航飞翅，震动梢头。他再贴上前观瞧，发觉那怪物已经消失，也不知他用了什么方法，愣是不见了。

王阳明静坐思考，怪物什么的他并非第一次见，可过去有未婚妻和大猫在侧庇佑，眼下只能靠自己。身为男儿，他原不该这么想，委实太没出息了，可他不停歇地告诫自己："男人哭吧不是罪，这事儿谁赶上谁倒霉。"

整理好背囊，王阳明决定继续出发，这一次刚一出门便对上一方怪石，此物呈椭圆状，形如巨人，长约 5 米，宽约 3.5 米，半透明状，上半部呈微蓝色，下半部泛着金黄，散发着炫目的光，实属难得一见的奇石。

"这石头好生怪异，乍看之下形如琥珀，可琥珀哪里有如此之大的？"再近距离观瞧此物，王阳明发觉这石头有人工开凿、雕刻的痕迹，好像是谁对前人的保留有所不满，就在这怪石之上开凿了新的印记，将前人留有的逐一覆盖。

"这雕的是什么怪人？"王阳明围着石头转了几圈，发现了一组图："这画的，该不会是宛渠之民吧？相传他们乘螺旋舟而至。舟形似螺，沉行海底，而水不浸入，一名'沦波舟'。其国人长十丈，编鸟兽之毛以蔽形。始皇与之语及天地初开之时，了如亲睹。"王阳明流利背诵出《拾遗记》中的一段文字记载，可以说分毫不差。

眼前的雕刻很是古旧，有些已被磨损，上刻造像分为两类，一为五人组临空飘游，整个真身徜徉在高空之中，他们身穿奇怪的似有羽毛的包身衣物，通体肥胖厚实，头戴了个真空包装一般的圆球琉璃体，像是西洋那边制作的玻璃，竟能透过这东西将外界一览无余。

"当年，秦始皇接见过这些人，说他们可以辉映一堂。这雕刻所示，难道就是？"巨石上的雕刻有些乱了，但认真去看还是能推理出个大致，"看这画上所有，底下这个人好像是中原打扮，是谁呢？"

王阳明掏出纸笔开始速记，他看了眼周围，还是自认为滑稽地将金冠套在头上。他心里多少有些发虚，有时候真怕被人看见他头顶外族金冠的样子，可不知为什么，他进入这林子后就没那么坦荡狷狂了，总有种放不开的感觉。

"如果用自己的心学理论来解释这些怪异现象，说实在真的解释不通，可如若换作志怪小说里的记载从而对号入座，反而有些说服力。"王阳明处于大明中期，而你我熟知的化学元素周期表等现代科学知识则是在明晚期才被我国诸多科学家翻译引进的。

他无法用看过的书，结合自己的理论知识进行解析，加之古人重文轻理，化学、物理等只被一小撮知识分子掌握，且爱学之人极少，这些理工人才在中原地区又被贴以"奇思淫巧"等带有嘲讽意味的标签，明明身为科学家却得不到应有的尊重和厚待，长此以往，这种社会风气便阻挠了华夏文明的推进。

王阳明虽然是圣贤，但他对理工科知识的掌握也是极有限的，他只能说："好吧，我权当这是天外来客的产物。"

随后他试图放下疑虑，轻装上阵。

这一路也算一马平川，可就在他看到一条溪水，俯身抬手轻捧时，一道纤细的身形，映照在自己身下的微波之上。

溪水清浅，镜面是湖蓝色的，底子是碧玉色的。

王阳明确信，他看到真人了！

"谁？"他反应迅速，起身原地快转，整个身子僵硬且紧绷。

当他精神紧绷之时，那个身形瘦长、穿着襦服的人，迎面走了过来。

那是，另一个王阳明？

王阳明站在原地发呆，这林子，到底是个什么鬼地方？

是的，他没看错，眼前那个直视自己、面带笑容、迎面走来的，乃是另一个王阳明！

这个迎面走来的王阳明干净整洁，阳光帅气，高高的个子，瘦瘦的脸，时风眼上挑，一看就是个厉害主，才不是什么文弱书生。

"不是吧……另一个我，跟我一模一样？"王阳明动也不动，是完全动不了。

他的唇不住抖动，只能发出磕磕巴巴的几个颤音，手也不知该放哪里，只觉双脚已经离地。

就在那位阳明朝着这位阳明走近，两人面对面照镜子般到了一拳之隔的刹那，那位阳明，竟似没看见另一个自己，大大咧咧地从在小溪畔站立不动的王阳明身前穿了过去。

第二十八回
拜星神教侯珠三体　狂鸟来袭敕动天目

"咕咕咕、咕咕咕……"令人匪夷所思的鸟鸣声搅得王阳明心惊肉跳，他猛然忘记自己身处何方，大脑一片空白，以至于他竟想不起一路之上发生了什么。

"这声音，是姑获鸟吗？"本着怕什么来什么的担忧之心，王阳明竖起耳朵，按住发紧的头皮，用尽浑身力气挺身坐起。

王阳明睁开眼细细打量周遭一切，这才恍然大悟，原本阳光明媚、如上了铜胎绿釉的广袤树林，眼下却是昏暗无比，外加方才那不停歇的恼人鸟鸣，更令身处这片暗林之中的人儿胆丧魂惊。

如果真是王阳明方才所言的姑获鸟，那么这鸟就是为夺取出生婴孩的女妖。可王阳明静下心来想了又想，哪儿那么好就是它呢？

何况自己又不是小婴儿，就算遇到那东西，又能如何？

王阳明自我安慰，他起身站立，耳畔的鸟鸣依旧，再去聆听，好像只是猫头鹰的叫声。

"对了，方才我看到了另一个自己……"他刚送走一波冲击，这一回想来的却更为刺激。

王阳明自嘲一笑："还不如不想起来。"他禁不住咧嘴自嘲，抬手摸了把发顶上的金冠，"你呀你，一点儿忙都帮不上。"

"吧嗒。"又一声不经意的脆响惊动了王阳明原就吓得千疮百孔的心，理性告诉他，有可能是另一个自己抑或那个背着奇异背囊的怪物！

他迅速选了条目力所及的路径，也不管旁的，拔腿就跑。

身后传来密集的群鸟拍翅声，像是暗夜里涨潮的河水，随后，有什么兽类在哀嚎，却又像是被什么掐住咽喉，竭力反抗却失败了，因为最后传出了巨物扑通倒地的响声。

王阳明跑了许久，可身后的声音却一直断断续续，没个了结。

原本轻轻的踩踏树枝所发出的声音，唯有静心去听才能听到，但眼下王阳明踩树枝所发出的巨大爆裂声响简直可怖至极，令他无法从容地快跑。

"好像是有人徒手折断树枝，更好像有个高几十米的巨人，一脚将树木踩断劈裂。"这是王阳明心底最为真实的感受。

他跑了许久，终于跑不动了，身后的声音时有时无，他觉得自己简直要疯了。

好在，天无绝人之路。

峰回路转间，王阳明看到了一个从未见过的发光体。这东西呈倒三角形，有些像月光石，可月光石在暗夜无光的林中显然不可能散发出如此璀璨的光芒。

"是萤石吗？"王阳明做出的判断很简单——有人用黑色的孔明灯抑或风筝一类的东西，将打磨成三角形的萤石绑缚在内，随后用机关或者什么人为手段将其放飞。

他用衣袖抹了把汗，他想，这样一来定然是有人在。但此地极其特别，他不敢妄猜对方是敌是友，想了想，还是谨慎前行，暗自观望。

拨开那叫不出名的灌木花卉，王阳明择了一簇足以盖住自己高挑儿身形的花冠。

刚刚蹲下，他的耳畔便传来和尚念经般的奇妙言语，很好听却有种让人走火入魔的诱惑力。

这不看不打紧，一看吓了王阳明一身冷汗，感觉连下辈子的汗水都在此刻流干殆尽！

一群人，一群看不清面庞的人，正在密林深处的一方空地上，伴随着三个奇异的发光球体，正絮絮叨叨地念着什么。这些人站立成怪异的阵形，其中一人带领众人跪下，朝那三个发光体叩拜。

原以为只有一个倒三角萤石，现在热闹了，竟然还有两个！

"圆形的、方形的……这是隋侯珠吗？"王阳明还是按照文人常有的思维方式进行推理。

当遇到无法解释的难题时，他先回找曾经知道的知识理论对号入座或者比对，若是真没有，就马上切换到心学模式。

可问题来了，当这两样东西都无法解释眼前的现象时，又该如何呢？

"爷爷，我想起您老跟我提起的——常自在。"是的，现在看来，还要在爷爷教育的那句"常自在"后头加上三个字——随它去！

《搜神记》里记载过隋侯珠的相关史料，真假难辨，但主旨却是感恩。

一条大蛇为了报恩，竟挑选上佳的夜明珠亲自送予救命恩人。

据说那大蛇送来的珠子个头儿巨大，光可及天下，暗夜时亮出，周遭便如白昼。但问题是，书上并没记载"此珠可夜行千里，无翅能飞"。

"看样子，他们在进行某种仪式。天呢，到底是什么人，敢于入这林子朝拜这三颗珠子呢？人为财死，鸟为食亡，但命是最要紧的，就算是寻找珍宝之人，拿命做赌注未免……"王阳明心里各种思考，身后却突然有股大风袭来。

"糟了！"王阳明无法按捺心头的恐惧，他嗷嗷两声，叫声惨厉。

原本压抑许久的恐惧，在这一刻如滔滔江水，奔袭而来。

那怪物过来了，亲手劈断了无数棵怪树，他好似是飞来了，而那看起来近乎背囊的东西，原来竟是翅膀！

王阳明此时脚下乱作一团，像是解不开的毛线，他只觉后背就要让这怪物尖利的指甲扎进去了。

"救命啊！快来人救救我！这位大哥，您……"还是老规矩，王阳明一向秉承着找人求救一对一，绝不能犯傻找集体求救的原则。毕竟求救对象越明确，被救的希望就会越大。

他人已冲入朝拜的奇怪人群中，见他们全披着绀色的斗篷，衣衫不似中原汉人所有，但看到右手边一人形如夔牛，看上去十分剽悍，来不及多想，王阳明便推理这人正值壮年。

王阳明身子已是刹不住车，整个人扑了上去，和这个形象不明的大哥

185

撞了个满怀。两人身量无二，都是高个子。

可谁知这大哥弱不禁风，一句话不说，木头桩子似的倒了下去，其身后所在之人大部分也如木头一般，如多米诺骨牌似的一个接一个摔倒在地。

王阳明只觉对不住人家大哥，抬手一伸，就要将这从头罩到脚后跟的绀色斗篷拽下来。

而与此同时，有相当一部分朝拜者却露出惊恐的表情，好像比王阳明更加害怕。

"有个怪物，长翅膀的，他……哎？朴瓢乐？"蒙了！这次蒙了！王阳明简直哭笑不得，眼前这个衣衫脱落，袖口拧巴，在"装木鱼"的大哥不是别人，正是自己本心想要一路同行的高丽人朴瓢乐啊！

"我说你！"王阳明气得拽过这厮衣领，一把将他扯过来，恨不能张嘴咬他鼻梁，"装不认识我还是被这林子吓唬傻了？宁可撞死也不想搭理我是吗？"

好家伙，这看起来是个柔弱书生的阳明子，倒腾起人来也不是吹的。

朴瓢乐惊诧之余终于不再演戏，他也不管身后倒了一大片的人，只当一切皆为幻象，轻轻抬手，嬉皮笑脸地将被王阳明攒紧的右手拨弄开来："小圣人何必怪罪？看你这样子，脸色苍白，竟无半分血色，想必定是遇见那妖孽了？"

"喊！亏你还有曜变天目！赶紧的！妖孽可是长翅膀的！"王阳明近乎是喊着命令道。

"不用着急，我跟你说，这些穿斗篷的人乃三星神教，这帮人都会九阴真经，他们之所以在此朝拜这三颗会发光的珠子，是因坚信九阴真经的灵体就是这三颗珠子，所以说……"

"那可不行！我不能死在这种鬼地方，妙儿和大猫还等着我呢！"说罢，王阳明一把探手伸进朴瓢乐的背囊，说来也巧，刚刚朴瓢乐被王阳明这么一撞，加之身后的作用力，背囊上的扣带竟自动松开，刚好露出一段裂口，足以让王阳明探手进去。

"你！你真有种啊你！"别看他骂得痛快，朴瓢乐其实内心虚得很，他也是一路被这长翅膀的妖孽穷追猛打，避之不及，要不是他运气好，遇到一个半死不活、心悸大作、在此朝拜光源体的魔教教徒，将其打蒙后换其着装

186

混入了这人群，那带了翅膀的丑陋妖孽指不定要怎么捉弄于他。

可当朴瓢乐想要借刀杀妖时，王阳明已然将曜变天目紧握在手，而那从天袭来的妖孽也在月影下挥舞利爪，似乎要大开杀戒。

从下往上仰望，天地万物似乎都放大了数倍之多。尤其看这类怪物，怎么看怎么觉得恐怖。

"只能赌一把了！"王阳明想起三倍猪童提到的那些线索，也不管别的，从与自己擦肩而过的一个教徒身上扯过一个葫芦，葫芦内里是酒不是水。好吧，凑合来吧。

他将那酒颤颤巍巍地倒进曜变天目里，边倒边抬腿踹了下身侧发呆的朴瓢乐："不想跟你堂哥似的死在大明，就给我拿出点儿斗志来！"

兴许是提到了勇猛无敌的朴一生，这个朴瓢乐好似性情大变的野牛，真真拔出佩刀一冲到底，只听其啊的一声长叫，简直要吼坏了嗓子。

王阳明来不及观望身侧魔教组织里其他人物的状态，总觉得气氛不如自己料想的那般紧张，可这是哪里不对呢？他手下有任务，来不及细想。

王阳明当机立断，咬破手指，将自己的血液滴落入茶盏，也学妙儿那般将满茶盏的"天眼"当符咒敕动："得驻飞霞，腾身紫微，人间万事，令我先知！"好嘛，王阳明脑子里就这一句比较熟稔，还是与妙儿分别时，听她念叨过的。

小圣人脑子翻江倒海，已是混沌无比。

"哎？怎么，怎么不灵啊？拜托！"王阳明心急如焚，情急之下又在内里续了些酒，因这地方实在邪门，他不敢浪费自己的太多血液，生怕耗费太多，走不出去。王阳明气得摇晃了几下茶盏，只听见朴瓢乐从不远处的平地上传来的尖叫："疼啊！大爷饶命！"

"朴大哥，你给我顶住！顶住！"王阳明平生第一次对圣贤文玩有了不敬之举，虽说朴瓢乐是挺可恶的，但好歹人命诚可贵，王阳明总不能让他白白去死。

还好，这曜变天目在王阳明手中晃了许久，且被其用掌心摩擦一番之后，终于有了些许变化。

麻烦却在茶盏群星闪耀、变幻旋转时扑面而来。真的是扑面！

那长翅膀的面目丑陋的怪物，细长的胳膊犹如今之橡皮胶所制就，他

187

已挣脱了朴瓢乐的朴刀追砍。眼下，这妖孽鹳鸟一般的双腿正被朴瓢乐死死抓住，整个鸟身犹如一架滑翔机，因被朴瓢乐困住，只能缓慢滑行。

但即便如此狼狈不堪，这怪物仍旧心有不甘似的，整个身子仍直奔王阳明而来。

最令人害怕的还是那不停挥舞的翅膀，像要给予王阳明最狠辣的耳光，还是明目张胆地扇他无数个来回的那种。

"你行你就上！不行别逞能！"朴瓢乐只觉自己被坑了，这王阳明到底懂不懂茶盏奥义啊！

"走你！"王阳明像敕动灵符般挥舞大长胳膊，先送出了一枚奇异的犹如红泥胭脂印的抽象文字图案。令他想不到的是，这红泥胭脂印弹出去后虽没任何杀伤作用，但周遭一切仿佛静止不动。最令他感觉汗毛倒竖却又亢奋无比的，则是眼前出现的浩瀚星河。

"人言此是海门关，海眼无涯骇众观。天地偶然留砥柱，江山有此障狂澜。坚如猛士敌场立，危似孤臣末世难。明日登峰须造极，渺观宇宙我心宽。"王阳明见到此情此景，倏忽间淡定念出此诗句。不为平复心绪，而是有感而发。

此时的自己身侧空无一人，似宇宙闲吟客，乾坤窃禄人。王阳明又不禁想起秦观的《风入松》："崇峦雨过碧瑶光。花木递幽香。青冥杳霭无尘到，比龙宫、分外清凉。"

"棋盘？沙盘？"王阳明念白完毕，天空突然有物出现。乍看之下犹如四艺之中的围棋之棋盘，但仔细来看，却有着沙场点兵的雄浑气魄，这不是沙场征讨、调兵遣将又是什么？

王阳明闭起那双灵动有神的时风眼，忽地张开，狷狂的表情里，带出多时不见的笃定："施展我棋艺乃至军事才华的机会到了，朴瓢乐，麻烦再忍它半盏茶光景，小圣人我定带你脱难！"

188

第二十九回
胸中丘壑星罗密布　长河拂晓沙场点兵

星河自动形成结界，将王阳明护卫其中，面前棋盘则竖立成一面高墙，傲然矗立在天地万物之间。

"唰——"血光闪现，无数回形纹像奇怪的浪花扑来，又像是一群并不友好的飞蛾，将眼前棋盘与王阳明视若星火，欲要振翅扑杀。

"哼，这就是你用出的招数吗？"王阳明隔空喊话，他一边放出自己的招数，一边还能通过今之荧屏般的棋盘看到敌军光景。

朴瓢乐被这带翅膀的妖孽甩出几尺，那妖孽横空而上，振动飞羽。而那回形纹便从他那飞羽里如浪花一甩而出，颇有"飞剑决浮云，诸侯尽西来"之势。

"我虽看不见你，但你发出的利器我是清晰可见的，没关系，上！"王阳明似真的掌握了曜变天目的奥义所在，决心来他一场硬仗："能曲则曲，能立则立。"王阳明将手指并入曜变天目中，像是夹出围棋般带出一子，又射圃般抛向对面悬空的棋盘："我用出一计鬼头刀，杀你这回形纹，你放出的这些只不过是那绣花缝衣的花样子，我这招确为四艺之妙计。"

围棋实战中，如何最大限度地发挥残子的作用，是曾让王阳明感到棘手的问题。有一种利用残子的棋谚："能曲则曲，能立则立。"

对方射出的回形纹原本极狠辣，谁料竟被阳明子放出的棋子打了个落花流水。而让王阳明感到不可思议的则是下一番过招。

"射子法、桃花五、接不归。"王阳明想起爷爷王伦教他的矩形补断虎输飞大法。

他以为曜变天目还会似方才那般以红泥胭脂印的方式防守反击，可谁知道，这一次进攻竟然把"天兵天将"招来了。

"王阳明，你这是把钟馗弄来了吗？"朴瓢乐的声音回荡在王阳明耳畔，字句有些飘摇，但语气不失调侃。

"朴兄，你还好吗？"王阳明听得"钟馗"二字，又用出"大眼杀小眼、小林流布局、千层宝阁势、双活不作地"四大绝招。

"有个黑不溜秋、毛发浓密、面相可怖的巨人，当空临门起，已经和那家伙缠斗在一处了，喂喂，你在哪儿呢？我咋没看见你啊？"

王阳明一笑置之："你甭管了，交给我！朴兄，你找个靠谱的大树躲起来，找机会从他背后偷袭！"

"呵呵，圣人也搞这套啊！"

"兵者，诡诈也！有何不可？"

"秦王骑虎游八极，剑光照空天自碧。"

王阳明虽见不到钟馗是如何跟那妖孽开打的，但他已然料定，自己这边若只发一枚棋子，则只有一般火力的红泥胭脂印射出，但如果自己连发数枚，且用出口诀一类的围棋招数，那么，此茶盏则有调天兵天将助阵之威力。

"钟馗都出来了，那么好吧——中央开花三十目。爷爷，您教的好棋，今儿可全用上了。"王阳明像是一个意气风发的操盘手，又好似笔底游龙的王羲之转世，这种霸气他好久没感受过了。

棋谚云"中央开花三十目"，解析为：在布局阶段，中央提子的价值很大；提子时，盘面子数越少，则对今后的影响越大。

"三十目"是形容提子后所产生的巨大威慑力。

"公活烂包皮、乌龟不出头、长气杀有眼。"王阳明念出咒语，越战越勇，真有那"男儿何不带吴钩，收取关山五十州"的凌厉气势。

"危楼高百尺，手可摘星辰。不敢高声语，恐惊天上人。"

这边打得就要惊动神仙，有大荧屏传导功能的棋盘就震了几震，王阳明吓了一个激灵，眼见棋盘上风云密布的格子在敌方的振翅冲撞下竟然模糊起来，忙双手抱住曜变天目，将内里的天书文字定格在两指之间："金鸡独立、松气三角、粘劫收后、朝天拆二、滚打包收……朴兄，我那钟馗如何？"虽说能通过曜变天目"大荧屏"看见下方情况，但王阳明还是要确认再三。不幸的是，眼前的钟馗赫然倒地，消失不见，想来这妖孽武艺高强不说，更有说不清的无边法力。

"还好还好，你刚刚放出的钟馗虽说消失了，但好像有个白面书生，拿着一把你们道家的剑……"不等朴瓢乐自行判断，王阳明便看到那人物形象，脱口道："点石成金吕洞宾！"

这一次，他决定跟进助力，忙又散出几子由棋盘稳稳吸住："莫将绝艺向人夸，新势斜飞一角差。局罢儿童闲数子，不知胜负落谁家？"

身为发起人，他也不知道下一步走完又能召唤出什么神仙人物，但令他心安的是，曜变天目，确实是一个神奇的茶盏！

"希望是黎山老母！"王阳明眼盯棋盘，却发现茶盏变得极不稳定，方才还能当荧屏用的棋盘，现下却像是断了弦的琵琶，怎么也续不起、弹不成。而那些原本吸附在棋盘上的棋子，眼下全然失去光泽，竟一枚枚掉落下来。

"别啊！"王阳明以为是自己发招太快太狠，导致对方无法跟进法力，他茫然间抓住一枚棋子，正欲落下，糟糕的是接到朴瓢乐的噩耗："吕洞宾消失了！被这家伙打翻在地！你到底会不会用那茶盏啊？"

王阳明全身汗涔涔的，任凭他怎么高呼落子口号，用出多么讨巧、过硬的招数，那红泥胭脂印的曜变天目眼，都无法再如方才般轻松地召唤出神明。

"怎么会这样？茶盏，我记得三倍猪童曾说过，你有呼风唤雨、召唤神灵的威力，可是……"眼前的棋盘消失了，别说什么召唤黎山老母助威，就连自己会不会连同这茶盏摔得粉身碎骨如今都是未可知的。

随着茶盏内部星辰的逐渐黯然，王阳明忽然才想起自己身怀两件法器，原想试着唤醒那金冠飞鹰救自己一命，倏忽间脚下踏空，整个人迅速下滑，竟然真的犹如今人跳伞般从高空中跌落人间！

小圣人发出长长的尖叫声，这一嗓子可能是他这一辈子发出的最长的一声呐喊了。

"小圣人，我来接住你！我朴瓢乐这次不管再遇到什么艰难险阻，也要把你带回我们高丽，让你做我们高丽的……"朴瓢乐这个平日喜感十足的人，此刻也大义凛然起来，拿出了关二哥义薄云天的气势，不顾那妖孽阻拦，亮起朴刀，横冲而上，张开双臂瞄准王阳明和茶盏坠落而下的位置，左移动、右移动，前后上下各种调位置。

就在朴瓢乐以闹剧加喜剧的节奏，下蹲扎好马步，自认已瞄准位置的同时，口中的念白竟然转成了："让你做我们高丽的……吉祥物。"

"吉祥物"三字突然变得无力，很是软绵低沉，好似被狂风掀翻的一盏灯里闪烁着的小火苗。

"小圣人，你还好吗？"真是不幸之中的万幸，王阳明听见有个人在叫自己，而眼下的他，刚巧落定于这个说话人的怀抱。刚才的临空跌落，是王阳明始料不及的，没有滑翔纸鸢，没有酸与皮囊，没有墨子的木质飞鸟，那么，他现在所处之位是在广袤的大地上吗？

王阳明悠悠睁眼，方才的空气阻力搞得他眼皮抽疼，浑身没一块好地方："您……"

当他抬眼望去，与临空接住自己的这位仁兄相看时，他终于明白，普天之下，没有免费的营救。

"我这种模样的妖孽，还带了个翅膀，你怕也是正常。不过我真没想到，你的反应竟是如此之快，不等我解释一句，便用出曜变天目打我。我且问你，你头上的这个匈奴金冠为何不听你召唤？莫非因你是汉人，才至于此？"

"这位大哥……"王阳明喉咙处紧得不行，像是卡住了什么生涩的硬物，他咽了口唾沫才继续说道，"您骨骼清奇，一看就不是俗人，请容小生我为您占卜一卦可好？"

他说这话，倒真不是幽默，只是被眼前之人吓到，以至于词穷罢了！

首先，王阳明此时暂时感觉身体暖了几分，稍定心神后，他知道他整个人绝没有离开高空，只是被这妖孽抱在半空，距离地面仍是遥远。

其次，他不知道眼前的妖孽是要活活摔死自己泄愤出气呢，还是想将自己生吞活剥，用来煲汤？如果自己现在一死了之，也许是最痛快的结果，待会儿这妖孽指不定把他抱去何处，随手扔进某个柴锅里。

"占卜？占卜好啊！我就喜欢占卜！要说起来，有数十年没人给我卜卦了。"

妖孽的嘴巴真是好看，鹳鹤一样狭长而锋利，锥子似的就要扎过来。说话间，他那嘴巴慢慢地张合着，说话也是慢速的，而那黄澄澄的颜色令王阳明想起了老蜜蜡才有的鸡油黄。他的脸也不似正常人的脸，有一双像是昆山调里大青衣才会装扮而出的吊梢眼，从眉到目全然高高挑起；眉毛不画而黑，不点反翠，这有墨有绿的自然色调却丝毫无法勾起王阳明一点儿好感，这几样集中在这么张怪异的脸上，外带这么双连着蜡膜皮壳的巨翅，简直就是吓死人不偿命！

如此怪异的组合，令王阳明无法将视线离开，他不是不想，而是眼下他视线没地方搁置！何况他不敢在眼下做出任何可能会激怒对方的动作。

"这茶盏留着也是祸害，不如毁了！"

"别！"

来不及反应，曜变天目便从自己僵化泛白的双手中坠落。

王阳明捂住耳朵，不敢俯瞰，却听到朴瓢乐大笑："哈哈，又是我的啦！王小圣人，咱们就此别过，慢走不送！"

"我呸，你个天杀的坏东西！一副小人嘴脸，给我回来！"王阳明是做梦也没想到，原本就艰难无比的冒险，还让这高丽人屡次看了自己的笑话！这还不算，这人还秉着"常变常新，翻脸无情"的基本准则，用浮夸的演技骗取了自己的信任，如今好了，曜变天目又重回这高丽人手里，这真是没处说理！

"你放我下去！我们大明的宝贝，不能毁在一个外人手里。"王阳明开始反击，连踢带打，头上的金冠不住抖动，"我把这个金冠给你，你随便拿去，我们国家的宝贝，绝不能流失海外！你放我下去！"

眼看着那高丽人得意扬扬，将已然暗淡无光的茶盏塞入怀里自行上路，王阳明恨得咬牙切齿，他只怪自己怎么就不会武呢？这金冠挑得太失败了，

193

上头的绿松石苍鹰跟只鹦鹉似的，还是只呆鹦鹉！

"小圣人，你最好给我老实些！不然，我就把你抛下去喂狗！"妖孽面目狰狞，他只要一说话，无论高兴与否，面目都是极扭曲的。

王阳明被他那鹳鸟般的利爪扣住臂膀，挣扎摩擦间，只觉后背生疼，似乎是受了伤。可王阳明真的顾不得这些，该死的朴瓢乐毕竟习武，他的生存能力只在自己之上，可如果他顺利通关，去得小屋，必然今生不再得见，而以屋维的为人，绝不会履行诺言，曜变天目即将被收回，而朴瓢乐本人也会被卖到别处。

"朴兄，屋维不会信守承诺，你相信我还是相信一个人贩子？即便你用这茶盏过关斩将，到了目的地，他们指不定将你卖到什么鬼地方，到时有你受的！"王阳明想，既然这妖孽不听劝告，那就只有跟还未走远的朴瓢乐谈判。

可这话听在朴瓢乐耳中却是极为刺耳，他头也不回，脚底生风，只留下一句话："那是我的事儿。"

看朴瓢乐走远，背影消失在碧不见底的鬼魅树林中，王阳明气喘吁吁，猛咳出来。可他依旧不甘心，探出的双手猛捶妖孽面庞："你就是欢兆冲对吧？哼！别以为我不知道，你是《山海经》里记载过的讙头国国人！"

此言一出，对方怔住，可就在他这片刻神游之时，王阳明竟挣脱其束缚，接连出拳，探手伸出五指，像用叉子般刺向对方双瞳。

妖孽躲得飞快，俨然仍是占上风，口中不禁调侃："哼，原来外头口口相传的小圣人竟然也用这下三滥的招数。"

"凡是能救我大明江山、保我大明瑰宝不外流的招数我都用，我不怕担这千古骂名，只要能保住它们！"王阳明抬腿就踢，直奔对方下体要害。

对方已有准备，岂能让王阳明得逞。只是方才王阳明伸开五指，用锋锐的指甲刺其双目之时，他虽躲开，但因扭头速度太快，眼下只觉颈椎处颇为不适，好似已然扭伤。

妖孽瞬间犹豫，本能就想抬手去触摸扭到的部位，但若他此刻抬手去做，便只有一手可以揽住王阳明，他的目的还没有达到，岂能放王阳明走人？

王阳明何许人也？见他表情有瞬间的呆滞松懈，便用尽浑身解数，能打一拳是一拳，能踹一脚是一脚。

两人你争我夺，僵持不下。

"你再这样，我真放手了！"妖孽大叫，面部表情愈加扭曲。

"讙头国人都似尔这般草菅人命吗？讙欢者，原就与鹳鸟的鹳发音相近，左不过是因尔等形似鹳鹤才得此名！尔等来我中原，为美化自身，靠近我们，居然还用了欢天喜地的欢字为姓，真真是异想天开！"

"异想天开？王小圣人，别忘了，你的命在我手里，可你却不知好歹，一而再、再而三地激怒于我……今儿我就让你领教一下我讙头国人的厉害。"

直坠而下时，王阳明半是后悔半是沮丧，算是亲身体会了一番什么才是"瑞雪当空舞素英。玳筵收得满金瓶"。

半空中，那头上金冠仍是毫无反应，"哑巴鹦鹉"白白享受这绝佳的玉华冰种绿松石，不出一声。

王阳明落水瞬间，水花四溅，热浪灌了他一嘴，若不是王阳明身处江南，习得水性，这一腔子水下去估计早就升天了。

他以为的死亡，并没有降临。而在自己与对方打斗回旋之间，早就偏离了他上升时的原位。

"我投降！"王阳明倏然变了风格，高举双臂，走出这还算平静的河流。也幸亏这只是条不起眼、不宽敞的河，也得亏这厮不想要他性命。

王阳明像只刚出水面的海獭，虽横遭歹人算计，但仍不失风趣诙谐。出水起跳间，他憨笑自若，不忘将头发、耳朵上的浮水抖开，手里则轻松提起这顶什么用都没有的"鹦鹉"金冠。

真别说，这金冠确实是真材实料，纯金就是不怕摔。别看刚才欢兆冲这妖孽下手如此阴损，王圣人都差点儿脑震荡了，这傻乎乎的呆萌"鹦鹉"，愣是一个角儿都没磕坏。原本以"娇气"著称的绿松石，也仍傲然挺立在金冠之上，似乎在无比自豪且略感嫌弃地俯视王阳明。

王阳明抹了把脸，边盘算策略，边揣度那人心思，浑身滴滴答答淌水，他却走出了放荡不羁的步伐，颇有醉拳的意味。他手拿金冠朝欢兆冲落定的大树方向画出夸张的弧线："我投降，我阳明子承认技不如人！欢兆冲，你我两人往日无怨近日无仇，我也不瞒你，我是你原主子屋维派来劝降的，我也知道，以你如今的身手定然不跟我回去，不如我们找个地方谈谈，交换条件如何？"

第三十回
平行宇宙扭曲空间　飞廉金冠强者无敌

　　欢兆冲的家并不简陋，也不简单，就在两个拔立而起的蘑菇里。

　　"这种蘑菇名曰'春雨城'，乃嫁接、变种而来，有小毒但不致死，此蘑菇若遇山茶花中嫣红色者，入草药煎熬上半个时辰，再加童子尿作药引，喝下一口必死。"欢兆冲飞身而上，口中念念有词，说话间便将王阳明整个人放置在其中一开凿精致、有门有窗的巨大蘑菇前，并不忘介绍眼前这不可多得的奇异景观。

　　要知道，出现在王阳明面前的这些蘑菇可谓宏伟壮观。一个个嚣张跋扈地戳在地面，横着围成一堵势不可当的蘑菇围墙，蘑菇周身飘荡着纤细的蒲公英，更显整片蘑菇林神秘。

　　"这些蘑菇足以用来搭建桥梁，何况用于入住，它们的颜色也是极艳丽的。哎，欢大哥所住的这蘑菇，原是两个连到一处的？"王阳明顺势改换称呼，那叫一个水到渠成。

　　欢兆冲见王阳明抬手指了指自己的这座"大两居"："不错，我在两座春雨城之间搭了个可令人攀爬的绳梯，这东西对我没什么大用，可我也担心有朝一日若自己双翅负伤，无法顺利上得如此之高的蘑菇内里，恰好这两个蘑菇本就生在一处，相生相伴，并不遥远，我索性弄了个桥形梯子。"说话间，他轻推房门，出人意料的是，欢兆冲并没拿什么钥匙，王阳明还未蹙眉发问，就见房屋里豁然开朗，充满着亮光。

这种亮光绝非刺目的烛光，而是一种暧昧却柔和的雪亮荧光，非常柔和，不伤双目。

"这是何道理？"好奇心战胜了恐惧不安，王阳明放下芥蒂，竟像个孩子，大大咧咧往里迈步，"这光绝非烛光，柔和不说，还充满整间屋子，这？"

"是春雨城自带之光。这蘑菇有毒，平日则向外排出。对于人而言，此光并无杀伤力，只需通过固定的声音、动作便可自由操控这光源。"欢兆冲说话的语速仍旧是慢慢的。

"也就是说，随着您开门的动作连同声音的发出，这室内的光亮便相伴而出？这奇怪的蘑菇自身可根据您的动作幅度、声音高低随时调节其发光程度？"

欢兆冲颔首，不忘从一进门的玄关多宝槅处的观音瓶中拿出一朵有些发蔫的勿忘我，握在手里把玩起来："不错，小圣人了悟得极快。要知道，之前来此地见到这光景之人，多一半都被吓晕了，还以为是我施了某种妖术。我给他们一一道来，各种详解，却无一人听懂、相信。"

王阳明一双慧眼对上了欢兆冲那老蜜蜡般的长嘴，因在陈设简单、舒适的室内，王阳明身心变得舒缓了，心底也就没那么怕了："方才我说为您看相，若您还愿意，请听我一一道来。"

见他反守为攻，欢兆冲不免好奇："嗯，小圣人请吧。"

"您来自大食国周边或者说与大食国风俗相似的地方。"王阳明第一句推理，却是取得了压倒性的胜利，柔和的白光下，欢兆冲的面孔好似也没有方才那么可怕了。

王阳明见他表情自若，神色如常，想来是自己说对了，便继续朗声说道："您长期担任匈奴人的探子，导致您身心俱疲。但您现今为自由身，每日作息规律。此时的您，很想从我身上了解屋维的现状、花柳帮的现状以及曜变天目的故事。"

"首先，你怎么知道我来自哪里？我所在的地方你们大明人并没有详尽的记录，大多大明人，都以大食二字指代我们那个地方的人。我们的国家，与大食国毗邻而居。但是，我自认没有破绽暴露给你，你又是如何

198

知晓？"

"拿花的手势不对。"王阳明笑道，"您刚拔出这朵勿忘我时的动作很是随意，能看出是习惯性动作，并非刻意为之。如果是我们汉人，将花束从花瓶中拔出后，理应花头朝上、花柄朝下，手持花的根茎部位，这才对呢。可是您则相反，将花拔出之后，像拿佩剑一样，将花头朝下，把根茎部位作为持在手中的主体。这样的持花手法，是大食国那边的人才有的。"

"哼，早知道就不拿了……一个习惯性的动作，想不到却被你轻易看穿，好个十七八岁的古灵精啊。"欢兆冲说话的口吻中带出些负气般的失落，"你能再说说，我为何长期做匈奴人的探子，导致身心俱疲？现今又为何作息规律？还对你的事情颇感兴趣……你可别告诉我，是因我与世隔绝。"

"不，您没有真正意义上与世隔绝。"王阳明提高了些音量，突然，室内的白光转亮了二分，房间的布局设备更加清晰可辨，整个房舍原就不大，现今更显明亮。

王阳明的心有些微颤，但还是尽可能沉住气说道："您一直叫我小圣人，若您真是与世隔绝，又怎会知晓我的绰号？想来，去年南昌府雪人案也好，福州的丁香花案也罢，您都已然知晓大致情况了。这些，恐怕是那魔教教徒告知给您的吧？何况，您掌握着匈奴人的地宫钥匙，您深知他们不会放过您，您自然要第一时间获悉外界的各路消息，才能立于不败之地啊。"

"嗯，所言极是……你继续说下去。"

"第一，我之所以说您一直担任匈奴人的探子，且心有不甘，导致身心疲惫，是因您的抬头纹比一般之人重了很多。一个人长期处在自我伪装、欺瞒他人的氛围中，比如戏作，终会因顶不住巨大的压力而精神崩溃，额头一定会留下很深的抬头纹。第二，是您眼角泪腺的区域，如果这些地方很红，说明此人作息不规律，睡眠质量也不是很好。但您恰恰相反，虽然抬头纹是下不去了，但您的眼角泪腺地带却是干净平滑的，证明您在这牧羊女森林里过得相当滋润。第三，您现在虽说手里提着花，但因是反抓着，所以双手反而有所留白。您听我推理时，双手处于反手叉腰状态，这跟正手叉腰状态表达的意图恰恰相反。若您正手叉腰，表示您在向我宣示领土主权，暗自我不该往深里走。可您偏是反手叉腰，这则表明您对我充满了好奇，并试图跟我沟通，得到更多信息。"

"这就是你所说的相面？跟我听到的那些中原术士的花言巧语截然相反。人家都是预知未来，占卜走向，你这不是相面，而是……另一种推理手法。"

"不错，我从不推断那些不靠谱的命理，也不说什么将来如何，我只看当下。我觉得人应该相信自己的内心，相信自己很强大，无需听外界那些有干扰性的、不靠谱的臆测。有些人只会为你好，不会对你好，说那些有的没的，听来只会束缚自身，阻碍心智发展。要我说，算命是一种变相的格物，通过参考他人意见而迫使自己内心宁静，不过就是自欺欺人的把戏而已，有那工夫不如看看中医，让大夫调理下五脏六腑，胆小的调理脾胃，暴躁的降降肝火，总比听取那些干扰身心发展的说辞要好上数倍。"

"真是个强硬的孩子，看你这打扮虽是儒生，但你这理论却是格外强势，你很现实，却不教条。若我说了些你从未听过之词或者言论，不知你会作何感想，我很好奇。"他示意王阳明入座——他身侧就有一把怪椅，乃鹿皮制作，圈椅形制，鹿角为椅子靠背。

"多谢。"王阳明行了一礼，便悠然入座。

"很久以前，我们蠵头国人来自一个遥远的地方，这个地方不在大明，也不在大食，更不在海外。但我们的一些礼教习俗却与大食国雷同。"

"西洋那边吗？"

"不，你听我说。"欢兆冲也入座了，他的那把椅子是三条腿的，上面铺满了长毛，还是尖刺状的鬃毛；而那后靠的椅背，则是雕刻而成的野猪，两侧环抱处的扶手位置，竟然是一对打磨得油光锃亮的蟹壳青色猪牙扶手。

他提了口气，翅膀也随之收起，可以看到，入座后，欢兆冲的飞羽变得又薄又轻，只占了圈椅小一半的地方。

"你也看见了，那块令你深感不适、旧病复发的巨石，那上面刻画的你可知是什么？"

200

"天外来……"王阳明怔住，"你们谨头国人，也是天外来客？跟当年秦始皇的铸剑师一般？"

欢兆冲颔首："当年，我们的祖先驾驶星槎而来，却在半途出现危机，导致星槎坠落。因星槎内部受锡、水晶二物所出的磁场支撑，关键时刻迸发共鸣，我们星槎上的四十五人里，幸存下十五人。你知道星槎是何物吧？一种近似于墨子首创的木鸢，但能通过锡、晶石等能量推动船身，外加一些你们这个地方的人完全无法掌握的机关、仪器催动，它就能飘浮在浩瀚银河之中、璀璨群星之间。"

"唐代诗人宋之问的《宴安乐公主宅》有诗云：'宾至星槎落，仙来月宇空。'星槎，可飞可飘浮在天空之中的小船是也。要我说，应该叫'疑窦迷离星之舟'才最为恰当。古书中对你们驾驶的这奇怪星槎多有记载，相关论证颇多，物证却少得可怜。至于磁场、共鸣，这些词我都能明白。"王阳明那个时代，早有人发现了由珠宝珍玩所带出的磁场，造成了一些无法解释的难题，而共鸣一词也经常被中国古人用于乐器弹奏中，王阳明并不觉有何难以理解。

"我们这些幸存者很是可悲，因身体异常，不同于你们，最终被你们这里的人追杀。当时刚巧赶上东汉末期，乱世沉浮，而我们这一支因被迫降临在荒漠，又横遭匈奴人劫持，加之当时我们的飞羽受伤严重，身旁又无兵刃傍身，所以我们这一支不得不暂且认命，被这帮穷凶极恶、只会抢不会治理的家伙劫持，从此沦为奴隶。而匈奴人见我们伤势大好，便利用我们长有飞羽的特性，让我们易容成普通人，收敛飞羽，穿上你们汉人的宽袍大袖，混入你们汉人的地带作为耳目，为他们提供消息。而我们这一支，因效忠的匈奴部族已然衰落，加之受到你们这边的曹操的驱赶，不得已流亡海外，直至去了大秦帝国。我们一代又一代，人丁愈加不兴，有的不得已与匈奴人通婚，生下的孩子却不带飞羽，或者飞羽狭小，根本飞不动。到了阿提拉那一代，我们谨头国人的力量极其微小，除去效忠他们，更无还手之力，而我算是这一代里遗传得最好的……你听过遗传这个词吗？"

"遗传？遗产的遗、传染的传？"

欢兆冲颔首："我们那里的人，就如张良那般，前知五百年、后知五百

201

年，无所不通。拥有数不尽的手段与技能，发展之水平远在你们大明之上。"

"比如说呢？您能用您那边的话解释一下牧羊女森林的奇怪之处吗？比如，我见到了另一个自己。"

"你听说过平行宇宙吗？你的那个另一个自己，就是从平行宇宙来的。那不是幻觉，而是真的另一个王阳明，他在另一个完好无缺的世界里生活。"

"宇宙我知道，但是平行……是什么？而且，是每一个人都有另一个自己吗？还是只有个别人有？那个世界的王阳明也有未婚妻，也查案子吗？"

"哈哈，你问得真多。首先，我先解释一下容易理解的。每个人都拥有另一个平行世界，都拥有另一个自己，但这个自己不是分身。其次，另一个世界的你，不见得是和这边的你的性格、为人处世相同，也不见得有未婚妻相伴，更不见得会探案，或许，那个世界的你，只是一介文弱书生，视科考为生命。"

听他所言，王阳明不禁想到当时自己晕倒前看到的那个自己露出的那由内而外的赤诚微笑，或许那个他无欲无求，真的是循规蹈矩过好每一天吧。可是，没有创造心学体系、无法实现自身价值，身侧又无妙儿相伴的自己，又有什么可值得美的？身无长物、毫无七情六欲的那个他，笑成那个样子，才是最大的可笑吧？

见王阳明表情有些落寞，欢兆冲转了话题说道："下面我来说一下何为平行宇宙。我这么说吧，你看你的食指和无名指，伸出来一般长短，这就是平行的。但在人为不干扰的情况下，你的食指和无名指不太可能交合到一处对吗？"

王阳明颔首："您的意思是，牧羊女森林放出了某种干扰性的磁场，导致原本不该交合一处的我们俩见面了？不，是我见到他，他看不见我对吧？因为他从我身体里穿了过去，而我却晕倒了。"

"是的，牧羊女森林中的一些事情，老实说我也无可奈何。我能解释，但无法解决。这森林里有道时间裂缝，或者叫作时光虫洞，平行宇宙那边的人，可以借由裂缝映射到这边来，像是照见西洋镜。但这面镜子是单方面的，你跟那个世界的王阳明不可能同时看见对方。"

"有些云里雾里，但大致明白。"王阳明继续颔首，很是认真，"那要是这么说来，屋维也掌握了这所谓虫洞的原理了。他让我们三人从汉代驿站不同的角度、位置进入森林，说是密道，其实都是虫洞对吧？"

"聪明的小圣人，的确如此。"

"那么，那块巨大的奇石又是怎么回事？难道也是天外来客所留？还是说，时间虫洞是它放出的？"

"他可以放出虫洞，但形势不明，这颗巨石最大的坏处就是辐射。"

"啊？辐……射？是什么？"

"一个你们想破脑袋也无法推理而出的词。你要感谢你头顶上的金冠，金属元素本就可释放辐射，导致你身心不适。但绿松石这类矿藏宝石自身深埋地下千年，色泽艳丽，造型漂亮，除去装饰，最大的功效便是吸取辐射。怎么说呢，辐射，就是一种无形的、目力不可见的东西，有些类似于共鸣和磁场，对人身体有害。你这只苍鹰，虽然个头儿小了些，但因用了最好的玉华绿松石料雕刻，外加传承千年，深埋墓葬之内，得以将其吸附力发挥到极致。"

"这么说，我还委屈了人家小鹦鹉，哦不，是草原鹰。"王阳明抬手将发顶的金冠取下，小心翼翼地将那只绿松石苍鹰握在掌中摩挲。

"屋维跟你交换条件了？"就在王阳明沉浸在"古代外星人"这一神秘话题上时，对方话锋一转。

"我是被迫来的，中了他的奸计才至如此。我不想为他那种背信弃义的人做事，相比之下，我更相信您。我们不如交换条件，您送我出林，我当作什么都没看见。出去后，我保证不提一字，对我未婚妻也是如此。如若您送我出林，临出口时，我会把头上的金冠送您作为报答，您看如何？"

"好个交换条件……不如这样，你告诉我曜变天目的秘密，我告诉你出林的方法。"

"好啊，但是我要求我们同时把各自需要的信息写在纸上，然后各自交换。要正对着彼此书写。"

话说到了这一步，两人都有各自的盘算和接下来的计划。何况王阳明不仅聪明，性格也是强势无比。

欢兆冲作为天外来客，到底要把眼光放长远些。

秉承着不得罪圣人的原理，欢兆冲拿过笔墨纸砚与王阳明坐到条案前，当面提笔书写。

"好了，虽然眼下墨迹未干，但好在纸张够大，我们现行交换。"王阳明生怕对方有诈，率先一步说道。

"好，那我们交换来看。"

两人各自捧着自己写就的纸张，那上面满是字迹。

二者互换纸张，欢兆冲依旧将纸张铺在桌案之上，低头细细观瞧，而王阳明留了个心眼儿，生怕低头看字时对方将纸张一角抻拉拽回，便也不顾得墨迹如何，忙将纸张捧在双手之间，留出空当儿可观察对面动作，亦能观照眼下文字。

"谁？"就在二者聚精会神、拿出钻研的神头品读文字时，欢兆冲听到了一丝不和谐的响动。

王阳明以为对方使诈，忙努嘴吹了吹纸上的墨迹，想将这纸张折叠塞入袖中藏好。

不料，他才推理是对方使诈，谁想身侧窗口便传来人为砸窗棂的闹心声响。

"不是吧？真有人？"

"糟糕！"欢兆冲也来不及多想，将桌上的纸张折角对折，吞入口中，王阳明不解其意，却能感受到眼下情势的危急。王阳明见欢兆冲跳到窗棂处时，刚巧有什么东西再次袭来，还好只是个石块，但力度和精准度不容小觑，那石块刚好砸在王阳明右脚一侧，就差那么一丁点，便可将小圣人的脚面砸中。

"是魔教的人。"

"魔教的人？"王阳明脱口道，"欢大哥，魔教的人不是受您指挥吗？我劝您一句，既然您愿意跟我交换条件，我们不如友好合作，您何必整这些试探于我？"

"不！你推理得不假，这个对星星连同九阴真经异常崇拜的帮派的确被我误导，听我命令多年，但是、但是后来因他们过于痴迷执着所谓的九阴真经，导致其中一部分人走火入魔，乃至身体有了病变。"

"什么？"这可是王阳明没推理出来的，"病变？欢大哥，您这属于操作失误啊！"

"他们有相当一部分人受那三颗珠子的辐射侵害，练功时血脉倒流、穴位堵塞，导致现今有人出现吸人血、吃人肉的状况。之前我铲除过一部分这样的人，但我也不能完全将他们一网打尽，毕竟我也要生存。"

"好吧好吧，我理解您的意思，我先谢谢您的不吃之恩，其实您方才介绍那绳梯时没有说实话，您搭建那梯子主要是为了引诱误入林中的大活人上得梯来，您好来个守株待兔，将他们烹饪食用，毕竟这林子里的活物不大多的。想必那些无法走出林中之人，多半不是被您吃了，就是被那些走火入魔之人吃了。"

"人越来越多了，顺着梯子往上来呢！"欢兆冲越说越吓人。王阳明心慌气短地走上前去，不敢太过靠近窗户，只远望一下心就提到了嗓子眼："这么多面目可憎之人，那该怎么办？我可不会打架！"

"不会打架？怎么不会？你的金冠就是用来打架的圣器。来，快快与我进屋！"

欢兆冲暂且不理这帮攀爬而上的变态，只拉着王阳明快步转到内室，王阳明也没看清他按动了什么机关，内室床板突然打开，整个床身原就像个独立的小房间，纱幔向外收拢，紫檀木质的床身随之一分为二，向外转动开启。

"这是我做的一个简单的小宝库，里头有几件西域古国的宝贝，都是当年匈奴人掠夺而来的。其中一件……"他不等王阳明做出评价，就将一件造型奇特、看似笨重的东西放到王阳明手里，"拿着，把它和你的金冠底座拼凑在一处，你会发现，原来你并不是傻，你那'鹦鹉'也不是废物。"

这是一件金器，掂在手里很是沉重，看不出有什么闪光点，还透着些许笨拙，凑近来看，这件金器是个动物的形状，但这个动物又跟平时我们见过的有些不一样。它头像马、嘴像鹰、身体像羊，看上去有点儿可爱，所以这个金器是做什么用的呢？

"难道是用于镇墓的，可是这模样也太可爱了点！"王阳明调侃。

"这是配套金冠所用的飞廉，在古神话中，飞廉就跟怪兽长得差不多，是匈奴王冠上的装饰品，证据就是这件金怪兽底座有十二个小洞，应该就

205

是用来固定到金冠上用的。你快点儿把它两个结合一处，随后便知如何操作。"

　　随着一阵阵鬼哭狼嚎声传来，王阳明还听到了踢门而入之声，他敢打赌，一定是有人成群结队地进来了。

　　"快点儿！我告诉你，此次胜败都在你一人身上，若想活命，便以一当十；若不想，不如就地自裁！"欢兆冲催命般怒吼，五官扭曲狰狞。

第三十一回
小圣人飞廉豪情丈　朴嘟瑟金豆入满怀

　　眼见着走火入魔的吸血鬼迎门，真真是不能这么犹豫下去。王阳明像是拼接孔明锁般，将沉重的飞廉与金冠两相结合。

　　"好样的，戴上它！"欢兆冲见这小圣人动手能力很强，两三手下去，那金冠便与飞廉完美结合，忙鼓励他速速戴上。

　　王阳明将这重器虔诚且小心地移到头顶，这飞廉像是帽子带，围绕脸颊一周，刚好固定金冠不掉，且贴合面部轮廓，非常舒适。

　　他这次真是骑虎难下，拼死也要猛打那些家伙几拳，何况，现今的王阳明忽觉头顶有异样，他似乎觉得自己整个人浸泡在深山温泉里。

　　他阳明子要赌一把，将两物强强结合，看看这金冠苍鹰到底是不是傻。

　　"天哪！"这一次，王阳明不由自主地发出一声慨叹。

　　他万万没想到，一直顶在他头上的匈奴金冠像是终于睡醒了一般。那松石鹰猛然睁眼，似开天目。

　　只听一声苍鹰长啸，王阳明借机出掌，重重一推妖孽胸口，自身竟弹离数丈开外。

　　突然，王阳明头顶的金冠好似消失了，不等他抬手摸头部，左右大臂之上，不知何时蹦出纯金箭匣，上半部雕刻着一展翅的雄鹰，耸立在狼羊咬斗纹的半球状浮雕体上，大鸟若王者归来，俯瞰大地，藐视众生；下半部由

207

三条半圆形金条榫卯插合而成，上有卧虎、卧盘角羊和卧马造型的浮雕，中间部分为绳索纹。

此物做工精良，一看就是机关术高手所造。

而那只原本可爱有余、后劲儿不足的绿松石"鹦鹉"，好吧，王阳明终于意识到它是草原苍鹰了。

咣当一声，连续几个走火入魔的家伙蜂拥而入，与两人狭路对峙。而身侧的欢兆冲，却依旧不慌不忙，像是欣赏一件出土文物般看着眼前顶冠佩金的王阳明。

结群而上的走火入魔的教徒龇牙咧嘴，野狗般扑来。欢兆冲一跃而起，扇动翅膀，轻松探出利爪牵住脚下几人头发，将来者两两相撞，抑或让他们撞向床板衣柜。

分散而上的教徒朝着王阳明纷纷杀来，而此时的那只绿松石苍鹰，正亮出羽翼，拿出"十年磨一剑，霜刃未曾试"的精神，赫然长啸，正面应敌，只身挡在王阳明身前，与对方形成攻势！

罗纳尔作为一名"优秀"的海盗头目，烧杀抢掠对他这个海上霸王来说，简直就是小菜一碟。

可当他找到那救命稻草般的林间小屋时，一推门便像散了架子似的瘫软在地。

这样尴尬的场景，更让屋内恭候多时的五名黑瞳少年惊骇不已。

"一直有鬼跟着我！有一个妖怪，长翅膀的……"罗纳尔连比画带说，用夸张的动作大幅度模仿着欢兆冲的样貌、形态，乃至动作。一路之上，他一直被这家伙追赶，其实这过程并不厉害，罗纳尔算是三人中最为幸运的一个。但即便如此，罗纳尔仍无法直面这样的心理阴影，他疯了似的抱住一个黑瞳少年，将脑袋搭在他的肩头，哭得是昏天黑地，"你们骗我，说这林子没事儿，怎么没事儿？"

黑瞳少年中，有一人能略微听懂他说的弗朗吉语，但大多数时候只能静观推测，却无法明白。

面对眼前这悲催光景，黑瞳少年仍旧用一种来自长辈、上级般的关怀与鼓励，象征性地拍了拍罗纳尔的肩头："恭喜你，罗纳尔先生，不愧为当年叱咤海洋的头子，您是第一个来到我们小屋与我们会合的人，前后只用了三个时辰。"

"我活不了了！真的！我不想再活了！那怪物太可怕了，我只能看见他的一个轮廓，他却全程能看见我，算计我……"罗纳尔继续哭闹，整个人像是在舞台上进行着表演面试，好似不够卖力气，就不能被录取。

大家就这么看着这个曾经威风八面、在广阔无垠的海面上向着风浪与远大前程进发的海盗头子，变得怯懦、疯狂。

"除去见到那怪物，还有旁的吗？"那名会讲些弗朗吉语的黑瞳少年问道，口气、神色依旧像个前来视察工作的领导干部。

"还有什么？你告诉我，我能活到现在，跑到你们这儿来，我还应该再见到点儿什么？你说！"罗纳尔不耐烦了，但他已经没了力气，连打闹撒泼的劲儿都没了。

"也就是说，一路之上，除去那带翅膀的妖怪，没有旁人？也没见到什么可疑的物件？"

罗纳尔没有再答，他瘫软在地，像是被人打断了腿，一头看不清本色的蓬乱金发像是被迫染成了灰栗色。他哭闹着，湛蓝色的眼里，噙着满满的泪水。他就这么瘫坐在远比外头土地还要冰冷的灰色地面上，随着哭喊声的渐息，任凭鼻涕飞流直下。

"给罗纳尔先生端杯青梅酒，给这个了不起的海盗头子压压惊。"担当翻译的黑瞳少年同时也是这里的头目，他看向身后的一人，示意他端酒过来。

很快，一杯好看的美酒呈现在罗纳尔面前，领头的黑瞳少年蹲身持酒，将杯盏递到罗纳尔嘴边："没有你们那边的洋酒，这个也是极好的。"

黑瞳少年还以为得费一番工夫哄骗方能得逞，谁料，对方接过那杯酒，扬起脖子一饮而尽。

"很好，先生，您、您可以上路了。我保证，会给您找个好主人，把您卖个好价钱。"他依旧说着不太熟练的弗朗吉语，眼前的罗纳尔摔倒在地。

那杯子滚了几滚，很快便被收走了。而杯中的迷药，足以令这个高大威猛、金发碧眼的肌肉男睡上十几个时辰。

"把他绑了，套上头。有个金主要求购置一个金发碧眼的洋人，说是要当人体活靶，打猎寻欢使用。若他一路之上醒了，别伤到他的脸即可，其他的你们自己看着办。"黑瞳少年头目说罢，便有两个小喽啰将罗纳尔捆了个严严实实，用特定的头套将其套住，只留出鼻子和嘴巴。

他被他们带走了，去了不为人知的可怕地带。这就是屋维所说的"暗流"，已经"登峰造极"的人口贩卖。他要把罗纳尔发配到什么地方，一般人不得而知，但可以预料，他们这不可近观的暗流，覆盖了大多数旁人十分了解，但又意想不到的国家、地区，或是深山，或是大海……

最可怕的是，你永远不知道下一秒会发生什么，你会落到何人之手。

教徒们疯狂而又血脉偾张的接连进攻，迫使王阳明做出这辈子都不曾想象过的动作。

手臂之上的箭匣，像是柯南瞄准敌方的麻醉手表，因尚不熟练，王阳明打了几个回合，竟然都没射中敌人要害，相反，一直被自己看不起的苍鹰，却担当了盾牌的角色，恪守防御本分，并扇动双翅给予王阳明战斗提示。

"飞出这里！"欢兆冲怒斥一声，想来这蘑菇房今儿是毁在这帮疯子手里了。随着房子坍塌的轰隆巨响，牧羊女森林迎来了前所未有的混乱。

而王阳明则蹩脚地操控着头上的金冠，贴面的金属物柔和而冰冷，手臂上的箭匣发出嗖嗖声，原就尸横遍野的打斗现场，眼下更是有"杀尽江南百万兵"之象。

"欢大哥，我瞧着眼下追兵大少，不如，就让我阳明子推理一下藏匿于这林间的多重猫儿腻吧！"

"你说什么？你还有这心思？"说话间，欢兆冲收拢翅膀，随后飞速将青灰色的巨大飞羽反弹出击，那鱼肠剑般锋利的回形纹，不偏不倚地将追击而来的人打倒在地。

王阳明也放出一支短箭直插敌方命脉，眼前的苍鹰竖起浑身羽毛，羽毛根根锋利，皆是纯金打造，每次开合都若明星闪耀，异常富贵繁华，倒不似是参与战斗的苍鹰战士，反倒像加冕时的君王。

"林中的那三个发光的东西，包括我瞧见的那块巨石，同样来自天外之人的手笔。这魔教教徒之所以会白眉赤眼地来此地朝拜，原是被这林中的神

210

秘传说吸引。但一手炮制这伟大传说故事之人，就是您！您入林极早，成功利用了魔教教徒欲修炼九阴真经的急功近利之心理。因我今日在空地中所见，总觉气氛不对，当时身处险境顾不得多想，现在想来，当时已有人走火入魔，其中之人，如傀儡一般，压根儿不知道自己身在何处、做何行径，剩下的不知反抗者是因过度崇拜高高在上的欢大哥您，他们将您视作救世主，以至于我拼命呼救，却无人应答帮衬，他们竟也不担心为您所伤。而这白色的光源，原就在这林中多年，且比您来得还要早上许多。魔教之人不懂其中原理，轻而易举被您利用，对您和光体顶礼膜拜，从而不敢造次。"

"别光说不看，小心你身后！"欢兆冲似笑非笑，光线忽明忽暗，可怖的怪树将彼此的表情遮掩了起来。

"接招！"王阳明也笑了，同样意味不明。苍鹰爹开周身羽毛，化作长短不一的各种箭镞，这些箭镞有的不同于汉人研制，有的则带出西洋风格。其中一支呈三棱椎形，后面有两个月牙铲形尖齿。朝前凸出的异族箭镞瞬间引起了王阳明的好奇："就是你啦！"

此箭全长二尺九寸，杆以杨木制，箭羽为雕羽制，为海东青部族的猎兔弓射箭。

"小苍鹰，多谢你！"王阳明将那短箭配于左侧箭匣，不带任何犹豫，瞄准下方踩踏大小石块、陡坡而来的敌方头部，痛快按下机关，"我猜想，当年天外来客前来湘西本林时，原本便是本着某种不可告人的秘密，欲来此地进行司农一类的勾当。通过您的只言片语，我可以大致推理出，他们来这里所做的第一件事，八成是放出雕有他们传说故事的巨石，还有那三颗发光物体作为唬人的圣物，同时可配合流出鬼故事，让入林之人放出谣言，声称此地闹鬼。而那些天外来客非常狡诈，他们在石头里、光源体中加入了您所说的辐射一类的我们搞不清的东西，以至于但凡有人入林，就会产生不适感。在此之前，那些倒霉的植物也因这些不为人所知的有害辐射、磁场受到摧残。至于您说的平行宇宙、虫洞，我想应该不是这些邪恶的外来者所为，而是此地本来就有。也正因如此，才吸引了天外之人不远万里驾驶星槎降临吧。所有一切都是真的，但就像您所说，很多大明人听了这般解释一来不信，二来听不懂，三来还没听呢，就被眼前一切吓死了。不过，欢大哥您很厉害，您到底还是掌握了出林的位置，但您现在并不想出去，若说外界情报，您大可从这些魔教教徒身上获取，因为您掌握了林中出口所在，并在他们急需出林时为他们开启。但若没有您亲自引领，这帮家伙是不太可能凭一己之力找到的。"

"你说得不错，但有一点你说错了。"

"哦？愿闻其详。"

"那三个奇形怪状的发光体是那帮天外来客临走前留下作监视之用，我说不清那东西怎么转换成你们大明人的话，总之，他们看似离去，其实没有走远，通过那三个发光体，仍可看到林中你我的一举一动。"

"什么？这、这难道不是有些像菩萨讲经中提及的……千里传音？"

"千里？万里都可以！"欢兆冲苦笑，"要知道，在我们的世界，像你跟未婚妻这样身处两地、距离遥远，只要通过某种媒介，便可看到彼此，最起码可以听到对方声音，进行对话！"

王阳明沉默了，他无法想象是什么媒介可以千里传音，竟然还能看到对方身形。

他二人纷纷干掉眼下逐渐退去的走火入魔的教徒，欣欣然飞落至一棵顶高登天的大树之上。

王阳明有些喘，他干咳几声，抱住粗壮的枝干一丝不肯松懈。

他稍有平复，便忙追问眼前的欢兆冲："那您带我出去吧！方才若不是他们突袭，咱们彼此早就看完了手中信息，现在一切暂停，你我重新商量如何？"

"还记得我提过的虫洞吗？那怪石就可以将你传送回去。"

"传送？就是说，开启一扇门，用什么法力把我吸回去？"

"不错，可是，那虫洞的磁场非常不稳，我之前入林时，身边是有仆人和侍卫的，总共三十五人，但你也看到了，现今只有我一人，除去病死的、被其他牲畜吃掉的，总算下来，有将近八人，都因出林而被巨石开启的虫洞扭曲而死。"

"是因被它困住，再也出不来？"

"穿越时肉身一分为二，被对半切割了。一半留在这里，一半回到他们心心念念的地方。"

"欢大哥！"王阳明突然有些不高兴了，"您说的只是一种情况对吗？

还有其他的！那些教徒，他们平时是如何快进快出的？难道我来时的那条路就找不到了吗？"

"你还以为我在说谎骗你？你来时容易，去时难。"

"欢大哥！我拜托你，我不能死在这儿！我还有好多事没做呢！我不能让妙儿担心我！"

见他情绪开始激动，欢兆冲却调皮一笑："看到你为心上人难受的表情，我突然觉得幸灾乐祸未尝不可。"

"欢兆冲！你信不信，我现在就利用匈奴人的东西把你带回屋维身边！"王阳明就知道，无论是屋维还是眼前的欢兆冲，这两人没一个好东西。他借苍鹰威力，迅速扑杀而至，将箭匣机关开启，弹射出半支短箭，刚好抵住欢兆冲的喉咙。

小屋中，朴瓢乐刚刚到，他连门带身体跌倒在几个黑瞳少年跟前，嘴里高呼："渴啊渴啊，有水不？"

大伙眼睁睁看着这个闹剧，心想：不是喊累又叫渴吗？怎还竟有那么大力气将整扇门由外而内推倒？这还真是首创了一个成语——"夺门而来"。

"朴壮士，这是特意为您准备的青梅酒，请吧。"

还是那熟悉的声音、身形，朴瓢乐高举酒杯一口喝下。

不知过了多久，门内传来激烈的打斗声。

浑身血污的朴瓢乐，抵着门框侧身而出，身后追出来最后一个黑瞳少年，同样浑身血迹，却在瞬间被躲在窗下的朴瓢乐重击腹部而死。

"得亏我从教徒手里夺了朴刀和匕首，长短距离的刺杀咱都不在话下！就凭你们，还想用麻药迷倒我？哼，没想到吧，我刚刚只含不咽，及时闭合七窍、气门，反喷了尔等一身，倒将你们麻醉了。"说罢，朴瓢乐当即回屋，提刀搜索已然倒地死亡的几名黑瞳少年，先确认他们是否真死，而后从那名领头人怀里，搜出一个平生从未见过的奇怪酒器，"这什么东西？可以出林用吗？"朴瓢乐可不是大傻子，他乃一点就通之人，虽说行为举止很是搞笑，但其实此人鸡贼得很。

此物为金属器物，明永乐年间制造，学名为"金豆"，乍看之下，寻常人只觉此物有两种用途：一为酒器，上配盖子可遮挡尘埃，顺带保鲜；二为盛放围棋的金制器皿。

此物现收藏于观复博物馆。

马未都老师曾在电视里讲解此物，说："豆流行于东周，豆作为礼器常以偶数组合使用。"

可惜，眼前的金豆以奇数独立出现，朴瓢乐左右搜查，不见其余之人身上有其他有价值的东西。何况他又不懂大明宝贝，也不能只凭借自己机灵的头脑推理当下光景。

后观复博物馆编辑为此物提诗云："供礼金豆呈敬，天地以理化情，莫谈书山路远，从容且歌且行。"可见此物实属罕见，不为百姓所知也原属正常。

自然地，镜头拉回至眼下的牧羊女森林，可爱的朴瓢乐先生，虽来自偏僻的高丽，必然没见过如此精致的礼器，何况这宝贝通身由纯金打造，恐怕在他看来，只是件即将被典当的纯金器皿罢了。

"这东西，没准是开启森林出口的钥匙，否则，这帮黑瞳小鬼如何出林交人？搜了好半天，就从这家伙身上搜出这东西来，恐怕定然如此。等出了林子，再找个当铺，把这玩意儿卖个好价钱！"他还想着后续跑路，投靠个合适的中原武林门派，如此一来没有入会费那是不行滴。

此刻不走，更待何时？朴瓢乐眼下竟有些喜新厌旧，将原本揣在怀里的曜变天目放置回身后的羊皮背囊里，将金豆揣入距离自己更近一层的前胸位置，一心认定这金豆乃是开启林中出口的唯一法宝，随后便有模样地、大摇大摆地走出身后这片充满腥风血雨的小屋。

第三十二回
宝箭匣魄依钩样繁　酷金豆玲珑探秋月

　　"我王阳明这次真是倒霉透顶，因错选了这金冠，导致被你一路跟踪！若不是这金冠，你还不跟我呢吧？可我又要谢谢这金冠，若不是它，我还真动不了你！"

　　王阳明和对方悬在高空开打，一时间难分高下。

　　欢兆冲的意思很明确，坚决不让对方一走了之，看样子还要用某种不为人知的手段控制王阳明。

　　领教了梦买、轮回之眼等邪术的小圣人，这次决意战斗到底，不把对方制服绝不罢手。

　　"大羽箭居中出招，飞凫右侧包抄，飞虻左侧围剿！"王阳明当机立断，在苍鹰振羽遨游的刹那，选取了三种名门箭镞，当场组建阵形，直击欢兆冲。

　　"你那苍鹰再怎么厉害，也只是明箭齐发，瞧瞧我的！"欢兆冲绝非等闲之辈，毕竟他能独自一人在这危机四伏的森林中存活如此之久，可见其心机叵测、歹毒至深。

　　他与王阳明一路同行并不多时，却看出王阳明患有肺疾，遂此次放出一种无形之术想要以类似于"无影功"的法术，将王阳明牢牢束缚。

　　这种无形之法很是诡异莫测，与前几回有形的"回形纹饰刀"不同，说是唐僧大念紧箍咒也未尝不可。

此"紧箍咒"王阳明听不见、摸不着，却在对方收拢双翅发出法术后，瞬间被其击垮。

王阳明突觉眼前天光昏暗，喉咙似有鲠横卧，浑身上下每一处孔窍都被迫翕动，稍一动弹四肢百骸便疼得撕心裂肺。

"糟糕，箭匣里的兵刃不能射出了！"王阳明心下一沉，发觉自己光张嘴却发不出个字眼儿。那些由阵形破空而去的大小箭镞，连同自己这被人驱使的身体，在欢兆冲的攻势下都显得不堪一击。王阳明觉得自己像是一根根刚刚擦出火花的"洋取灯"，还未来得及点亮人生，这股火苗便随雨打风吹去。

另一面，朴瓢乐拿着金豆走人，他不懂到底如何操作这到手的宝贝，但是有一点是他始料不及的。当他放松心情边走边唱时，金豆的盖子有些松动，它好似有意见，不大喜欢他这般走音的演唱。

盖子一直突突突地叫嚣着往外顶撞，朴瓢乐一直走一直唱，口中嘚瑟个没完，没发现盖子的变化，直到有什么东西冒失鬼似的咬了他右手虎口一下，他才下意识看向这杯子："哎，冒热气了，这怎么弄的？"

他手里拿着那金豆，颤颤巍巍，哆里哆嗦，举在手里根本不稳，烫得他龇牙咧嘴好半天。

"冒什么热气啊，烫死我啦！"朴瓢乐左劝右劝，那金豆还是不听话，他只好脱手了，眼看着它在半空中飞速往前撞去，那玲珑小巧的盖子一下子脱离杯身，丝滑浓稠的牛乳从杯中挥洒而出，它们有胖乎乎的身段，隐约间还带出圆溜溜的气泡与凝脂，快快乐乐、活泼讨喜地从金豆里滚出大半边儿来，可偏就没有脱离这杯盏半分。

"妈呀，吓死我……"

"了"字还没出口，那金豆像是负气出走的孩子，原就是吓唬他取乐似的——当他说到"我"字的当口，这一整杯热牛乳便重回金豆，金豆则老实巴交地回到他手上。

朴瓢乐小心翼翼，不敢妄加评论。他郑重且颇有仪式感地将那盖子掀开一个边儿来，却又不敢如往常那般将双目凑上去细看。

可这里面又添了新的动静，一股奇怪的力量直往自己两指间撞，金豆里发出鸽子的咕咕叫声。

朴瓢乐唯恐得罪仙人，急忙将杯盖开启。

眼前，一只乳白色的鸽子真就这么顶了出来，尾羽、鸽爪处还滴着雪白的乳汁，肉眼看上去不敢说是假的，且这鸽子又绝非用单纯的牛乳组成。只是鸽身雪亮雪亮，通身不带一根杂毛，恍惚间朴瓢乐有种两世为人的不确切感。

那鸽子扑腾着翅膀，看样子很是欢脱愉悦，它回身招呼朴瓢乐，示意他麻利儿跟上。

朴瓢乐脚下阵阵恍惚，随即往前快进几步。举头相望间，他这才发现，原来随着鸽子的飞升舒展，鸽身四周伴有气泡腾游，一组组气泡看似漫不经心，其实暗藏玄机，它们散开又碰撞，却无一破裂。

就在朴瓢乐以为这只是鸽子的游戏，抬手揉了揉后颈处的风池穴时，那气泡却不合时宜地逐个自动破碎，吓得朴瓢乐不得不再度全神贯注，满腹惊恐外加狐疑地站在原地往上瞧。

七彩琉璃光下，几颗光斑似的红点组成的几只蜗牛缓缓集中，爬往白鸽所在。它们手里撑着一把蒲公英小雨伞，但这小雨伞可调可落，可偏离原位也可收放自如。

鸽子收拢翅膀，悬停在一棵怪树的枝头，自然放松间开始整理自己的羽毛，都没正眼瞧朴瓢乐一下。

而那几只蜗牛，越发亮晶晶起来，朴瓢乐这才明白，为何方才的气泡看似随意却又似乎隐藏暗语。

“原来，是要用这红点组成地图给我看啊。”好一群用心良苦的蜗牛，朴瓢乐感叹着。他只感慨这瞬间于当空组建而成的光斑地图委实富有创意，还颇有童趣。

朴瓢乐可不是第一次出远门，早些年他便有闯荡江湖的经验，他看到那蜗牛组成的图上，示意着类似于北斗七星一般的勺形地势，且有块似曾相识的巨石明摆在眼前：“巨石？你们要我沿着北斗星似的地标前行，来找这石头吗？”

“小圣人感觉如何？我管这招叫作无影狂刀！”欢兆冲的所作所为令王

217

阳明毕生难忘，不说这其中蕴含的苦痛，单说这奇异古怪的无声攻击，便成为王阳明今后破案时的一个关键性灵感。只是，眼前的王阳明呻吟不止，浑身上下疼得难受，到底处于劣势。

还好，苍鹰及时止损，先一步扇动飞羽，拍出箭雨无数，又趁机利用尖锐、巨大的鸟喙叼住王阳明后脖领处，将其抛到身后一棵看似不靠谱、实则很安全的"弹弓形"大树之上。

苍鹰做好这一切后，欢兆冲发起新一轮攻势，他看准了王阳明患有肺部疾病这一弱点，迅猛地对其施以打击。

又是那种无形却胜似有形的攻击，王阳明好像能听见一丁点响动，但那声音又是如此压抑，总能杀他个措手不及。

苍鹰绿松石的部分豁然锃亮，像是被人拿到仙界神坛冲刷、打磨过一番，王阳明看着它原本并不大的绿松石，心里涌起一种说不上来的愧疚感和不忍。他定了定心神，希望能再杀回去，帮衬一下苍鹰。

苍鹰试图用自带的天然绿松石吸收、分解对方的无影狂刀，它自认为这东西跟辐射无二。以防万一，它会在对方发出此物至前方几丈远时偏移路线，以快速闪开的飞行方式放出冷箭补位。

"小心！"王阳明口中吐出白沫，这真是令他蒙羞的一天。他的提示起不了多大作用，好在苍鹰绝不是呆板无能的摆件儿，它曾历经几代匈奴王，也算久经沙场的老将了。

眼见欢兆冲的这一无影狂刀自己无法应对，苍鹰便快速闪回，以目力不可见的速度消失在晴空万里之中，不一会儿，它便以金冠的形式赫然矗立在王阳明头顶。

"小鹰啊小鹰，好在你留有这一手！吓死我了！"他抬手摸了摸绿松石雕刻的苍鹰通体，感觉还是和刚拿到手一样冰凉顺滑，玉华感觉依旧，这才算放下心中大石。

"王阳明，你少在这儿自作聪明了。你给我的字条我已看过，内里介绍曜变天目的操作方法全然是瞎写胡诌的！"欢兆冲似要冲过来大干一场，可声音却在某个悬空之地飘游不定。

王阳明看不见他确切的位置，但他已将手臂上的箭匣机关开启，就等着对手上门："欢兆冲，说话做人要讲凭证、良心。你先违背契约原则，出尔反尔，不讲诚信，现在还有脸跑来责问我？我是以其人之道还治其人之身，你若有种，咱俩再来打一架！"

"你以为我不敢？哼，我在天上，你在树上，我俯瞰众生，你则为蝼蚁般躲在暗处！"

"是啊，我现在很主动，反倒是你被动挨打啊。正所谓在明处者受害，暗处者可控时机。"

他这话着实气人，听这放荡不羁的声音，就知道说话人是个没事儿找事儿的，完全不把敌人放在眼中。

"王阳明，你别在这儿拿言语瞎忽悠，有本事你出来！"

"欢兆冲，因你体质特别，无法操控金冠，只能一路暗自跟随于我，顺便连唬带诈，想让我屈服于你。趁此机会，你也好等待时机，将飞廉和金冠两相结合，而后装好人将二物送予我操控，也算了却你一桩心愿。不过……"王阳明拖长声音，"你自以为曜变天目大可由你驾驭，但由于你担心此物由我大明建文帝把持过，你又不敢轻举妄动，最终暂且放弃，想静观其变，却在顺利抓到我后，以交换条件为名目让我写出其中秘密。想来，曜变天目确为天外之物，内里的星辰大海不单单只是装饰那么简单，更容纳了宇宙洪荒之力，而你，本身就是天外来客，自认此物便宜驾驭也算有根有据。遂我最终确定，苍鹰王冠只有圣贤、王者才能佩戴，而曜变天目……"

"曜变天目如何？"欢兆冲横眉冷眼，鸟喙似的皮壳黄嘴说话间弓弩似的张弛开合。

除去阵阵愈发猛烈的咳嗽，欢兆冲再没听见王阳明作何应答。

王阳明不想多跟他扯废话，此时的他绝非拿咳嗽来缓兵，而是真的急需苍鹰二度出山，带自己离开。

他不敢出声，只是抬手爱抚着头顶金冠，内心祷告般诉说心事，静候奇迹。

朴瓢乐跟着那可爱的蜗牛，跌跌撞撞来到一个古怪的巨石前。因他和王阳明等人的进林路线各不相同，王阳明途经的地段、看过的风物，朴瓢乐却并未见过。

可经由这金豆带路，原本怪树遍地、密不透风的丛林突然变得敞亮起来。

"这什么东西？"朴瓢乐全然忘记羊皮背囊里还有另一个法宝需要守护，只将金豆端在掌中细细询问。

小蜗牛高举一把把轻舞飞扬的柔和蒲公英伞顺风落下，安然落定在金豆开启的内壁中，瞬间消失不见。

而那类似于北斗七星的由红斑点缀而成的明亮图案，却已闪亮在巨石前端，它一闪一闪的，似在为眼前之人指点迷津。

"什么意思？没有文字？算了，有文字也是大明文，我也看不懂。"走到这一步，朴瓢乐依旧乐观，他厚着脸皮，像是看破了红尘，有样学样地拿出名侦探的劲儿，将手指搁置在红斑耀眼的地方。

谁知，这一动，所有红点竟都呈动态前移状，蝌蚪般游曳在朴瓢乐手指下。

"这、这怎么回事？是我自己操作还是它自己要引领我碰什么地方？"朴瓢乐曾经盗过墓，对暗道机关不算陌生，依照经验，金豆之所以给出空中地图，引领其来到此处，绝非是让自己独立看图操作，而是另有安排。

就在朴瓢乐将手指重置于原来位置，想要试探下红点到底作何动态时，想不到，身后树林中竟响起沙沙声。

朴瓢乐迅速收手，躲藏在巨石之后，刚要隐藏入灌木丛中，不料对面竟窜出四五个人来。

"这个大兄弟好没脸皮，打蒙了我们一个教徒不说，还愣是穿了我们的衣物混入我们的礼拜场所，你偷学九阴真经的样子简直难看死了！怎么，现在想要一走了之？"

还好还好，对方只是一个教徒罢了，看样子神志清醒，不似走火入魔。可无论如何，朴瓢乐觉得自己的运气是极好的，没见到那带翅膀的妖孽已算万幸。

在高丽，朴瓢乐若自认武艺第二，别人不敢称第一。他见身后左右皆是正常人类，胆子又恢复如初，神气十足地说道："我可没干过什么对不起你们的事儿，定然是你们误会了。我说几位大兄弟，咱有缘千里来相会，我明人不说暗话，我是误入这林子，原想着捞点儿宝贝就撤，现在好了，你们来了，只要你们说清楚如何走出这林子，我朴某定然不会亏了你们。"这话一出，朴瓢乐才想起后背的曜变天目，他不能将金豆给了他们，因为这是出口的钥匙，但曜变天目相对而言一来他不会用，二来这东西对离开恶林毫无帮助，想来想去，总要有舍有得。

"你错了，我们不是来跟你谈判的。我们是来带你入林，加入我们帮派的。"其中一人说话间，已然掏出腰间佩刀进入战斗状态。

"带我入林？还嫌我被这林子耍得不够吗？我都要疯了！"朴瓢乐急了眼，他这话真不是假。但凡是个人，无论心智如何强大，在这里被凌虐一番后到底是要疯掉的。

"是吗？那就是说，没的商议了？"对方咄咄逼人，随着他的引领，有更多身穿绀色长袍的教徒围攻过来，逐渐包抄了朴瓢乐。

"我保证，出去之后什么都不说，我可以对天发誓！"

"哼！你已看到我们是如何修炼九阴真经的，就别想着出去！何况，我们那三颗承载九阴真经灵体的隋侯珠也被你发现，你以为你能轻易离开吗？凡是知晓其秘密之人，不是死就是入了我们帮派！"

说罢，对方真就用出一招"摧坚神爪"，欲要抓住朴瓢乐胸前衣领。

此掌威力奇大，使用者需先凝神运气，然后以十指撕抓拉击；《九阴真经》下卷经文中提到："五指发劲，无坚不破，摧敌首脑，如穿腐土。""摧敌首脑"是攻敌要害之意，该招式飘忽灵动，变幻无方，但使用者举手投足之间却是正而不邪，媲美神仙。

伴随着异常激烈的打斗，朴瓢乐只好用出看家本领，其实他所练的功夫杂七杂八，谈不上什么高超。只是他从来不按套路出牌，想起什么是什么。

对方既然用了"摧坚神爪"，那他不如就用掌力应对。

可说来也巧，自己这招"红参索命"的招数灵感原来自高丽本土红参成精一说，可当他用出此法，对手却更加气恼，来了句："这厮偷师！大家快看，他竟然用了大伏魔拳，此为我九阴真经拳法中一招，这拳阳刚之气更重，与道家武学的阴柔之气并不相同，招数神妙无方，拳力之下，委实威不可当。列位小心！"

"啊？"朴瓢乐的嘴巴张开，便很难关上，"我这叫'红参索命'好吗？这掌模仿的是红参精修炼时破土而出的感觉，你们别生搬硬套好吗？不要美

221

化自己！"

这样一来，对方更不能放他出林。

你斗我杀间，朴瓢乐手里的金豆却不大乐意。作为一个从周代就传承至今的礼器，金豆是有脾气的。

你们打，麻烦别连累我。就在朴瓢乐几个回合下来后，金豆不知道脱手了多少次，又在半空中打了数次回旋，还有那么三回愣是被对手夺了去，又飞了回来。

就在教徒中有人用出一招"手挥五弦"，欲要伸五指在朴手肘处轻轻一拂，使对方手臂微酸、全身消劲时，那可怜的小金豆又一次脱离了朴瓢乐的双手，径自往敌人处打着回旋。

"呸呸呸！你这杯子里是什么东西？又酸又臭，还有股霉味！"有一名教徒于打斗中不小心吸入了从高处飞流而下的金豆液体，也不知道这杯子里到底装的啥，愣是如老北京豆汁儿，香气扑鼻，当然，这种饮料的味道仁者见仁，智者见智。

朴瓢乐也管不了那么多，只将计就计："蛇毒！嘿嘿，怕了？"

"什么？"对方干呕不止，随之有其他教徒补位袭击，连出几招白蟒鞭法，召唤而出极的白蟒鞭如灵蛇出洞，伸缩自如，灵动至极。

可笑的是，也许老天真的有心帮衬这个厚脸皮、不诚信的高丽怪人，每一次对方抽打他的当口儿，都有不明液体从金豆里自动冒出，液体仿佛源源不断，且每次冒出的饮品皆不相同，还没有一次是重复的。只是这液体的味道大多不太友善，不是熏死人就是呛死人，随着金豆情绪越来越差，内里窜出的饮品越加令人难以忍受。

朴瓢乐用杯如用刀，轻便之余还可防身，他像是个路边看好戏的二愣子，眼见着不知名的奇怪液体从杯身中倾倒而出，便用朴刀左右挥舞，直击敌人命门。

"这又是什么？呸啊！又发红又发臭，还长毛？这是什么？"对方被朴瓢乐泼了一脸近似于酱豆腐汤的东西，不明之余不禁胆寒。

"这是臭鼬的屁掺了鸩酒做成的，好喝不？"他又开始借机发挥，不忘戏弄对手，可对方听在耳中，却当真了。

见这高丽人将金豆左摇右动，有了绝对的主动权，众人皆被这神奇的打法吓得闪躲腾挪。他们还真是第一次见到这种练家子，拿个不知名的金属杯盏，以泼怪水的方式攻击他人。

可如若这么坐以待毙，任由一个外人牵着鼻子走，他们也不配做这魔教教徒。

敌人不知这东西有何作用，但也大致明白，此物对朴瓢乐极其重要，若夺了它，用以威胁也是好的。

可人家小金豆大小也是个礼器，此刻偏生出要给他们个下马威的无限恼怒，就在有人探出指尖，用力抻拽、摩擦金豆底座的当口儿，小金豆却偏强起来，一头栽在巨石中央位置，像是想不开的落榜书生，拿出一头碰死的劲儿，愣是把半边身子都插入了巨石。

"这是出林的大门吗？天哪！"朴瓢乐大喜，他才不想被屋维那浑蛋贩卖呢，更不想被那长翅膀的妖孽吃掉。他见金豆入石，似有灵光乍现，一道细缝从横插着金豆的地方慢慢裂开。他怎么觉得这石头要破呢？

"不好不好！这东西不结实啊！完了，一定是打斗中给搞错了！坏了！坏了！全赖你们！"朴瓢乐恍然大悟，他猜得没错，若按照红点指使，再试个两三次定能顺利开启出林大门，可是刚才这么一折腾，原本不该大头朝下、直接刺穿巨石的金豆，眼下却将巨石捣毁了。

尤其这巨石形似琥珀，通体流光，看上去若蜜似蜡，本就不怎么结实，万一真有不测，那可就是一辈子出不了林了……

朴瓢乐吓坏了，他抛弃了原有的乐观，忙不迭飞身而至，想要将那金豆从中拔出。身后却是刀光一闪，朴瓢乐不得不暂时避开，身子紧贴巨石，做出多个避让、翻滚的动作。刀子在身后的巨石上留下道道深口，眼见就要伤到他。

第三十三回
隐身箭破魔不在话　启金豆茶盏神修复

　　"王阳明，别躲了，堂堂小圣人，你还能藏到何处？这林子我住了这些年，巴掌大块地方。任凭你躲在何处，我一眼便知……"欢兆冲凭借鹳鹤灵敏的感知力上下找寻着小圣人的踪迹。

　　王阳明知他那话是在诈自己，一直默不作声。

　　欢兆冲边喊话劝降边逡巡飞翔在各树之间，他蓦地啊了一声，音调上扬，像是在发问质疑。

　　"这是……那鹰的一脚？"绿松石颜色的苍鹰露出金属底座打造而成的利爪，却也只是其中一只脚，其余轮廓均掩映在树丛中，看样子，好似被什么东西钩住了半拉身子，另一只脚兴许在前端用力拉扯，随着抻拽、挣脱，动静越发大了，原本安静竖立的整棵大树发出呜咽般的哗哗声响，那只金色的鹰爪在绿树华盖的映衬下格外显眼。

　　欢兆冲狡猾一笑，随之滑行飞羽，悄无声息地飘了过去。

　　他探出长臂，伸直利爪想要一步到位，抓住苍鹰。

　　可就在他瞄准目标，以最快的速度去抓那面前的鹰爪的刹那，对方却消失了。

　　这还不算完，因这欢兆冲滑翔速度过快，产生的惯性压根儿刹不住车，当一个冰冷的兵器直扎其左、右两手合谷穴时，他低头看向手上的伤口，却不见任何兵器的身影。但他手上沉甸甸的、刺骨的痛感却格外真实。

"按摩合谷穴，通经活络，清热解表，可用于缓解阵痛。可若是过度刺激抑或刺伤该穴位，则会收到相反的效果。反正一时半刻，欢大哥您这俩手断是不能再用。"王阳明从阴暗处溜了出来，此时再看这小子，真是狡黠邪魅得很。

"你这箭，居然是看不见的！不过，我也着实打心里佩服你，一介书生，却能百发百中，射中这犄角旮旯的合谷穴。"欢兆冲两只手都伤了，真不知道该先按住哪一只止血才好。

看他忙里忙外，王阳明很是开心，只放声大笑道："看见您如此狼狈我真的很开心呢！欢大哥，感谢您提醒我明箭一事，若您不说这明箭，我还真把那所谓暗箭抛之脑后了呢！我怎么没想到，苍鹰身上的飞羽乃至我自己箭匣里的箭镞，难道就没个透明隐身的？智慧如小圣人我，掐指一算便拿捏住了您的七寸，看您还带不带我出去！"

朴瓢乐这次真的被人"开了瓢"，成了实至名归的"开瓢乐"。

大花盆不断砸向他的脑袋，血不住地往外流。

好在他功夫不是吹的，虽说自己没少受伤，但胜在干掉了大部分教徒。再努把力，便能逃出生天。烦就烦在眼下，身后巨石无法得到有效的修复，看样子就要从中空部分炸裂。开裂的纹路逐渐向外扩散，那扎入石身的金豆倔强地就是不出来，任凭朴瓢乐怎么往外拔去，就是不动弹。

"曜变天目？"王阳明重启金冠，由身前的欢兆冲引领俯瞰巨石，第一眼却落定于朴瓢乐的羊皮背囊中。那里头星光点点的，不就是那茶盏吗？

王阳明不动声色，徐徐往下飘移，再看朴瓢乐的脑袋正不停地往外冒血，感觉又可怜又可笑。

"先把曜变天目抢回来！然后再看能不能联合这该死的朴瓢乐一致对外。可恶，真不想再搭理他了……"王阳明心情沉重，眼看那背囊在格斗中越发倾斜，闭合处的开口也越加松弛，他便做好万全准备，瞄准目标，准备发射。

"啊，小圣人，你还活着呢？！快！快帮我把扎在巨石里头的法器拔出来，要不然我死定了！那可是我的兵刃啊！"朴瓢乐依旧有话不实说，即便到了生死攸关的这一刻，他仍是说一套做一套。

"你不说实话，我就是不帮你。诚如你所见，老子如今也有法器傍身，才不怕单打独斗！"

"好吧，我错了！我错了，向你磕头赔罪还不行？那东西是个杯子，具体是个啥我也不知道，里头全是奇怪的液体，但可以作为路标引路，更可以当作密钥离开这里。可方才这帮教徒与我打斗之中，将这金豆不慎刺入巨石体内，导致这巨石颇不稳定，内里如琥珀般有了裂纹，好像就要炸掉了。"

朴瓢乐隔空喊话，王阳明真是被他气得无话可说。

他想了想，决定计划不变，仍要以抢夺曜变天目为主，然后干掉拦路的教徒，最后分身去拔除那金豆。

反正朴瓢乐拿不出的法器，他也未必能徒手得到。

不假思索间，王阳明俯冲而下，放出一支透明暗箭将已经倾斜欲垮的背囊射偏，曜变天目于众目睽睽之下被其一招抢夺，整个过程很顺畅。

朴瓢乐晕头转向间，也懒得跟王阳明较劲儿，只着急说道："你快点儿弄那金豆！我是拔不出的！万一这巨石坏了，咱们都别走了！"

"其实我也不太会用这曜变天目……"王阳明答非所问，他不是不想伸手去拔那金豆，只是这朴瓢乐太爱演戏，王阳明实在搞不清他所说之言是真是假，万一那金豆上被人涂了毒，他王阳明只是被人唆使上前"试毒"的炮灰又当如何？

何况，他也看见，这巨石本就呈现出琥珀一般纹理，万一真如松脂般娇气，这样冒冒失失地探手上去拔金豆岂不成了摧垮巨石的最后一击？

"能否用我之前试过的沙盘大法，用曜变天目的天眼修复开裂的地方？"他这样想着，回头用眼神警示欢兆冲，又对朴瓢乐命令道："喂，你这高丽人可别再要滑头了，若这次我用茶盏将巨石修复，尔当尽全力杀出重围，不可再拖我后腿！"

"好好好，我这就顶着一脑袋红糨糊给你杀出一条血路！"朴瓢乐一如既往地说话不正经。

正说着，朴瓢乐便充当起王阳明的副官，重振旗鼓后朝着所剩无几的教徒杀了过去。

"用师卦能不能做到？"王阳明心中忖度，虽说此刻茶盏已到手，他反而有些踌躇，"我拿它这么看去，它倒是有所回应。内里的星辰大海依旧翻滚，却也是无声无息。这般'外表平而内里凶，蓄满水却不溢'的感觉，难道不是师卦吗？"他想了想，感觉自己的判断是对的，便将手指伸出，在碗里画了个师卦。

"拜托，这次我可不想再往里滴血了，咱们用和平一点儿的方法迅速解决战斗，行否？"王阳明内心呼唤，再一睁眼，又回到了那星辰浩瀚之地。

他，独自一人面向那面棋盘，棋盘对面是巨石，巨石里裂纹可见，内里插着半拉金豆。

"让我看看棋盘如何走位……"他像是要给病人做开颅手术，说话间，便从茶盏里掏出五枚棋子丢在正对向自己的棋盘之上，"蕉阴分韵罢，棋兴月中生。黑白仍如旧，赢亏却屡更。思深情转惑，静极子无声。局尽天将晓，残星数点明。"

王阳明朗声说出围棋招数，将棋子按步骤走起，果然，沙场点兵的效果再次出现。

那巨石上像是风化纹一般的裂纹，此刻随着棋子的列队走阵被慢慢黏合，棋子分前后左右渗透了裂纹，像是灌溉了饥渴干涸的农田的春雨。

"原来曜变天目还有修复损伤的功效，这个茶盏我定要交给妙儿。"他心底想念着未婚妻，急切地想要马上和她见面；想到她为自己出生入死，其间受伤无数，若得了此茶盏，往后任何伤病都不在话下。

"红光？"随着棋盘的推动，一道显眼发光的红色光电赫然呈现在王阳明眼前。

王阳明按照前方指示，缓缓移动起插在巨石中间的金豆，发现这金豆不似方才所见那般难以移动，如今拿在掌中十分合意，像是开启暗道机关的手柄，而从滑动的第一步起，王阳明便可感知到巨石里正缓缓开启的轨道凹槽。

随着红光的引导，金豆滑动起来，前移嵌入更深的地方，欢兆冲所谓的虫洞终于呈现在众人面前。而王阳明再一睁眼，便回到了原来的位置。

虫洞的门很小，说是一猫洞也不为过，需得等上一会儿方可随金豆走势逐渐向外敞开。

"不能放他们走！杀了他们！"教徒们马上反应过来，王阳明岂能错过

227

最后的机会，忙放出箭雨。

可怕的是，其中有个教徒，因之前受伤，外加如今身体一歪，愣是被王阳明射出的冷箭擦伤腿部，摇摆间率先跌入虫洞开启的小门中。

"天！"王阳明不敢直视，却不得不面对，眼前的一幕，不就恰恰印证了欢兆冲之前的提醒吗？

身后传来欢兆冲狡猾的嗫嚅之言："你看到了吗？那虫洞能吃人！第一名牺牲者已诞生，其肉身已然一分为二。"

"欢兆冲！你还不说实话！一定有其他办法走出去！要不然，你的那些崇拜者，他们如何出林为你打探消息？你说！"王阳明实在不忍，就要冲上去与欢兆冲对打，谁知又从林间蹦出更多教徒，将欢兆冲团团护住，内圈之人竟将欢兆冲抬起疗伤，俨然一副教徒朝拜教主的模样。

这还不算完，那三颗珠子一并随众人到场，现场乱成一锅粥，还是口没人看管、任凭大火烹煮的煳锅！

第三十四回
思美人闯洞暗花明　两相聚回首九一来

"不能再这么耽误下去，我跟他们可不一样，我有妙儿、有大猫，绝不能死在这里！"他心里默念着妙儿的闺名小字，眼下情势不允许他在此耽搁，他放下对牧羊女森林的所有执着，两步跨到巨石"门口"，脚下还残存着那具被一分为二的半截儿尸身。

"走你！"朴瓢乐的声音伴随着某样沉重物体的破空之声滑落于此，王阳明不及闪躲，只觉鬓边飞来一道黑黢黢似樟木箱子般颜色的东西。

他再一抬头向前确认，忽见眼前一片血肉模糊。

"朴瓢乐！你要吓死我吗？"王阳明实在拿不出好话夸他，但见一教徒打扮之人后半拉身子在外、前半拉身子却挺在正对王阳明的位置。

"我说小圣人，你也太不谨慎了，就算要拼死一试，好歹先拉个垫背的！"朴瓢乐不愧为江湖痞子，行事十分自私冷漠，王阳明只觉心口跳得厉害，他捂住喉咙，想要干呕，却发觉此刻的自己连干呕的时间与资本都没有。

又一具半死不活的教徒"尸体"从朴瓢乐所在位置飞来，被扔入巨石处越发大敞的门洞。

接二连三有那么几人中招，王阳明忍住喉间欲呕的恶心感，步步后撤，时不时放出箭雨应敌，但他毕竟是五百年来第一的小圣人，判断敌方位置的同时，不忘点数教徒入那虫洞之后的存活数目："四盏茶的工夫，总共被朴瓢乐丢进去五人。三人被一分为二，当场毙命；两人成功穿洞，却不知死活。如果把那两人按照成功回归计算，失败概率并不像我预料的那般惨烈，如果我手持曜变天目进入虫洞，或许可以凭借其治愈的能力挽回一命，那么……"

"想不到，这高丽人如此厉害，尔等还不快些使用《九阴真经》火速结束战斗。"被众人保护、高抬的欢兆冲此时发话，他盘算着要保存实力，暂且不与王阳明起正面冲突，并拿《九阴真经》说事儿，催动教徒们干扰王阳明他们。

"弱之胜强，柔之胜刚，天下莫不知，莫能行。"欢兆冲念着九阴真法，那三颗高挂晴空的"隋侯珠"并未能随其唱和涌动一步，但教徒们却因这"心灵的感召"通身恢复了原始的气力，他们更想为欢兆冲拼死一战。

朴瓢乐打到如今之田地真可谓力竭，他回头瞪着王阳明，连做手势的力气都没了："喂，你说现在怎么着？"

"怎么着？"王阳明气呼呼地回瞪他，手却在茶盏里写着一个妙字，"你屡次出尔反尔、背信弃义，还让我怎么相信你？你们高丽人本就不重情义，我大明人断不能再被尔等坑害！你爱怎么着怎么着！自便吧！"

不等教徒们杀来，王阳明已做好万全准备，他咬破手指，将整只右手放入曜变天目中，滴滴鲜血流淌在茶盏壁身之内，和那些说不清来历的奇怪星目融为一体。

"王阳明！你不能走！"欢兆冲原想保存实力，稍后再用双翅战斗，可此刻光景已然容不得他再按兵不动。

王阳明领教过欢兆冲那该死的无影狂刀，待到对方发威喊话前，王阳明整个人已经夺路于门中。

身后传来淅淅沥沥、若即若离的哭号声，王阳明管不了那么多，他只是个被人拐带入林、被迫做事的倒霉少年，心中满怀着对未婚妻的思念以及最后残存的那一抹求生欲。

茶盏里，妙儿的闺名小字随斗转星移而逐渐被吸纳，王阳明翘起两端唇角，舒了口气："就算不能走出这方，能写下你的名字，让我看上一眼也是欣慰啊。"

虫洞里，举头仰望间全是琥珀般的金黄、或深或浅的蜜蜡色。

王阳明是喜欢这蜜蜡色的，但从未想过还能有这般奇遇。他脚下快走，生怕这东西还有牙齿，转动间将自己吞了下去。

"这是……哎？脚底下自己动了？"王阳明只觉脚下生风，再一细看确定不是幻觉。原本平平无奇的地面上，突然多出了近似于今之滚梯般的滚动台阶，一级又一级，此起彼伏地托举着王阳明向前涌动，像是后浪推动着前浪。

王阳明不知道这法力从何而来，他迫使自己集中精神，脑海里默念妙儿的名字，并试图想起入林前的驿站原貌。

"让一切回归到最开始的地方。"王阳明紧咬下唇，汗水湿透了整件衣衫，他的诉求很简单，只希望能平安被这奇异力量传送回去，见到自己的未婚妻。

"也算我一份。"朴瓢乐的声音像阴魂不散的恶鬼般端端出现在王阳明左侧，王阳明愕然侧头看向正对着自己嬉皮笑脸的朴瓢乐，"你怎么……"

"我没死啊！你们不是有句话，叫什么'祸害活千年'吗？王圣人，我活得很好啊。"说罢，他的两只脏兮兮的爪子已然把到了茶盏左侧。

"朴瓢乐，现在是非常时期。你我不便在此争夺曜变天目……"

"我知道，瞧你吓得脸都变形了！你看，我这不是没动静吗？我知道，这鬼地方跟修行之人所说的结界并无二致，但凡在这儿开打的，多半会被这鬼地方弄得肉身割裂。"

"那就好……如果你敢抢，我就敢放小鹰啄瞎你的眼！"

两人都不发一言，随着脚下"滚梯"不停歇地往前移动着。王阳明一直如圣僧般不住祈祷，期待奇迹发生。

"到了！是我们来时的驿站！"朴瓢乐先发一言，却并未使王阳明转忧为喜，他只怕又是这高丽人话里有诈，令自己放松警惕，忙侧头瞪他："朴瓢乐，我拜托你别一惊一乍的！"

言毕，王阳明见脚下之物静止不动，前方出现一道扇形之门，刚好允两人并肩穿过。

他没招呼朴瓢乐，只率先跨出一步，而朴瓢乐紧跟在左，双手仍旧托着茶盏："嘿嘿，我看出来了，这东西有治愈的本事，想来万一有事故，大可用这茶盏复原。"

王阳明没有应答，只在稍靠前些位置站立，他也不好说接下来会发生什么，但诚如朴瓢乐所云，这地方的确是入林之时经过的地方。

"天呢，到了！"朴瓢乐恨不能开瓶酒庆祝，因他说这话时，已然和王阳明并肩从那活死人般的虫洞里彻底脱离。眼下，阳光明媚，绿树掩映，橙色与青蓝相互辉映，大明王朝的秀丽江山近在眼前。

而那千年不倒却腐朽得极为震撼壮丽的汉代驿站，一如往常所见，还是那病恹恹的老样子，像是旧友般，矗立在原地，保持着四门大开的样貌；又像个恪尽职守的老管家，恭候着两人归来。

"是啊！总算回来了，两世为人啊！"王阳明大口喘气，却又生怕是错觉，他茫茫然不敢乱动，"这是汉代驿站，送我们进去的那个驿站。"

"王阳明，尔等休想离开！"那令人不悦的声音再次传来，王阳明仿佛溺水，想要抱紧茶盏的手却不由得堵住耳朵。

曜变天目再次脱手，朴瓢乐忍住撕心裂肺的震荡，抱紧茶盏，猛然顺着驿站下方那残破的台阶滚落而下。

"欢兆冲！你、你不要命了？"王阳明大叫质问，"你不怕屋维在此埋伏，将你一招致命？"

"还是心疼下你那曜变天目吧，指不定摔成什么惨样子……王阳明，我说过，绝不让你走出这林子。我甚至可以把我的宝座让给你，但就是不要你走。"欢兆冲的声音回响在耳畔，王阳明瘫软在地，双手堵住耳朵，试图避开这声音。他知道，欢兆冲是不敢轻易离开那林子的，但此时的他必然为了自己走出了这林子。

他环视四周，见不到对方藏匿何处，想来自己判断没错。王阳明起身，拼尽全力向台阶位置挣扎。他每迈出一步，脚都似灌铅了一般，仿佛自己双腿陷入了泥淖，挣脱不得。

"朴瓢乐，你给我回来！"王阳明懒得搭理身后的欢兆冲，他边说话边将头顶之上的苍鹰召唤而出，形成防御盾牌，而左右两臂的箭匣也形成备战攻势。

说罢，王阳明冷箭一出，恰好刺中朴瓢乐的臀部，显而易见，此人眼下没了多少力气，未必是王阳明的对手。

王阳明见对方中箭，原地不动，便马上走近，脚下的沉重感好像缓解了一些："东西还我！"

他按住朴瓢乐的肩膀，欲要夺回那茶盏："我说过，我们大明的东西，绝不能落入他国！"这话说得极有底气，可惜还是晚了。

就在这碗唾手可得之时，只见朴瓢乐握紧茶盏的右手被一突如其来的鹰爪割断，别说什么茶盏，就连其整只手臂都彻底掉落了！

"什么？这、这是……"王阳明确定，这鹰爪不是自己的苍鹰的，那么……

"久等久等！恭候多时！"屋维的声音赫然响起，与在黑瞳帮里所闻不同，于这空旷的驿站外，他的声音异常响亮。

"屋维！你……"王阳明眼睁睁看着朴瓢乐高大的身躯斜躺在地，发出猛烈巨响。尘土溅了朴瓢乐一脸，他仿佛是某种哀悼活动的谢幕烟火，令人绝望、令人狂躁。

"找到人了吧？小圣人，我要谢谢你，虽然你并没有真正意义上让他自觉、自愿地走出来，可你的人格魅力却真正地打动了欢兆冲。我要恭喜你，成功地将他引了出来。"

屋维边说边玩弄着手中的曜变天目，腰间悬挂着一根可自由伸缩、弹性十足的钢鞭暗器，上有鹰爪倒刺，形状好似梅超风那九阴白骨爪。

屋维接过曜变天目，看到盏身里写着一个快要干涸的血书"妙"字，他不禁冷笑出声："这是你心上人的名字？你还想见她对吗？可惜晚了！来人，举箭准备！"

他这般下令，王阳明已然知道接下来自己要面临的"审判"，他亦有所觉悟，不等对方如何使诈，苍鹰已然蓄势待发，遮挡在王阳明跟前大开飞羽，随时准备战斗。

对方布的是万箭穿心阵。屋维说得很明白，他是要将圣人连同欢兆冲一并射死在驿站之前，绝不留活口。

"你想好了！"王阳明呵斥，"开启地宫的钥匙你还没有拿到手，如在此刻杀了欢兆冲和我，秘密钥匙尚在何处，从此可就真成未解之谜了！"

"不就是你头顶的飞廉加金冠吗？"屋维笑道，"只要是匈奴族人，抑或圣贤、王者，都可以操控这东西。只要将飞廉和金冠合二为一，再巧妙唤醒苍鹰睁眼，秘密钥匙便可自动弹出。你不用诈我，这一点我比你懂。我只需你赢得欢兆冲的信任，让飞廉与金冠合并，从而拿出密钥。其实密钥这东西，欢兆冲一个人拿在手里并无任何意义，除非将金冠也算在一起，否则任凭是谁，只获取一样都是无济于事。"

这一点倒是出乎王阳明预料，好吧，这算是他的疏忽，但他无法推理得那么远，毕竟自己在藏宝这块儿没啥经验。

但王阳明想了想又说道："苍鹰现在臣服于我，我若死了，你也别想让它听你安排。"说罢，他抬头对着苍鹰说道，"放箭！"

他可不想在没见到未婚妻最后一面的情况下就这么白白死掉，而化主动为被动是他王阳明的心学妙招。此等情景下，岂能任由坏人得偿所愿？

屋维也是没想到，对方竟能在不发号精准口令的情况下，灵活操作金冠苍鹰，还率先一步置他们于死地。

"秋心如海复如潮，但有秋魂不可招。漠漠郁金香在臂，亭亭古玉佩当腰。气寒西北何人剑，声满东南几处箫。斗大明星烂无数，长天一月坠林梢。"

"木羽弩箭，能致远，入铠甲，核心中间以射之；无扣箭，头身为扁平锐三角形，顶角细小如针，上下补位猛击对方喉、腹部；半边扣箭，箭头为扁平锐三角形，顶端尖细如针，后部有二处倒钩，锋芒毕露，两旁夹击补空当儿，负责绞杀敌军肩、耳、头部！"王阳明朝着苍鹰发令，二者配合极好，落日熔金，照耀前生今世。铺天盖地的箭雨呼啸而过，连老天的面子都不给，愣是把万里无云的晴空扭转为"鼓角揭天嘉气冷，风涛动地海山秋"。

"可恶，看不见个人影！"屋维与赫连齐齐咒骂，谁也没想到，对方三言两句就扭转了局势，再想锁定目标发箭可就难了。

王阳明也不想闹这么大动静，他心中已然抱了必死的决心，心下无奈，没想到自己也有改换门庭，跨到"行武"之列的一天。若父亲王华见到此情此景，指不定如何调侃、教训他。

"妹妹，妹妹你听到我了吗？我已经出了牧羊女森林，此刻就差一点儿，差一点儿就要去找你！无论如何，我都必须出去见你最后一面！"王阳明大声念着，他已经听不到自己的声音了，苍鹰张开飞羽，供他挑选箭镞款式，让他做好最坏的打算。他还不是最糟糕的，只是眼下这难关太难攻克。

"这话是怎么说的？不是说，宇宙星辰没了谁都照行不误吗？哥哥这话说的，就跟没我不行似的！怎的，没了玄机神女，你这圣人还不当了？"妙儿的声音突然响起，这说话声似乎不是王阳明的幻觉，只有她这样的女子，才敢在出家后依旧我行我素地精心装扮，敢在众人面前放浪形骸，更敢在敌对双方陷入危难之际调侃未婚夫婿。

"妹妹？妙儿？！"

王阳明眼前一阵眩晕，还不等张望四周，就感觉身体被熟悉的丝线勒紧，整个人犹如提线木偶由下而上飞去。

随后，苍鹰猛射出的数道隐身箭雨，也随王阳明一并返还。

"上虎蹲炮，来三子儿让他们尝尝！"韦大人的声音让王阳明为之一振。猛然一个起跳，他整个人已然落定在驿站房顶后侧之上，妙儿不就好端端地立在他一侧吗？

"妹妹！"他不等妙儿说句话，欣欣然抱她入怀，"我可想死你了，我走了这七天，你可好吗？可有想我吗？"

这通身光鲜亮丽的道姑可不似寻常女子，王阳明失踪后，她比任何人都着急上火，嘴里马上起了三四个大水泡不说，因奔走于各路搜寻未婚夫下落，走了几天几夜，她的脚底都磨出了一道道厚实的茧，梵湖儿看着都害怕。

"失踪七天？"妙儿一把按住未婚夫肩膀，摇晃了王阳明几下，双手捧住他的脸，让他看着自己，"你都失踪了四十五天了好吗？！为找你，我这月癸水都没来！你看我嘴里都起了几个水泡了？！"

"什么？怎么会……我算过日子，也不觉他们给我下过药，怎么会有如此多天？我记忆里从被拐到如今，只有不到七天时间。"

"这只绿松石色的苍鹰，是你的灵兽？还有，你手臂两侧绑缚的这箭匣，也是一体的？瞧你头上顶着个外族雕刻的金冠，上头的底座如今空空如也，想来之前定有珠玉嵌之，该不会就是这绿松石色的苍鹰吧？"妙儿对法

235

器兵刃相当在行，单只瞄见一眼便可判断眼前灵兽是何来源。她心下了然，想是这期间许有高人给予王阳明指点。

"哦，这说来话长，那个……韦大人清醒了？还知道用大明火炮呢。"

"也算将功赎罪吧，咱大明火器还是很厉害的对吗？湘西本地的知州特向临州借来火炮，希望借此一举剿灭黑瞳帮。"

"那你是如何找到这里来的？"王阳明深感欣慰的同时，真心佩服未婚妻有胆有识，再一次为她感到自豪。

妙儿不改往日戏谑，即便在火烧眉毛、生死攸关的紧要时刻，仍不忘调侃一番自己的未婚夫："要说起这事儿，你定然万万没想到。我跟众人四下打探你消息的路上，无意间撞见了被黑瞳帮强行绑走、欲要贩卖到两广地区的一个洋鬼子——据他自己连比带画，好像还是个海盗头子。这家伙一句汉话不会，好歹能画出个大致意思，我玄机神女跟着你各地推理探案，再怎么着笨些也能顺藤摸瓜，推敲出个所以然来。加之又在江湖各派中一通打探消息，你可不知道，真格儿把我折腾死了！你说，要怎么补偿我啊？"

"真不承想，那洋人运气竟如此之好，因祸得福，愣是被你救下。哎？你具体什么时候遇见他的？要这样说来，这日子真是对不上。明明只觉失踪了不到七日，可在你那里竟是一个多月……"

不等王阳明做出下一步分析，两人只觉脚下一震。随着轰隆巨响，火炮骤然爆破，妙儿便觉此地不宜久留，她便要带王阳明离开此处。

王阳明想起什么，蓦地踌躇起来，朝着妙儿摆手示意："之前我就觉韦大人虽然被黑瞳帮之人做了入梦邀约，他本人也很是不作为，但他本质上倒也谈不上太坏，何况若他久攻不下，想来巫启县百姓就要遭殃，不如你我二人一起战斗，将这黑瞳帮一网打尽。"

"哥哥，你才用了这箭匣几天？别老想着逞英雄让我担惊受怕！"妙儿当机立断，否定了王阳明的提议，说话间，她已抬手过去，将未婚夫肩膀紧紧搂住。

眼下时局混乱，想要轻易获胜就不能硬扛。

妙儿绝不允许王阳明参与前线作战，这是她一路护卫王阳明的个人准则。

眼下，局势转好，王阳明觉得他们可战可退，于是心下一横，也不想再让未婚妻为难添堵。

回头望去，欢兆冲那厮却只闻其声不见其人，难道说此时的他还滞留在驿站内部，并未出这虫洞？抑或用了其他诡计，得以成功逃脱？

眼前王阳明踯躅的一刹那，战斗现场的情势急转直下。倒绝非韦大人的这方虎蹲炮出了问题，而是有个令人惊恐异常的高手半路杀出，加入了战斗。

第三十五回
曜变天睰眦龙神起　绰英姿明暗真应局

　　妙儿与王阳明连同前来的衙门中人都没看清那人面目，只见他为一男子打扮，穿着行武之人寻常所穿的短打布衫，通身褐色；头戴方巾网纱，盘发于顶；身量高挑儿，不胖不瘦。

　　此人出手极快，恐怕先是伪装成屋维手下黑瞳少年的模样在驿站前后蹲守监控，借王阳明发威，两方混战之时混入屋维阵营。此刻屋维元气大伤，身负数箭，赫连为保其平安更是重伤在身。

　　此人将屋维、赫连、黑瞳帮等人杀了个措手不及。

　　妙儿见状骇然失色，忙拉住王阳明："快走！"

　　但为时已晚，对方将黑瞳帮杀光时，已然将曜变天目牢牢把控在手。

　　烈烈西风玩弄着地面的沙尘，遍地娇嫩的野草转瞬枯黄，身后的驿站换了颜色。人们听不见虫儿低吟，却在仰天时，看到了黄云流霭间的归鸿。

　　来者气势汹汹，也不知他是如何通晓曜变天目的操作要领，也不见其对着茶盏有所琢磨，那茶盏中的星辰文字便开始变幻，一条活灵活现的睰眦神龙从那茶盏处飞身而出，愣是将这神秘男子驮附在背。

　　只见龙之九子之一的睰眦亮相于人前，那人手持茶盏，徐徐飞近驿站顶端的王阳明与妙儿。

　　黑云淹没了天空，雨雪纷至沓来。胡马长嘶，竹埙哀鸣，狼烟侵吞了高山，十八般兵器摧折迸裂。

当兵卒战死，旌旗卧倒，死尸遍野，战场上的一切声音沉寂不发，只有这神龙，承载着环佩叮咚的响声于黑暗中归来。

不知为何，王阳明在妙儿脸上读出了前所未有的惊恐与不解，像是在喝问对方"为什么""怎么可能"一般，妙儿这大为慌乱的神色，王阳明简直不能用言语形容。

"哥哥，你带好兵刃边躲边战，记住，千万别跟睚眦上头这个人较劲儿，我来对付他，你只顾你的！"

妙儿的声音开始发抖，王阳明从未见过武艺高强、目空一切的江湖第一女侠用这般言辞。

他原地不动，妙儿已然飞身前去，王阳明对着苍鹰说道："苍鹰，速速保护妙儿！"

苍鹰未动一下，看来是不听这号令。王阳明心底咯噔一下，略感不祥，已来不及听妙儿劝阻，忙利用两臂气力，跳到苍鹰身上，随妙儿飞去。

驿站下方的众人皆愣住，韦大人问道："这人打哪里来的？你们可有看见？"

众官兵皆愣怔，大家面面相觑，在场之人素来只闻听过有关龙的传说、典故，却从未有人亲眼见过有人操控神龙，或是能从茶盏中变出龙来骑在胯下。

韦大人嗫嚅着打起哆嗦，身侧众衙役接连惊骇出声，有的则下跪磕头，头如捣蒜。

过了好一会儿，韦大人才喝令一声，派身侧两名捕快前去查验黑瞳帮尸身，有人颤颤巍巍前去检验，折返后恨不能用膝盖爬行："大人，这人都死了，黑瞳帮的头目，还有什么副手以及那些黑瞳少年……全死了。而且死因都是割喉伤。"

众人心下只觉大事不妙，能否躲过这一劫真不好说。只知这一干人等皆死于上方那骑龙人之手，但此骑龙者如何杀之、何时杀之，在场参与交手的三班衙役、捕快等却无一人亲眼看见。

更何况，此神龙乃传说中的龙之九子之一——睚眦。

《升庵外集》云，"龙生九子不成龙，七曰睚眦。"睚眦的样子像长了龙

239

角的豺狼，怒目而视，双角向后紧贴背部。龙生九子老二，嗜杀喜斗，刻镂于刀环、剑柄等兵器或仪仗上起威慑之用。

当韦大人抬得头去仰面看时，妙儿已经和那人缠斗在一处。

"大风起兮云飞扬，威加海内兮归故乡，安得猛士兮守四方！"

睚眦的起承转落，牵动着在场每个人的心弦。但这"风劲角弓鸣"的震撼场面，非但没将观看之人的盛世雄心激发出来，反倒给人一种"荒郊白骨卧枯莎，有鬼衔冤苦奈何"的悲凉之感。

王阳明没时间琢磨眼前这景象，他骑在苍鹰背上进行补位偷袭，已是累得要"早生华发"。不幸的是，在激烈的对战中，王阳明发现对方能成功用茶盏轻易屏蔽了自己的射击，任他百步穿杨，对方却总能轻而易举地避开。

妙儿用拂尘与其打斗，也不知这男子到底何许人也，好似很熟悉妙儿招式，总能先一步感知她要用出什么绝招，堪堪避开不说，还反其道行之，将妙儿逼退。

"苍鹰补位！"虽说苍鹰是不帮衬妙儿的，但好在自己还能操控于它，妙儿当空被击落，王阳明指挥苍鹰飞驰，自己则站立在鹰背上伸出双臂，稳稳将妙儿接住。

但对方的动作快得令人不寒而栗，身下苍鹰正准备撤退，对方却将茶盏倾斜，在内壁之处用手指画了两下，也不知道他是如何借盏发力的，那身下睚眦口吐棋盘般的纱网，愣是将两人四周设置了肉眼可见的结界，还是棋盘的样态，上有落子走位，带着杀气逼近两人。

"谈个条件，你把金冠给我，我放你二人。"对方开口，声音平淡无奇。

"好。"王阳明没有犹豫，此时他抱着妙儿，突觉她已是无法动弹，若换作过去，妙儿早该破口大骂，各种质问对方，但谁料想到，眼前的妙儿无法动弹，半句话都不能讲。

"你把我未婚妻如何了？刚才你俩过了几招，是你给她下了毒还是点了穴？就算是交换条件，也不能黑不提白不提，总该先给我们解药再说。"

"你放心，我只是寻常点穴，伤害谁我也不舍得伤害她啊。至于你，我倒是看不顺眼很久了。让我想想……"

身后，虎蹲炮的气势锐不可当，这是无法回避也无法压制的战斗号令，随着这一声惊天动地的炮声，王阳明两人紧张到了顶点。可谁知，这睚眦轻扫龙尾，又设了一轮结界，屏蔽了这一轮火炮的攻击。火炮一下子就成了哑炮，无声无息地退出了这方舞台，一些炮弹滚动到驿站前端，随后发出猛烈的爆裂声，碎片若流星般朝着四面飞溅。

那神奇的如月站台瞬间化为泡影，随着炮声的轰鸣，倒塌成废墟。

王阳明抱紧妙儿悬于空中，炮弹碎片与他们擦肩而过，却伤不到他们丝毫。

"你是如何做到的？"王阳明知道自己斗不过眼前之人，但他还是抱着希望想要一试。

对方没有回答，将曜变天目高高抛起，悬空停留，他伸手做了个陌生的招式，却再次将妙儿推向惊恐的高潮。

"这招我曾见过！叫什么……"王阳明确信无疑，眼前之人用出的这招，自己曾在药王门门前亲眼见过，当初在南昌府雪人一案里，因涉及江湖门派，王阳明被黑白双煞挟持，去过药王门一次，见过药王门门主也用过同样的指法比画出这一招数。招式相近，指头和手法都是模仿菩萨拈花相所创，但很明显，此人用出的这一招远在药王门门主之上，且其内力深厚，对此招颇为精通，已是登峰造极。

"欢兆冲？！"王阳明不带反应，只觉怀里的妙儿瑟瑟发抖，双目似噙满恳求的泪花。这又作何解释？

而更令他害怕的，是已然被那股发射而出的神力，逼迫到自己跟前的带着飞羽的欢兆冲。

眼前的他，可以看出是被那股力量逼迫而来，再看向身后，驿站倾塌的废墟下，掩埋着几个不再挣扎的教徒。

而眼前的这神秘男子，单手掐住欢兆冲喉咙，将他高高举起。而欢兆冲那原本活力四射、可杀众生于无形的飞羽，此时更像是一件破破烂烂的旧衣，被穷叫花子穿了数十年，翅膀上的那层层叠叠的天然回形纹饰，也越发模糊。

"九九归一的滋味好吗？这才是中原地区最为厉害的武林招数。方才我不过牛刀小试，便用此法杀他黑瞳帮片甲不留，如今轮到你了。"神秘男子说话间，将对方的脖子奋力一拧，只听咔嚓声响起，他再一松手，身下睚眦便轻而易举地扬起那风帆一般的长脖，将欢兆冲吞了下去。

"你刚刚问，我是怎么做到的？作为一个普通人，王阳明你为操控此茶盏已然用尽全身之力，若再勉强，恐怕不会有好结果。我劝你不要硬来，如今该死的都死了，你若再战，我必然奉陪，可你也要想想你怀里的佳人，也要想想底下那将功补过的县令和衙役们的生死……"

"你放心，我不会意气用事！若没了我这条命，想来今后人世间定然冷清无趣。我王阳明定要成为圣人，行大事者能屈能伸，给你个金冠算不得什么，只是一来眼下保命要紧，二来你需保证要对苍鹰疼爱有加，不得对它刻薄。不过，你我初相识，我并不了解你为人如何，万一你中途反悔，我和众人性命定然不保，所以……"

"都沦落至此了，你居然还敢跟我讲条件？我是怎样人品，你问你怀里的美人不就知道？再说，若我不跟你交换条件，徒手硬抢也是完胜于你。别觉得有这金冠苍鹰、万箭齐发的本事就能打败我，诚如你所见，我对曜变天目召唤龙神之术已是轻车熟路，你若不马上答应，我便先杀了底下众人。"

说到此时，妙儿已是泪如雨下，王阳明不解其中玄机，但他已猜出八九，想来此人与妙儿为旧相识，弄不好是她师父一级的长辈，并对她有过恩情。

"妹妹，你说此人可信否？可信你眨一下眼，不可信眨两下。"应变能力素来极快的王阳明依旧处变不惊。

"哼，你倒是反应快！看到了吗，她眨了一下眼！"对方抢着说道，但没有说错。

妙儿的眼泪似已干涸，但眼睛依旧瞪得老大，不变的则是那哀求般的灼灼目光。

见没了退路，王阳明将金冠取下，召唤苍鹰回归原位。

金冠脱手，箭匣离身，飞廉像是两片半月月牙，从王阳明两颊处分离。

苍鹰并未流露半分不舍，带着明丽翠羽飞往新主人怀中。这般潦草的交接仪式，令王阳明心下不忍，深觉对不住一路相伴的苍鹰。王阳明抱紧了怀中的妙儿，还不等他发问，他们便重回至地面的众人面前。

足间踏的是平稳四方之地，鲜活的小草上闪耀着露珠。树儿们依旧故我，与登临树梢的鸟儿谈笑风生。太阳拨开云雾，见得人间悲欢离合，却从不会伸手帮衬其中一人。

　　游龙一冲出苍穹，朝阳就被挤了回来。一轮红日变成了液体，融化在天际的云层之中。

　　睚眦消失，那神秘人将两样法器统统夺走。这人降临凡尘好似一声怒吼，来时震天动地，去时悄无声息。这几场重头戏可谓照耀古今，值得被载入史册。

　　妙儿的穴位如期自动解开，她并没有似过去那般要追上对方，杀个你死我活，而是立在原地，流泪看着王阳明，一把握住他的双手，倾斜身子倚靠在王阳明怀里，用细微的声音说道："刚才那个人，乃女扮男装……你、我或是全大明其他武林中人，都无法与之抗衡。那个人，她、她是我师父，绰影侠。"